Monty Python's
Flying Circus

Sämtliche Worte

GRAHAM CHAPMAN - JOHN CLEESE
TERRY GILLIAM - ERIC IDLE
TERRY JONES - MICHAEL PALIN

Monty Python's Flying Circus

SÄMTLICHE WORTE
Band I

AUS DEM ENGLISCHEN
VON
SVEN BÖTTCHER, EUGEN EGNER,
SUSANNE FISCHER,
RICHARD KÄHLER,
RUTH KEEN, ARND KÖSLING,
KARSTEN SINGELMANN, CHRISTIAN STORMS
UND DER ZÜRISEE-COOPERATION

ZWEITAUSENDEINS

Die Originalausgabe
“Monty Python’s Flying Circus: Just the Words”
erschien 1989 in zwei Bänden bei Methuen, London, nach den Originalskripten
und Videoaufzeichnungen herausgegeben von Roger Wilmut.
Alle Fotos im Bildteil aus dem Archiv der Python Productions Ltd., London.

Die deutsche Erstausgabe erschien 1993 ebenfalls zuerst in zwei Bänden
im Haffmans Verlag Zürich.
Gesamtredaktion von Heiko Arntz.
Nach- und Hinweise sowie Register jeweils am Schluß eines Teilbandes.

1. Auflage, März 2008

Umschlagvorderseite: Collage von Terry Gilliam.
Frontispiz 1. Band: Michael Palin als der »Jetzt«-Mann.
Frontispiz 2. Band: Collage von Terry Gilliam.
Produktion und Gestaltung von Urs Jakob,
Werkstatt im Grünen Winkel, CH-8400 Winterthur.
Druck & Bindung: Offizin Andersen Nexö, Leipzig.
Printed in Germany.

ISBN 978-3-86150-801-4

INHALT

Eins – Kanada, was nun?

Ein Strand. Aus weiter Ferne kämpft sich ein zerlumpter Mann durch das seichte Wasser ans Ufer. Langsam und mühevoll taumelt er über den Strand auf die Kamera zu, sinkt auf die Knie, bricht zusammen und sagt:

Mann (MICHAEL) Und jetzt. . .

Off-Sprecher (JOHN) Monty Python's Flying Circus

Der Vorspann beginnt mit den Worten »Monty Python's Flying Circus«. Diverse ausgesprochen bizarre Dinge geschehen. Nach dem Ende des Vorspanns:

Ein Ansager in unauffällig grauem Anzug tritt hinter sein Ansagepult. Souverän lächelnd zieht er sich einen Stuhl heran.

Ansager (GRAHAM) Guten Abend.

Er setzt sich. Das Quieken eines Schweines ist zu hören. Der Ansager springt auf und sieht entsetzt auf den Stuhl.

Schnitt zu einer Tafel, auf der drei Reihen mit Kreide gemalter Schweine zu sehen sind. Eine Hand kommt ins Bild und streicht eines der Schweine mit einem Stück Kreide durch.

ZWISCHENTITEL: »UND JETZT: WOLFGANG AMADEUS MOZART«

Mozart sitzt an einem Flügel und spielt. Er bemerkt die Kamera, hört auf zu klimpern und lächelt.

Mozart (JOHN) *(sehr sanft)* Hallo zusammen, und willkommen zu unserer Sendung. Heute abend wollen wir uns wieder einige berühmte Tode ansehen, und den Anfang macht diesmal Dschingis Khan, der Eroberer Indiens, mit seinem wunderbaren Tod. Legen Sie los, Dschingis.

Schnitt zu Dschingis Khans Zelt. Irgendwie indische Musik im Hintergrund. Dschingis schreitet auf und ab und sieht in die Ferne. Die Musik bricht plötzlich ab, Dschingis springt brüllend hoch und landet tot auf dem Rücken. Das alles geschieht sehr schnell.

Drei Wertungsrichter halten Tafeln mit Punkten hoch – wie beim Eiskunstlauf.

Off-Sprecher (GRAHAM) 9,1 – 9,3 – 9,7. Das macht 28,1 Punkte für Dschingis Khan.

Im Bild wieder Mozart am Klavier.

Mozart Tja, Dschingis, Pech gehabt. War aber schön, daß Sie dabei waren. Und nun ein Blick auf den Punktestand.

Schnitt zu einer Eddie Waring ähnelnden Gestalt, die neben einer Anzeigetafel steht. Die Tafel sieht ungefähr so aus:

HL. STEPHANUS	29,9
RICHARD III.	29,3
JEANNE D'ARC	29,1
MARAT	29,0
A. LINCOLN (U.S. OF A.)	28,2
D. KHAN	28,1
KÖNIG EDWARD VII.	3,1

Eddie (ERIC) Ja, und hier haben wir den Punktestand. Der heilige Stephanus in Führung mit seiner Steinigung, gefolgt von König Richard dem Dritten auf dem Schlachtfeld bei Bosworth – wirklich ein grandioser Tod –, dann die reizende Jeanne d'Arc, dann Marat in seiner Wanne – beim Duschen danach waren er und Charlotte natürlich wieder ein Herz und eine Seele –, dann A. Lincoln aus den Vereinigten Staaten von, auch er ein mordsmäßiger kleiner Kämpfer; auf Platz sechs Dschingis Khan, und mit der roten Laterne immer noch König Edward, der Siebente. Zurück zu Ihnen, Wolfgang.

Mozart, noch immer am Klavier.

Mozart Danke, Eddie. Und nun zum Wunschtod der Woche *(Nimmt eine Karte vom Klavier.)* Für Mr. und Mrs. Violet Stebbings aus der Wolverston Road 23 in Hull: Der Tod von Mr. Bruce Foster aus Guildford.

Ein gewöhnliches, kleinbürgerliches Wohnzimmer. Mr. Foster sitzt auf einem Sessel und liest Zeitung. Er sieht überrascht auf.

Foster (GRAHAM) Urgh! *(Er stirbt.)*

Wieder Mozart. Er sieht auf die Uhr.

Mozart Liebe Güte, wie schnell das wieder ging. Leider neigt sich unsere Sendezeit dem Ende zu, jetzt also schleunigst das Finale. Wir freuen uns, Ihnen einen der klassischen Grasbeißer und Evergreen-Abgänge präsentieren zu dürfen. Genau: den wunderbaren Tod des berühmten englischen Admirals Lord Nelson.

Schnitt zu einem sehr, sehr hohen modernen Bürogebäude. Nach einer kurzen Pause fliegt eine Nelson ziemlich ähnliche Puppe aus einem der obersten Fenster. Beim Absturz hören wir einen erstickten Schrei.

Nelson Küßt mich, Hardyyyy!

»Nelson« schlägt auf. Wir hören das laute Quieken eines Schweins.

Schnitt ins Klassenzimmer einer Volkshochschule. Der Lehrer sieht aus dem Fenster auf den Hof. Er wendet sich angewidert ab und geht zu einer Tafel, auf der die gemalten Schweinereihen zu sehen sind. Er streicht ein weiteres Schwein durch und geht an der Tafel entlang zur anderen Hälfte, auf der steht: »Abendunterricht: 19–20 Uhr«. Er schreibt »Italienisch« darunter und wendet sich der Klasse zu.

Lehrer (TERRY J.) Ah – einen guten Abend und willkommen zur zweiten Stunde unseres Italienisch-Kurses, der hoffentlich dazu beitragen wird, Ihr Italienisch ein wenig aufzufrischen. Letzte Woche haben wir ganz von vorn angefangen und das italienische Wort für »Löffel« gelernt. Na, und jetzt bin ich gespannt, ob noch irgend jemand weiß, wie es lautete?

Hektisches »Si! Si! Si!«-Rufen der Klasse, die, wie wir jetzt sehen, aus lauter dunkelhäutigen Italienern mit Nadelstreifenanzügen und schmalen Oberlippenbärtchen besteht.

Lehrer Nicht alle gleichzeitig. . . Mario, hinsetzen. Giuseppe!

Giuseppe (MICHAEL) Il cucchiaio.

Lehrer Sehr schön, Giuseppe, oder, wie der Italiener sagt: »Molto bene, Giuseppe«.

Giuseppe Grazie signor. . . grazie di tutta la sua gentilezza.

Lehrer Schön, schön. Also: diese Woche lernen wir einige Redewendungen kennen, die uns helfen, mit einem Italiener ins Gespräch zu kommen. Zuallererst wollen wir ihm sagen, woher wir kommen. Ich zum Beispiel müßte sagen: »Sono Inglese di Gerrard's Cross«; ich bin ein Engländer aus Gerrard's Cross. Wollen wir das mal alle zusammen probieren?

Alle Sono Inglese di Gerrard's Cross.

Lehrer Ja, schon ganz gut. Jetzt wollen wir es mit jemand anderem versuchen. Äh. . . Mr. – ?

Mariolini (JOHN) Mariolini.

Lehrer Ah, Mr. Mariolini. Und woher kommen Sie?

Mariolini Napoli, signor.

Lehrer Oh, dann sind Sie Italiener?

Mariolini Si, si signor!

Lehrer Schön, in diesem Fall müßten Sie sagen: »Sono Italiano di Napoli«.

Mariolini Ah, capisco, mille grazie signor. . .

Francesco (ERIC) Per favore, signor!

Lehrer Ja?

Francesco Non conosgeve parliamente, signor devo me parlo sono Italiano di Napoli quando il habitare de Milano.

Lehrer Äh. . . tut mir leid. . . das hab ich nicht verstanden.

Giuseppe Meine Freund sagen: »Warum er muß sagen. . .«

Im hinteren Teil des Klassenzimmers meldet sich jemand. Ein Schüler in Lederhosen steht auf.

Deutscher (GRAHAM) Bitte, mein Herr. Was ist das Wort für Mittelschmerz?

Lehrer Oh, Helmut ... Sie wollen bestimmt in die Deutschstunde.

Helmut Oh, ja. Dankeschön. *(Macht sich auf den Weg.)* Ah, die deutsche Stunde... Ach! *(Ab.)*

Giuseppe Meine Freund sagen: »Warum ich muß sagen, ich bin aus Neapel, wenn ich wohne in Mailand?«

Lehrer Äh, ich... gut, sag deinem Freund... wenn er in Mailand wohnt, muß er sagen: »Sono Italiano di Milano«.

Francesco *(erregt aufspringend)* Eeeeee! Milano è tanto meglio di napoli. Milano è la citta la più bella di tutti... nel mondo...

Giuseppe Er sagen: »Milano ist besser als Napoli«.

Lehrer Oh, das sollte er aber nicht, den Komparativ haben wir doch noch gar nicht durchgenommen.

Im Hintergrund redet jetzt alles erregt durcheinander – auf Italienisch. Ein in der letzten Reihe sitzender authentischer Mandolinespieler erhebt sich und stimmt »Quando Caliente Del Sol...« oder ähnliches an. Die Schüler sind inzwischen völlig außer Rand und Band. Der Lehrer versucht verzweifelt, sie zu beruhigen, gibt es jedoch schließlich auf und nimmt auf dem Stuhl hinter seinem Schreibtisch Platz. Wir hören das laute Quieken eines Schweines. Der Lehrer springt auf.

TRICKFILM: *Zuerst sehen wir eine Reproduktion der mit bunten Schweinen bemalten Tafel. Eine echte Hand kommt ins Bild und streicht das dritte Schwein durch. Anschließend beugt sich die Handlung dem Diktat von Señor Gilliams visueller Phantasie.*

Das Ende der Animation bildet ein »Whizzo-Butter«-Werbeplakat.

Off-Sprecher (MICHAEL) *(zur Animation)* Jaa, Mütter, zwischen der neuen *Whizzo*-Butter mit zehn Prozent mehr Weniger und einem toten Krebs gibt es jetzt *überhaupt keinen* Unterschied mehr. Also nicht vergessen: Wer *Whizzo*-Butter kauft, brät – im HIMMEL!

Schnitt zu einigen Frauen mittleren Alters aus der unteren Mittelschicht (nachfolgend als Schreckschrauben bezeichnet), die gerade interviewt werden.

Erste Schreckschraube (GRAHAM) Nein, ich seh wirklich keinen Unterschied zwischen Whizzo-Butter und dem toten Krebs da.

Interviewer (MICHAEL) *(in die Kamera)* Sehen Sie! Und so geht es neun von zehn britischen Hausfrauen: sie können Whizzo-Butter nicht von einem toten Krebs unterscheiden.

Schreckschrauben *(durcheinander)* Stimmt. Können wir nich. Nee. So isses. Ja.

Zweite Schreckschraube (JOHN) Sie. Sie! Sie sind im Fernsehen, näch?

Interviewer *(bescheiden)* Ja, ja.

Kurzes, anerkennendes Murmeln und Schnattern.

Zweite Schreckschraube Der macht dieses Zeuch mit den blöden Weibern, die Whizzo-Butter nich' von 'nem toten Krebs unterscheiden können.

Dritte Schreckschraube (TERRY J.) Das versuchen Sie mal mit uns, junger Mann, dann schlitzen wir Ihnen aber die Visage auf.

ZWISCHENTITEL: »ACHTUNG: KUNST«

Ein Moderator an seinem Pult.

Moderator (MICHAEL) Hallo, guten Abend und willkommen zu einer neuen Ausgabe von »Achtung: Kunst«. Heute abend legen wir los mit – Kino.

Schnitt zu Zweitem Interviewer und Ross.

Zweiter Interviewer (JOHN) Guten Abend. Einer der profiliertesten Filmproduzenten unserer Zeit, oder besser, aller Zeiten, ist Sir Edward Ross, der nach fünf Jahren erstmals wieder im Lande weilt, um eine Retrospektive seiner Werke im National Film Theatre zu eröffnen. Und wir schätzen uns glücklich, ihn heute abend hier bei uns im Studio begrüßen zu dürfen.

Ross (GRAHAM) Guten Abend.

Zweiter Interviewer Edward... – Es stört Sie doch nicht, wenn ich Sie Edward nenne?

Ross Nein, ganz und gar nicht.

Zweiter Interviewer Nur, weil es manche Leute stört... Ich weiß auch nicht, wieso... aber manche sind in der Hinsicht ein bißchen empfindlich, deswegen vergewissere ich mich vorsichtshalber immer gleich am Anfang...

Ross Nein, nein, ist schon in Ordnung.

Zweiter Interviewer Dann ist Edward Ihnen also recht. Fein. Fein. Tut mir leid, daß ich es überhaupt erwähnt habe, nur wegen der, äh...

Ross Nein, nein, Edward ist gut.

Zweiter Interviewer Gut. Vielen herzlichen Dank, daß Sie so unkompliziert reagieren. . . aber ich denke schon, daß man sich in meinem Beruf die Mühe. . . ähm. . .

Ross Unbedingt, ja.

Zweiter Interviewer Weil. . . es ist ziemlich schwer, eine persönliche Beziehung aufzubauen, wenn diese ungezwungene Atmosphäre nicht da ist.

Ross Klar.

Zweiter Interviewer Jaja, eine alberne Nebensache, aber eben doch nicht ganz unwichtig. Fein – genug davon. Ähm. . . Ted. . . als Sie damals anfingen, in. . . Es stört Sie doch nicht, wenn ich Sie Ted nenne?

Ross Nein. Nein, nein, alle Welt nennt mich Ted.

Zweiter Interviewer Ist ja auch kürzer, nicht?

Ross Allerdings.

Zweiter Interviewer Und längst nicht so förmlich.

Ross Ja. Ted, Edward, ganz egal.

Zweiter Interviewer Prächtig, prächtig. . . Ach, wo wir grad dabei sind; nennen Sie mich doch bitte Tom. Nicht, daß Sie mir jetzt noch mit irgendwelchem Thomas-Blödsinn anfangen. *(Unterdrücktes Lachen:)* Huh-huh-huh. Gut, wo waren wir? Ach ja: Eddie-Baby, als du damals anfingst, in. . .

Ross Verzeihung, aber ich wünsche nicht, daß Sie Eddie-Baby zu mir sagen.

Zweiter Interviewer Wie bitte?

Ross Nennen Sie mich bitte nicht Eddie-Baby.

Zweiter Interviewer Hab ich Sie Eddie-Baby genannt?

Ross Ja, haben Sie. Und jetzt machen Sie weiter.

Zweiter Interviewer Ich meine nicht, daß ich Sie Eddie-Baby genannt hätte.

Ross Sie haben mich Eddie-Baby genannt.

Zweiter Interviewer *(mit einem Blick in Richtung Kulisse)* Hab ich ihn Eddie-Baby genannt?

Stimmen Ja.
Nein.
Ja.

Zweiter Interviewer Ich hab dich doch nicht wirklich *Eddie-Baby* genannt, Süßer. . .

Ross Nennen Sie mich nicht Süßer!

Zweiter Interviewer Darf ich Schnucki sagen?

Ross Nein!

Zweiter Interviewer Häschen?

Ross Nein.

Zweiter Interviewer Pimpermäuschen?

Ross Nein, dürfen Sie *nicht!* Und jetzt machen Sie endlich weiter!

Zweiter Interviewer Frank.

Ross Wie bitte?

Zweiter Interviewer Darf ich Sie Frank nennen?

Ross Wieso Frank?

Zweiter Interviewer Das ist ein hübscher Name. Robin Day hat einen Igel, der Frank heißt.

Ross Was ist hier eigentlich los?

Zweiter Interviewer *(singt)* Frannie, Little Frannie, Frannie Knickers. . .

Ross *(steht auf)* Nein, jetzt ist gut. Ich gehe. *(Geht.)* Schluß. . .

Zweiter Interviewer Erzählen Sie uns etwas über Ihren neuesten Film. Sir Edward.

Ross *(aus der Kulisse)* Was?

Zweiter Interviewer Seien Sie doch so nett, uns von Ihrem neuesten Film zu erzählen, Sir Edward.

Ross *(zurückkehrend)* Schluß mit dem »Häschen«-Quatsch?

Zweiter Interviewer Versprochen. *(Tätschelt die Sitzfläche des freien Stuhls.)* Bitte, Sir Edward.

Ross *(platznehmend)* Von meinem neusten Film?

Zweiter Interviewer Ja, Sir Edward.

Ross Tjaa, wissen Sie, das Konzept zu diesem Film, so komisch das klingen mag, geht auf eine Idee zurück, die ich hatte, als ich das erste Mal mit der Filmbranche in Berührung kam, im Jahre 1919. Damals war ich natürlich noch ein einfacher Laufbursche. . .

Zweiter Interviewer Ach, *halt's Maul!*

Schnitt zurück zum Moderator.

Moderator Sir Edward. . . Ross. So. Im weiteren Verlauf der heutigen Sendung werden wir Ihnen ein in der Geschichte der modernen Kunst einmaliges Ereignis präsentieren können. Pablo Picasso wird, nur für uns, ein Gemälde malen; in dieser Sendung; live; auf einem Fahrrad. Das ist das erste Mal, daß Picasso malt, während er radfährt. . . Aber zunächst wollen wir uns mit einem Mann beschäftigen, dessen kometenhafter Aufstieg. . .

Ein Schwein quiekt. Der Moderator springt auf, reißt einen Revolver aus der Schreibtischschublade und feuert in die Kulisse.
EINBLENDUNG: »SCHWEINE – NELSON 3 : 1«

Dritter Interviewer und Arthur »Zwei Schuppen« Jackson. Im Hintergrund pathetische klassische Musik.

Dritter Interviewer (ERIC) Letzte Woche erlebte die Royal Festival Hall die Uraufführung der neuen Symphonie eines der bedeutendsten zeitgenössischen Komponisten, Arthur »Zwei Schuppen« Jackson. Mr. Jackson.

Jackson (TERRY J.) Guten Abend.

Dritter Interviewer Mr. Jackson, gestatten Sie, daß ich gleich zu Beginn kurz abschweife. Ihr, wenn Sie die Bezeichnung erlauben. . . Spitzname. . .

Jackson Ah, ja.

Dritter Interviewer »Zwei Schuppen«. Wie sind Sie zu dem gekommen?

Jackson Ach, ich selbst verwende ihn gar nicht, nur einige meiner Freunde nennen mich »Zwei Schuppen«.

Dritter Interviewer Aha. Und. . . besitzen Sie tatsächlich zwei Schuppen?

Jackson Nein. Nein, ich habe nur einen Schuppen. Allerdings schon ziemlich lange, und vor einigen Jahren hab ich mal überlegt, mir vielleicht einen zweiten zuzulegen – und seitdem nennen mich einige Leute »Zwei Schuppen«.

Dritter Interviewer Ungeachtet der Tatsache, daß Sie tatsächlich nur einen haben.

Jackson Ja.

Dritter Interviewer Aha. Und ziehen Sie den Erwerb eines zweiten Schuppens in Erwägung?

Jackson Nein.

Dritter Interviewer Um Ihrem Beinamen gerecht zu werden.

Jackson Nein.

Dritter Interviewer Aha. Aha. Na schön, zurück zu Ihrer Symphonie. Also. . . geschrieben haben Sie diese Symphonie vermutlich. . . *im* Schuppen. . .?

Jackson Nein. . .

Dritter Interviewer Haben Sie denn irgendeines Ihrer anderen jüngsten Werke in diesem Schuppen geschrieben?

Jackson Nein. Das ist doch bloß ein normaler Geräteschuppen.

Im Hintergrund erscheint das Bild eines Geräteschuppens.

Dritter Interviewer Aha. Dann erwägen Sie also den Kauf eines zweiten Schuppens, um *darin* zu schreiben.

Jackson Nein, nein. Hören Sie ... diese ganze Schuppen-Geschichte ist wirklich belanglos, diese Schuppen sind nicht wichtig. Es ist einfach so, daß mich ein paar Freunde »Zwei Schuppen« nennen, das ist alles. Sie sollten mich lieber über meine Musik befragen. Ich bin Komponist. Dauernd fragen mich irgendwelche Leute nach diesen Schuppen, das wird völlig überbewertet, ich kann es nicht mehr hören, ich hätte mir das Ding nie im Leben zulegen sollen. . .

Dritter Interviewer *(verständnisvoll lächelnd)* Also darf man wohl davon ausgehen, daß Sie den Verkauf eines Schuppens erwägen.

Jackson Ich *werde* ihn verkaufen, ja.

Dritter Interviewer Dann wären Sie Arthur »Kein Schuppen« Jackson.

Jackson *(erregt)* He, jetzt vergessen Sie die Schuppen, die Schuppen sind vollkommen unwichtig. . .

Dritter Interviewer Bei allem Respekt, Mr. Jackson, denke ich doch, daß wir jetzt über Ihre Symphonie sprechen sollten. . .

Jackson Was?

Dritter Interviewer Ihre Symphonie, ist – wie man hört – für Orgel und Kesselpauken geschrieben. . .

Jackson *(entdeckt das Schuppenbild hinter sich)* Was ist das?

Dritter Interviewer Was ist was?

Jackson Ein Schuppen. Nehmen Sie das weg.

Er deutet auf die Projektionswand. Das Bild verschwindet und wird durch ein Foto von Jackson ersetzt. Jackson betrachtet es eingehend.

Jackson Na also.

Dritter Interviewer Bitte, Mr. Jackson. . . zu Ihrer Symphonie.

ZWISCHENTITEL: »ARTHUR ›ZWEI SCHUPPEN‹ JACKSON«

Schnitt zurück ins Studio: Jacksons Bild wird ersetzt durch ein Foto zweier Schuppen. Über einem der beiden schwebt ein Fragezeichen.

Dritter Interviewer Man sagt, Sie hätten sich früher sehr fürs Züge-Sichten interessiert.

Jackson Wie?

Dritter Interviewer Man sagt, vor ungefähr dreißig Jahren sollen Sie ein geradezu begeisterter Streckenposten gewesen sein.

Jackson Was hat das mit meiner verdammten Musik zu tun?

Der zweite Interviewer (John) tritt hinzu.

Zweiter Interviewer Hast du Ärger mit dem?
Dritter Interviewer Ja, kann man sagen.
Zweiter Interviewer Tja, Zwei-Schuppen, Typen wie du sollten sich besser nicht mit uns Interviewern anlegen.
Dritter Interviewer Genau. Mach dich dünne, Zwei-Schuppen. In diesem Studio ist nicht genug Platz für uns drei.
Er wird aus dem Bild gestoßen, man hört es poltern und krachen.
Zweiter Interviewer Besorg dir deine eigene Kunstsendung, du Schwuchtel!
Dritter Interviewer *(in die Kamera)* Arthur »Zwei Schuppen« Jackson.
Schnitt zum Moderator. Er setzt gerade zum Sprechen an, als:
Dritter Interviewer *(im Off)* Mach dir nichts draus, Timmy.
Zweiter Interviewer *(im Off)* Ach, Michael, wenn ich dich nicht hätte.
Moderator Arthur »Zwei Schuppen« ...
Schnitt zu einem im Studio sitzenden Wikinger.
Wikinger (JOHN) ...Jackson.
Schnitt zurück zum Moderator.

Moderator Und jetzt zu einigen weiteren Vorberichten zu jenem monumentalen, künstlerischen Ereignis, in dessen Verlauf Pablo Picasso ein von uns in Auftrag gegebenes Gemälde anfertigen wird – und zwar beim Radfahren. Pablo Picasso – Begründer der modernen Kunst – zweifellos der bedeutendste abstrakte Maler aller Zeiten... hier und heute zum ersten Mal in Bewegung malend. Aber bevor es losgeht, wollen wir einen kurzen Blick auf die Strecke werfen.
Schnitt zu einem Raymond-Baxter-Typ, der vor einer großformatigen Landkarte steht. Er bewegt ein kleines, auf Pappe gezogenes Konterfei von Picasso über die Karte, um die Streckenführung zu erläutern.
Baxter (MICHAEL) Danke, David... Picasso wird hier unten in Chichester starten, dann auf der A29 nach Fontwell radeln und dort die A272 nehmen, die ihn hier oben, nördlich von Hindhead, auf die A3 führt. Von da aus geht's immer geradeaus auf der A3 bis hierher, zum Südring in Battersea. Ja, es handelt sich hier wirklich um ein bemerkenswertes Ereignis, da es das erste Mal sein wird, daß ein derart bedeutender zeitgenössischer Künstler die A272 nimmt, und wir dürfen gespannt sein, wie er mit dem Verkehrsaufkommen um Wisborough Green zurechtkommt. Vicky!

Schnitt zu Vicky, der ein Fahrrad hält.

Vicky (ERIC) Also, das hier ist das Fahrrad, mit dem Picasso unterwegs sein wird, ein Wiking-Super-Tourenrad mit Rennlenker und Zwillingsfelgenbremsen. Mit der Ränke-Bürzel-20-Gang-Synchron-Schaltung kann er sich schon auf Schwierigkeiten gefaßt machen, weil er es hier mit Straßenbelägen zu tun kriegt, die man im Ausland so praktisch gar nicht kennt. Mitzie!

Schnitt zum Moderator. Neben ihm sitzen ein Wikinger und ein Ritter in voller Rüstung.

Moderator Und wir schalten um zu einem ersten Bericht über Picassos Fortschritte – Reg Moss an der Umgehungsstraße in Guildford, bitte.

Reg Moss steht mit einem Mikro in der Hand am Rande einer ziemlich befahrenen Landstraße.

Reg Moss (ERIC) Danke, David. – Bisher ist von Picasso noch nichts zu sehen, aber er muß jeden Moment hier vorbeikommen... Bei mir ist jedenfalls Ron Geppo, britischer Meister im Radsprint und diesjähriger Gewinner des Querfeldeinrennens Derby–Doncaster.

Wir sehen Geppo in kompletter Radlermontur.

Geppo (GRAHAM) Tja, Reg, ich schätze, Pablo wird schon klarkommen, vorausgesetzt, er versucht nicht irgendwas in der Größenordnung seiner früheren Gemälde zu machen, so was wie *Guernica* oder *Die Fräulein von Avignon* oder diese Krieg-und-Frieden-Wandgemälde, die er zuletzt für die Friedenskapelle in Vallauris gemacht hat, weil, bei solch starkem Gegenwind wie heute wahrscheinlich nicht mal Doug Timpson von den Manchester Harriers was in dem Format malen könnte.

Reg Moss Vielen Dank, Ron... *(Sieht die Straße hinunter.)* Und da hier noch immer nichts von Picasso zu sehen ist, gebe ich zurück ins Studio.

Moderator *(mit »Knopf« im Ohr)* Ich höre gerade, daß Picasso sich dem Tolworth-Kreisel an der A3 nähert. Sam Trench in Tolworth, bitte melden.

Schnitt zu Sam Trench am Straßenrand.

Trench (JOHN) Ja, David, hier am Tolworth-Kreisel tut sich wirklich etwas. Picasso radelt energisch auf den Kreisverkehr zu. Er ist noch ungefähr 50 bis 75 Meter entfernt – und jetzt sehe ich auch sein Gemälde... es ist – abstrakt... Ja, ich kann mehrere blaue, mehrere lila und einige kleine schwarze ovale

Formen erkennen. . . Ja, wenn mich nicht alles täuscht, sehe ich. . .

Eine Schreckschraube tritt neben ihn und stupst ihn an.

Schreckschraube (MICHAEL) Das is' nich' Picasso – das is' Kandinsky.

Trench *(aufgeregt)* Herrgott, Sie haben recht! Es ist Kandinsky, aber wer ist denn da bei ihm? Das ist Braque. Georges Braque, der Kubist, er malt einen Vogel im Flug über ein Kornfeld, und er schießt talwärts auf Kingston zu, und. . . *(Radfahrer fahren an ihm vorbei)* Piet Mondrian – direkt hinter ihm, Piet Mondrian, der Neoplastiker, dann eine Lücke, dann das Hauptfeld, da kommen sie, Chagall, Max Ernst, Miró, Dufy, Ben Nicholson, Jackson Pollock und – Bernard Buffet mit einem Ausreißversuch auf der rechten Seite, Brancusi geht mit, außerdem Géricault, Fernand Léger, Delauney, De Kooning, Kokoschka scheint den Anschluß zu verlieren, auch Paul Klee fällt ein wenig zurück, und, ganz am Ende dieser Gruppe: unser Kurt Schwitters!

Schreckschraube Das'n Deutscher!

Trench Aber bis jetzt nicht die geringste Spur von Pablo Picasso, und deshalb vom Tolworth-Kreisel zurück ins Studio.

Toulouse-Lautrec radelt auf einem Dreirad vorbei.

Schnitt zurück ins Studio.

Moderator Nun, ich denke, die Sache hat sich aufgeklärt, Sam, gerade bekommen wir eine Meldung von der Straßenwacht, daß Picasso. . . daß Picasso. . . gestürzt ist. Und zwar auf der B2127, unmittelbar vor Ewhurst, offenbar beim Versuch, eine Abkürzung über Peaslake und Gomshall nach Dorking zu nehmen. Picasso soll unverletzt sein, aber das Schwein klagt über leichte Kopfschmerzen. *(Legt den Ohrhörer ab.)* Und mit dieser Meldung müssen wir uns für heute von Ihnen verabschieden. Picassos erster Griff nach internationalem Radsportruhm ist gescheitert. Und damit bleibt uns, allen Mitarbeitern von »Achtung: Kunst«, nur, Ihnen weiterhin einen angenehmen Abend zu wünschen. *(Ein Schweinekopf taucht am Rande des Moderatorentisches auf. Der Moderator drückt ihn sanft wieder nach unten.)* Guten Abend.

TRICKFILM: *eine aus viktorianischen Fotos zusammengesetzte Trickfilm-Sequenz, an deren Ende ein großes Schwein abstürzt und das*

Porträt eines Mannes erschlägt. Schnitt zu einem Generalstabszimmer im zweiten Weltkrieg. Zwei Offiziere schieben kleine Schweinemodelle über eine Landkarte. Ein Soldat tritt ein.

Soldat Es hat Dobson erwischt, Sir.

Offizier (GRAHAM) Mastschwein, wie? Diese Säue.

Schnitt zu einem Reihenhaus in einer ruhigen Seitenstraße. Ernste Dokumentationssendungs-Musik. Schnitt in ein kleines Zimmer. Eine gebeugte, ungepflegte Gestalt (Michael) sitzt zusammengekauert an einem Schreibtisch und schreibt. Um ihn herum liegen Papierschnipsel und zerknüllte Zettel. Die Kamera zeigt uns den schreibenden Mann von vorn; sein unrasiertes Gesicht ist gezeichnet von enormer Konzentration.

Off-Sprecher (ERIC) Dieser Mann ist Ernest Scribbler... Witzautor. In wenigen Sekunden wird er den lustigsten Witz der Welt geschrieben haben... und sich deswegen totlachen.

Der Witzautor hält inne, um zu lesen, was er geschrieben hat... langsam breitet sich ein Lächeln über sein Gesicht aus, das sich dann sehr, sehr langsam in hysterisches Lachen verwandelt... er erhebt sich unsicher, irrt, zunehmend ausgelassener prustend und kreischend, hilflos durch den Raum, bricht schließlich zusammen und stirbt.

Off-Sprecher Dieser Witz war ganz offensichtlich tödlich... niemand konnte ihn lesen und überleben...

Scribblers Mutter (Eric) betritt den Raum. Sie entdeckt ihren toten Sohn und schreit entsetzt auf. Sie beugt sich über ihn und weint. Sie bemerkt den Zettel in seiner Hand, nimmt ihn an sich (da sie ihn für einen Abschiedsbrief hält – die letzten dreizehn Jahre waren nicht leicht für ihren Sohn) und liest ihn schluchzend. Urplötzlich bricht sie in schallendes, hysterisches Gelächter aus, springt in die Höhe und sinkt tot über dem Schreibtisch zusammen.

Schnitt zu einem typischen Reporter, der typisch vor dem Haus steht.

Reporter (TERRY J.) *(andächtig)* Heute morgen um kurz nach elf wurde dieses kleine Haus in der Dibley Road von Komik erschüttert, von plötzlicher... heftiger... Komik. Die Polizei hat die gesamte Umgebung hermetisch abgeriegelt. Bei mir ist jetzt Scotland Yards Spitzeninspektor.

Inspektor (GRAHAM) Ich werde gleich das Haus betreten und versuchen, den Witz zu eliminieren.

In diesem Moment wird eines der Fenster im ersten Stock des Hauses aufgestoßen. Ein Arzt mit Stethoskop steckt hysterisch kreischend seinen Kopf heraus und sinkt tot auf das Fensterbrett. Reporter und

Inspektor werfen einen kurzen, traurigen Blick auf ihn und fahren dann fort, als seien sie derart traurige Vorkommnisse an diesem Morgen bereits gewohnt.

Inspektor Unterstützt werde ich dabei durch melancholische Musik, die von einem alten Grammophon abgespielt wird, und von einigen Männern des Q-Dezernats, die Klagelieder anstimmen werden. . . *(Er deutet auf ein in der Nähe stehendes Häuflein mürrisch dreinblickender Polizisten.)* Die dadurch entstehende Stimmung dient meinem Schutz, falls ich den Witz versehentlich lesen sollte.

Er gibt den Männern ein Zeichen. Die Polizisten beginnen zu seufzen und Klagelieder anzustimmen. Chopins »Trauermarsch« erklingt. Der Inspektor streckt die Brust raus, schreitet mutig auf das Haus zu und verschwindet darin.

Reporter Da geht er hin, der mutige Mann. Und ganz gleich, ob er lebend wiederkehren wird oder nicht: man wird sich seiner Tat erinnern als einer der mutigsten und tapfersten in der Polizeigeschichte. . .

Plötzlich taucht der Inspektor, unbändig lachend, in der Haustür auf und hält den Witz empor. Er taumelt kichernd in den Vorgarten, bricht zusammen und stirbt.

Schnitt zu einem Archivfilm: Armeelastwagen fahren auf einer nächtlichen Straße entlang.

Off-Sprecher Es dauerte nicht lange, bis sich die Armee für das militärische Potential des Killer-Witzes zu interessieren begann. Unter strengsten Sicherheitsvorkehrungen wurde der Witz auf dem schnellsten Wege zu einem Treffen der alliierten Oberbefehlshaber ins Kriegsministerium geschafft.

Schnitt zu einer Hintertür des Kriegsministeriums. Der Wachhabende nimmt Haltung an, als ein Meldefahrer mit einer gepanzerten Kiste auf die Tür zuläuft. (Schild an der Tür: Konferenz. Kein Zutritt.) Der Meldefahrer eilt hinein. Die Tür öffnet sich für ihn und wird hinter ihm geschlossen. Lautstarkes Brüllen und Lachen ist zu hören, dann die dumpfen Aufschlaggeräusche der auf dem Tisch oder dem Fußboden zusammenbrechenden Oberbefehlshaber. Der Soldat vor der Tür verzieht keine Miene.

Schnitt zu einem Bunker in der Ebene von Salisbury. Kurze Kamerafahrt zu einem Sehschlitz, durch den zwei schnauzbärtige Generäle gespannt nach draußen spähen.

Off-Sprecher Die Armeeführung war beeindruckt. Tests in der

Ebene von Salisbury bestätigten die verheerende Wirkung des Witzes auf eine Entfernung von bis zu fünfzig Metern.

Schnitt: Sicht aus dem Bunkerschlitz. Zoom durch den Schlitz zum Horizont, wo eine einsame Gestalt in der kargen Landschaft steht. Es ist ein schlaksiger, bebrillter Obergefreiter (Terry J.); er wirkt verfroren und jämmerlich.

Schwenk zu zwei Soldaten, die fünfzig Meter entfernt neben einer aufgebockten, von einem Laken verdeckten Tafel stehen.

Schnitt zum Gesicht des Obergefreiten – das gleichermaßen Unverständnis wie Dummheit signalisiert.

Ein auf dem Bunker stehender Mann schwenkt eine Fahne. Die beiden Soldaten enthüllen den Witz. Der Obergefreite liest ihn mit zusammengekniffenen Augen, stutzt, denkt darüber nach, prustet leicht, giggelt und fällt tot um. Schnitt zu den Generälen, die sich vor dem Bunker beglückwünschen.

Generäle Fantastisch!

Schnitt zum Oberst, der in die Kamera spricht.

Oberst (GRAHAM) Während des gesamten Winters '43 arbeiteten Übersetzer – unter witzgeschützten Bedingungen – an einer deutschen Version des Witzes zu erstellen. Aus Sicherheitsgründen arbeiteten sie jeweils nur an einem einzigen Wort. Einer von ihnen sah zwei Wörter und verbrachte mehrere Wochen im Lazarett. Aber trotz dieser Widrigkeiten kamen wir gut voran, und schon im Januar lag der Witz in einer Version vor, die für unsere Truppen unverständlich war – nicht aber für die Deutschen.

Schnitt zu einem Schützengraben in den Ardennen. In ihm kauern Angehörige der Witzbrigade mit Zetteln, auf denen der Witz steht.

Off-Sprecher Und so konnte der Witz am achten Juli des Jahres 1944 in den Ardennen erstmals gegen die feindlichen Truppen eingesetzt werden.

Befehlshabender Unteroffizier Erzählt deeen. . . *Witz!*

Witzbrigade *(gemeinsam)* Wenn ist das Nunstück git und Slotermeyer? Ja! . . . Beiherhund das Oder die Flipperwaldt gersput!

Schwenk aus dem Graben über eine verwüstete Waldlandschaft bis hin zu der Stelle, wo sich vermutlich die deutschen Schützengräben befinden. Nach kurzer Stille hören wir Getuschel und Geflüster aus den Büschen, dann torkelt ein Häufchen deutsche Soldaten hysterisch lachend aus dem Unterholz.

Off-Sprecher Es war ein unglaublicher Erfolg. Sechzigtausendmal so stark wie Englands berühmtester Vorkriegswitz. . .
Ein Archivfilm zeigt Chamberlain, der das unterzeichnete Münchner Abkommen hochhält.

Off-Sprecher . . .und darüberhinaus einer, dem Hitler nichts entgegenzusetzen hatte.
Ein Archivfilm zeigt Hitler bei einer Kundgebung. Hitler spricht; Untertitel werden groß eingeblendet.
UNTERTITEL: »MEIN HUND HAT KEINE NASE.«
Ein junger Soldat antwortet:
UNTERTITEL: »UND WIE RIECHT ER?«
Hitler spricht:
UNTERTITEL: »GRÄSSLICH.«

Off-Sprecher Eingesetzt, war er tödlich.
Ein Angehöriger der Witzbrigade schleicht durch den Wald. Plötzlich entdeckt er etwas und geht in Deckung. Von einem Baum geschützt, liest er den Witz vor.

Witzgefreiter (TERRY J.) Wenn ist das Nunstück git und Slotermeyer? Ja! . . .Beiherhund das Oder die Flipperwaldt gersput!
Aus einem der Bäume fällt ein lachender Heckenschütze.
Schnitt zur Witzbrigade, die in einem Waldstück zum Angriff übergeht.

Witzbrigade Wenn ist das Nunstück git und Slotermeyer? Ja! . . .Beierhund das Oder die Flipperwaldt gersput!
Sie skandieren den Witz mehrfach, während sie durchs Unterholz stürmen. Die Deutschen ergreifen lachend die Flucht, einige stürzen zu Boden.

Off-Sprecher Die Deutschen hatten entsetzliche Verluste zu beklagen.
Schnitt zu einem deutschen Feldlazarett. Vor einem Zelt liegen mehrere Opfer, die noch immer hysterisch lachen.
Schnitt zu einem Vernehmungszimmer der Nazis. Auf einem Stuhl sitzt ein Offizier der Witzbrigade, dessen Gesicht geschunden aussieht. Er wird von einem Gestapo-Offizier verhört; ein weiterer (der ein großes Schild mit der Aufschrift »Ein Gestapo-Offizier« um den Hals trägt) steht hinter dem Gefangenen.

Nazi (JOHN) Wie lautet derrr grroße Witz!?

Offizier (MICHAEL) Von mir erfahren Sie nur Namen, Rang, und warum darf man deutsche Fische nicht mit Haken kreuzen?

Nazi Das ist nicht komisch! *(Er ohrfeigt ihn; d. h., er schlägt am*

Gesicht des Gefangenen vorbei, während der zweite Gestapo-Offizier (Graham) in die Hände klatscht.) Ich will wissen, wie lautet derrr Witz!

Offizier Na schön. Warum hinkt die Nazi-Infanterie der englischen immer hinterher?

Nazi *(kurz aus der Fassung gebracht)* Ich weiß nicht... Warum hinkt die Nazi-Infanterie der englischen immer hinterher?

Offizier Weil wir nicht besonders gut zu Fuß sind. *(Er tritt dem Nazi mit voller Wucht auf den Fuß; der Getretene hüpft mit schmerzverzerrtem Gesicht auf und ab.)*

Nazi Gott in Himmel! Das ist nicht komisch! *(Er »ohrfeigt« den Gefangenen mehrmals; dann drohend:)* Und wenn du mir jetzt nicht verrätst, wie derrr Witz lautet, schlage ich rrrrichtig zu!

Offizier Körperliche Schmerzen machen mir nichts aus.

Nazi Bah... wie langweilig. Na schön! Otto!

Otto (Graham) beginnt, den Offizier mit einer Feder zu kitzeln. Dieser beginnt zu lachen.

Offizier Oh, nein – alles, nur das nicht, bitte, ist gut, ich erzähl's euch.

Sie hören auf.

Nazi Schnell, Otto. Die Schreibmaschine.

Otto setzt sich an die Schreibmaschine; die beiden Nazis sehen den Offizier erwartungsvoll an.

Offizier Wenn ist das Nunstück git und Slotermeyer? Ja! Beierhund das Oder die Flipperwaldt gersput.

Otto hört auf zu tippen, taumelt brüllend vor Lachen hinaus auf den Flur und stirbt.

Nazi Ach! Das ist nicht komisch!

Er prustet, fängt an zu lachen, knufft den Gefangenen in die Seite, springt plötzlich brüllend hoch und fällt tot um. Ein Wächter mit Maschinengewehr (Terry G.) stürmt herein. Der englische Offizier springt auf den Tisch.

Offizier *(blitzschnell)* Wenn ist das Nunstück git und Slotermeyer? Ja! ...Beierhund das Oder die Flipperwaldt gersput.

Der Wächter taumelt rückwärts und bricht lachend zusammen. Der Offizier flüchtet.

Schnitt zu einem Archivfilm: Deutsche Wissenschaftler bei der Arbeit in einem Labor.

Off-Sprecher Aber schon im Herbst des Jahres 1944 arbeiteten die Deutschen in Peenemünde an einem eigenen Witz.

Schnitt nach innen. Ein deutscher General (Terry J.) sitzt an einem imposanten Tisch. Hinter ihm steht Otto, vor dessen Brust ein Schild mit der Aufschrift »Ein anderer Gestapo-Offizier« baumelt. Ein bebrillter deutscher Wissenschaftler/Witze-Verfasser tritt ein. Er räuspert sich und liest von einer Karte ab.

Deutscher Witzwissenschaftler (ERIC) Die ist ein Kinnerhunder und zwei Mackel über der bitte schön ist den Wunderhaus sprechen sie. »Nein«, sprecht der Herren. »Ist aufern borger mit zweitdingen.«

Er sieht hoffnungsvoll von der Karte auf.

Otto Wir geben Ihnen Bescheid.

Er erschießt ihn. Der Wissenschaftler fällt tot auf einige andere weiß bekittelte Leichen.

Weitere Archivfilme mit deutschen Wissenschaftlern.

Off-Sprecher Aber im Dezember war die Arbeit abgeschlossen, und Hitler gab den Befehl, die englische Version des deutschen V-Witzes im Rundfunk auszustrahlen.

Schnitt zu einem Vierziger-Jahre-Empfänger, vor dem ein gespannt lauschendes Ehepaar sitzt (Graham & Terry J.)

Radio *(eine knisternde deutsche Stimme)* Der wör zwei pienats, woking daun der strasse, end won wos. . . essoltet! Pienat. Ho-ho-ho.

Die deutsche Nationalhymne erklingt. Die Eheleute sehen zuerst einander, dann völlig fassungslos das Radio an.

Schnitt zurück in die Gegenwart. Ein BBC-Berichterstatter steht auf einer Lichtung.

Berichterstatter (ERIC) 1945 brach der Frieden aus. Das war das Ende des Witzes. Der Einsatz von Witzen zur Kriegsführung wurde in einem besonderen Abschnitt der Genfer Konventionen verboten, und die letzte verbliebene Kopie des Witzes wurde 1950 hier, auf einem Landfriedhof in Berkshire, zur ewigen Ruhe gebettet, um nie wieder erzählt zu werden.

Die Kamera schwenkt zu einem Grabstein mit der Inschrift »Dem unbekannten Witz«. Eine langsame Fahrt zurück zeigt den Stein in idyllischer Umgebung. Die Kamera schwenkt zu den Klängen von »Rule Britannia« in den Himmel. Schnitt zu einem Fußballschiedsrichter, der abpfeift.

ZWISCHENTITEL: »ENDE«

Wieder der Strand vom Anfang. Der »Jetzt«-Mann liegt am Strand. Jemand stupst ihn mit einem langen Stock von außerhalb des Bildes an.

Mit letzter Kraft richtet er sich auf und torkelt zurück ins Meer. Dazu läuft der Abspann:

EINBLENDUNG: »›KANADA, WAS NUN?‹ WURDE ERDACHT, GESCHRIEBEN UND AUFGEFÜHRT VON... (ABSPANN).«

Dazu:

Off-Sprecher (JOHN) Und jetzt liegt uns auch das Endergebnis vor: Schweine – Britische Zweibeiner 9 : 4. Die Schweine treffen im Finale auf Vicki Carr.

Zwei – Sex und Gewalt

Ein Mann erscheint auf einer ziemlich weit entfernten Düne. Wir hören ihn laut keuchen. Er sieht kurz in Richtung Kamera und rennt dann auf sie zu. Er erscheint auf dem Gipfel einer näher gelegenen Düne, rennt weiter in Richtung Kamera und verschwindet wieder in einer Senke. Jetzt, wo er nicht zu sehen ist, klingt es, als laufe jemand über einen Gefängniskorridor, dann hört man das Öffnen und Schließen einer großen Tür. Der Mann taucht wieder auf, jetzt nur noch zwei Dünen entfernt. Weiter auf die Kamera zurennend, verschwindet er erneut. Diesmal hören wir eine Reihe von metallischen Geräuschen, gefolgt vom Quieken eines Schweins. Der Mann erscheint am Fuß der Düne, auf der die Kamera steht, und rennt auf sie zu.

Mann (MICHAEL) Und jetzt. . .

Off-Sprecher (JOHN) Monty Python's Flying Circus.

Anschließend folgen einige sehr seltsame Bilder, die dem fiebernden Hirn eines amerikanischen Immigranten entstammen und möglicherweise mit dem »Strecken von Eulen« zu tun haben. Nach Abschluß dieser kostspieligen Therapieveranstaltung folgt:

ZWISCHENTITEL: »TEIL 2«

ZWISCHENTITEL: »SCHAFE«

Szenenaufbau im Studio: ein ländliches Weidengatter. Ein waschechter Landmann mit schmutzigem Kittel und Schlapphut stützt sich auf die Pforte. Ein feiner Städter, offenbar in den Ferien, nähert sich dem Landmann. Man hört die ganze Zeit »Mäh«-Geräusche, ohne aber je Schafe zu sehen.

Städter (TERRY J.) Guten Tag.

Landmann (GRAHAM) Tach.

Städter Schönes Wetter heute, nicht?

Landmann Jou, jou.

Städter Machen Sie hier Urlaub, oder. . . ?

Landmann Nee, nee, ick wohn hier.

Städter Oh, auch sehr schön. *(Blickt über das vor ihnen liegende Feld; er stutzt)* Sagen Sie mal, sind das etwa *Schafe*?

Landmann Jou.

Städter Ja, ja, natürlich, das sieht man ja. . . bloß. . . äh, was machen die denn oben in den Bäumen?

Landmann Eine berechtigte Frage. Eine, die mich in den vergangenen Wochen recht häufig beschäftigt hat. Nach reiflicher Überlegung bin ich zu der Überzeugung gelangt, daß sie nisten.

Städter Nisten?

Landmann Jou.

Städter Wie Vögel?

Landmann Jou. Genau so! Vögel sind der Schlüssel zu diesem Problem. Nach meinem Dafürhalten befinden sich diese Schafe in dem Irrglauben, sie seien Vögel. Beobachten Sie ihr Verhalten: Nehmen Sie zum Beispiel ihre Neigung, auf den Hinterbeinen über die Weide zu hüpfen. *(»Gemähe« aus dem Off; die beiden folgen der unsichtbaren Geräuschquelle mit den Augen.)* Und jetzt verfolgen Sie ihre Versuche, von Baum zu Baum zu fliegen. Beachten Sie, daß sie weniger fliegen als vielmehr abstürzen. *(Geräusch eines abstürzenden Schafes.)* Sehen Sie sich beispielsweise das Mutterschaf in der Eiche dort drüben an. Es versucht ganz offensichtlich, seinem Lamm das Fliegen beizubringen. *(Määääääh... bumms.)* Das kommt dabei heraus, wenn Blinde Blinde führen.

Städter Aber warum halten die sich denn für Vögel?

Landmann Wieder eine berechtigte Frage. Eins steht mal fest: Ein Schaf ist zum Fliegen nicht geschaffen. Schon das vergleichsweise einfache Hocken auf einem Ast bereitet ihm unerhörte Schwierigkeiten. *(Rumms.)* Wie Sie sehen. Und was das Fliegen betrifft; ihre Körper sind den Problemen der Luftfahrt nicht im geringsten gewachsen. Nun sind leider Schafe aber ausgesprochen tumb. Wenn die sich erst mal was in den Kopf gesetzt haben, lassen sie sich so leicht nicht mehr davon abbringen.

Städter Aber wie sind sie denn überhaupt auf so was gekommen?

Landmann Durch Harold. Das ist das Schaf da drüben unter der Ulme. Er ist das gefährlichste Tier überhaupt – ein schlaues Schaf. Harold ist der Leithammel. Er hat durchschaut, daß das Leben von Schafen darin besteht, ein paar Monate in der Gegend herumzustehen und dann gegessen zu werden. Ziemlich deprimierende Aussichten für ein ehrgeiziges Schaf wie ihn. Er *mußte* praktisch auf Fluchtgedanken kommen.

Städter Aber... warum schaffen Sie sich diesen Harold denn nicht einfach vom Hals?

Landmann Na, wegen der enormen kommerziellen Möglichkeiten, falls er Erfolg hat.

Off-Sprecher (ERIC) Und was genau *sind* die kommerziellen Möglichkeiten, die sich durch Schaf-Luftfahrt ergeben?

Zwei Franzosen stehen vor dem Schaubild eines flugtauglichen Schafes. Sie sprechen sehr schnell französisch, größtenteils »Pseudo«.

Erster Franzose (JOHN) Bonsoir – ici nous avons les diagrammes modernes d'un mouton anglo-français. . . maintenant. . . määh-mäh. . . mais. . . mäh. . . nous avons, dans la tête, le cabine. Ici, on se trouve le petit capitaine anglais, Monsieur Trubshawe.

Zweiter Franzose (MICHAEL) Vive Brian, wo immer du bist.

Erster Franzose D'accord, d'accord. Maintenant, je vous présente mon collègue, le pouf célèbre, Jean-Brian Zatapathique.

Er reißt seinen Schnurrbart ab und klebt ihn seinem Kollegen ins Gesicht.

Zweiter Franzose Maintenant, le mouton. . . le Landung. . . les Räder, bon.

Klappt die Räder aus der Unterseite des Schaf-Schaubildes.

Erster Franzose Bon, les Räder, ici.

Zweiter Franzose C'est formidable, n'est ce pas. . . *(macht einige Flugbewegungen und redet unverständliches Zeug)* et dans la derrière de le mouton. . . *(zieht einen kleinen Motor aus dem Heck des Schafes)* le bon-bon-bon. . . le tschuk-tschuk-tschuk. . .

Es folgt eine kurze, geflüsterte Diskussion, dann:

Erster Franzose Ah. . . bon. . . bon.

Zweiter Franzose Mais. . .

Erster Franzose Mais. . .

Beide breiten fragend die Arme aus.

Zweiter Franzose Ou sont les bagages?

Erster Franzose Ou sont les bagages?

Zweiter Franzose Ou sont les voyageurs?

Erster Franzose Ou sont les voyageurs?

Zweiter Franzose *(den Schnurrbart wieder seinem Kollegen anklebend)* Gaspard!

Erster Franzose Merci! Les voyageurs. . . les bagages. . . ils sont. . . ici!

Triumphierend klappt er den Bauch des Schafes auf und enthüllt so den Rest des genialen Arrangements. Die beiden deuten auf die Sitzreihen und den Gepäckraum. Sie sind nun völlig begeistert und reden durcheinander. Schließlich zählen sie: »Sur trois. . . Un. . . deux. . . trois« und beginnen auf und ab flatternd »mäh-mäh, mäh-mäh« zu rufen.

Schnitt zu einigen Schreckschrauben im Supermarkt und einem Interviewer, der nicht im Bild zu sehen ist.

Erste Schreckschraube (GRAHAM) Doch ja, hier in der Gegend gibt's 'ne Menge Franzosen.
Zweite Schreckschraube (TERRY J.) Oooh, ja.
Dritte Schreckschraube (MICHAEL) Überall, ja.
Interviewer Und wie kommen Sie mit diesen Franzosen zurecht?
Erste Schreckschraube Oh, sehr gut.
Vierte Schreckschraube (JOHN) Ja, ich auch.
Dritte Schreckschraube Ich auch.
Erste Schreckschraube Doch, doch, ich mag die. Ich mein, im Denken sind die gut, nich'? Ich mein, mal ehrlich – Pascal.
Zweite Schreckschraube Blaise Pascal.
Dritte Schreckschraube Jean-Paul Sartre.
Erste Schreckschraube Ja, und Voltaire.
Zweite Schreckschraube Ooh! – René Descartes.

TRICKFILM: *René Descartes (Rodins »Denker«) sitzt da und denkt. Vor seinem Kopf hängt eine Blase, in der »Denk« steht. Plötzlich grunzt René zufrieden. In der Denkblase erscheint: »Ich denke also bin ich«. Eine große Hand mit einer Stecknadel kommt ins Bild und spießt die Blase auf, die Luft weicht aus, die Blase verschwindet. Kurz darauf verschwindet auch René.*

Schnitt ins Studio; ein elegant gekleideter, seriös wirkender Ansager sitzt an seinem Pult.

Ansager (ERIC) Und nun zu etwas völlig anderem. Ein Mann mit drei Arschbacken.

Ein Interviewer und Arthur Frampton in einem anderen Studio.

Interviewer (JOHN) Guten Abend. Bei mir zu Gast ist Mr. Arthur Frampton, bei dem ... – Mr. Frampton, wenn ich recht informiert bin, sollen Sie... äh... sagt man... haben Sie... – Also, ich will es mal anders formulieren... Wenn mich nicht alles täuscht, Mr. Frampton, haben Sie dort, wo die meisten Menschen... äh... zwei... zwei... haben Sie... haben Sie...
Frampton (TERRY J.) Wie bidde?
Interviewer Ah! Ja, ja, verstehe... Hmh... Sitzen Sie bequem?
Frampton Ja, doch, danke.
Interviewer *(wirft einen kurzen Blick auf Framptons Hinterteil)* Äh, Mr. Frampton, Ihr... verlängerter... Rücken...
Frampton Wie bidde?
Interviewer Äh, Ihr... verlängerter Rücken.
Frampton Was?

Interviewer Ihr Allerwertester... Ihr Gesäß... Ihre vier Buchstaben.

Frampton Wieviel?

Interviewer *(flüsternd)* Ihr Hintern.

Frampton *(laut)* Ach, mein Arsch!

Interviewer Psst!... Also, Mr. Frampton, soweit ich weiß, sollen Sie... einen fünfzigprozentigen Bonus... in der Gegend haben, die Sie gerade erwähnten.

Frampton Ich hab drei Backen.

Interviewer Ja, ja. Fein, fein. Also... ob wir Sie wohl bitten dürften, Mr. Frampton... uns das zu...

Frampton *(entdeckt eine Kamera, die hinter ihm herumfährt)* Hey! Was macht denn die Kamera da?

Interviewer Äh, nichts, gar nichts, Sir. Ob... ob wir Sie wohl bitten dürften... uns einen kurzen... einen kurzen... einen Einblick... – Mr. Frampton, würden Sie bitte die Hose runterlassen?

Frampton Was? *(Schlägt eine Hand weg, die aus dem Off nach ihm greifen will.)* Ey, weg da. Ich laß meine Hose nicht im Fernsehen runter. Wofür halten Sie mich eigentlich?

Interviewer Bitte lassen Sie sie runter.

Frampton Nein.

Interviewer Nur ein kleines bißchen.

Frampton Nein.

Interviewer Jetzt, äh... ähm... *(Bestimmt)* Jetzt hören Sie mal zu, Mr. Frampton... es kann schließlich jeder hierher zur BBC kommen und einfach behaupten... er habe ein bißchen zuviel in der Schinkenabteilung... Der Punkt ist doch, Mr. Frampton... unsere Zuschauer wollen Beweise sehen.

Frampton Ich war im Persischen Rundfunk... Finger weg! Arthur Figgis weiß, daß ich drei Arschbacken hab.

Interviewer Woher?

Frampton Wir radeln zusammen.

Schnitt zu zwei Männern, die auf einem Tandem fahren. Der hintere (Graham) guckt nach unten, sieht auf und ruft: Schtümpt!

Wieder der seriöse Ansager an seinem Tisch.

Ansager Und nun zu etwas völlig anderem. Ein Mann mit drei Arschbacken.

Erneut das Interview-Studio.

Interviewer Guten Abend. Bei mir zu Gast ist Mr. Arthur

Frampton, bei dem ... – Mr. Frampton, wenn ich recht informiert bin, sollen Sie, sagt man... Also, ich will es mal anders formulieren... Wenn mich nicht alles täuscht, Mr. Frampton, haben Sie dort, wo die meisten Menschen ... – Hatten wir das nicht gerade eben?

Frampton Äh... doch.

Interviewer Na, und wieso *sagen* Sie mir das nicht?

Frampton Ich hab gedacht, das wär die Kontinents-Fassung.

Ansager-Pult: seriöser Ansager.

Ansager Und nun zu etwas völlig gleichem. Ein Mann mit drei Arschbacken. *(Das Telefon auf dem Tisch klingelt. Er nimmt den Hörer ab.)* Hallo?... Ach, schon? *(Legt wieder auf; in die Kamera)* Und nun zu etwas völlig anderem. Ein Mann mit drei Nasen.

Stimme aus der Kulisse (JOHN) Der ist noch nicht da!

Ansager Zwei Nasen?

Archivfilm von applaudierenden Teilnehmerinnen eines Frauenkongresses.

Ein Mann präsentiert ein Taschentuch, er führt es an die Nase: man hört lautes Schnauben. Anschließend führt er das Taschentuch in sein Hemd: erneut lautes Schnauben. Wieder der Archivfilm mit den applaudierenden Frauen.

Conférencier (MICHAEL) Aach, meine Damen und Herren, ist sie nicht großartig, war sie nicht großartig, hm? Ha, ha, ha, und sie kann genauso schnell laufen, wie sie singt, ha, ha, ha. Das kann ich Ihnen sagen – ich weiß, wovon ich rede. Nein, war nur Spaß. Ha, ha, ha. Scherz beiseite, Damen und Herren, heute abend können wir Ihnen eine weltweit einzigartige Nummer präsentieren. Ein Mann... Nein, genug der Worte, sehen Sie bitte selbst... Meine Damen und Herren, freuen Sie sich mit mir auf Arthur Ewing und seine Musik-Mäuse.

Schnitt zu Ewing.

Ewing (TERRY J.) Danke, danke, danke, danke. Meine Damen und Herren! In diesem Kasten hier habe ich dreiundzwanzig weiße Mäuse. Mäuse, die während der vergangenen Jahre gewissenhaft trainiert wurden, in einer bestimmten Tonhöhe zu piepsen. *(Er hebt eine Maus am Schwanz aus dem Kasten.)* Diese ist »Es«... und diese hier ist »G«. Sie verstehen wohl ungefähr, worauf es ankommt. Die Mäuse sind nun so auf diesem Gestell angeordnet, daß sie, wenn man sie in der richtigen Reihenfolge spielt, »The Bells of St. Mary's« piepsen werden. Meine Damen und Herren, ich gebe Ihnen auf der Mäuseorgel zum besten: »The Bells of St. Mary's«. Danke.

Er holt zwei Holzhämmer heraus und beginnt, damit auf die Mäuse einzudreschen, während er leise »The Bells of St. Mary's« summt. Jedem Schlag folgt ein gräßliches Quetschgeräusch und das letzte Piepsen der betreffenden Maus. Es wird deutlich, daß Ewing die Mäuse schlachtet. Der musikalische Effekt ist bescheiden. Nach den ersten paar Tönen rufen Zuschauer: »Haltet ihn davon ab! Den muß doch irgend jemand aufhalten, o mein Gott!« Ewing lächelt zufrieden. Er wird vom Aufnahmeleiter fortgezerrt.

Schnitt zu einem Mann, der an einem Schreibtisch sitzt und ein Schild mit der Aufschrift »Eheberater« hochhält. Er legt das Schild auf den Tisch und sagt:

Eheberater (ERIC) Der nächste!

Den Raum betreten ein kleiner Mann und eine bildschöne, dralle Blondine in der Blüte ihrer Jugend (Carol Cleveland).

Mann (MICHAEL) Sind Sie Eheberater?

Eheberater Ja. Guten Morgen.

Mann Guten Morgen, Sir.

Eheberater *(fasziniert die Frau anstarrend)* Und auch Ihnen einen guten Morgen, Madam. *(Kurze Pause; er besinnt sich mit einem kurzen Kopfschütteln. . .)* Name?

Mann Mr. und Mrs. Arthur Pewtey. . . Pewtey.

Eheberater *(Notiert es, ohne hinzusehen; starrt die Frau an.)* Und wie heißt Ihre hinreißende Gattin? *(Hebt die Hand.)* Halt! Sagen Sie nichts – es hat irgend etwas mit Mondschein zu tun – es paßt zu ihren Augen – etwas Zartes, Sanftes, warm und gefügig, voll tief empfundenen Gefühls – und doch so zart und scheu wie ein kleines weißes Häschen.

Mann Sie heißt Deirdre.

Eheberater Deirdre. Was für ein schöner Name. Was für ein wunder-wunderschöner Name. *(Er steht auf, setzt sich vor der Frau auf die Schreibtischkante und streicht ihr mit dem Handrücken über die Wange.)* Und was stimmt nicht mit Ihrer Ehe, Mr. Pewtey?

Mann *(äußerst geschwätzig)* Also, das hat alles vor fünf Jahren angefangen, als wir zum ersten Mal in Brighton Urlaub machten. Deirdre, das ist meine Frau, war mir immer eine gute Lebensgefährtin, und ich hätte nie im Leben damit gerechnet, daß wir jemals einen Ehekrach haben würden – ehrlich gesagt, schon die Vorstellung, einen Eheberater zu konsultieren, ist mir immer ausgesprochen zuwider gewesen, obwohl es mir gänzlich fern liegt, den Wert Ihres Gewerbes oder Berufsstandes in Zweifel ziehen zu wollen.

Der Eheberater und Deirdre hören überhaupt nicht zu, sind völlig fasziniert voneinander.

Eheberater *(merkt, daß Pewtey verstummt ist)* Fahren Sie fort.

Mann *(wieder in vollem Tempo)* Na ja, wie ich schon sagte; wir waren immer gute Freunde, wir hatten dieselben Interessen, die Gartenarbeit und dergleichen, Modellflugzeuge, die Kleingeldflasche für den Urlaub, und eben zweimal monatlich abends zusammenzusitzen, um die Buchhaltung zu machen, äh, Deirdre, Deirdre, das ist meine Frau, macht das immer besonders viel Spaß, weil sie noch nie ein Pfund zuviel hatte. . . *(Das Gesicht des Eheberaters ist jetzt unglaublich dicht vor dem Deirdres; so dicht, wie es geht, ohne sich zu küssen.)* Ich hätte vielleicht gleich zu Beginn erwähnen sollen, daß man mir keinen geringen Sinn für Humor nachsagt, ungeachtet der Tatsache, daß ich mich in den letzten zwei Jahren überwiegend mit mir selbst beschäftigt habe, beschäftigen mußte, weshalb mir auch erst vor verhältnismäßig kurzer Zeit, also vor kurzem, klargeworden ist – äh, klargeworden ist möglicherweise nicht ganz das richtige Wort, also, äh, ich mir einbilde, ja, einbilde, daß ich nicht der einzige Mann in ihrem Leben bin.

Eheberater *(der Deirdre jetzt praktisch umklammert hält)* Sie dachten, daß Ihre Frau fremdgeht?

Mann Also zuerst – ja, ehrlich gesagt, ja. *(Der Eheberater bedeutet Deirdre, hinter einen Paravent zu gehen; sie leistet der Aufforderung lächelnd Folge.)* Ihr Verhalten erschien mir damals, nun ja, soweit sich das beurteilen ließ, ein wenig seltsam.

Eheberater Seltsam?

Mann Ja, doch, ich meine, bis zu einem gewissen Grad, doch. Ich bin von Natur aus kein mißtrauischer Mensch – ganz im Gegenteil –, obwohl man mir gelegentlich nachsagt, ich sei ein ausgezeichneter Tischredner, wenn Sie wissen, was ich meine. . .

Ein Kleidungsstück seiner Frau flattert über den Paravent.

Eheberater Aber selbstverständlich, ja.

BH und Höschen fliegen über den Paravent.

Mann Na, wie dem auch sei, in den Kreisen, wo man mich kennt, kennt man mich jedenfalls ziemlich gut...

Eheberater *(sein Jackett ausziehend)* Oh, ja. Könnten Sie das mal halten?

Mann Aber gern. Ja. *(Hilft ihm aus dem Jackett; der Eheberater zieht sich weiter aus.)* Na, jedenfalls, wie ich schon sagte: Ich beschloß eines Tages, mich den Tatsachen zu stellen und nicht mehr um den heißen Brei herumzureden. Ich hätte meinen Anblick im Badezimmerspiegel sonst nicht mehr ertragen...

Eheberater *(bis auf die Unterhose entkleidet)* Äh, macht es Ihnen was aus, sich mal zehn Minuten die Beine zu vertreten. Sagen wir: eine halbe Stunde.

Mann Nein, nein, jawohl, gut. Ich warte dann draußen, wenn's recht ist? *(Der Eheberater ist bereits hinter dem Paravent verschwunden.)* Ja, das ist wohl das beste. Ja. Was die eine oder andere Sache angeht, haben Sie mich auch schon sehr beruhigt. Doch.

Er verläßt den Raum. Vor der Tür wird er von einem schwarz gekleideten Texaner aufgehalten, der mit tiefer, voller Stimme spricht.

Texaner (JOHN) Bleib stehen, mein Sohn. Ein Mann kann laufen und laufen, Jahr für Jahr, bis er endlich begreift: Das, wovor er wegläuft... ist er selbst.

Mann Gosh!

Texaner Ein Mann muß tun, was ein Mann tun muß, und es hat keinen Sinn wegzulaufen. Also wirst du dich umdrehen; und du wirst kämpfen – mit hoch erhobenem Kopf.

Mann Ja!

Texaner Geh also jetzt wieder dort hinein, mein Sohn, und sei ein Mann. Kopf hoch. *(Ab.)*

Mann Ja, das werde ich tun! Das werde ich tun! Ich habe mich lange genug herumschubsen lassen. Es reicht! Dies ist deine Stunde, Arthur Pewtey! Es reicht, Arthur Pewtey! Endlich bist du ein Mann! *(Er stößt die Tür entschlossen auf.)* Okay, Deirdre, komm da raus!

Eheberater Verschwinden Sie.

Mann Ist recht. Schon gut.

Ein Ritter in Ritterrüstung kommt auf ihn zu und schlägt ihm ein Huhn auf den Kopf.

Off-Sprecher (JOHN) und ZWISCHENTITEL: »SOVIEL ZUM THEMA PATHOS«

Filmstartband:

8... 7... 6... Jimmy Greaves... 4... 3...

Der »Queen-Victoria«-Film: die Aufnahmen erinnern an die ersten historischen Filmdokumente bzw. Fotografien aus der viktorianischen Zeit. Königin Victoria (Terry J.) und Gladstone (Graham) gehen über den Rasen vor Osborne House.

Off-Sprecher (JOHN) Diese historischen, 1880 im Garten des Osborne House aufgenommenen Bilder von Queen Victoria zeigen die Queen mit Gladstone. Dieses einzigartige Filmdokument gibt uns einen der wenigen Einblicke in das Privatleben einer Frau, die einst die halbe Welt beherrschte. Den Kommentar zu diesen Bildern, aufgenommen auf einer der ersten Wachswalzen, spricht Alfred Lord Tennyson, der Poet Laureate. *(Michael fährt im fröhlichen Slapstick-Comedy-Tonfall fort.)* He, Hallo, da ist sie ja wieder, die quirlige Queen! *(Die Königin knufft Gladstone mehrmals in die Rippen und verpaßt ihm scherzhaft einige sanfte Kinnhaken.)* Aber wer ist'n der and're Bursche? Ach, Willie Gladstone! Naaa, wenn zwei so mordsmäßig quirlige Typen wie die zusammenkommen, dann gibt's immer was zu lachen. *(Die beiden nähern sich einem Gärtner, der einen Schlauch in der Hand hält.)* Und – oh-oh! Da ist'n Schlauch! Das wird bestimmt gleich Ärger geben! *(Die Königin nimmt den Schlauch und tritt den Gärtner; er fällt kopfüber in die mit Gartenabfällen gefüllte Schiebkarre.)* Oh-oh, der alte Gärtner ist auf den uralten Trick hereingefallen. Jetzt hat er einen Haufen Ärger am Hals! *(Die Königin richtet den Schlauch auf Gladstone.)* Oh-oh, Willie, das ist ins Auge gegangen! *(Die Königin gibt Gladstone den Schlauch.)* So, jetzt darfst du auch mal! *(Sie geht zum Wasserhahn und dreht ihn zu.)* Na, Kruzitürken, wo ist denn das Wasser hin? *(Gladstone untersucht das Schlauchende; die Königin dreht den Hahn wieder auf, Gladstone wird klatschnaß.)* Oh-oh, da ist es ja wieder, mitten im Gesicht! *(Die Königin rafft die Röcke und rennt, von Gladstone verfolgt, über den Rasen; Schnitt: Die Königin streicht einen Bretterzaun; Gladstone nähert sich von der anderen Seite.)* Halli-hallo, was hat Britanniens quirlige Queen denn nun wieder vor? Mmh, schön macht sie das; wie's sich für eine echte Zaunkönigin gehört. Da kann doch eigentlich nichts schiefgehen? Oh-oh, da kommt der Premier – er hat noch nicht genug. *(Gladstone spaziert bis auf Höhe des Zauns; die Königin malt ihn an.)* Da wird er wieder angeschmiert! *(Er nimmt ihr den Eimer weg und gießt ihr* *den Inhalt über den Kopf; sie tritt ihn; er stürzt durch den Zaun.)* Tja-ja, so schafft man sich die Hausarbeit vom Hals!

Schnitt zur Königin und Gladstone, die an einem Gartentisch sitzen und Tee trinken. Die Königin drückt Gladstone ein Sahnetörtchen ins Gesicht. Als er mit seinem Törtchen ausholt, um zurückzuschlagen, wird der Film angehalten.

Die Kamera fährt zurück, wir sehen, daß es sich bei dem Standbild um ein gerahmtes Foto handelt, das auf dem Kaminsims in einem Arbeiter-Wohnzimmer steht. Das Wohnzimmer könnte direkt aus einem D.-H.-Lawrence-Roman stammen. Vater sitzt am Tisch, Mutter ist mit dem Kamin beschäftigt. Es klopft. Mutter wischt ihre Hände an einer Schürze ab und öffnet einem jungen Mann in gepflegtem Anzug die Tür.

Mutter (TERRY J.) Ach, Vatti. . . sieh nur, wer uns besuchen kommt. . . unser Ken. *(Sie umarmt ihn und führt ihn hinein.)*

Vater (GRAHAM) *(spuckt aus)* Jau, wurd auch langsam mal Zeit, wennde mich frachst.

Ken (ERIC) Freust du dich nicht, mich zu sehen, Vater?

Mutter *(drückt beruhigend seinen Unterarm)* Natürlich freut er sich, dich zu sehen, Ken, er. . .

Vater Is' gut, Frau, is' gut, ich hab selber 'ne Zunge im Maul – ich sach's ihm schon selber. *(Mustert Ken angewidert.)* Jau. . . Dolle Verkleidung, wat de da anhast. Trächt man sowat heute in Yorkshire?

Ken Das ist ein ganz normaler Anzug, Vater. . . mehr besitze ich nicht, außer den Blaumännern.

Der Vater wendet sich mit angewidertem Gesichtsausdruck ab.

Mutter Wie gefällt es dir denn in der Zeche, Ken?

Ken Ach, ich kann nicht klagen, Mutti. . . wir verwenden neue Wolframkarbidbohrer für den Streckenvortrieb in den Flözen.

Mutter Oh, das hört sich gut an, Schatz. . .

Vater Wolframkarbidbohrer? Wat zum Teufel is'n verdammter Wolframkarbidbohrer?

Ken Etwas, das man im Kohle-Bergbau benutzt, Vater.

Vater *(ihn nachäffend)* »Etwas, das man im Kohle-Bergbau benutzt, Vater.« Du red'st nur noch so'n geschwoll'nes Zeuch, seit de aus London wech bis'.

Ken Fang doch nicht wieder damit an.

Mutter *(zu Ken)* Er hatte einen schweren Tag, Schatz. . . sein neues Stück wird morgen am National Theatre uraufgeführt.

Ken Oh, wie schön.

Vater Schön! *Schön?* Was weißt du schon davon? Hast du 'ne Ahnung, wie dat is', morgens um fünf aufzustehen und nach Paris zu fliegen. . . um zwölf wieder hier sein, um im Old Vic einen zu trinken, sich den ganzen Tag durch Pressekonferenzen und Fernsehinterviews zu schwitzen und abends um zehn wieder nach Hause zu kommen und sich mit den Problemen von 'ner lesbischen, drogensüchtigen Nymphomanin rumzuschlagen, die in den Ritualmord an einem bekannten schottischen Fußballer verwickelt ist? *Das* ist ein richtiger Arbeitstag, Bürschchen, damit du's weißt!

Mutter Ach, Vatti, schrei den Jungen doch nicht an.

Vater Jau, Hampstead war dir nicht gut genug, wat? Du mußtest dich ja nach Barnsley verpissen, du und deine Bergarbeiterkumpels. *(Spuckt aus.)*

Ken Bergbau ist etwas Herrliches, Vater, aber das wirst du nie begreifen wirst! Sieh dich doch an!

Mutter Oh, Ken! Sei vorsichtig! Du weißt doch, wie er ist nach ein paar Romanen.

Vater Na, sach schon, Bürschchen! Los, spuck's aus! Was paßt dir nich' an dei'm Vater. . . du *Sack*?!

Ken Ich sag dir, was mir an dir nicht paßt! Dein Kopf ist voll mit Romanen und Gedichten; jeden Abend kommst du mit einer Château-La-Tour-Fahne nach Hause. . .

Mutter Nein, Ken, nicht!

Ken Und sieh nur, was du Mutter angetan hast! Sie ist am Ende ihrer Kräfte: Filmstars treffen, Premieren besuchen, Festessen geben. . .

Vater An Festessen is' nix falsch dran, Bürschchen! Ich hab in mei'm Leben mehr Festessen gekricht als du warme Mahlzeiten!

Mutter Oh, bitte. . .

Vater Aaaaaaah! *(Greift sich an den Unterarm und sinkt auf die Knie.)*

Mutter O nein!

Ken Was ist denn?

Mutter Ach, sein Schreibkrampf!

Ken Davon hast du mir nie etwas erzählt. . .

Mutter Nein, das wollten wir nicht, Kenny.

Vater Mir fehlt nix! Mir fehlt nix, Frau. Aber schaff ihn hier raus!

Mutter Ach, Ken! Du gehst besser. . .

Ken Na schön. Ich gehe.

Vater Nach allem, was wir für ihn getan haben. . .

Ken *(an der Tür)* Eines Tages wirst du begreifen, daß das Leben nicht nur aus Kultur besteht. . . daß es Schmutz gibt und Rauch und guten, ehrlichen Schweiß!

Vater Raus! Raus! RAUS! Du. . . Arbeiter!

Ken geht. Dramatische Stille. Vater geht zum Tisch und nimmt die Haube von der Schreibmaschine.

Vater He, weißt du was, Mutter, ich glaub, dat könnt'n Stück werden. . . ruf mal den Agent an.

Mutter Jau, ich glaub, du hast recht, Frank. Das könnte. . . das könnte einem drängenden Problem unserer Zeit Ausdruck verleihen. . .

Vater Jau.

Im Zimmer unter ihnen steht ein Mann auf einem Stuhl und pocht mit einem Besenstiel an die Decke.

Mann (MICHAEL) He, Ruhe! *(Poch, poch.)* Ruhe! *(Das Gespräch im Stockwerk darüber endet.)* Na also. *(Er steigt vom Stuhl herunter und wendet sich an die Kamera.)* Und nun zu etwas völlig anderem. Ein Mann mit drei Arschbacken.

Mutter und Vater *(von oben)* Das hatten wir schon!

Der Mann sieht, leicht aus der Fassung gebracht, nach oben.

Mann Ist ja gut. Ist ja gut!. . . Ein Mann mit neun Beinen.

Off-Stimme (JOHN) Ist weggelaufen.

Mann Oh. . . Ach, Scheiße. *(Überlegt lange. Dann:)* Äh. . . ein reitender Schotte!

Schnitt zu einem Schotten (John), der durch die Landschaft reitet. Er zügelt sein Pferd und sieht sich verwirrt um.

Schnitt: Archivfilm mit applaudierenden Frauen.

Schnitt zum Mann mit zwei Nasen (Graham); er hält sich ein Taschentuch an den Ellenbogen; wir hören das Schnauben.

Schnitt zu den applaudierenden Frauen.

Schnitt zu einem Trickfilm mit einem fliegenden Schaf.

Off-Stimme (MICHAEL) Harold! Komm zurück, Harold! Harold! Komm zurück, Harold! Ach, zum Henker!

Das Schaf wird von einer Kanone erschossen.

Schnitt: Archivfilm. Wir sehen indische Zuschauerinnen, die nicht applaudieren.

EINBLENDUNG: »DER AUSKLANG – EINE GLAUBENSFRAGE«

Interview-Studio mit Interviewer. Zu seiner Rechten ein katholischer

Prälat in vollem Ornat und mit Käppchen, diesem gegenüber ein feiner älterer Herr im Tweedanzug.

Interviewer (JOHN) Guten Abend und herzlich willkommen zu einer neuen Ausgabe von »Der Ausklang«. Zu Gast bei uns in der Sendung sind heute abend Monsignore Edward Gay, Gastprofessor an der Hochschule für Theologie in Somerset und Verfasser einer Reihe von Büchern über den Glauben, unter anderem des jüngst veröffentlichten Bestsellers »Mein Gott«. Sein Gegenüber ist Dr. Tom Jack: Humanist, Fernsehschaffender, Dozent und Autor des Buches »Hallo, Seemann«. Statt nun heute abend über die Existenz oder Nichtexistenz Gottes zu diskutieren, haben die beiden beschlossen, darum zu kämpfen. Über die Existenz oder Nicht-Existenz wird entschieden durch zwei Schulterwürfe, zwei Aufgaben oder einen Knockout. Okay, Jungs, packen wir's an. Ihr Conférencier am heutigen Abend ist – Mr. Arthur Waring.

Die Teilnehmer klettern in einen Boxring.

Ringrichter (ERIC) Guten Abend, meine Damen und Herren, ich darf Sie zu einem Dreirunden-Kampf recht herzlich im »Ausklang« begrüßen. Zu meiner Rechten, in der blauen Ecke, für Jehova antretend – der allseits beliebte Monsignore Eddie Gay. *(»Buh«-Rufe aus der Menge.)* Und zu meiner Linken, in der roten Ecke – der Autor der Bücher »Kierkegaards Probleme« und »Hallo, Seemann« und Gastprofessor für moderne theologische Philosophie an der Universität East Anglia – aus Wigan – Dr. Tom Jack! *(Applaus; ein Gong ertönt.)*

EINBLENDUNG: »RUNDE 1«

Die beiden sind echte Ringer. Sie schleudern sich gegenseitig durch den Ring.

Interviewer *(kommentierend)* Jetzt ist es Dr. Jack gelungen, einen Armdrehschwung anzusetzen. Einen schönen Armdrehschwung, ja, das wird wohl ein kompletter Ausheber. Ein kompletter Ausheber, ja, er bringt seinen Gegner zu Boden; aber da steht er schon wieder. Tja. . . hier wollen wir den »Ausklang« für einen Augenblick verlassen. Das Ergebnis der Diskussion werden wir Ihnen im weiteren Verlauf des Programms mitteilen. . . *(Wir hören eine Kugel über seinen Kopf pfeifen; er duckt sich.)* O mein Gott! *(Er zieht einen Revolver und erschießt irgend etwas in der Kulisse.)*

TRICKFILM: *Wir sehen einen Cowboy, der von einer Kugel getroffen tot umfällt. Es folgt ein Zeichentrickfilm, in dem ein fleischfressender Kinderwagen und Musik aus Rodins Statue »Der Kuß« vorkommen. Es folgt ein Demonstrationszug mit Transparenten. Nahaufnahme der Transparente, auf denen steht: Schluß mit der Diskriminierung: Mäuse sind schön; Ho, Ho, Ho, die Fallen ab ins Klo; Laßt die Mäuse zufrieden; Schafft die Anti-Maus-Gesetze ab; Jungmethodisten Kidderminster Gegen Die Unterdrückung: Faire Prozesse für Mäusemenschen.*

EINBLENDUNG: »DIE WELT UM UNS HERUM«
Fotos von Zeitungsschlagzeilen: »Popstars in Mäuseskandale verwikkelt«; »Nage-Klage gegen Adligen«.
EINBLENDUNG: »DAS MÄUSEPROBLEM«
Schnitt zu einem Polizisten, der einen als Maus kostümierten Mann in ein Polizeirevier führt. Der Inhaftierte hält sich eine Decke vor das Gesicht, um nicht erkannt zu werden.
Fotografierte Schlagzeile: Mäuseclubs immer beliebter.
Schnitt zu einigen Fotos von Nachtclubschildern: Mauswirtschaft; Jiek-Jiek Club; Zum Weißen Nager; Pieps-Show.
Schnitt ins Studio: Moderator in grauem Anzug an einem Pult.

Moderator (MICHAEL) Ja. Das Mäuseproblem. »Die Welt um uns herum« widmet sich diese Woche einem Phänomen von zunehmender sozialer Relevanz: Wir reden von Mäusen und Menschen. Aus welchem Grund möchte ein Mensch eine Maus sein?
Ein Interviewer sitzt einem Bekenner gegenüber. Der Bekenner sitzt im Halbschatten. Während er spricht, fährt die Kamera langsam um ihn herum, bis er und der Interviewer im Profil zu sehen sind.

Bekenner (JOHN) *(sehr langsam und gequält)* Also, es ist nicht so, daß man einfach eine Maus sein will... das geschieht einfach irgendwie mit einem. Man... man merkt ganz plötzlich... daß man eine sein will.

Interviewer (TERRY J.) Und wann haben Sie das zuerst bei sich bemerkt, dieses... nennen wir es mal... Bedürfnis?

Bekenner Na ja... ich war ungefähr siebzehn, und... ein paar von meinen Freunden und ich, wir sind zu einer Party gegangen, und... äh... wir hatten ziemlich viel getrunken... Und dann fing einer von den Jungs da an... Käse... rumzureichen... und, na ja, dann hab ich halt ein Stück probiert, nur aus Neugier... tja, und das... so war das.

Interviewer Und was haben diese jungen Männer sonst noch getan?

Bekenner Also, einige von denen haben angefangen, sich ein bißchen wie Mäuse anzuziehen... und als sie dann die Kostüme anhatten, haben sie angefangen zu... piepsen.

Interviewer Ja. Und war das alles?

Bekenner Das war alles.

Interviewer Und wie haben Sie darauf reagiert?

Bekenner Na, ich war schockiert... Aber, ähm... nach und nach hab ich gespürt, daß ich mich wohler fühlte... mit anderen Mäusen.

Schnitt zurück zum Moderator.

Moderator Ein typischer Fall. Ein junger Mann, den wir im folgenden Mr. A. nennen wollen, obwohl er in Wirklichkeit so heißt:

Off-Sprecher (JOHN) und EINBLENDUNG:
ARTHUR JACKSON
32A MILTON AVENUE,
HOUNSLOW, MIDDLESEX.

Moderator Was macht eine derartige Lebensweise für einen Menschen wie Mr. A. so anziehend? Bei uns im Studio begrüßen wir jetzt einen psychiatrischen Gutachter.

Die Kamera fährt zurück und zeigt uns den neben dem Moderator sitzenden Psychiater, der ein Schild mit der Aufschrift »Der Unglaubliche Kargol und Janet« vor sich auf den Tisch stellt.

Kargol (GRAHAM) Was wir da eben gehört haben, war ein sehr typisches Fallbeispiel. Ich selbst habe über siebenhundert ähnliche Fälle behandelt, alle komplett dokumentiert. Ob Sie wohl so nett wären, einen auszuwählen?

Janet (Carol) tritt im Glitzerkostüm auf, hält dem Moderator die Fallbeispiele wie einen Satz Spielkarten aufgefächert hin. Der Moderator zieht die Karte, die deutlich zwischen den anderen herausragt.

Kargol *(ohne hinzusehen)* Mr. Arthur Aldridge aus Leamington.

Moderator Äh... das ist wirklich unglaublich, unglaublich! Danke, Janet. *(Tusch; Janet verbeugt sich und geht.)* Kargol, was sagen Sie nun als Psychiater... nicht als Zauberkünstler...

Kargol *(enttäuscht)* Oh...

Moderator ...zu diesem Problem. Wie kommt es, daß gewisse Menschen gern Mäuse sein möchten?

Kargol Also, uns Psychiatern ist ja bekannt, daß mehr als acht Prozent der Bevölkerung immer Mäuse sein werden. Will sagen, letztlich geht es um die Maus in uns allen. Will sagen, wie viele von uns können schon guten Gewissens von sich behaupten, sie hätten sich nicht hin und wieder von Mäusen sexuell angezogen gefühlt. *(Moderator sieht ihn verwirrt an.)* Ich spreche aus Erfahrung. Will sagen, die meisten Heranwachsenden machen eine Phase durch, in der sie zwei- bis dreimal täglich piepsen. Einige Jugendliche fühlen sich auf der anderen Seite von der Tatsache angezogen, daß das Ganze ausgesprochen illegal ist. Das ist wie mit Mord. Erklären Sie etwas für gesetzeswidrig – schon bekommt es etwas Mystisches. *(Der Moderator wird zunehmend unsicherer.)* Nehmen Sie Brandstiftung. Will sagen, wie viele von uns können denn guten Gewissens behaupten, sie hätten nicht hier und da schon mal ein größeres öffentliches Gebäude in Brand gesteckt. Ich spreche aus Erfahrung. *(Das Telefon auf dem Tisch klingelt; der Moderator nimmt den Hörer ab, legt ihn jedoch sofort vor sich hin, ohne sich zu melden.)* Der einzige Weg, die Kriminalitätsrate zu senken, ist, die Anzahl der strafbaren Handlungen zu reduzieren – nur immer raus damit. Ich spreche aus Erfahrung.

Moderator *(den Telefonhörer zurücklegend)* Der Unglaubliche Kargol und Janet. Was die meisten Menschen nicht berücksichtigen, ist, daß eine Maus, ist sie erst einmal anerkannt, eine ausgesprochen nützliche Funktion in der Gesellschaft übernehmen kann. Und tatsächlich finden wir in allen Epochen der Geschichte Beispiele für berühmte Männer, von denen heute bekannt ist, daß sie Mäuse waren.

Schnitt zu Julius Cäser (Graham) auf einer Düne. Er ruft »Veni, vidi, vici«. Anschließend läßt er ein verstohlenes Piepsen folgen. Napoleon (Terry J.) zieht eine Scheibe Käse aus seiner Jacke und beißt hinein. Schnitt zum Moderator.

Moderator Und natürlich auch Hillaire Belloc. Aber was sagt. . .

Schnitt zu einem Wikinger.

Wikinger (JOHN) . . .der Mann auf der Straße zu. . .

Moderator . . .diesem immer brisanter werdenden sozialen Problem?

»Stimmen des Volkes«-Filme.

Fensterputzer (ERIC) Muß man gegen einschreiten.

Interviewer Und wie?

Fensterputzer Ich würd sie erwürgen.

Börsenmakler (JOHN) Also, ich, als Mitglied der Börse, denke, ich würde denen das Hirn mit einem Strohhalm aussaugen, die

Witwen und Waisen verkaufen und in südamerikanischen Zink investieren.

Mann (TERRY J.) Jou, ich, nä, würd den' Spatzen in' Hals stopfen, nä, bis die Schnäbel sich da durchbohren, da durch die, äh, Bauchdecke.

Buchprüfer (GRAHAM) Ach, wissen Sie, ich bin beeidigter Buchprüfer und daher ein viel zu großer Langweiler, um von Interesse zu sein.

Pfarrer (JOHN) Ich glaube, daß man es diesen armen, unglücklichen Menschen ermöglichen sollte, selbst zu entscheiden, wie sie leben möchten. *(Rümpft die Nase wie eine Maus und winkt verstohlen.)*

Pförtner (TERRY J.) Ich würd denen die Nasenlöcher mit'm Bootshaken aufreißen, denk ich mal.

Mann (GRAHAM) Na, ich meine, die können doch nichts dafür, oder? Nur, äh, man kann natürlich auch nichts dagegen tun. Also, äh, würd ich sie umbringen.

Schnitt zum Moderator.

Moderator Man kann die Einstellung der britischen Bevölkerung wohl nur als feindselig bezeichnen.

Off-Sprecher (ERIC) und ZWISCHENTITEL: »FEINDSELIG!«

Moderator Das liegt möglicherweise daran, daß man allgemein nur sehr wenig über diese Mäusemenschen weiß. Deshalb haben wir einen Film von einer jener berüchtigten Wochenendparties gedreht, bei denen diese widerwärtigen kleinen Perversen zusammenkommen.

Schnitt zu einem Haus, Außenansicht/Nacht. Da die Jalousien heruntergelassen sind, kann man nur die Schatten riesiger Mäuse erkennen, die Käsescheiben in den Pfoten halten und piepsen.

Stimme des Moderators Mr. A. berichtet uns, was bei diesen Mäuseparties eigentlich genau passiert.

Schnitt zu Mr. A.

Bekenner (JOHN) Also, zuerst wird man zu seinem eigenen, privaten Loch in der Scheuerleiste geführt. . . und dann zieht man sich das Mäusefell über. . . und. . . dann huscht man ins Wohnzimmer und dreht. . . wenn man mag. . . ein paar Runden im Laufrad.

Moderator Der Rest unseres Films zeigt Bilder von einer dieser Mäuseparties, Bilder, die heimlich von einem als Wühlmaus getarnten BBC-Kameramann aufgenommen wurden. Die schlechte Qualität der Aufnahmen bitten wir, wie gewöhnlich zu entschuldigen.

Sehr schlechte Filmqualität, verschwommene Konturen, komische Mäuse huschen durchs Bild.

Stimme des Bekenners Na ja, und dann, äh, dann klaut man ein bißchen Käse, Brie oder Camembert. . . oder Cheddar oder Gouda, wenn man auf die härteren Sachen steht. Man kann sich auch einen von diesen Schimmelkäsefilmen ansehen. . . und. . . mitten im Zimmer steht eine große Uhr, und so um zehn vor eins klettert man da rauf, und dann, wenn sie dann endlich eins schlägt. . . dann rennen alle wieder runter.

Eine dicke Matrone mit Kittel und Tranchiermesser stürmt ins Zimmer und attackiert die Mäuse.

Interviewer Und wer ist das?

Stimme des Bekenners Das ist die Bäuerin.

Schnitt zum Moderator an seinem Pult.

Moderator Vielleicht müssen wir noch mehr über diese Mäusemenschen erfahren, bevor wir uns wirklich ein Urteil über sie erlauben können. Vielleicht auch nicht. Wie dem auch sei, unsere dreißig Minuten sind jedenfalls um.

Das »Mähen« eines Schafes erklingt. Der Moderator sieht erschrocken nach oben, zieht einen Revolver unter dem Tisch hervor und feuert in die Luft. Ein Schaf fällt vor dem Pult auf den Boden.

Moderator Guten Abend.

Schnitt zu den Dünen vom Anfang. Der »Jetzt«-Mann wendet sich ab und läuft keuchend davon.

EINBLENDUNG: »›SEX UND GEWALT‹ WURDE ERDACHT, GESCHRIEBEN UND AUFGEFÜHRT VON. . . (ABSPANN)«

Dazu:

Off-Sprecher (JOHN) Und hier das Ergebnis des »Ausklangs«: Gott existiert durch zwei Schulterwürfe gegen eine Aufgabe.

Drei – Wie man verschiedene Baumarten von ziemlich weit weg erkennt

Beginn wie üblich – ein Mann in zerrissener Kleidung rennt durch einen Wald auf die Kamera zu, erreicht sie und sagt:

Mann (MICHAEL) Und jetzt. . .

Off-Sprecher (JOHN) Monty Python's Flying Circus

TRICKFILM: *Vorspann inklusive hübscher, blühender Blumen. Nach dem Ende des Vorspanns erscheint ein beschriftetes Diapositiv.*

Off-Sprecher (JOHN) und ZWISCHENTITEL/DIAS: »FOLGE 12B«

»WIE MAN VERSCHIEDENE BAUMARTEN VON ZIEMLICH WEIT WEG ERKENNT«

»NR. 1«

»DIE LÄRCHE«

Dia einer Lärche.

Off-Sprecher Die Lärche. Die Lär-che.

Gerichtssaal: der Richter sitzt erhöht an seinem Pult, ein Häftling auf der Anklagebank.

Richter (TERRY J.) Mr. Larch, Sie haben gehört, was die Anklage Ihnen vorwirft. Möchten Sie noch irgend etwas sagen, bevor ich das Urteil verkünde?

Häftling (ERIC) Tja. . . Euer Ehren, eigentlich nur, daß ich Familie habe. . . Frau und sechs Kinder. . . und ich hoffe sehr, daß Sie mich nicht meiner Freiheit berauben müssen. . . denn. . . denn Freiheit, Euer Ehren, preist man im Reiche der Zivilisation zurecht als höchstes Gut. Sie ist das Band, mit welchem es dem Wilden glücken mag, sein Herz zu feien gegen all die Totenschilde, von denen er umringt, und Linderung zu schaffen, sel'gen Frieden seiner aufgewühlten Brust zu bringen. Das Kostbarste ist sie, gleich einem heil'gen Balsam, die herrliche Erlöserin, Vorbotin aller Seligkeit, fürwahr das reine Mark und Wesen allen, was uns da lieb und teuer ist. Was feit den, der im Kerker liegt, allein, gekettet und anheimgegeben groben Mauern, so fern den Eulen Thebens? Was ist es, das die Wachtel in der Schlinge treibt, sie anspornt zu entrinnen, und das die Aprikose aus dem tiefen Schlummer reißt, was immer auch geschieht? Wie heißt die Göttin, die der sturmumtoste Seemann ruft in seinen heftigsten Gebeten? Freiheit! Freiheit! Freiheit!

Richter Herrgott, Sie haben doch bloß falsch geparkt.

Der Verteidiger eilt in den Gerichtssaal.

Verteidiger (JOHN) Entschuldigen Sie die Verspätung, Euer Ehren, ich konnt keinen regulären Parkplatz finden. Äh. . . eine Zusammenfassung ist wohl nicht nötig, Euer Ehren, ich find mich im Verlauf der Verhandlung schon zurecht. . . Ich rufe Mrs. Fiona Lewis in den Zeugenstand.

Eine Schreckschraube betritt den Gerichtssaal und stellt sich in den Zeugenstand.

Protokollführer Die Zeugin Mrs. Fiona Lewis.

Schreckschraube (GRAHAM) *(die Bibel ergreifend)* Ich schwöre, die Wahrheit zu sagen, die ganze Wahrheit und nichts als die Wahrheit – na ja, *jedenfalls,* ich hab zu ihr gesagt, ich sag, das können die sich *nie* leisten bei dem, was er verdient, ich meine, da kann man ja gar nicht anders, als seine Nase da reinzustecken, sagen Sie doch selbst, man kann doch zwei und zwei zusammenzählen, und er mit seinem Holzbein, fragen Sie mich nicht, wie sie damit zurechtkommt nach all dem Ärger, den sie mit ihrer Na-Sie-wissen-schon gehabt hat, na, jedenfalls alle waren ziemlich überrascht, weil, es *war* halt eine Hochzeit ganz in Weiß, wobei die natürlich alles auf Raten gekauft haben, ich finde doch, man sollte die wieder dahin schicken, wo sie hergekommen sind, ich mein, manchmal muß man eben auch nein sagen können, wie Mrs. Harris immer sagt, hat sie gesagt, sagt sie, hat sie gesagt, der tote Krebs, hat sie gesagt, sagt sie. Weil, ihre Schwester ist weg nach Rhodesien, mit dickem Bauch und allem, und ihr Jüngster, ihr Jüngster, dünner als ein Aktenschrank, und die Goldfische, die Goldfische, die Keuchhusten haben und sich die ganze Zeit Wasser übern Latz rotzen, na, die machen das halt, nich' wahr, ich mein, Sie können doch nicht, nich' wahr, ich mein, die sind nicht mal verheiratet oder so was, die sind nicht mal *geschieden*, und er ist beim KGB, wenn Sie mich fragen, obwohl, er sagt ja, er ist Baumchirurg, aber mir gefällt dem sein Lebenswandel nicht, jede Nacht dieses Gequieke und Gerummse bis in die Puppen, dafür geht's seiner Mutter aber viel besser, seit sie blöde geworden ist, doch, ist sie, hörn Se mir auf von wegen Harnblase, hab ich gesagt. . .

Während dieses Vortrags versucht der Verteidiger immer wieder, Fragen zu stellen. Schließlich gibt er es auf, und Mrs. Lewis wird – unbeeindruckt weiterredend – aus dem Gerichtssaal geschoben.

Richter Mr. Bartlett, die Bedeutung der Aussage Ihrer Zeugin für den hier verhandelten Fall ist mir nicht ganz klar.

Verteidiger Mein nächster Zeuge wird das erklären, wenn Euer Ehren erlauben. Ich rufe den verstorbenen Arthur Aldridge in den Zeugenstand.

Protokollführer Den verstorbenen Arthur Aldridge.

Richter Den *verstorbenen* Arthur Aldridge?

Verteidiger Ja, Euer Ehren.

Ein Sarg wird in den Gerichtssaal gebracht und quer über den Zeugenstand gelegt.

Richter Mr. Bartlett, halten Sie es für prozeßrelevant, einen Dahingeschiedenen zu befragen?

Verteidiger Wie meinen, Euer Ehren?

Richter Na, also, Ihr Zeuge ist doch tot.

Verteidiger Ja, Euer Ehren. Äh, na ja, äh, im Grunde schon, Euer Ehren.

Richter Er ist nicht völlig tot?

Verteidiger Nein, er ist nicht völlig tot, Euer Ehren. Nein. Es geht ihm aber auch nicht besonders gut.

Richter Wenn er nicht tot ist, was macht er denn in dem Sarg?

Verteidiger Nur eine Vorsichtsmaßnahme, Euer Ehren – wenn ich fortfahren dürfte? Mr. Aldridge, Sie waren. . . Sie *sind* Börsenmakler, wohnhaft Savundra Close 10 in Wimbledon. *(Aus dem Sarg ertönt ein einmaliges Klopfen.)* Mr. Aldridge. . .

Richter Was war denn das für ein Klopfen?

Verteidiger Das bedeutet »Ja«, Euer Ehren. Einmal Klopfen heißt »Ja«, zweimal Klopfen »Nein«. Sie erlauben, daß ich fortfahre? Mr. Aldridge, entspricht es der Wahrheit, daß Sie sich ganz und gar nicht wohl fühlen? *(Einmaliges Klopfen aus dem Sarg.)* Könnte man soweit gehen zu behaupten, daß Sie, Mr. Aldridge, ohne diesen Aspekt überstrapazieren zu wollen, sich der Auffassung anschließen könnten, daß Sie das sind, was man im landläufigen Sinne als »tot« bezeichnet? *(Stille; der Verteidiger lauscht.)* Mr. Aldridge, ich bezichtige Sie, tot zu sein. *(Stille)* Aaha!

Richter Worauf wollen Sie eigentlich hinaus?

Verteidiger Das wird in wenigen Augenblicken klar ersichtlich werden, Euer Ehren. *(Er geht zum Sarg.)* Mr. Aldridge, denken Sie über die Frage nach, oder sind Sie einfach tot? *(Stille.)* Ich sehe wohl besser mal kurz nach, Euer Ehren. *(Er öffnet den Sarg und sieht eine Zeitlang hinein; er schließt den Sarg wieder.)* Keine weiteren Fragen, Euer Ehren.

Richter Was heißt hier, keine weiteren Fragen? Sie können doch nicht einfach eine Leiche in meinem Gericht abladen und dann »keine weiteren Fragen« sagen. Ich verlange eine Erklärung.

Verteidiger In diesem Fall gibt es keine einfachen Erklärungen, Euer Ehren.

Richter Ich glaube, Sie haben nicht den blassesten Schimmer, worum es in dieser Verhandlung überhaupt geht.

Verteidiger Euer Ehren, die merkwürdigen, verwerflichen, fast möchte man sagen, teuflischen Zusammenhänge dieses außerordentlich verworrenen Netzes aus Intrigen werden in Kürze ein Komplott von solcher Scheußlichkeit, solcher Verderbtheit, solch infernalischer Tücke enthüllen...

Richter Mr. Bartlett, Ihr Klient hat sich bereits schuldig bekannt, im Parkverbot gestanden zu haben.

Verteidiger Parkverbot, Quarkverbot, Euer Ehren. Wir dürfen nichts unversucht lassen. Ich rufe Kardinal Richelieu in den Zeugenstand.

Richter Ach, Sie versuchen doch nur, den Prozeß in die Länge zu ziehen. Kardinal Richelieu?

Verteidiger Ein Leumundszeuge, Euer Ehren.

Trompetenfanfare. In prachtvollen Gewändern betritt Kardinal Richelieu den Zeugenstand. Er hält ein kleines Mikrophon in der Hand.

Richelieu (MICHAEL) 'allo zusammen. Isch finde es wirklisch toll, 'ier bei eusch zu sein, isch liebe diese Land. Zu diese Ja'reszeit ist London wirklisch ganz besaubernd.

Verteidiger Äh, Sie sind Kardinal Armand du Plessis de Richelieu, leitender Minister unter Louis XIII.?

Richelieu Oui.

Verteidiger Kardinal, entspricht es der Wahrheit, daß Sie nicht nur Begründer der zentralistischen Monarchie in Frankreich waren, sondern außerdem entscheidend zur Kirchenspaltung und zum Fortbestand der Religionsfreiheit beigetragen haben?

Kardinal *(bescheiden)* So sagt man, ja.

Verteidiger Ließen Sie die Hugenotten verfolgen?

Kardinal Oui.

Verteidiger Und sind Sie nicht sogar noch unnachgiebiger vorgegangen gegen den papistischen Klerus, der mit feindlichen Mächten konspirierte, um den Fortbestand seiner feudalen Unabhängigkeit sicherzustellen?

Kardinal Und ob isch das getan 'abe.

Verteidiger Kardinal, kennen Sie den Angeklagten Harold Larch?

Kardinal Seit isch so groß war *(deutet es mit der Hand an).*

Verteidiger Und würden Sie – als Kardinal der Römisch-Katholischen Kirche, als leitender Minister unter König Ludwig XIII., ja, als einer der Architekten der neuzeitlichen Welt – sagen, daß Harold Larch ein ehrenwerter Mann ist?

Kardinal Isch bitte Sie. Harry ist ein ganz wunderbarer Mensch.

Verteidiger Euer Ehren. In Anbetracht des untadeligen Wesens dieses Leumundszeugen bitte ich Euch, Gnade vor Recht ergehen zu lassen.

Richter Aber es wären doch bloß dreißig Shilling.

Inspektor Dumpf tritt ein.

Dumpf Nicht so schnell!

Angeklagter Und wieso nicht?

Dumpf *(kurz aus dem Konzept gebracht)* Die klugen Sprüche kannst du dir schenken. . . du hältst dich wohl für besonders schlau, wie? Aber ich bin Dumpf.

EINBLENDUNG: »DUMPF VON SCOTLAND YARD«

Alle *(synchron)* Dumpf! Verblüffung! Tumult!

Dumpf Genau. Und ich würde dem sogenannten Kardinal Richelieu gern ein paar Fragen stellen.

Kardinal Bonjour, Monsieur Dümpf.

Dumpf Sogenannter Kardinal, ich bezichtige Sie, im Dezember des Jahres 1642 gestorben zu sein.

Kardinal Das ist rischtig.

Dumpf Aha! Er ist auf meinen kleinen Trick hereingefallen!

Alles applaudiert. Der Kardinal ist bestürzt.

Kardinal Fluch über Euch, Inspektor Dümpf. Ihr seid zu gerissen für uns unanständige Menschen!

Dumpf Außerdem sind Sie meiner Auffassung nach niemand anders als Ron Higgins, der professionelle Kardinal-Richelieu-Imitator.

Kardinal Verdammt, jetzt hat es mich erwischt.

Verteidiger Meine Güte, Sie sind clever, Dumpf. Er hatte mich doch tatsächlich eingewickelt.

Dumpf Reine Routinesache.

Richter Dumpf, bei Ihren herausragenden Fähigkeiten könnten Sie auch etwas anderes sein als Polizist!

Dumpf Stimmt.

Richter Was?

Klavier intoniert Dumpfs Lied.

Dumpf *(singt)* Wenn ich nicht bei der Kripo wär,
Ganz was andres wollt ich sein,
Wenn ich nicht bei der Kripo wär,
Fensterputzer, das wär fein!
Mit 'nem schlappen, schlapp-schlapp,
Schlappen Lappen, lapp-lapp,
Schlappen Lappen den ganzen Tag,
Und 'nem Schrubber, schrubb-schrubb,
Schubidubn, dub-dub,
Sing ich, so lang ich mag!

Er imitiert einen Fensterputzer. Alle andern imitieren begeistert mit und wiederholen die Strophe mit ihm. Im Anschluß übernimmt der Verteidiger ebenso begeistert den Sologesang, aber jetzt bleiben alle regungslos sitzen und starren ihn an, als habe er nicht alle Tassen im Schrank.

Verteidiger Wenn ich nicht im Gericht schon wär,
Ganz was andres wollt ich sein,
Wär ich nicht schon Rechtsanwalt:
Lokführer, das wär fein!
Mit 'nem Tschut-tschut-tschut
etc.

Er imitiert einen fahrenden Zug und singt weiter. Nach einigen Sekunden bemerkt er, daß alle anderen ihn entgeistert anstarren und verliert ziemlich schnell den Schwung – fast so schnell, wie ihm Würde und Selbstvertrauen abhanden kommen. Schließlich zieht er sich zurück und setzt sich. Der Ritter nimmt neben ihm Platz und haut ihm das traditionelle, gerupfte Huhn auf den Kopf.

Off-Sprecher (JOHN) und DIA: »NR. 1«

DIA: »DIE LÄRCHE«

Dia einer Lärche.

Off-Sprecher Die Lärche. Die Lär-che.

Off-Sprecher und ZWISCHENTITEL/DIAS:

»UND JETZT. . . NR. 1. . . DIE LÄRCHE. . . UND JETZT. . .«

Superman-Film: wir sehen Superman (Michael), aus der Froschperspektive gefilmt, vor einem wolkigen Himmel schweben.

Off-Sprecher (JOHN) *(mit amerikanischem Akzent)* Dieser Mann ist kein gewöhnlicher Mann. Dies ist Mr. F. G. Superman.

Nichts scheint ihn von seinen gesetzestreuen Mitbürgern zu unterscheiden.

Schnitt: wir sehen, daß F.G. sich auf einer Straße voller Supermänner befindet, die zum Einkaufen gehen, an Bushaltestellen warten o. ä. F.G. Superman steigt in einen Bus. Auch der Bus ist voller Supermänner; einige haben Einkaufskörbe auf dem Schoß. F.G. Superman setzt sich auf einen freien Platz. . . während der Off-Sprecher weiterredet, fährt die Kamera langsam an sein Gesicht heran.

Off-Sprecher Aber Mr. F. G. Superman hat eine Geheimidentität. . . und wann immer es irgendwo irgendwelche Schwierigkeiten gibt, verwandelt er sich sofort in. . . Bicycle-Repair-Man!

Mittlerweile zeigt die Kamera eine Naheinstellung. F.G. lächelt leicht. Schnitt zu einer Landstraße. Ein Supermann radelt unschuldig pfeifend ins Bild. Plötzlich schwenkt er schlingernd nach links und kracht in den Straßengraben.

Schnitt zu einem Waschsalon. Schwenk an einer Reihe von Supermännern vorbei; einige von ihnen sind vertieft in Comics wie: »Die Abenteuer eines Versicherungskaufmanns«, »Einkommenssteuer-Comics« und »Der Kaufmann an der Ecke«. Die Tür fliegt auf, und ein kleiner Superboy stürmt theatralisch herein.

Superboy *(dramatisch)* He, da ist ein Fahrrad kaputtgegangen! Die Straße rauf! *(Deutet theatralisch aus dem Fenster.)*

Allgemeine Bestürzung.

Bicycle-Repair-Man *(off)* Mmmmm. Überleg. Klingt nach einem Fall für Bicycle-Repair-Man. . . Aber wie soll ich mich verwandeln, ohne meine Geheimidentität zu verraten?

Nahaufnahme: F. G. Superman. Seine Augen verengen sich zu schmalen Schlitzen.

Erster Supermann (JOHN) *(verzweifelt)* Wenn doch nur Bicycle-Repair-Man hier wäre!

F. G. Superman Ja! Wartet! Ich glaube, ich weiß, wo er steckt! – Seht nur, *dort!*

Er deutet aus dem Fenster; die anderen drehen sich um und sehen gehorsam hinaus.

F. G. nestelt an seinem Gürtel herum.

ZWISCHENTITEL: »FLASH!«

F. G. hat sich verwandelt. Er trägt jetzt einen Overall mit der Aufschrift »Bicycle-Repair-Man«, dazu eine kleine, runde Brille und einen Werkzeugkasten. Er stürmt aus dem Waschsalon, vorbei an den Supermännern, die ihm verwundert nachsehen.

Supermänner (JOHN & GRAHAM) Bicycle-Repair-Man! Aber. . . wie. . .?!

Schnitt zu drei Bauarbeiter-Supermännern, die gerade eine Straße aufstemmen. Einer von ihnen sieht plötzlich auf.

Erster Supermann (TERRY J.) Seht nur, ist es ein Börsenmakler?

Bicycle-Repair-Man schlurft zügig vorbei.

Zweiter Supermann (GRAHAM) Ist es ein Kalkulator?

Dritter Supermann (JOHN) Ist es ein Küster?

Alle Nein! Es ist Bicycle-Repair-Man!

Landstraße. Der Radfahrer-Supermann steht vor den verbogenen Resten seines Rades und kratzt sich nachdenklich am Hinterkopf. Bicycle-Repair-Man rast auf ihn zu. Der Supermann weicht mit überrascht erhobenen Händen zurück.

Supermann (TERRY J.) Mensch! Bicycle-Repair-Man! Dem Himmel sei Dank, daß du kommst! *(Deutet theatralisch auf das Fahrrad.)* Sieh nur!

Bicycle-Repair-Man schiebt ihn beiseite und kniet sich neben das kaputte Fahrrad. Unterdreht (»Zeitraffer«): er repariert das Fahrrad mit Schraubenschlüsseln etc. Dazu erklingt dramatische Musik.

GRAPHISCHE ZWISCHENTITEL:

»KLIMPER!«

»SCHRAUB!«

»BIEG!«

»AUFPUMP!«

»SATTELJUSTIER!«

Eine kleine Schar Supermänner hat sich versammelt, um ihm zuzusehen; während er arbeitet, deuten sie ungläubig in seine Richtung.

Zweiter Supermann Da! Er flickt es mit den Händen!

Dritter Supermann Seht! Wie er den Schlüssel ansetzt, um die Mutter festzuhalten!

Schnitt zu Bicycle-Repair-Man, der dem Radler-Supermann ein glänzendes Rennrad in die Hand drückt.

Supermann *(nimmt das Fahrrad)* Oh. . . Oh! Bicycle-Repair-Man! Wie kann ich dir je dafür danken!

Bicycle-Repair-Man Oh, das müssen Sie nicht, guter Mann, das ist schon in Ordnung. Reine Routinesache für. . . Bicycle-Repair-Man! *(Er schlurft davon.)*

Supermänner Unser Held!

Wir sehen Bicycle-Repair-Man (wieder unterdreht) über die Landstraße davonschlurfen.

Off-Sprecher (JOHN) Ja! Wo immer Fahrräder kaputtgehen oder vom internationalen Kommunismus bedroht sind, ist Bicycle-Repair-Man sofort zur Stelle!

Schnitt zum Off-Sprecher, der mit Ohrhörer und Mikrophon an einem Gartentisch sitzt.

Sprecher Zur Stelle, um die Kommunisten fertigzumachen, sie aufzumischen und vom Antlitz der Erde zu fegen... *(Er beginnt hysterisch zu kreischen.)* Diesen ekligen roten Abschaum zu Brei zu schlagen, ihm richtig in die Fresse zu treten, dahin, wo's weh tut. *(Er erhebt sich von seinem Stuhl, fuchtelt wild mit den Armen, schlägt mit dem Skript um sich, tritt gegen den Tisch und schmeißt den Sonnenschirm um.)* Töten! Töten! Töten! O wie ich sie hasse, diese dreckigen Kommunistenschweine! Ich *hasse* sie! Ich *hasse* sie! Aaah! Aaah!

Ehefrau *(nicht im Bild)* Norman! Der Tee ist fertig.

Er zuckt zusammen, schaut ängstlich in ihre Richtung.

Sprecher Ich komme, Schatz.

Er steht auf und geht artig davon und aus dem Bild. Für einige Sekunden sehen wir den verlassenen Stuhl, dann geht der Ritter durchs Bild, das gerupfte Huhn schlagbereit erhoben, und folgt dem Sprecher.

TRICKFILM: *fünf Sekunden Gilliam-Trickfilm. Zu freundlicher Kinderprogramm-Musik sehen wir auf und ab hopsende Häschen.*

EINBLENDUNG: »MÄRCHENSTUNDE«

Schnitt zu einem Märchenonkel im Studio.

Märchenonkel (ERIC) *(sitzt mit einem großen Kinderbuch an einem Tisch)* Hallo, Kinder, hallo. Hier kommt eure Guten-Morgen-Geschichte. Seid ihr bereit? Dann wollen wir mal anfangen. *(Öffnet das Buch; liest:)* »Eines Tages ging Ricki, der Zauberkobold, Daisy Summsel in ihrer baufälligen Hütte besuchen. Er fand sie im Schlafzimmer. Grob packte er sie an ihren breiten Schultern, warf sie aufs Bett und riß ihr die...« *(Liest stumm weiter, blättert schnell um, lächelt.)* »Der alte Kapitän Nick war ein rauher, lustiger Seebär. Er liebte das Leben auf hoher See, und er liebte es, sich unten am Pier herumzutreiben, wo die Männer Frauenkleider trugen...« *(Liest stumm und entsetzt weiter; blättert; jemand, der in der Kulisse steht, stößt ihn mit einem Stock an; der Märchenonkel erschrickt und liest weiter:)* »Rumpelstilzchen führte den Schmuse-Buse-Laden im Fuße der verzauberten Eiche neben dem Wackeldiwuppel-Busch im verzauberten Tal von

Klingeling. Dort verkaufte es Verhütungsmittel und... *(Liest stumm weiter.)*... Züchtigung?... Nackt?... *(Ohne aufzusehen, liest er für sich weiter; er dreht das Buch um neunzig Grad und starrt fassungslos; dann, ungläubig, zu sich selbst:)* Mit einer Melone?

TRICKFILM: *ein Nilpferd zerquetscht die Häschen... und einige andere Dinge geschehen.*

Schnitt zu einem Strand. Wir sehen ein Schild mit der Aufschrift »Eselreiten«. Zwei Männer laufen mit einem Esel auf den Schultern vorbei.

Schnitt zum Conférencier; er wendet sich der Kamera zu.

Conférencier (MICHAEL) Hallo, da sind wir wieder, diesmal mit einem kleinen Sketch von zwei Jungens aus London. Die beiden schreiben schon seit drei Jahren, und die kleine Nummer, die wir jetzt sehen, heißt – Moment, ah, da – heißt: der Restaurant-Sketch.

Archivfilmschnipsel mit applaudierenden Frauen.

Schnitt zu einem Ehepaar, das an einem Restauranttisch sitzt.

Frau (CAROL) Ist schön hier, nicht?

Mann (GRAHAM) Doch, doch, ein sehr gutes Restaurant, drei Sterne.

Frau Tatsächlich?

Mann Mmm...

Kellner (TERRY J.) Guten Abend, Monsieur! Guten Abend, Madame! Und erlauben Sie mir zu sagen, wie sehr isch misch freue, Sie wieder 'ier begrüßen zu dürfen, Monsieur! *(Reicht ihnen die Speisekarten.)*

Mann Oh, danke. Hier, bitte, Schatz. Schau es dir in Ruhe an, laß dir Zeit. Das Bœuf en croute ist fantastisch.

Kellner Ah, wenn isch Ihnen etwas empfehlen dürfte, Monsieur... den Fasan à la reine; die Sauce ist eine der berühmtesten Kreationen unseres Chefkochs.

Mann Ähm... das klingt gut. Aber sieh dir nur alles an, laß dir ruhig Zeit. Oh, ähm, eine Bitte – meine Gabel ist ein bißchen schmutzig, ob Sie wohl so nett wären... ähm... mir eine neue zu bringen?

Kellner Wie meinen?

Mann Oh, nichts von Bedeutung... äh, meine Gabel ist ein bißchen schmutzig. Bringen Sie mir bitte eine neue? Danke.

Kellner Oh... Monsieur, isch bitte vielmals um Verzei'ung.

Mann Aber nein, ist doch nicht schlimm.

Kellner Oh, doch, doch, doch, isch muß Sie um Verzei'ung bitten. Ich werde den Oberkellner 'er'olen *immediatement.*

Mann Das ist wirklich nicht nötig...

Kellner O doch, doch... Isch bin sicher, daß der Oberkellner sisch persönlich bei Ihnen wird entschuldigen wollen. Isch werde ihn auf der Stelle 'olen... *(Ab.)*

Frau Die sind aber wirklich zuvorkommend hier.

Mann Ja, sie geben sich sehr viel Mühe... doch.

Oberkellner (MICHAEL) Entschuldigen Sie bitte, Monsieur, Madame... *(Untersucht die Gabel.)* Sie ist dreckisch, Gaston... finde 'eraus, wer sie abgewaschen 'at und setze denjenigen sofort auf die Straße.

Mann Oh, nein, nein.

Oberkellner Nein, wir wollen lieber kein Risiko eingehen. Am besten schmeißt du gleisch alle 'inaus, die 'ier abwaschen.

Mann Nein. Hören Sie, ich wollte doch keinen Ärger...

Oberkellner Oh, nein, bitte, kein Ärger. Sie 'aben völlig rescht, auf solsche Mißstände 'inzuweisen. Gaston, sag dem Geschäftsführer sofort, was 'ier gesche'en ist! *(Der Kellner rennt los.)*

Mann Ach, bitte, machen Sie sich doch nicht solche Umstände.

Oberkellner Monsieur, das sind keine Umstände. Isch wünsche lediglich sischerzustellen, daß Sie völlisch ungetrübte Freude an Ihrer Mahlzeit 'aben werden.

Mann Natürlich werden wir das, es war doch nur eine schmutzige Gabel...

Oberkellner Ich weiß. Und es tut mir leid. Entsetzlich leid. Nur weiß isch... daß keine Entschuldigung die Tatsache aus der Welt schaffen kann, daß in unserem Restaurant Sie 'aben bekommen ein dreckiges, schmutziges, stinkendes Stück Besteck...

Mann Gestunken hat sie nicht.

Oberkellner Sie 'at gestunken, und sie war abscheulich und widerwärtisch, und ich hasse sie, ich hasse sie... eklige, schmuddlige, dreckige, matschige, schäbige kleine Gabel. Oh... oh... oh... *(Er rennt erschüttert davon. Der Geschäftsführer tritt an den Tisch.)*

Geschäftsführer (ERIC) Guten Abend, Sir, guten Abend, Madam. Ich bin der Geschäftsführer. Ich habe gerade erfahren... erlauben Sie, daß ich Platz nehme?

Mann Äh. . . bitte!

Geschäftsführer Ich bitte Sie wegen dieser Gabel um Verzeihung; von ganzem Herzen, demütig und aufrichtig um Verzeihung.

Mann Ich bitte Sie, es war doch bloß ein winziger Fleck, kaum zu erkennen.

Geschäftsführer Ach, daß Sie das sagen, zeigt, daß Sie gute, freundliche, anständige Menschen sind, aber *ich* kann ihn erkennen. . . deutlich. Für mich gleicht er einem. . . Berg, einer mächtigen Schüssel. . . *Eiter.*

Mann So schlimm ist das doch nun wirklich nicht.

Geschäftsführer Das trifft mich *hier. (Preßt sich die Faust aufs Herz.)* Und ich kann Ihnen keine Entschuldigung anbieten – denn dafür *gibt* es keine Entschuldigung. Ich wollte in den letzten Wochen eigentlich mehr Zeit hier im Restaurant verbringen, aber ich war ziemlich schwer krank. . . *(Läßt seinen Gefühlen freien Lauf.)* Und für unsere Leute ist es in letzter Zeit auch nicht besonders gut gelaufen. Der Sohn unseres armen Kochs ist wieder in die Anstalt gesteckt worden, und die arme alte Mrs. Dalrymple, die sich um den Abwasch kümmert, kann ihre Finger kaum mehr bewegen, und dazu Gilbertos Kriegsverletzung – aber es sind gute Menschen, es sind nette Menschen, und gemeinsam waren wir auf dem Weg, dieses dunkle Kapitel zu beenden. . . da war ein Silberstreif am Horizont. . . und jetzt das. . . jetzt das. . .

Mann Soll ich Ihnen ein Glas Wasser. . .?

Geschäftsführer *(schluchzend)* Das ist das Ende!!

Der Koch kommt hinzu; er ist sehr groß und hat ein Beil in der Hand.

Koch (JOHN) *(brüllend)* Ihr. . . Schweine! Ihr miesen, herzlosen Schweine! Seht euch an, was ihr gemacht habt! Er hat sich die Finger wund geschuftet, um das hier zu dem zu machen, was es ist, und ihr latscht hier einfach rein und tretet ihn mit euren abwegigen, vermessenen Haarspaltereien in den Dreck – diesen anständigen, bewundernswerten Mann, dem ihr eigentlich nicht mal die Füße küssen dürftet. Oh. . . das macht mich wahnsinnig. . . wahnsinnig! *(Er hackt das Beil in den Tisch.)*

Der Oberkellner kommt hinzu und versucht ihn zu beruhigen.

Oberkellner Ruhig, Mungo, ganz ruhig. . . Mungo. . . *(Faßt sich schmerzerfüllt mit beiden Händen an den Kopf.)* Meine Kriegsverletzung!. . . Meine Wunde. . . meine Wunde. . .

Geschäftsführer Das ist das Ende! Das Ende! Aaah! *(Er ersticht sich mit der Gabel.)*

Koch Sie haben ihn vernichtet! Er ist tot! Sie haben ihn umgebracht!!! *(Rastet völlig aus.)*

Oberkellner *(versucht, ihn zurückzuhalten)* Mungo... töte niemals einen Gast. *(Leidend)* Oh... meine Wunde! Meine Wunde! *(Er fällt tot um. Bevor der Koch die Gäste erschlagen kann, fällt ihn der Kellner von hinten an. Erbittert kämpfend stürzen die beiden über den Tisch.)*

ZWISCHENTITEL: »UND NUN DIE POINTE«

Mann Gut, daß wir nichts von dem schmutzigen Messer gesagt haben...

Angewiderte »Buh«- und »Oh-Nein«-Rufe aus dem Off.

Schnitt zurück zum Strand.

Conférencier So, da wären wir wieder; das war der Restaurant-Sketch, eine schöne kleine Nummer... teilweise ziemlich gemein, aber ganz schön lustig... nur: Wie sieht's mit der Pointe aus, hmm...? Na, Sie wissen schon, was ich meine – oh-oh... Also ehrlich.

Der Mann aus dem Sketch (Graham) leiht sich das Huhn des Ritters und haut es dem Conférencier auf den Kopf.

Einem Trickfilm, in dem für »Interessante Lebensgeschichten« geworben wird, folgt ein Film von einem Milchmann (Michael), der in einem Vorort ein Reihenhaus beliefert. Als er die Flaschen abstellt, öffnet ihm eine verführerisch gekleidete junge Dame (Carol) und lockt ihn herein. Verstohlen um sich blickend, folgt er ihr ins Haus und in den ersten Stock. Sie führt ihn zur Schlafzimmertür, öffnet sie, bugsiert ihn hinein und schließt die Tür hinter ihm ab. Entgeistert entdeckt der Milchmann, daß im Schlafzimmer bereits diverse Milchmänner sitzen, und zwar – ihren grauen Bärten nach zu urteilen – schon seit geraumer Zeit.

Schnitt zu einem BBC-Nachrichtenstudio, wo der Nachrichtensprecher gerade ein Telefongespräch beendet. Auf seinem Tisch steht ein altmodisches Mikrophon mit einem BBC-Schild. Der Nachrichtensprecher trägt einen Abendanzug und spricht absolut formvollendet.

Nachrichtensprecher (JOHN) Guten Abend. Hier sind die Sechs-Uhr-Nachrichten, am Mikrophon: Michael Queen. In den meisten Landesteilen begann die Woche sehr ruhig, da die Bevölkerung, nach dem heißesten Juliwochenende seit fast einem Jahr, wieder an ihre Arbeitsplätze zurückkehrte. Einziger Höhepunkt am Wochenende war das heutige Treffen von Vertretern des NEDC und des ODCN in Bradford.

In diesem Moment krachen Äxte durch die Studiotür hinter ihm. Durch das entstandene Loch klettern mit Strumpfhosen maskierte Männer und feuern mit Revolvern wild durch die Gegend. Der Nachrichtensprecher fährt unbeeindruckt fort.

Schnitt: die Entführer rollen den Nachrichtensprecher, der noch immer an seinem Tisch sitzt, über einen Flur des BBC-Gebäudes. Sie schieben ihn aus dem Sendezentrum und auf die Ladefläche eines Kleinlasters.

Nachrichtensprecher *(fortfahrend)* In Genf trafen Vertreter der Landeszentralbanken mit Herrn Volestadt aus Polen zusammen, um über ein nicht rückzahlbares Darlehen mit zwölfjähriger Laufzeit zu verhandeln, das für die Errichtung einer Zinkverarbeitungsanlage bei Omsk an der bulestanischen Grenze verwendet werden soll. Im Handelsministerium wurde das Handelsabkommen mit der Sowjetunion über den Kauf von 600 elektrischen Nähmaschinen mit hoher Untersetzung ratifiziert. Der Handelsminister gab der Hoffnung Ausdruck, dieser Abschluß werde eine neue Ära der weltweiten Geschäftsbeziehungen einleiten und einer verbesserten Grundhaltung in der Zusammenarbeit zwischen Ost und West Vorschub leisten. Bei den Goldreserven war in den vergangenen zwölf Monaten ein drastischer Rückgang zu beobachten. Dies folgt aus einer Bekanntgabe des Finanzministeriums, derzufolge sich die Handelsbilanz innerhalb des genannten Zeitraumes nicht einschneidend verändert hat. *(Schnitt: der Kleinlaster rast mit dem noch immer lesenden Nachrichtensprecher auf der Ladefläche durch die Londoner Innenstadt. Schnitt: der Kleinlaster rast über eine Landstraße und schießt an der Kamera vorbei.)* Der Verbleib des von Mr. Charles Griffiths aus Porthcawl bei einer im Juli letzten Jahres im Naturschutzgebiet Swansea unternommenen Forschungsreise verlorenen Sparbuchs ist noch immer ungeklärt. Nach Angaben von Mrs. Griffiths ist ihr Mann bis zur Wiederauffindung des Sparbons nicht bereit, eine offizielle Stellungnahme abzugeben. In Cornwall wurde heute der Tod des früheren Ministers ohne Geschäftsbereich, General Sir Hugh Marksby-Smith, bekanntgegeben. Sir Hugh war Vizepräsident der Rotarier. *(Wir sehen einen aus großer Entfernung aufgenommenen Bootssteg. Die Gangster schieben den Nachrichtensprecher, der noch immer an seinem Tisch sitzt, über den Steg, erreichen schließlich das Ende und schubsen ihn ins*

Meer.) In der Partie zwischen Glamorgan und Yorkshire benötigte Nicholson, der Werfer von Yorkshire, acht Wickets für drei Läufe. Nach dem sechsunddreißigsten Inning waren sämtliche Spieler von Glamorgan nicht mehr im Spiel und hatten die Partie mit einem Inning und sieben Läufen für sich entschieden. Zum Wetter: Morgen bleibt es bewölkt mit gelegentlichen Schauern. Sie hörten die Sechs-Uhr-Nachrichten.

Soundeffekt: Platsch.

Off-Sprecher (JOHN) und ZWISCHENTITEL/DIAS: »UND JETZT«

DIA: »NR. 1«

DIA: »DIE LÄRCHE«

Dia einer Lärche.

Off-Sprecher Die Lärche

Off-Sprecher und ZWISCHENTITEL/DIAS: »UND JETZT«

DIA: »NO. 3«

DIA: »DIE LÄRCHE«

EINBLENDUNG: »UND JETZT. . . «

Dia eines Kastanienbaums.

Off-Sprecher Die Roßkastanie.

Filmschnipsel: begeistert applaudierende Menschenmenge (bei einem Fußballspiel).

Schnitt zu einem Interviewer auf einem Spielplatz, der sich nach vorn beugt, um einige Kinder zu befragen.

Interviewer (JOHN) Eric. . . meinst du, du könntest eine Lärche erkennen?

Eric (ERIC) *(nach reiflichem Überlegen)* Weiß nich'.

Entzücktes, vor der Sendung aufgezeichnetes Gelächter einer unsichtbaren Zuschauermenge.

Interviewer Und wie heißt du?

Michael (MICHAEL) Michael.

Gelächter.

Interviewer Sag uns doch mal, Michael, ob du weißt, wie eine Lärche aussieht.

Michael *(in Tränen ausbrechend)* Ich will nach Hause.

Lachen des unsichtbaren Publikums.

Terry (TERRY J.) Arsch.

Lauteres Lachen.

Interviewer Was meint ihr, gibt es sonst irgendwelche Bäume, die irgendeiner von euch von ziemlich weit weg erkennen würde?

Terry Ich. . . möchte. . . einen Sketch von Eric sehen, bitte.
Interviewer Was?
Terry Ich möchte einen Sketch von Eric sehen. Knuff-knuff.
Interviewer Einen Sketch?
Terry Hat Eric geschriem. . .
Eric Ich hab'n Sketch geschriem.
Michael Knuff-knuff, hat Eric geschriem. . .
Terry Knuff-knuff. . .
Eric Knuff. . . knuff. . .

Zwei Männer in einem Pub.

Norman (ERIC) Ist Ihre Frau 'n. . . Feger. . . hä? Wissen Sie? Wissen Sie? *(Deutet konspiratives Anstupsen mit dem Ellenbogen an.)* Knuff, knuff. Knuff, knuff. Wissen Sie? Ich weiß Bescheid.
Er (TERRY J.) Wie bitte?
Norman Ich mein, Ihre Frau, ist die 'n richtiger *Feger* – hä? Hä? Hä? Wissen Sie, wissen Sie? *(Knufft ihn)* Knuff, knuff. Ich weiß Bescheid.
Er Sie fegt manchmal, ja.
Norman Das dacht ich mir. Das dacht ich mir. Das dacht ich mir. Wissen Sie? Knuff, knuff.
Er Tut mir leid, ich kann Ihnen nicht ganz folgen.
Norman Mir folgen! Mir *folgen*! Das gefällt mir. Das ist gut. Ein kleiner Wink mit dem Zaunpfahl genügt, hä? *(Winkelt den linken Arm an und reibt mit der rechten Hand am Ellenbogen.)*
Er Versuchen Sie, mir irgendwas zu verkaufen?
Norman Verkaufen, verkaufen. Sehr gut. . . *Sehr* gut. *(Läßt seine Hand sehr schnell hin und her flattern; der Mann macht es unsicher lächelnd nach.)* Oh, schlimm. Schlimm. Ein ganz schlimmer Finger sind Sie. . . Hä? Wissen Sie? Wissen Sie? Knuff, knuff. Wissen Sie? Knuff, knuff. Knuff, knuff. *(Beugt sich zu ihm hinüber, zwinkert; spricht sehr langsam)* Ich. . . weiß. . . Bescheid. *(Lehnt sich zurück, als hätte er ihm ein großes Geheimnis anvertraut.)*
Er Aber. . .
Norman *(bringt ihn zum Schweigen, indem er sich mit dem Zeigefinger an den Nasenflügel tippt)* Ihre Frau, ist die. . . äh. . . ist die so. . . aktiv? Hä?
Er Sie ist sehr aktiv, ja.
Norman Das dacht ich mir. Das dacht ich mir.

Er Tennis spielt sie besonders gern, um genau zu sein.

Norman Wer tut das nicht, hä? Wissen Sie? Sie mag Spiele, mag Spiele. Das dacht ich mir. Dacht ich mir! Dacht ich mir! Ist ganz schön rumgekommen, hmm? Schön rumgekommen?

Er Sie ist viel gereist, ja. Sie stammt aus Purley.

Norman Oh. . . oh. Ich weiß Bescheid, ich weiß Bescheid. Ich weiß Bescheid – *Purley*, ich weiß Bescheid. Purley, hm? Wissen Sie, Wissen Sie? Ich weiß Bescheid.

Er *(will etwas sagen, weiß aber nicht, was.)* . . .

Norman *(grinst anzüglich)* Interessiert sich Ihre Frau für. . . *(wakkelt mit dem Kopf, beugt sich zur Seite)* Fotos, hm? Wissen Sie? *Fotos*? »– fragte er durchtrieben«.

Er Fotografie?

Norman Ja. Knuff, knuff. Klick, klick. Grins, grins, winke, winke, ich weiß Bescheid.

Er Urlaubsfotos?

Norman *Auch* möglich. Kann man auch im Urlaub machen. Kann man, ja – Badeanzüge. Wissen Sie? Versteckte Kamera. Wissen Sie? Knuff, knuff.

Er Nein. Nein, wir haben keine Kamera.

Norman Oh. Aber trotzdem. *(Hält die rechte Hand unter den linken Ellenbogen und drückt mehrmals heftig dagegen.)* Woaah! Hä? Wooaaah! Hä?!

Er *(stellt sein Bierglas energisch ab und wendet sich Norman zu)* Hören Sie! Spielen Sie auf irgend etwas an?

Norman *(kleinlaut)* Oh. . . nein. . . nein. . . – Ja.

Er Und zwar?

Norman Tja. Ich meine. Äh, ich meine. . . Sie sind ein Mann von Welt, nicht. . . Ich meine, äh, Sie, äh. . . Sie sind doch, nicht wahr. . . so. . . rumgekommen. . . hä?

Er Was soll das heißen?

Norman Na ja, das heißt, Sie. . . äh. . . Sie haben es getan. . . ich meine so, Sie wissen schon. . . Sie. . . äh. . . Sie haben. . . mit. . . mit. . . einer Frau geschlafen.

Er Ja.

Norman Und? Wie ist das?

Unglaubliches Gelächter vom Band. Der Abspann beginnt mit einem abpfeifenden Schiedsrichter, dann folgt der »Jetzt«-Mann, der sich erschöpft abwendet und in den Wald zurückrennt. Wir hören, daß er im Unterholz von einem Löwen zerfleischt wird.

Roll-Titel (von unten nach oben): »›Wie man verschiedene Baumarten von ziemlich weit weg erkennt‹ wurde erdacht, geschrieben und aufgeführt von. . . (Abspann)«
Ein Pfeil wird eingeblendet. Er weist auf einen der Bäume am linken Bildrand.

Off-Sprecher Die Lärche.

Vier – Eulenstrecksaison

Ein Felsen. Plötzlich wird der »Jetzt«-Mann über den Felsrand geschleudert; er landet unten auf einem schiefrigen Strand. Unter Schmerzen kriecht er auf die Kamera zu und verkündet:

Mann (MICHAEL) Und jetzt. . .

Off-Sprecher (JOHN) und ANFANGSTITEL: »MONTY PYTHON'S FLYING CIRCUS«

ZWISCHENTITEL: »DIE ARTHUR-FOLGE«

ZWISCHENTITEL: »TEIL 7«

ZWISCHENTITEL: »ZÄHNE«

Sänger in glitzerndem Jackett sitzt, mit Gitarre, auf einem hohen Hocker.

Sänger (ERIC) *(singt zur Melodie des Liedes »Jerusalem«)* Sah man solch Zähn' in alter Zeit. . .

ZWISCHENTITEL: »LIVE AUS DEN CARDIFF-RÄUMEN IN LIBYEN«

Sänger . . .auf Englands grünen Bergen geh'n. *(Er unterbricht sein Spiel.)* Guten Abend und herzlich willkommen, meine Damen und Herren. An diesem Punkt nun wollen wir das Tempo ein wenig anziehen, ein wenig die Stimmung wechseln. Wir möchten Ihnen ein Stück vorführen, das sich Pip, Pauline, Nigel, Tarquin und Tarquins Mutter, die gute alte Runzel, gewünscht haben, ein kleines Stück, das ganz speziell für den pubertierenden Ex-König Zog von Albanien geschrieben worden ist. Ich hoffe, es wird Ihnen gefallen.

In einer Kunstgalerie. Zwei Frauen betreten den Raum, Unterschichts-Mütter mittleren Alters. An der Hand halten sie, nicht sichtbar, jeweils ein Kleinkind, immer knapp unterhalb des Bildausschnitts.

Janet (JOHN) Tach, Marge!

Marge (GRAHAM) Oh, hallo, Janet, wie geht's dir, meine Liebe, also, daß man dich hier trifft!

Janet Und wie geht's dem kleinen Ralph?

Marge Ach, hör bloß auf, der macht den ganzen Morgen nur Ärger. Laß das, Ralph! *(Schlägt das nicht sichtbare Kind.)* Laß das!

Janet Genau wie mein Kevin.

Marge Tatsächlich?

Janet Nichts als Ärger. . . komm da weg! Er war eben im Florentinischen Saal und hat Raphaels Jesuskind mit Tomatenketchup vollgeschmiert. *(Ruft in scharfem Ton.)* Stell das barocke Meisterwerk wieder hin!

Marge Tja, wir kommen gerade aus der Courtauld-Galerie. Ralph hat da alle Exponate in der Ausstellung zeitgenössischer dänischer Bildhauerei zertrümmert, außer einem.

Janet Genau wie mein Kevin. Man braucht ihm nur eine Ausstellung Dresdener Töpferei aus dem frühen achtzehnten Jahrhundert zu zeigen, dann dreht er gleich durch. Nein, ich sage nein und ich meine auch nein! *(Schlägt wiederum das nicht sichtbare Kind.)* Heute morgen haben wir uns die frühen flämischen Meister aus der Renaissance und der Schule der Manieristen angeguckt, und plötzlich holt er seine schwarze Spraydose raus und bespritzt Vermeers »Frau am Fenster«!

Marge Na ja, das ist nicht so schlimm wie Spucken, näch?

Janet *(entschieden)* Nein, aber Kevin weiß ganz genau: wenn er ein Gemälde anspuckt, dann nehme ich ihn nie wieder mit in eine Ausstellung.

Marge Ralph hat früher immer gespuckt – einen van Gogh konnte er aus zwanzig Metern Entfernung treffen. Er hat aber inzwischen eingesehen, daß sich das nicht gehört – nicht wahr, Ralph? *(Sie sieht nach unten.)* Ralph! Laß das! Wirst du wohl! Hör sofort auf, an dem Turner herumzukauen! Du bist doch. . . *(Sie verschwindet aus dem Bild.)* Du bist ein ganz ungezogener, böser kleiner Junge. *(Klatsch! Sie erscheint wieder im Bild, in der Hand ein Exemplar mit Turners »Das Kriegsschiff Temeraire« in einem hübschen vergoldeten Rahmen, aber völlig zerfleddert.)* Ach, guck dir das an! »Das Kriegsschiff Temeraire« – völlig hinüber! Was mach ich jetzt bloß?

Janet *(hat alles unter Kontrolle)* Du machst jetzt gar nichts, meine Liebe. Wirf es einfach in den Abfallkorb da drüben.

Marge Im Ernst?

Janet Mein Wort drauf, Marge. Kevin hat die meisten von den britischen Landschaftsmalern des frühen neunzehnten Jahrhunderts aufgegessen, und ich hab längst aufgehört, mich darüber aufzuregen. Wo wir gerade dabei sind – ich hab auch'n ziemlichen Kohldampf. *(Sie bricht sich ein Stück von dem Turner ab.)* Mmh, ja. . .

Marge probiert auch ein Stück.

Marge Früher mochte ich Turner überhaupt nicht.

Janet *(schluckend)* Nein. . . Ich versteh zwar nicht viel von Kunst, aber ich weiß, was ich mag.

Schnitt in ein Arbeitszimmer voller Bücher. Am Schreibtisch vor den Regalen sitzt ein Kunstkritiker mit einem Happen Utrillo.

ZWISCHENTITEL: »EIN KUNSTKRITIKER«

Kritiker (MICHAEL) *(nimmt beim Sprechen faserige Stücke aus dem Mund)* Also, ich finde Utrillos Pinselführung großartig... *(Unterdrückt einen Rülpser.)* Aber sie bekommt mir nicht immer... *(Stößt auf.)* Jedenfalls nicht nach einem Rubens... diese ganzen Kirschen... oooh... *(Sieht plötzlich nach unten.)* Ääh! Ich hab mein Hemd mit Vermeer bekleckert.

Ehefrau (KATYA WYETH) *(trägt einen Wasserkrug und ein Glas auf einem Tablett herein und stellt sie auf den Schreibtisch)* Etwas Hundertwasser, Liebling?

Kritiker Was für ein fürchterlicher Kalauer.

Ehefrau Das ist mein einziger Text!

Kritiker *(erhebt sich heftig)* Ist ja gut! Ist ja gut! Du hättest ihn aber nicht zu sagen brauchen. Du hättest ja auch einmal den Mund halten können zur Abwechslung.

Ehefrau fängt an zu weinen.

Kritiker Ach, das ist typisch. Reden, reden, reden. Schnatter, schnatter, schnatter.

Schnitt zurück zum Sänger.

Sänger *(singt)* Bringt meine Pfeile von Verlangen!... Den Speer! Ihr Wolken, seid entwölkt!... Bringt mir aus Feuer meinen Wagen!

Eine sexy Frau (Katya) kommt herein und streichelt ihn.

ZWISCHENTITEL: »EINE ANGELEGENHEIT FÜR MÄNNER – DIE CARDIFF-RÄUME IN LIBYEN«

Schnitt zum Oberst: an der Wand hinter ihm hängen Anwerbungsplakate der Armee.

Oberst (GRAHAM) Genau. Kamera auf mich jetzt. Als leitender Offizier der Anwerbungsdivision des stehenden Heers protestiere ich mit größter Entschiedenheit gegen die offensichtliche Anspielung auf unseren eigenen Slogan »Eine Angelegenheit für Hunde... *(verbessert sich sofort)* für *Männer* – Die moderne Armee«, und ich warne diese Sendung, schlampig-langhaarige Zivilisten – Plagiate dieser Art zu wiederholen, das könnte schwerwiegende Konsequenzen haben. So! Beim Kommando »Schnitt« wird auf die zweite Kamera umgeschaltet, also Achtung, Herr Regisseur... *(Schnitt zu einem Mann am Schreibtisch.)* Warten Sie gefälligst! *(Schnitt zurück zum Oberst.)* Kamera –: Schnitt!

Schnitt zu einem Mann mit Wikingerhelm.

Mann (TERRY G.) Dies ist mein einziger Satz. *(Pfeift vor sich hin; entschuldigend)* Na ja, es ist halt mein einziger Satz.

Schnitt zu einem Gentleman (Terry J.) in gestreiftem Blazer. Kreissäge und Krickethose. Er ist auf dem Weg zum Strand und führt Handtuch und Badeanzug mit sich. Er legt sein Handtuch auf einem Wellenbrecher ab, wo bereits ein anderes liegt, und ist im Begriff sich umzuziehen. Plötzlich blickt er auf: man sieht, daß alle Leute sich nach ihm umgedreht haben und ihn anstarren – durchaus nicht mißbilligend – nein; das ausdruckslose englische Starren halt. Er schnappt sich das Handtuch vom Wellenbrecher und will sich darunter die Hosen ausziehen. Ein junges Mädchen im Bikini, das auf der anderen Seite des Wellenbrechers gelegen hat, erhebt sich und sucht ihr Handtuch. Sie entdeckt, daß der Mann es genommen hat und reißt es ihm weg, so daß er seine halb heruntergelassenen Hosen eilig ergreifen muß.

Erneut die Einstellung, in der alle Leute ihn anstarren. Er zieht die Hosen hoch und wendet sich, peinlich berührt, zu einer Strandhütte.

Er betritt die Strandhütte. Gerade macht er Anstalten, die Hosen abzustreifen, als er ein Paar Füße bemerkt, die auf die Hütte (sie weist am Boden seitlich eine 15 cm breite Öffnung auf) zukommen, dann anhalten, so als ob jemand durch die Ritzen späht. Der Mann wirkt nun recht empört, zieht die Hosen hoch, spitzt nach draußen und schleicht vorsichtig um die Hütte herum.

Auf der Rückseite trifft er auf einen Mann (Michael), der dicht an die Wand der Hütte gebeugt steht, die Hand ans Gesicht gelegt. Terry versetzt ihm einen kräftigen Tritt in den Hintern. Als der Mann, völlig überrascht, herumfährt, wird deutlich, daß er lediglich Schutz vor dem Wind gesucht hat, um sich eine Zigarette anzuzünden. Der umkleidewillige Gentleman tritt unter verlegenen Entschuldigungen den Rückzug an. Beim Schnitt auf die Vorderseite der Strandhütte sieht man den Mann, noch nach hinten gewandt, im selben Moment um die Ecke kommen, als eine gewichtige, matronenhafte Frau in die Hütte marschiert . . . und der Mann hinterdrein. Prompt wird er denn, am Ohr gefaßt, hinausgeworfen. Verzweifelt blickt er in die Runde. Auf der Promenade sieht er plötzlich einen Eiskremwagen. Er läuft darauf zu, schaut um sich, und schlüpft dahinter, sich umzuziehen. In diesem Moment schlendert ein Polizist (Graham) an den Eiskremwagen heran und veranlaßt ihn weiterzufahren. Der Wagen fährt an und macht die Sicht frei auf unseren Gentleman und seine auf die Knöchel herabgelassene Hose.

Nahaufnahme der Reaktion des Polizisten. Während der Mann die

Hose eilig hochzieht, nähert sich ihm der Polizist mit gezücktem Notizbuch. In äußerster Verwirrung läuft er vor dem Polizisten davon. In der Totalen sieht man ihn auf den Portier des Königlichen-Luxuspalast-Hotels zukommen. Er flüstert dem Portier etwas zu und zeigt ihm durch Gesten an, daß er sich seiner Hosen entledigen möchte. Der Portier wiederholt nachfragend die entsprechende Geste. Der Mann nickt. Der Portier läßt seine Hose herunter. Der Mann fährt, einmal mehr verwirrt, zurück – ein Mißverständnis!
Wieder zurück am Strand. Er versteckt sich hinter einem Stapel von Liegestühlen. Augenblicklich erscheint ein Haufen aufgekratzter Strandausflügler und bedient sich der Stühle. Der Stapel verschwindet im Nu, und der Gentleman steht wieder einmal entblößt da. Er sprintet hinter die nahegelegene Hütte des Liegestuhlwächters. Zwei Arbeiter treten auf und reißen sie nieder. Nunmehr völlig verzweifelt, geht unser Mann auf den Pier.
Er betritt die Vergnügungspassage und sieht sich verstohlen um. Er schlüpft hinter einen »Was der Butler gesehen hat«-Apparat. Eine Frau taucht auf, steckt einen Penny in den Apparat und schaut. Sie winkt ihren Ehemann heran. Dieser sieht seinerseits in den Apparat und erblickt den sich entkleidenden Mann. Sie jagen ihn fort. Der Mann schlüpft durch eine Tür und befindet sich in völliger Dunkelheit. Erleichterung – zu guter Letzt hat er also einen Platz zum Umkleiden gefunden. Entspannt läßt er die Hosen herunter.
Plötzlich hört er Musik und Applaus... ein Vorhang öffnet sich – er steht auf der Bühne des Strandpavillons. Das Publikum klatscht. Sich in sein Schicksal ergebend, setzt er zu einer Striptease-Nummer an.

Off-Sprecher und ZWISCHENTITEL: »EINE ANGELEGENHEIT FÜR MÄNNER – AUSZIEHEN IN DER ÖFFENTLICHKEIT«
Schnitt zum Oberst.

Oberst Ruhe. Ruhe. Jetzt aber langsam. Ich habe diese Sendung bereits einmal gewarnt, die Urheberrechte der Armee an dem Slogan »Eine Angelegenheit für Schweine... für *Männer* – Die moderne Armee« zu verletzen. Und ich warne Sie erneut: wenn das noch einmal passiert, werde ich auf diese Sendung herniederfahren wie eine Tonne Ziegelsteine... So. Übernehmen, Stabsfeldwebel!

Eine Turnhalle. Vier Männer stehen dort wartend herum, vor ihnen hat sich der typische Ex-Truppenoffizier aufgebaut.

Offizier (JOHN) Sir! *(Zu den Männern)* Kursteilnehmer! 'n Abend!

Alle ’n Abend.

Offizier Wo sind denn die anderen alle?

Alle Nicht da.

Offizier Das seh ich auch. Was ist mit denen?

Alle Keine Ahnung.

Erster Mann (GRAHAM) Vielleicht haben sie Grippe.

Offizier Grippe. . . Grippe? Die haben zu viel frisches Obst gegessen. *(Er bekommt fürchterliche Zuckungen im Gesicht.)* Also gut. Nun zur Selbstverteidigung. Heute abend mache ich da weiter, wo wir letzte Woche stehengeblieben sind, als ich Ihnen zeigte, wie Sie sich gegen Angreifer verteidigen können, die mit frischem Obst bewaffnet sind.

Alle *(enttäuscht)* Oje.

Zweiter Mann (MICHAEL) Sie haben uns doch versprochen, daß wir diese Woche kein Obst drannehmen.

Offizier Was soll das heißen?

Dritter Mann (TERRY J.) Wir haben jetzt neun Wochen lang Obst gehabt.

Offizier Na und? Gibt es irgendwas auszusetzen an Obst? Ihr glaubt wohl, ihr wißt schon alles, hä?

Zweiter Mann Aber könnten wir nicht auch mal was anderes durchnehmen, zur Abwechslung?

Vierter Mann (ERIC) Zum Beispiel Angriffe mit einem spitzen Stock?

Offizier *(verächtlich)* Spitze Stöcker! Hö, hö, hö. Wir wollen also lernen, wie man sich gegen spitze Stöcker verteidigt, wie? Wir werden wohl langsam ein bißchen übermütig, hä? Frisches Obst ist nicht mehr gut genug für uns, was? So, so. Aha. Ich will Ihnen mal was sagen, mein Junge. Wenn Sie nachher nach Hause gehen, und irgendein wahnsinniger Mordbube haut Ihnen ein Büschel Loganbeeren über den Kopf, dann kommen Sie hier nicht an und jammern mir die Ohren voll! Also. . . die Passionsfrucht. Wenn Ihr Angreifer sich mit einer Passionsfrucht auf Sie stürzt, so etwa. . . *(Macht es vor.)*

Alle Passionsfrucht hatten wir schon.

Offizier Was?

Alle Passionsfrucht hatten wir schon.

Zweiter Mann Wir hatten Apfelsinen, Äpfel, Grapefruits.

Dritter Mann Ganz und in Scheiben.

Zweiter Mann Granatäpfel, Renekloden.

Erster Mann Weintrauben, Passionsfrüchte.
Zweiter Mann Zitronen.
Dritter Mann Pflaumen.
Erster Mann Und Mangos in Sirup.
Offizier Wie steht's mit Kirschen?
Alle Haben wir gehabt.
Offizier Rote *und* schwarze?
Alle Jawohl.
Offizier Na gut, aber. . . Bananen!
Alle Oh.
Offizier Die hatten wir noch nicht, oder?
Alle Nein.
Offizier Genau, Bananen! Wie wehrt man sich gegen einen Mann, der mit einer Banane bewaffnet ist? *(Zum ersten Mann.)* Hier, Sie, nehmen Sie die. *(Wirft ihm eine Banane zu.)* Es ist eigentlich ganz einfach, das Bananenscheusal abzuwehren. Erst zwingen Sie ihn, die Banane fallenzulassen, dann essen Sie die Banane auf. Damit ist er entwaffnet, und Sie haben ihn in der Hand.
Zweiter Mann Was, wenn er eine ganze Staude hat?
Offizier Schnauze!
Vierter Mann Was, wenn er einen spitzen Stock hat?
Offizier Schnauze! Okay, jetzt zu Ihnen, Mr. Apricot.
Erster Mann Harrison.
Offizier Harrison. Mr. Harrison. Dann kommen Sie mal ran mit der Banane. Na los, greifen Sie mich an. So fest, wie Sie wollen. Na los. *(Harrison geht recht unentschlossen auf ihn zu.)* Nein, nein, nein. Mit mehr Feuer, um Gottes willen! Hier, so müssen Sie sie halten. Brüllen Sie. Na los jetzt, Angriff, marsch! Kommen Sie, kommen Sie. *(Harrison stürmt brüllend auf ihn zu; der Offizier zieht einen Revolver, schießt Harrison voll ins Gesicht. Der stürzt zu Boden und ist sofort tot. Der Offizier steckt die Waffe wieder weg und hebt die Banane auf.)* Und jetzt. . . esse ich die Banane.

Er ißt; der Rest des Kurses hat sich währenddessen um Harrisons Leiche versammelt.

Alle Sie haben ihn erschossen. Er ist tot. . . tot. Ganz und gar tot. Sie haben ihn umgebracht!
Offizier *(schluckt den letzten Happen hinunter)* Ich habe die Banane jetzt also aufgegessen. Der verstorbene Mr. Apricot ist nunmehr entwaffnet.

Zweiter Mann Umgebracht! Sie haben ihn umgebracht!
Offizier Na, er hat mich schließlich mit einer Banane angegriffen.
Dritter Mann Ja, weil Sie es ihm befohlen haben.
Offizier Hören Sie, ich mach hier nur meine Arbeit. Meine Aufgabe ist es, Ihnen zu zeigen, wie man sich gegen frisches Obst verteidigt.
Vierter Mann Und gegen spitze Stöcker.
Offizier Klappe!
Zweiter Mann Was ist, wenn ich mit einer Banane angegriffen werde, und ich hab keine Pistole?
Offizier Machen Sie sich aus dem Staub.
Dritter Mann Man könnte doch stehenbleiben und um Hilfe rufen.
Offizier Das versuchen Sie mal mit 'ner Ananas in der Luftröhre.
Dritter Mann Eine Ananas?
Offizier *(fährt vor Schreck zusammen)* Wo? Wo?
Dritter Mann Nirgendwo. Ich hab doch nur »Ananas« gesagt.
Offizier O Mann. Ich dachte schon, die wär heut dran.
Dritter Mann *(verblüfft)* Was, die Ananas?
Offizier *(schreckt wiederum zusammen)* Wo? Wo?
Dritter Mann Nein, nein, ich hab nur das Wort wiederholt.
Offizier Oh. Ach so! Gut. Soweit also die Banane. Als nächstes. . . die Himbeere. *(Holt eine aus der Tasche.)* Sieht so klein und harmlos aus, nicht wahr. Sie sind jetzt an der Reihe, Mr. Pfirsich in Dosen.
Dritter Mann Thompson.
Offizier Mr. Thompson. Fallen Sie mich mit der Himbeere an. Na los. So fies, wie Sie nur wollen.
Dritter Mann Nein danke.
Offizier Wieso nicht?
Dritter Mann Sie wollen mich erschießen.
Offizier Will ich nicht.
Dritter Mann Sie haben Mr. Harisson ja auch erschossen.
Offizier Das war Notwehr. Na los. Ich verspreche, daß ich Sie nicht erschieße.
Vierter Mann Sie haben versprochen, uns alles über spitze Stökker beizubringen.
Offizier Schnauze. Kommen Sie, hoch damit. . . Schwingen Sie die Himbeere. Na los, so richtig brutal. Nur zu!
Dritter Mann Nein. Werfen Sie die Pistole weg.

Offizier Ich hab keine Pistole.

Dritter Mann O doch, Sie haben eine.

Offizier Hab ich nicht.

Dritter Mann Haben Sie wohl. Sie haben Mr. Harrison damit erschossen.

Offizier Ach so. . . *die* Pistole.

Dritter Mann Tun Sie sie weg.

Offizier Na gut. *(Wirft sie beiseite.)* Wie verteidigt man sich gegen eine Himbeere, ohne Pistole.

Dritter Mann Sie wollten mich tatsächlich erschießen!

Offizier Wollt ich nicht.

Dritter Mann Wollten Sie doch.

Offizier Ach was. Kommen Sie, los jetzt, Sie Würstchen. . . Sie erbärmliche Witzfigur. Greifen Sie doch an. . . los doch, hau richtig rein, du Würstchen. *(Dritter Mann springt auf ihn zu; der Offizier tritt zurück und zieht einen Hebel; ein Sechzehn-Tonnen-Gewicht begräbt den Mann unter sich.)* Sollten Sie jemals von einem Mann mit einer Himbeere angegriffen werden, ziehen Sie einfach an diesem Hebel. . . und schon fällt ihm ein Sechzehn-Tonnen-Gewicht auf den Kopf. Das habe ich in Malaya gelernt.

Zweiter Mann Was ist, wenn man kein Sechzehn-Tonnen-Gewicht dabei hat?

Offizier Das nennt man Planung, Mann, vorausdenken.

Zweiter Mann Wie viele Sechzehn-Tonnen-Gewichte gibt es denn?

Offizier Passen Sie mal auf, Sie Klugscheißer, das Sechzehn-Tonnen-Gewicht ist ja nur ein Weg, eine einzige Möglichkeit, mit dem Himbeerkiller fertig zu werden. Es gibt noch eine Million andere.

Zweiter Mann Zum Beispiel?

Offizier Erschießen.

Zweiter Mann Nehmen wir aber an, Sie hätten weder eine Pistole, noch ein Sechzehn-Tonnen-Gewicht dabei.

Offizier Ist ja gut, alter Schlauberger, schon gut, Sie Schlaumeier. Ihr beiden, kommt jetzt mit den Himbeeren. Da habt ihr sie, jeder einen ganzen Korb voll. Na los, los, fallt über mich her.

Zweiter Mann Keine Pistole?

Offizier Nein.

Zweiter Mann Kein Sechzehn-Tonnen-Gewicht?

Offizier Nein.

Vierter Mann Kein spitzer Stock?
Offizier Schnauze.
Zweiter Mann Keine Felsbrocken an der Decke?
Offizier Nein.
Zweiter Mann Sie wollen uns nicht töten?
Offizier Ich will Sie nicht töten.
Zweiter Mann Versprechen Sie's.
Offizier Ich verspreche, daß ich Sie nicht töten werde. Wollen Sie mich jetzt vielleicht endlich angreifen?
Zweiter und Vierter Mann Na gut.
Offizier Okay, aber stürmt diesmal nicht einfach auf mich los. Ich werde euch den Rücken zukehren. Dann könnt ihr euch anschleichen. . . alles klar? Nähert euch so leise, wie ihr könnt, bis ihr genau hinter mir seid, und dann. . . Himbeer-Attacke. Klar? Bewegt euch. *(Sie schleichen auf ihn zu.)* Also. . . was macht man als erstes, wenn man von einer fiesen Himbeerbande bedroht wird? Man. . . läßt den Tiger los. *(Er drückt auf einen Knopf, woraufhin ein Tiger an ihm vorbeischießt in Richtung auf die Männer; Schreie und Tigergebrüll sind zu hören.)* Der große Vorteil des Tigers im waffenlosen Kampf besteht darin, daß er nicht nur den himbeerbestückten Feind frißt, sondern auch die Himbeeren selbst. Hingegen findet der Tiger keinerlei Genuß am Pfirsich. Der Pfirsich-Attentäter sollte daher mit einem Krokodil bekämpft werden. *(Er sieht sich um.)* Okay. . . ich weiß, daß ihr da seid – ihr lauert unter den Dielenbrettern mit eurer Damaszenerpflaume und eurer gemeinen Hauspflaume. . . und ihr da, hinter den Sprossenwänden mit eurem Backobst – ich weiß Bescheid! Ich bin bereit! Ich habe mich mit zweihundert Tonnen Plastiksprengstoff verkabelt, und wenn einer von euch nur eine falsche Bewegung macht, gehen wir alle zusammen hoch, klar? Ich hab euch gewarnt. . . Ich hab euch gewarnt. Also gut, das war's dann.

Große Explosion.

TRICKFILM: *er endet mit der Animation einer Sänfte in Form einer Ausschneidefigur; die Einstellung einer realen Sänfte leitet zum nächsten Film über.*

Schnitt zu einem verlassenen Strand. Eine Sänfte wird herangetragen. Ein Lakai öffnet die Tür. Ein Gentleman in prächtiger Achtzehntes-Jahrhundert-Kleidung steigt aus. Mit Hilfe der Lakaien kleidet er sich um und schlüpft in einen mit Spitze versetzten, gestreiften Badeanzug.

Anschließend besteigt er wieder die Sänfte, und ab geht's damit ins Wasser.

Schnitt zum Sänger, der gerade mit einer Frau im Bett sitzt. Er lehnt sich mit seiner Gitarre zurück und klampft ein wenig darauf herum.

Sänger Sah man solch Füß in alter Zeit, auf Englands grünen Bergen gehn... Wir möchten Sie jetzt in eine etwas andere Stimmung versetzen, wir haben da nämlich etwas für Mama und Papa, Annie und Roger, Mazarin und Ludwig und all die Leutchen in Versailles, ein kleines Stück, es heißt »Englands grüne Berge«. Ich hoffe, es gefällt Ihnen. Sah man solch Füß...

Schnitt zu einem Mann, der in einer ländlichen Gegend steht.

Mann (JOHN) *(bäuerlicher Akzent)* Ja, wissen Sie, das ist schon eine Angelegenheit für Männer – das Leben auf Englands grünen Bergen.

Der Oberst betritt blitzschnell die Szene.

Oberst Ich hab's gehört, jawohl, ich hab's gehört. Ich beende diesen Sketch auf der Stelle, und wenn noch mehr von dieser Sorte vorkommt, breche ich die ganze Sendung ab. Überhaupt, ich dachte, daß es hier eigentlich um Zähne gehen sollte. Machen Sie mal was über Zähne – also los. *(Ab.)*

Mann Was ist jetzt mit meinem ländlichen Monolog? ... Mit diesem Produzenten geh *ich* nicht wieder ins Bett.

Filmschnipsel von verschiedenen Sportveranstaltungen, Wildwest-Postkutschen-Verfolgungen etc.

Off-Sprecher (JOHN) *(erregt, mit mächtiger Musikbegleitung)* Spannung, Dramatik, Action, Gewalt, frisches Obst. Leidenschaft. Nervenkitzel. Tratsch. Liebesgeschichten. Abenteuer. Das alles finden Sie in einem guten Buch.

Schnitt in ein Buchgeschäft. Der Buchhändler steht hinter dem Ladentisch. Arthur kommt ins Bild und geht auf ihn zu. Der Buchhändler erschrickt und blickt sich verstohlen um.

Buchhändler (JOHN) Äh... ähm!

Arthur (ERIC) Guten Morgen. Ich hätte gern ein Buch.

Buchhändler Tja, ich fürchte, wir haben keine. *(Versucht irgendwie, sie zu verbergen.)*

Arthur Wie bitte?

Buchhändler Wir haben keine Bücher. Sie sind uns grad ausgegangen. Wiedersehen!

Arthur Ja, und was ist das hier überall?

Buchhändler Wo überall? Aha! *Da* überall, ah, ha, ha, ha. Sie meinen diese... diese Bücher.

Arthur Genau.

Buchhändler Die sind, ähm... die sind verkauft. Wiedersehen!

Arthur Doch nicht alle!

Buchhändler Alle ratzeputz verkauft. Nicht ein einziges, das man als noch nicht verkauft bezeichnen könnte. Wiedersehen!

Arthur An wen?

Buchhändler Was?

Arthur An wen sind sie verkauft?

Buchhändler Och... an verschiedene... Herrgott, schon so spät? Du meine Güte, ich muß Mittagspause machen.

Arthur Es ist doch erst halb elf.

Buchhändler Na ja, ich hab halt 'nen Kohldampf... einen *riesen* Kohldampf, genauer gesagt. Ich glaube kaum, daß ich heute noch mal aufmachen werde. Ich werd mir wohl mal eine richtig anständige Mahlzeit gönnen. Aber wer sagt's denn, sehen Sie doch den reizenden Buchladen drüben auf der anderen Straßenseite, dort gibt's eine viel größere Auswahl als bei uns, wahrscheinlich zu lächerlich niedrigen Preisen... nur über die Straße. *(Er hält die Tür auf.)* Wiedersehen!

Arthur Aber man hat mich hierher geschickt.

Buchhändler *(zerrt ihn wieder hinein)* Aha, ich verstehe. Äh... *(sehr sorgfältig)* Man hört, daß die Stachelbeeren dieses Jahr sehr gut kommen... und ebenso die Mangos. *(Zwinkert.)*

Arthur Wie bitte?

Buchhändler Äh... ähm... Ich meinte grad... wenn man das Wetter so sieht... also, man hört, daß die Stachelbeeren dieses Jahr sehr gut kommen... und ebenso die Mangos.

Arthur Meine nicht.

Buchhändler *(nickt heftig und erwartungsvoll)* Ja, weiter...

Arthur Was?

Buchhändler Sprechen Sie weiter – meine nicht... aber...

Arthur Was?

Buchhändler Wollten Sie nicht gerade so was sagen wie »meine nicht, aber der Große Käse bekommt seine heute abend bei Ebbe«?

Arthur Nein.

Buchhändler Oha, na ja. Auf Wiedersehen! *(Er will ihn hinauszerren, hält aber inne.)* Moment. Wer hat Sie geschickt?

Arthur Die kleine alte Dame aus dem Süßwarengeschäft.

Buchhändler Sie hatte nicht zufällig einen Schmiß genau hier. . . und trug einen Haken?

Arthur Nein.

Buchhändler Natürlich nicht, ich meinte auch jemand anderes. Wiedersehn!

Arthur Einen Moment mal, hier stimmt doch was nicht.

Buchhändler *(wirbelt herum)* Was, wo? Haben Sie irgendwas gesehen?

Arthur Nein, aber ich habe den Eindruck, daß hier irgend etwas nicht in Ordnung ist.

Buchhändler Doch doch, hier ist alles in Ordnung, *(ruft nach hinten)* und er hat nichts gesehen. Wiedersehn!

Arthur *(tritt wieder in den Laden)* Irgend etwas stimmt hier nicht.

Buchhändler Hören Sie, hier ist nichts. Glauben Sie mir bitte, hier ist abso. . . *(eine Hand erscheint hinter Arthurs Rücken, der Buchhändler veranlaßt sie, mit hektischen Bewegungen zu verschwinden)* . . .lut alles in Ordnung. Stimmt hier was nicht?

Ein Mann erscheint ganz kurz; es ist Van der Berg (Dick Vosburgh).

Van der Berg Doch, alles in Ordnung.

Buchhändler Sehen Sie, alles in Ordnung.

Arthur Wer war das?

Buchhändler Das war meine Tante, hören Sie, wie heißt das Buch, das Sie kaufen wollten? Sagen Sie schnell!

Arthur Oh, ach ja. Ich hätte gern ein Exemplar von »Die Geschichte der falschen Zähne. Mit Illustrationen«.

Buchhändler Mein Gott, das nenn ich Schneid.

Arthur Was?

Buchhändler *(zieht eine Pistole)* Also: Was wissen Sie?

Arthur Worüber?

Buchhändler Sind Sie von der Britischen Zahnärztlichen Vereinigung?

Arthur Nein, ich bin Tabakwarenhändler.

Buchhändler Kommen Sie von der Tür weg.

Arthur Ich will nur rüber auf die andere. . .

Buchhändler Bleiben Sie, wo Sie sind. Sie würden niemals lebend hier rauskommen.

Arthur Warum nicht?

Buchhändler Sie wissen zuviel, Zahn-Freundchen.

Arthur Ich weiß gar nichts.

Buchhändler Spucken Sie's aus: Sie sind Zahnarzt!

Arthur Nein, ich bin Tabakwarenhändler.

Buchhändler Ein Tabakwarenhändler, der sich ganz zufällig ein Buch kauft über. . . Zähne?

Arthur Ja.

Buchhändler Ha, ha, ha, ha. . .

Lafarge betritt den Raum mit gezogener Pistole. Er ist Franzose, dunkelhäutig, ganz in Schwarz gekleidet und scheint zum Äußersten entschlossen.

Lafarge (MICHAEL) Laß die Kanone fallen, Stapleton.

Buchhändler Lafarge! *(Läßt die Pistole fallen.)*

Arthur Hier stimmt doch was nicht.

Buchhändler Doch, doch.

Lafarge Okay, Stapleton, jetzt sitzt du fest. Wo hat Mahoney versteckt die Füllungen?

Buchhändler Welche Füllungen?

Lafarge Du weißt, welche Füllungen, Stapleton. Oben rechts zwei und vier, unten rechts drei und zwei, unten links eins. Mach schon. *(Fuchtelt drohend mit der Pistole.)* Denk dran, was ist passiert mit Nigel.

Arthur Was ist denn mit Nigel passiert?

Buchhändler Kieferorthopäden-Jake hat ihm eine Mundspülung mit Plastiksprengstoff verpaßt.

Arthur Ich wußte doch, daß hier was nicht stimmt.

Buchhändler Es ist doch gar nichts.

Lafarge Los jetzt, Stapleton, die Füllungen!

Buchhändler Sie sind in der Wimpole Straße 22.

Lafarge Versuch nicht, mich reinzulegen. *(Haut ihm die Pistole aufs Auge.)*

Buchhändler Au, oh, Wimpole Straße 22a.

Lafarge Klingt schon besser.

Buchhändler Aber Sie müssen sich anmelden.

Lafarge In Ordnung. *(Ruft nach draußen.)* Brian! Mach mir Termin mit Sprechstundenpuppe. Keine Betäubung.

Van der Berg erscheint mit einem Maschinengewehr, in Begleitung einer Krankenschwester. Er trägt zwar Zahnarztkleidung, zusätzlich aber lauter Ringe, Ketten, Halstücher, Schnallenschuhe und einen Ohrring.

Van der Berg Nicht so eilig, Lafarge.

Lafarge Van der Berg!

Van der Berg Genau. Dann laß mal den Ballermann fallen.

Arthur Hier geht doch was vor. . .

Buchhändler Nein, gar nicht.

Van der Berg Heb die Pistolen auf.

Die Krankenschwester sammelt die Pistolen ein, legt sie auf ein Stahltablett, wie es in der Chirurgie benutzt wird, bedeckt dieses mit einem weißen Tuch und händigt es Van der Berg aus.

Arthur Wer ist das?

Buchhändler Das ist Van der Berg, er ist auf unserer Seite.

Van der Berg So, stell dich an die Wand, Lafarge, und du auch, Stapleton.

Buchhändler Ich?

Van der Berg Ja, du.

Buchhändler Du miese, falsche Ratte.

Arthur *(geht mit dem Buchhändler)* Was ist passiert?

Buchhändler Er hat mich reingelegt.

Arthur Pech gehabt.

Van der Berg Okay. . . Wo sind die Füllungen? Raus mit der Sprache, wo sind sie?

Arthur Das ist alles ziemlich aufregend.

Brian tritt ein, mit einer Panzerfaust im Arm. Seine Kleidung besteht aus Operationssaal-Requisiten: Kittel, Haube und Mundschutz, Gummihandschuhe und weiße Gummischuhe.

Brian (TERRY J.) Nicht so eilig.

Alle Brian!

Arthur Auweia, was ist das?

Die anderen Das ist eine Panzerfaust!

Brian Alles klar. Stell dich an die Wand, Van der Berg. . . und Sie auch, Schwester. Und der erste, der irgendwelche faulen Tricks versucht, der macht 'ne Praxis zwei Meter unter der Erde auf. . . das hier ist eine Panzerabwehrwaffe. . . und die ist geladen. . . Ihr habt genau fünf Sekunden, um es mir zu sagen. . . Was geschah wirklich mit Baby Jane?

Alle Was?

Brian Oh, tut mir leid. . . ich war ganz in Gedanken. . . hab einen furchtbaren Tag gehabt. . . wirklich wahr. Ihr habt fünf Sekunden, um mir zu sagen. . . Ich hab's vergessen. Ich hab's vergessen.

Buchhändler Die fünf Sekunden haben doch noch nicht angefangen, oder?

Van der Berg Wir müssen die Frage erst kennen.

Arthur Hatte es mit Vogler zu tun?

Brian Nein, nein... nein... ihr habt fünf Sekunden, um mir zu sagen...

Van der Berg Mit Nigel?

Brian Nein.

Lafarge Bronski?

Brian Nein, nein...

Arthur Die Füllungen!

Brian Ah ja, die Füllungen, natürlich! Wie dumm von mir. Genau, ihr habt fünf Sekunden... *(Räuspert sich.)* Wo sind die Füllungen? Fünf, vier, drei, zwei, eins, null! *(Es folgt eine lange Pause. Brian hat vergessen, die Panzerfaust abzufeuern, aber er kommt nicht darauf, was schiefgelaufen ist.)* Null! *(Betrachtet die Waffe.)* Oh! Ich habe vergessen abzudrücken. Tut mir leid. Verrückter Tag. Na schön *(ziemlich schnell)*: fünf, vier, drei, zwei, eins.

Ein Teil der Wandtäfelung schiebt sich zur Seite und der Große Käse erscheint im Bild, in einem Zahnarztstuhl sitzend. Der Große Käse trägt Zahnarztkleidung und eine fiese Brille mit dicken, lupenartigen Gläsern. Er streichelt ein Kaninchen in seinem Schoß.

Großer Käse (GRAHAM) Laß die Panzerfaust fallen, Brian.

Alle Der Große Käse!

Brian läßt die Panzerfaust fallen.

Großer Käse Freut mich, daß ihr es alle einrichten konntet, zu meiner kleinen... Party zu kommen. Und Flopsy freut sich auch, nicht wahr, Flopsy? *(Er hält das Kaninchen hoch, da es keine Antwort gibt.)* Nicht wahr, Flopsy? *(Wieder keine Antwort; er zieht einen großen Revolver und schießt aus kürzester Entfernung auf das Kaninchen.)* Das wird dich lehren, die Unnahbare zu spielen. Da habt ihr's, die arme Flopsy ist tot. Und hat nie Mutter zu mir gesagt. Und schon bald... werdet ihr alle tot sein, tot, tot, tot. *(Die anderen zischen ihn aus.)* Und weil ich so böse bin, werde ich euch ganz langsam töten... mit dem Bohrer.

Arthur Es ist ein Uhr.

Großer Käse Stimmt allerdings. Mittagspause, um zwei seid ihr wieder hier.

Allgemeines Entspannen und Abgehen. Arthur schleicht zum Telefon und telefoniert, nachdem er sich vergewissert hat, daß niemand zusieht.

Arthur Hallo... geben Sie mir die Britische Zahnärztliche Vereinigung... und zwar schnell.

Schnitt zu Arthur in normaler Zahnarztkleidung, über einen Patienten im Stuhl gebeugt. Er blickt auf und spricht in die Kamera.

Arthur Sehen Sie, ich wußte, daß dort etwas nicht stimmte. Der Große Käse hat dann natürlich zwei Fehler begangen. Erstens hat er mich nicht wiedererkannt: Lemming, Arthur Lemming, Sonderermittler der BZV, und zweitens... *(zum Patienten)* ausspucken... als ich vom Mittagessen zurückkam, waren auf meine Veranlassung bereits sämtliche Zahnärzte des Westends im Besenschrank versteckt, um die Schurken in Empfang zu nehmen. Ist schon komisch, daß böse Zahnärzte immer wieder diesen einen entscheidenden Fehler machen. Das wär's denn für heute... Halten Sie Ihre Zähne schön sauber.

Schnitt auf ein Foto von Arthur Lemming.

UNTERTITEL: »LEMMING VON DER BZV«

Das Bild ist mit einem Lied unterlegt, von dem der Oberst die Melodie kennt.

Lied *(vorproduziert und eingespielt)* Lemming, Lemming... Lemming von der BZV... Lemming, Lemming... Lemming von der BZ... Lemming von der BZ... BZ, BZV.

Off-Sprecher (ERIC) und ZWISCHENTITEL: »EINE ANGELEGENHEIT FÜR MÄNNER – DIE BRITISCHE ZAHNÄRZTLICHE VEREINIGUNG«

Oberst *(stößt das Foto beiseite)* Das reicht. Ich habe Sie gewarnt und nochmals gewarnt, diesen Slogan zu verwenden, nicht wahr? Jetzt ist Schluß. Beenden Sie die Sendung. Aus!

Schnitt zu abpfeifendem Schiedsrichter.

Der auf dem Strand hingestreckte »Jetzt«-Mann wird aus dem Off mit einem Stock angestoßen. Er erhebt sich und humpelt davon.

EINBLENDUNG: »›EULENSTRECKSAISON‹ WURDE ERFUNDEN, GESCHRIEBEN UND AUFGEFÜHRT VON... (ABSPANN)«

Am Ende des Abspanns hat der »Jetzt«-Mann den Gipfel des Felsens erreicht und entschwindet. Sobald er aus dem Blick ist, hört man:

Stimme des Oberst Ha, hab ich dich erwischt, Bürschchen. Immer noch am Schauspielern, wie? Runter mit dir!

Der »Jetzt«-Mann wird über den Felsrand geschleudert.

Fünf – Die Identitätskrise des Menschen in der zweiten Hälfte des 20. Jahrhunderts

Ein Fluß. Der »Jetzt«-Mann rudert auf die Kamera zu und verkündet:

Mann (MICHAEL) Und jetzt. . .

Off-Sprecher (JOHN) und TITEL: »MONTY PYTHON'S FLYING CIRCUS«

Trickfilm-Vorspann.

EINGEBLENDETER ZWISCHENTITEL: »VORSTADT-WOHNZIMMER IN DER NÄHE VON ESHER«

Ein älteres Paar, Mr. A. und Mrs. B., starren durch Flügelfenster auf eine Katze, die regungslos mitten auf ihrem Rasen sitzt und von ihnen wegsieht. Man hört ein herankommendes Auto.

Mr. A. (MICHAEL) Ach, das wird der Tierarzt sein, Schatz.

Mrs. B. (TERRY J.) Da will ich mal gehen und ihn reinlassen.

Mrs. B. geht hinaus und kommt mit dem Tierarzt ins Zimmer zurück.

Mrs. B. *(theatralisch flüsternd)* Es ist der Tierarzt, Schatz.

Mr. A. Ich bin wirklich sehr froh, daß Sie vorbeikommen konnten, Doktor.

Tierarzt (GRAHAM) Aber nicht doch. Also, wo haben wir denn das Problem? Sie können es mir ruhig sagen – ich bin nämlich Tierarzt, wissen Sie.

Mrs. B. Siehst du! Sag's ihm, Schatz.

Mr. A. Also. . .

Mrs. B. Es ist unser Kater. Er macht überhaupt nichts. Er sitzt nur da draußen auf dem Rasen.

Tierarzt Ist er. . . tot?

Mr. A. Aber nein!

Tierarzt *(dramatisch in die Kamera)* Gottseidank! Einen schrecklichen Moment lang dachte ich, es wäre. . . zu spät. Wenn doch nur mehr Leute rechtzeitig anrufen würden.

Mrs. B. Er sitzt einfach nur da, jeden Tag, und den ganzen Tag lang.

Mr. A. Und abends.

Mrs. B. Schht! Fast regungslos. Wir müssen ihm sein Futter rausbringen.

Mr. A. Und seine Milch.

Mrs. B. Schht! Er macht überhaupt nichts. Er sitzt nur da.

Tierarzt Sind Sie mit Ihrem Latein am Ende?!

Mrs. B. Ja, eindeutig.

Tierarzt Hm. Verstehe. Also, ich glaube, ich kann Ihnen vielleicht helfen. Sehen Sie... *(geht zu einem Sessel, setzt Brille auf, setzt sich hin, schlägt die Beine über- und legt die Fingerspitzen aneinander)*... Ihr Kater leidet an etwas, wofür wir Tierärzte noch keinen Ausdruck gefunden haben. Kennzeichen seines Zustands sind vollkommene physische Trägheit, der Mangel an Interesse an seiner Umgebung – die wir Tierärzte Umfeld nennen – sowie die Absenz von Reaktionen auf herkömmliche externe Reize – ein Garnknäuel, eine leckere Maus, ein Vogel. Offen gesagt, Ihr Kater sitzt fest. Es ist das alte Börsenmakler-Syndrom, die Vorortvariante des Fin-de-Siècle-Ennui, Depressivität, Sinnkrise, Weltschmerz – nennen Sie's, wie Sie wollen.

Mrs. B. Er mopst sich.

Tierarzt In gewisser, mh, ja, in gewisser Weise... mopst er sich. Muß ich mir merken. Gut, was unternehmen wir also? Sagen Sie, Mr. A., haben Sie Ihren Kater in letzter Zeit verwirrt?

Mr. A. Nun, wir...

Mrs. B. Schht! Nein.

Tierarzt Tja... also, ich glaube, ich kann mit Gewißheit sagen, daß Ihr Kater dringend verwirrt werden muß.

Mr. A. Was? Schht!

Mrs. B. Was?

Tierarzt Verwirrt. Um ihn aus seinem Zustand der Gleichgültigkeit herauszurütteln. Ich selbst bin leider für die Katzenverwirrung nicht qualifiziert, doch ich kann Ihnen eine ausgesprochen gute Firma empfehlen. Hier ist ihre Karte.

Mrs. B. *(liest Karte)* Ohhh! »Verwirr-die-Katze GmbH«.

Mr. A. »Verwirr-die-Katze GmbH«.

Mrs. B. Oh.

Schnitt: ein großer Transportwagen trifft ein. Auf der Seite sieht man die große Aufschrift: »Verwirr-die-Katze GmbH: Europas führendes Unternehmen für Katzenverwirrung. Seit 1842 Hofverwirrer von...« sowie ein Wappen. Etliche Leute in weißen Kitteln, mit Schirmmützen und Rangabzeichen steigen aus. Einer von ihnen hat Feldwebel-Streifen.

Feldwebel (MICHAEL) Abteilung... Augen geradeaus! Rührt euch! Katzenverwirrer... Achtung!

Aus einem hinzukommenden Wagen steigt ein General.

General (JOHN) Männer! Wir müssen heute eine ziemlich schwierige Katze verwirren, also frisch ans Werk. Ausgezeichnet. Danke, Feldwebel.

Feldwebel Verwirrer! Alle Mann zum Transporter und ladet. . . nicht so eilig. . . ladet die ulkigen Sachen ab! *(Die Männer entladen den Wagen.)* Hopp, hopp, hopp. Eins, zwo, eins, zwo, eins, zwo, runter mit den ulkigen Sachen!

Die Männer errichten vor der immer noch reglosen Katze eine Bühne mit Vorhängen. A. und B. sehen ehrfürchtig zu. Die Vorbereitungen werden abgeschlossen, die Männer sind in Habtachtstellung.

Feldwebel Bühne zum Verwirren fertig, Herr General!

General Ausgezeichnet. Weitermachen, Herr Feldwebel!

Feldwebel Links. . . um! Im Laufschritt. . .

General Okay, Männer. Verwirrt-diiiie. . . Katz!

Trommelwirbel und Becken. Die Vorhänge öffnen sich, und eine faszinierende Show wird dargeboten, bei der diverse technische Tricks zum Einsatz kommen: arretierte Kamera, Zeitraffer, Pixilation etc.

Long John Silver geht zum vorderen Bühnenrand.

Long John Silver Verehrtes Publikum, Ladies and Gedderbong!

Long John Silver verschwindet. Eine Pause. Zwei Boxer tauchen auf. Sie umkreisen sich. Auf dem Kopf des einen erscheint eine Melone und verschwindet wieder. Auf dem des anderen erscheint ein Zylinder. Auf dem Kopf des ersten ein Fes. Der Zylinder wird zu einem Hut mit Krempe. Der Fes wird zu einem Kardinals-Hut. Der Hut mit Krempe wird zu einem Nonnenschleier. Dann verschwinden Kardinals-Hut und Nonnenschleier. Einer der Boxer wird Napoleon, und der andere Boxer staunt. Napoleon boxt den Boxer mit der Hand unter seiner Jacke. Der Boxer kippt völlig überrascht um und schießt der Länge nach von der Bühne.

Schnitt auf den Kater, der unbeeindruckt zusieht.

Napoleon hüpft auf einem Bein quer über die Bühne, verschwindet auf der einen Seite, erscheint sofort auf der anderen Seite wieder und wiederholt denselben Tanz in derselben Richtung. Er erreicht die andere Seite, wird aber von einem Verkehrspolizisten angehalten. Der Polizist winkt einen Mann in Pinguinkostüm und auf einem Hüpfstock auf die Bühne. Der Pinguin schafft den halben Weg und verwandelt sich dann in eine Mülltonne. Napoleon hüpft (pixiliert) auf einem Bein von der Bühne. Der Polizist geht zur Mülltonne, öffnet sie, und heraus kommt Napoleon.

Schnitt auf den Kater: immer noch reglos.

Ein nackter Mann mit einem Handtuch um die Hüften taucht in der Mülltonne auf, springt in die Luft und verschwindet. Napoleon deutet auf eine Stelle am Boden. Wo er hinzeigt, erscheint ein Stuhl. Der nackte Mann landet aus dem Nichts auf dem Stuhl, will hinunterspringen und verschwindet. Dann zeigt Napoleon wieder auf den Boden, wo eine kleine Kanone erscheint. Die Kanone schießt, und der Polizist verschwindet. Der Mann mit dem Handtuch um die Hüften kommt aus der Mülltonne und wird von dem Pinguin auf dem Hüpfstock von der Bühne gejagt. Napoleon klatscht Beifall und läßt die Kanone verschwinden. Zwei Köche tragen eine Sänfte auf die Bühne. Der Mann mit dem Handtuch steigt heraus. Aus der Mülltonne taucht der Pinguin auf und jagt ihn weg. Napoleon deutet auf die Sänfte, die wird zu einer Mülltonne. Der Handtuch-Mann taucht in ihr auf. Der Pinguin erscheint in der anderen Mülltonne und schlägt dem Handtuch-Mann ein gerupftes Huhn über den Kopf. Der Handtuch-Mann sinkt in seiner Tonne zusammen, der Pinguin freut sich.

Schnitt zu dem weiterhin unbeeindruckten Kater.

Plötzlich stehen Napoleon, der Mann mit dem Handtuch, der Polizist, ein Boxer und ein Koch in einer Reihe nebeneinander und verbeugen sich. Einer nach dem anderen springt in die Luft und verschwindet.

Blick auf den teilnahmslosen Kater.

Schnitt zu Mr. A. und Mrs. B., die mit dem General zusammen zusehen.

General Ich bete zu Gott, daß es klappt. Na, wir werden es ja jeden Moment wissen.

Nach einer Pause erhebt sich der Kater und läuft ins Haus. Mr. A. und Mrs. B. sind vor Freude überwältigt.

Mrs. B. Ich kann es nicht fassen.

Mr. A. Ich auch nicht. Es ist wie früher.

Mrs. B. Er ist tatsächlich geheilt. Oh, ich danke Ihnen, General!

Mr. A. Wie können wir Ihnen das je vergelten?

General Keine Ursache. Reine Routinesache für. . . Verwirr-die-Katze.

Das Bild friert ein, und über dem Gesicht des Generals werden die Worte »Verwirr-die-Katze GmbH« eingeblendet. Dramatische Musik. Der Text fängt an, wie ein üblicher Nachspann abzurollen, und man liest:

VERWIRR-DIE-KATZE GMBH
IN ZUSAMMENARBEIT MIT
FASZINIER-DIE-WÜHLMAUS GMBH
VERBLÜFF-DAS-WIESEL GMBH
VERDUTZ-DEN-PUMA GMBH

Überrasch-die-Thompson-Gazelle GmbH
Bestienbestürzer OHG
Zerstreu-die-Biene

Trickfilm: *Mr. Gilliams Animation leitet vom Kopf des Generals über zu einem Koffer. Wir befinden uns in einer Zollabfertigung. Ein Mann legt seinen Koffer auf die Schaltertheke.*

Beamter (john) Haben Sie das gelesen, Sir? *(Hält ein Merkblatt hoch.)*

Mann (michael) Nein. Oh, ja doch, ja.

Beamter Haben Sie irgendwas zu verzollen?

Mann Ja... nein! Nein, nein, nein! Nichts zu verzollen, nein, nichts in meinem Koffer, nein...

Beamter Keine Uhren, Kameras, Rundfunkgeräte?

Mann Ja, schon, vier Uhren, nein, nein, nein. Nein. Eine, eine Uhr. Nein, nein. Nicht mal eine Uhr. Nein, überhaupt keine Uhren. Nein, überhaupt keine Uhren. Keine Präzisionsuhren, nein.

Beamter Welches Land haben Sie besucht, Sir?

Mann Die Schweiz... äh... nein... nein... nicht die Schweiz... äh... nicht die Schweiz. Es fing mit S an, aber es war nicht die Schweiz... mmh, was könnte es gewesen sein? Ich hab ein elend schlechtes Namensgedächtnis. Wie heißt noch mal das Land, in dem absolut keine Uhren hergestellt werden?

Beamter Spanien?

Mann Spanien! Das war's. Spanien, ja, mmh.

Beamter Auf Ihrem Aufkleber hier steht Zürich, Sir.

Mann Ja, sehn Sie... dann war es Spanien.

Beamter Zürich liegt in der Schweiz, Sir.

Mann In der Schweiz, wie? Mmh... mmh... ja.

Beamter In der Schweiz – wo die Uhren gemacht werden.

Mann Einen schönen Schalter haben Sie hier!

Beamter Haben Sie... äh, Geld in Schweizer Währung, Sir?

Mann Nein... bloß die Uhren... äh, bloß meine Uhr, äh, mein ureigenes Interesse an Währung... Ich verfolge die Kurse sehr aufmerksam, mein ureigenes Interesse, nein, ich hab keins.

Beamter Das kam ein bißchen sehr fix! *(Im Koffer fängt ein Wecker an zu klingeln. Der Mann schlägt erfolglos darauf ein.)* Haben Sie da einen Wecker drin, Sir?

Mann Nein, nein, meine Güte, nein, nein... nur Unterhemden. *(Er schlägt auf den Koffer, und der Wecker stoppt.)*

Beamter Es klang ein bißchen, als habe da ein Wecker geklingelt.

Mann Nein, das kann gar nicht sein... da hat wohl ein Unterhemd, äh... geklingelt.

Beamter Geklingelt.

Im Koffer fangen zahlreiche Uhren an zu ticken und zu schlagen. Man hört auch Kirchenglocken. Der Mann schlägt verzweifelt auf den Koffer ein.

Mann Also gut, ich gesteh's, ich bin ein Schmuggler. Der ganze Koffer ist mit Schweizer Uhren und Weckern vollgepackt. Ich habe wissentlich versucht, den Zoll und das Finanzamt Ihrer Majestät zu hintergehen. Ich war ein verdammter Idiot.

Beamter Ich glaube Ihnen nicht, Sir.

Mann Es stimmt aber. Ich bin, äh, des Schmuggels schuldig.

Beamter Erzählen Sie mir nichts. Sie könnten ja nicht mal ein Einwickelpapier schmuggeln, geschweige denn einen Koffer voller Uhren.

Mann Was soll das heißen? Ich schmuggle schließlich schon länger Uhren. Ich habe schon Bomben geschmuggelt und Kameras und Mikrofilme und Raketenbauteile – was Sie auch wollen: Ich hab es geschmuggelt.

Beamter Also bitte weiter, ja!? Sie stehlen uns hier die Zeit... gehen Sie bitte weiter!

Mann Hier! *(Er öffnet seinen Koffer, der bis zum Rand mit Uhren und Weckern voll ist.)* Hier – sehn Sie sich das an!

Beamter Also, wie ich das sehe, könnten Sie die auch in London gekauft haben, bevor Sie in die Schweiz geflogen sind.

Mann Bitte? Ich würde doch keine zweitausend Uhren kaufen.

Beamter Es gibt Leute, die tun das. Also jetzt schließen Sie bitte Ihren Koffer, und gehen Sie weiter, machen Sie schon! Verschwenden Sie hier nicht unsere Zeit, wir müssen die richtigen Schmuggler kriegen. Also los.

Mann *(schreit)* Ich bin ein richtiger Schmuggler. Ich bin ein Schmuggler! Hör'n Sie nicht? Ein Schmuggler, ein Gesetzesbrecher... ein Schmuggler! *(Man führt ihn ab; er wehrt sich heftig.)* *Ein Vikar ist der nächste.*

Vikar (ERIC) Armer Kerl. Ich glaube, er braucht Hilfe.

Beamter So, Schluß jetzt mit Ihren Sprüchen. Ab in den Durchsuchungsraum und ausziehen!

Schnitt auf den Leiter einer Diskussionsrunde.

Diskussionsleiter (TERRY J.) Um die Bedeutung dieses Sketchs zu erörtern und um die moralischen Probleme zu beleuchten, die sich aus den damit zusammenhängenden Methoden zur Durchsetzung des Rechts ergeben, sind heute eine Ente, eine Katze und eine Eidechse bei uns im Studio. Zunächst möchte ich an Sie, Eidechse, die folgende Frage richten: Welche Wirksamkeit messen Sie den vom Gesetz vorgesehenen Waffen bei, die heutzutage bei den vom Gesetz vorgesehenen Zollbeamten Verwendung finden? *(Schnitt auf Eidechse; Stille.)* Gut, während Sie darüber nachdenken, möchte ich an dieser Stelle die Ente in die Diskussion einbeziehen und sie bitten, nach Möglichkeit den ganzen Komplex der Währungsbeschränkungen und Zollbestimmungen in der heutigen Welt zu veranschaulichen. *(Schnitt auf Ente; Stille.)* Oder möchte dazu lieber die Katze Stellung nehmen? *(Schnitt auf Katze; Stille.)* Nein? Eidechse? *(Wieder die Eidechse, dann Schnitt zurück.)* Nein. Nun gut, äh, dann wollen wir doch mal hören, was der Mann auf der Straße darüber denkt.

Schnitt zum »Stimmen-des-Volkes«-Film.

Prostituierte (CAROL) Ich bin kein Mann, du Dummerchen.

Mann auf Dach (TERRY J.) Ich bin nicht auf der Straße, du Schwuchtel.

Mann auf Straße (JOHN) Also, äh, als Mann *auf* der Straße muß ich sagen . . . *(Ein Wagen überfährt ihn.)* Aaaauh!

Mann (MICHAEL) Wie war die Frage noch mal?

Interviewer *(im Off)* (JOHN) Welche Bedeutung haben die derzeitigen Zollbestimmungen und Währungsbeschränkungen in einer modernen expandierenden Industriewirtschaft? *(Keine Antwort.)* Ach, schon gut.

Schreckschraube (ERIC) Also, ich finde, die Männer vom Zoll sollten bewaffnet sein, damit sie Leute umlegen können, die über zweihundert Zigaretten dabeihaben.

Mann (JOHN) *(steht aus einem Liegestuhl auf und kreischt vor Entrüstung und Wut. Er trägt ein an den Ecken geknotetes Taschentuch auf dem Kopf und hat die Hosen bis an die Knie hochgekrempelt.)* Also ich, ich find, daß, äh, daß keiner, der ins Ausland fährt, wieder ins Land gelassen werden sollte. Ich mein, äh, verdammt, wenn sie verdammt noch mal nicht clever genug sind hierzubleiben, wenn sie hier sind, wieso sollten wir sie dann wieder reinlassen, äh, auf Kosten des Steuerzahlers? Ich mein, also ehrlich, ich mein, ich eß ja schließlich auch keine Eichhörnchen, oder? Ich mein, also vielleicht mal eins oder zwei, aber da gibt's ja auch kein Gesetz gegen, oder? Das ist ein freies Land. *(Ein Ritter in Ritterrüstung tritt auf.)* Ich mein, wenn ich ab und zu mal 'n Eichhörnchen essen will, dann ist das meine Sache, find ich. Ich mein, ich bin kein Rassist. Ich – oh, oh. . .

Der Ritter hat ein gerupftes Huhn in der Hand. Der Mann verbirgt ängstlich seinen Kopf, und der Ritter schlägt ihm das Huhn in den Bauch.

Frau (CAROL) Ich finde, es ist sowieso Schwachsinn, eine Eidechse nach ihrer Meinung zu fragen.

Diskussionsleiter *(im Off)* Wieso?

Frau Ich meine, man hätte besser Margaret Drabble fragen sollen.

Junger Mann (ERIC) *(sehr gewissenhaft)* Nun, ich denke, äh, die Zollbeamten sind wirklich notwendig, und ich glaube, daß sie ihre Sache ganz ausgezeichnet machen. Schach.

Man sieht jetzt, daß er mit einem anderen jungen Mann Schach spielt. Sie befinden sich in einer ganz normalen Wohnung. Von der Tür her hört man ein ungeheures Hämmern, Schlagen, Rumsen und Scheppern.

Junger Mann Die Tür ist offen.

Polizist (GRAHAM) Oh. Ja. *(Er tritt ein.)* Okay, okay, okay, okay. Ich heiße Polizeiwachtmeister Henry Thatcher, und dies ist eine Razzia. Ich habe Grund zu der Annahme, daß sich hier vor Ort gewisse Substanzen befinden.

Junger Mann Aha, und was für Substanzen?

Polizist Äh. . . gewisse Substanzen.

Junger Mann Ah ja, und was für gewisse Substanzen?

Polizist Äh, gewisse Substanzen illegaler Natur.

Junger Mann Ähm, könnten Sie sich etwas präziser äußern?

Polizist Wie bitte?

Junger Mann Geht es etwas deut-li-cher?

Polizist Oh, oh. . . ja, äh. . . gewisse Substanzen hier vor Ort. Zu entfernen zwecks gerichtsmedizinischer Untersuchung.

Junger Mann Denken Sie da an irgendwas Spezielles?

Polizist Was haben Sie denn so?

Junger Mann Nichts, Wachtmeister.

Polizist Sie sind Sandy Camp, der Schauspieler?

Junger Mann Ja.

Polizist Ich weise Sie darauf hin, Sir, daß ich den Polizeihund

Josephine draußen habe, der nicht nur bewaffnet ist und ausgebildet, gewisse Substanzen zu erschnüffeln, sondern auch ein Junkie ist.

Junger Mann Nach was suchen Sie...?

Polizist *(zieht ungeschickt und unübersehbar ein braunes Papierpäckchen aus seiner Tasche)* Ooh! Oh, oh, oh, oh, oh, oh, oh, oh, oh, oh! Hier ist eine braune Papiertüte, die ich hier vor Ort gefunden habe. Die muß ich beschlagnahmen, Sir, und zur gerichtsmedizinischen Untersuchung mitnehmen.

Junger Mann Moment mal! Sie haben das da gerade aus Ihrer Tasche geholt.

Polizist Was?

Junger Mann *(nimmt das Päckchen)* Was ist denn überhaupt drin? *(Öffnet es.)* Butterbrote.

Polizist Butterbrote? Verflucht, was hab ich denn dann meiner Frau gegeben?

Schnitt auf handgeschriebene Zuschauerzuschrift.

Off-Sprecherin (CAROL) Liebe BBC, East Grinstead, Freitag. Ich denke, ich muß Ihnen wirklich schreiben und mich über diesen Sketch beschweren. Mein Mann – und das hat er mit vielen Leuten seines Alters gemeinsam – ist fünfzig. Wie lange müssen wir solche Sachen noch hinnehmen? Hochachtungsvoll, E. B. Debenham (Mrs).

Schnitt auf anderen Brief.

Off-Sprecher (JOHN) Lieber Freddy Grisewood, Bagshot, Surrey. Als produktiver Briefschreiber empfinde ich das Bedürfnis, gegen den vorigen Brief Protest einzulegen. Ich bin fast sechzig und ziemlich verrückt, doch es macht mir Freude, dem BBC Home Service zuzuhören. Wenn das unvermindert so weitergeht... Dünkirchen... finstere Kriegszeiten... mit dem Rücken an der Wand... Alvar Liddell... Berliner Luftbrücke... moralischer Umbruch durch die Profumo-Affäre... junge Hippies, die durch die Straßen ziehen, vergewaltigen, plündern und morden.
Ihr etc. Brigadekommandeur Arthur Gormanstrop (Mrs).

Schnitt zu »Stimmen des Volkes«.

Schreckschraube (ERIC) Also, ich finde, man sollte gegen so Sachen angehen – mit Satire. Ich denke da an Ned Sherrin. Gerecht ist gerecht. Ich finde, die Leute sollten sich meine eigene Meinung bilden können.

Journalistin (TERRY J.) Also, ich finde, man sollte gegen die verstaubten Einstellungen der unteren Mittelklasse angehen, die es dem Establishment ermöglichen, fortzubestehen und die Mehrheit im ganzen Land in dem Zustand zu halten, in dem sie sich im neunzehnten Jahrhundert und in den schrecklichen Tagen vor der sexuellen Revolution befand.

Ein Boxer (Eric) kommt gelaufen und schlägt sie nieder.

Schotte (MICHAEL) Also, das ist, äh, sehr interessant, denn ich bestehe, äh, in der Tat völlig aus Holz.

Börsenmakler (JOHN) Also, ich finde, man sollte gegen die Unterschicht angehen, äh, zuerst mit Bomben und Raketen ihre Häuser zerstören, und wenn sie dann hilflos auf die Straße rennen, äh, mit Maschinengewehren niedermähen. Äh, und dann natürlich die Geier loslassen. Ich weiß, diese Ansichten sind nicht besonders populär, aber nach Popularität habe ich nie getrachtet.

Ein kniender Pfadfinderjunge. Neben ihm sein Gruppenführer, den man nur von den Knien an abwärts sieht.

Junge (MICHAEL) Ich finde, es sollte mehr Rassenvorurteile geben.

Er wird angestupst.

Stimme im Off Weniger.

Junge Weniger Rassenvorurteile.

Schnitt in ein Nachrichtenstudio mit einem großen Bildschirm hinter dem Sprecher.

Nachrichtensprecher (ERIC) *(als sei es die vierte Meldung)* . . .und mehrere Metzgerschürzen. In Fulham fand heute früh ein Einbruch in ein Juweliergeschäft statt. Dabei wurde Schmuck im Wert von 2000 Pfund entwendet. Die Polizei veröffentlichte dieses Bild von einem Mann, der verdächtigt wird, mit der Tat in Zusammenhang zu stehen. *(Auf dem Bildschirm hinter dem Sprecher erscheint sein Bild, wie er die Nachrichten verliest.)* Der Mann ist vermutlich zwischen fünfundzwanzig und dreißig Jahre alt und war zuletzt mit einem grauen Anzug, einem weißen Hemd sowie einer geblümten Krawatte bekleidet. *(Auf dem hinteren Bildschirm taucht Polizei auf und führt den Nachrichtensprecher ab.)* Wer diesen Mann sieht oder Informationen über seinen Aufenthaltsort geben kann, wird gebeten, sich mit der nächsten Polizeidienststelle in Verbindung zu setzen. *(Ein Zettel* *wird angereicht.)* Ah! Oh. Soeben erreicht uns die Nachricht, daß der Mann, der der Beteiligung an dem Juwelenraub verdächtigt wird, von der Polizei festgenommen werden konnte. Ah, da eingehende Befragungen den Tatverdacht allerdings nicht erhärteten, wurde er wieder auf freien Fuß gesetzt. *(Der andere Nachrichtensprecher erscheint wieder auf dem hinteren Bildschirm und setzt sich.)* Zum Sport. *(Ein weiterer Zettel wird ihm gereicht.)* Ah, hier heißt es jedoch, daß sich aufgrund seiner Aussagen der Verdacht nun auf einen Nachrichtensprecher in London-Mitte erstreckt. Ah, die Polizei konzentriert ihre Ermittlungen auf die British Broadcasting Corp. . . *(Ein Polizist kommt und führt den Nachrichtensprecher im Vordergrund ab.)* Verzeihen Sie einen Moment. . .

Der Nachrichtensprecher auf dem hinteren Bildschirm macht weiter.

Anderer Nachrichtensprecher Unseren Informationen zufolge wird die Polizei nun von einem Mann bei ihren Ermittlungen unterstützt. Und damit sind wir am Ende der Nachrichten. *(Er befestigt ein Schmuckstück an seinem Ohr.)* Und nun das »Spiel des Tages«.

Titelmusik von »Spiel des Tages«. Man sieht ein Pärchen am Fußende eines ziemlich großen Betts. Sie ist in BH und Slip, er trägt Unterhosen Typ Y. Sie küssen sich leidenschaftlich. Nach ein paar Sekunden hört man einen Wagen kommen, dann Schritte auf Kies und das Öffnen einer Tür.

Der Nachrichtensprecher kommt herein.

Nachrichtensprecher Oh, ich. . . das tut mir furchtbar leid, das hier ist natürlich nicht das »Spiel des Tages«, sondern ausgesuchte Höhepunkte unseres Liebesfilms von heute abend. Äh, tut mir leid. *(Er geht wieder aus dem Bild; die beiden wieder in den Clinch. Einen Moment später platzt er erneut rein.)* Ach, Verzeihung, aber auf BBC 2 unterhält sich jetzt Joan Bakewell mit Michael Dean darüber, wie man ein mitreißendes Fernsehprogramm gestaltet. *(Verschwindet aus dem Bild; kommt wieder rein.)* Also, ich bitte vielmals um Entschuldigung für all das. Und jetzt: zurück zum Film! *(Er geht ab.)*

Das Pärchen schmust weiter.

Sie (CAROL) *(errötend)* O, o, o Bevis, sollen wir?

Bevis (TERRY J.) O Dora. Warum nicht?

Sie Sei sanft mit mir.

Schnitt zu einer Filmmontage: zusammenstürzender Fabrikschornstein rückwärts; Aufwärtsschwenk über steil aufragende Pappeln im Wind; Brandung; Fische in flachem Wasser; Springbrunnen; Feuerwerk; Vulkanausbruch; startende Rakete; Schnellzug fährt in Tunnel; brechender Damm; Schlachtschiff feuert Breitseite; Löwe springt durch brennenden Reifen; Richard Nixon lächelt; eine Kuh wird gemolken; Flugzeugbetankung in der Luft; Frauenkongress applaudiert; schottisches Baumstammwerfen; brennendes Flugzeug stürzt ab; Baum wird gefällt; der Fabrikschornstein vom Anfang stürzt zusammen (vorwärts).

Schnitt zurück zu dem Mädchen im Bett.

Sie Ach Bevis, *machst* du auch mal was, oder zeigst du mir jetzt den ganzen Abend nur Filme?

Man sieht Bevis bei einem kleinen Projektor.

Bevis Nur noch einen, Liebling.

Sie Och.

Er läßt den Film laufen: eine Zwei-Minuten-Burleske, zusammengestellt von Mr. Terry Gilliam aus Amerika, Sie wissen schon.

Schnitt in ein Personalbüro.

Personalchef (JOHN) Wissen Sie, es macht mir richtig Freude, mit den Bewerbern für diesen Trainingskurs für Manager zu sprechen. *(Es klopft an der Tür.)* Herein. *(Stig tritt ein.)* Ah, treten Sie näher, setzen Sie sich.

Stig (GRAHAM) Vielen Dank. *(Er setzt sich.)*

Personalchef *(starrt ihn an und fängt an zu schreiben)* Würde es Ihnen etwas ausmachen, noch mal für einen Moment aufzustehen? *(Stig steht auf.)* Nehmen Sie Platz.

Stig Verzeihung?

Personalchef Nehmen Sie Platz. *(Stig setzt sich.)* Aha! *(Er schreibt wieder.)* Guten Morgen.

Stig Guten Morgen.

Personalchef Guten Morgen.

Stig Guten Morgen.

Personalchef *(schreibt)* Sagen Sie, warum sagen Sie »Guten Morgen«, wenn Sie doch genau wissen, daß jetzt Nachmittag ist?

Stig Also, na ja, *Sie* haben »Guten Morgen« gesagt, ha, ha.

Personalchef *(schüttelt den Kopf)* Guten Tag.

Stig Ah, guten Tag.

Personalchef Meine Güte. *(Er schreibt wieder.)* Guten Abend.

Stig *(verlegen grinsend)* . . .auf Wiedersehen?

Personalchef Haha, nein. *(Er läutet eine kleine Handglocke.)* . . .Wollen Sie mich nicht fragen, warum ich geläutet habe? *(Er läutet wieder.)*

Stig Ähm, warum haben Sie geläutet?

Personalchef Was vermuten Sie denn, warum? *(laut)* Fünf, vier, drei, zwei, eins, null!

Stig Na ja, ich. . . ich. . .

Personalchef Zu spät! *(Singt)* Gut' Nacht, ding, ding, ding, ding, ding. Gut' Nacht, ding, ding, ding, ding, ding, ding.

Stig Ähm, äh, ich, hier werden doch die Plätze für den Trainingskurs für Manager vergeben, oder?

Personalchef *(läutet)* Ja. Ja, ganz recht. Gut' Nacht. Ding, ding, ding, ding, ding, ding, ding, ding.

Stig O mein Gott, ich glaube, ich seh ziemlich alt aus.

Personalchef Warum sagen Sie das?

Stig Ach, ich weiß nicht.

Personalchef Sagen Sie das, weil Sie es nicht wissen?

Stig Also, ich, ich, ich, ich weiß nicht.

Personalchef *(laut)* Fünf, vier, drei, zwei, eins, null! *(Er schreibt.)* Na gut. *(Er schneidet eine Grimasse und macht ein komisches Geräusch.)*

Stig Verzeihen Sie, ich bin ganz durcheinander.

Personalchef Na, was glauben Sie, warum habe ich das wohl gemacht?

Stig Also, ich weiß nicht. . .

Personalchef Wollen Sie es nicht wissen?

Stig Ja, schon.

Personalchef Und warum fragen Sie mich dann nicht?

Stig Na ja. . . ich. . . äh. . .

Personalchef Name?

Stig Wie?

Personalchef Ihr Name, Mann, Ihr Name!

Stig Ähm, äh David.

Personalchef David. Sicher?

Stig Aber ja.

Personalchef *(schreibt)* David Sichler.

Stig Nein, nein. Walter.

Personalchef Walter Sichler?

Stig Nein, nein. David Walter.

Personalchef *(blickt ihn lange an, läutet die Glocke)* Gut' Nacht. Ding, ding, ding, ding, ding, ding, ding, ding. Gut' Nacht. Ding, ding, ding, ding, ding, ding, ding, ding, ding.

Stig O Himmel, das schon wieder. Ich weiß nicht, was ich machen soll, wenn Sie das machen.

Personalchef Machen Sie halt irgendwas. Gut' Nacht. Ding, ding, ding, ding, ding, fünf, vier, drei, zwei, eins. . . *(Stig verzieht sein Gesicht und macht ein Geräusch.)* Gut!

Stig Gut?

Personalchef Sehr gut – noch mal. *(Stig verzieht sein Gesicht und macht ein Geräusch.)* Sehr gut, wirklich. Ganz außergewöhnlich. *(Er ruft in Richtung Tür.)* Okay, fertig. *(Vier Leute kommen rein und stellen sich bei dem Schreibtisch nebeneinander auf.)* Also noch mal. *(Er läutet die Glocke.)* Gut' Nacht, ding, ding, ding, ding, ding, ding.

Stig verzieht zögernd das Gesicht und macht sein komisches Geräusch. Die vier halten plötzlich Wertungstäfelchen hoch wie Punktrichter beim Turmspringen oder Eiskunstlaufen.

Stig Was soll das? Was soll das?

Personalchef Sie haben sehr gute Wertungen.

Stig *(hysterisch)* Das ist mir egal, ich will wissen, was das hier soll! Ich glaube, Sie wollen hier absichtlich Leute demütigen. Ich werde jetzt auf der Stelle gehen und der Polizei genau erzählen, was Sie hier mit Leuten anstellen, und verdammt noch mal dafür sorgen, daß Sie ein für allemal damit aufhören. Na, wie gefällt Ihnen das? Wie gefällt Ihnen das?

Die Punktrichter geben ihm sehr hohe Wertungen.

Personalchef *Sehr* gute Wertungen.

Stig Oh, äh, ich bin angenommen?

Personalchef Nun, äh, leider nicht. Die freien Stellen sind leider schon vor einigen Wochen vergeben worden.

Sie torkeln vor Lachen.

Schnitt zu einem Mann am Schreibtisch.

Mann (MICHAEL) Na, das war ja wirklich lustig, und wir haben uns alle sehr amüsiert, aber ich versichere Ihnen, daß wir mit Ihnen so etwas natürlich nie anstellen würden, wenn Sie sich hier bei uns im Institut für Karriereplanung vorstellen würden. Doch vielleicht sollte ich mich zunächst einmal vorstellen: Ich bin der Leiter des Instituts für Karriereplanung. Eigentlich wollte ich Arzt werden, aber wie's halt so läuft – jetzt leite ich das Institut für Karriereplanung. *(Sentimental)* Oder Bildhauer, irgendwas Künstlerisches, oder Ingenieur, die ganzen Staudämme. . . Aber so läuft's eben, jammern hilft nicht, wenn die Milch erst verschüttet ist, die Dinge sind nun mal, wie sie sind, und damit hat sich's. Ich bin der Leiter dieses elenden Instituts. *(Er weint, fängt sich wieder.)* Schon gut, also ich frage mich, ob Sie sich je vor Augen geführt haben, wie lukrativ die Beschäftigung *dieses* Mannes ist.

Schnitt auf eine Wohnungstür. Ein Mann kommt und klingelt. Er ist sehr gut gekleidet.

Mann (ERIC) Einbrecher! *(Längere Pause, er wartet; dann klingelt er wieder.)* Einbrecher! *(Die Tür öffnet sich einen Spaltbreit, dahinter erscheint eine Frau.)*

Frau (JOHN) Ja?

Mann Einbrecher, Madam.

Frau Was wollen Sie?

Mann Ich würde gern hereinkommen und ein paar Gegenstände entwenden, Madam.

Frau Sind Sie ein Lexikon-Vertreter?

Mann Nein, Madam, ich bin Einbrecher, ich bestehle Leute.

Frau Für mich sind Sie ein Lexikon-Vertreter.

Mann Aber nein, machen Sie bitte auf und lassen Sie mich hinein.

Frau Wenn ich Sie reinlasse, dann verkaufen Sie mir bloß Lexikons.

Mann Das tue ich bestimmt nicht, Madam. Ich möchte nur reinkommen und die Wohnung plündern. Ehrlich.

Frau Versprochen? Keine Lexikons?

Mann Nicht ein einziges.

Frau Na gut. *(Sie macht die Tür auf.)* Dann kommen Sie mal rein.

Mann betritt die Wohnung.

Mann Wissen Sie, ich frage mich, ob Sie je bedacht haben, welche Vorteile es mit sich bringt, wenn man im Besitz einiger wirklich guter, moderner Nachschlagewerke ist. . . Glauben Sie mir, Lexika können wirklich Wunder wirken.

Schnitt zurück zum Mann am Schreibtisch.

Mann Das war ein erfolgreicher Lexikon-Vertreter. Allerdings sind nicht alle Lexikon-Vertreter erfolgreich. Hier sehen Sie einen erfolglosen Lexikon-Vertreter.

Schnitt auf ein sehr hohes Gebäude. Ein Körper fliegt aus einem der oberen Fenster und stürzt hinab.

Schnitt zurück zum Mann am Schreibtisch.

Mann Und hier sehen Sie *zwei* erfolglose Lexikon-Vertreter.

Schnitt auf ein anderes hohes Gebäude. Zwei Körper fliegen aus einem oberen Fenster.

Schnitt zurück zum Mann am Schreibtisch.

Mann Ich glaube, daraus können wir alle etwas lernen.

ROLL-TITEL: »›DIE IDENTITÄTSKRISE DES MENSCHEN IN DER ZWEITEN HÄLFTE DES 20. JAHRHUNDERTS‹ – ERDACHT, GESCHRIEBEN UND AUFGEFÜHRT VON. . . (ABSPANN)«

Sechs – Der BBC-Beitrag für den Zink-Hermelin von Budapest

Im Vordergrund sehen wir ein Telefon. Sehr weit im Hintergrund sehen wir den »Jetzt«-Mann. Das Telefon beginnt zu läuten. Der »Jetzt«-Mann läuft (im Zeitraffer) auf die Kamera und das Telefon zu. Er kommt beim Telefon an, nimmt den Hörer ab, ist gerade im Begriff, in die Muschel zu sprechen, als ihm die Kamera einfällt. Er hält die Hand über die Sprechmuschel und sagt in die Kamera:

Mann Und jetzt. . .

Er wendet sich wieder zum Hörer.

Trickfilm-Vorspann

ZWISCHENTITEL: »NÄCHSTE WOCHE«

ZWISCHENTITEL: »WIE MAN OTTER SCHMEISST«

ZWISCHENTITEL: »DIESE WOCHE«

ZWISCHENTITEL: »DER BBC-BEITRAG FÜR DEN ZINK-HERMELIN VON BUDAPEST (TAGESGESCHEHEN)«

ZWISCHENTITEL: »DIESE TITEL KOSTEN PRO STÜCK 12 SHILLING, 6 PENCE«

Schnitt zum Moderator im Studio.

EINBLENDUNG: »ARTHUR FIGGIS«

Die Einblendung verschwindet. Pause.

ZWISCHENTITEL: »DERSELBE, EINIGE SEKUNDEN SPÄTER«

EINBLENDUNG: »DAS MACHT BISHER 4 PFUND, 7 SHILLING, 6 PENCE ALLEIN FÜR DIE TITEL«

EINBLENDUNG: »DEN LETZTEN NICHT MITGERECHNET«

Mann (MICHAEL) *(stürzt herein)* Ich finde, Sie haben das so toll gemacht, Mr. Figgis, würden Sie mir wohl ein Autogramm geben?

Figgis (GRAHAM) Aber sicher doch.

Der Moderator schreibt ein Autogramm. Ein Teil seiner Unterschrift verselbständigt sich (Zeichentrick) und führt uns schließlich zur Sendung: »Achtung: Kunst«. Man hört klassische Musik.

Figgis Beethoven, Mozart, Chopin, Liszt, Brahms, Strauß, Straps . . .oh, Verzeihung. . . Schumann, Schubert, Mendelssohn und Bach: unsterbliche Namen. Doch der Name *eines* Komponisten wird nie zusammen mit diesen Großen genannt. Warum verschweigt man der Welt den Namen von Johann Gambolputty de von Ausfern-schplenden-schlitter-crasscrenbon-fried-digger-dingel-dangel-dongel-dungel-burstein-von

-knacker-thrasher-apple-banger-horowitz-ticolensic-grander - knotty - spelltinkle - grandlich - grumbelmeyer - spelterwasser - kurstlich - himbeleisen - bahnwagen - gutenabend - bitte - ein - nürnburger - bratwurstl - gerspurten - mitz - weimache - luber - hundsfut-gumberaber-schönendanker-kalbsfleisch-mittler-aucher von Hautkopf von Ulm? Um diesem Mann, den viele für den bedeutendsten Namen des deutschen Barock halten, Gerechtigkeit widerfahren zu lassen, zeigen wir Ihnen ein Porträt von Johann Gambolputty de von Ausfern-schplenden-schlitter - crasscrenbon - fried - digger - dingel - dangel - dongel - dungel - burstein-von-knacker-thrasher-apple-banger-horowitz-ticolensic - grander - knotty - spelltinkle - grandlich - grumbelmeyer - spelterwasser-kurstlich-himbeleisen-bahnwagen-gutenabend-bitte-ein-nürnburger-bratwurstl-gerspurten-mitz-weimache-luber - hundsfut - gumberaber - schönendanker - kalbsfleisch - mittler-aucher von Hautkopf von Ulm. Zu Beginn haben wir ein Interview mit seinem einzigen lebenden Verwandten, Karl Gambolputty de von Ausfern. . . *(Ton wird ausgeblendet.)*

Schnitt auf einen alten Mann, der in Decken gehüllt in einem Rollstuhl sitzt. Während er spricht, geht die Kamera ab und zu auf den Interviewer, der nickt und interessiert blickt.

Karl (TERRY J.) O ja, als ich Johann Gambolputty de von Ausfern-schplenden-schlitter-crasscrenbon-fried-digger-dingel-dangel-dongel-dungel-burstein-von-knacker-thrasher-apple - banger - horowitz - ticolensic - grander - knotty - spelltinkle - grandlich-grumbelmeyer-spelterwasser-kurstlich-himbeleisen - bahnwagen - gutenabend - bitte - ein - nürnburger - bratwurstl - gerspurten - mitz - weimache - luber - hundsfut - gumberaber - schönendanker-kalbsfleisch-mittler-aucher von Hautkopf von Ulm zum ersten Mal begegnete, da war seine Frau dabei, Sarah Gambolputty de von. . .

Interviewer (JOHN) *(Während er spricht, geht die Kamera ab und zu auf Karl, der nickt und sich bemüht, interessiert auszusehen)* Ja, wenn ich an dieser Stelle mal einhaken darf, Herr Gambolputty de von Ausfern-schplenden-schlitter-crasscrenbon-fried-digger-dingel-dangel-dongel-dungel-burstein-von-knacker-thrasher -apple-banger-horowitz-ticolensic-grander-knotty-spelltinkle - grandlich - grumbelmeyer - spelterwasser - kurstlich - himbeleisen-bahnwagen-gutenabend-bitte-ein-nürnburger-bratwurstl - gerspurten - mitz - weimache - luber - hundsfut - gumberaber -

schönendanker - kalbsfleisch - mittler - aucher von Hautkopf von Ulm, dann möchte ich Sie ganz schnell zwischendurch fragen, ob Sie sich an irgend etwas Besonderes in bezug auf Johann Gambolputty de von Ausfern - schplenden - schlitter - crasscrenbon - fried - digger - dingel - dangel - dongel - dungel - burstein - von - knacker - thrasher - apple - banger - horowitz - ticolensic - grander - knotty - spelltinkle - grandlich - grumbelmeyer - spelterwasser - kurstlich - himbeleisen - bahnwagen - gutenabend - bitte - ein - nürnburger - bratwurstl - gerspurten - mitz - weimache - luber - hundsfut - gumberaber - schönendanker - kalbsfleisch - mittler - aucher von Hautkopf von Ulm erinnern.

Keine Reaktion. Er schüttelt den alten Mann, steht dann auf und horcht nach seinem Herzschlag. Als er verärgert feststellt, daß sein Interviewpartner gestorben ist, beginnt er ein Grab zu schaufeln.

Schnitt zurück zum Moderator.

Figgis Zum Gedenken an Johann Gambolputty. . .

Schnitt zum Wikinger.

Wikinger (JOHN) . . .de von Ausfern - schplenden - schlitter. . .

Schnitt zu einem schmächtigen Mann im Pullover mit Kassenbrille.

Mann (MICHAEL) . . .crassencrenbon - fried - digger - dingel - dangel - dongel. . .

Schnitt zum Ritter in Ritterrüstung.

Ritter . . .dungel - burstein - von - knacker - thrasher. . .

Schnitt: Sequenz von Trickfilm-Figuren.

Mona Lisa . . .apple - banger - horowitz - ticolensic. . .

Lon Chaney . . .grander - knotty - spelltinkle. . .

Polizist . . .grandlich. . .

Schwein . . .grumbelmeyer. . .

Polizist . . .spelterwasser. . .

Keiler . . .kurstlich-himbeleisen. . .

Liebender von Botticelli . . .bahnwagen-gutenabend. . .

Mittelalterliches Paar . . .bitte-ein-nürnburger. . .

Familie . . .bratwurstl. . .

Arzt . . .gerspurten. . .

Bischof und Heiliger . . .mitz-weimache-luber-hundsfut. . .

Zwei Steptänzer . . .gumberaber-schönendanker. . .

Drei nackte Frauen . . .kalbsfleisch. . .

Kricket-Mannschaft . . .mittler-aucher. . .

Gruppe von Polizisten . . .von Hautkopf. . .

Figgis . . .von Ulm.

Ein Trickfilm führt uns in eine Dachkammer mit einem Tisch, um den vier verwegene Verbrecher versammelt sind. Der Boß hat vor sich auf dem Tisch einen großen Lageplan ausgebreitet. Einer von der Bande, der Fünfte, schaut aus dem Fenster.

Boß (MICHAEL) Alles klar?

Fünfter (JOHN) Alles klar, Boß.

Boß *(spricht eindringlich)* Gut... der Plan funktioniert also so. Um 10 Uhr 45... holst du, Reg, mich und Ken mit dem Lieferwagen ab und fährst uns in die High Street zum Britischen Schmuck Center. Um 10 Uhr 50 kommen wir vor dem Britischen Schmuck Center an. Ich steige dann aus dem Wagen, und du, Reg, fährst ihn hierher in die Denver Street zurück und stellst ihn hier ab, okay? Um 10 Uhr 51 betrete ich das Britische Schmuck Center, wo du, Vic, als Kunde verkleidet zu mir stößt und mir 5 Pfund, 18 Shilling, 3 Pence übergibst. Um 10 Uhr 52 nähere ich mich der Kasse und erwerbe eine Uhr für 5 Pfund, 18 Shilling, 3 Pence. Anschließend übergebe ich die Uhr an dich, Vic. Du begibst dich dann direkt zu Normans Autowerkstatt in der East Street. Um 10 Uhr 56 bleibt ihr andern hier oben, und wir treffen uns dann alle um 11 Uhr 15 im Hinterzimmer vom »Cow and Sickle«. Okay, irgendwelche Fragen?

Larry (TERRY J.) Wir machen doch irgendwie überhaupt nichts Illegales.

Boß Was meinst du damit?

Larry Na ja... wir bezahlen die Uhr doch.

Boß *(geduldig)* Jaa...?

Larry *(stockend)* Also... warum *bezahlen* wir die Uhr?

Boß *(gewichtig)* Weil man sie uns nicht geben würde, wenn wir sie nicht *bezahlen* würden, oder?

Larry Eben! Mir gefällt die Geschichte nicht.

Boß Warum nicht?

Larry *(läßt endlich raus, was ihn bedrückt)* Na ja, wir brechen verdammtnochmal nie das Gesetz.

Allgemeine Bestürzung.

Boß Wie soll ich das verstehen?

Larry Na ja, zum Beispiel letzte Woche diese Sache mit der Bank.

Boß Was stimmte denn dabei nicht?

Larry Daß ich maskiert da reingehen und 15 Pfund von meinem Konto abheben mußte, *das* stimmte dabei nicht.

Boß Moment mal! Worauf willst du hinaus, Larry?

Larry Könnten wir die Uhr nicht einfach *klauen*, Boß?

Boß Du dumme Nuß, du! Da hängen wir Wochen dran, um diese Sache auszutüfteln, Reg mietet ein Zimmer auf der anderen Straßenseite und filmt Tag für Tag die Leute, die da rein- und rausgehen, Vic studiert drei Wochen lang Uhrenkataloge, bis er die Preise rückwärts auswendig kann, da werd ich doch jetzt nicht den ganzen Überfall aufs Spiel setzen, nur um das Gesetz zu brechen.

Larry Pfff. . . könnten wir nicht wenigstens im Halteverbot parken?

Boß Nein!

Larry Oder einen Hund mitnehmen, der die Fuß. . .?

Boß Nein!

Reg (ERIC) *(plötzlich blaß werdend)* Ey, Boß!

Boß Was hast du?

Reg Mir fällt grad ein. . . ich hab den Wagen an 'ner Parkuhr. . . und die is'. . .

Boß Abgelaufen?

Reg Ja, Boß.

Boß Wie lange?

Reg *(bibbernd)* Weiß nich', Boß. . . vielleicht zwei. . . vielleicht fünf Minuten. . .

Boß Fünf Minuten überzogen. Du Idiot! Du Idiot! Na schön, wir dürfen keine Sekunde verlieren. Ken: Du schneidest dir den Kopf kahl, nimmst deinen Paß und wartest Dienstag abend bei dieser Adresse in Rio auf mich. Vic: Du fährst nach Ostafrika, machst eine Schönheitsoperation und wartest, bis ich komme. Reg: Mach dich nach Kanada auf und schlag dich bis Juli nach Nicaragua durch. Larry: Du bleibst hier und hältst die Stellung. Gib uns fünfzehn Minuten, dann jagst du das Haus in die Luft. Okay, beeilt euch!

Larry Ich kann das Haus nicht in die Luft jagen.

Boß Warum nicht?

Larry Das ist gesetzwidrig.

Boß O verdammter Mist! Dann müssen wir uns wohl stellen.

Reg Geht nicht, Boß.

Boß Warum nicht?

Reg Wir haben nix Illegales gemacht.

Schnitt zu Film: vor einer Bank. Drei Gangster stürzen mit Beute nach draußen etc. Einer von ihnen stoppt, um in die Kamera zu sprechen, dabei zieht er seine Maske ab.

Gangster (MICHAEL) Nein, ich finde es viel spannender, wenn man illegal arbeitet.

Zweiter Gangster (ERIC) Ja, genau. Ich mein, wenn man legal bleibt, kann man ja gleich Pfarrer werden oder so was.

Schnitt zu einem Vikar mit dem Rücken zur Kamera. Er wirbelt herum, und man sieht, daß er sich an einer Spendenbox mit der Aufschrift »Für die Restaurierung der Kirche« zu schaffen gemacht hatte.

Vikar (TERRY J.) Was?

Schnitt zu Buchprüfer.

Buchprüfer (JOHN) Ich stimme dem zu. Wenn es weniger Gangster gäbe, dann wären es nicht so viele, mal statistisch gesehen.

Schnitt zu einer Schreckschraube.

Schreckschraube (MICHAEL) Also, ich finde, das mit dem Orgasmus wird völlig überbewertet.

Schnitt zu einem Schotten.

Schotte (MICHAEL) Doch, das ist wirklich sehr interessant, denn ich bestehe inzwischen völlig aus Blech.

Schnitt zu Polizeiinspektor Praline.

Praline (JOHN) Noch einige dieser Bemerkungen, dann trete ich in einem Sketch auf. Also bleiben Sie auf dem Sender.

Schnitt zu Polizisten.

Polizist (GRAHAM) Es ist die Uniform, die sie abschreckt. Die und mein Mundgeruch.

Schnitt: ein Richter und ein Staatsanwalt, beide in Robe und Perücke.

Richter (TERRY J.) *(bestätigend)* Doch, ja, wir putzen uns gerne heraus. . .

Schnitt zu Inspektor Praline.

Praline Noch mal hallo! Im Moment bin ich noch auf Film, aber in ein paar Augenblicken komme ich ins Studio. Ich danke Ihnen.

Schnitt: Studio. Eine Tür wird geöffnet, und Inspektor Praline steckt den Kopf herein.

Praline *(in die Kamera)* Hallo. *(Er tritt ein und geht zu einem Schreibtisch, an dem Mr. Milton sitzt, gefolgt von Oberinspektor Parrot.)* Mr. Milton? Sie sind alleiniger Anteilseigner und Besitzer der Whizzo Schokoladen AG?

Milton (TERRY J.) Das ist richtig.

Praline Oberinspektor Parrot und ich gehören zum Einsatzkommando für Hygieneangelegenheiten. Wir möchten uns gern mit Ihnen über Ihr Produkt mit der Bezeichnung »Die Whizzo-Qualitätsmischung« unterhalten.

Milton Ich verstehe.

Praline *(öffnet eine Konfektschachtel)* Lassen Sie mich am Anfang anfangen. Zunächst haben wir hier »Kirsch-Fondue«. Es ist äußerst widerwärtig, aber dafür können wir Sie nicht belangen.

Milton Genau.

Praline Dann wäre da die Nummer vier: »Knusper-Frosch«.

Milton Ah, ja.

Praline Gehe ich recht in der Annahme, daß hier ein richtiger Frosch drin ist?

Milton Ja, ein kleiner.

Praline Was für eine Art Frosch?

Milton Ein toter Frosch.

Praline Ist er gekocht?

Milton Nein.

Praline Was? Ein roher Frosch?

Oberinspektor Parrot scheint zunehmend unwohler zu werden.

Milton Wir verwenden ausschließlich ausgesuchteste Jungfrösche, die taufrisch aus dem Irak eingeflogen werden. Sie werden in glasklarem Quellwasser gereinigt, schmerzlos getötet, mit einem üppigen Überzug aus fünffach zarter, dreifach sahniger Schweizer Milchschokolade umhüllt und liebevoll mit Glukose glasiert.

Praline Das mag alles so sein, aber es ist immer noch ein Frosch.

Milton Was sonst?

Praline Nehmen Sie denn noch nicht mal die Knochen raus?

Milton Wenn wir die Knochen entfernten, wär er ja nicht mehr knusprig, oder?

Praline Oberinspektor Parrot hat einen davon gegessen.

Parrot (GRAHAM) Entschuldigen Sie mich für einen Moment.

Er entfernt sich hastig.

Milton Es steht ganz eindeutig »Knusper-Frosch« drauf.

Praline Na ja, der Oberinspektor dachte, es sei Mandelkrokant. Die Leute rechnen nicht damit, daß wirklich ein Frosch da drin ist. Sie werden eher zu der Annahme verleitet, es handle sich um so etwas wie Froschimitat.

Milton *(beleidigt)* Froschimitat? Wir verwenden keinerlei chemische Konservierungsstoffe oder sonstige Zusätze!

Praline Trotzdem, ich weise Sie darauf hin, daß Sie in Zukunft das Wort »Knusper-Frosch« durch die Bezeichnung »Knuspriger, roher, toter, echter Frosch mit Knochen« ersetzen müssen, wenn Sie eine Strafanzeige vermeiden wollen.

Milton Und unser Umsatz?

Praline Ihr Umsatz interessiert mich nicht, ich habe die Öffentlichkeit zu schützen. So, und jetzt zu diesem hier. *(Der Oberinspektor kommt zurück.)* Nummer fünf: »Schafsblasen-Hütchen«. *(Der Oberinspektor stürzt hinaus.)* Was für ein Konfekt soll das sein?

Milton Wir verwenden erlesenste Saftstücke aus den Blasen von Cornwall-Schafböcken. Sie werden geleert, gedünstet, mit Sesamkörnern gewürzt, in Fondue getaucht und abgeschmeckt mit Lerchenkotze.

Praline Lerchenkotze?

Milton Ganz recht.

Praline Also, davon steht hier aber nichts.

Milton O doch, auf dem Schachtelboden, nach Monosodiumglutamat.

Praline *(sieht nach)* Also, ich glaube kaum, daß das ausreicht. Ich würde es für angebrachter halten, wenn ein großer roter Aufkleber auf der Schachtel wäre, der auf Lerchenkotze hinweist.

Milton Unsere Umsätze würden einbrechen.

Praline Na ja, warum verlegen Sie Ihre Produktion denn auch nicht in die eher üblichen Bereiche der Süßwaren, wie Pralinen oder Limonencreme – eine sehr beliebte Geschmacksrichtung, wenn ich recht informiert bin. *(Der Oberinspektor kommt zurück.)* Ich meine, nehmen Sie nur das hier: »Kakerlaken-Klümpchen« *(der Oberinspektor flüchtet)* oder »Milzbrand-Locke«. Was ist das hier: »Federzauber«?

Milton Ah, ja, das ist unsere Spezialität, umhüllt mit zartester Bitterschokolade. Wenn man es in den Mund steckt, springen Stahlfedern heraus und bohren sich durch beide Backen.

Praline Ach, und wo ist der Genuß dabei? Wenn jemand sich ein leckeres Stück Schokolade in den Mund schiebt, dann will er nicht, daß ihm die Backen durchlöchert werden. Die Bezeichnung für diese Süßigkeit ist auf jeden Fall unangemessen. Ich muß Sie bitten, mich auf die Wache zu begleiten.

Milton *(steht von seinem Schreibtisch auf und wird abgeführt. In die Kamera:)* Jetzt hat's mich erwischt.

Praline Nicht in die Kamera sprechen!
Milton Entschuldigung.
Als Inspektor Praline und Milton den Raum verlassen, tritt Oberinspektor Parrot ein und wendet sich der Kamera zu.
Parrot Wenn die breite Öffentlichkeit beim Kauf ihrer Süßigkeiten doch nur besser aufpassen würde, dann gingen der Nation nicht so viele Arbeitsstunden verloren, und sie würde weniger Zeit damit verbringen, sich den Magen auspumpen zu lassen und in öffentlichen Toiletten herumzusitzen.

Ansager (JOHN) Die BBC würde sich gern für die äußerst geringe Qualität der nächsten Ansage entschuldigen, aber sie fühlt sich gerade gar nicht gut.
Parrot Wir bringen Ihnen: »Das öde Leben eines Londoner Börsenmaklers«.
Schnitt auf eine hübsche Vorortstraße. Im Haus beendet ein Börsenmakler (Michael) sein Frühstück. Seine attraktive Frau sieht ihm zu. Er nimmt seinen Hut, steht auf, gibt ihr einen Abschiedskuß und geht. Sie läßt ihren Morgenmantel von den Schultern gleiten, und zwei Männer (Graham und Terry J.), nur in Unterhosen, kommen aus dem Küchenschrank. Im Vorgarten wünscht der Börsenmakler seinem Nachbarn (Graham) einen guten Morgen; als er sich abwendet, wirft ein großer Neger mit Lendenschurz einen Speer und tötet den Nachbarn. Der Börsenmakler bemerkt nichts davon und geht weiter. Auf einer Hauptstraße betritt er einen Zeitungsladen. Eine nackte junge Frau hinter der Theke reicht ihm seine Zeitung. Ohne sie wahrzunehmen, nimmt er sein Wechselgeld und verläßt den Laden. Eine Schlange an einer Bushaltestelle: Der Börsenmakler steht ganz vorne; hinter ihm sind vier Leute. Während sie warten, taucht von hinten das Frankenstein-Monster auf und arbeitet sich durch die Schlange: Es bringt einen nach dem anderen um. Gerade als es den Börsenmakler erreicht – der es nicht bemerkt hat –, kommt der Bus, und der Börsenmakler steigt ein. Im Bus: Alle übrigen Fahrgäste sind Soldaten in Uniform. Der Bus fährt durch eine Straße voller Explosionen und Gewehrfeuer. Eine Handgranate fliegt durch ein Busfenster und landet auf dem Sitz neben dem Börsenmakler. Die Soldaten verlassen den Bus hastig; der Börsenmakler steigt gelassen aus und geht die Straße entlang, auf der die Soldaten ein regelrechtes Gefecht austragen. Der Börsenmakler winkt einem Taxi; es hält. Ein Fahrer ist nicht zu sehen. Der Börsenmakler steigt ein, und das Taxi fährt los. Im Büro des Börsenmaklers: Eine Sekretärin liegt tot mit

einem Messer im Rücken über ihrer Schreibmaschine; im Hintergrund des Büros baumelt ein Paar Beine von der Decke; ein Pärchen schmust heftig auf seinem Schreibtisch. Der Börsenmakler setzt sich ungerührt. Verstohlen blickt er um sich, dann nimmt er aus seiner Schreibtischschublade ein Comic-Heft mit dem Titel »Spannung und Abenteuer«. Man sieht die einzelnen Bilder des Comics. Ein supermanartiger Typ und ein Mädchen weichen vor einer Explosion zurück. Sie sagt: »Mein Gott, seine Nase ist mit so viel Wucht explodiert, daß sein Tempotuch vernichtet wurde.« Im nächsten Bild sagt der Supermanartige: »Hätte ich nur ein Tempotuch, das ich ihm leihen könnte – oder wenigstens ein Stofftaschentuch –, aber diese Hosen ...! Ohne Gesäßtaschen!!« Im Bild darunter fliegt er zwischen den Bildumrahmungen hin und her, um zu entkommen. Schließlich bricht er durch, wobei die Umrandungen der beiden oberen Bilder auf ihn herabstürzen.

Schnitt: ein Bühnenvorhang; davor ein Zeichentrick-Mann.

Mann Und nun folgt – der Theater-Sketch – also: Niemand rührt sich weg!

Die vorderen Sitzreihen eines Theaters. Es ist ein Premierenabend: viele Leute sind in Abendanzügen etc. Etwa in der dritten Reihe ist ein Platz frei. Überall Geraschel von Programmheften und Schokoladenpapier sowie Gemurmel. Plötzlich kommt ein Sioux-Indianer herein, nur mit einem Lendenschurz bekleidet, in Kriegsbemalung, mit Zöpfen und einer Feder im Haar. Er hat einen Bogen und einen Köcher mit Pfeilen. Er setzt sich auf den leeren Platz. Der Mann neben ihm blickt krampfhaft nach vorn. Der Indianer betrachtet seinen Nachbarn von oben bis unten.

Indianer (ERIC) *(spricht immer von ausholenden Gesten begleitet)* Ich viel wollen sehen Stück. Ich wollen Stück fangen an viel bald.

Der Mann neben ihm nickt.

Mann (GRAHAM) Ja, genau. Ich schätze, es... fängt gleich an.

Indianer Ich viel groß Fan von Cicely Courtneidge.

Mann *(peinlichst berührt)* Ja... sie ist sehr gut.

Indianer Sie *toll* Schauspieler... sie machen Darstellung viel subtil... sie viel gut Vortrag und Timing... sie machen Rolle richtig lebendig für tapferer Indianer.

Mann Ja... ja... sie ist großartig...

Indianer Meine Vater – Häuptling Rennendes Hirsch – Führer von mächtiges Rotfuß-Stamm – er viel scharf auf Michael Denison und Dulcie Gray.

Mann *(unfreiwillig ins Gespräch gezogen)* Gehen Sie viel ins Theater?

Indianer Wenn Mond hoch über Prärie. . . wenn Wolf heulen auf Berg, wenn machtvoll Wind brüllen in Gelbes Tal, gehen wir Leatherhead Theater – Sammelkarte, zweite Rang – ganz Stamm bezahlen 3 Shilling, 6 Pence jeder.

Mann Das ist sehr preiswert.

Indianer Regisseur Stan Wilson viel gut Freund mit Rotfuß-Stamm. Nach Vorstellung wir gehen Palaver mit Direktor Sandy Camp in gemütlich Kneipe »Bell and Compasses«. Er mächtig toll Direktor. Er viel berühmt.

Mann Oh, ich. . . kenne ihn selbst nicht.

Indianer Er sagen, Leatherhead Theater wollen spielen mit Rotfuß-Stamm.

Mann Oh, das klingt gut. . .

Indianer Wir spielen »Bei Anruf Mord«. Häuptling Rennendes Elch – er töt Büffel mit bloße Hand, rennen tausend schnell, wenn Sonne sein hoch – er spielen Chefinspektor Hardy – viel gut toll Schauspieler.

Mann Sie betreiben wohl ziemlich viel Schauspielerei, ja?

Indianer Ja. Rotfuß-Stamm leben von Schauspielen und Jagen.

Mann Kämpfen Sie gar nicht mehr?

Indianer Ja! Rotfuß machen Krieg! Wenn Häuptling Gelbe Schlange war Führer und Machtvoller Adler war in Land von Vorfahren, wir kämpfen mit Pawnee bei Oxbow Crossing. Wenn Pawnee stehlen unser Probentexte von »Debütantin wider Willen«, wir töten fünfzig Pawnee – Vorstellung viel voll jede Abend. Viel gut Publicity.

Die Lichter gehen langsam aus, das Gemurmel im Publikum verebbt.

Mann *(sichtlich erleichtert)* Ich glaube, jetzt fangen sie an. . . Gottseidank.

Beide blicken zur Bühne. Die Ouvertüre setzt ein.

Indianer *(beugt sich zu dem Mann)* Bleichgesicht will essen Schokolade? *(Hält eine Schachtel hin.)*

Mann Nein, vielen Dank.

Indianer *(bedient sich selbst)* Mmmh – Knusper-Frosch – viel gut.

Schnitt zur Bühne. Der Theaterdirektor steht vor dem Vorhang. Er ist ein sehr netter junger Mann.

Theaterdirektor (MICHAEL) Meine Damen und Herren, bevor das Stück beginnt, möchte ich Sie alle um Nachsicht bitten, denn bedauerlicherweise ist Miss Cicely Courtneidge nicht in der Lage aufzutreten, da...

Er wird erst von einem, dann von einem zweiten Pfeil in die Brust getroffen. Er bricht zusammen: dabei zeigt sich, daß ein weiteres halbes Dutzend in seinem Rücken steckt. Überall hört man Kriegsgeheule, Trommeln und Schreie.

Schnitt in die Küche einer Arbeiterwohnung.

Mutti (TERRY J.) *(Zeitung lesend)* Hast du das gelesen, Edgar?

Vati (IAN DAVIDSON) Was denn, Schatz?

Mutti In Dorking im Stadttheater war auch so ein Indianermassaker.

Vati War auch höchste Zeit, Schatz.

Mutti »Nach der Vorstellung erhielten die Überlebenden ihr Geld zurück.«

Vati Genau das braucht lebendiges Theater: mehr Massaker.

Mutti »Die Polizei sucht dringend Zeugen des Verbrechens, Damen mit großem Busen oder allgemein jeden, der Polizisten mag.«

Plötzlich tritt ein Polizist zwischen das Paar und die Kamera.

Polizist (JOHN) *(in die Kamera)* Genau! Polizisten sind wunderbare Freunde. Wenn Sie also über einsachzig groß sind und sich einen Freund wünschen, einen Brieffreund bei der Polizei, dann schreiben Sie an diese Adresse: »Mrs. Ena Frog, Masonic Apron Street 8, Cowdenbeath«. Nicht vergessen: Polizisten sind wunderbare Freunde. Schreiben Sie darum noch heute, und nutzen Sie die Chance, einen kostenlosen Hauptkommissar zu gewinnen. Ich danke Ihnen für Ihre Aufmerksamkeit. Und nun der nächste Sketch.

Der Polizist nimmt seinen Helm ab, schüttelt ihn und hält ihn Mutti hin. Sie zieht ein kleines, zusammengefaltetes Stück Papier heraus, entfaltet es und liest:

Mutti Ein reitender Schotte.

Polizist Für Mrs. Emma Hamilton aus Nelson: Ein reitender Schotte.

Ein Schotte (John) reitet auf die Kamera zu und blickt sich suchend um. In einer Totalen sieht man ihn fortreiten. In einer kleinen schottischen Kirche wartet ein anderer Schotte (Michael) vor dem Altar darauf, getraut zu werden. Schuß/Gegenschuß von dem ersten Schotten, der durch die Landschaft galoppiert, und der Kirche. Die Braut wird durch den

Mittelgang zum Altar geführt. Die Eheschließung findet statt; als sie gerade vollzogen ist, erreicht der erste Schotte die Kirche und stürzt hinein. Die versammelte Gemeinde blickt ihn bestürzt an, während er alle mustert: dann packt er Michael und trägt ihn hinaus.
Schnitt: Film von applaudierenden Teilnehmerinnen eines Frauenkongresses.

TRICKFILM, *der mit dem Emblem der »20th Century Vole« endet. Schnitt in das Büro eines Filmproduzenten. Sechs Drehbuchautoren sitzen an einem Tisch, an dessen Kopf sich ein äußerst imposanter, leerer Sessel befindet. Sie warten ehrfurchtsvoll. Plötzlich fliegt die Tür auf, und Larry Saltzberg, der Filmproduzent, kommt rein. Die Drehbuchautoren springen auf.*

Larry (GRAHAM) Guten Morgen, Jungs. *(Larry setzt sich.)*

Drehbuchautoren Guten Morgen, Mr. Saltzberg.

Larry Setzt euch! Setzt euch! Setzt euch! Setzt euch! Also, Jungs, ich möchte euch mitteilen, daß ich euch für die sechs besten lebenden Drehbuchautoren im Filmgeschäft halte. *(Die Drehbuchautoren sind überwältigt.)* Ich möchte euch mitteilen, daß ich eine Idee für den nächsten Film hatte, den ich produzieren werde, und ich will, daß ihr, Jungs, das Buch dazu schreibt.
Die Drehbuchautoren eilen zu ihm und küssen ihn ab.

Drehbuchautoren Danke, danke.

Larry Ach, setzt euch! Setzt euch! Setzt euch! Für so was ist später noch genug Zeit. Also, Jungs, dies ist meine Idee. . .

Dritter Drehbuchautor (ERIC) Toll!

Larry Sie gefällt euch, mh? *(Er schaut in die Runde.)*

Drehbuchautoren *(schnell kapierend)* Ja, ja, toll! Wirklich toll! Großartig! *(Der erste Drehbuchautor bekommt als einziger keinen Orgasmus bei der Idee.)*

Larry *(zum ersten Drehbuchautor)* Gefällt sie dir auch?

Erster Drehbuchautor (MICHAEL) *(gedämpft)* Doch. Äh. . . ja.

Larry *(weiter zum ersten Drehbuchautor)* Was gefällt dir daran am besten?

Erster Drehbuchautor Äh, na ja, Sie haben uns noch gar nicht. . . gesagt, worum es geht. . .

Larry Was!?

Erster Drehbuchautor *(zeigt auf zweiten Drehbuchautor)* Mir gefällt, was ihm gefällt.

Larry *(zu zweitem Drehbuchautor)* Und was gefällt *dir*?

Zweiter Drehbuchautor (TERRY J.) *(zeigt auf dritten Drehbuchautor)* Mir gefällt, was ihm gefällt.

Dritter Drehbuchautor *(zeigt auf vierten Drehbuchautor)* Mir gefällt, was ihm gefällt.

Vierter Drehbuchautor (JOHN) Mir gefällt, was ihm gefällt. *(Zeigt auf fünften Drehbuchautor.)*

Fünfter Drehbuchautor (TERRY G.) Was ihm gefällt, finde ich einfach hinreißend. *(Zeigt auf sechsten Drehbuchautor.)*

Larry *(zu sechstem Drehbuchautor)* Und was gefällt *dir*?

Sechster Drehbuchautor (IAN DAVIDSON) Ich. . . ich. . . ich. . . bin mit den anderen völlig einer Meinung.

Larry Gut! Jetzt kommen wir endlich voran. Also, so fängt der Film an: Ich sehe Schnee! *(Die Drehbuchautoren applaudieren.)* Weißen Schnee!

Vierter Drehbuchautor Stellt euch die Farben vor!

Larry Und in dem Schnee, da sehe ich. . . einen Baum!

Drehbuchautoren *(Beifall klatschend)* Ja! Ja!

Larry Langsam, langsam. Ich bin noch nicht fertig.

Dritter Drehbuchautor Was, noch *mehr*?

Larry Und neben diesem Baum, Herrschaften, da sehe ich. . . einen Hund!

Drehbuchautoren Olé!

Larry Und, Herrschaften, dieser Hund läuft zu dem Baum hin und pinkelt dran!

Drehbuchautoren Halleluja!

Sechster Drehbuchautor Wird das ein Film!

Fünfter Drehbuchautor Er sagt, wie es wirklich ist!

Vierter Drehbuchautor Das bringt's auf den Punkt!

Dritter Drehbuchautor Das ist mal was anderes!

Zweiter Drehbuchautor Einfach irre!

Erster Drehbuchautor *(bemerkt, daß Larry ihn beäugt)* Das gefällt mir. Das gefällt mir.

Larry *(argwöhnisch)* Ach ja?

Erster Drehbuchautor Doch, doch, ich *schwöre*, es gefällt mir!

Fünfter Drehbuchautor Sir, ich weiß nicht recht, wie ich es ausdrücken soll, doch ich muß einfach offen sein. Ich bin wirklich und wahrhaftig der Überzeugung, daß diese Ihre Story die größte Story in der Geschichte des Kinofilms ist.

Larry Raus!

Fünfter Drehbuchautor Was?

Larry Wenn ich eins nicht ausstehen kann, dann sind das Jasager. Raus! *(Der fünfte Drehbuchautor verschwindet sehr eilig; die anderen werden sehr still.)* Ich werde dafür sorgen, daß du nie wieder einen Job kriegst. *(Zum sechsten Drehbuchautor)* Wie ist deine Ansicht?

Sechster Drehbuchautor Also. . . ich. . .

Larry Nur weil ich eine Idee habe, muß das ja nicht heißen, daß sie gut ist. Sie könnte auch miserabel sein.

Sechster Drehbuchautor Tatsächlich?

Larry Natürlich! Was denkst du denn?

Sechster Drehbuchautor Sie ist miserabel.

Larry Na bitte, seht ihr, er hat seine Meinung gesagt. Er findet, meine Idee sei miserabel. Nur ist es zufällig so, daß meine Idee *nicht* miserabel ist, also verschwinde, du verdammte rote Ratte, raus hier! *(Sechster Drehbuchautor ab.)* Du. . . *(Er blickt genau auf John.)*

Vierter Drehbuchautor Nun ja. . . ich finde, die Idee ist ausgezeichnet.

Larry Bist du ein Jasager?

Vierter Drehbuchautor Neinneinnein, ich meine, es könnte vielleicht ein paar Einwände geben.

Larry Du findest sie miserabel, hä?

Vierter Drehbuchautor Nein, nein, ich finde nur, das braucht Zeit.

Larry *(wirklich bedrohlich)* Bist du vielleicht entscheidungsschwach?

Vierter Drehbuchautor Nein! Ja. Vielleicht. .. *(Er rennt raus.)*

Larry Ich hoffe, ihr drei Herrschaften erweist euch nicht als entscheidungsschwach! *(Sie versuchen, sich unter dem Tisch zu verstecken.)* Was, zum Teufel, macht ihr da unter dem Tisch?

Erster Drehbuchautor Unsere Stifte sind runtergefallen.

Larry Stiftfallenlasser, wie?

Drehbuchautoren Nein, nein, nein, nein, nein.

Larry Also: Ich will jetzt eure Meinung über meine Idee hören. . . *(Zeigt auf ersten Drehbuchautor)* Du. . .

Erster Drehbuchautor *(bebend)* Oh. . .

Der erste Drehbuchautor blickt in die Runde und wird ohnmächtig.

Larry Hat er einen Herzinfarkt?

Zweiter und dritter Drehbuchautor Ähm. . .

Larry Wenn es eins gibt, was ich nicht ausstehen kann, dann sind das Leute, die Herzinfarkte kriegen.

Erster Drehbuchautor *(erholt sich auf der Stelle)* Mir geht's schon wieder gut.

Larry Also, was meint ihr?

Drehbuchautoren Oh! Äh! Sie haben nicht mich gefragt, Sie haben ihn gefragt.
Er hat nicht mich gefragt, er hat ihn gefragt.
Nein, ihn.

Larry Ich hab's mir anders überlegt, ich frage dich da, den in der Mitte.

Zweiter Drehbuchautor Den in der Mitte?

Larry Ja, den in der Mitte. *(Das Telefon klingelt.)* Hallo, ja, ja, ja, ja, ja, ja, Dimitri... *(Alle kämpfen verzweifelt um die Plätze, indem sie versuchen, die anderen in die Mitte zu bugsieren. Schließlich sitzen alle auf einem Stuhl.)* Was zum Kuckuck soll das?

Zweiter Drehbuchautor Ich überlege.

Larry Geht sofort auf eure Plätze zurück. *(Wieder ins Telefon)* Ja... *(Der zweite Drehbuchautor wird von den anderen beiden gepackt und auf dem mittleren Stuhl festgehalten; Larry beendet das Telefonat.)* Genau, du da in der Mitte, was meinst du?

Zweiter Drehbuchautor *(panisch)* Äh... äh...

Larry Also los!

Zweiter Drehbuchautor Pensch.

Larry Hat er pensch gesagt?

Erster und dritter Drehbuchautor Ja.

Larry Was heißt das, pensch?

Zweiter Drehbuchautor Es heißt... das ist eine tolle-Idee-aber-vielleicht-auch-nicht-und-ich-bin-nicht-entscheidungsschwach!

Larry In Ordnung. Gut... *(zum dritten Drehbuchautor)* und was meinst du?

Dritter Drehbuchautor Ähm... pensch?

Larry Okay...

Erster Drehbuchautor Genau. Ich bin auch für pensch.

Larry Also, ihr meint alle drei pensch, wie?

Drehbuchautoren Ja!

Larry Also, jetzt kommen wir endlich weiter. Nein, halt! Ein neuer Aspekt! Anstelle des Baums sehe ich im Schnee Rock Hudson, und anstelle des Hunds sehe ich Goldie Hawn, und, Herrschaften, Goldie Hawn geht auf Rock Hudson zu und küßt ihn. Eine Liebesgeschichte. Geschlechtsakt auf italienisch. David Hemmings als Hippie-Gestapo-Offizier. Nackte Tatsachen. Ein Familiendrama. Eine Komödie. Und dann, wenn Goldie Hawn Rock Hudson geküßt hat, sagt sie was Komisches, etwa... *(Er sieht den dritten Drehbuchautor an.)*

Dritter Drehbuchautor Äh... guten Abend.

Larry Goldie Hawn ist eine Komödiantin und keine Nachrichtensprecherin. Raus! *(Dritter Drehbuchautor rennt raus.)* Sie sagt etwas Komisches, wie... *(Blickt den zweiten Drehbuchautor an.)*

Zweiter Drehbuchautor Pensch?

Larry Das ist der dämlichste Einfall, den ich je gehört habe. Raus! *(Zweiter Drehbuchautor ab.)* Goldie Hund küßt Rock Baum, und sie sagt... *(Blickt den ersten Drehbuchautor an.)*

Erster Drehbuchautor Äh... ähm... äh... ich halte das nicht mehr aus. *(Er rennt raus.)*

Larry Das find ich gut! Das find ich gut, ich halte das nicht mehr aus, und dann sagt Rock Hudson: »Ich bin ein sehr reicher Filmproduzent und muß mein Gehirn operieren lassen«, und dann sagt Goldie Hund: »Ich finde dich sehr attraktiv, und jetzt ziehe ich meine ganzen Kleider aus«, und dann verwandelt sich Goldie Hund in einen Yak und geht auf David Lemming ins Badezimmer. Nein, halt, halt! *(Er nimmt den Hörer ab.)* Hallo! *(Schnitt zum »Jetzt«-Mann-Film vom Anfang; Larry redet im Off weiter.)* Hallo, hallo, wer sind Sie? Sie sind arbeitsloser Drehbuchautor? Gut, Sie sind entlassen. Fahrt den Abspann ab. *(Der Abspann beginnt durchzurollen; man hört Larrys Stimme weiter im Off.)* Produziert von Irving C. Saltzberg Junior von der Irving C. Saltzberg Produktions GmbH und der Saltzberg Kunstfilm, Öl, Immobilien, Banken und Prostitution oHG.

Im Abspann liest man:

PRODUZIERT VON IRVING C. SALTZBERG JR.
UND DER
IRVING C. SALTZBERG PRODUKTIONS GMBH
UND DER
SALTZBERG KUNSTFILM, ÖL, IMMOBILIEN, BANKEN UND
PROSITUTIONS OHG CO-PRODUKTION
NACH EINER ORIGINAL-IDEE VON IRVING C. SALTZBERG JR.
BUCH VON IRVING C. SALTZBERG UND IRVING C. SALTZBERG
ZUSÄTZLICHES MATERIAL VON IRVING C. SALTZBERG
SOWIE

GRAHAM C. CHAPMANBERG JOHN C. CLEESEBERG
TERRY C. JONESBERG MICHAEL C. PALINBERG
TERRY C. GILLIAMBERG ERIC C. IDLEBERG
ALS GAST TRAT AUF: IAN C. DAVIDSONBERG
ABSPANN VON IRVING C. SALTZBERG

Der technische Abspann folgt demselben Schema bis:

ENDEBERG

Sieben – Ich find das überhaupt nicht mehr witzig!

Hügeliges Land erstreckt sich in die Weite; rechts und links sind Bäume. Der Weg läuft gerade vom Horizont herab zur Kamera ins Tal. Vom Hügel oben hört man Laufen und heftiges Atmen. Der »Jetzt«-Mann taucht auf. Er läuft ins Tal auf die Kamera zu, schafft es aber nicht, seinen Text zu sprechen:

Stimmen im Off *(soufflierend)* Und jetzt... Nein... nein... Und jetzt... Und jetzt... Und jetzt...

Mann *(schließlich)* Und jetzt...

Durch die wunderbare Macht des Geldes landen wir in einem atemberaubend teuren Eröffnungstrickfilm, hergestellt von einem jener typisch amerikanischen Landflüchtigen. Dann: Auf dem Land. Ein Interviewer mit Mikrophon. Hinter ihm sitzt ein Mann mit Klemmbrett, Fernglas und Späher-Ausrüstung auf einer Mauer.

Interviewer (JOHN) Guten Abend. Heute wollen wir einen harten, bohrenden, sengenden Blick auf den Beruf des Kamelpostens werfen. Hallo.

Posten (ERIC) Hallo, Peter.

Interviewer Nun erzählen Sie uns doch mal, was genau Sie eigentlich tun.

Posten Äh, also, ich sichte Kamele. Ich halte Ausschau, um zu sehen, ob irgendwelche Kamele da sind, die ich sichten kann, und dann notiere ich sie in meinem Kamelposten-Buch.

Interviewer Fein. Und wie viele Kamele haben Sie bisher erspäht?

Posten Also, bisher, Peter, bis zu diesem Moment jetzt habe ich annähernd, ähm, also fast eins erspäht.

Interviewer Fast eins?

Posten Ähm, nja, sagen wir keins.

Interviewer Schön. Und, äh, wie lange sind Sie schon hier?

Posten Drei Jahre.

Interviewer Das heißt, in, äh, drei Jahren haben Sie null Kamele gesichtet?

Posten Ja, in nur drei Jahren. Äh, ich hab geflunkert, vier, also gut, fünf. Ich sichte erst seit sieben Jahren Kamele. Davor war ich natürlich Yeti-Posten.

Interviewer Yeti-Posten, das muß ungeheuer interessant gewesen sein.

Posten O ja, es war ungeheuer interessant, sehr, sehr. . . es war recht. . . Es war öde. Öde, öde, öde, Gott, war das öde. Immer in der Waterloo-Station im Wartesaal rumsitzen. Und wenn man einen Yeti gesehen hat, hat man sie natürlich alle gesehen.

Interviewer Und – haben Sie alle gesehen?

Posten Na ja, einen hab ich gesehen. Also, einen kleinen. . . ein Bild von einem. . . ich hab von ihnen gehört.

Interviewer Nun erzählen Sie doch mal, was machen Sie denn eigentlich, wenn Sie ein Kamel sichten?

Posten Äh, ich notiere seine Nummer.

Interviewer Kamele haben keine Nummern.

Posten Doch, aber man muß wissen, wo man sie suchen muß. Äh, sie sind an der Seite der Lok über den Kolben.

Interviewer Was?

Posten Na ja, und natürlich muß man sich vergewissern, daß es sich nicht um ein Dromedar handelt. Weil, wenn's ein Dromedar ist, kommt's in das Dromedar-Buch.

Interviewer Und wie erkennen Sie, ob es ein Dromedar ist?

Posten Ja, also, ein Dromedar hat *einen* Höcker. Und ein Kamel hat einen Imbißwagen, ein Bord-Restaurant und einen Schaffner.

Interviewer Mr. Sopwith, sind Sie nicht vielmehr ein Strecken-Posten?

Posten Was?

Interviewer Halten Sie nicht in Wirklichkeit nach Zügen Ausschau?

Posten Ach, das find ich überhaupt nicht mehr witzig.

TRICKFILM. *Danach: eine junge Frau im Bett. Graf Dracula (Graham) kommt herein. Die Frau macht ihren Hals frei. Der Blutsauger will sie küssen, aber sein Vampirgebiß fällt ihm raus.*

Mädchen (DONNA READING) Also, ich find das überhaupt nicht mehr witzig.

Ein Mann wird am Rahnock ausgepeitscht.

Peitschender (TERRY J.) . . .neununddreißig . . .vierzig. In Ordnung, schneiden Sie ihn los, Mr. Fuller.

Gepeitschter (ERIC) Also, ich find das überhaupt nicht mehr witzig.

Zurück zum Kamelposten.

Posten Also, wenn hier irgendwer meinen Satz klaut, dann werfe ich ihn vors nächste Kamel.

Interviewer *(kichernd)* Wenn Sie eins sichten.

Der Posten wirft ihm einen bitterbösen Blick zu. Neben ihm taucht ein Ritter auf. Er schlägt den Interviewer mit einem Huhn.

Schnitt in eine Vorstandssitzung. Ein Buchhalter erhebt sich und liest vom Blatt.

Buchhalter (MICHAEL) Sehr verehrte Frau Vorsitzende, Herr Vorsitzender, verehrte Anteilseigner, meine Damen und Herren! Ich habe das große Vergnügen, Ihnen mitteilen zu können, daß diese Firma aufgrund einer Beschneidung der Mehrertragsausgaben im Umfang von zwölf Millionen kanadischen Dollar sowie einer Rückvergütung über siebeneinhalb Millionen deutsche Mark von unserer Schweizer Niederlassung plus der Zuschlagung der Vorzugsaktien erster Klasse von dreidreiviertel Millionen zu den siebeneinhalb Millionen Reservekapital des Direktoriums samt einer Aufwandssteigerungsmarge von elfeinhalbtausend Lire aufgrund einer Investitionssteigerung von zehn Millionen Pfund im letzten Jahr einen Gesamtgewinn von einem Schilling gemacht hat.

Vorsitzender (GRAHAM) Ein Schilling, Wilkins?

Buchhalter Äh, ja, in etwa, Sir.

Vorsitzender Wilkins, ich bin Vorsitzender eines Multi-Millionen-Pfund-Konzerns, und Sie sind noch nicht besonders lange Buchhalter. Könnte es sein, daß da irgend etwas nicht ganz stimmt?

Buchhalter Sehr nett von Ihnen, Sir, aber ich glaube nicht, daß ich schon erfahren genug bin, um Vorsitzender sein zu können.

Vorstandsmitglied (JOHN) Wilkins, Wilkins! Dieser Schilling, ist der netto oder brutto?

Buchhalter Er ist britisch, Sir.

Vorsitzender Ja, aber sind auf ihn Steuern abgeführt worden?

Buchhalter Ja, das ist nach Steuern. Aufgrund des unerbittlichen Zugriffs der Einkommenssteuer wurden fünf von weiteren sechs Pence vom Finanzamt geschluckt.

Vorstandsmitglied Fünf von *weiteren* sechs Pence?

Buchhalter *(eifrig)* Ja, Sir.

Vorsitzender *Fünf* von weiteren *sechs* Pence?

Buchhalter Korrekt, Sir.

Vorsitzender Und wo ist dann der fehlende Penny?

Buchhalter ... Äh.

Vorstandsmitglied Somit fehlt ein Penny in Ihrer Bilanz, Wilkins. Wo ist der?

Buchhalter ... Ähm.

Vorsitzender Wilkins?

Buchhalter *(den Tränen nahe)* Ich habe ihn unterschlagen, Sir.

Vorsitzender Was, den ganzen?

Buchhalter Ja, den ganzen.

Vorstandsmitglied Sie schlimme Person!

Buchhalter Es war das erste Mal. Bitte, seien Sie gnädig mit mir!

Vorsitzender Ich fürchte, es ist meine unerfreuliche Pflicht, Sie davon in Kenntnis zu setzen, daß Sie entlassen sind.

Buchhalter O bitte, bitte...

Vorsitzender Nichts da, hinaus!

Buchhalter *(weinend)* Oh... *(Er geht.)*

Vorsitzender Tja, im Big Business ist kein Platz für Gefühle.

Er geht zu einer Wandtafel mit der Aufschrift: »Im Big Business ist kein Platz für Gefühle.« Er dreht sie herum. Auf der Rückseite steht: »Da hat er wirklich recht.«

Bischof (TERRY J.) *(zum Vorsitzenden)* Also, ich find das überhaupt nicht mehr witzig.

Der Kamel-Mann kommt reingerannt und brüllt:

Posten Ich hab's gehört. Wer hat das gesagt?

Alle *(auf den Bischof zeigend)* Er war's! Er war's!

Bischof Nein, war ich nicht.

Alle Buuhh!

Posten In Ordnung.

Schnitt zum Bischof, wie er gefesselt und geknebelt quer auf einem Eisenbahngleis festgebunden ist.

Off-Sprecher (ERIC) Es folgt die Adresse, bei der Sie sich beschweren können...

EINBLENDUNG: »MR. ALBERT SPIM, LONDON ROAD, 1.000.008, OXFORD«

Er liest jedoch:

Off-Sprecher Königliches Frosch-Zertrampel-Institut, Rayners Lane 16, London, W.C. Fields. Ich wiederhole...

EINBLENDUNG: »LUFTWAFFENLEUTNANT & PRÄBENDAR ETHEL MORRIS, THE DIMPLES, THAXTED, NR. BUENOS AIRES«

Er liest währenddessen:

Off-Sprecher Tristan und Isolde Phillips, Covent Garden Samstag halbacht (Nähe Sonntag) und anschließend auf dem Inigo-Jones-Fischmarkt.

Schnitt: eine jüdische Gestalt.

Jüdische Gestalt (MICHAEL) *(verächtlich)* Und die wollen die Rundfunk-Gebühren erhöhen?

Schnitt: Foto von einem alten Mann mit Pfeife.

Off-Sprecher *(macht weiter)* Und nun folgt noch ein Hinweis, damit Sie nicht vergessen, Ihr Radio über Nacht anzulassen: Lassen Sie über Nacht Ihr Radio an!

Schnitt zu Conférencier in einem Theater

Conférencier (MICHAEL) Ein kleiner Scherz, ein kleiner Spaß. Nichts, was Sie bekümmern muß, meine Damen und Herren. Und nun bringen wir Ihnen ein bißchen Science-fiction, ein bißchen Sci-fi, etwas, das Ihnen eine richtig schöne Gänsehaut verschafft, bei dem Ihnen die Schauer über den Rücken und bis in den Keller jagen. Die Jungs haben alle mitgemacht; es ist eine kleine Nummer mit dem Titel »Science-fiction-Sketch«. . .

Zoom durch die Galaxis zum Sonnensystem.

Amerikanische Stimme (JOHN) *(sehr sonor)* Das Universum besteht aus einer Milliarde Milliarden Galaxien. . . 77.000.000.000 Meilen im Durchmesser, und jede Galaxis enthält Milliarden Trilliarden Sterne, und um diese Sterne kreist eine Milliarde Planeten, und von all diesen Planeten der grünste und schönste, das ist der Planet Erde im System Sol in der Galaxis, die Milchstraße genannt wird. . . Und auf diese Welt kamen eines Tages Geschöpfe von einem anderen Planeten. . . und sie kamen, um die Zivilisation in ihrem Herzen zu treffen und zu vernichten. . .

Wir blenden über zu einer Großaufnahme von einem Bahnhofsschild: »New Pudsey«. Die Kamera fährt zurück und zeigt eine Nahaufnahme von einem Paar, das auf das Bild zuläuft. Die beiden sind in mittlerem Alter. Er (Graham) trägt eine Kricket-Jacke und graue Flanellhosen sowie eine Tragetasche. Sie (Eric) hat ein Kleid aus bedrucktem Stoff an.

Amerikanische Stimme *(sanft)* Es war ein Tag wie jeder andere, und Mr. und Mrs. Samuel Brainsample waren ein vollkommen gewöhnliches Paar, und sie führten ein vollkommen gewöhnliches Leben. . . Sie gehörten zu den Leuten, denen nie etwas Außergewöhnliches passiert, und so waren sie auch nicht dafür geschaffen, im Mittelpunkt der erstaunlichsten Ereignisse in der Geschichte der Menschheit zu stehen... Verlassen wir sie daher, und verfolgen wir lieber das Schicksal *dieses* Mannes... *(Die Kamera schwenkt von ihnen weg; beide gucken enttäuscht; im Bild erscheint statt dessen ein smarter kleiner Geschäftsmann mit Melone, Aktenkoffer und Nadelstreifenanzug.)* Harold Potter, Hobbygärtner und Steuerbeamter, das erste Opfer der Kreaturen von einem anderen Planeten.

Sonderbare elektronische Musik, bedrohliche Atmosphäre. Kamera folgt Potter aus dem Bahnhof. Schnitt: Fliegende Untertasse über der Skyline der Stadt. Wieder Potter, der eine Vorstadtstraße entlangläuft. Wieder die Untertasse. Sie piepst, als hätte sie ihre Beute ausgemacht, und ändert die Richtung. Schnitt zurück zu Potter, der im Begriff ist, sein Gartentor aufzusperren. Einstellung von Potter von der anderen Straßenseite aus. Schnitt auf Fliegende Untertasse, die einen Lichtstrahl abschießt. Potter erstarrt... zittert und verwandelt sich in einen Schotten mit Kilt und rotem Bart. Seine Hand schnellt nach vorne, er dreht sich und entschwindet im Zeitraffer die Straße hinunter – begleitet von Dudelsackmusik.

Großaufnahme einer Zeitung mit der fetten Schlagzeile: »Mann verwandelt sich in Schotten«.

Stimme des Zeitungsverkäufers Das Neuste vom Neuen! Das Neuste vom Neuen! Mann verwandelt sich in Schotten!

Überblendung zu einer Gartenpforte. Eine Frau wird von jemandem befragt, der ganz offensichtlich ein Polizist in Zivil ist.

Inspektor (TERRY J.) Mrs. Potter... Sie kannten Harold Potter recht gut, vermute ich?

Mrs. Potter (ERIC) O ja, recht gut.

Inspektor Verstehe.

Mrs. Potter Er war mein Mann.

Inspektor Verstehe. Und, äh, bevor das jetzt passierte, hat er nie irgendwie dazu geneigt, Schotte zu werden?

Mrs. Potter *(schockiert)* Nein, nein, ganz und gar nicht. Er war nicht die Art von Mann...

Inspektor Er trug keinen Kilt oder spielte Dudelsack?

Mrs. Potter Nein, nein.

Inspektor Er betrank sich abends nicht oder brachte Blackpuddings mit nach Hause?

Mrs. Potter Nein, nein. Ganz und gar nicht.

Inspektor Er besaß auch nicht eine unzureichende Hirnkapazität?

Mrs. Potter Nein, nein, ganz und gar nicht.

Inspektor Ah ja. Das heißt, Ihrer Einschätzung nach war Harold Potter ein völlig normaler Engländer, ohne jede wie auch immer geartete Tendenz, Schotte zu werden?

Mrs. Potter Absolut, ja. *(Plötzlich erinnert sie sich)* Das heißt, er hat im Fernsehen immer Dr. Finlay gesehen.

Inspektor Aha! Tja, da hätten wir's ja wohl? So fängt es an.

Mrs. Potter Wie bitte?

Inspektor Ja, wissen Sie, das Schottischsein fängt mit solch kleinen Dingen an und steigert sich dann. Sehen Sie, Leute verwandeln sich nicht völlig ohne Grund in Schotten. . . *(Er erstarrt; dann, mit schottischem Akzent)* Keine weiteren Fragen!

Die Worte sind kaum aus seinem Mund, da verwandelt er sich in einen Schotten. Er dreht sich und verschwindet im Zeitraffer am Ende der Straße. Die Kamera schwenkt mit ihm mit.

Schnitt zu Warteschlange an Haltestelle: Mann mit Geschäftsanzug und Melone wird plötzlich zum Schotten, wirbelt herum und aus dem Bild.

Schnitt auf eine Straße: ein Polizist zeigt einer Frau mit Kinderwagen den Weg. Plötzlich wird er Schotte und entschwindet aus dem Bild. Die Frau blickt einen Augenblick lang entsetzt, dann verwandelt auch sie sich in einen Schotten und wirbelt ihm nach. Das Baby bekommt plötzlich einen Bart, und der Kinderwagen folgt der Frau. Ein farbiger Jazzmusiker spielt in einem Keller ein trauriges Saxophon-Solo. Er verwandelt sich und rauscht ab.

Eine Gruppe exerzierender Soldaten. Plötzlich werden alle zu bärtigen Schotten und sausen gemeinsam davon. Die Kamera verfolgt sie; dabei kommt ein Schild ins Bild: »Waliser Garde«.

Schnelle Tricksequenz einer Fliegenden Untertasse, die hinter einer Skyline verschwindet.

Schnitt: Großaufnahme eines leidenschaftlichen Kusses. Er dauert ein bißchen. Weichzeichner, romantische Musik. Die Kamera bleibt nah dran, wenn die beiden reden. »Sie« *ist nicht allzu helle.*

Sie (DONNA) Charles. . .

Charles (GRAHAM) Liebling. . .

Sie Charles. . .

Charles Liebling, Liebling. . .

Sie Charles. . . ich muß dir etwas sagen. . .

Charles Was denn, Liebling?

Sie Es ist wegen Daddy. Er hat sich in einen Schotten verwandelt. . .

Charles Was! Mr. Llewellyn?

Sie Ja, Charles. Hilf mir, bitte, hilf mir.

Charles Aber was kann ich denn tun?

Sie Aber Charles. Du bist doch der Chefwissenschaftler vom Anthropologischen Forschungsinstitut in Butley Down. . . und ein Fachmann für »Was Leute dazu bringt von einer Nationalität in die andere zu wechseln«.

Charles Allerdings! *(Die Kamera fährt zurück, und man sieht, daß die beiden sich in einem Labor befinden. Er hat einen weißen Kittel an, sie ist übertrieben sexy aufgemacht.)* Das liegt genau auf meiner Linie!

Sie Ach, schön.

Charles Also zunächst mal, warum sollte sich irgendwer in einen Schotten verwandeln?

Sie *(zögernd)* Hm, aus geschäftlichen Gründen?

Charles Nein, nein! Lediglich, weil er keine Kontrolle über sein Schicksal hat! Schau, ich zeig's dir. . .

Er drückt einen Knopf auf einer Schalttafel, und auf einem Bildschirm erscheinen die Worte: »Lediglich, weil sie keine Kontrolle über ihr Schicksal haben«.

Sie Ich verstehe.

Charles Eben! Und das bedeutet, daß irgendeine oder mehrere unbekannte Personen all diese Leute in Schotten verwandeln.

Sie Oh, welcher herzlose Schuft könnte einem Menschen so etwas antun?

Charles Keine Ahnung. . . keine Ahnung. . . Das einzige, was ich weiß, ist, daß stündlich Tausende dieser Leute über die Grenze nach Norden strömen. Wenn wir nicht schnell etwas unternehmen, wird Schottland an Schotten ersticken. . .

Sie O weh!

Zoom auf ihr Gesicht.

Schnitt zu so vielen bärtigen Schotten wie möglich, die im Zeitraffer durch einen Wald sausen. Die Kamera folgt ihnen; am Schluß hat man einen Blick auf den Horizont wie im »Siebten Siegel«. Alle Schotten haben noch ihren Arm nach vorne gestreckt, und wie gehabt werden sie von Dudelsackmusik begleitet. Schnitt auf die Grenze mit einem großen Schild: »Schottland heißt Sie willkommen«.

Amerikanische Stimme Bald war Schottland voller Schotten. Das Gedränge war erschütternd.

Alle stürmen über die Grenze, doch sobald sie drüben sind, stoppen sie unvermittelt. Sie stehen herum und wirken verloren.

Amerikanische Stimme Drei Mann kamen auf einen Baumstamm.

Schnitt zu drei Schotten, die zusammen einen *Baumstamm werfen.*

Schnitt zur Schottengattin, die mit ihrem bärtigen Mann im Bett liegt. Als die Kamera zurückgeht, sieht man weitere fünf Schotten in dem Bett.

Kurze, aber brillante Collage von T. Gilliam, die darstellt, wie England sich von Menschen leert und Schottland sich füllt. Am Schluß ertönt das Geräusch einer Registrierkasse, und aus England kommt ein entsprechendes Schild: »Leer«.

In England. Film einer verödeten Straße. Wind, ein Hund stöbert herum, Zeitungspapier weht die Straße hinab. Großaufnahme von Schild an einer Ladentür: »Bin ~~zu Mittag~~ in Schottland«. Großaufnahme von anderem Schild an anderer Ladentür: »McClosed«. Ladenschild: »McWoolworth & Co«.

Amerikanische Stimme Für die wenigen, die zurückblieben, wurde das Leben immer schwieriger.

Ein Mann faltet plötzlich seine Zeitung zusammen und rennt um die Ecke. Taucht busfahrend wieder auf. Fährt halb bis zur Haltestelle, springt ab, der Bus rollt noch. Rennt zur Haltestelle, streckt Hand raus. Bus hält. Er springt auf, läutet, läuft nach vorne und fährt den Bus weiter. Während der Bus aus dem Bild fährt, sieht man gerade noch ein paar Schotten, die mit ausgestreckten Armen hinterherlaufen.

Langsamer Schwenk in leerem Fußballstadion. Schließlich findet die Kamera einen einzelnen Zuschauer in halber Höhe und halb in dem Block, der gegenüber dem Spielertunnel liegt. Plötzlich springt er jubelnd auf. Schnitt zum Spielertunnel: ein Spieler und ein Schiedsrichter samt Ball erscheinen. Anstoß. Der Spieler läuft direkt in Richtung Tor und erzielt einen Treffer. Der Zuschauer ist enttäuscht.

Noch ein kurzer Schnitt zur Fliegenden Untertasse.

Studio: wieder das Labor. Charles blickt gerade durch ein Mikroskop, da fliegt die Tür auf und »sie« stürmt rein.

Sie Mein Gott, Charles! Ich bin's. Deine Mutter. . .

Charles Hallo, Mami.

Sie Nein, nein, deine Mutter. . . sie ist auch Schotte geworden. . .

Charles Nein, wie grauenhaft. . . schrecken die denn vor nichts zurück?

Sie Ich weiß nicht – was glaubst *du?*

Charles Das war nur eine rhetorische Frage.

Sie Was heißt rhetorisch?

Charles Es heißt, daß ich keine Antwort erwartet habe.

Sie Ach, ich verstehe. O du bist so klug, Charles.

Charles Hat Mami irgend etwas gesagt, als sie sich verwandelte?

Sie *(mit dem Ausdruck schrecklicher Erkenntnis)* Natürlich, jetzt, wo du mich drauf bringst. . .

Lange Pause. Er wartet gespannt.

Charles Also, was war es?

Sie Oh, sie sagte. . . »Sie!« *(Spannungsgeladener, schriller Akkord und schneller Zoom auf ihr Gesicht.)* Ist da jemand an der Tür?

Charles Nein. . . Das ist nur die Begleitmusik zu dieser Szene.

Sie Oh, ich verstehe. . .

Charles »Sie« . . .Warte mal 'ne Minute!

Sie Eine ganze Minute?

Charles Nein, das war metaphorisch gemeint. . . »Sie«. . . »sie«. . . Offensichtlich bezog sie sich auf die Leute, die sie in den Schotten verwandelten. Wenn ich nur wüßte, wer »sie« sind. . . Und warum »sie« das gemacht haben. . . Wer sind »sie«?

Krachender Akkord. Schnitt auf ein Standbild: die Kate eines schottischen Kleinbauern im einsamen Hochmoor. Langsamer Zoom auf die Kate.

Amerikanische Stimme Und dann tauchte in Schottland plötzlich ein Hinweis auf. Mr. Angus Podgorny, der Besitzer eines Herrenbekleidungsgeschäfts in Dunbar, erhielt eine Bestellung über 48.000.000 Kilts vom Planeten Skyron in der Galaxis Andromeda.

Wir blenden über in ein Herrenbekleidungsgeschäft im Hochland. Ein älteres schottisches Paar ist in einen Brief vertieft, der auf der Ladentheke liegt. Öllampen usw.

Mrs. Podgorny (TERRY J.) Angus, wie willste denn 48.000.000 Kilts in den Wagen kriegen?

Angus (MICHAEL) Da werd ich dann man zwei Fuhren machen.

Mrs. Podgorny Ist dir klar, daß die Andromeda-Galaxis 2.200.000 Lichtjahre entfernt ist?

Angus Stimmt das?

Mrs. Podgorny Jou. . . Und du bist nie weiter gekommen als bis Berwick-on-Tweed. . .

Angus Jou. . . aber denk an das Geld, Schatz. . . 18 Pfund 10 Schilling pro Kilt. . . das sind. . . *(er rechnet mit einem Abakus)* 9.000.000 Pfund – und das ohne Felltaschen!

Mrs. Podgorny Jou. . . Ich find trotzdem, du solltest hierbleiben, Angus.

Angus *(mit visionärem Blick)* Tja. . . Wir könnten uns Briefpapier mit unseren Namen drauf leisten. . . Wir könnten den Toilettenausbau bezahlen. . .

Mrs. Podgorny Joujou, aber er hat den Auftrag noch nicht unterschrieben, oder?

Angus Wer?

Mrs. Podgorny Ach, dieser. . . Mensch von Andromeda.

Angus Och. . . also. . . er war nicht richtig ein Mensch, weißte Bescheid. . . ?

Gruselmusik wird eingespielt.

Mrs. Podgorny *(kneift ihre Augen)* Nicht richtig ein Mensch?

Angus *(in Schweiß ausbrechend; die Musik wird intensiver)* Er war so was Fremdes, wie ich es noch nie gesehen habe oder je wieder sehen werde, so Gott will. Er war eine seltsame unirdische Kreatur, eine pulsierende, glänzende Masse. . .

Mrs. Podgorny Angus Podgorny, wovon redest du?

Angus Er war eigentlich gar kein Mensch, sondern ein. . . Blancmanger.

Kreischender Akkord.

Auf einer Polizeiwache: ein Wachtmeister spricht über den Tresen hinweg mit einem Mädchen in einem kurzen, gerüschten Tenniskleid. Sie hat einen Tennisschläger und -bälle.

Wachtmeister (JOHN) Ein Blancmanger, mh?

Mädchen (ERIC) Ja, genau. Ich spielte gerade ein Doppel mit Sandra und Jocasta und Alec und David. . .

Wachtmeister Moment!

Mädchen Was denn?

Wachtmeister Das sind fünf.

Mädchen Was?

Wachtmeister Fünf Leute. . . Wie spielt man ein Doppel mit *fünf* Leuten?

Mädchen Ach so. . . Wir haben. . .

Wachtmeister Kommt mir doch ein bißchen komisch vor. . . Doppel mit fünf Leuten spielen. . .

Mädchen Also, wir machen das oft. . . Jocasta spielt am Rand und nimmt den Aufschlag an. . .

Wachtmeister Ach ja?

Mädchen Ja. Es beschleunigt das Ganze, und das Spiel wird erheblich schneller dadurch, und außerdem muß Jocasta dann nicht zuschauen.

Wachtmeister Moment mal, Sie wollen, daß ich Ihnen abnehme, daß Sie zu fünft ein Doppel gespielt haben, und auf dem Platz gleich daneben war ein Blancmanger und hat gegen sich selbst gespielt?

Mädchen Doch, genau.

Wachtmeister Dann erklären Sie mir doch mal eins: Warum hat Jocasta nicht mit dem Blancmanger ein Einzel gespielt und Sie und Sandra und Alec und David ein *richtiges* Doppel zu viert?

Mädchen Weil Jocasta *immer* mit uns spielt. Sie ist *unsere* Freundin.

Wachtmeister Das nennen Sie Freundschaft? Ein korrektes, schönes Doppel kaputtmachen?

Mädchen Das macht es nicht kaputt. Wir spielen gerne zu fünft.

Wachtmeister Also, es ist *Ihre* Sache, wenn Sie mit fünf Leuten spielen wollen. . . aber dann kommen Sie nicht und nennen es Doppel. Stellen Sie sich mal Wimbledon vor, na? Wenn Fred Stolle und Tony Roche gegen Charlie Pasarell und Cliff Drysdale *und* Peaches Bartcowitz spielen würden. . . kein Mensch käme auf die Idee, Doppel dazu zu sagen.

Mädchen Aber was ist mit dem Blancmanger?

Wachtmeister Der könnte gegen Ann Haydon-Jones und ihren Mann Pip spielen.

Schnitt zurück in Podgornys Laden. Das Bild ist eingefroren; wir sehen beide, wie wir sie verlassen haben. Sie nehmen ihr Gespräch wieder auf, als sei nichts geschehen.

Mrs. Podgorny Was? Ein Blancmanger hat dir einen Auftrag über 48.000.000 Kilts gegeben?

Angus Jou.

Mrs. Podgorny Und du hast das *ernst* genommen?

Angus Jou, hab ich.

Mrs. Podgorny Och, du bist ein dummer Mensch, Angus Podgorny.

Angus *(wird ein bißchen sauer)* Also jetzt kuck mal, Frau, wie viele Kilts haben wir letztes Jahr verkauft? Neun und einen halben, das war's schon. Und wenn ich dann eine Bestellung über 48.000.000 kriege, dann nehme ich sie ernst. Dadrauf kannst du Gift nehmen, daß ich die ernst nehme!

Mrs. Podgorny Selbst wenn die von einem Blancmanger kommt?

Angus Och Frau, wenn ein Blancmanger 2.200.000 Lichtjahre fährt, um einen Kilt zu kaufen, dann muß er schon mächtig scharf auf Kilts sein. Also hör mit dem Geschwätz auf, Frau, und geh nähen. Das könnte der größte Durchbruch für Kilts werden, seit der Profos von Edinburgh sich auf einen Stachel gesetzt hat. Mary, wir werden reich! Wir werden reich!

Mrs. Podgorny Oh, Angus... Er hat dir noch nicht mal'n Beweis für seine Vertrauenswürdigkeit gegeben!

Angus Das vielleicht nich', aber dafür das hier... *(Er holt ein zusammengefaltetes Papier aus seiner Felltasche.)*

Mrs. Podgorny Was ist das denn jetzt?

Angus Eine Teilnahmebestätigung für die British Open in Wimbledon... gezeichnet und gegengezeichnet.

Mrs. Podgorny Ach, Angus! Du weißt doch ganz genau, daß ein Schotte ums Verrecken nicht kapiert, wie man Tennis spielt.

Angus Jou, aber ich muß trotzdem hin, Schatz. Ich will nich' undankbar erscheinen.

Mrs. Podgorny Ach, Angus! Ich laß nicht zu, daß du einen Narren aus dir machst!

Angus Aber ich muß.

Mrs. Podgorny Nein, mußt du nicht...

Großaufnahme von Angus.

Angus Ach, Mary... *(Plötzlich hört man ein eigenartiges Knarren und Schlurfen; Entsetzen tritt in seine Augen.)* Oh, oh, Mary! Vorsicht! Vorsicht!

Detailaufnahme: man sieht Mrs. Podgornys Augen aus dem Kopf treten.

Mrs. Podgorny Aaaahhh! Das Blancmanger!

Das Bild verschwimmt.

Schnitt zum Pult eines Polizeisprechers. Hinter ihm sitzt ein Polizist mit spitzer Mütze und liest »Aufstieg und Fall des Römischen Reiches« von Googie Withers. Er läßt das Buch sinken und redet geschwätzig in die Kamera.

Polizist (GRAHAM) Tja, also an dieser Stelle hätte Mr. Podgorny seiner Frau das Leben retten können. Wäre er zur Polizei gegangen und hätte da gesagt, daß er von außerirdischen Wesen aus der Andromeda-Galaxis heimgesucht wird, dann hätten wir einen Mann losgeschickt, um den Fall zu untersuchen. Statt dessen hat er einen Handel mit einem Blancmanger abgeschlossen, und dieses Blancmanger hat seine Frau gefressen. Daher, wenn *Sie* ausgehen oder in Urlaub fahren, oder wenn Ihnen sonst irgendwas Eigenartiges passiert, was mit anderen Galaxien zu tun hat, dann schauen Sie einfach mal bei Ihrer zuständigen Polizeiwache vorbei, und erzählen Sie dem Beamten, der gerade Wachdienst hat – oder seiner Frau – von Ihrem Verdacht. Dasselbe gilt auch für Hunde. So, tut mir leid, daß ich diese spannende Science-fiction-Geschichte unterbrochen habe... aber andererseits: Verbrechen sind unser Job, nicht wahr? Also, dann schauen Sie jetzt mal weiter die Sendung. Ich bedanke mich bei der BBC, daß sie mir diesen kleinen Plausch mit Ihnen ermöglicht hat. Schönen Abend noch, Gott schütze Sie, und passen Sie auf sich auf.

Er wird von einem Ritter mit einem gerupften Huhn auf den Kopf geschlagen.

Schnitt in ein Büro der Kriminalpolizei: ein Polizist in Zivil und ein schluchzender Podgorny.

Kriminalpolizist (ERIC) *(sanft und verständnisvoll)* Nun setzen Sie sich mal, Mr. Podgorny... Ich... ich... finde, was da passiert ist, ist... fürchterlich... fürchterlich... komisch – *tragisch.* Aber Sie müssen verstehen, daß wir diese Kreatur, die Ihre Frau gefressen hat, einfangen wollen, und wenn Sie uns da ein paar Fragen beantworten könnten, dann werden wir vielleicht das Leben anderer retten können. Ich bin ganz sicher, daß Ihre Frau es auch so gewollt hätte.

Er sitzt auf dem Schreibtisch neben Podgorny. Podgorny macht mit übermenschlicher Anstrengung den Versuch, zu schluchzen aufzuhören.

Angus Ja... ich... werd... mein Bestes tun, Wachtmeister.

Kriminalpolizist *(haut Podgorny)* Kriminalinspektor!

Angus Äh, Kriminalinspektor.

Kriminalpolizist *(steht auf und redet schnell und scharf)* Also gut. Dies sind die Fakten: Sie erhielten von einem Blancmanger vom Planeten Skyron in der Galaxis Andromeda eine Bestellung über 48.000.000 Kilts... Sie hatten Ihrer Frau gerade eine Teilnahmebestätigung für Wimbledon gezeigt, welches Sie ausgefüllt hatten... als Sie sich umdrehten und sahen, wie die Beine Ihrer Frau in einem Blancmanger verschwanden. Ist das richtig?

Angus Ja, Sir.

Kriminalpolizist Sind Sie verrückt?

Angus Nein, Sir.

Kriminalpolizist Na, das erleichtert die Sache. Weil, wenn Sie's wären, dann wäre Ihre Geschichte weniger plausibel. *(Er holt ein Foto hervor.)* Also gut. Erkennen Sie das hier?

Angus *(mit einem Angstquietscher)* O ja, das ist das Ding, das meine Mary gefressen hat!

Kriminalpolizist Prima, sein Name ist Riley. . . Jack Riley. . . Er ist ein äußerst seltener Typus eines Kriminellen. . . ein Blancmanger-Imitator und Kannibale.

Angus Aber was ist mit den 48.000.000 Kilts und der Andromeda-Galaxis?

Kriminalpolizist Ich fürchte, das ist nur eine seiner Erfindungen. Sie können sich sicher vorstellen, daß ein Blancmanger-Imitator und Kannibale sich ganz schön pfiffige Geschichten ausdenken muß, um keinen Verdacht zu erregen.

Angus Dann meinen Sie. . .

Kriminalpolizist Ja.

Angus Aber. . .

Kriminalpolizist Wie?

Angus Tja. . .

Kriminalpolizist Also. . .

Angus Nicht?

Kriminalpolizist Ich fürchte es.

Angus Warum?

Kriminalpolizist Wer weiß?

Angus Meinen Sie?

Kriminalpolizist Schon möglich.

Angus Aber. . .

Kriminalpolizist Ich weiß.

Angus Sie war. . .

Kriminalpolizist Natürlich.

Plötzlich ist ein seltsames Geräusch zu hören. Angus blickt ängstlich. Der Kriminalpolizist kneift seine Augen zusammen und geht zur Tür hinüber.

Kriminalpolizist Himmel, was war das? *(Er öffnet die Tür; Großaufnahme seiner starrenden Augen.)* Ah, Riley! Na, bist du hier, um dich zu stellen, Riley? *(Plötzlich voller Angst)* Hey, Riley? Riley! Riley! Das ist nicht Riley!

Freßgeräusche. Er wird aus dem Bild gezogen. Schnitt auf Angus. Er wendet den Blick ab. Man hört noch den Kriminalpolizisten.

Kriminalpolizist *(im Off)* Es ist ein außerirdisches Wesen! Aaaah!

Dissonanter Akkord: Angus schließt die Augen.

Schnitt zurück ins Labor: sie sitzt einladend auf einem Stuhl. Er marschiert hin und her und blickt angespannt.

Charles Also, jeder in England ist in einen Schotten verwandelt worden. Korrekt?

Sie Ja.

Charles Jetzt: Welches ist die *schlechteste* Tennis-Nation der Welt?

Sie Äh. . . Australien.

Charles Nein. Probier's noch mal.

Sie Australien?

Charles *(gereizt)* Nein. . . Probier's noch mal, aber sag ein anderes Land.

Sie Ach so. Ich dachte, du meinst, ich spreche es nicht richtig aus.

Charles Nein, natürlich hast du es nicht falsch ausgesprochen. Also los jetzt.

Sie Äh, Tschechoslowakei.

Charles Nein! Schottland!

Sie Ach, natürlich.

Charles Also. . . also diese Blancmangers – bis auf das, was Mrs. Podgorny umgebracht hat – sind alle in *welchem* Londoner Vorort aufgetaucht?

Sie Finchley?

Charles Nein. *Wimbledon*. . . Na, erkennst du das Schema jetzt? Mit *welcher* Sportart wird *Wimbledon* üblicherweise in Verbindung gebracht?

Sie denkt ganz heftig nach.

Norman Hackforth (TERRY J.) *(im Off)* Für die Zuschauer zu Hause blenden wir die richtige Antwort auf dem Bildschirm ein. Wer von Ihnen es sich nicht gar so einfach machen möchte, der mache bitte Kopfstand über einem Eimer Wasser voller Piranhas. Hier kommt die Frage noch einmal.

Charles Mit welcher *Sportart* wird *Wimbledon* üblicherweise in Verbindung gebracht?

EINBLENDUNG: »TENNIS«

Sie Kricket.

Charles Nein.

Sie Pelota?

Charles Nein. Wimbledon wird allerüblichsterweise mit *Tennis* in Verbindung gebracht.

Sie Ja, natürlich! Jetzt verstehe ich!

Charles Ja, alles paßt zusammen.

Sie Die Blancmangers sind in Wirklichkeit Australier, die versuchen, die Rechte an den Pelota-Regeln von den tschechischen Verlegern zu kriegen!

Charles *(mühsam beherrscht)* Nein... nicht ganz... aber, äh, sieh doch mal hier rein.

Er deutet auf das Mikroskop. Während Sie sich eifrig vorbeugt, um hindurchzublicken, ergreift er eine mit Sand gefüllte Socke und schlägt ihr damit kurzerhand und ohne hinzusehen über den Kopf. Sie bricht zusammen und verschwindet unter dem Tisch aus dem Bild. Er denkt laut weiter.

Charles Ja. Diese Blancmangers, diese blancmangerförmigen Kreaturen kommen also vom Planeten Skyron in der Andromeda-Galaxis. Sie bestellen 48.000.000 Kilts bei einem schottischen Herrenschneider... verwandeln die englische Bevölkerung in Schotten (die dafür bekannt sind, die schlechteste Tennisnation der Welt zu sein) und machen England damit menschenleer – *während der 14 Tage von Wimbledon!* Leer während Wimbledon... Und es kommt hinzu, daß die Zeitungen voll davon sind, daß auf den Tennisplätzen überall im Land Blancmangers auftauchen – und trainieren! Das kann nur eins bedeuten!

Ein Zwischentitel blinkt schnell auf:

Off-Sprecher und ZWISCHENTITEL: »SIE WOLLEN IN WIMBLEDON GEWINNEN«.

Charles Sie wollen in Wimbledon gewinnen!

Kreischender Akkord.

Schnitt zum Sportkommentator in seiner Sprecherbox.

Kommentator (ERIC) Die erste Woche hier in Wimbledon ist bislang eine höchst ungewöhnliche Tennis-Woche gewesen. Die Blancmangers haben hier wirklich abgeräumt und ein Match nach dem anderen gewonnen. Ich gebe Ihnen ein paar Resultate als Kostprobe durch: Billie-Jean King wurde zu null verspeist, Rod Laver gewann seinen ersten Satz und wurde dann am Stück vernichtet, und Pablo Gonzales, der so gut aufschlug, wie ich es bei ihm noch nie erlebt habe, und etliche phantastische Volleys hatte und entscheidende Punkte mit seinen Rückhand-Returns machte, wurde beim Matchball innerhalb von zwei Minuten durchs Netz gezogen und verschluckt. Und somit scheint hier am Finaltag kein Spieler mehr übrig zu sein, der sich den Blancmangers stellen könnte. Und das könnte zugleich ihr

Untergang sein, Dan, denn die Regeln von Wimbledon legen eindeutig fest, daß wenigstens *ein* menschliches Wesen am Finale teilnehmen muß. *(Man sieht ein metergroßes Blancmanger, das von einem Schotten auf einen Tennisplatz bugsiert wird.)* Ja, ich sehe das Blancmanger jetzt den Platz betreten, und *(plötzlich aufgeregt)* neben ihm geht ein Mensch! Es ist Angus Podgorny! Der tapfere kleine schottische Schneider... von dem nun alles abhängt. Damit heißt das erste intergalaktische Wimbledon-Finale: Podgorny gegen Blancmanger!

Schnitt auf den Centre Court von Wimbledon; wenn wir den nicht kriegen, reicht auch Platz Nummer eins. Blancmanger und Podgorny jeder auf seiner Seite vom Netz. Auf dem Schiedsrichterstuhl sitzt auch ein Blancmanger. Das Blancmanger schlägt auf: ein wirklich zischendes As. Podgorny, der vor Angst bibbert, bekommt es gar nicht mit.

Stimme des Kommentators Das Blancmanger hat Aufschlag, und, ja, der hat gepaßt.

Blancmanger-Schiedsrichter Blörb, blörbel, blörb.

Stimme im Off Fünfzehn – Null.

Das Blancmanger schlägt wieder auf, und wieder verpaßt Podgorny mitleiderregend hilflos den Ball. Zeitraffer-Collage von Aufschlägen des Blancmanger und Patzern von Podgorny. Schnitt zur Anzeigentafel:

BLANCMANGER : 40
PODGORNY : 0

Schnitt zurück auf den Platz. Podgorny schlägt auf, und jedesmal schlägt er am Ball vorbei.

Stimme des Kommentators Und Podgorny schafft es nicht, den Ball auch nur zu treffen... doch das ist weiter nicht überraschend, da er den Ball im ganzen Spiel bisher überhaupt noch nicht getroffen hat. Damit hat das Blancmanger jetzt 72 Matchbälle... Podgorny bereitet sich jetzt auf seinen nächsten Aufschlag vor.

Podgorny schlägt vorbei, und wir sehen die Anzeigentafel:

BLANCMANGER : 6 6 30
PODGORNY : 0 0 0

Stimme des Kommentators Das ist wahrhaftig ein schwarzer Tag in der Geschichte der menschlichen Rasse, Dan.

Gerade als Podgorny wieder aufschlagen will, springen Mr. und Mrs. Brainsample auf den Platz. Sie haben Servietten um den Hals gebunden und fuchteln mit Messer und Gabel.

Stimme des Kommentators Aber was ist das? Zwei Zuschauer mit Messern und Gabeln sind auf den Platz gelaufen. . . Was haben die denn vor?

Schnitt ins Labor.

Charles Sie haben die Absicht, das Blancmanger zu essen.

Das Mädchen rappelt sich dort auf, wo sie über dem Mikroskop zu Boden gegangen war. Er schlägt sie wieder mit der sandgefüllten Socke bewußtlos.

Schnitt zurück nach Wimbledon. Mr. und Mrs. Brainsample jagen das Blancmanger und essen es.

Stimme des Kommentators Und sie essen das Blancmanger. . . Ja! Das Blancmanger verläßt den Platz. . . es gibt das Spiel auf! Das ist ja phantastisch!

Schnitt auf Mr. und Mrs. Brainsample, die voller Blancmanger-Stücke sind und sich die Finger lecken.

Amerikanische Stimme Ja, es waren Mr. und Mrs. Samuel Brainsample, die nach ihrem kurzen und verpatzten Auftritt an einer früheren Stelle dieses Films zurückkehrten, um die Erde zu retten. . . doch *warum*?

Mr. Brainsample (GRAHAM) Ach, wissen Sie, wir lieben Blancmangers. Meine Frau macht sie.

Amerikanische Stimme Sie macht Blancmangers von *der* Größe?

Mr. Brainsample O ja. Schaun Sie, wir stammen vom Planeten Skyron in der Andromeda-Galaxis, und da macht man sie so groß. Wir wollten Ihnen das schon zu Anfang des Films sagen, aber Sie haben einfach von uns weggeschwenkt.

Schnitt zurück zu Podgorny auf dem Platz, der immer noch versucht aufzuschlagen. Schließlich trifft er den Ball und rennt hin und her, um seine eigenen Aufschläge zurückzuspielen. Bald hat er herausgefunden, daß er nur hoch genug spielen muß, um seinen Ball bequem annehmen zu können. Er spielt immer höher – der Ball bleibt ewig in der Luft. Podgorny macht es sich auf einem Stuhl gemütlich, beginnt, Zeitung zu lesen, ab und an pariert er einen Ball.

Amerikanische Stimme So wurde die Welt gerettet! Und Angus Podgorny wurde der erste Schotte, der Wimbledon gewann. . . fünfzehn Jahre später.

ROLL-TITEL: »›ICH FIND DAS ÜBERHAUPT NICHT MEHR WITZIG.‹ (ABSPANN)«

Acht – Nackte Tatsachen

Wir sehen den »Jetzt«-Mann in einem Liegestuhl in ländlicher Umgebung. Eine heiße junge Braut im Bikini reicht ihm ein Glas Wein, hilft ihm sanft auf und führt ihn in Richtung Kamera. Sehr selbstzufrieden dreinschauend, schlürft der Mann seinen Wein, während die junge Dame ihn liebkost. Dann reicht sie ihm eine runde, rauchende Anarchisten-Bombe (mit der Aufschrift BOMBE*). Um was es sich handelt, erkennt er erst, als er sagt:*

Mann (MICHAEL) Und jetzt...

Off-Sprecher (JOHN) Monty Python's Flying Circus.

Trickfilm-Vorspann.

EINGEBLENDETER TITEL: »FOLGE 12 B. NACKTE TATSACHEN«

Schnitt zu »Stimmen des Volkes«.

Schreckschraube (MICHAEL) Ich als Volksbefragung muß sagen, ich hab genug von der freizügigen Gesellschaft.

Mann im schmutzigen Regenmantel (TERRY J.) Ich hab nicht genug von der freizügigen Gesellschaft.

TITEL: »DIE ROLLE DES DAVID HEMMINGS WIRD IN DIESER AUFFÜHRUNG VON EINEM STÜCK HOLZ GESPIELT«

Schnitt zu Polizist.

Polizist (GRAHAM) Ich würd nicht in einer Nacktszene mitspielen, außer es wäre wertvoll.

Militär-Archivfilm. Panzer fahren, Truppen marschieren etc. Aufwühlende Militärmusik.

Off-Sprecher (JOHN) 1943 gelangten britische Offiziere weit hinter die feindlichen Linien und führten eines der gefährlichsten und heldenhaftesten Stoßtruppunternehmen in der Geschichte der Kriegsführung durch. Aber sei's drum. Und nun...

EINGEBLENDETER ZWISCHENTITEL: »UND NUN... DAS UNBESETZTE BRITANNIEN 1970«

Schnitt zum Büro des Oberst. Der Oberst sitzt am Schreibtisch.

Oberst (GRAHAM) Herein, was gibt's?

Soldat Watkins kommt herein, grüßt vorschriftsmäßig.

Watkins (ERIC) Ich möchte aus der Armee austreten, bitte, Sir.

Oberst Großer Gott, Mann, warum?

Watkins Sie ist gefährlich.

Oberst Wie bitte?

Watkins Es gibt da Leute mit Gewehren, Sir.

Oberst Wie bitte?

Watkins Echte Gewehre, Sir. Keine Plastikdinger, Sir. Richtige, Sir. Alle haben sie, alle, Sir. Und ein paar von denen haben Panzer.

Oberst Watkins, die sind auf *unserer* Seite.

Watkins Und Granaten, Sir. Und Maschinengewehre, Sir. Und deshalb würd ich gern gehen, Sir, bevor ich umgebracht werde.

Oberst Watkins, Sie sind erst einen Tag in der Armee.

Watkins Ich weiß, Sir, aber man wird umgebracht, ganz echt, Sir, Hand aufs Herz und nicht gelogen, Sir. Ein Kumpel hat mir gesagt, wenn man in der Armee ist, gibt es bestimmt Krieg, und man muß hin.

Oberst Allerdings.

Watkins Na ja, verdammt, ich mein, wenn es ein großer Krieg ist, könnt sich jemand verletzen.

Oberst Watkins, warum sind Sie zur Armee gegangen?

Watkins Wegen dem Wasserski, und wegen dem Reisen, Sir. Und nicht wegen dem Umbringen, Sir. Ich hab gebeten, daß man das in meine Unterlagen aufnimmt: Kein Umbringen!

Oberst Watkins, sind Sie Pazifist?

Watkins Nein, Sir, ich bin kein Pazifist, Sir. Ich bin ein Feigling.

Oberst Das ist ein sehr alberner Text. Setzen Sie sich.

Watkins Ja, Sir. Albern, Sir. *(Setzt sich in die Ecke.)*

Oberst Furchtbar schlecht.

Es klopft an der Tür, ein Feldwebel kommt rein, grüßt.

Feldwebel (JOHN) Zwei Zivilisten wollen Sie sprechen. . . Sir!

Oberst Führen Sie sie rein.

Feldwebel Mr. Dino Vercotti und Mr. Luigi Vercotti.

Die Brüder Vercotti treten ein. Sie tragen Mafia-Kleidung und Sonnenbrillen.

Dino (TERRY J.) Guten Morgen, Oberst.

Oberst Guten Morgen, meine Herren. Was kann ich für Sie tun?

Luigi (MICHAEL) *(schaut sich mit kurzem Blick im Büro um)* Sie. . . Sie haben da 'nen hübschen militärischen Stützpunkt, Oberst.

Oberst Ja.

Luigi Wir möchten nicht, daß ihm was zustößt.

Oberst Wie bitte?

Dino Nein, was mein Bruder sagen will, ist, daß es ein Jammer wäre, wenn. . . *(Er stößt was vom Kaminsims runter.)*

Oberst Oh.

Dino Oh, entschuldigen Sie, Oberst.

Oberst Ach, macht nichts. Aber setzen Sie sich doch.
Luigi Nein, wir stehen lieber, vielen Dank, Oberst.
Oberst Okay, okay. Aber was wollen Sie?
Dino Was wir wollen, ha, ha, ha.
Luigi Ha, ha, ha, sehr gut, Oberst.
Dino Der Herr Oberst macht Witze, Luigi.
Luigi Erklär's dem Oberst, Dino.
Dino Wie viele Panzer haben Sie, Oberst?
Oberst Ungefähr fünfhundert alles in allem.
Luigi Fünfhundert! Hey!
Dino Sie sollten vorsichtig sein, Oberst.
Oberst Wir sind vorsichtig, äußerst vorsichtig.
Dino Weil, Sachen geh'n kaputt, nich' wahr?
Oberst Gehen kaputt?
Luigi Na, alles geht mal kaputt, nich' wahr, Oberst. *(Macht was auf dem Schreibtisch kaputt.)*
Oberst Du liebe Güte.
Dino Ach, sehen Sie nur, wie ungeschickt mein Bruder ist, Oberst, aber wenn ihn was traurig macht, fängt er an, Sachen kaputtzumachen, Oberst, von wegen, wenn er findet, die Armee ist nicht nett zu ihm. . .
Oberst Was soll das?
Luigi Wie viele Männer haben Sie hier, Oberst?
Oberst Oh, äh. . . siebentausend Infanterie, sechshundert Artillerie und, ähm, zwei Divisionen Fallschirmjäger. . .
Luigi Fallschirmjäger, Dino.
Dino Ein Jammer, wenn irgendwer *die* in Brand setzen täte.
Oberst In Brand setzen?
Luigi Brände, die gibt's immer wieder, Oberst.
Dino Sachen brennen.
Oberst Hören Sie, was soll das?
Dino Mein Bruder und ich haben da einen kleinen Vorschlag, Oberst.
Luigi Tät Ihnen 'ne Menge Ärger ersparen, Oberst.
Dino Ich mein, es geht Ihnen doch bestens hier, Oberst, oder?
Luigi Jetzt stellen Sie sich mal vor, ein paar von Ihren Panzern geh'n kaputt und ein Trupp Soldaten würde auf mal verschwinden, öh, Kämpfe gehen los, gerade während der Generalinspektion, oder so was.
Dino Wär gar nicht gut für's Geschäft, nich' wahr, Oberst?

Oberst Drohen Sie mir etwa?
Dino Aber nicht doch.
Luigi Wie kommen Sie denn darauf, Oberst?
Dino Der Oberst mag uns wohl nicht besonders, Luigi.
Luigi Wir sind Ihre Kumpels, Oberst.
Dino Wir wollen auf Sie aufpassen.
Oberst Auf mich aufpassen?
Luigi Fünfzehn Mäuse die Woche und wir garantieren, nicht eine einzige Panzerdivision geht flöten.
Oberst Nein, nein, nein.
Luigi Zwölf fünfzig.
Oberst Nein, nein, nein.
Luigi *Acht* fünfzig! Fünf Schilling!
Oberst Nein, nein, das ist albern.
Dino Was ist albern?
Oberst Das ganze Konzept ist albern, und es ist sehr schlecht geschrieben. Ich bin hier der Vorgesetzte, und ich hab noch nicht eine komische Zeile gehabt. Und deswegen beende ich das hier.
Dino Das können Sie nicht tun!
Oberst Ich hab's schon getan. Der Sketch ist zu Ende.
Watkins Ich möcht bitte aus der Armee austreten, Sir, sie ist gefährlich.
Oberst Hören Sie, Ihren Sketch hab ich vor fünf Minuten beendet. Also raus aus dem Bild. Regie! Nahaufnahme. Zoom auf mich. *(Kamera fährt ran.)* Schon besser.
Dino *(im Off)* Bloß weil Ihnen keine Pointe eingefallen ist.
Oberst Gar nicht wahr, gar nicht wahr. Es ist Zeit für den Trickfilm. Film ab, zehn, neun, acht...
Dino *(im Off)* Das wird das Publikum nicht verstehen, oder?
Oberst *(im Off)* Halt's Maul, Spaghettifresser!

Trickfilm-Kuddelmuddel betitelt »Nackte Tatsachen«: geschrieben, gemacht und zur Welt gebracht auf der Ladefläche eines Lastwagens von einem verstörten Amerikaner.
Schnitt zu zwei Nackten.

Mann (GRAHAM) In einer Nacktszene – niemals. Was denkst du, Barbara?
Barbara (TERRY J.) Oh, nei-nei-nein... außer wenn es künstlerisch wertvoll wäre, natürlich.

Schnitt zum Börsenmakler

Börsenmakler (MICHAEL) Vollkommen nackt? Ja, ich würd's tun, in harten Zeiten. Und wenn in harter Währung bezahlt wird. Und wenn es eine Nebenrolle wäre.

Schnitt zum Kunstkritiker.

ZWISCHENTITEL: »EIN KUNSTKRITIKER«

Er sieht die Kamera und zuckt ertappt zusammen.

Kunstkritiker (MICHAEL) Guten Abend. Ich möchte heute abend zu Ihnen sprechen über die Bedeutung der Nackten in meinem Bett... ähm... in meiner Bettgeschichte... Kunstgeschichte, *Kunst*... entschuldigen Sie. Die Bedeutung der Nackten in der Brunstgeschichte... Kunstgewerbe... Ich bitte um Entschuldigung. Ich fang noch mal an... Gunstgewerbe... ach, wie unangenehm. Die Bedeutung des Nackts in der Kunst. *(Eine verführerisch gekleidete Frau tritt aufreizend ins Bild.)* Oh, grüß Sie Hochwürden, ähm, ehrwürdiger Vater, lieber Beichtvater, Hohes Gericht, graue Eminenz...

Frau (KATYA) *(kokett)* Was nennst du mich graue Emmi, ich bin's doch: deine Elsie.

Kunstkritiker Was ist das für ein grauenhafter Kalauer!

Frau *(weinend)* Aber das ist mein einziger Text!

Schnitt zu einer idyllischen Landschaft. Vögel singen etc. Die Kamera macht einen poetischen Schwenk über die Wiesen und Felder.

Off-Sprecher (MICHAEL) und EINGEBLENDETER ZWISCHENTITEL: »LASSEN WIR NUN DEN KUNSTKRITIKER IN RUHE SEINE FRAU WÜRGEN UND MACHEN UNS AUF ZU NEUEN UFERN«

Es folgen etwa zehn Sekunden stimmungsvolle Bilder, bis die Kamera plötzlich auf den Kunstkritiker stößt, der (im mittleren Vordergrund) seine Frau würgt. Als er die Kamera sieht, räuspert er sich nervös und möchte den Eindruck vermitteln, daß er niemanden würgt. Die Kamera hält aber nicht inne; sie schwenkt weiter, und wir sehen noch, wie der Kunstkritiker sich wieder seiner Frau widmet.

Der Schwenk geht weiter und erreicht einen Bräutigam, der seine Braut durch die Wiesen trägt, bis er schließlich atemlos und keuchend in einer belebten Straße ankommt; er trägt sie durch den Verkehr in ein großes Kaufhaus. Endlich: Schnitt in die Möbelabteilung des Kaufhauses. Bräutigam und Braut kommen herein, er setzt sie ab und wendet sich an einen der Verkäufer.

Bräutigam (TERRY J.) Wir hätten bitte gern ein Bett.

Lambert (GRAHAM) Ja, selbstverständlich, ich, ich hol Ihnen eine Bedienung. *(Ruft nach hinten)* Mr. Verity!

Verity (ERIC) Kann ich Ihnen helfen, Sir?

Bräutigam Äh, ja. Wir hätten gern ein Bett. . . ein Doppelbett. . . Preis so um die fünfzig Pfund.

Verity O nein, ich fürchte, da muß ich Sie enttäuschen, Sir. Unser günstigstes Bett kommt achthundert Pfund, Sir.

Bräutigam Achthundert Pfund!

Lambert Oh, äh, vielleicht hätte ich vorher erklären sollen: Mr. Verity neigt dazu zu übertreiben, das heißt, jeder Betrag, den er Ihnen nennt, ist zehnmal zu hoch. Aber ansonsten ist er vollkommen in Ordnung, vollkommen, ha, ha, ha.

Bräutigam Aha, ich verstehe, ich verstehe. *(Zu Verity)* Das heißt, Ihr günstigstes Bett kommt achtzig Pfund?

Verity Achthundert Pfund, genau, Sir.

Bräutigam Und wie breit ist es?

Verity Äh, die Breite, ähm. . . achtzehn Meter breit.

Bräutigam Oh. . . *(lacht höflich, raunt seiner Frau zu)* eins achtzig breit. Äh, und die Länge?

Verity Die Länge beträgt. . . äh. . . *(ruft beiseite)* Lambert! Wie lang war noch mal das Comfydown Majorette?

Lambert Äh, sechzig Zentimeter lang.

Bräutigam Sechzig Zentimeter lang?

Verity Ach ja, Sie dürfen natürlich, äh, nicht vergessen, alles, was Mr. Lambert sagt, mit drei zu multiplizieren. Tja, er kann nichts dafür, Sie verstehen. Davon abgesehen ist er völlig in Ordnung.

Bräutigam Ich verstehe, tut mir leid.

Verity Das heißt also, daß, wenn er sagt, ein Bett ist sechzig Zentimeter breit, es in Wirklichkeit achtzehn Meter breit ist.

Bräutigam Ah ja, ich verstehe. . .

Verity Und das ist noch ohne Matratze gerechnet.

Bräutigam Oh, wieviel macht das dann?

Verity Äh, Lambert wird Ihnen da weiterhelfen können. *(Ruft)* Lambert! Sind Sie bitte so nett und zeigen diesen zwanzig Herrschaften die, äh, Hundehütte?

Lambert Hm? Selbstverständlich.

Bräutigam Hundehütte? Nein, nein, nein, Matratzen, Matratzen.

Verity O nein, nein, Sie müssen Hundehütte zu Mr. Lambert sagen, weil, wenn Sie Matratzen sagen, stülpt er sich eine Tüte über den Kopf. Ich hätte es Ihnen vorher erklären sollen. Aber davon abgesehen ist er in Ordnung.

Bräutigam und Braut gehen zu Lambert.

Bräutigam Äh, ähm, äh, wir hätten gern die ... Hundehütten gesehen, bitte.

Lambert Hundehütten?

Bräutigam Ja, wir möchten die Hundehütten sehen.

Lambert Aha, ja, in der Haustierabteilung, bitte, zweiter Stock.

Bräutigam O nein, nein, wir möchten die *Hundehütten* sehen.

Lambert Ja, Haustierabteilung, zweiter Stock.

Bräutigam Nein, nein, nein, wir wollen nicht wirklich Hundehütten sehen, vielmehr Ihr Kollege sagte uns, wir sollten. . .

Lambert Du liebe Güte, was hat er Ihnen da bloß erzählt?

Bräutigam Na ja, er sagte, wir sollen Hundehütte sagen, statt Matratze.

Lambert stülpt sich Tüte über Kopf.

Bräutigam *(schaut herum)* Mein Gott. Hallo?

Verity Haben Sie Matratze gesagt?

Bräutigam Tja, ganz kurz, ja.

Verity Ich hab Sie doch gebeten, nicht Matratze zu sagen. Jetzt muß ich mich in die Tee-Kiste stellen. *(Stellt sich in Kiste und singt »Jerusalem«)* »And did those feet in ancient times, walk upon England's mountains green. . .«

Der Manager kommt hinzu.

Manager (JOHN) Hat irgendwer Matratze zu Mr. Lambert gesagt?

Manager und Verity singen. Lambert nimmt die Tüte vom Kopf. Manager ab, nicht ohne mit dem Zeigefinger noch Braut und Bräutigam ermahnt zu haben.

Verity *(steigt aus der Kiste)* Er dürfte jetzt wieder in Ordnung sein, aber sagen Sie nicht, bitte nicht. . . Auf keinen Fall. *(Ab.)*

Bräutigam Oh, nein, nein, äh, wir wollten bitte die Hundehütten sehen.

Lambert Ja, zweiter Stock.

Bräutigam Nein, nein, schauen Sie hier *(zeigt drauf)*, Hundehütten, verstehen Sie?

Lambert Matratzen?

Bräutigam *(macht einen Satz)*. . . Ja!

Lambert Tja, wenn Sie Matratzen gemeint haben, warum haben Sie dann nicht Matratzen gesagt. Ich mein, es ist schon ziemlich verwirrend, wenn Sie kommen und Hundehütten sagen, wenn Sie Matratzen meinen. Warum sagen Sie nicht einfach Matratzen?

Bräutigam Na ja, immerhin haben Sie sich eine Tüte übergestülpt, als ich das letzte Mal Matratzen gesagt hab.

Wieder die Tüte. Bräutigam schaut schuldbewußt herum. Verity kommt, seufzt mächtig, hüpft in die Kiste. Manager kommt und gesellt sich ihm bei, sie singen »And did those feet. . .«. Weitere Mitarbeiter kommen hinzu.

Mitarbeiter (MICHAEL) Hat irgendwer Matratze zu Mr. Lambert gesagt?

Verity Zweimal.

Mitarbeiter Hey, alle mal herhören, jemand hat Matratze zu Mr. Lambert gesagt! Zweimal!!

Mitarbeiter, Bräutigam und Braut beteiligen sich an der gesanglichen Therapie.

Mitarbeiter Es funktioniert nicht. Wir brauchen Verstärkung.

Schnitt zu einer Menge auf dem Petersplatz, die »Jerusalem« singt. Schnitt ins Kaufhaus. Lambert nimmt die Tasche vom Kopf und sieht Braut und Bräutigam an.

Lambert Nun, ähm, kann ich Ihnen helfen?

Braut (CAROL) Wir hätten gern eine Matratze.

Unverzüglich stülpt Lambert die Tüte über den Kopf.

Alle O warum nur haben Sie das gesagt? Warum haben Sie das gesagt?

Braut *(unter Tränen)* Das ist mein einziger Text!

Alle Sie hätten ihn doch nicht zu sagen brauchen.

Alle hüpfen davon. Sie jault.

Schnitt zu »Stimmen des Volkes«.

Afrikaner (TERRY J.) In einer Nacktszene? Nicht in diesem Teil von Esher.

Buchprüfer Ich würd nur in einer Szene mitwirken, in der es um nackte Tatsachen ginge.

Schnitt zum Oberst.

Oberst Also mir fällt auf, daß diese Sendung die Tendenz hat, ziemlich albern zu werden. Also ich tu wirklich mein Bestes, damit Sachen reibungslos über die Bühne gehen, aber ich seh nicht tatenlos zu, wie alles immer alberner wird. Diese zwei letzten Sketche mit mir sind wirklich sehr albern geworden, und der letzte hier mit dem Bett war sogar noch alberner. Also

der ersten Gruppenfotos (v.l.n.r.): John Cleese, Graham Chapman, Terry Jones,
dle; vorn: Michael Palin; nicht auf dem Bild: Terry Gilliam.

Der Kellner (Terry Jones), der Oberkellner (Michael Palin), …

… der Geschäftsführer (Eric Idle) und – die Gabel (»Restaurant-Sketch«, Folge dre

ıuff, knuff. Klick, klick. Grins, grins, winke, winke, ich weiß Bescheid ...« (Terry es, li., und Eric Idle in Folge vier).

Praline (John Cleese mit Tierhandlungsbesitzer Michael Palin) in »Der tote ıgei« (Folge acht).

Eine neue Form der Gewalt: Oma-Banden machen Bolton unsicher (Folge acht).

»Dieser Sketch ist albern geworden!« Graham Chapman als der Oberst.

n Cleese als »Hell's Granny« im Oma-Banden-Film.

Ein Mann mit einem Tonbandgerät in der Nase (Michael Palin in Folge neun).

bin ein Holzfäller und fühl mich stark,
schlaf des Nachts und hack am Tag.

ɪunties-Chor:
st ein Holzfäller und fühlt sich stark,
ɪchläft des Nachts und hackt am Tag.

fälle Bäume, ich eß mein Brot,
geh auf das WC.
Mittwoch geh ich shopping,
Kekse zum Kaffee.

Ich fälle Bäume, ich hüpf und spring,
Steck Blumen in die Vas'.
Ich schlüpf in Frauenkleider
Und lümmel mich in Bars.

Ich fälle Bäume, trag Stöckelschuh'
Und Strümpf und Büstenhalter.
Wär gern ein kleines Mädchen
So wie mein Onkel Walter.

Mounties-Chor:
Er fällt die Bäume, trägt Stöckelschuh'
Und Strümpf'...? Und Büstenhalter...?
(Tumult)

ɪheal Palin mit Connie Booth in Folge neun.)

An der frischen Luft ... mit einem Gewehr losziehen, ...

... das war das Leben (»Jagdfilm«, Folge neun).

niemand liebt einen kleinen Scherz mehr als ich. . . außer vielleicht meine Frau, und einige ihrer Freundinnen. . . Ach ja, und Captain Johnston. So gesehen: Die allermeisten lieben einen kleinen Scherz mehr als ich. Aber das tut nichts zur Sache. Also jetzt wollen wir doch mal einen guten, sauberen, gesunden Sketch im Freien sehen. Tief Luft geholt. Zehn, neun, acht und so weiter.

Schnitt zu den zwei Einsiedlern am Berghang.

Oberst *(im Off)* Ah ja, das ist besser. Also, wollen wir hoffen, daß das nicht albern wird.

Erster Einsiedler (MICHAEL) Hallo, sind Sie zufällig Einsiedler?

Zweiter Einsiedler (ERIC) Ja, allerdings. Sie auch?

Erster Einsiedler Aber genau.

Zweiter Einsiedler Ist nicht möglich. Wieso sind *Sie* ausgestiegen?

Erster Einsiedler Ach wissen Sie, das übliche – die Leute, das Gerede, der Klatsch, Sie verstehen mich.

Zweiter Einsiedler Voll und ganz – ging mir auch so. Ich mein, irgendwann kommt die Zeit, wo man erkennt, daß man sein Leben nicht so verplempern will mit Müßiggang und banalem Geschwätz. Wo ist Ihre Höhle?

Erster Einsiedler Ach, den Ziegenpfad rauf, die erste links.

Zweiter Einsiedler Oh, die sind sehr hübsch dort oben, nicht wahr?

Erster Einsiedler Sehr. Meine ist ein Schmuckstück.

Zweiter Einsiedler Ein bißchen zugig sind sie vielleicht, finden Sie nicht?

Erster Einsiedler Aber nein, wir haben unsere voll-isoliert.

Zweiter Einsiedler Ach was.

Erster Einsiedler Ja, wir haben Vogelnester verwendet, und Moos und Eichenlaub rundrum.

Zweiter Einsiedler Oh, das klingt wunderbar.

Erster Einsiedler Ach, es ist eine Wohltat, das kann ich Ihnen sagen, weil: diese Steinhöhlen können sonst wirklich lausig sein.

Zweiter Einsiedler O ja, da haben Sie recht, da haben Sie verdammt recht.

Erster Einsiedler Ja, ja.

Dritter Einsiedler geht vorbei.

Dritter Einsiedler (GRAHAM) Morgen, Frank.

Zweiter Einsiedler Morgen, Norman. Apropos Moos, äh, kennen Sie Mr. Robinson?

Erster Einsiedler Mit dem, äh, grünen Lendenschurz?

Zweiter Einsiedler Nein, nein, das ist Mr. Seagrave. Mr. Robinson ist der Einsiedler, der bei Mr. Seagrave zur Untermiete wohnt.

Erster Einsiedler Ach ja, genau.

Zweiter Einsiedler Na, er empfahl mir Flechtwerk.

Erster Einsiedler Ehrlich?

Zweiter Einsiedler Ja. Er schwört drauf. Tja.

Vierter Einsiedler geht vorbei.

Vierter Einsiedler (JOHN) Morgen, Frank.

Zweiter Einsiedler Morgen, Lionel. Na ja, er sagt, Moos neigt dazu, bei kaltem Wetter von den Wänden runterzufallen. Man stelle sich vor, eine Schlechtwetterperiode, die Hälfte von Ihrem Moos fällt runter, und Sie sitzen im Kalten.

Erster Einsiedler Tja, Mr. Robinsons Höhle war nie wirklich Nirwana, nicht?

Zweiter Einsiedler Eben, genau das wollte ich sagen. Na, wie auch immer, Mr. Rogers, das ist der, äh, Einsiedler. . .

Erster Einsiedler . . .ganz hinten.

Zweiter Einsiedler . . .ganz oben auf dem Hügel, genau. Er hat es mit Flechten probiert. Er hat Ausschlag bekommen.

Erster Einsiedler Was Sie nicht sagen!

Zweiter Einsiedler Ja, und nun steh ich da mit einer halb verflochtenen Wand. Ich frage Sie, was soll ich jetzt machen?

Erster Einsiedler Na, warum versuchen Sie es nicht mit Vogelnestern wie ich? Oder vielleicht noch besser mit Farn.

Fünfter Einsiedler (TERRY J.) *(ruft aus einiger Entfernung)* Frank!

Zweiter Einsiedler Ja, Han.

Fünfter Einsiedler Kann ich mir deine Ziege ausborgen?

Zweiter Einsiedler Äh, gut, in Ordnung. Ach, laß mir doch ein Glas fürs Frühstück da, ja? . . .*(Zum ersten Eremiten)* Sehen Sie, da ist doch das Problem, wenn man so auf halber Höhe am Berg wohnt – man fühlt sich so abgeschnitten. Nicht wahr, ich brauche jeden Morgen zwei Stunden, um rauszukommen ins Moor, Beeren sammeln, mich kasteien, und zwei Stunden am Abend für den Rückweg.

Erster Einsiedler Trotzdem, es hat was, das Einsiedler-Leben. Man trifft Leute.

Zweiter Einsiedler O ja. Ich würd nicht zurückgehen in die Werbung.

Erster Einsiedler Eben. Also, tschüß erstmal, ich muß mich sputen.

Oberst *(kommt hinzu)* So, ihr zwei Einsiedler da, Schluß mit dem Sketch. Ich finde ihn albern.

Zweiter Einsiedler Wie bitte?

Oberst Er ist albern.

Zweiter Einsiedler Was soll das heißen, Schluß mit dem Sketch – er ist auf dem Film!

Oberst Für den Zuschauer zu Hause macht das kaum einen Unterschied, oder? Also los, hinaus. Raus. Los raus, ihr alle zusammen. Haut ab, los, alle Mann. Los, Marsch, Marsch. Los, raus. Vorwärts, raus, Bewegung, Bewegung.

Er scheucht die Einsiedler und die Film-Crew den Berghang hinunter.

TRICKFILM *mit einer tanzenden Venus von Botticelli, die überleitet zur Tierhandlung: Mr. Praline betritt den Laden, in der Hand einen Vogelkäfig mit einem toten Papagei. Er geht zum Tresen, wo der Ladenbesitzer versucht, sich unter der Registrierkasse zu verstecken.*

Praline (JOHN) Hallo, ich möchte bitte eine Beschwerde vorbringen. . . . Hallo? Miss?

Ladenbesitzer (MICHAEL) Was meinen Sie mit Miss?

Praline Oh, Entschuldigung, ich bin erkältet. Ich möchte eine Beschwerde vorbringen.

Ladenbesitzer Tut mir leid, wir schließen über Mittag.

Praline Das vergessen wir mal ganz schnell, junger Freund, ich möchte mich beschweren wegen dieses Papageien, den ich vor keiner halben Stunde in diesem ganz hervorragenden Fachgeschäft erworben habe.

Ladenbesitzer Ach ja, der Norwegische Jako. Was stimmt denn nicht mit ihm?

Praline Ich sag Ihnen, was nicht mit ihm stimmt. Er ist tot, das stimmt nicht mit ihm.

Ladenbesitzer Nein, nein, er ruht, sehen Sie!

Praline Hören Sie, mein Freund, ich erkenne einen toten Papagei, wenn ich einen toten Papagei sehe – und in eben diesem Moment sehe ich einen.

Ladenbesitzer Nein, nein, Sir, er ist nicht tot, er ruht sich aus.

Praline Er ruht sich aus?

Ladenbesitzer Jaaa, außergewöhnliches Tierchen, der Norwegische Jako, hübsches Gefieder, nich'?

Praline Um das Gefieder geht's nicht – er ist mausetot.

Ladenbesitzer Nö, nö – er ruht bloß.

Praline Also gut, wenn er bloß ruht, weck ich ihn eben auf. *(Brüllt in den Käfig)* Hallo, Polly! Ich hab hier einen feinen Tintenfisch für dich, wenn du aufwachst, Pollylein!

Ladenbesitzer *(stupst den Käfig)* Da, er hat sich bewegt.

Praline Hat er nicht! Das waren Sie, Sie haben gegen den Käfig gestoßen.

Ladenbesitzer Hab ich nicht.

Praline Haben Sie wohl. *(Nimmt den Papagei aus dem Käfig, ruft)* Hallo, Polly, Polly *(knallt ihn auf den Tresen)*, Pollylein! Aufwachen, Polly. *(Wirft ihn in die Luft und läßt ihn auf den Boden fallen.)* . . . Also das nenn ich einen toten Papagei.

Ladenbesitzer Nein, nein, er ist bewußtlos.

Praline Hör mal, Freundchen, mir reicht's jetzt langsam. Dieser Papagei weilt definitiv nicht mehr unter den Lebenden. Und als ich ihn vor knapp einer halben Stunde gekauft habe, haben Sie mir versichert, seine Bewegungslosigkeit wäre darauf zurückzuführen, daß er vom vielen Plappern bloß noch ganz schlapp sei.

Ladenbesitzer Er hat wahrscheinlich Sehnsucht nach den Fjorden.

Praline Sehnsucht nach den Fjorden, was für ein Unsinn ist jetzt das? Was glauben Sie, warum hat er sich platt auf den Rücken gelegt, als ich nach Hause kam?

Ladenbesitzer Er ratzt am liebsten auf dem Rücken, der Norwegische Jako. Hübscher Vogel, wunderbares Gefieder.

Praline Hören Sie, ich habe mir erlaubt, diesen Papagei zu untersuchen, und ich habe herausgefunden, daß er vorher nur deshalb auf der Stange gesessen hat, weil er dort festgenagelt war.

Ladenbesitzer Aber selbstverständlich war er dort festgenagelt. Sonst würd er mit diesen Gitterstäben kurzen Prozeß machen, und – *husch!*

Praline Ich sag Ihnen was, Kamerad *(nimmt den Papagei)*, dieser Papagei würde nicht huschen, und wenn ich viertausend Volt durch ihn durchjagen würde. Er ist gottverdammtnochmal von uns gegangen.

Ladenbesitzer Ist er nicht, er hat Sehnsucht.

Praline Er hat keine Sehnsucht, er hat das Zeitliche gesegnet.

Dieser Papagei ist nicht mehr. Er hat aufgehört zu sein. Er ist abberufen worden und eingegangen zum Herrn. Das ist die seelenlose Hülle eines Papageien. Der Lebensodem ist aus ihm gewichen, er ruhet im ewigen Frieden. Wenn Sie ihn nicht festgenagelt hätten, würd er längst die Radieschen von unten besehen. Er hat den Schirm zugemacht und zwitschert jetzt Halleluja auf seiner himmlischen Wolke. Dies ist ein Ex-Papagei.

Ladenbesitzer Tja, dann tausch ich ihn wohl besser um. *(Ab.)*

Praline *(zur Kamera)* Wenn Sie in diesem Land irgendwas geregelt kriegen wollen, können Sie sich den Mund fusselig reden.

Ladenbesitzer *(kommt)* Tut mir leid, Papageien sind grad aus.

Praline Aha, aha. Ich verstehe.

Ladenbesitzer Ich hätte da eine Nacktschnecke.

Praline Spricht die?

Ladenbesitzer Nicht richtig, nö.

Praline Na, dann kann von Umtausch kaum eine Rede sein, oder?

Ladenbesitzer Also gut, ich schlag Ihnen was vor *(Gibt ihm eine Karte.)*, ich schlag Ihnen was vor. Gehen Sie zu der Tierhandlung von meinem Bruder in Bolton, der tauscht Ihnen Ihren Papagei um.

Praline Bolton, mh?!

Ladenbesitzer Jupp.

Praline In Ordnung.

Er geht, den Papagei in der Hand.

ZWISCHENTITEL: »EINE ÄHNLICHE TIERHANDLUNG IN BOLTON, LANCS«

Großaufnahme von dem Schild an der Tür mit der Aufschrift: »Ähnliche Tierhandlungen GmbH«. Die Kamera fährt zurück: man sieht dieselbe Tierhandlung. Der Ladenbesitzer trägt jetzt einen Schnauz. Praline betritt den Laden. Er schaut sich interessiert um; er bemerkt den leeren Papagei-Käfig, der noch immer auf dem Boden steht.

Praline Ähm, entschuldigen Sie. Das ist doch Bolton hier, oder?

Ladenbesitzer Nein, nein, das ist hier, ähm, Ipswich.

Praline *(zur Kamera)* Von wegen: »Bequem und sicher mit dem Inter-City«. . . ! *(Ab.)*

Mann in Gepäckträgeruniform steht hinter einem Schalter für Reklamationen die Eisenbahn betreffend. Praline nähert sich ihm.

Praline Ich möchte mich beschweren.

Gepäckträger (TERRY J.) Ich muß das hier nicht machen, wissen Sie.

Praline Verzeihung?

Gepäckträger Ich bin ausgebildeter Hirnchirurg. Ich mach dies nur, weil ich mein eigener Herr sein will.

Praline Äh, pardon, aber das gehört doch wohl nicht hierher, oder?

Gepäckträger Tja, Mann, es ist nicht einfach, das hier auf dreißig Minuten zu strecken.

Praline Nun, ich möchte mich beschweren, bitte. Ich bin in den Zug nach Bolton eingestiegen und stelle fest, daß es mich hier nach Ipswich verschlagen hat.

Gepäckträger Nein, hier ist Bolton.

Praline *(zur Kamera)* Der Tierhandlungsbesitzerbruder hat gelogen.

Gepäckträger Tja, da kann die Britische Bahn nichts dafür.

Praline Wenn das hier Bolton ist, muß ich zurück zu dieser Tierhandlung.

Zwischentitel: »Kurz darauf GmbH«

Praline betritt erneut den Laden.

Praline Man hat mir gesagt, daß das hier sehr wohl Bolton ist.

Ladenbesitzer Richtig.

Praline Na, und Sie sagten mir, hier sei Ipswich.

Ladenbesitzer Das war ein Kalauer.

Praline Ein Kalauer?

Ladenbesitzer Nein, nein, kein Kalauer, nein. Wie heißt dies andere Dings, was man vorwärts und rückwärts lesen kann?

Praline Ein Palindrom?

Ladenbesitzer Genau, ja.

Praline Es ist kein Palindrom. Das Palindrom von Bolton ergäbe Notlob. Es funktioniert nicht.

Ladenbesitzer Hören Sie, was wollen Sie?

Praline Nein, ich bitte um Vergebung, aber ich bin nicht bereit, diesen Beschwerde-Text auch nur eine Zeile weiterzusprechen, ich finde, das hier wird wirklich zu albern.

Oberst *(kommt herein)* Ganz Ihrer Meinung, ganz Ihrer Meinung. Albern, albern . . . albern. *(In die Kamera)* Weitermachen!

Schnitt zum Ansager; er löffelt einen Joghurt.

Ansager (Eric) *(sieht die Kamera)* Oh. . . äh. . . oh. . . mh! Oh! Äh. . . *(Wühlt in seinen Papieren.)* Entschuldigen Sie. . . und jetzt: Nackte Tatsachen.

Schnitt: Kamerafahrt, evtl. mit Handkamera, die Straße hinunter, schritthaltend mit einem extrem schäbig aussehenden Mann in langem Mantel (Terry G.). Man sieht seinen Rücken. Er kommt an zwei Schreckschrauben und an einer jungen Frau vorbei. Bei jeder öffnet er im Vorbeigehen weit seinen Mantel. Sie reagieren äußerst geschockt. Nachdem er es dreimal getan hat, dreht er sich zur Kamera und öffnet weit seinen Mantel. Er hat ein großes Schild um den Hals hängen, drauf steht: »Buh«.

Schnitt zum Ansager, der Joghurt ißt. Der Oberst kommt herein und stößt ihn an.

Ansager Oh, oh, Entschuldigung. Ich dachte, der Film sei länger. *(Wühlt in den Papieren.)* Ah. Und jetzt: Notlob, äh, Bolton.

Der Oma-Banden-Film: er beginnt mit einem Schwenk über die Stadt Bolton. Dazu: Reporter im Off.

Off-Sprecher (ERIC) Das ist eine Stadt in Panik. Auf diesen Häusern, diesen Straßen lastet die Angst. Angst vor einer neuen Form von Gewalt: Banden alter Damen überfallen wehrlose, gesunde, junge Männer.

Film von alten Damen, die zwei junge Männer verprügeln; dann verschiedene Omas, die aggressiv die Straße herunterkommen und Vorbeikommende zur Seite stoßen.

Erster junger Mann (MICHAEL) *(vollkommen verschüchtert)* Na ja, die kommen auf einen zu, und so, und stoßen einen an – und schubsen einen vom Fußgängerweg, und so. Sie sind meist zu viert oder zu fünft.

Zweiter junger Mann (TERRY J.) Tja, das war hier mal eine nette Gegend, bis diese alten Damen hierherzogen. Heutzutage traut man sich ja nicht mal mehr bis zum Laden um die Ecke.

Dritter junger Mann (JOHN) Also Kevin, der Sohn von Mr. Johnson, der geht gar nicht mehr aus. Er kommt heim vom Catchen und schließt sich in seinem Zimmer ein.

Film mit Omas, die einem jungen Mädchen zusetzen.

Off-Sprecher Was geht in Ihnen vor, in diesen greisen Rowdies, diesen Chaoten im Spitzenhäubchen?

Erste Oma *(im Off)* Na ja, irgendwas muß man ja machen, näch?

Zweite Oma *(im Off)* Iss echt witzich.

Dritte Oma *(im Off)* Äj, dassiss wie, ähm, na ja, wa?

Off-Sprecher Beliebtes Angriffsziel der alten Damen sind Telefonzellen.

Film mit Omas, die eine Telefonzelle davonschleppen; dann, wie sie Graffitis an eine Wand malen.

Polizist (GRAHAM) *(geht auf sie zu)* Also jetzt reicht's, es reicht, ab mit euch. Verschwindet, los, macht, daß ihr fortkommt. *(Sie verschwinden; er dreht sich zur Kamera.)* Wir haben eine Menge Ärger mit den Alten. Wenn die Pension ausgezahlt wird, ist es am schlimmsten – die drehen durch. Sobald sie ihr Geld in Händen haben, hauen sie es auch schon auf den Kopf, für Milch, Brot, Tee, Dosen mit Katzenfutter.

Schnitt zu einem Kino.

Kinobetreiber (TERRY J.) Ja, sie kommen natürlich hierher, zur Nachmittagsvorstellung um zwei, die ganzen alten Schachteln da drinnen, vor allem wenn's irgendwas gibt wie »Meine Lieder, meine Träume«. Wir haben aufgeschlitzte Stühle, zerdepperte Hörgeräte, die ganze Richtung.

Ein Polizist scheucht zwei Omas aus dem Kino.

Schnitt zum Reporter, der die Straße entlanggeht.

Reporter Das entscheidende Problem bei diesen Senior-Straffälligen besteht in ihrer vollständigen Ablehnung grundlegender Werte unserer heutigen Gesellschaft. Sie haben ihre Kinder aufwachsen und Buchprüfer, Börsenmakler oder gar Soziologen werden sehen, und sie fangen an, sich zu fragen, ob das wirklich alles. . . *(Er verschwindet ganz plötzlich nach unten.)*

Schnitt zu zwei Omas, die einen Gulli wieder verschließen.

Schnitt zu einem jungen Paar.

Junger Mann (GRAHAM) Ach, manchmal denken wir wirklich, irgendwie sind wir Schuld daran, wie unsere Omi geworden ist. Ich mein, sie war hier wirklich glücklich, bis sie. . . bis sie mit diesem Häkeln anfing.

Reporter *(im Off)* Häkeln?

Junger Mann Genau. . . Jetzt kann sie nicht mehr ohne. Zwanzig Knäuel Wolle am Tag manchmal. Wenn sie die Wolle nicht kriegt, wird sie gewalttätig. Was sollen wir bloß tun?

Film mit Omas auf Motorrädern, sie donnern die Straße runter und geradewegs durch einen Laden. Eine hat »Hell's Grannies« auf der Jacke stehen.

Off-Sprecher Aber dies ist nicht nur die Stadt der alten Damen. Es gibt andere, ähnliche Banden – so zum Beispiel die Baby-Packer.

Film mit fünf Männern in Baby-Verkleidung, die einen jungen Mann vor dem Schaufenster eines Geschäfts packen und fortschleppen. Schnitt: erregte Frau.

Frau (RITA DAVIES) Ich hab meinen Mann nur kurz hier draußen stehengelassen, während ich einkaufen gegangen bin, und wie ich wieder zurückkomm, ist er weg. Er war erst siebenundvierzig.

Off-Sprecher Auch im Verkehr: gewalttätige Gangs von Linksabbieger-Schildern. . .

Film: zwei Linksabbieger-Schilder greifen einen Vikar an.

Oberst *(kommt herbei und hält sie auf)* Okay, okay, stopp. Dieser Film ist albern geworden. Fing an mit einer hübschen kleinen Idee von Omas, die junge Männer angreifen, aber jetzt ist alles albern geworden. Das Haar von diesem Mann ist auch viel zu lang für einen Vikar. Die Schilder sind ziemlich schlecht gemacht. Na gut, jetzt ein totaler Stimmungswechsel.

Schnitt zu dem Mann im schmutzigen Regenmantel.

Mann im schmutzigen Regenmantel (TERRY J.) Ich hab vom Unisex gehört, hab's aber noch nie gehabt.

Off-Sprecher (JOHN) David Hemmings erschien mit freundlicher Genehmigung der Nationalen Forstverwaltung.

EINGEBLENDETER ROLL-TITEL: »›NACKTE TATSACHEN‹ – ENTWORFEN, GESCHRIEBEN UND AUFGEFÜHRT VON. . . (ABSPANN)«

Der »Jetzt«-Mann begreift, daß er eine Bombe in der Hand hält und läuft weg, ohne sie fortzuwerfen. Am Ende des Abspanns geht sie in die Luft.

Neun – Die Ameise. Eine Einführung

Ein Wald. Der »Jetzt«-Mann rennt sehr schnell von einer Explosion in großer Entfernung zur Kamera und kündigt an:

Mann (MICHAEL) Und jetzt. . .

Trickfilm-Vorspann.

ZWISCHENTITEL: »TEIL 2«

ZWISCHENTITEL: »DAS LAMA«

Ein spanischer Gitarrist (Eric) und ein Tänzer (Terry J.) in traditioneller spanischer Tracht.

EINGEBLENDETER ZWISCHENTITEL: »LIVE AUS GOLDERS GREEN«

Ein Mann kommt herein und geht zu einem lebensgroßen Foto eines Lamas. Er hält den folgenden Vortrag auf spanisch, mit Unterstützung des Gitarristen, des Tänzers und eingeblendeter Untertitel.

Mann (JOHN) *(aber auf spanisch mit Untertiteln)* Das Lama ist ein Vierfüßer und bewohnt große Flüsse wie den Amazonas. Es hat zwei Ohren, ein Herz, eine Stirn und einen Schnabel, um Honig zu essen. Es ist aber mit Flossen ausgestattet, um zu schwimmen.

Gitarrist & Tänzer Lamas sind größer als Frösche.

Mann Lamas sind gefährlich, wenn man also eins sieht, dort, wo Leute schwimmen, dann ruft man:

Gitarrist & Tänzer Vorsicht, da sind Lamas!

Graham, der ein spanisches Damenkleid trägt, kommt auf einem Moped herein; er bläst eine Papiertüte auf und zerknallt sie. Sie verbeugen sich.

Schnitt: die Außenfront von Ada's Snack-Bar (ein kleines Café). Handkamera geht hinter das Café, wo ein Ansager an einem Tisch mit altmodischem BBC-Mikrophon sitzt.

Ansager Und nun zu etwas völlig anderem: Ein Mann mit einem Tonbandgerät in der Nase.

Wir sehen Michael, in Abendanzug, auf einer kleinen Bühne mit Topfpflanzen etc. Er steckt in auffallender Weise einen Finger in ein Nasenloch. Wir hören die Marseillaise. Er nimmt den Finger weg; die Musik hört auf. Er steckt den Finger in das andere Nasenloch: wir hören Rückspulgeräusche. Er steckt noch einmal einen Finger in das erste Nasenloch; wieder hören wir die Marseillaise. Er verbeugt sich. Archivfilm von applaudierenden Teilnehmerinnen eines Frauenkongresses. Er steckt seinen Finger wieder in sein Nasenloch, und wir hören:

Off-Sprecher (MICHAEL) Und nun zu etwas völlig anderem. Das Büro von Sir George Head, Träger des Ordens des Englischen Königreiches.

Ein großes Arbeitszimmer, dessen Wände voll mit Karten und Fotografien sind, und ein großer Tisch, an dem Sir George Head sitzt.

Sir (JOHN) Der nächste, bitte!

Bob kommt in den Raum und an den Tisch.

Sir *(sieht auf)* Einer nach dem anderen, bitte.

Bob (ERIC) Da bin nur ich, Sir.

Sir *(hält sich die Hand vor ein Auge)* So ist es. Nehmen Sie. . .

Bob Platz?

Sir Platz! Nehmen Sie Platz. So! *(Sieht anderthalb Meter rechts an Bob vorbei.)* Sie wollen sich also meiner Bergsteigerexpedition anschließen.

Bob *(ziemlich unsicher)* Ich, Sir?

Sir Ja.

Bob Ja, das würde ich sehr gern tun, Sir.

Sir Prima, ganz prima. *(Macht einen Haken auf seiner Liste und schaut dann genau zu Bob)* Und was ist mit Ihnen?

Bob Da bin nur ich, Sir.

Sir *(hält sich die Hand vor ein Auge und sieht sowohl zu Bob als auch zu Bobs rechter Seite)* Tja, dann können wir seine Anmeldung wohl vergessen. *(Er zerreißt das Formular.)* Dann will ich Sie mal etwas ins Bild setzen. Ich leite diese Expedition, und wir werden beide Gipfel des Kilimandscharo besteigen.

Bob Ich dachte, da wär nur ein Gipfel, Sir.

Sir *(steht auf, hält wieder die Hand vor ein Auge, geht zu einer großen Karte von Afrika, die an der Wand hängt, und starrt aus kürzester Entfernung darauf.)* Tja, das wär dann eine gewisse Zeiteinsparung. Na, bravo. Nun, die Absicht dieser Expedition ist, zu sehen, ob wir irgendwelche Spuren der Expedition des letzten Jahres finden können.

Bob Der Expedition des letzten Jahres?

Sir Ja, mein Bruder hat sie geleitet, sie wollten eine Brücke zwischen den beiden Gipfeln bauen. *(Sieht auf die Karte, hält die Hand vors Auge.)* Meine Idee, wie ich zugeben muß. . . Nun, ich sollte Ihnen gleich sagen, daß ich praktisch alle zusammen habe, die ich für die Expedition brauche. . . also welche speziellen Qualifikationen haben Sie?

Bob Tja, Sir. . .
Sir Ja, Sie zuerst.
Bob Da bin nur ich, Sir.
Sir *(zu Bobs rechter Seite)* Ich habe nicht mit Ihnen geredet. . *(zu Bob)*. . . fahren Sie fort.
Bob Also, ich bin voll ausgebildeter Bergsteiger.
Sir Bergsteiger? Bergsteiger! *(Schaut in ein Lexikon.)* Wo zum Teufel stehen die, Berg, Bergamasker. . .Bergman. . .Bergsteiger. . . *ein Bergsteiger*: »Zwei Männer, die Erfahrung im Bergsteigen haben«. Ganz prima, tja, Sie sind dabei. Glückwunsch an Sie beide. Und, äh, Ihre Namen?
Bob Arthur Wilson.
Sir Arthur Wilson, gut, mal sehen, ich werde Sie *(zu Bob)* Arthur Wilson eins, und Sie *(zu Bobs rechter Seite)* Arthur Wilson zwei nennen, nur um Verwechslungen zu vermeiden.
Bob Leiten Sie wirklich diese Expedition, Sir?
Sir Ja, wir leiten diese Expedition nach Afrika.
Bob *(beißend)* Und welche Routen werden Sie beide denn nehmen?
Sir Gute Fragen. . .soll ich? Tja, wir werden am 22. Januar aufbrechen und die folgenden Routen nehmen. *(Geht rüber zu einer großen Karte, auf der klar und deutlich »Surrey« steht.)* Die A23er durch die Purleys unten auf die Hauptstraßen in der Nähe der Purbrights, um die Leatherheads zu umgehen, und dann nehmen wir die A231er und fahren aus nördlicher Richtung in die Rottingdeans. Von den Rottingdeans fahren wir durch Afrika nach den Nairobis. Wir bleiben ungefähr 12 Kilometer lang auf den südlichen Hauptstraßen, die aus den Nairobis führen, und fragen uns dann durch.
Bob Spricht irgend jemand Suaheli, Sir?
Sir O ja, ich glaube, die meisten da unten sprechen es.
Bob Spricht irgend jemand in unserer Gruppe Suaheli, Sir?
Sir Aber ja. Matron kann es ein bißchen.
Bob *(sarkastisch)* Mal abgesehen von den beiden Matronen. . .
Sir Mein Gott, *sie* hatte ich völlig vergessen.
Bob Wer kommt, von den beiden abgesehen, noch mit auf die Expedition, Sir?
Sir Tja, wir haben die Arthur Brown Zwillinge, zwei Botaniker namens Machin, die William Johnston Brüder. . .
Bob Beide?

Sir Nein, alle vier, ein Paar eineiiger Zwillinge. . .und ein Paar des Ken Spinoza-Vierers – die anderen zwei sind ausgestiegen. Und natürlich Sie beide.

Bob Und keiner von denen ist Bergsteiger?

Sir Na, Sie beide sind es, und wir haben zwei Führer namens Jimmy Blenkinsop. . .weil, der Kilimandscharo, das ist'n ziemlich tückischer Aufstieg, müssen Sie wissen, es geht meist bergauf, bis man den allerallerhöchsten Gipfel erreicht, und danach hat er Tendenz, recht steil abzufallen. Aber Jimmy hat sich die Köpfe zerbrochen und einen Weg nach oben ausgearbeitet. *(Öffnet die Tür.)* Jimmy? *(James Blenkinsop tritt ein; er trägt Bergsteigerausrüstung.)* Ich glaube, Sie kennen sich noch nicht. Jimmy Blenkinsop – Arthur Wilson, Arthur Wilson – Jimmy Blenkinsop. . .Arthur Wilson zwei – James Blenkinsop eins, James Blenkinsop eins – Arthur Wilson zwei. Macht weiter, ihr Jimmys.

Jimmy (GRAHAM) *(zu Bob, beruhigend)* Machen Sie sich keine Sorgen wegen dem, äh. . . *(Hält sich eine Hand vors Auge.)* Wir kriegen ihn schon irgendwie nach oben.

Jimmy geht durch den Raum und klettert über jedes einzelne, erreichbare Möbelstück. Er hört nicht auf zu reden. Er verwüstet das Zimmer vollständig, klettert über den Tisch, auf ein Bücherregal und stößt die Möbel im Zimmer um. Währenddessen sagt er:

Nun, der Anmarsch zum Kilimandscharo geht ganz einfach über seine Ausläufer, und danach gehen wir dann weiter, um. . .oh. . .um ein Basislager aufzubauen, irgendwo in dem Gebiet am Fuße des Gletschers, wenn. . .

Jimmy stolpert blindlings durch die Tür nach draußen. Man hört laute krachende Geräusche.

Sir Er wird die erste Seilschaft führen.

Bob Tja, ich fürchte, ich werde nicht auf Ihre Expedition mitkommen, Sir, da ich zu überhaupt keinem, der daran teilnimmt, Vertrauen habe.

Er steht auf und geht, die Tür hinter sich zuschlagend, hinaus.

Sir Du meine Güte. *(Pause.)* Und, was ist mit Ihnen?

Bob *(sitzt noch immer im Stuhl am anderen Ende des Tisches)* Ich bin dabei, Sir.

Schnitt zurück: wir sehen zwei Sirs; doppeltes Bild, geteilte Leinwand.

Sirs Wir auch.

Schnitt zu zwei Ansagern (Johns), die an Tischen sitzen. Sie legen die Telefonhörer auf, wenden sich zur Kamera und sagen an:

Ansager (JOHNS) Und nun zu etwas völlig anderem. Ein Mann mit einem Tonbandgerät in der Nase seines Bruders.

Schnitt: Michael, der wie zuvor auf einer kleinen Bühne steht, diesmal ist Graham dabei. Michael steckt den Finger in Grahams Nasenloch: wir hören die Marseillaise. Er zieht ihn heraus: die Musik hört auf. Er steckt den Finger in Grahams anderes Nasenloch, wir hören Rückspulgeräusche.

Off-Sprecher (JOHN) und ZWISCHENTITEL: »UND NUN IN STEREO. . .«

Michael steckt zur gleichen Zeit einen Finger in sein eigenes Nasenloch und einen Finger (der anderen Hand) in Grahams; wir hören zwei Aufnahmen der Marseillaise zusammen (aber nicht genau synchron).

Eine Trickfilmsequenz führt uns zu einem Herrenfrisör-Salon in der Vorstadt. Ein Kunde kommt herein. Der Frisör im weißen Kittel steht da und wäscht sich die Hände in einem Becken.

Kunde (TERRY J.) Morgen.

Frisör (MICHAEL) *(zuckt leicht zusammen)* Ah. . .guten Morgen, Sir, guten Morgen. Ich bin gleich bei Ihnen.

Der Kunde setzt sich in den Frisierstuhl. Der Frisör wäscht sich weiter. Er scheint übergründlich seine Hände und Unterarme zu waschen und zu waschen. Der Frisör dreht sich um und lächelt den Kunden humorlos an. Schließlich hört er auf, sich zu waschen. Er trocknet gründlich seine Hände, dreht sich um und kommt zu dem Kunden herüber. Auf seinem Kittel sind sehr offensichtlich Blutflecken; sein Kragen ist abgerissen. Ein Fleck könnte von einer blutigen Hand stammen, die den Kittel von oben nach unten heruntergeglitten ist. Er nimmt ein Tuch und schüttelt es aus. Geräusche von eisernen und schweren Gegenständen, die auf den Boden fallen. Er wirft es dem Kunden um. Als er das Tuch hinten zuknotet, macht er Anstalten, als wollte er es zuziehen und den Kunden erwürgen. Ihm steht der Schweiß auf der Stirn, ein verrücktes Glitzern in den Augen. Unter größter Anstrengung beherrscht er sich. Der Kunde lächelt ihn beruhigend an.

Frisör Wie. . .wie möchten Sie es, Sir?

Kunde Nur hinten und an den Seiten kurz, bitte.

Frisör Und wie. . . wie. . .?

Kunde Tja, nur. . .einfach hinten und an den Seiten kurz.

Frisör Sie wollen es doch nicht mit dem. . . Messer geschnitten bekommen? *(Plötzlich)* Messer, Messer, Schnitt, Schnitt, Blut, Spritzen, Schlagader, Mord. . . *(Beherrscht sich.)* O Gott sei Dank, Gott sei Dank. *(Erleichtertes Seufzen.)* Nur mit der Schere. . .

Kunde Ja. . . *(Lacht, denkt, der Frisör habe wohl einen kleinen Scherz gemacht.)*

Frisör Möchten Sie es vielleicht lieber nur gekämmt haben, Sir?

Kunde Wie bitte?

Frisör Möchten Sie es nicht lieber sein lassen?

Kunde Nein, nein, nein, ich will einen Haarschnitt.

Bei dem Wort zuckt der Frisör zusammen.

Frisör Schnitt, Schnitt, Schnitt, Blut, Spritzen, Schlagader, Mord, Hitchcock, Psycho. . .in Ordnung, Sir. . .tja. . . *(Schluckt hart.)* Ich werde alles vorbereiten. In der Zwischenzeit könnten Sie vielleicht eins davon ausfüllen.

Er gibt ihm ein Stück Papier; der Frisör geht zu einem Schrank und öffnet ihn.

Kunde Sicher doch, aber ja.

Eine große medizinische Karte hängt an der Innenseite des Schranks mit der Überschrift: »Hauptschlagadern«. Seine zitternde Hand fährt die Schlagadern nach; gelegentlich schaut er zum Kunden.

Kunde Entschuldigung, äh. . .

Frisör Was?

Kunde Hier heißt es: »Nächster Verwandter«. Soll ich »Mutter« hinschreiben?

Frisör Ja. . .ja, ja.

Kunde So, hier, bitte! *(Gibt dem Frisör das Blatt.)*

Frisör Danke sehr.

Er macht die Schere und den Kamm fertig und stellt sich hinter den Kunden und breitet seine Arme aus, während er, wie ein Frisör vor dem Schneiden, die Schere auf und zu macht.

Frisör So!

Er kann sich nicht dazu bringen, mit dem Schneiden anzufangen; nach ein oder zwei Versuchen geht er wieder zu dem Schrank, holt eine Whiskyflasche heraus und nimmt einen kräftigen Schluck. Er stellt sich wieder hinter den Kunden.

Frisör Ha, ha, ha. . . so, ich bin fertig.

Kunde Was?

Frisör Ich bin fertig mit Ihrem Haa. . . Haa. . .Haar. . . Schnitt. Alles erledigt.

Kunde Sie haben noch gar nicht angefangen zu schneiden.

Frisör Habe ich doch! Es ging alles ganz schnell, Hohes Gericht – *Sir*. . . Sir. . .

Kunde *(wird ziemlich gereizt)* Nun mal langsam, alter Knabe, ich weiß, wann einer mir die Haare geschnitten hat und wann nicht. Also würden Sie bitte aufhören, herumzualbern, und weitermachen.

Der Frisör bückt sich und nimmt ein Tonbandgerät vom Boden. Während er spricht, stellt er es hinter den Frisierstuhl.

Frisör Ja, ja, werde ich, ich werde Ihnen die Haare schneiden, Sir. Ich werde anfangen, Ihnen die Haare zu schneiden, Sir, ich fange jetzt an!

Er stellt das Tonbandgerät an und kauert sich dann, so weit von dem Stuhl entfernt wie er kann, zitternd gegen eine Wand.

Tonbandgerät Schöner Tag, Sir.

Kunde Ja, obwohl, die Blumen könnten einen Tropfen Regen vertragen.

Tonbandgerät *(schnipp, schnipp)* Haben Sie das Spiel gestern abend gesehen, Sir?

Kunde Ja. Gutes Spiel. Fand ich.

Tonbandgerät *(schnipp, schnipp, schnipp; Geräusch eines laufenden Elektro-Rasierers)* Ich fand, Hurst hat gut gespielt, Sir.

Kunde *(bemüht sich, es zu verstehen)* Wie?

Tonbandgerät *(Rasierer wird ausgeschaltet)* Ich fand, Hurst hat gut gespielt.

Kunde Oh, ja, ja. . . obwohl, er war auch der einzige gute Spieler.

Tonbandgerät Können Sie sich ein bißchen nach vorne beugen, Sir.

Kunde O Entschuldigung, aber ja. *(Beugt sich vor.)*

Tonbandgerät Im Moment sehe ich mir lieber Palace an. *(Elektro-Rasierer wird wieder angeschaltet)* Oh! Tut mir leid! War das Ihr Ohr?

Kunde Nein, nein. . .ich habe gar nichts gespürt.

Der Kunde steht von seinem Stuhl auf, nimmt sich selbst das Tuch ab, schaut in den Spiegel und stöbert in den Taschen. Er dreht sich zum ersten Mal um und sieht den kauernden Frisör.

Kunde Sagen Sie mal, was ist hier eigentlich los?

Tonbandgerät Ja, ja, ein schönes Fleckchen Erde, nicht wahr?

Kunde Hören Sie, ich wollte mir hier die Haare schneiden lassen!

Frisör *(kläglich)* Es sieht sehr gut aus, Sir.

Kunde *(wütend)* Es ist genauso, wie es war, als ich hierhereingekommen bin.

Tonbandgerät So, das wärs.

Frisör Na gut. . .ich bekenne, daß ich Ihr Haar nicht geschnitten habe. . . ich hasse es, Haare zu schneiden. Wenn ich Haare sehe, spüre ich immer diese schreckliche, un-un-unkontrollierbare Angst. Schon als Kind haßte ich den Anblick von Haar, das geschnitten wird. Meine Mutter sagte, ich wär ein Spinner. Sie sagte, das einzige Mittel dagegen wäre, Frisör zu werden. Also verbrachte ich fünf gräßliche Jahre im Ausbildungszentrum für Frisöre in Totnes. Können Sie sich vorstellen, was es bedeutet, fünf Jahre lang denselben Kopf zu frisieren? Ich wollte sowieso nicht Frisör werden. Ich wollte Holzfäller werden. Von Stamm zu Stamm springen, während sie die mächtigen Ströme in British Columbia hinabtreiben. . . *(Er richtet sich auf mit einem visionären Blick in die Weite.)* Die riesige Rotbuche, die Lärche, die Fichte, die mächtige schottische Kiefer. *(Er reißt sich seinen Frisörkittel herunter, darunter trägt er ein Karo-Hemd und Holzfällerhosen; während er spricht, wird die Beleuchtung hinter ihm schwächer und man hört aus einiger Entfernung leise einen Mounties-Chor.)* Der Geruch von frisch geschlagenem Holz! Das Geräusch mächtiger stürzender Bäume! *(Geht und stellt sich vor einen Prospekt der kanadischen Berge und Wälder.)* Mit meinem liebsten Mädel an meiner Seite. . . *(Eine zarte, schmachtende Blondine, die Heldin manch eines Bergfilms, oder vielleicht das widerspenstige Mädel, stürzt an seine Seite und sieht ihm anbetend in die Augen.)* Und wir singen. . . singen. . . singen. . .

Der Chor ist jetzt laut, ebenso die Musik.

Frisör *(singt)* Ich bin ein Holzfäller und fühl mich stark,
Ich schlaf des Nachts und hack am Tag.

Das Licht geht an und zeigt den Chor echt-kanadischer Mounties in roten Uniformen, die links von ihm Stellung bezogen haben.

Mounties-Chor Er ist ein Holzfäller und fühlt sich stark,
Er schläft des Nachts und hackt am Tag.

Frisör Ich fälle Bäume, ich eß mein Brot,
Ich geh auf das WC.
Am Mittwoch geh ich shopping,
Kau Kekse zum Kaffee

Mounties-Chor Er fällt die Bäume, er ißt sein Brot,
Er geht auf das WC.

Am Mittwoch geht er shopping,
Kaut Kekse zum Kaffee.
Er ist Holzfäller und fühlt sich stark,
Er schläft des Nachts und hackt am Tag.

Frisör Ich fälle Bäume, ich hüpf und spring,
Steck Blumen in die Vas'.
Ich schlüpf in Frauenkleider
Und lümmel mich in Bars.

Mounties-Chor Er fällt Bäume, er hüpft und springt,
Steckt Blumen in die Vas'.
Er schlüpft in Frauenkleider
Und lümmelt sich in Bars. . .?

Während der letzten Strophe hat sich der Chor mit zunehmender Bestürzung angeschaut; die Mienen hellen sich aber wieder auf, als sie zum Refrain kommen.

Mounties-Chor Er ist ein Holzfäller und fühlt sich stark,
Er schläft des Nachts und hackt am Tag.

Frisör Ich fälle Bäume, trag Stöckelschuh'
und Strümpf' und Büstenhalter.
Wär gern ein kleines Mädchen,
So wie mein Onkel Walter.

Mounties-Chor *(beginnt mit gewohntem Schwung; als sie aber die dritte Zeile erreichen, fallen sie auseinander)* Er fällt die Bäume, trägt Stöckelschuh',
und Strümpf' und Büstenhalter. . .?

Alle schimpfen entrüstet vor sich hin. Die Musik wird runtergefahren. Das Mädchen macht ein entsetztes Gesicht und bricht in Tränen aus. Der Chor bewirft ihn mit faulem Obst.

Mädchen (CONNIE BOOTH) O Bevis! Und ich dachte, du wärst so rauh.

Schnitt: Aufnahme eines handgeschriebenen Briefes.

Off-Sprecher (JOHN) Sehr geehrter Herr, ich möchte mich in schärfster Weise über das Lied beschweren, das Sie soeben gesendet haben, das über den Holzfäller, der Frauenkleider trägt. Einige meiner besten Freunde sind Holzfäller und nur wenige sind Transvestiten. Mit freundlichen Grüßen, Sir Charles Arthur Strong (Mrs). PS: Ich habe noch nie den Herausgeber der »Radio Times« geküßt.

Schnitt zu einer Schreckschraube.

Schreckschraube (GRAHAM) Also, ich protestiere gegen so viel Sex auf dem Bildschirm. Ich fall immer runter, nich' wahr.
Einstellung einer demolierten Trophäe.
EINGEBLENDETER ZWISCHENTITEL: »DER WITZ WAR ENGLANDS BEITRAG FÜR DEN DIESJÄHRIGEN REGENMANTEL-VON-ZÜRICH-WETTBEWERB«
ROLL-TITEL: »ER WURDE LETZTER«
Schnitt zurück zum kanadischen Prospekt. Ein Mann mit einem verknoteten Taschentuch auf dem Kopf, einem wollnen Pullover und Hosenträgern steht davor.
EINBLENDUNG: »PROF. R.J. GUMBY«

Gumby (GRAHAM) Also, ich finde, das Fernsehen hat die wahre Unterhaltung getötet. Früher haben wir noch unsere eigenen Späßchen gemacht. Bei den Weihnachtsfeiern pflegte ich mir, während ich schmachtend gesungen habe, wiederholt mit stumpfen Gegenständen auf den Kopf zu schlagen. *(Singt)* »Nur ein Traum, daß ich Dich liebe«. . . *(schlägt sich selbst mit einem Ziegelstein auf den Kopf)*. . . »Nur ein Traum, daß Du mich liebst«. . . *(schlägt sich)*. . . »Doch wo finden die anderen ihr. . .«
Schnitt in einen todschicken Nachtclub. Der Conférencier kommt herein.

Conférencier (ERIC) Guten Abend, meine Damen und Herren, und willkommen hier im Bahnhofsbüfett in Bletchley. *(Applaus.)* Mein Name ist Kenny Lust, und ich bin heute abend Ihr Conférencier. Wissen Sie, ab und zu habe ich das Vergnügen, und die Ehre, einige der wirklich großen, internationalen Künstler unserer Zeit hier im Bahnhofsbüfett begrüßen zu dürfen. *(Applaus.)* Und heute abend ist solch ein Künstler bei uns. *(Kriecherisch)* Meine Damen und Herren, jemand, den ich schon immer persönlich äußerst bewundert habe, heute vielleicht noch tiefer, noch stärker, noch äußerster als jemals zuvor. *(Applaus.)* Ein Mensch, eigentlich mehr als ein Mensch, ein Gott *(Applaus)*, ein großer Gott, dessen Persönlichkeit so vollkommen und auf höchste Weise wunderbar ist, daß meine hilflosen Begrüßungsworte kläglich und in ihrer unzulänglichen Art anmaßend klingen müssen. *(Jetzt auf den Knien.)* Jemand, dessen Stiefel ich mit Wonne blanklecken würde, bis daß meine Zunge durchlöchert wäre, ein Mensch, der vollkommen und auf unerreichbare Weise wundervoll ist, daß ich lieber in einer Kuhle in meinem eigenen Dreck versinken wollte, als es zu wagen, mit ihm dieselbe Bühne zu betreten. Meine Damen und Herren, das unvergleichliche, übermenschliche Wesen, Harry Fink.

Stimme im Off Der kann nicht kommen.

Conférencier Macht nichts, so gut, wie alle immer sagen, ist er auch nicht. Meine Damen und Herren, wir zeigen Ihnen Ken Buddha und seine aufblasbaren Knie.

Schnitt in eine Szene mit Ken (Terry J.) im Abendanzug; seine Knie machen »peng«.

Conférencier Ken Buddha, ein Lächeln, zwei Knaller und eine Religion. Nun, meine Damen und Herren, zu Ihrer weiteren Unterhaltung, Brian Islam und Brucie.

In einem Trickfilm tanzen zwei Männer zu Jug-Band-Musik. Als sie fertig sind, schneiden wir zurück zum Frisör und dem Kunden.

Frisör Also jedenfalls wurde ich Frisör.

Kunde *(mitfühlend)* Armer Kerl.

Frisör Ja, wirklich schade, ich habe das Leben an der frischen Luft immer vorgezogen. Jagen, schießen, fischen. Mit einem Gewehr losziehen, und einige von Gottes Geschöpfen abschlachten – das war das Leben. Durch das Heidemoor stürmen und ihnen das Hirn aus dem Schädel blasen.

Schnitt: ein großes Landhaus, außen. Eine Anzahl sportlicher Gentlemen, die Jagdanzüge aus Tweed und Schrotflinten tragen, kommen aus dem Haus und feuern beiläufig die Gewehre aufs Geratewohl ab. Sie klettern in einen Landrover und fahren weg.

Schnitt auf ein Jagdgelände. Eine Reihe von Treibern bewegt sich auf die Kamera zu; während sie das tun, springt eine Reihe junger Pärchen aus dem Unterholz auf und rennt weg.

Einstellungen von Jägern, die sich an ihre Beute anpirschen und schießen. Einer zerbricht sein Gewehr in zwei Teile. Ein anderer feuert in die Luft. Ein Ei landet auf seinem Kopf.

Schnitt zu zwei Duellanten (mit Pistolen) und einem Schiedsrichter, der neben ihnen steht. Sie feuern; der Schiedsrichter fällt tot um.

Ein jagender Gentleman feuert in die Luft, fällt hintenüber; ein junges Pärchen steht nahe hinter ihm auf und rennt weg. Ein anderer jagender Gentleman diskutiert, sich verteidigend, mit einem Piloten, der gerade mit einem Fallschirm gelandet ist. Ein Jäger feuert ins Gebüsch; ein Indianer taucht auf und rennt in Panik weg.

Alle kehren zum Haus zurück, Beine und Arme entweder voller

Pflaster oder in Bandagen. Zwei von ihnen tragen einen Pfahl, an dem ein sehr kleiner Vogel hängt. Die Aufnahme der Außenseite des Hauses wird zum Standbild; die Kamera fährt zurück, wir sehen, daß es ein Foto in einem Bilderrahmen ist, bei dem der Ritter in seiner Rüstung steht und erwartungsvoll mit seinem rohen Hühnchen spielt. Der Aufnahmeleiter kommt zu ihm.

Aufnahmeleiter Tut mir leid, wir brauchen Sie diese Woche nicht.

Der Ritter sieht niedergeschlagen aus, läßt den Kopf hängen und schleicht sich fort, während er das Hühnchen hält. Er geht an einem Hühnerstall vorbei, aus dem wir eine Stimme hören.

Stimme (JOHN) Und nun zu etwas völlig anderem.

Schnitt in ein Wohnzimmer. Gedämpftes erotisches Licht – ha, ha – sanfte erotische Musik. Auf dem Sofa sitzen Victor und Iris, beide wollen gerade anfangen, zudringlicher zu werden.

Victor (GRAHAM) Würde es dir schrecklich viel ausmachen, wenn ich deine Hand halte?

Iris (CAROL) O nein, nein, ganz und gar nicht.

Victor O Iris, du bist so unglaublich schön.

Iris Oh, meinst du das wirklich?

Victor Jawohl, jawohl, jawohl. Ich glaube... ich fange an, mich in dich zu verlieben.

Iris O Victor.

Victor Das ist dumm, nicht wahr?

Iris Nein, nein, überhaupt nicht, lieber, süßer Victor.

Victor Nein, das meinte ich nicht. Nur, daß wir schon so viele Monate so nahe in der Stofftierabteilung zusammen sind und doch nie gewagt haben...

Iris Oh, o Victor.

Victor O Iris. *(Sie rücken näher zusammen, um sich zu küssen; gerade als sich ihre Lippen berühren wollen, klingelt es an der Tür.)* Wer kann das sein?

Iris Oje, geh und versuch, sie loszuwerden.

Victor Ja, mach ich, mach ich.

Victor öffnet die Haustür. Arthur Name steht draußen vor der Tür.

Arthur (ERIC) Hallo!

Victor Hallo.

Arthur Erinnerst du dich?

Victor Nein, ich bin...

Arthur In der Kneipe. Der große Dünne mit dem Schnurrbart, erinnerst du dich? Vor ungefähr drei Jahren?

Victor Nein, ich fürchte nicht.

Arthur O verdammt! Ist das dunkel hier *(knipst das Licht an)*, so ist es besser. Nur, weil du gesagt hast, wir müssen mal einen zusammen trinken gehen, also dachte ich, ich nehme dich beim Wort, weil, der Filmklub ist heute abgesagt worden.

Victor Hören Sie, um ehrlich zu sein, ist es heute abend ein bißchen ungünstig.

Arthur *(tritt ein; zu Iris)* Hallo, ich bin Arthur. Arthur Name. Ein Name dem Namen nach, nicht von Haus aus. Das sage ich doch immer, nicht wahr, Vicky, alter Junge?

Victor Wirklich. . .

Arthur *(zu Victor)* Ist das deine Frau?

Victor Äh, eigentlich, nein.

Arthur Oh, ich bin im Bilde. Wie? Mach dir meinetwegen keine Sorgen, Vicky, alter Junge. Ich kenn mich aus mit Geschichten für eine Nacht.

Victor Wie bitte?

Arthur Was dagegen, wenn ich die Platte wechsel? *(Nimmt die Schallplatte vom Plattenteller.)*

Victor Also, hören Sie mal, die haben wir aufgelegt.

Arthur Kennt ihr den? Hab ich in einer Kneipe gehört. Was ist männlich und klingt wie 'ne Glocke?

Victor Wie bitte?

Arthur Was ist männlich und klingt wie eine Glocke? Pimmel! Ha, ha, ha, das ist ein guter. Den mag ich, ich halte euch nicht lange auf. *(Der Plattenspieler spielt sehr laut den »Washington Post«-Marsch.)* Das ist besser, nun macht euch meinetwegen keine Gedanken. Ich warte hier, bis ihr fertig seid.

Es klingelt wieder an der Tür.

Victor Wer zum Teufel. . .

Arthur Ich geh schon. Das werden Freunde von mir sein. Ich habe mir die Freiheit genommen, sie auch einzuladen.

Victor Hören Sie mal, wir haben gehofft, einen ruhigen Abend ganz allein zu verbringen.

Arthur Oh, das wird sie nicht stören. Die sind sehr tolerant. Hallo!

Er öffnet die Tür; Mr. und Mrs. Equator kommen herein, gehen direkt auf Victor zu.

Mr. Equator (JOHN) Guten Abend. Mein Name ist Equator, Brian Equator. Wie die Mittellinie um die Erde, nur mit 'nem L. *(Keuchendes Lachen.)* Das hier ist meine Frau Audrey, sie riecht 'n bißchen, aber sie hat 'n Herz aus Gold.

Audrey (TERRY J.) Hallo, hahahahahahahahaha. . .

Victor Da muß irgendein Mißverständnis vorliegen, weil es hier nicht. . .

Mr. Equator Wer ist das denn?

Victor Was?

Mr. Equator Wer ist die Biene?

Victor Ich bin. . .

Mr. Equator Du hast da ein hübsches Pärchen, wa', Liebes? *(Legt die Hand auf Iris' Titten und gibt ihr einen feuchten Kuß; Iris schreit.)* Halt's Maul, du blöde Schlampe, war nur'n kleiner Spaß. . .

Victor Nun hören Sie mal. . .

Mr. Equator 'n großen Gin, bitte!

Arthur Ich hol ihn.

Victor *(hinter Arthur her)* Hören Sie mal, lassen Sie die Getränke in Ruhe.

Audrey Und drei Dosen Bohnen für mich, bitte.

Mr. Equator Ich habe dir gesagt, du sollst mit den Bohnen aufhören, du Nutte!

Audrey Ich will nur drei Dosen.

Mr. Equator Halt mal den Schnabel, du Rohrspatz. *(Lacht schallend.)*

Audrey *(stimmt ein)* Hahahaha. . .

Mr. Equator Das war ziemlich geistreich, wa'? Wo ist mein Gin?

Es klingelt.

Victor Wer zum Teufel ist das?

Mr. Equator Oh, ich habe mir die Freiheit genommen, einen alten Freund einzuladen. Da seine Frau gerade gestorben ist, ist er ein bißchen durcheinander, der arme Kerl. Ich hoffe, du hast nichts dagegen.

Arthur *(öffnet die Tür)* Komm herein.

Mr. Freight kommt herein. Er trägt Unterhosen, Pailetten, Augen-Make-up, weiße Gummistiefel und eine Halskette.

Mr. Freight (TERRY G.) Huch. Mein Gott, was für ein echt schrecklicher Ort.

Mr. Equator Nicht so doll, wa'? Ein Viertel Pfefferminzlikör für meinen Freund. Tja, wie geht's dir, du Superschwuchtel? *(Setzt* *sich hin.)* Bißchen huckelig. . . Ah, kein Wunder, ich hab auf der Katze gesessen. *(Schmeißt sie ins Feuer.)*

Iris Aaaaah! Buuhuuhuu. . .

Mr. Freight Ich habe einen echt wunderbaren, kleinen Mann, den ich vor dem Odeon aufgegabelt habe, gebeten mitzukommen.

Mr. Equator Ist der sexy?

Mr. Cook kommt herein. Freight küßt ihn.

Mr. Cook (MICHAEL) Ich mußte den Ziegenbock mitbringen, ihm gehts nicht gut. Ich hoffe nur, daß er nicht auf den Teppich macht.

Mr. Equator *(zu Iris)* Also, Schätzchen, leg los!

Iris Aaaaah! *(Rennt raus.)*

Mr. Equator Verdammt, die hält nicht viel aus, wa'?

Er setzt sich in einen Stuhl, der zusammenbricht.

Mrs. Equator Hahahahahaha, ooooh! Ganz naß geworden.

Mr. Cook Der Ziegenbock hat gerade einen Haufen gemacht.

Die ganzen Sänger rennen herein, verkleidet als walisische Bergarbeiter. Alle reden durcheinander.

Victor Hören Sie mal, verschwinden Sie alle. Los. Alle raus! Alle raus!

Mr. Equator Wie bitte?

Victor Ich werf Sie alle raus. Ich will mein Haus nicht voll dreckiger Perverser haben, hören Sie jetzt zu, ich gebe Ihnen eine halbe Minute, dann werde ich die Polizei holen, also alle raus.

Mr. Equator Dein Tonfall will mir gar nicht recht gefallen. *(Erschießt ihn.)* So und jetzt Bimbam machen. . .

Alle *(singen)* »Bimbam, fröhlich in der Höh', läutet die Glock' im Himmel etc. . . .«

Schnitt zum »Jetzt«-Mann.

Spanische Stimmen *(auf spanisch)* Vorsicht, da sind Lamas!

Der »Jetzt«-Mann rennt in den Wald.

ROLL-TITEL: »›DIE AMEISE. EINE EINFÜHRUNG‹ – ERDACHT, GESCHRIEBEN UND GESPIELT VON. . . (ABSPANN)«

Zehn – Das Ende war ein bißchen vorhersehbar

Der alte »Jetzt«-Langweiler hängt an einem Fleischerhaken.

Mann (MICHAEL) Und jetzt. . .

Trickfilm-Vorspann wie üblich. Dann ein Geschäft für Damenunterwäsche. Verkäufer steht und wartet hinter der Ladentheke. An der Seite steht der Räuber; auch er wartet. Sie summen vor sich hin und schlagen die Zeit tot, ab und an schauen sie auf ihre Armbanduhren. Das geht ungefähr fünfzehn Sekunden.

Schnitt: Aufnahme eines Briefes auf BBC-Briefpapier. Die Kamera fährt zurück und zeigt einen häßlichen, kleinen Mann, der an einem Frühstückstisch in einer kleinen Küche sitzt und den Brief liest. Seine Ehefrau beschäftigt sich mit ehefraulichen Aktivitäten.

Mann (MICHAEL) Oha.

Frau (TERRY J.) Was ist denn, Schatz?

Mann Es ist von der BBC. Sie wollen wissen, ob ich in einem Sketch mitspielen will, im Fernsehen.

Frau Oooh. Das ist aber nett.

Mann Was? Das ist doch Schauspielern!?

Frau Ja.

Mann Aber ich bin Klempner. Ich kann nicht schauspielern.

Frau Oh, das weiß man nie, bevor man es versucht hat. Schau dir Mrs. Brandos Sohn von nebenan an. Er repariert gerade den Kühlschrank, da kommen sie und bitten ihn, den »Wilden« zu geben. Was sollst du denn machen?

Mann Tja, sie wollen nur, daß ich an einer Ladentheke stehe, und wenn der Sketch anfängt, gehe ich weg.

Frau Oh, das klingt nett. Das nennt man doch Komparse.

Mann Kommparse? Das ist ein Gehparse, *das* isses.

Schnitt in das Geschäft für Damenunterwäsche; Verkäufer und Räuber hängen rum und warten immer noch. Aufnahmeleiter kommt dazu.

Räuber (JOHN) *(leise)* Wo ist er denn, George?

Aufnahmeleiter Ich weiß es nicht, er hätte schon vor Stunden hier sein sollen.

Räuber Hätte, verdammt noch mal, hätte!

Schnitt in die häßliche (immer noch sehr kleine) Küche.

Frau Was steht denn noch drin?

Mann Es steht nur drin: »Wir würden Sie gerne in einem Sketch haben. Sie stehen an einer Ladentheke. Wenn der Sketch anfängt, gehen Sie ab. Mit freundlichen Grüßen Lord Hill.«

Frau Na ja, dann mal los.

Mann Ja. Hm. Was ist mit der Katze?

Frau Ach, ich seh schon nach der Katze, meine Güte, Mrs. Newmans Ältester hat sich nie Sorgen um die Katze gemacht, als er loszog, um »Süßer Vogel Jugend« zu drehen.

Mann Na gut, na gut. Also dann tschüß, Liebes.

Frau Ja, tschüß, und vergiß nicht, dich nicht verführen zu lassen.

Der Mann geht weg, die Frau steht einen Moment lang still, dann. . .

Frau Na, mal was anderes als Klempnern. – Vati! Frank hat eine Fernsehrolle.

Sie macht den Fernseher an. Das Bild des Verkäufers, des Räubers und des Aufnahmeleiters, die in dem Geschäft für Damenunterwäsche warten, erscheint auf dem Fernsehschirm. Nach ein, zwei Sekunden wird ein Mann hereingebracht und dem Aufnahmeleiter vorgestellt, der ihn auf die richtige Position bringt und ihm das Stichwort gibt. Der Mann geht ab.

Frau Du hast ihn verpaßt.

Schnitt in das Wäschegeschäft; der Räuber kommt herein und richtet die Pistole auf den Verkäufer.

Räuber (JOHN) Guten Morgen, ich bin ein Bankräuber. Äh, bitte keine Panik, geben Sie mir nur Ihr ganzes Geld.

Verkäufer (ERIC) Das ist hier ein Geschäft für Damenunterwäsche.

Räuber Gut, gut, gut. *(Etwas verdutzt.)* »Annehmen, anpassen und ausbauen.« Das Motto der Tafelrunde. Tja, hm. . .was führen Sie denn?

Verkäufer *(noch höflich)* Äh, wir führen Korsette, Strümpfe, Hüftgürtel, Strumpfhosen, Büstenhalter, Unterröcke, Petticoats, Schlüpfer, Söckchen und Hüfthalter, Sir.

Räuber Gut, gut, gut, gut. Keine großen Geldhaufen im Safe?

Verkäufer Nein, Sir.

Räuber Keine Termineinlagekonten?

Verkäufer Nein, Sir.

Räuber Keine Bargeldhaufen in leicht zu tragenden Taschen?

Verkäufer Nicht die geringsten, Sir.

Räuber Keine Essensmarken?

Verkäufer Nein, Sir.

Räuber Gut, gut. Tja, hm. . .Annehmen, anpassen und ausbauen. Dann nur ein Paar Schlüpfer, bitte.

Schnitt zu einem feminin wirkenden Ansager hinter einem Ansagertisch. Jegliche Ähnlichkeit mit Mel Oxley sollte rein zufällig sein. Sein Name ist David Unction.

Unction (GRAHAM) Tja, das war ein hübscher Spaß, nicht wahr? Ha, ha, ha. Und Ihnen einen besonders guten Abend. Nicht nur einen gewöhnlichen guten Abend, wie Sie ihn von den anderen Ansagern kriegen, sondern einen besonders guten Abend – wünsche ich *(hält ein Namensschild hoch, auf dem »David Unction« steht)* Ihnen. Tja, was haben wir als nächstes? Das macht Spaß, nicht wahr? Hören Sie, tut mir leid, falls ich bei irgend etwas störe, das irgend jemand von Ihnen vielleicht gerade zu Hause macht, aber ich möchte, daß Sie mich als Ihren warmen Onkel. . .*alten Kumpel* betrachten, ha, ha, ha. Tja, mal sehen, was wir als nächstes haben. In einigen Augenblicken kommt »Hier ist ein Baum«, und auf dem Stuhl sitzt wie immer Arthur Einbaum, und als Stars der Show treten eine Unmenge Stargäste als seine Stargäste auf. Und dann um 20 Uhr 30 haben wir wieder eine übermütige halbe Stunde mit einem urkomischen Dreckshaufen bei: »Hier sind die Kläranlagenberater«. In dieser Woche fällt Dan in einen Bottich mit menschlichen Exkrementen – daraus ergeben sich hübsche, kleine Verwicklungen. Ha, ha, ha. Aber jetzt kommt zu Ihnen die glitzernde Welt des Showbusiness mit Arthur Einbaum.

Musik.

ZWISCHENTITEL: »HIER IST EIN BAUM«

Archivfilm. Schnelle Schnitte. Ein Flugzeug kommt bei Nacht an. Lichter der Welt des Showgeschäfts. Filmpremieren. Das Publikum applaudiert. Schnitt in ein Studio: ein Baum sitzt auf einem Stuhl in der Mitte einer Interviewdekoration à la David Frost. Zoom auf den Baum, der einen Mund hat, der sich bewegt.

Einbaum Hallo. Hallo, Leute, und willkommen zu »Hier ist ein Baum«. Wir haben einige wirklich aufregende Gäste für Sie heute abend. Eine tolle Fichte, zurück von einer Tournee durch Holland, drei Gummibäume, die zum ersten Mal in diesem Land auftreten, die Schottische Kiefer mit den Nadelbäumen, und starke Ulmenstämme – da hätten wir's, gar nicht schlecht – eine aufregende amerikanische Holzplanke, ein Regenwald und ein Eimer Sägemehl erzählen uns, was sie denken über das Thema Gewalt bei Jugendlichen. Und ein weiterer – ungewöhnlicher – Gast in dieser Sendung: ein Stück Plastikfolie.

Einstellung eines Stücks Plastikfolie mit Mund.

Plastik Hallo, da draußen!

Einbaum Aber als erstes bitte ich um einen ganz, ganz herzlichen Applaus für – einen Holzklotz.

Einstellung eines großen Holzwürfels (1,20 m Seitenlänge) mit Mund, der auf dem Stuhl neben Einbaum sitzt.

Einstellung eines Waldes, dazu wird Applausgeräusch eingespielt.

Einbaum Ja, Klotz, schön, daß Sie wieder bei uns in der Show sind.

Klotz (JOHNS STIMME) Ja, äh, danke, Einbaum. Ich muß ja die Miete bezahlen.

Beide lachen. Einstellung eines lachenden Waldes.

Einbaum Ha, ha, ha, ha, super. Tja, was haben Sie denn so gemacht, Klotz?

Klotz Tja, ich habe gerade in mehreren großen, internationalen Multi-Millionen-Dollar-Filmen die Hauptrolle gespielt, und während der Drehpausen habe ich eine Kathedrale entworfen und wundervolle Wohltätigkeitsarbeit geleistet, von der die Öffentlichkeit nichts erfahren soll, äh, ich habe meine Geschichte der Welt fertig geschrieben, und natürlich Puppen abgeschleppt, äh, die königliche Familie auf dem Klo fotografiert, den Dritten Weltkrieg verhindert – gar nicht schlecht – und, äh, lesen gelernt.

Einbaum Wirklich das ganze Renaissance-Ding. . .super, super. Tja, ich fürchte, ich muß Sie hier stoppen, Klotz, weil wir jemand da haben, der Kabarett in den Vereinigten Wäldern macht. Ich bitte um einen Applaus für einen Chippendale Schreibtisch aus Amerika.

TRICKFILM: *ein Chippendale Schreibtisch.*

Chip Danke schön, Mr. Einbaum. Und ich möchte einige meiner Lieblingseuropäer imitieren. Zuerst. Long John Silver. *(Angemessene Imitation)* »Ouh, Jim, mein Junge. Ouh.« Und jetzt Edward Heath. »Hallo, Seemann!« Und jetzt eine kurze Szene aus einem Stück von Bertold Bricht. *(Ein riesiger Hammer drischt auf den Schreibtisch ein; der zerbricht.)*

Trickfilm-Conférencier:

Conférencier War das nicht ganz großartig, meine Damen und Herren, einen Augenblick, wir haben noch etwas anderes, von dem ich weiß, daß Sie es lieben werden. *(Fanfaren.)* Jawohl,

Sir, kommt sofort – der Berufsberater-Sketch. *(Noch mehr Fanfaren.)*

Trickfilm mündet in den Berufsberater-Sketch.

Gesangsstimmen Berufsberater... Berufsberater... Berufsberater... etc.

Studioaufbau eines Büros. Ein Mann sitzt hinter einem Tisch. Mr. Anchovy steht und wartet. Der Berater sieht auf seine Uhr und startet den Sketch.

Berater Ah, Mr. Anchovy. Setzen Sie sich doch.

Anchovy Danke sehr. Das Gewicht von den Füßen nehmen, wie?

Berater Ja, ja.

Anchovy Ich muß sagen, schönes Wetter für diese Jahreszeit.

Berater So, lassen wir die Scherze. Mr. Anchovy, Sie haben uns gebeten, Sie zu beraten, für welchen Beruf im Leben Sie am besten geeignet sind.

Anchovy Das ist korrekt, ja.

Berater Tja. Ich habe jetzt die Resultate der Interviews und der Eignungstests hier, die Sie letzte Woche gemacht haben, und daraus ergibt sich für uns ein ziemlich klares Bild, was für ein Mensch Sie sind. Und ich denke, ich kann – ohne Furcht vor Einwänden – sagen, daß der ideale Beruf für Sie der des beeidigten Buchprüfers ist.

Anchovy Aber ich bin Buchprüfer.

Berater Na bestens! Dann mal zurück ins Büro mit Ihnen.

Anchovy Nein! Nein! Nein! Sie verstehen nicht. Ich bin nun zwanzig Jahre Buchprüfer. Ich will einen neuen Job. Etwas Aufregendes, das mich neu aufleben läßt.

Berater Na, das Buchprüfen ist doch ziemlich aufregend.

Anchovy Aufregend? Nein, ist es nicht. Es ist öde. Öde. Öde. Mein Gott, ist das öde, es ist so zum Verzweifeln öde und fad und dumpf und langweilig... und zum Ver-zwei-feln Ö-DE..

Berater Tja, äh, ja, Mr. Anchovy, Ihre Akte hier sagt aber, Sie seien ein extrem öder Mensch. Sehen Sie, unsere Experten beschreiben Sie als einen schon ganz erschreckend öden Burschen, phantasielos, zaghaft, keine Eigeninitiative, kein Rückgrat, leicht zu dominieren, ohne Sinn für Humor, langweiliger Gesellschafter, eine unverwüstliche furchtbar graue Maus. Und während sich diese Eigenschaften in den meisten Berufen als enorme Nachteile erweisen, sind Sie beim Buchprüfen ein Segen.

Anchovy Aber verstehen Sie doch, ich bin hierher gekommen, um einen neuen Beruf zu finden, ein neues Leben, einen neuen Sinn für meine Existenz. Können Sie mir helfen?

Berater Tja, haben Sie irgendeine Idee, was Sie machen wollen?

Anchovy Ja, ja, habe ich.

Berater Was?

Anchovy *(mutig)* Löwenbändigen.

Berater Na ja. Also, das ist natürlich ein kleiner Sprung, nicht wahr? Ich meine, äh, vom Buchprüfer zum Löwenbändiger von heut auf morgen. Denken Sie nicht, es wäre vielleicht besser, wenn Sie sich an das Löwenbändigen heranarbeiten. . . sagen wir über das Bankwesen. . .

Anchovy Nein, nein, nein, nein. Ich will nicht warten. Morgen um neun Uhr will ich dabeisein und bändigen.

Berater Schön. Aber haben Sie irgendwelche Qualifikationen?

Anchovy Ja, ich habe einen Hut.

Berater Einen Hut?

Anchovy Ja, einen Hut. Einen Löwenbändigerhut. Einen Hut auf dem Löwenbändiger steht. Ich habe ihn im Kaufhaus Harrods gekriegt. Darauf steht in großen Neonbuchstaben »Löwenbändiger«. Man kann ihn anknipsen, damit man sie auch nach Einbruch der Dunkelheit bändigen kann, wenn sie nicht so widerspenstig sind.

Berater Ich verstehe, ich verstehe.

Anchovy Und man kann ihn während des Tages ausknipsen, und man kann eine Wertminderung durch Verschleiß im vernünftigen Rahmen angeben und unter Paragraph 335c absetzen. . .

Berater Gut, gut, gut, ich kann Ihnen durchaus folgen, Mr. Anchovy, aber sehen Sie, der Haken bei der Sache ist. . . wenn ich jetzt Mr. Chipperfield anrufe und ihm sage, »hören Sie, ich habe hier einen 45jährigen Buchprüfer bei mir, der Löwenbändiger werden will«, wird seine erste Frage nicht lauten: »Hat er einen eigenen Hut?« Er wird fragen, welche Art von Erfahrungen Sie mit Löwen haben.

Anchovy Tja, ich. . . ich habe sie im Zoo gesehen.

Berater Schön, schön.

Anchovy Kleine, braune, pelzige Dinger mit kurzen, gedrungenen Beinen und großen, langen Nasen. Ich weiß nicht, was das ganze Theater soll, ich könnte gut einen davon bändigen. Um es gleich zu sagen, sie sehen ziemlich zahm aus.

Berater Und diese, äh . . .Löwen, wie groß sind sie?

Anchovy *(zeigt eine Höhe von 30 cm)* Tja, ungefähr so groß, wissen Sie. Die machen mir überhaupt keine Angst.

Berater Wirklich. Und essen diese Löwen Ameisen?

Anchovy Ja, das stimmt.

Berater Tja, Mr. Anchovy . . . . . ich fürchte, was Sie da erwischt haben, ist ein Ameisenbär.

Anchovy Ein *was?*

Berater Ein Ameisenbär. Kein Löwe. Sehen Sie, ein Löwe ist eine gewaltige, wilde Bestie, ungefähr 1 Meter 50 groß, drei Meter lang, er wiegt ungefähr 200 Kilo, läuft 60 Stundenkilometer schnell, besitzt Massen von scharfen, spitzen Zähnen und gefährliche, lange, rasiermesserscharfe Klauen, die Ihren Bauch aufschlitzen, bevor Sie »Jack the Ripper« sagen können, und so sehen die Bestien aus.

Der Berater holt ein großes Bild eines Löwen hervor und zeigt es Mr. Anchovy, der schreit und wird ohnmächtig.

Berater Zeit genug für ein Stück Holz, denke ich.

ZWISCHENTITEL: »DIE LÄRCHE«

Bild eines Baumes

Off-Sprecher (TERRY J.) Die Lärche.

Schnitt zurück in das Büro: Mr. Anchovy richtet sich mit einem Ruck auf.

Berater Nun, soll ich Mr. Chipperfield anrufen?

Anchovy Äh, nein, nein, nein. Ich denke, daß Ihre Idee, den Übergang zum Löwenbändiger ganz gemächlich . . . stufenweise, sagen wir, übers Versicherungswesen. . .

Berater Oder das Bankwesen.

Anchovy Oder das Bankwesen, ja, ja, Bankwesen, das ist eine Angelegenheit für Männer, nicht wahr? Bankwesen, Reisen, Aufregung, Abenteuer, Nervenkitzel, Entscheidungen, die das Leben der Menschen betreffen.

Berater Sehr schön, tja, äh, soll ich Sie mit einer Bank in Verbindung setzen?

Anchovy Ja.

Berater Gut.

Anchovy Äh. . . . nein, nein, nein. Hören Sie, sehen Sie, äh, das ist eine große Entscheidung, ich würde gerne ein paar Wochen darüber nachdenken. . . ähm. . . wissen Sie, ich will nicht übereilt da hineinspringen. Vielleicht drei Wochen. Ich könnte es

Ihnen dann definitiv sagen. Ich will nur diese endgültige Entscheidung nicht treffen. Ich bin. . .äh. . . *(murmelt weiter nervös vor sich hin).*

Berater *(wendet sich zur Kamera)* Tja. Dies ist nur einer von den allzu vielen Buchprüfer-Fällen aus unseren Unterlagen. Wir können diese schreckliche, verweichlichende Gesellschaftskrankheit nur bekämpfen, indem wir die breite Öffentlichkeit über ihre Folgen informieren, indem wir jungen Leuten zeigen, daß es die Sache einfach nicht wert ist. Daher, daher bitte. . .spenden Sie großzügig. . . an diese Adresse:

Bund zur Bekämpfung konzessionierter Buchhaltung, 55 Lincoln House, Basil Street, London, SW3.

ZWISCHENTITEL: *Einblendung der Adresse.*

Schnitt zurück zu David Unction, der die Zeitschrift »Körperbau« liest. Er steckt sie in eine braune Papiertüte.

Unction Oha, das war ein Spaß, was?

Schnitt zu einem Wikinger, der einen Helm trägt.

Wikinger (TERRY J.) War es nicht, du Schwuchtel.

Schnitt zurück in die Szene mit Unction.

Unction *(sarkastisch)* Ach, hallo, Seemann.

Schnitt zum Wikinger.

Wikinger He, du wärst nicht auf eine unserer Reisen mitgenommen worden – die waren da alle total macho.

Schnitt zu Unction.

Unction *(tuntig)* Uh, da hab ich aber was anderes gehört.

Schnitt: das Meer. Ein Schwenk, und wir sehen, wie Ron Obvious den Strand entlangläuft.

Off-Sprecher (ERIC) Das Meer besitzt eine heroische Ausstrahlung, welche in der Vergangenheit die Herzen und den Geist von Engländern aller Nationalitäten aufwühlte. Sir Francis Drake, Captain Webb, Nelson bei Trafalgar und Scott in der Antarktis. Alle stellten sich der Herausforderung des gewaltigen Ozeans. Und heute wird vielleicht ein weiterer Engländer seinen Namen in die goldene Schriftrolle der Historie eintragen können: Mr. Ron Obvious aus Neaps End. Am heutigen Tag hofft Ron Obvious darauf, der erste Mann zu sein, der es schaffte, über den Kanal zu springen.

Ron läuft auf eine Gruppe jubelnder Bewunderer zu. Ein Interviewer spricht ihn an.

Interviewer (JOHN) Ron, nun lassen Sie uns das einmal ganz klar stellen. – Sie haben vor, über den Ärmelkanal zu springen?

Ron (TERRY J.) Genau, das ist richtig, ja.

Interviewer Und, äh, wie weit ist das genau?

Ron Ach, na ja, das sind 40 Kilometer von hier bis Calais.

Interviewer Äh, das heißt bis zum Strand von Calais?

Ron Äh, nein, nein, vorausgesetzt, ich habe einen guten Start und vielleicht eine steife Brise über der französischen Küste, dann spring ich ins Zentrum von Calais.

Kurze Einstellung einer Gruppe Franzosen mit Transparent: »Fin de Kanal-Sprung«.

Interviewer Ron, benutzen Sie irgendwelche speziellen Techniken, um über diese große Distanz zu springen?

Ron Äh, nein, nein. Ich mach einen normalen zweifüßigen Sprung, äh, gerade hoch in die Luft, und über den Kanal.

Interviewer Ich verstehe. Äh, Ron, was war die größte Distanz, die Sie, äh, bisher gesprungen sind?

Ron Äh, ähm, 3 Meter 37 im Motspur-Park am 22. Juli. Äh, aber im Training bin ich schon 3 Meter 60 gesprungen.

Ron bricht ab, um Lockerungsübungen zu machen.

Interviewer Ich verstehe. Äh, Ron, Ron, Ron, haben Sie... Ron, haben Sie keine Angst, 40 Kilometer über das Meer zu springen?

Ron Oh, äh. Nein, nein, nein, nein. Eigentlich ist es einfacher, übers Meer zu springen, als über Festland.

Interviewer Wie das?

Ron Äh, na ja, mein Manager hat es mir erklärt. Also, wenn man fünf Meilen da draußen über dem Ärmelkanal ist und nichts außer dem Meer unter sich hat, äh, da gibt es einem 'n ziemlichen Ansporn, in der Luft zu bleiben.

Interviewer Ich verstehe. Na dann. Ich danke Ihnen sehr und wünsche Ihnen sehr viel Glück.

Ron Danke, danke.

Interviewer *(zur Kamera)* Der Mann hinter Rons Kanal-Sprung ist sein Manager Mr. Vercotti. *(Dreht sich, um mit Vercotti zu sprechen, der einen Mafia-Anzug und Sonnenbrille trägt.)* Mr. Vercotti, äh, Mr. Vercotti... Mr. Vercotti...

Mr. Vercotti (MICHAEL) Was? *(Murmelt Unschuldsbeteuerungen.)* Ich weiß nicht, wovon Sie reden.

Interviewer Äh, nein, wir sind von der BBC, Mr. Vercotti.

Mr. Vercotti Wer?

Interviewer Die BBC.

Mr. Vercotti Aha, ich verstehe. Ich dachte, ich dachte, Sie wären die, äh. . . Ich mag die von der Polizei sehr, ich habe viel Zeit für die übrig.

Interviewer Mr., äh, Mr. Vercotti, was ist Ihre Hauptaufgabe als Manager von Ron?

Mr. Vercotti Tja, meine Hauptaufgabe ist, äh, einen Sponsor für den großen Sprung klarzumachen.

Interviewer Und wer ist der Sponsor?

Mr. Vercotti Die Chippenham Ziegelsteinfabrik. Hm, die, äh, zahlen alle Rechnungen, äh, als Gegenleistung dafür wird Ron 50 Kilo ihrer Steine tragen.

Wir sehen einen Zöllner, der Rons Personalausweis überprüft.

Interviewer Ich verstehe. Tja, äh, es sieht so aus, als ob Ron jetzt fertig wäre. Er hat die Steine. Sein Ausweis ist kontrolliert worden, und er ist bereit loszulegen. Und er läuft an für den ersten Kanal-Sprung aller Zeiten. *(Ron läuft den Strand herunter, springt – und landet nach ungefähr einem Meter zwanzig im Wasser.)* Wird Ron bald einen zweiten Versuch unternehmen?

Mr. Vercotti Nein, nein. Ich hol ihn vom Springen weg. Äh, weil, ich hab in der nächsten Woche etwas für Ron auf die Beine gestellt, das sehr viel mehr sein Fall sein wird.

Interviewer Und was ist das?

Mr. Vercotti Äh, Ron wird die Kathedrale von Chichester essen.

Schnitt: die Kathedrale von Chichester. Ron geht auf sie zu, während er sich die Zähne putzt.

Interviewer Tja, da sehen Sie ihn, Ron Obvious aus Neaps End, bei dem Versuch, der ihn zum ersten Menschen aller Zeiten machen könnte, der es schaffte, eine komplette anglikanische Kathedrale zu verspeisen.

Ron beißt herzhaft in einen Strebepfeiler, schreit und greift sich an den Mund. Schnitt in eine Landschaft: eine Karte und ein Transparent, auf dem »Tunnelbau nach Java« steht. Interviewer und Vercotti. . .

Mr. Vercotti Ja, äh, ich glaube, David, das ist etwas, von dem Ron und ich wirklich begeistert sind. Ron wird einen Tunnel von Godalming, hier, nach Java, hier, anlegen. *(Zeigt es falsch auf der Karte.)*

Interviewer Java.

Mr. Vercotti Ja, äh, ich, ich persönlich glaube, damit wird sich Ron über Nacht einen Namen machen.

Interviewer Und wie weit ist er gekommen?

Mr. Vercotti Nun, äh, er ist jetzt ziemlich weit, Dave, ein gutes Stück des Weges. Ein gutes Stück des Weges, ja, o ja.

Interviewer Wo ist er genau?

Mr. Vercotti Ja, ja.

Interviewer Wo?

Mr. Vercotti Also, äh, na ja, wissen Sie, es ist schwer, das genau zu sagen. Er ist, ähm, wissen Sie, in der Gegend von, äh, Ron, wie weit bist du gekommen?

Ron *(taucht aus einem Loch auf)* Ungefähr 'n Meter, Mr. Vercotti.

Mr. Vercotti Oha, tja, grab weiter, Junge. Grab weiter.

Ron Mr. Vercotti, sind Sie sicher, daß keine Schaufel da ist?

Schnitt: Interviewer und Vercotti neben Eisenbahnschienen.

Interviewer Äh, Mr. Vercotti, was sagen Sie zu Leuten, die Ihnen vorwerfen, Sie würden Ron für Ihre eigenen Zwecke ausbeuten?

Mr. Vercotti Also, das ist völlig falsch, David. Seitdem ich Sizilien verlassen habe, habe ich versucht, das Beste für Ron zu tun. Ich weiß, was Ron will. Ich glaube an ihn, und ich versuche nur, die Gelegenheiten für Ron zu schaffen, damit er die Dinge machen kann, die er machen will.

Interviewer Und was wird er heute machen?

Mr. Vercotti Er wird einen Eisenbahnwagen mit seiner Nase zerteilen. *(Schreie. Ab.)*

Schnitt auf eine Hügellandschaft; Vercotti, Interviewer und im Hintergrund ein Transparent: »Lauf zum Merkur«.

Mr. Vercotti Der einzig schwierige Teil für Ron ist, die Erdatmosphäre zu verlassen. Äh, wenn er einmal in der Umlaufbahn ist, kann er direkt zum Merkur laufen.

Ron, der stark bandagiert ist, springt von der Startplattform: Standbild. Schrei. Schnitt; ein Grabstein: »Ron Obvious 1941–1969 – sehr talentiert.« Die Kamera fährt zurück und zeigt Vercotti.

Mr. Vercotti Ich bin jetzt voller Hoffnung, daß Ron den Weltrekord im Unter-der-Erde-Bleiben brechen wird. Er ist ein wundervoller Junge, er hat wirklich ein enormes Talent, wirklich ein riesiges Talent.

Zur letzten Einstellung des Friedhofes, auf dem der Wind pfeift, hören wir die Stimmen zweier, alter Damen.

1. Dame Oh, das war ein bißchen traurig, nicht?

2. Dame Psst! Das ist Satire.

1. Dame Nein, ist es nicht. Das ist total verrücktes Geblödel.
2. Dame Ja, wirklich?

Schnitt in eine Tierhandlung.

Mann (JOHN) Guten Morgen. Ich hätte gern eine Katze.
Ladenbesitzer (MICHAEL) Sicher, Sir. Ich habe einen süßen Terrier. *(Zeigt in eine Schachtel auf der Theke.)*
Mann *(schaut in die Schachtel)* Nein, ich will wirklich eine Katze.
Ladenbesitzer *(nimmt die Schachtel von der Theke und stellt sie dann wieder zurück, als ob es eine andere Schachtel wäre)* Oh ja, wie wärs damit?
Mann *(schaut in die Schachtel)* Nein, das ist der Terrier.
Ladenbesitzer Schon. Mehr oder weniger.
Mann Was soll das heißen? Ich will eine Katze.
Ladenbesitzer Passen Sie auf, ich sag Ihnen was. Ich feil die Beine ein bißchen runter, nehm seine Schnauze raus, steck ein paar Drähte durch seine Backen, und fertig ist Ihre süße Mietzekatze.
Mann Das ist keine richtige Katze.
Ladenbesitzer Wie meinen Sie das?
Mann Na, sie würde nicht miauen.
Ladenbesitzer Tja, sie würde ein bißchen heulen.
Mann Nein, nein, nein, nein. Äh, haben Sie einen Papagei?
Ladenbesitzer Nein, Chef, nicht wirklich, fürchte ich. Papageien sind uns gerade ausgegangen. Ich werd Ihnen aber was sagen. . .Ich hack seine Hinterbeine ab, wird prima, zieh das Fell ab, steck ein paar Federn rein und hefte einen Schnabel ihrer Wahl an. *(Nimmt eine kleine Schachtel und schüttelt sie.)* Kein Problem. Süßer Papagei.
Mann Und wie lang würde das dauern?
Ladenbesitzer Tja, lassen Sie mich nachdenken. . .äh, das Fell abziehen, keine Beine. . .*(Ruft)* Harry. . .kannst du jetzt gleich eine Papageienumwandlung bei diesem Terrier machen?
Harry (GRAHAM) *(im Off)* Nein, ich näh gerade noch ’nen Saum an den Airedale, und dann muß ich noch die Frösche auslassen.
Ladenbesitzer Freitag?
Mann Nein, ich brauch ihn für morgen. Soll ein Geschenk sein.
Ladenbesitzer Ach, du meine Güte, das ist eine langwierige Arbeit. Wissen Sie, Papageienumwandlungen. . .Sag Ihnen aber was, ganz umsonst, aus Terriern kann man süße Fische machen.

Ich mein, ich könnte das jetzt gleich für Sie machen. Beine ab, Flossen dran, eine kleine Röhre durch seinen Nacken stecken, damit er atmen kann, bißchen Goldfarbe, wird prima. . .

Mann Man würde ein sehr großes Becken brauchen.

Ladenbesitzer . . .ist ein großartiges Gesprächsthema.

Mann Gut, in Ordnung, in Ordnung. . . aber, äh, nur wenn ich zusehen darf.

Schnitt zu »Stimmen des Volkes«.

Pearson (JOHN) Na, ich fand, das war ein bißchen vorhersehbar.

Mann (ERIC) Das gab es schon mal.

Römischer Zenturio (TERRY J.) O ja, das haben wir bei Cäsars Weihnachts-Show gespielt.

Cäsar (GRAHAM) Habt ihr nicht. Ihr habt »Hänsel und Gretel« gespielt.

Schnitt in ein Zimmer für Einstellungsgespräche in einem Rathaus: Vorsitzender, der wie ein Oberst aussieht und Tweed trägt; neben ihm ein Vikar und eine Dame mit einem Kneifer. Der Vorsitzende hält ein Bild von Cäsar in der Hand. Als die Kamera zurückfährt, wirft er es ziemlich auffällig beiseite.

Vikar (TERRY J.) Was war das da für ein Bild?

Vorsitzender (GRAHAM) Psst! Der nächste! *(Ein Gorilla kommt herein.)* Guten Morgen – Mr. Phipps?

Gorilla (ERIC) Das ist richtig.

Vorsitzender Ähm, setzen Sie sich doch.

Gorilla In Ordnung, Sir. *(Er setzt sich.)*

Vorsitzender Nun, könnten Sie uns in groben Zügen erklären, warum Sie Bibliothekar werden wollen?

Gorilla Äh, tja, ich hab eine gewisse Erfahrung in der Führung einer Schulbibliothek.

Vorsitzender Ja, ja. Was für Erfahrung?

Gorilla Na ja, ich hab die Wissenschaftsbibliothek geleitet.

Vorsitzender Ja, ja. Nun, Mr. Phipps, Sie sind sich doch im klaren, daß die Stellung eines Bibliothekars gewisse, sehr wichtige Verantwortlichkeiten mit sich bringt. Ich meine, da wäre die Auswahl der Bücher, die Schallplattensammlung und die Kunstgalerie. Mir will scheinen, daß ein großer Nachteil Ihr Mangel an beruflicher Erfahrung in diesem Bereich darstellt. . . verbunden mit der Tatsache, daß, ähm, weil Sie ein Gorilla sind, Sie dazu neigen würden, die Leute zu erschrecken.

Vikar *(beiseite)* Ist das nicht ein Gorilla?

Vorsitzender Ja doch.

Vikar Tja, warum hat er nicht auf dem Formular geschrieben, daß er ein Gorilla ist?

Vorsitzender Wissen Sie, von den Bewerbern wird nicht verlangt, die Spezies einzutragen.

Vikar Was war das für ein Bild?

Vorsitzender Psst! – Mr. Phipps, welche Einstellung haben Sie zur Zensur in einer öffentlichen Bibliothek?

Gorilla Wie meinen Sie das, Sir?

Vikar Tja, ich meine zum Beispiel, würden Sie zum Beispiel »Letzte Ausfahrt Brooklyn«. . .oder. . .»Groupie« aufnehmen?

Gorilla Ja, ich denke schon.

Vikar Gut!

Vorsitzender Nun ja, das scheint mir sehr vernünftig zu sein, Mr. Phipps. Ich kann nicht so tun, als ob diese Bibliothek keine Schwierigkeiten gehabt hätte. Letzte Woche fiel Mr. Robertson, Ihr Vorgänger, ein ausgezeichneter Bibliothekar, drei Leute an und mußte vernichtet werden.

Gorilla Das tut mir leid, Sir.

Vorsitzender O nein, das braucht Ihnen nicht leid zu tun. Wissen Sie, ich glaube nicht, daß Bibliotheken düstere Orte sein sollten, wo die Leute schweigend herumsitzen, und das ist der Hauptgrund unserer Politik gewesen, wilde Tiere als Bibliothekare einzustellen.

Vikar Und außerdem sind sie viel liberaler. Die Pumas stellen Hank Janson offen ins Regal. . .

Vorsitzender Ja, ja, ja. *(Ein irrer Ausdruck in den Augen.)* Ja, ja, Mr. Phipps. Ich liebe es, den Kunden zuzusehen, wenn Sie hereinkommen, um sich über ein beschädigtes Buch zu beschweren, und verlangen, den Leiter der Bibliothek zu sehen, und dann. . .sollten Sie ihre Gesichter sehen, wenn die stolze Bestie aus dem winzigen Büro springt, ihnen das Buch aus den Händen reißt und die Fänge in ihren weichen, äh. . . *(sammelt sich)* Mr. Phipps. . .Kong! Sie können unser nächster Bibliothekar werden – Sie sind stolz, majestätisch und grimmig genug. . . Wollen Sie?

Gorilla Ich. . .ich glaube, ich kann nicht, Sir.

Vikar Warum nicht?

Gorilla Ich, ich bin nicht wirklich ein Gorilla. . .

Vikar Häh?

Gorilla Ich bin ein Bibliothekar im Pelz...

Vorsitzender Warum diese Täuschung?

Gorilla Tja, man hat mir gesagt, das wäre der beste Weg, den Job zu kriegen.

Vorsitzender Raus mit Ihnen. Herr Bibliothekar Phipps, da Sie kein Gorilla sind, sondern sich nur als ein solcher verkleidet und versucht haben, uns zu täuschen, um Ihre Karriere zu fördern... *(Gorilla geht weg.)* Der nächste. *(Ein Hund kommt herein.)* Ah. Mr. Pattinson... Platz!

Schnitt auf einen wütenden Brief.

Off-Sprecher (ERIC) *(liest)* Sehr geehrter »Daily View«, ich möchte gerne fünf Pfund dafür bezahlt bekommen, daß ich etwas Dummes über eine Fernsehshow sage.
Mit freundlichen Grüßen Mrs. Sybil Agro.

Off-Sprecher (JOHN) Sehr geehrter David Jacobs, East Grinstead, Freitag. Warum sollte ich jedes Jahr 60 Pfund an Fernsehgebühren zahlen, wenn ich mir einen Apparat für 6 Pfund kaufen kann.
Mit freundlichen Grüßen Captain R.H. Pretty. PS: Unterstützt Rhodesien, senkt die Kfz-Steuern, Argyll bleibt unser, Baby an Bord.

Off-Sprecher (GRAHAM) Sehr geehrte alte Knaben, einige meiner Freunde und ich haben ein Konsortium gegründet, und da wir mit hochentwickelter Bohrausrüstung arbeiten, haben wir ausgedehnte Nickelablagerungen vor West Schottland entdeckt.
Die Cincinnatti Bergbau Gesellschaft.

Stimmen *(Off)* Schön für Sie, Gnädigste.

Off-Sprecher (MICHAEL) Sehr geehrte alte Knaben, ich bin Präsident der Vereinigten Staaten.
Hochachtungsvoll
R.M. Nixon.

Stimmen *(Off)* Puuh! Bestimmt'n Bombenjob, Gnädigste.

Off-Sprecher (TERRY J.) Sehr geehrter Herr, ich bin über 3000 Jahre alt und würde gerne eine Szene mit zwei Leuten im Bett sehen.

Stimmen *(Off)* Das ist bestimmt 'ne Überleitung, Gnädigste.

Schnitt in das Schlafzimmer eines wohlhabenden Pärchens mittleren

Alters aus der Mittelschicht. Es ist dunkel. Beide liegen auf dem Rücken und schlafen fest. Der Ehemann ist ein Oberst-Typ (ein Oberst-Typ mit Schnauzbart). Sie trägt Lockenwickler und eine Gesichtsmaske. Jemand klettert durch das Fenster herein und trottet zur Ehefrau. Es ist ein geschniegelter, kleiner Franzose mit Barett und Nylonmantel vom Kontinent. Er trägt ein Stangenbrot. Er küßt sie auf die Stirn. Sie erwacht.

Maurice (ERIC) Vera. . .Vera. . .Liebling! Wach auf, meine kleine Zitrone. Komm in meine Arme.

Vera (TERRY J.) Maurice! Was tust du hier?

Maurice Ich konnte mich nicht von dir fernhalten. Ich muß dich für immer haben.

Vera Oh, zu welch ungünstiger Stunde.

Maurice Sprich nicht über Stunden, die Liebe beherrscht mich mit maßlosem Verlangen. Ich rase vor Lust.

Er küßt sie wiederholt auf die Stirn. Plötzlich wacht der Ehemann auf und richtet sich mit einem Ruck auf und schaut starr geradeaus.

Ehemann (MICHAEL) Was ist das, Vera?

Vera Oh, nichts, Liebling. Nur ein Lichtschein.

Ehemann Alles klar! *(Er schläft sofort wieder ein.)*

Vera Puuh! Das war knapp.

Maurice Nun denn, meine kleine Banane, mein kleiner Obstsalat, ich kann nicht länger auf dich warten. Du mußt mir ganz gehören. . .

Vera O Maurice!

Plötzlich erscheint neben ihnen ein junger Absolvent einer Privatschule im karierten Anzug und mit Pfeife.

Roger (JOHN) Vera! Was fällt dir ein!

Vera Roger!

Roger Was hat das zu bedeuten?

Vera Oh, ich kann alles erklären, mein Liebling!

Roger Wer ist das?

Vera Das ist Maurice Zatapathique. . .Roger Thompson. . .Roger Thompson. . . Maurice Zatapathique.

Maurice Angenehm.

Roger Angenehm. *(Kniend)* Wie konntest du mir das antun, Vera. . . nach allem, was wir durchgemacht haben? Verdammt, ich liebe dich.

Maurice Vera! Verstehst du nicht? Ich bin es, der dich liebt.

Der Ehemann wacht wieder auf.

Ehemann Was ist los, Vera?

Vera Oh, nichts, Liebling. Nur ein Zweig, der gegen das Fenster schlägt.

Ehemann Alles klar. *(Schläft wieder ein.)*

Roger Komm zu mir, Vera!

Vera Oh. . . nicht jetzt, Roger.

Maurice Vera, mein kleiner Igel! Wende dich nicht von mir ab.

Vera Oh, es geht nicht, Maurice.

Herein kommt Biggles. Er trägt Fliegerstiefel, Jacke und Helm wie im Ersten Weltkrieg. Er trägt eine Karte um den Hals: »Biggles«.

Biggles (GRAHAM) Hände weg, du dreckiger, besch. . . eidener Froschfresser! *(Kniet an ihrem Bett.)*

Vera O Ken, Ken Biggles.

Biggles Ja, Algy ist auch hier.

Vera Algy Braithwaite?

Algy tritt ins Licht. Tränen laufen über sein Gesicht. Er trägt eine Karte um den Hals, die lautet: »Algy ist auch hier«.

Algy (IAN) Das stimmt. . .Vera. . . *(Er schluckt die Tränen herunter.)* O Gott, du weißt, wir beide sind noch echt besch. . . eiden in dich verliebt.

Vera O Biggles! Algy. Ach, wie wunderbar.

Sie fängt an zu weinen. Ehemann wacht wieder auf.

Ehemann Was ist los Vera?

Vera Oh, äh, nichts, Liebling. Der Klo-Kasten läuft nur wieder voll.

Ehemann Alles klar. *(Schläft wieder fest ein.)*

Alle Männer haben sich Stühle genommen und sitzen im Kreis um Veras Bett. Sie reden miteinander. Biggles hält ihre Hand. Maurice hat eine Flasche mit Landwein hervorgeholt. In diesem Augenblick tauchen vier mexikanische Musiker an der Seite des Ehemannes auf. Der Anführer der Gruppe stupst den Ehemann an.

Mexikaner *(liest von schmuddeligem Papier)* Verzeihen. . . Können mir sagen. . . wo ist. . . Mrs. Vera Jackson. . .bitte?

Ehemann Ja. . .rechts und noch mal rechts.

Mexikaner Muchas gracias. . .

Ehemann Alles klar.

Er schläft sofort wieder ein. Die Mexikaner marschieren um das Bett herum und schließen sich der Gruppe an. Der Anführer dirigiert sie, und sie beginnen mit einer kleinen Conga. . . als sie angefangen haben, dreht er sich um und kommt mit einem lüsternen Blick zu Vera herüber.

Mexikaner O Vera... Du erinnerst dich: Acapulco im Frühling?

Vera Oh, das Hermann-Rodriguez-Quartett!

Plötzlich wacht der Ehemann auf.

Ehemann Vera! *(Sofortige Stille.)* Ich habe deutlich eine mexikanische Rhythmusgruppe gehört.

Vera Nein, nein, Liebling... das war nur die elektrische Heizdecke, die sich abschaltet.

Ehemann Hm. Na, ich geh mal pinkeln.

Er steht aus dem Bett auf und verschwindet im Düsteren.

Vera O nein, das kannst du nicht machen. Wir haben den Sketch hier noch nicht beendet!

Algy Verflixt! Wir haben nur noch eine besch... eidene Seite.

Roger Also wirklich. Es ist niemand da, auf den man reagieren kann.

Maurice Red nicht in die Kamera.

Roger Oh, Entschuldigung.

Herein kommt ein riesiger Mann, der wie ein Aztekengott gekleidet ist (nämlich: Christopher Plummer wie in »Der Untergang des Sonnenreiches«). Er breitet beide Arme aus und will gerade anfangen zu sprechen, als ihm Vera wegen Geldmangels das Wort abschneidet.

Vera Sie können gleich draußenbleiben... er ist gegangen und hat den Sketch verlassen.

Biggles Ja, er ist pinkeln gegangen.

Schnitt: Großaufnahme des Ehemanns und einer scharfen Puppe. Die Klokette hängt zwischen ihnen. Sie will daran ziehen, als er sie zurückhält.

Ehemann Pst! Ich glaube, meine Frau schöpft langsam Verdacht.

Schnitt: Trickfilm verschiedener seltsamer und wunderbarer Kreaturen, die folgendes sagen:

Kuhantilope Ich fand, das Ende war ein bißchen vorhersehbar.

Krokodil *(frißt die Kuhantilope)* Ja, wirklich, es mangelte an Originalität.

Strauß *(frißt das Krokodil)* Jedenfalls ist man nicht notwendigerweise schon gut, wenn man nur anders ist.

Eine Dame *(taucht aus einer Luke im Strauß auf)* Nein, wirklich, der gleiche Humor steckt ebenso im Konventionellen.

Schwein *(frißt den Strauß)* Aber auf der anderen Seite: ist das auch das, was das Publikum will? Ich meine, was die neue Freizügigkeit angeht, ganz zu schweigen von der Zahlungsbilanz. Es ist eine unbestreitbare Tatsache, daß...

Walfisch *(frißt das Schwein)* Ich stimme dem völlig zu.

Nagetier Das wär's. . . laßt uns diese Show verlassen, bevor es zu spät ist. . . *(»Ende« fällt auf es.)* Zu spät!

Zwei Männer nehmen den »Jetzt«-Mann von seinem Fleischerhaken und tragen ihn weg.

ABSPANN

Elf – Das Royal Philharmonic Orchestra geht ins Badezimmer

Film: Die unglaubliche Welt des »Jetzt«-Mannes (er läuft durch Straßenverkehr, bevor er schließlich »Und jetzt« japsen kann).

Trickfilm-Vorspann.

ZWISCHENTITEL: »FOLGE ZWEI«

ZWISCHENTITEL: »DAS ROYAL PHILHARMONIC ORCHESTRA GEHT INS BADEZIMMER«

Schnitt auf Badezimmertür, von außen. Ein Mann klopft an die Tür.

Mann (MICHAEL) Sind Sie jetzt fertig?

Aus dem Zimmer hört man eine Klavierkonzert-Salve (Tschaikowskis Nr. 1). Der Mann zuckt die Achseln.

Schnitt auf einen Brief.

Off-Sprecher (JOHN) Sehr geehrte Herren, ich protestiere in schärfster Form gegen die eindeutige Tendenz zur Toilette, die diese Show jetzt schon aufweist. Warum berichten Sie nie über die erfreulichen Dinge in England, z. B. Mary Bignalls wunderbaren Sprung im Jahre 1964?

Mit freundlichen etc., Ken Voyeur.

Archivfilm des Siegessprungs von Mary Bignall bei der Olympiade in Rom.

Brief und Off-Sprecher.

Off-Sprecher (ERIC) Sehr geehrte Herren, ich protestiere in schärfster Form gegen eindeutige Tendenz zur Athletik, die diese Show jetzt schon aufweist. Warum können wir nicht mehr über den menschlichen Körper erfahren? Es gibt nichts Unanständiges oder Schmutziges am menschlichen Körper, außer den Eingeweiden und einigen Teilen des Hinterns.

Brief und Off-Sprecher.

Off-Sprecher (MICHAEL) Sehr geehrte Herren, ich protestiere in schärfster Form gegen die Briefe in Ihrer Sendung. Sie sind zweifellos nicht von der breiten Öffentlichkeit geschrieben und lediglich dazu da, einen billigen Lacher zu kassieren. Mit freundlichen Grüßen etc., Wilhelm Schlüpfer.

Archivfilm eines großen Orchesters, das ein Orchesterstück beendet. Als sie aufhören zu spielen, hört man laut eine Klospülung.

TRICKFILM: *eine schöne, gar nicht alberne Einleitung, vielleicht mit Fotos von berühmten Gestalten der Geschichte; sie endet mit den Worten: »Die Welt der Geschichte«.*

Schnitt in einen Raum mit einem Mann hinter einem Tisch.

ZWISCHENTITEL: »PROF. R.J. CANNING«

Canning (GRAHAM) 1348. Der schwarze Tod, Typhus, Cholera, Schwindsucht, Beulenpest...

Schnitt auf eine Landstraße; am Straßenrand sitzen fünf Leichenbestatter auf einem Sarg.

Erster Leichenbestatter (ERIC) Ach, das waren noch Zeiten...

Zurück zu Canning hinter seinem Tisch.

Canning Äh... also, ich bin...ich bin... Also, ich bin nicht bereit, hier weiterzumachen, wenn diese Unterbrechungen nicht aufhören. In Ordnung? Gut. Die verheerenden Folgen dieser, ähm...

Schnitt zu einem Film eines Leichenwagenrennens. Ein lauter Unfall außerhalb des Bildes. Verkehrszeichen: »Unfallgefahrenstelle«, die Leichenbestatter machen dort ein Picknick.

Canning *(packt seine Papiere ein, zieht seinen Mantel an, geht; die Kamera schwenkt.)* Nein, bleiben Sie, wo Sie sind, und... *(Kamera zoomt auf ihn.)* Und zoomen Sie mich nicht ran, nein, ich bin weg, ich bin weg. Das wär's. Das ist alles. Ich bin weg.

Er geht aus dem Bild. Leeres Bild. Eine kurze Pause. Ein Leichenbestatter kommt ins Bild.

Zweiter Leichenbestatter (TERRY J.) Sind Sie nervös, gereizt, depressiv und lebensmüde? *(Zwinkert)* Machen Sie weiter so!

ZWISCHENTITEL: »WÄHRENDDESSEN IM HAUS«

Schnitt in den Salon eines großen englischen Landhauses. Darin sitzen verschiedene Standardcharaktere à la Agatha Christie. Colonel Pickering, Lady Amanda Velloper, Kirt, Anona Winn. Sie trinken Tee, lesen etc. Draußen donnert es. Inspektor Tiger betritt den Raum.

Inspektor Tiger (JOHN) Das Haus ist umstellt. Ich fürchte, ich muß irgend jemand nicht bitten, den Raum zu verlassen. Nein, ich muß niemand bitten...Nein, ich muß jeden in diesen Raum bitten...Ich muß irgendeinen nicht bitten, den Raum zu verlassen. Niemand muß von mir aufgefordert werden, den Raum zu verlassen. Nein, niemand muß den Raum bitten, sich zu verlassen. Ich...ich bitte den Raum, werden von jemand verlassen zu sein... *nicht*. Niemand bitten, den Raum jemand zu verlassen, werde ich. Werde ich den Raum verlassen? Alle müssen den Raum verlassen...wie er ist... mit Ihnen drinnen. Puh! Verstanden?

Oberst Pickering (GRAHAM) Sie möchten, daß niemand den Raum verläßt.

Inspektor Tiger *(schnippt mit den Fingern, um zu zeigen, daß Oberst Pickering den Nagel auf den Kopf getroffen hat.)* Nun vorstatten Sie mich, mir zu gestellen. Tut mir leid. Gemir mich zu stattenstellen vor Sie mir. Stalsen zutten mir stetsen vor mich. Milchsen vorzuten gelsen Siemirich statsen. Entschuldigen Sie mich einen Augenblick! *(Schlägt sich an den Kopf.)* Gestatten Sie mir, mich vorzustellen. Ich bin Inspektor Tiger.

Alle Tiger?

Inspektor Tiger *(springt hoch)* Wo? Wo? Was? Ach so. Ich Tiger. Du Jane. Grrr. Entschuldigung, gestatten Sie mir, mich vorzustellen, ich fürchte, ich muß darum bitten, daß niemand den Raum verläßt.

Lady Velloper (CAROL) Warum nicht?

Inspektor Tiger Elementar. Da der Leichnam in diesem Raum gefunden wurde und da niemand ihn verlassen hat. Daher... muß der Mörder jemand in diesem Raum sein.

Colonel Pickering Welcher Leichnam?

Inspektor Tiger Jenam. Leichmand. In diesem Raum. Muß der Mörder sein. Der Mörder des Leichnams ist jemand in diesem Raum, den niemand verlassen darf. . .lassen wir den Leichnam in dem Raum, den niemand verlassen darf. Niemand verläßt irgend jemand oder den Leichnam mit jemand. Jeder, der irgend jemand ist, wird den Leichnam in den Raum laichen. Deine Pillen, Tiger! Wer auch immer *(während er die Tabletten sucht)* einen Leichnam hat, aber kein Leichnam ist, bleibt, wo er ist. Niemand verläßt den Leichnam in dem... *(er nimmt die Tablette)* Geleichen Sie michnam mir vorzuleichen.

In diesem Augenblick kommt ein Chirurg mit zwei Schwestern herein und fängt an, seinen Kopf zu operieren. Man hört Sägegeräusche.

ZWISCHENTITEL: »DERSELBE SALON. EINE LOBOTOMIE SPÄTER«

Der Chirurg packt ein. Inspektor Tigers Kopf ist bandagiert.

Chirurg Nun zu Sir Gerald.

Inspektor Schon besser, also, ich bin Inspektor Tiger, und ich muß darum bitten, daß niemand den Raum verläßt. *(Er zeigt dem Chirurg, der an der Tür steht, den erhobenen Daumen.)* Jemand hat hier soeben einen Mord begangen, und dieser Mörder ist jemand in diesem Raum. Die Frage ist. . .wer?

Oberst Pickering Hören Sie, es gab keinen Mord.

Inspektor Tiger Keinen Mord.

Alle Nein.

Inspektor Tiger Oh. Das gefällt mir nicht. Es ist irgendwie. . . zu einfach, zu eindeutig. Ich warte besser noch. *(Er setzt sich auf ein Sofa.)* Nein, zu einfach, zu eindeutig.

Das Licht geht aus. Man hört einen Schrei, gefolgt von einem Schuß. Das Licht geht an. Inspektor Tiger ist tot. Er hat ein Einschußloch in seiner Stirn, einen Pfeil durch seinen Hals und eine Flasche mit dem Etikett »Gift« in seinem Schoß liegen.

Oberst Pickering Beim Zeus! Er hatte recht.

Hauptkommissar Warnung kommt mit einem Wachtmeister herein.

Warnung (ERIC) Das Haus ist umstellt. Ich muß darum bitten, daß niemand den Raum verläßt. Ich bin Hauptkommissar Warnung.

Lady Velloper Warnung?

Warnung *(springt hoch)* Was? Wo? Oh? Ich, Warnung. Warnung von Scotland Yard.

Lady Velloper Wieso, wovor sollen wir uns denn in acht nehmen?

Warnung Wie bitte?

Lady Velloper Worauf bezieht sich die Warnung von Scotland Yard?

Warnung Ich fürchte, ich kann Ihnen überhaupt nicht folgen. Aha. Der Leichnam. Also muß der Mörder jemand in diesem Raum sein. Wenn er nicht sehr lange Arme hat. Sagen wir zehn oder elf Meter lang, ha, ha, ha. *(Er fängt tatsächlich an, zu lachen.)* Warnung von Scotland Yard. Sehr gut. In Ordnung. Nun, wir werden das Verbrechen rekonstruieren. Ich werde mich hier hinsetzen. Wachtmeister, schalten Sie das Licht aus. *(Das Licht geht aus.)* Gut. Also dann hörte man einen Schrei *(Schrei)*, dann, gerade bevor das Licht wieder anging, hörte man einen Schuß.

Man hört einen Schuß. Das Licht geht an, Oberkommissar Warnung sitzt tot da, mit Einschußloch, Pfeil und allem. Herein kommt Hilfshauptwachtmeister Dastehtnmannhinterihn.

H.D. (TERRY J.) In Ordnung. . .in Ordnung, das Haus ist umstellt und niemand verläßt den Raum und der ganze Rest. Gestatten Sie, daß ich mich vorstelle. Ich bin Hilfshauptwachtmeister Dastehtnmannhinterihn.

Alle Dastehtnmannhinterihn?

H.D. Also mit so einem alten Trick werden Sie mich nicht reinlegen. Gut, lassen Sie uns das Verbrechen rekonstruieren. Wachtmeister, Sie sind Inspektor Tiger.

Wachtmeister (MICHAEL) In Ordnung, Sir. Niemand verlassen den Raum, bitten werde – jenam verlasse ich niemand im Raum wird Leichmand, deine Pillen, Tigermand. Mirstatten milch zulsten vorlellen leichläßt in Raumand.

H.D. Sehr gut. Setzen Sie sich nur dort hin. Jetzt werden wir so tun, als ob das Licht ausgegangen wäre. Wachtmeister, Sie schreien. *(Wachtmeister schreit.)* Jemand erschießt Sie *(zieht eine Pistole und schießt dem Wachtmeister durch den Kopf)*, und die Tür öffnet sich. . .

Die Tür fliegt auf. Ein Polizist kommt herein.

Feuer Keine Bewegung! Ich bin Polizeichef Feuer. . .

Alle Feuer! Wo?

Er springt hoch. . .

Harter Schnitt zum zweiten Leichenbestatter von vorher.

Zweiter Leichenbestatter (TERRY J.) Wir unterbrechen diesen Sketch, aber wir schalten uns sofort wieder dazu, wenn irgendwas Interessantes passiert. In der Zwischenzeit sehen Sie einige von meinen Freunden.

Film mit vier Leichenbestattern, die einen Sarg tragen. Sie kippen den Leichnam verstohlen aus dem Sarg und hüpfen erleichtert die Straße entlang.

Brief und Off-Sprecher.

Off-Sprecher (GRAHAM) Sehr geehrter Herr, es tut mir leid, daß dieser Brief spät dran ist, er hätte am Anfang der Sendung kommen sollen.

Ihr Ivor Großpopo, (Alter 2).

Zwei Stühle in einem Interviewstudio. Schlauer Interviewer und ein Fußballer (der nicht allzu helle ist) im Blazer.

Interviewer (ERIC) Von der bildenden Kunst kommen wir zum Fußball. Gestern abend im Stadion des Lichts, in Jarrow, wurden wir Zeugen der Wiederbelebung einer großen Fußballtradition, als Jarrow United, im europäischen Sinne, mündig wurde, mit einer nachgerade proustischen Prachtentfaltung modernen, existentialistischen Fußballs, recht besehen, indem sie die jetzt sicherlich veraltete, defensive Catennachio-Philosophie des Signore Alberto Fanfrino durch eine moralische Argumentation des Mittelfelds ad absurdum führte. Bologna wurde tatsächlich von der Mannschaft aus Jarrow, deren drängendes, geladenes Spiel vor aggressiv-kantischem Positivismus strotzte, schlicht hinwegargumentiert. Und aus dieser tollen Mannschaft aus Jarrow ragte ein Mann heraus – der Erzdenker, der frei Planende, der kaum je zu Zügelnde: Mittelfeld-Philosoph, Jimmy Buzzard.

Buzzard (JOHN) Guten Abend, Brian.

Interviewer Jimmy, gestern abend war zum mindesten ein alternder Fußballkommentator über den Anblick eines englischen Fußballers, der sich von den durchsichtigen Tentakeln der dichten, mediterranen Abwehr befreien konnte, erfreut.

Buzzard Guten Abend, Brian.

Interviewer Hat Sie die Art und Weise überrascht, in der die Italiener so früh im Spiel die Überlegenheit im Mittelfeld abgegeben haben?

Buzzard Ich eröffne gerade eine Boutique, Brian.

Interviewer Das ist natürlich symptomatisch für einen neuen Schlag von Fußballern, genauso wie es tatsächlich symptomatisch ist für Ihr ganzes Spielergenre, oder wie sehen Sie das?

Buzzard Guten Abend, Brian.

Interviewer Worauf ich hinaus will, Jimmy, ist, daß Sie ein neues Konzept entwickelt zu haben scheinen, eine Strategie, die es Ihnen erlaubt, die italienische Abwehr systematisch zu zerlegen.

Buzzard *(macht eine Denkpause)* Ich habe den Ball einmal getroffen, und schon war er drin im Netz. *(Lächelt und sieht sich um.)*

Interviewer Glauben Sie, daß Jarrow bei der Begegnung in der Türkei eine defensivere Haltung in der ersten Halbzeit einnehmen wird?

Buzzard *(selbstsicher)* Ich habe den Ball einmal getroffen, und schon war er drin im Netz.

Interviewer Ja, ja – aber haben Sie irgendwelche Pläne, wie Sie mit den frei-schießenden, türkischen Stürmern umgehen?

Buzzard Ich eröffne eine Boutique, Brian.

Schnitt zu einem Leichenbestatter.

Zweiter Leichenbestatter Und nun lassen Sie uns einen Blick auf den Spielstand im Detektiv-Sketch werfen.

Schnitt in den Salon. Auf und neben dem Sofa liegt ein riesiger Haufen toter Polizisten.

Wachtmeister Mirstatten milch zulsten vorleichen. . .
Inspektor schießt ihm in den Kopf.
ZWISCHENTITEL: »WACHTMEISTER – HAUPTKOMMISSARE 13 : 9«
Schnitt zu vier Leichenbestattern, die einen Sarg einen Hügel hochtragen. Einer von ihnen schwankt und fällt hin. Die anderen setzen den Sarg auf den Boden, nehmen einen frischen Leichenbestatter heraus, legen den gefallenen in den Sarg und gehen weiter.

Schnitt: eine Trickfilmsequenz, die zu großer, glitzernder und blinkender Schrift führt, die »Interessante Leute« lautet. Ein Conférencier sitzt an einem Tisch. Neben ihm stehen Stühle für die Gäste.

Conférencier (MICHAEL) Hallo, guten Abend und wieder einmal willkommen zu einer weiteren Ausgabe von »Interessante Leute«. Und heute abend ist meine erste interessante Persönlichkeit der hochinteressante Mr. Howard Stools aus Kendal in Westmorland.
Er legt eine Streichholzschachtel vor sich auf den Tisch. Er drückt einen Knopf auf dem Tisch, und man hört Applaus. Läßt den Knopf los; der Applaus endet abrupt. Er öffnet die Schachtel ein wenig und spricht in sie hinein.

Conférencier Guten Abend, Mr. Stools.

Stimme *(aus der Schachtel)* Hallo, David.

Conférencier Mr. Stools, was macht Sie so interessant?

Stimme Ja, also, ich bin nur anderthalb Zentimeter groß.

Conférencier Tja, das ist äußerst interessant. Ich danke Ihnen, daß Sie heute abend zu uns in unsere Show gekommen sind, Mr. Stools.

Mr. Stools Ich dachte mir, daß Sie das interessant finden würden, genauer gesagt. . .

Conférencier *(drückt die Streichholzschachtel zu; Applaus)* Mr. Alan Stools aus Kendal in Westmorland. . . anderthalb Zentimeter groß. *(Applaus.)* Unser nächster Gast heute abend ist den weiten Weg aus Ägypten gekommen, er ist erst heute extra nach London geflogen, er heißt Mr. Ali Bayan, er ist bei uns im Studio, und er ist total verrückt.
Applaus. Schnitt zu Ali Bayan (Terry J.), der auf sehr verrückte Weise in die Kamera sieht. Applaus.

Conférencier Mr. Ali Bayan, total verrückt. Jetzt ist es aber Zeit für unsere Musiknummer, und heute abend richten wir das Rampenlicht auf den »Rachel Toovey Fahrrad Chor«. *(Ap-*

plaus.) Sie haben für das Lied »Men of Harlech« ein fantastisches Arrangement nur für Fahrradklingeln geschrieben.

Schnitt zu sechs Männern in Ölzeug und Südwestern. Sie singen »Men of Harlech« und klingeln am Ende jedes Verses klagend mit den Klingeln. Am Ende Applaus.

Conférencier Der »Rachel Toovey Fahrrad Chor«. Wirklich interessant. Denken Sie daran, wenn Sie interessant sind und in dieser Sendung auftreten wollen, dann schreiben Sie Ihren Namen und Adresse und Ihre Telefonnummer auf eine Karte und schicken Sie sie an diese Adresse: *(liest den Zwischentitel)* BBC, c/o E.F. Lutt, 18 Rupee Buildings, West 12. *(Applaus.)* Danke schön, danke schön. Jetzt kommt eine interessante Persönlichkeit. Abgesehen davon, daß er eine Ganztagsstelle als Bürolocher hat, kann er auch eine Katze mit Grippe anstecken.

Schnitt zu einem fein-angezogenen Mann (John), der ausgiebig in ein Katzenkörbchen hustet. Man hört ein Miau und ein Katzenniеßen. Schnitt zurück zum Conférencier.

Conférencier Tja, viel interessanter kann man wohl kaum noch sein, oder können Sie es doch? Jetzt ist bei mir Mr. Thomas Walters aus West Hartlepool, der völlig unsichtbar ist. Guten Abend, Mr. Walters. *(Wendet sich einem leeren Stuhl zu.)*

Walters (ERIC) *(außerhalb des Bildes)* Hier drüben, Hughie.

Conférencier wendet sich einem langweilig gekleideten Mann zu, der neben ihm sitzt.

Conférencier Mr. Walters, äh, sind Sie sicher, daß Sie unsichtbar sind?

Walters O ja, ganz sicher.

Conférencier Also gut, Mr. Walters, wie ist das so, unsichtbar zu sein?

Walters *(langsam)* Also, um es gleich zu sagen, ich kann den ganzen Tag an meinem Tisch in dem Büro, in dem ich arbeite, sitzen, und die anderen ignorieren mich völlig. Zu Hause spricht meine Frau stundenlang nicht mit mir, obwohl wir im selben Raum sind, auf der Straße gehen die Leute an mir vorbei, ohne in meine Richtung zu schauen, und ich kann in einen Raum gehen, ohne. . .

Conférencier Ja. Bei unserer Suche nach interessanten Menschen, haben wir Mr. Oliver Cavendish getroffen, der. . .

Walters *(leiert weiter)*. . .selbst Sie, Sie bemerken mich fast nicht. . .

Conférencier . . .Mr. Oliver Cavendish aus Leicester, der behauptet, er könne die gesamte Bibel in einer Sekunde rezitieren, während ihm mit einer großen Axt auf den Kopf geschlagen wird. Ha, ha, wow. Wir haben inzwischen herausgefunden, daß er ein Schwindler war, ja, ein Schwindler – in Wirklichkeit hat er nicht die ganze Bibel rezitiert, er hat bloß die ersten beiden Worte »Am Anfang. . .« rezitiert vor seinem Tod.

Schnitt zu einem Film mit Sportausschnitten.

Conférencier *(im Off)* Und jetzt ist es Zeit für »Interessante Sportarten«. Diese Woche sehen Sie Freistil-Kricket, live aus dem Stadtbad in Croydon.

Boxring; zwei voll ausgestattete Kricketspieler; als die Glocke klingelt, nähern sie sich einander und fangen an, sich mit den Kricketschlägern zu schlagen. Applaus.

Conférencier Mr. Ken Dove, den man zweimal zum interessantesten Mann Dorkings gewählt hat, ist jetzt bei mir. Ken, ich glaube, Sie interessieren sich fürs Schreien.

Dove (JOHN) *(schreit)* Ja, ganz recht, ich interessiere mich fürs Schreien. Donnerwetter! Mit dieser speziellen Bemerkung von Ihnen da haben Sie den Nagel sicherlich auf den Kopf getroffen.

Conférencier Was denkt Ihre Frau darüber?

Frau *(im Off, vollblütig)* Ich bin derselben Meinung.

Dove Halt's Maul!

Walters . . .bei Parties zum Beispiel kommen die Leute nie zu mir rüber, ich sitze nur da und jeder. . .

Ein Mann, der eine Katze trägt, kommt herein.

Conférencier Ich glaube, das ist Tiddles?

Mann (GRAHAM) Ja, das ist. . . das ist Tiddles.

Conférencier Ja, und was kann sie?

Mann Sie fliegt durch das Studio und landet in einem Eimer mit Wasser.

Conférencier Von allein?

Mann Nein, ich schleuder sie.

Conférencier Tja, das ist extrem interessant. Ladies and Gentlemen – Don Savage und Tiddles.

Der Mann wirbelt die Katze herum und herum. Er läßt sie los und sie fliegt durch das Studio. Ein dumpfes Platschen und ein Miau. Kurze Einstellung einer richtigen Katze, die in einem Eimer sitzt.

Dove *(schreit)* Ich bin interessanter als eine nasse Mietzekatze.

Walters . . .vergeht Stunde um Stunde.

Conférencier Großartig, ja. »Interessante Leute« präsentiert

Ihnen zum ersten Mal im Fernsehen einen Mann, der Ziegelsteine durch Hypnose zum Einschlafen bringen kann. Mr. Keith Maniac aus Guatemala.

Maniac sitzt neben dem Conférencier. Er trägt einen Zylinder und einen schwarzen Umhang.

Maniac (TERRY J.) Guten Abend.

Conférencier Keith, Sie behaupten, Sie könnten Ziegelsteine zum Einschlafen bringen.

Maniac Ja, das ist richtig, ich kann. . .

Conférencier Ausschließlich durch Hypnose.

Maniac Ja. . . ich gebrauche keinerlei Hilfsmittel. *(Beugt sich vor und nimmt die Streichholzschachtel vom Tisch, um seine Pfeife anzuzünden, öffnet sie und reißt ein Streichholz an.)*

Stimme *(aus der Schachtel)* Aaah!

Dove Sie haben Mr. Stools verletzt!

Maniac *(nimmt eine andere Schachtel und zündet die Pfeife an)* Ich starre den Ziegelstein einfach an, und er schläft ein.

Conférencier Nun gut, wir haben hier einen Ziegelstein, Keith. *(Zeigt auf den Ziegelstein auf dem Tisch.)* Vielleicht können Sie ihn für uns zum Einschlafen bringen. . .

Maniac Oh. . . äh, also, ich fürchte, der schläft schon.

Conférencier Woher wissen Sie das?

Maniac Na, er bewegt sich nicht. . .

Conférencier Ah, ich verstehe – haben wir einen Ziegelstein, der sich bewegt? Ja, wir haben einen Ziegelstein, der sich bewegt, Keith, er kommt jetzt rüber.

Wir sehen einen Mann im weißen Kittel, der sich vorbereitet, einen Ziegelstein zu werfen. Er wirft ihn gefühlvoll. Der Stein landet vor Keith auf dem Tisch. Keith starrt ihn an, während er fällt.

Maniac Das hätten wir. Fest eingeschlafen.

Conférencier Sehr gut, wirklich sehr gut.

Maniac Alles mit den Augen gemacht.

Conférencier Ja, Mr. Keith Maniac aus Guatemala.

Dove *(besorgt, zu der Schachtel)* Mr. Stools, sagen Sie doch was! Howard!

Harter Schnitt zurück zum Freistil-Kricket.

Conférencier *(im Off)* Mr. Keith Maniac aus Guatemala. . . und nun: vier müde Leichenbestatter.

Schnitt: Film mit vier Leichenbestattern, die einen Sarg tragen und sich mühsam einen Berg hinaufkämpfen. Einer schwankt und fällt. Die anderen senken den Sarg, heben ihn auf und legen ihn hinein. Sie heben den Sarg wieder an und schwanken weiter den Hügel hinauf. Ein weiterer Leichenbestatter bricht zusammen; die übrigen zwei legen ihn in den Sarg. Erschöpft heben sie den Sarg auf, aber sie sind nur ein oder zwei Schritte gegangen, als einer von ihnen zusammenbricht. Der übriggebliebene zerrt ihn in den Sarg, drückt ihn mit einigem Widerstand hinein und preßt den Deckel zu. Er überlegt einen Moment hin und her, wie er den Sarg aufheben soll, dann wirft er angewidert seinen Hut weg, klettert in den Sarg und schließt den Deckel hinter sich. Der Sarg bewegt sich von allein fort.

Off-Sprecher (ERIC) Wir unterbrechen an dieser Stelle ganz schnell, um zurückzuschalten zu dem Interview mit Jimmy Buzzard, wo nach unseren Informationen etwas Aufregendes passiert ist.

Schnitt zurück in das Interview-Studio; Jimmy Buzzard sitzt auf dem Boden.

Buzzard Ich bin von meinem Stuhl gefallen, Brian.

Schnitt: auf einem Friedhof. Der Sarg, der sich noch aus eigenem Antrieb bewegt, kommt in den Friedhof hinein. Ein Vikar geht auf ihn zu und winkt den Totengräbern (die wir nicht sehen können), daß sie aus dem Grab kommen sollen. Aus dem Grab klettern zwei Totengräber. . .dann noch zwei. . .dann noch zwei. . .noch zwei weitere. . .zwei Bergarbeiter. . .zwei uniformierte Männer. . .ein Polizeihund mit Trainer. . .und schließlich ein australischer Surfer. Der Sarg findet seinen Weg ins Grab.

Dann kommt ein wunderbares Stück Trickfilm von unserem talentierten Trickfilmregisseur Terry Gilliam, dem Wunderknaben. Bestehend aus einer schnellen Collage aus äußerst sexy aussehenden Standbildern halbangezogener und nackter Mädchen.

Nach acht Sekunden unglaublich schnulziger Musik:

EINGEBLENDETER ZWISCHENTITEL: »DIE WELT DER GESCHICHTE«

ZWEITER ZWISCHENTITEL: »SOZIALGESETZGEBUNG IM ACHTZEHNTEN JAHRHUNDERT«

Schnitt in ein fantastisch verlockendes Boudoir: ein plüschiges Bett mit vier Pfosten, seidenen Vorhängen, seidenen Laken, einem Pelzkissen etc. Man sieht von oben auf das Bett herunter. Ausgestreckt auf dem Bett liegt ein Mädchen (Carol), das vor Sex strotzt, eine echte Professionelle, schwarze Netzstrümpfe, Strapse, BH und Höschen und was nicht

sonst noch alles. Sie bewegt sich, als ob sie mitten in einem Orgasmus wäre, während sie zu einer sehr maskulinen Off-Sprecher-Stimme mimt.
EINGEBLENDETER ZWISCHENTITEL: »A. J.P. TAYLOR«

Off-Sprecher (JOHN) *(sehr maskuline Stimme, zu der das Mädchen mimt)* Guten Abend. Ich will heute abend sämtliche Aspekte der Sozialgesetzgebung des achtzehnten Jahrhunderts untersuchen – ihre Relevanz für die hierarchische Struktur der späten Renaissance-Gesellschaft, und ihren Einfluß auf die Zukunft des parochialen Systems in einer expandierenden Agrargesellschaft. Aber zuerst ein wenig Unterhaltung.
Schnitt: ein Film mit acht Sekunden Striptease.
Sofort Schnitt zurück in die gleiche Kulisse.

Off-Sprecher Professor Gert van der Huups vom Rijksmuseum in Den Haag wird die Sozialgesetzgebung Englands in einen europäischen Kontext einordnen.
Schnitt in eine Szene mit einem weiteren Bett, ähnlich verführerisch. Ein kleiner, bebrillter Professor liegt darauf und wird von einer erotischen Sirene liebkost und ausgezogen.

Professor (MICHAEL) *(holländischer Akzent)* In der Frühzeit des fünfzehnten Jahrhunderts gab es drei wichtige Dinge für die Sozialgesetzgebung in Holland. Zum ersten. . .der Aufstieg der Handel treibenden Klassen. . .zum zweiten, die Verstädterung der Handwerksgilden. . .zum dritten, abnehmende moralische Werte im Zeitalter zunehmender sozialer Verbesserungen. Aber zuerst ein wenig Unterhaltung. . . *(Packt sich das Mädchen.)*

Schnitt: ein Vorhang und Topfpflanzen. Geräuscheffekte: Engelschöre. Ein Mann im Smoking mit Engelsflügeln wird von oben heruntergelassen. Als er den Boden berührt, verstummen die Engelschöre. Er nimmt ein zerknülltes Stück Papier aus seiner Tasche.

Mann (TERRY J.) Und nun Professor R.J. Canning.
Er faltet das Papier zusammen und steckt es weg. Der Engelschor fängt wieder an, und er steigt langsam hoch und verschwindet aus dem Bild. Schnitt zu Professor Canning in normaler Moderationskulisse. Hinter ihm ein Rückprojektions-Schirm.
EINBLENDUNG: »WIEDER PROFESSOR R.J. CANNING«

Canning (GRAHAM) Susi sag mal saure Sahne. Und nun zur Schlacht bei Trafalgar. . . *(Auf dem Schirm hinter ihm leuchtet ein zeitgenössisches Bild der Schlacht bei Trafalgar auf.)* Wir untersuchen heute abend verschiedene populäre Sichtweisen dieser großen Schlacht. Wurde die Schlacht bei Trafalgar im Atlantik vor der Küste Süd-Spaniens geschlagen? Oder wurde sie auf festem Land in der Nähe von Cudworth in Yorkshire geschlagen? Hier haben wir einen Mann, der glaubt, daß dem so war. . .

Schnitt zu einem Mann – einem Gumby – mit Gummistiefeln, hochgekrempelten Hosen und verknotetem Taschentuch etc. Er steht in der Mitte eines Feldes und schaut sehr dumpf aus der Wäsche.

Canning *(im Off)* Und hier ist sein Freund.

Die Kamera schwenkt leicht zur Seite, verliert Gumby aus dem Bild und entdeckt einen identisch angezogenen, identisch dumpfen Mann, der neben ihm steht. Die Kamera schwenkt zurück zum ersten Gumby.

EINBLENDUNG: »PROFESSOR R. J. GUMBY«

Canning *(im Off)* Warum denken Sie, daß die Schlacht von Trafalgar in der Nähe von Cudworth geschlagen wurde?

Eine lange Pause entsteht.

Gumby (MICHAEL) Weil. . .Drake. . . – . . .war. . . zu. . . schlau. . . für. . . die. . .deutsche. . .Flotte. . .

Canning *(im Off)* Wie bitte?

Gumby . . .Ui, jetzt hab ich vergessen, was ich gesagt habe.

Canning *(im Off)* Mr. Gumbys bemerkenswerte Sichtweise hat unter seinen wissenschaftlichen Kollegen eine Welle von Kontroversen ausgelöst.

Schnitt in Studierzimmer voller Bücher. Ein identischer Gumby steht drin.

EINBLENDUNG: »F.H. GUMBY REGIUS, PROFESSOR FÜR GESCHICHTE, BEI SEINER MUTTER«

Zweiter Gumby (ERIC) Tja, ich tenke. . . wir. . . sollten. . . unsere Vorstellung von der. . . Schlacht bei Trafalgar. . . neu übertenken.

Schnitt zu einem weiteren Gumby, diesmal vor einer Universität.

EINBLENDUNG: »PROF. L.R. GUMBY«

Dritter Gumby (GRAHAM) Also. . . also. . . ich stimme mit allem überein, was Mr. Gumby sagt.

Schnitt zu einem weiteren Gumby, der in einem Schweinestall mit Schweinen steht.

EINGEBLENDETER ZWISCHENTITEL: »PROF. ENID GUMBY«

Vierter Gumby (JOHN) Ja, ich denke, Zement ist interessanter als die Leute denken.

Das sexy Mädchen im verführerischen Boudoir von vorher, das zu einer maskulinen Sprecher-Stimme mimt.

EINBLENDUNG WIE VORHER: »A.J.P. TAYLOR«

Off-Sprecher Ein Thema. . .vier verschiedene Sichtweisen. . . *(schwingt einen Schneebesen)* . . .zwölf fünfzig. . . in einer schlichten Verpackung.

Schnitt zurück zu Canning.

Canning Der Stoff der Geschichte ist tatsächlich ein gewebtes Gewebe. – Pearl Harbour: Es gibt Seiten im Buch der Geschichte, die in gewaltigen Lettern geschrieben sind. . . Das sind Ereignisse, die Jahrzehnte in der Menschheitsgeschichte hinwegwischen. Ein solches Ereignis ist die Schlacht um Pearl Harbour, die für uns dramatisch aufbereitet wurde vom Stadtfrauenverband Batley.

Canning *(im Off)* Miss Rita Fairbanks – Sie haben diese. . . Rekonstruktion der Schlacht um Pearl Harbour organisiert – warum?

Rita (ERIC) Nun ja, wir haben uns schon immer besonders stark für das moderne Drama interessiert. . .wir waren natürlich der erste Frauenverband, der »Das Lager auf der Blutinsel« aufgeführt hat, und im letzten Jahr haben wir unsere äußerst populäre Adaption »Kriegsgreuel der Nazis« gegeben. Deswegen haben wir gedacht, wir würden dieses Jahr gern etwas in einer heitereren Tonart machen. . .

Canning Deswegen haben Sie sich die Schlacht um Pearl Harbour ausgesucht?

Rita Ja, das ist richtig, das haben wir.

Canning Tja, ich kann sehen, daß Sie alle bereit sind loszulegen. Bleibt mir nur noch, Ihnen viel Erfolg zu wünschen für Ihr neuestes Unterfangen.

Rita Ich danke Ihnen sehr, junger Mann.

Sie geht zurück und schließt sich den anderen Damen an, die sich inzwischen in zwei gegenüberliegende Lager geteilt haben.

Canning *(ehrfurchtsvolle Stimme im Off)* Meine Damen, meine Herren, »Die Welt der Geschichte« ist stolz, Ihnen die Premiere der »Schlacht um Pearl Harbour« in der Interpretation des Stadtfrauenverbands Batley präsentieren zu können. . .

Der Anpfiff ertönt, und die beiden Seiten fallen mit Handtaschen etc. übereinander her. Der Film läuft fünfzigprozentig »unterdreht«, damit er ein bißchen Schärfe kriegt.

Schnitt in das Studio mit Canning.

Canning Die Schlacht um Pearl Harbour. Es tut mir übrigens leid, daß ich am Anfang der Sendung ein kleines bißchen gereizt reagiert habe, als diese ganzen Filme und Dinger eingespielt wurden und mich unterbrochen haben, aber ich. . .

Schnitt auf einen Friedhof mit Vikar. Er streut Erde und bekommt Lehm ins Gesicht geworfen. Der Vikar feuert eine Waffe ab.

Schnitt auf einen Friedhof, den einige Totengräber verlassen. Sie steigen in einen Leichenwagen. Als sie abfahren, sieht man, daß die andere Seite mit psychedelischen Blumenmustern bemalt ist.

Schnitt zu Canning.

Canning Deswegen hab ich gesagt, wenn das wieder passiert. . . ich werd dann sehr zornig, ich rede mit Lord Hill und. . .

Schnitt zum »Jetzt«-Mann.

Canning . . .erzähl das Lord Hill. . .

ABSPANN

Zwölf – Die nackte Ameise

»Jetzt«-Mann (der durch einen Wald hetzt und schließlich »Und jetzt« japst).

Trickfilm-Vorspann.

ZWISCHENTITEL: »FOLGE 17–26«

ZWISCHENTITEL: »DIE NACKTE AMEISE«

ZWISCHENTITEL: »EIN STELLWERK IRGENDWO NAHE HOVE«

Stimme *(im Off)* Ich weiß, daß Sie da unten sind.

Das Innere eines Stellwerks. Ein Stellwärter (Terry J.) steht bei den Signalhebeln. Er wird von einem Bären angegriffen. 3,48 Sekunden lang kämpft er mit ihm.

ZWISCHENTITEL: »ABER IN EINEM BÜRO ABSEITS DER GOSWELL ROAD«

Zwei Leute sitzen sich an einem Tisch gegenüber; zwischen ihnen ein großes Fenster. Man erkennt, daß sie sich hoch oben im großen Bürohaus befinden müssen. Die beiden arbeiten fleißig. Nach einer Weile fällt ein Körper am Fenster vorbei.

Erster Mann (ERIC) Heh, haben Sie das gesehen?

Zweiter Mann (JOHN) Hmm?

Erster Mann Haben Sie jemanden am Fenster vorbeikommen sehen?

Zweiter Mann Was?

Erster Mann Jemand ist gerade am Fenster vorbeigekommen. Die Richtung. *(Zeigt nach unten.)*

Zweiter Mann Mm-mh. . .

Der zweite Mann kehrt zur Arbeit zurück. Der erste Mann schaut noch ein wenig aus dem Fenster. Als er wieder anfängt zu arbeiten, saust ein weiterer Körper am Fenster vorbei.

Erster Mann Noch einer.

Zweiter Mann Mmh?

Erster Mann Grad ist noch einer runtergekommen.

Zweiter Mann Was?

Erster Mann Zwei Leute sind gerade eben aus dem Fenster in ihren wohl ziemlich sicheren Tod gestürzt.

Zweiter Mann Ah ja, schön.

Erster Mann Verstehen Sie nicht? Zwei Leute *(noch einer fällt)* . . .drei Leute sind gerade hier an dem Fenster vorbeigekommen.

Zweiter Mann Muß 'ne Vorstandssitzung sein.

Erster Mann Tja. *(Noch einer fällt.)* Hey, das war Wilkins von den Finanzen.

Zweiter Mann Nein, nein, das war Robertson.

Erster Mann Wilkins.

Zweiter Mann Robertson.

Erster Mann Wilkins.

Zweiter Mann Robertson.

Noch einer fällt.

Erster Mann *Das* war Wilkins.

Zweiter Mann *Das* war Wilkins. War ein prima, äh, prima, Golfspieler, der Wilkins.

Erster Mann Sehr guter Golfspieler. Sehr guter Golfspieler. Miserabel bei Finanzen. Dann kommt als nächstes Parkinson.

Zweiter Mann Wetten, daß nicht.

Erster Mann Um wieviel.

Zweiter Mann Was?

Erster Mann Um wieviel wetten Sie, daß er nicht der nächste ist? Einen Fünfer?

Zweiter Mann In Ordnung.

Erster Mann Abgemacht.

Zweiter Mann Es gilt.

Erster Mann Schön. *(Schütteln sich die Hände und sehen dann aus dem Fenster.)* Mach schon, Parky.

Zweiter Mann Tu's nicht, Parky.

Erster Mann Mach schon, Parky. Spring, Parky. Spring.

Zweiter Mann Mensch, sei jetzt bloß vernünftig, Parky.

Schnitt auf einen Brief.

Off-Sprecher (GRAHAM) Sehr geehrter Herr, ich schreibe Ihnen, um mich über den Sketch zu beschweren, in dem Leute aus einem hohen Gebäude fallen. Ich habe mein ganzes Leben in so einem Gebäude gearbeitet und bin

noch

nie. . .

. . .

. . .

. . .

. . .

Schnitt: Film von einem Mann, der aus dem Fenster fällt.

Schnitt zurück ins Büro. Der erste Mann hält die Hände jubilierend hoch.

Erster Mann Parkinson!
Zweiter Mann Johnson!

TRICKFILM *(eventuell einschließlich fallender Sachen) leitet geschickt über zum: Moderator an einem Tisch. Aufdringliche Musik einer Nachrichtensendung.*

EINGEBLENDETER ZWISCHENTITEL: »SPEKTRUM«

Moderator (MICHAEL) Guten Abend. »Spektrum« widmet sich heute abend einem der Hauptprobleme der Welt von heute – die alte umstrittene Frage: »Was ist eigentlich los?« Haben wir überhaupt noch Gelegenheit, uns ihr zu stellen, geschweige denn sie zu beantworten, oder ist es bereits zu spät? Wie lauten die Zahlen, wie sind die Fakten, was meinen die Leute, wenn sie sich über die Dinge unterhalten? Alexander Hardacre von der Landwirtschaftsbehörde.

Schnitt zu einem ähnlich klugen Kopf von Experten. Er steht vor einem Schaubild mit drei verschiedenfarbigen Säulen, über denen Prozentzahlen zu sehen sind. Er spricht mit großer Autorität.

Hardacre (GRAHAM) In diesem Schaubild repräsentiert diese Säule 23 Prozent der Bevölkerung. Diese Säule repräsentiert 28 Prozent der Bevölkerung, und diese Kolumne repräsentiert 43 Prozent der Bevölkerung.

Schnitt zurück zum Moderator.

Moderator Wirklich aussagekräftige Zahlen, aber was bedeuten sie für Sie, was bedeuten sie für mich, was bedeuten sie für den durchschnittlichen Mann auf der Straße? Professor Tiddles von der Universität Leeds ist hier bei uns. . .

Die Kamera fährt zurück und zeigt einen bärtigen Professor, der neben dem Moderator sitzt.

Moderator . . .Professor, Sie haben viele Jahre damit verbracht, Dinge zu erforschen, was denken Sie?

Professor (JOHN) Ich denke, es ist noch zu früh, um etwas zu sagen.

Schnitt zum Moderator, der jetzt noch schneller redet.

Moderator »Zu früh, um etwas zu sagen«. . .»zu früh, darüber zu reden. . .« das bedeutet das gleiche. Das Wort »sagen« ist das gleiche wie das Wort »reden«. Sie werden nicht gleich geschrieben, aber sie bedeuten das gleiche. Das ist die identische Situation, die wir mit »Schiff« und »Boot« haben *(hält Schilder hoch, auf denen »Schiff« und »Boot« steht)*, aber nicht die gleiche, wie wir sie mit »Ehre« und »Ähre« haben *(hält Schilder hoch)*, sie werden unterschiedlich geschrieben, bedeuten verschiedene Dinge, klingen aber gleich. *(Er hält ein Schild hoch, auf dem »Da hätten wir's« steht.)* Die eigentliche Frage aber bleibt unbeantwortet. Wie ist, falls es denn eine gibt, die Lösung dieses Problems? Was können wir tun? Was rede ich hier? Warum sitze ich auf diesem Stuhl? Warum bin ich in dieser Sendung? Um uns all dies zu beantworten, haben wir nun einen Kricketprofi hier im Studio.

Schnitt zum Kricketprofi.

Kricketspieler (ERIC) Zu diesem Zeitpunkt möchte ich noch nicht darüber reden.

Schnitt zurück zum Moderator.

Moderator Haben Sie da also falsch gelegen. . . Herr Professor?

Die Kamera fährt zurück, wir sehen wieder den Professor neben ihm.

Professor Hallo.

Schnitt: Großaufnahme des Moderators.

Moderator Hallo. Also. . . wo stehen wir? Wo stehen wir? Wo sitzen wir? Wo kommen wir? Wo gehen wir? Was tun wir? Was sagen wir? Was essen wir? Was trinken wir? Was denken wir? Was tun wir?

Schnitt: Archivfilm einer Zug-Reise von London nach Brighton in zwei Minuten. Nach einigen Sekunden fährt der Zug in einen Tunnel. Schwärze. Unfallgeräusche. Schnitt auf das Stellwerk vom Anfang.

Stellwärter *(ruft aus dem Fenster)* Oh, Entschuldigung!

Er geht wieder zurück, um mit dem Bären zu kämpfen.

Schnitt in eine schäbige, enge, kleine Pension.

EINGEBLENDETER ZWISCHENTITEL: »EINE KLEINE PENSION IN MINEHEAD, SOMERSET«

Mr. und Mrs. Johnson, ein typisches bürgerliches Ehepaar in den Ferien, gehen zur Eingangstür und drücken auf die Klingel. Die Wirtin geht in der Pension zur Eingangstür und öffnet.

Wirtin (TERRY J.) Hallo? Mr. und Mrs. Johnson, nicht wahr?

Johnson Richtig, ja.

Wirtin Tja, kommen Sie herein, entschuldigen Sie, daß ich Ihnen nicht die Hand gebe, aber ich hab der Katze gerade ein bißchen Schweinefett aufs Furunkel geschmiert.

Johnson *(tritt ein)* Sehr hübsch.

Wirtin Sie müssen müde sein, ist eine lange Fahrt von Coventry, nicht wahr?

Johnson Ja, also, wir rechnen gewöhnlich mit fünfeinhalb Stunden, und jetzt haben wir sechs Stunden und dreiundfünfzig Minuten gebraucht, mit einer fünfundzwanzigminütigen Pause in Frampton Corttrell, um uns die Beine zu vertreten, nur, daß wir eine halbe Stunde warten mußten, um auf die M5 bei Droitwich zu kommen.

Wirtin Ist nicht wahr!

Johnson Ja, dann gab es diesen Viereinhalb-Kilometer-Stau auf der A38 kurz vor Bridgwater, nur, daß wir normalerweise, wissen Sie, auf der B3339 kurz vor Bridgwater vorbeifahren. . .

Wirtin Ist nicht wahr!

Johnson Ja, aber wir haben uns dieses Mal entschlossen, es zu riskieren, weil es ja immer heißt, sie soll da erweitert werden.

Wirtin Soll sie das?

Johnson Ja, also gerade beim Straßenkreuz, wo die A372 dazukommt, da gibt's viel Platz, um sie zu erweitern, da sind nur die Grasstreifen. Man könnte noch zwei Meter dazukriegen – und das Krankenhaus abreißen. Wir haben dann die Küstenstraße durch Williton genommen und sind in den Stoßverkehr von Taunton nach Crowcombe und Stogumber auf der A358 gekommen.

Wirtin Sie müssen ja umkommen vor Durst, ich bring Ihnen einen Tee.

Johnson Also, da sag ich nicht nein. . . nicht, wenn er warm und naß ist.

Wirtin Na, dann kommen Sie mal mit in den Gesellschaftsraum, ich servier gleich den Nachmittagstee.

Johnson *(folgt ihr in den Gesellschaftsraum)* Sehr hübsch.

Noch ein bürgerliches Ehepaar, Mr. und Mrs. Phillips, sitzt dort.

Wirtin Kommen Sie herein, Mr. und Mrs. Johnson, ja, und das sind Mr. und Mrs. Phillips.

Phillips (TERRY G.) Guten Tag.

Johnson Danke sehr.

Wirtin Sie sind schon das dritte Jahr bei uns, wir können sie einfach nicht loswerden, nicht wahr? Ha, ha, und da drüben sitzt Mr. Hilter.

Die Wirtin führt Mr. und Mrs. Johnson zu einem Tisch, an dem Adolf Hitler sitzt und über einer Landkarte brütet. Er trägt eine vollständige Nazi-Uniform. Mit ihm an dem Tisch sitzen Himmler und von Ribbentrop, Himmler in einer Nazi-Uniform, von Ribbentrop im Abendanzug mit Eisernem Kreuz.

Hitler (JOHN) Ah! Sieg Hei. . .Guten Tag.
Wirtin Oh, wir wollen wohl einen kleinen Ausflug machen, was, Mr. Hilter!?
Hitler Ja, ja! Wirrr machen kleinen . . . *(Zu den anderen)* Was ist rückweise bewegen?
Von Ribbentrop (GRAHAM) Geländemarsch.
Himmler (MICHAEL) Bergwanderung.
Hitler Wirrr machen einen kleinen Geländemarsch, nach Bideford.
Johnson *(beugt sich über die Karte)* Oh, da werden Sie bestimmt die A39 nehmen wollen. . . nein, nein, Sie haben da die falsche Karte, das ist Stalingrad, Sie brauchen den Ilfacombe-Barnstaple-Abschnitt.
Hitler Ach, Heinr. . . äh, Reginald, da hast du wohl die falsche Karte erwischt, du alter Kricket-Fanatiker von einem waschechten Briten, du.
Himmler Sorry, mein Führer, ich hab. . . *(Hitler haut ihn an)* äh. . . *Dickie, old chum*. . .
Wirtin Ein Glück, daß Mr. Johnson Sie noch drauf hingewiesen hat? Es wär bestimmt nicht sehr lustig gewesen in Stalingrad, was. . .? *(Sie kapieren den Witz nicht.)* Ich sagte: Es wär bestimmt nicht so lustig gewesen in Stalingrad, was? Ha, ha, ha.
Hitler *(mit zusammengebissenen Zähnen)* Nicht sehr lustig in Stalingrad, nein.
Wirtin Oh, Entschuldigen Sie, ich hab Sie gar nicht bekannt gemacht: Ron. . . Ron Vibbentrop.
Johnson Doch wohl nicht von Ribbentrop, was? Ha, ha, ha.
Von Ribbentrop *(erschrickt mächtig; kapiert dann)* Nein! Nein! Nein! Äh!!! Ha, ha, ha. *No, no*, ich bin born in Somerset. Von Ribbentrop ist born in Gotterammerstraße 46, Düsseldorf-West 8. . . ähm, glaub ich.
Wirtin Und da ist der stille Mr. Bimmler.
Johnson Hi, Mr. Bimmler.
Himmler How do you do, Sir. Ich auch nicht von Minehead, but in Peterborough, Lincolnshire, ich born, und ich stay in Peterborough Lincolnshire Haus ganzen Krieg, wegen böse Wunde ich nicht spielen in the street football mit andere Jungs, und nicht können gehen nach Nürnberg. I am Fensterputzer in Ruhestand and Pazifist, nix Kriegsverbrecher *(reißt sich zusammen)*, tz, tz, tz, und ich very glad, daß England gewinnt World

Cup – Bobby Charlton, Martin Peters –, ich immer eating chips and fish und Hole-in-se-toad, und Dundee-Kekse in der Piccadilly-Line. You know, old chap, ich zehn Jahre Chef von Gestapo, nein, fünf Jahre, nein, nein, äh, no, no, ich war kein Jahr Chef von Gestapo, nie. . . ich mach joke.

Wirtin Oooh, Mr. Bimmler, Sie erlauben sich einen Spaß mit uns, was? *(Telefon klingelt.)* Ach, entschuldigen Sie mich bitte, ich muß schnell mal ans Telefon. *(Geht aus dem Raum.)*

Johnson Und, äh, für wie lange sind Sie hier, Mr. Hilter? Nur vierzehn Tage?

Hitler *(brüllt)* Warrrrum frragen Sie? Sie sind ein Spion, wie? *(Zieht einen Revolver.)* Da, rrrüber an die Wand, Brrriten-Schwein, dein letztes Stündlein hat geschlagen.

Von Ribbentrop und Himmler schnappen sich Hitler und beruhigen ihn.

Himmler Take it easy, Dickie old chum.

Von Ribbentrop Sorry, Mr. Johnson, er ist ein bißchen gereizt. Er hat seit 1945 nicht mehr geschlafen.

Hitler Halt dein Kuchenloch, du Nazi.

Himmler Keep cool, Führer-Baby!

Von Ribbentrop Ha, ha, ha. *(Tut es lachend ab.)* Was wir immer für Spaß haben.

Johnson Kenne ich den nicht aus dem Fernsehen?

Von R. & Himmler Nein, nein, äh, *no, no.*

Johnson Irgendein Fernseharzt?

Von Ribbentrop Nein!!! Nein!

Die Wirtin kommt herein.

Wirtin Ein Anruf für Sie, Mr. Hilter, es ist der nette Mr. McGoring aus dem »Bell and Compass«. Er sagt, er hat eine Adresse gefunden, wo man Bomber stundenweise mieten kann.

Hitler Wenn der noch mal sein großes Maul aufreißt. . . dann machen wir Lampenschirme!

Von Ribbentrop *(bringt Hitler unter Kontrolle und drängt ihn zur Tür)* Schnauze! *(Hitler verläßt den Raum.)* Bomber stundenweise mieten, ha, ha, was für ein Witzbold dieser alte Schotte doch ist! Guter, alter Norman! *(Er verläßt den Raum.)*

Wirtin In letzter Zeit verbringt er den ganzen Tag am Telefon.

Johnson Ist schwer im Geschäft, was?

Himmler Schon recht bald, Baby.

Wirtin Sein großer Tag ist natürlich am Donnerstag. Ach ja, sie planen das schon seit Monaten.

Johnson Was soll da passieren?

Wirtin Na, da ist die Nachwahl für North Minehead. Mr. Hilter kandidiert für die nationalbolzialistische Partei. Er hat wundervolle Pläne für Minehead.

Johnson Zum Beispiel?

Wirtin Also, für den Anfang will er Polen annektieren.

Johnson Oh, in North Minehead sind doch die Konservativen dran, oder?

Wirtin Tja, zu ihren Aufmärschen kommen viele Leute.

Johnson Aufmärsche?

Wirtin Naa, ihre bolzialistischen Versammlungen, unten im Café Axis auf der Rosedale Road.

Schnitt auf ein schäbiges italienisches Café. Auf einem Schild über dem Café steht »Café Axis, Italienische Spezialitäten«. Eine Gestalt, in der man deutlich Mussolini wiedererkennt, nagelt ein Schild oder Poster an, auf dem steht: »Wählt Hitler«. Er sieht sich um und geht verstohlen in das Café. In diesem Augenblick kommen Hitler, von Ribbentrop und Himmler auf Fahrrädern an dem Café vorbei. Hitler fährt an der Spitze und schreit Nazi-Parolen in das Megaphon. Von Ribbentrop fährt hinten mit einer großen Fahne »Hitler für ein besseres Meinhäd«. Himmler fährt in der Mitte mit einem alten Grammophon, das »Deutschland, Deutschland über alles« spielt.

Schnitt zu Hitler, der auf einem Balkon geifert. Himmler steht an seiner Seite. Unter ihnen hängt eine Nazi-Flagge.

Hitler Ich bin kein Rassist. Aber – und dies ist ein großes Aber: wir in der Nationalbolzialistischen Partei glauben, daß. . . daß das Überleben muß gestammen sein mit der schniekie Armstrong-Jones. Historische Taunton ist Völkermeinung von Meinhäd.

Himmler *(macht einen Schritt nach vorn)* Mr. Hitler. . . *Hilter* sagt, daß Taunton geschichtlich gesehen schon ein Teil von North Minehead ist.

Einstellung eines Bauerntrampels, der ungläubig auf den Balkon schaut. Hinter ihm taucht von Ribbentrop auf.

Von Ribbentrop Er hat recht, wissen Sie das?

Wieder auf dem Balkon.

Hitler Und Bridgwater ist die letzte Fühlig, das wir haben in Somerset.

Dazu hört man starken Applaus und »Sieg Heil«-Rufe. Der Bauerntrampel, der nicht applaudiert, dreht sich ziemlich überrascht um, um

zu sehen, von wannen wohl solcherlei Applaus komme. Er sieht von Ribbentrop, der ein Grammophon bearbeitet.
Schnitt zu Stimmen des Volkes.

Interviewer (JOHN) *(im Off)* Was halten Sie von Mr. Hilters Politik?

Bauerntrampel (GRAHAM) Ich mag den Klang von diesem Bolzentrationslaber nicht.

Schreckschraube (ERIC) Also, ich hab ihm mein Baby gegeben, damit er es küßt, und er hat es in den Kopf gebissen.

Börsenmakler (JOHN) Tja, ich denke, er würde viel Gutes für die Aktienbörse bewirken.

Schreckschraube (MICHAEL) Nein. . .nein. . .

Himmler *(schwach als Bauerntrampel verkleidet)* Oh, great. Very britisch and wonderbar. . .äh. . . ful.

Schreckschraube (TERRY J.) Ich denke, er hat recht mit den Bimbos, allerdings bin ich ein bißchen verrückt.

Gumby (TERRY J.) Ich finde, er hat schöne Beine.

Madd (GRAHAM) Also, da ich als Kandidat der Konservativen spreche, labere ich einfach nur weiter und weiter und weiter. . . lasse keinen anderen zu Wort kommen, bis ich Schaum vor dem Mund habe und hintenüberfalle. *(Er schäumt aus dem Mund und fällt hintenüber.)*

Schnitt in das »Spektrum«-Studio. Der gleiche Moderator wie vorher sitzt am Tisch.

Moderator (MICHAEL) Schaum vor dem Mund und hintenüber fallen. Hat er Schaum vor dem Mund, um hintenüberzufallen, oder fällt er hintenüber, um Schaum vor dem Mund zu haben? »Spektrum« untersucht heute abend die ganzen Fragen über Feimen und Fallen, Leiern und Lallen, Schreien und Schallen, Knallen und Hallen, Schnallen und Prallen, Ballen und Strahlen, Zahlen und Pfählen und Tahlen? Tahlen? Gibt es das Wort Tahlen? Wenn ja, was bedeutet es. . .wenn nicht, was bedeutet das. Vielleicht beides. Vielleicht keines von beiden. Was meine ich mit dem Wort meinen. Was meine ich mit dem Wort Wort, was meine ich mit was meine ich, was meine ich mit was, und was meine ich ohne was? Was meine ich mit meine ich mit meine ich mit, und warum meine ich, daß ich Ihre Zeit auf diese Weise verschwenden kann? Gute Nacht.
Schnitt in eine Polizeiwache.

Wachtmeister (JOHN) Gute Nacht.

Die Kamera fährt zurück: ein Mann steht vor dem Tresen.

Mann (TERRY J.) Guten Abend, ich möchte einen Einbruch melden.

Wachtmeister Sprechen Sie bitte lauter, Sir.

Mann Ich möchte einen Einbruch melden.

Wachtmeister Ich kann Sie nicht verstehen, Sir.

Mann *(brüllt)* Ich möchte einen Einbruch melden!!

Wachtmeister Das ist ein bißchen zu laut. Können Sie es nur ein bißchen weniger laut als jetzt sagen?

Mann *(ein wenig lauter als normal)* Ich möchte einen Einbruch melden.

Wachtmeister Nein. . . ich kriege immer noch nichts mit. . .Äh, könnten Sie es in einer höheren Stimmlage versuchen?

Mann Was meinen Sie mit höherer Stimmlage?

Wachtmeister Was?

Mann *(mit hoher Stimme)* Ich möchte einen Einbruch melden.

Wachtmeister Aha! Das ist es. Warten Sie einen Augenblick. *(Nimmt Bleistift und Papier.)* Jetzt ein bißchen lauter.

Mann *(lauter und höher)* Ich möchte einen Einbruch melden.

Wachtmeister Einen was melden?

Mann *(jetzt mit einem lächerlich hohen Quieken)* Einbruch!

Wachtmeister Das ist genau die richtige Frequenz. . . jetzt so lassen.

Ein weiterer Wachtmeister kommt herein und geht hinter den Tresen.

Zweiter Wachtmeister (GRAHAM) Hallo, Kollege!

Wachtmeister *(mit sehr tiefer Stimme)* Abend, Charlie.

Der zweite Wachtmeister zieht seinen Mantel aus, und der erste fängt an, seine Papiere einzupacken. Der Mann erzählt seine Leidensgeschichte weiter, aber immer noch in einem hohen, schrillen Kreischen.

Mann Ich saß mit einem Freund von mir aus Camber Sands zu Hause, als wir ein Geräusch aus dem Schlafzimmer hörten. Wir machten uns daran, es zu untersuchen, und bemerkten, daß 5000 Pfund gestohlen worden waren.

Wachtmeister Tja, ich fürchte, ich hab jetzt Dienstschluß, Sir. Ähm, könnten Sie das bitte Wachtmeister Foster erzählen.

Er verläßt den Tresen. Wachtmeister Foster kommt hilfsbereit lächelnd nach vorne.

Mann *(kreischt weiter schrill)* Ich saß mit einem Freund von mir zu Hause.

Zweiter Wachtmeister Entschuldigung, Sir, aber, äh, was soll die komische Stimme?

Mann *(normale Stimme)* Oh, tut mir schrecklich leid. Ich hab mich dran gewöhnt, mit dem anderen Wachtmeister so zu reden.

Zweiter Wachtmeister Es tut mir schrecklich leid... ich kann Sie nicht hören, Sir. Könnten Sie versuchen, in einer tieferen Stimmlage zu sprechen?

Mann Was? Oh! *(Mit sehr tiefer Stimme.)* Ich möchte den Verlust von 5000 Pfund anzeigen.

Zweiter Wachtmeister 5000 Pfund? Das ist etwas Ernstes, da sprechen Sie besser mit dem Kriminalinspektor.

Die Macht des Stichworts bewirkt, daß in eben diesem Augenblick der Kriminalinspektor aus seinem Büro kommt.

Inspektor (ERIC) *(mit sehr tiefer, langsamer Stimme)* Was ist los, Wachtmeister?

Zweiter Wachtmeister *(spricht mit fantastischer Geschwindigkeit)* Tja - dieser - Herr - Sir - kam - gerade - herein - um - zu - melden - daß - er - zu - Hause - mit - einem - Freund - gesessen - hat - Als - er - ein - Geräusch - aus - dem - Hinterzimmer - gehört - hat - ist - er - dorthin - gegangen - um - es - zu - untersuchen - und - hat - bemerkt - daß - Ersparnisse - von - 5000 - Pfund - gestohlen - worden - sind.

Inspektor *(tiefe Stimme)* Ich verstehe. *(Wendet sich zu dem Mann und spricht ihn mit normaler Stimme an.)* Wo wohnen Sie, Sir?

Mann *(normale Stimme)* 121, Halliwell Road, Dulwich, SE21.

Der Kriminalinspektor bemüht sich, es zu verstehen, schafft es aber nicht. Der zweite Wachtmeister mischt sich hilfreich ein.

Zweiter Wachtmeister *(schnell)* 121-Halliwell-Road-Dulwich-SE21.

Inspektor *(kreischt)* Noch ein Halliwell-Road-Ding, hm, Wachtmeister?

Erster Wachtmeister *(schnell)* Ja - ich - kann - es - gar - nicht - glauben - ich - dachte - der - Typ - der - das - gemacht - hat - ist - letztes - Jahr - eingesperrt - worden.

Zweiter Wachtmeister *(kreischt)* Ja, in Parkhurst.

Erster Wachtmeister *(tief)* Tja, es muß jemand anders gewesen sein.

Inspektor *(sehr tief)* Danke sehr, Wachtmeister. *(Normale Stimme zu dem Mann.)* Wir setzen die Sache sofort in Bewegung, Sir. *(Er hebt den Telefonhörer ab und wählt, während er mit hoher Stimme* *zu dem ersten Wachtmeister kreischt)* Übernehmen Sie hier, Wachtmeister. *(Sehr tiefe Stimme zu dem zweiten Wachtmeister)* Alarmieren Sie alle Streifenwagen in der Gegend. *(Mit lächerlicher Sing-Sang-Stimme ins Telefon)* Ha-allo Lieb-ling, ich fürch-Te, ich we-R-de h-EU-te a-BE-nd sp-Ä-ter n-A-ch H-AU-se KO-mmen.

Inzwischen hat der zweite Wachtmeister ein Sprechfunkgerät und singt mit einer schönen Operntenorstimme hinein.

Zweiter Wachtmeister *(singt)* An alle Streifenwagen in der Gegend. . .

Schnitt zu »Stimmen des Volkes«.

Schönes Mädchen *(mit tiefer männlicher Stimme, synchronisiert)* Ich fand, das war ziemlich niveaulos.

Schwein *(miaut)*

Giraffe *(bellt)*

Präsident Nixon *(eingespieltes Schafsgeblöke)*

Upperclass-Trottel (JOHN) Einige Leute sprechen doch auf äußerst ungewöhnliche Weise.

Schnitt zum Upperclass-Trottel-des-Jahres-Sketch. Die fünf Teilnehmer rennen auf das Spielfeld.

Kommentator (JOHN) Guten Tag und willkommen im Hurlington Park. Wir haben uns an diesem wunderschönen Winternachmittag rechtzeitig zugeschaltet, um noch zu erleben, wie die Teilnehmer auf das Spielfeld rennen, das Geläuf ist fest unter den Füßen, es besteht wenig Aussicht auf Regen. Ja, es sieht ganz so aus, als ob wir uns mit der 127. Upperclass-Trottel-des-Jahres-Schau auf einen prächtigen Sportnachmittag freuen dürfen. Und da die Teilnehmer gleich loslegen, will ich sie einmal für Sie identifizieren. *(Nahaufnahme der Teilnehmer.)* Vivian Smith-Smythe-Smith hat eine Vier minus in Hygiene-Chemie. Simon-Zinc-Trumpet-Harris ist mit einer sehr attraktiven Tischlampe verheiratet. Der beste Freund von Nigel Incubator-Jones ist ein Baum, und in seiner Freizeit arbeitet er als Börsenmakler. Gervaise Brook-Hampster ist in einem Garderegiment, und sein Vater benutzt ihn als Papierkorb. Und schließlich Oliver St. John-Mollusc, von der Privatschule Harrow und dem Garderegiment, den viele für den herausragenden Trottel dieses Jahr halten. Jetzt bewegen sie sich zur Startlinie, ein ganz prima Publikum haben wir hier. Jetzt warten sie auf den Startschuß. . .und sie laufen los! *(Kampfrichter feuert die Waffe ab; niemand bewegt sich.)* Ach nein, tun sie nicht. Nein, sie haben nicht begriffen, daß sie starten sollten. Macht nichts, wir werden das gleich zurechtrücken, der Schiedsrichter erklärt es ihnen jetzt. Ich glaube, Nigel und Gervaise haben es verstanden. Alles bereit zum Start. *(Kampfrichter feuert die Waffe ab; die Trottel laufen wirr umher.)* Oh, und sie laufen los, und dieses Jahr ist es ein schneller Start. Oliver St. John-Mollusc rennt da ein bißchen weit, und jetzt kommen sie zu der ersten Prüfung, der geraden Linie. *(Die Trottel gehen konfus fünf weiße Linien entlang.)* Sie müssen diese gerade Linie entlanggehen, ohne hinzufallen, und Oliver ist da drüben am Ende, äh, Simon kommt recht schnell auf der Außenseite voran, ich glaube, Simon und Nigel, beide kommen sehr schnell voran. Das da ist Nigel da. Nein, es ist Nummer drei, tut mir leid, und da auf der Außenseite – das kann die Kamera nicht sehen – kommt Gervaise, der auch nicht allzuviel zu sehen scheint. . . *(Die Trottel nähern sich einer Linie aus Streichholzschachteln. Je drei Schachteln sind aufeinandergestapelt.)* An der Spitze kommen Simon und Gervaise zum Streichholz-Sprung. . .sie müssen drei Lagen Schachteln klarmachen. . . und Simon ist drüber, und Vivian ist ausgezeichnet drübergekommen, oh, das war der Sprung seines Lebens – wenn nur sein Vater dafür Verständnis hätte. Hier kommt Nigel. . . und jetzt ist Gervaise drüber, er ist, äh, Nigel ist drüber, und hier kommt Gervaise. Gervaise wird drüberspringen, macht es, nein, er ist von der falschen Seite gesprungen, da kommt er, Nigel ist ausgezeichnet drübergekommen. Jetzt ist nur noch Oliver. Oliver. . .und Gervaise. . .oh, so ein Pech. Und jetzt kommt Tritt-den-Bettler. *(Die Trottel treten einen Bettler mit Bauchladen.)* Da ist Simon, und er tritt ihn zusammen, nicht übermäßig hart, aber er fällt hin, und Simon kann jetzt weitergehen. Jetzt kommt Vivian. Vivian kommt und wartet auf eine Chance. Hier kommt er, oh, ein Rammklotz, ein richtiger Rammklotz, und Simon ist jetzt an erster Stelle, Vivian zweiter, Nigel dritter, Gervaise an vierter, und Oliver bildet die Nachhut. Aha, da ist Oliver. *(Oliver versucht noch immer über die Streichholzschachteln zu springen.)* Da ist Oliver jetzt, er bildet das Schlußlicht. Ich glaube, er hat ein kleines Problem mit seiner alten Gehirnverletzung, er wird einen schnellen Versuch starten, nein, nein, so ein Pech, er ist draußen, er weiß einfach nicht, wann er geschlagen ist, dieser Junge, wann er gewinnt, weiß er aber auch nicht. Er hat überhaupt keine Sinnesorgane. Oh, da ist Gervaise *(tritt immer noch den Bettler)*, und er tritt ihn ganz schön zusammen, und er bringt den Bettler auf den Boden, und der Ordner gibt ihm einen kleinen Ratschlag, ja, er kann jetzt weitergehen, er kann zum Schnappschuß gehen. Er legt los, Gervaise ist da, und Oliver hat am Schluß immer noch Probleme mit den Streichholzschachteln. *(Die Trottel nähern sich einem Tisch mit zwei attraktiven Mädchen und einem Fotografen.)* Hier kommt jetzt der Scharfe Schnappschuß, und der erste hier ist Simon, er wird sich mit Lady Arabella Plunkett amüsieren. Sie möchte gern zum Film, und Vivian ist hier fertig, und, äh, da ist Nigel, der sich einen Spaß mit Lady Sarah Pencil Farthing Vivian Steamroller Adams Pie Biscuit Aftershave Gore Stringbottom Smith erlaubt. *(Einstellung eines Trottels, der rückwärts mit einem Sportwagen die Ausschneidefigur einer alten Frau umfährt.)* Und da ist, da ist jetzt Simon im Sportwagen, er ist im Rückwärtsgang in die alte Frau rein, er hat sie absolut ausgezeichnet erwischt. Er wird jetzt vorwärts beschleunigen, zum Nachbarnaufwecken. Ich glaube, da ist Vivian, nein, Vivian hat seine Schlüssel verloren, nein, da ist Vivian, er hat die alte Frau erwischt, langsam aber sicher genau in die Magengrube, und hier ist er. Hier ist er, um jetzt den Nachbarn aufzuwecken. *(Ein Mann im Bett mitten auf dem Spielfeld; die Trottel knallen wiederholt die Türen zu.)* Simon voll in Führung, locker in Führung, aber er kriegt seinen Nachbarn nicht wach. Er knallt gut was weg. Er kriegt absolut keine Reaktion. Da, er hat ihn aufgeweckt, und Simon ist fertig. Hier kommt Vivian, Vivian, um die Tür zu knallen, und hier sind wir wieder beim Schnappschuß, ich glaube, das da ist Gervaise, der gerade dabei ist, und hier kommt Oliver, tapferer Oliver. Wird er es bis zum Tisch schaffen, nein, ich glaube, er wird es nicht, doch, er hat es *(Oliver fällt über den Tisch)*, er schafft es, ohh. Und das Publikum feuert ihn an, und ich kann da, wer ist das da, ja, es ist Nigel, Nigel hat den Nachbarn aufgeweckt – mein Gott ist das aufregend. Nigel ist sehr aufgeregt, und hier kommt Gervaise. Gervaise, oh, nein, es ist, äh, ganz vorne draußen ist Simon, der den Kellner beleidigen soll, und er hat es vergessen. *(Simon rennt an einem Kellner vorbei, der ein Tablett trägt.)* Und Oliver hat sich selbst überfahren *(Oliver liegt vor einem Auto)*, welch ein großartiger Trottel! Und hier kommt jetzt Vivian, Vivian, um den Kellner zu beleidigen, und er überschüttet ihn mit Beschimpfungen, und er erniedrigt ihn, da, und er hat die Führung übernommen. Simon ist nicht bei ihm, nein, Vivian liegt vor ihm bei der Stange. *(Die Trottel unternehmen mehrere Versuche, unter einer Holzstange durchzugehen, die anderthalb Meter hoch liegt.)* Simon muß unter diese Stange, und das ist extrem schwierig, da man dafür eine absolut perfekte Koordination von Geist und Körper benötigt. Nein, Vivian kommt nicht weiter. Hier sind wir wieder, und Simon ist hintenübergefallen. Hier ist Nigel, er ist gestolpert, Simon ist gestolpert, und er ist drunter, und Simon fällt wieder, äh, hier ist Gervaise, und Simon ist durch Zufall durch. Hier ist Gervaise, der als letzter durch ist, da sind sie, hier ist Nigel ganz an der Spitze des Feldes. *(Die Trottel nähern sich fünf Hasen, die am Boden angepflockt sind; sie schießen auf sie mit Schrotflinten.)* Und jetzt wird er den Hasen schießen, und diese Hasen hat man am Boden festgebunden, weil, sie wären sonst ein bißchen lebhaft, und das hier ist nun mal nur eine Ein-Tages-Veranstaltung. Und da schießen sie drauflos. Sie kriegen nicht ganz die Ergebnisse, die sie haben könnten, Gervaise da draußen versucht ihn mit seinem Gewehrkolben zu erschlagen, und ich glaube, Nigel da draußen versucht es mit bloßen Händen, aber sie kriegen nicht die Ergebnisse, die sie haben könnten, aber es ist heute auch ein wenig neblig, und sie müssen aus einer Entfernung von wenigstens dreißig Zentimetern schießen. Aber ich glaube, sie haben da einige Erfolge gehabt, ja, sie haben einige Erfolge gehabt, und das ganze Feld ist wieder in Bewegung, und hier sind sie. *(Sie nähern sich einer Reihe Schaufensterpuppen, die alle nur BHs tragen.)* Sie kommen zu den Debütantinnen, zuerst Gervaise, Vivian als zweiter, Simon als dritter. Und sie müssen jetzt von vorne die Büstenhalter ausziehen, das ist wirklich schwierig, das ist wirklich das Härteste, der schwierigste Teil des ganzen Wettbewerbs, und ich glaube, sie haben da ein paar Schwierigkeiten, sie versuchen es jetzt wirklich, und das Publikum kommt in Fahrt, und ich glaube, einige der Trottel kommen auch ganz schön in Fahrt. *(Die Trottel verwüsten die Puppen.)* Vivian ist da, Vivian kommt vorbei, Simon liegt an zweiter Stelle, und, nein, da ist Oliver, er ist nicht unbedingt ausgeschieden. Da läuft Nigel, nein, er hat etwas verloren, und Gervaise rennt durch bis zum letzten Hindernis. *(Sie nähern sich einem*

Tisch, auf dem fünf Revolver liegen.) Alles, was sie hier jetzt tun müssen, um den Titel zu gewinnen, ist, sich selbst zu erschießen. Simon schießt. So ein Pech, er trifft daneben. Nigel trifft daneben. Da ist jetzt Gervaise, und Gervaise hat sich erschossen – Gervaise ist der Upperclass-Trottel des Jahres. Da ist Nigel, er erschießt Simon aus Versehen, Simon macht den zweiten Platz, und da ist Nigel, Nigel erschießt sich selbst, Nigel ist Dritter in dieser schönen und aufregendsten Upperclass-Trottel-des-Jahres-Schau, die ich je gesehen habe. Nigel hat sich selbst mit dem Kolben auf den vierten Platz geschlagen. *(Drei Särge auf der Tribüne mit Medaillen.)* Und so lautet das Endresultat: Der Upperclass-Trottel des Jahres – Gervaise Brook-Hampster aus Kensington und Weybridge; Zweiter – Vivian Smith-Smythe-Smith aus Kensington und Dritter – Nigel Incubator-Jones aus Henley. Tja, da werden heute abend sicher ein paar Türen in den Straßen von Kensington knallen.

Brief und Off-Sprecher.

Off-Sprecher (TERRY J.) Sehr geehrte Herren, wie herrlich ist es doch zu erleben, mit welchem Schneid, mit welcher Hartnäckigkeit die Zierde der britischen Männerwelt sich selbst auszulöschen versteht. Mit Führungskräften dieses Kalibers braucht sich England keine Sorgen zu machen. Wenn sich doch nur einige aus der sogenannten Arbeiterklasse mit diesem Sportsgeist vernichten würden. Ihr etc., Brigadekommandeur Mainwaring Smith Smith Smith etc. Verstorben etc.

PS etc. Los, ihr anderen Dienstgrade, zeigt, was ihr könnt.

TRICKFILM:

Soldat Ja, Sir, ich werde mein Bestes tun, Sir! *(Hustet.)*

Sprecher *(Off)* Nein, nicht genug.

Soldat *(hustet wieder, sein Bein fällt ab)*

Stimme *(Off)* Nein, noch immer nicht gut genug.

Soldat *(hustet wieder, er löst sich völlig auf)*

Erster Sprecher Ja, so ist schon besser.

Eine Hand hebt die Trickfiguren auf, und man sieht Terry J., der sie sich in die Pfeife steckt. Er legt die Pfeife nieder, und verschiedene, seltsame Biester klettern heraus.

Cartoon-Überleitung zu einem Standbild eines schönen Landhauses. Typische Musik für eine Soap opera. Die Kamera fährt in das Haus; es wird übergeblendet zu einer Nahaufnahme eines vornehmen, edlen

Vaters und einer unschuldig fröhlichen Tochter – eine zarte, schöne englische Rose.

Vater (GRAHAM) Wie ich höre, wollen Sie meine Tochter heiraten?

Die Kamera fährt zurück; wir sehen, daß er ein gräßliches Ding anspricht, ein schmuddeliger, übelriechender Trümmerhaufen: in braunem Mantel, unrasiert, ständig von stoßweisem Husten geschüttelt, lüstern grinsend. Dieser Mensch sitzt auf dem Sofa in dem schönen, eleganten Salon.

Shabby (MICHAEL) *(zieht die Nase hoch und hustet)* Stimmt. . .jou, jou.

Vater Ja, Sie sind sich natürlich darüber im klaren, daß Rosamunde noch recht jung ist?

Rosamunde (CONNIE) Daddy, du tust so, als ob ich noch ein Kind wäre. *(Sie blickt zärtlich zu Shabby.)*

Shabby *(geil)* Jou. . . wissen Se. . . man musse sich krallen, wenn se knackig sind, häh, häh! Ooooh! Verstehn wir uns, häh, oooh! *(Macht mit dem Ellbogen eine obszöne Geste.)*

Vater Tja, ich bin sicher, Sie wissen, was ich meine, Mr. . . .äh. . . Mr. . . .äh. . .mh?

Shabby Shabby. . .Ken Shabby. . .

Vater Mr. Shabby. . .ich will nur sichergehen, daß Sie in der Lage sind, für meine Tochter zu sorgen.

Shabby Oh, ja, ja. Ich werd für sie ganz richtig sorgen, Sportsfreund, in jeder Lage, häh, weißt, was ich mein, häh? Huuaaah!

Vater Und, äh, was für einer Arbeit gehen Sie nach?

Shabby Ich putz öffentliche Klos.

Vater Haben Sie Aussichten auf Beförderung?

Shabby Oh, ja, ja. *(Zückt ein Taschentuch und hustet sich auf schreckliche Weise frei.)* Nach fünf Jahren geben se eim'ne Bürste. . .huuaaaau, huuuah. . . Tut mir leid, Euer Ehren, ich hab 'n bißchen auf dein' Teppich gerotzt. . .

Vater Und, hm, wo werdet ihr wohnen?

Shabby Tja, um die Ecke bei meiner Omma. . .die dressiert Iltisse, aber den meisten davon ist die Puste ausgegangen, müßte jetzt'n bißchen Platz auf'm Speicher sein. Weißt, was ich mein. Oooh!

Vater Und wann werden Sie heiraten wollen?

Shabby Oh, sofort, Sportsfreund. Sofort. . . weißt. . . ich hab es seit Wochen nicht mehr gemacht. . .

Vater Tja, hören Sie, ich werde den Bischof anrufen und sehen, ob wir die Abbey bekommen können. . .

Shabby Oje, Dünnpfiff. *(Hustenanfall.)*

Schnitt zu einer seltsamen Foto-Sequenz (soll mit Terry »Einfaltspinsel« Gilliam ausgearbeitet werden (wenn er die Zeit dazu hat)). Dazu:

Off-Sprecher (JOHN) Was bisher geschah: Rosamundes Vater ist von Mr. Shabbys außergewöhnlich anziehendem Charakter bestrickt. Während eines Oxfam-Mittagessens haben Bob und Janet Mr. Farquars Goldfisch zu sich genommen; und Mrs. Elmores Heirat ist in Gefahr, weil Doug darauf beharrt, er habe eine andere Bewußtseinsebene erlangt. Louises Bruch wurde bestätigt, und Jim, der Bruder von Bob, hat auf dem Weg zu Jenny – einer freischaffenden Pagoden-Gestalterin –, den Herausgeber des »Lanzette« überfahren. Auf der anderen Seite des Kontinents brütet Napoleon immer noch über den schwelenden Resten einer Stadt, für deren Eroberung er die halbe Welt durchquerte. . .

Überblendung von der Foto-Sequenz in ein Zimmer.

ZWISCHENTITEL: »EINE ECKE IN EINEM EIN-ZIMMER-APARTMENT«

Ein Mädchen in BH und Höschen geht zum Fernseher und schaltet ihn an.

Off-Sprecher . . .während Mary, Rogers Halbschwester, es sich vor dem Fernseher bequem macht. . .

Auf dem Bildschirm fängt eine politische Wahlsendung an.

ZWISCHENTITEL: »EINE POLITISCHE WAHLSENDUNG ZUGUNSTEN DER HOLZPARTEI«

Off-Sprecher Nun folgt eine politische Wahlsendung zugunsten der Holzpartei.

Schnitt zu einem traditionell grau angezogenen Mann, der an einem Tisch sitzt und in die Kamera sieht.

EINGEBLENDETER ZWISCHENTITEL: »DER SEHR EHRENWERTE LAMBERT WARBECK«

Minister (GRAHAM) Guten Abend. Wir von der Holzpartei sind entschieden der Ansicht, daß die gegenwärtige, schwache Fassung des Kommunalverwaltungsgesetzes eine Menge zu wünschen übrig läßt, und wir beabsichtigen zu kämpfen.

Er pocht auf den Tisch und fällt durch den Boden. (Ja, Herr Regisseur, Sie haben richtig gelesen: er fällt durch den Boden und reißt ein Vermögen aus dem Budget mit sich.) Während er fällt, stößt er einen langen Schrei aus, der langsam leiser wird. Ein weiterer Mann kommt herbei und sieht in den Abgrund hinab.

Mann (ERIC) Hallo! Hallooooo! *(Zur Kamera)* Äh, ich, ich fürchte, der Minister ist durch die Erdkruste gefallen. Ähm . . .entschuldigen Sie mich einen Augenblick. *(Geht und schaut in den Abgrund.)* Halloooooo.

Minister *(außerhalb des Bildes, tief unten)* Halloooooooo.

Mann Sind Sie in Ordnung, Herr Minister?

Minister Ich bin auf so einer Art vorspringendem Dings gelandet.

Mann Sollen wir eins von den BBC-Seilen herunterlassen?

Minister Wenn Sie so freundlich wären.

Mann Wie lang müßte das BBC-Seil sein, das wir voraussichtlich brauchen werden?

Minister Ich würde das längste BBC-Seil benutzen. Das wäre eine gute Idee, möchte ich meinen.

Mann Okey-dokey, Chef. Äh, Tex, hol das längste BBC-Seil, bring es her, pronto.

Minister *(immer noch tief unten)* Da ich auf allen Kanälen zu sehen bin, werde ich in der Zwischenzeit vielleicht besser mit dieser Wahlsendung weitermachen, indem ich von hier unten, so gut ich kann, etwas über unsere Wohnungsbaupläne schreie. Könnte mir jemand ein Skript herunterwerfen. *(Mann schmeißt ein Skript hinunter, und Tex taucht mit einem riesigen Seil auf.)* Das Skript scheint auf einem anderen Vorsprung irgendwie außerhalb meiner Reichweite gelandet zu sein, hören Sie mich?

Mann Äh, ja, wenn das Seil Sie erreicht, könnten Sie sich vielleicht zu dem Vorsprung herüberschwingen und es sich schnappen.

Minister Gute Idee.

Schnitt zum Minister, der am Seil schaukelt.

EINBLENDUNG: »DER SEHR EHRENWERTE LAMBERT WARBECK«

Minister Tja, ich werde weitermachen, wenn ich das Skript lesen kann.

Er schwingt zu dem Vorsprung gegenüber, auf dem das Skript liegt. Als er näher kommt, späht er darauf und beginnt zu lesen.

Minister Guten Abend. Wir von der Holzpartei *(er schaukelt weg und dann zurück)*, sind entschieden der Ansicht *(schaukelt weg und zurück)*, daß die gegenwärtige, schwache Fassung des Kommunalverwaltungsgesetzes und, nein, nein – das ist nicht gut, das funktioniert nicht. . .ich glaube, ich muß versuchen, danach zu schnappen. Aha. Da hätten wir's. *(Er schaukelt hinüber und schnappt das Skript mit einer Hand; er versucht, sich zur Kamera zu wenden und fährt fort.)* Guten Abend. Wir von der Holzpartei sind entschieden der Ansicht, daß die gegenwärtige *(er macht eine lebhafte Geste mit der Hand, läßt dabei das Seil los und fällt so, daß er jetzt kopfüber hängt.)* Aaaah, aaah! Du meine Güte. Hallo!

Mann *(im Off)* Hallooo.

Minister Hören Sie, hören Sie, ich sehe bestimmt ein bißchen wie ein Dummkopf aus, wenn ich so kopfüber hänge.

Mann *(im Off)* Keine Sorge, Herr Minister. *(Schnitt zum Mann; er schaut in Richtung Kulisse)* Ich glaube, Schatzi, dem Minister wäre sehr damit geholfen, wenn wir das Bild auf den Kopf stellen würden.

Schnitt zum Minister. Das Bild steht jetzt auf dem Kopf. Der Minister scheint jetzt richtig herum zu sein.

Einblendung seines Namens *(verkehrt herum)*

Minister Oh, gut. Hören Sie, äh, das tut mir leid, aber hier scheinen ein paar Kobolde ihr Unwesen zu treiben. . . ich glaube, ich fange besser von vorne an. Äh, guten Abend, wir von der Holzpartei sind ganz entschieden der Ansicht, daß, oh. . . *(Er läßt das Skript fallen.)* Gottverdammter Mist. . . – Ach, du liebe Zeit, äh, das tut mir schrecklich leid, daß ich gottverdammter Mist auf allen Kanälen gesagt habe, aber, äh. . .

Mann *(im Off)* Noch ein Skript kommt jetzt nach unten, Herr Minister.

Minister Oh, gut, gut. Tja. . .äh. . .äh. . .hmm. . .Guten Abend. Äh. . .also. . .äh. . . wie geht es Ihnen? Ähm. . . Oje, hören Sie, ich möchte nicht, daß Sie denken, die Holzpartei bestände nur aus alten Männern, die gerne an Seilen herumhängen, nur, ich. . . äh. . . oh. . . oh.

Ein Mann wird – ganz normal, Kopf nach oben – an einem Seil zu dem Minister nach unten gelassen. Als das Bild umgedreht wird, scheint er sich nach oben zu bewegen. Der Minister sieht ihn.

Minister Ah. Danke sehr. *(Nimmt das Skript; der Mann am Seil klettert wieder nach oben.)* Guten Abend, wir von der Holzpartei sind entschieden der Ansicht, daß die gegenwärtige, schwache Fassung. . . *(Mann fällt schreiend vorbei.)* Hören Sie, ich glaube, wir lassen es für heute bleiben.

Schnitt ins Studio zu zwei Männern in einer Diskussionsrunde.

Erster Robert (TERRY J.) War das die weiteste Distanz, die ein Minister je gefallen ist? Robert.

Schnitt zu Zweitem Robert.

Zweiter Robert (ERIC) Nun, überraschenderweise nicht. Der kanadische Außenminister fiel vor ungefähr sechs Jahren fast zehneinhalb Kilometer während einer Konferenz der Liberalen in Ottawa, und dann fiel der kenianische Landwirtschafts- und Fischminister, während einer Parlamentsdebatte in Nairobi, vor kurzem fast achtzehn Kilometer, obwohl das bisher noch nicht ratifiziert wurde.

Erster Robert Äh, und wie weit fiel das philipinische Kabinett letzten März?

Zweiter Robert Äh, tja, sie fielen fast siebenundfünfzig Kilometer, aber da es natürlich an ihrem Gesamtgewicht lag, ist das nicht wirklich bemerkenswert. Robert.

Erster Robert Danke sehr, Robert. Tja, wie lautet nun Ihre Stellungnahme zu dem Ganzen, Robert?

Schnitt zu drittem Robert, der verbissen in die Kamera starrt. Er trägt eine Perücke, der die Haare zu Berge stehen, und seine linke Augenbraue hängt zwölf Zentimeter über seiner rechten.

Dritter Robert (JOHN) Tja-tja, Robert, die Hauptsache ist, es ist schrecklich aufregend. Wissen Sie, der Minister steckt ziemlich offensichtlich zwischen Felsen, über die wir schrecklich wenig wissen. Schrecklich wenig. Die Hauptsache ist natürlich, daß wir Farbbilder in außergewöhnlich guter Qualität bekommen. Das Wichtige an der Sache ist, das wirklich Aufregende an der Sache ist, daß der Minister *(während er immer aufgeregter wird, fängt er an, Rauch auszustoßen)* Proben aus dem Erdkern mitbringen wird, die uns ungeheuere, wirklich ungeheuere, ungeheuere, ungeheuere Aufschlüsse geben werden, über die Entstehung der Erde und woraus Gott selbst besteht. *(Er fängt Feuer und jemand muß einen Eimer Wasser über ihn gießen.)* Oh, das tut gut.

Schnitt zurück in die Szene mit Erstem Robert.

Erster Robert Danke sehr. Tja, das scheint alles zu sein, wofür wir heute abend Zeit haben. Es sei denn, irgend jemand will noch irgend etwas sagen? Will irgend jemand noch irgend etwas sagen???

Verschiedene »Neins« und ein »Verdammte Schwuchtel« und noch mehr

»Nein«. Eine sehr schnelle Montage aller möglichen Figuren aus der Show dieser Woche. Der Letzte ist der Spektrum-Moderator. Er sagt mehr als nein.

Moderator (MICHAEL) Was meinen wir mit nein, was meinen wir mit ja, was meinen wir mit nein, nein, nein. Spektrum stellt heute abend die Frage danach, was nein ist.

Das Sechzehn-Tonnen-Gewicht fällt auf ihn.

Schnitt zum »Jetzt«-Mann, der wieder zurück durch den Wald läuft.

ABSPANN

Dreizehn – Sendepause

Vier Leichenbestatter tragen einen Sarg. Der Deckel öffnet sich, und der »Jetzt«-Mann schaut heraus.

Mann (MICHAEL) Und jetzt...

Schnitt auf ein großes, animiertes Schriftbild: »Pause«.

Off-Sprecher (TERRY J.) Wir machen jetzt eine kurze Pause.

Es folgen sieben Sekunden Mantovani-Musik in (leicht) erhöhter Geschwindigkeit. Zwei Trickfilm-Autos rasen ins Bild und krachen ineinander.

Schnitt: Trickfilm-Vorspann.

Schnitt: das vorige Schriftbild – »Pause«.

Off-Sprecher Wir machen jetzt eine mittellange Pause.

Dieselbe Musik in derselben Geschwindigkeit, diesmal etwas länger. Kurzer Trickfilm, dann Schnitt in den Eingangsbereich eines Restaurants. Er und sie sind gerade eingetreten. Sie schwatzt vor sich hin. Ein Kellner steht in Erwartung.

Sie (ERIC) Huch, *dies* mag ich nicht, huch, *das* mag ich nicht. Ach, das gefällt mir alles nicht sonderlich. Oje, wie kann man nur solche Tapeten nehmen? Wie kann man nur Senf nehmen? Huch, ist dies hier anständig? Huch, nicht im geringsten. Ach, ich finde, wenn sie einem keine Fingerschalen geben, ist es kein anständiges Restaurant. Huch, den mag ich nicht. Ich werde ein Baby bekommen in ein paar Jahren.

Er (JOHN) Äh, verzeihen Sie bitte meiner Frau. Sie mag etwas eklig erscheinen, aber im Grunde hat sie ein Herz aus Resopal. *(Ober verzieht das Gesicht.)* Tut mir leid.

Kellner (TERRY J.) Das geht schon in Ordnung, Sir. Wir sind hier einiges gewohnt. Der Oberkellner wird gleich bei Ihnen sein, um Sie zu beleidigen. Wenn Sie jetzt bitte entschuldigen, ich muß Sie allein lassen und Selbstmord begehen.

Er Oh, das tut mir leid.

Kellner Nicht doch. Es ist wegen nichts Ernstem.

Er tritt ab. Im Off ein Schuß und ein Schrei.

Sie Also ehrlich, ich hab was gegen Leute, die Selbstmord machen, ich mag diese Sorte Mensch überhaupt nicht. Ich bin ein einfacher Mensch und stolz darauf, meine Mutter ist das Salz der Erde, und ich nehme die Pille nicht, weil es sich nicht gehört.

Der Oberkellner kommt herein.

Er Haben Sie bitte Nachsicht mit meiner Frau. Sie ist vielleicht nicht gerade sehr schön, sie mag auch kein Geld haben und ziemlich unbegabt sein, langweilig und dröge. Aber dafür ... *(lange Pause)*... tut mir leid, mir fällt nichts ein.

Oberkellner (MICHAEL) Schön. Ich bin der Oberkellner. Dies ist ein streng vegetarisches Restaurant, wir servieren keinerlei tierisches Fleisch. Wir sind nicht nur stolz darauf, wir bilden uns auch noch was darauf ein. Sollten Sie also gekommen sein, um von mir zu verlangen, daß ich ein kleines, wehrloses Huhn aufschlitze, damit Sie seine Haut kauen und seine Innereien essen können, dann, fürchte ich, muß ich Sie bitten, das Lokal zu verlassen.

Er Nein, nein, nein.

Oberkellner Ebenso, wenn Sie uns auffordern wollten, die Seitenstücke einer Kuh in Scheiben zu schneiden und sie mit kleinen Leberhappen zu servieren... *(er bekommt ein leichtes Zucken und läßt sich davontragen)* oder gar einem Schwein den roten Lebenssaft zu entziehen, um ihm sodann ein Bein abzuhacken.. oder einem noch zuckenden Schaf das Gekröse auszuweiden und es mit frischem Hirn, Milz und Gedärm von kleinen Kaninchen zu servieren... WIR WÜRDEN ES NICHT TUN. *(Kommt zu sich.)* Jedenfalls nicht für's Essen.

Sie Ehrlich gesagt, ich hab was gegen Leute, die ihrer redseligen Natur in Form exorbitant schwülstiger Weitschweifigkeit die Zügel schießen lassen. *(Beide starren sie an; Pause.)* Oh, das gefällt mir nicht.

Er Ich finde, manchmal hast du fast was Menschliches, Shirley.

Oberkellner *(nachdenklich)* Sie müssen wissen, ich mach immer noch ins Bett.

Er Die Frau, die ich einst heiratete, war schön und jung und fröhlich und aufgeschlossen. Was ist bloß mit ihr geschehen?

Sie Du hast dich von ihr scheiden lassen und mich geheiratet.

Oberkellner Ich habe meine zweite Frau bei einer Zweitfrau-Tausch-Party kennengelernt. Ich war zu spät gekommen.

Auftritt Schulleiter.

Schulleiter (GRAHAM) Schon immer spät dran gewesen, was, Thompson?

Oberkellner Tag, Herr Schulleiter. Was machen Sie denn hier?

Schulleiter Danke, danke, großartig, danke schön. Keinen Sherry mehr für mich, Sie wissen schon. Warner House hat Badger House im Wettbewerb um die »Zweite Tasse« geschlagen, bemerkenswert. Wir mußten den Großteil der zweiten Klasse einschläfern lassen. Kein Geistlicher. Schlecht fürs Geschäft. Sie fingen schon an, an sich herumzuspielen. Trotzdem... Sie haben wohl nicht zufällig meine Frau hier irgendwo gesehen?

Oberkellner Nein.

Schulleiter Gottseidank.

Sie Ach, ich mag ihn nicht. Weißt du, was ich meine? *Weißt* du, was ich meine. Ich mein, weißt du, was ich meine. Weißt du, was ich meine. Weißt du, was ich meine. Ich mein, weißt du, was ich meine. Männer sind doch alle gleich.

Auftritt: Prologus, in langem griechischen Gewand, mit langem weißen Bart, einen großen Stab haltend.

Prologus Wähnet nicht, daß diese vier Wände umschlössen die mächtge Eule Thebens. Denn nur er, Ihr Edlen, wird Schönheit gewahr, der sie sich anverwandelt...

Oberkellner Nein, wird er nicht.

Prologus Entschuldigung. *(Ab.)*

Oberkellner Gut. Möchten Sie vielleicht ein Glas Blut? O wie konnte ich mich nur so verraten!

Sie Nein, wir hätten jetzt gern die Speisekarte, bitte. Ich finde, dies ist kein anständiges Restaurant, wenn sie keine anständige Speisekarte haben, und überhaupt, ich könnte schwanger sein.

Er Möchtest du vielleicht einen Drink?

Sie Seit du mich geheiratet hast, Douglas, behandelst du mich wie einen Albatros.

Ein Ober schiebt einen großen Servierwagen herein, auf dem unbekümmert der halbnackte Hopkins sitzt.

Hopkins 'n Abend.

Er Guten Abend.

Hopkins Ich hoffe, Sie werden sich heute abend für mich entscheiden. Ich bin die Spezialität des Hauses. Probieren Sie mich mit Reisbeilage.

Er Wie meinen?

Hopkins Ein Hopkins au Gratin à la chef.

Er Oh, äh, sehr erfreut... *(Setzt zum Händeschütteln an.)*

Hopkins *(kapriziös)* Man spielt doch mit seinem Essen nicht rum!

Sie *(mustert ihn)* Ich mag das nicht. Da ist *Staub* drauf. Für mich ist das keine anständige Mahlzeit so ohne Pudding. *Mein* Mann ist Architekt.

Hopkins Auf ein Wort noch, Sir, ein kleiner Tip zu Ihrer Warnung. *(Senkt die Stimme.)* Nehmen Sie bloß kein Stück von dem Vikar da drüben. *(Schnitt zum Vikar, der mager und freudlos in einem Topf sitzt.)* Der sitzt hier schon seit zwei Wochen, und niemand hat ihn angerührt. Verstehn Sie?

Er Ja, danke schön.

Hopkins So, jetzt muß ich aber los, sonst verderb ich. Janet – in die Küche!

Kellner Da ist ein toter Bischof im Vorraum, Sir.

Oberkellner Ich möchte mal wissen, wer die immer hierher bringt.

Sie Oh, ich mag das nicht. Ich glaub, das ist albern. Das ist kein richtiger Sketch, mit einer richtigen Pointe. Ich mein, ich verstehe nicht viel von irgendwas. Ich bin blöd. Eine dumme Nuß. Keiner will wissen, was ich denke. Immer bleibt alles an mir hängen. Keiner macht sich was aus mir. Na ja, ich werde einen Riesenhaufen Babys bekommen, und *die* können sich dann verdammt noch mal was aus mir machen. Die machen einen krank, diese ganzen Fernsehprogramme. Die hören nie auf zu reden, *er* wird *sie* ins Verderben stürzen, Knaus-Ogino-Methode! *Schnitt auf animiertes Schild: »Pause«*

Off-Sprecher (TERRY J.) Wir machen nun eine riesengroße Pause, in der wir kleine Stücke Eiscreme in sehr großen Schachteln verkaufen werden. Eine andere Möglichkeit, die Leute aus den Kinos zu vertreiben, besteht darin, ihnen Werbung zu zeigen.

Das Pausenschild wird abgelöst durch animierte Werbetitel: »Perlen-Vor-Die-Säue präsentiert«. Einstellungen verschiedener Automobile, auf denen junge Mädchen posieren.

Off-Sprecher (ERIC) Wie gefällt Ihnen dieses? Oder wie wär es damit? Vielleicht bevorzugen Sie aber auch das neueste Modell? Dann kommen Sie doch zu uns. Wir führen nur die allerbesten Modelle. *(Eine Karte mit der Aufschrift »Soho Kraftfahrzeuge, zweite Etage« hängt an einem schwarzen Brett, inmitten von Reklamekarten für »Rita« u. ä.; Schnitt in ein Restaurant.)* Und nach dem Film empfehlen wir das Restaurant »La Gondola«, nur zwei Minuten von diesem Kino entfernt. Der Geschäftsführer, Mr. Luigi Vercotti, wird sich freuen, Sie zu empfangen und Sie mit der ganzen Vielfalt berühmter sizilianischer Delikatessen bekanntzumachen. *(Während Vercotti vor der Kamera posiert, führen*

Polizisten sein Personal und mehrere halbbekleidete Mädchen durch das Restaurant ab.) Hier können Sie es sich in freundlicher Atmosphäre bequem machen und so richtig entspannen, oder trinken und tanzen bis in den Morgen, wenn Sie mögen. Im »La Gondola« können Sie sämtliche pikanten Genüsse des Südens ausprobieren. Der Oberkellner würde sich glücklich schätzen, Ihnen seine Spezialitäten vorzuführen. Oder melden Sie sich beim Koch, wenn Sie es richtig scharf mögen! *(Die Polizei führt einen Koch ab, der einen 8mm Projektor inklusive Film trägt.)* Verbringen Sie einen unvergeßlichen Abend – im »La Gondola«, Chelsea, sowie in Parkhurst, Dartmoor und den Scrubs. *(Polizisten führen Vercotti ab.)*

»Perlen-Vor-Die-Säue«-Schlußtitel.

Schnitt in den Innenraum eines Kinos. Im Spotlight steht ein Mann in einer Eisverkäuferinnen-Uniform mit einem Eiscremebauchladen, auf dem ein Albatros liegt.

Mann (JOHN) Albatros! Albatros! Albatros!

Eine Person tritt auf ihn zu.

Person (TERRY J.) Zweimal Schoko-Eis, bitte.

Mann *(äußerst unwirsch)* Ich hab kein Schoko-Eis. Ich hab nur diesen Albatros. *(Wendet sich schon wieder ab.)* Albatros!

Person Welche Geschmacksrichtung ist das?

Mann Das ist ja wohl ein Vogel, nich' wahr, ein verdammter Seevogel . . . der hat verdammtnochmal keinen Geschmack. Albatros!

Person Gibt es Waffeln dazu?

Mann Natürlich gibt es keine Waffeln dazu, darauf können Sie einen lassen, Mann. Albatros!

Person Was macht das?

Mann Neun Pence.

Person Dann nehme ich zwei Stück, bitte.

Mann Baßtölpel am Stiel!

Die Kamera zoomt auf die Leinwand. Dort erscheint wiederum eine »Pause«-Schrift.

Off-Sprecher Wir machen jetzt eine ganz kurze. . .

Das Schriftzeichen explodiert.

TRICKFILM-ZWISCHENTITEL:

»JETZT AUCH IN ANDEREN SCHMUDDELKINOS ANGELAUFEN«

»IM PORTNOY CINEMA PICCADILLY«

»GEWINNER DER GOLDENEN PALME VON TORREMOLINOS«
»REGENZEUG IM LAUF DER ZEITEN«
»DEMNÄCHST«
»IM JODRELL CINEMA, COCKFOSTERS«

Off-Sprecher (TERRY G.) und ZWISCHENTITEL: »Die Geschäftsführung bedauert, heute abend keinen Hauptfilm zeigen zu können, da dies ihren Gewinn beschneiden würde.«

Schnitt zur Königin zu Pferde; die ersten paar Takte der Nationalhymne.

Schnitt zur oben eingeführten Person, die nun im Kinosessel sitzt und sich an ihrem Albatros festhält.

Person Davon haben wir jetzt genug gesehen. Und nun ein Polizist in der Nähe von Rottingdeans. . . Albatros!

Schnitt zu einem Polizisten, der an irgendeiner Straße die Stellung hält. Ein Mann tritt auf ihn zu.

Mann (MICHAEL) Wachtmeister! Hallo, Wachtmeister!

Wachtmeister (JOHN) M-mh?

Mann Entschuldigen Sie bitte, aber ich habe eben auf einer Parkbank da drüben gesessen und meinen Mantel nur für einen Augenblick abgelegt, und dann ist meine Brieftasche gestohlen worden, jetzt sind 15 Pfund weg.

Wachtmeister Hm. Haben Sie denn, äh, haben Sie den Betreffenden gesehen oder sonst jemanden, der sich dort aufgehalten hat, oder. . .

Mann Nein, nein, da war kein Mensch. Das ist ja das Problem.

Wachtmeister Na, dann können wir wohl nicht viel machen, Sir.

Mann *(druckst lange herum; schaut verlegen um sich; schließlich murmelt er, ohne den Wachtmeister anzusehen)* Wollen Sie mit zu mir kommen?

Wachtmeister *(ebenfalls murmelnd und sich konspirativ umblickend)* Ja, ist gut.

Beifall von Teilnehmerinnen eines Frauenkongresses.

Schnitt zu einem Mann, der in einer Unfallstation auf einer Bank sitzt und wartet.

Mann (TERRY J.) Albatros!

Arzt und Schwester kommen auf ihn zu.

Arzt (ERIC) Mr. Burtenshaw?

Mann Ich, Doktor?

Arzt Nein, *ich* Doktor, *du* Mr. Burtenshaw.
Mann Und meine Frau, Doktor?
Arzt Nein, deine Frau *Patient*, *ich* Doktor.
Schwester (CAROL) Kommen Sie bitte hier lang.
Mann Ich, Schwester?
Arzt Nein. Sie Schwester. Ich Doktor. Du Mr. Burtenshaw.
Krankenpflegerin kommt hinzu.
Pflegerin (JOHN) Doktor Walters?
Arzt Ich, Krankenpflegerin. *(Zur Schwester)* Du Mr. Burtenshaw. *(Zum Mann)* Sie Schwester. *(Zur Pflegerin)* Du Doktor.
Pflegerin Nicht Doktor.
Arzt Nix Doktor? Krankenwagen rufen. Warm halten.
Schwester Doktor trinken?
Arzt Doktor trinken. Schwester essen. Mr. Burtenshaw kochen. Ich krank.
Pflegerin Sie, Doktor?
Arzt *Ich* Doktor. Du Mr. Burtenshaw. Sie Pflegerin.
Mann Aber meine Frau, Pflegerin.
Arzt Deine Frau nicht Pflegerin. Sie Pflegerin. Deine Frau Patient. Sehr patent. Sie Pflegerin. Deine Frau. Ich Doktor. Du Ell. Du Ett. Du Delsack. Du Bcek. Du Bios. Ich Doktor. *(Ritter kommt hereinspaziert und haut ihm mit einem Huhn auf den Kopf.)* Albatros!
Beifall vom Frauenkongreß.

Schnitt: Film mit Gumbys (»Stimmen des Volkes«).
Gumby (MICHAEL) Ich würde gerne jemanden von höherer Intelligenz kennenlernen.
Zweiter Gumby (TERRY J.) Ich würde gerne das Geräusch von zwei Ziegelsteinen hören, die gegeneinander geschlagen werden.
Gumby Ich würde gerne Johannes des Täufers Graham-Hill-Imitation sehen.
Schnitt: es folgt der Historische-Imitationen-Sketch. Kamerazoom auf den Moderator, der in glitzernder Studioszenerie sitzt. Showbiz-Musik und Applaus.
Off-Sprecher (JOHN) Und hier sind wir wieder mit: »Historische Imitationen«. Leute von heute machen Menschen von gestern zu Stars von morgen. Ja, und hier ist auch schon Ihr heutiger Gastgeber – Wally Wiggin.

ZWISCHENTITEL: »HISTORISCHE IMITATIONEN«

Applaus und Musik verebben.

Wiggin (MICHAEL) Hallo, guten Abend und willkommen zu »Historische Imitationen«. Wir legen sofort los mit Kardinal Richelieus Petula-Clark-Imitation.

Schnitt zu Kardinal Richelieu. Er mimt den Text zur Musik von der Platte.

Richelieu (MICHAEL) »Don't sleep in the subway darling and don't stand in the pouring rain«.

Riesenbeifall.

Wiggin Kardinal Richelieu – kerniges Hundert-Kilo-Mannsbild. Und hier kommt der allseits beliebte Römische Kaiser Julius Caesar als Eddie Waring.

Schnitt auf Caesar. Bühnennebel umgibt ihn.

Caesar (ERIC) *(im aufgekratzten Waring-Tonfall)* Tota gallia divisa est in partes tres: Wigan, Hunslett und Hull Kingston Rovers.

Schnitt zurück zu Wiggin.

Wiggin Eine großartige Leistung von Julius Caesar – ein Lächeln, eine Eroberung, und einen Dolch im Ärmel. Unser nächster Kandidat hat einen weiten Weg hinter sich: von der Krim kommt die reizende Florence Nightingale, heute als Brian London.

Florence Nightingale (Graham) steht geziert herum mit einer Lampe in ihren zarten Händen und lächelt ihr weiblichstes Lächeln. Ein Boxring-Gong ertönt, eine kurze Pause folgt, dann wird sie von einem Boxhandschuh im Gesicht getroffen und fällt hart zu Boden.

Schnitt zurück zu Wiggin.

Wiggin Kommen wir nun zu dem ehrgeizigsten Unternehmen des heutigen Abends. Angereist aus Moskau in der UdSSR ist – Iwan der Schreckliche, als Verkäufer bei »Freeman, Hardy and Willis«.

Eine Schuhabteilung. Drei Personen sitzen nebeneinander, die mittlere ist eine Attrappe. Iwan der Schreckliche tritt heran und spaltet die mittlere Person mit einem riesigen Schwert in zwei Teile: die Attrappe fällt auseinander.

Wiggin Und jetzt W.G. Grace als Musikbox.

TRICKFILM: *Standfoto von W.G. Grace. Sein Kopf fängt langsam an sich zu drehen, während eine Musikbox eine schweizerisch klingende Musik spielt.*

Schnitt zurück zu Wiggin.

Wiggin Und jetzt ist Frankreich an der Reihe. Einer ihrer führenden Staatsmänner, Napoleon, stellt das R101-Unglück dar.

Schnitt: ein Himmel ist im Hintergrund zu sehen. Napoleon kommt ins Bild. Er befindet sich in der Horizontalen und bewegt sich sehr langsam an einem Draht entlang. In jeder Hand hält er einen kleinen Propeller. Unter seinem Bauch hängt ein Schild mit der Aufschrift »R101«. Die Marseillaise erklingt. Sobald er aus dem Bild verschwindet, gibt es eine Explosion.

Wiggin Kommen wir nun zum Wunschprogramm.

Schnitt zu Gumby.

Gumby (MICHAEL) Ich möchte Johannes des Täufers Graham-Hill-Imitation sehen.

Ein Kopf auf einem Teller wird an einer Schnur über den Boden gezogen. Man hört »brrm, brrm, brrm«-Geräusche. Der Kopf Johannes des Täufers ist, deutlich sichtbar, mit einem angeklebten Graham-Hill-Schnauz verziert.

Applaus von den Frauenkongreß-Teilnehmerinnen.

Wiggin Es folgt jetzt eine kleine Pause, in der Marcel Marceau einen Mann darstellen wird, der gegen den Wind anläuft.

Marcel Marceau (Graham) läuft gegen den Wind an.

Wiggin Und jetzt wird uns Marcel eine Pantomime vorführen von einem Mann, dem ein Sechzehn-Tonnen-Gewicht auf den Kopf fällt.

Marcel setzt zu seiner Pantomime an. Sehr weit kommt er aber nicht, weil ihm ein Sechzehn-Tonnen-Gewicht auf den Kopf fällt.

Schnitt auf jubelnde Zuschauermassen im Wembley-Stadion.

Schnitt zu einem Fernsehinterviewer und zwei kleinen Jungen.

Interviewer (JOHN) *(sanft)* Wie heißt du denn?

Eric (ERIC) Eric.

Interviewer Würdest du gerne ein Sechzehn-Tonnen-Gewicht auf den Kopf bekommen, Eric?

Eric Weiß nicht.

Kurzer Archivfilm eines applaudierenden Theaterpublikums.

Interviewer Und wie ist es mit dir?

Michael (MICHAEL) Ich möchte gern. . .

Interviewer Was möchtest du gern?

Michael Ich möchte gern. . . ich möchte gern, daß Raquel Welch auf mich drauffällt.

Interviewer Auf dich drauf fällt.

Michael Ja klar, nicht klettern.

Eric Sie hat einen großen Hintern.

Archivfilm mit Beifall.

Schnitt zum Interviewer und zwei Geschäftsmännern (auf Knien).

Interviewer Und wie heißt du?

Trevor (GRAHAM) Trevor Atkinson.

Interviewer Wie alt bist du denn, Trevor?

Trevor Ich bin zweiundvierzig.

Archivfilm mit Beifall.

Interviewer *(zum anderen Herrn)* Bist du ein Freund von Trevor?

Anderer Herr (MICHAEL) Ja, wir sind Kollegen bei der Königlichen Allgemeinen Versicherungsgesellschaft.

Interviewer Und was machst du da?

Anderer Herr Also, ich habe hauptsächlich mit Hypotheken-Sicherungen zu tun, befasse mich aber auch mit bestimmten Arten von Lebensversicherungen.

Interviewer Wenn du und dein Freund, wenn ihr jetzt einen Wunsch frei hättet, Trevor, was würdet ihr dann gerne mal im Fernsehen sehen?

Trevor Ich würde gern noch mehr Märchengeschichten über die Polizei sehen.

Eine gute Fee tänzelt ins Bild.

Fee (ERIC) Dieser Wunsch sei dir gewährt.

Schnitt: wir befinden uns irgendwo in offener Landschaft. Ein Polizist radelt heran und stellt sein Fahrrad ab. Aus der Satteltasche holt er das typische Einbrecher-Outfit: gestreiften Pulli, Mütze und Hosen. Er legt alles auf dem Boden zurecht und pumpt die Sachen mit einer Fahrradpumpe auf. Der aufgepumpte Einbrecher läuft (im Zeitraffer) davon. Der Polizist bläst in seine Pfeife, daraufhin erscheinen drei weitere Polizisten aus dem Nichts. Er deutet nach vorne, und die vier setzen (in pixilierter Bewegung) dem Einbrecher nach. Der Einbrecher läuft durch eine Moorgegend, die Polizisten immer hinterdrein. Dick-Barton-Titelmelodie. Der Einbrecher lockt die Polizisten in eine große Verpackungskiste, schlägt den Deckel hinter ihnen zu und befestigt darauf ein Etikett mit der Aufschrift »Nicht vor Weihnachten öffnen«. Im Hintergrund erscheint plötzlich ein Polizist in einem Feen-Tüllröckchen. Er richtet seinen Zauberstab gegen den Einbrecher, und dieser verschwindet. Schnitt auf Polizisten mit Zauberstab, irgendwo auf einem Bürgersteig.

Polizist (MICHAEL) Ja, in unserer Spezialeinsatztruppe setzen wir jetzt seit fast einem Jahr Zauberstäbe ein. Diese haben sich als recht bequemes Hilfsmittel erwiesen, um sich unsichtbar zu machen. Man kann Zeit und Raum überwinden, und man kann Gewaltverbrecher in Frösche verwandeln. Das hat man mit den alten Schlagstöcken nie hingekriegt.

»Magazin«-Erkennungsmusik und Standbilder von Polizisten in Tüllröckchen.

ZWISCHENTITEL: »RUNDSCHAU-MAGAZIN«

Schnitt zum Interviewer am Schreibtisch in der typischen Politmagazin-Studioeinrichtung.

Interviewer (JOHN) Ja, heute beschäftigt sich das »Rundschau-Magazin« mit dem Verbrechen. . .

Ein Schuß ertönt, er sackt zusammen. Ein zweiter Interviewer kommt von hinter der Kamera ins Bild geeilt mit einer noch rauchenden Pistole.

Zweiter Interviewer (ERIC) Tut mir sehr leid, das hier. Aber *ich* sage diese Sendung immer an, nicht er. *(Mit dem Fuß stößt er den ersten Interviewer vom Stuhl und nimmt dessen Platz ein.)* Ja, heute beschäftigt sich das »Rundschau-Magazin« mit Verbrechen. Ist es wahr, daß die Polizei Dackel zum Einsatz bringt, um die neue Verbrechenswelle zu bekämpfen? Und kann der Leiter der Sittenpolizei sich tatsächlich in einen Albatros verwandeln, wann immer er will? Wie weit ist es eigentlich schon gekommen mit der Polizei?

Naheinstellung eines Wachtmeisters, der in einem großen Buch liest. Er ist sehr, sehr, sehr beschränkt.

Wachtmeister (TERRY J.) Oh, ich bin schon ziemlich weit gekommen, bis Seite neununddreißig, wo Peter Pan zum ersten Mal auftaucht.

Schnitt zurück zum Interviewer.

Zweiter Interviewer Zu uns ins Studio gekommen ist Inspektor Harry H. »Snapper« Organs vom H-Dezernat.

Schnitt in eine andere Ecke der Studioeinrichtung. Dort sitzt Kriminalinspektor Organs neben einem Wikinger.

Organs (MICHAEL) Guten Abend.

Schnitt zurück zum Interviewer. Im folgenden wird zwischen den beiden hin und her geschnitten.

Interviewer Äh, Inspektor, Sie haben sich, glaube ich, für den Einsatz von Magie bei den Polizeikräften ausgesprochen?

Organs Das ist richtig. *(Während er redet, sieht man ihn Nadeln in* *eine Einbrecherpuppe hineinstechen.)* Die Gedankenwelt des Kriminellen ist seltsam und verdreht. Guten Abend. Sein Gemüt ist schweren seelischen Belastungen ausgesetzt. Guten Abend. Ängste und Schuldgefühle in Hülle und Fülle, guten Abend. Mit einer anständigen Ausbildung in Schwarzer Kunst können unsere Jungs sein Unterbewußtsein so beeinflussen, daß er sich vor Schreck in die Hosen scheißt.

Interviewer Was genau bedeutet der Einsatz okkulter Methoden im Kampf der Polizei gegen das Ansteigen der Verbrechensrate? Ex-König Zog von Albanien berichtet. . . *(Telefon klingelt.)* Na, anscheinend ist uns der Ex-König da abgesprungen, aber was soll's. Welches sind also die magischen Methoden, die die Polizei zum Zwecke der Verbrechensverhütung eingeführt hat?

Schnitt zu vier Hauptwachtmeistern, die rund um ein sog. Ouijaboard gekauert sitzen. Sie halten ihre Finger auf ein Glas, das sich ziemlich schnell zwischen den Buchstaben hin und her bewegt.

Polizisten L-E-C-K M-I-C-H.

Polizist (JOHN) Leck mich? Das ist aber ein unhöfliches Ouijaboard!

Filmsequenzen von Polizisten mit Zauberstab: einer zeigt mit dem Zauberstab auf falschparkende Autos und läßt sie so verschwinden. Ein anderer hilft einer alten Dame, die Straße zu überqueren. Erst schaut er, ob die Straße frei ist, dann schwenkt er seinen Stab, und die Dame wird auf die andere Seite versetzt.

Eine andere Gegend: eine Polizeisirene ertönt, und fünf Polizisten auf Besenstielen kommen um die Ecke und jagen durchs Bild.

Schnitt zu einer Gruppe von Polizisten, die bei den Stonehenge-Steinen einen Tanz aufführen. Ein Einbrecher ist auf einem Steinaltar festgebunden. Überblendung zu einem Bild eben der Szene in einer Zeitung. Wir befinden uns jetzt im Büro eines Polizeipräsidenten, der gerade vorliest.

Polizeipräsident (TERRY J.) Das sind die Sachen, die die Polizei in Verruf bringen, Wachtmeister.

Kamerabewegung bringt den Polizeiwachtmeister ins Bild, er trägt ein langes, glänzendes und enganliegendes Abendkleid, eine glitzernde Handtasche und Helm.

Wachtmeister (GRAHAM) Ich weiß, Sir.

Gegensprechanlage auf dem Schreibtisch summt los.

Polizeipräsident *(drückt auf den Knopf)* Ja, Beryl?

Beryl *(männliche Stimme)* Attila der Hunne möchte Sie sprechen, Sir.

Polizeipräsident Wer?

Beryl Attila der Hunne, Sir.

Polizeipräsident Immer diese Störenfriede! Äh, Wachtmeister, kümmern Sie sich darum, ja?

Wachtmeister Was denn, in diesem Aufzug?

Polizeipräsident Ach, na gut, ich geh selber.

Wachtmeister Oh, ich hab ja noch die kleine grüne Schürze, die könnte ich doch umbinden.

Polizeipräsident Nein, lassen Sie nur, ich geh schon. Sie bleiben hier.

Wachtmeister Na fein, dann kann ich ja mit dem Bügeln weitermachen.

Der Polizeipräsident tritt durch die Tür zum Aufnahmeschalter der Polizeistation. Hinter dem Schalter steht ein Polizist, davor wartend ein kleiner unscheinbarer Mann.

Polizeipräsident *(zum Polizisten)* Also, wo ist er?

Beryl (JOHN) Da vorne, Sir.

Polizeipräsident Aha, äh, na gut, überlassen Sie mir das, Wachtmeister. Äh, also dann, Sir, Sie sind Attila der Hunne?

Attila der Hunne (MICHAEL) Ja, das stimmt. A. D. Hunne ist mein Name. Meine Eltern waren Mr. und Mrs. Norman Hunne, aber sie haben sich bei meiner Geburt einen kleinen Spaß erlaubt.

Polizeipräsident Ja, also, Mr. Hunne. . .

Attila Oh, nennen Sie mich doch »Der«, um Himmels willen!

Polizeipräsident Na schön, Der. Was kann ich also für Sie tun?

Attila Ich bin gekommen, um mich zu stellen.

Polizeipräsident Weswegen?

Attila Morden, Brandschatzen und Plünderung einer Großstadt.

Polizeipräsident Wie meinen Sie bitte?

Attila Morden, Brandschatzen, Plünderung einer Großstadt, und es gibt noch neuntausend weitere Anklagepunkte, die Sie in Erwägung ziehen sollten, bittschön.

Polizeipräsident Ich muß schon sagen, nichts für ungut, Mr. Hunne. *(Er nimmt seinen Hut ab, entfernt seinen Schnauzbart, steckt ihn in den Hut und setzt diesen wieder auf.)* Haben Sie irgendwelche Einwände dagegen, ins Röhrchen zu pusten?

Attila Oh, keineswegs, nein, nein.

Polizeipräsident Sehr schön, äh, Wachtmeister, bringen Sie mir doch mal das Hunnentest-Röhrchen.

Wachtmeister holt einen Alcotest hervor.

Beryl Bitte sehr, Sir.

Übergibt es dem Polizeipräsidenten.

Polizeipräsident Äh, wie geht'n das?

Beryl Na ja, er pustet da hinein, Sir, und wenn sich die weißen Kristalle hellgrün verfärben, dann ist er Attila der Hunne.

Polizeipräsident Verstehe. Gut. Würden Sie dann bitte einmal da hinein blasen, Mr. Hunne?

Attila In Ordnung. *(Er pustet ins Röhrchen.)*

Polizeipräsident Und was ist, wenn nichts passiert, Wachtmeister?

Beryl Dann ist er Alexander der Große.

Polizeipräsident Ha, ha! Reingelegt, Herr A.D. Große!

Attila *(der jetzt Alexander der Große ist)* O verflucht! Verflucht! Und ich hatte mich so sicher gefühlt, in dieser Attila-der-Hunne-Verkleidung.

Polizeipräsident Tjaa, schon möglich. Sie haben aber einen entscheidenden Fehler begangen. . . sehen Sie, das hier war gar kein Hunnentest-Röhrchen. . . sondern ein Alexandergroßetest-Röhrchen. . . Abführen, Beryl.

Schnitt auf einen Brief (wie er für »Heiligabend mit den Stars« nach dem Tierfilm verwendet wird, oh, pardon. . . wie er in »Heiligabend mit den Stars« nicht *verwendet wird).*

Off-Sprecher (ERIC) Sehr geehrte Herren! Ich protestiere aufs schärfste gegen die letzte Szene und gegen den nächsten Brief.

Schnitt auf zweiten Brief.

Off-Sprecher (MICHAEL) Sehr geehrte Herren! Ich protestiere dagegen, daß der vorherige Brief gegen meinen Brief protestieren durfte, bevor mein Anliegen überhaupt deutlich werden konnte. Ich habe lange Jahre in Indien verbracht während des letzten Krieges, und zur Zeit arbeite ich halbtags als Schwarzes Brett in einer renommierten Privatschule.

Mit freundlichen usw., Brigadier Zoe La Rue (verstorben).

PS: Aaaah!

Schnitt auf dritten Brief.

Off-Sprecher (JOHN) Sehr geehrte Herren! Während meiner Schulzeit wurde ich regelmäßig alle halbe Stunde verprügelt,

und es hat mir nicht geschadet, wenn man von Verhaltens- und Sehstörungen absieht.
Ihr sehr ergebener Luftwaffenhauptmann
Ken Frankenstein (Mrs.).

Der überleitende Trickfilm führt uns in das Sprechzimmer eines Psychiaters. Schnitt auf ein Portraitbild an der Wand, das Dr. Larch zeigt. Dann sehen wir den leibhaftigen Dr. Larch. Er sitzt an seinem Schreibtisch. Die Tür wird geöffnet und eine Sprechstundenhilfe sieht herein.

Sprechstundenhilfe (CAROL) Dr. Larch... ein Mr. Phelps möchte Sie sprechen.

Psychiater (JOHN) Äh, Schwester!

Sprechstundenhilfe Ja bitte?

Psychiater *(flüsternd)* Ähm, finden Sie nicht, daß Sie deutlich machen müßten, daß ich Psychiater bin?

Sprechstundenhilfe Was?

Psychiater Na, ich könnte sonst irgendein Arzt sein.

Sprechstundenhilfe Aber ich kann doch nicht hier hereinkommen und sagen »Psychiater Larch« oder »Dr. Larch, der Sie Psychiater sind«. Ach, und überhaupt, es steht ja an der Tür.

Psychiater *(immer noch flüsternd)* Aber nur von außen.

Sprechstundenhilfe Das ist mir egal, da müssen Sie sich schon selber helfen. *(Sie geht weg.)*

Psychiater *(macht »ring, ring« und nimmt den Telefonhörer ab)* Hallo? Äh, nein, ich fürchte, Sie sind falsch verbunden, ich bin nämlich Psychiater. Der nächste, bitte! *(Klopfen an der Tür.)* Äh, herein! *Phelps tritt ein als Napoleon verkleidet, einen Papagei auf dem Kopf und mit einer Hundeleine ohne das zugehörige Tier.*

Phelps (TERRY J.) Wau, wau, wau.

Psychiater Ah, Mr. Phelps. Treten Sie ein, nehmen Sie Platz. Nun, was fehlt uns denn?

Phelps Nein, nein, nein. Nein. Nein.

Psychiater Wie bitte?

Phelps Fällt Ihnen nichts Besseres ein? Ich mein, das ist alles so vorhersehbar, ich habe so was wohl schon tausendmal gesehen. Klopf, klopf, herein, ah, Mr. Phelps, nehmen Sie Platz. Es hängt einem zum Hals raus.

Psychiater Hören Sie. Würden Sie sich jetzt bitte hinsetzen und Ihren Text aufsagen?

Phelps Nein, mir reicht es. Mir reicht's endgültig. *(Ab.)*
Psychiater Ich komme hier einfach nicht zum Zuge.
Phelps *(aus dem Off)* Albatros!
Psychiater Halten Sie den Mund! Oh, das macht mich noch wahnsinnig!
Schnitt zu einem Mann im Nirgendwo: Mr. Notlob.
Notlob (MICHAEL) Ein wahnsinniger Psychiater. Mal was Neues.
Schnitt zurück zum Psychiater.
Psychiater Der nächste, bitte!
Klopfen an der Tür. Der Psychiater will gerade antworten, nimmt dann aber erst ein Synonymenwörterbuch zur Hand und blättert darin herum.
Psychiater Überschreiten Sie die Schwelle, vollziehen Sie Ihre Ankunft, eindringen Sie, schleusen Sie sich ein. *(Notlob tritt ein, er trägt einen einfachen Anzug.)* Ah, Mr. Notlob, deponieren Sie doch Ihre Hüften auf dieser Sitzvorrichtung, bittschön.
Notlob *(zur Kamera)* Tatsächlich, ein wahnsinniger Psychiater.
Psychiater Nein, nein, durchaus nicht. Treten Sie ein. Nehmen Sie Platz. Was . . . was fehlt Ihnen?
Schnitt zu Napoleon im Nirgendwo: er prustet verächtlich.
Psychiater Also, was ist Ihr Problem?
Notlob Ja also, ich höre immer Gitarrenmusik und Leute, die singen, obwohl niemand in der Nähe ist.
Psychiater Nun, das ist durchaus nichts Ungewöhnliches. In bestimmten geistigen Zuständen können akustische Sinnestäuschungen auftreten, die höchst. . . *(Er unterbricht sich plötzlich und lauscht: die Klänge von »We're all going to the zoo tomorrow« ertönen.)* Ist das nicht »We're all going to the zoo tomorrow«?
Notlob Ja. Ja.
Psychiater Kommt das immer?
Notlob Nein.
Psychiater Na, das ist 'n Ding.
Notlob Meistens sind es aber Volkslieder.
Psychiater *(besorgt)* O mein Gott!
Notlob Gestern abend kam »I'll never fall in love again«, sechs Stunden lang.
Psychiater Ja, wissen Sie, ich glaube, ich sollte in dieser Sache eine zweite Meinung einholen. Ich überweise Sie an einen Kollegen von mir, einen Spezialisten für diese Sorte Angelegenheit, der übrigens eine ganz ähnliche Praxis wie diese hier hat.
Schnitt: wir sehen dasselbe Portraitbild wie zu Beginn der Szene. Es ist

dasselbe Sprechzimmer, das nunmehr von einem Chirurgen besetzt ist, der gerade das Portrait um Bart und Brille ergänzt.

Chirurg (GRAHAM) Ring, ring. *(Nimmt den Telefonhörer ab.)* Nein, nicht falsch verbunden, ich bin ein Kollege von ihm, Chirurg, der sich auf diese Sorte Angelegenheit spezialisiert hat. Ja, recht vielen Dank. *(Legt den Hörer wieder auf.)* Der nächste, bitte. *(Türklopfen.)* Herein. *(Notlob tritt ein; »Going to the zoo« ist leise zu hören.)* Ah, treten Sie ein, nehmen Sie bitte Platz. *(Ganz kurzer Schnitt zu Napoleon, dann wieder zurück.)* Mein Kollege, der ein ähnliches Sprechzimmer hat, hat mir Ihren Fall vorgetragen. *(Er erhebt sich aus seinem Sessel.)* Mr. Notlob, Ihnen ist bekannt, daß ich einer der angesagtesten Harley-Street-Chirurgen bin, wie man sie sonst nur aus dem Fernsehen kennt. *(Er stellt ein uraltes Grammophon ein; die Erkennungsmelodie von »Dr. Kildare« erklingt.)* Ich fürchte, ich werde operieren müssen. Kein Grund zur Besorgnis, aber es ist *äußerst* gefährlich. Ich werde Ihr Leben aufs Spiel setzen. Ich werde fürchterlich Schindluder treiben mit Ihrer nur allzu sterblichen Hülle. Ich werde Ihnen durch Mark und Bein spazieren. Jawohl! Diese Hände, diese Finger, diese hochentwikkelten Tastwerkzeuge, diese Fünferbande, diese Pranken deutscher Wertarbeit, sie haben schon so manch Todgeweihten zurückgerissen, der mit einem Fuße im Grabe des Lazarus – Nazareth? Na egal, jedenfalls haben diese Händchen schon reichlich Kohle eingefahren. Wenn Sie also bitte hier durchgehen wollen, werde ich Ihnen eine Spezialbehandlung verpassen.

Notlob Was?

Chirurg Mr. Notlob, es gibt kein Problem, das eine kostspielige Operation nicht verschärfen könnte.

Schnitt in den Operations-Saal. Unterhaltung und Gitarre sind nach wie vor zu hören. Notlob liegt auf dem Tisch. Der Kopf ist echt, aber der restliche Körper eine Attrappe. Der Tisch ist ganz wirklichkeitsgetreu mit einem grünen Laken bedeckt. Der Chirurg desinfiziert den Bauch des Patienten. »Going to the zoo« leise im Hintergrund.

Chirurg Nun denn, ich bin bereit für den Schnitt. Schwester, Skalpell. *(Nimmt es entgegen.)* Was soll das denn sein? Geben Sie mir ein größeres. *(Er nimmt ein großes Skalpell und schärft es an einem Schleifstahl.)* Ach, das macht Spaß! Also... *(Er sticht in den Körper und zieht einen Schlitz, ungefähr einen Meter zwanzig lang.)* Oh, was für ein schöner Schlitz. Und jetzt, Gentlemen, werde ich den Schlitz öffnen.

Er zieht ihn auseinander. Das Lied wird lauter. Der Kopf eines Besetzers kommt zum Vorschein.

Besetzer (ERIC) Spitzenmäßig, ej, groovy, geile Szene. Geile Lightshow, Baby.

Chirurg Was machen Sie da drinnen?

Besetzer Wir ziehen hier unser Ding durch, Alter.

Chirurg Haben Sie die Erlaubnis von Mr. Notlob, sich da drinnen aufzuhalten?

Besetzer Alter, wir sind Hausbesetzer.

Chirurg Was? *(Zur Schwester, auf Notlob deutend)* Schwester, wekken Sie ihn auf. *(Sie klopft ihm auf die Wangen.)*

Besetzer Reg dich ab, Mann. Klink dich in die Szene ein und solche Sprüche: Geld ist nicht wirklich!

Chirurg Für mich schon, und ich fahr voll drauf ab, mein Junge. *(Er schaut in Notlob hinein.)* Du meine Güte! Ist das da eine nackte Frau?

Besetzer Die schreibt einen Artikel über uns im »Nova«-Magazin, Alter.

Mädchen (CAROL) *(ihr Kopf erscheint ebenfalls in der Öffnung)* Hallo da. Gehört ihr auch zur Szene?

Chirurg Dreht ihr euch da drinnen eure eigenen Gummibärchen?

Notlob *(wacht auf)* Was ist da los? Wer ist das?

Chirurg Das versuchen wir gerade herauszufinden.

Notlob Was machen die in meinem Bauch?

Chirurg Das wissen wir nicht. Zahlen sie Ihnen denn Miete?

Notlob Natürlich zahlen die mir keine Miete.

Besetzer Du bist ja auch nicht möbliert, du Faschist.

Notlob Werfen Sie sie raus!

Chirurg Das kann ich nicht.

Notlob Werfen Sie sie raus!

Chirurg Nein, das kann ich nicht. Nicht ohne einen gerichtlichen Räumungsbefehl.

Indianer *(taucht auch noch auf)* Ruhe da. Wir wollen schlafen.

ZWISCHENTITEL: »EINEN GERICHTSBESCHLUSS SPÄTER«

Mehrere Polizisten kommen hereinmarschiert.

Erster Polizist (JOHN) Hiermit wird angeordnet, daß Mr. Notlob unverzüglich zu räumen ist. Und oder.

Besetzer Verzieh dich, Bulle.

Polizist Gut. Das reicht. Wir stürmen. Die scharfen Hunde los! *(Er taucht in den Schlitz.)*

TRICKFILM:

Trickfilm-Figur Was für ein schreckliches Ende für eine Serie. Warum konnte es nicht mit etwas von dieser Art abschließen? *(Ein kurzes Stück verwirrenden Trickfilms später:)* Das ist doch mal ein schönes Ende. Romantik. Gelächter.

Schnitt zum »Jetzt«-Mann, der von den Leichenbestattern verfolgt wird; über diesem Film läuft der Abspann.

ZWISCHENTITEL: »PAUSE«

Off-Sprecher (JOHN) Künftige Ausgaben dieser Serie werden Montag morgens als Testbild zu sehen sein, in Ihrer Programmzeitschrift angekündigt als: Geschichte der irischen Landwirtschaft.

Vierzehn – Dinsdale

Ein Mann im Abendanzug sitzt in einem Zookäfig.

Mann (JOHN) Und nun zu etwas völlig anderem.

Schwenk zum »Jetzt«-Mann im Käfig daneben.

Jetzt-Mann (MICHAEL) Und jetzt. . .

Trickfilm-Vorspann.

Schnitt in ein Fernsehstudio; ein Interviewer sitzt in einem Sessel.

EINGEBLENDETER ZWISCHENTITEL: »AUF DEM PRÜFSTAND«

Interviewer (ERIC) Guten Abend. In unserer Sendung »Auf dem Prüfstand« stehen heute zwei unterschiedliche Auffassungen aktueller Themen zur Debatte. Zu meiner Linken begrüße ich den Innenminister *(Schnitt auf den Minister in Frauenkleidern, aber mit Schnurrbart)*, der ein auffallendes Organzakleid in rosa Tüll trägt, mit darauf abgestimmten Perlen und einem Talmi-Halsband. *(Im Hintergrund wird sanfte Modenschau-Musik eingespielt.)* Die Schuhe sind aus aufgerauhtem Schweinsleder gefertigt und mit goldenen Schnallen versehen, sie kommen von Maxwell in der Bond Street. Die Frisur ist von Roger, und das ganze Ensemble wird gekrönt durch ein außergewöhnliches Arrangement von Christorchideen. Und zu meiner Rechten begrüße ich – als Sprecher für die Opposition – eine kleine Menge brauner Flüssigkeit *(Schnitt auf Flüssigkeit auf dem Sessel)* . . .vermutlich ein Holzschutzmittel oder irgendein Extrakt, das für die Herstellung von Industrielacken verwendet wird. *(Schnitt zurück zum Interviewer.)* Guten Abend. Herr Minister, darf ich Ihnen gleich die erste Frage stellen? In Ihrem Regierungsprogramm »Für ein besseres Großbritannien« haben Sie den Bau von 88.000 Billiarden Häusern pro Jahr allein in London und Umgebung angekündigt. Tatsächlich haben Sie aber nur drei Häuser in den letzten fünfzehn Jahren gebaut. Finden Sie dieses Ergebnis nicht etwas unbefriedigend?

Minister (GRAHAM) Nein, keineswegs. Ich möchte, wenn Sie erlauben, diese Frage auf zweierlei Weise beantworten. Zunächst in meiner normalen Stimme und anschließend in einer Art albern hochgezogenem Jaulen. . . Sehen Sie, das Problem des Häuserbaus ist ja in Wirklichkeit. . .

Schnitt zurück zum Interviewer. Man hört das Gerede des Ministers im Hintergrund. Die sanfte Modenschau-Musik setzt wieder ein.

Interviewer Nun, während der Minister unsere Frage beantwortet, möchte ich noch darauf hinweisen, daß das Kleid des Ministers ganz und gar in Handarbeit aus über dreihundert Stücken eingeschossener arabischer Seide genäht wurde *(in diesem Moment hört man das hochgezogene Jaulen des Ministers)*, eine Spezialanfertigung für den Minister von Vargar in Paris. Es ist äußerst figurbetont und unterhalb der Schulter abgesetzt, um den feinen Knochenbau des Ministers noch besser zur Geltung zu bringen. Nun, mir scheint, der Minister nähert sich dem Ende seiner Antwort, wir wollen daher zurückgehen und uns wieder in die Diskussion einschalten. Recht vielen Dank, Herr Minister. Verkündet wurde heute die Ernennung eines neuen Oberkommandierenden. . .

Minister Sollte ich nicht noch weiterreden?

Interviewer Nichts da! Verkündet wurde heute die Ernennung eines neuen Oberkommandierenden des Vereinigten Bomberkommandos – Lufthauptmarschall Sir Vincent »Killt-die-Japse« Forster. Er befindet sich nun in unserem Studio in Birmingham. . .

Schnitt: wir blicken offenbar auf einen Monitor in Großaufnahme, auf dem Sir Vincent zu sehen ist – in greller Frauenaufmachung, inklusive dicker Lippenbemalung, ausladender Büste etc. Er ist hingelagert auf einer Chaiselongue. Ein kleiner schwarzer Junge fächelt ihm Luft zu.

Sir Vincent (JOHN) Hallo, Matrosen! Nu ratet mal, was passiert ist! Der Luftfahrtsminister hat mich zum Chef der Luftwaffenrasselbande ernannt.

Während er noch weiterredet, zoomt die Kamera schnell zurück, und wir sehen, daß wir nicht auf einen Monitor im Studio geschaut haben, sondern auf einen Fernsehapparat in einem modernen Wohnzimmer.

Eine Hausfrau (Mrs. Pinnet) sieht gerade fern. Sie trägt Schürze und Kopftuch und hat Lockenwickler im Haar. Es klingelt an der Tür. Sie schaltet den Fernseher aus und öffnet die Haustür, die direkt von draußen ins Wohnzimmer führt. Vor der Tür steht eine wahrhaft erstaunliche Witzfigur: ein Mann mit einer Melone, aus der eine Axt herausragt, mit einer großen roten Clownsnase, einer blinkenden und kreisenden Fliege, ausgestopften breiten Schultern, kariertem Clownsjackett, langen Unterhosen, Sockenhaltern und schweren Armeestiefeln. An der Leine führt er eine Ziege mit Hut. Großaufnahme.

Mann Hallo. Mrs. Rogers?

Mrs. Pinnet (TERRY J.) Nein. . .Oh! Ich bin wohl im verkehrten Haus.

Sie wirft ihm die Tür vor der Nase zu, und die Kamera folgt ihr nun durch das Zimmer hindurch. Sie klettert aus dem Fenster. Wir sind im Hinterhof des Reihenhauses. Sie kraxelt über die recht hohe Trennmauer zwischen den Grundstücken und klettert dann nebenan durchs Fenster ins Haus.

Innenaufnahme eines ziemlich vollgestellten Arbeiterwohnzimmers. Der Fernseher läuft und zeigt immer noch Sir Vincent, der eine wilde Nummer abzieht.

Sir Vincent Von jetzt an wird also alles nach *meinen* Vorstellungen ablaufen. Zuerst einmal wird David Hockney das Design der Bomben übernehmen. Und ich hab schon mal in die Pläne reingeschaut. . .

Es klingelt an der Tür.

Mrs. Pinnet Das ist bestimmt der neue Gasherd.

Sie schaltet den Fernseher aus. Sofort setzt bombastische sinfonische Musik ein.

EINGEBLENDETER ZWISCHENTITEL: *(in monumentalen Buchstaben, wie in »Ben Hur«)* »NEUER-HERD-SKETCH«

Schrift verschwindet, Musik bricht ab, sobald sie die Tür öffnet. Draußen stehen zwei Gasinstallateure mit einem neuen Herd.

Erster Gasmann (MICHAEL) Morgen. Mrs. G. Crump?

Mrs. Pinnet Nein, Mrs. G. Pinnet.

Erster Gasmann Das hier ist doch der Egernon Ring 46, oder?

Mrs. Pinnet Nein. . .Straße, die Egernon Straße.

Erster Gasmann *(sieht auf ein Stück Papier)* Straße, ja, steht hier ja. Genau. Könnte ich dann bitte mal Mrs. G. Crump sprechen?

Mrs. Pinnet Oh, so jemanden gibt es hier gar nicht. Es muß Mrs. G. Pinnet, Egernon Str. 46, heißen.

Erster Gasmann Also, hier steht »Crump«. Stimmt's, Harry?

Zweiter Gasmann (GRAHAM) Jupp, steht auf'm Lieferschein.

Erster Gasmann Genau. Eindeutig Crump.

Mrs. Pinnet Also, da muß ein Fehler passiert sein, weil, die Adresse stimmt ja, und das ist auch eindeutig der Herd, den ich bestellt habe – ein blauweißer PraktischKocher.

Erster Gasmann Also, den können Sie nicht kriegen, der ist für Crump.

Mrs. Pinnet Oje, was machen wir denn da?

Erster Gasmann Tja, weiß ich auch nicht. Was wir natürlich tun könnten, wir nehmen ihn wieder mit ins Lager, lassen ihn uns von Crump auf Pinnet überschreiben und zeichnen ihn als Sonderlieferung aus.

Zweiter Gasmann Genau, das ist das beste. Wir machen 'ne Sonderlieferung draus und bringen ihn heute noch raus, dann haben Sie ihn in zehn Wochen wieder.

Mrs. Pinnet In zehn Wochen! Herrje, können Sie ihn nicht einfach hier lassen?

Erster Gasmann Wie, den hier? Wie einfach hierlassen? *(Sie scheinen vom Donner gerührt.)*

Mrs. Pinnet Ja.

Erster Gasmann Tja, ich weiß nich'. Schätze, das ginge.

Zweiter Gasmann Dann müßte sie aber einen provisorischen Versandschein ausfüllen.

Erster Gasmann Genau, mit 'nem provisorischen Versandschein können wir ihn hierlassen.

Mrs. Pinnet Na, dann wäre das ja geklärt. Ganz schön kompliziert, was?

Erster Gasmann Ich weiß, es ist eigentlich lächerlich, aber so ist das nun mal. Bin aber froh, daß wir Ihnen helfen konnten. Würden Sie dann bitte hier unterschreiben, Mrs. Crump?

Mrs. Pinnet Pinnet.

Erster Gasmann Pinnet. Hören Sie – nur damit es bei der Abrechnung kein Durcheinander gibt –, könnten Sie mit Crump-Pinnet unterschreiben?

Mrs. Pinnet In Ordnung. *(Sie unterschreibt.)*

Erster Gasmann Schön. Recht vielen Dank, meine Liebe. Der Herd gehört Ihnen. Schön. Herzlichen Dank, Gnädigste. Okay. *(Sie stellen den Herd gleich hinter der Tür ab und gehen wieder.)* Tut mir leid wegen der Umstände... kann schon mal passieren... Sie wissen schon... Tachchen!

Zweiter Gasmann Tachchen, Mrs. Crump!

Mrs. Pinnet Heh, entschuldigen Sie! Huuhu! Äh, würden Sie ihn in die Küche stellen?

Erster Gasmann *(kommt zurück)* Was, wo?

Mrs. Pinnet Na, ich kann ja wohl nicht damit kochen, wenn er nicht angeschlossen ist.

Erster Gasmann Ach so, uns war nicht klar, daß Sie einen Installationsschein haben.

Zweiter Gasmann Einen MI.

Erster Gasmann Sehen Sie, ohne MI dürfen wir das Ding gar nicht anrühren, nich' wahr.

Zweiter Gasmann Oder einen R16.

Dritter Gasmann (JOHN) *(der plötzlich hinter den anderen beiden auftaucht)* Bei Sonderlieferungen.

Zweiter Gasmann Nee, nee – das ist keine Sonderlieferung. Die haben wir im Lager.

Erster Gasmann Nein, die Installationsscheine sind die gleichen.

Dritter Gasmann Dann ist es ein R16.

Mrs. Pinnet Was ist denn ein Installationsschein?

Erster Gasmann So ein rosa Formular, wird in Reading ausgestellt.

Mrs. Pinnet Ach so, und wir haben uns schon gewundert, wozu der ist. Also, hier sind die Formulare. *(Sie holt einen dicken Stapel Papiere hervor, kramt darin herum und zieht ein rosa Formular heraus, das sie ihnen übergibt.)*

Erster Gasmann Das ist es, Schätzchen. Genau, das müßte reichen. Moment mal. Das ist ja für Pinnet. Mrs. G. Pinnet.

Mrs. Pinnet Richtig, das bin ich, Mrs. G. Pinnet.

Erster Gasmann Tja, wir haben aber Crump-Pinnet auf dem Lieferschein stehen.

Mrs. Pinnet Na gut, soll ich dann wieder mit Crump-Pinnet unterschreiben?

Erster Gasmann Nein, nein, nein – nicht auf einem MI – nein.

Zweiter Gasmann Nein, das kommt ja vom zuständigen Kundendienst in Reading.

Vierter Gasmann (ERIC) *(taucht plötzlich auf)* Nein, in Cheltenham, oder?

Zweiter Gasmann Nein, nicht diese Straßenseite.

Mrs. Pinnet Hören Sie, ich will ihn nur angeschlossen haben.
Allgemeine Skepsis.

Dritter Gasmann Was ist mit dem Londoner Büro?

Erster Gasmann Na, die haben nicht die richtigen Apparate.

Zweiter Gasmann Zur Zeit nicht.

Fünfter Gasmann (TERRY G.) *(taucht plötzlich auf)* Was denn? Das Lager in Hounslow?

Vierter Gasmann Nein, die sind noch auf Normaldruck eingestellt.

Sechster Gasmann *(taucht plötzlich auf)* Genau wie in Twickenham.

Mrs. Pinnet Aber die können doch sicherlich einen Gasherd anschließen?

Erster Gasmann Na klar, wir könnten ihn anschließen, Schätzchen, aber nicht, wenn es kein Notfall ist.

Mrs. Pinnet Aber dies *ist* ein Notfall.

Erster Gasmann Nein, ist es nicht. Notfall ist 290. . . »im Falle, daß tatsächlich oder offensichtlich brennbare Gassubstanz austritt«.

Zweiter Gasmann Jupp, wie bei 'nem Leck.

Der siebte Gasmann taucht auf.

Siebter Gasmann Jupp, oder einem 478er.

Dritter Gasmann Nein, das ist Ventileinstellung.

Mrs. Pinnet Aber es kann kein Leck geben, wenn er nicht angeschlossen ist.

Erster Gasmann Nein, ganz recht. Wir müßten ihn anstellen.

Mrs. Pinnet Aber können Sie ihn denn nicht anstellen *und* anschließen?

Erster Gasmann Nein. Was wir aber machen könnten, und das muß unter uns bleiben, ich dürfte Ihnen das eigentlich gar nicht erzählen –, wir schalten das Gas ein, machen ein Loch in Ihre Rohrleitung, Sie rufen den Notdienst in Hounslow an, und die sind dann in ein paar Tagen zur Stelle.

Mrs. Pinnet Was denn, und das Haus voller Gas? Bis dahin bin ich doch tot!

Erster Gasmann Oh, also, in dem Fall wäre der Südost-Gebietsleiter natürlich wie der Blitz hier.

Mrs. Pinnet Wirklich?

Erster Gasmann Oh ja. »Eine oder mehrere Personen von Dämpfen betäubt«, da hätten Sie sogar die aus dem Hauptbüro in Holborn hier auf der Matte.

Mrs. Pinnet Ach, wirklich?

Erster Gasmann Ja, sehen Sie, das ist dann Mord.

Zweiter Gasmann Oder Selbstmord.

Fünfter Gasmann Nein, das ist S42.

Zweiter Gasmann Oh.

Der achte Gasmann taucht auf.

Achter Gasmann Immer noch! Ich dachte, das wär Hainault.

Fünfter Gasmann Nein, nein – Mitte und Southall Marketing Abteilung, die sind jetzt beide auf dem S42.

Mrs. Pinnet Und die wären in der Lage, den Herd anzuschließen?

Erster Gasmann Klar, die würden das für Sie erledigen, Schätzchen.

Mrs. Pinnet Und die würden heute nachmittag noch kommen?

Erster Gasmann Nun, was haben wir jetzt... 11 Uhr 30... und Mord... die werden gegen zwei hier sein.

Mrs. Pinnet Na, das ist doch ganz wunderbar.

Erster Gasmann Alles klar, Schätzchen, wenn Sie sich dann mal hierher legen wollen.

Mrs. Pinnet In Ordnung. *(Sie tut es.)*

Erster Gasmann Okay, Harry.

Zweiter Gasmann Okay, Gas ist an.

Erster Gasmann *(hält ihr einen Leitungsschlauch an den Mund)* Na dann, tief einatmen, Schätzchen. Ruf doch mal das Hauptbüro an, Norman...

Vierter Gasmann Soll ich mich über die Wartungsabteilung verbinden lassen?

Fünfter Gasmann Nein, mach's lieber über die Deptford-Wartung.

Sechster Gasmann Peckham ist auf dem 207er...

Stimmen ... das ist Lewisham. Was ist mit Tottenham? Nein, das müßte ein 5,4er sein... was ist mit Lewisham? Das ist Mitte, oder? Oder Ruislip...

Die Kamera schwenkt die Reihe der Gasmänner entlang, die mit unverständlichen Fachausdrücken aufeinander einreden. Die Reihe führt bis zur Haustür und erstreckt sich draußen noch durch die ganze Straße.

Es schließt sich eine Trickfilmsequenz an, die uns schließlich zur Großaufnahme einer kleinen Anzeige führt, die neben vielen anderen an der Tür eines kleinen Zeitungsladens hängt. Ein schäbiger Typ läßt gerade äußerst lüsterne Blicke über die Anzeigen schweifen, er rätselt herum, sucht offenbar etwas Bestimmtes, geht schließlich zum Ladentisch. Er hat ein nervöses Zucken im Gesicht.

Kunde (ERIC) Guten Morgen.

Ladenbesitzer (TERRY J.) Morgen, Sir. Kann ich Ihnen behilflich sein?

Kunde Behilflich? Jou, das will ich meinen.

Ladenbesitzer Ja, bitte?

Kunde Ich komm wegen Ihrer Anzeige – »Kleine weiße Muschikatze zu verkaufen. In sehr gutem Zustand«.

Ladenbesitzer Ah ja. Möchten Sie sie kaufen?

Kunde Genau. Eben auf die schnelle. Aber ich rück nich' mehr als 'n Fünfer dafür raus, weil, das isses nich' wert.

Ladenbesitzer Nun, sie hatte ein sehr gutes Zuhause – sie ist stubenrein.

Kunde *(denkt lange nach; geht dann zur Tür und schaut wieder auf die Anzeigen)* Wäscheständer? Wäsche. Ständer. Ich möchte gern etwas Wäscheständer, bitte.

Ladenbesitzer Jawohl, Sir.

Kunde Geht das auch voll ab?

Ladenbesitzer Äh, er steht dort in der Ecke. *(Zeigt auf einen Wäscheständer.)*

Kunde *(enttäuscht)* Oh. *(Geht zur Tür, fährt mit dem Finger über die Reihe der Anzeigen.)* Puppenwagen zu verkaufen. Gegen Gebot. Geben Sie mir von dem Puppenwagen, bitte.

Ladenbesitzer Aber ja, der Herr. Der ist noch in gutem Zustand.

Kunde Sehr schön. Ich mag es, wenn sie in gutem Zustand sind, hä. Hä?!?

Ladenbesitzer Ja, schauen Sie, hier. *(Zeigt ihm den Puppenwagen.)*

Kunde *(sieht hin, hält inne; geht wieder zur Tür und sucht mit dem Finger)* Babysitter. Nein, das is' ja 'n Babysitter. Babysitter?

Ladenbesitzer Babysitter.

Kunde Babysitter – ich will keinen Babysitter. Werden Sie Blutspender! – Das isses. Ich will'n bißchen Blut spenden, uaah! *(Ladenbesitzer schüttelt den Kopf.)* Ou, Mist. Welche isses bloß? *(Der Ladenbesitzer nimmt eine Karte aus der Tasche und gibt sie ihm.)* Blondes Modell – für alle Sex-Spielarten zu haben – vier Pfund die Woche. Was soll denn das heißen???

Ein Gentleman mit Aktentasche betritt den Laden. Er hat einen äußerst albernen Gang. Er kauft eine Zeitung, anschließend folgen wir ihm nach draußen.

Gentleman (JOHN) Einmal die »Times«, bitte.

Ladenbesitzer Aber ja, Sir, bitte sehr.

Gentleman Danke sehr.

Ladenbesitzer Wiedersehen.

Als der Gentleman den Laden verläßt und in unbeschreiblich alberner Manier von dannen schreitet, sehen wir wieder die Schlange der Gasmänner, die sich die ganze Straße hinunter bis zu Mrs. Pinnets Haus erstreckt. In der nächsten Einstellung sieht man den Gentleman sich an Whitehall entlang vorwärtsbewegen und in ein Gebäude treten, das als

»Ministerium für Albernes Gehen« ausgeschildert ist. In den Fluren begegnen ihm drei weitere Männer, die sich jeweils in höchst exzentrischer Weise bewegen.

Schnitt in ein Büro: ein Mann sitzt dort und wartet. Der Gentleman – es ist der Minister – kommt in seiner ausgefallenen Art herein.

Minister Guten Morgen. Es tut mir leid, daß ich Sie habe warten lassen, aber mein Gang, fürchte ich, ist in letzter Zeit eher noch alberner geworden, so daß es mich noch mehr Zeit kostet, zur Arbeit zu gelangen. *(Setzt sich an den Schreibtisch.)* Nun denn, worum ging es noch mal?

Mann (MICHAEL) Ja also, ich habe einen albernen Gang, Sir, und ich möchte staatliche Zuschüsse beantragen, um ihn weiterentwickeln zu können.

Minister Aha. Kann ich Ihren albernen Gang einmal sehen?

Mann Ja, aber selbstverständlich.

Er erhebt sich und macht ein paar Schritte, wobei der untere Teil des linken Beins bei jedem zweiten Schritt abrupt nach oben fliegt. Er hält inne.

Minister War's das?

Mann Ja, das war alles, ja.

Minister Das ist nicht gerade *übermäßig* albern, oder? Ich meine, Ihr rechtes Bein ist überhaupt nicht albern, und Ihr linkes Bein vollführt lediglich eine halbe Drehung in der Luft bei jedem zweiten Schritt.

Mann Ja, aber ich glaube, mit staatlicher Unterstützung könnte ich etwas sehr Albernes daraus machen.

Minister *(erhebt sich)* Mr. Putey *(er geht auf sehr alberne Weise hinter dem Schreibtisch hin und her)*, das eigentliche Problem ist finanzieller Natur. Leider wird das Ministerium für Albernes Gehen nicht mehr in dem Ausmaße unterstützt, wie dies nötig wäre. Sehen Sie, da haben wir die Verteidigung, das Sozialwesen, Gesundheitswesen, Wohnungsbau, Bildungswesen, Albernes Gehen... alle Bereiche sollen eigentlich gleichermaßen bedacht werden. Trotzdem hat die Regierung im letzten Jahr dem Ministerium für Albernes Gehen weniger Mittel zur Verfügung gestellt als dem Verteidigungsministerium! Wir verfügen momentan über 348 Millionen Pfund im Jahr und müssen davon die Ausgaben für sämtliche unserer verfügbaren Produkte bestreiten. *(Setzt sich wieder.)* Kaffee?

Mann Ja, sehr gern.

Minister *(betätigt die Gegensprechanlage)* Hallo, Mrs. Two-Lumps, würden Sie uns bitte zwei Kaffees bringen?

Stimme der Sekretärin Sehr wohl, Mr. Teabag.

Minister . . .hat wohl den Verstand verloren. Jedenfalls, die Japaner haben einen Mann, der das Bein über den Kopf und dann wieder zurück biegen kann, bei jedem einzelnen Schritt! Während die Israelis. . . ah, der Kaffee!

Die Sekretärin kommt mit einem Tablett und zwei Tassen herein. Sie hat einen besonders ruckartigen albernen Gang. Als sie damit am Schreibtisch des Ministers angekommen ist, befindet sich daher kein Kaffee mehr in den Tassen. Der Minister wirft einen raschen Blick darauf und lächelt verständnisvoll.

Minister Danke sehr. Reizend. *(Sie tritt ab, mit Tablett und Tassen.)* Sie interessieren sich aber wirklich für albernes Gehen, nicht wahr?

Mann O ja, sehr.

Minister Na, dann schauen Sie sich dies hier mal an.

Er holt einen Projektor unter seinem Schreibtisch hervor, bereits angeschlossen und mit aufgespultem Film. Er betätigt einen Schalter, das Licht fällt auf die gegenüberliegende Wand. Der Film zeigt eine Folge von sechs altmodischen albernen Gehern. Es sieht nach altem Stummfilm aus, 8mm-Qualität mit Kratzern und Sprüngen. Alle Auftretenden tragen Kostüme im Stil der Jahrhundertwenden-Mode. Einer hat riesige Schuhe an mit 30 Zentimeter dicken Sohlen, einer ist eine Frau, ein anderer trägt sehr lange, schnabelartige Schuhe.

Schnitt zurück ins Büro. Der Minister schleudert den Projektor hinter sich, dabei werden auch Papiere und alles andere vom Schreibtisch gefegt. Er beugt sich vor.

Minister Also, Mr. Putey, ich will nicht um den heißen Brei herumreden. Ich biete Ihnen ein Forschungsstipendium für Anglo-Französisches Albernes Gehen an.

Mann La Marche Futile?

Schnitt zu zwei Franzosen mit gestreiften Pullis und Baskenmützen, die auf einer Wiese stehen neben einem dritten Mann, der vollständig von einem Laken verdeckt ist.

Erster Franzose (JOHN) Bonjour. . . et maintenant. . . comme d'habitude, au sujet du Le Marche Commun. Et maintenant, je vous presente, encore une fois, mon ami, le pouf celebre, Jean-Brian Zatapathique. *(Er nimmt seinen Schnurrbart ab und klebt ihn dem anderen Franzosen auf die Oberlippe.)*

Zweiter Franzose (MICHAEL) Merci, mon petit chou-chou Brian Trubshawe. Et maintenant avec les pieds à droite, et les pieds au gauche, et maintenant l'Anglais-Française Marche Futile, et voilà.

Sie enthüllen den dritten Mann und gehen ab. Dessen linke Seite ist der Kamera zugewandt, und aus dieser Sicht erscheint er wie ein englischer Gentleman; als er sich aber umdreht, sieht man, daß seine andere Seite nach französischer Art bekleidet ist. Er setzt sich in Bewegung, in Zeitraffer und ausgefallener Gehweise, und verschwindet in der Ferne.

Off-Sprecher (ERIC) Es folgt die BBC-Programmübersicht. *(Schnitt auf die BBC-Weltkugel.)* Soeben begann auf BBC 2 das Halbfinale der dritten Folge von »Kierkegaards Tagebüchern«, in den Hauptrollen sind zu sehen Richard Chamberlain, Peggy Mount und Billy Bremner; und auf BBC 1 sehen Sie: »Ethel, der Frosch«.

Aufpeitschende Fernsehmagazin-Musik.

ZWISCHENTITEL: »ETHEL, DER FROSCH«

Schnitt zum Moderator am Schreibtisch im üblichen grauen Anzug mit geblümter Krawatte.

Moderator (JOHN) Guten Abend. »Ethel, der Frosch« befaßt sich heute mit dem Thema Gewalt. Gewalt krimineller Banden in Großbritannien. Vorigen Dienstag fand eine Herrschaft des Schreckens ihr Ende, als die berüchtigten Piranha Brüder, Doug und Dinsdale *(Foto derselben)*, nach einem der außergewöhnlichsten Prozesse der britischen Rechtsgeschichte zu vierhundert Jahren Gefängnis wegen Gewaltverbrechen verurteilt wurden. Heute abend untersucht »Ethel, der Frosch« den unaufhaltsamen Aufstieg der Piranhas zur Macht, die Methoden, mit denen sie rivalisierende Gangs unterwarfen, sowie schließlich die Festnahme aufgrund der Ermittlungen des trefflichen Kriminalkommissars Harry »Snapper« Organs vom Q-Dezernat. *(Foto eines verkommenen Hauses im Eastend.)* Doug und Dinsdale Piranha wurden als die ältesten Söhne einer sechzehnköpfigen Familie in diesem Haus in der Kipling Road in Southwark auf Bewährung geboren. Ihr Vater *(abgenutztes Foto vom Vater)*, Arthur Piranha, von Beruf Schrotthändler und Quizmaster, war ein alter Bekannter der Polizei und ein frommer Katholik. Im Januar 1929 hatte er Kitty Malone geheiratet *(altes Hochzeitsfoto)*, eine aufstrebende Boxerin aus dem Eastend.

Doug wurde im Februar 1929 geboren, Dinsdale zwei Wochen später und noch einmal eine Woche danach. Tür an Tür mit der Familie wohnte Mrs. April Simnel.

Außen; Straße. Interviewer und Frau Simnel. Im Hintergrund stehen Gasmänner Schlange.

Mrs. Simnel (MICHAEL) Kipling Road war eine typische Eastend Straße. Man ging ständig bei den Nachbarn ein und aus und nahm die Wertgegenstände mit. Es war schon ein fröhlicher Haufen.

Interviewer (ERIC) War es eine sehr gewalttätige Gegend?

Mrs. Simnel *(lacht verächtlich)* Oh, ho. . . ja. Fröhlich und gewalttätig. Ich weiß noch, daß Doug sehr scharf aufs Boxen war – bis er laufen lernte. Danach fing er an, in die Weichteile zu treten. Oh, dafür hat er sich wirklich interessiert! Seine Mutter hatte immer solche Schwierigkeiten, ihn zum Tee nach Hause zu kriegen. Immer war er draußen und hatte irgendwo seine kleinen Treterchen drin, wissen Sie, so niedlich. Die Kinder waren ja damals noch ganz anders. Ihre Köpfe waren noch nicht mit diesem ganzen cartesianischen Dualismus vollgestopft.

Schnitt auf einen Schulhof.

Off-Sprecher (JOHN) Im Alter von fünfzehn Jahren kamen Doug und Dinsdale auf die Ernst-Pythagoras-Grundschule in Clerkenwell.

Schnitt zu Anthoney Viney und einem Interviewer mit einem Handmikrophon.

Interviewer (TERRY J.) Anthoney Viney, Sie waren der Englischlehrer der Piranha Brüder. Welches ist Ihre stärkste Erinnerung an sie?

Er vergißt, dem antwortenden Viney (Graham) das Mikrofon hinzuhalten. Während er jedoch seinerseits die nächste Frage stellt, richtet er das Mikro auf Viney. So geht es fort, das Mikrofon immer auf den gerichtet, der gerade nicht spricht, während Viney offenbar eine faszinierende Geschichte erzählt, die er mit ausladenden, fesselnden Gebärden begleitet.

Interviewer *(in die Kamera)* . . .Anthoney Viney.

Schnitt zum Moderator.

Moderator Nachdem sie die Schule verlassen hatten, wurden die Piranhas einberufen, bekamen jedoch von der Musterungskommission bescheinigt, daß sie selbst für den Militärdienst mental zu labil seien. Der Möglichkeit beraubt, ihre Fähigkeiten in den

Dienst ihres Vaterlandes zu stellen, begannen sie etwas zu entwerfen, das sie »Die Operation« nannten. Dazu suchten sie sich ein Opfer aus und drohten ihm Prügel für den Fall an, daß es ihnen das sogenannte Schutzgeld zahlen würde. Vier Monate später entwickelten sie eine andere Operation, die sie »Die andere Operation« nannten. Dieses Geschäft bestand darin, wiederum ein Opfer auszuwählen und ihm damit zu drohen, es *nicht* zu verprügeln, falls es *nicht* zahlen würde. Einen Monat danach setzten sie »Die ganz andere Operation« in Gang. In diesem Falle wurde dem Opfer angedroht, daß, wenn es nicht zahlte, sie es verprügeln würden. Das war die Wende für die Piranha Brüder.

Schnitt zu Kommissar Organs.

UNTERTITEL: »HARRY ›SNAPPER‹ ORGANS«

Organs (TERRY J.) Doug und Dinsdale Piranha gründeten nun eine Gang, die sie »Die Gang« nannten, und verbreiteten Angst und Schrecken, um Nachtklubs, Billardhallen, Spielkasinos und Rennbahnen unter ihre Kontrolle zu bekommen. Bei dem Versuch, den Britischen Kricketverband, MMC, zu übernehmen, holten sie sich, das einzige Mal in ihrem Leben, jedoch blutige Nasen. Als sich ihr Imperium immer mehr ausdehnte, faßten wir im Q-Dezernat ihre Unternehmungen aber verschärft ins Auge, indem wir die bunten Beilagen der Zeitungen studierten.

Moderator Ein Schmalspurunternehmer, der mit Dinsdale Piranha aneinandergeriet, war Vince Snetterton-Lewis.

Schnitt zu Vince, der, in einer üblen Wohnung auf einem Stuhl sitzt.

Vince (GRAHAM) Einmal sitz ich zu Hause so 'rum und erschreck die Kinder, und ich guck grad aus dem Loch in der Wand raus und seh, wie so'n Panzer vorfährt und einer von Dinsdales Jungs aussteigt und rüberkommt, irgendwie ganz locker und freundlich und so, und er sagt, daß Dinsdale mich mal sprechen will. Er kettet mich also ans Ende vom Panzer und nimmt mich mit auf 'ne Schleiftour hin zu Dinsdale. Und bei Dinsdale reden sie sich gerade die Köpfe heiß, also er und Doug und Charles Paisley, der Baby-Quetscher, und 'n paar Filmproduzenten und ein Typ, den sie »Kierkegaard« nennen, der hat da nur rumgesessen und so kleinen Hunden die Köpfe abgebissen, und Dinsdale sagt zu mir: »Ich hab gehört, du warst ein ganz ungezogener Junge, Clement«, und er schlitzt mir die Nase auf und sägt mir ein Bein ab und reißt mir die Leber raus, und ich sag, ich heiß gar nicht Clement, da verliert er die Beherrschung und nagelt meinen Kopf auf den Fußboden.

Interviewer *(im Off)* Er hat Ihren Kopf auf den Fußboden genagelt?

Vince Zuerst, jou.

Schnitt zum Moderator.

Moderator Ein weiterer Mann, dessen Kopf auf den Fußboden genagelt wurde, war Stig O'Tracey.

Schnitt zu einem jüngeren und fröhlicheren Mann auf einem Sofa.

Interviewer Stig, man hat mir erzählt, daß Dinsdale Piranha Ihren Kopf auf den Fußboden genagelt hat.

Stig (ERIC) Nein, nein, aber wo, niemals. Er ist ein Klassetyp gewesen, hat seiner Mutter immer Blumen mitgebracht und so. Mich hat er immer wie einen Bruder behandelt.

Interviewer Aber die Polizei verfügt über Filmmaterial, auf dem Dinsdale tatsächlich Ihren Kopf auf den Fußboden nagelt.

Stig Äh, na ja, das hat er gemacht, ja.

Interviewer Warum?

Stig Na, er mußte doch, oder? Ich mein, seien Sie mal ehrlich, er hatte keine andere Wahl. Ich mein, ich hatte schließlich das ungeschriebene Gesetz übertreten.

Interviewer Was hatten Sie denn getan?

Stig Äh. . . na ja, das hat er mir nie gesagt. Aber er hat mir sein Wort gegeben, daß es so war, und bei dem alten Dinsy reicht mir das. Ich mein, er wollte mir gar nicht den Kopf auf den Fußboden nageln. Ich mußte drauf bestehen. Er wollte mich davonkommen lassen. Es gibt nichts, was Dinsdale nicht für einen tun würde.

Interviewer Und Sie tragen ihm nichts nach?

Stig Nachtragen! Dem alten Dinsy? Er war ein ganz Lieber!

Interviewer Wie ich hörte, soll er auch den Kopf Ihrer Frau gegen einen Kaffeetisch genagelt haben. Stimmt das, Mrs. O'Tracey?

Kamera schwenkt auf Frau, auf deren Kopf ein Kaffeetisch genagelt ist.

Mrs. O'Tracey (GRAHAM) Aber nein. Nein, nein.

Stig Ja schon, das hat er getan. Doch, doch. Er war grausam, aber gerecht!

Schnitt zurück zu Vince.

Interviewer Vince, haben Sie ihn je wiedergesehen, nachdem er Ihnen den Kopf auf den Fußboden genagelt hatte?

Vince Ja. . . danach bin ich immer zu seiner Wohnung gegangen, jeden Sonntag mittag, um mich zu entschuldigen, dann haben wir uns die Hände geschüttelt, und dann hat er meinen Kopf auf den Fußboden genagelt.

Interviewer Jeden Sonntag.

Vince Ja, aber er ließ auch mit sich reden. Ich mein, den einen Sonntag wollten meine Eltern zum Tee vorbeikommen, da hab ich ihn gefragt, ob es ihm viel ausmachen würde, mir diese Woche mal nicht den Kopf auf den Fußboden zu nageln, und er war einverstanden und hat mir nur das Becken an einen Teewagen geschraubt.

Schnitt zu einem Mann, der an einem Kaffeetisch und einer Stehlampe befestigt ist.

Mann (TERRY J.) Er war der einzige Freund, den ich je hatte.

Schnitt: wir sehen einen Zementblock, in dem kopfüber ein Mann steckt.

Block Ich will kein Wort gegen ihn hören.

Schnitt auf einen Grabstein mit der Inschrift »R.I.P. und viel Glück, Dein Dinsdale«.

Stimme Reizender Bursche.

Schnitt zum Moderator.

Moderator Es ist offensichtlich, daß das allgemeine Verhältnis zu Dinsdale gleichermaßen geprägt war von enormer Loyalität und schrecklicher Furcht ihm gegenüber. Aber was für ein Mensch war er eigentlich?

Schnitt in eine Bar.

Gloria (JOHN) Ich bin ziemlich häufig mit Dinsdale ausgegangen und hab ihn immer als einen äußerst charmanten und gebildeten Begleiter empfunden. Er pflegte einen mit vielen hochangesehenen Persönlichkeiten bekannt zu machen, gefeierten amerikanischen Sängern, Angehörigen der Aristokratie und anderen Bandenführern.

Interviewer (ERIC) *(im Off)* Wie hatte er die kennengelernt?

Gloria Durch seine Wohltätigkeitsarbeit. Er entwickelte ein lebhaftes Interesse an Jünglingsorganisationen, Seemannsheimen, Chorknabenvereinigungen, Pfadfindertreffen und natürlich an der Königlichen Leibgarde.

Interviewer War irgend etwas Ungewöhnliches an ihm?

Gloria Durchaus *nicht,* würde ich sagen. Dinsdale war in jeder Beziehung ein vollkommen normaler Mensch. Nur insofern nicht, als er davon überzeugt war, von einem riesigen Igel beobachtet zu werden, den er Spiny Norman nannte.

Interviewer Wie groß sollte Norman denn sein?

Gloria Normalerweise pflegte er knapp vier Meter von der Nase bis zum Schwanz zu messen, aber wenn Dinsdale sehr niedergeschlagen war, konnte Norman bis zu siebenhundertfünfundzwanzig Meter lang werden. Wenn Norman in der Nähe war, wurde Dinsdale immer ganz still, und seine Nase schwoll an, und seine Zähne fingen an zu klappern, und er wurde dann sehr gewalttätig und behauptete immer, er hätte Stanley Baldwin flachgelegt. Dinsdale war ein Gentleman. Und außerdem wußte er, wie man einen Frauenimitator zu behandeln hat.

Schnitt zu einem Deppen im dunklen Anzug, der in einem Sessel sitzt.

EINBLENDUNG: »EIN KRIMINOLOGE«

Kriminologe (GRAHAM) Wir machen es uns etwas einfach, wenn wir Dinsdale Piranha allzu schnell verurteilen. Letzten Endes hat er nur das getan, was die meisten von uns lediglich in ihren geheimsten Wünschen... *(Bekommt Zuckungen... beherrscht sich.)* Entschuldigung. Schließlich ist ein Mörder doch nichts anderes als ein extrovertierter Selbstmörder. Dinsdale war ein Depp, aber er war ein zufriedener Depp. Glücklicher Spinner!

Schnitt zum Moderator.

Moderator Die meisten dieser merkwürdigen Geschichten betreffen Dinsdale. Was aber war mit Doug? Einer, der ihn kennengelernt hat, war Luigi Vercotti.

Schnitt: ein schäbiges Büro mit Schreibtisch und Telefon. Vercotti sitzt am Schreibtisch.

Vercotti (MICHAEL) Ich hatte einen sehr gefragten Begleit-Service am Laufen – Spitzenklasse, nein wirklich, nur Luxusmädchen... was anderes gab's bei uns überhaupt nicht, das kam gar nicht in Frage. Dann beschloß ich... *(Telefon auf dem Schreibtisch läutet.)* Entschuldigung. *(Nimmt ab.)* Hallo... nein, nicht jetzt... schum... schum... genau... ja, die Uhr ist für Sie um Mitternacht bereit... die *Uhr*... die *chinesische Uhr*...ja, sowieso, Wiedersehen, äh, Mutter. *(Legt auf.)* Jedenfalls entschloß ich mich, einen erstklassigen Nachtklub für die oberen Zehntausend in Biggleswade aufzumachen, mit internationaler Cuisine, guter Küche, spitzenmäßiger Show, und keinen billigen Neppladen, wo man irgendwelche Nutten auflesen kann, das stand überhaupt nicht zur Debatte, das bestreite ich entschieden, und eines Abends kommt also Dinsdale mit ein paar schweren Jungs reinmarschiert, von denen der eine einen atomaren Marschflugkörper dabei hatte. Sie sagten, ich hätte doch einen Obstautomaten bei ihnen gekauft und ob ich ihn nicht bezahlen wollte.

Interviewer (TERRY J.) Wieviel wollten sie denn haben?

Vercotti Eine Dreiviertelmillion Pfund. Dann gingen sie wieder.

Interviewer Warum haben Sie nicht die Polizei gerufen?

Vercotti Na ja, mir war aufgefallen, daß der Typ mit dem thermonuklearen Gerät der Polizeipräsident dieser Gegend war. Jedenfalls kamen sie nach einer Woche wieder und sagten, daß der Scheck geplatzt wäre und daß ich zu Doug kommen müßte.

Interviewer Doug?

Vercotti Doug. *(Trinkt einen Schluck.)* Ich hatte schreckliche Angst vor ihm. Alle hatten schreckliche Angst vor Doug. Ich habe gestandene Männer gesehen, die sich lieber den Kopf abgerissen haben, als zu Doug zu gehen. Sogar Dinsdale hatte Angst vor Doug.

Interviewer Was hat er denn gemacht?

Vercotti Er sprühte – vor Sarkasmus. Er hatte alle Tricks drauf: Scherz, Ironie, Metapher, Antiklimax, Wortspiel, Parodie, Litotes und – Satire.

Schnitt auf eine Landkarte.

Moderator *(Off-Stimme)* Mit dieser Kombination von Gewalt und Sarkasmus hatten die Piranha Brüder im Februar 1966 die Kontrolle über London und den Südosten erlangt. In diesem Februar aber beging Dinsdale einen schweren Fehler.

Schnitt zur Bar und zu Gloria.

Gloria In der letzten Zeit hatte Dinsdale sich zunehmend Sorgen gemacht wegen Spiny Norman. Er war zu der Überzeugung gelangt, daß Norman in einer Flugzeughalle auf dem Flughafen von Luton übernachtete.

Schnitt zum Moderator.

Moderator Und tatsächlich: am 22. Februar 1966 auf dem Flughafen von Luton. . . *(Archivfilm einer Wasserstoffbombenexplosion.)* Sogar die Polizei sah sich nunmehr veranlaßt, die Angelegenheit zur Kenntnis zu nehmen.

Schnitt zu »Snapper« Organs.

Organs Die Piranhas erkannten, daß sie etwas zu weit gegangen waren und daß nun die Jagd eröffnet war. Sie tauchten unter. Ich beschloß, die Suche mit einer gewissen Finesse anzugehen,

mit anderen Worten: verschiedene Formen der Verkleidung zu verwenden, weil die guten alten Helme und Stiefel doch ein bißchen auffällig waren. Zum Glück kam mir meine Zeit beim Theater in Bristol dabei sehr zugute, so daß ich eine stupende Vielfalt von Verkleidungen zustande brachte. Ich verfolgte sie bis nach Cardiff in der Rolle des Reverend Grinser Egret. Als ich erfuhr, daß sie nach London zurückgekehrt waren, nahm ich die Identität eines Schweinemetzgers namens Brian Stoats an. *(Foto von Organs in Schlachterverkleidung.)* Bei meiner Ankunft in London entdeckte ich, daß sie wieder nach Cardiff verschwunden waren. Ich folgte ihnen als Gloucester aus »König Lear«. *(Foto von Organs als Gloucester.)* Einer Intuition folgend, verbrachte ich einige Monate in Buenos Aires als der blinde Pew aus der »Schatzinsel«, während ich den Rückweg durch den Panamakanal als »Ratty«, die Ratte aus »Der Wind in den Weiden« bestritt. *(Foto von »Ratty«.)* Wieder in Cardiff angelangt, wiederholte ich meinen Triumph als Sancho Panza in »Don Quichote«, den die »Evening Post« als »eine funkelnde Darstellung von seltener Auffassungskraft« beschrieb, während der »Bath Chronicle« keine rechte Begeisterung zeigte. Tatsächlich bescherte er mir einen glatten Verriß. Ich zitiere:
Schnitt: Zeitungsausschnitt.

Off-Sprecher (ERIC) »Was die Darstellung des Sancho Panza durch Kommissar Harry ›Snapper‹ Organs betrifft, so zeigte sich das Publikum von seinem überdrehten walisischen Akzent verwirrt und von seinen anstößigen Improvisationen eingeschüchtert.«
Schnitt: Zeitungskopf – »The Western Daily News«.

Organs *(im Off)* Die »Western Daily News« meinte. . .

Off-Sprecher (JOHN) »Sancho Pansa (Mr. Organs) verdarb eine ansonsten makellos choreographierte Vergewaltigungsszene durch einen nicht vorgesehenen Auftritt und beharrliches ›Also, was ist hier los?‹-Rufen.«
Schnitt in einen typischen Backstage-Umkleideraum mit Schminkspiegeln.

Polizist (GRAHAM) Mach dir nichts draus, Snapper, Liebes, man kann's nicht allen recht machen.

Organs Wohl wahr, Wachtmeister. Gibst du mir mal meinen Lidschatten?

Zweiter Polizist Ein Telegramm für dich, Liebes.

Organs Oh, wie schön. Wetten, daß es von Binkie ist?

Zweiter Polizist Die Blumen da sind für Inspektor Lauderdale – von dem Herrn, der draußen wartet.

Organs Na fein.

Klopf, klopf. Ein Kopf schaut zur Tür herein.

Kopf Dreißig Sekunden noch, Herr Kommissar.

Organs Ach Mensch, ich bin dran. Sitzt mein Hut richtig, Wachtmeister?

Polizist Sitzt prima.

Organs Na denn, auf geht's, Hawkins.

Polizist O merde, Kommissar.

Organs Viel Glück also.

Schnitt nach draußen, vor das Polizeirevier. Sie kommen die Stufen herunter und gehen auf dem Bürgersteig weg. Der Gentleman mit dem albernen Gang begegnet ihnen. Schnitt zu einem kleinen Zeitungsjungen.

Zeitungsverkäufer Lesen Sie selbst! Piranha Brüder ausgebrochen!

Schnitt auf Vorortstraße: sie leert sich in Sekundenschnelle. Der Film wird angehalten: Bild der leeren Straße. Ein gewaltiger Igel, größer als die Häuser, kommt ins Bild und ruft: »Dinsdale?«

Roll-Titel; darunter sieht man den gewaltigen Igel an verschiedenen wohlbekannten Orten in London auftauchen.

Igel Dinsdale? Dinsdale? Dinsdale?

Schnitt zu John, der im selben Käfig sitzt wie in der allerersten Einstellung.

John Nun, das war's dann für heute, bis nächste Woche also. . . *(Brüllt wie ein Löwe.)*

Schwenk zum Käfig daneben, in dem man das Skelett des »Jetzt«-Manns sieht. Abblende.

Fünfzehn – Die spanische Inquisition

Ein Mann mit großen, mechanischen Flügeln, Flaschenzügen und einem komischen, ziemlich komplizierten Antriebsmechanismus läuft über eine Wiese und versucht zu fliegen. Schnitt: er läuft schneller. Schnitt: er läuft noch schneller. Schnitt: er läuft noch etwas schneller und scheint plötzlich von einem Hügelchen aus abzuheben. Schnitt: wir sehen ihn in Zeitlupe über eine unbewachsene Ebene schweben. Er prallt gegen etwas, das wie eine Felswand aussieht. Die Kamera wird um neunzig Grad gedreht, so, daß sie aufrecht steht; wir sehen, daß der Flieger eine Klippe hinab auf ein steiniges Ufer gestürzt ist. Die Kamera schwenkt von dem verunglückten Flieger weg: weitere Möchtegern-Flieger stecken zwischen den Trümmern ihrer Flugmaschinen kopfüber zwischen den Steinen und strampeln mit den Füßen in der Luft. Die Kamera schwenkt weiter bis zu einem Schreibtisch, an dem ein Ansager im Smoking sitzt.

Ansager (JOHN) Und nun zu etwas völlig anderem.

Jetzt-Mann (MICHAEL) Und jetzt. . .

Off-Sprecher (JOHN) Monty Python's Flying Circus.

Trickfilm-Vorspann.

Danach Musik: Die »Black Dyke Mills Band« spielt ein Klagelied. Archivaufnahme einer Industriestadt zur Zeit der Jahrhundertwende; es ist Nacht.

EINBLENDUNG: »JARROW – Silvesterabend 1911«

EINBLENDUNG: »JARROW 1912«

Überblendung ins opulent ausgestattete Wohnzimmer eines Fabrikbesitzers (um die Jahrhundertwende). Lady Mountback sitzt mit Stickzeug auf dem Sofa. Es klopft.

Lady Mountback (CAROL) Herein.

Reg tritt ein, die Mütze in der Hand.

Reg (GRAHAM) Probleme im Werk.

Lady Mountback O nein. Was denn für Probleme?

Reg Ein' vonne Träger hetne Spindel inne Blockschere geboung.

Lady Mountback Bitte?

Reg Ein' vonne Träger hetne Spindel inne Blockschere geboung.

Lady Mountback Ich verstehe wirklich nicht, was Sie da sagen.

Reg *(leicht irritiert und mit betont deutlicher Aussprache)* Einer von den Trägern hat eine Spindel in die Blockschere gebogen.

Lady Mountback Aber was in aller Welt bedeutet denn das?

Reg Weiß *ich* doch nicht. Mr. Wentworth hat mich nur gebeten, herzugehen und Ihnen zu sagen, daß es im Werk Probleme gibt. Ich hatte nicht gleich mit der spanischen Inquisition gerechnet.

Schriller Tusch. Die Tür fliegt auf, und Kardinal Ximinez von Spanien tritt in Begleitung zweier Nachwuchskardinäle ein. Kardinal Biggles trägt eine auf die Stirn hochgeschobene Fliegerbrille. Kardinal Fang ist bloß Kardinal Fang.

Ximinez (MICHAEL) Niemand rechnet mit der spanischen Inquisition! Unsere Hauptwaffe ist die Überraschung... Überraschung und Furcht... Furcht und Überraschung. Unsere beiden Waffen sind Furcht und Überraschung... und erbarmungslose Effizienz. Unsere *drei* Waffen sind Furcht und Überraschung und erbarmungslose Effizienz und eine fast fanatische Hingabe an den Papst... Unsere *vier*... nein... *zu* unseren Waffen... zu unserer Bewaffnung zählen Elemente wie Furcht, Überraschung... – Ich komm noch mal rein. *(Exeunt.)*

Reg Ich hatte nicht gleich mit der spanischen Inquisition gerechnet.

Schriller Tusch. Sie stürmen erneut herein.

Ximinez Niemand rechnet mit der spanischen Inquisition! Zu unserer Bewaffnung zählen unter anderem Elemente wie Furcht, Überraschung, unbarmherzige Effizienz und eine fast fanatische Hingabe an den Papst... und hübsche rote Uniformen – o verflucht! *(Zu Biggles)* Ich... ich kann das nicht sagen, sagt Ihr es.

Biggles (TERRY J.) Wie?

Ximinez Sagt Ihr das, dieses Zeug von wegen »Unsere Hauptwaffen sind...«

Biggles Ich kann das nicht...

Ximinez schiebt die Kardinäle eilig nach draußen.

Reg Ich hatte nicht gleich mit der spanischen Inquisition gerechnet.

Schriller Tusch. Alle drei wieder rein.

Biggles Ähm... Äh... Niemand...

Ximinez Rechnet.

Biggles Rechnet... Niemand rechnet mit der... ähm... äh... spanischen... ähm...

Ximinez Inquisition.

Biggles Ja, ich weiß... ich weiß. Niemand rechnet mit der spanischen Inquisition. Und falls mal jemand mit ihr rechnet...

Ximinez Unsere Hauptwaffen sind...

Biggles Unsere Hauptwaffen sind. . . äh. . . äh. . .
Ximinez Überraschung.
Biggles Überraschung und. . .
Ximinez Schluß! Schluß jetzt! Schluß jetzt. Puh! Unsere Hauptwaffe ist die Überraschung, bla, bla, bla, bla. Kardinal, verlest die Anklage.
Fang (TERRY G.) Ihr werdet hiermit beschuldigt, Euch wiederholt der Ketzerei schuldig gemacht zu haben. Schon mein alter Herr hat immer gesagt. . .
Ximinez Das genügt! *(Zu Lady Mountback)* Nun, wie bekennt Ihr Euch?
Lady Mountback Wir sind unschuldig.
Ximinez Ha! Ha! Ha!
EINBLENDUNG: »TEUFLISCHES LACHEN«
Ximinez Wir werden Euch schon bald eines Besseren belehren!
EINBLENDUNG: »TEUFLISCHES TREIBEN«
Ximinez Furcht, Überraschung und fast unbarmherzige Effizienz. . . *(Reißt sich mit allergrößter Mühe zusammen.)* Ooooh! Nun denn, Kardinal, legt ihr das. . . Geständnisgeschirr an!!!
Biggles zieht einen modernen Geschirrständer heraus. Ximinez starrt ihn an und beißt die Zähne zusammen, um nicht die Beherrschung zu verlieren. Er summt energisch, um seine Wut zu verbergen.
Ximinez Du. . . Fein! Legt es ihr an! *(Fang und Biggles versuchen heldenhaft, sie an den Geschirrständer zu fesseln.)* Na schön! Wie bekennt Ihr Euch?
Lady Mountback Nicht schuldig.
Ximinez Ha! Wie Ihr wollt! Kardinal, zieht die Schrauben. . . o Gott. . . Zieht die Schrauben an.
Kardinal Biggles steht linkisch da und zuckt die Achseln.
Biggles Ich. . .
Ximinez *(zähneknischernd)* Ich *weiß*. Ich weiß, daß Ihr das nicht könnt. Ich wollte nur nichts sagen, sondern versuchen, Euren krassen Fehler einfach zu ignorieren.
Biggles Ich. . .
Ximinez So sieht das doch alles völlig albern aus.
Biggles Soll ich, ähm. . .
Ximinez Ja, macht weiter, tut einfach so, um Gottes willen.
Biggles dreht an einer nicht vorhandenen Kurbel an der Seite des Geschirrständers.
Die Türklingel ertönt. Reg zieht sich zurück und öffnet. Vor der Tür

steht ein adretter, kinnbärtiger BBC-Mensch. Er wirkt irgendwie künstlerisch.

BBC-Mensch (JOHN) Ah, guten Tag, wir kennen uns zwar nicht, aber ich komme von der BBC. Ob Sie wohl so nett wären, in einem Sketch die Tür zu öffnen. . . dort drüben, ungefähr da lang. . . Weiter müßten Sie nichts machen – nur die Tür aufmachen, das wäre schon alles.

Reg Oh, meinetwegen, ja. Doch.

BBC-Mensch Na prima. Dann kommen Sie mal.

Schnitt: Wir sehen sie aus dem Haus kommen und auf einen BBC-Bus zugehen. Dabei hören wir ihr Gespräch (leicht gedämpft).

BBC-Mensch Ja, wir drehen nämlich gerade.

Reg Eine von diesen Überleitungen, was?

BBC-Mensch Ja, stimmt, so was in der Art, ja. Alles ein bißchen durchgedreht – dieser schwachsinnige Blödel-Quatsch halt. . . Ehrlich gesagt, ich versteh das Zeug selbst nicht so ganz. . . die jungen Leute mögen es offenbar. . . Ich persönlich mag ja solche Sachen wie die von Des O'Connor lieber. . . Rolf Harris. . . Tom Jones. . . die Art.

Sie steigen in den Bus und fahren los; an einem Wegweiser mit der Aufschrift »Zum Sketch« vorbei. Kamera schwenkt mit; wir sehen die beiden im Gespräch und hören. . .

Reg Machen Sie öfter solche Sachen?

BBC-Mensch Ziemlich oft, ja, ziemlich oft. Vor allem Komödie. Leichte Unterhaltung. Ich wäre eigentlich lieber bei der Programmplanung, aber leider habe ich studiert.

Der Bus hält vor einem gewöhnlichen Vorstadthaus, vor dessen Haustür bereits Mr. Johnson wartet, ein Neuheiten-Vertreter. Der BBC-Mensch deutet auf ihn und gibt Reg einige Anweisungen. Reg geht an Mr. Johnson vorbei ins Haus und schließt die Tür. Johnson klingelt, Reg öffnet.

Johnson (ERIC) Scherzartikel, Sir? Gute Stimmung garantiert. Von den gekrönten Häuptern Europas getestet. Adlige in aller Welt haben Tränen gelacht. *(Hält einen Zeitungsausschnitt hoch.)* »Dänemark hat sich nie so amüsiert« – »The Stage«. Oder diese schöne kleine Neuheit – »Ein schlimmes Kerlchen« – zieht garantiert bei jeder Party. Einfach auf den Tisch stellen. Den Knopf drücken. Und es kotzt. Mit Garantie. Und Nachfüllpatronen. »Schwarze Seife« – einfach im Badezimmer liegenlassen.

Händewaschen – und schon wachsen echte Geschwülste an den Fingern. Kriegt man stundenlang nicht wieder ab. Zieht garantiert bei jeder Party. Erschrecken Sie die älteren Semester – echte Schlangen. Der lustige Leistenbruch-Bausatz. Knetbare Fleischwunden aus Plastik – damit erleben alle Gäste ihre blauen Wunden. Zieht garantiert bei jeder Party. Lachen Sie bis zum Geht-nicht-mehr mit »Fröhliche Flitterwochen« – einfach in die Betten kippen – Körpersäfte von echten Stinktieren. Wenn *das* keine unvergeßliche Hochzeitsnacht wird. Klebt an der Haut, absolut wasserfest, zieht garantiert bei jeder Party. Unterhalten Sie Ihre Freunde – mit CS-Gas-Spraydosen – riechen, schmekken und wirken wie echt – machen blind, verkrüppeln, töten. Und für die Drinks einen »Schlimmen Schniepel« mit herausziehbarem Lümmel in Lebensgröße – serviert lauwarmes Bier. Macht steife Drinks. Lachen bis zum Geht-nicht-mehr. Wie wär's mit diesem neuen Blähsebalg – Peinlichkeiten ohne Ende – durch täuschend lebensechten Klang. Oder dieses neue Nachthemd »Nackte Nächte« – schmilzt, wenn man es anzieht – da staunt man bis zum Geht-nicht-mehr. Zieht garantiert bei jeder schlimmen Party. . . Na los, na los.

Reg Was?

Johnson Die Pointe.

Reg Welche Pointe?

Johnson Die Pointe der Nummer.

Reg Die kenne ich nicht. Von einer Pointe hat mir niemand was gesagt.

Johnson Oh. Na schön, Sir, in diesem Fall muß ich mich verabschieden. . . Also dann. Wiedersehen.

Er dreht sich um und geht weg. Reg sieht sich verzweifelt um. Dann rennt er aus dem Haus. Während Johnson aus dem Bild verschwindet, rennt er zum BBC-Bus. Schnitt in den Fahrerraum des Busses, in dem der BBC-Mensch sitzt.

Reg Wie geht die Pointe?

BBC-Mensch Pointe? Ist denn für heute eine Pointe vorgesehen? Was haben wir denn. . .? Ah, Neununddreißigste Woche, vierter Tag. . . nein, heute ist ja Freitag, stimmt – Neununddreißig, Sieben. Oh. . . da haben wir's ja. *(Liest.)* Oh. Ha, ha, ha, ausgezeichnet. Ha, ha, ha, ausgezeichnet. Wirklich eine gute Pointe. Schade, daß wir die nicht mitgenommen haben. Na, egal, das können wir ja später immer noch. Da machen wir doch glatt eine ganze Serie draus. Wenn Sie jetzt bitte hier unterschreiben wollen; ich gebe das direkt an unsere Vertragsabteilung weiter, und Sie hören dann in ein, zwei Jahren von uns.

Reg Könnten Sie mich wohl mit zurücknehmen?

BBC-Mensch Äh – könnte ich. Mach ich aber nicht. Wir wollten Sie nämlich gerade bitten, uns Ihren Kopf für einen kleinen Trickfilm zur Verfügung zu stellen.

Reg Was?

BBC-Mensch Na, prima. Haben Sie vielen Dank. Die Auslagen werden Ihnen erstattet.

BBC-Mitarbeiter stürzen sich auf Reg und sägen ihm den Kopf ab.

TRICKFILM: *Regs Kopf wird von einem Kinderwagen ins Bild gefahren. Nachdem einige seltsame Dinge geschehen sind, endet die Animation in einem eichefurnierten Behörden-Konferenzzimmer. Ein Politiker spricht zu drei Beamten.*

Politiker (JOHN) Meine Herren, unsere MP haben sich heute morgen mit dem PM getroffen, und der PM wünscht bis morgen AM oder spätestens PM eine neue Lieferung LSD vom PIB. Ich habe dem PPS des PM mitgeteilt, AM sei NBG, also ist morgen PM für den PM nem.con. Sofort 'ne Kippe, sonst platzt mir der Kopf. So – zum Haushaltsdefizit unter Berücksichtigung der Außenhandelsbilanz, sprich des zurückliegenden Geschäftsjahresabschlusses exklusive verdeckter Exporte, selbstverständlich bereinigt um die saisonalen Schwankungen und die statistischen Zuwächse aufgrund von Anlage- und Kapitalrenditevereinbarungen betreffend den im April vorzulegenden Haushaltsplan für das bevorstehende Geschäftsquartal.

Erster Beamter (GRAHAM) Ich glaube, er redet über Steuern.

Politiker Bravo, Madge. Gut erkannt. Steuern sind der springende Punkt meiner zentralen Kernaussage. Meine Herren, wir müssen etwas Neues zum Besteuern finden.

Zweiter Beamter (ERIC) Das hab ich verstanden.

Dritter Beamter (TERRY J.) Wenn ich meinen Kopf auf das Hackklötzchen legen dürfte, damit Sie ihn ein bißchen durch die Gegend schießen können, Sir. . . ?

Politiker Ja?

Dritter Beamter Also, die meisten Dinge, die wir heutzutage zu unserem Vergnügen machen, sind besteuert – bis auf eins.

Politiker Was meinen Sie?

Dritter Beamter Na ja, ähm, Rauchen ist besteuert, Trinken ist besteuert, nur nicht. . . Dingens.

Politiker Du lieber Himmel, wollen Sie etwa vorschlagen, wir sollten. . . Dingens besteuern?

Erster Beamter Pupse?

Dritter Beamter Nein.

Erster Beamter Gott sei Dank. Entschuldigen Sie mich mal eben. *(Ab.)*

Dritter Beamter Nein, nein, nein – Dingens.

Zweiter Beamter Einen selbst?

Dritter Beamter Nein, Dingens.

Politiker Dingens!

Zweiter Beamter Ach, Dingens! Na, damit würde das Buchprüfen jedenfalls wesentlich reizvoller werden.

Schnitt zu »Stimmen des Volkes«.

Gumby (JOHN) *(im Wasser stehend)* Ich würd Steuern von allen Leuten nehmen, die im Wasser stehen. . . *(Sieht sich um.)* Ooh!

Mann mit Melone (TERRY J.) Um die britische Wirtschaft anzukurbeln, würde ich alle Ausländer besteuern, die im Ausland leben.

Mann im Anzug (ERIC) Ich würde die Nackte in meinem Bett besteuern. . . Nein – nicht besteuern. Wie heißt das noch. . . ? Oh – nichts zu danken.

Jetzt-Mann (MICHAEL) Steuern? Würde ich bei scharfen Kurven empfehlen. . . Zum Beispiel bei Raquel Welch.

Geschäftsmann (JOHN) Führt den Galgen wieder ein und investiert in Stricke.

Zweiter Geschäftsmann (MICHAEL) Ich würde alle anstößigen Körperteile abschneiden und den Platz für Sportplätze nutzen.

Mann mit Mütze (MICHAEL) Ich würde Urlaubsschnappschüsse besteuern.

Standbild der Szene, dazu das Auslösergeräusch eines Fotoapparats. Die Kamera fährt zurück und zeigt, daß der Schnappschuß von einer netten alten Dame hochgehalten wird. Sie sitzt mit einem großen Fotoalbum auf dem Schoß auf dem Sofa, nimmt liebevoll Fotos von einem Stapel auf dem Album und reicht sie an eine neben ihr sitzende junge Frau weiter. Die junge Frau zerreißt die ihr überreichten Fotos sofort und läßt sie in den Mülleimer fallen. Die nette alte Dame ist völlig versunken und bemerkt davon überhaupt nichts.

Nette alte Dame (MARJORIE WILDE) Das ist Onkel Ted vor dem Haus. *(Sie reicht das Foto weiter; die junge Frau zerreißt es.)* Das ist Onkel Ted hinter dem Haus. *(Sie reicht das Foto weiter; die junge Frau zerreißt es.)* Und das ist Onkel Ted neben dem Haus. *(Sie reicht das Foto weiter; die junge Frau zerreißt es.)* Das hier ist Onkel Ted wieder vor dem Haus, aber man kann auch die Seite des Hauses sehen. *(Sie reicht das Foto weiter; die junge Frau zerreißt es.)* Und das hier ist Onkel Ted etwas dichter an der Hausseite, aber man kann trotzdem die Vorderseite des Hauses erkennen. *(Sie reicht das Foto weiter; die junge Frau zerreißt es.)* Das ist die Rückseite des Hauses, und Onkel Ted kommt gerade von der Vorderseite aus an der Seite vorbei nach hinten. *(Sie reicht das Foto weiter; die junge Frau zerreißt es.)* Und das hier ist die spanische Inquisition, die sich hinter einem Kohlenschuppen versteckt.

Ihre Freundin nimmt das Bild mit ersten Anzeichen echten Interesses entgegen.

Junge Frau (CAROL) Oh! Mit der spanischen Inquisition hatte ich nicht gerechnet.

Schriller Tusch. Die Tür wird aufgestoßen und Ximinez, Biggles und Fang treten ein.

Ximinez Niemand rechnet mit der spanischen Inquisition!

Schnitt: die Kamera fährt über ein Breugelsches Marter-Gemälde; dramatische Musik.

Off-Sprecher (JOHN) und EINBLENDUNG: »UM DIE ANSCHWELLENDE FLUT VON KETZEREI UND HÄRESIE ZU BEKÄMPFEN, STATTETE DER PAPST KARDINAL XIMINEZ VON SPANIEN ZU BEGINN DES SECHZEHNTEN JAHRHUNDERTS MIT DEM RECHT AUS, DAS GESAMTE LAND UNEINGESCHRÄNKT UND UNGEHINDERT EINER HERRSCHAFT DER GEWALT, DES SCHRECKENS UND DER FOLTER ZU UNTERWERFEN, AUS DER MAN EINEN SPITZENFILM MACHEN KÖNNTE. ES WAR DIE ZEIT DER SPANISCHEN INQUISITION. . .«

Ein von Fackeln beleuchtetes Verlies. Wir hören laut widerhallende Schritte. Ein Schatten fällt auf das Gitter. Schlüssel klimpern. Das Tor wird geöffnet. Ximinez tritt ein und sieht sich anerkennend um. Ihm folgen Fang und Biggles, die die nette alte Dame hereinstoßen. Sie ketten sie an eine der Wände.

Ximinez So, alte Frau! Ihr seid der Ketzerei in drei Punkten angeklagt. Ketzerei in Gedanken, Ketzerei in Worten, Ketzerei in Taten und Anstiftung zur Ketzerei. In *vier* Punkten. Gesteht Ihr?

Nette alte Dame Ich begreife gar nicht, was man mir vorwirft.

Ximinez Ha! Wir werden schon dafür *sorgen*, daß du begreifst. . . Biggles! Reicht mir. . . die Kissen!

Schriller Tusch. Biggles hält zwei normale, moderne, weiche Sofakissen hoch.

Biggles Hier sind sie, Herr.

Ximinez So, alte Frau, dies ist Eure letzte und einzige Gelegenheit. Gesteht die abscheuliche Sünde der Ketzerei, wendet Euch ab von allen schändlichen, gottlosen Werken – *zwei* letzte Gelegenheiten. Und befreit Euch. . . *drei* letzte Gelegenheiten. Ihr habt drei letzte Gelegenheiten, deren Wesen ich Euch durch meine eben getätigten Aussagen preisgegeben habe.

Nette alte Dame Ich weiß überhaupt nicht, wovon Sie reden.

Ximinez Na schön! Ihr habt es so gewollt – Kardinal! Stoßt sie mit den Weichen Kissen! *(Biggles unternimmt einen erbärmlichen Folterversuch.)* Gesteht! Gesteht! Gesteht!

Biggles Es scheint ihr gar nicht weh zu tun, Herr.

Ximinez Habt Ihr die ganze Füllung ans eine Ende gestopft?

Biggles Ja, Herr.

Ximinez *(die Kissen wütend wegwerfend)* Hm! Sie ist aus härterem Holz geschnitzt! Kardinal Fang – bringt mir den. . . Bequemen Ohrensessel!

Erneuter lauter, schriller Tusch. Zoom auf Fangs entsetztes Gesicht.

Fang Den Bequemen Ohrensessel?

Er verschwindet um eine Ecke und kehrt mit dem Ohrensessel zurück. Er sieht wirklich sehr bequem aus.

Ximinez Ja-ha. Ihr haltet Euch für stark, weil Ihr die Weichen Kissen überlebt habt. Nun, wir werden schon sehen. Biggles, setzt sie in den Bequemen Ohrensessel. *(Biggles drückt sie grob in den Sessel.)* So! Ihr werdet bis zum Mittag im Ohrensessel sitzen bleiben, und man wird Euch lediglich eine Tasse Kaffee bringen, so gegen elf Uhr. . . *(Zu Biggles.)* Ist das wirklich alles?

Fang Wieso? Ja, Herr.

Ximinez Aha. Ich schlage vor, daß wir das Ganze durch lautes Brüllen noch ein bißchen verschlimmern. Beichte, Weib! Bekenne dich schuldig! Gestehe! *Gestehe! Gestehe!*

Biggles Ich gestehe!

Ximinez Ihr doch nicht!

Schnitt: wir sehen einen von Herrn Gilliams Polizisten aus dem folgenden Trickfilm.

Polizist Ich gestehe.

Schnitt zurück in das Verlies.

Ximinez Wer war das?

TRICKFILM: *»Ich gestehe« (mit diversen Polizisten, der Nationalhymne und ziemlich vielen Stühlen).*

Off-Sprecher (MICHAEL) Demnächst zum erstenmal auf der Leinwand zu sehen – die Verfilmung zweier Bücher, die einst eine ganze Generation schockten: Emily Brontës »Die Sturmhöhe« und: »Das Große Buch der internationalen Signalflaggenzeichen«. 20th Century Vole präsentiert: »Die Signalflaggenversion der Sturmhöhe«.

ZWISCHENTITEL: »DIE SIGNALFLAGGENVERSION DER STURMHÖHE«

Film: während der folgenden Einstellungen läuft durchgehend passende Filmmusik. Wir sehen Heathcliff (Terry J.) in einer Naheinstellung im Profil. Sein Haar weht im Wind, er wirkt aufgewühlt. Schnitt zu einer Naheinstellung von Catherine (Carol), ebenfalls im Profil; auch ihre Haare flattern im Wind. Es scheint, als stünden sie direkt voreinander und sähen sich an. Die Kamera fährt sehr, sehr weit zurück, und wir sehen, daß die beiden inmitten einer hügeligen Landschaft auf der Spitze zweier weit voneinander entfernter Hügel stehen. Heathcliff zieht zwei Signalflaggen hinter seinem Rücken hervor und schwenkt sie.

UNTERTITEL: »OH, CATHERINE«

Schwenk zu Catherine, die ebenfalls zwei Flaggen hervorholt und sie schwenkt.

UNTERTITEL: »OH, HEATHCLIFF«

Erneut schwenkt Heathcliff seine Flaggen.

UNTERTITEL: »OH! OH! CATHERINE«

Mit jedem Schnitt entfernen sie sich weiter voneinander.

Catherine schwenkt wieder ihre Flaggen.

UNTERTITEL: »OH! OH! HEATHCLIFF«

Schnitt zu ihrem Mann, der zornig aus einem frühviktorianischen Landhaus tritt. Er schwenkt zwei Flaggen.

UNTERTITEL: »CATHERINE!«

Schnitt zurück zu Catherine auf dem Hügel.

UNTERTITEL: »STILL! ICH HÖRE MEINEN MANN«

Schnitt zurück zum Ehemann, der zwei gigantische Flaggen schwenkt.

UNTERTITEL: »CATHERINE!«

Schnitt ins Innere des Landhauses. Naheinstellung einer Wiege. Plötzlich schießen zwei kleine Signalflaggen aus dem Inneren der Wiege und werden geschwenkt.

UNTERTITEL: »BUUÄÄÄÄH! BUÄÄÄÄH!«

Kamera fährt zurück. Ein Kindermädchen geht auf die Wiege zu und wedelt sehr kurz mit einer Flagge.

UNTERTITEL: »PSSSCHT!«

Das Kindermädchen deutet in die andere Hälfte des Zimmers. Schnitt zu einem alten Mann, der mit auf die Brust gesacktem Kopf in einem Schaukelstuhl schläft. Er schwenkt zwei Flaggen.

UNTERTITEL: »TZZZ. . . TZZZ. . .«

Schnitt zur Haustür. Außen. Der Ehemann wartet. Catherine läuft auf ihn zu. Während sie näherkommt, schwenkt er seine Flaggen.

UNTERTITEL: »DU HAST DICH MIT HEATHCLIFF GETROFFEN«

Catherine winkt wie von Sinnen zurück.

UNTERTITEL: »JA! JA! ICH HABE MICH MIT HEATHCLIFF GETROFFEN, NA UND? ER IST DER EINZIGE, DEN ICH JE GELIEBT HABE. ER IST EDEL. ER IST STARK. ER IST ALL DAS, WAS DU NIE SEIN WIRST, UND AUSSERDEM. . .«

Archivfilm von einem römischen Wagenrennen.

EINBLENDUNG: »AB MONTAG NÄCHSTER WOCHE«

Off-Sprecher (MICHAEL) Wir präsentieren Ihnen: ein historisches, erschütterndes Epos aus den dunklen und bewegten Tagen des alten Rom, eine Geschichte, die einst die Welt aus den Angeln hob! Ein Drama, das als zu ergreifend galt, um jemals verfilmt zu werden. Ein einmaliges Ereignis in der Geschichte des Films! Julius Cäsar auf Aldislampen!

ZWISCHENTITEL: »JULIUS CÄSAR AUF ALDISLAMPEN«

Naheinstellung von Cäsar, der durch eine römische Gasse schreitet. Ein Wahrsager boxt sich zu ihm durch, verdreht die Augen, holt eine Signallampe heraus und beginnt zu signalisieren:

UNTERTITEL: »HÜTE DICH VOR DEN IDEN DES MÄRZ«

Einige Treppenstufen vor einer Statue. Cäsar wird erstochen. Im Fallen zieht er eine besonders große Aldislampe heraus und blinkt die ihn umstehenden Attentäter an.

UNTERTITEL: »ET TU BRUTE«

Eine Straße in einer Wildweststadt. Zwei Cowboys stehen sich mit Morsegeräten gegenüber.

Off-Sprecher Von den Produzenten des Klassikers »Zwei rechnen ab im Morsealphabet«. . .

EINBLENDUNG: »ZWEI RECHNEN AB IM MORSEALPHABET«

Die beiden morsen ein bißchen.

UNTERTITEL: »AAAAHHH!«

Schnitt zu zwei Indianern, die Rauchzeichen machen.

Off-Sprecher . . .und der Rauchzeichenfassung von »Blondinen bevorzugt«!

EINBLENDUNG: »UND DER RAUCHZEICHENFASSUNG VON BLONDINEN BEVORZUGT«

Schnitt in einen Gerichtssaal: die übliche Kulisse mit Richter, Protokollführer und dem Ankläger, der dem Tisch des Richters gegenübersitzt. Der Angeklagte steht im Zeugenstand.

EINBLENDUNG: »OBERSTER STRAFGERICHTSHOF«

Richter (GRAHAM) Meine Damen und Herren Geschworenen, sind Sie zu einem Urteil gekommen?

Geschworenensprecher (MICHAEL) Das sind wir, Euer Ehren.

Richter Und wie befinden Sie den Angeklagten? *(Der Geschworenensprecher hebt seine Hand und streckt drei Finger aus.)* Drei Wörter. *(Der Sprecher hält einen Finger hoch.)* Erstes Wort. *(Sprecher zeigt vier Finger.)* Vier? *(Sprecher hebt die Rechte und drückt sich Zeige- und Mittelfinger auf die Oberlippe.)* Igitt. Führer? Führ? Für? *(Der Sprecher nickt und hebt zwei Finger.)* Zweites Wort. *(Sprecher fährt mit der flachen Hand in Brusthöhe energisch durch die Luft.)* Flach? *(Der Sprecher schüttelt den Kopf und wiederholt die Geste.)* Eben? Platt?

Der Sprecher schüttelt energisch den Kopf.

Ankläger (JOHN) Nein?

Der Sprecher nickt und wiederholt die Geste.

Protokollführer (ERIC) Abgelehnt?

Richter Nichts zu machen?

Der Sprecher nickt und deutet auf seinen Kopf.

Ankläger Nickt?

Richter Nicht?

Der Sprecher nickt begeistert Zustimmung.

Alle Nicht!

Der Sprecher hebt zuerst den Daumen, dann wieder drei Finger und deutet auf den dritten.

Richter Drittes Wort. *(Sprecher deutet »Zwei Silben« an.)* Zwei

Silben. *(Der Sprecher deutet auf seinen Zeigefinger.)* Erste Silbe. *(Der Sprecher geht leicht in die Knie und tut, als schreibe er etwas mit Kreide an eine Tafel.)* Malt?

Protokollführer Gemälde?

Richter Ein Künstler?

Ankläger Beethoven.

Richter Nein, nein, nein, der war doch Komponist.

Protokollführer Dann eben Picasso.

Richter Ach was, jetzt seien Sie doch nicht albern. Wie wollen Sie denn jemanden »für nicht Picasso« befinden?

Ankläger Schreib. Tafel. *(Der Sprecher nickt und bedeutet ihnen mit weit ausholenden Handbewegungen »das Ganze«.)* Tafel... runde. Tafelrunde?

Richter Tafelmalerei?

Protokollführer Schultafel. Schulklasse.

Richter Schulklasse? Schule? Schul? *(Der Sprecher hebt den Daumen; der gesamte Gerichtssaal applaudiert begeistert.)* Für nicht schul. *(Der Sprecher deutet auf seinen Mittelfinger.)* Zweite Silbe. Für nicht schul.

Der Sprecher deutet mit beiden Händen einen dicken Bauch an und bläst die Wangen auf.

Ankläger Schwanger.

Protokollführer Rund? Fett?

Der Sprecher deutet auf seinen Bauch.

Richter Für nicht schul... wanst? Nicht schulwanst! *(Der Sprecher sieht ihn enttäuscht an.)* Sie sind von den Geschworenen für nicht schulwanst in allen Anklagepunkten befunden worden und werden somit von diesem Gericht freigesprochen. Schön. Jetzt bin ich dran. *(Der Angeklagte verläßt den Saal.)*

Der Richter hält vier Finger hoch.

Ankläger Vier Wörter.

Der Richter tut so, als riefe er das erste Wort.

Sprecher Erstes Wort... Schrei?

Protokollführer Kreisch?

Ankläger Ruf? Ruft?

Alle Ruft!

Der Richter biegt die Finger seiner linken Hand mit denen der rechten weit zurück.

Ankläger Finger?

Sprecher Bruch?

Ankläger Bieg?
Protokollführer Dehnen?
Sprecher Dehn?
Der Richter hebt den Daumen.
Alle Den!
Protokollführer Ruft den, drittes Wort.
Der Richter deutet »Zwei Silben« an, deutet dann auf seinen Ellenbogen, hebt den Stoff an, und beginnt mit einer imaginären Nadel zu nähen.
Ankläger Arme?
Eine der Geschworenen Schule?
Protokollführer Flicken? *(Der Richter schüttelt den Kopf.)* Nähen? *(Richter bedeutet ihm »Klingt so ähnlich«.)* Klingt wie Nähen?
Verteidigerin (CAROL) Nächsten.
Sprecher Ruft den. . . nächsten!
Der Richter hebt den Daumen und zeigt, daß das letzte Wort aus vier Silben besteht. Er zeigt, daß die erste Silbe sehr kurz ist.
Protokollführer Viertes Wort, vier Silben. Die erste Silbe ist sehr kurz.
Der Richter greift unter den Tisch. Das Licht geht aus.
Ankläger Dunkel? Licht aus?
Er schaltet es wieder ein und deutet auf die Lampe.
Protokollführer Lampe? An? An!
Der Richter hebt den Daumen, steht auf und macht ein paar Schritte.
Ankläger Weg? Lauf?
Sprecher Gehen? Geh?
Der Richter hebt den Daumen.
Protokollführer Ruft den nächsten Angeh.
Der Richter deutet »Dritte und vierte Silbe« an.
Protokollführer Dritte und vierte Silbe.
Der Richter verschwindet kurz unter dem Tisch. Als er wiederauftaucht, trägt er einen schwarzen Schleier und Kopftuch. Er stellt drei Aktenordner neben sich und beugt sich weinend zu ihnen.
Sprecher Klage. . .
Ankläger Akten?
Alle Klakten!
Protokollführer Ruft den nächsten Angeklakten. *(Alles applaudiert dem Richter, der sich kurz verbeugt und dann wieder Platz nimmt. Die gesamte Atmosphäre ändert sich schlagartig.)* Ruft den nächsten Angeklagten herein. Der ehrenwerte Richter Kilbraken. *(Ein bereits ziemlich angegrauter Richter in kompletter Amtstracht betritt*

die Anklagebank.) Wenn Sie erlauben, daß ich die Anklage verlese, Euer Ehren; Euer Ehren sind angeklagt, durch Euer Verhalten am vierzehnten Juni des Jahres 1970 im obersten Strafgerichtshof einer öffentlichen Ruhestörung Vorschub geleistet zu haben. Euer Ehren bekennen sich schuldig oder nicht schuldig?

Richter Kilbraken (TERRY J.) Nicht schuldig. Verfahren wegen mangelnder Beweise eingestellt. Die Sitzung ist geschlossen.

Er schlägt mit einem Hammer auf die Anklagebank. Alle anderen stehen auf und machen sich plaudernd auf den Weg nach draußen.

Richter Nein, nein, nein, nein, nein, nein, nein. *(Alle bleiben stehen, kehren um und setzen sich wieder hin.)* Nein, nein, Euer Ehren stehen unter Anklage.

Richter Kilbraken Ich bin Richter, Euer Ehren.

Richter Das bin ich auch, Euer Ehren, also passen Sie bloß auf.

Richter Kilbraken Ha! So was schimpft sich Gericht!

Alle So was schimpft sich Gericht. . . So was schimpft sich Gericht. . . So was schimpft sich Gericht. . .

Richter Ruhe jetzt!. . . Also, lassen Sie hören!

Ankläger Euer Ehren – und Euer andere Ehren –, die Verteidigung wird den Beweis zu erbringen versuchen, daß Euer Ehren – äh, nicht *Sie*, Euer Ehren –, daß Euer Ehren, Euer Ehren, sich während einer Verhandlung vor dem obersten Strafgerichtshof als Schandfleck für die gesamte Zunft erwiesen haben. Beweisstück Q, bitte.

Richter Q?

Ankläger Verzeihung, sagte ich »Q«? Ich meinte »A«. Verzeihung. Beweisstück A, bitte.

Protokollführer Beweisstück A, bitte.

Zwei Gerichtsdiener rollen einen zugedeckten Gegenstand auf einem Wagen herein. Sie ziehen das Laken ab und enthüllen eine sehr sexy aussehende junge Dame, die aufreizend zu posieren beginnt. Die Zuschauer applaudieren.

Ankläger Beweisstück A, Euer Ehren. Miss Rita Thang, Mannequin, schwedische Akkordeon-Lehrerin und Vertreterin für Peddigrohrstühle, wurde vor dem Gericht des Angeklagten eines eklatanten Verstoßes gegen die guten Sitten für schuldig befunden. Der Angeklagte, Euer Ehren, verurteilte sie daraufhin dazu »aus dem Gericht geschafft und zu ihm nach Hause gebracht zu werden«.

Verteidiger Einspruch, Euer Ehren.

Richter Kilbraken Einspruch stattgegeben.

Richter Sie halten den Mund! Einspruch abgelehnt.

Ankläger Anschließend äußerte sich der Beschuldigte über Miss Thangs körperliche Vorzüge, ließ sich zu einer Reihe von ganz und gar unzulässigen Bemerkungen zum Thema »Spaß« hinreißen, zog sich dann seine Amtsrobe über den Kopf und brach in heftiges Keuchen aus.

Richter Haben Sie irgend etwas zu Ihrer Verteidigung vorzubringen?

Richter Kilbraken Ich hab schon seit Wochen nichts mehr angestellt.

Richter Ach nein? Und was ist mit dem kleinen Beschiß, den Sie sich in Belsize Park erlaubt haben?

Richter Kilbraken Ich doch nicht!

Richter Ach nee. Ho! Ho! Ho!

Richter Kilbraken Na gut, und was ist mit Woodford Square 8a?

Richter Noch ein Wort und ich verurteile Sie wegen Verrats.

Verteidiger Euer Ehren, wenn ich fortfahren. . .

Richter Kilbraken . . . 'ne ganz heiße Sache hat der da am Laufen.

Richter Das ist Mißachtung des Gerichts.

Richter Kilbraken War doch nur Spaß.

Richter Mißachtung des Gerichts! Aber wie dem auch sei, ich werde Sie nicht bestrafen, weil wir momentan sowieso knapp an Richtern sind, wo die alle nach Südafrika auswandern. Ich reise morgen ab; mein Ticket hab ich schon. Mal runterfahren und ein bißchen gepflegt verurteilen. Ooh, England kotzt mich an. Was man hier bestenfalls durchkriegt, ist lebenslänglich. Dafür lohnt es sich kaum, jeden Morgen herzukommen. Aber Südafrika! Da hat man seine neunschwänzige Katze, seine vier Todesurteile pro Woche, billige Drinks, Sklaverei und einen boomenden Aktienmarkt. Also, ich hau jedenfalls ab. Mir stehen all diese Bewährungen und psychologischen Gutachten bis *hier*. Mir reicht's, ich hau ab. Es reicht. Schluß. Aber bevor ich die Kurve kratze, will ich noch mal richtig auf den Putz hauen und verurteile Sie hiermit zum Tode auf dem Scheiterhaufen!

Richter Kilbraken Meine Fresse! Ich hatte nicht gleich mit der spanischen Inquisition gerechnet.

Alle Beteiligten wenden sich erwartungsvoll der Tür zu.

Schnitt zu einem gewöhnlichen Vorort-Reihenhaus. Die drei spanischen Inquisiteure stürmen plötzlich aus der Tür und auf die Gartenpforte zu. Dick-Barton-Musik. Schnitt: die drei springen in einen Bus.

Ximinez Zweimal. . . äh, *dreimal* zum Old Bailey, bitte.

Beginn des von unten nach oben durchrollenden Abspanns.

Biggles He, die haben schon mit dem Abspann angefangen.

Ximinez Beeilung, Beeilung, Beeilung!

Biggles Na los, Beeilung! Beeilung!

Wir sehen sie durch London fahren.

Ximinez *(auf den Abspann deutend)* Da ist schon der Beleuchter! Bleiben nur noch fünf! *(Weitere Aufnahmen des durch London fahrenden Busses; der Name des Regisseurs rollt durch.)* Verflucht, das ist der Regisseur – schnell!

Sie springen vor dem Old Bailey aus dem Bus. Schnitt zum Gerichtssaal. Die drei stürmen herein.

Ximinez Niemand rechnet mit der spanischen. . .

Es erscheint: »Ende«

Ximinez *(im Off)* Ach, Kacke!

Sechzehn – Déjà-vu

Totale eines großen Hochhauskomplexes. Die Kamera scheint irgend etwas zu suchen. Plötzlich zoomt sie auf ein Fenster. Es handelt sich um ein Schlafzimmer. . . eine vollbusige junge Frau schaut aus dem Fenster. Sie reckt sich träge und bewegt die Lippen:

Frau (CAROL) *(schlecht synchronisiert)* Meine Güte, ist das heiß hier.

Sie entkleidet sich. Bald steht sie in BH und Schlüpfer. Sie löst den Verschluß vom BH und ist gerade im Begriff, ihn abzustreifen und ihre schweren Brüste freizulegen, als. . . der Ansager vor dem Fenster auf einem Fensterputzeraufzug emporgefahren kommt.

Ansager (JOHN) Und nun zu etwas völlig anderem.

Schnitt: ein Gartengelände oder eine Waldlichtung, wo eine Anzahl ausgestopfter Tiere zu sehen ist: ein Löwe, ein Tiger, eine Kuh, ein Elch, ein Leopard, zwei kleine Frettchen und eine Eule auf einem herabhängenden Ast. Vogelzwitschern erklingt.

Der Elch explodiert.

Schnitt zurück zu John, der immer noch vor dem Fenster sitzt. Hinter ihm im Schlafzimmer können wir so gerade noch Carol sehen, wie sie ihren Schlüpfer zur Seite wirft – das heißt, wir sehen nur noch ihren Arm.

Ansager Und nun zu etwas noch mehr völlig anderem. . .

Schnitt zum »Jetzt«-Mann.

Mann (MICHAEL) Und jetzt. . .

Trickfilm-Vorspann

Schnitt zurück zur Tiergruppe minus Elch. Vogelgezwitscher usw. Die Überreste des Elchs schwelen noch. Die Eule explodiert. Die Kamera schwenkt von der Waldlichtung weg auf offenes Feld, wo man in der Ferne einen Bischof in vollem Ornat einschließlich Mitra erblickt, der mit einem Skript in der Hand auf und ab geht. Mr. Chigger, der einen Anzug trägt, tritt auf den Bischof zu, und wir zoomen heran, damit wir ihre Unterhaltung hören können.

Bischof (MICHAEL) »O Mr. Belpit, Ihre Beine sind so geschwollen«. . . *geschwollen. . .* »O Mr. Belpit – o Mr. Belpit, Ihre Beine sind so geschwollen«. *(Er probiert es mit veränderter Stimme)* »O Mr. Belpit. . .«

Mr. Chigger (TERRY J.) Entschuldigen Sie, entschuldigen Sie. Ich habe Ihre Anzeige für den Flugunterricht gesehen und möchte mich bewerben.

Bischof Hab ich nichts mit zu tun. Ich bin nicht in dieser Folge.

Mr. Chigger Aha. Wissen. . . Wissen Sie. . . Wissen Sie Bescheid über den Flugunterricht?

Bischof Hab ich nichts mit zu tun. Ich bin nicht in dieser Folge. Dies ist die fünfte Folge – ich bin erst in der achten dran.

Mr. Chigger Aha.

Bischof Ich lerne hier nur meinen Text, wissen Sie. »O Mr. Belpit, Ihre Beine. . .«

Mr. Chigger Ziemlich unangenehm, ich weiß nicht recht weiter.

Bischof Also gut. Versuchen Sie's da drüben.

Er deutet auf eine Sekretärin, die an einem Schreibtisch einige Meter entfernt die Schreibmaschine bearbeitet. Sie trägt eine Brille und stellt überhaupt eine äußerst typische Sekretärin dar.

Mr. Chigger Ah ja, danke, recht vielen Dank.

Bischof »O Mr. Belpit« – keine Ursache – »Ihre Beine sind so geschwollen.« *(Er übt weiter, während Mr. Chigger sich zu der Sekretärin begibt.)*

Mr. Chigger Entschuldigen Sie, ich habe Ihre Anzeige für den Flugunterricht gesehen und möchte mich bewerben.

Sekretärin (CAROL) Anmelden?

Mr. Chigger Ja, genau.

Sekretärin Selbstverständlich. Kommen Sie bitte hier entlang.

Sie erhebt sich, schnappt sich eine Akte und trippelt los, mit dem typischen zackigen Sekretärinnenschritt. Mr. Chigger folgt ihr. Schnitt zu einem Fluß. Sie marschiert geradewegs hinein, ohne nach links und rechts zu sehen, als sei dies eine selbstverständliche Gewohnheit. Mr. Chigger marschiert hinterdrein. Unterwegs treffen sie auf ein paar leitende Angestellte, die in die entgegengesetzte Richtung eilen.

Sekretärin Morgen, Mr. Jones. Mr. Barnes.

Schnitt in einen Wald. Sie gehen auf die Kamera zu, vorbei an einem Teeausschank, um dessen Bedienung sich einige Männer geschart haben.

Sekretärin Morgen, Mrs. Willis.

Mrs. Willis (MICHAEL) Morgen, Schätzchen.

Abend. Künstlerisch wertvolle Einstellung: die Silhouette eines kleinen, steilen Hügels – wie in Ingmar Bergmans »Das siebte Siegel«. Sie kommen von rechts ins Bild, dann geht es hinauf und drüberweg, an zwei Männern vorbei, unter Austausch von Grüßen. Schnitt zu einem Meeresstrand. Auf ihrem Weg kommt ihnen ein weiterer leitender Angestellter entgegen.

Leitender Würden Sie das bitte zur Marketing bringen?

Sie verschwinden in einer Höhle. Wir hören Schritte und das Öffnen einer schweren Tür.

Stimme der Sekretärin Bleiben Sie nur hinter mir.

Stimme von Mr. Chigger Ja, danke.

Schnitt in eine Einkaufsstraße. Die Kamera schwenkt in Nahaufnahme über den Asphalt.

Stimme der Sekretärin Oh, Vorsicht!

Stimme von Mr. Chigger Ja, bin beinahe gestolpert.

Stimme der Sekretärin Sind gleich da.

Stimme von Mr. Chigger Ein Glück. Ganz schön weit, nicht wahr?

Stimme der Sekretärin Huch, halten Sie sich da fest – aufpassen.

Stimme Morgen.

Stimme der Sekretärin Morgen. Nach oben. Seien Sie vorsichtig, es ist sehr steil. Sind fast da.

Die Kamera verharrt auf einem Straßenbauzelt mitten auf der Straße.

Stimme Morgen.

Sekretärin Morgen. *(Sie treten aus dem Zelt.)* Kommen Sie bitte hier entlang. *(Schnitt in ein Büro; eine völlig identische Sekretärin sitzt am Schreibtisch.)* Hier herein, bitte.

Mr. Chigger Danke schön. *(Er tritt ein, und die erste Sekretärin trippelt ab; er wendet sich an die zweite.)* Tag, ich habe Ihre Anzeige für den Flugunterricht gesehen und möchte mich anmelden.

Zweite Sekretärin Also, Mr. Anemone telefoniert gerade, aber er hat sicherlich nichts dagegen, wenn Sie schon mal hineingehen. Hier hindurch, bitte.

Mr. Chigger Danke sehr.

Er geht durch die Tür. Mr. Anemone hängt, an einem Draht befestigt, ungefähr zweieinhalb Meter über dem Boden. Er telefoniert.

Mr. Anemone (GRAHAM) Ah, einen Moment noch. Machen Sie es sich bequem. *(Ins Telefon)* Nein, nein, also sehen Sie, Sie können ja Mr. Maudling mal fragen, aber er wird niemals zustimmen, da bin ich sicher. Nicht für fünfzig Schilling. . . nein. . . nein. . . Wiederhören, Gordon. Wiederhören. Oje! Wiederhören. *(Er wirft den Hörer nach dem Telefonapparat, verfehlt ihn aber.)* Daneben. Also, Mr. äh. . .

Mr. Chigger Chigger.

Mr. Anemone Mr. Chigger. Sie möchten also fliegen lernen.

Mr. Chigger Jawohl.

Mr. Anemone Also dann, rauf auf den Tisch, Arme auseinander, Finger zusammen, Knie gebeugt. . .

Mr. Chigger Nein, nein, nein.

Mr. Anemone *(sehr laut)* Rauf auf den Tisch! *(Mr. Chigger steigt auf den Tisch.)* Arme auseinander, Finger zusammen, Knie gebeugt, und jetzt, den Kopf schön nach vorne. Und jetzt, schlagen Sie mit den Armen. Na los, flattern, schneller. . . schneller. . . schneller, schneller, schneller, schneller – und jetzt, springen! *(Mr. Chigger springt und landet auf dem Fußboden.)* Schlecht, ganz ganz schlecht. Sie sind verdammtnochmal überhaupt nicht zu gebrauchen, Sie sind ein totaler Blindfisch. Sie machen mich krank, Sie erbärmliches Würstchen!

Mr. Chigger Also, hören Sie mal. . .

Mr. Anemone Schon gut, schon gut. Ich gebe Ihnen noch eine Chance, rauf auf den Tisch. . .

Mr. Chigger Hören Sie, ich wollte hier lernen, wie man ein Flugzeug fliegt.

Mr. Anemone Ein was?

Mr. Chigger Ich bin hierher gekommen, um zu lernen, wie man ein Flugzeug fliegt.

Mr. Anemone *(sarkastisch)* Oh, »ein Flugzeug«. Oh, ich muß schon sagen, wir sind aber vornehm, wie? »Oh, ach nicht doch, kein Buttergebäck mehr für mich, Frau Mutter, ich will noch ein wenig auf dem Klaviere klimpern«. »Sie entschuldigen mich, ich werde ein wenig mit meinem Flugzeug fliegen«. Also, kommen Sie, rauf auf den Tisch!

Mr. Chigger Hören Sie. Niemals in der gesamten Menschheitsgeschichte war irgend jemand in der Lage, so zu fliegen.

Mr. Anemone Ach, ich nehme an, das hat Ihnen Ihre Frau Mutter während eines kleinen Ausritts erzählt? Na, wenn Menschen nicht fliegen können, was mache *ich* dann hier oben?

Mr. Chigger Sie hängen an einem Draht.

Mr. Anemone Ach, ein Draht. Ich hänge also am Draht, wie?

Mr. Chigger Natürlich, Sie hängen an einem dämlichen Draht.

Mr. Anemone Ich hänge *nicht* am Draht. Ich fliege.

Mr. Chigger Sie hängen am Draht.

Mr. Anemone Ich fliege.

Mr. Chigger Sie hängen am Draht.

Mr. Anemone Ich werd Ihnen zeigen, ob ich am Draht hänge oder nicht. Geben Sie mir den Hula-Hoop-Reifen.

Mr. Chigger Was?

Mr. Anemone Oh, ich schätze, wir wissen gar nicht, was das für'n Reifen ist. Schätze, der Herr Vater fand so'ne Reifen ein bißchen primitiv, ausgenommen die natürlich, auf denen sein scheiß Daimler gerollt ist.

Mr. Chigger Ach so, *den* Reifen. *(Holt ihn.)*

Mr. Anemone »Ach so, *deeen* Reifen«. *(Nimmt den Reifen.)* Danke schön, Hoheit. So. Gucken Sie her. *(Er führt den Reifen einmal über den Kopf und einmal über die Füße.)*

Mr. Chigger Ja, weiter. Ganz runter.

Mr. Anemone Schon gut, schon gut, schon gut. *(Er führt den Reifen von oben bis unten an seinem Körper entlang, der bleibt nicht an dem Draht hängen, weil er ganz offensichtlich eine Lücke in seinem Ring aufweist.)* Na, wo ist jetzt Ihr dämlicher Draht?

Mr. Chigger Der Reifen hat ein Loch.

Mr. Anemone Ja, um Etons und Magdalenes willen. Der Reifen hat ein Loch. Natürlich hat er ein Loch, sonst wär's ja wohl auch kein Reifen, nicht wahr, Meister?

Mr. Chigger Nein, er hat eine Lücke am Rand, da.

Mr. Anemone Ach, eine Lüüke. »Eine Lüüke im Reifen. Entschuldigen Sie mich, ich wünsche, ein wenig auf dem Klaviere zu klimpern«.

Mr. Chigger Hören Sie, ich kann genau sehen, daß Sie am Draht hängen. Da – sehen Sie –, da ist er.

Mr. Anemone Passen Sie auf, Sie Scheißkerl, ich hab's schon mal gesagt, ich hänge nicht am Draht.

Mr. Chigger Tun Sie doch. Da ist er.

Mr. Anemone Ist er nicht.

Mr. Chigger Ist er wohl.

Mr. Anemone Ist er gar nicht!

Mr. Chigger Wohl!

Mr. Anemone Gar nicht!

Mr. Chigger Wohl!

Mr. Anemone Gar nicht!

Mr. Chigger Wohl!

Mr. Anemone Gar nicht!

Mr. Chigger Wohl!

Off-Sprecher (JOHN) Na, jedenfalls ging dieses reichlich sinnlose Gezänke noch eine ganze Weile weiter, bis. . .

ZWISCHENTITEL: »ZWEI JAHRE SPÄTER«

Im Cockpit eines Verkehrsflugzeugs. Mr. Chigger (als Pilot) und ein zweiter Pilot sitzen am Steuer.

Pilot Gott, bin ich froh, daß ich ein vollqualifizierter Flugzeugpilot bin.

Schnitt zum BPV-Sprecher, der am Schreibtisch sitzt. Er trägt eine Hauptmannsuniform, und auf dem Namensschild vor ihm auf dem Schreibtisch steht »BPV-Sprecher«.

BPV-Sprecher (ERIC) Die Britische Piloten Vereinigung legt Wert auf die Feststellung, daß es sechs Jahre dauert, bis man ein vollqualifizierter Flugzeugpilot ist, und nicht zwei.

ZWISCHENTITEL: »VIER JAHRE SPÄTER ALS DER LETZTE ZWISCHENTITEL«

Im Cockpit. Drei Sekunden lang. Dann Schnitt zurück zum BPV-Sprecher.

BPV-Sprecher Danke sehr. Ich wollte eben gar nicht wie ein alter Nörgelkopf erscheinen, aber man kann diese Dinge doch genausogut richtig erzählen, zumal man das alles leicht im BPV-Handbuch nachschlagen kann. Ach, eins noch: in der letzten Sherlock-Holmes-Sendung hat Tommy Cooper einen Witz über einen Charterflug erzählt, dabei aber versäumt, darauf hinzuweisen, daß man mindestens sechs Monate schon Mitglied irgendeiner Organisation, die Flüge chartert, gewesen sein muß, bevor man Nutzen daraus ziehen kann. Hat mir die Pointe einigermaßen verdorben, fürchte ich. *(Telefon klingelt.)* Ja, ach ja – ja. *(Legt den Hörer auf.)* Meine Frau hat mich gerade daran erinnert, daß in »High Chapparal« kürzlich Kathy Kirby gedankenlos so etwas gesungen hat wie »Flieg mit mir zu den Sternen«, obwohl natürlich für die allgemeine Öffentlichkeit zur Zeit keine Linienflüge dieser Art, und noch nicht einmal Charterflüge, zugänglich sind, obwohl, wenn es dann soweit ist, wird die BPV ganz vorne mitmischen. Oder auch ganz oben. Kleiner Scherz für die Kameraden drüben im BPV-Gebäude. Und noch eine andere kleine Sache. Wie kommt es, daß diese neuen Lurex-Trikothosen beim Tanzen immer schon nach wenigen Abenden voller Spaß an den Knien ausleiern? Gebt uns die guten alten Leinwandsachen wieder, sag ich. Es ist doch unglaublich, nicht wahr, daß in der heutigen Zeit, wo die Menschen auf dem Mond spazieren und die kompliziertesten Ratenzahlungsarrangements aushecken können, ich immer noch diese fürchterlichen Kopfschmerzen kriege. Na ja. . . ich bin anscheinend etwas vom Thema abgekommen, aber was soll's, ist ja nichts passiert. Dann noch alles Gute!

Zurück im Cockpit des Verkehrsflugzeugs. Die beiden Piloten sitzen so da. Fluggeräusch wie von einer großen Maschine sorgt für die richtige Stimmung. Plötzlich ein Poltern hinten an der Tür zum Cockpit.

Scherzkeks (GRAHAM) *(im Off)* Wollen Sie da den ganzen Tag drin bleiben? *(Die beiden Piloten wechseln einen befremdeten Blick, zucken dann mit den Achseln und wenden sich wieder dem Fliegen zu; plötzlich gibt es eine neuerliche Folge von Schlägen gegen die Tür.)* Andere Leute wollen auch mal, wissen Sie! *(Sie wechseln einen weiteren Blick; Pause; ein heftigerer Schlag gegen die Tür.)* Die Tür klemmt, wenn du mich fragst. *(Krachen, als er versucht, sie mit Gewalt zu öffnen; ein weiteres Krachen, und die Tür fliegt auf; Herr Scherzkeks tritt ein.)* Na also. *(Plötzlich geht ihm auf, wo er ist.)* O Gottogott. O das tut mir aber leid. Ich dachte, dies wäre die verdammte Toilette.

Zweiter Pilot (JOHN) Dies ist die Flugkanzel.

Scherzkeks Ja ich weiß. Ich bin selber aus der Fliegerbranche, wissen Sie. . . o ja. . . Verdammt blöder Irrtum. . .

Pause. Scherzkeks bleibt hinten im Cockpit stehen. Die Piloten machen weiter, als sei er gar nicht da.

Zweiter Pilot Wolken schwer. . . Was sagt die Anzeige?

Pilot 4,8. . . Stetig.

Scherzkeks Wenn man all diese Meßgeräte in der Toilette hätte. . . da wäre gar kein Platz mehr für irgendwas anderes, nicht wahr? *(Ein weiteres nervöses Lachen; nicht die geringste Reaktion von seiten der Piloten.)*

Pilot *(ins Funksprechgerät)* Hallo, Genf, hier ist Roger Fünf-Null. . . Wie sind Ihre Wolkenwerte? Hallo, Genf. . .

Scherzkeks Ich würde nicht gerne eins von diesen Dingern von der Toilette aus fliegen mögen. . . Ich mein, wo bliebe da der Glanz des Pilotenberufes, nicht wahr, ha, ha, auf der Toilette um die Welt zu fliegen.

Radiostimme Hier Genf. 4,9. . . Stürmisch. . .Over.

Pilot Bedrohlich?

Zweiter Pilot Nein, nicht wenn es in diesem Bereich bleibt.

Scherzkeks Aber bedenken Sie, wenn Sie von der Toilette aus fliegen würden, wäre hier viel mehr Platz, nicht wahr. *(Endlich sieht er ein, daß seine Bemühungen um ein bißchen Smalltalk nichts fruchten.)* Na ja, ich geh dann wohl am besten zurück in die

Kabine. Entschuldigen Sie den albernen Überfall. Verdammt blöd. *(Er drückt den Griff der Tür, die direkt aus dem Flugzeug heraus führt.)* Die Tür klemmt. *(Er stößt sie mit der Schulter auf und stürzt in die Tiefe.)*

Aaaaaaaaaaahhh!

Schnitt: Flugzeuggeräusch von oben. Fortgesetzter Schrei. Vor einem Herren-WC liegt ein großer Strohhaufen. Pause; dann plumpst Scherzkeks auf das Stroh. Er bemerkt das Toilettenschild.

Scherzkeks Schwein muß man haben. . .

Er klopft sich ab und verschwindet im WC.

Schnitt zurück ins Cockpit. Eine Stewardess kommt herein.

Zweiter Pilot Hallo. Alles in Ordnung hinten?

Stewardess (CAROL) Ja, die sind so ruhig wie Haselmäuse.

Zweiter Pilot Haselmäuse?

Die Tür geht auf, und ein Mann in feinem Anzug tritt ein. Aus seiner Jacke zieht er einen Revolver und richtet ihn auf die Piloten.

Bewaffneter (MICHAEL) Also gut, keine Bewegung. . . außer, um das Flugzeug zu lenken. . . was das Fliegen anlangt, können Sie sich ein bißchen bewegen.

Stewardess Darf ich mich bewegen?

Bewaffneter Ja. Ja, ja. Sie können sich ein bißchen bewegen. Ja, Entschuldigung, ich wollte gar nicht so dogmatisch sein. Es ist klar, daß Sie sich alle in vernünftigem Rahmen bewegen dürfen. Es gibt ja gewisse unwillkürliche Muskelbewegungen, die man auch bei größter Selbstbeherrschung nicht unterdrücken kann. Aber ich muß natürlich mit gewissen Gesten meine Autorität zur Geltung bringen, das muß man auch berücksichtigen.

Die folgende Unterhaltung verläuft völlig ruhig und freundlich.

Zweiter Pilot Genau. Ich meine, man könnte zum Beispiel seine inneren Organe nicht davon abhalten, sich zu rühren.

Bewaffneter Nein, nein. Ganz recht. Gutes Beispiel.

Zweiter Pilot Und die bloße Tatsache, daß das Flugzeug ständig vibriert, führt dazu, daß wir alle uns in gewissem Maße bewegen.

Bewaffneter Und wir bewegen auch alle unsere Lippen, nicht wahr?

Piloten Ja, ja.

Zweiter Pilot. Unbestreitbar.

Bewaffneter Nein, der Kern meines Anliegens war der, daß plötzliche. . . äh. . .

Stewardess Übertriebene Bewegungen. . .

Bewaffneter Übertriebene, *heftige* Bewegungen. . . nicht. . . nicht in Frage kommen.

Zweiter Pilot Nun, das ist ja das Großartige an diesen modernen Verkehrsflugzeugen. Ich meine, ich kann dieses Flugzeug mit kleinstem Bewegungsaufwand in Gang halten, und Pancho hier braucht sich überhaupt nicht zu bewegen.

Bewaffneter Das ist ja wunderbar.

Stewardess *(leistet ihren Beitrag zur allgemeinen Bonhomie)* Und ich muß mich eigentlich auch nicht bewegen. . . es sei denn, ich muß mich mal kratzen oder so. . .

Allgemeines Gelächter.

Bewaffneter Na, das ist ja großartig. . . Alle Klarheiten beseitigt, wie? *(Erneutes Gelächter.)* Wie auch immer, dies alles vorausgesetzt: Fliegen Sie das Flugzeug nach Luton, bitte?

Zweiter Pilot Also, das hier ist ein Linienflug nach Kuba.

Bewaffneter Ich weiß, ich weiß, deswegen bin ich doch hier reingekommen mit der ganzen Sache, daß sich niemand bewegen soll.

Pilot In vernünftigem Rahmen.

Bewaffneter In vernünftigem Rahmen – ja. Ich, äh, ähm, Sie wissen schon, ich will, daß Sie dieses Flugzeug nach Luton fliegen, bitte.

Zweiter Pilot Ja gut, dann wenden wir die Maschine am besten. Notsysteme bereithalten!

Bewaffneter Hören Sie, ich möchte Ihnen keinen Ärger machen.

Zweiter Pilot Nein, nein, das kriegen wir schon hin.

Bewaffneter Ich meine, in die *Nähe* von Luton, das würde reichen, wissen Sie. Harpenden, kommen Sie in die Nähe von Harpenden?

Pilot Das liegt auf der Fluglinie.

Bewaffneter Okay, gut, lassen Sie mich da aussteigen. Ich nehme den Bus nach Luton. Dauert nur fünfundzwanzig Minuten.

Stewardess Da können Sie bis Mittag in Luton sein.

Bewaffneter O ja, das ist toll.

Pilot Moment mal! Harpenden hat gar keinen Flughafen.

Bewaffneter Ach je, also, hören Sie, vergessen wir's. Vergessen wir's. Ich komme mit nach Kuba und nehme einen Flug zurück nach Luton.

Zweiter Pilot Nun, wir könnten Ihnen auch einen Fallschirm leihen.

Upperclass-Trottel …

… bei der Arbeit (Folge zwölf).

Ken Shabby (Michael Palin) mit Rosamunde (Connie Booth) und ihrem Vater (Gra
Chapman) (Folge zwölf).

Michael Palin als Mr. Anchovy im »Berufsberater-Sketch« (Folge zehn).

Minister für Albernes Gehen (John Cleese)…

… auf dem Weg …

…ins Ministerium (Folge vierzehn).

Mrs. Pinnet erfährt, daß sie sich im falschen Haus befindet…

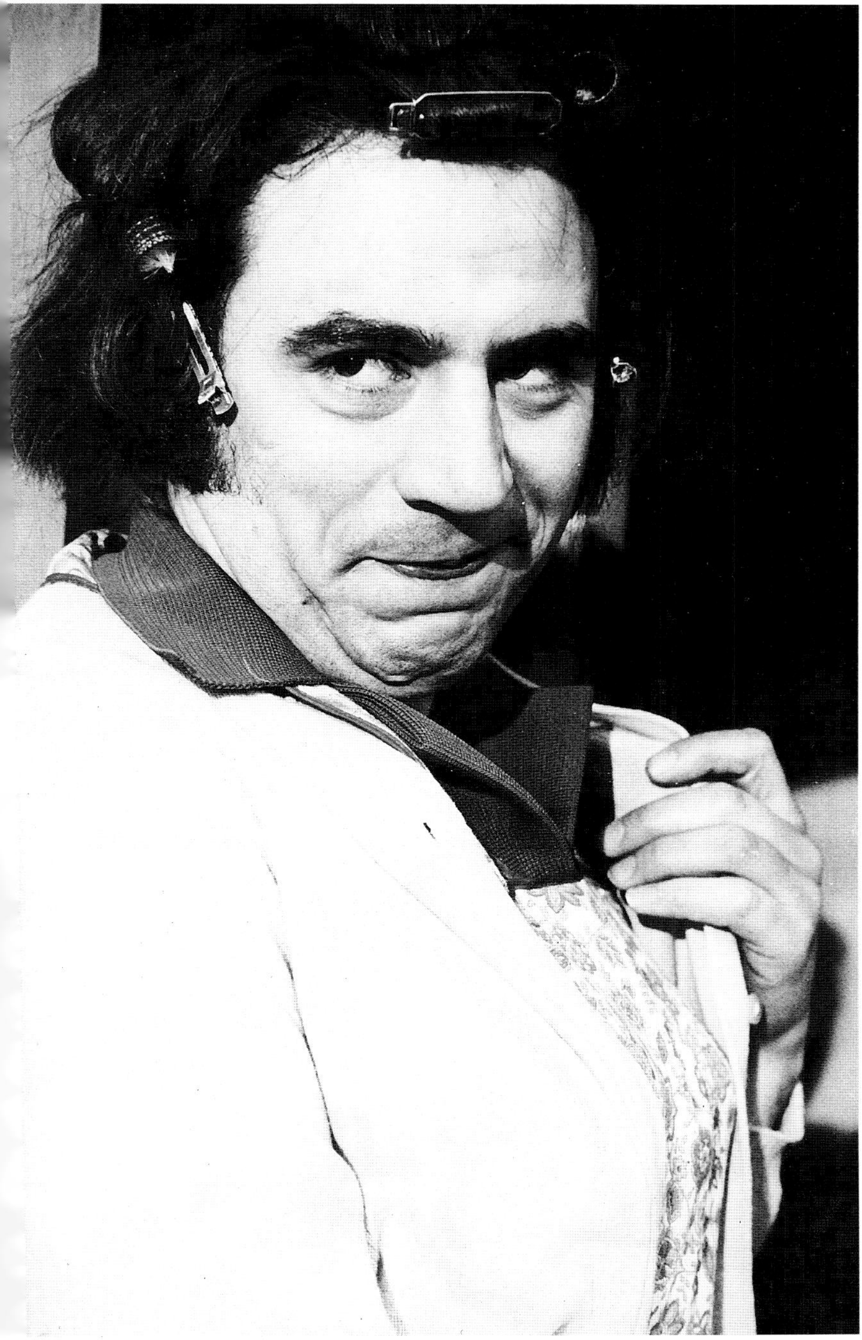

… – Terry Jones in »Der neue Herd« (Folge vierzehn).

John Cleese und Carol Cleveland als Mr. und Mrs. Attila (Folge zwanzig).

Bewaffneter Nein, nein, nein, nein, nein. Fällt mir im Traum nicht ein... nicht mal im Traum... einen schönen, sauberen Fallschirm dreckig machen.

Pilot Ich hab's – ich hab's. Es gibt da einen Heuhaufen kurz vor Basingstoke. Da könnten wir Sie rauswerfen.

Bewaffneter Nun, wenn das in Ordnung geht.

Alle Sicher, ja.

Bewaffneter Kein Problem?

Piloten Überhaupt nicht.

Bewaffneter Na wunderbar. Haben Sie recht vielen Dank. Tut mir leid, daß ich so reingeplatzt bin.

Stewardess Bye-bye.

Bewaffneter Danke. Bye.

Piloten Bye.

Sie öffnen die Tür und werfen ihn hinaus.

Bewaffneter *(im Fallen)* Vielen Dank!

Schnitt zu einem Heuschober auf einem Feld (nicht derselbe Heuballen, auf dem zuvor gelandet wurde). Flugzeuggeräusch. Der bewaffnete Mann fällt plötzlich in den Heuschober. Er steht auf, klopft sich ab, hüpft über einen Zaun und trifft auf eine Straße. Er streckt den Arm raus, ein Bus mit dem Schild »Direkt nach Luton« hält an. Er steigt ein. Der Schaffner will gerade sein Fahrgeld kassieren, als ein böse aussehender Mann mit einem Gewehr aufspringt und dieses auf den Schaffner richtet.

Mann (JOHN) Fahren Sie diesen Bus nach Kuba.

Der Bus fährt von der Kamera weg. Das Richtungsschild wird ausgetauscht und lautet nun »Direkt nach Kuba«. Der Bus vollführt eine 180-Grad-Wende in Zeitraffer und verschwindet aus dem Bild.

Die Kamera schwenkt nun seitwärts auf eine recht felsige Hochlandgegend. Wir hören beseelte schottische Musik.

Off-Sprecher (JOHN) Selten verstummt in den Tälern, auf den Höhen die Stimme des Bläßhuhns und des Fasans. Die Natur regiert als strenge Majestät über diese Felsen und Klüfte. Das Rauschen des Bergbaches, das Blöken der Schafe und der weite, klare Hochlandhimmel, der sich spiegelt in Teichen und Seen... *(In diesem Augenblick erfassen wir einen Hochlandgentleman in Kilt und Tam-o'-Shanter, der mit der einen Hand einen Wanderstab umklammert und mit der anderen einen Brief.)* ...bilden einen atemberaubenden Hintergrund, vor dem Ewan McTeagle solche Gedichte schafft wie »Leih mir 'n Pfund bis zum Wochenend'«.

Schnitt auf eine alleinstehende Kate. McTeagle sitzt am Fenster und schreibt. Die Kamera zoomt sehr langsam heran.

Off-Sprecher Freilich erblühte McTeagles einzigartiger Stil zunächst in eher einfachen und schlichten Versen.

McTeagle (TERRY J.) *(im Off)* Wenn Sie sich doch dazu entschließen könnten, mir einen Sixpence zu leihen. Dann könnt ich mir wenigstens eine Zeitung kaufen. Das ist doch nicht zuviel verlangt.

Off-Sprecher Eine Frau, die mit McTeagle befreundet war, erinnert sich – Lassie O'Shea.

Schnitt zu Lassie O'Shea – ein süßes, unschuldiges junges Schottenmädel. Tapfer versucht sie, sich der sexuellen Zudringlichkeiten des Toningenieurs zu erwehren. Zwei andere Mitglieder der Crew zerren ihn aus dem Bild.

Lassie (ERIC) Mr. McTeagle hat mir zwei Gedichte geschrieben, in der Zeit zwischen Januar und April 1969...

Interviewer Könnten Sie uns eins vorlesen?

Lassie Och, möcht ich einklich nich'... die warn ja irnkwie persönlich, näch... aber ich mach's. *(Sofort hat sie ein Stück Papier zur Hand, von dem sie abliest)* »Meiner Einzig geliebten Lassie. Ein Gedicht zu ihrem 17. Geburtstag. Leih mir ein paar Kröten bis Donnerstag. Ich bin völlig blank. Aber ich erwarte jederzeit eine Postanweisung, und ich kann Dir alles zurückgeben, sobald sie da ist. In Liebe, Ewan.«

Pause. Sie blickt auf.

Toningenieur *(im Off)* Wunderschön.

Erneute Pause. Der Toningenieur springt sie an und zerrt sie zu Boden. Schnitt in einen absolut trendgerechten Kultursendungs-Studioset. Ein angespannter Kritiker sitzt auf einem mächtigen aufblasbaren und durchsichtigen Sitzpolster.

EINBLENDUNG: »ST. JOHN LIMBO – LYRIK-EXPERTE«

Limbo (JOHN) *(mit großem Einsatz)* Seit jener Zeit hat McTeagle sich fortentwickelt und seine dichterische Bandbreite erweitert. Vor drei Jahren noch hat er sich mit recht unbedeutenden Summen beschäftigt – handlichen Mengen von Bargeld: Sixpences, Schillingen, aber in jüngerer Zeit hat er seine außergewöhnliche dichterische Wahrnehmung viel größeren Summen zugewandt – fünfzehn Schillinge, vier Pfund und zwölfeinhalb Schillinge... sogar neun Guineen... Aber es gibt nichts, was der ungeheuren Parforcetour gleichkäme, der erhabenen Gewalt dessen, was wir als sein größtes Werk anzusehen haben: »Krieg ich fünfzig Pfund, die Laube auszubessern?«

Schwenk auf eine nackte Vorsprechbühne. Ein einzelnes Licht fällt auf den Bühnenschauspieler Ian McKellan, der ein schwarzes Trikot trägt und dramatisch ins Leere starrt. Die Kamera kommt praktisch zu seinen Füßen zum Stehen. Er spricht die Verse mit großer Intensität.

Ian (ERIC) Krieg ich fünfzig Pfund, die Laube auszubessern?
Ich bin völlig pleite.
Ich kann's Dir zurückzahlen
Wenn die Postanweisung aus Australien kommt.
Ehrlich.
Hoffe, der Blase geht's wieder besser.
Alles Liebe, Ewan.

Schnitt in eine abgelegene schottische Gegend – zerklüftet, windzerzaust und gottverlassen. In scharfem Hell-Dunkel-Kontrast zum Himmel sehen wir McTeagle vor einem einsamen Briefkasten stehen und Postkarten schreiben. Hinter ihm geht die Sonne unter.

Kritiker *(im Off)* Der schöpferischen Einbildungskraft McTeagles scheinen keine Grenzen gesetzt. Auf »Mein neues Scheckbuch ist noch nicht angekommen« folgt das genial allegorische »Was sind schon zwanzig Eier für die verdammte Midland Bank?« und vor kurzem dann sein preisgekröntes Gedicht an den Kunstausschuß: »Können Sie mir tausend Eier leihen?«

Schnitt zum Autor David Mercer in seinem Arbeitszimmer.

EINBLENDUNG: »EIN SEHR GUTER STÜCKESCHREIBER«

David (MICHAEL) Was McTeagles Likör. . .äh. . .Lörik, *Lyrik* meiner Meinung nach leistet, das ist die Abweisung aller herkömmlichen Klischees über moderne Liköre. Nicht länger haben wir uns zu begnügen mit Keats' »Du Zeit voll Dunst und mürber Fruchtbarkeit«, Wordsworths »Ich zog allein, der Wolke gleich« und Miltons »Kannst Du mir zwei Mäuse leihen bis Dienstag«. . .

In der Totalen sieht man McTeagle durch die Landschaft ziehen.

McTeagle Ach, gebt mir doch'n Schilling für'n paar Lullen; ich geb's Euch Donnerstag zurück. Wenn Ihr aber bis Sonnahmd wartet, kommt die Gewinnausschüttung von der Harpenden Baugesellschaft. . . *(Man hört weiteres undeutliches Gemurmel.)*

Er marschiert aus dem Bild, vorbei an einer Niederung, in der einige ausgestopfte Tiere herumstehen, von denen eines explodiert. Ein Hochland-Sprecher erhebt sich ins Bild.

EINBLENDUNG: »EIN HOCHLAND-SPRECHER«

Hochländer (JOHN) In meiner Eigenschaft als Hochländer möchte ich auf einige Ungenauigkeiten in dem vorangegangenen Film über den Dichter Ewan McTeagle hinweisen. Obwohl sein Name ganz deutlich McTeagle lautete, trug er die ganze Zeit über den Cameron-Rock. Ebenfalls hinweisen möchte ich darauf, daß der BPV-Sprecher, der sich vorhin über aeronautische Ungenauigkeiten beklagte, seinerseits eine Kapitänsmütze trug, während er lediglich Leutnantsstreifen an den Jackenärmeln hatte. Ferner wurde bei der Märchenaufführung in Inverness letzte Weihnachten die Rolle der Stiefel-Pussi von einer Eingeborenen aus Neuguinea mit einer Platte in der Lippe gespielt, so daß jedesmal, wenn Dick Whittington ihr einen Zungenkuß geben wollte, er gehörig die Mandeln gekratzt bekam.

Der Kopf eines Arztes kommt unter dem Kilt hervor.

Arzt (MICHAEL) Hören Sie, würden Sie bitte weggehen, ich versuche gerade, diesen Mann zu untersuchen. *(Er verschwindet wieder unter dem Kilt; kurze Pause; dann erscheint er wieder.)* Das ist – äh – das ist schon in Ordnung – ich *bin* Arzt. Also, eigentlich bin ich Gynäkologe. . . aber ich habe gerade Mittagspause.

TRICKFILM:

Trickfilmstimme Ich habe das böse Gefühl, daß *ich* die Mittagspause von jemandem bin.

Der Trickfilm führt uns in ein Wohnzimmer. Es klingelt. Eine Dame öffnet die Tür, davor steht ein Milchmann.

Milchmann (ERIC) Backe, backe Kuchen, der Bäcker hat gerufen. Guten Morgen, Madam, ich bin Psychiater.

Dame (GRAHAM) Ich finde, Sie sehen wie ein Milchmann aus.

Milchmann Gut. *(Klopft auf ein Blatt auf seinem Klemmbrett.)* Ich bin tatsächlich wie ein Milchmann *gekleidet*. . . das haben Sie gemerkt – gut gemacht.

Dame Gehen Sie weg.

Milchmann Nun denn, Madam. Ich werde Ihnen drei Zahlen zeigen, und ich möchte, daß Sie mir sagen, ob Sie irgendeine Ähnlichkeit zwischen ihnen erkennen können. *(Er hält dreimal eine Karte mit der Nummer »3« hoch.)*

Dame Das sind alles Dreien.

Milchmann Nein. Versuchen Sie's noch mal.

Dame Es sind *alles* Dreien?

Milchmann Nein. Es sind *alles* Dreien. *(Klopft wieder auf sein Brett.)* Schön. Ich nenne Ihnen jetzt ein Wort, und Sie sagen mir, was Ihnen dazu als erstes einfällt. Wieviel Liter möchten Sie?

Dame *(verengt die Augen, eine Falle vermutend)* Äh, drei?

Milchmann Joghurt?

Dame Äh. . . nein.

Milchmann Sahne?

Dame Nein.

Milchmann Eier?

Dame Nein.

Milchmann *(notiert und addiert irgendwas und läßt einen Pfiff hören)* Okay. Also, Sie leiden ziemlich deutlich an einem repressiven Libidokomplex, wahrscheinlich infolge einer unglücklichen Kindheit, verstärkt durch starke Verunsicherung während der Pubertät, was dann zur Abschwächung der Libido geführt hat.

Dame Und Sie sind doch ein Milchmann, verdammt noch mal!

Milchmann Schreien Sie mich nicht an, Madame, nicht in diesem Ton, bitte. Nun denn, ich muß Sie bitten, mich zur Molkerei zu begleiten und sich einigen Eignungstests zu unterziehen.

Dame Ich hab was Besseres zu tun, als zur Molkerei zu fahren.

Milchmann Mrs. Ratbag, Sie haben, wenn ich das so sagen darf, eine kostspielige psychiatrische Behandlung dringendst nötig. Nun, ich will nicht behaupten, daß eine Fahrt zu unserer Molkerei Sie heilen wird, aber sie wird Hunderten von schlechtbezahlten Arbeitern einen schönen Spaß bescheren.

Dame Na schön. . . aber wie komme ich wieder nach Hause?

Milchmann Ich werde Sie in meinem Psychiaterlieferwagen hin- und zurückbringen.

Dame Na gut.

Der Milchmann und die Dame gehen durch den Garten zur Straße. Als sie das Eingangstor passieren, sitzt da eine Katze auf der Gartenmauer.

EINBLENDUNG *und Pfeil:* »EINE KATZE«

Die Katze explodiert. Der Milchmann führt die Dame zu seinem Milchwagen, an dem ein großes Schild verkündet: »Psychiater-Molkerei GmbH«. Beim Einsteigen deutet sie auf die zahlreichen Ordner, die hinten auf der Ladefläche in Milchkästen versammelt stehen.

Dame Wozu sind die denn?

Milchmann Das sind Fallgeschichten. *(Er fährt los; ruft:)* Der Psychiater ist da! Der Psychiater ist da! *(Der Arzt aus dem Schottensketch vorhin winkt ihm.)* Ja bitte, Sir?

Arzt (MICHAEL) Ah, guten Morgen. Unser Stammpsychiater ist heute morgen leider nicht vorbeigekommen. . . und nun habe ich eine Ego-Blockade, was wiederum meine Frau sehr rechthaberisch werden läßt und uns beide in einen Zustand depressiver Neurose versetzt.

Milchmann Ah, verstehe, Sir. Welches ist Ihr Stammlieferant?

Arzt Die Jersey-Sahne-Psychiatrie.

Milchmann O ja, die kenne ich. *(Er stellt seine Kiste ab und zückt ein Notizheft.)* Also gut, was sind Sie von Beruf?

Arzt Ich bin Arzt.

Milchmann Habe ich Sie nicht gerade erst unter einem Schotten gesehen?

Arzt Ja, aber ich *bin* Arzt. Na, eigentlich bin ich Gynäkologe, aber ich hatte gerade Mittagspause.

Milchmann *(nimmt eine Karte aus der Kiste und zeigt sie dem Arzt)* Woran erinnert Sie dies hier?

Arzt Drei Liter Sahne.

Milchmann Gut. . . tja, ich kann mit Bestimmtheit sagen, daß Sie unter einer ernsten Persönlichkeitsstörung leiden, Sir, die sich in einer laktischen Obsession sublimiert, welche sich noch verstärken könnte, je nachdem, wieviel Geld Sie haben.

Arzt Ja, ja, verstehe. Und noch einen Becher Joghurt, bitte.

Schnitt zu einem Psychiater, der Dr. Cream heißt und in seinem Sprechzimmer sitzt.

Dr. Cream (TERRY J.) Ich möchte gern diese Gelegenheit ergreifen und mich über die Art und Weise beschweren, in der diese Sendungen ständig Psychiater vorführen, die Schnellschußdiagnosen der Probleme ihrer Patienten abgeben, ohne sich zuvor über die vollständige Krankheitsgeschichte zu informieren.

Schnitt zurück zu Milchmann und Arzt.

Milchmann *(überreicht den Joghurt)* Und denken Sie dran, dies ist lediglich eine Schnellschußdiagnose, die ich abgegeben habe, ohne mich zuvor über Ihre vollständige Krankheitsgeschichte zu informieren.

Schnitt zu einem Mann am Schreibtisch.

Mann (JOHN) Mir scheint, es ist an der Zeit, sich einmal über jene Leute zu beschweren, die übereilt Beschwerden vorbringen, ohne vorher sicherzustellen, daß diese Beschwerden auch berechtigt sind.

Schnitt zu Dr. Cream.

Dr. Cream Sprechen Sie von mir?

Schnitt zurück zum Mann.

Mann Nicht unbedingt, dennoch möchte ich darauf hinweisen, daß der BPV-Sprecher die Dinner-Tanz-Klub-Manschettenknöpfe der Britischen Psychiatrischen Vereinigung getragen hat.

Schnitt zu Dr. Cream.

Dr. Cream Stimmt, das habe ich auch bemerkt.

Schnitt zum BPV-Mann.

BPV-Mann (ERIC) Dies sind keine Dinner-Tanz-Klub-Manschettenknöpfe der Britischen Psychiatrischen Vereinigung.

Schnitt zum Mann.

Mann Entschuldigung.

Schnitt zum BPV-Mann.

BPV-Mann In Wirklichkeit sind es Gilbert-and-Sullivan-Gesellschaft-Manschettenknöpfe der Britischen Zucker Körperschaften. Das ist nämlich so eine Art Insider-Witz hier bei den BPV-Kameraden. Ich finde, der Sprecher von eben sollte erst seine Fakten nachprüfen, bevor er selbst übereilte Beschwerden vorbringt.

Schnitt zu Dr. Cream.

Dr. Cream Na, das wird ihm eine Lehre sein.

Schnitt zum BPV-Mann.

BPV-Mann Trotzdem möchte ich dem noch eine Beschwerde über solche Sendungen hinzufügen, die zu viele Beschwerden enthalten, denn dergleichen ist für den Durchschnittszuschauer äußerst langweilig.

Schnitt zu einem anderen Mann.

Anderer Mann (MICHAEL) Ich möchte mich über die Leute beschweren, die den ganzen Laden damit aufhalten, daß sie sich über die Leute beschweren, die sich beschweren. Es ist höchste Zeit, daß etwas dagegen unternommen wird.

Das Sechzehn-Tonnen-Gewicht begräbt ihn unter sich.

Schnitt auf eine Straße, wo der Milchmann und die Dame gerade mit dem Milchwagen vorfahren. Sie halten an und steigen aus. Der Milchmann winkt ein Milchmädchen mit Schultertrage und zwei Eimern heran.

Milchmann Schwester! Führen Sie bitte Mrs. Pim in die Praxis von Dr. Cream.

Milchmädchen (CAROL) Selbstverständlich, Herr Doktor. Folgen Sie mir, bitte.

Dame Oh, wenn ich Ihnen folgen könnte, bräucht ich. . .

Milchmann und Milchmädchen Pssst!

Das Milchmädchen führt Mrs. Pim in ein Gebäude, wo sich die Psychiaterpraxis befindet. Dr. Cream sitzt dort in einem Sessel.

Milchmädchen Mrs. Pim ist hier zur Untersuchung, Herr Doktor.

Dr. Cream Ah ja. Ich brauche nur noch fünf Minuten hier mit Audrey. Führen Sie doch Mrs. Pim solange ins Wartezimmer, bitte.

Milchmädchen Jawohl, Herr Doktor.

Als das Milchmädchen und Mrs. Pim den Raum verlassen, sehen wir, daß eine Kuh auf der Couch liegt.

Dr. Cream Also, Audrey. Wann bist du zum ersten Mal auf den Gedanken gekommen, daß du eine Kuh seist?

Das Milchmädchen und Mrs. Pim treten aus dem Gebäude und gehen durch eine Herde von Kühen. Jetzt folgt eine Montage von Einstellungen, in denen sie durch die Landschaft laufen, die wir vom Anfang der Sendung, aus der Flugunterrichtssequenz, kennen. Sie kommen an der Teewagenfrau vorbei, an dem Bischof, der seinen Text lernt. . .

Bischof *(mit australischem Akzent)* »Jeez, Mr. Belpit, Ihre Beine sind mächtig geschwollen«. . .

. . . an der Sekretärin an ihrem Schreibtisch, an einem ausgestopften Tier, das explodiert; dann geht's wieder an der Teefrau vorbei, dann wieder am Bischof, an der Sekretärin, und alles nach wie vor in derselben Richtung.

Bischof *(mit schottischem Akzent)* »Oi! Mr. Belpit – Ihre dollen Beine – und bannig geschwollen!« *(Dann noch einmal mit japanischem Akzent.)*

Schnitt: es folgt eine Montage von Bildern, die Teile eines Gehirns zeigen, einen Mann mit einem Ei auf dem Kopf, einen Mann, der durch ein Mikroskop schaut, sowie Hirndiagramme. Musik ist darübergelegt und:
EINBLENDUNG: »GEHEIMNISSE DES MENSCHLICHEN GEISTES – EIN PSYCHIATRISCHES WOCHENMAGAZIN«

Schnitt zu einem Mann, der an dem üblichen Schreibtisch sitzt. Es ist Mr. Bonifazius.

Bonifazius (MICHAEL) Guten Abend. In »Geheimnisse des menschlichen Geistes« wollen wir heute das Phänomen des

Déjà-vu untersuchen. Manchmal haben wir dieses seltsame Gefühl, daß wir etwas schon einmal durchlebt hätten, daß das, was gerade geschieht, früher schon einmal geschehen ist. In »Geheimnisse des menschlichen Geistes« wollen wir heute abend das Phänomen des Déjà-vu untersuchen. Manchmal haben wir dieses seltsame Gefühl, daß wir. . . *(Hält einen Moment lang verdutzt inne.)* Wie auch immer, in »Geheimnisse des menschlichen Geistes« wollen wir heute abend das Phänomen des Déjà-vu untersuchen. Manchmal haben. . .

Schnitt: Wiederholung der Eröffnungssequenz mit den psychiatrischen Bildern, den Einblendungen und der Musik. Schnitt zurück zu Mr. Bonifazius, der etwas mitgenommen am Schreibtisch sitzt.

EINBLENDUNG: »GEHEIMNISSE DES MENSCHLICHEN GEISTES«

Bonifazius Guten Abend. In »Geheimnisse des menschlichen Geistes« wollen wir heute abend das Phänomen des Déjà-vu untersuchen. Manchmal haben wir dieses selt. . .same Gefühl. . . daß. . . wir etwas schon einmal durchlebt. . .

Wiederum Schnitt zur Anfangsmontage. Dann zurück zu Bonifazius, der inzwischen völlig verunsichert ist.

EINBLENDUNG: »GEHEIMNISSE DES MENSCHLICHEN GEISTES«

Bonifazius Guten. . . guten Abend. In »Geheimnisse des menschlichen Geistes« wollen wir heute abend das Phänomen des Ddddddéjà-vvvvvvvvvu untersuchen. Manchmal haben wir dieses außergewöhnliche Gefühl. . . ziemlich außergewöhnlich. . . *(Er bricht ab und verstummt, das Telefon klingelt, er nimmt ab.)* Nein, alles in Ordnung, danke. *(Er legt auf; ein Mann kommt von rechts, reicht ihm ein Glas Wasser und geht ab.)* Oh, danke. Manchmal haben wir dieses seltsame Gefühl, daß wir etwas schon einmal durchlebt hätten. *(Telefon klingelt erneut, er nimmt ab.)* Nein, alles in Ordnung, danke. *(Er legt auf; ein Mann kommt von rechts und reicht ihm ein Glas Wasser; er fährt zusammen.)* Danke. . . dieses seltsame Gefühl. . . *(Telefon klingelt; er nimmt ab.)* Nein, alles in Ordnung, danke. *(Legt auf; Mann kommt und gibt ihm ein Glas Wasser.)* Danke. *(Er schreit in panischer Angst)* Hören Sie, irgend etwas passiert hier mit mir. Ich – ich – ähm, ich glaube, ich sollte mich lieber untersuchen lassen. Gute Nacht.

Telefon klingelt erneut. Er springt vom Schreibtisch auf und läuft aus dem Bild. Er läuft aus dem Gebäude heraus auf die Straße, jagt hinter dem gerade vorbeifahrenden Milchwagen her und springt auf.

Milchmann Oho, hab ich Sie nicht schon mal irgendwo gesehen?
Bonifazius Nein, Herr Doktor, nein... Mir ist etwas sehr Komisches passiert.

EINBLENDUNG: »GEHEIMNISSE DES MENSCHLICHEN GEISTES – EIN PSYCHIATRISCHES WOCHENMAGAZIN«

Wiederholung der Montage von Bildern, Einblendungen und Musik. Schnitt zu Bonifazius am Schreibtisch. Bonifazius schreit auf und läuft aus dem Bild. Es läuft derselbe Film ab wie vorher: Er jagt hinter dem Milchwagen her, springt auf, und der Milchmann sagt:

Milchmann Oho, hab ich Sie nicht schon mal irgendwo gesehen?
Bonifazius Nein, Herr Doktor, nein... Mir ist etwas sehr Komisches passiert.

Der Milchwagen fährt im Hintergrund vorbei, der Milchmann und Bonifazius sitzen drin. Wir sehen den Wagen die Landstraße entlangfahren, an der Lichtung vorbei, am Bischof...

Bischof *(tuntenhaft)* »Huch, Mr. Belpit, Ihre Beine sind so geschwollen.«

... vorbei an der Sekretärin am Schreibtisch, vorbei an einem Schild mit der Aufschrift »Zum Zoo«, wo Explosionen zu hören sind. Der Wagen hält vor Dr. Creams Haus... Bonifazius läuft hinein und betritt Dr. Creams Sprechzimmer.

EINBLENDUNG: »DR. CREAMS SPRECHZIMMER«

Dr. Cream Ah, treten Sie näher. Nun, was fehlt Ihnen denn?
Bonifazius Ich habe schreckliche Déjà-vu-Erlebnisse.

Wiederholung desselben Stücks ab Bonifazius' Eintritt.

Dr. Cream Ah, treten Sie näher. Nun, was fehlt Ihnen denn?
Bonifazius Ich habe schreckliche Déjà-vu-Erlebnisse...

Erneute Wiederholung des Ausschnitts.

Abspann läuft über dem Film.

Dr. Cream Ah, treten Sie näher. Nun, was fehlt Ihnen denn?
Bonifazius Ich habe schreckliche Déjà-vu-Erlebnisse...

Gerade fängt der Ausschnitt von vorne an, da ist die Sendung zu Ende.

Siebzehn – Die Buzz-Aldrin-Show

Die Sendung beginnt mit einem Trickfilm (»Der Schmetterling«). Der Ansager fliegt mit einem Propellerschreibtisch ins Bild.

Ansager (JOHN) Und nun zu etwas völlig anderem.

Jetzt-Mann (MICHAEL) Und jetzt. . .

Trickfilm-Vorspann.

Ansager und ZWISCHENTITEL: »DIE BBC BITTET FÜR DIE FOLGENDE ANSAGE UM ENTSCHULDIGUNG«

Schnitt auf ein paar Gumbys mit hochgerollten Hosenbeinen, auf den Köpfen die Taschentücher etc.; sie versuchen, im Chor anzusagen – was ihnen nicht recht gelingen will.

Gumbys Hallo und willkommen bei unserer Show. Ohne viel Trara: Die erste Nummer ist ein Sketch über Architekten und heißt der Architekten-Sketch. . . der Architekten-Sketch. . . der Architekten-Sketch. . . *(Als der Sketch wider Erwarten nicht beginnt, zeigen sie auf ein nahes Haus)* Da oben! Da oben! Da oben!

Die Kamera schwenkt zu einem Fenster des Gebäudes. Schnitt nach innen: im Büro findet eine Ausschußsitzung statt; der Vorsitzende ist Mr. Tid.

Mr. Tid (GRAHAM) Meine Herren, wir haben hier zwei grundlegende Vorschläge für die Gestaltung dieser. . . *(Er wird von zwei immer noch grölenden Gumbys abgelenkt.)* . . .Meine Herren, wir haben hier zwei grundlegende Vorschläge für die Gestaltung dieser. . . *(er schreit aus dem Fenster)* Klappe! Meine Herren, wir haben hier zwei grundlegende Vorschläge. . . *(Die Gumbys brüllen immer noch »Architekten-Sketch«; er schüttet einen Eimer Wasser über ihnen aus; ihre Stimmen verebben.)* Meine Herren, wir haben hier zwei grundlegende Vorschläge für die Gestaltung dieser Wohnanlage. Und ich hab mir gedacht, das beste ist, wenn die Architekten selbst vorbeikommen, um die Vorteile ihrer Entwürfe zu erläutern. *(Es klopft.)* Das dürfte bereits der erste Architekt sein. *(Mr. Wiggin kommt herein.)* Ah, ja – das ist Mr. Wiggin vom Büro »Ironside and Malone«.

Wiggin geht zu dem Tisch, auf dem sein Modell steht.

Mr. Wiggin (JOHN) Guten Morgen, meine Herren. Wir haben hier einen zwölfgeschossigen Block, in dem neogeorgianische Elemente mit allen Annehmlichkeiten eines modernen Baustils kombiniert wurden. Die Mieter betreten das Gebäude durch die Eingangshalle – hier – und werden per Transportband sehr bequem durch den Korridor befördert, vorbei an Wandgemälden, die Mittelmeerlandschaften zeigen – hin zu den Rotiermessern. Die letzten Meter des Korridors verfügen über eine spezielle Lärmisolierung. Das Blut wird über diese Rinnen abfließen. Das kleingehackte Fleisch flutscht in diese. . .

Erster Geschäftsmann (MICHAEL) Entschuldigen Sie. . .

Mr. Wiggin Mmh?

Erster Geschäftsmann Sagten Sie Messer?

Mr. Wiggin Rotiermesser, ja.

Zweiter Geschäftsmann (TERRY J.) Sie schlagen vor, unsere Mieter zu schlachten?

Mr. Wiggin Ist das nicht in Ihrem Sinne?

Erster Geschäftsmann Nein, ist es nicht. Wir wollten einen einfachen Wohnblock bauen.

Mr. Wiggin Ach so. Ich hab wohl Ihre Einstellung zu den Mietern nicht richtig eingeschätzt. Ich baue nämlich hauptsächlich Schlachthäuser, nicht wahr. Tja, schade. Glauben Sie mir, das hier ist wirklich ein Juwel, nicht wahr. Keine blutverkrusteten Wände, kein Fleisch, das aus dem Fenster fliegt und die Passanten belästigt. Ich mein. . . das hier. . . ist mein Lebenswerk.

Zweiter Geschäftsmann Ja, sehr schön, doch, doch. Aber wir wollten einen Wohnblock.

Mr. Wiggin Wollen Sie sich's nicht vielleicht noch mal überlegen? Ich mein, Sie würden es nicht bereuen! Denken Sie an den Fremdenverkehr.

Erster Geschäftsmann Nein, nein, wir wollten nun mal einen Wohnblock und keinen Schlachthof.

Mr. Wiggin Ah ja! Natürlich!! Das ist genau die scheiß Scheuklappenmentalität von euch spießigen Ignoranten, die ich von einem unkreativen Sauhaufen wie diesem hier erwartet habe. Ihr sitzt auf euren Pickelärschen und drückt Mitesser aus, und der Künstler, der kämpfen muß, interessiert euch einen Dreck. *(Brüllt)* Ihr Exkremente! Lausige, heuchlerische, wimmernde Kriecher mit euren lausigen Farbfernsehern und euren Tony-Jacklin-Golf-Schlägern und eurem verfluchten Freimaurer-Händeschütteln! Nie laßt ihr mich mitmachen, ihr verschworenen Scheißer! Nein, ich würde kein Freimaurer werden, und wenn ihr mich auf euren lausigen, stinkigen, vereiterten Knien darum bittet.

Zweiter Geschäftsmann Nun, es tut uns leid, daß Sie das so sehen, aber wir, äh, wollten einen Wohnblock. Obwohl es natürlich ein schöner Schlachthof ist.

Mr. Wiggin Ach *(wischt die Bemerkung beiseite)*, der Schlachthof ist unwichtig. Aber falls einer von Ihnen ein gutes Wort für mich einlegen könnte – ich wär so gerne Freimaurer. Freimaurerei öffnet Türen. Ich mein, ich war eben. . .vielleicht ein wenig nervös, aber wenn ich ein Freimaurer wäre. . . ich würd ganz einfach hinten sitzen und niemandem im Wege sein.

Erster Geschäftsmann Danke schön.

Mr. Wiggin Ich habe auch einen gebrauchten Schurz.

Zweiter Geschäftsmann Danke schön.

Mr. Wiggin *(geht zur Tür, bleibt aber noch mal stehen)* In Hendon wär ich beinahe aufgenommen worden.

Erster Geschäftsmann Danke schön.

Mr. Wiggin geht, und der uns vertraute Mr. Tid tritt vor.

Mr. Tid Meine Herren, es tut mir sehr leid. . . Der zweite Architekt ist Mr. Leavey von »Wymis and Dibble«.

Mr. Leavey kommt herein und geht zu seinem Modell.

Mr. Leavey (ERIC) Guten Morgen, meine Herren. Dies ist ein maßstabsgetreues Modell des Wohnblocks: achtundzwanzig Geschosse mit zweihundertachtzig modernen Apartments. Das Gebäude verfügt über drei Hauptaufzüge und zwei Lastenaufzüge. Der Zugang ist von Dibbingley Road her geplant. *(Das Modell kippt und er richtet es schnell wieder auf.)* Die Konstruktion ist auf einem zentralen Säulen-System errichtet *(das Modell kippt wieder)*, mit *(er richtet es auf und hält es fest)* Einzelgeschoß-Auslegern aus Spannbeton und Stahl. Die Zwischenwände auf jedem Geschoß werden von angeflanschten Unterputz-Streben aus einer Magnesium-Aluminium-Legierung gehalten. *(Ein Teil des Modells fällt zusammen, die unteren zehn Stockwerke rutschen ab.)* Da Holz, Holz-Derivate und brennbare Stoffe nicht verwendet werden *(das Modell raucht, Flammen züngeln)*, besteht praktisch überhaupt keine Gefahr eines. . .

EINBLENDUNG: »SATIRE«

Mr. Leavey Um offen zu sein: ich denke, das zentrale Säulen-System müßte ein wenig verstärkt werden.

Zweiter Geschäftsmann Treibt das nicht die Kosten in die Höhe?

Mr. Leavey Eventuell.

Zweiter Geschäftsmann Nun, wegen der Verstärkung würd ich mir mal nicht *allzuviel* Sorgen machen. Schließlich soll es ja kein Luxusschuppen werden.

Erster Geschäftsmann Ganz Ihrer Meinung. Ich mein, mal vorausgesetzt, die Mieter sind nicht allzu schwer gebaut und sitzen relativ viel, und, äh, sagen wir mal, das Wetter hält sich – dann ist dies hier wohl der Favorit.

Mr. Leavey Oh, vielen Dank.

Das Modell explodiert.

Zweiter Geschäftsmann Ganz Ihrer Meinung. Ganz Ihrer Meinung.

Mr. Leavey Vielen herzlichen Dank, danke schön. *(Er schüttelt ihnen die Hände auf sehr seltsame Weise.)*

Mr. Wiggin *(an der Tür)* Es öffnet einem Türen. Ich hab's ja gesagt.

Off-Sprecher (ERIC) Diesen Händedruck wollen wir uns noch einmal in der Zeitlupe anschauen.

EINBLENDUNG: »BBC-TV-ZEITLUPE«

Keine Zeitlupe: sie schütteln sich lediglich noch mal die Hände, aber ganz langsam.

Off-Sprecher Welche anderen Möglichkeiten gibt es, einen Freimaurer zu erkennen?

Die Kamera ist in einem Auto versteckt, so daß die Reaktionen der Passanten mit aufgenommen werden. Eine Geschäftsstraße in der Innenstadt, z. B. Threadneedle Street. Mitten durch die Menge hüpfen vier Geschäftsleute mit Melone und im Nadelstreifenanzug, denen die Hosen bis auf die Knöchel heruntergerutscht sind. In einer anderen Straße oder einem anderen Stück derselben Straße gehen zwei Geschäftsleute, die Hosen bis zu den Knien hochgerollt, aufeinander zu und veranstalten ein äußerst merkwürdiges Händeschütteln, wobei sie auf dem Boden herumrollen usw.

Off-Sprecher (JOHN) Ist ein Freimaurer identifiziert, müssen sofort Schritte eingeleitet werden, ihn von der Öffentlichkeit zu isolieren, da es inzwischen möglich ist, ihn durch Verhaltenstherapie von seinen unseligen freimaurerischen Neigungen zu befreien. *(Wir sehen einen Trickfilm-Geschäftsmann, der in eine Zelle gesperrt wird.)* In der Behandlung wird der Patient für die richtige Antwort belohnt, für die falsche bestraft. Fangen wir also an. Möchten Sie aufhören, ein Freimaurer zu sein? Denken Sie genau nach. Denken Sie genau nach! Ganz genau!

Trickfilm-Geschäftsmann Nein.

Ein großer Hammer macht sich über den Geschäftsmann her.

Off-Sprecher Nein? Das ist falsch! Falsch! Falsch! Falsch! Nein! Nein! Nein! Schlecht! Schlecht.

ZWISCHENTITEL: »EINE ENTSCHULDIGUNG«

Ansager (JOHN) Die BBC bittet für die folgende Ansage um Entschuldigung.

Die Kamera entfernt sich von der Zwischentitel-Schrift, bis man sehen kann, daß es sich nicht um eine Einblendung, sondern um ein fünf mal fünf Meter großes Poster auf einer Plakatwand am Straßenrand handelt.

Nach der Kamerafahrt hören wir das Schlurfen von vielen Füßen und Grunzen. Eine Gruppe Gumbys schlurft in die äußerste linke Bildecke. Sie machen keinerlei Anstalten, zur Bildmitte vorzurücken. Nach einem bißchen Murmeln und Grummeln:

Gumbys Oh! Und die nächste Nummer ist ein Sketch über Versicherungen. Er heißt »Versicherungs-Sketch«. »Versicherungs-Sketch«. »Versicherungs-Sketch«. . .

Schnitt in die Versicherungs-Agentur von Mr. Devious. Dort sitzen Devious und ein Mann.

Devious (MICHAEL) Was wünschen Sie?

Schnitt auf den Mann.

EINBLENDUNG: »EHRLICHER KERL«

Mann (GRAHAM) Ich komme wegen Ihrem Vollkasko-Versicherungs-Super-Sonderangebot. . .

Devious Wie war das?

Mann Vollkasko-Versicherungs-Sonderangebot für ein Pfund acht Pence.

Devious Ach, ach ja. . . tja, Meister, unglücklicherweise gilt das Angebot nicht mehr. Sehen Sie, es hat sich irgendwie nicht rentiert, deshalb haben wir jetzt ein ganz neues Angebot. . .

Mann Was für eins?

Devious Eine nackte Frau.

Mann Eine nackte Frau?

Devious Ja. Sie bekommen eine nackte Frau zusammen mit der Vollkasko-Versicherung. Falls Sie nur eine Haftpflicht wollen, behält sie ihren BH an, und wenn es nur Diebstahl. . .

Mann Nein, nein, das will ich wirklich nicht, Mr. äh. . . Mr. . . .

Devious Devious.

Mann Mr. Devious... Ich möchte nur wissen, was mich eine Vollkasko-Versicherung für einen Aston Martin von 1970 kosten würde.

Devious Aston Martin?

Mann Ja.

Devious *(schnell)* Fünfhundert Piepen.

Mann Fünfhundert Piepen?

Devious Vierzig.

Mann Vierzig?

Devious Vierzig Mäuse und eine nackte Frau.

Mann Nein, nein, ich habe kein Interesse an einer nackten Frau.

Devious Schmutzige Heftchen?

Mann Nein, nein, ich sag Ihnen doch, ich habe kein Interesse an all dem Zeug. *(Noch einmal wird »Ehrlicher Kerl« eingeblendet.)* Ich möchte nur wissen, was mich eine Vollkasko-Versicherung für einen Aston Martin von 1970 kosten würde. Können Sie mir bitte Ihren Preis nennen?

Schnitt: vor der Bürotür steht ein Vikar.

Vikar (ERIC) Klopf, klopf.

Schnitt in das Büro.

Devious Wer ist da?

Schnitt vor die Tür.

Vikar Der Reverend...

Schnitt in das Büro.

Devious Reverend wer?

Vikar Reverend Morrison.

EINBLENDUNG: »NOCH EIN EHRLICHER KERL«

Schnitt in das Büro.

Devious Kommen Sie rein.

Der Vikar tritt ein.

Devious Also, Vik? Wo brennt's?

Vikar Na ja, es geht um den Brief, den Sie mir geschickt haben.

Mann Entschuldigung, spiele ich noch mit?

Devious Ich weiß nicht, Kumpel, ich seh mal im Drehbuch nach... *(Er holt das Skript aus der Schublade.)* Wo sind wir? Folge acht. Sind Sie »Mann«?

Mann Ja.

Devious Nein... nein, Sie sind fertig.

Mann Tja, dann gehe ich. *(Er geht.)*

Devious *(liest im Drehbuch)* »Der Vikar setzt sich«.

Der Vikar setzt sich.

Vikar Es geht um den Brief, den Sie mir geschickt haben, wegen meines Anspruchs auf Versicherungsleistung.

Devious Oh, ja, ja – na ja, sehen Sie, wir sind nicht... bis jetzt nicht... *völlig* von der Begründung Ihres Anspruches überzeugt.

Vikar Aber es steht da was drin, daß mein Mund mit Zement gestopft werden soll.

Devious Oh, das ist nur Versicherungsjargon, wissen Sie.

Vikar Aber mein Auto wurde von einem Lastwagen angefahren, als es in der Garage stand, und Sie weigern sich zu zahlen.

Devious *(steht auf und geht zu einem Aktenschrank)* Nun ja, Reverend Morrison... in Ihrer Police... in Ihrer Police... *(Er öffnet eine Schublade vom Schrank und zieht eine schäbige alte Freizeitjacke daraus hervor; er fühlt in den Taschen nach und zieht ein verknittertes Stück Papier mit Eselsohren heraus, legt dann die Jacke zurück und schließt den Aktenschrank.)*... da ist sie ja. Hier steht ziemlich klar, daß kein Anspruch, den Sie anmelden, bezahlt wird.

Vikar Meine Güte.

Devious Sehen Sie, unglücklicherweise haben Sie sich für unsere »Zahlenie«-Police entschieden, die, wie Sie wissen, sehr wertvoll ist, solange Sie keine Ansprüche anmelden... aber Sie mußten ja Ansprüche anmelden, und jetzt haben Sie den Salat.

Vikar Oje, oje.

Devious Na, machen Sie sich nichts draus – es könnte schlimmer sein. Wie geht's der nackten Frau?

Vikar Oh, es geht ihr gut. *(Er fängt an zu weinen.)*

Devious Ehrlich, Rev, ich kann einen Mann nicht weinen sehen, also mach, daß du rauskommst. Sei ein lieber Junge.

Der Vikar geht weinend hinaus.

Schnitt nach draußen. Der Vikar nimmt eine nackte Frau in einem Einkaufswagen mit und schiebt sie, untröstlich, davon. Schnitt zurück in das Büro.

Nahaufnahme von Devious. Er holt einige Akten hervor und beginnt zu schreiben. Plötzlich kracht ein Bischofs-Stab vor ihm auf den Schreibtisch. Er sieht auf – seine Augen sind in panischem Schrecken geweitet. Gegenschuß: die Kamera ist jetzt von unten her auf den Bischof in vollem Ornat gerichtet.

Bischof (TERRY J.) Okay, Devious... Keine Bewegung!

Devious Der Bischof!

Trickfilm-Vorspann wie bei Krimi-Serien und passende Musik:

»C.-VON-E.-FILM«

»PRÄSENTIERT«

»GEMEINSAM MIT DEM SONNTAGSSCHULEN-ELTERNBEIRAT«

»DER BISCHOF«

»MIT VIKAR E.P. NESBITT IN DER TITELROLLE«

»UND F.B. GRIMSBY URQHART-WRIGHT ALS STIMME GOTTES«

»SPEZIALEFFEKTE VOM ERSTEN KOLLEGIUMS-VORSITZENDEN DER SCHOTTISCHEN KIRCHE«

»REGIE: PRÄBENDAR ›GARAUS‹ HARRIS«

Vor einer schönen englischen Kirche. Vögel singen, ein Kirchenlied ertönt. Plötzlich das Geräusch eines Autos, das sich mit jaulendem Motor der Kirche nähert. Mit quietschenden Reifen bremst ein amerikanisches Cabrio vor der Kirche. Heraus springt der Bischof, dem (wie im ganzen Film) seine vier Kumpanen folgen, Vikare mit dunklen Brillen. Sie tragen Talar und hohe, steife Kragen. Sie springen aus dem Auto und rasen zur Kirche; das Kirchenlied endet, und man hört, daß sich die Gemeinde setzt.

Schnitt in die Kirche. Der Vikar erklimmt die Kanzel.

Schnitt nach außen. Der Bischof und seine Vikare rennen durch die Tür. In der Kirche hält die Kamera auf den Vikar in der Kanzel.

Vikar (GRAHAM) Der Text für die heutige Predigt. . .

Schnitt zum Bischof und seinen Vikaren am Eingang.

Bischof Die Stelle, Vik! Sag nicht die Stelle!

Schnitt zurück zum Vikar.

Vikar . . .Leviticus 3,14.

Die Kanzel explodiert. Der Vikar fliegt in die Luft und verschwindet im Rauch. Schnitt: Nahaufnahme vom Bischof, hinter ihm Rauch und laufende Menschen; Geräuschkulisse von Menschen, die in Panik über Kirchenbänke klettern.

Bischof Wir sind zu spät gekommen. Reverend Grundy hat ins Dach gebissen.

Das Ende des Krummstabs fängt plötzlich an zu blinken. Der Bischof nimmt es ab, es hört auf. Er hält es wie einen Telefonhörer und spricht in den Stab.

Bischof Hallo?. . . Was?. . . Wir sind sofort da!

Standbild einer anderen Kirche. Schneller Zoom auf die Tür. Schnitt nach innen. Eine Taufgesellschaft steht rund um den Taufstein. Ein unschuldiger Vikar prüft gerade das Wasser. Schwenk zu den Eltern

– ein zwielichtiges Gauner-Paar – und zwei Paten-Tanten, offensichtlich Freistilringer (mit Blumenkohl-Ohren usw.) in Frauenkleidung. Als der Vikar das Baby nimmt, beginnt es laut zu ticken.

Vikar (JOHN) Und aus diesem Grunde erlegt die christliche Kirche Euch, den Paten, auf, Sorge zu tragen, daß dieses Kind im christlichen Glauben erzogen werde. Hiermit taufe ich dich auf den Namen. . .

Schnitt zur Kirchentür. Der Bischof mit seinen Vikaren eilt herein.

Bischof Sag nicht den Namen, Vik!

Vikar Francesco Luigi. . .

Explosion.

Schnitt: Nahaufnahme vom Bischof. Rauch und Panik wie zuvor.

Bischof Wir sind zu spät gekommen. . . Reverend Neuk ist das letzte Licht aufgegangen.

Reißschwenk in den Innenraum einer anderen Kirche. Eine Hochzeit. Das Brautpaar steht vor einem Vikar. Schnitt zur Kirchentür. Der Bischof und seine Vikare platzen herein.

Bischof Der Ring, Vik! Finger weg von dem Ring! Hej, Vik!

Schnitt zum Vikar, der den Ring aus der Bibel nimmt. Der Ring ist an einer Schnur befestigt. Ein Sechzehn-Tonnen-Gewicht fällt mit mächtigem Knirschen auf die Gruppe hernieder – die Kamera wackelt, als es aufschlägt.

Schnitt zu zwei Glöcknern. Einer zieht an seinem Seil, der andere hebt sich vom Boden – erhängt. Der Bischof kommt an, etwas zu spät.

Schnitt zu einem anderen Vikar am offenen Grab.

Vikar (GRAHAM) . . . Staub zu Staub, Asche zu Asche.

Er streut Erde auf das Grab. Eine Kanone hebt sich aus der Erde, bis ihr mächtiger Lauf (30 Zentimeter Durchmesser) genau auf das Gesicht des Vikars zeigt. Er bemerkt es nicht. Geräusch eines Autos, das quietschend hält. Schwenk vom Grab zum Bischof, der aus dem Auto springt. Geräusch eines gewaltigen Kanonenschusses. Der Bischof springt zurück ins Auto und wendet.

Schnitt auf eine Straße. Vor einem Tabakladen lehnen die vier Geistlichen an der Mauer. Der Bischof kommt heraus und dreht sich eine Zigarette. Plötzlich hält er inne.

Nahaufnahme: Er sieht auf, als er einen schwächlichen Schrei hört. Die Kamera schwenkt herum und hoch – sehr schneller Zoom zu einem Fenster sehr weit oben in einem großen, düsteren Büroblock, aus dem Reverend Morrison herausschaut und schreit:

Vikar Hilfe. . .Hilfe. . .Hilfe. . .Hilfe. . .Hilfe. . .Hilfe. . .

Schnitt zurück zum Bischof, der die Zigarette in den Rinnstein wirft und losrennt. Peter-Gunn-Musik. Handkamera-Aufnahmen vom Bischof und seinen vier Vikaren, die durch belebte Straßen rennen. Der Bischof erreicht den Büroblock und stürzt hinein. Innen: eine Wendeltreppe. Ganz unten sehen wir den Bischof und seine Vikare. Nahaufnahme mit der Handkamera: Bischof, wie er die Treppen hochstürmt. Schatten stürmen die Wendeltreppe hinauf. Der Bischof erreicht den obersten Flur. Bürotür. Der Bischof will die Tür öffnen, die nicht nachgibt. Ein Vikar macht sich steif; die anderen fassen ihn, benutzen ihn als Rammbock und durchbrechen beim ersten Stoß die Tür aus weichem Balsaholz.

Bischof Okay, Devious. . . keine Bewegung!

Devious Der Bischof!

»Der Bischof«-Vorspann wird wieder gezeigt.

Schnitt in ein Kino. Ein händchenhaltendes Paar. »Der Bischof«-Vorspann läuft erneut, genau wie vorher.

Nach einigen Sekunden: Schnitt zu einem alten Paar in der letzten Reihe, das in die Kamera schaut. Der Soundtrack vom »Bischof«-Vorspann läuft weiter, das Licht vom Filmprojektor flackert über ihren Köpfen.

Mr. Potter (MICHAEL) An dieser Stelle sind wir ins Kino gekommen.

Mrs. Potter (GRAHAM) Ja.

Harter Schnitt vor das Kino. Ein Arbeiter-Wohnzimmer ist auf dem Bürgersteig aufgebaut. Es gibt keine Wände, nur die Möbel: Sofa, zwei Sessel, Anrichte, Tisch, Stehlampe, ein gekachelter, mit Ornamenten verzierter Kamin. Außerdem gibt es eine freistehende Zimmertür. Mr. und Mrs. Potter kommen aus dem Kino, gehen direkt zu ihren Sesseln und setzen sich. Passanten müssen dem Meublement ausweichen.

Mrs. Potter *(macht es sich im Sessel bequem)* Ach. Schön, zu Haus zu sein.

Mr. Potter *(sieht sich um)* Die Bauarbeiter waren noch nich' da.

Mrs. Potter Nee.

Ein schicker Interviewer mit Handmikrophon kommt ins Bild.

Interviewer (ERIC) Diese beiden alten Leute sind ein typisches Beispiel für das Wohnungsproblem, dem sich Großbritanniens Senioren gegenübersehen.

Mrs. Potter He! Sie wollen doch wohl keine Reportage über uns machen?

Interviewer Oh, bitte. . .
Mrs. Potter Nein, lassen Sie uns in Frieden!
Interviewer Nur eine klitzekleine über die entsetzlichen Bedingungen, unter denen Sie leben.
Mrs. Potter Nein! Raus aus unserer Wohnung! Los, raus!
Der Interviewer wendet sich ab, winkt dem Kamera- und dem Tonmann; sie machen sich betrübt davon.
Kameramann Ach komm, George, nimm's nicht so schwer.
Mrs. Potter Warum dreht ihr nicht 'ne Reportage über das Drogen-Problem in der Walton Street?
Schnitt zu den Fernsehleuten. Sie bleiben stehen, drehen sich um, murmeln aufgeregt: »ein Drogen-Problem!« und laufen los.
Mrs. Potter Tja, ich werd jetzt mal ein Bad nehmen.
Sie geht zur freistehenden Tür und öffnet sie. Dahinter ist eine Badezimmereinrichtung zu sehen.
In der Badewanne liegt, komplett angekleidet, Alfred Lord Tennyson. Während Mrs. Potter die Tür öffnet, hören wir ihn rezitieren.
Tennyson Es fällt der Glanz auf Schloß und Schanz',
auf Schnee-Gebirg' aus alten Sagen. . .
Sie wirft die Tür zu.
Mrs. Potter He, Alfred Lord Tennyson ist im Badezimmer.
Mr. Potter Na, dann haben sie ja wenigstens den Dichter installiert.

Schnitt zu einem offiziell aussehenden Herrn in einer Uniform, wie sie englische Gasableser tragen, und Schirmmütze.
EINBLENDUNG: »VERKAUFSLEITER DER ›POETEN-BEHÖRDE, EAST MIDLANDS‹«
Verkaufsleiter (JOHN) Ja, ein Dichter ist unverzichtbar für den perfekten häuslichen Komfort, und ganzjährig zuverlässig bei niedrigem Preis. Wir von der Poeten-Behörde East Midland hoffen, bis Ende nächsten Jahres einen Dichter in jedem Haushalt zu haben.
TRICKFILM: *Werbung.*
Stimmen *(singen)* Dichter sind sauber und wirklich solid,
Dichter – da merkt man den Unterschied.
Entschließen auch Sie sich, noch ist's nicht zu spät:
In jedes Heim, da gehört ein Poet.
Schnitt in den Flur eines Mittelklasse-Hauses. Es klingelt; die Hausfrau öffnet dem gasmannähnlichen Kontrolleur, der mit Fahrradklam-

mern, Regenmantel, Mütze und Notizbuch ausgerüstet ist. Im Hintergrund hören wir gedämpften Wordsworth.

Stimme (ERIC) Ich wandert' einsam, wie die Wolk'
Hoch über Tal . . .

Kontrolleur (MICHAEL) Morgen, Madam, ich komm Ihren Dichter ablesen.

Sie (TERRY J.) Ach ja, er ist in dem Schrank unter der Treppe.

Kontrolleur Was für einen haben Sie, einen Swinburne? Shelley?

Sie Nein, einen Wordsworth.

Inspektor Oh, verfluchte Narzissen.

Er öffnet die Schranktür. Drinnen kauert Wordsworth und rezitiert.

Wordsworth (ERIC) Von Goldnarzissen ein Gewog
Seitab vom See, wo Wald beginnt,
Schwanken und tanzen sie im Wind

Währenddessen leuchtet der Kontrolleur ihn mit einer Taschenlampe ab und macht sich Notizen.

Wordsworth So dicht an dicht wie Sterne stehn
Die Milchstraß' über, leicht wie Schaum
War endlos weit. . .

Der Kontrolleur schließt die Tür mittendrin, und wir hören Wordsworth gedämpft weiter rezitieren, bis der Sketch zu Ende ist.

Kontrolleur In Ordnung. Vielen Dank, Madam.

Er will gehen, aber sie möchte ihn aufhalten und versperrt ihm den Weg.

Sie Aber nicht doch. Ich habe zu danken. . . Schöner Tag heute, nicht wahr?

Kontrolleur Ja, die Wetterlage ist allgemein günstig. Ein Hochdruckkeil mit Zentrum über Irland zieht gleichmäßig nach Osten und bringt dabei wolkiges Wetter in die westlichen Teile des Landes, nach Wales und in das Gebiet westlich der Pennines. Die Wetterkarte von morgen . . . *(er greift nach oben und entrollt eine große Wetterkarte)* . . .zeigt ein ähnliches Bild. Dieses Frontensystem bringt trockeneres und wärmeres Wetter. Die Temperaturen entsprechen dem Durchschnitt für die Jahreszeit: 3° Celsius, 44° Fahrenheit – vergessen Sie also nicht, sich warm anzuziehen. Das war's von mir. Guten Abend.

Schnitt zur BBC-Weltkugel.

Ansager-Stimme (ERIC) Und jetzt auf BBC die Programmübersicht: Auf BBC 2: eine Diskussion über Zensur mit Derek Hart, mit dem Bischof von Woolwich und einem nackten Mann. Und auf BBC 1: ich, der ich Ihnen das hier erzähle. Und jetzt. . .

Geräusch von einem Fernseher, der ausgeschaltet wird. Das Bild schrumpft zum Punkt zusammen, und die Kamera fährt rückwärts, bis man sieht, daß alles in einem Fernseher stattfand, der von der Hausfrau ausgeschaltet wurde. Sie und der Kontrolleur sitzen nun im Wohnzimmer. Er hockt verlegen auf einer Sofa-Ecke und hält eine Tasse Tee mit einer Cocktailkirsche darin in der Hand.

Sie Das wollen wir nicht sehen, oder? Wollen Sie wirklich diese Kirsche in Ihrem Tee? Mögen Sie Ihre Arbeit?

Kontrolleur Na ja, man kann davon leben.

Sie Ich meine: langweilt es Sie nicht, jeden Tag anderer Leute Dichter abzulesen?

Kontrolleur Nun ja, wissen Sie, manchmal . . . schon. Na jedenfalls, ich sollte jetzt besser gehen.

Als er aufsteht, kommt sie schnell an seine Seite.

Sie *(verführerisch)* Sie haben eine schöne Taschenlampe, nicht wahr?

Kontrolleur *(sieht die Lampe verblüfft an)* Äh, ja, ja, sie äh. . . sie äh. . . sie geht an und aus.

Er macht es vor.

Sie *(kommt näher, haucht)* Wieviel Volt hat sie?

Kontrolleur Äh. . . hm. . . na, ich werde auf den Batterien nachschauen. *(Er schraubt das Ende ab.)*

Sie Oh ja, ja.

Kontrolleur Viereinhalb Volt.

Sie *(schmiegt sich an ihn)* Mmmmh. Das ist wunderbar. Möchtest du meinen Dichter noch mal sehen?

Kontrolleur Nein, nein, ich muß jetzt wirklich los.

Sie Ich hab Thomas Hardy im Schlafzimmer. Ich möchte gern, daß du ihn dir ansiehst.

Kontrolleur Mit dem kann ich nicht umgehen. Der ist Romancier.

Sie Aber er murmelt die ganze Nacht.

Kontrolleur Ach so! Romanschreiber tun das, wissen Sie.

Sie *(wirft ihn aufs Sofa)* Ach, vergiß ihn! Wie heißt du, Schätzchen?

Kontrolleur Harnisch.

Sie Nein, nein! Dein Vorname, Dummchen!

Kontrolleur Wombat.

Sie Oh, Wombat. Wombat Harnisch! Bring mich zum Ort, wo Ewigkeit die Grenzen sprengt, wo der Garten der Liebe sich um uns drängt. O Harnisch!

Kontrolleur Na gut, ich kuck mir noch schnell Ihren Thomas Hardy an.

Schnitt zur Studio-Diskussion.
ZWISCHENTITEL: »DEREK HART«

Derek (JOHN) Nackter Mann, was halten Sie davon?

Nackter Mann (GRAHAM) Nun, sehen Sie denn nicht, daß es sich genau um jene Form expliziter sexueller Anspielung handelt, die ich ablehne. Erregung um ihrer selbst willen. Ein bewußter Versuch billiger Effekthascherei. Es kümmert mich nicht, was die sogenannte Avantgarde, der linke Flügel, die intellektuellen Muttersöhnchen sagen. . . Es ist *Dreck!*

Derek Herr Bischof.
Schnitt auf den Bischofs-Stab, der vor Devious auf den Schreibtisch kracht.

Bischof Okay, keine Bewegung!
»Der Bischof«-Vorspann startet und stoppt abrupt.
ZWISCHENTITEL: »EINE ENTSCHULDIGUNG«

Off-Sprecher (ERIC) Die BBC bittet für die ständigen Wiederholungen in dieser Folge um Entschuldigung.
EIN ANDERER ZWISCHENTITEL: »EINE ENTSCHULDIGUNG«

Off-Sprecher Die BBC bittet für die ständigen Wiederholungen in dieser Folge um Entschuldigung.
TRICKFILM: Die »Fünf-Frösche-Plage«.
Schnitt auf die fünf Gumbys, die dicht beieinander stehen.

Gumbys Vielen Dank. Und jetzt ein Sketch über einen Drogisten. Er heißt der Drogisten-Sketch.

Ein paar Männer und Frauen sitzen wartend vor dem Ladentisch, über dem ein Schild »Medikamentenausgabe« hängt. Ein fröhlicher Drogist taucht dahinter auf.

Drogist (JOHN) So. Ich habe hier einige Ihrer Medikamente. Äh, wer hat den Tripper? *(Niemand reagiert.)* . . . Na los, wer hat den Tripper? . . . Los . . . *(Ein Mann hebt schüchtern die Hand.)* Da haben wir ihn ja. *(Wirft die Medizinflasche zu ihm hin.)* Wer hat das Furunkel am Hintern. . . Furunkel am Popo. *(Wirft die Medizinflasche zum einzigen Mann, der steht.)* Wer hat den Brustausschlag? *(Eine Frau mit großem Busen meldet sich.)* Muß ich 'ne größere Flasche holen. Wer hat die Blähungen? *(Wirft die Flasche einem allein sitzenden Mann zu.)* Hopp!

ZWISCHENTITEL: »DER DROGISTEN-SKETCH – EINE ENTSCHULDIGUNG«

Off-Sprecher (ERIC) Die BBC bittet um Entschuldigung, daß dieser Sketch so schlecht geschrieben ist. Es ist nicht die Programmpolitik der BBC, mit Wörtern wie Popo, Schlüpfer, Hintern oder Pipi billige Lacher zu ernten. *(Lacher aus dem Off.)* Psst!

Schnitt zu einem Mann, der mit einer Fernbedienung vor einer Leinwand steht.

BBC-Mann (MICHAEL) Es folgen die Wörter, die in diesem Programm nicht wieder vorkommen werden.

Er drückt auf den Knopf. Auf der Leinwand erscheinen folgende Dias:

P*PO

H*NTERN

TR*PPER

SCHL*PFER

P*PI

SEMPRINI

Eine junge Frau kommt ins Bild.

Frau Semprini!?

BBC-Mann *(hinausweisend)* Raus!!

Schnitt zurück in die Drogerie. Der Drogist kommt wieder hervor.

Drogist So, und wer hat ein Furunkel auf seinem Semprini, na?

Ein Polizist erscheint und schafft ihn hinaus.

Schnitt in eine andere Drogerie mit einem anderen Drogisten hinter dem Ladentisch.

EINBLENDUNG: »EINE NICHT SO UNANSTÄNDIGE DROGERIE«

Ein Mann kommt herein.

Mann (ERIC) Guten Morgen.

Drogist (TERRY J.) Morgen, Sir.

Mann Guten Morgen. Ich hätt gern ein Aftershave, bitte.

Drogist Ja, natürlich. Folgen Sie mir, bitte.

Mann Wenn ich Ihnen folgen könnte, bräuchte ich kein Aftershave.

Der Polizist läuft in den Laden und befördert den Mann hinaus.

Schnitt auf einen weiteren Laden.

EINBLENDUNG: »EINE ÜBERHAUPT NICHT UNANSTÄNDIGE DROGERIE«

Ein anderer Drogist hält ein großes Schild, auf dem steht: »Ein überhaupt nicht unanständiger Drogist«. Kamera fährt rückwärts, bis man über der Ware ein weiteres Schild sieht: »Überhaupt nicht unanständige Drogisten GmbH«. Ein Mann kommt herein.

Mann (ERIC) Guten Morgen.

Drogist (MICHAEL) *(legt das Schild weg)* Morgen, Sir. Kann ich Ihnen helfen?

Mann Ja. Ich hätt gern ein Aftershave.

Drogist Ah. Ein Pflegeprodukt-t-t-t-t-t . . .! Wenn Sie vielleicht dieses hier einmal probieren wollen, Sir? Das ist das allerneueste, es heißt Meeresdunst.

Mann *(riecht daran)* Ich mag es. . . *beinahe.*

Drogist Wie wäre es etwas mehr in Richtung Moschus? Das hier heißt Mimmo.

Mann Nicht unbedingt, nein. Haben Sie nichts, was ein bißchen fischiger ist?

Drogist Fischiger?

Mann Fischiger.

Drogist Fisch, Fisch, Fisch. Ein fischiges Produkt-t-t-t-t-t. . .

Mann Wie Heilbutt oder Barsch.

Drogist Oder Brasse?

Mann Ja.

Drogist Nein, so etwas führen wir nicht. . . ah, hier habe ich Makrele. . . oder Kabeljau. . . oder Seehecht. . .

Mann Haben Sie nichts, was ein bißchen heilbuttiger ist?

Drogist Äh. . . Papagei? Wie kommt das denn hierher? Oder Rochen mit einem Hauch Garnele? Oder Krabbe mit Tiger und Mandeln, sehr ungewöhnlich.

Mann Ich habe wirklich mein Herz an den Heilbutt gehängt.

Drogist Nun, wir hatten heute morgen eine fischige Lieferung, Sir, ich könnte also eben in den Keller gehen und sehen, ob ich nicht doch noch Erfolg habe bei diesem speziellen Produkt-t-t-t-t. Es war also Heilbutt. . . oder. . .?

Mann Barsch.

Drogist Barsch. Es dauert nur einen Moment.

Der Mann wartet ein paar Sekunden, beginnt aber schnell, sich unwohl zu fühlen, sieht auf die Uhr, summt vor sich hin.

Mann *(in die Kamera)* Entschuldigen Sie das bitte. . . pom, pom, pom. . . Normalerweise versuchen wir diese kleinen. . . Pausen. . . solche Längen. . . zu vermeiden. Wissen Sie, er ist nur dramaturgisch in den Keller gegangen. Natürlich ist hier gar kein Keller, aber er geht ab, und wir tun so, als ob. . . Was tatsächlich passiert, ist, daß er ab geht, aus dem Bild, und dahinten wartet, so daß es *aussieht*, als ob er runtergegangen wäre. . . in den Keller. Ich finde, daß er ziemlich übertreibt. . .

Lange Einstellung mit dem Drogisten, der mit einem Karton neben der Szene wartet. Der Aufnahmeleiter gibt ihm ein Zeichen, und er kommt hinter den Ladentsich.

Drogist Entschuldigen Sie, Sir. *(Außer Atem.)* Die vielen Stufen. . . *(Mann zwinkert zur Kamera.)* Tja, ich fürchte, es ist heute morgen nicht mitgekommen, Sir. Aber wir haben noch welches in unserer Filiale in Kensington. Ich könnte also eben da hingehen und es für Sie holen.

Mann Wie lange wird das dauern?

Drogist Zwanzig Minuten.

Mann Zwanzig Minuten!

Während er in wachsender Verlegenheit herumsteht, kommt eine junge Frau zu ihm, die eher nachlässig als Verkäuferin verkleidet wurde. Sie reicht ihm eine Nachricht an einer langen Stange.

Mann Oh. . . Ich frage mich, was andere Leute für ein Aftershave benutzen???

Schnitt zu »Stimmen des Volkes«.

Gumby (MICHAEL) Ich nehme eine Körper-Lotion, die Mundgeruch heißt, damit mein Atem süß wird.

Zweiter Gumby (JOHN) Ich nehme ein Aftershave, das heißt Semprini.

Er wird von einem Polizisten weggeschleppt.

Drogist *(eilt vorbei)* Tschuldigung, tut mir leid – ich habe keine Zeit, ich muß nach Kensington.

Kardinal Ximinez (MICHAEL) Ich benutze zwei Sorten Aftershave – Weihrauch, Myrrhe – *drei* Sorten Aftershave, Weihrauch, Myrrhe, Sandelholz – *vier* Sorten Aftershave, Weihrauch, . . .

Mann (GRAHAM) Ich nehme jeden Morgen eine kalte Dusche, kurz bevor ich verrückt werde, und dann werde ich verrückt, fürs erste verrückt, zweitens verrückt, drittens verrückt, viertens. . .

Ken Shabby (MICHAEL) Ich nehm' Ranziger Iltis Nummer Zwei. Es hält meine Haut hübsch und schuppig.

Drogist *(eilt vorbei)* Noch einmal Entschuldigung. Keine Zeit – ich muß zurück.

Schnitt zurück zur Drogerie, wo der Mann den Minutenzeiger der Wanduhr zwanzig Minuten weiter dreht. Er sieht schuldbewußt in die Kamera und geht auf die richtige Seite des Ladentisches. Der Drogist kommt herein.

Drogist Nun, ich fürchte, sie haben auch keins in der Kensington-Filiale. Aber wir haben welches am Lager.

Mann Und wo ist das?

Drogist In Aberdeen.

Mann Aberdeen?!

Drogist Das geht in Ordnung. Warten Sie hier. . . Ich habe ein Auto.

Mann Nein, nein, nein. Ich nehme das andere, das Krabbe mit Tiger und. . .

Drogist Mandel-Produkt. . . t. . . t. . .?

Mann Das nehme ich.

Der Drogist wendet sich ab. Ein Ladendieb kommt herein. Er besteht aus zwei Männern unter einem großen Regenmantel. Er hält falsche Arme hinter dem Rücken verschränkt à la Herzog von Edinburgh. Der Mann beobachtet ihn. Der Dieb schlendert zum Ladentisch; zwei Arme kommen aus dem Mantel hervor und lassen Sachen vom Ladentisch unter dem Mantel verschwinden. Dann bekommen die beiden Arme von einem dritten schwarzen Arm Gesellschaft. All diese Arme stehlen Ware. Der Mann tippt den Drogisten an und zeigt auf den Ladendieb. Der Drogist sieht hin und bläst auf einer Trillerpfeife. Sie warten einen Augenblick, dann endlich stürzt ein Polizist herein.

Polizist (GRAHAM) Ja doch! Ja doch! Ja doch! Na, was denn! Na, was denn! Sie sind dran.

Drogist Müßten Sie nicht sagen »Also, was ist hier los«?

Polizist Oh! Na gut. Also! Was ist hier los?!?

Drogist Dieser Mann hat was gestohlen, Wachtmeister.

Polizist Hat er? Wirklich?

Drogist Ja.

Polizist Wollen Sie mir vielleicht erzählen, was ich zu tun habe?

Drogist Nein, aber er ist ein Ladendieb.

Polizist Passen Sie auf! Ich muß Sie darauf aufmerksam machen, daß alles, was Sie sagen, ignoriert wird und daß ich darüber hinaus bei der erstbesten Gelegenheit meine Faust zwischen Ihre Zähne schieben werde. *(Deutet Fausthiebe an.)* Wumm. Wumm.

Mann Aber, Wachtmeister, dieser Mann hier. . .

Polizist Ich habe genug von Ihnen. Sie sind verhaftet.
Er macht Geräusche wie ein Flugzeug, das fliegt und Geschosse abfeuert.

Drogist Wachtmeister, er war es nicht. *(Zeigt auf den Ladendieb.) Der* ist der Ladendieb.

Ladendieb (TERRY G.) Bin ich nicht.

Ladendieb-Komplize *(steckt seinen Kopf aus dem Mantel)* Ist er nicht... Ich bin Zeuge.

Polizist *(zum Drogisten)* Noch ein Piep von dir und ich krieg dich wegen Ketzerei.

Drogist Ketzerei. Verflucht. Ich hatte nicht gleich mit der spanischen Inquisition gerechnet.

Polizist Klappe! Wumm. Wumm. Oh, das ist hübsch. *(Er nimmt etwas vom Ladentisch und steckt es in die Tasche.)* Gut. Ich nehme Sie mit auf die Wache.

Mann Warum?

Polizist Ich beschuldige Sie des illegalen Besitzes von was immer wir da gerade so haben. Gut... *(macht wieder das Flugzeug-Geräusch)*... Mondkapsel ruft Buzz Aldrin. Melden Sie sich. *(Singt)* »Raindrops keep falling on my head... but that doesn't mean that my...«
ZWISCHENTITEL: »EINE ENTSCHULDIGUNG«

Off-Sprecher (JOHN) Die BBC bittet die Polizei für die Figur des Polizei-Wachtmeisters Pan-Am um Entschuldigung. Er soll keineswegs den durchschnittlichen Polizisten repräsentieren. Ebenso war die Erwähnung von Buzz Aldrin, dem Astronauten, lediglich das Produkt eines verwirrten Kopfes, ihr sollte keine weitere Bedeutung beigemessen werden.
Foto von Buzz Aldrin.
EINBLENDUNG: »›DIE BUZZ ALDRIN SHOW‹ MIT BUZZ ALDRIN UND... (ABSPANN, in dem ständig der Name Buzz Aldrin auftaucht)«
Schnitt zu den Gumbys wie am Anfang der Show.

Gumbys Und nun zu etwas völlig anderem... *(Harter Schnitt: sie haben sich in weibliche Gumbys verwandelt; dann zurück zur ursprünglichen Einstellung.)* Oh, das war lustig. Und nun...
EINBLENDUNG: »ENDE«

Gumbys Ende! Ende! Ende! Ende!

Achtzehn – Live aus der Grillomat Snack-Bar

BBC-Weltkugel.

Off-Stimme (MICHAEL) Monty Python's Flying Circus kommt heute abend live aus der Grillomat Snack-Bar in Paignton.

Innenansicht einer fiesen Snack-Bar mit Gästen, am besten von richtigen Leuten dargestellt. Ansager sitzt an einem der Plastiktische.

Moderator (JOHN) Hallo, ich begrüße Sie live aus der Grillomat Snack-Bar in Paignton. Kommen wir also ohne weitere Umstände zum Vorspann.

Jetzt-Mann *(im Off)* Und jetzt. . .

Trickfilm-Vorspann.

Zurück zur Snack-Bar.

Moderator *(mit ziemlich gezwungener Gutmütigkeit)* Also, das war der Vorspann. Und nun zum ersten Punkt auf der Speisekarte des heutigen Abends – ha, ha – das Team hat als kleine Vorspeise einen Programmbeitrag gewählt – und ich glaube, wir können sicher sein, daß es kein gewöhnlicher Beitrag sein wird – tatsächlich hat mir das Team unmittelbar vor der Show gesagt, alles mögliche könne passieren und wird es wahrscheinlich auch – also kommen wir zu dem. . . Beitrag.

Schnitt zu dem Wort »Erpressung« in meterhohen Buchstaben, gespickt mit schnell an- und ausgehenden Glühbirnen. Laute Show-Musik setzt ein. Kamera fährt zurück, prunkvolles Show-Bühnenbild erscheint. Ein Show-Master in glitzerndem Show-Jackett sitzt hinter einem glitzernden Schreibtisch, auf dem ein Telefon steht.

Show-Master (MICHAEL) Hallo, guten Abend und herzlich willkommen bei »Erpressung«! Zu Beginn des heutigen Programms machen wir uns auf nach Norden, nach Preston in Lancashire zu Mrs. Betty Teal!

Großaufnahme eines leicht verschwommenen Schwarzweiß-Fotos einer Hausfrau, deren Gesicht von einem schwarzen Rechteck verdeckt ist.

Show-Master-Stimme Hallo, Mrs. Teal!

Schnitt zurück zum Show-Master. Er nimmt einen Brief zur Hand und liest:

Show-Master Es kostet Sie 15 PFUND, uns daran zu hindern, den Namen Ihres Liebhabers in Bolton bekanntzugeben.

EINBLENDUNG: »15 PFUND« *(schnell blinkend)*

Show-Master Also, Mrs. Teal... wenn Sie uns bitte umgehend die 15 Pfund schicken würden – Ihr Ehemann Trevor und Ihre reizenden Kinder Diane, Janice und Juliet brauchen dann nie den Namen Ihres Liebhabers in Bolton zu erfahren.

Schnitt zu einem bis auf Kragen und Krawatte nackten Mann an einer Orgel. Er spielt ein paar aufwühlende Akkorde. Schnitt zurück zum Show-Master.

Show-Master *(hält, während er spricht, verschiedene Gegenstände hoch)* Und jetzt, ein Brief, ein Hotel-Gästebuch, und eine Reihe Fotografien. Alles zusammen könnte Scheidung, vorzeitigen Ruhestand und möglicherweise ein Strafverfahren für einen Firmenchef in Bromsgrove bedeuten. Er ist Freimaurer und Kandidat der Konservativen Partei für einen Abgeordneten-Platz im Unterhaus... das ist Mr. S. aus Bromsgrove! 3.000 Pfund...

EINBLENDUNG: 3.000 PFUND *(blinkend)*

Show-Master ...und wir nennen weder Ihren Namen noch die Namen der übrigen drei beteiligten Personen noch die Jugend-Organisation, der diese angehören, noch den Namen des Geschäftes, wo Sie die Ausrüstung gekauft haben.

Schnitt zum nackten Mann an der Orgel, wieder Akkorde. Schnitt auf Standfoto von zwei Paar Füßen und Unterschenkeln. Orgelmusik darüber. Schnitt zurück zum Show-Master.

Show-Master Mehr von dieser Fotografie zeigen wir Ihnen später im Laufe der Sendung, es sei denn, wir hören von Charles oder Michael. Und nun ist es Zeit für unseren »Stopp den Film«-Spot!

BLINKENDER ZWISCHENTITEL: »STOPP DEN FILM«

Show-Master Die Regeln sind sehr leicht. Wir haben einen Film aufgenommen, der kompromittierende Szenen und unerfreuliche Details enthält, die die Karriere eines Mannes zerstören könnten. Aber das Opfer kann mich jederzeit anrufen und den Film stoppen. Denken Sie jedoch daran: der Betrag steigt mit jedem Filmmeter. Je länger Sie den Film laufen lassen...desto mehr müssen Sie zahlen. Also dann: mit einem Stand von 300 Pfund ist »Stopp den Film« diese Woche zu Besuch in Thames Ditton...

Der folgende Film ist in trüber 8mm-Qualität aufgenommen. In einer Ecke befindet sich ein £-Zeichen mit dem Betrag, der sich im Lauf des Films erhöht. Aufnahme einer Wohnstraße in Thames Ditton (sic). Ein anderer Straßenabschnitt mit einer Gestalt in Robin-Hood-Hut und Regenmantel – auf der anderen Seite der Straße, so daß wir ihn nicht richtig erkennen können.

Schnitt: etwas nähere Einstellung, wie er im Begriff ist, die Straße zu überqueren.

Schnitt: Vororthaus. Der Mann steht vor der Tür, drückt den Klingelknopf, sieht sich verstohlen um. Wieder Aufnahme aus einiger Entfernung und über eine Hecke.

Schnitt zurück ins Studio. Der Show-Master sieht zu einem Monitor und dann zum Telefon.

Zurück zum Film: eine Frau öffnet die Tür. Sie trägt einen Morgenrock über Damenunterwäsche. Ein zittriger Zoom, um ihre Kleidung zu zeigen. Totale vom Haus mit geschlossener Tür.

Harter Schnitt: zu einer offensichtlich vor einem Fenster des Hauses gemachten Aufnahme. Zittriger Zoom aufs Fenster. Wir können ins Fenster sehen. . .der Mann und die Frau betreten das Schlafzimmer. Er geht aus dem Bild, zieht seine Jacke aus. Schnitt zurück ins Studio.

Show-Master Mutig, mutig. . .

Schnitt zurück zum Film: vielleicht noch näher am Fenster. Eine Reihe kurzer, harter Schnitte. Sie entkleidet sich. Sie legt ihren Morgenmantel ab. Ein harter Schnitt, und sie zieht ihr Negligée aus. Darunter trägt sie ein schwarzes Korsett. Sie holt eine Peitsche hervor und scheint den Mann heranzuwinken. Das Telefon klingelt.

Schnitt zurück ins Studio. Der Show-Master hebt den Hörer ab.

Show-Master Hallo, Sir, hallo, ja. . . – Nein, Sir, nein, ich bin sicher, daß Sie das nicht getan haben. . . – Nein, schon gut, Sir, wir verurteilen Sie nicht in moralischer Hinsicht, wir wollen nur das Geld. Ja, und hier die Adresse, an die Sie es bitte schicken wollen:

Off-Sprecher (TERRY J.) und EINBLENDUNG: »›ERPRESSUNG‹
HINTER DEN HEISSWASSER-ROHREN
DRITTER WASCHRAUM VON HINTEN
VICTORIA STATION«

Show-Master Keine Ursache, Sir. . . *ich* habe zu danken. *(Er legt auf.)*

Schnitt: ein Gang, in dem ein Mann mittleren Alters im Abendanzug verstohlen den Hörer auflegt. Er verläßt die Zelle und geht durch eine Tür in einen großen Raum, wo ein Festessen im Gange ist. Tische stehen an drei Seiten einer quadratischen Fläche. Der Mann setzt sich an den Tisch am Kopfende, der also in Richtung Publikum steht. Neben ihm sitzen gleichaltrige, recht ältlich wirkende Männer vom Typ Londoner Ex-Internatsschüler. Sobald er sitzt, spricht der Toastmaster.

Mann (TERRY J.) Tut mir leid, Jungs, es war meine Mutter.

Toastmaster (ERIC) Meine Herren, ich bitte um Ruhe für den Präsidenten der Königlichen Gesellschaft zum Drauftun von Dingen auf andere Dinge.

Es gibt viel Oberschicht-Applaus und Auf-den-Tisch-Geklopfe, als Sir William sich erhebt.

Sir William (GRAHAM) Ich danke Ihnen, meine Herren. Dieses Jahr ist ein gutes Jahr gewesen für die Gesellschaft. *(Hört, hört.)* In diesem Jahr haben unsere Mitglieder mehr Dinge auf andere Dinge draufgetan als je zuvor. Aber ich muß Sie warnen: es besteht kein Anlaß zur Selbstzufriedenheit. Nein, es sind immer noch viele Dinge, und ich kann dies nicht stark genug betonen, *nicht* auf anderen Dingen drauf. Ich selbst habe heute abend auf dem Weg hierher ein Ding gesehen, das nicht in irgendeiner Weise auf einem anderen Ding drauf war. *(Schande!)* Eine Schande in der Tat, aber wir dürfen und dürfen nicht verzagen. Denn eines sollten wir stets vor Augen haben: Wenn es nicht ein Ding gäbe, das *nicht* auf einem anderen Ding drauf wäre, dann wäre diese unsere Gesellschaft nichts weiter als eine bedeutungslose Gruppe von Männern, die sich versammelt hätten ohne jeden Sinn und Verstand. Doch wir befinden uns im Aufschwung. In diesem Jahr haben unsere austral-asischen Mitglieder und die verschiedenen Zweig-Organisationen unserer austral-asischen Filialen nicht weniger als zweiundzwanzig Dinge auf andere Dinge draufgetan. *(Applaus.)* Gut so. Aber es gibt eine düstere Wolke am Horizont. Im letzten Jahr ist es unserer Filiale in Staffordshire nicht gelungen, auch nur *ein* Ding auf ein anderes draufzutun. *(Schande!)* Ich fordere daher unseren Delegierten aus Staffordshire auf, dieses unheimliche Verhalten zu erklären.

Während sich Sir William setzt, erhebt sich ein sanftmütiger Mann an einem der Seitentische.

Mr. Cutler (JOHN) Äh, Cutler, Staffordshire. Ähm. . .nun ja, Herr Vorsitzender, es liegt einfach daran, daß die meisten Mitglieder in Staffordshire das Gefühl haben. . . daß die ganze Sache. . . ein bißchen. . . albern ist.

Schreie der Empörung. Vorsitzender springt auf.

Sir William Albern! Albern!!!! *(Er macht eine Pause und überlegt.)*

Albern! Ich glaub, das ist es wohl, ein bißchen. Was haben wir nur getan, unser Leben mit diesem ganzen Quatsch zu verplempern! *(Hört, hört.)* In Ordnung, okay, die Sitzung wird für alle Zeiten vertagt.

Er steht auf und verläßt den Tisch, während Bekundungen der Billigung und Applaus zu hören sind. Er geht zu einer Tür an der Seite des Studioaufbaus und geht hindurch.

Außenaufnahme: eine Tür wird geöffnet, und Sir William tritt hinaus an die frische Luft. Plötzlich macht er halt.

Sir William Du lieber Gott, ich bin im Film. Wie ist das denn passiert?

Er dreht sich um und verschwindet wieder im Gebäude. Drinnen erscheint er wieder durch die Tür, durchquert das Bild und geht zu einer anderen Tür hinaus.

Außen: er kommt aus der Tür heraus ins Freie und bleibt stehen.

Sir William Schon wieder Film. Was geht hier vor?

Er macht kehrt und verschwindet wieder durch die Tür. Schnitt zu ihm im Gebäude. Er geht zu einem Fenster und sieht hinaus, dann dreht er sich um und sagt:

Sir William Gentlemen! Ich habe schlechte Neuigkeiten. Dieser Raum ist von Film umzingelt.

Mitglieder Was! Was!

Mehrere Mitglieder laufen zum Fenster und sehen hinaus. Schnitt zum Filmbild von ihnen, wie sie aus dem Fenster sehen. Schnitt zum Studio: die Gesellschaftsmitglieder laufen zu einer Tür und öffnen sie. Schnitt: Film, wie sie an der Tür zu sehen sind, zögern und die Tür dann wieder schließen. Schnitt: Studio; in wachsender Panik laufen sie zur zweiten Tür. Schnitt: Film; sie erscheinen, zögern und gehen wieder rein. Schnitt: Studio; sie laufen zu Sir William in der Mitte des Raums.

Ein Mitglied Wir sitzen in der Falle!

Sir William Keine Panik, da kommen wir schon raus.

Ein Mitglied Wie denn?

Sir William Wir legen einen Fluchttunnel an.

Barnes (MICHAEL) Hervorragender Gedanke, Sir. Ich hol das Pferd.

Sir William Okay, Hauptmann, kommandieren Sie drei Mann ab, beginnen Sie zu graben und beladen Sie sie mit dem Eßbesteck. Und dann machen wir einen Dienstplan: zwei Stunden graben, zwei Stunden übers Pferd springen und dann zwei Stunden schlafen, okay?

Barnes und andere tragen ein Pferd (Turngerät) ins Bild. Die Mitglieder beginnen darüberzuspringen. Zwei Gestapo-Offiziere gehen vorüber.

Mr. Cutler In Ordnung, Medwin, laß mal sehen, ob du über das Pferd kommst. Heb deine Füße, Medwin. Los, Junge!

Erster deutscher Offizier (IAN DAVIDSON) Die dummen Engländerr. Sind in Gefangenschaft und das einzige, worrran sie denken, ist Sporrrt.

Zweiter deutscher Offizier (TERRY G.) Eins macht mir Sorgen, Fritz.

Erster deutscher Offizier Ja?

Zweiter deutscher Offizier Wo ist der übliche dreiste, sympathische Echt-Londoner Wachtmeister?

Wachtmeister (TERRY J.) *(Blechhelm aufsetzend)* Kopf hoch, Fritz! Wird schon schiefgehen. *(Singt)* »Maybe it's because I'm a Londoner. . .«

Zweiter deutscher Offizier Gut. Alles scheint in Ordnung zu sein.

Die Gestapo-Offiziere gehen. Mr. Cutler läuft zu Sir William.

Mr. Cutler Oberst! Ich hab gerade noch einen Ausgang gefunden, Sir.

Sir William Okay, schnell, folgen Sie mir!

Alle Wenn wir Ihnen folgen könnten. . . *(Sir William bringt sie mit drohend erhobenem Zeigefinger zum Schweigen.)* Entschuldigung!

TRICKFILM: *eine öde Landschaft. Ein großer Fuß mit einer viktorianischen Lady obendrauf hüpft vorbei. Eine Tür in einem Gebäude öffnet sich, und die Gesellschaftsmitglieder (reale Personen, eingeblendet) laufen heraus, den gezeichneten Hintergrund entlang und verschwinden, fallen ins Nichts. Schnitt zum Querschnitt einer Speiseröhre. Die Mitglieder (jetzt Trickfilm mit ausgeschnittenen Figuren) fallen die Speiseröhre hinab und in einen Magen, wohin ihnen diverses riesiges Gemüse folgt. Kamerafahrt zurück, um zu zeigen, daß es sich um die Teilansicht eines Gentlemen aus der Zeit König Edwards VII. handelt. Er rülpst.*

Trickfilm-Stimme Oh, tut mir schrecklich leid, Entschuldigung.

Er bewegt sich durch eine Tür mit der Aufschrift »Herren«. Wir hören eine Wasserspülung.

Schnitt zum Imbiß: Moderator am Tisch wie gehabt.

Moderator (JOHN) Ah, hallo! Na, die sitzen wohl arg in der

Klemme, und wir klemmen uns gleich hinter. . .unseren nächsten Programmpunkt – also lassen Sie uns direkt weitermachen mit dem Spaß und übergehen zum nächsten Beitrag – oder Gang! Ha, ha!

Schnitt zu einem einfachen Szenenbild mit zwei Stühlen. Großaufnahme von Mr. Praline.

Praline (JOHN) Hallo. Wie geht's? Mir geht's gut. Willkommen zur neuen halbstündigen Plauder-Show, in der ich, das heißt der Mann, wo grad zu Ihnen spricht, und Brooky – also mein Wohnungsmitbewohner . . . weiter ist da nichts, das möchte ich betonen! – aktuelle Tagesereignis-Beiträge von brennender Wichtigkeit diskutieren.

Kamera fährt zurück: wir sehen Brooky.

Brooky (ERIC) Kennen Sie schon den von den drei Nonnen am FKK-Strand?

Praline Schnauze. Heute abend: Alles über die Bevölkerungsexplosion.

Brooky Da waren jedenfalls diese drei Nonnen. . .

Praline Schnauze. Im Jahre 1991 werden die Chinesen, die gegenwärtige Zuwachsrate der Weltbevölkerung vorausgesetzt, zu dritt übereinanderstehen. Aber noch was. . .

Aufnahmeleiter kommt herein.

Aufnahmeleiter (TERRY J.) Tut mir leid, meine Lieben, tut mir leid, die Sendung ist diese Woche zu lang; diese Szene muß rausgeschnitten werden.

Praline Da steckt Lord Hill dahinter.

Aufnahmeleiter Aber wenn ihr einen Klavierhocker auftreibt, dann könnt ihr später in der Show im Film auftreten.

Brooky Für wieviel?

Aufnahmeleiter Oh, so zehn Mäuse für jeden.

Praline Damit würd ich mir nicht mal die Nase wischen.

Brooky Kennen Se den mit den drei Nonnen. . .

Praline Pssst. Ich hör was. Bleib in der Nähe, wir können immer noch als Überleitung in diese Show kommen.

Praline kniet nieder und legt sein Ohr an den Boden. Im unteren Teil des Bildes sehen wir unterhalb des Fußbodens als Zeichentrick die unglücklichen Mitglieder der Gesellschaft zum Drauftun von Dingen auf andere Dinge, wie sie ein Rohr entlanggespült werden.

Brooky Das ist raffiniert. Wie machen die das?

Praline Farbtrennung, du Weichbirne.

TRICKFILM: *verschiedene Abenteuer der Gesellschafts-Mitglieder. Schnitt zurück zum Moderator. Hinter ihm im Imbiß wird laut gestritten.*

Moderator Nun, die scheinen schon wieder in der Klemme zu sitzen. . . *(Zum Streit)* Könnten Sie. . .könnten Sie, könnten Sie das bitte etwas einschränken. Danke sehr. Könnten Sie das bitte einschränken. . .danke. *(Zur Kamera)* So, und jetzt, jetzt fahren wir fort mit unserem, mit unserem Hauptgericht. Garnelen-Salat. . .Garnelen-Salat?

Eichengetäfelte Tür mit der Aufschrift »Garnelen-Salat GmbH«. Der Butler stößt sie auf und führt einen Mann in einen Wohnraum. Der Raum ist recht schön groß, an einem Ende gegenüber der Tür ist ein großes Fenster; man sieht, daß der Raum ziemlich hoch liegen muß. Es sollte eher prachtvoll als modern sein. Mitten an der Rückwand hängt über einem mit Gegenständen angefüllten Kaminsims ein großer, überladener Spiegel. Rechts von dieser Wand ist ein großes Regal voller Bücher; davor steht ein Servierwagen mit Drinks.

Butler (GRAHAM) So, wenn Sie bitte hier warten wollen, Sir. Ich bin sicher, Mr. Thompson wird Sie nicht lange warten lassen.

Mann (ERIC) Schön. Vielen Dank.

Er nimmt ein Magazin zur Hand. Der Spiegel hinter ihm fällt ohne Warnung von der Wand und kracht auf den Boden. Der Butler kommt zurück und sieht den Mann fragend an.

Mann Der Spiegel ist von der Wand gefallen.

Butler Sir?

Mann Der Spiegel ist runtergefallen. . .von der Wand. . .runtergefallen.

Butler *(höflich, aber ungläubig)* Ach so. Warten Sie lieber hier. Ich hole einen Lappen.

Der Butler schließt gerade die Tür hinter sich, da löst sich das Bücherregal von der Wand und stürzt herab, den Servierwagen mit den Drinks mit sich reißend. Der Butler öffnet die Tür.

Mann Äh, es. . es ist von der Wand abgegangen.

Butler Ja, Sir?

Mann Es ist direkt von der Wand abgegangen.

Butler Wirklich, Sir?

Mann Ja, ich. . ich hab's nicht berührt.

Butler *(mit höflicher Ironie)* Natürlich nicht. Es ist einfach von der Wand gefallen.

Mann Ja. Es ist einfach von der Wand gefallen.

Butler Bewegen Sie sich nicht. Ich hole Hilfe.

Er geht.

Mann Ja – äh, von der Wand gefallen.

Ein Dienstmädchen tritt ein.

Dienstmädchen (CAROL) Oh, mein Gott, was für ein Saustall. Haben Sie das gemacht?

Mann Nein, nein. Ich hab das alles *nicht* gemacht. Es. . . *es* hat alles selbst gemacht.

Dienstmädchen Ach ja? Na. . .hier, halten Sie das. Ich werd mal anfangen.

Sie überreicht ihm einen Dolch.

Mann Oh, das ist aber mächtig hübsch. Was ist das?

Dienstmädchen Das ist ein brasilianischer Dolch. Hoppla.

Sie stolpert, fällt in den Dolch, den er hält. Sie bricht vor seinen Füßen tot zusammen. Es ist Blut am Dolch und an seiner Hand. Er sieht zu ihr nieder, als er gewahr wird, daß an der Tür ein Mann in einer grünen Friesschürze steht, der ihn mit Entsetzen ansieht.

Mann Äh, sie ist genau ins. . .ins Messer gefallen.

Green (TERRY J.) *(besänftigend)* Ja, sicher ist sie das, Sir.

Mann Ja, hat mir nur das Messer gegeben und ist gestolpert und macht »Hoppla«.

Green geht rückwärts durch den Raum von ihm weg, redet ihm gut zu.

Green Ja, Sir, ich verstehe.

Mann Ich meine, ich hab nicht. . .äh. . .

Green O nein, nein, natürlich nicht, Sir, ich verstehe.

Mann Ich meine, sie. . .sie ist nur, äh. . .

Green Gefallen?

Mann Gefallen.

Green *(geht zu weit zurück und fällt rückwärts durch das Fenster)* Aaahh!

Mann *(zum Fenster)* Tut mir furchtbar leid.

Ein Polizist und der Butler erscheinen an der Tür.

Butler Das ist er.

Polizist (MICHAEL) In Ordnung, Sir.

Mann Hallo, Herr Wachtmeister. Wie es scheint, hat es einen Unfall gegeben. Also, eigentlich mehrere Unfälle.

Polizist Schon gut, Sir. Würden Sie bitte mitkommen. *(Geht auf ihn zu)* Aahh! *(Greift sich an die Brust)* Mein. . .mein Herz, Sir. *(Bricht zusammen.)*

Butler Du Schwein. Das wirst du büßen.

Er ist im Begriff, sich vorwärtszubewegen, als ein großes Stück der Zimmerdecke auf ihn herunterfällt. Er geht ebenfalls zu Boden.

Mann Äh, ich warte hier nicht. Ich ruf an!

Er verschwindet durch die Tür. Lautes Krachen. Treppab erreicht er einen Teil einer Halle, die zur Tür nach draußen führt. Ritterrüstungen brechen zusammen, Glas in Bücherschränken splittert, eine Standuhr kippt um und zerschellt, Bilder fallen von den Wänden. All das in schneller Folge, während er entsetzt vorübergeht. Er erreicht die Tür sichtbar erleichtert. Er schlägt die Haustür hinter sich zu: es ist der Eingang eines Landhauses.

Schnitt: Archiv-Aufnahme von einem Landhaus, das explodiert. Schnitt zurück zu dem verschreckten Mann, Staub und Schutt wirbeln umher. Er hält die Überreste der Tür in der Hand.

Mann Tut mir leid.

Zoom zurück: er steht auf einer Schutthalde.

Die Mitglieder der Gesellschaft zum Drauftun von Dingen auf andere Dinge gehen in Abendkleidung vorbei.

Mitglieder Ich glaube, diesmal sind wir wirklich draußen.

Ja. Prima.

Wo ist denn jetzt die Aula?

Ich glaube, die ist da drüben.

Los, kommt! Verzeihung. Prima.

Sie gehen an dem Bischof im Feld vorüber.

Bischof (MICHAEL) *(singt)* O Mr. Belpit. Ihre Beine sind so geschwollen.

Sir William Entschuldigung, ist das die Aula?

Bischof Öh, tut mir leid, weiß ich nicht. Ich bin nicht in dieser Folge – ich bin in der von nächster Woche, glaub ich.

Sir William Ach, los.

Bischof O Mr. Belpit. . .!

Sie kommen zu einer Schul-Aula. Auf einem Schild steht »Sieben Bräute für sieben Brüder, dargestellt vom Lehrkörper und den Schülern der Dibley-Knabenschule«.

Sir William Also, da wären wir. *(Sie gehen hinein.)*

Schnitt zum Moderator in der Snack-Bar.

Moderator Ah, gut, die scheinen die Überleitung ja selbst hingekriegt zu haben, also brauche ich überhaupt nicht zu unterbrechen. Also, ähm, zurück zur Aula.

Eine Aula mit einer Bühne. Mr. Praline und Brooky treten ein. Praline setzt sich ans Klavier und spielt irgend etwas sehr schlecht; Brooky blättert die Noten für ihn um. Die Musik endet. Unsichtbarer Lehrer macht Ansage:

Lehrer »Sieben Bräute für sieben Brüder«. *(Dürftiger Applaus.)*

Der Vorhang teilt sich. Auftritt Rektor mit quadratischem Barett und Talar.

Rektor (GRAHAM) 's ist Zeit, daß die sieben Smith-Brüder Bräute bekommen. Holt mir Smith den Älteren.

Auftritt Smith der Ältere in kurzer Hose.

Erster Smith Sir.

Rektor 's ist Zeit, daß du und deine sechs Brüder verheiratet werden.

Erster Smith Danke, Herr Rektor.

Rektor Hol mir deine sechs Brüder, auf daß die sieben Brüder beisammen seien.

Smith der Ältere läutet die Tischglocke. Drei Jungen treten auf und stehen neben ihm.

Jungen Siehe da, die sieben Brüder.

Rektor In Ordnung, ich erwarte Watson, Wilkins und Spratt nachher in meinem Arbeitszimmer.

Erster Smith *(ihm muß vorgesagt werden, er deklamiert schlecht)* Aber wo sollen wir sieben Bräute für sieben Brüder finden?

Zweiter Smith (TERRY J.) In der Sabine-Mädchenschule.

Dritter Smith (ERIC) Ja, und es ist das alljährliche Tanzfest.

Rektor Holt hierher die sieben Bräute für sieben Brüder.

Auftritt zwei Schulmädchen.

Zwei Mädchen Siehe da, die sieben Bräute.

Rektor Holt hierher den Padre, auf daß die sieben Bräute die sieben Brüder heiraten mögen. *(Nichts geschieht.)* Holt hierher den diensthabenden Lehrer, auf daß die sieben Bräute die sieben Brüder heiraten mögen.

Padre (MICHAEL) Tut mir leid, daß ich mich verspäte, Herr Direktor – ich hab noch mit Plato gerungen.

Rektor Was Sie in Ihrer Freizeit tun, Padre, hat jemand in der Sakristei an die Wand gekritzelt.

Padre Schön, nehmt ihr vier Jungs diese zwei Mädchen als eure sieben Bräute?

Jungen Ja, Sir.

Padre In Ordnung, geht und macht eure Hausaufgaben.

Der Vorhang schließt sich schnell.

Trickfilm-Sketch leitet über zu einer Metzgerei. Harmlos aussehender feiner Herr tritt ein.

Herr (MICHAEL) Guten Morgen, ich möchte bitte ein Hühnchen erstehen.

Metzger (ERIC) Komm mir nicht so geschwollen, du eingebildeter, dämlicher Widerling.

Herr Wie bitte?

Metzger Ein Hühnchen, Sir. Gewiß.

Herr Danke. Und auf wieviel beläuft sich der Preis pro Pfund, guter Mann?

Metzger Wir meinen wohl pro Nümmerchen, du schleimiger Schlamper, hä?

Herr Verzeihung?

Metzger 4 Schilling 6 Pence das Pfund, Sir, tadellos bratfertig.

Herr Ah ja, und ich möchte außerdem bitte etwas Füllung erwerben.

Metzger Nimm deine eigene, du warmer Pißpott-Reiter.

Herr Was?

Metzger Ah, aber natürlich, etwas Füllung.

Herr Oh, vielen Dank.

Metzger »Oh, viiielen Dank«, sagte die Diva auf dem Tunten-Ball.

Herr Wie bitte?

Metzger Geht in Ordnung, Sir, beehren Sie uns bald wieder.

Herr Erlauben Sie mal. . .

Metzger Was denn jetzt noch, du Kotzkübel?

Herr Also, ich komme nicht umhin zu bemerken, daß Sie mich abwechselnd beleidigen und höflich behandeln.

Metzger Tut mir furchtbar leid, das zu hören, Sir.

Herr Schon gut. Ich nehm es Ihnen nicht eigentlich krumm.

Metzger Wär ja wohl auch noch bekackter, du stinkiger Schmiergockel.

Schnitt zur Grillomat Snack-Bar in Paignton. Der Moderator gibt gerade der Kellnerin seine Tasse zurück.

Moderator Tut mir leid, ich wollte Tee haben. *(Sie nimmt sie grollend.)* Vielen Dank. *(Zur Kamera)* So, wir hatten den Nachtisch und dann, und jetzt ist der erste Programmpunkt . . .ist der *letzte* Programmpunkt auf unserer Speisekarte des Spaßes der

Kaffee. *(Kellnerin reicht ihm seine Tasse zurück.)* Nein, ich habe Tee bestellt.

Kellnerin (GRAHAM) Aber Sie haben gerade Kaffee gesagt.

Moderator Nein, nein, das war doch meine Ansage, nur eine Metapher.

Sie geht achselzuckend weg. Am Tisch gleich hinter ihm beschwert sie sich geräuschvoll.

Moderator Wir kommen nun. . .hören Sie, wären Sie so freundlich, das bitte etwas einzuschränken. . .kommen wir also, wie – wie ich gerade sagte, zum Kaffee.

Kellnerin Da, er hat's wieder gesagt!

Moderator Halten Sie die Klappe!

Film über einen Boxer (John) beim Training, wie er eine Landstraße lang läuft. Alles im Stil von »Man Alive« gefilmt: »Handkameraaufnahmen-von-vor-der-Haustür«. Geräusche der Füße des Boxers auf dem Laub und schweres Atmen.

Off-Sprecher (MICHAEL) Das ist Ken Clean-air Systems, die große weiße Hoffnung der britischen Boxwelt. Nach drei Kämpfen – und nur zwei Verurteilungen – glaubt sein Manager, daß Ken bereit ist, es mit dem amerikanischen Riesen, Satellite Five, aufzunehmen.

Schnitt zum Manager, der im Rolls chauffiert wird.

EINBLENDUNG: »MR. ENGELBERT HUMPERDINCK – MANAGER«

Manager (GRAHAM) Das Großartige an Ken ist, daß er beinahe völlig verblödet ist.

Schnitt zurück zu Ken beim Joggen, die frühe Morgensonne sickert durch die Bäume.

Off-Sprecher Jeden Morgen joggt er die siebenundvierzig Meilen von seinem Zwei-Schlafzimmer-, Acht-Bäder-, Sechs oben-, Zwei unten-, Drei-kommen-noch-Haus in Reigate zum Regierungs-Pestizid-Forschungszentrum in Shoreham. Niemand weiß warum.

Schnitt zu Kens Ehefrau (eine Jungverheiratete mit Lockenwicklern und Tuch auf dem Kopf) beim Wäscheaufhängen in einer städtischen Siedlung.

ZWISCHENTITEL: »MRS. CLEAN-AIR SYSTEMS«

Mrs. CAS (ERIC) Im Grunde ist Ken eine sehr gutmütige, häusliche Person. Ich weiß noch, wie eine seiner Gespenstheuschrecken eine Knie-Infektion hatte. Er blieb die ganze

Nacht auf, rieb sie mit Wundsalbe ein und knallte seinen Kopf auf den Tisch.

Schnitt zu Kens Mutter – eine alte Dame in einem Rollstuhl. Ohne Stativ gemachte Nahaufnahme gegen den Himmel.

ZWISCHENTITEL: »MRS. NELLIE AIR-VENT, MUTTER«

Mutter (TERRY J.) Ach, er war so ein hübsches Baby, immer so nett und freundlich. Er war wirklich aufmerksam gegenüber seiner Mutter und überhaupt nicht die Sorte Mensch, von der man erwarten würde, daß sie ihren Gegner zu einer widerlichen Masse aus Fleisch und Knochen pulverisiert, die Zähne und Zahnfleischbrocken in einen Ring spuckt, der für den einen die Hölle und für Ken den Ruhm bedeutete.

Der Rollstuhl entfernt sich, und wir sehen, daß er auf dem Dach eines Autos steht. Schnitt zur Außenansicht eines alleinstehenden Doppelhauses. Nacht.

Off-Sprecher In seiner kleinen 3-Zimmer-Doppelhaus-Hälfte bei Reading steht Ken jeden Morgen um drei Uhr auf *(Licht geht an)* und geht wieder ins Bett, weil es noch viel zu früh ist.

Licht geht aus. Nahaufnahme von Wecker: 7 Uhr 05. Totale vom Zimmer, Ken kommt aus dem Bad, zieht seinen Trainingsanzug an.

Off-Sprecher Um sieben Uhr steht Ken auf, duscht kurz, frottiert sich ab, steigt in seinen Trainingsanzug und geht wieder zu Bett. *(Aufnahme vom Trainer, wie er läuft.)* Jeden Morgen um 7 Uhr 50 kommt Kens Trainer die 13.000 Meilen von seinem 2-Zimmer-Anbau in Bangkok herbeigelaufen und holt ihn aus dem Bett.

Totale vom Zimmer: man sieht den Trainer, der über dem schlafenden Ken steht. Er hält einen großen Holzhammer und einen Stahlpflock.

Trainer (MICHAEL) Ich pflegte Ken mit einem Stemmeisen auf den Hinterkopf zu wecken. Aber ich habe kürzlich herausgefunden, daß das zu weit von seinem Gehirn entfernt war und daß ich nicht mehr zu ihm durchkam. Daher wecke ich ihn jetzt mit einem Stahlpflock, den ich mit einem Holzhammer in seinen Schädel treibe.

Schnitt zur leeren Küche, vom Fußboden aus gesehen. Kameraschwenk, um einen Teller mit Essen unter einem hohen Stuhl zu zeigen, dann Schwenk durch den Raum zum Küchenschrank. Mrs. Clean-air Systems an der Spüle.

Off-Sprecher Zum Frühstück stellt Ken jeden Tag einen Teller mit Leber und Schinken unter seinen Stuhl und schließt sich im Schrank ein.

Schnitt zur Sporthalle. Manager steht für ein Interview neben den Seilen des Boxrings. Wieder aus der Hand gefilmt, man hört Kamerageräusch und all so was.

Manager Tja, er hat eine Menge geistiger Schwierigkeiten mit dem Frühstück, aber das ist Temperament, es wird von einem kleinen Stückchen Gehirn in seinem Schädel verursacht. Wenn wir das erst mal entfernt haben, wird er vollkommen in Ordnung sein.

Nahaufnahme vom Wecker: 8 Uhr 30.

Off-Sprecher Um 8 Uhr 30 beginnt das richtige Training. *(Totale vom Zimmer. Ken schlafend im Bett.)* Ken geht zurück ins Bett, und sein Trainer weckt ihn.

Die Tür springt auf, aber wir bleiben nicht da, um zu sehen, was passiert. Unmittelbarer Schnitt zur Außenansicht des Hauses. Sein Trainer stößt Ken hinaus. Trainer geht zurück ins Haus (offensichtlich zu Kens Ehefrau). Schnitt zu Ken, wie er durch die Stadt joggt. Mit Handkamera gefilmt. Ken findet seinen Weg von einem parkenden Auto versperrt. Er bleibt stehen und sieht sehr verwirrt aus, dann, anstatt darum herumzugehen, dreht er um und läuft den Weg zurück, den er gekommen ist.

Off-Sprecher Jeden Morgen um 10 Uhr 30 erreicht Ken das, was er für die Sporthalle hält. Manchmal ist es ein Süßigkeitenladen, manchmal ist es ein Privathaus. Heute ist es ein Krankenhaus.

Ken passiert die Tore oder Türen eines Krankenhauses. Es entsteht eine kleine Pause. Ein Arzt im weißen Kittel erscheint an der Tür und weist mit dem Zeigefinger die Straße hinauf.

Arzt Ähm, gleich da unten, gleich da unten.

Ken folgt seinem Finger und schaut fest in diese Richtung. Als er überzeugt ist, daß Ken verstanden hat, wohin er gezeigt hat, zieht sich der Arzt nach drinnen zurück. Ken dreht sich um und beobachtet ihn dabei, dann macht er kehrt und läuft in die entgegengesetzte Richtung. Schnitt zu einer Imbißbude am Straßenrand.

Off-Sprecher Zu Mittag kauert Ken auf der Straße nieder und reibt sich Kies ins Haar. *(Schwenk zum Straßenrand, um Ken zu zeigen, der gerade damit fertig ist, sich Kies ins Haar zu reiben. Er steht auf und hüpft über ein Geländer ans Flußufer, wo ein Bett steht.)* Aber das Mittagessen dauert nicht lange. Ken ist bald wieder auf den Beinen und zurück im Bett. *(Ken hüpft ins Bett.)* Und sein Trainer muß die 49.000 Meilen von seinem Zwei-Schlaf-, Sechs-Wohnzimmer-Baumhaus in Kyoto herbeilaufen, um ihn aufzuwecken. *(Trainer läuft ins Bild, hält am Bett inne und wendet sich der Kamera zu. Er hat eine große Klempnertasche dabei.)*

Trainer Hallo. Wenn Ken richtig tief schläft, so wie jetzt, kann man ihn nur aufwecken, indem man ihm den Kopf absägt.

Schnitt zu Archivfilm: Nahaufnahme von Punching-Ball und Boxhandschuh, der auf ersteren einschlägt. Andauerndes Gehaue und die ganze Zeit über Aufprall-Bumm-Bumm-Bumm-Bumm.

Off-Sprecher Wie ist er im Ring, dieser menschliche Dynamo, dieser 115-Kilo-Bantamsgewicht-Rammbock? Wir fragten seine Sparringspartnerin und ehemalige Kindheitsliebe, Maureen Spencer.

Schnitt zu Halbnahaufnahme von Maureen, mit großer Oberweite in Boxausrüstung und Sparringhelm.

Maureen (CAROL) Also, ich glaube, wenn Ken seine Rechte oben behält, mit dem linken Jab reinkommt, und wenn er sein Bestes gibt, nun, dann holt er sich eine aufgeplatzte Augenbraue in der dritten und schickt Wilcox in sechs Runden zu Boden.

Sie geht zurück zum Sparring, und wir sehen, daß sie es ist, die den Punching-Ball schlägt. Während die Kamera bei ihr verweilt, hören wir den Off-Sprecher.

Off-Sprecher Kens Gegner im Kampf am Dienstag ist Petula Wilcox, das Mädchen aus Birmingham, das Stenotypistin war, bevor es 1968 Boxprofi wurde. *(Schnitt zu typischem Wohnschlafraum eines weiblichen Teenagers. Fotos von Popstars an den Wänden. Teddybären und Stofftiere auf dem Bett. Petula Wilcox sitzt auf dem Bett und strickt.)* Sie hat Freude am Stricken und mag Cliff-Richard-Platten. Wie schätzt sie ihre Chancen gegen Ken ein?

Petula (CONNIE) Nun, ich bin Linkshänderin, und ich denke, das wird ihn verwirren, besonders bei seinem Hirnproblem.

Schnitt zum Ring. Flutlicht. Die Nacht des großen Kampfes. Das Gemurmel einer riesigen Menge. Spannung. Zigarrenqualm steigt vor der Kamera auf. Geschäftiges Treiben ringsum. In Halbnahaufnahme tritt der Conférencier in die Mitte des Rings und nimmt das Mikrophon.

Conférencier My Lords, Ladies and Gedderbong. . .Zu meiner Rechten, aus der Stadt Reigate in der Grafschaft Kent, das Schwergewicht. . .*(unverständlich:)* Mr. Ken Clean-air Systems! *(Applaus, Schnitt zu Kens Ecke. Ken hebt die Arme hoch)*. . . und zu meiner Linken! Miss Petula Wilcox.

ZWISCHENTITEL: »RUNDE I«

Erstmals sehen wir Connie als Petula in die Mitte des Rings hinaustan-

zen, zerbrechlich und lieblich in einem weißen Musselinkleid, mit einer Schleife im Haar und Boxhandschuhen. Der Ringrichter bringt die Gegner zusammen, dann trennen sie sich. Die Glocke ertönt. In größtmöglichem Zeitraffer und mit denselben, ganz enormen Soundeffekten wie beim Freistil-Kricket prügelt Ken Petula höllisch durch.

Währenddessen hören wir ein paar Stimmen aus dem Off.

Typischer Oberst (JOHN) Ich find, Boxen is'n prächtiger Sport – bringt einem Selbstverteidigung bei.

Kritiker (TERRY J.) Klar muß es beim Boxen Grenzen geben, aber wenn beide Gegner vollkommen fit sind, kann ich nicht einsehen, was falsch daran sein soll, wenn ein kerngesunder Mann einem kleinen Schulmädchen die Seele aus dem Leib prügelt. Es geht schnell, und es ist lustig.

Der Boxkampf ist noch immer in vollem Gange, wenn wir einen Schnitt zurück zur Grillomat Snack-Bar machen. Gedämpftes Licht, der Moderator ist weg. Es ist nur noch eine Kellnerin da, die Stühle auf die Tische stellt und aufwischt. Sie blickt auf, als sie ins Bild kommt.

Kellnerin Ach, nein, der ist gegangen. Aber er hat eine Nachricht hinterlassen. Jack! Wo ist der Zettel, den der Bursche dagelassen hat?

Jack (ERIC) Ähm, hier.

Kellnerin Da steht: Bedaure, mußte den letzten Bus kriegen. Bin im 49b nach Babbacombe.

Schnitt aufs offene Oberdeck eines fahrenden Doppeldeckerbusses.

Moderator Oh, äh, da sind Sie ja. Hallo. Sie haben die Nachricht bekommen, prima. Nun, ähm, das waren alle Programmpunkte, die wir diese Woche für Sie haben, und äh, *was* für eine riesig nette Menge Programmpunkte auch, was? Ähm. . .tja, dasselbe Team wird nächste Woche wieder bei Ihnen sein mit einer weiteren Speisekarte voller Programmpunkte. Äh, ich weiß nicht, ob ich die Show nächste Woche moderieren werde. Wie ich höre, sind meine Teile in dieser Show nicht so gut angekommen, wie sie sollten *(Abspann beginnt durchzulaufen)*, aber, öh, machen wir uns nichts draus, der Schaden ist nun einmal angerichtet, es nützt nichts, über vergossene Milch zu weinen. *(Elend)* Ich hatte meine Chance, und ich hab's verpatzt. Na ja, das Leben geht weiter. Ich bin halt nicht so furchtbar gut im Umgang mit Worten. Sie müssen wissen, ich bin mehr ein visueller Darsteller. Ich habe einen sehr komischen – obwohl ich das selbst sage –, sehr komischen. . .komischen Gang. Ich wollte, ich hätte bei der Show mitgemacht. Ich hätte das recht gut gemacht. Aber na ja, was soll's – die Show ist vorüber. Und. . . wir alle werden – die *anderen* alle werden nächste Woche wieder bei Ihnen sein. . .*(Fängt an zu weinen.)* Tut mir leid. Ich bitte Sie vielmals um Entschuldigung. Ich mag dieses. . . Zurschaustellen von Gefühlen nicht. . . Ich wollte. . . da stünde »Ende«.

»ENDE« *steht da.*

Neunzehn – Keine Experimente!

Eine Quizshow-Kulisse. In der Mitte des Aufbaus der Quizmaster, zu seinen Seiten je ein Kandidat. Auf der Wand hinter ihnen steht in großen Buchstaben »So lässt sich's leben!« Heitere Musik erklingt. Schnelle Kamerafahrt auf den Quizmaster, der – während die Kandidaten aus dem Bild verschwinden – seinen Eröffnungs-Sermon herunterrattert.

EINBLENDUNG: »SO LÄSST SICH'S LEBEN!«

Quizmaster (ERIC) Hallo, guten Abend und herzlich willkommen zu »So läßt sich's leben!« Die Regeln sind ganz einfach: Wir kriegen jeden Montag eine dicke Gage, zum Wochenende gibt's noch einmal einen Extrascheck obendrauf, und wenn bis zum Jahresende alles glattgeht, bekommen wir sogar noch ein Wiederholungshonorar, das aus steuerlichen Gründen dem vorigen oder dem kommenden Jahr zugerechnet werden kann, falls da nicht schon wieder neue Folgen laufen. Zusätzlich zu seiner fetten Entlohnung hat jeder Kandidat Anspruch auf drei kostenlose Drinks von der BBC, oder – *nach* der Show – sieben, es sei denn, er ist Regierungsmitglied, dann bekommt er sieben Drinks *vor* der Show, oder ist er Bischof, dann nur drei Getränke in toto. Die Sieger erhalten einen Extra-Gewinn, irgendwas, das sie gleich weiterverscherbeln können, und als Sonderbonus noch einen Gastauftritt in der »Mitternachts-Runde«. Tja, das sind die Spielregeln, so läuft der Hase bei uns, wir sehn uns wieder nächste Woche zur selben Zeit. Bis dann. Tschau.

Schnitt: BBC-Weltkugel.

Off-Sprecher (MICHAEL) So, es ist einundzwanzig Uhr fünf und Zeit für einundzwanzig Uhr sechs. Auf BBC 2 wird es in Kürze einundzwanzig Uhr und sechseinhalb Minuten sein. Später am heutigen Abend wird es zweiundzwanzig Uhr sein und um zweiundzwanzig Uhr dreißig schalten wir uns rechtzeitig hinüber zu BBC 2 für zweiundzwanzig Uhr dreiunddreißig, und versäumen Sie auf keinen Fall morgen einundzwanzig Uhr zwanzig. Diejenigen, die zwanzig Uhr fünfundvierzig am vergangenen Freitag verpaßt haben, haben noch einmal die Gelegenheit, diesen Freitag um Viertel vor neun dabeizusein. Und hier die genaue Uhrzeit: Das große Zeigerchen steht jetzt auf sechseinhalb!

Zweiter Off-Sprecher (TERRY J.) Du bist ein Spinner.

Erster Off-Sprecher Mir ist so langweilig. Mir ist so wahnsinnig langweilig!

TRICKFILM: *für ein oder zwei Minuten passieren seltsame Dinge, bis wir uns plötzlich im Vorspann befinden.*

Schnitt zum Ansager in einer seltsamen Umgebung, wie üblich ungerührt hinter seinem Schreibtisch sitzend.

Ansager (JOHN) Vielleicht ist Ihnen aufgefallen, daß ich bis jetzt noch gar nicht »Und nun zu etwas völlig anderem« gesagt habe. Das liegt einfach daran, daß ich diese Woche verhindert bin und in der Show überhaupt nicht mitmache. *(Blickt noch einmal genauer auf sein Textblatt; verwirrt)* Entschuldigen Sie die Unterbrechung.

Schnitt zu einem Mann, der seinen aufgerissenen Mund in die Kamera hält, um seine Zähne zu zeigen.

Mann (TERRY J.) Entschuldigen Sie bitte vielmals die Unterbrechung, aber, aber ich hab solche Zahnschmerzen, hier in *der* Gegend . . .

Stimme Hau ab!

Mann Oh, ’tschuldigung.

Schnitt zu einem Börsenmakler-Typ mit pompösem Schnurrbart.

Nabarro (GRAHAM) Ist mir völlig wurscht, wenn ich unterbreche – ich unterbrech alles und überall, Hauptsache, die Leute kucken. Wie an meiner alten Schule, wo rein zufällig genau in diesem Moment die alljährliche Preisverleihung über die Aulabühne geht.

Das Bild wird wellig, und eine gedämpfte Trompete bläst ein kitschiges Thema. Überblendung zu dem Trompeter auf einer Schulpreis-Verleihung. Hinter einer langen Festtafel auf der Aulabühne sitzen mehrere vornehme Gestalten. Ein Bischof in grauem Gewand und violetter Halsbinde erhebt sich.

Bischof (MICHAEL) Sehr geehrter Herr Bürgermeister, verehrte Frau Gemahlin, es bereitet mir eine unsagbare Freude, wieder meine alte Schule besuchen und anläßlich dieser Hundertjahrfeier die Preise überreichen zu dürfen. Diese Schule ist zu Recht stolz auf ihre beträchtlichen Errungenschaften auf den Gebieten der . . . Aaaaah!

Eine Hand zieht ihn unter den Tisch. Schläge, Gerumpel, Gerangel und

Gestöhne. In der vornehmen Gästerunde keinerlei Reaktion. Für einen Moment erscheint der Kopf des Bischofs.

Bischof . . . humanistischen Bildung und der Leibesertüchtigung in allen . . . Aaaah!

Er verschwindet erneut. Noch mehr Radau. Ein anderer Bischof, ebenso gekleidet, taucht auf.

Zweiter Bischof (ERIC) Ich . . . ich fürchte, hier hat eine Verwechslung stattgefunden. Der Mann, der eben zu Ihnen gesprochen hat, ist ein Betrüger! Er ist natürlich *nicht* der Bischof von East Anglia, sondern ein polizeilich gesuchter Mann. *Ich* bin der Bischof von East Anglia, und wer's nicht glaubt, kann ja ins Telefonbuch kucken. Nun denn, der erste Preis ist dieser herrliche Silberpokal, den hab ich gewonnen. *(Packt den Silberpokal in einen Sack.)* Kommen wir als nächstes zur Fairfax-Atkinson-Trophäe für herausragende Leistungen auf dem Gebiet der Angewandten Mathematik. Tja, dieses Jahr erreichte niemand die erforderlichen Ansprüche, da geht sie in meinen Sack. Und gemäß einer uralten Tradition an dieser Schule gehen auch alle anderen Silbertrophäen in meinen Saaaaah!

Er wird von einer unsichtbaren Hand unsanft heruntergerissen. Erneute Kampfgeräusche, lauter noch als zuvor. Ein Chinese in Mao-Anzug, mit Kappe erscheint.

Chinese Tut mil leid fül Untelblechung . . . jetzt kein Ploplem mehl . . . Bischof von East Anglia nun pläsentielen Pleise! Augen zu fül den elsten Pleis: Del Fuffe-Chulmleigh-Löffel fül Lateinische Elegien el geht an die Volkslepublik China! Aaaaah!

Der Chinese wird zu den anderen unter die Tafel gezogen. Wieder Kampf- und Schlaggeräusche usw. Ein Zivilpolizist in Trenchcoat und Hut erhebt sich.

Detektiv (TERRY J.) 'n Abend allerseits. Mein Name ist Bradshaw . . . Inspektor Elisabeth Bradshaw vom Jahresfeiern- und Preisverleihungs-Sondereinsatzkommando, aber wär' nett, wenn Sie mich einfach für den Bischof von East Anglia halten würden, und nun möchte ich den ersten Preis überreichen, die Grimwade-Gynn-Trophäe, an . . .

Ein Schuß. Er fällt getroffen hintenüber. Maschinengewehr-Stakkato und Handgranaten-Explosionen. Die vornehmen Gäste sitzen unbewegt in Rauchwolken. Zwei Männer in Armee-Uniform (sollten das etwa Soldaten sein?) mit Tarnbüschen auf ihren Helmen hasten vor zur Festtafel und eröffnen vor ihr kniend das Gegenfeuer.

Soldat (JOHN) *(taucht hinter der Tafel auf und überschreit den Gefechtslärm)* Bürgermeister, Bürgermeisterin, Damen, Herren und Jungs! Bitte bewahren Sie Ruhe! Bleiben Sie bitte in Dekkung, und ihr auf den billigeren Plätzen dahinten zieht bitte auch die Köpfe ein! Keine Panik, nicht umsehen – das Gebäude ist umstellt! Es besteht keinerlei Grund zur Beunruhigung! *Ich* bin der Bischof von East Anglia! Der erste Preis nun ist der Granville-Cup für unvorbereitete Übersetzungen aus dem Französischen ... *(Explosionen und Qualm, Trümmer fallen auf die Bühne)* und er geht an ... *(schaut kurz auf eine Liste vor sich)* Forbes Minor ... Forbes Minor! ... Gut so, gebt ihm Feuerschutz! ... *(Explosion.)* Komm, Forbes! Komm her, Junge! Komm und hol ihn dir! Bleib unten! *(Ein schäbiger Schuljunge erscheint auf der Empore, den Kopf tief zwischen die Schultern gezogen.)* Gut gemacht!... *(Forbes schafft es, den Pokal anzunehmen, aber als er sich zum Händeschütteln aufrichtet, erwischt ihn ein Schuß.)* Oh – Pech! Der nächste Preis ...

Überblendung auf den Bildschirm eines Fernsehers; Rückwärtsfahrt vom Fernsehschirm, auf dem immer noch geschossen und gekämpft wird, auf eine Studiokulisse, die für eine nächtliche Zwei-Mann-Talkshow eingerichtet ist.

Interviewer (GRAHAM) Mr. L.F. Dibleys neuester Film »If«! *(Wendet sich an Dibley.)* Mr. Dibley, einige Leute haben Vergleiche gezogen zwischen *Ihrem* Film »If«, der mit einer Schießerei an einer Schule endet, und Mr. Lindsay *Andersons* Film »If«, der mit einer Schießerei an einer Schule endet.

Dibley (TERRY J.) Oh, ja ... na ja, ich mein, es gab ein paar Leute, die gesagt haben, mein Film »2001 – Odyssee im Weltraum« wär genauso wie der von Stanley Kubrick. Ich mein, das ist genau das kleinkarierte, kritische Genörgel, das meine Karriere von Anfang an verfolgt. Davon wird mir übel! Ich mein, gerade als ich »Asphalt Cowboy« mit dem Pfarrer als Ratso Rizzo abgekurbelt hab, hat John Schlesinger schnell seine Version auf den Markt geworfen und hatte schon Premiere, als mein Film noch zum Entwickeln in der Drogerie war!

Interviewer Nun, wir haben heute abend einen Ihrer Filme hier, »Das Fenster zum Hof«, der ein paar Wochen später für Alfred Hitchcock so ein Riesenerfolg werden sollte. Nun ist Ihrer ein Stummfilm, wenn Sie also vielleicht ein paar erklärende Worte ...

Schnitt zu einer unscharfen, wackligen Super-8-Film-Aufnahme eines Fensters. Es steht offen. Nach ein paar Sekunden erscheint ein Mann am Fenster und schaut heraus. Er spielt plötzlich übertriebenes Entsetzen, schlägt die Hand vor den Mund und zeigt aufgeregt auf etwas, wobei er voll in die Kamera kuckt. Er verschwindet; kurz darauf erscheint er wieder.

Dibley Ja, also, mal sehn . . . da ist das Hof-Fenster. Da kuckt der Mann aus dem Fenster. Er sieht den Mord. Der Mörder ist in das Zimmer gekommen und will ihn umbringen, aber er hat ihn überlistet und ist gerettet. Ende. Ich mein, Alfred Hitchcock, der ja angeblich so wahnsinnig gut sein soll, hat das Ganze in eineinhalb Stunden breitgewalzt! Total die Spannung verschenkt! Bloß, weil er die verdammte Grace Kelly hatte, hat er drei Millionen mehr als ich gemacht. Klar, ist nicht so, daß sie gar nichts kann, ich hätt sie für »Der goldene Regenbogen« haben können . . . der Mann vom Getränkemarkt war furchtbar . . . 'ne totale Fehlbesetzung war das – zehn Sekunden bohrender Langeweile!

Schnitt: rauschendes Super-8-Filmmaterial. Zwei zittrige Schrifttafeln mit eierigen Klebebuchstaben: »Mr. Dibleys ›Der goldene Regenbogen‹« und »In der Hauptrolle: Der Mann vom Getränkemarkt«. Schnitt zum Mann vom Getränkemarkt, der neben einem Tennisplatz steht. Er trägt ein Sackkleid mit langer Perlenkette und scheint etwas sagen zu wollen – er hat seinen Text vergessen. Er läuft verlegen aus dem Bild, kommt kurz darauf (ganz offensichtlich geschubst) wieder hereingestolpert, lüpft linkisch den Saum seines Kleidchens und legt statt dessen, während die wackelige Handkamera resigniert niedersinkt und seinen Kopf abschneidet, ein ziemlich unüberzeugendes kleines Tänzchen hin.

EINBLENDUNG: »ENDE«

Dibley Grauenerregend schlecht.

Interviewer Mr. L.F. Dibleys »Der goldene Regenbogen«. Und nun hinüber zu mir! *(Blickt schnell nach links; Schnitt zu neuer, frontaler Großaufnahme seines Kopfes.)* Exklusiv in unserer heutigen Sendung der Außenminister, der soeben von den erbitterten Kämpfen im Golf von Amman zurückgekehrt ist. Er wird uns alles über das Kanufahren berichten.

Das Ufer eines Flüßchens, von der gegenüberliegenden Seite gefilmt. Ein Kanu liegt auf der Uferböschung. Daneben steht ein Mann in dunklem Anzug.

ZWISCHENTITEL: »DER AUSSENMINISTER«

Der Außenminister hüstelt kurz und steigt ins Kanu.

Außenminister (JOHN) Guten Abend.

Zwei Araber in Kaftan und Burnus kommen kreischend von beiden Seiten her ins Bild gerannt, heben das Kanu an, schaukeln es kurz und werfen es dann mitsamt dem Außenminister kopfüber ins Wasser. Gefeixe und Getanze, dann rennen sie wieder nach verschiedenen Seiten davon.

Schnitt zurück zum Interviewer.

Interviewer Das vermittelt uns vielleicht einen kleinen Eindruck davon, was da draußen los ist. Am heutigen Tag erschien der langerwartete Bericht des Portman-Komitees zur Reorganisation der Industrie. . .

EINBLENDUNG: »GLEICH PASSIERT ETWAS ALBERNES«

Interviewer Seine Abfassung hat fünf Jahre gedauert, und es wird damit gerechnet, daß der Bericht nachhaltige Auswirkungen auf die Zukunft der industriellen Landschaft des Landes haben wird. Heute abend bei uns im Studio: Lord Portman, der Vorsitzende des Komitees, Sir Charles Avery, Rat im Arbeitnehmer-Reorganisations-Bund, und Ray Millichope, Führer der Techniker-Gewerkschaft. Und sie werden für uns eine »Menschliche Pyramide« bilden.

Drei Männer in dunklen Anzügen treten zu Fanfarenklängen nebeneinander, der Mittlere wird auf die Schultern der beiden Außenstehenden gehoben und richtet sich breitbeinig wackelnd auf.

Schnitt: Archivfilm von Menschenmassen im Vatikan und Toneinblendung gewaltigen Beifalls.

Interviewer Bra-vo! Nun der Präsident der Handelskammer.

Schnitt zurück auf dasselbe Ufer, wiederum aufgenommen von gegenüber. Der Präsident der Handelskammer steht in einem dunklen Anzug neben einem großen Wäschekorb.

Präsident (JOHN) Guten Abend.

Er steigt in den Korb und läßt den Deckel zuklappen. Wieder kommen die Araber kreischend von beiden Seiten ins Bild gerannt und werfen ihn samt Korb in den Fluß. Alle diese Sequenzen laufen in leichtem Zeitraffer ab.

Interviewer Und nun der Vizepräsident von ICI.

Schnitt auf dieselbe Uferböschung. Ein Kopf lugt unter dem Wäschekorbdeckel hervor. Er verschwindet, als die zwei Araber angerannt kommen und ihn in den Fluß schmeißen.

Interviewer So, soviel zur Politik und den Reorganisationsproblemen der britischen Industrie. Wir wenden uns nun dem wesentlich heitereren Thema Sport zu, und Reg Harris, der ehemalige Rennrad-Sprintweltmeister, wird uns von den psychologischen Problemen bei der profesionellen Rennvorbereitung berichten. *(Reg und sein Fahrrad werden nacheinander von den beiden Arabern ins Wasser geworfen.)* Und nun zur Welt des Gesangs – Anne Zeigler und Webster Booth! *(Vier Araber werfen zwei Wäschekörbe ins Wasser.)* So, wenn's am schönsten ist, soll man ja bekanntlich aufhören, das war's für diese Woche! Aber zum Programmschluß wird uns Freifrau Irene Hermelin, die diesen Monat ihren fünfundachtzigsten Geburtstag begeht, noch eines ihrer berühmten Gedichte vortragen.

Schnitt ans Flußufer. An ihm steht eine alte Dame, doch diesmal auf der anderen Seite des Flußes, nah bei der Kamera. Im Hintergrund am anderen Ufer sehen wir die Araber ins Bild gerannt kommen, erkennen, daß sie gefoppt wurden, und wütend umherspringen.

Irene Hermelin (MICHAEL)

Wer nennte Böse dies und jenes Gut,
Wenn Gut und Bös' sich so verweben,
Doch unterworfen nur dem Leben
Des', der uns schuf und alles tut,
Wenn unser Sein verläuft im Sand,
(schaut sich kurz listig grinsend zu den herumwütenden Arabern am anderen Ufer um)
wenn irdisch Gut nur eitel Tand?
Doch was verloren, kehrt zurück
Zu ew'gem Ruhm und ew'gem Glück.

Die Araber rennen verzweifelt nach einer Furt suchend aus dem Bild. Plötzlich kommt mit mächtigem Satz und markerschütterndem Schrei ein Samurai-Krieger mit gezogenem Schwert von rechts auf die alte Dame eingesprungen und schubst sie rückwärts ins Wasser. Der Samurai nimmt eine wilde Siegerpose vor der Kamera ein.

EINBLENDUNG: »NEWHAVEN – LE HAVRE. DER FLUCHTWEG NACH EUROPA«

Schnitt auf eine schicke Dinnerparty. Zwei Ehepaare in Abendkleidung sitzen an einem vornehm gedeckten Tisch. Kerzen schimmern auf glän-

zendem Holz, ein Feuer brennt im Kamin. Gedämpfte Musik und dezente Beleuchtung.

Gastgeberin (RITA) Wir hatten ja wohl den allerherrlichsten Urlaub! Es war ab-so-lut phantastisch.

Gastgeber (MICHAEL) Einfach wun-der-bar.

Gastgeberin Michael, erzähl du's ihnen!

Gastgeber Nein, Liebling, du erzählst!

Gastgeberin Aber du kannst das doch viel besser!

Es klingelt an der Tür.

Gastgeber Entschuldigt mich einen Moment.

Der Gastgeber tupft sich den Mund ab, steht auf und öffnet eine Zimmertür, die direkt hinaus ins Treppenhaus führt. Im Türrahmen steht ein großer, schmuddeliger Mann, der eine Zinkwanne auf der Schulter trägt. Fliegen surren um ihn herum. Er kommt direkt ins Zimmer hereinmarschiert.

Mann (JOHN) Mist, Sir.

Gastgeber Wie?

Mann Wir haben Ihr'n Mist hier.

Gastgeber Welchen Mist?

Mann *Ihr'n* Mist. Drei Zentner hochwertiger Kot. Wo woll'n Sie'n hinhaben? *(Er schaut sich nach einem passenden Platz um.)*

Gastgeber Ich habe keinerlei Mist bestellt.

Mann Doch, haben Sie, Sir. Beim Buch-des-Monats-Klub haben Sie ihn bestellt.

Gastgeber Über den Buchklub?

Mann Genau, Sir. Sie haben »Vom Winde verweht« gekriegt, »Les Misérables« von Victor Hugo, »Die Frau des französischen Leutnants« ... und mit jedem dritten Buch kriegen Se Mist.

Gastgeber Da hab ich überhaupt nichts von gewußt, als ich das Beitrittsformular unterschrieb!

Mann Ja, klar – klar. Das steht auch nicht im Vertrag. . . haben sich gedacht, ist nicht gut fürs Geschäft. Egal, wir ham jedenfalls dreihundert Pfund Mist auf'm LKW. Wo woll'n Sie'n hinhaben?

Gastgeber Nun ja, am liebsten nirgendwo. Wir haben nicht mal einen Garten.

Mann Ach, das paßt alles hier hin. . . – sind Spitzen-Exkremente!

Gastgeber Sie können das hier nicht reinbringen, wir haben Gäste zum Essen!

Mann In Ordnung. Ich stell's auf den Fernseher.

Er trägt die Wanne ins Eßzimmer. Die Gäste nehmen nicht die geringste Notiz von ihm.

Gastgeber Liebling ... da ist ein Mann mit unserem Buchklub-Mist!

Gastgeberin Wir haben keinen Platz, Schatz.

Mann Tja, wieviel Zimmer haben Sie denn?

Gastgeber Ja, eigentlich nur diesen Raum hier, dann das Schlafzimmer ... und ein Gästezimmer.

Mann Na gut, ich geb Ihn' Tip: Sie stell'n alles ins Schlafzimmer, dann könn' Sie das Gästezimmer als Mistzimmer benutzen.

Es klingelt, erneut und in der immer noch offenstehenden Wohnungstür steht ein Mann in Gasmann-Uniform, der einen toten Indianer auf der Schulter trägt.

Gastgeber Ja?

Gasmann (GRAHAM) Toter Indianer.

Gastgeber Was?

Gasmann Sie haben neulich einen neuen Herd gekauft, Sir?

Gastgeber Ja.

Gasmann Ah, gut – hier ist Ihr kostenloser toter Indianer, wie in der Werbung versprochen ...

Gastgeber Aber davon hab ich in der Anzeige gar nichts gesehen ...

Gasmann Nö, ist ja auch in dieser Winzschrift, Sir, wissen Sie, um den Umsatz nicht zu beeinträchtigen.

Gastgeber Wir haben keinen Platz.

Mann Das geht schon klar – legen Sie doch den toten Indianer im Gästezimmer auf den Misthaufen rauf!

Indianer *(lallt)* Mich ... viel übel.

Gastgeber Der ist ja gar nicht tot!

Gasmann Oh, na ja ... dann ist wahrscheinlich der Herd kaputt.

Das Telefon klingelt. Die Gastgeberin steht auf, nimmt ab und meldet sich.

Mann *(zum Gastgeber)* Und ... äh ... und haben Sie »Die Frau des französischen Leutnants« denn nun gern gelesen?

Gastgeber Nein.

Mann Nicht. Na ja, den Mist war es ja wohl wert, oder?

Gastgeberin Liebling, da ist die Milch-Marketing-Gesellschaft! Für je zwei Packungen »Sahnecreme light« bekommen wir die Autobahn M4!

Schnitt: Mann und Frau, die völlig irritiert mitten auf einer Autobahn stehen. Zu ihren Füßen ein dampfender Haufen Mist und darauf ein toter Indianer. Wagen rasen hupend dicht an ihnen vorbei. Verwirrt schauen sie um sich. Ein Polizeiwagen kommt auf sie zugeröhrt und bremst hart; zwei Polizisten springen heraus.

Polizist (ERIC) Sind Sie Mr. und Mrs. P. Forbes, Bei den Studios 7, Elstree?

Mann Ja.

Polizist Gut, okay, steigen Sie ein. Wir haben Sie in einer Polizei-Tombola gewonnen.

Sie werden in das Auto verfrachtet. Schnitt zum Inspektor.

Inspektor (TERRY J.) Ja! Dieses Ehepaar ist nur einer der Preise in der diesjährigen Polizei-Tombola! Viele weitere Preise wie zwei Jahre lang Glas- und Einbruch, eine Kiste voller Durchsuchungsbefehle, ein »Also! Was ist hier los?«-T-Shirt sowie ein Wochenende zu zweit mit einem Neonazi Ihrer Wahl sind noch zu gewinnen.

EINBLENDUNG: »LETZTE MELDUNGEN!«

Off-Sprecher (MICHAEL) Und das ist *immer* noch nicht alles! Drei phantastische neue Preise sind soeben noch hinzugekommen: eine Viermonatsausstattung höchst interessanter Unterwäsche *(Abbildung: Korsett-Katalogseite aus der Jahrhundertwende)*, ein vollmotorisiertes Schwein *(Collage c/o Mr. Gilliam)* und eine handgemalte Szenerie arabischer Prächtigkeiten komplett mit albernem Gang! *(Ein Papiermann geht albern durch eine prächtige arabische Szenerie.)*

Ein Zeichentrickfilm (eines Samurais mit gezogenem Schwert, der erst den Mann mit albernem Gang, dann angreifende andere Samurai-Gegner und zum Schluß sich selbst in der Mitte durchhackt, deren Fleischhaufen von einer alten Dame zu einem leckeren Sandwich verarbeitet werden) leitet über zu einem Tisch in einem ziemlich italienisch und teuer aussehenden Café. Nigel sitzt schon da. Timmy Williams kommt herein. Er hat den Hauch einer flüchtigen Ähnlichkeit mit David Frost.

Timmy (ERIC) Nigel! Wunderbar dich zu sehen, super, super, super! Bin ich etwa eine Winzigkeit zu spät?

Nigel (TERRY J.) Ein bißchen. Eine Stunde.

Timmy Oh, super! Es ist nur, Snowdon hat gerade an meinem Charakterfoto herumretuschiert – und wir können doch unseren lieben Snowdon nicht so einfach vor den Kopf stoßen, oder?

Nigel Gottes willen, nein.

Ein Mann geht vorbei.

Timmy *(springt auf und umklammert dessen Hände)* . . . David Bloggs! Der Einzigartige! Super, Sie zu sehen! Für wen arbeiten Sie gerade? Kommen Sie, arbeiten Sie für mich, ich ruf Sie morgen an! *(Winkt, setzt sich wieder zu Nigel.)* Wirklich ein Genuß, mal wieder mit dir zu reden!

Nigel Tja, ich . . .

Timmy Wirklich, echt nett, mal wieder so ein bißchen über Gott und die Welt zu plaudern. Ich hab läuten hören, du wärst verheiratet?

Nigel Nun ja, nein . . . eher nicht. Meine Frau ist gerade gestorben, um's genau zu sagen.

Timmy O mein Guter! *(Sieht einen anderen Mann vorbeikommen.)* Brian! *(Breitet seine Arme aus.)* Wir müssen uns unbedingt bald mal zusammensetzen! Wir sehen uns! Tscha-hau! *(Zu Nigel)* Tja, vielleicht könnten wir in der Show einen Nachruf auf sie bringen?

Nigel Also, nein. Ich . . .

Timmy Ich hab Peter, William, Arthur, Alex, Joan, Ted, Scott, Wilf, John und Ray, die können das arrangieren. Mann, ist das schön, mal wieder so'n bißchen zu quatschen.

Nigel Ja, ich bin echt froh, dich endlich mal allein zu erwischen, Timmy . . .

Ein Reporter kommt an den Tisch.

Timmy Du hast doch nichts dagegen, wenn Tony sich kurz zu uns setzt, oder?

Nigel Na ja, eigentlich . . .

Timmy Nur, weil er einen Artikel über mich für die »Mail« schreibt. Er ist so ein lieber Kerl. . .

Reporter (GRAHAM) Hallo.

Timmy Tony, dies hier ist einer der liebenswertesten Menschen auf der ganzen Welt: Nigel Watt. *(Tony kritzelt es auf.)* W-A-doppel-T. So ist's richtig, genau!

Nigel Also eigentlich, Timmy, die Sache ist . . . es ist ein bißchen privat.

Ein Autor kommt an den Tisch.

Timmy Oh, macht dir doch nichts aus, wenn Peter sich kurz dazusetzt, nicht? Peter schreibt nämlich ein Buch über mich. Peter, Sie kennen doch Tony von der »Mail«, oder?

Peter (JOHN) Ja, wir haben uns gestern in der Dampfsauna getroffen.

Timmy Super, super! Ging's gestern voran mit dem Schreiben?

Peter Prima, prima, prima.

Timmy Die kleine Anspielung auf das Bäuchlein haben Sie wieder rausgenommen? *(Macht knapp angedeutete Dicker-Bauch-Handbewegung.)*

Peter Ja, hab ich.

Timmy Super, super! Nur um Sie auf dem Laufenden zu halten: Das ist Nigel Watt, und wir beiden Hübschen sprechen gerade über sehr private Dinge. Privat. Sehr gut! Sprich weiter, Nigel!

Der Journalist und der Autor beginnen umgehend mitzuschreiben.

Nigel Tja, also, die Sache ist so, Timmy, ich, äh. . .

Timmy lächelt plötzlich grell und macht sein Fotografiergesicht. Nigel hält inne und schaut hoch. Ein Fotograf tigert um ihren Tisch herum.

Timmy Nicht stören lassen, das ist die »TV Times«, die verkaufen die Fotos nach Amerika! Macht es dir was aus, wenn wir kurz – äh. . . *(Langt mit dem Arm über den Tisch um Nigels Schulter herum und zerrt ihn für ein »Alte Freunde«-Foto hoch.)* Super, super! Noch eins von da, was meinen Sie, Bob? *(Reißt Nigel zur anderen Seite herum.)* Bitte lächeln! Toll, toll, toll! Bewegen Sie sich ganz ungezwungen, Bob, ja? *(Zu Nigel)* Bitte erzähl weiter, das ist wahnsinnig interessant.

Nigel Also, also die Sache ist, Timmy, es ist mir ein wenig peinlich. . .

Kellner (MICHAEL) *(kommt auf den Tisch zu)* Oh, Mr. Williams, ist das schön, Sie zu sehen! *(Reicht Timmy die Speisekarte.)* Würden Sie mir hier drauf wohl ein Autogramm für meine kleine Tochter geben?

Timmy Hallo, Mario! Super, wunderbar! *(Seufzt.)* Bitte nur zwei schöne Kaffee, ja?

Aufnahmeleiter kommt ins Bild.

Aufnahmeleiter Tut mir leid, tut mir leid, Timmy. Können wir noch mal da anfangen, wo Mario hereinkommt? Wir hatten Tonprobleme, okay?

Timmy Deutsches Fernsehen. Ist das nicht aufregend, Nigel? Sie machen eine preisgekrönte Dokumentation über mich.

Eine Filmkamera und der gesamte Aufnahmestab sind zu sehen.

Junge mit Klappe »Der wunderbare Mr. Williams«, Szene zweihundertundneununddreißig, die Zweite!

Regisseur Action!

Timmy *(wie angeknipst den Faden wiederaufnehmend)* Mario, wie super, dich zu sehen! Wie geht's der lieben Familie? Hier, das ist für deine kleine Tochter! *(Reicht ihm eine Fünf-Pfund-Note.)* Danke dir! Und bitte zwei schöne kleine Kaffee, ja?

Mario Jawohl, Sir.

Timmy *(zu Nigel)* So ein reizender Kellner. So, bitte erzähl weiter, das ist höchst interessant!

Nigel Nun ja. . . äh. . . wie ich schon sagte, Timmy, meine Frau ist gestorben. . . tot. *(Kamera fährt nah an ihn ran.)* Ich hab drei Kinder, und ich bin am Ende mit meinem Latein. Keine Arbeit, keine Krankenversicherung, nicht einen Pfennig Geld mehr. Ich bin absolut pleite, ich weiß nicht mehr, an wen ich mich wenden soll. Ich. . . ich bin total am Ende! Du bist meine letzte Chance! Bitte, Timmy, kannst du mir helfen? . . .

Er schaut auf, Timmy ist nicht mehr da. Eine Sekunde später kommt er an den Tisch zurückgeeilt.

Timmy Tut mir leid, Anruf aus Amerika! War super, dieser kleine Schwatz mir dir. Das müssen wir unbedingt öfter mal machen! Äh – übernimmst du den Kaffee? Ich fürchte, ich muß losrasen, der israelische Botschafts-Empfang, schon eine Stunde drüber! *(Er wendet sich zum Ausgang, ein Schuß fällt, Nigel sackt vornüber auf die Tischplatte, einen Revolver in der Hand. Timmy, noch einmal zurückkehrend)* Äh. .. hat der Ton den Schuß sauber gekriegt?

Tonmann *(im Off)* Ja, tadellos.

Timmy *(zu Tony und Peter)* Das, das war doch jetzt nicht zu schräg, oder? Es wirkt doch nicht irgendwie gemein oder so?

Tony und Peter Nein, nein, nein. Das war große Klasse.

Timmy Na, super . . . also, äh. . . ich mein, es zeigt doch, daß ich Herz habe, findet ihr nicht?

Tony und Peter Ja, große Klasse.

Timmy Super, super! So, der Bus ist da-ha! Los, kommt, Leute! Tschühüs! *(Er winkt und geht ab.)*

Alle marschieren hinter ihm her. Die Erkennungsmelodie ertönt, wir fahren zurück und sehen den gesamten Kamera-Aufbau. Der Nachspann beginnt abzufahren:

Off-Sprecher (TERRY J.) »Timmy Williams' Kaffeeklatsch« wurde live übertragen aus dem »Woppi's« in Holborn.

Nachspann fährt weiter ab:

DREHBUCH: *(in gewaltigen Lettern)* TIMMY WILLIAMS
NACH EINER IDEE VON: *(gewaltige Buchstaben)* TIMMY WILLIAMS
UNTER MITARBEIT VON: *(dies rollt sehr schnell durch)*
PETER WRAY
LEN ASHLEY
GEOFFREY INGERSOLL
GEORGE HERBERT
HARRY LOWALL
RALPH EMERSON
HATTY STARR
FRANK PICKSLEY
JOHN STAMFORD
SHELLEY BUNHEUR
MALCOLM KERR
JAMES BEACH
ALAN BAILEY
BRIAN FELDMAN
STIRLING HARTLEY
ADRIAN BEAMISH
GUY WARING
MARK TOMKINS
SIDNEY SMITH
RICHARD HOVEY
EDMUND GOSSE
JONATHAN ASHMORE
BILL WRIGHT
ARTHUR FULLER
RICHARD SAVAGE
MICHAEL WHITEMORE
BUDGE RYAN
CEDRIC HAZLETT
TERRY JONES
MICHAEL PALIN
JOHN GAYNOR
GEORGE COLEMAN
SAMUEL SPURGEON
THOMAS MASSINGER
STEPHEN DAVIS
WALTER CHAPMAN
REGINALD MARWOOD

David Goschen
Peter Schulman
Dennis Frankel
David Robinson
Paul Raymond
John Wilder
Johnny Lynn
Joe Shaw
Simon Smith
Monty Python
Michael Lapin
Sydney Lotterby
Ian Matherson
Humphrey Barclay
Burt Ancaster
Kirk Ouglas
Ken Smith
Geoffrey Hughes
Brian Fitzjones
Michael Gowers
John Pennycate
Peter Baker
Neil Shand
Abblende.

Eine traditionelle Interview-Kulisse wird aufgeblendet. Vor einer weißstrahlenden Rückwand zwei schattenhafte, sitzende Umrisse im Profil; dann fährt die vordere Beleuchtung hoch. Neben dem Interviewer sitzt ein Mann mit einer gigantischen krummen Styropor-Nase.

Interviewer (MICHAEL) Guten Abend. Heute bei mir im Studio einer der führenden britischen Hautspezialisten – Raymond Luxus Jacht.

Raymond (GRAHAM) So heiß ich nicht!

Interviewer Entschuldigen Sie. . . Raymond Luxus Ja-ch-t.

Raymond Nein, nein, nein. . . es wird »Raymond Luxus Jacht« geschrieben, aber ausgesprochen wird es »Schwabbelhals Mangrovenbaum«.

Interviewer Sie sind ein ausgesprochen alberner Mensch und ich werde Sie nicht interviewen.

Raymond Aha! Antisemitismus!

Interviewer Ach was! . . . Die Nase ist ja noch nicht mal echt! *(Reißt sie ab.)* Das ist Styropor!
Raymond Geben Sie mir meine Nase wieder!
Interviewer Kannst du dir beim Pförtner wieder abholen. Und nun verzieh dich.
Raymond Ich möchte aber ins Fernsehen!
Interviewer Tja, is' aber nich. . .

TRICKFILM: *eine Lokomotive zieht als Rauch einen aufgeblähten Sexpuppen-Ballon hinter sich her. Ein Schild verkündet »Sexuelle Athleten willkommen«, ein kleiner dicker Artist springt fröhlich juchzend auf dem nackten Bauch der Dame Trampolin. Er hüpft vorbei an mehreren offenen Fenstern, aus denen ihm leichte Mädels eindeutige Angebote machen. Mona Lisa im letzten Fenster entblößt für ihn ihre Brüste. Er nimmt das Fenster am Rahmen und springt begeistert mit dem Bild davon. Dahinter erscheint ein breiter Treppenaufgang.*
Schnitt: Kamera fährt langsam steinerne Treppenstufen empor und endet vor einer schweren, hölzernen Doppeltür. Auf einem Schild steht »Standesamt«. Man hört hastige Füße die Treppe hinauflaufen. Schnitt: Ein Mann tritt eilig auf den Standesbeamten zu, der heiter und erwartungsvoll lächelnd hinter einem kleinen runden Tischchen mit einem Blumengesteck steht.

Mann (TERRY J.) Äh. . . entschuldigen Sie, ich möchte gern, daß Sie mich trauen.
Standesbeamter (ERIC) Oh, ich fürchte, ich bin schon verheiratet, Sir.
Mann Äh. . . nein, nein, ich möchte nur, daß Sie mich trauen.
Standesbeamter Ich könnte mich natürlich scheiden lassen, auch wenn es ein wenig schmerzlich wäre.
Mann Äh. . . nein, nein! Das ist doch überhaupt nicht nötig, weil. . .
Standesbeamter Sagen Sie, werden Sie dann zu mir oder soll ich lieber zu Ihnen ziehen? Weil ich da nämlich eine ziemlich hohe Hypothek laufen hab!
Mann Nein, nein, ich möchte *hier* getraut werden.
Standesbeamter Ach herrje! Und ich hatte so auf eine kirchliche Trauung gehofft!
Mann Hören Sie, ich möchte mich nur trauen lassen. . . von Ihnen . . . mit . . .
Standesbeamter Ich will Sie ja auch gern trauen, Sir, aber so

einfach geht das nicht! Sind Sie denn auch sicher, daß Sie diesen Schritt wagen wollen?

Mann Ja. Ich möchte es auf der Stelle tun!

Standesbeamter Das paßt mir. Ja, paßt mir!

Mann Aber ich möchte nicht mit *Ihnen* getraut werden.

Standesbeamter Es gibt so etwas wie Bruch eines Eheversprechens, Sir!

Mann Sehen Sie, ich möchte doch nur, daß Sie, als Standesbeamter, mich trauen.

Standesbeamter *Ich* will Sie ja auch trauen, Sir, aber entscheiden *Sie* sich bitte, und spielen Sie nicht mit meinen Gefühlen!

Mann Tut mir leid, aber . . .

Standesbeamter Schon in Ordnung, Sir. Vergessen und vergeben! Was sich liebt, das neckt sich! Aber glauben Sie bloß nicht, daß Sie der Erste sind, der heute um meine Hand anhält. Ich habe bereits mehrere Bewerber abgewiesen.

Mann Verstehen Sie doch: Ich *bin* schon verlobt!

Standesbeamter *(nachdenklich nickend)* Ja, und *ich* bin bereits verheiratet. Aber das kriegen wir schon irgendwie hin!

Zweiter Mann (MICHAEL) *(tritt hinzu)* Guten Morgen. Ich möchte gerne getraut werden, bitte.

Standesbeamter Tut mir leid, ich traue schon diesen Herrn hier, Sir.

Zweiter Mann Tja, könnte ich dann nicht nach ihm drankommen?

Standesbeamter Nun, so fix geht eine Scheidung nicht, Sir! Und wenn Sie noch so scharf drauf sind. *(Grinst.)*

Dritter Mann (GRAHAM) *(tritt hinzu)* Ich möchte gern getraut werden, bitte.

Standesbeamter Himmel, das ist ja wohl mein Glückstag heute, wie? Geht in Ordnung, aber Sie müssen so lange warten, bis ich erstmal diese beiden getraut habe.

Dritter Mann Was, die beiden wollen sich trauen? Nigel! Was soll das heißen, du heiratest *ihn*?

Standesbeamter Zuerst heiratet er mich, Sir!

Dritter Mann Er ist mit *mir* verlobt!

Vierter Mann (JOHN) *(groß und männlich)* Komm, Henry!

Standesbeamter Verdammt, meine Frau!

Zweiter Mann *(zur »Frau«)* Wollen *Sie* mich nicht trauen?

Vierter Mann Ich *bin* bereits verheiratet!

Schnitt auf ein Foto der Fünf, wie sie glücklich vereint und untergehakt vor einem Reihenhäuschen stehen.

Off-Sprecher Ja, so hat alles ein gutes Ende gefunden, aber fragen Sie bloß nicht wie, weil's nämlich unanständig ist. Sie sind allesamt verheiratet und leben recht angenehm in einer Sozialwohnung in der Nähe von Dulwich.

TRICKFILM: *eine Frauenhand greift ins Gruppenbild und zieht den mittleren der Fünf heraus. Sie bricht ihm den Kopf ab und malt sich summend mit seinem blutenden Hals die Lippen rot. Sie erzählt die Geschichte vom »Leberfleck«, der in die weite Welt hinaushüpft, eine Leberfleckin kennen- und lieben lernt, und wie die beiden in die Londoner City ziehen und dort »rammeln und ferkeln wie die Karnickel«. . . – bis das Bild sich schwarz färbt vor kleinen neuen Flecken.*

ZWISCHENTITEL: »WAHL-SPEZIAL« *und Fanfarenstöße.*
Schnitt zu einem Moderator an einem Tisch.

Moderator (JOHN) *(sehr aufgeregt)* Hallo und willkommen zu »Wahl-Spezial«! Hier herrscht große Spannung! Wir erwarten jede Minute das erste Ergebnis! Wir wissen noch nicht, von wo . . . vielleicht aus Leicester, vielleicht aus Luton! Die Wahlbeteiligung in beiden Bezirken jedenfalls war ziemlich rege . . . Oh, einen Augenblick! . . . *(Er preßt die Hand ans Ohr.)* Ich bekomme hier gerade . . . ich höre hier gerade ein lautes Stimmengesumme in meinem linken Ohr, einen Moment . . . *(Neigt den Kopf, schlägt auf das andere Ohr, und eine dicke Biene fällt summend auf die Schreibunterlage.)* Uäääh. . .! *(Er ist verwirrt. Toneinblendung: Jubelnde Menschenmassen.)* Wie dem auch sei, schnell hinüber zu James Gilbert in Leicester!

Schnitt zu einem Wahlleiter vor einer kleinen Gruppe; zur Hälfte aus grauen Anzugmännern, zur Hälfte aus verrückt gekleideten Kandidaten und Wahlkampfmanagern bestehend. Die »Verrückten« tragen ulkige Hüte, falsche Nasen usw.

Off-Sprecher Ja, es ist ein hartes Kopf-an-Kopf-Rennen hier in Leicester! Zur Linken des Wahlleiters *(Kamera schwenkt auf Anzugmann)* sehen Sie Arthur Smith, den Kandidaten der »Vernünftigen« und seinen Wahlkampfmanager . . . *(Kamera schwenkt hinüber zu den Verrückten)* und auf der anderen Seite der »Verrückten«-Kandidat Jethro Walroßtittchen mit seinem Wahlkampfmanager und seiner Frau.

Wahlleiter (TERRY J.) Das Ergebnis für Leicester. Arthur J. Smith. . .

Off-Sprecher Vernünftigen-Partei. . .

Leiter 30.162 . . . Jethro Q. Walroßtittchen. . .

Off-Sprecher Verrückten-Partei. . .

Leiter 32.108.

Jubel aus der Menge. Schnitt zurück ins Studio.

Moderator *(noch aufgeregter)* So, das war das erste Ergebnis, und die Verrückten-Partei hat Leicester gehalten! Was schließen Sie daraus, Norman?

Schnitt zu Norman. Er ist sehr aufgeregt.

Norman (MICHAEL) Nun, das ist im großen und ganzen genau das, was ich vorhergesagt habe, außer, daß die Verrückten *gewinnen.* Ich denke, das liegt wohl in allererster Linie an der Stimmenverteilung. Gerald?

Schnitt auf Gerald, der am »Ruck-o-Meter« steht, einer einfachen Schautafel mit einem hängenden, drehbaren Zeiger

Gerald (ERIC) Nun, es hat eine Wählerwanderung, einen Meinungsumschwung zugunsten der Verrückten-Partei gegeben – aber wie groß der Ruck ist, verrat ich Ihnen nicht.

Schnitt zu George, der ebenfalls an einem Ruck-o-Meter steht und den Zeiger eifrig zwischen »Verrückten« und »Vernünftigen« hin und her schwingen läßt.

George (TERRY J.) Nun, wenn ich kurz erläutern darf. . . Ich glaube, das Interessanteste an diesem Fall ist der große Ruck hinüber zu der Verrückten-Partei. . . *(pendelt aus)* und dann natürlich der ebenso große Rückruck zu den Vernünftigen. . . *(pendelt in die Gegenrichtung)* und die Tendenz, unschlüssig irgendwo in der Mitte hin und her zu ruckeln, weil wahrscheinlich hier irgendwo 'ne Schraube locker ist. . .

Schnitt zu Alphonse.

Alphonse (GRAHAM) Nein, tut mir leid, ich kann momentan an nichts denken!

Schnitt zu Eric.

Eric (TERRY G.) Dem kann ich nichts hinzufügen! Colin?

Schnitt zu Colin.

Colin (IAN DAVIDSON) *(lächelnd)* Darf ich mich an diesem Punkt vielleicht kurz einmischen und darauf hinweisen, daß dies hier mein allererster Fernsehauftritt ist. . .?

Schnitt zum Moderator.

Moderator Nein, dafür haben wir keine Zeit, wir geben direkt hinüber nach Luton!

Schnitt zum Rathaus von Luton. Dort stehen »Vernünftige«, »Verrückte« und »Halbverrückte« Kandidaten.

Off-Sprecher Hier in Luton befinden wir uns in einem Dreikampf zwischen Alan Jones, Vernünftigen-Partei, in der Mitte... Tarquin Flosse-Gosse-Grosse-Bosse-Ginster-Linster-Binster-Bus-Hal-Te-Stel-Le-F'täng-F'täng-Olé-Keksdose, Verrückten-Partei... und Kevin Philipps-Bong, der Halbverrückte-Kandidat.

Wahlleiter (ERIC) Alan Jones...

Off-Sprecher Links, Vernünftigen-Partei...

Leiter ...9.112 ...Kevin Philipps-Bong...

Off-Sprecher Rechts, Halbverrückte...

Leiter ...null. *(Gelächter aus der Menge.)* ... Tarquin Flosse-Gosse-Grosse-Bosse-Ginster-Linster-Binster-Bus-Hal-Te-Stel-Le-F'täng-F'täng-Olé-Keksdose...

Off-Sprecher Verrückte...

Leiter ...12.441 *(Riesiger Jubel.)*

Off-Sprecher Und somit haben die Verrückten Luton übernommen.

Schneller Schnitt auf den Moderator.

Moderator Ein Durchbruch für die Verrückten-Partei in Luton! Der erste Durchbruch der Wahl, Norman?

Schnitt zu jedem einzelnen Kommentator, jeweils in Nahaufnahme.

Norman Nun, dies ist ein höchst vielsagendes Ergebnis! Luton, bislang ein absolut vernünftiger Wahlkreis mit hohem Anteil an Leuten, die kein Stück verrückt sind, ist komplett gaga geworden!

Moderator Haben wir die Ruck-o-Meter-Auswertung von Luton?

Gerald Ja, wir haben den Ruck errechnet, aber er ist geheim!

Moderator *(verwirrt)* Äh – ah ja, also... also nichts über den Ruck, wie sieht's denn aus mit dem Rack?

Norman Also, ich habe den Rack hier in dieser kleinen Schachtel, und es geht ihm gut! Durch die Luftlöcher kann ich erkennen, daß er gerade in Affentempo Erdnüsse einwirft!

Moderator Und wie sieht's mit dem Röck aus?

Alphonse Nun, er ist neunundzwanzig Prozent über zweihundert Meter gestiegen, doch er scheint ein bißchen weich um die Ecken... *(macht vage, rundende Handbewegung in der Luft)* ungefähr...

Moderator Und was halten Sie von der Nylonpünktchen-Strickjacke und den Plastikpantoffel-Resten?
Stimme *(im Off)* So was gibt's gar nicht!
Moderator Danke, Spike.
Norman Kann ich hier kurz unterbrechen und anfügen, daß der Rack sich soeben selbst erstickt hat?
George Ja, das Wahlfieber steigt nun wirklich rasant!
Eric Dem kann ich nichts hinzufügen!
Colin *(breit lächelnd)* Ich würde gern hinzufügen, daß dies sogar schon das zweite Mal in meinem Leben ist, daß ich im Fernsehen bin!
Moderator Tut mir leid, eitler Gockel, wir bekommen gerade ein neues Ergebnis herein!
Eine große Zahl Kandidaten im Rathaus von Harpenden.
Off-Sprecher (TERRY J.) Hallo, wir melden uns aus Harpenden! Harpenden ist ein Schlüssel-Wahlkreis, denn zusätzlich zu dem offiziellen Verrückten-Kandidaten hat sich noch ein unabhängiger »Totalverrückter« zur Wahl gestellt *(aus einer großen Styroporkiste neben der kleinen Gruppe ragen einzig zwei Füße gen Himmel)*, der die Stimmen der Verrückten spalten könnte.
Wahlleiter (JOHN) Mr. Elsie Sssssssssss. *(Ganz offensichtlich ein Mann in Frauenkleidung mit umgeschnallten Plastik-Busen.)*
Off-Sprecher Verrückte. . .
Leiter 26.317. . . James Walker. . .
Off-Sprecher Vernünftige. . .
Leiter 26.318.
Off-Sprecher Das war knapp!
Leiter Malcolm Peter Brian Teleskop Adrian Regen Schirm Ständer Jasper Mittwoch *(ploppt zweimal mit dem Mund)* Hermelinschlinger Johann Rohes Gemüse *(ahmt Pferdegewieher nach)* Arthur Norman Michael *(bläst Quiektröte)* Federhart Smith *(bläst Trillerpfeife)* Northgot Edwards Harris *(feuert Pistole ab, die »Huiii« macht)* Mason *(imitiert Eisenbahn)* Tschut-tschut Frampton Jones Fallobst Gilbert *(singt)* »Näher mein Gott zu Dir« *(drei Schüsse; hört auf mit Singen)* Williams Wenn-Ich-Ihnen-Folgen-Könnte Jenkin *(Sirenenflöte)* Tigertreiber Pratt Thompson *(singt)* »Regentropfen die an mein Fenster klopfen« Darcy Carter *(Ballhupe)* Muschikatz *(singt)* »Don't Sleep In The Subway, Darling« Barton Mannering *(Tröte, Heuler)* Smith. . .
Off-Sprecher Totalverrückte. . .

Leiter . . .zwei.

Off-Sprecher So, nun wissen wir's genau. Ein Vernünftigen-Erfolg also hier in Driffield.

Zurück ins Studio.

Moderator Norman!

Norman *(Telefonhörer in der Hand)* Ja, soeben habe ich aus Luton erfahren, daß mein Tantchen erkrankt ist . . . äh. . . wahrscheinlich, wahrscheinlich Magen-Darmgrippe. . . Gerald!

Gerald Äh. . . ja also, sollte sich so etwas im gesamten Land wiederholen, könnte das ziemlich unschöne Folgen haben! Colin!

Colin *(wehmütig lächelnd)* Wenn ich mich an dieser Stelle noch einmal einmischen und sagen dürfte, daß dies hier wahrscheinlich mein letzter Auftritt ist, den ich je im Fernsehen gehabt haben werde?

Moderator Nein, kannst du leider nicht, unsere Zeit ist vorbei! Schnell, um Sie auf dem laufenden zu halten, noch ein paar Ergebnisse, die Sie vielleicht verpaßt haben. Engelbert Humperdinck hat in Barrow-in-Furness gewonnen! Ein Sieg über Ann Hayden-Jones und ihren Gatten Pip! Arthur Negus hat Tittenham gehalten! Das ist kein offizielles Endergebnis, sondern ein Gerücht! Äh, Mary Whitehouse hat auch schon Anstoß daran genommen. Könnte ein bißchen Ärger geben da oben! Und auch nicht den allerkleinsten Ruck hat es anscheinend in Wales gegeben! Keine Überraschungen also. . . Und: Im Nachspann behauptet sich Monty Python!

Der Nachspann rollt durch. Dahinter weiterhin geschäftiges Treiben und Telefonieren der Experten.

BLINKENDE EINBLENDUNG: »KEINE EXPERIMENTE!«

Zwanzig – Attila der Hunne: Die Show

Archivfilm von Hunnen, die zu Pferd durch die Gegend sprengen.

Off-Sprecher (JOHN) Im fünften Jahrhundert, als das einst so mächtige Römische Reich zerfiel, lag das geschwächte Westeuropa einladend wehrlos vor den barbarischen Horden des Ostens da. Alarich der Westgote, Gaiserich der Vandale und Theoderich der Ostgote fielen nacheinander über den Westen her und verbreiteten Angst und Schrecken. Aber keiner von ihnen übertraf an Macht und Grausamkeit den Hunnenkönig Attila.

Off-Sprecher (MICHAEL) Meine Damen und Herren, sehen Sie nun »Attila der Hunne – Die Show«.

Schnitt zum Film: Musik spielt; Erkennungsmelodie der »Debbie Reynolds Show« – »With a little love, just a little love«. Wir sehen Attila den Hunnen in Zeitlupe auf Mrs. Attila zurennen, sie lachen, lächeln sich an.

ZWISCHENTITEL: »ATTILA DER HUNNE – DIE SHOW«

Attila und seine Frau kabbeln sich ausgelassen und gehen in Zeitlupe spielerisch zu Boden (wobei sie so genau wie möglich den Vorspann der »Debbie Reynolds Show« nachahmen).

ZWISCHENTITEL: »IN DER HAUPTROLLE: ATTILA DER HUNNE«

»UND KAY SLUDGE ALS MRS. ATTILA DIE HUNNIN«

»MIT TY GUDRUN UND NIK CON ALS JENNY UND ROBIN ATTILA DIE HUNNEN«

»MUSIK: DIE HUNNISTEN«

Schnitt: Archivfilm von herumjagenden Hunnen zu Pferd.

Off-Sprecher (JOHN) Im zweiten Viertel des fünften Jahrhunderts wurden die Hunnen zum Inbegriff gnadenloser Barbarei. Ihr Khan war der mächtige Krieger Attila. Mit seinen marodierenden Heerscharen fegte er über Mitteleuropa hinweg.

Schnitt: Bild von einem typisch amerikanischen Wohnzimmer. Eine Türglocke läutet. Attila der Hunne tritt ein.

Attila (JOHN) Liebling, ich bin wieder zu Hause.

Mrs. Attila (CAROL) Hallo, Liebling. Hattest du einen anstrengenden Tag im Büro?

Attila Kann nicht klagen. *(Eitel in die Kamera)* Wieder mal ein gnadenloser Generalangriff auf Mitteleuropa.

Konservengelächter.

Mrs. Attila Ich sag ja nicht, daß ich mich freue, dich zu sehen, aber, au Backe, wie freu ich mich, dich zu sehen.

Brüllendes Konservengelächter und Applaus. Zwei Kinder treten auf.

Jenny (GRAHAM) Hi, Daddy.

Robin (MICHAEL) Hi, Daddy.

Attila Hallo Jenny, hallo Robby. *(Kurzer Konservenbeifall.)* Seht mal her, Kinder, ich hab euch beiden ein Geschenk mitgebracht, in der Tüte da. *(Sie ziehen einen abgetrennten Schädel aus einer Plastiktüte.)* Ich will nicht, daß ihr Kinder kopflos durchs Leben geht.

Brüllendes Konservengelächter und Beifall. Auftritt: einer von uns, schwarz angemalt als Rochester, ein Tablett mit Drinks in der Hand.

Onkel Tom (ERIC) Bittäsähr, Mr. Hunne!

Dröhnendes Gelächter.

Attila Hallo, Onkel Tom.

Onkel Tom Da draußen is' 'ne ganze Horde von diesen brandschatzenden Westgoten, die Sie sprechen wollen.

Schnitt: weitere Archivaufnahmen von Hunnen, die auf ihren Pferden durch die Gegend jagen. Darüber eingeblendet: Bild eines Ansagers am Schreibtisch.

Ansager (JOHN) Und nun zu etwas völlig anderem.

Jetzt-Mann Und jetzt. . .

Donnernder Konservenbeifall.

Trickfilm-Vorspann.

Am Ende dieses Vorspanns: Schnitt auf eine Landstraße. Nach drei Sekunden erscheint in einiger Entfernung ein Motorrad, das mit hoher Geschwindigkeit auf die Kamera zuhält. Wir erkennen, daß eine verwegen aussehende Nonne darauf sitzt.

Off-Sprecher (JOHN) Ja, hier kommt Attila die Nonne.

Attila die Nonne schießt an der Kamera vorbei. Lautes Geschepper, als das Motorrad außerhalb der Kamera gegen ein Hindernis kracht.

Off-Sprecher (MICHAEL) Ein einfaches Mädchen vom Lande, das ihr Leben grausamer Barbarei geweiht hat.

Attila die Nonne auf einem Krankenhausbett, im wilden Kampf mit zwei Ärzten und einer Schwester, die versuchen, sie niederzudrücken. Sie sieht wahrhaftig furchterregend aus. Ein weiterer Arzt tritt ein und beordert die Schwester hinaus.

Doktor (GRAHAM) Schwester!

Die Kamera fährt weiter und bleibt vor einem anderen Bett stehen, auf dem ein schönes Mädchen sitzt, das mehr sehen läßt, als das Patientinnen normalerweise tun, und mit Carols. . . unübersehbaren Attributen aus-

gestattet ist. Sichtblenden werden um sie herum aufgebaut. Der Doktor und die Schwester treten durch die Vorhänge dazu.

Doktor Guten Tag, Miss Norris. Wie geht es Ihnen?

Miss Norris (CAROL) Gar nicht schlecht, danke, Doktor.

Doktor Ja, ich glaube, es ist das beste, wenn ich Sie jetzt untersuche.

Schnitt: ein halbes Dutzend abgerissener Typen, die Mützen und verdreckte, bis zu den Füßen reichende Regenmäntel tragen. Sie schlurfen durch die Vorhänge und bleiben lüstern glotzend am Fußende des Bettes stehen.

Miss Norris Was machen die denn hier?

Doktor Das ist schon in Ordnung, das sind Studenten. Ähm. . . Bitte Licht, Schwester. *(Ein einsamer roter Scheinwerfer fällt auf das Mädchen; Schnitt, Bild von lüstern glotzenden Männern.)* Oh. . . und. . . äh. . . Musik, bitte. *(Die Schwester bedient einen Schalter neben dem Bett; Striptease-Musik; sehr laut; Schnitt: Männerreihe, jetzt sehr erregt – Hände tief in den Taschen.)* Einatmen. . . ausatmen. . . ein. . . aus. . .

Nach ungefähr fünf Sekunden erreicht die Musik ihren Höhepunkt und bricht ab. Die Männer in den Regenmänteln klatschen Beifall.

Gegenschuß: wir sehen, daß wir nicht mehr im Krankenhaus, sondern in einem zwielichtigen Striptease-Lokal sind. Der Vorhang ist gerade schwungvoll zugegangen.

Conférencier (ERIC) Vielen Dank, vielen Dank. Das war Charles Crompton, der strippende Doktor. Und als nächstes, meine Herren und Damen, zum allerersten Mal bei uns im Guckloch-Klub – einen dicken Applaus bitte für den Minister für Commonwealth-Angelegenheiten.

Der Vorhang geht auf. Der Conférencier verläßt die Bühne. Ein gepflegt gekleideter Herr mit Anzug tritt ins Scheinwerferlicht.

Minister (TERRY J.) Guten Abend. Ich möchte Ihnen heute abend noch einmal unsere Haltung gegenüber den Agrarsubventionen darlegen *(sanfte, verschwommene Jazzmusik schleicht sich zwischen seine Worte, er fängt an, sich beim Sprechen auszuziehen)* und deren Wirkung auf unsere Commonwealth-Beziehungen erläutern. Obgleich wir der Meinung sind, jedenfalls theoretisch, daß die garantierten Landwirtschaftspreise aufgehoben werden müssen, glauben wir an die Notwendigkeit einer gleichzeitigen Importsteuer, um die Verbraucherpreise auf einem vernünftigen Niveau zu halten. Das würde aber bedeuten, daß wir unsere

Einnahmen aus dem vorangegangenen Geschäftsjahr konsolidieren, und zwar noch vor dem Beitritt. Ich kann Ihnen jedoch versichern, sollten wir den Schritt hin zur EWG machen – selbst unter Beibehaltung unserer derzeitigen Haltung gegenüber den Agrarsubventionen –, daß wir niemals unsere einzigartigen Beziehungen zu den Commonwealth-Ländern gefährden oder aufs Spiel setzen werden. Eine Preisstruktur, die sich aus einer eventuellen Importbelastung ergibt, wird systematisch an die speziellen Anforderungen unserer Commonwealthpartner angepaßt werden *(er hat jetzt seine gesamte Kleidung abgelegt, mit Ausnahme einer Troddel auf jeder Brustwarze und einer weiteren vorn auf einem hautengen Höschen; er bringt die Troddeln auf seinen Brustwarzen zum Kreisen)* – so daß wir gemeinsam eine positive und wechselseitig profitable Allianz im Welthandel *(er dreht sich um, woraufhin zwei Troddeln auf jeder Pobacke sichtbar werden, die er ebenfalls ankurbelt)* und für den Weltfrieden beibehalten können. Vielen Dank und gute Nacht.

Er entfernt mit Verve die Troddel von seiner letzten Hülle. Scheinwerfer geht aus, der Vorhang schließt sich schnell. Conférencier betritt wieder federnd die Bühne.

Conférencier War er nicht herrlich? Der Minister für Commonwealth-Angelegenheiten! Und jetzt, meine Herren und Damen, einen herzlichen Willkommensapplaus für den Minister für Renten und Soziales!

Wilde türkische Musik. Der Vorhang geht schwungvoll auf, ein weiterer Minister mit Melone und im Nadelstreifenanzug tritt auf und legt einen Bauchtanz hin.

Schnitt: Standbild vom Parlamentsgebäude. Die Kamera fährt langsam heran. Übergang zu bombastischer, patriotischer Musik.

Off-Sprecher (GRAHAM) Jawohl, man kann heute in Großbritannien ein neuerwachtes Interesse an der Politik und den Politikern feststellen.

Schnitt: »Stimmen des Volkes« vor dem Parlament.

EINBLENDUNG: »EIN GROUPIE«

Erstes Mädchen (ERIC) Also, wir sind im Grunde nur als Lobbyisten hier, nicht. Das macht uns einen Heidenspaß.

Zweites Mädchen (GRAHAM) Und die Debatten – wissen Sie, so eine gute Debatte. . ., die ist einfach. . . klasse.

Drittes Mädchen (MICHAEL) Also, ich gehe jetzt seit fünf Jahren mit Ministern, und, also ehrlich. . . ich finde die fabelhaft.

Viertes Mädchen (TERRY J.) O ja, ich mag Beamte.
Drittes Mädchen Ja, die sind wirklich nett.
Fünftes Mädchen (JOHN) Ich mag den Sprecher des Unterhauses.
Viertes Mädchen Oh, ja.
Zweites Mädchen Und ich mag Black Rod vom Oberhaus.
Off-Sprecher Und was sagen die Eltern dieser Kinder dazu?
Bild von einem Vorortshaus. Mr. Concrete steht vor der Tür eines Klohäuschens im Freien.
Mr. Concrete (TERRY J.) Also, sie hat uns das Herz gebrochen, das kleine Miststück. Sie macht uns nichts als Ärger, und wenn sie jemals wieder vorbeischaut, schlag ich ihr die Fresse ein. *Er wendet sich ab und geht hinein.*

Bild vom Inneren des Hauses: das Wohnzimmer der Concretes. Mrs. Concrete sitzt auf dem Sofa und strickt. Mr. Concrete tritt ein.
Mrs. Concrete (MICHAEL) Hast du wieder mit den Fernsehleuten gesprochen, Liebling?
Mr. Concrete Ja, ich hab denen die Meinung gegeigt.
Mrs. Concrete Worüber?
Mr. Concrete Weiß nich.
Mrs. Concrete War es Reginald Bosanquet?
Mr. Concrete Nein, nein, nein.
Mrs. Concrete War sein Kopf voller Bandagen?
Mr. Concrete Nein, überhaupt nicht. Sie hatten lauter Scheinwerfer und Kameras und Tonbandgeräte dabei und solches Zeugs.
Mrs. Concrete Oh, dann waren es wahrscheinlich Ray Baxter und die Jungs und Mädels von »Tomorrow's World«. Also ich finde ja Reginald Bosanquet besser, die rücken wenigstens nicht immer in Massen an. *(Es läutet an der Tür.)* Ach, das wird der Rattenfänger sein. *(Sie läßt den Rattenfänger herein.)*
Rattenfänger (GRAHAM) Hallo – Mr. und Mrs. Concrete?
Beide Ja.
Rattenfänger So, so, so, so, so, so, so, so, so, so, so, wie nett, wie nett. Darf ich mich vorstellen? Ich bin Leslie Ames, Vorsitzender des Länderspiels-Auswahlkomitees, und ich freue mich sehr, Ihnen mitteilen zu können, daß Ihre Wohnung als Austragungsort für das dritte Spiel gegen die West Indies ausgewählt wurde.

Mrs. Conrete Wirklich?

Rattenfänger Nein, das war nur ein kleiner Scherz. Eigentlich bin ich der Rattenfänger der Gemeinde.

Mrs. Concrete Ach ja, wir haben Sie schon erwartet.

Rattenfänger Also, ich nehme mal an, daß Sie ein kleines Nager-Problem haben.

Mrs. Concrete Ja, verdammt. Man könnte meinen, das Vieh wäre die ganze Nacht auf, so wie es da im Paneel herumscharrt.

Rattenfänger Hhm, ein interessantes Wort, finden Sie nicht?

Mrs. Concrete Welches?

Rattenfänger Paneel. . . Paneel. . . Paneel. . . klingt doch wie ein kleines Dorf in Dorset, oder? Paneel.

Schnitt: Bild vom Dorf namens Paneel. Eine Frau kommt aus einem Haus gerannt.

Frau Die haben uns im Fernseh erwähnt!

Wieder Bild vom Haus der Concretes.

Rattenfänger Also, wo ist es am schlimmsten?

Mrs. Concrete Na, da unten. Normalerweise kann man sie hören.

Zeigt auf den Sockel der Wand, wo sich ein Schild befindet, auf dem »Paneel« steht.

Rattenfänger Pssst!

Stimme Mäh. . . mäh. . . mäh. . . mäh. . . mäh. . .

Rattenfänger Nein, das sind Schafe, die Sie da drin haben.

Stimme Mäh. . . mäh.

Rattenfänger Nein, also das sind ganz bestimmt Schafe. Das macht die Sache natürlich ein bißchen kompliziert.

Mrs. Concrete Inwiefern?

Rattenfänger Nun ja, also, a) wird es nicht auf ein nettes Stückchen Käse reagieren und b) wird es nicht in eine Falle passen.

Mrs. Concrete Oje – was werden Sie tun?

Rattenfänger Na, erst mal müssen wir uns nach dem Loch umsehen.

Wir folgen ihnen, während sie das Paneel absuchen.

Mrs. Concrete Aha. Hier ist eins.

Sie zeigt auf ein kleines schwarzes Mauseloch.

Rattenfänger Nein, nein, das sind Mäuse.

Er zieht eine Kette von Mäusen heraus, die an einem Gummiband zusammengebunden sind. Dann läßt er los, so daß sie wieder zurückschnappen. Der Rattenfänger schaut sich weiter um. Er schiebt einen Sessel zur Seite, hinter dem sich ein meterhohes schwarzes Loch auftut.

Rattenfänger Aha, da haben wir ja, was wir suchen.

Das Mähmäh wird lauter. In diesem Augenblick kommen sechs Kricketspieler ins Zimmer.

Kricketspieler (JOHN) Verzeihung, findet hier das dritte Länderspiel statt?

Mr. Concrete Nein, das war ein Scherz – ein Scherz!

Kricketspieler Och, Mist. *(Ab.)*

Rattenfänger Gut. Ich begebe mich jetzt mal ins Paneel.

Schnitt wieder zur Frau aus Paneel, die erneut herausgelaufen kommt.

Frau Sie haben es schon wieder gesagt.

Wieder im Wohnzimmer.

Rattenfänger Ich werde jetzt etwas Schafsgift auslegen.

Er verschwindet durch das Loch. Wir hören:

Stimme Mäh, mäh, mäh. *(Ein Schuß fällt.)*

Rattenfänger Autsch. *(Hält sich die Schulter.)* Aua! Es hat ein Gewehr!

Mrs. Concrete Mist.

Rattenfänger Also normalerweise ist das Schaf ein sanftes, scheues Tier, aber Sie haben hier einen Killer im Haus.

Schnitt auf Steckbrief: »Gesucht wegen bewaffneten Raubüberfalls – Basil« mit dem Bild eines Schafes. Aufregende Krimi-Musik. Schnelle Folge von eingeblendeten Schlagzeilen: »Farmern im Pferch aufgelauert«, »Merinoschafbock entkommt mit Lohngeldern«.

Unheimliche Science-fiction-Musik; es wird in ein Labor übergeblendet. Ein Wissenschaftler, der in ein Mikroskop guckt, und seine geschäftige, attraktive Assistentin.

Professor (ERIC) Es handelt sich um eine völlig neue Schafsrasse, ein Killerschaf, das nicht nur in der Lage ist, ein Gewehr zu halten, sondern auch noch ein ausgezeichneter Schütze ist.

Assistentin Aber woher kommen sie, Professor?

Professor Das weiß ich nicht. Ich weiß es einfach nicht. Ich weiß es einfach tatsächlich nicht. Ich fürchte, das weiß sogar ich einfach nicht. Ich muß Ihnen leider sagen, daß ich fürchte, daß sogar ich es einfach tatsächlich nicht weiß. Ich fürchte, ich muß Ihnen sagen. . . *(sie reicht ihm ein Glas Wasser, das sie in dem Augenblick eilig holen ging, als er mit seiner Rede anfing)* . . . danke . . . *(verfällt wieder in seinen normalen flotten Tonfall)* . . . ich weiß es nicht. Unsere einzige Spur ist dieser Fetzen Wolfspelz, den das Killerschaf. . .

Schnitt zu einem Wikinger.

Wikinger (TERRY G.) ... getragen hat...
Schnitt zurück zum Sketch.

Professor ... als es gestern bei Selfridges eingebrochen ist.

Assistentin Ich werde gleich die nötigen Tests damit durchführen, Professor.
Sie öffnet die Tür zu einem weiteren Laborraum, aber er ist voller Kricketspieler.

Kricketspieler (JOHN) Hallo, können Sie mir bitte sagen, ob hier das dritte Länderspiel stattfindet?
Sie knallt ihnen die Tür vor der Nase zu.

Assistentin Professor, im Labor sind Kricketspieler.

Professor Die Sache könnte noch ernster sein, als selbst ich mir das anfänglich noch vorgestellt habe... – Was für ein seltsamer... seltsamer Satz... Wir dürfen keine Zeit verlieren. Holen sie mir den Hauptkommissar der Polizei.

Assistentin Jawohl, Sir!
Sie öffnet einen Schrank und zieht den Hauptkommissar der Polizei aus einer Art Schublade heraus. Er grinst und winkt vergnügt. »This-is-Your-Life«-Musik und Applaus.

Professor Nein, nicht doch. Holen Sie ihn mir an die Strippe.

Assistentin Oh... *(Sie schiebt ihn wieder hinein.)*

Professor Anblick des Grauens! *(Er starrt gebannt auf etwas im Türeingang.)* Noch so ein komischer Satz... Vorsicht, Fräulein Strizzinußöl!

Assistentin Professor! Was ist los? Was haben Sie gesehen?

Professor Schauen Sie – da drüben in der Tür.
Schnitt zum Türeingang; darüber ein Trickfilm eines riesigen Schafs mit einer Augenbinde.

Assistentin O Schreck! Arthur X! Anführer der Gatterknackerbande!
TRICKFILM: *vielleicht sogar mit Einblendungen von Archivfilmen – wie es Herrn Gilliams fieberndem Gemüt in den Sinn kommt –: Schaf bis an die Zähne bewaffnet, Schaf, das gefährliche Überfälle durchführt, Basil Cassidy und das Sundance Schaf, Schaf mit Maschinengewehr, das aus seinem Hintern rausguckt etc.*

Nachdem der Trickfilm geendet hat, Schnitt zum Studio. Ein Ansager sitzt in einem Nachrichtenstudio an einem Pult.

Ansager (MICHAEL) Aber bald gelang es dem Killerschaf, auch andere Tiere mit seiner erstaunlichen Intelligenz anzustecken.

Miezekatzen fingen an, Hypotheken festzusetzen, Kockerspaniel entwarfen Supermärkte. . .

Wieder Trickfilm: Ein Papagei.

Papagei Und Papageien fingen an, Fernsehprogramme anzusagen. Es ist jetzt zwanzig Uhr und Zeit für die Nachrichten.

Schnitt zurück zum Ansager.

Ansager Guten Abend. Wir bringen Ihnen die Nachrichten für Papageien. Keine Papageien wurden heute in einen Unfall auf der A1 verwickelt, als ein Lastkraftwagen, in eine Leitplanke hineinsauste. . . Der Fahrer wurde verletzt. Ich wiederhole: der *Fahrer,* nicht ein *Ara*. Ein Sprecher für Papageien erklärte, er sei froh, daß keine Papageien in den Unfall verwickelt seien. Der Minister für Wissenschaft und Technik *(Foto des Ministers mit Papagei auf der Schulter)* traf heute mit drei russischen Führern zusammen *(Foto der versammelten Herren Breschnew, Podgorny und Kossigin, jeder mit einem Papagei auf der Schulter),* um über ein 4 Millionen Pfund schweres Abkommen über Verkehrsflugzeuge zu verhandeln. . . *(Schnitt zum Ansager.)* Keiner der Anwesenden begab sich in den Vogelbauer oder schaukelte auf dem kleinen Holztrapez oder naschte von den schönen Hirsekörnern, lecker, lecker. Hiermit sind die Nachrichten beendet. Wir setzen unser Programm für Papageien mit Teil drei von »Die Geschichte zweier Städte« fort, speziell für Papageien adaptiert von Polly Kräcker. Und das geschah bisher. . . Dr. Manette ist inzwischen in England, nachdem er achtzehn Jahre in der Bastille *(während er spricht, mischt sich anschwellende Französische-Revolutions-Musik unter seine Worte)* gefangengehalten wurde. *(Schnitt auf einen Cruikshank-Stich von London.)* Seine Tochter Lucie erwartet ihren Geliebten Charles Darnay, über den wir eben erfahren haben, daß er in Wirklichkeit der Neffe des Marquis de St. Evrémonde ist, dessen Grausamkeit seinerzeit bewirkte, daß Manette in die Bastille kam. Darnay trifft Lucie, die ihren alten Vater pflegt. . .

ZWISCHENTITEL: »LONDON 1793«

Musik erreicht ihren Höhepunkt, wir blenden langsam über in ein Wohnzimmer des achtzehnten Jahrhunderts. Lucie beugt sich fürsorglich über ihren Vater. Musik im Off spielt leise weiter. Plötzlich wird die Tür aufgerissen, und Charles Darnay tritt ein.

Darnay (GRAHAM) *(mit Papageienstimme)* Hallo, hallo.

Lucie (CAROL) Hallo, hallo, hallo.

Alter Mann (TERRY J.) Hallo, hallo, hallo.
Darnay Ja, wo ist denn mein kleiner Hansi?
Lucie Hallo, hallo, hallo.
Und dergleichen mehr.
Schnitt zurück zum Ansager.
Ansager Und während das so weitergeht, melden wir uns mit den Nachrichten für Gibbons. Keine Gibbons wurden heute in einen Unfall auf der A1 verwickelt. . .
Die Stimme des Ansagers wird ausgeblendet.
Off-Sprecher (ERIC) Und während das so weitergeht, bringen wir Ihnen aus Westminster den Parlamentsbericht für Menschen.
Mann hinter einem Nachrichtenpult; auf der Kulisse hinter ihm steht »Heute im Parlament«.
Cyril (ERIC) Während der Debatte bezichtigte ein Oppositionssprecher die Regierung der Albernheit, und Dinge zu tun, die ziemlich schlimm seien. Ein Abgeordneter akzeptierte diesen Vorwurf in einer Atmosphäre konstruktiver Kritik, bestritt jedoch, sich jemals an einem Chorknaben vergangen zu haben. Wütende Zwischenrufe »Und was war damals mit der Wassermelone?« befahl der Sprecher aus dem Protokoll zu streichen und in einer braunen Papiertüte im Klo zu deponieren. Er drohte, jede weitere Unterbrechung zu konfiszieren und unter die Armen zu verteilen. Für die Regierung erklärte ein Sprecher der Front Bench, daß die Agrarzölle erhöht werden *müßten*, und zwar *ziemlich*, wie der Sprecher mutmaßte. Darüber hinaus, argumentierte er, würde das für die Farmer ein großer Ansporn sein, sowie ihm selbst, seinem Freund und Fräulein Feucht aus Knightsbridge eine Menge Freude bereiten. Von den Hinterbänken wurden Oppositionsrufe wie »Postkarten zu verkaufen« laut, ebenfalls der gesunde Aufschrei »also gut, wer möchte lieber einen Matrosen?«, der aus der Richtung des Ministers ohne Geschäftsbereich kam. Darauf Bezug nehmend sagte der Schattenminister, daß er die Gerüchte nun nicht länger dementieren könne, und daß er und der Dackel sehr, sehr glücklich seien; und sowieso, gab er zu bedenken, sei Rhabarber billig und ein Saunabad an und für sich nichts Unanständiges.
Schnitt zurück zum ursprünglichen Ansager.
ZWISCHENTITEL: »SIEBEN STUNDEN SPÄTER«
Ansager . . . waren nicht verwickelt. Der Minister für Wissen-

schaft und Technik *(Foto des Ministers mit einem Plumpbeutler auf der Schulter)* traf heute mit den drei russischen Führern zusammen *(wieder die drei russischen Politiker, alle mit Plumpbeutlern auf der Schulter)*, um über ein Vier-Millionen-Pfund-Abkommen über Verkehrsflugzeuge zu verhandeln. Keiner von ihnen ist in Australien zu Hause, keiner trug seine Babies in einem Beutel oder aß von den leckeren Eukalyptusblättern, lecker, lecker. Das waren die Nachrichten für Plumpbeutler. Und nun: Attila, der Hund!

TRICKFILM: *ein gefährlicher, tollwütiger Hund. . .*

Off-Sprecher (JOHN) Das war Attila der Hund, und nun präsentieren wir Ihnen: Idioten!

Ein Dorftrottel in Kittelschürze und Strohhut, mit roten Wangen, Strohhalm im Mundwinkel, sitzt auf einer Mauer; er macht komische Geräusche und verdreht die Augen.

Off-Sprecher (ERIC) Arthur Figgis ist ein Idiot. Ein Dorftrottel. Heute abend befassen wir uns mit dem Idioten in der Gesellschaft.

Großaufnahme von Figgis, der in die Kamera spricht. Sehr nahe Großaufnahme, so daß der oberste und unterste Teil seines Gesichts abgeschnitten sind.

Figgis (JOHN) *(sehr elaboriert)* Nun, ich bin der festen Meinung, daß der Idiot *durchaus* ein Bestandteil des alten Dorfsystems ist und als solcher eine lebensnotwendige Rolle in der modernen ländlichen Gesellschaft spielt, da er nämlich. . . *(wechselt plötzlich Tonfall und spricht im Bauerndialekt)*. . . hou, äh, chrrn, wenn däi Hahn bellt uppn Mist, ändert sich, äh, chrrn *(Vikar geht vorbei und gibt ihm Sixpence)*, chrrr, äh, Gott vergelt's, Herrrrr Vikar. . . *(Gebildete Stimme)* In unserer Gesellschaft besteht ein sehr realer Bedarf an Menschen, die von nahezu allen anderen verachtet und ausgelacht werden können. Und diese Rolle haben. . . hou, hä, chrrn, schnupsi, tapsi, kacki, klingeling, wau, wau. . . *(Vorbeigehende Dame gibt ihm Sixpence.)* Vielen Dank, Mrs. Thompson. . . Und diese Rolle hat meine Familie während der letzten vierhundert Jahre in diesem Dorf wahrgenommen. . . Guten Morgen, Mr. Jenkins, ICI hat die Halbjahres-Dividende heraufgesetzt, wie ich höre.

Wir sehen Mr. Jenkins vorbeigehen; er ist ebenfalls ein Idiot und trägt die gleiche Kleidung.

Mr. Jenkins (MICHAEL) Ja, ganz hervorragend.

Figgis Das war Mr. Jenkins – auch ein Idiot. Wie Sie sehen, leistet der Idiot einen elementaren psycho-sozialen Service an seiner Gemeinschaft. Oh, entschuldigen Sie mich bitte, aber dort ist soeben ein Reisebus angekommen. Ich fürchte, ich muß jetzt von der Mauer fallen.

Er fällt rückwärts von der Mauer.

Schnitt zu Figgis in Dorftrottel-Kleidung, der aus einem Vorortshaus herauskommt. Auf dem Rasen stehen mehrere Turngeräte, an denen er sich zu schaffen macht. Nimmt Anlauf und rennt mit voller Wucht gegen ein Gymnastikpferd (Zeitraffer); prallt ab und geht betäubt zu Boden.

Off-Sprecher (ERIC) Arthur nimmt das Idiotentum sehr ernst. Morgens um sechs ist er schon auf den Beinen und arbeitet mit einer Spezialausrüstung, um sich in einem regelmäßigen Schwachsinnstraining fit zu halten. Und natürlich legt er großen Wert auf seine äußere Erscheinung.

Figgis, der einen hübschen sauberen Kittel trägt, springt in einen Teich. Er klettert sofort wieder heraus, zieht einen Handspiegel aus der Tasche und klatscht sich kritisch Schlamm ins Gesicht, als würde er Make-up auftragen.

Off-Sprecher Genauso wie der Doktor, der Schmied und der Zimmermann stellt Mr. Figgis eine bedeutende Persönlichkeit in diesem Dorf dar, — und genau wie sie – benutzt auch er die Bank der Gemeinde.

Dorfplatz. Eine Bank. Figgis geht auf sie zu. Leute, die kichern und auf ihn zeigen. Er zieht seine alberne Nummer ab. Figgis betritt die Bank. Schnitt; Bankdirektor, der vor der Bank steht.

EINBLENDUNG: »M. BRANDO – BANKDIREKTOR«

Bankdirektor (GRAHAM) Ja, es gibt hier eine ganze Reihe von Idioten, die bei uns ein Konto haben.

Off-Sprecher (MICHAEL) Wieviel Geld ist Ihrer Meinung nach mit Idiotie zu holen?

Bankdirektor Also ich würde sagen, heutzutage kann ein richtiger Vollidiot bis zu zehntausend Pfund im Jahr verdienen – vorausgesetzt, er ist der Kopf irgendeines großen Industriekonzerns. Aber natürlich weigert sich der eher altmodische Idiot immer noch, Geld anzunehmen.

Wir sehen, wie Figgis der Kassiererin einen Scheck gibt; Kassiererin schiebt ihm einen Haufen Moos, Kieselsteine, Holzstückchen und Bucheckern über den Schalter.

Bankdirektor *(im Off)* Er nimmt kleine Schnüre und Stöckchen, tote Wellensittiche, Spatzen, einfach alles, was allerdings die Arbeit des Kassierers erschwert; aber am Ende sind sie selbst ja die Dummen, da der Zinssatz auf ein Stück Moos oder eine tote Wühlmaus über eine Laufzeit von zehn Jahren selbstverständlich schwindend gering ist.

Ein Bankangestellter erscheint an der Eingangstür.

Bankangestellter (TERRY J.) Mr. Brando!

Bankdirektor Ja?

Bankangestellter Hollywood am Telefon.

Bankdirektor Stellen Sie in mein Büro durch.

Schnitt auf eine Waldlichtung.

Off-Sprecher (ERIC) Aber Mr. Figgis ist kein gewöhnlicher Idiot. Er unterrichtet Irrsinn an der Universität von East Anglia. Hier sehen wir ihn mit einer Klasse im dritten Studienjahr.

Ein halbes Dutzend Knallköpfe, die von Figgis angeführt werden, tanzen durch die Lichtung und singen unmelodisch. Sie tragen lange Uni-Schals.

Off-Sprecher Nach einem dreijährigen Studium erhalten diese Eleven des Irrsinns ein Idiotendiplom, eine Handvoll Dreck und einen Tritt ins Gesicht.

Ein Vizedirektor steht in einer universitären Räumlichkeit; vor ihm ein paar junge Idioten. Sie sind in Idiotentracht gekleidet und haben Doktorhüte auf. Einer von ihnen tritt vor den Rektor, bekommt ein Diplom, eine Handvoll Dreck ins Gesicht und kniet nieder, um seinen Tritt entgegenzunehmen.

Schnitt: man sieht Eltern, die glücklich und stolz lächeln.

Off-Sprecher Unter den Idioten der alten Schule befinden sich aber nicht wenige, die den akademischen Idioten ablehnen.

Alter Idiot (ERIC) Ich bin ein rundum autodidaktischer Idiot. Ich meine, ouh, äh, chrrn, uh, ähm, chrrrrn, kommen Sie mir doch heute nicht mehr damit. Bei uns hier würde sich einer, der es noch mit der Masche probiert, total lächerlich machen, der könnte glatt einpacken. Nein, die Leute verlangen heutzutage etwas Subtileres.

Ehefrau kippt ihm den Frühstücksbrei über den Kopf.

Schnitt: Film von einem Idioten, der mehrmals hintereinander von einer Mauer fällt.

Off-Sprecher Kevin O'Nassis arbeitet größtenteils mit Mauern.

Kevin (JOHN) *(im Off)* Man muß genau wissen, was man macht.

Ich meine, manche Leute glauben, ich bin verrückt. Die Dorfbewohner sagen, ich bin verrückt, die Touristen sagen, ich bin verrückt; also ich werde Ihnen was sagen, ich *bin* verrückt, aber von *Natur aus* verrückt. Ich verwende keinerlei chemische Zusatzstoffe.

Off-Sprecher Aber wie steht es mit dem Privatleben des Idioten? Wie ist sein Verhältnis zu Frauen?

Idiot im Bett. Kamera geht zurück, man sieht jetzt, daß er das Lager mit zwei sehr jungen, schlanken nackten Mädchen teilt.

Idiot (JOHN) Also, ich bin ja vielleicht verrückt, aber blöd bin ich noch lange nicht.

Off-Sprecher Den Dorftrottel mit der schmuddeligen Kittelschürze und seiner plumpen Mauer-Akrobatik trennen jedoch noch Welten von dem modernen Ambiente des urbanen Idioten. *(Archivfilm: Massenszene mit normal gekleideten städtischen Gentlemen, die aus Zügen strömen.)* Was für einen Hintergrund haben diese Stadtidioten?

»Stimmen des Volkes«-Film von städtischen Gentlemen. Untertitel erhellen ihren geschraubten und nahezu unverständlichen Akzent.

Erster Stadtidiot (JOHN) Eton, Sandhurst, und das Gardekorps, ha, ha, ha, ha.

Zweiter Stadtidiot (MICHAEL) Es fällt mir gerade nicht ein, aber ich hab's irgendwo aufgeschrieben.

Dritter Stadtidiot (GRAHAM) Papi ist Bankier, und da brauchte er einen Papierkorb.

Vierter Stadtidiot (TERRY J.) Vater war Innenminister, und Mutter hat das Derby gewonnen.

Schnitt: Kommentator mit Mikrophon in Großaufnahme. Die Kamera fährt zurück, während er spricht, man sieht jetzt, daß er vor dem Haupttor von Lord's Kricketplatz steht.

Interviewer (GRAHAM) Das Hauptquartier dieser urbanen Idioten befindet sich hier in St. John's Wood. Dort drinnen können sie die Gesellschaft anderer Idioten genießen und sich besondere Darbietungen rituellen Irrsinns anschauen.

Kurze Einstellung: Totale eines Kricketmatchs im Lord's.

Dann Schnitt zu fünf entsetzlich alten Idioten, die sich das Spiel ansehen.

Erster Idiot (MICHAEL) Gut in Ruhe gelassen.

Zweiter Idiot (GRAHAM) Gut gespielt.

Dritter Idiot (ERIC) Gut, gut.
Vierter Idiot (JOHN) Gut erzogen.
Fünfter Idiot (TERRY J.) *(stirbt)* Ah!

Wieder eine kurze Totale vom Lord's. Es passiert absolut gar nichts, und wir können niemanden erkennen.

Schnitt: drei Fernseh-Sportreporter in einer modernen Kabine, mit geöffnetem Schiebefenster. Sie sind von Flaschen umgeben.

Jim (JOHN) Guten Tag und herzlich willkommen am zweiten Tag des ersten Länderspiels in Lord's. Während der letzten fünf Stunden war England am Schlag und hat bereits keinen einzigen Punkt erzielt. Cowdrey ist im Spiel und hat keinen Schlag gelandet. Naughton ist nicht im Spiel. Knott ist im Spiel und hat null Punkte erzielt. Naughton aus Northamptonshire bekam gestern abend beim Training einen Bombenball gegen die Birne, hat es aber überlebt. Nächster im Spiel ist Nat Newton aus Nottinghamshire. Nicht Nutting – Nutting steht auf neun, ähm, Nutting hat fabelhaft abgeschlagen, klatsch, peng, schwirr. . . *(redet wirres Zeug; ein anderer Reporter stupst ihn an)* . . . jedenfalls hat England erstaunlich gut für nichts und wieder nichts gespielt und keinen müden Punkt gemacht, in Erwiderung auf das erste Inning von Island, das gestern in einer blamablen Vorstellung insgesamt 722 Punkte erzielte und zwei Spieler in die Kabine schickte und nach einundzwanzig enttäuschenden Runden vorzeitig den Wechsel anbot, wobei es einen Haufen erbärmliches Schläger-Gefuchtel und wilde Bälle zum besten gab, an die niemand rankam, und lauter Mist von der Sorte. Aber die Hauptsache ist ja, daß England bisher einen absolut hervorragenden Start gehabt hat, oder, Peter?

Peter (GRAHAM) Ganz fantastisch. Hör dir nur das Krachen dieser Schenkel an. Und jetzt ist die Nordkurve mit ihrem Samba dran. Brian, bitte.

Brian (ERIC) *(er hat eine gewaltige Nase)* Ganz genau. *(Öffnet ein Buch.)* Das erinnert mich an eine Geschichte über Gubby Allen aus dem Jahre 1932. . .

Jim Halt die Klappe, Mensch, sonst schließen wir die Bar. Und jetzt nimmt Bo Wildeburg Anlauf, um den Ball auf Cowdrey zu werfen, er nimmt Anlauf, er wirft auf Cowdrey. . .

Schnitt: ein kräftiger, wuchtiger Werfer. Er wirft den Ball, aber der Schlagmann rührt sich nicht. Der Ball saust am Außenstab des Wicket vorbei.

Jim . . . und überhaupt kein Schlag. Glänzend den Wurf ignoriert.

Peter Ja, herrlich links liegengelassen.

Brian Ein Klasseschlag, in keinster Weise ausgeführt. Ich erinnere mich noch gut, wie Plum Warner einen ähnlichen Ball im Jahre 1732 in Ruhe ließ.

Jim Ach halt die Fresse, Langnase.

Peter fällt vom Stuhl.

Jim Und da nimmt Bo Wildeburg erneut Anlauf, um auf Cowdrey zu werfen, er rennt los. *(Werfer wirft wie beim erstenmal; Ball fliegt wie vorher vorbei.)* Er wirft auf Cowdrey – und es erfolgt überhaupt kein Schlag, eine sagenhafte Zurschaustellung von Körperstarre. . . Und jetzt: der Wechsel, und Drinks.

Peter Für mich einen Gin Tonic.

Jim Nein, die *Spieler* bekommen Drinks. Und was passiert da unten? Ich glaube fast, daß Cowdrey herausgenommen wird.

Zwei Männer in weißen Kitteln wie Möbelpacker, daher vielleicht besser in braunen Kitteln, tragen den Schlagmann vom Feld. Zwei Männer gehen mit einem grünen Polstersofa an ihnen vorbei und auf den Dreistab zu.

Jim Ja, Cowdrey wird herausgenommen. Ein starkes Stück. Schauen wir mal, wer als nächster dran ist, es sollte die Nummer drei sein, Natt Newton aus Nottinghamshire. . . nimm deine Hand von meinem Schenkel, West . . . nein, ich glaube, er ist es doch nicht. . . ich glaube, es ist, äh, es ist das Sofa. . . nein, es ist das *Polster*sofa! Das grüne Polstersofa kommt als die Nummer drei und bezieht jetzt Position.

Brian Ich erinnere mich lebhaft an einen ähnlichen Diwan, der in Headingley im Jahre 9 v. Chr. im Spiel gegen die Kaffer eingewechselt wurde.

Jim Ach halt's Maul, du Rüssel. Und jetzt hat das grüne Polstersofa Stellung bezogen, und Island setzt die Wäscheschleuder als Werfer ein.

Aufstellung der Möbel. Das ganze Spielfeld wird mit Möbelstücken in der richtigen Anordnung besetzt. Drei Stühle, ein Sessel, ein Bidet, ein Fernsehgerät, ein Bücherregal, ein Rollschreibtisch, ein Heizkörper usw. verteilen sich auf die Spielpositionen. Die Wäscheschleuder nimmt Anlauf und schleudert mit dem Schlauch einen echten Ball gegen einen Tisch, der vor dem Wicket steht und Schutzpolster trägt. Die Wäscheschleuder trifft den Tisch am Kniepolster. »Du-bist-raus«-Rufe.

Jim Die Wäscheschleuder bewegt sich wieder zur Wurfmarke zurück, nimmt Anlauf auf den Dreistab, wirft zum Tisch. . . ein bißchen knapp, aber der Ball kommt noch, trifft ihn am Knieschutz. . . und der Tisch ist draußen, Bein vor Dreistab. Damit heißt es null zu eins für England.

Anderer Off-Sprecher (MICHAEL) Und nun verlassen wir Lord's und schalten um nach Epsom.

Sportreporter (ERIC) Hier in Epsom wurde soeben das Dreiuhrrennen gestartet, fünfzig Yards dieser Meile, somit die Hälfte, sind schon zurückgelegt, Waschbecken liegt an der Spitze, gefolgt von Kloschüssel. Sofa legt sich mächtig ins Zeug und teilt sich mit Joanna Southcotts Hutschachtel, die ein gutes Rennen macht, den dritten Platz, vor Hutständer an der Innenseite, Stehlampe fällt zurück, aber jetzt geht Waschbecken eindeutig nach vorn, stark bedrängt von. . . Und an der Zielmarke gehen Waschbecken vor Kloschüssel vor Sofa durch, dann kommen Hutständer, Stehlampe und als letzte Joanna Southcotts Schachtel.

Schnitt ins Studio; im echten Publikum sitzen drei schreiende Bischöfe.

Bischöfe Mach die Schachtel auf! Mach die Schachtel auf! Mach die Schachtel auf! Mach die Schachtel auf! Mach die Schachtel auf!

Eine einfache Kulisse wie für die Quiz-Sendung »Wählen-Sie-selbst« mit einem wie Michael Miles grinsenden Monster von einem Moderator.

Michael Miles (JOHN) Und könnten wir jetzt bitte den nächsten Kandidaten haben? *(Eine Schreckschraube läuft nach vorn auf Michael Miles zu.)* Ha, ha, ha . . . Guten Abend, meine Dame, und Ihr Name lautet?

Frau (TERRY J.) Ja, ja.

Michael Miles Und wie heißen Sie?

Frau Ich gehe regelmäßig in die Kirche.

Michael Miles Wunderbar, verstehe, verstehe, und auf welchen Preis haben Sie heute abend Ihr spezielles Auge geworfen?

Frau Ich hätte gern den Schlag auf den Kopf.

Michael Miles Den Schlag auf den Kopf.

Frau Genau dorthin.

Michael Miles Wunderbar. Nun also, unsere erste Frage heute abend für den Schlag auf den Kopf lautet: Welcher große Kritiker des Descarteschen Dualismus sträubte sich gegen die

Reduzierung psychologischer Phänomene auf physikalische Zustände?

Frau Das weiß ich nicht!

Michael Miles Raten Sie einfach.

Frau Henri Bergson.

Michael Miles Und das ist die korrekte Antwort!

Frau Huch, na so ein Glück. Ich hab noch nie was von ihm gehört.

Michael Miles Wunderbar.

Frau Ich mag nämlich keine Neger.

Michael Miles Ha, ha, ha. Na wer tut das schon! Und nun kommt Ihre zweite Frage für den Schlag auf den Kopf: Wovon ernähren sich Pinguine hauptsächlich?

Frau Schweinebraten-Sandwich.

Michael Miles Nein.

Frau Schinkenstückchen in der Dose?

Michael Miles Nein, nein, nein. Was fressen Pinguine? Pinguine.

Frau Pinguine?

Michael Miles Ja.

Frau Ich hasse Pinguine.

Michael Miles Nein, nein, nein.

Frau Sie fressen sich selbst.

Michael Miles Nein, nein, was fressen *Pinguine*?

Frau Pferde! . . . Lehnstühle!

Michael Miles Nein, nein, nein. Was fressen Pinguine?

Frau Ach so, Pinguine!

Michael Miles Pinguine.

Frau Cannelloni.

Michael Miles Nein.

Frau Lasagne, Moussaka, Hummer Thermidor, Escalopes de veau à l'estragon avec endives gratinées mit Käse.

Michael Miles Nein, nein, nein, nein. Ich geb Ihnen einen Hinweis. *(Mimt einen schwimmenden Fisch.)*

Frau Ah! Brian Close.

Michael Miles Nein, nein.

Frau Brian Inglis, Brian Johnson, Bryan Forbes.

Michael Miles Nein, nein!

Frau Nanette Newman.

Michael Miles Nein. Was schwimmt im Meer und wird mit Netzen gefangen?

Frau Henri Bergson.
Michael Miles Nein.
Frau Ziegen. Unterwasserziegen mit Schnorcheln und Schwimmflossen.
Michael Miles Nein, nein.
Frau Ein Büffel mit Sauerstoffgerät.
Michael Miles Nein, nein.
Frau Reginald Maudling.
Michael Miles Ja, das ist nah genug dran. Ich geb Ihnen den Punkt. Also schön, Mrs. Abschaum, Sie haben Ihren Preis gewonnen, möchten Sie immer noch den Schlag auf den Kopf?
Frau Ja, ja.
Michael Miles Ich biete Ihnen an. . . eine Faust aufs Auge.
Frau Nein! Ich will den Schlag auf den Kopf!
Michael Miles Einen rechten Haken zwischen die Kiemen.
Frau Nein.
Michael Miles Also gut, dann einen Tritt vors Schienbein.
Frau Nein.
Michael Miles Mrs. Abschaum, ich biete Ihnen einen Schlagring ins Eßbesteck und dazu: ein Stilett die Stützkorsage aufwärts.
Frau Äh. . . .
Stimmen Schlag auf den Kopf! Nimm den Schlag auf den Kopf!
Frau Nein, ich nehme den Schlag auf den Kopf.
Michael Miles Na schön. Mrs. Abschaum, Sie haben den Superpreis des heutigen Abends gewonnen, den Schlag auf den Kopf.
Er haut ihr einen riesigen Holzhammer über den Schädel, sie geht ohnmächtig zu Boden. Ein sexy gekleidetes Mädchen im Hintergrund (Graham) schlägt einen kleinen Gong an. Die drei Bischöfe kommen hereingerannt und stürzen sich gierig auf sie.
Schnitt auf Schild:
RUNDFUNK- UND FERNSEHGEBÜHREN AB DEM 1. JANUAR 1969
FARBFERNSEHEN UND RADIO 11 £
FERNSEHEN UND RADIO 6 £
NUR RADIO 1 £ 50
Darüber Abspann (Rolltitel) und:
ENDE

Einundzwanzig – Archäologie heute

BBC-1-Weltkugel.

Off-Sprecher (ERIC) Hier nun die Vorschau auf einige Sendungen, die das BBC-Fernsehen in Kürze ausstrahlen wird. Los geht's mit bunter Vielfalt. . . *(Standfoto von Peter West und Brian Johnston)* . . .Peter West und Brian Johnston spielen die Hauptrollen in »Regen führte zu Spielabbruch«, einer verrückten neuen *Comedy*-Serie über die lustigen Heldentaten zweier Kricketsport-Fernsehmoderatoren *(Foto von E.W. Swanton)*, mit E.W. Swanton als Aggie, dem schrulligen schottischen Dienstmädchen. Denjenigen unter Ihnen, die bunte Vielfalt nicht mögen, bieten wir bunte Vielfalt, und zwar mit Brian Close im »Talk of the Town«. *(Brian Close in weißer Kricketkleidung auf einer Bühne.)* Und natürlich bringen wir Sport. Unsere Klassiker Serie *(Stich von London mit Überschrift: »Die Klassiker«)* auf BBC 2 sendet weitere sechsundzwanzig Folgen von John Galsworthys »Snooker auf meine Art« *(Fotomontage von Nyree Dawn Porter, die ein Snooker-Queue hält)*, mit Nyree Dawn Porter, die ihren sensationellen Erfolg als Joe Davis wiederaufleben läßt. Und natürlich bringen wir Sport. *Comedy* kommt auch nicht zu kurz *(Zwischentitel: »Comedy«)*, wir zeigen Jim Laker *(Foto von Laker)* in »Ballwurf mit Effet – in dreizehn leicht verständlichen Lektionen«. Jim spielt in der neuen Serie »Du-bist-raus« den verschrobenen ledigen Kricketspieler, mit Annely Brummond-Haye auf Mr. Softee *(Foto von Annely zu Pferd)* als seine Frau. Und natürlich bringen wir Sport. »Panorama« kehrt zurück, wie immer *(»Panorama«-Überschrift mit Foto von Tony Jacklin)* von Tony Jacklin moderiert, und Lulu *(Foto von Lulu)* wird es mit dem »Old Man of Hoy« aufnehmen *(Foto des charakteristischen Felsens gleichen Namens)*. Und für diejenigen unter Ihnen, die Drama bevorzugen, gibt es – Sport. In der »Show der Woche« singt Kenneth Wostenholme. *(Standfoto von ihm, eingeblendet über Flick-Colby-Trachtengruppe, Pans-People-Tänzer, ono.)* Und für diejenigen unter Ihnen, die kein Fernsehen mögen, gibt es – David Coleman. *(Bild von ihm, lächelnd.)* Und natürlich bringen wir Sport. Aber nun zu etwas völlig anderem – Sport.

Trailermusik der Sportsendung »Grandstand« setzt ein und bricht dann jäh ab.

Schnitt: der übliche Trickfilm-Vorspann.

TRICKFILM, *ein Sketch über einen archäologischen Fund führt uns zu:*
ZWISCHENTITEL: »ARCHÄOLOGIE HEUTE«
Interview-Studio; Kulisse für Archäologie-Programm. Moderator und zwei Gäste sitzen vor einem vergrößerten Foto eines gesprungenen alten Tontopfs im Studio.

Interviewer (MICHAEL) Ich begrüße jetzt bei uns zu »Archäologie heute« Professor Lucien Kastner von der Universität Oslo.

Kastner (TERRY J.) Guten Abend.

Interviewer Wie groß sind Sie, Professor?

Kastner ... Wie bitte?

Interviewer Wie groß sind Sie?

Kastner Ich bin ungefähr eins siebenundsiebzig.

Interviewer ... und Experte für ägyptische Grabmalerei. Sir Robert... *(Wendet sich noch einmal Kastner zu.)* Sind Sie wirklich eins siebenundsiebzig?

Kastner Ja.

Interviewer Komisch, Sie wirken viel kleiner auf mich. Lümmeln Sie sich vielleicht in Ihrem Stuhl?

Kastner Nein, ich, äh...

Interviewer Unglaublich. Sir Robert Eversly, Sie sind soeben von den Ausgrabungen in El Ara zurückgekehrt, und Sie müssen ein gutes Stück über eins fünfundachtzig sein. Stimmt das, Sir Robert?

Sir Robert (JOHN) *(verwirrt)* Ja.

Interviewer Sie sind sogar eher eins fünfundneunzig, schätze ich mal, nicht wahr?

Sir Robert Ja.

Applaus im Off. Sir Robert blickt sich erstaunt um.

Interviewer Oh, fantastisch. Ich meine, Sie sind ja aus einem ganz anderen Holz geschnitzt als Professor Kastner. Sitzen aufrecht in Ihrem Stuhl, gerade, sattelfest...

Sir Robert Ja... Ich dachte, wir wollen uns hier über Archäologie unterhalten.

Interviewer Ja, ja, natürlich, absolut, da haben Sie absolut recht! Da haben Sie uns ein schönes Beispiel positiven Denkens geliefert. *(Zu Kastner)* So etwas hätten Sie nie zu sagen gewagt, stimmt's? Sie Eins-siebenundsiebzig-Mickerling. *(Dreht Kastner ostentativ den Rücken zu.)* Sir Robert Eversly, der Sie ein äußerst interessanter Mann sind – was haben Sie bei Ihren Ausgrabungen in El Ara gefunden?

Sir Robert *(nimmt eine schöne antike Vase in die Hand)* Also im wesentlichen haben wir eine Grabanlage entdeckt. . .

Interviewer Sehr gute Sprechstimme.

Sir Robert . . . die den sensationellen Beweis von polynesischem Einfluß im Ägypten zur Zeit der dritten Dynastie liefert, was ausgesprochen bemerkenswert ist.

Interviewer Wie groß waren die Polynesier?

Kastner Sie waren. . .

Interviewer Pscht!

Sir Robert Nun ja, sie waren ziemlich kleine, seefahrende. . .

Interviewer . . . kurze Männer, was? Ganz gedrungen und geduckt?

Sir Robert Also, darüber kann ich leider nichts Genaues sagen. . .

Interviewer Wer waren die großen Menschen?

Sir Robert Tut mir leid, ich weiß es nicht.

Interviewer Wie heißt noch dieser sehr große Stamm in Afrika?

Sir Robert Also mit Archäologie hat das herzlich wenig zu tun.

Interviewer Die Watussi! Jetzt hab ich's – die Watussi! Genau, das ist der Stamm, also die werden zum Teil fast zwei Meter vierzig. Stellen Sie sich das mal vor. Zwei Meter vierzig ein einziger Watussi. Nicht einer auf den Schultern des anderen, o nein – ganze zwei Meter vierzig ein einziger, kompakter Watussi. *Das* nenne ich groß.

Sir Robert Ja, aber das hat nichts mit Archäologie zu tun.

Interviewer *(schlägt Sir Robert die Vase aus der Hand)* Hören Sie doch endlich mit Ihrer scheiß Archäologie auf, Mann!

Kastner Darf ich bitte auch etwas sagen! Ich habe die weite Reise von Oslo hierher gemacht, um an dieser Sendung teilzunehmen! Ich bin Professor für Archäologie. Ich bin Experte für Zivilisationen des Altertums. Na schön, ich bin nur eins siebenundsiebzig. Na schön, ich habe eine schlechte Haltung, na schön, ich lümmle mich in meinem Stuhl. Aber ich hab mehr Frauen gehabt als Sie beide zusammen! Ich hab das halbe verdammte Norwegen gehabt, so sieht's aus! Darum können Sie sich Ihren Robert Eversly an den Hut schmieren! Und Ihre blöden Watussi auch! Ich weiß, was ich an meinem kleinen Körper hab. . . meinem kleinen Eins-siebenundsiebzig-Körper . . . *(Bricht schluchzend zusammen.)*

Sir Robert Sie blöder Idiot. Da, sehen Sie, was Sie angerichtet haben.

Interviewer Nennen Sie mich nicht einen blöden Idioten.

Sir Robert Ich mach, was mir gefällt, ich bin eins fünfundneunzig, und Würstchen wie Sie verspeise ich zum Frühstück.

Sir Robert streckt den Interviewer mit einem gewaltigen Hieb nieder. Interviewer schaut auf und reibt sich das Kinn.

Interviewer Das zahl ich dir heim, Eversly! Das zahl ich dir heim, und wenn ich alle vier Himmelsrichtungen nach dir absuchen muß!

Wilder Akkord und Übergang zu Filmmusik und Vorspann wie bei einem Western.

ÜBERSCHRIFT: »FLAMMENDER STERN – DIE GESCHICHTE EINES MANNES, DER IN DER RAUHEN UND UNBARMHERZIGEN WELT DER INTERNATIONALEN ARCHÄOLOGIE AUF RACHE SINNT«

Schnitt: Archivfilm von den Pyramiden (circa 1920).

EINGEBLENDETER ZWISCHENTITEL: »ÄGYPTEN – 1920«

Eine archäologische Ausgrabungsstätte in einer flachen Sandlandschaft. Alle Schauspieler sind im Stil der 20er Jahre gekleidet. Schwenk über die Anlage mit Gängen und Gräben.

Danielle (CAROL) *(im Off)* Die Ausgrabungen liefen gut dieses Jahr. Wir hatten einige hethitische Backteller aus der fünften Dynastie entdeckt, und Sir Robert war glücklicher, als ich ihn je zuvor erlebt hatte. . .

Kamera bleibt auf Sir Robert Eversly stehen; er gräbt eifrig; die Kamera holt den Archäologen nah ran, der jetzt, zur Begleitung von einer Hammondorgel, zu singen beginnt:

Sir Robert Heut hör ich die Lerche singen
Seh Adler durch die Lüfte schwingen
Was wird der heut'ge Tag mir bringen
Heute. . .

Er hält inne und hebt einen Gegenstand auf, pustet den Staub darauf weg und sieht das Ding erstaunt an.

Sir Robert Nanu, ein sumerisches Trinkgefäß aus der vierten Dynastie. *(Singt)* Heute!!!! *(Spricht)* Katalogisieren Sie dieses Behältnis, Danielle, es ist aus der vierten Dynastie.

Danielle Oh, ist es etwa. . .?

Sir Robert Ja, es ist. . . sumerisch.

Danielle Oh, wie wunderbar! Oh, wie sehr ich mich für Sie freue.

Sir Robert Ich freue mich auch, denn jetzt wissen wir endlich, daß es hier in Abu Simnel während der frühen prädynastischen Periode einen sumerischen Einfluß gegeben hat, zweitausend

Jahre vor der Regierungszeit Tut-Ench-Amons. *(Schmettert wieder los)* Heut hör ich die Lerche singen
Seh Adler durch die Lüfte schwingen
(Danielle stimmt mit ein) Was wird der heut'ge Tag mir bringen.
Sie sind drauf und dran, sich zu umarmen, als ein jäher Mißklang und ein langes Krachen ertönt. Der Interviewer steht, in der Kleidung, die er schon vorhin trug, am Rande der Ausgrabungsstätte.

Interviewer Das Spiel ist aus, Eversly, komm aus dem Graben.

Sir Robert Vergessen Sie nicht... ich bin einsfünfundneunzig.

Interviewer Damit kannst du mir keine Angst machen, Kastner!
Er schnippst mit den Fingern. Professor Kastner tritt scharwenzelnd hinter ihm auf.

Kastner Hier, mein Gebieter.

Interviewer Hopp!
Er schnipst mit den Fingern, Kastner springt ihm auf die Schultern.

Sir Robert Drei Meter sechzig!

Kastner Ich bin ja so groß! Ich bin ja so groß!

Sir Robert Danielle!
Danielle springt ihm auf die Schultern.

Interviewer Drei Meter fünfundsechzig! Du mieses Schwein! Abdul!
Ein Diener erscheint auf Kastners Schultern.

Sir Robert Fünf Meter zwanzig! Mustafa!
Ein Diener erscheint auf Danielles Schultern.

Interviewer Fünf Meter vierzig... Du mieses Schwein!
Die sechs gehen aufeinander los. Sie kämpfen zwischen den aufgebockten Tischen, auf denen seltene Töpfe stehen, die dabei zu Bruch gehen. Als der Kampf vorbei ist, liegen sie alle tot übereinander in einem Haufen zerschlagener Töpferware. Der Interviewer kriecht auf die Kamera zu und zieht ein Mikrophon aus der Tasche. Er ist blutüberströmt und haucht seinen letzten Atem aus.

Interviewer Und damit beenden wir diese Ausgabe von »Archäologie heute«. Nächste Woche präsentieren wir Ihnen die Silbury-Ausgrabung von Cole Porter, mit Pearl Bailey und Arthur Negus. *(Er stirbt.)*

Off-Sprecher (MICHAEL) Und jetzt ein Wort zur geistigen Gesundheit von Pastor Arthur Belling.
Schnitt: ein Vikar sitzt im Studio und blickt in die Kamera. Er hat eine Axt im Kopf.

Reverend Belling (GRAHAM) Wissen Sie, es gibt heute und hierzulande viele Menschen, die ohne eigenes Verschulden geistig gesund sind. Einige von ihnen wurden so geboren. Andere unter ihnen wurden erst später, als sie heranwuchsen, oder im Erwachsenenalter geistig gesund. Es sollte die Aufgabe von Menschen wie Ihnen und mir sein, die wir nicht mehr alle Tassen im Schrank haben, diesen Leuten dabei zu helfen, ihre geistige Gesundheit zu überwinden. Man kann schon im kleinen damit anfangen, mit Pingpong-Bällen in den Augen und einer komischen Stimme, und dann kann man sich die eine Körperhälfte rot und die andere grün anmalen und in einer Schüssel Sirup herumspringen und dabei »quietsch, quietsch, quietsch« machen. . . Und dann »Gnnn! Gnnn!« und sich auf dem Boden wälzen und dabei »pling, pling, pling« machen. . . *(Wälzt sich auf dem Boden.)*

Off-Sprecher Pastor Arthur Belling ist Seelsorger bei St. Oberstübchen in Vogelheim an der Macke.

ZWISCHENTITEL: »EIN APPELL ZUGUNSTEN DER NATIONALEN ANSTIFTUNG«

Schnitt: elegant gekleidete Frau.

Frau (ERIC) Guten Abend. Mein Name ist Leapy Lee. Nein, Entschuldigung. So heißt ja meine Lieblingssängerin. Ich heiße Mrs. Fred Stolle. Nein, nein, so heißt die Frau meines Lieblings-Tennisspielers. Ich heiße Spinne. Nein, nein, nein, so heißt mein Lieblings-Insekt. Ich bin Mrs. Netter-Abend-im-Kino-dann-vielleicht-ein-kleiner-Schwoof-im-Klub-und-hinterher-zu-ihm-auf-eine-schnelle-Tasse-Kaffee-und-eine-schnelle – nein! Nein, 'tschuldigung, das ist ja meine Lieblingsart, einen Abend zu verbringen. Vielleicht bin ich ja *doch* Leapy Lee? Natürlich! Ich muß Leapy Lee sein! Hallo Fans! Hier ist Leapy Lee! *(Singt.)* Kleine Pfeile, die dich. . . *(Telefon klingelt, sie geht ran.)* Hallo? – Offenbar bin ich *nicht* Leapy Lee. . . Hab ich mir schon fast gedacht. . . – Danke, ich sag's ihnen. . . *(Legt den Hörer auf.)* Hallo. Hallo, hier ist Dennis Compton. Nein, nein. . . ich hätte es mir aufschreiben sollen. Wo hab ich bloß die Nummer? *(Führt Selbstgespräche, während sie in ihrer Handtasche kramt.)* Ich bin Mao Tsetung. . . Ich bin P.P. Arnold. . . Ich bin Margaret Thatcher. . . Ich bin Sir Gerald Nabarro. . . *(Sie wählt.)* Hallo? Hier spricht Sir Len Hutton. Könnten Sie mir bitte sagen. . .

ach, tatsächlich? Oh, vielen Dank. *(Sie legt den Hörer auf.)* Guten Abend. Ich bin Mrs. Welche-Nummer-haben-Sie-gewählt-bitte?
Ein Boxer (Terry G.) kommt hereingestürmt und streckt sie mit einem Fausthieb nieder. Applaus vom Frauenkongreß, und dann –

Schnitt: ein Mann tritt durch eine Tür ein, in seiner Begleitung eine schnuckelige kleine Braut im Hochzeitskleid. Der Mann geht auf den Standesbeamten zu, der hinter seinem Schreibtisch sitzt, auf dem ein Schild »Standesbeamter« steht.

Standesbeamter (ERIC) Guten Morgen.

Mann (TERRY J.) Guten Morgen. Sind Sie der Standesbeamte?

Standesbeamter Das ist in der Tat meine amtliche Aufgabe.

Mann Ich war letzten Sonnabend hier und hab ein blondes Mädchen geheiratet, und ich möchte bitte tauschen. Ich hätte statt dessen gern diese hier.

Standesbeamter Wie soll ich das verstehen?

Mann Ähm, ja, die andere hat nichts getaugt, darum möchte ich sie gern gegen die hier umtauschen. Äh, bezahlt hab ich schon. Ich hab am Sonnabend bezahlt. Hier ist die Quittung.
Gibt ihm die Heiratsurkunde.

Standesbeamter Ach so, ja, nein. Das war, als Sie geheiratet haben.

Mann Ähm, ja. Das war, als ich die falsche geheiratet habe. Mir hat die Farbe nicht gefallen. Das hier ist die, die ich haben möchte, wenn Sie also nur die Formulare ändern könnten, damit ich diese hier gleich mitnehmen kann.

Standesbeamter Das kann ich nicht machen.

Mann Gut, ich will Ihnen keinen Ärger machen, ich zahl noch mal.

Standesbeamter Nein, es *geht* nicht.

Mann Hören Sie, Sie brauchen nur die Frau umzutauschen, Ihren Spruch zu sagen, bla, bla, bla und so weiter, wir ab zu mir nach Hause, und fertig ist die Kiste.

Standesbeamter Es tut mir leid, Sir, aber wir dürfen nicht umtauschen.

Mann Bei Harrod's kann man's aber.

Standesbeamter Kann man nicht.

Mann Kann man doch. Sie haben mir meinen Plattenspieler ohne mit der Wimper zu zucken umgetauscht.

Standesbeamter Das ist etwas anderes.

Mann Und meine Hausschlange und meinen Robin-Day-Schlips haben sie mir auch umgetauscht.

Standesbeamter Aber eine Ehefrau können Sie verdammt noch mal nicht umtauschen!

Mann Na schön! Also gut, kann ich mir eine übers Wochenende borgen?

Standesbeamter Nein!

Mann So ein Mist, ich wollte ja bloß einen netten kleinen. . .

Eine Pfeife schrillt. Ein Schiedsrichter stürzt herein, zückt ein Buch:

Schiedsrichter (JOHN) Schluß jetzt, auseinander. Ihre Nummer, bitte! *(Der Mann dreht ihm den Rücken zu; man sieht eine große 8.)* Gut. Name?

Mann Cook.

Schnitt zu zwei Männern, die im nächsten Sketch auf ihren Einsatz warten.

Schnitt zurück zum Schiedsrichter, der jetzt den Mann im Notizbuch eingetragen hat und wieder die Pfeife bläst. Die Show geht weiter.

Schnitt zu den beiden Wartenden. Als der Pfiff ertönt, fangen sie an.

Doktor (MICHAEL) Der nächste, bitte. Name?

Watson (GRAHAM) Äh, Watson.

Doktor *(notiert sich den Namen)* Mr. Watson.

Watson Äh, nein, *Doktor.*

Doktor Ach so, Mr. Doktor.

Watson Nein, nicht *Mister,* Doktor.

Doktor Ach so, *Doktor* Doktor.

Watson Nein, Doktor *Watson.*

Doktor Oh, Doktor *Watson* Doktor.

Watson O Mann, nennen Sie mich einfach Schätzchen.

Doktor Hallo, Mr. Schätzchen.

Watson Nein, *Doktor.*

Doktor Hallo, Doktor Schätzchen.

Schrillen einer Pfeife, sofort Schnitt:

ZWISCHENTITEL: »DIESER SKETCH WURDE VERWORFEN«

Trickfilm-Sketch führt uns auf eine Party in Dulwich. Gedämpfte Partymusik. Stimmengebrodel.

Gastgeber (GRAHAM) Ah, John. Darf ich dir meinen Nachbarn vorstellen. John Stokes, das ist Sabberndes Kleines Rattengesicht Schleimscheißer. Ah! *(Wendet sich den anderen Gästen zu.)*

Schleimscheißer (TERRY J.) Guten Tag, ich habe schon bemerkt, daß Sie eben etwas betroffen dreingeschaut haben, aber machen Sie sich keine Gedanken – ich bin's gewöhnt. Das ist nun mal so, wenn man mit einem Nachnamen wie Schleimscheißer geschlagen ist.

John (MICHAEL) Oh. . . ja, ja.

Schleimscheißer Wir hatten uns schon mal überlegt, ob wir ihn nicht offiziell ändern lassen, wissen Sie – in Watson oder etwas in der Art. Aber Sabberndes Kleines Rattengesicht Watson klingt auch nicht viel besser, oder?

John Ja, ja, da haben Sie wahrscheinlich recht.

Mrs. Schleimscheißer nähert sich.

Schleimscheißer Oh, da ist ja meine Frau. Liebling! Komm her und laß dir Mr. . . . wie war der Name doch gleich?

John Stokes – John Stokes.

Schleimscheißer Ach genau. John Stokes, darf ich vorstellen, das ist meine Frau, Blöde Fette Alte Schlampe.

John Oh, äh, guten Tag.

Mrs. Schleimscheißer (JOHN) Einen *wunder*schönen guten Tag.

Mrs. Stokes tritt auf.

Mrs. Stokes (CAROL) Da bist du ja, Liebling!

John Ja, ja, hier bin ich, ja.

Schleimscheißer Oh, ist das Ihre Frau?

John Ja, ja, ja, das ist die kleine Ehefrau. Ja. Ähm, Liebling, das sind die Schleimscheißers.

Mrs. Stokes *(leicht schockiert)* Wie bitte?

John Die Schleimscheißers.

Schleimscheißer Ach kommt doch, Kinder, was sollen die Formalitäten. Müssen wir denn beim Nachnamen bleiben?

John Aber nein, nein. Ganz und gar nicht. Nein. Ähm, nein, das. . . das. . . das ist meine Frau Norah, äh, Norah Jane, Norah Jane Stokes. Das ist Sabberndes Kleines Rattengesicht Schleimscheißer. Und das ist seine Frau, Blöde Fette Alte Schlampe Schleimscheißer.

Schleimscheißer Ich habe gerade Ihrem Mann erklärt, daß einem ein Nachname wie Schleimscheißer ganz schön auf die Nerven gehen kann.

Mrs. Stokes *(begreift jetzt endlich)* Oh! Na ja, so schlimm ist es auch wieder nicht.

Schleimscheißer Ach, Sie haben ja keine Ahnung, wie die Kinder gehänselt werden. Zum Beispiel gerade letzte Woche, da kam Mieser Kleiner Hinterfotziger Lügenbold aus der Schule nach Hause gerannt und heulte sich die Seele aus dem Leibe, und unsere Jüngste, Fiese Pickelgesichtige Kleine Pißnelke ist gerade in dem empfindlichen Alter, wo Sticheleien wie »Sie ist ein Schleimscheißer« wirklich wehtun. Jawohl.

Mrs. Schleimscheißer kotzt grell in ihre Handtasche.

John Wohnen Sie. . . wohnen Sie hier in der Nähe?

Schleimscheißer Ja, wir wohnen gleich die Straße rauf in Nummer 49 – gar nicht zu verfehlen. Wir haben das Haus erst kürzlich mit warmem Eiter anstreichen lassen.

John *(zunehmend peinlich berührt)* Oh.

Schleimscheißer Ja. Es ist eigentlich recht hübsch geworden. Und paßt so nett zu dem Gemisch aus Erbrochenem und Auswurf, das wir über die Haustür geschmiert haben.

Mrs. Stokes Ich glaube, wir sollten jetzt gehen. Wir müssen noch unsere zwei Kinder abholen.

Schleimscheißer Oh, na dann, bringen Sie sie doch morgen zum Tee vorbei.

Mrs. Stokes Ja, also. . .

Schleimscheißer Unser Widerwärtiges Fleckengesicht Schielauge feiert nämlich Geburtstag, da haben wir ein paar Freunde zu einer kleinen Ausweidungs-Party eingeladen. Die Ekligs werden da sein, und Doug und Janice Schleimig, und die Mastdarms aus Swanage.

Off-Sprecher (MICHAEL) und ZWISCHENTITEL: »UND JETZT EINE NETTE VERSION DESSELBEN SKETCHES«

Schnitt. Dieselbe Szenerie wie zu Beginn.

Gastgeber John! Darf ich dir unseren Nachbarn vorstellen. John, das ist Mr. Watson. Ah! *(Ab.)*

Watson Guten Tag. Ich habe schon bemerkt, daß Sie eben etwas betroffen dreingeschaut haben, aber machen Sie sich keine Gedanken.

Schnitt zu einer Nonne.

Nonne (CAROL) Mir hat die dreckige Version besser gefallen.

Sie wird von einem Boxer k.o. geschlagen.

Schnitt: Film von applaudierenden Teilnehmerinnen eines Frauenkongresses.

Großaufnahme von Hank Spim (nur Gesicht). Er läuft offensichtlich einen Weg entlang, eine Handkamera hält Schritt.

Hank (GRAHAM) Also, ich bin mein Leben lang Jäger gewesen. Ich liebe Tiere. Darum töte ich sie gern. Ich würde nie ein Tier töten, das ich nicht mag. Sei gegrüßt, Roy.

Kamera fährt zurück, man erkennt jetzt, daß er mit seinem Bruder in einem für Außenaufnahmen ziemlich unwirtlichen Ort unterwegs ist. Sie ziehen einen kleinen Anhänger hinter sich her, auf dessen Seite die Aufschrift »Gefährliche Sprengstoffe« in Großbuchstaben prangt. Auf dem Anhänger sind Bomben gestapelt. Hank nimmt eine Bazooka herunter.

Off-Sprecher (JOHN) Hank und Roy Spim sind rauhe, furchtlose Hinterwäldler, die sich für ein Leben in einer gnadenlosen Welt der Geschöpfe der Natur entschieden haben, wo nur die Tüchtigsten überleben. Heute sind sie losgezogen, um Moskitos zu jagen.

Ganz große Großaufnahme von Roy Spim. Er sieht sich suchend um.

Roy (ERIC) *(im Off)* Der Moskito ist ein gerissener kleiner Schurke. Man muß ihm tagelang nachstellen, bis man ihn in- und auswendig kennt, wie einen Freund. Er weiß, daß du da bist, und du weißt, daß er da ist. Es ist ein Nervenkrieg. Erst haßt du ihn, dann respektierst du ihn, und dann tötest du ihn.

Schnitt: Hank Spim, der den Horizont absucht. Plötzlich zeigt er auf etwas.

Off-Sprecher Plötzlich erspäht Hank den Moskito, hinter dem sie her sind.

Dramatische Musik. Crash Zoom folgt Hanks Blickrichtung zu einer größtmöglichen Großaufnahme einer völlig normalen Feldparzelle.

Schnitt: Aufnahme von Hank und Roy, die jetzt auf ein paar Büsche zukriechen.

Off-Sprecher In diesem heiklen Augenblick müssen sich die beiden mehr denn je auf die Erfahrung verlassen, die sie sich im Laufe eines lebenslangen Jägerdaseins angeeignet haben. *(Spannungsgeladene Musik, während sie weiter vorwärts schleichen.)* Hank prüft die Windrichtung. *(Aufnahme von Hank, der eine umständliche Windprüf-Show abzieht.)* Roy untersucht die Fährte des Moskitos. *(Aufnahme von Roy, der konzentriert den Boden nach Spuren absucht.)* Dann... *(Roy feuert eine Bazooka ab. Hank gibt eine Maschinengewehrsalve dazu; es folgt eine Reihe von gewaltigen Explosionen in dem kleinen Feldstück; das Gewehrfeuer hört auf, und der Rauch verzieht sich langsam.)* Sie haben gesiegt. Der Moskito ist tot. *(Hank und Roy nähern sich dem verkokelten und geschwärzten*

Feldstück.) Aber Roy muß sichergehen. *(Roy zielt mit dem Maschinengewehr auf den Kopf des Moskitos und feuert noch ein paar Salven ab.)*

Roy Nichts ist so gefährlich wie ein verwundeter Moskito.

Sprecher Aber die Jagd ist noch nicht zu Ende. Mit lang geübter Geschicklichkeit zieht Hank dem Moskito die Haut ab. *(Hank holt ein riesiges Krumm-Messer hervor und macht sich daran, dem Moskito die Haut abzuziehen.)* Die Flügel eines ausgewachsenen männlichen Moskitos können nämlich bis zu Null Komma acht Pfennig auf dem freien Markt bringen. *(Aufnahme von beiden, die laufen und ihre Waffen tragen.)* Ein langer Tag ist vorüber, jetzt heißt es zurück ins Hauptlager, um sich zur wohlverdienten Nachtruhe zu begeben. *(In der Villa; Hank reinigt seine Bazooka.)* Hier, von ihren Trophäen umgeben, bereiten sich Roy und Hank auf eine viel härtere Prüfung vor – die Mottenjagd.

Hank Also ich folge der Motte erst mal im Hubschrauber, um sie von den Blumen wegzulocken, und dann stößt Roy im Lockheed Starfighter dazu und greift sie mit Luftkampfraketen an.

Roy Eine Menge Leute haben uns schon gefragt, warum wir kein Fliegenspray verwenden. Jetzt frage ich Sie: Wo ist da der Sportsgeist?

Aufnahme, wie sie in einem von Waffen überquellenden Landrover davonfahren.

Sprecher *(im Off)* Für Roy ist der Sport alles. Seit dem Tag, als er seinen rechten Arm im Kampf mit einer Ameise lassen mußte, riskiert Roy im Gefecht mit den kleinen Kreaturen unermüdlich sein Leben. *(Ein friedvolles Flußufer; Nahaufnahme: Roy und Hank sind beim Angeln.)* Aber das Leben besteht nicht nur aus Arbeit, und die Brüder tun nichts lieber, als sich einen Tag lang beim Angeln zu entspannen. *(Hank drückt auf einen Knopf, woraufhin es eine fürchterliche Explosion im Wasser gibt.)* Wo immer sich ihnen die Herausforderung stellt, werden Hank und Roy Spim bereit sein, den Urkampf um Leben und Tod zwischen Mensch und harmlosen, kleinen Insekten fortzuführen.

Die Kamera fährt zurück: wir sehen die Brüder auf einem Panzer stehen. Heldenmusik steigert sich zum Höhepunkt.

Ohne Überleitung – Schnitt: eichengetäfelter Ankleideraum im Old Bailey. Zwei Richter in langen Perücken und roten Roben treten ein.

Erster Richter (ERIC) *(sehr tuntig)* Oje, das war vielleicht ein

Vormittag im Hohen Gerichtshof. Ich könnte vor Wut rasend werden, diese Kronanwälte machen einen einfach wahnsinnig.

Zweiter Richter (MICHAEL) *(genauso tuntig)* Wem sagst du das, mein Schatz.

Erster Richter Einspruch hier, Einspruch dort! Und dieser nette Polizist, der so eine fabelhafte Aussage gemacht hat – fantastische Sprechstimme... also nach einer Weile konnte ich nur noch mit meinem Hämmerchen klopfen.

Zweiter Richter Du hast was getan, Schatz?

Erster Richter Mit meinem Hämmerchen geklopft. Meine »Ruhe-im-Gerichtssaal«-Nummer. Hach! Wenn Blicke töten könnten, müßte sich der Staatsanwalt glatt auf dreißig Jährchen gefaßt machen. Wie ist dein Resümee gelaufen?

Zweiter Richter Also ich war ziemlich zufrieden, muß ich sagen. Ich hab meine Mackerstimme aufgesetzt, weißt du, »worüber sich die Geschworenen im klaren sein müssen«, und sie waren begeistert, weißt du. Ich hab gesehen, wie der Obmann zu mir rübergeschielt hat.

Erster Richter Ach wirklich?

Zweiter Richter Ja, der kleine Frechdachs.

Erster Richter Der gutgebaute Mann mit dem sehr großen...

Zweiter Richter Also jetzt warte mal – laß mich bitte zu Ende erzählen, ja? Jedenfalls schloß ich dann mit »die Handlungen dieser bösen Männer stellen einen üblen Schandfleck für die Gemeinschaft dar, und das volle Strafmaß des Gesetzes reicht kaum aus, um ihre entsetzlichen Verbrechen zu ahnden«, und dann hab ich mit meiner Perücke gewackelt! Nur so ein klitzekleines bißchen, aber der Effekt war umwerfend.

Erster Richter Oh, das kann ich mir vorstellen... das kam bestimmt so scharf an wie damals, als ich die gestreifte Robe im Amtsgericht getragen habe.

Zweiter Richter Aber hallo!

Abblende.

Aufblende: eine Bank in einem öffentlichen Park, Garten oder auf einem begrünten Platz. Eine Schreckschraube sitzt auf der Bank. Eine weitere Schreckschraube setzt sich mit einer Einkaufstasche dazu.

Erste Schreckschraube (ERIC) Hallo, Mrs. Ding.

Zweite Schreckschraube (GRAHAM) Hallo, Mrs. Ansich.

Erste Schreckschraube Und wie geht's uns heute?

Zweite Schreckschraube Oje, ich hab vielleicht einen Morgen hinter mir.

Erste Schreckschraube Viel zu tun?

Zweite Schreckschraube Viel zu tun? Ha! Um fünf bin ich auf, hab mir eine Tasse Tee gemacht und dann aus dem Fenster geguckt. Ich sage Ihnen, bis dahin war ich so gerädert, daß ich einfach aus dem Haus mußte, um mich irgendwo auszuruhen. Ich sitze jetzt seit sieben Stunden hier.

Erste Schreckschraube Sie müssen völlig erschöpft sein.

Zweite Schreckschraube Hhm! Oh, waren Sie einkaufen?

Erste Schreckschraube Nein, ich war einkaufen.

Zweite Schreckschraube Komisch.

Erste Schreckschraube Ich bin total erledigt. Sechs Stunden war ich einkaufen.

Zweite Schreckschraube Und, was haben Sie gekauft?

Erste Schreckschraube Nichts. Gar nichts. Die reinste Zeitverschwendung.

Zweite Schreckschraube Das ist gemein, was?

Erste Schreckschraube Richtig gemein. Und wenn wir erst in der EWG sind, wird's noch schlimmer.

Zweite Schreckschraube Dieser nette Mr. Heath wird das nie zulassen.

Erste Schreckschraube Komisch, daß er nie geheiratet hat.

Zweite Schreckschraube Er ist Junggeselle.

Erste Schreckschraube Aaaah! Das erklärt das natürlich. Oje, oje, dieses Geplauder macht mich ganz schlapp.

Zweite Schreckschraube Ja. Ich wette, daß die Frau von Reginald Maudling sich nicht so schinden muß, um fünf Uhr morgens aufstehen, eine Tasse Tee machen, aus dem Fenster gucken, endlos plaudern.

Erste Schreckschraube Nein! Die nicht. Für die wird doch alles gemacht.

Zweite Schreckschraube Ja, wahrscheinlich hat sie den ganzen Tag frei zum Snookerspielen.

Erste Schreckschraube Vermutlich muß sie sich nicht mal schinden und selbst tagein, tagaus Snooker spielen.

Zweite Schreckschraube Nein, das wird doch alles für die erledigt. Die muß nicht mal das Queue heben.

Erste Schreckschraube Wahrscheinlich weiß sie nicht mal, wo der Billardraum ist.

Zweite Schreckschraube Ach was – trotzdem, es ist nicht mehr so schlimm wie in den alten Zeiten. Die Frau von Stanley Baldwin mußte immer um fünf Uhr morgens aufstehen und aus dem Haus gehen und mit bloßen Händen Rebhühner fangen.

Erste Schreckschraube Ja. . . und die Frau von William Pit dem Älteren mußte früh um drei aufstehen und mit ihrem Nasenrükken nach Trüffeln wühlen.

Zweite Schreckschraube Mrs. Beethoven mußte immer um Mitternacht aufstehen, um dem Mainastar Beine zu machen.

Erste Schreckschraube Faule Biester, diese Mainastare. . .

Zweite Schreckschraube Ja. Als Beethoven taub wurde, hat dieser Star nur noch so den Schnabel auf- und zugemacht.

Das Bild fängt an zu verschwimmen wie bei Rückblenden üblich; entsprechender Musikeffekt.

Erste Schreckschraube *(blickt in die Kamera)* Huch! Was ist denn hier los?

Zweite Schreckschraube Alles in Ordnung. Das ist nur eine Rückblende.

Schnitt in Beethovens Wohnzimmer. Ein unechter Mainastar öffnet und schließt seinen Schnabel. Beethoven sitzt am Klavier.

Beethoven (JOHN) Mir kannst du nichts vormachen, du blöder Mainastar. Noch bin ich nicht taub.

Mainastar Wart's ab. . . ha, ha, ha, ha! *(Beethoven zieht einen Revolver und erschießt den Vogel, der zu Boden fällt.)* Mist, verdammter.

Beethoven Schnauze!

Mainastar Genau in den Flügel.

Beethoven Halt den Schnabel. Himmelherrgottnochmal. . . hat man denn hier nie seine Ruhe.

Er spielt die ersten drei Noten der fünften Sinfonie und versucht vergebens, die letzte Note zu finden. Frau Beethoven kommt herein.

Frau Beethoven (GRAHAM) Ludwig!

Beethoven Was ist?

Frau Beethoven Hast du die Zuckerdose gesehen?

Beethoven Nein, ich hab die verdammte Zuckerdose nicht gesehen.

Frau Beethoven Du weißt doch, die *Zucker*dose.

Beethoven Scheiß auf die Zuckerdose. . . Ich versuche hier, diese Kackmelodie fertigzukriegen! Es ist zum Verzweifeln. . . also halt's Maul! *(Sie geht; er spielt die ersten Takte vom »Washington Post March«.)* Nein, nein, nein, nein.

Frau Beethoven kommt wieder herein.

Frau Beethoven Ludwig, hast du den Marmeladenlöffel gesehen?

Beethoven Schieb ihn dir in den Arsch!

Frau Beethoven Er war in der Zuckerdose.

Beethoven Los, hau ab, alte Schlampe. Verpiß dich und halt die Fresse.

Frau Beethoven Ich verstehe einfach nicht, was du an diesem Klavier so toll findest. *(Ab.)*

Beethoven Laß mich in Ruhe! . . . *(Bekommt jetzt endlich die ersten acht Noten richtig hin.)* . . . Ha! Ha! Ha! Ich hab es, ich hab es!

Frau Beethoven kommt wieder herein.

Frau Beethoven Möchtest du Erdnußbutter oder Sandwichcreme zum Tee?

Beethoven Was!?!

Frau Beethoven Erdnußbutter. . .

Beethoven Ich hab's vergessen. *(Spielt ein paar falsche Töne.)* Ich hatte es! Ich hatte es!

Frau Beethoven Möchtest du nun Erdnußbutter oder Sandwichcreme?

Beethoven Ist mir egal!

Frau Beethoven Herrje. Was soll ich nur machen. *(Ab.)*

Beethoven Ich *hatte* es. Ich *hatte* es, du alte Kuh. *(Im selben Augenblick, als er die Tonfolge wieder richtig hinbekommt, schiebt Frau Beethoven energisch einen sehr lauten Staubsauger ins Zimmer.)* Herrgottnochmal! Was machst du da? *(Aus der Wand dringt schreckliches Geschepper und Gehämmer.)* Was ist das? Was ist das?

Frau Beethoven *(immer noch laut staubsaugend)* Das ist der Klempner!

Das Schrillen der Türglocke mischt sich zusätzlich in die Lärmkulisse.

Beethoven Herrgottnocheins, ich gehe.

Frau Beethoven Wenn du schon ausgehst, vergiß nicht, daß die Mendelssohns zum Tee kommen, also bestell bitte noch das Teegebäck.

Beethoven Teegebäck, Teegebäck. Shakespeare mußte sich nicht mit so einem Mist abgeben.

Shakespeare steht am Spülbecken und wäscht ab (heutige Zeit).

Shakespeare (ERIC) Wer sagt das, häh? Übrigens, es ging: Ta-ta-ta-taah, ta-ta-ta-taaah. . .

Schnitt zurück zu Beethoven.

Beethoven Richtig!!! Ach, übrigens, warum nennen Sie ihn nicht Hamlet?

Schnitt zurück zu Shakespeare.

Shakespeare Hamlet! Das ist gut, *viel* besser als David. *(Schreit durchs offene Fenster neben der Spüle)* Michelangelo! Sie können David *doch* verwenden. Ich verklag Sie nicht.

Schnitt in Michelangelos Atelier. Michelangelo ist von mindestens sechs brüllenden kleinen Babys umgeben, die er schaukelt und füttert. Seine David-Statue steht im Vordergrund.

Michelangelo (TERRY J.) Vielen Dank, aber ich hab schon eine bessere Idee.

Kamera schwenkt nach unten und zeigt die in den Sockel der Statue eingemeißelte Aufschrift »Michelangelos Fünfte Sinfonie«.

Ehefrau *(im Off)* Michelangelo!

Michelangelo Ja, Liebling!

Ehefrau Ich hab noch einen Sohn bekommen.

Michelangelo Auch das noch.

Schnitt zu Mozart. Er schrubbt den Fußboden.

ZWISCHENTITEL: »W.A. MOZART«

Mozart (MICHAEL) *(jüdischer Akzent)* Komponist? Nebbich! Nicht mal meinem Sohn würd ich den Beruf an den Hals wünschen. Er ist so ein sensibles Jingelchen. Soll er lieber Kloakenwärter werden oder Rattenfänger.

Schnitt auf eine Straße mit altmodischen Läden. Kamera bleibt bei einem Geschäft stehen, über dem ein großes Ladenschild hängt: »Nagervernichtungsboutique – Colin ›Garaus‹ Mozart, Sohn des Komponisten, Rattenfänger der feinen Gesellschaft und auch des gewöhnlichen Volkes – Ici on parle Portugaise«. Im Eingang steht Colin Mozart. Ein Junge kommt mit einem langen, gespaltenen Stock angerannt. Mozart nimmt eine Nachricht aus der Kerbe und liest.

Colin Mozart (MICHAEL) Aha! Ratten in der Kartoffelstraße 42a. Hey, Mitzi! Ich muß los zur Kartoffelstraße.

Mitzi *(im Off)* Zieh dir die Galoschen an.

Mozart springt mit zwei Garnelennetzen aufs Fahrrad und radelt los.

EINGEBLENDETER ZWISCHENTITEL: »MÜNCHEN 1821«

Colin Mozart *(ruft)* Von Ratten deprimiert? Ziehen Mäuse Sie runter? Warum besuchen Sie dann nicht Colin Mozarts Nagervernichtungsboutique? Rattenvertilgung, Mäuseexekution, Wühlmausfolter besorgt Colin Mozart, Münchens führender Pelztierausrotter.

Colin Mozart radelt auf Beethovens Haus zu. Außen ist ein Anschlag angebracht, auf dem steht:

HERR UND FRAU EMMANUEL KANT
FRAU MITZI HANDGEPÄCKAUFBEWAHRUNG
DICKIE WAGNER
K. TYNAN (KEINE VERWANDTSCHAFT)
HERR UND FRAU J.W. VON GOETHE UND HUND
MR. E.W. SWANTON
HERR UND FRAU P. ANKA
HERR UND FRAU LUDWIG VAN BEETHOVEN (1770–1827),
AKZEPTIEREN SIE KEINEN ERSATZ

ZWISCHENTITEL: »13,4 SEKUNDEN SPÄTER«

Beethovens Haustür wird von Frau Beethoven geöffnet.

Frau Beethoven Ja?

Colin Mozart Colin Mozart.

Frau Beethoven Oh, Gott sei Dank, daß Sie da sind. Die verdammten Ratten machen uns das Leben zur Hölle. Ich glaube, sie wohnen schon in seinem blöden Klavier.

Sie gehen hinein. Wir hören die ersten zwei Takte von Beethovens Fünfter, die von lautem Rattengequietsche begleitet wird.

Stimme von Beethoven Raus aus dem verdammten Klavier, ihr widerlichen haarigen Mistviecher! Raus! Herrgottnochmal, nimm deinen Stinkeschwanz aus meinem Gesicht.

Frau Beethoven öffnet die Tür zum Wohnzimmer, uns bietet sich ein merkwürdiges Bild: Ratten fliegen durch den Raum (von außerhalb der Einstellung geworfen), andere huschen über den Fußboden (von Strippen gezogen), andere die Wand hinauf. Eine sitzt auf Beethovens Kopf. Das Gequietsche ist ohrenbetäubend. Beethoven spielt gnadenlos weiter. Mozart und Frau Beethoven stürzen ins Zimmer und versuchen, die Ratten mit den Garnelennetzen einzufangen.

ZWISCHENTITEL: »13,4 MINUTEN SPÄTER«

Colin Mozart sitzt auf dem Klavier. Er feuert Maschinengewehrsalven durch das rattenstrotzende Zimmer.

Beethoven Ruhe!

Das Bild fängt an zu verschwimmen, und die zwei Schreckschrauben werden wieder eingeblendet.

Zweite Schreckschraube Jedenfalls war Beethoven ziemlich froh, als er dann taub wurde.

Überblendung zu Beethoven, der die Tasten der Klaviatur betätigt, das einzige, was vom Klavier übrig ist. Er lauscht vergebens. Der Maina-

star öffnet und schließt seinen Schnabel tonlos zur Musik: In einer Ecke spielt ein altes Trichtergrammophon. Wir hören Jimmy Durante »I'm the guy that found the last chord« singen.

Schnitt: wieder die Richter im Ankleideraum.

Erster Richter Also, ich war ja so unendlich erleichtert, als sie den Tod durch den Strang abgeschafft haben, weißt du, diese schwarze Kapuze stand mir überhaupt nicht.

Zweiter Richter Ja. Erinnerst du dich an den Hochverratsprozeß in Glasgow?

Erster Richter Aber sicher, ich hab doch während der ganzen Verhandlung einen Body Stocking getragen.

Zweiter Richter Nicht doch, Süßer, ich meine die Party hinterher.

Erster Richter Ach natürlich, stimmt. Du bist dann mit diesem tollen Macho von einem Gerichtsschreiber abgezogen.

Zweiter Richter So ist es. Herrje, für den wär ich zum Kronzeugen geworden.

Eingeblendeter Abspann. Leise Titelmusik, während die Richter weitermachen.

Erster Richter Oh, ich auch. Ein Resümee, und ich bin leichte Beute.

Zweiter Richter Jedenfalls – Bailie Anderson.

Erster Richter O Gott, die?

Zweiter Richter Ja. Die Strenge. Sie hatte es auf mich abgesehen, weil ich zu puppige Strafen verhänge, weißt du, besonders in diesem Brandstiftungsfall.

Erster Richter Und wie lautete das Urteil?

Zweiter Richter Der Jury hat die braune Perücke besser gefallen.

Erster Richter Hmm. Ich mag ja die schottischen Geschworenengerichte. Jetzt weiß ich erst, was man sich unter einer Jury vorzustellen hat, die das Herz auf der Zunge trägt.

Zweiter Richter O du Schlimmer! Ab in den Zeugenstand, du kleiner Teufelsbraten!

Erster Richter Paß auf, daß ich dir nicht deinen kleinen Popo versohle!

Zweiter Richter Huch! Und zurück!

Erster Richter Hast du schon das Massageöl ausprobiert, mit dem einen die Friedensrichter neuerdings bedienen?

Zweiter Richter Ich hab gestern einen in Bradford vernascht.

Erster Richter Seltsam, heute in der Mittagspause war mir auch nach einem. *(Ende des Abspanns.)* Aber was mich wirklich um den Verstand bringt, das sind die Off-Sprecher beim BBC, wenn das Programm zu Ende ist.

Zweiter Richter Oh, ja, aber die sind natürlich schwul wie sonst was.

Erster Richter Weiß ich, aber die haben doch göttliche Sprechstimmen, findest du nicht? »Wir bringen Ihnen jetzt eine Programmübersicht der kommenden BBC-Sendungen.«

Zweiter Richter »Und nun zu den Fußballergebnissen des heutigen Abends.«

Erster und Zweiter Richter Aaaahh.

Abblende.

Zweiundzwanzig – Wie man verschiedene Körperteile erkennt

Schnulzige Barmusik. Die Kamera fährt langsam an fünf hinreißenden Schönheiten in Bikinis an einem Flußufer vorbei, alle stehen in übertrieben aufreizenden Pin-up-Posen. Nummer sechs der Kamerafahrt ist der Ansager, der – ebenfalls nur mit einem Bikini bekleidet – auf seinem Schreibtisch hindrapiert liegt.

Ansager (JOHN) Und nun zu etwas völlig anderem.

»Jetzt«-Mann *(ebenfalls nur im Bikini)* Und jetzt...

Schnitt zum Trickfilm-Vorspann wie üblich, mit der Ausnahme, daß dem kleinen Hähnchen-Mann im letzten Bild ein Banner mit der Aufschrift »Wie man verschiedene Körperteile erkennt« hinterherflattert.

Off-Sprecher (JOHN) Wie man verschiedene Körperteile erkennt.

Das Bild steht lang genug, um diesen neuen Titel lesen zu können, bevor Cupidos Fuß herunterkommt, den Hähnchen-Mann und das Transparent zerstampft und ebenfalls lang genug stehenbleibt, um den Off-Sprecher sagen zu lassen:

Off-Sprecher Nummer eins. Der Fuß.

Gleichzeitig weist ein dicker weißer Pfeil auf den Fuß.

Schnitt zum Bild der Venus von Milo (obere Hälfte). Eingeblendeter Pfeil zeigt auf die Schulter.

Off-Sprecher Nummer zwei. Die Schulter.

Schnitt zum Bild eines Fußes, der oberhalb des Knöchels abgeschnitten, entbeint und zu einem Zigarettenspender umfunktioniert ist. Eingeblendeter Pfeil.

Off-Sprecher Und Nummer drei. Der andere Fuß.

Schnitt auf das Profilgemälde einer seltsamen Person (zur Verfügung gestellt von Terry Gilliam). Eingeblendeter Pfeil weist auf den Nasenrücken.

Off-Sprecher Nummer vier. Der Nasenrücken.

Schnitt zu Ganzkörper-Foto eines jungen Mannes, der weiße Bermuda-Shorts mit übergroßen roten Punkten trägt. Pfeileinblendung weist auf die Shorts.

Off-Sprecher Nummer fünf. Die unartigen Stellen.

Schnitt zu Ausschnittfoto eines angewinkelten, nackten Armes. Pfeil weist auf die Stelle knapp oberhalb des Ellenbogens.

Off-Sprecher Nummer sechs. Knapp oberhalb des Ellenbogens.

Schnitt: kleinerer Ausschnitt von Foto einer anderen Person in den selben Bermuda-Shorts. Eingeblendeter Pfeil weist auf die Leistengegend.

Off-Sprecher Nummer sieben. Fünf Zentimeter rechts von einer wirklich ziemlich unartigen Stelle.

Schnitt zu Filmaufnahme eines behaarten Männerbeins. Pfeileinblendung weist auf die Kniescheibe.

Off-Sprecher Nummer acht. Die Kniescheibe.

Die Kamerafahrt zurück enthüllt das auf einem groben Holztisch gelagerte Bein von Bruce Eins, sehr offensichtlich ein Australier, in khakifarbener Kolonial-Kleidung (Hut, Hemd, kurze Hose, lange Wollstrümpfe, festes Schuhwerk). Wir hören kurz ein paar Takte von »Waltzing Mathilda«. Bruce Eins faulenzt in einer brütendheißen, verstaubten Hütte mit einfachen Holzstühlen; auf dem Tisch stehen Blechtassen und -teller herum. Ein Deckenventilator, ein antiquierter Kühlschrank.

Zwei identisch gekleidete Burschen kommen hereingestampft.

Bruce Zwei (GRAHAM) 'n Tach, Bruce!

Bruce Eins (ERIC) Oh, hallo, Bruce!

Bruce Drei (MICHAEL) Geht's 'n so, Bruce?

Bruce Eins Bißchen schlapp, Bruce!

Bruce Zwei Wo's 'n Bruce?

Bruce Eins Nich' hier, Bruce!

Bruce Drei 'dammt, issas heiß hier, Bruce!

Bruce Eins Heiß genuch, um 'n Affenarsch zu kochen!

Bruce Zwei Das aber 'n komischer Ausdruck, Bruce!

Bruce Eins Tja, Bruce, habs den Premierminister sagen hören: »Heiß genuch hier drinn', um'n Affenarsch zu kochen, Eure Majestät!«, hat er gesagt, und sie schmunzelte still vor sich hin.

Bruce Drei Die Biene is' schon okay, wa', Bruce, und nicht die Bohne eingebildet!

Bruce Zwei He, da kommt endlich der Chef – wie geht's, Bruce?

Bruce Vier, ebenfalls in Safarikleidung, kommt in die Hütte und schiebt den Engländer Michael, einen kleinen dicken pomadigen, etwas verlegen wirkenden Mann, in korrektem, dunklem Anzug vor sich her.

Bruce Vier (JOHN) 'n Tach, Bruce, hallo, Bruce, wie geht's, Bruce! Gentlemen, ich möchte Sie gern mit einem Burschen aus Pommfritzland bekannt machen . . . er wird uns dieses Jahr hier an der Philosophischen Fakultät der Universität von Woolamaloo unterstützen!

Alle Tach!!!

Bruce Vier Michael Baldwin – das ist Bruce – Michael Baldwin – das ist Bruce – Michael Baldwin – das ist Bruce!

Bruce Eins Ach, du heißt also nicht Bruce?

Michael (TERRY J.) Nein . . . Michael.

Bruce Zwei Das wird 'n bißchen Verwirrung stiften!

Bruce Drei Genau! Was dagegen, wenn wir dich Bruce nennen – nur, daß wir nix durch'nander kriegen. . .

Bruce Vier Nun, Gentlemen, ich denke, wir sollten mit der Sitzung beginnen. Doch bevor wir anfangen, möchte ich den Pater um ein Gebet bitten.

Bruce Eins springt auf und klemmt sich provisorisch einen schwarzen Latz mit weißem Stehkragen um den Hals. Alle senken die Köpfe.

Bruce Eins *(schnell runterleiernd)* O Herr, wir flehen Dich an, laß Gnade walten über unserer Fakultät! Amen!

Alle Amen!

Bruce Eins reißt den Kragen ab und läßt sich wieder hinplumpsen.

Bruce Vier Laßt die Korken fliegen, genau! *(Bruce Drei beginnt, Bierdosen aufzureißen.)* Äh – Bruce, ich möchte Sie jetzt bitten, Mr. Baldwin in unser aller Namen an der Philosophischen Fakultät willkommen zu heißen.

Bruce Zwei Ich heiße hiermit den Scheißtommy auf Gottes eigener Erde willkommen, und ich weise ihn darauf hin, daß wir hochnäsige Klugscheißer hier nicht mögen!

Alle Bruces Hört, hört! Gut gesagt, Bruce!

Bruce Vier *(weist einzeln auf die Tischrunde)* So, Bruce lehrt klassische Philosophie, Bruce lehrt hegelianische Philosophie und Bruce hier lehrt logischen Positivismus und ist außerdem für die Desinfektion der Schafe zuständig.

Bruce Drei *(schon leicht lallend)* Was lehrt 'n der neue Bruce?

Bruce Vier Der neue Bruce wird politische Wissenschaften lehren – Machiavelli, Bentham, Locke, Hobbes, Sutcliffe, Bradman, Lindwall, Miller, Hasset und Benaud.

Bruce Zwei Das sind Kricketspieler, Bruce!

Bruce Vier Ach, Fresse!

Bruce Drei Wogen höhnischen Gelächters, Bruce.

Bruce Vier Darüber hinaus, weil er auch noch Politologie unterrichten wird, hab ich ihm gesagt, er kann ruhig alle großen sozialistischen Denker behandeln, vorausgesetzt, er macht klar, daß sie auf dem Holzweg waren.

Alle Bruces springen auf.

Alle *(brüllen)* Australien! Australien! Australien! Australien! Wir lieben Dich! Amen!

Sie lassen sich wieder auf die Stühle zurückfallen.

Bruce Vier Noch Fragen?

Bruce Zwei Neuer Bruce – bist du schwul?

Bruce Vier Ja, bis' de 'ne Tunte?

Michael *(überrascht)* N-nein . . .

Bruce Vier Nein – gut, okay. Gentlemen, ich erinnere nur noch mal an die Fakultäts-Regeln. Regel eins: Keine Schwulis. Regel zwei: Kein Mitglied der Fakultät darf, auf welche Art auch immer, die beknackten Eingeborenen mißhandeln, wenn jemand zukuckt. Regel drei: Keine Schwulis. Regel vier: Nachdem das Licht ausgemacht worden ist, möchte ich niemanden mehr auf seinem Zimmer beim Nicht-Trinken erwischen. Regel fünf: Keine Schwulis. Regel sechs: Es *gibt* keine Regel sechs. Regel sieben: Keine Schwulis. Damit wäre die Verlesung der Regeln abgeschlossen. Bruce!

Bruce Eins *(springt auf, hält emphatisch einen Zweig mit gelben Blüten hoch)* Das hier is' der Akazienzweig – Wahrzeichen von unserm Land! Steck ihn inne Flasche oder halt ihn inner Hand!

Alle Amen!

Bruce Eins läßt den Akazienzweig achtlos auf den Boden fallen und plumpst zurück auf seinen Stuhl.

Bruce Vier Gentlemen, ich erwarte, daß sich Punkt sechs Uhr jederbruce im »Sidney Harbour Bridge«-Zimmer einfindet und ein Gläschen Sherry mit Bruce, dem fliegenden Philosophen, nimmt! Und möchte nun Sie bitten, Pater, diese Sitzung mit einem Gebet zu schließen!

Bruce Eins *(steht gerade noch halb vom Stuhl auf, eilig)* O Herr, wir flehen Dich an, undsoweiterundsoweiter, Amen!

Alle Amen!

Bruce Eins läßt sich wieder auf den Stuhl zurückfallen. Alle lehnen sich gemütlich zurück.

Bruce Eins Okay, laßt uns'n paar Tanten aufreißen!

Bruce Vier Gebongt!

Ein halbnackter Aboriginal-Diener kommt mit einem enormen Tablett voll mächtiger Steaks hereingestapft.

Bruce Zwei Aah, das zweite Frühstück!

Bruce Drei Damit könnten wir uns bis Mittag rüberretten!

Bruce Zwei Schätz ich auch, Bruce!

Bruce Eins Heiliger Sidney Nolan! Was ist *das? (Zeigt quer über den Tisch.)*

Gegenschuß: eine dramatische Großaufnahme des Kopfes von Bruce Vier, der bereits schmatzend sein Stück Fleisch verschlingt – ein eingeblendeter Pfeil weist auf sein Ohr unter der Hutkrempe.

Off-Sprecher (JOHN) Nummer neun. Das Ohr.

Schnitt zu Bild von einem Großen Zeh. Eingeblendeter Pfeil.

Off-Sprecher Nummer zehn. Der Große Zeh.

Schnitt zu Foto eines weiteren Mannes in rotgepunkteten weißen Bermuda-Shorts. Eingeblendeter Pfeil zeigt auf die Shorts.

Off-Sprecher Nummer elf. Weitere unartige Stellen.

Schnitt zu einem Ganzkörperfoto einer Dame in dto. Bermuda-Shorts und Büstenhalter. Eingeblendete Pfeile zu beiden Seiten ihres Körpers, einer weist auf den BH, einer auf die Bermuda-Shorts.

Off-Sprecher Nummer zwölf. Die unartigen Stellen einer Dame.

Schnitt zu koloriertem Foto eines Rennpferdes von hinten, das eine nachträglich bepunktete Wärmedecke wie einen Bermuda-Short zu tragen scheint. Eingeblendeter Pfeil auf den mächtigen Arsch.

Off-Sprecher Nummer dreizehn. Die unartigen Stellen eines Pferdes.

Schnitt zu Bild einer Ameise. In der untersten Ecke eines blauen Quadrates. Sie ist wirklich ziemlich winzig. Eingeblendeter gigantischer Pfeil.

Off-Sprecher Nummer vierzehn. Die unartigen Stellen einer Ameise.

Schnitt zu Foto von Reginald Maudling mit den obligatorischen Bermuda-Shorts, über den obligatorischen Downing-Street-Anzug montiert von Terry Gilliam. Eingeblendeter Pfeil zeigt auf die Shorts.

Off-Sprecher Nummer fünfzehn. Die unartigen Stellen bei Reginald Maudling.

Schnitt: eine künstliche Hand, die aus einem Jackettärmel ragt. Eingeblendeter Pfeil.

Off-Sprecher Nummer sechzehn. Die Hand.

Kamerafahrt rückwärts. Dabei wird sichtbar, daß die Hand zu einem normalen Interviewer gehört, der in einem Zweipersonen-Studioaufbau einem Studiogast gegenüber sitzt. Der Interviewer zieht plötzlich die Hand aus dem Ärmel und enthüllt einen blinkenden Seeräuberhaken. Er wirft die künstliche Hand weg und beginnt das Interview.

Interviewer (MICHAEL) Guten Abend. Heute bei mir im Studio Mr. Norman St. John Polevaulter, der seit einigen Jahren Leuten widerspricht. . . Mr. Polevaulter, warum widersprechen Sie Leuten?

Polevaulter (TERRY J.) Tu ich *nicht!*

Interviewer Mir haben Sie gesagt, Sie tun's.

Polevaulter Hab ich garantiert *nicht* gesagt.

Interviewer *(schaut verwirrt in die Kamera, denkt kurz nach, dann, mit einem Zwinkern in die Kamera)* Oh – verstehe . . . Ich fang noch mal an.

Polevaulter Nein, tun Sie nicht. . .

Interviewer Pscht! . . . Mr. Polevaulter, ich habe gehört, Sie widersprechen Menschen nicht.

Polevaulter Tu ich *wohl.*

Interviewer Wann haben Sie *nicht* angefangen, allen Leuten zu widersprechen?

Polevaulter *Hab* ich wohl! 1952!

Interviewer 1952?

Polevaulter 1947.

Interviewer Vor dreiundzwanzig Jahren also.

Polevaulter Nein.

Schnitt zum Ansager am Schreibtisch auf einem Bauernhof vor einem Viehgatter. Zärtlich wiegt er ein Ferkel im Arm.

Ansager Na, undsoweiter undsoweiter undsoweiter. Und nun. . .

Schnitt zu einem Foto vom Papst. – Winzige Pause, daß man denken könnte, das folgende möchte etwas mit ihm zu tun haben. Dann erscheint über dem Papst ein Pfeil und zeigt auf sein weißes Käppi.

Off-Sprecher Nummer siebzehn. Die Schädeldecke.

Schnitt zu Seitenansicht-Foto eines Stückchen Männerbauches und des unvermeidlichen Bermuda-Hosenbundes. Eine kleine gekrümmte gelbe Daunenfeder lugt aus dem Bauchnabel. Eingeblendeter Pfeil zeigt auf das Federchen.

Off-Sprecher Nummer achtzehn. Die Feder. Selten.

Schnitt zum Profil von Mr. Raymond Luxus Jacht aus dem kommenden Sketch, der seine enorme falsche Nase aus Styropor an einem dünnen Bindfaden um den Kopf gebunden trägt. Eingeblendeter Pfeil weist auf die Nase.

Off-Sprecher Nummer neunzehn. Die Nase.

Ein Mann sitzt hinter einem edlen Schreibtisch in einem traditionell-

vornehmen Sprechzimmer. Nahaufnahme des Namensschildes auf der Schreibtischplatte vor ihm. Obwohl die Kamera es für den Moment noch nicht offenbart, läuft dieses etwa fünf Zentimeter hohe Namensschild über die gesamte Breite des Schreibtisches, über die Kante hinaus und in gleicher Höhe parallel zu den Zimmerwänden halb um den ganzen Raum. Die Kamera beginnt unter feierlicher Marschmusik langsam das Namensschild entlangzufahren, auf dem zu lesen steht: »Professor Sir Adrian Furrows F.R.S., F.R.C.S., F.R.C.P., M.D.M.S. (Oxon), M.A., Dr., M.Sc. (Cantab), Dr. (Syd), F.R.G.S., F.R.C.O.G., F.F.A.R.C.S., M.S. (Birm), M.S. (Liv), M.S. (Guadalahara), M.S. (Karach), M.S. (Edin), B.A. (Chic), B.Litt. (Phil), D.Litt. (Phil), D.Litt. (Arthur und Lucy), D.Litt (Ottawa), D.Litt. (Überall-sonst-in-Kanada-außer-Medizinhut). B.Sc.9 Brüssel, Liège, Antwerp, Asse (und Cromer)«
Es klopft an der Tür.

Spezialist (JOHN) Herein.

Die Tür an der gegenüberliegenden Zimmerwand öffnet sich, und Raymond Luxus Jacht tritt herein. Er kann nicht in gerader Linie auf den Schreibtisch zugehen, da der Weg durch den schmalen, schwebenden Holzstreifen blockiert ist, auf dem die Titel stehen. Doch als käme er täglich, entdeckt er ohne Mühe das speziell scharnierte Teil-Stückchen, das sich wie eine Tür aufschwingen und hinter ihm wieder schließen läßt. Mr. Luxus Jacht trägt seine enorme Styropornase. Sie ist circa dreißig Zentimeter lang.

Spezialist Ah, Mr. Luxus Jacht. Bitte, nehmen Sie Platz.

Mr. Luxus Jacht (GRAHAM) Äh – nein, nein. Mein Name wird zwar »Luxus Jacht« geschrieben, aber ausgesprochen wird er »Schwabbelhals Mangrovenbaum«.

Spezialist Gut, nehmen Sie doch bitte Platz, Mr. Schwabbelhals Mangrovenbaum.

Mr. Luxus Jacht Danke schön.

Spezialist So. Was haben wir denn für ein Problem?

Mr. Luxus Jacht Äh . . . ich möchte, daß Sie eine gewisse Schönheitsoperation an mir vornehmen.

Spezialist Verstehe. Und . . . äh . . . welcher spezielle Teil Ihrer Anatomie macht Ihnen . . . ähm. . . zu schaffen?

Mr. Luxus Jacht Nun, schon seit langer Zeit. . . um aufrichtig zu sein, schon als kleines Kind. . . ich hab. . . wissen Sie. . . wann immer, wenn ich aus dem Haus ging. . . zum Bus. . . o-o-oder zur B-b-bahn. . . sogar mein Tennisspiel leidet darunter. . .

Spezialist Ah ja. Um es also einmal ganz unverblümt zu sagen, Sie. . . äh. . . grämen sich wegen Ihrer gigantischen Gummel.

Mr. Luxus Jacht Nein!

Spezialist *(väterlich nachfragend)* Nein?

Mr. Luxus Jacht *(kopfsenkend)* Ja.

Spezialist Ja. Und Sie möchten nun gern, daß ich ein Stückchen abhacke.

Mr. Luxus Jacht Bitte.

Spezialist Schön. *(Er steht auf und kommt langsam um den Schreibtisch, die Nase fest im Blick.)* Das ist allerdings auch erschrekkend, nicht? Äh – würde es Ihnen etwas ausmachen, wenn ich. . . ähm. . .

Mr. Luxus Jacht *(erschrocken und erregt zugleich)* Was?

Spezialist Oh, nichts, gar nichts . . . Dann will ich mir mal Ihre Nase anschauen. . . *(Setzt sich vor dem Patienten auf die Schreibtischkante und untersucht die Nase vorsichtig; dann zieht er einmal kurz, der Bindfaden reißt, er hält die Nase in der Hand.)* Mr. Luxus Jacht, diese Ihre Nase ist *falsch.* Sie besteht aus Styropor *(schaut die jetzt freiliegende echte Nase kurz im Profil an)* . . . und Ihre wahre Gummel ist 'ne Schönheit. Kein Rumgeschnipsel nötig.

Mr. Luxus Jacht Ich möchte die Operation trotzdem, bitte.

Spezialist Na, das war schon die Operation, Sie komischer Vogel!

Mr. Luxus Jacht *(flehentlich)* Bitte nehmen Sie eine Operation an mir vor!

Spezialist *(seinen Patienten nachdenklich musternd)* Nun gut, nun gut – aber nur . . . wenn Sie mich auf einen kleinen Campingurlaub begleiten.

Mr. Luxus Jacht *(herumwirbelnd und direkt in die Kamera jubelnd)* Er hat mich gefragt! Er hat mich gefragt!

Schnitt: Zeitlupen-Aufnahme mit romantischer Geigenmusik, in der Mr. Luxus Jacht und der Spezialist händchenhaltend, an einem winzigen Zwei-Mann-Zelt vorbei, frohlockend durch den Wald hüpfen.

Schnitt zum Interviewer (der mit dem Haken) am Schreibtisch.

Interviewer Nächste Woche zeigen wir, wie man einen Architekten aufreißt, wie man einen Premierminister anbaggert und wie man sich mit einem Geflügelgroßhändler amüsiert. Doch nun die Soldaten der Leichten Infantrie Derbyshire, die uns mit einer Präzisionsdarstellung schlechter Laune unterhalten werden.

Off-Sprecher Ach-tung! . . .

Acht Soldaten, angetreten in zwei Reihen à vier. Sie nehmen Haltung an und beginnen dann mit einem präzisen Sprechgesang, zu dem sie zackig, aber ziemlich ungewöhnlich exerzieren.

Soldaten Mein Gott, nein, was hab ich wieder schlechte Laune, zwei, drei, verdammt, zwei, drei, bin sauer und genervt! *(Schütteln die Fäuste.)* Zwei, drei, könnt wütend mit dem Füßchen stampfen! *(Hüpfen aufstampfend in Hab-Acht-Stellung.)*

Schnitt zum Interviewer.

Interviewer Und als nächstes ergötzen uns die Männer der Zweiten Panzerdivision mit ihrem berühmten Herumschludern in geschlossener Formation.

Schnitt zum Feldwebel mit acht Soldaten wie eben.

Feldwebel Mannschaft: Aaa-chtung! . . . Beee-rührt Euch!

Soldaten *(Trippeln los wie ein Mann, dazu ultra-tuckiger Sprechgesang)* Uuuh! Sieh dir doch bloß *die* mal an! Huuuch! Ich habe deine Nummer, Süßer! Mich kannste dir gar nicht leisten, Schatz! Zwei, drei! Ich kratz dir gleich die Augen aus! Komm, spiel hier nicht den General, mein Herz, wir wissen alle, wo du warst, du kleine Fee in Uniform! Huuuch, Mädels, kuckt jetzt bloß nicht hin, der Oberst kommt grad reingetrippelt, mit seiner süßen Schützenmaus, zwei, drei, uuuuh!

Interviewer Und zum Abschluß. . .

TRICKFILM: *drei Generäle tanzen in Ballettröckchen zur Musik von »Schwanensee«. Ein Mann jagt sich vor Grauen darüber eine Kugel in den Kopf. Einer seiner Augäpfel fällt zu Boden, aus ihm wächst ein Bushalteschild an einer Landstraße. Eine alte Dame stellt dem dritten Bus, der ohne anzuhalten an ihr vorbeifahren will, ein langes Bein. Der Bus überschlägt sich. Die Dame steigt zufrieden summend ein. Schrifttafel: »Die Killer-Cars«. Autos überfallen Passanten und fressen sie auf. Die »Atom-Katze« verjagt die Killer-Cars aus der Stadt, frißt aber dafür Häuser. Die »Wandernde Hand« erledigt die Katze. Und erschlägt dann die dankbar zu ihr laufenden Menschen. Die übriggebliebenen flüchten aus der Stadt. Zu Wasser, zu Lande, per Flugzeug.*

Schnitt: Kamerafahrt entlang der Firmenschilder bekannter Luftfahrtgesellschaften: BEA, TWA, Air India, BOAC, Die Supperschnell-Fluggesellschaft . . . Die Kamera stoppt, neigt sich und gibt den Blick frei auf einen Abfertigungsschalter. Ein Mann mit zwei Koffern und einer Gepäckträgermütze kommt herein. Ihm folgen Mr. und Mrs.

Irrelevant. Der Träger stellt die Koffer vor dem Tresen ab, und lungert solange mit der offenen Hand wedelnd herum, bis er ein Trinkgeld bekommt. Er geht hinter den Schalter, wechselt die Gepäckträgerkappe mit einer Pilotenmütze und klebt sich einen Schnurrbart an. Neben ihm steht ein Vikar mit einer Augenklappe.

Mann (ERIC) Morgen, Sir, kann ich helfen?

Mr. Irrelevant (GRAHAM) Äh, ja, wir haben für Ihren Flug nach Amerika gebucht.

Mann Ach, wir fliegen doch gar nicht nach Amerika. . . *(Der Vikar stößt ihn an.)* Ach, der *Amerikaflug*. . . mit einem *Flugzeug*, ja. . . Oja, oh, das machen wir, klar! So sicher wie ein Safe! Kein Grund zur Panik!

Mrs. Irrelevant (CAROL) Kostet es wirklich nur siebenunddreißig Schilling sechs?

Mann Dreißig Schilling! Ich ruinier mich selbst damit.

Mr. Irrelevant Dreißig Eier!

Mann Fünfundzwanzig! Vierzig für sie beide zusammen! . . . Äh – ohne Versicherung, versteht sich!

Mr. Irrelevant Ach, und wieviel macht es mit Versicherung?

Mann Hundert und noch 'n Zwanziger obendrauf! Flug inklusive.

Mr. Irrelevant Braucht man diese Versicherung denn überhaupt?

Mann Nö. *(Vikar stößt ihn in die Seite.)* Ja, unbedingt!

Mr. Irrelevant Gut, wir nehmen ihn mit Versicherung, bitte.

Mann In Ordnung! . . . Wollen Sie es mit Leichenrückführung und *einer* Begleitperson . . . oder Sie können auch den Zwei-Leichen-Flugtarif *ohne* Angehörige nehmen oder *vier* Angehörige, *keine* Leiche, und die Asche wird dann in einem Briefumschlag mit der Post nachgeschickt.

Mr. Irrelevant Wie lang wird der Flug dauern?

Mann Tja, lassen Sie es mich so ausdrücken: Keine Ahnung.

Vikar (MICHAEL) Sechs Stunden.

Mr. Irrelevant Sechs?

Mann Fünf! Zehn für Sie beide zusammen!

Mrs. Irrelevant Oh, es ist ein Jet?

Mann Ja, nee. . . nicht so richtig ein Jet . . . es ist eher mehr ein. . . äh. . . ein VW-Motor mit Flügeln!

Mr. Irrelevant Und wann starten Sie?

Mann Dreiunddreißig Uhr.

Mr. Irrelevant Wie bitte?

Mann Sechsundzwanzig, für Sie beide zusammen.

Mrs. Irrelevant Wie bitte?

Mann Nehmen Sie die Injektionen, dann merken Sie nix!

Mr. Irrelevant Was für Injektionen?

Mann Gerstensaft-Injektionen! Beruhigt total. Äh – ist vorgeschrieben! Von der Handelskammer! Ehrlich! *(Hält gekreuzte Finger hoch.)*

Mrs. Irrelevant Oh, ich mag dies Quietschen nicht bei Injektionen.

Mann *(ahmt Telefonklingel nach)* Dring-dring. *(Nimmt Telefonhörer ab.)* Hallo? Ja, okay! *(Legt den Hörer wieder auf.)* Sie müssen sich jetzt sofort entscheiden, ob Sie mitwollen oder nicht.

Mr. und Mrs. Irrelevant Ja!

Mann Okay, versprochen ist versprochen! Ich informiere die Abflug-Lounge. *(Nimmt Telefonhörer.)* Hallo? Mrs. Turpin? Da kommen noch zwei!

Schnitt zu Mrs. Turpin, die in einem kleinbürgerlichen Wohnzimmer an einem Kaffeetisch sitzt. Ein großes Schild mit der Aufschrift »Ankunft International« hängt an der Wand. Mr. und Mrs. Irrelevant betreten das Zimmerchen und nehmen zögernd in zwei Cocktailsesseln am Tisch Mrs. Turpin gegenüber Platz.

Mrs. Turpin So, der Duty-Free-Teewagen steht da drüben. . . wir haben wunderbares Absturz-Buttergebäck, und da ist zollfreier Brokkoli, und das hier sind frische Oblaten. Jeder darf zweihundert davon mit ins Flugzeug nehmen. *(Sie nimmt eine Teetasse vom Tisch und spricht hinein wie in ein Mikrophon)* Die Supperschnell-Fluggesellschaft ruft auf zum Flug Nummer eins nach über die sieben Berge zu den sieben Zwergen. Passagiere für Flug eins werden zum Ausgang eins gebeten! Wir weisen unsere Passagiere darauf hin, daß immer noch genügend Zeit bleibt, um Oblaten einzukaufen!

Der Mann und der Vikar kommen herein und tragen einen Flugzeugflügel durchs Zimmer.

Mann Gleich fertig!

Sie verschwinden aus dem Bild. Man hört Hammerschläge.

Mrs. Turpin *(spricht in die Tasse)* Alle Passagiere bitte für die Gerstensaft-Spritze bereitmachen!

Ein japanischer Pilot in Zweiter-Weltkrieg-Fliegermontur kommt hereingestürzt.

Kamikaze Heute legen wir alle ein Gelübde ab! Heute vernichten wir die feindliche Flotte! Vernichten sie! Vernichten sie!

Mann und Vikar kommen hereingestürmt, ergreifen ihn und zerren ihn rückwärts wieder hinaus.

Mrs. Turpin Das ist Mr. Kamikaze, der Pilot. Er ist sehr nett, aber achten Sie bitte darauf, daß er keine Kriegsschiffe zu sehen bekommt.

Schnitt: Archivfilm eines Schlachtschiff-Konvois, der durch die Wogen stampft. Aufwühlende Musik ertönt.

Off-Sprecher (JOHN) Schon viele erregende Geschichten wurden von der See erzählt, und auch einige reichlich uninteressante, die nur ganz am Rande etwas mit dem Meer zu tun haben, so wie diese hier. 'tschuldigung, das ist keine besonders gute Ansage. Entschuldigung.

Schnitt zum Ansager an seinem Pult an einem Strand.

Ansager (JOHN) Und hier der Gewinner unseres »Wohin mit dem Edward-Heath-Denkmal?«-Wettbewerbs. Der Sieger ist ein Mr. Ivy North, der damit zehn Pfund und einen Besuch im »Leichten Matrosen« gewonnen hat.

Schnitt zu einem Filmausschnitt der »Schlacht von Pearl Habour« aus Folge elf. Eric als Mrs. Fairbanks bläst den Startpfiff, zwei Damengruppen rennen aufeinander zu, prügeln und wälzen sich im Schlamm. Schnitt zurück zum Ansager.

Ansager Das war die letztjährige Dramatisierung der Schlacht von Pearl Habour, aufgeführt vom Stadtfrauenverband Batley. Geschrieben, inszeniert und produziert von Mrs. Rita Fairbanks.

Schnitt zu Rita Fairbanks am Strand.

Rita (ERIC) Hallo, da bin ich wieder!

Off-Sprecher Und womit werden Ihre Damen uns dieses Jahr überraschen?

Rita Nun, dies Jahr haben wir uns entschlossen, etwas aufzuführen, das mehr dem modernen Geschmack entspricht. Wir dachten zuerst an eine Version von Michael Stewarts Rede über Nigeria, und es gab auch einige Stimmen im Komitee, die gern Willy Brandts berühmten Besuch in Ostdeutschland auf die Bühne gebracht hätten, aber wir haben uns statt dessen für eine Dramatisierung der ersten Herztransplantation entschieden. . . . Meine Schwester Madge wird übrigens diesen tapferen kleinen Burenburschen, den Pionier Christiaan Barnard spielen. *(Zupft verlegen an ihren Handschuhen herum.)*

Off-Sprecher Nun, dann also los: Die Inszenierung der ersten Herztransplantation, aufgeführt vom Stadtfrauenverband Batley!

Mrs. Fairbanks bläst zart in ihre Trillerpfeife. Zwei Gruppen von Hausfrauen kommen an der Wasserkante aufeinander zugerannt. Sie schubsen sich gegenseitig ins Meer, ringen plantschend in der Brandung und vermöbeln sich gegenseitig mit ihren Handtaschen.

Ansager *(mit seinem Schreibtisch jetzt bereits im Wasser)* Die erste Herzverpflanzung. Doch das ist nicht die einzige Open-Air-Aufführung, die das Meer miteinbezieht. Die Theatermanager der hiesigen Küstenregion brauchten nicht allzu lange, um zu erkennen, welch gewaltigen dramatischen Möglichkeiten das Meer in sich birgt. Und schon hat irgendwo dort draußen in der Bucht die erste Unterwasser-Inszenierung von »Maß für Maß« Premiere.

Die See. Nichts ist zu sehen. Murmelige, blubbrige Shakespeare-Verse sind zu hören. Wir zoomen heran. Zwei Shakespeare-Tragöden (Michael und Terry J.) tauchen auf. Sie holen tief Luft und tauchen wieder unter. Der Dialog blubbert weiter. Kamerafahrt zurück, ein Ruderboot wird sichtbar. Drei Shakespeare-Tragöden sitzen in ihm und warten auf ihr Stichwort. Einer der beiden Tragöden von vorher taucht wieder auf und ruft:

Schauspieler (TERRY J.) Heda, Diener!

Dann verschwindet er wieder unter Wasser. Der Diener steht auf, tritt über die Bordwand und versinkt.

Schnitt zum Ansager, nun schon bis über Hüfte und Tischplatte im Wasser sitzend.

Ansager Die Unterwasser-Version von »Maß für Maß«, und weiter draußen auf See sorgt »Hello Dolly« ebenfalls für volle Häuser . . .

Wir sehen eine Boje mit einem stabilen Pappschild oben drauf, auf dem »Hello Dolly – Heute 19.30 Uhr« steht. Entfernt hört man einen blubbernden, verworrenen Fetzen der »Hello Dolly«-Titelmusik. Schwenk auf die offene See.

Ansager . . . und dort drüben auf den Austernbänken ein Formel-Zwei-Rennen. *(Unterwassergeräusch von Formel-Zwei-Rennwagen.)*

TRICKFILM: *Ein Rennwagen kommt durch die Landschaft herbeigerast, fährt über die ausgestreckten Beine einer nackten, sitzenden Frau, bremst vor einem Warnschild »Kontrollieren Sie Ihre Achsenhöhe«, wendet, rast den Frauenkörper hoch und verschwindet in der Achselhöhle.*

Off-Sprecher Nummer zwanzig. Die Achselhöhle.
Schnitt zu Foto eines männlichen, gebeugten Kopfes von hinten. Eingeblendeter Pfeil weist auf den Nacken.
Off-Sprecher Nummer einundzwanzig. Die unteren Zweidrittel des Nackens des Genicks.

Schnitt: Filmaufnahme eines 60er-Jahre-Transistor-Radios auf einem Beistelltischchen. Pfeil weist auf den großen, rosafarbenen Skalendrehknopf.
Off-Sprecher Nummer zweiundzwanzig. Die Brustwarze.
Kamera zieht auf. Zwei Frauen sitzen auf einem Zweisitzer-Sofa und lauschen. Der Ansager ist jetzt aus dem Radio zu hören.
Stimme des Ansagers . . . und damit sind wir für diese Woche am Ende unserer Sendereihe »Wie man verschiedene Körperteile erkennt«, für das Radio bearbeitet von Ann Haydon-Jones und ihrem Gatten Pip. Und nun hören Sie die erste Folge eines neuen Funk-Dramas: »Der Tod der Maria Stuart von Schottland«. Teil eins: »Der Anfang«.
Titelmusik: »Coronation Scot«, wie jahrelang für die TV-Serie »Paul Temple« benutzt.
Männerstimme Sie sind Maria Stuart von Schottland?
Frauenstimme Das bin ich.
Es folgt eine wilde Mixtur von Geräuschen, die unschwer erkennen lassen, daß Maria Stuart soeben der Brägen aus dem Kopp gekloppt wird. Fausthiebe, Schläge, Knallen, Schlagbohrmaschine, Säge, Peitschenklatschen, Schüsse – und alles durchgehend gespickt mit Marias Schmerzensschreien. Die zwei Frauen lauschen schweigend. Nach einigen endlos scheinenden Sekunden endlich langsame Tonausblende, nachdem die Titelmusik wieder eingesetzt und damit das Ende des ersten Teils signalisiert hat.
Radioansager Die zweite Folge von »Der Tod der Maria Stuart von Schottland« können Sie direkt im Anschluß auf Kanal 4 hören.
Eine der Frauen geht ans Radio und wechselt den Sender. Während sie noch an ihren Platz zurückgeht, hören wir bereits erneut die Titelmusik verklingen und die Gewaltgeräusche und das Geschrei ertönen, wieder mit unverminderter Heftigkeit. Dann plötzlich Stille.
Männerstimme Ich glaub, sie's tot.
Frauenstimme Bin ich nicht!
Nach einer winzigen Überraschungspause beginnt das Gemetzel und

Geheule erneut und blendet unter der Melodie von »Coronation Scot« schnell wieder aus.

Stimme des Ansagers Sie hörten Folge zwei von »Der Tod der Maria Stuart von Schottland«, für den Funk bearbeitet von Bernard Hollowood und Brian London. Und nun wird Kanal 4 explodieren. *(Das Radio explodiert.)*

Erste Schreckschraube (GRAHAM) Dann müssen wir eben fernsehn.

Zweite Schreckschraube (JOHN) Genau.

Die beiden drehen das Sofa in die andere Richtung, um zum Fernsehgerät in der anderen Zimmerecke glotzen zu können.

Erste Schreckschraube Na? Und wat gibt's auf 'n Fernseh?

Zweite Schreckschraube Sieht aus wie 'n Pinguin.

Auf dem Fernsehgerät steht tatsächlich ein Pinguin. Er schaut die beiden so zufrieden an, als wäre er irgendwie ausgestopft. Auf dem Bildschirm tut sich nichts.

Erste Schreckschraube Nein, nein, nein, ich hab nich' gemeint, was gibt's auf'n Fernseher, ich hab gemeint, auf'n Fernseh*sender*.

Zweite Schreckschraube Oh!

Die zweite Schreckschraube geht zum Fernsehgerät, stellt es an und kehrt zurück auf ihren Sofaplatz. Das Gerät braucht endlos lange, bis es warm wird und ein Bild erscheint. Während dieser Pause findet das folgende Gespräch statt.

Zweite Schreckschraube Komisch, daß dieser Pinguin da steht, näch? Was macht'n der da?

Erste Schreckschraube Stehn!

Zweite Schreckschraube Das seh ich!

Erste Schreckschraube Wenn er'n Ei legt, fällt das nachher noch hinten in' Apparat rein.

Zweite Schreckschraube Müssen wir eben aufpassen. Sei denn, das ist 'n Männchen.

Erste Schreckschraube Oh, daran hätt ich ja nie gedacht!

Zweite Schreckschraube Tscha, sieht ziemlich kräftig aus.

Erste Schreckschraube Vielleicht kommt er von nebenan?

Zweite Schreckschraube Pinguine komm' nicht von nebenan, die kommen aus der Antarktis!

Erste Schreckschraube Burma ...

Zweite Schreckschraube Wieso hast du denn eben »Burma« gesacht?

Erste Schreckschraube Kurz ausgerastet.

Zweite Schreckschraube Oh! – Vielleicht isser aus'm Zoo?
Erste Schreckschraube Welcher Zoo?
Zweite Schreckschraube Woher soll ich wissen, welcher Zoo? Ich bin nich' Dr. Verdammich Bronowski!
Erste Schreckschraube Und woher weiß Dr. Bronowski, aus welchen Zoo er is'?
Zweite Schreckschraube Der weiß alles!
Erste Schreckschraube Oh, das fänd ich nich' gut, das Leben hätte so gar keine Geheimnisse mehr! Trotzdem: Wenn er aus'm Zoo wär, wär »Eigentum vom Zoo« draufgestempelt!
Zweite Schreckschraube Wär's eben nich'! Die stempeln nich' »Eigentum vom Zoo« auf alle Tiere rauf! *(Denkt kurz nach, dann triumphierend.)* Du kannst ein' riesigen Löwen nich' einfach was draufstempeln!
Erste Schreckschraube *(denkt ebenfalls nach, dann wohl noch triumphierender)* Sie stempeln sie, wenn sie noch klein sind!
Zweite Schreckschraube *(nach längerem Schweigen)* Und was passiert, wenn sie sich mausern. . .?
Erste Schreckschraube Löwen komm' nich' in die Mauser!
Zweite Schreckschraube *(wohl am triumphierendsten)* Nä – aber Pinguins! So, hab' ich dich! Mit Mitteln der Logik umzingelt!
Erste Schreckschraube *(resigniert-verächtlich)* Ach, bumms doch den Pinguin!
Fernseh-Ansager (TERRY J.) Es ist genau acht Uhr und Zeit für den Pinguin, auf Ihrem Fernsehgerät zu explodieren.

Der Pinguin auf dem Fernseher explodiert.

Erste Schreckschraube Woher hat der gewußt, daß das passiert?
Fernseh-Ansager So 'ne Art Eingebung. . . Und nun . . .

Schnitt zum Foto eines Schienbeins. Eingeblendeter Pfeil.

Off-Sprecher (JOHN) Nummer dreiundzwanzig. Das Schienbein.

Schnitt zum Foto von Reginald Maudling. Pfeil am Bein.

Off-Sprecher Nummer vierundzwanzig. Das Schienbein von Reginald Maudling.

Schnitt zu typischer Gilliam-Collage: »Aufgeklappter Kopf« mit eingeblendetem Pfeil.

Off-Sprecher Nummer fünfundzwanzig. Das Gehirn.

Schnitt zu Foto von Margret Thatcher. Der Pfeil zeigt auf ihr Knie.

Off-Sprecher Nummer sechsundzwanzig. Das Gehirn von Margret Thatcher.

Schnitt zu Standbild eines Kricketspiels im fortgeschrittenen Stadium.

Spieler auf allen Positionen haben die sattsam bekannten gepunkteten Bermuda-Shorts über ihre Spielkleidung montiert. Kleine Pfeile weisen auf jede einzelne Pünktchen-Hose.

Off-Sprecher Nummer siebenundzwanzig. Noch mehr unanständige Stellen.

Schnitt auf Foto von britischen Regierungsmitgliedern rund um den Kabinettstisch. Pfeile weisen unter die Tischkante.

Off-Sprecher Nummer achtundzwanzig. Die unartigen Stellen der Regierung.

Schnitt zum Studioaufbau der nächsten Nummer. Das Innere eines Landhauses. Eingeblendeter Pfeil.

Off-Sprecher Nummer neunundzwanzig. Das Innere eines Landhauses.

Schnitt in den Raum mit Arzt, Mutter und Sohn.

Arzt (JOHN) Das ist aber kein Körperteil.

Mutter Nein, das war die Überleitung.

Sohn (GRAHAM) Besonders gut fand ich sie aber nicht.

Arzt Na ja, die Serie neigt sich dem Ende ... und der Ideenvorrat anscheinend auch.

Inspektor »Maultier« Muffin in Trenchcoat und Hut kommt zur Tür hereingeplatzt, wichtig seine Pfeife aus dem Mund nehmend und damit herumfuchtelnd.

Muffin (MICHAEL) Okay! Keiner bewegt sich! Ein Mord ist geschehen!

Mutter Ein Mord?

Muffin Nein ... nein ... kein Mord ... nein, was klingt noch so ähnlich wie »Ermordung«, aber fängt mit einem R an?

Sohn Regensburg?

Muffin Nee, nee, nee, nee ...

Arzt Rüdesheim?

Muffin Rüdesheim. Genau! Rüdesheim am Rhein. Es hat sich ein Rüdesheim ereignet!

Sohn Raubüberfall.

Muffin Raubüberfall. Ja. Gut, der Mann! Raubüberfall, das war's, natürlich! Es war ein Raubüberfall.

Arzt Und wo?

Muffin In den Bauch, knapp unter die Rippen!

Arzt Nein – das ist Mord.

Muffin Oh! Äh, nein, im Bach ... im Bad! Barclays Bad!

Sohn Barclays Bank?

Muffin Ja! Häßliche Sache das. Sind mit dreiundzwanzig Mille abgehauen.

Sohn Irgendwelche Indizien?

Muffin Irgendwelche *was*? . . .

Sohn Irgendwelche Anzeichen, wer es gewesen sein könnte?

Muffin *(sarkastisch)* Irgendwelche In-di-zi-en, wiiie? Oh, wir reden nicht zufällig 'n bißchen ge-ziiiert? Ich nehme an, wir flöten auch immer was von Brühf-om-schlog und Uhn-tär-wä-schä und Brrröt-schen auf unserem Ka-na-pee, wie? Herrje, wir haben es mit einem Mordfall zu tun, junger Mann, und Mord ist eine verdammt ernste Angelegenheit!

Arzt Ich dachte, es handelte sich um einen Raubüberfall?

Muffin Raubüberfall ist fast so schlimm wie Mord! Manche Raubüberfälle sind sogar schlimmer als Mord! Ein Raubüberfall, bei dem jemand erstochen wird, ist ein Mord! Also, komm' Sie mir nicht mit diesen Haarspaltereien! Sie sind ja kleinlicher als ein Richter! So also: Das erste, was bei einer wie auch immer gearteten öffentlichen Ruhestörung zu tun ist. . . ist. . . *(er verstummt und lächelt eine Weile versonnen vor sich hin)* . . . und . . . oh, Entschuldigung, Entschuldigung, war mit meinen Gedanken ganz woanders!

Arzt Die Polizei anrufen?

Muffin Die Polizei anrufen! Ja, das ist 'ne gute Idee. Die sollen schnell herkommen, damit . . . nein, besser: die sollen langsam herkommen, damit sie unterwegs nichts fallenlassen.

Mutter Soll ich uns nicht allen eine schöne Tasse Tee machen?

Muffin *(scharf)* Mach, was du willst, Boskovitch – vor Gericht wird dir das nicht viel nützen!

Mutter Wie meinen?

Muffin Oh, tut mir leid, tut mir leid! Das kommt davon, wenn man zwei Fälle gleichzeitig an den Hacken hat! Ich hab grad gedacht, ich hätte Boskovitch in die Ecke getrieben . . . dabei untersuch ich ja einen Regensburg.

Sohn Raubüberfall.

Muffin Raubüberfall. Genau. Gut, der Mann!

Von draußen nähert sich Sirenengeheul und Verkehrslärm.

Arzt Wer ist Boskovitch?

Muffin Ha! Boskovitch ist . . . ein russischer Wissenschaftler, der Informationen an die Russen weitergibt.

Sohn Interna?

Muffin Oh, er nun wieder! In-teeer-na! Ja, hocken wir schon wieder auf dem Ka-na-pee mit unserem Tee-gö-böck und unseren In-teeer-na? . . .

Die Tür geht auf, und ein Wachtmeister, gefolgt von zehn einfachen Schutzleuten (den »Fred Tomlinson Singers«), betritt das Landhauszimmer.

Muffin Ah! Hallo, Duckie!

Duckie (TERRY J.) Hallo Sir. Wie geht's?

Muffin Danke, gut! Und selber?

Duckie Ach, Sir, bin ein bißchen bedrückt heut'.

Muffin Aber wieso denn das, mein Süßer?

Duckie Weil . . .

Eine unsichtbare Rhythmusgruppe hebt an, und Wachtmeister Duckie beginnt zu singen und tanzen, wobei er neckisch sein Trillerpfeifchen am Kettchen rotieren läßt.

EINGEBLENDETER TITEL: »WACHTMEISTER DUCKIES LIED«

Duckie Ja, ich fühl mich mies, ich fühl mich einsam
Denn mein Baby ist davonmarschiert . . .
Ja, ich bin so allein
Krieg mich nicht wieder ein
Oh, ich fühl mich völlig angeschmiert!

Chor Ja, er fühlt sich mies, er fühlt sich einsam
Denn sein Baby ist davonmarschiert . . .
Ja, er ist so allein
kriegt sich kaum wieder ein
fühlt sich wirklich völlig angeschmiert!

Duckie *(solo)* Wenn ich lach
strahlt die Sonne hell und schön!
Doch wenn ich wein
dann will sie mich nicht mehr verwöhn'!

Chor Ja, er fühlt sich mies, er fühlt sich einsam
denn sein Baby ist davonmarschiert
Ja, er ist so – . . . *(Sie brechen den Gesang abrupt ab und sprechen im Chor weiter)* et cetera et cetera et cetera! *(Applaus.)*

Muffin 'n süßes Lied, Duckie.

Eine Eurovisions-Ansagerin in silberglänzendem, engem Abendkleid betritt die Szene und geht ans bereitstehende Mikrophonstativ.

Ansagerin (ERIC) Und das war unsere letzte Neuvorstellung. La dernière entrée. Das final entry. And now, guten Abend. The

Punktestand. Der Stand. Le Stand. Il Stand. Oh! Stand. Ha! Stand! *(Schnitt zu einer Anzeigetafel mit asiatischen Schriftzeichen.)* Jawohl, Monaco ist der Sieger – hah! Monaco ist del Siegel – oh ja, Mann, Monnaggo gewinne das grrrossse Prrreisss, Bwana! ... Und hier ist er noch einmal: Chef-Inspektor Jean-Paul Zatapathique mit dem Siegertitel!

Ein Sänger summt leise ein kleines Intro, das Orchester setzt klagend ein. Schnitt zu einer glitzernden Eurovisions-Kulisse. Zatapathique in prächtiger Phantasie-Uniform und mit buntbefiedertem Silberhelm besteigt betont langsam und mit nachdenklich gesenktem Kopf in das Mikro summend ein glitzerndes Podest.

Off-Sprecher (MICHAEL) *(in andächtig-gedämpftem Tonfall)* So, und nun also singt Inspektor Zatapathique, der Spurensicherungsexperte der Mordkommission Monaco, noch einmal sein Lied »Ding-Dingel-Lingel-Dong« ...

Zatapathique (GRAHAM) *(erschüttert sprechend)* Quoi? ... Quoi? ... Tout le monde ... quoi? ... Mais, le monde ... d'habitude ... mais – je – pense...

(Und eins-*zwei-drei*-wal-*zer-takt:)*

Chor *(schwungvoll singend)* **und Zatapathique** *(schreiend)*

Ding dingel-lingel Ding!
Ding dingel-lingel Däng!
Ding dingel-lingel-lingel-lingel-lingel
Ding dingel-lingel DONG!

... undsoweiter undsoweiter undsoweiter. Der Nachspann läuft ab. Kurz vor seinem Ende ist auch Zatapathique endlich fertig mit Schreien und Hüpfen und verbeugt sich unter gigantischem Applaus tief und erschöpft. Er verharrt regungslos in der Verbeugung. Ein dicker weißer Pfeil wird eingeblendet und zeigt auf sein rausgestrecktes Hinterteil.

Off-Sprecher Nummer einunddreißig. Das Ende.

EINBLENDUNG: »ENDE«

Dreiundzwanzig – Scott in der Antarktis

Außenaufnahme: eine große Müllhalde. Handkamera stolpert auf Mädchen in einfachem weißen Kleid mit vier Meter langem roten Haar zu, das auf einem Stuhl sitzt und einen Kohlkopf in Händen hält. Nach einer Weile betritt Stig in weißen Jeans, Hemd und mit Halstuch die Einstellung und steht verlegen in der Gegend rum.

Stig (TERRY J.) Bonjour.

UNTERTITEL: »GUTEN MORGEN.«

Mädchen (CAROL) Bonjour.

UNTERTITEL: »GUTEN MORGEN.«

Pause. Stig sieht verlegen aus, schaut in die Kamera.

Stig Il fait beau ce matin.

UNTERTITEL: »SCHÖNER TAG HEUTE.«

Mädchen Oui, oui.

UNTERTITEL: »JA, JA.«

Stig D'accord. . .

UNTERTITEL: »HÖRT, HÖRT.«

Stig Venez-vous ici souvent?

UNTERTITEL: »KOMMEN SIE ÖFTER HIERHER?«

Mädchen Oui.

UNTERTITEL: »JA.«

Stig Ah. Bon. Bon.

UNTERTITEL: »GUT, GUT.«

Pause.

Stig Je vois que vous avez un chou.

UNTERTITEL: »WIE ICH SEHE, HABEN SIE DA EINEN KOHLKOPF.«

Mädchen Oui.

UNTERTITEL: »JA.«

Stig fängt an, gezwungen zu lachen, dann stimmt das Mädchen ein. Es ist ein kläglicher Versuch, Ausgelassenheit und fröhliches Beisammensein zu demonstrieren. Das Mädchen hört noch vor Stig zu lachen auf.

Stig Certainement il fait beau ce matin.

UNTERTITEL: »WIRKLICH EIN SCHÖNER TAG HEUTE.«

Stig schleicht sich aus der Einstellung, wird aber ganz offensichtlich wieder ins Bild geschubst.

Stig Je suis revolutionnaire.

UNTERTITEL: »ICH BIN EIN REVOLUTIONÄR.«

Mädchen Oh.

Stig Qu'est-ce vous-avez dit?

UNTERTITEL: »WAS HABEN SIE GESAGT?«

Mädchen J'ai dit »oh«.

UNTERTITEL: »ICH HABE ›OH‹ GESAGT.«

Stig Ah. Très intéressant.

UNTERTITEL: »AH. SEHR INTERESSANT.«

Schnitt zu einem pickligen jungen Mann im Studio.

Phil (ERIC) Brian Diestel und Brianette Zatapathique waren das eben in einer improvisierten Szene aus Jean Kenneth Longueurs neuem Film »Le Fromage Grand«. Brian und Brianette symbolisieren in diesem aufregenden neuen Streifen die Kommunikationsschwierigkeiten in unserer modernen Gesellschaft, und Longueur will uns, seinem Publikum, damit sagen »macht was, protestiert, verändert etwas, legt euch mit dem Geschäftsführer an, verlangt euer Geld zurück.« In einer späteren, brillant konstruierten Montage entlarvt Longueur gnadenlos die unterschwellige Gewalt dieser unserer Gesellschaft, wenn Brian und Brianette sich auf einer anderen Müllhalde erneut begegnen.

Ein anderer Teil der gleichen Müllhalde, aber nicht sehr anders. Das Mädchen sitzt immer noch auf dem Stuhl, hält aber diesmal einen Lattich. Stig betritt die Einstellung.

Stig Bonjour encore.

UNTERTITEL: »HALLO SCHON WIEDER.«

Mädchen Bonjour.

UNTERTITEL: »GUTEN MORGEN.«

Stig Je vois que aujourd'hui vous avez une co-laitue.

UNTERTITEL: »WIE ICH SEHE, HABEN SIE HEUTE EINEN SUPERLATTICH DABEI.«

Mädchen Oui.

UNTERTITEL: »JA.«

Stig Bon.

UNTERTITEL: »GUT.«

Schnitt: kurze Einstellung aus Kriegsfilm; Soldat mit Maschinengewehr in Flugzeug.

Stig Il fait beau encore.

UNTERTITEL: »HEUTE IST WIEDER EIN SCHÖNER TAG.«

Filmschnipsel von Studentenunruhen und Knüppeleinsatz in Paris.

Mädchen Oui.

UNTERTITEL: »JA.«

Stig Bon.

UNTERTITEL: »GUT.«

Schnitt zu Michael, dem John einen Knüppel über den Schädel zieht.

Stig Vous pouvez dire ça encore.

UNTERTITEL: »WIRKLICH EIN SCHÖNER TAG HEUTE.«

Aufnahme eines einstürzenden Gebäudes; dann ein Mann am Klavier (Graham) – der Deckel knallt ihm auf die Hände.

Stig Certainement il fait beau ce matin.

UNTERTITEL: »WIRKLICH EIN SCHÖNER TAG HEUTE.«

In schneller Schnittfolge: Bombenwerfende Flugzeuge; Koch, der einen Pfeil in die Brust bekommt; Mädchen, das einen großen Mann ans Schienbein tritt; Raketen, die von einem Flugzeug abgeschossen werden.

Mädchen Oui.

UNTERTITEL: »JA.«

Filmschnipsel: Wasserstoffbombe explodiert.

Stig Il fait beau hier. Ha, ha, ha.

UNTERTITEL: »GESTERN WAR AUCH EIN SCHÖNER TAG. HA, HA, HA.«

Schnelle Schnitte: Flakfeuer; Mann, der von einem Boxhandschuh einen Fausthieb ins Gesicht bekommt; Nonne, die einem Polizisten in die Weichteile tritt.

Mädchen Ha, ha.

UNTERTITEL: »HA, HA. HA, HA. HA, HA.«

Schnitte: eine Spitfire; koreanische Soldaten; ein Mann, der geköpft wird.

Stig Quel surprise de vous voir encore.

UNTERTITEL: »WAS FÜR EINE ÜBERRASCHUNG, SIE WIEDERZUSEHEN.«

Filmausschnitte in üblicher Weise: Studentenunruhen in Paris; Mann, den jemand auf den Fuß tritt; ein in Flammen stehendes Haus; Mann, dem ein Regenschirm ins Auge gestochen wird; ein Schlachtschiff, das volle Breitseite abfeuert; Mann in Unterhosen, dem ein Eimer Wasser über den Kopf gegossen wird; Fan-Schlachten in Fußballstadion; Mann, der von einem griechisch-orthodoxen Priester erdolcht wird.

Mädchen Je t'aime.

UNTERTITEL: »ICH LIEBE DICH.«

Stig Je t'aime.

UNTERTITEL: »ICH LIEBE DICH.«

Sie lächeln sich einen Moment lang glücklich an. Dann hören sie etwas ticken. Sie lauschen einen Augenblick lang angespannt und blicken dann beide langsam auf den Lattich. Nach einer Schreckenssekunde explodiert der Salat in Zeitlupe und reißt sie beide in Stücke. Während Leichenteile

und Salatblätter in Zeitlupe durch die Luft schweben, neigt sich die Kamera nach unten auf welkes Laub. Das Bild friert ein.
EINBLENDUNG: »FIN«

Schnitt zu Phil.

Phil Ziemlich starker Tobak von Freund Longueur, der damit natürlich sagen will, daß am Ende der Materialismus, in diesem Fall durch einen Superlattich von Sparkauf symbolisiert, uns alle vernichten wird. Das war für O. Simon, K. Simon, P. Simon und R. Sparrow aus Leicester. Später werfen wir dann einen kurzen Blick auf John Waynes letzten Film: »Kübel voller Blut, die aus den Köpfen strömen«, zunächst wollen wir uns aber mit kommenden Ereignissen befassen. Am Dienstag nämlich war Chris Conger mit einem BBC-Team am Drehort der 20th Century Vole, die gerade ihr neuestes Leinwand-Epos in Szene setzt: »Scott in der Antarktis«.
Chris Conger steht mit dem Rücken zum Pier, hinter ihm ein paar Urlauber.

Conger (GRAHAM) Meer, Strand und Sonnenschein haben Paignton zur Perle der englischen Riviera gemacht. Aber in den nächsten sechs Monaten wird sich dieser verschlafene Badeort von Devonshire in die Einöde des von Schneestürmen gepeitschten Südpols verwandeln. Denn heute beginnen hier die Dreharbeiten für den Monumentalfilm »Scott in der Antarktis«, der von Gerry Schlick produziert wird. *(Geht zu Schlick hinüber.)*

Schlick (ERIC) *(Amerikaner)* Hallo.

Conger Gerry, Sie haben Paignton als Drehort für Ihren Scott ausgewählt.

Schlick Richtig, richtig.

Conger Ist es nicht ein kleiner Wermutstropfen für Sie, daß es hier keinen Schnee gibt?

Schlick Nun, wir haben ja 9000 Kubikmeter Winterfix dabei, einen neuen weißen Schaumgummi, der auf der Leinwand sogar noch echter wirkt als Schnee. . .
Schnitt: Leute, die mit Klebstoff und Nägeln weißen Schaumgummi auf Gegenständen befestigen. Es sieht grauenhaft aus. Andere streichen den Sand mit weißer Farbe an.

Schlick . . . und 320 000 Kubikmeter weiße Farbe, mit einem Spezial-Schneeglanz.

Conger Und wie ich gehört habe, spielt Kirk Vilb die Hauptrolle.

Schlick Das ist korrekt. Wir waren mächtig begeistert und stolz, als Kirk sich bereiterklärte, die Rolle des Leutnants Scott zu übernehmen *(Schnitt zu Kirk Vilb, der Felle trägt, die an der Brust auseinanderklaffen; man ist dabei, ihm ein Brusttoupet anzukleben und Zuckerwatte auf Nase und Augenbrauen zu drücken)*, weil ein Star von seinem Kaliber sich erlauben kann, wählerisch zu sein, aber er hat den Titel gelesen und ist einfach ausgeflippt. *(Schnitt zurück zu Gerry Schlick und Chris Conger.)* Und Regie führt ein sehr begabter junger britischer Regisseur, James McRettin, der auch am Drehbuch mitgearbeitet hat, und natürlich ist Jimmy. . .

McRettin stürzt in den Vordergrund. Er gleicht J. McGrath in keinster Weise.

McRettin (JOHN) Oh, da sind Sie ja. Hallo. Hallo. Kein Problem. Trinken Sie einen. Trinken Sie einen. Fantastisch. Hallo. Herrlich. Herrlich. Hallo. Umschreiben. Oh, das ist wirklich fantastisch. Ich meine, das Ganze hat doch echt 'ne Botschaft, finden Sie nicht?

Conger Haben Sie schon mit den Dreharbeiten angefangen?

McRettin Ja. Ja. Fantastisch. Tadellos. Nein, nein, wir haben noch nicht angefangen. Nein. Aber fantastisch – fantastisch.

Conger Mit welcher Szene werden Sie heute früh beginnen?

McRettin Fantastisch. Wahnsinn. O es ist fantastisch. Kein Problem. Das machen wir mit links. Mit links. Kein Problem. Dieser Film ist mehr oder weniger pro-Menschheit und anti-böse-Sachen, und er reißt der Gesellschaft die heuchlerische Gin-and-Tonic-Maske vom Gesicht und läßt einen ganzen Haufen heiliger Kühe hinter sich, die sich am Wegesrand in Todesqualen winden, trinken Sie einen, trinken Sie einen.

Conger Aber welche Szene wird denn *zuerst* gedreht, Jimmy?

McRettin Ja, fantastisch. Herrlich. *(Ruft)* Welche Szene drehen wir als erstes? Was? *(Zu Conger)* Es ist Szene eins. Szene eins. Spielt mitten im Film. Also, jedenfalls jetzt. Ich hab sie umgeschrieben. *(Ruft)* Ich dachte, die hätten wir rausgeschnitten? Haben wir die nicht rausgeschnitten?

Schlick Nein, haben wir nicht.

McRettin Nicht. Fantastisch. Das ist ja noch besser. Dann tu ich sie wieder rein. Umschreiben. *(Ruft)* Alle mal herhören – Szene eins ist wieder drin. Szene eins ist wieder drin. Fantastisch.

Fantastisch. *(Zu Conger)* Das ist die Szene – vor dem Zelt – das Ganze ein einziger Wahnsinn. Man möchte sofort kotzen.

Schnitt zu Schlick und Conger am Strand.

Schlick Also in dieser Szene kommt Leutnant Scott wieder ins Lager zurück, nachdem er die Huskies zu einem Brunch mit dem Rest seiner Mannschaft geführt hat. *(Schnitt zu einer Einstellung vom Zelt mit Bowers, einem Schwarzen, und Oates, die beide davor sitzen.)* Oates, der von keinem anderen als unserem heißgeliebten wunderbaren Terence Lemming dargestellt wird, einem waschechten Londoner Offizier, der zur US Navy abkommandiert wurde, und Bowers, gespielt von Seymour Fortescue, dem Olympischen Stabhochspringer.

Filmsequenz: Scott tritt auf sie zu. Unter seinen Füßen sind zwei große Kisten festgebunden, um ihn größer erscheinen zu lassen.

Oates (TERRY J.) Hallo, Leutnant.

Scott (MICHAEL) Hallo, Oatesy. Prima Tag heute, was?

McRettin *(stürzt dazu)* Fantastisch, fantastisch.

Scott Was? Was sagen Sie?

McRettin Ich habe nur fantastisch, fantastisch gesagt. Auftritt Evans!

Sexy Mädchen mit langem blondem Haar und kurzem rosa Pelzmantel betritt die Aufnahme. Sie geht auf Scott zu, der sie um anderthalb Meter überragt, weil sie in einem Graben läuft.

Schlick Und hier haben wir Vanilla Huree als Miss Evans.

Conger Miss Evans?

Schlick Korrekt.

Miss Evans befindet sich jetzt unterhalb Scott, etwa auf Kniehöhe.

Scott Guten Morgen, Miss Evans.

Evans (CAROL) Oh, ich habe meinen Satz vergessen.

McRettin Wie lautet ihr Satz? Wie lautet ihr Satz?

Scriptgirl kommt angerannt.

Scriptgirl Er lautet: »Guten Morgen, Kapitän Scott«.

Evans Ach ja, genau. »Guten Morgen, Kapitän Sc. . .« – also, irgendwie befriedigt mich der Satz nicht. Kann ich nicht einfach »Tach, Scottie« sagen?

McRettin Fantastisch. Fantastisch. Umschreiben. Einsatz.

Evans Tach, Scarrie! Oh, Pardon. Tach, Stocky! Oh – nochmals Pardon. Och, Jim. Irgendwie befriedigt mich der Satz einfach nicht. Hey, wie wär's, wenn ich es total crazy mache, so vielleicht. . . *(Flippt aus und fängt wild an zu winken.)* Tach, Scottie!

McRettin Fantastisch! So drehen wir's ab.
Scott Bist du sicher, daß es so richtig ist?
McRettin So ist es doch fantastisch.
Gerry Schlick läuft in die Einstellung.
Schlick Jim.
McRettin *(ruft)* Jim! Jim! . . . Ach so, ich!
Schlick Jim, ich hab das Gefühl, daß wir im Höhenbereich ein paar Probleme kriegen werden.
McRettin Fantastisch! Wo liegen sie?
Schlick Wo liegt wer?
McRettin Ich weiß nicht. War gerade ein bißchen durcheinander.
Schlick Jim, ich hab hier das Gefühl, daß Scott im Höhenbereich vielleicht zu groß wirkt, in bezug auf Vanilla, die zu nah am Boden ist, im Bereich, daß sie im Moment zu klein wirkt.
McRettin Fantastisch. . . Ah, ich hab's. Ich heb eine Grube für Scott aus und stell eine Kiste in Vanillas Graben rein.
Scott Oder hört mal, Leute, warum nehm ich nicht meine Kisten ab, und Vanilla kommt aus dem Graben raus.
McRettin Das kann nicht funktionieren. . . Das ist ja noch besser! Fantastisch. Umschreiben!
Evans Was war das eben?
McRettin Du, alles ganz einfach. Ich weiß jetzt, wie's geht. Scott nimmt seine Kisten ab, und du stehst nicht im Graben.
Evans Ich soll meine Sätze *außerhalb* des Grabens sprechen?
McRettin Ja, noch besser. Fantastisch.
Evans Aber ich habe noch nie außerhalb eines Grabens gespielt. Ich könnte stürzen. Das ist zu gefährlich.
McRettin Na ja, könntest du es einfach mal versuchen?
Evans Jetzt hör mal gut zu, du lausiger Penner, ich bin ein Star. Star, Star, Star. Ich krieg nicht eine Million Dollar dafür, daß ich *außerhalb* eines Grabens spiele. Ich hab die Frau von Johannes dem Täufer in einem Graben gespielt *(sie läuft im Graben herum, und wir können sehen, daß zwei Kisten unter ihren Füßen festgebunden sind)*, und ich hab Madame Napoleon Bonaparte in einem Graben gespielt, ich hab Frau Alexander Flemming in einer Ackerfurche gespielt, wenn du also diese Szene außerhalb von einem Graben gespielt haben willst, dann hol dir einen gottverdammten Stuntman. *(Ab.)* Ich hab Signora Galileo in einer Rinne gespielt und Frau Jesus Christus in einer geologischen Mulde, also bild dir bloß nicht ein, daß. . .

McRettin Fantastisch. Alle mal herhören – fantastisch. Jetzt machen wir Mittag. Mittagessen. Haben wir alles im Kasten. Gute Arbeit für diesen Vormittag, Kinder.

Schlick Aber du hast nicht eine einzige Aufnahme gemacht.

McRettin Man muß die Leute bei Laune halten. *(Versucht, einen Schluck Schnaps aus seinem Bildsucher zu nehmen.)*

Schnitt: am Nachmittag.

Schlick Also heute nachmittag drehen wir die Szene, wo Scott vom Boot aus auf eine Eisscholle steigt und diesen Löwen sieht und mit ihm kämpft und ihn tötet, und das Blut wusch, wusch, wusch macht, in Zeitlupe.

Conger Aber in der Antarktis gibt es keine Löwen.

Schlick Wie?

Conger In der Antarktis gibt es keine Löwen.

Schlick Sie haben recht. In der Antarktis gibt es keine Löwen. Lächerlich! Hat man jemals schon von einem Löwen in der Antarktis gehört. Korrekt. Also weg mit dem Löwen.

McRettin Den Löwen drinlassen. Der ist fantastisch!

Schlick Der Löwe muß raus.

McRettin Fantastisch. Den Löwen rausschmeißen. Umschreiben. Alle mal herhören, wir schmeißen den Löwen raus. Fabelhaft.

Scott Wie, was heißt das, der Löwe soll rausfliegen?

Schlick Weißt du, Kirk, wir haben uns überlegt, daß wir den Kampf mit dem Löwen ein bißchen beiseite lassen, Kirk, mein Engelchen.

Scott *(laut)* Wieso?

Schlick Weißt du, Kirkie, mein Püppchen, es gibt einfach keine Löwen in der Antarktis, Baby.

Scott *(brüllt)* Ich kämpfe mit dem Löwen.

Schlick Das wäre ganz albern.

Scott Hör mal, ich muß mit dem Löwen kämpfen. Genau darum geht's bei einem Typen wie Scott. Ich weiß das. Ich hab mich nämlich in seine Psyche reinversetzt.

Schlick Warum kannst du nicht mit einem Pinguin kämpfen?

McRettin Fantastisch! *(Fällt flach aufs Gesicht.)*

Scott Mit einem mickrigen Pinguin?

Schlick Es braucht ja kein kleiner Pinguin zu sein. Es kann der größte Pinguin sein, den du je gesehen hast. Ein elektrischer Pinguin, sechs Meter hoch, mit langen grünen Tentakeln, die die Leute stechen, und du kannst ihm das Messer in die Flügel rammen, und dann kommt das Blut, wusch, aus ihm rausgesprudelt, in Zeitlupe.

Scott Der Löwe steht aber im Vertrag.

Schlick Und er kämpft mit dem Löwen.

McRettin Noch besser. Fantastisch. Trinken Sie einen. Der Pinguin wird rausgeschmissen. Alles fertig für die Aufnahme. *(Fällt flach aufs Gesicht.)*

Schlick Wo gibt's Löwen?

Conger In Afrika.

Schlick Genau. Scott ist in Afrika. So viele Löwen, wie wir haben wollen.

McRettin Fantastisch!

Schlick Er ist auf der Suche nach einem Pol, von dem niemand anderes was weiß. Das paßt auch zum Sand. Streicht den Sand wieder gelb. Okay Leute, in die Hände gespuckt: »Scott in der Sahara«.

Harter Schnitt: Himmel.

TITEL: »SCOTT IN DER SAHARA«

Off-Sprecher (MICHAEL) Aus den Seiten des Buchs, das die Geschichte schreibt, springt uns das Abenteuer von drei Männern und einer Frau entgegen, deren Mut eine ganze Generation in Atem hielt.

Blendende Sonne. Schwenk nach unten zurück auf den Strand von Paignton. Scott, Evans, Oates und Bowers in Fellkleidung, die in Schneeschuhen durch den Sand stapfen; mit einem Schlitten, der von einer bunten Auswahl von unzulänglich als Huskies verkleideten Promenadenmischungen gezogen wird.

Off-Sprecher Vom selben Team, das Ihnen auch... *(die Titel werden eingeblendet)* »Lawrence of Glamorgan«... »Bridge Over the River Trent«... »The Mad Woman of Biggleswade«... und »Krakatoa, East of Leamington«... präsentiert hat: nun die Geschichte von drei Leuten und einer Frau, die das Schicksal auf der Suche nach dem sagenumwobenen Pol der Sahara vereinte, und ... sich selbst fanden. Sehen Sie nun... Leutnant Scotts Todeskampf mit einem wild gewordenen Wüstenlöwen.

Die vier ziehen dahin. Plötzlich bleiben sie stehen und starren in panischer Angst nach vorn. Scott stellt sich beschützend vor die anderen. Zwischenschnitt, wenig passender Archivfilmschnipsel von einem Löwen, der aus Dschungel hervorprescht und auf Kamera zuspringt. Scott wartet in Lauerhaltung und wird von einem vollkommen steifen, ausge-

stopften Löwen angefallen. Einstellungen von ihm, wie er einen Ringkampf macht, zuerst mit dem ausgestopften Löwen, dann mit einem Schauspieler in billigem Löwenkostüm. Der Löwe schwingt einen Stuhl, wehrt Scott ab und zertrümmert den Stuhl auf Scotts Schädel. Schließlich tritt Scott den Löwen ans Schienbein. Der Löwe hüpft auf einem Bein herum und hebt ein Messer auf. Scott zeigt auf irgendwas, der Löwe guckt in die Richtung, und Scott schlägt dem Löwen das Messer aus der Tatze. Er tritt auf den Löwen zu und landet einen Kinnhaken. Der Löwe bricht in Zeitlupe zusammen. Nach einer Pause sprudelt falsches Blut aus ihm heraus.

Off-Sprecher Sehen Sie nun Fähnrich Oates' männlichen und beherzten Todeskampf mit dem haarsträubenden elektrischen Riesenpinguin. . .

Oates blickt mit schreckgeweiteten Augen nach oben, ein Schatten fällt über ihn. Gegenschuß: Aufnahme vom Stoffpinguin (ziemlich klein, ungefähr dreißig Zentimeter hoch), der aufleuchtet und elektrisch aussieht. Der Pinguin befindet sich nah bei der Kamera im Vordergrund und wirkt riesengroß. Oates sieht sich verzweifelt um und fängt an, sich auszuziehen. Einstellung vom Pinguin, der eine Tentakel schleudert. Halbnackter Oates kämpft mit ihm. Zwischenschnitte mit lauter unechten Gegenschüssen. Oates inzwischen nur noch in Unterwäsche, erblickt einen Stein. Er hebt den Stein auf, dann zoomt die Kamera in eine Über-den-Bauchnabel-Einstellung; er zieht sein Höschen aus, wickelt den Stein hinein, wirbelt es wie eine Schleuder und läßt den Stein losfliegen. Pinguin wird am Schnabel getroffen, kippt nach hinten um.

Off-Sprecher Sehen Sie jetzt, wie Miss Evans von einem menschenfressenden Rollpult verfolgt wird.

Miss Evans rennt schreiend durch die Gegend. Aufnahme eines Schreibtischs, der sie jagt (falscher Schreibtisch mit Mann drin). Die Rollade fährt rauf und runter, läßt Gebrüll los und stellt ein schreckliches weißes Gebiß zur Schau. Evans Kleider bleiben im Rennen an jedem der drei Kakteen hängen. Sie stehen so weit auseinander, daß es gar nicht einfach ist, sie alle zu streifen. Als sie praktisch nackt ist, läuft sie aus der Einstellung heraus und gibt den Blick auf den Ansager frei.

Ansager (JOHN) Und nun zu etwas völlig anderem.

Jetzt-Mann (MICHAEL) Und jetzt. . .

Trickfilm-Vorspann.

TRICKFILM: *tanzendes Gebiß. Dann ein Brief, der wiederversiegelt und aufgegeben wird – alles rückwärts – und in einem echten Postamt landet.*

Ein Angestellter der Post entfernt die Briefmarke vom Umschlag und gibt sie einem Mann.

Postangestellter Fünf Pence, bitte.

Der Mann läuft rückwärts heraus, an Mr. Praline vorbei, der gerade das Postamt betritt. Er sieht den Mann verwirrt an und geht zu dem ersten von zwei Sprechgittern, das die Aufschrift »Briefmarken und Lizenzen« trägt.

Praline (JOHN) Entschuldigen Sie bitte, ich hätte gern eine Fischlizenz. *(Der Schalterbeamte zeigt auf das Sprechgitter nebenan; Praline zur Kamera:)* Das Schild von diesem Mann ist offensichtlich falsch angebracht. Ich habe immer wieder eine ausgesprochene Diskrepanz zwischen den Schildern an den Postamt-Schaltern und den Aktivitäten, die sich dahinter abspielen, feststellen können. Aber gemach, schauen wir einmal, ob Madame Fortuna mir bei meinem nächsten postalischen Abenteuer gewogen ist! *(Begibt sich an den nächsten Schalter.)* Hallo, ich hätte gern eine Fischlizenz.

Mann (MICHAEL) Eine was?

Praline Eine Lizenz für meinen Hausfisch, Eric.

Mann Woher wissen Sie, daß ich Eric heiße?

Praline Nein, nein, nein. Mein *Fisch* heißt Eric. Eric der Fisch. Ersn Heilbutt.

Mann Erst was?

Praline Er-ist-ein-Heil-butt.

Mann Sie halten sich einen Heilbutt als Haustier?

Praline Ja, ich habe ihn unter Tausenden ausgewählt. Die anderen haben mir nicht gefallen. Sie waren mir alle zu flach.

Mann Sie sind ja bekloppt.

Praline Ich bin nicht bekloppt! Warum muß ich gleich mit dem Attribut »bekloppt« diffamiert werden, nur weil ich mir einen Heilbutt halte? Ich habe davon reden hören, daß Sir Gerald Nabarro eine Hausgarnele namens Simon hat, und Sie würden wohl Sir Gerald kaum einen Bekloppten nennen, oder? Darüber hinaus hielt sich Dawn Palethorpe, die Show-Akrobatin, eine Muschel, die sie Sir Stafford nannte, nach dem verstorbenen Finanzminister. Alan Bullock hat zwei Hechte, die er beide Norman nennt, und der verstorbene, große Marcel Proust besaß einen Schellfisch. Wenn Sie den Autor von »A la Recherche du Temps Perdu« einen Bekloppten nennen, muß ich Sie leider bitten, mit mir vor die Tür zu treten.

Mann Schon gut, schon gut, schon gut. Sie möchten eine Lizenz?
Praline Ja.
Mann Für einen Fisch?
Praline Ja.
Mann Sie *sind* bekloppt.
Praline Hören Sie! Er ist 'n Haustier, verflixt noch mal. Ich habe ja auch eine Lizenz für meinen Haushund, Eric, und meine Hauskatze, Eric.
Mann Für eine Katze brauchen Sie keine Lizenz.
Praline Braucht man doch, zum Kuckuck, und ich hab auch eine. Nein, nein, mein Lieber, mich legen Sie nicht rein.
Mann So eine bekloppte Katzenlizenz gibt's überhaupt nicht.
Praline Gibt es doch.
Mann Nein, gibt es nicht.
Praline Doch!
Mann Nein!
Praline Doch!
Mann Nein!
Praline Doch!
Mann Nein!
Praline Doch!
Mann Nein!
Praline Doch!
Mann Nein!
Praline Doch!
Mann Nein!
Praline Doch!
Mann Nein!
Praline Und was ist das hier? *(Zückt ein Formular.)*
Mann Das ist eine Hundelizenz, in der jemand das Wort »Hund« durchgestrichen und das Wort »Katze« mit Wachsbuntstift darübergeschrieben hat.
Praline Der Mann hatte nicht das richtige Formular.
Mann Welcher Mann?
Praline Der Mann vom Katzenspürwagen.
Mann Beklopptenspürwagen, meinen Sie wohl.
Praline Leute wie Sie provozieren soziale Unruhen.
Mann Schon gut, also was für ein Katzenspürwagen?
Praline Der Katzenspürwagen vom Ministerium für Wohnungsverwesung.

Mann Wohnungsverwesung???

Praline Ja, so stand's auf dem Wagen buchstabiert. Ich bin ein sehr genauer Beobachter. Ich hab in meinem Leben noch nie so viele Antennen gesehen. Der Mann hat mir erzählt, daß sie mit ihren Geräten ein Schnurren auf vierhundert Meter anpeilen können. . . und bei einem so glücklichen Kater wie Eric war das dann ein Kinderspiel.

Mann Wieviel haben Sie für die Lizenz bezahlt?

Praline Sechzig Pfund, und acht Guineen für den Flughund.

Mann Was für einen Flughund?

Praline Eric, den Flughund.

Mann Heißen alle Ihre Haustiere Eric?

Praline Das ist gar nicht so ungewöhnlich. Kemal Atatürk hatte eine ganze Menagerie, und alle hießen sie Abdul.

Mann Hatte er nicht.

Praline *(zieht ein Buch aus der Tasche)* Hatte er doch, hatte er doch, hatte er doch, hatte er doch. Bitte sehr. »Kemal Atatürk, der Mensch«, von E. W. Swanton, mit einem Vorwort von Paul Anka, Seite 91, hier steht's.

Mann *(liest in Seite 91)* Ich muß mich bei Ihnen entschuldigen, Sir.

Praline Gesprochen wie ein Gentleman. Kann ich jetzt also meine Fischlizenz bekommen?

Mann Ich versichere Ihnen, so etwas gibt es nicht. Sie brauchen keine.

Praline Dann hätte ich gern eine vom Oberbürgermeister unterschriebene Erklärung dieses Inhalts.

Trompetenfanfare. Prunkvoll gekleideter Bürgermeister erscheint mit Würdenträgern, flankiert von Trompetern.

Mann Sie haben Glück.

Totale: der Bürgermeister, der knapp drei Meter groß ist, und Würdenträger schreiten auf den verdutzten Praline zu. Orgelmusik, darüber weihevoller Off-Sprecher:

Off-Sprecher (JOHN) Und hier kommt der Bürgermeister. Zweifellos ist er der drittgrößte Bürgermeister in der Stadtgeschichte von Derby. Und bei ihm sind die Stadträte, herrlich anzusehen in ihren Kniebundhosen, und schauen Sie nur einmal, wieviel Kraft in diesen Schenkeln steckt. Die Neuseeländer werden es in der zweiten Halbzeit nicht leicht haben. . . Dawn Palethorpe führt also mit einer glatten Runde auf Sir Gerald. . . Und jetzt

hat der Bürgermeister den Kunden der Kunden, Mr. Eric Praline erreicht. *(Der Bürgermeister läßt sich vom Postbeamten ein Schriftstück reichen.)* Und in diesem Augenblick ergreift der bürgermeisterliche Mensch mit seiner bürgermeisterlichen Hand den bürgermeisterlichen Stift, wobei ihm Frau Bürgermeister zuschaut, die, wie Sie selbstverständlich wissen, den großartigen Treffer in der ersten Halbzeit erzielt hat, und unterschreibt in diesem Augenblick die fischige Ausnahmeregelung *(der Bürgermeister setzt seine Unterschrift unter das Schriftstück und überreicht es Praline)*, und der Kunde der Kunden, Mr. Eric Praline, der verständlicherweise gleichermaßen von der Größe und der Absurdität dieses erhabenen Ereignisses hier im Cardiff Arms Park von Ehrfurcht ergriffen ist *(Praline schaut sehr verwirrt)*, dreht jetzt jeden Moment durch, sehen Sie nur, wie dieser gewisse Durchdrehblick sich langsam auf seinem Gesicht breitmacht. Und nun essen die Stadträte ihre Apfelsinen auf und verlassen das Postamt, um den Anfang der zweiten Halbzeit nicht zu verpassen.
Sie treten alle durch die Tür ab und essen Apfelsinen, wobei ihnen Praline hinterherschaut.

Schnitt: ein Rugbyfeld. Die Menge applaudiert, als Stadträte, Bürgermeister, Frau Bürgermeister, Stadtsyndikus, Dawn Palethorpe (auf einem Pferd) und der Landvermesser auf das Spielfeld laufen und ihre Positionen einnehmen.

Kommentator (JOHN) Und hier kommt die Mannschaft des Stadtrats von Derby, die den All Blacks hinaus aufs Spielfeld folgt. In der Mitte des Bildes können Sie Dawn Palethorpe auf Sir Gerald sehen – mit Sicherheit eine der schnellsten Außenstürmerinnen, die wir in dieser Saison in England erlebt haben. In der linken Bildseite erkennen wir den Oberbürgermeister, der sich bei der Grundaufstellung mit seiner gekonnten Ballannahme als echter Gewinn für den Stadtrat von Derby entpuppt hat, Anstoß für die All Blacks. Wilson führt ihn aus. Oh, und da sehe ich auch schon den Vorsitzenden des Umgehungsstraßen- und Autobahnkomitees, der sich offensichtlich wieder von dem heimtückischen Schlag erholt hat, den ihm ein verirrter Ball in der ersten Halbzeit zugefügt hat. *(Gegenüber stoßen die All Blacks an.)* Und Wilson macht den Anstoß, und der Stadtsyndikus hat sich den Ball elegant geschnappt, die All Blacks rennen ihm nach, greifen an, und Abpfiff. Ich kann nicht genau feststellen, was sich da unten eigentlich abgespielt hat, aber auf jeden Fall haben wir jetzt ein schönes Handgemenge. Ich denke, daß der Ball an die All Blacks geht. Sie haben sich sehr schnell auf ihn gestürzt. Offensichtlich sind sie wild entschlossen, ihren Fünf-Punkte-Rückstand in dieser zweiten Halbzeit wieder wettzumachen. Und es heißt acht zu drei für den Stadtrat, und Derby hat Anstoß. Der Landvermesser tritt an, die Abwehr geht außerhalb. . . Moment, äh, der Vorsitzende des Umgehungsstraßen- und Autobahnkomitees im Abseits. Und die Mannschaften beziehen wieder Position, und wieder kommt der Bürgermeister in den Ballbesitz. Er wirft einen Paß zum Landvermesser, der Gesundheitsdezernent bietet sich an, wird aber ignoriert, Abgabe an Frau Bürgermeister, und sie muß sich durchkämpfen. Nummer zwei der All-Blacks-Abwehr hat sie verfehlt – der Verteidiger übernimmt – und sie muß nur noch am Verteidiger vorbei, und sie macht den Punkt! Frau Bürgermeister hat den Punkt gemacht, und somit steht es elf zu drei.

ZWISCHENTITEL: »NEUSEELAND – DERBY 3 : 11«

Schnitt zum Sportmoderator im Studio mit Cliff Morgan.

Moderator (MICHAEL) Cliff, das war sicherlich ein sehr enttäuschendes Ergebnis für die All Blacks.

Cliff (GRAHAM) *(Waliser Akzent)* Also ja, sie hatten auf ihrer Tour bisher ziemliches Pech. Sie haben vier extrem leichte Tormöglichkeiten gegen die Freunde der Oper aus Exeter vertan, was sie wahrscheinlich das Spiel gekostet hat, und dann natürlich diese lähmende Niederlage gegen die Spielzeugabteilung von »Derry and Toms«, so daß ich mir kaum vorstellen kann, daß sie sich gegen die Londoner Schwuchteln am Samstag noch große Chancen ausrechnen dürfen.

Moderator Und wie sieht's mit China aus?

Cliff Also, ganz gleich ob Mao Tse-tung noch lebt oder nicht, Lin Piao hat das Zentralkomitee fest im Würgegriff, gegen den Liu Shao-chi machtlos ist, man muß also noch abwarten, ob Chou En-lai ins Spiel genommen wird und sich in der zweiten Halbzeit ins Zeug legen kann.

Moderator Vielen Dank auch, Cliff. Das andere herausragende

Spiel des Abends war das Halbfinale zwischen dem Gynäkologenteam aus Bournemouth und den Long-John-Silver-Imitatoren aus Watford. Wir zeigen Ihnen einen Zusammenschnitt mit den Höhepunkten des Fußball-Matches.

Schnelle Montage von Toren, die von wendigen Gynäkologen in Chirurgenkitteln und mit Kappen gegen ein völlig inkompetentes und bewegungsloses LJSI-Team erzielt werden, das nur herumsteht und »Aaah! Jim, mein Junge« grunzt, während es in ihrer Hälfte Tore nur so hagelt. Der Ball wird aus der Einstellung geschossen.

Harter Schnitt ins Studio. Ein Ansager steht vor einem Vorhang; er fängt den Ball aus dem Off und lächelt.

Ansager (MICHAEL) Nun, das ist so ziemlich alles für heute, meine Damen und Herren, aber denken Sie immer daran, wenn Ihnen die Show nur halb soviel Spaß gemacht hat wie uns, als wir sie gedreht haben, dann hat sie uns doppelt soviel Spaß gemacht wie Ihnen. Ha, ha, ha. . .

Das Sechzehn-Tonnen-Gewicht begräbt ihn unter sich. Schnitt: Montage von Zerstörungsszenen, einstürzende Gebäude, Bomben etc. Darüber: Abspann.

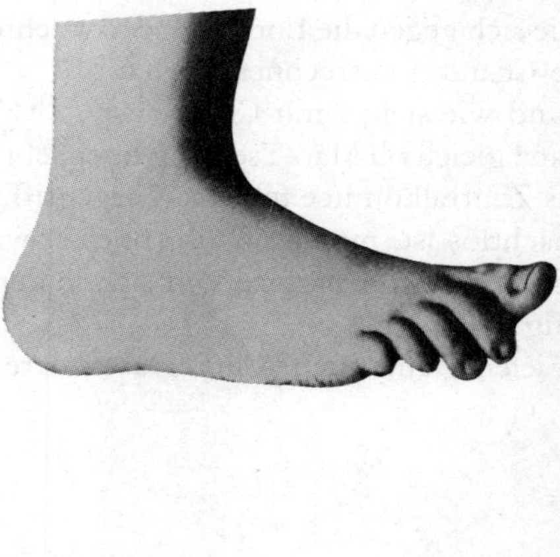

ANHANG

Nach- und Hinweise

DIE ERSTE SERIE

EINS – Kanada, was nun?
»Whither Canada?«; aufgenommen am 7.9.69, gesendet am 5.10.69.
Deutsch von Sven Böttcher.

Seite 11
Und jetzt ... – Im Original: »It's«; dazu Michael Palin: »Anstatt einen sanften Ansager sagen zu lassen ›Und jetzt: Monty Python's Flying Circus‹ *(›It's Monty Python's Flying Circus‹)* oder ›Willkommen zu unserer Show‹, begannen wir mit dem Gegenteil von Sanftheit. Das war diese verfolgte und gejagte zerlumpte, abgerissene Gestalt, ganz offensichtlich außer sich vor Angst und Erschöpfung, die sich Richtung Kamera bewegt – aber wir ließen den Mann nur ›Und jetzt‹ *(›It's‹)* sagen, weiter ist er nie gekommen.« (Zit. n.: Kim »Howard« Johnson, The First 200 Years of Monty Python, St. Martins Press, New York 1989.)

Seite 11/12
Eddie Waring – Rugby-Kommentator und Gastgeber bei »It's a Knock-out«, der englischen Version von »Spiele ohne Grenzen«; ziemlich schräger Typ, daher häufig von britischen Komikern imitiert.

Seite 12
Hl. Stephanus – Der erste christliche Märtyrer (Erzmärtyrer); **Charlotte** – Charlotte Corday, die Marat in der Badewanne erstach; **Edward VII.** – König von England von 1901 – 10, führte alles in allem ein sehr undramatisches Leben (1841 – 1910), starb zudem im Bett. Verdienter letzter Platz; **Küßt mich, Hardy!** – Die überlieferten letzten Worte Lord Nelsons, die er, unter Deck des Kommandoschiffes in der Schlacht bei Trafalgar, von einer französischen Kugel tödlich verwundet, an seinen Stabskapitän Hardy richtet: »Kiss me, Hardy«.

Seite 14
Bitte, mein Herr ... – Im Original deutsch (dort allerdings sagt der Lehrer: »You want the german classes«, darauf der Deutsche: »Ah, das deutsche Klassenzimmer«).

Seite 14/15
Schreckschrauben – Im Original werden hier die »Pepperpots« *(Pfefferstreuer)* eingeführt, eine Bezeichnung von Graham Chapman für »middle-aged lower-middle-class women« (»da sie wie Pfefferstreuer gebaut sind«); wurden ausschließlich von den Pythons dargestellt.

Seite 17
Robin Day – Moderierte im Fernsehen politische Tagesereignisse; er war berühmt für ausgefallene Schlipse und ebensolche Interview-Techniken mit älteren Politikern; wurde gern parodiert und veralbert.

Seite 20
Raymond Baxter – Moderator anspruchsvoller Wissenschaftssendungen (»Tomorrow's World« u. a.).

Seite 24
Q-Dezernat – Eine »Q-Division«, so im Original, gibt es bei Scotland-Yard nicht.

Seite 25
Wenn ist das Nunstück git – Im Original so.

Seite 27
Warum hinkt die Nazi-Infanterie der englischen immer hinterher? – Im Original: »How do you make a Nazi cross? (›Wie macht man ein Hakenkreuz‹ bzw. eben: ›wie vergrault man einen Nazi?‹) Tread on his corns.«

Seite 28
Der wör zwei pienats ... – Im Original etwas anders notiert: »Der ver zwei peanuts, valking down der strasse, and von vas ... assaulted! peanut.« (Also, zwei Erdnüsse gingen hinunter die Straße, und eine wurde überfallen [assaulted] bzw.: war gesalzen [a salted]. Ho-ho-ho. Assaulted! peanut!)

Seite 29
Vicky Carr – Ziemlich kleines Pop-Sternchen aus den sechzigern.

ZWEI – Sex und Gewalt
»Sex and violence«; aufgenommen am 30.8.69, gesendet am 12.10.69.
Deutsch von Sven Böttcher.

Seite 30
Seltsame Bilder, die möglicherweise mit

dem Strecken von Eulen zu tun haben – Der Titel dieser Folge war ursprünglich »Owl-stretching time«; wurde dann zum Titel der vierten Folge.

Seite 39
Jimmy Greaves – Spitzenfußballer, berüchtigter Abstauber; Gladstone – William Edwart Gladstone (1809–1898), mehrmals britischer Premier; **Alfred Lord Tennyson** – Englischer Dichter und Romancier (1809–1892), von Königin Victoria zum »Poet laureate« gekührt.

Seite 46
Hillaire Belloc – Englischer Schriftsteller und Politiker englisch-französischer Herkunft (1870–1953).

DREI – Wie man verschiedene Baumarten von ziemlich weit weg erkennt
»How to recognize different types of tree from quite a long way away«; aufgenommen am 14.8.69, gesendet am 19.10.69.
Deutsch von Sven Böttcher.

Seite 49
Mr. Larch – »Herr Lärche«.

Seite 53
Jetzt hat's mich erwischt – Im Original: »It's a fair cop«, stehende Redewendung.

Seite 54
Wenn ich nicht bei der Kripo wär ... – Zum Mitsingen hier der Originaltext:
If I were not in the CID
Something else I'd like to be
If I were not in the CID
A window-cleaner, me!
With a rub-a-dub-dub and a scrub-a-dub-dub
And a rub-a-dub all day long
With a rub-a-dub-dub and scrub-a-dub-dub
I'd sing this merry song!
Bzw.:
If I were not before the bar
Something else I'd like to be
If I were not a barr-is-ter
An engine driver me!
With a chuffchuffchuff
etc.

Seite 54
Bicycle-Repair-Man – Im Original »Bicycle repair man«; wurde nicht mit Fahrradrepariermann übersetzt, da »repairman« schlicht und profan »Mechaniker« bedeutet.

Seite 62
NEDC National Economic Development Council; **ODCN** – So was ähnliches, trifft sich ab und zu mit dem NEDC.

VIER – Eulenstrecksaison
»Owl-stretching time«; aufgenommen am 21.9.69, gesendet am 26.10.69.
Deutsch von Karsten Singelmann.

Seite 67
Melodie des Liedes »Jerusalem« – Von den Pythons häufig aufgegriffenes, in England sehr populäres, schwer pathetisches Lied (eine Vertonung von Versen aus William Blakes Gedicht »Milton« durch Hubert Parry), dessen erste Zeile freilich lautet: »And did those *feet* . . .«; erscheint hier in der Übersetzung von Wolfgang Schlüter.

Seite 69
Etwas Hundertwasser – Im Original: »Watteau, dear?«

Seite 82
Der Große Käse – »The big cheese«: Slang auch für: »Der große Boß«.

FÜNF – Die Identitätskrise des Menschen in der zweiten Hälfte des 20. Jahrhunderts
»Man's crisis of identity in the latter half of the twentieth century«; aufgenommen am 3.10.69, gesendet am 16.11.69.
Deutsch von Arnd Kösling.

Seite 86
Pixilation – Technisches Verfahren, das die Bewegungen abgehackt erscheinen läßt.

Seite 91
Margaret Drabble – Sehr populäre Fernsehjournalistin und Kritikerin.

Seite 92
Alvar Liddel – Radiostar der 40er Jahre. Er war der »Man in Black« seiner gleichnamigen Hörspielreihe; **Ned Sherrin** – Fernseh- und Zeitungsjournalistin.

Seite 94
Joan Bakewell – Moderatorin der BBC.

Seite 96
David. Sicher? . . . David Sichler – Im Original: »David. Sure? . . . David Shaw.«

SECHS – Der BBC-Beitrag für den Zink-Hermelin von Budapest
Im Methuen-Original ohne Titel; aufgenommen am 5.11.69, gesendet am 23.11.69.
Deutsch von Arnd Kösling.

Seite 100
Strauß, Straps ... – Im Original: »Brahms, Panties«, ein Versprecher aufgrund der klanglichen Verwandtschaft von *Brahms* und engl. *Bras* (= Büstenhalter, *pl.*; »panties« = »Schlüpfer«).

Seite 107
Federzauber – Im Original: »Spring Surprise«.

Seite 109
Cicely Courtneidge ... Michael Denison ... Dulcie Gray – Schauspieler, vorwiegend Film.

Seite 112
20th Century Vole – »Vole« = »Wühlmaus« (eigtl.: 20th Century Fox).

Seite 115
Goldie Hawn... Goldie Hund – Im Original verwandelt sich Doris Day in Doris Dog.

Seite 116
David Hemmings – Bekannter Filmschauspieler; spielte u. a. in »Blow-Up« (1967) von Antonioni; **Nackte Tatsachen** – Im Original: »Frontal nudity«; diese sechste Folge war ursprünglich geplant als Folge sieben; Folge acht knüpft hier wieder an.

SIEBEN – Ich find das überhaupt nicht mehr witzig!
»You're no fun any more«; aufgenommen am 10.10.69, gesendet am 30.11.69.
Deutsch von Arnd Kösling.

Seite 123
Blackpuddings – Berühmt berüchtigte schottische Spezialität, in der u. a. Innereien verarbeitet werden.

Seite 128
Blancmanger – Franz.; Mandelgelee-Süßspeise.

Seite 129
Fred Stolle ... Tony Roche ... Charlie Pasarell ... Cliff Drysdale ... Peaches Bartcowitz – Wenigstens die ersteren vier sind authentische Tenniscracks der 50er Jahre; **Ann Haydon-Jones und ihr Mann** – Ann Jones war brit. Wimbledon-Siegerin; ihr Mann: »Pip« Haydon; begegnen uns als Dioskuren-Paar im folgenden noch häufiger.

Seite 134
Pelota – Spanisches Squash-Tennis-ähnliches Mannschaftsspiel.

ACHT – Nackte Tatsachen
»Full Frontal Nudity«; aufgenommen am 25.11.69, gesendet am 7.12.69.
Deutsch von (v. l. n. r.) Heiko Arntz, Gerd Haffmans, Ingrid Heinrich-Jost und Fritz Senn.

Seite 141
In harten Zeiten. Und wenn in harter Währung bezahlt wird – In den »Vox pops«, den »Stimmen des Volkes«-Mini-Szenen pflegten die Pythons nach eigenem Bekunden großenteils zu improvisieren. So nun auch die Übersetzer. Hier wie an anderen Stellen, antworten fast alle Befragten stereotyp: »No. Unless it was *valid*«.« Die Wertvorstellungen gehen dabei aber sehr auseinander. Wie hier beim Börsenmakler: »Or if the money was valid«; **Was nennst du mich graue Emmi ...** – Im Original ist der Kalauer nicht gar so grauenhaft:

Critic Oh hello there father, er, confessor, professor, your honour, your grace (Euer Gnaden) ...

Girl I'm not your Grace, I'm your Elsie ...

Seite 149
Dies ist ein Ex-Papagei – In England schon sprichwörtlich für stures Leugnen von Tatsachen. Die schöne Sequenz hier noch einmal im O-Ton:
»It's not pining, it's passed on. This parrot is no more. It has ceased to be. It's expired and gone to meet his maker. This is a late parrot. It's a stiff. Bereft of life, it rests in peace. If you hadn't nailed it to the perch, it would be pushing up the daisies. It's rung down the curtain and joined the choir invisible. This is an ex-parrot.«

Seite 152
Meine Lieder, meine Träume – Musicalfilm und Straßenfeger von 1965. Originaltitel: »The Sound of Music«.

NEUN – Die Ameise. Eine Einführung
»The Ant, an introduction«; aufgenommen am 7.12.69, gesendet am 14.12.69.
Deutsch von Christian Storms.

Seite 161
Ich bin ein Holzfäller ... – 1972 u. 1973 hatten die Pythons Gelegenheit, zwei fünfzigminütige Filme für den Bayrischen Rundfunk zu produzieren. Der erstere wurde gar in deutscher Sprache gedreht; aus ihm stammt die »Bavarian version« des berühmten »Lumberjack Song« (Übersetzer unbek.) (dort allerdings sang kein Mounties-Chor den Kehrvers, sondern ein Trupp österreichischer Grenzpolizisten). Zum Vergleich hier die Paradenummer im O-Ton:

I'm a lumberjack and I'm O.K.
I sleep all night and I work all day.
Chorus:
He's a lumberjack and he's O.K.
He sleeps all night and he works all day.
Solo:
I cut down trees, I eat my lunch,
I got to the lavatory.
On Wednesday I go shopping,
and have buttered scones for tea.
Mounties:
He cuts down trees, he eats his lunch,
He goes to the lavatory.
On Wednesday he goes shopping
and have buttered scones for tea.
Chorus:
He's a lumberjack ... etc.
Solo:
I cut down trees, I skip and jump,
I like to press wild flowers.
I put on women's clothing
And hang around in bars.
Mounties:
He cuts down trees, he skips and jumps,
He likes to press wild flowers.
He puts on women's clothing
And hangs around in bars ...?
Chorus:
He's a lumberjack ... etc.
Solo:
I cut down trees, I wear high heels,
suspendies and a bra.
I wish I'd been girlie
just like my dear papa.
Mounties:
He cuts down trees, he wear high heels?
Suspendies ... and a bra ...? *(Tumult)*

Seite 163
Gumby – Trägt Gummistiefel *(gumboot)*, Hosenträger, eine runde Stahlrahmenbrille, einen schmalen Schnurrbart sowie ein zur Mütze verknotetes Taschentuch auf dem Kopf. Von John Cleese erfunden, von Michael Palin perfektioniert.

Seite 166
Was ist männlich... – Im Original: »What's brown and sounds like a bell? Dung!«

ZEHN – Das Ende war ein bißchen vorhersehbar
Im Methuen-Original ohne Titel; aufgenommen am 30.11.69, gesendet am 14.12.69.
Deutsch von Christian Storms.

Seite 171
David Frost – Englischer TV-Star; moderierte u. a. »That Was The Week That Was« Anfang der 60er Jahre; in dem Gagschreiber-Team für seine Show »The Frost Report« Ende der 60er fanden die späteren Python-Mitglieder das erste Mal an einem Tisch zusammen.

Seite 172
Long John Silver – Der Piratenanführer aus Louis Stevensons »Schatzinsel«; **Edward Heath** – Britischer Politiker (Konservative Partei), Premierminister von 1970–1974; **»Hallo, Seemann«** – Im Orig.: »Hello, Sailor« im Sinne von »Huhu, Süßer«; **Bertold Bricht** – Im Original: »Harold Splinter« statt »Harold Pinter«.

Seite 182
Hänsel und Gretel – Im Original: »Jack and the Beanstalk«.

Seite 185
Biggles – Captain Biggles ist der Flieger-Held zahlloser Jugendbuch-Abenteuer von W. E. Jones in den 30er Jahren.

ELF – Das Royal Philharmonic Orchestra geht ins Badezimmer
Im Methuen-Original ohne Titel; aufgenommen am 14.12.69, gesendet am 28.12.69.
Deutsch von Christian Storms.

Seite 190
Welcher Leichnam? ... Jenam. Leichmand – Im Original fragt Oberst Pickering: »What body?« (»Welche Leiche?«); Antwort des Inspektors: »Somebody ... The murderer of the body is somebody in this room, which nobody must leave ...« etc.

ZWÖLF – Die nackte Ameise
Im Methuen-Original ohne Titel; aufgenommen am 21.12.69, gesendet am 4.1.70. Deutsch von Christian Storms.

Seite 208
Ja, ja ... Was ist rückweise bewegen? – So »deutsch« im Original.

Seite 210
Daß das Überleben ... Und Bridgewater ist die letzte Fühlig – So im Original.

DREIZEHN – Sendepause
Im Methuen-Original ohne Titel; aufgenommen am 4.1.70, gesendet am 11.1.70. Deutsch von Karsten Singelmann.

Seite 226
Wettbewerb um die »Zweite Tasse« – Sehr eigenwilliger Pokal; im Original: »for the Second Cuppa«; *cuppa*: ugs. »Tasse Tee«.

Seite 229
In Parkhurst, Dartmoor und den Scrubs – Strafvollzugsanstalten.

Seite 231
Ich krank – Im Original: »Me nurse«, was vielmehr »Ich Krankenpflegerin« bedeutet, aber auch: »Pfleg mich« oder: »Gib mir die Brust«.

Seite 231
Graham-Hill-Imitation – Graham Hill: Berühmter Rennfahrer und Schnauzbartträger.

Seite 232
Petula Clark – Popsängerin; **Eddie Waring** – Siehe Anm. Folge eins, Seite 11/12; **Brian London** – Vermutlich ein Boxer, der vermutlich viel zu schnell vermutlich K.O. ging; **W. G. Grace** – Berühmter Kricketspieler vom Anfang des Jahrhunderts.

Seite 233
R101-Unglück – Die Explosion des letzten Wasserstoff-Luftschiffs in den vierziger Jahren.

Seite 234
Dick-Barton-Titelmelodie – Dick Barton: Legendäre Radioserie in den vierziger Jahren um einen Geheimagenten.

Seite 236
Ouijaboard – Spiritistisches Gerät; besteht u. a. aus einer Tafel mit Buchstaben und anderen Zeichen.

Seite 241
Harley-Street-Chirurg – In der Harley Street sitzen die renommiertesten Ärzte Londons;
Dr. Kildare – Serie aus den sechziger Jahren mit Richard Chamberlain in der Titelrolle;
Lazarus, Nazareth? – Im Original: »These hands ... have pulled many a moribund unfortunate back from the very brink of Lazarus's *box* (hier: Sarg). No, it was Pandora's box (hier: Büchse) wasn't it?«

DIE ZWEITE SERIE

VIERZEHN – Dinsdale
Im Methuen-Original ohne Titel; aufgenommen am 9.7.70, gesendet am 15.9.70. Deutsch von Karsten Singelmann.

Seite 251
Wäscheständer – Im Original: »Chest of Drawers«, also: »Kommode« wobei »chest« auch für »Brust« und »drawers« auch für »Schlüpfer« stehen kann.

Seite 253
Mrs. Two-Lumps – Fräulein Zwei-Stück;
Mr. Teabag – Herr Teebeutel.

Seite 254
Harry »Snapper« Organs vom Q-Dezernat – Dazu Kim »Howard« Johnson: »Aufmerksame Beobachter können gewisse Inkonsequenzen unter den einzelnen Folgen ausmachen. Z. B. wechselt Kommissar Harry »Snapper« Organs vom Q-Dezernat im Laufe der Folgen bei seinen Auftritten Rang und Dezernat. Konsistenz galt nicht allzuviel bei den Pythons ...«

Seite 259
Stanley Baldwin – Gemeint ist am Ende der engl. konservative Staatsmann S. B., der 1923–29 und 1935–37 Premierminister war. . .

Seite 261
»Der Wind in den Weiden« – Kinderbuch von Kenneth Graham, von A. A. Milne dramatisiert; **»Also, was ist hier los«-Rufe** – Im Original: »What's all this then«, typischer Auftritt-des-Polizisten-am-Tatort-Satz; wird von den Pythons in den verschiedensten Varianten ausgespielt.

FÜNFZEHN – Die spanische Inquisition
Im Methuen-Original ohne Titel; aufgenommen am 2.7.70, gesendet am 22.9.70.
Deutsch von Sven Böttcher.

Seite 264
Kardinal Ximinez – Francisco Ximinez de Cisneros (1436–1517), spanischer Großinquisitor ab 1507.

Seite 265
Das Geständnisgeschirr – Frisch erfundenes, grausames Folterinstrument. Im Original: »Give the rack«, wobei *rack* nicht nur »Streckbank«, sondern auch »Geschirrständer« bedeutet.

Seite 266
Des O'Connor – Sänger und Entertainer, sang mit gräßlicher Stimme gräßliche Lieder, bevorzugt für ältere weibliche Fans; **Rolf Harris** – Australischer Moderator von Kindersendungen; war berühmt, weil er mit einem einfachen Malpinsel in Sekundenschnelle riesige Bilder malen konnte; **Tom Jones** – Ebender Tom Jones, schmetterte seinerzeit erfolgreich Schnulzen und moderierte Shows.

Seite 268
MP – Member of Parliament; **PM** – Prime Minister; **PPS** – Parliamentary Private Secretary; **NBG** – »no bloody good«; **nem. con.** – »nemine contradicente« = »einstimmig angenommen«.

Seite 273
Aldislampen – Signallampen in See- und Luftfahrt.

Seite 274
Meine Damen und Herren, sind Sie zu einem Urteil gekommen? – Die folgende Szene muß in der Übersetzung verständlicherweise auf andere Begriffe und Bilder zurückgreifen als das englische Original. Zum Vergleich hier nun die drei Originaldialoge, eingebettet in verdeutschte Regieanweisungen und behutsame Übersetzerhinweise:

Richter And how do you find the defendant? *(Der Sprecher hebt seine Hand und streckt zwei Finger hoch.)* First word. *(Der Sprecher tut so, als nehme er ein Seil und verknote es [»knot«; sprich: »not«].)* Rope? String?

Der Sprecher schüttelt den Kopf und deutet (»points«) auf den imaginären Knoten.

Ankläger Point?

Protokollführer Belt?

Richter Tie?

Der Sprecher nickt (»nods«) und deutet auf den Knoten.

Ankläger Cravat? Silk square?

Protokollführer Knot?

Der Sprecher hebt den Daumen und deutet auf seinen Mittelfinger.

Richter Second Word. *(Sprecher deutet »Zwei Silben» an.)* Two Syllables. *(Sprecher deutet auf seinen Zeigefinger.)* First syllable. *(Sprecher macht Schwimmbewegungen, öffnet und schließt den Mund wie ein Karpfen und deutet dabei auf seine Kehle [»Kieme« = »Gill«])* Bird?

Protokollführer Swimmer?

Richter Breast stroke *(»Bruststil«)*

Ankläger Brian Phelbs.

Richter No, no, no, he was a diver.

Protokollführer Esther Williams then.

Richter No, no, don't be silly. How can you find someone »Not Esther Williams«?

Ankläger Fish? *(Der Sprecher nickt und deutet auf seine Kehle.)* Fish wheeze? Fish wheeze?

Richter Fish breathe.

Protokollführer Fish breathe, throat.

Richter Fish breathe, throat? GILL! *(Der Sprecher hebt den Daumen. Alle Anwesenden applaudieren begeistert.)* Not gill. *(Der Sprecher deutet »Zweite Silbe» an.)* Second syllable. Not gill.

Der Sprecher tut so, als trinke er eine Tasse »tea«.

Ankläger Drink.

Protokollführer Sip? Imbibe?

Der Sprecher deutet auf die imaginäre Tasse (»cup«).

Richter Not gill ... cup? Not gillcup! *(Der Sprecher sieht ihn enttäuscht an.)* You have been found not gillcup of the charges made against you and may leave this court as a free man. Right. My turn. *(Er hält vier Finger hoch.)*
Ankläger Four Words.
Der Richter tut so, als riefe er das erste Wort.
Sprecher First word shout?
Protokollführer Bellow?
Ankläger Call?
Alle Call!
Der Richter hebt den Daumen und bedeutet den anderen, daß das zweite Wort sehr kurz ist.
Ankläger Second word is very small.
Sprecher A?
Ankläger An?
Protokollführer Up?
Sprecher The?
Der Richter hebt den Daumen.
Alle The!
Protokollführer Call the, third word.
Der Richter deutet auf seinen Nacken (»neck«).
Ankläger Gill?
Eine der Geschworenen Fish?
Protokollführer Adam's apple *(Der Richter schüttelt den Kopf.)* Neck. *(Richter bedeutet ihm »klingt so ähnlich«.)* Sounds like neck?
Verteidigerin Next.
Sprecher Call the ... next!
Der Richter hebt den Daumen und zeigt, daß das vierte Wort aus drei Silben besteht. Erste Silbe: Er tut so, als wäre er taub (»deaf«).
Protokollführer Fourth word, three syllables. First syllable ... ear?
Ankläger Hear. Can't hear.
Protokollführer Deaf!!! Call the next deaf ...
Der Richter erhebt sich und deutet auf seinen Hintern.
Ankläger Bottom?
Protokollführer Seat? Trouser? Cheek?
Sprecher End! Call the next defend ...
Der Richter setzt sich wieder hin, verschwindet unter dem Tisch und taucht mit einem riesigen, etwa ein Meter langen Ameisenmodell wieder auf.
Alle Ant!
Protokollführer Call the next defendant!

Seite 279
Dick Barton – Siehe Anm. Folge dreizehn, Seite 234.

SECHZEHN – **Déjà-vu**
Im Methuen-Original ohne Titel; aufgenommen am 16.7.70, gesendet am 29.9.70. Deutsch von Karsten Singelmann.

Seite 281
Dies ist die fünfte Folge – Die Sendung wurde tatsächlich gedreht als Folge fünf, gesendet dann als Folge *drei* der zweiten Serie.

Seite 282
Mr. Maudling – Reginald Maudling, beliebtes Spott-Objekt der Pythons; konservativer Politiker, zur Zeit der Erstausstrahlung Innenminister.

Seite 283
Geben Sie mir den Hula-Hoop-Reifen – Im Original: »Give me the 'oop ... Oh, I don't suppose we know what an 'oop is. I suppose pater thought they were a bit common, except on the bleedin' croquet lawn.« (Darauf Mr. Chigger: »Oh, a *hoop*«); »hoop« heißt auch das Tor bei dem als vornehm geltenden Krocket-Spiel.

Seite 284
Etons und Magdalene – Renommierte Colleges.

Seite 285
Tommy Cooper – Fernsehkomiker; **Oder auch ganz oben** – Im Original: »The British Airline Pilots Association will be in the vanguard. Or the Trident«; *vanguard* ist sowohl die »Vorhut« als auch ein Flugzeugname; »Trident«: ebenso Flugzeugname.

Seite 289
Kilt und Tam-o'-Shanter – Schottenrock und Tellermütze mit Pompon.

Seite 291
Ian McKellan – Theaterschauspieler aus den sechziger Jahren; **McTeagles Likör ... Lörik, Lyrik ...** – Im Original: »McTeagles pottery, er, poetry«

Seite 292
Stiefel-Puss ... Dick Whittington – Eines der populärsten englischen Weihnachtsmärchen handelt von den Abenteuern des jungen Dick mit seiner Katze; von Zungenküssen jedoch ist dort nicht die Rede.

Seite 296
Folgen Sie mir bitte ... Oh, wenn ich Ihnen folgen könnte – Siehe Anm. Folge siebzehn, Seite 313.

SIEBZEHN – Die Buzz-Aldrin-Show
Im Methuen-Original ohne Titel; aufgenommen am 18.9.70, gesendet am 20.10.70.
Deutsch von Susanne Fischer.

Seite 301
Ich hab auch einen ... Schurz – Requisit der Freimaurer-Tracht (»masonic apron«).

Seite 303
Mr. Devious – Etwa: Herr Unredlich.

Seite 304
Wo sind wir? Folge acht – Die Sendung wurde tatsächlich gedreht als Folge acht, gesendet dann als Folge *vier* der zweiten Serie.

Seite 306
Reverend Grundy hat ins Dach gebissen – Im Original: »Bit the ceiling« (»hat in die Decke gebissen«) in Abwandlung von *bite the floor* (dem engl. Ins-Gras-Beißen).

Seite 308
Peter-Gunn-Musik – Peter Gunn: Eine Krimi-Parodie-TV-Serie der fünfziger Jahre.

Seite 309
Alfred Lord Tennyson – Der schon aus Folge zwei bekannte »Poet laureate«: »The Bugle Song« aus dem Gedichtzyklus »The Princess« hier sehr frei nach der Übertragung von Sophie von Harbou.

Seite 310
Gedämpfter Wordsworth – William Wordsworth (1770–1850): »I Wandered Lonely as a Cloud« (›Daffodils‹), eins der bekanntesten Gedichte der englischen Romantik, zitiert hier nach der Übertragung von Georg von der Vring; **Derek Hart** – Wohl Sir Derek William Hart Dyke (1924–87), Journalist.

Seite 312
Drogist – Der »chemist« ist in England sowohl der Drogist als auch der Apotheker.

Seite 313
Ich hätt gern ein After-shave ... Folgen Sie mir, bitte – Im Original: »Walk this way«; eine britische Kalauer-Nummer mit beachtlichem Bart, basierend auf der Doppelbedeutung »Hier entlang!« und »Laufen Sie *so* (auf diese Weise)!«, wobei derjenige, der dies sagt, dann bevorzugt humpelt oder auf eine andere Art ungewöhnlich geht; gibt hier keinen Sinn, weshalb auch sofort die Witzpolizei erscheint und einschreitet; vgl. auch Anm. Folge sechzehn, Seite 296 und Folge achtzehn, Seite 322, wo die Akteure brav und im letzten Moment gerade noch Selbstzensur (»Pssst!«) üben, bevor Schlimmeres passiert.

ACHTZEHN – Live aus der Grillomat Snack-Bar
Im Methuen-Original ohne Titel; aufgenommen am 10.9.70, gesendet am 27.10.70.
Deutsch von Eugen Egner.

Seite 322
Ich hol das Pferd – Anspielung auf eine in England recht bekannte Geschichte, die davon berichtet, wie britische Kriegsgefangene mit Hilfe eines Turn-Sprungpferdes aus der Nazi-Haft geflohen sind. Die ganze turbulente Szene lebt von Verdrehungen und Verkürzungen britischer (Kriegs-)Komödien-Klischees; **Beladen Sie sie mit dem Eßbesteck ...** – Höchstwahrscheinlich eine solche Verdrehung, statt das Besteck zum Graben zu verwenden und das *Erdreich* jemandem aufzuladen; **Schnell, folgen Sie mir** – Im Original: »Quickly, run this way«; vgl. Anm. Folge siebzehn, Seite 313.

Seite 324
Farbtrennung – »Colour separation«, Terminus technicus aus der wunderbaren Welt der Fotografie; kompliziert zu erklären.

NEUNZEHN – Keine Experimente!
Im Methuen-Original ohne Titel; aufgenommen am 10.9.70, gesendet am 3.11.70.
Deutsch von Richard Kähler.

Seite 340
Der goldene Regenbogen – Original-Titel: »Finian's Rainbow«, ein märchenhafter Musikfilm über ein irisches Mädchen, einen Tabakpflanzer und einen Kobold; Regie: Francis Ford Coppola (1967).

Seite 341
ICI – Imperial Chemical Industrie; größter brit. Chemiekonzern.

Seite 342
Newheaven – Le Havre. Der Fluchtweg nach Europa – So im Original (»getaway to the continent«); im Fernsehen ist allerdings zu lesen: »gateway (= Tor) to the continent«.

Seite 345
Snowdon – Lord Snowdon, angeheiratetes Mitglied des Königshauses, in der reichlich vorhandenen Freizeit tätig als Prominenten-Fotograf.

Seite 357
Arthur Negus – Fernsehbekannter britischer Antiquitäten-Experte; **Mary Whitehouse** – Selbsternannte Frau Saubermann für Sitte und Anstand im britischen TV.

ZWANZIG – Attila der Hunne: Die Show
Im Methuen-Original ohne Titel; aufgenommen am 2.10.70, gesendet am 10.11.70.
Deutsch von Ruth Keen.

Seite 362
Reginald Bosanquet – Nachrichtensprecher bei ITN (Independant Television News), z. B. in den »News at ten«.

Seite 363
Paneel – Im Original: »Wainscotting«.

Seite 368
Attila der Hund – Nach »Attila the Hun« und »Attila the Nun« wird im Original hier »Attila the *Bun*« präsentiert; entsprechend sehen wir im Trickfilm auch keinen gefährlichen Hund, sondern ein rabiates Brötchen.

Seite 372
Willkommen . . . in Lord's – Das folgende ist vor allem eine Parodie der beiden führenden ehemaligen Kricket-Spieler und -Sportreporter, Peter West, Brian Johnston, sowie evtl. Jim Laker; **Cowdrey** – Berühmter Schlagmann; **Redet wirres Zeug** – Die Verwirrung im Original aber klingt so: ». . . and already they are nought for nought. Cowdrey is not out nought. Naughton is not in. Knott is in an is nought for not out. Noughton of Northants got a nasty knock on the nut in the nets last night but it's nothing of note. Next is in Nat Newton of Notts. Not Nutting – Nutting's at nine, er, Nutting knocked neatie nighty knock, knock . . .«; **Island** – Absolut keine Kricket-Nation; **. . . das vorzeitig den Wechsel anbot** – Gilt als Demütigung des Gegners.

Seite 374
Mach die Schachtel auf – Im Original: »Open the box!«; Anspielung auf Quizsendung, in der der siegreiche Kandidat am Ende wählen kann zwischen drei Schachteln (Inhalt: Superpreis, Trostpreis oder nix) und seinem gewonnenen Geld; das schadenerwartungsfrohe Publikum fordert in der Regel: *Open the box!*

Seite 375
Brian Close – Kricketspieler.

Seite 377
Rundfunk- und Fernsehgebühren – Im Original: »Licence fees«, wobei *licence* auch für *Zügellosigkeit* steht.

EINUNDZWANZIG – Archäologie heute
Im Methuen-Original ohne Titel; aufgenommen am 9.10.70, gesendet am 17.11.70.
Deutsch von Ruth Keen.

Seite 377
Peter West und Brian Johnston – Siehe Anm. Folge zwanzig, Seite 372; **E. W. Swanton** – Kricket-Kommentator einer früheren Generation, vorwiegend noch im Radio; **Brian Close** – Siehe Anm. Folge zwanzig, Seite 375; **John Galsworthys »Snooker auf meine Art«** – Entspricht etwa »Alle meine Tore« von Heinrich Heine; **Nyree Dawn Porter** – Schauspielerin; **Joe Davis** – Berühmter Snooker-Spieler; **Jim Laker** – Kricketspieler, bekannt für seine angeschnittenen Wurfbälle; **Tony Jacklin** – Berühmter Golfspieler; **Lulu** – Popsängerin der 60er und 70er Jahre; **Kenneth Wostenholm** – Schottischer Folk-Sänger; **David Coleman** – Berühmter Fernseh-Sportmoderator, etwa der brit. Dieter Kürten.

Seite 382
Nationale Anstiftung – Im Original: »National Truss«.

Seite 382
Leapy Lee – Transvestit und Showsänger(in).

Seite 384
Robin-Day-Schlips – Robin Day: siehe Anm. Folge eins, Seite 17.

Seite 389
Mrs. Ding . . . Mrs. Ansich – Im Original: »Mrs Thing« und »Mrs Entity«.

Seite 390
Reginald Maudling – Siehe Anm. Folge sechzehn, Seite 282.

Seite 391
Stanley Baldwin – Siehe Anm. Folge vierzehn, Seite 259; **William Pit der Ältere** – Brit. Staatsmann im 18. Jht.

Seite 397
Eine Jury . . . die das Herz auf der Zunge trägt – Im Original: ». . . a really well-hung jury«, wobei *well-hung* für *einstimmiges Urteil*, aber auch für etwa: *mächtiges Gemächt* stehen kann.

ZWEIUNDZWANZIG – Wie man verschiedene Körperteile erkennt
Im Methuen-Original ohne Titel; aufgenommen am 25.9.70, gesendet am 24.11.70. Deutsch von Richard Kähler.

Seite 397
Gemälde einer seltsamen Person – Höchstwahrscheinlich ein Bildnis Papst Leos X. alias Giovanni de' Medici (1475–1521).

Seite 398
Waltzing Mathilda – Inoffizielle Nationalhymne Australiens.

Seite 400
Der fliegende Philosoph – In Anlehnung an die »Flying Doctors«, die australischen Buschdoktoren, die mit einem kleinen Flugzeug unterwegs sind.

Seite 401
Sidney Nolan – Sidney Robert N. (1917–1992), einer der berühmtesten australischen Maler und Graphiker.

Seite 402
Foto vom Papst – Papst Paul VI.

Seite 403
Professor Sir Adrian Furrows F.R.S., . . . – Professor Sir Adrian Furrows, Fellow *(Mitglied)* of the Royal Society; Fellow of the Royal College of Surgeons *(Chirurgen)*; Fellow of the Royal College of Physicians *(Ärzte)*; Doctor of Medicine *(Dr. med.)* and Master *(Magister)* of Surgery at Oxford; Master of Arts *(Geisteswissenschaften)*, Doctor and Master of Science *(Naturwissenschaften)* at Cambridge; Doctor at Sydney; Fellow of the Royal Geographical Society; Fellow of the Royal Society of Obstetricians *(Geburtshelfer)* and Gynaecologists; Fellow of Faculty of Anaesthetist of the Royal College of England; Master of Surgery at Birmingham; Master of Surgery at Liverpool; Master of Surgery at Guadalahara; Master of Surgery at Karachi; Master of Surgery at Edingburgh; Bachelor *(Bakkalaureus)* of Arts at Chicago; Bachelor of Letters *(Literaturwissenschaft)* at Philadelphia; Bachelor of Letters at Phil; Doctor of Letters *(Dr. phil.)* at Phil; Doctor of Letters at Arthur and Lucy; Doctor of Letters at Ottawa; Doctor of letters in all other places in Canada except Medicine Hat; Bachelor of Science 9 *(?)* at Brussels, Liège, Antwerp*(en)*, Asse*(n)* *(in Holland)*, and Cromer *(Kleinstadt in Norfolk)*.

Seite 408
Wohin mit dem Edward-Heath-Denkmal – Edward Heath: Siehe Anm. Folge zehn, Seite 172.

Seite 409
Kontrollieren Sie Ihre Achsenhöhe – Auf dem Schild steht eigentlich: »Pit Stop« (= »Garage mit Grube« oder: »Auspuff-Dienst«), worauf der Wagen zur Achselhöhle (engl.: *armpit*) düst.

Seite 411
Bearbeitet von Bernard Hollowood und Brian London – Brian London: Siehe Anm. Folge dreizehn, Seite 232.

DREIUNDZWANZIG – Scott in der Antarktis
Im Methuen-Original ohne Titel; aufgenommen am 2.7.70, gesendet am 1.12.70. Deutsch von Ruth Keen.

Seite 422
Seymour Fortescue, der Olympische Stabhochspringer – Im Original: ». . . the Olympic pole vaulter«.

Seite 429
E. W. Swanton – Siehe Anm. Folge einundzwanzig, Seite 377.

Seite 430
All Blacks – Neuseeländische Rugby-Nationalmannschaft; eine der stärksten Mannschaften überhaupt.

Register

Monty Python's Flying Circus

Sämtliche Worte

Band 2

Vierundzwanzig bis Fünfundvierzig

49.X

GRAHAM CHAPMAN - JOHN CLEESE
TERRY GILLIAM - ERIC IDLE
TERRY JONES - MICHAEL PALIN

Monty Python's Flying Circus

SÄMTLICHE WORTE
Band 2

AUS DEM ENGLISCHEN
VON
IRIS GRÄDLER, JÖRG W. GRONIUS,
GISBERT HAEFS,
PETER KNORR, GERTRAUDE KRUEGER,
EVA UND THOMAS PAMPUCH,
BERND RAUSCHENBACH,
LORENZ RITTER, GÜNTER SEIB,
FLORIAN STEINBISS UND ELLEN ZIRDEN
SOWIE MICHAEL WALTER

ZWEITAUSENDEINS

INHALT

Vierundzwanzig – Wie man nicht gesehen wird

Büro. Der Chef liest in einem Buch: »Chinesisch für Manager«. Er spricht ein paar chinesische Vokabeln vor sich hin. Es klopft.

Chef (JOHN) Herein. *(Mr. Frog tritt ein.)* Ah, Frog.

Frog (ERIC) S. Frog, bitte.

Chef Ruhe, ich habe mit Ihnen zu reden, Frog.

Frog S. Frog, bitte.

Chef Ruhe. Es geht um Ihre Werbekampagne für Conquistador Kaffee. Heute morgen war der leitende Direktor von Conquistador bei mir. Er ist sehr unglücklich über Ihre Kampagne. *Sehr* unglücklich. Kurz: er hat sich die Kugel gegeben.

Frog Unglücklich, Sir?

Chef Nein, Volltreffer. *(Hebt das Bein der Leiche hoch, die hinter seinem Schreibtisch liegt, und zeigt den Zuschauern eine Karte mit der Aufschrift »Witz«.)* Bevor er ging, hinterließ er noch den Sekretär der Firma mit einem Schreiben *(öffnet eine Tür, der tote Sekretär fällt heraus),* aus dem hervorgeht, wie unzufrieden er mit Ihrer Arbeit gewesen ist. Vor allem darüber, daß Sie den Namen »Conquistador Löslicher Kaffee« geändert haben in »Conquistador Lösliche Lepra«. Warum das denn, Frog?

Frog S. Frog, bitte.

Chef Ruhe. Warum haben Sie das gemacht?

Frog Es war ein Witz.

Chef Ein Witz? *(Zeigt ihm die Karte mit der Aufschrift »Witz«.)*

Frog Nein, nein, kein Witz, eine Verkaufsaktion. *(Zeigt ihm eine Karte mit der Aufschrift »Nein, eine Verkaufsaktion«.)*

Chef Gut, Frog, ich verstehe.

Frog S. Frog, bitte.

Chef Ruhe. Sehen wir uns doch mal die Verkaufsbilanz an. *(Deutet auf eine senkrecht fallende Absatzkurve.)* Als Sie diesen Auftrag übernahmen, Frog, war Conquistador eine Spitzenmarke. Hier starteten Sie Ihre erste Kampagne »Conquistador Kaffee: Das völlig neue Kotzgefühl«. Hier machten Sie Ihr spezielles Einführungsangebot: mit jedem Glas einen toten Hund gratis. Darauf folgte Ihre zweite Kampagne: »Der anregend frische Kaffee mit dem Aroma von Cholera, Räude, Wassersucht, Tripper, Klumpfuß und Wasserkopf – aus dem Hause Conquistador«.

Frog Eine Einschmeichel-Strategie, Sir.

Chef Aber warum, Frog?

Frog S. Frog, bitte.

Chef Ruhe. Also?

Frog Naja, den Namen kennt doch jeder, Sir.

Chef Das kann man wohl sagen: Die Leute haben die Fabrik niedergebrannt. Der Besitzer hält sich in meinem Badezimmer *(man hört einen Schuß)* – der Besitzer *hat* sich in meinem Badezimmer versteckt gehalten. *(Hält wieder die »Witz«-Karte hoch.)*

Frog Sie werden mich doch nicht entlassen, Sir?

Chef Sie entlassen? Drei Leute tot, die Fabrik in Schutt und Asche, die Außenstände futsch, die Firma vollständig pleite, was... was ... was... sagen Sie dazu? Was können Sie zu Ihrer Entschuldigung noch vorbringen?

Frog Es tut mir leid, Vater. *(Hält die »Witz«-Karte hoch.)*

Chef Ach, ja. Übrigens, dein Film hat einen Preis gewonnen.

Er öffnet die Jalousie vor dem Fenster, wo der Film zu sehen ist: Kameraschwenk über eine Küste, Hügel, die sanft zum Meer abfallen, Wellen am Strand. Kulturfilm-Musik (à la Malcolm Arnold). Plötzlich unterbricht die Musik und wiederholt immer dieselbe Stelle. Die Kamera schwenkt weiter, und wir sehen ein altmodisches Grammophon mit einer Platte, die einen Sprung hat. Eine Hand kommt ins Bild und nimmt die Nadel von der Platte. Die Kamera schwenkt weiter: es ist die Hand des Ansagers. Er sitzt mitten in der Landschaft an seinem Pult.

Ansager (JOHN) Tut mir leid. Und nun zu etwas völlig an... *(der Film klemmt und wiederholt das Ende des Satzes mehrmals)* völlig an ... völlig an... völlig an... völlig anderem.

Jetzt-Mann (MICHAEL) Und jetzt...

Nach etwa 15 Sekunden des Trickfilm-Vorspanns klemmen Trickfilm und Musik und wiederholen sich. Wir geraten schließlich in die richtige Rille und bringen den Vorspann zu Ende.

Archivfilm: Ramsey MacDonald und seine Mannschaft vor Downing Street Nummer 10.

Off-Sprecher (JOHN) 1929. Stanley Baldwins Konservative Regierung ist geschlagen, und Ramsey MacDonald wird zum zweiten Mal Premierminister.

MacDonald betritt einen leeren Raum (Schwarzweißfilm).

Ramsey MacDonald (MICHAEL) Hach, ist das heiß hier...

Er zieht sich aus und steht in schwarzen Strapsen, Strumpfhaltern und Strümpfen.

Schnitt: Mr. Glans sitzt hinter einem laufenden alten Super-8-Film-Projektor. Es klopft. Glans schaltet den Projektor aus und versteckt ihn rasch. Er sitzt in einem Büro mit dem Schild »›Tausch und Schacher‹ Redakteur« auf dem Schreibtisch. Unübersehbar deutet er auf das Schild.

Glans (JOHN) Hallo, herein. *(Mr. Bee, ein junger Stellenjäger, tritt ein.)* Hallo, wieviel wollen Sie haben für diese Aktentasche.

Bee (TERRY J.) Naja, ich...

Glans Also gut, die Aktentasche und der Schirm für'n Fünfer, das ist mein letztes Angebot.

Bee Ich möchte nichts verkaufen, ich suche einen Job.

Glans Oh, nehmen Sie Platz, nehmen Sie Platz.

Bee Danke.

Glans Ah, Sie setzen sich auf den Segeltuch-Stuhl mit dem Aluminium-Rahmen? Ich gebe Ihnen den dazu, und den Fünfer für Aktentasche und Schirm... Gut, ich will nicht so sein: Aktentasche, Schirm und die beiden Stifte in Ihrer Jackettasche – und der Stuhl gehört Ihnen, und dazu ein deutsches U-Boot-Fernglas aus dem zweiten Weltkrieg.

Bee Aber ich möchte nichts verkaufen.

Glans Nichts verkaufen? Was soll das heißen?

Bee Ich komme auf die Stellenanzeige. Sie suchen doch einen Redaktionsassistenten.

Glans Ach ja, richtig. Also gut: Haben Sie Berufserfahrung als Journalist?

Bee Fünf Jahre.

Glans Gut. Wie viele Anschläge?

Bee Fünfzig.

Glans Unten?

Bee Acht.

Glans Oben?

Bee Zwei.

Glans Gut... Also, Sie kriegen den Job, und den Stuhl, und einen alten Army-Schlafsack aus reiner Wolle... für die Aktentasche, den Schirm, die Stifte in Ihrer Brusttasche und Ihre Strickweste.

Bee Wann fange ich an?

Glans Montag.

Bee Fabelhaft.

Glans Wenn Sie die Schuhe noch dazulegen. *(In die Sprechanlage)*

Hallo, Miss Johnson? Bringen Sie uns bitte zwei Kaffee und ein paar Kekse?

Miss Johnson *(durch die Anlage) Einen* Kaffee und *einen* Keks für die beiden alten Army-Mäntel und den Wecker auf dem Kaminsims.

Glans Zwei alte Army-Mäntel, den Wecker und eine Tischlampe für zwei Kaffee und Kekse.

TRICKFILM: *eine ältere Sekretärin an einem Schreibtisch in einem leeren Raum.*

Miss Johnson Zwei Mäntel und zwei Tischlampen.

Schnitt: echtes Büro.

Glans Zwei Mäntel, eine Tischlampe und ein Wüstenschiff.

Schnitt: Trickfilm.

Miss Johnson Für zwei Kaffee und Kekse?

Büro.

Glans Gemacht.

Trickfilm:

Miss Johnson Gemacht.

Off-Sprecher Und dann widmete sich Miss Johnson wieder ihrer Schreibmaschine, träumte einen süßen Traum und hatte nicht die leiseste Ahnung von dem grausamen Schicksal, das ihr bevorstand. Denn Miss Johnson sollte der gefürchteten internationalen Verschwörung der chinesischen Kommunisten zum Opfer fallen. *(Lauter kleine gelbe Männer strömen in das Büro.)* Jawohl, diese fanatisierten kleinen Gauner unter der Führung des sogenannten Mao Tse-tung *(man sieht ihn als Zeichnung)* fielen in einem unbedachten und dafür um so schicksalsträchtigeren Augenblick über sie her, um sie zu vernichten. *(Miss Johnson versinkt in der Flut der Chinesen.)* Und da sie zu allem fähig sind, steht überall in der freien Welt die Demokratie auf dem Spiel.

Ein Segelschiff mit amerikanischer Flagge segelt über die gelben Chinesen. Zoom auf die Flagge: davor erscheint Onkel Sam.

Onkel Sam Ja, wieder einmal beweist die amerikanische Stärke ihre Wirkung gegen den internationalen Kommunismus. Betrachten wir auf dieser Grafik den Zahn als irgendeine kleine Nation, dann erkennen wir die zersetzende Arbeit des internationalen Kommunismus von innen her. *(Zeichentrick: ein Zahn verfault von innen und bricht ab.)* In der Zahnmedizin auch als Domino-Theorie bekannt. Aber mit einem amerikanischen Präventivschlag ist der Verfall schon im Ansatz zu stoppen. Und darum entscheiden sich neun von zehn kleinen Nationen für den Schutz Amerikas . . .

Off-Sprecher . . . oder für Crelm Zahncreme mit dem Wundermittel Fraudulin! Der weiße Wagen steht für Crelm Zahncreme mit dem Wundermittel Fraudulin. *(Zwei Autos in einer düsteren Landschaft.)* Der nicht-weiße für eine gewöhnliche Zahncreme. *(Die Autos rasen los.)* Beide leisten dreißigprozentigen Schutz. *(Die Autos passieren ein Transparent: »60% Schutz«.)* Bei sechzigprozentigem Schutz sind noch beide im Rennen. Jetzt bei neunzigprozentigem Schutz. . . Achtung! *(Der graue Wagen bleibt beim »90% Schutz«-Transparent auf der Strecke.)* Der nicht-weiße Wagen bleibt auf der Strecke, und die Crelm Zahncreme siegt mit hundertprozentigem Schutz! Ja, moderne Autofahrer nehmen Crelm Zahncreme.

Schnitt: der »Schrill«-Reklamemann.

Schrill-Mann Oder Schrill Kraftstoff mit dem neuen Zusatz GLC 9424075. Nach 18 Uhr 9424047. Diese weiße Fläche *(eine Bildschirmhälfte wird weiß)* steht für die Rückstände, die im Motor zurückbleiben. Die schwarze Fläche *(die andere Bildschirmhälfte wird schwarz)* ist Schrills neuer Zusatz GLC 9424075 – nach 18 Uhr 9424077 –, und wir sehen, wie diese Rückstände von der Erdoberfläche verschwinden durch die höheren Mächte, die Schrill zu Gebote stehen. *(Ein Schuß.)* Aaaah!

Schnitt: vornehmer Salon. Ein älterer Herr liegt tot auf dem Fußboden. Auftritt Jasmina und John.

Jasmina (CAROL CLEVELAND) Jedenfalls kannst du den 11-Uhr-30-Zug von Hornchurch nehmen, John, und bist in Basingstoke um eins. Da gibt's sogar einen Speisewagen und. . . *(Sieht die Leiche.)* Oh! Papa!

John (ERIC) Großer Gott! Sir Horace!

Jasmina *(wagt nicht hinzusehen)* Ist er. . .

John Ja – nach dem Frühstück. Aber das hilft jetzt auch nichts mehr. . . er ist tot.

Jasmina Der arme Papa. . .

John Na, den 11 Uhr 30 krieg ich jetzt wohl nicht mehr.

Jasmina Nein, John, du darfst deinen Zug nicht verpassen.

John Wie kann ich an den Zug denken, wenn ich dir hier jetzt zur Seite stehen muß!

Jasmina O danke, John... auf jeden Fall kriegst du morgen früh den um 9 Uhr 30 – der geht über Caterham und Chipstead.

John Ist der um 9 Uhr 45 nicht günstiger?

Jasmina Da mußt du in Lambs Green umsteigen.

John Aber man hat nur 7 Minuten Aufenthalt.

Jasmina Natürlich, das war freitags. Hatt' ich ganz vergessen. Mein Gott, wer kann das getan haben?

Lady Partridge tritt ein.

Lady Partridge (GRAHAM) Sie müssen sich beeilen, Sir Horace, Ihr Zug geht in 28 Minuten, und wenn Sie den um 10 Uhr 15 verpassen, kriegen Sie den um 15 Uhr 45 nicht mehr, und das bedeutet... Oh!

John Ich fürchte, Sir Horace *wird* den um 10 Uhr 15 verpassen.

Lady Partridge Ist er...?

Jasmina Ja – nach dem Frühstück.

John Lady Partridge, ich denke, seine Platzreservierung können Sie stornieren.

Lady Partridge Und dabei war es der vierte Wagen von vorn mit dem Rücken zur Lok, damit er die Steigungsschilder vor Swanborough sehen konnte.

John Das geht nicht mehr, Lady Partridge. Die Strecke ist stillgelegt.

Lady Partridge Stillgelegt? Doch nicht Swanborough!

John Ich fürchte doch.

Inspektor Davis tritt ein.

Inspektor (TERRY J.) Also, keiner rührt sich von der Stelle. Ich bin Inspektor Davis von Scotland Yard.

John Donnerwetter, Inspektor, Sie sind aber schnell da.

Inspektor Klar, ich hab den Pullman-Express um 8 Uhr 45 am King's Cross genommen und hab den Umweg über Hornchurch gespart.

Lady Partridge Das ist ein feiner Zug.

Alle Hervorragend, sehr gut, wunderbar.

Tony kommt flotten Schritts durch die Verandatür. Er trägt weiße Flanellhosen und Kreissäge und ist überhaupt sehr upper-class.

Tony (MICHAEL) Hallo, zusammen!

Alle Tony!

Tony Wo ist Papa? *(Sieht ihn.)* Menschenskind! Ist er...?

John und Jasmina Ja, nach dem Frühstück.

Tony Dann... dann braucht er seine Reservierung um 10 Uhr 15 nicht mehr.

John Genau.

Tony Nun, ich denke, als seinem ältesten Sohn steht sie dann wohl mir zu.

Inspektor Einen Augenblick, Tony. Wir haben es hier mit einem kleinen... Mordfall zu tun.

Tony Ach, bestimmt hat er sich selbst erschossen und danach die Waffe versteckt.

Lady Partridge Wie kann jemand sich selbst erschießen und dann die Waffe verstecken, ohne vorher seine Reservierung zu stornieren?

Tony Haha! Also, ich muß los, sonst komm ich zu spät zum 10 Uhr 15.

Inspektor Ich verdächtige Sie des Mordes an Ihrem Vater, um in den Besitz seiner Platzkarte zu kommen.

Tony Das wäre ein Motiv, Inspektor, aber ich kann es nicht gewesen sein, denn ich bin gerade eben erst angekommen mit dem 8 Uhr 13 von Gillingham, und hier ist mein Speisewagenbillett als Beweis.

Jasmina Der 8 Uhr 13 von Gillingham hat keinen Speisewagen.

John Nur ein Buffet.

Tony Oh... sagte ich 8 Uhr 13? Ich meinte den Eilzug 7 Uhr 58.

Lady Partridge Aber der Eilzug 7 Uhr 58 war erst um 8 Uhr 19 in Swindon wegen der jährlichen Wartungsarbeiten in Wisborough Junction.

John Wie konntest du da den Anschluß kriegen zum 8 Uhr 13, der 6 Minuten vorher schon abgefahren war?

Tony Och, äh, ganz einfach. Ich hab den 7-Uhr-16-Fußball-Sonderzug genommen, der war um 8 Uhr 09 in Swindon.

Jasmina Der 7-Uhr-16-Fußball-Sonderzug hält in Swindon nur jeden zweiten Samstag.

Lady Partridge Du meinst sicher den Ferien-Sonderzug.

Tony Ja, natürlich, wie dumm von mir. Ich bin mit dem Ferien-Sonderzug über Bedford, Colmworth, Fen Ditton, Sutton, Wallington und Gillingham gekommen.

Inspektor Der geht nur sonn- und feiertags!

Tony Verdammt. Also gut, ich gestehe: ich war's. Ich habe ihn getötet wegen der Platzkarte. Aber lebend kriegen Sie mich nicht! Ich werfe mich vor den 10 Uhr 12 von Reading.

John Sei kein Narr, Tony, tu es nicht, der 10 Uhr 12 hat die neuen

Schmalspur-Blockwagen mit beweglichem Radgestell. Da hast du keine Chance!

Tony Eben!

Standbild. Lauter Gong und langsamer Vorhang.

Off-Sprecher (JOHN) Soweit ein Ausschnitt aus dem neuesten West-End-Renner »Es geschah um 11 Uhr 20 von Hainault nach Redhill über Horsham und Reigate mit Halt in Carshalton Beeches, Malmesbury, Tooting-Bec und Croyden West«. Der Autor ist Mr. Neville Shunt.

Shunt, zwischen lauter Eisenbahnschrott an einer Schreibmaschine, tippt wie verrückt.

Shunt (TERRY G.) *(tippt)* Tschuff, tschuff, tschuff wuuuuuuuuch, wuuuuuuch! Ssssssssssssssss, sssssssssssssssssssssss! Dadadamm, dadadamm, dadadamm. Tuut, tuut. Der Zug steht abfahrbereit am Bahnsteig acht, tsch, tsch, tsch, dadadamm, dadadamm. Tschuffff, tschuffff iiiiiaaaaaa. Wuuuuuummmmmmm.

Schnitt zum Kritiker.

EINBLENDUNG: »GAVIN MILLARRRRRRRR«

Kritiker (JOHN) Manche machen den Fehler, Shunts Werk als bloßes Abfallprodukt von Kursbüchern mißzuverstehen. Kluge Leute wie ich, die in Restaurants zu laut reden, verstehen es als behutsam doppelsinniges Plädoyer für Kommunikation im technischen Zeitalter. Die Weichen sind vereist, das Schwein ist tot. Was ist der Sachverhalt? Worum geht's wirklich? Die Weiche ist vereist, das Schwein verläßt Paddington zu spät. Die Weiche ist gestellt. Wenn La Fontaines Elch Tom Jones in den Hintern tritt, dann ist die Lokomotive der Kopf, der Speisewagen die Speiseröhre, das Bremserhäuschen der linke Lungenflügel, der Viehwagen das Schienbein, das Erste-Klasse-Abteil die Nackenhaut, die Kreuzungsweiche ein elektrischer Elch namens Simon. Das ist klar wie Kloßbrühe. Aber wo steckt der Doppelsinn? Da drüben im Kasten. Shunt spricht vom 8-Uhr-15-Zug von Gillingham, wenn er tatsächlich den 8 Uhr 13 meint. Der Zug ist derselbe, nur die Zeit ist eine andere. Ecce homo, ergo Elch. La Fontaine kannte seine Schwester, und er kannte sie verdammt gut. Die Weiche ist passiert, das Vögelchen hat sich gemausert, und die Federn kitzeln in der Nase. Die Illusion ist komplett; sie ist Wirklichkeit, die Wirklichkeit ist Illusion und die Zweideutigkeit die einzige Wahrheit. Aber ist die Wahrheit, wie Hitchcock bemerkt, im Kasten? Nein, denn da ist nicht genug Platz für das Schwergewicht der Zweideutigkeit. Die

Weiche ist passiert, der Elch ist tot, der Vogel macht halt in Swindon, Chabrol macht vor nichts halt, ich bin in Behandlung, und La Fontaine kann mich mal.

Schnitt zu einem Mann am Schreibtisch.

Mann (MICHAEL) Gavin Millar. . .

Schnitt zu einem anderen Mann.

Anderer Mann (TERRY J.) . . .rrrr. . .

Schnitt: erster Mann.

Mann . . .sprach nicht mit Neville Shunt. Von der Welt des Theaters nun zur Welt der Zahnpflege. Nein, nein, nein, nein. Von der Welt des Theaters nun zur Welt des Zelluloids. Wir begrüßen einen hervorragenden Autorenzahn. . . Autorenfilmer: Martin Curry. Er ist in London, um sich einen Backenzahn. . . um in der Zahnklinik seinen neuen Zahn. . . seinen neuen Film. . . – um seinen neuen Film im Klinikum. . . im Kino vorzustellen. Martin Curry im Gespräch mit Matthew Paradon. . . Matthew *Padget.*

Schnitt: Nachtstudio. Interviewer mit Gesprächspartner.

Padget (TERRY J.) Herzlich willkommen, Martin Curry. Den Zähnen nach zu urteilen. . . den Zahlen nach zu urteilen, war Ihr letzter Film »Die zwölf Zähn . . .« pardon: »Die zwölf Cäsaren« in Amerika ein absoluter Beißer. . . Reißer. Wie erklären Sie sich diesen Zahn. . . diesen Erfolg?

Schwenk zum Gesprächspartner: er hat zwei riesige obere Schneidezähne.

Curry (GRAHAM) Wir haben uns immer schon sehr für das alte Rom interessiert, von Julius Cäsar bis zu Vetpatian.

Padget Zu wem?

Curry Vet-pa-tian.

Padget Ach so: Vespasian.

Curry Ja.

Padget Ich hatte beim Betrachten den Eindruck, Ihr Film ist ein ziemlich, naja, subjektiver Versuch der Annäherung. . .

Curry Wie bitte?

Padget Also ich meine, alle Protagonisten hatten solch enorme. . . nun ja, vielleicht nicht enorme, aber ziemlich große. . . – Schauen wir doch einfach mal rein. Es ist die Zähne. . . Szene, wo Julius Zähn. . . Julius *Cäsar* mit seinem Generalstab die Schlacht gegen Cataractus plant.

Curry Ich versteh wirklich nicht, was Sie meinen.

Film: in einem Zelt, die Generäle am Tisch.

Labienus (TERRY J.) *(mit ziemlich großen Schneidezähnen)* Soll ich der Kavallerie Befehl erteilen, sich im Wald verborgen zu halten, o Cäsar?

Alle *(mit sehr großen Schneidezähnen)* O Cäsar!

Julius (GRAHAM) *(mit unglaublich großen Schneidezähnen)* Heute kommt die Stunde der Wahrheit für unser Land.

Zurück zum Interview.

Padget Martin Curry, warum haben all Ihre Personen diese großen... diese riesigen... ja: Zähne?

Curry Wie meinen Sie das?

Padget Also, ich meine, äh, sogar in Ihrem biblischen Film »Menschensohn« hat Johannes der Täufer diese gigantischen... Attribute, und Jesus selbst tritt auf mit gigantischen Hauern.

Curry Nein, ich fürchte, ich verstehe Sie wirklich nicht. *(Nimmt das Wasserglas, kann aber wegen der Zähne nicht trinken.)* Hätten Sie vielleicht einen Strohhalm?

Padget Einen Strohhalm? Aber ja, natürlich. Also, während wir das erledigen, werfen wir noch einen Blick in einen früheren Ihrer Filme: »Trafalgar«.

Zwischendeck. Nelsons berühmte Sterbeszene. Alle haben gigantische Zähne.

Nelson (ERIC) Decken Sie mich zu, Mr. Bush, die Leute sollen das nicht sehen, bevor der Sieg nicht unser ist.

Toad (TERRY J.) Der Arzt kommt, Sir.

Nelson Sagen Sie ihm, er soll die Leute behandeln, die zu retten sind. Für mich kann er, fürchte ich, nicht mehr viel tun.

Toad Ay, ay, Sir.

Nelson Hardy! Hardy!

Hardy (MICHAEL) Sir?

Nelson Hardy... küßt... äh, legt mir Eure Hand aufs Knie.

Zurück zum Interview. Curry sitzt praktisch kopfüber und versucht, mit erheblichen Schwierigkeiten, etwas Wasser zu trinken.

Padget Danke, Martin Curry. Wir fragten das Premieren-Publikum nach seiner Meinung zu diesem Film.

Schnitt zu »Stimmen des Volkes«.

Mann mit riesigen Ohren (JOHN) Völlig unglaubwürdig.

Mann mit riesigen Zähnen (TERRY J.) Absolut glaubwürdig: wie im richtigen Leben.

Mann mit riesiger Nase (ERIC) Gar nicht wahr.

Verrückt gekleideter Mann (MICHAEL) Absolut verrückt.

Erster Londoner (MICHAEL) Wissen Sie, ich wohne seit über vierzig Jahren in der Stadt und bin der Meinung, die Bedeutung der Armenfürsorge sollte nicht unterschätzt werden.

Zweiter Londoner (GRAHAM) Wissen Sie, ich wohne seit zwanzig Jahren in der Stadt, und ich muß gestehen – ich hab mich verlaufen.

Ein altes Grammophon (JOHN) Wissen Sie, ich wohne in der Stadt, seit ich denken kann, und bin seit eh und je putzmunter.

Dritter Londoner (ERIC) Wissen Sie, ich wohne in der Stadt seit meinem zweiten Lebensjahr, und natürlich würde ich nicht sagen, mein Leben wäre festgefahren... festgefahren... festgefahren...

Frau (TERRY J.) Ach Gott, Mr. Bulstrode ist wieder festgefahren.

Sie schubst ihn im Vorbeigehen.

Dritter Londoner Natürlich würde ich nicht sagen, mein Leben wäre festgefahren.

Vierter Londoner (JOHN) Wissen Sie, ich wohne seit dreißig Jahren in der Stadt und habe es nie bereut, ein übler, schmieriger, eiskalter, geiziger, geldscheffelnder... Konservativer zu sein.

Fünfter Londoner (TERRY J.) Wissen Sie, ich bin seit siebenundzwanzig Jahren in der Stadt und bin für die Wiedereinführung der Prügelstrafe. Jeden Donnerstag. Bei mir zu Hause.

Mann (JOHN) *(nur sein Kopf schaut aus dem Wasser)* Wissen Sie, ich bin seit 33 Jahren im Meer und habe es nie bereut.

Die Kamera fährt zurück: weitere Londoner, von denen nur Kopf und Melone zu sehen sind.

Alle Genau.

Kamera fährt weiter zurück: wir sehen ein älteres Paar in Liegestühlen.

Mann Wahrscheinlich so ein Nudistenausflug.

Frau Ich glaub, das ist irgend 'ne neue Knallkoppreligion.

Schnitt: Arthur Knallkopp sitzt an einem großen geschwungenen Schreibtisch mit der Aufschrift: »Knallkopp-Religionen GmbH Arthur Knallkopp Präsident und Gott (GmbH)«.

Knallkopp (ERIC) Das ist ein typisches Beispiel für die Art von ignoranten Unterstellungen, denen wir ständig ausgesetzt sind. Ich übernahm die Religion von meinem Vater, einem ehemaligen Gebrauchtwagen-Händler und Halbtags-Blumenkasten, und ich bin sehr stolz, an der Spitze einer Kirche zu stehen, die als erste mit dem Prämiensystem arbeitet. Für jedes neugeworbene Mitglied erhalten Sie diesen luxuriösen Teewagen. *(Bilder vom Teewagen und den folgenden Prämien.)* Zusätzlich können Sie eine Drei-Zimmer-

Ferien-Wohnung gewinnen, diesen luxuriösen Campingwagen, ein Wochenende mit Peter Bonetti für zwei Personen und – der Spitzenpreis heute abend – den kompletten Stadtrat von Norwich.

Vorhang auf für den Stadtrat. Großes »Ooh« der Zuschauer. Ein nackter Mann spielt gräuslich einen Tusch auf der Orgel.

Knallkopp Und denken Sie daran: bei acht Richtigen gewinnen Sie einen Bischofssitz in einem Bistum Ihrer Wahl. Sie sehen, wir pflegen eine wesentlich modernere Auffassung von Religion.

Schnitt: in der Kirche. Jemand geht hinter eine Säule, nimmt Geld aus seinem Portemonnaie und wirft es in eine Sammelbüchse mit der Aufschrift: »Für die Reichen«. Die Münze klappert in der Büchse, fällt dann weiter durch eine Röhre und tiefer durch eine weitere, bis sie schließlich in Knallkopps Aschenbecher klimpert. Er beißt auf die Münze, steckt sie in die Tasche und fährt fort:

Knallkopp Gesegnet sei Arthur Knallkopp und seine Subsidien GmbH. Sie sehen, in unserer Kirche haben wir einfach mehr Spaß.

Schnitt: in der Kirche.

Priester (JOHN) *(mit einer Schreckschraube)* Mrs. Collins, Sie sind aufgeregt, sagen Sie? Und Sie haben bereits ein Auge auf die Kaffeemaschine geworfen?

Mrs. Collins (MICHAEL) Überhaupt nicht, überhaupt nicht. Ich freue mich, bei Ihnen zu sein, Pater.

Priester *(gibt ihr einen Klaps)* Erzdiakon, wenn ich bitten darf. Sie fragten nach der Kaffeemaschine. . . dann wollen wir doch mal sehen, was Sie gewonnen haben. Sie haben gewählt: Choral Nummer 437. *(Geht zur Liederanzeige, nimmt eine der Nummern heraus und liest, was auf der Rückseite steht.)* Tja, Mrs. Collins, Sie sind scharf auf die Kaffeemaschine. Aber: Sie haben den Super-Preis des heutigen Abends gewonnen: den kompletten Stadtrat von Norwich.

Orgel, »Oohs« und Applaus.

Mrs. Collins Aber ich hab doch schon einen. *(Der Priester würgt sie.)*

Schnitt: Knallkopps Büro.

Knallkopp Viele Religionen – wir wollen hier keine Namen nennen – sprechen den ärmeren Typus Mensch an. Kein Wunder, denn arme Leute sind nun mal in der Mehrheit: Diebe, Herumtreiber, Habenichtse. Wir haben damit nichts zu tun. Reiche und alle mit höherem Einkommen haben freie Mitgliedschaft. Die obere Mittelschicht ist durchaus willkommen. Untere Mittelschicht: nicht unter fünf Riesen im Monat. Unterschicht: da sei Gott vor. Sie verstehen.

Die Kamera fährt zurück, und wir sehen einen Reporter, der neben ihm sitzt.

Reporter (CAROL) Haben Sie Probleme, Leute zu bekehren?

Knallkopp Keineswegs, wir haben da unsere Methoden.

Schnitt: Foto eines Bischofs (Graham).

EINBLENDUNG: »DER BISCHOF VON DULWICH«

Stimme von Knallkopp Das ist Norman, der macht eine Menge Bekehrungen, treibt Schutzgelder ein und so Zeug. Und das ist sein Kumpel Bruce Beer.

Foto eines australischen Bischofs mit Bierdose (John).

EINBLENDUNG: »DER ERZBISCHOF VON AUSTRALIEN«

Stimme von Knallkopp Brucie hat 92 Leute persönlich bekehrt – 25 davon auf Sichtweite. Da haben wir keine Scheu, uns moderner Methoden zu bedienen.

Schnitt: wir sehen eine Art Daily-Mirror-Pin-up-Girl mit Bischofsmütze und Bibel am Strand. Balken-Überschrift: »Die blonde Heilige aus dem Norden«. Darunter: »Bischof Sarah«, und dann folgender Text, der vorgelesen wird.

Off-Sprecher (JOHN) Sarah, Diözesanbischöfin zum Anbeißen, zwingt noch jeden Typen auf die Knie. Sie ist 23 und stammt passenderweise von Bischof Stortford. Ihre Hobbies sind Schwimmen, Reiten und Filmproduzenten. Ein scharfer Zahn. Keine Frage, sie wird das Noviziat hinter sich haben, wenn in ihrem Kirchspiel erstmal alle bekehrt sind.

Schnitt: zu Gumby auf der Straße.

EINBLENDUNG: »ERZBISCHOF GUMBY«

Gumby (MICHAEL) *(inbrünstig)* Ich glaube von Grund auf an den Frieden und an das Zusammenknallen von zwei Ziegelsteinen.

Knallt zwei Ziegelsteine zusammen.

Schnitt zu John Lennon.

Lennon (ERIC) Ich fange einen Krieg an für den Frieden.

Schnitt zu Ken Shabby.

EINBLENDUNG: »ERZBISCHOF SHABBY«

Shabby (MICHAEL) Gottverflucht! Ich züchte Iltisse für den Frieden.

Schnitt zu Arthur Knuff.

EINBLENDUNG: »ERZBISCHOF KNUFF«

Knuff (ERIC) Frieden? Ich mag Frieden. Wissen Sie? Wissen Sie? Ich weiß Bescheid! Knuff, knuff!

Schnitt zu einem Bischof vor einer Mauer mit der Aufschrift: »Unanständige Religion«.

Bischof (JOHN) *(Pornohändler-Typ)* Unsere Religion ist die erste Kirche für unanständige Leute. Wenn Sie Lust haben auf ein bißchen Nächstenliebe – und wer hätte das nicht hin und wieder –, sehen Sie sich Vera und Ciceley während der Choräle an.

Schnitt: Schlaumeier-Typ mit schmalem Schnurrbart und Herings-Schlips. Schild mit der Aufschrift: »Bloß keine Fragen Religion«.

Bill (MICHAEL) Unsere Kirche will Hilfe zur Selbsthilfe: Autos, Waschmaschinen, Bleirohre, bloß keine Fragen. Wir sind neben den Baptisten die einzige Kirche, die umspritzt.

Schnitt: Irrer mit Halbglatzen-Perücke und Axt im Schädel. Schild mit der Aufschrift: »Die Verrückten Religion«.

Ali Byan (TERRY J.) Wir, die Kirche des Göttlichen Irren, glauben an die Macht des Gebets, bis deine Birne dunkelrot wird, ha, ha, ha.

Schnitt: normal aussehender Priester, Schild mit der Aufschrift: »Die Beliebteste Religion GmbH«.

Priester (GRAHAM) Ich würde gern für einen Augenblick herein kommen, wenn ich darf, um unsere Kirche von diesen frivolen und widerwärtigen Religionen abzugrenzen. Wir beschäftigen uns zu allererst mit dem... *(Telefon klingelt, er nimmt ab.)* Hallo? Oh, Union Brauerei steigt? Prima, aber Gilette-Rotbart keinesfalls verkaufen! *(Legt auf.)* ...was für die Seele am allerbesten ist.

Trickfilm: ein Vikar c/o Terry Gilliam.

ZWISCHENTITEL: »TRICKFILM-RELIGIONEN GMBH«

Stimme In unserer Kirche glauben wir zuerst und vor allem an Sie. *(Er lächelt; sein Schädel öffnet sich, und der Teufel versucht hinauszuklettern; der Vikar schließt den Kopf wieder)* Wir wollen Ihre Freunde sein. *(Wieder kommt der Teufel aus dem Schädel; der Vikar nagelt den Kopf zu.)*

Schnitt: Totale einer Landschaft, im Hintergrund sieht man Bäume und Sträucher.

Off-Sprecher (JOHN) Auf diesem Bild sind vierzig Menschen. Keinen von ihnen können wir sehen. In diesem Film wollen wir Ihnen zeigen, wie man es schafft, nicht gesehen zu werden.

TITEL: »ÖFFENTLICHES FILM-INSTITUT IHRER MAJESTÄT FILM NR. 42/6 ›WIE MAN NICHT GESEHEN WIRD‹«

Off-Sprecher Dies ist Mr. E. R. Bradshaw aus Napier Court, Black Lion Road, SE 5. Wir können ihn nicht sehen. Ich werde ihn jetzt bitten aufzustehen. Mr. Bradshaw, würden Sie bitte aufstehen?

Im Hintergrund, zwischen den Sträuchern, steht ein lächelnder Urlau-

ber, in Hosen mit Hosenträgern, T-Shirt und Taschentuch auf dem Kopf, auf. Pause. Man hört nichts als das Rauschen des Windes. Dann ein krachender Schuß. Mr. Bradshaw stürzt zu Boden.

Off-Sprecher Sie sehen, wozu es gut sein kann, wenn man nicht gesehen wird.

Schnitt zu einem neuen Schauplatz: eine öde Heidelandschaft.

Off-Sprecher Hier können wir Mrs. B.J. Smegma aus Belmont, The Crescent 13, nicht sehen. Mrs. Smegma, würden Sie bitte aufstehen?

Pause. In der Ferne, am äußersten Bildrand erhebt sich stolz eine Schreckschraube. Sofort fällt ein Schuß und streckt sie nieder.

Schnitt: ein Gebüsch in einiger Entfernung in der Landschaft.

Off-Sprecher Das ist Mr. Nesbitt aus Harlow New Town. Mr. Nesbitt, würden Sie bitte aufstehen? *(Nichts rührt sich.)* Mr. Nesbitt hat seine Lektion »Wie man es schafft, nicht gesehen zu werden« gelernt: Nicht aufstehen! Nur hat er leider ein allzu leichtes Versteck gewählt.

Das Gebüsch explodiert.

Schnitt zu drei Büschen.

Mr. E.V. Lambert aus Homeleigh, The Borrows, Oswestryn, gibt uns ein Rätsel auf. Wir wissen nicht, hinter welchem Busch er steckt, doch wir werden es sofort herausfinden. *(Zuerst explodiert der linke, dann der rechte, zuletzt der mittlere Busch, unterdrückter Schrei, der Rauch legt sich.)* Jawohl, es war der mittlere.

Schnitt: ein Bauernhof; eine Wassertonne, eine niedrige Mauer, ein großer Laubhaufen, ein Obstbaum, ein geparkter Wagen; Büsche und Bäume im Hintergrund.

Off-Sprecher Mr. Ken Andrews aus Slough, Leighton Road, hat sich sehr gut versteckt. Er könnte überall sein. Hinter der Mauer, in der Wassertonne, hinter dem Laubhaufen, auf dem Baum, zusammengekauert hinter dem Auto oder in einer Ackerfurche oder hinter irgendeinem der zahllosen Büsche. Zufällig wissen wir jedoch: er ist in der Wassertonne.

Die Wassertonne explodiert.

Schnitt: Kameraschwenk über Meer, Strand und Strandhäuschen.

Off-Sprecher Mr. und Mrs. Watson aus Ivy Cottage, Hull, Worplesdon Road, versuchen auf ganz durchtriebene Weise, nicht gesehen zu werden. Als wir bei ihnen zu Hause anfragten, hieß es, sie seien für zwei Wochen in Urlaub gefahren. Sie hatten keine Adresse hinterlassen und das Haus verriegelt und verrammelt, um uns am Eindringen zu hindern. Ein Nachbar jedoch verriet uns ihren Aufenthaltsort.

Die Kamera hält bei einem deutlich abseits stehenden Häuschen; Explosion.

Schnitt: Straße in einer Vorortsiedlung, davor steht ein Gumby.

Off-Sprecher Und dies ist der Nachbar, der so freundlich war. *(Explosion.)* Wer mag schon solche Klugscheißer? *(Schnitt: ein kleines Haus.)* Und hier hat er gewohnt. *(Explosion.)* Und hier wohnte Lord Langdon, der sich weigerte, mit uns zu sprechen. *(Explosion.)* Dasselbe taten die Herren, die hier wohnten... *(Schnitt: ein Haus; Explosion.)*. . . und hier. . . *(dito)* und natürlich hier. . . *(Aufnahmen von Atom- und Wasserstoffbomben-Explosionen)* und Manchester und West Midlands, Spanien, China. . . *(irres Lachen).*

Schnitt: ein Pult mit einem Moderator dahinter. Der Film läuft noch auf einer Leinwand hinter ihm.

Moderator (MICHAEL) Nun, ich fürchte, wir müssen den Film hier anhalten, es folgen jetzt recht blutige Szenen, die das Empfinden einiger unserer Zuschauer verletzen könnten. Meins natürlich nicht, das kann ich Ihnen versichern. *(Schnitt: der Moderator wendet sich zur zweiten Kamera.)* In Neu-Schottland überquerte Mr. Roy Bent als erster den Atlantik mit einem Dreirad. Sein Dreirad, eine Spezialanfertigung, hat eine Länge von dreißig Metern, eine schützende Stahl-Ummantelung, einen Schornstein, 17 Luxus-Kabinen und einen Radarschirm. *(Hinter ihm das Porträt von Roy Bent.)* Mr. Bent ist in unserem Studio in Durham, was ein wenig ungünstig ist, weil wir alle hier in London sind. – Und in London ist bei mir Mr. Ludovic Grayson, der Mann, der alle sechs Tore geschossen hat bei dem 1:0-Sieg von Arsenal über den türkischen Meister FC Botty. *(Wendet sich um.)* Ludovic. . . *(die Kamera zieht auf: er spricht mit einem ein Meter fünfzig hohen Aktenschrank)* zuerst einmal herzlichen Glückwunsch zum Sieg.

Stimme (TERRY J.) *(aus dem Aktenschrank)* Danke, David.

Moderator Mit diesem Riesenvorsprung können Sie beruhigt dem Rückspiel entgegensehen.

Stimme O ja, David, wir sind ziemlich zufrieden.

Moderator Aber im Moment hocken Sie in einem Aktenschrank.

Stimme Genau, David, ich versuche, nicht gesehen zu werden.

Moderator Das sehe ich. Haben Sie Angst?

Stimme Überhaupt nicht. Nein, das ist doch ganz normal. Wenn man mich nicht sieht, kann man mich nicht erwischen.

Moderator Ha, ha, ha! Aber man kann Sie noch hören! *(Der Aktenschrank explodiert.)* Ludovic Grayson, vielen Dank, daß Sie heute abend zu uns ins Studio gekommen sind. Wir beenden die Sendung mit Musik. Hier sind, mit ihrer neuesten Scheibe »Yummi, yummi, yummi, I've got love in my tummy«: Jackie Charlton and the Tonettes.

Schnitt: Kulisse für eine top-aktuelle Pop-Musik-Sendung, farbige Scheinwerfer usw. Auf der Bühne eine große Umzugskiste mit einem Mikrophon davor. Dahinter drei weitere Kisten mit Mikrophonen. Die Musiker ebenfalls in Kisten. Man hört den erwähnten Pop-Song. Abspann. BBC-1-Logo.

Off-Sprecher (ERIC) Für alle, die Monty Python's Flying Circus gerade verpaßt haben: hier die Wiederholung.

Etwa 20 Sekunden lang: Wiederholung der ganzen Show in kurzen Standbildern.

Fünfundzwanzig – Spam

Großaufnahme: eine Flagge mit schwarzem Adler auf rotem Grund flattert im Wind. Dahinter blauer Himmel mit ziehenden Wolken. Typische Musik für einen Abenteuerfilm.

TITEL:

DER SCHWARZE ADLER

MIT

SCHWARZER ADLER ..... THORNTON WELLES

MEG FAIRWEATHER ..... KATE TAMBLYING

JACK FAIRWEATHER ..... OWEN TREGOWER

HENRY FAIRWEATHER ..... RUSS TEMPOLE JNR.

MRS. FAIRWEATHER ..... ALICE SHOEMAKER

DR. TENNYSON ..... MARSHALL M. WEST

LUMPKIN ..... DINO DE VERE

MR. RIVERS ..... WALTER SCHENKEL

LEUTNANT STAVEACRE ..... NORMAN S. HUGHES

EINE HURE ..... MARSHA SUTTON

ZWEITE HURE ..... TINEA PEDIS

DER HUND ..... KARL

DREHBUCH VON AL R. SCHROEDER UND WAYNE KOPIT NACH DEM ROMAN »DER BLAUE ADLER« VON RAPHAEL SABATINI

BAUTEN ..... CY BORGONI

MASKE ..... BUNICE DILKES

KOSTÜME ..... JOAN LOUIS

UNIT MANAGER ..... TREVOR BELOWSKI

SKRIPT ..... SUE CARPENTER

SPECIAL EFFECTS ..... WALTER SCHENKEL

MISS TAMBLYINGS GARDEROBE: HEPWORTHS

FARBE: CROMACOLOR

SOUND RECORDING: WCA SYSTEM

COPYRIGHT BY SCHENKEL PRODUCTIONS

JEDE ÄHNLICHKEIT MIT LEBENDEN ODER TOTEN PERSONEN IST REIN ZUFÄLLIG

PRODUKTION: JOSEPH M. SCHLACK

REGIE: LAURENT F. NORDER

Von der Flagge wird übergeblendet zu einer Aufnahme vom Meer bei Nacht. Wellenschlagen. Ein Ruderboot nähert sich langsam und leise der Küste. Weiterhin aufwühlende Musik. Darüber eingeblendet rollt folgender Text durch:

EINBLENDUNG: »1742 LAG DAS SPANISCHE KÖNIGREICH IN TRÜMMERN. ZERRÜTTET VON INNEREM ZWIST UND AUSGEBLUTET VON ZAHLREICHEN KRIEGEN, WAR SPANIENS REICHER SEEHANDEL EINE LEICHTE BEUTE FÜR BRITISCHE KAPERFAHRER... UND DIE SCHÄTZE DER SPANISCHEN KRONE WURDEN HEIMGEBRACHT AN ENGLANDS GESTADE.«

Während der Texteinblendung ist das Boot näher gekommen. Es hält an, die Ruder werden eingezogen. Großaufnahme: Piratengesichter spähen ins Dunkle. Blick vom Boot auf eine Klippe. Ein Licht blinkt zweimal auf. Pause. Schnitt: unentschlossen warten die Männer auf das dritte Blinken. Gegenschuß zur Klippe. Schließlich das dritte Blinken. Sie rudern noch ein Stück und machen das Boot am Strand fest. Säcke und Kisten werden ausgeladen, auf die Schultern genommen und am Strand entlang getragen. Die Kamera folgt den Männern ein Stück... plötzlich steht zwischen der Kamera und den Piraten der Ansager an seinem Pult. Er trägt Smoking und ordnet seine Zettel.

Ansager (JOHN) Und nun zu etwas völlig anderem...

Jetzt-Mann (MICHAEL) Und jetzt...

Trickfilm-Vorspann.

Danach Schnitt: ein kleiner Tabakladen. Der Tabakwarenhändler wechselt einem Feuerwehrmann Geld.

Feuerwehrmann (MICHAEL) Vielen Dank fürs Wechseln, Herr Tabakwarenhändler. *(Er geht; dann, im Off, sehr laut)* War das richtig so?

Alle Schschschsch!

Abenteuermusik wie beim Piratenfilm, Texteinblendung in derselben Schrift wie vorher rollt durch:

EINBLENDUNG: »1970 LAG DAS BRITISCHE KÖNIGREICH IN TRÜMMERN. AUSLÄNDER BEVÖLKERTEN DIE STRASSEN, VOR ALLEM UNGARISCHE (ALSO AUSLÄNDER, NICHT STRASSEN). WIE AUCH IMMER, VIELE VON DIESEN UNGARISCHEN AUSLÄNDERN GINGEN IN TABAKLÄDEN, UM ZIGARETTEN ZU KAUFEN...«

Ein Ungar betritt den Laden, in der Hand einen Sprachführer. Er sucht die richtigen Sätze.

Ungar (JOHN) *(mit starkem Akzent)* Diese Schallplatte nehme ich nicht. Sie hat einen Sprung.

Tabakhändler (TERRY J.) Wie bitte?

Ungar Diese Schallplatte nehme ich nicht. Sie hat einen Sprung.

Tabakhändler Nein, nein, nein. Hier... Tabakladen.

Ungar Diesen Tabakladen nehme ich nicht. Sie hat einen Sprung.
Tabakhändler Aber nein... Tabakladen... ähm, Zigaretten?
Ungar Ja, Zigaretten. Mein Luftkissenfahrzeug ist voller Aale.
Tabakhändler Was?
Ungar *(ahmt Streichholzanzünden nach)* Mein Luftkissenfahrzeug ist voller Aale.
Tabakhändler Streichhölzer... Streichhölzer? *(Zeigt welche.)*
Ungar Ja, ja. *(Nimmt Zigaretten und Streichhölzer, holt Münzen aus der Tasche; blättert im Sprachführer.)* Äh, kommst du... kommst du mit zu mir, mein Schmusekätzchen?
Tabakhändler Ich glaube, Sie benutzen das falsch.
Ungar Sie herrliche Schwuchtel.
Tabakhändler Das macht sechs sechzig, bitte.
Ungar Wenn ich sagte, daß Sie einen wunderbaren Körper haben, würden Sie mir das übelnehmen? Ich bin nicht mehr ansteckend.
Tabakhändler *(will das Buch sehen; nimmt es)* Es kostet sechs sechzig... *(murmelt und sucht im Buch)* ...es kostet sechs sechzig... Da haben wir's: Yandelvayasna grldenwi stravenka.

Der Ungar schlägt ihn nieder.

Ein Polizist auf der Straße bleibt stehen und legt die Hand ans Ohr. Er läuft los, die Straße entlang, um die nächste Ecke, läuft die nächste Straße runter, zur nächsten Ecke, eine weitere Straße entlang bis zum Tabakladen.

Polizist (GRAHAM) Also, was geht hier vor?
Ungar *(öffnet das Buch und zeigt auf den Tabakhändler)* Sie haben herrliche Schenkel.
Polizist Was?
Tabakhändler Er hat mich niedergeschlagen.
Ungar Ziehen Sie das Höschen aus, Sir Williams, ich kann nicht bis mittag warten.
Polizist So, so! *(Packt ihn.)*
Ungar Meine Brustwarzen platzen vor Lust!

Schnitt in einen Gerichtssaal.

Protokollführer (ERIC) Ruft Alexander Yahlt!
Stimmen Alexander Yahlt! Alexander Yahlt! Alexander Yahlt!

Die Stimmen enden im Dreiklang.

Richter (TERRY J.) Ruhe, verdammt noch mal.

Alexander Yahlt tritt ein. Er ist kein Ungar, sondern ein ganz normaler Mann im Regenmantel.

Protokollführer Sie sind Alexander Yahlt?

Yahlt (MICHAEL) *(Synchronstimme von Derek Nimmo)* Der bin ich.
Protokollführer Lassen Sie die Imitationen. Sie sind Alexander Yahlt?
Yahlt *(normale Stimme)* Bin ich.
Protokollführer Sie werden hiermit beschuldigt, am 28. Mai 1970 wissentlich, widerrechtlich und in böswilliger Absicht den vorliegenden Sprachführer Englisch-Ungarisch publiziert zu haben mit dem Ziel, die öffentliche Ruhe und Ordnung zu stören. Bekennen Sie sich schuldig?
Yahlt Nicht schuldig.
Protokollführer Sie wohnen Horton Terrace 46?
Yahlt Ich wohne Horton Terrace 46.
Protokollführer Sie sind Verlagschef?
Yahlt Ich bin der Chef eines Verlages.
Protokollführer Ihr Verlag publiziert Sprachführer?
Yahlt Mein Verlag publiziert Sprachführer.
Protokollführer Sie sagten Horton Terrace 46, nicht wahr?
Yahlt Ja.
Er schlägt die Hände vor den Mund; Gong – großer Beifall.
Protokollführer Ha, ha, ha, ich habe ihn.
Richter Fahren Sie fort, fahren Sie fort!
Protokollführer Sehr wohl, Euer Ehren. Am 28. Mai haben Sie diesen Sprachführer veröffentlicht.
Yahlt Jawohl.
Protokollführer Ich zitiere ein Beispiel. Der ungarische Satz »Wo, bitte, geht's zum Hauptbahnhof?« lautet auf englisch: »Bitte tätschel meinen Hintern.«
Yahlt Ich möchte auf Schuldunfähigkeit plädieren.
Der Polizist steht auf.
Polizist Euer Ehren, darf ich um die Vertagung der Verhandlung bitten?
Richter Vertagung? Natürlich nicht! *(Der Polizist setzt sich wieder; lautes Furzen; der Polizist errötet.)* Warum, zum Teufel, haben Sie nicht gesagt, *warum* Sie eine Vertagung wollen?
Polizist Mir fiel kein juristisch einwandfreier Satz ein, Euer Ehren.
Schnitt: kurzer Archivfilm mit applaudierenden Teilnehmerinnen eines Frauenkongresses.
Schnitt zurück zum Richter.
Richter Noch einmal ein solcher Archivfilm mit applaudierenden Frauen, und ich lasse den Saal räumen!
Protokollführer Ruft Abigail Tesler!

Zwei Polizisten bringen ein riesig vergrößertes Zeitungsfoto à la »Daily Mirror« mit einem Bikini-Mädchen und der Überschrift »Scharfer Zahn«. Das Kleingedruckte darunter wird gleich verlesen. Sie stellen das Foto in den Zeugenstand.

Verteidiger (JOHN) Euer Ehren, das ist Abigail Tesler.

Richter Tatsächlich?

Verteidiger Ja, Euer Ehren. Abigail (23) stammt von da unten, wo ihretwegen alle kopfstehen. Diese Australier wissen schon, wo und wie's lang geht bei diesen Badenixen. Wetten, daß so mancher Rettungsschwimmer ihr gern den Lebenskuß verabreichen würde? Also paß auf, Abigail, die Haie kommen!

Schnitt zum Richtertisch. Der Richter hat sich ebenfalls in ein riesiges Foto in Türgröße verwandelt. Überschrift: »Scharfer Richter«.

Journalist (ERIC) *(off)* »Dient dies im strengen Sinne der Wahrheitsfindung?« fragte sich die gelernte Schwuchtel Richter Maltravers. Maltravers (83) stammt aus Esher. Bei den jüngsten Prozessen von Exeter hat er viel von sich reden gemacht. *(Schnitt zum Verteidiger: auch er hat sich in ein lebensgroßes Foto verwandelt mit der Überschrift: »Scharfer Anwalt«.)*

Off-Sprecher (MICHAEL) »Alles wird sich in Kürze aufklären, Euer Ehren«, spöttelte der smarte Nelson Bedowes (42). Der kesse Kronanwalt ist spezialisiert auf Fahrlässigkeit und schwere Körperverletzung beim Gray's Inn. Und in Fällen, die er gewonnen hat, hatte kein anderer als der alte Gray seine höchstpersönlichen Finger drin.

TRICKFILM: *Zeitungsfoto eines Richters mit Sonnenbrille, Perücke und Robe, der in Begleitung eines Starlets die Abflughalle des Londoner Flughafens Koffer schleppend entlang geht.*

Off-Sprecher (ERIC) »Fahren Sie fort!« Gute 78 dürfte er sein, der geniale Rechtsgelehrte Maltravers, hier auf dem Londoner Flughafen auf dem Weg zum berühmten Internationalen Gerichtshof von Den Haag, um Recht zu sprechen für England...

Stimme Hau ab!

ZWISCHENTITEL: »WELT FORUM«

Imposantes Nachrichten-Studio. An der Rückwand hinter dem Moderator riesige Buchstaben: »Welt Forum«.

Moderator (ERIC) Guten Abend. Ich begrüße Sie zu einem wahrhaft historischen Abend in der Geschichte des Fernsehens. Wir haben das Glück, und wir sind sehr stolz darauf, Karl Marx bei uns im Studio begrüßen zu dürfen, den Begründer des modernen Sozialismus und Autor des Kommunistischen Manifests. *(Karl Marx, hinter einem Pult, nickt.)* Neben ihm Wladimir Iljitsch Uljanow, in aller Welt bekannt als Lenin, Kopf der Russischen Revolution, Schriftsteller, Politiker und Vater des modernen Kommunismus. *(Lenin, ebenfalls hinter einem Pult, nickt.)* Ich begrüße Che Guevara, den kubanischen Guerilla-Führer. *(Man sieht Guevara.)* Und Mao Tse-tung, Führer der Chinesischen Kommunistischen Partei seit 1949. *(Mao ist zu sehen; Schnitt: der Moderator nimmt eine Karte.)* Und die erste Frage geht an Sie, Karl. The Hammers – welche englische Fußballmannschaft hat den Spitznamen »The Hammers«? *(Marx zieht die Augenbrauen hoch – er hat keinen Schimmer.)* Nein? Schade, Karl. Gehen wir weiter zu Ihnen, Che. Che Guevara – in welchem Jahr holte Coventry City zuletzt den FIFA Cup? *(Alle gucken ratlos.)* Nein? Naja, kein Wunder, daß Sie das nicht wußten. Es war eine Fangfrage. Coventry City hat den FIFA Pokal noch *nie* gewonnen! Also, alle haben gleiche Punktzahl, und wir gehen in die nächste Runde. Lenin beginnt mit einer Zehn-Punkte-Frage. Teddy Johnson und Pearl Carr waren 1959 die Sieger im Schlager-Wettbewerb der Eurovision. Mit welchem Titel. . .? Mit welchem Titel haben 1959 Teddy Johnson und Pearl Carr den Schlager-Wettbewerb der Eurovision gewonnen? Niemand? *(Man hört einen Summer wie im »Großen Preis«; Kamera auf Mao.)* Ja, Mao Tse-tung?

Mao Tse-tung (TERRY G.) »Sing little Birdie«?

Moderator Ja! Jawohl! Das ist Spitze! *(Applaus.)* Wir kommen nun zu unserer Spezial-Gewinn-Runde. Unser Kandidat ist heute Karl Marx, und der große Gewinn dieser Woche ist eine wundervolle Sitzgarnitur. *(Hinter dem Sprecher geht ein Vorhang auf: man sieht die wundervolle Sitzgarnitur; irrsinniger Applaus; Karl steht jetzt vor seinem Pult, der Sprecher behandelt ihn mit der Schmierigkeit eines Michael Miles.)* Karl hat sich Fragen ausgesucht aus dem Bereich »Arbeiter kontrollieren die Produktionsmittel«. Es geht los: Frage eins. Aufgeregt? *(Karl nickt; der Moderator liest die Frage von einer Karte ab.)* Die Entwicklung des Industrieproletariats ist abhängig von welcher anderen Entwicklung?

Karl (TERRY J.) Von der Entwicklung der industriellen Bourgeoisie. *Applaus.*

Moderator Ja! Jawohl. Sie marschieren geradewegs zu auf die Sitzgarnitur, Karl. Frage Nummer zwei. Der Kampf der Klassen gegeneinander ist was für ein Kampf? Was für eine Art Kampf?

Karl Ein politischer Kampf. *(Tumultuarischer Beifall.)*

Moderator Ja, das ist richtig! Eine letzte Frage noch, und die wundervolle Sitzgarnitur gehört Ihnen. . . Sind Sie startbereit? *(Karl nickt.)* Tapfer, tapfer. Karl Marx, Ihre letzte Frage: Wer gewann 1949 das Pokal-Finale?

Karl Die Herrschaft der Arbeiter über die Produktionsmittel. . .? Der Kampf des städtischen Proletariats. . .?

Moderator Nein, leider nicht. Die Antwort lautete: Wolverhampton Wanderers, sie schlugen Leicester 3 : 1.

Archivfilm: Torschuß beim Fußball. Jubelnde Menge. Bild von anfeuernden Zuschauern auf den Rängen.

Off-Sprecher (MICHAEL) und TITEL: »IM ›WELT FORUM‹ HEUTE: KARL MARX, CHE GUEVARA, LENIN UND MAO TSE-TUNG. NÄCHSTE WOCHE SEHEN SIE VIER FÜHRENDE POLITIKER DER AFRO-ASIATISCHEN STAATEN GEGEN BRISTOL ROVERS IN MOLINEUX«

TRICKFILM: *Sketch führt zur historischen Zeichnung einer Schützengraben-Szene im Ersten Weltkrieg – Stacheldraht vor Himmel und ein Stahlhelm, der auf einem Bajonett steckt.*

Off-Sprecher und EINBLENDUNG: »1914 LAG DAS GLEICHGEWICHT DER KRÄFTE IN TRÜMMERN. EUROPA WAR IN BLUTIGE KONFLIKTE GESTÜRZT. NATION KÄMPFTE GEGEN NATION. DOCH KEINE NATION KÄMPFTE SO NATION GEGEN NATION WIE DIE ENGLISCHE HIP HIP HURRA! BRAVO, BRAVO! BARRDIÖH! PHILIPPS IST EIN DEUTSCHER UND HAT MEINEN STIFT.«

Anderer Off-Sprecher und EINBLENDUNG: »NOCH EINMAL VON VORN.«

Erster Off-Sprecher und EINBLENDUNG: »1914 LAG DAS GLEICHGEWICHT DER KRÄFTE IN TRÜMMERN. . .«

Überblendung zur Großaufnahme eines Mundharmonika spielenden Tommy.

ZWISCHENTITEL: »YPERN 1914«

Die Kamera zieht langsam auf, während die Mundharmonika klagend weiterspielt, zeigt sich das Innere eines Grabenbunkers. Auf alten Munitionskisten und dergleichen sitzen der Mundharmonika-Spieler, Soldat Jenkins, Feldwebel Jackson, ein Pater ohne Arme, ein Scheich, ein Wikinger, eine männliche Seejungfrau, eine Nonne, ein Milchmann und ein griechisch-orthodoxer Priester. Kampfgeräusche, einschlagende Granaten, Explosionen usw.

Feldwebel (MICHAEL) *(betrachtet ziemlich unangenehm berührt die merkwürdige Versammlung)* Jenkins?

Jenkins (ERIC) *(ebenso unangenehm berührt, eine so heikle Szene vor Scheichs und dergleichen zu spielen)* Ja, Sir?

Feldwebel Was werden Sie machen, wenn Sie wieder in Blighty sind?

Jenkins Weiß nich', Sir. . . Mich 'n bißchen um meine Mutter kümmern, denk ich mal. Sie ist auch nicht mehr die jüngste inzwischen.

Feldwebel Ham Se nicht auch Familie?

Jenkins Nee, ich. . . ich hab nur noch sie. Meine Frau, Doreen. . . sie. . . Da ist ein Brief von ihr gekommen. . .

Feldwebel Du mußt nicht davon sprechen, mein Junge. . .

Jenkins Doch, doch, Sir, ich erzähl's Ihnen. Also, da. . .

Schnitt: Totale vom Bunker. Der Aufnahmeleiter stolziert herein.

Aufnahmeleiter (TERRY J.) Stopp! Stopp! So, Kinder. . . Kann jetzt bitte jeder, der nicht in der Szene drin ist, das Set verlassen! *(Er scheucht alle, die kein Weltkrieg-eins-Kostüm haben, vom Platz.)* Los, los! Jeder, der nicht in der Szene ist: oben ist die Kantine! *(Scheich, männliche Seejungfrau usw. trollen sich.)* Los, ein bißchen vorwärts. *(Zu den Soldaten)* Tut mir leid, Kinder. Tut mir wirklich leid. Wir müssen das nochmal drehen, von vorn. Gut. Okay. . . Einsatz!

Die Einstellung mit dem Mundharmonika spielenden Tommy wie zu Beginn; er spielt ein paar Takte.

ZWISCHENTITEL: »SCHLÜPFER 1914«

Schnitt: Totale. Wieder der Aufnahmeleiter. Der Zwischentitel bleibt eingeblendet.

Aufnahmeleiter Stopp! Stopp! Wer, bitte, hat den Titel geändert? Kann derjenige den Titel rausnehmen und den richtigen rein? Aber bitte *sofort!*

TITEL: »YPERN 1914«

Aufnahmeleiter Gut. Also, wir fangen noch mal an. Einsatz! *(Wieder der Mundharmonika spielende Tommy mit richtiger Titeleinblendung; Kamera zieht auf wie vorher; dann der Aufnahmeleiter.)* Stopp! Stopp! *(Mit ärgerlichem Blick verschwindet er hinter Sandsäcken.)* Los! Los, raus hier! *(Er zieht einen Astronauten am Schlafittchen aus dem Set.)* Sie sind hier nicht drin. . . Sie halten nur alles auf. *(Zu den verbliebenen Schauspielern)* Also kommt. Das ist nicht gut, Kinder. Das ist überhaupt nicht gut. Schluß für heute. Wir machen weiter, wenn alle sich ein bißchen beruhigt haben. Also, wir machen weiter mit der Kunstgalerie, okay? Also, Kamera drei, bitte!

Schnitt: Che Guevara und Karl Marx in heißer Umarmung.

Aufnahmeleiter Entschuldigung, Kamera *vier!*

Schnitt zur Kunstgalerie. Transparent mit der Aufschrift: »Italienische Meister der Renaissance«. Zwei Kunstkritiker wandeln durch die Ausstellung. Vor einem riesigen Tizian bleiben sie stehen: zwei mal drei Meter.

Erster Kritiker (MICHAEL) Sind sie nicht wunderbar? Stärke und Kühnheit... Farben voller Kraft und Leben.

Zweiter Kritiker (ERIC) Zweifellos Tizians Meisterwerk.

Erster Kritiker In der Tat. Schon wegen der Komposition. Allein diese kräftigen Figuren im Vordergrund... die Entschiedenheit der Kontur.

Zweiter Kritiker Ja, das Selbstvertrauen des Meisters auf der Höhe seines Schaffens...

In diesem Moment geht ein Mann im Bauernkittel, mit Strohhut auf dem Kopf und einem Strohhalm im Mund, auf das Gemälde zu und befummelt mit erstaunlicher Geschäftigkeit die Brustwarzen einer nackten Frau auf dem Bild. Das »Ding-dong« einer Haustürglocke. Er steht neben dem Bild, klopft mit den Füßen auf den Boden und pfeift stumm vor sich hin. Er nickt den Kritikern zu. Schnitt: auf dem oberen Teil des Bildes ist eine Figur verschwunden und hat eine weiße Stelle hinterlassen. Die Kamera schwenkt über das Bild wieder nach unten. Derweil hört man Schritte, die auf Steinstufen herunterkommen. Die Kamera hält etwa dort, wo der Landbursche steht, und im Gemälde öffnet sich eine Tür. Wir sehen nicht, wer sie geöffnet hat, vermuten aber, es ist der Cherub.

Cherub (TERRY G.) Ja?

Bursche (TERRY J.) Na, Kleiner, ist dein Vater da?

Cherub Ja.

Bursche Kann ich ihn sprechen? Ich bin der Mann vom »Heuwagen«.

Cherub Wer?

Bursche Der Mann vom »Heuwagen« von Constable.

Cherub Papa... der Mann vom »Heuwagen« von Constable will dich sprechen.

Salomon (GRAHAM) Komme!

Schritte und Schnitt: ein anderer Ausschnitt des Gemäldes; wir sehen die zentrale Figur verschwinden. Genau diese Figur steckt jetzt den Kopf aus der Tür.

Salomon Hallo? Wie geht's? Komm doch rein.

Bursche Nein danke, keine Zeit, ich kam nur grad vorbei.

Salomon Wo steckst du denn jetzt?

Bursche Gute Frage. Wir wurden grade umgehängt neben einen Saal voller Brueghels... ein furchtbarer Radau. Und die ganze Nacht wird Schlittschuh gelaufen. Naja, ich kam nur kurz vorbei, um dir zu sagen, daß bei den Impressionisten gestreikt wird.

Salomon Gestreikt?

Bursche Genau. Die Truppe vom »Frühstück im Freien« hat angefangen. Sie sind von der Heizung weggehängt worden oder irgend so was. Jedenfalls machen die Impressionisten alle mit. Gainsboroughs »Blaue Jungs« haben die englischen Porträts des 18. Jahrhunderts mitgezogen, die Flämische Schule ist voll dabei, und die deutschen Holzschnitte stimmen gerade ab.

Salomon Prima. Die Renaissance erklärt sich solidarisch.

Bursche Okay, halb fünf, »Brücke von Arles«.

Salomon Okay. Mach's gut, mein Junge.

Bursche Okay.

Tür zu. Salomon im Off.

Stimme von Salomon Also los – alle raus!

Auf verschiedenen berühmten Gemälden verschwinden die Figuren.

Stimmen Schon dabei. Ich komme. Ich bin weg, meine Liebe *(usw.)*. *Überblendung in den Eingangsraum eines Vorstadthauses. Ein Mann sägt seine Frau in zwei Teile in der klassischen länglichen Kiste.*

Radio Sie hören die Nachrichten... *(Der Mann hält einen Moment inne, blickt zum Radio, dann sägt er weiter. Zoom auf das Radio: dahinter ist ein Fenster; während es im Radio weiterspricht, geht draußen eine Gruppe von Gemälden mit Streiktransparenten vorbei.)* Nahezu einstimmig beschlossen die Gemälde der National Gallery, ihren Streik fortzusetzen, der bereits in der letzten Woche die Rahmen geleert hatte. Der Mann von Constables »Heuwagen« erklärte gestern abend, die Bilder würden voraussichtlich nicht vor dem Wochenende zurückkehren. Sir Kenneth Clark versicherte, er werde mit jedem einzelnen Gemälde verhandeln, wenn dies helfen könnte, den Streik schnell zu beenden. *(Entsetzlicher Schrei im Off; das Sägen hört auf.)* Bei Sotheby's fielen die Preise dramatisch, als die ersten Figuren ihre Bilder verließen.

Schnitt zu Sotheby's.

Auktionator (JOHN) Gebote für Vermeers »Dame, die am Fenster zu stehen pflegte«? Ich höre: zwei Shilling?

Stimme Zwei Shilling.

Auktionator Zuschlag. Nun Gebote für ein anderes hervorragendes Objekt. Edward Landseers »Nichts an der Bucht«.

Die Kamera fährt zurück, und wir sehen neben dem Auktionator einen Mann mit dem Gemälde (der Hirsch fehlt).

Schnitt: eine Gruppe berühmter Figuren berühmter Bilder drängt sich um die Kamera. Botticellis Venus steht im Mittelpunkt und gestikuliert in die Kamera.

Venus Alles was wir wollen, ist ein bißchen Zuwendung, verdammt nochmal.

Alle rufen und drängeln durcheinander.

Darüber wieder das Radio im Off.

Radio Bei einer Massenkundgebung im Fußball-Stadion von Brentford bekundeten auch andere Kunstwerke ihre Solidarität mit den Gemälden. *(Schnitt: Trickfilm vom Brentforder Fußball-Stadion mit berühmten Statuen auf dem Rasen.)* Die Resolution wurde ohne Gegenstimme *(alle heben die Hände)* mit einer Enthaltung *(im Bild die »Venus von Milo«)* angenommen. *(Schnitt: Fernseh-Zentrum und langsamer Zoom nach drinnen.)* Inzwischen hat im Fernseh-Zentrum wieder die Arbeit an einem Sketch über Ypern begonnen. Ein Sprecher des Sketches erklärte, er erwarte diesmal eine deutlich höhere Sensibilität.

Schnitt: Anfangseinstellung mit dem Mundharmonika spielenden Tommy.

TITEL: »YPERN 1914«

Langsamer Zoom zurück: wir sehen die bekannte Szene ohne die Personen, die nicht dazugehören.

Feldwebel Was werden Sie machen, wenn Sie wieder in Blighty sind?

Jenkins Weiß nich', Sir... Mich 'n bißchen um meine Mutter kümmern, denk ich mal. Sie ist auch nicht mehr die jüngste inzwischen.

Feldwebel Ham Se nicht auch Familie?

Jenkins Nein, ich... ich hab nur noch sie. Meine Frau, Doreen... sie... Da ist ein Brief von ihr gekommen...

Feldwebel Du mußt nicht davon sprechen, mein Junge...

Jenkins Doch, doch, Sir, ich erzähl's Ihnen. Also, da gibt's so'n Kerl bei uns in der Straße...

Ein junger Major kommt herein – sehr Ex-Internats-Schüler.

Major (GRAHAM) Okay, Leute, rühren! Ich war gerade an der Front. . .

Feldwebel Kommen wir durch, Sir?

Major Nein, ich fürchte, wir müssen einen Durchbruchversuch machen, wenn es dunkel wird.

Feldwebel Gut, Sir. Wir sind alle dabei.

Major Ich weiß, und genau da liegt das Problem, Feldwebel. Wie viele sind wir?

Feldwebel Tja, da sind Sie, ich, Jenkins, der Pater, Kipper: fünf, Sir.

Major Und Proviant nur für. . .

Feldwebel Vier, Sir.

Major Genau. Ich fürchte, einer von uns muß den anderen »Ausweg« nehmen.

Crash-Zoom auf den Revolver, den der Major gezogen hat. Schriller Akkord. Großaufnahme der Gesichter, die gespannt einander anschauen. Spannungsgeladene Musik.

Pater (JOHN) *(ohne Arme)* Ich hab sowieso keine Chance, Herr Major. Lassen Sie mich zurück, ich bin. . . ich bin kein vollständiger Mann mehr.

Major Und Sie haben beide Arme verloren!

Pater Ja, verdammte Scheiße!

Major Nein, nein, wir losen. So regelt man solche Sachen in der Armee. Herr Feldwebel, die Strohhalme.

Der Feldwebel gibt ihm die Strohhalme. Der Major ordnet sie und reicht sie herum.

Major Also, wer den kurzen zieht, weiß, was er zu tun hat.

Alle ziehen lange Halme, auch der Pater, der einen mit den Zähnen gezogen hat. Der Major zieht zuletzt den kurzen. Pause.

Feldwebel Sieht aus, als wären Sie dran, Sir.

Major Tatsächlich? Haben wir nicht gesagt, der längste Halm?

Feldwebel Nein, der kurze, Sir.

Major Wir machen es lieber noch einmal, offenbar ist da was durcheinander geraten. *(Sie losen wieder: dasselbe Ergebnis.)* Oje. Na, aller guten Dinge sind drei. *(Neues Losen, wieder behält der Major den kurzen.)* Gut, ich habe den kurzen Halm gezogen. Also entscheide *ich*, das heißt, wir entscheiden, wer von uns. . . also, wer. . . wer. . . also, wer zu tun hat, was zu tun ist. Das hat mit dem Dienstgrad nichts zu tun, aber sollte ich durch die Linie kommen, bin ich natürlich in der Lage, jemanden für ein postumes Viktoriakreuz vorzuschlagen. *(Er sieht in die Runde auf der Suche nach Interessenten.)* Nein? Gut. Schön, sehr schön. Gut. *(Zählt ab)* Ene meene muh, raus bist du! *(Ist bei sich angekommen.)* . . . Nein, nein, wartet, ich muß da was ausgelassen haben. Nochmal: eene meene *meene* muh, und raus bist du! *(Wieder bei sich angekommen.)* Nein, das klappt nicht. Das haut nicht hin. Was machen wir?

Jenkins Sir, wie wär's mit: »Eine kleine Mickeymaus zog sich mal die Hose aus. . .«?

Major Werden Sie nicht kindisch, Jenkins. Nein, ich glaube, ich glaube, Sching-schang-schong ist das beste. Okay? Hände hinter den Rücken, und alle zugleich, okay? Sching, schang, schong. *(Jeder, außer dem Pater, der keine Arme hat, zeigt die geballte Faust.)* Also, da haben wir. . . Stein, Stein, Stein *(sieht auf seine Hand)* und Schere. Die Schere schneidet alles, oder?

Feldwebel Stein nicht, Sir.

Major Es ist eine sehr gute Schere. *(Sieht plötzlich auf den Pater.)* Der Pater hat nicht mitgemacht!

Feldwebel Ohne Arme, Sir?

Major Oh, tut mir leid, ich fürchte, ich hab. . . Ich weiß was: alle, die nicht hierbleiben und sich erschießen wollen, heben die Arme!

Pater Halt! Halt! Schluß mit. . . mit diesem gräßlichen Theater.

Feldwebel Ruhig Blut, Pater!

Pater Nein, nein, jetzt muß ich reden. Als ich, als ich in diesen Krieg zog, da hatte ich zwei Arme, zwei gute Arme, aber als es soweit war, daß ich einen verlor, da gab ich. . . ich gab ihn glücklich, ich lächelte, als sie ihn abschnitten *(Musik: »There'll Always Be An England«)*, weil ich wußte, die Menschheit hat eine Zukunft. Ich. . . ich wußte, es gab Hoffnung. . . solange Männer bereit sind, ihre Glieder zu opfern. Und als es soweit war, den anderen Arm zu opfern. . . glücklich gab ich ihn dahin. Ich. . . ich sang, als sie ihn absägten. Weil ich glaubte. . . *(Hysterisch)* Oh, Sie lachen jetzt vielleicht, aber ich glaubte mit jeder Faser meines Körpers: mit jedem Regentropfen, der fällt – wächst. . . wächst eine Blume. Und diese Blume, diese kleine, zerbrechliche Blume. . . *(zwei modern gekleidete Sanitäter fahren ein Krankenbett herein, legen den Pater darauf und rollen ihn hinaus; der redet weiter)* . . .wird zu neuem Leben erblühen. Zu neuer Kraft! *(Schnitt: ein moderner Krankenwagen verläßt, in Zeitraffer, das Fernseh-Zentrum; er rast durch die Straßen und erreicht die Notaufnahme eines Krankenhauses; die Türen gehen auf; der Pater wird, in Zeitraffer, auf einer Trage, von einem Laken gänzlich* *bedeckt, hinausbefördert; man hört seine Stimme)* . . . frei! Frei von Angst und frei von Unterdrückung! Frei von Tyrannei! *(Kamera auf ein Schild mit der Aufschrift: »Königliche Spezialklinik für Pathos«.)* Eine Welt, in der Männer und Frauen aller Rassen und Religionen in friedlicher Eintracht zusammenleben, und in der Abenddämmerung dieses Lebens werden unsere Kinder und Kindeskinder. . . *(jetzt ist er hinter den Türen des Krankenhauses verschwunden).*

Schnitt ins Innere des Krankenhauses: ein Arzt geht einen Korridor entlang.

Arzt (GRAHAM) All unsere Patienten leiden unter ernsten Symptomen von Pathos. *(Eine Krankenschwester führt einen Long John Silver vorbei, der ständig »Aha! Jim, mein Junge« sagt.)* Wenn sie eingeliefert werden, tragen sie alle sehr dick auf. *(Er geht an einer ganzen Gruppe von Long John Silvers vorbei.)* Unsere Aufgabe ist es, die Symptome des Pathos. . . *(er geht an einer Gruppe von King Rats vorbei und präsentiert den schlimmsten Fall)* sehr ernst zu nehmen. *(Er geht durch eine Tür.)* Hier ist die Abteilung »Richard III.«.

Schwenk: es wimmelt von Richards III. Der Arzt nimmt einen heraus, der wirklich sehr dick aufträgt.

Richard III. (MICHAEL) Ein Pferd! Ein Pferd! Mein Königreich für ein Pferd!

Arzt Die meisten dieser Fälle sind ziemlich unangenehm. Schwester! *(Eine Krankenschwester kommt und beruhigt Richard III.)* Aber bei einigen Leuten wirkt die Behandlung. Dieser Junge kam zu uns direkt vom Chichester Festival; wir operierten genau zum richtigen Zeitpunkt, und jetzt ist er wieder fast normal.

Er geht an einem sehr gewöhnlichen Richard III. vorbei, der entwaffnend lächelt und leichthin sagt:

Zweiter Richard (ERIC) Ein Pferd, ein Pferd, mein Königreich für ein Pferd.

Der Arzt schüttelt traurig den Kopf, verläßt die Abteilung und öffnet die Tür zu einer anderen.

Arzt Hier haben wir allerdings auch einige wirklich bösartige Fälle.

TRICKFILM *mit grotesken Hamlets.*

Hamlets Sein oder nicht sein. Das ist hier die Frage. Sein oder. . .

Der Trickfilm leitet über zu einer Nahaufnahme von Blumen.

EINGEBLENDETER ZWISCHENTITEL: »BLUMEN ARRANGIEREN«
Die Kamera fährt zurück; wir sehen einen Gumby im Studio mit Bergen von Blumen auf einem Tisch.
ZWISCHENTITEL: »PRÄSENTIERT VON D. P. GUMBY«

Gumby (MICHAEL) Guten Abend. Nehmen wir zuerst einen Blumenstrauß. *(Nimmt Blumen vom Tisch.)* Wunderschöne Begonien, Iris, Freesien und Crymanthesien... hübsch in einer Vase arrangiert. *(Er stopft die Blumen verkehrt herum in die Vase, quetscht sie zusammen, haut sogar mit einem Hammer drauf, um alle hineinzukriegen.)* Los, rein, rein, rein!

Schnitt: ein Café. Alle Gäste sind Wikinger. Mr. und Mrs. Bun werden an Drähten heruntergelassen.

Mr. Bun (ERIC) Morgen.

Kellnerin (TERRY J.) Morgen.

Mr. Bun Was haben Sie denn so?

Kellnerin Also, Eier und Speck; Eier, Bratwurst und Speck; Eier und Spam; Eier, Speck und Spam; Eier, Speck, Bratwurst und Spam; Spam, Speck, Bratwurst und Spam; Spam, Eier, Spam, Spam, Speck und Spam; Spam, Spam, Spam, Eier und Spam; Spam, Spam, Spam, Spam, Spam, Spam, gebackene Bohnen, Spam, Spam, Spam und Spam; oder Hummer Thermidor an Crevetten mit Sauce à la Mornay, garniert mit Trüffelpastete, Brandy und einem Spiegelei obendrauf und Spam.

Mrs. Bun (GRAHAM) Haben Sie auch irgendwas ohne Spam?

Kellnerin Naja, es gibt noch Spam, Eier, Bratwurst und Spam. Da ist nur ganz wenig Spam dabei.

Mrs. Bun Aber ich will *überhaupt* kein Spam.

Mr. Bun Warum kann sie nicht einfach Eier, Speck, Spam und Bratwurst haben?

Mrs. Bun Da ist auch Spam dabei!

Mr. Bun Aber nicht soviel wie bei Spam, Eiern, Bratwurst und Spam.

Mrs. Bun Hören Sie: könnte ich Eier, Speck, Spam und Bratwurst ohne Spam haben?

Kellnerin Uaaaah!

Mrs. Bun Was meinen Sie mit uaaah? Ich mag kein Spam.

Wikinger *(singen)* Spam, Spam, Spam, Spam... Spam, Spam, Spam, Spam... lovely Spam, wonderful Spam...
Archivfilmschnipsel eines Wikingerschiffes.

Kellnerin Ruhe! Seid ruhig! Sie können Eier, Speck, Spam und Bratwurst nicht ohne Spam haben.

Mrs. Bun Warum nicht?

Kellnerin Na, weil es dann nicht mehr Eier, Speck, Spam und Bratwurst ist.

Mrs. Bun Aber ich kann Spam nicht ausstehen!

Mr. Bun Warum so kompliziert, Schatz? Ich eß dein Spam! Ich mag das. Ich hätte dann bitte gern Spam, Spam, Spam, Spam...

Wikinger *(singen)* Spam, Spam, Spam, Spam...

Mr. Bun ...gebackene Bohnen, Spam, Spam und Spam.

Kellnerin Gebackene Bohnen sind alle.

Mr. Bun Na, dann nehme ich statt dessen Spam.

Kellnerin Sie meinen Spam, Spam, Spam, Spam, Spam, Spam, Spam, Spam, Spam, Spam?

Wikinger *(singen)* Spam, Spam, Spam, Spam... *(etc.)*

Mr. Bun Jawohl.

Kellnerin Aaaah!

Wikinger ...lovely Spam, wonderful Spam.

Kellnerin Ruhe! Ruhe!

Sofort sind die Wikinger still. Der Ungar kommt herein.

Ungar Riesentitten Honigschnitten, mein Unterleib ist voller Spam, Eier, Spam, Speck, Spam, Tomate, Spam...

Wikinger *(singen von neuem)* Spam, Spam, Spam, Spam...

Kellnerin Ruhe!

Ein Polizist kommt und schmeißt den Ungar hinaus.

Ungar Meine Brustwarzen explodieren...

Schnitt zu einem Historiker.

EINBLENDUNG: »EIN HISTORIKER«

Historiker (MICHAEL) Ein weiterer großer Sieg gelang den Wikingern am Green Midget Café in Bromley. Wieder einmal war es ihre altbewährte Strategie. Sie segelten von diesem Fjord ab *(zeigt auf einer Landkarte mit Pfeilen)*, versammelten sich in Trondheim und warteten auf den steifen Nordost, der ihre Eichenboote nach England tragen sollte, wie weiland am 23. Mai. In Bromley dann versammelten sie sich im Green Midget Café und Spam wählten ein Spam besonderes Spam Angebot von der Spam Speisekarte und zwar Spam, Spam, Spam, Spam, Spam...

Im Hintergrund wieder das Café. Die Wikinger beginnen zu singen, und der Historiker dirigiert.

Wikinger Spam, Spam, Spam, Spam, Spam... lovely Spam, wonderful Spam...

Mr. und Mrs. Bun erheben sich langsam in die Lüfte.

TEXTEINBLENDUNG: »1970 LAG MONTY PYTHON'S FLYING CIRCUS IN TRÜMMERN, UND DIE WORTE AUF DEM BILDSCHIRM LAUTETEN:«

Abblende und Roll-Titel:

MONTY PYTHON'S FLYING CIRCUS
WURDE ERDACHT, GESCHRIEBEN UND SPAM AUFGEFÜHRT VON
SPAM TERRY JONES
MICHAEL SPAM PALIN
JOHN SPAM JOHN SPAM
JOHN SPAM CLEESE
GRAHAM SPAM SPAM
SPAM CHAPMAN
ERIC SPAM EIER UND
CHIPS IDLE
TERRY SPAM BRATWURST SPAM
EIER SPAM GILLIAM
(AUCH AUF TOAST)
DIE FRED TOMLINSON SPAM EIER
CHIPS UND SINGERS
RECHERCHE PATRICIA HOULIHAN UND BRATWURST
MAKE-UP PENNY PENNY PENNY UND SPAM NORTON
KOSTÜME EIER GEBACKENE BOHNEN BRATWURST UND TOMATE, OH, UND HAZEL PETHIG
TRICKFILM TERRY (EIERKOPP) GILLIAM
KAMERA JAMES (SPAM BRATWURST EIER UND TOMATEN) BALFOUR (SONNTAGS GESCHLOSSEN)
SCHNITT RAY (GEKOCHTER SCHINKEN UND GOLDEN DELICIOUS) MILLICHOPE (SPAM EXTRA)
TON CHIPS BRATWURST, LEBERWURST, FASAN, SPAM, NACHRICHTEN, CHIPS UND PETER ROSE
LICHT OTIS (SPAM IS AUS, BABY) EDDY
AUSSTATTUNG ROBERT ROBERT ROBERT ROBERT BERK UND TOMATE
REGIE IAN (MIXED GRILL) MACNAUGHTON £ 7,60
BBC SPAM TV
BEDIENUNG EXTRA

Off-Sprecher (MICHAEL) Haagbard Etheldronga und seine Wikingerhorden sehen Sie gegenwärtig in »Plündern war ihr Schicksal« im Jodrell Theater, Colwyn Bay. »Der unanständige Sprachführer Eng-

lisch-Ungarisch« ist erhältlich über den Versandhandel Ihrer Majestät der Königin, Preis – 1 Küßchen auf den Hintern.
Abblende.
Aufblende: Karl Marx und Che Guevara postkoital im Bett. Karl macht das Licht aus.

Sechsundzwanzig – Die königliche Sendung

Der Ansager steht vor seinem Schreibtisch.

Ansager (JOHN) *(ehrfürchtig)* Meine Damen und Herren, diese Woche werde ich nicht einfach »und nun zu etwas völlig anderem« sagen, weil ich es nämlich für unpassend erachte. Dies ist ein ganz besonders glückliches Ereignis für uns, denn uns wurde hinterbracht, daß sich heute abend Ihre Majestät die Königin Teile dieser Show ansehen wird. Wir wissen nicht genau, wann Ihre Majestät sich zuschaltet, im Moment sieht sie dem Vernehmen nach »Die Leute von der Shiloh-Ranch«, doch uns wurde versprochen, daß wir im Moment ihres Kanalwechsels informiert werden würden. Ihre Majestät wünscht, daß jedermann sich völlig normal verhalte. Ihr Oberstallmeister hat mich aber gebeten, Sie alle zu Hause zu ersuchen, sich zu erheben, wenn der große Moment gekommen sein wird, auch wenn wir hier im Studio fortfahren werden wie gewöhnlich mit unseren humoristischen Vignetten und dem ganzen Humbug. Ich danke Ihnen. Und nun ohne weitere Umstände und haargenau wie sonst: der Vorspann. *(Verbeugt sich.)*

Sehr königlicher Trickfilm-Vorspann.

ZWISCHENTITEL: »KÖNIGLICHE FOLGE DREIZEHN«

ZWISCHENTITEL: »ERSTER HUMBUG«

ZWISCHENTITEL: »EINE KOHLENMINE IN LLANDDAROG CARMARTHEN«

Hübsche Aufnahme eines typischen Förderturms. Darüber Musik: »All Through the Night«, auf Walisisch gesungen.

Off-Sprecher (JOHN) Lange schon sind die Kohlenkumpel in Wales bekannt für ihr hartes und rauhes Dasein, das sie führen, um das Schwarze Gold aus der unerbittlichen Hölle in einer Meile Tiefe zu hauen. Dies ist *(in diesem Moment läuft eingeblendet von rechts nach links über den unteren Rand des Bildschirms wie ein dringendes Fernschreiben die Nachricht »Ihre Majestät die Königin sieht immer noch ›Die Leute von der Shiloh-Ranch‹«)* die Geschichte solcher Männer, die tapfer kämpfen gegen Überschwemmungen, Schlagende Wetter, das Englische Strafrecht, den heimlichen Killer Kohlenmonoxyd und die ewig vorhandene Drohung der Pneumokoniose, also der... äh, Krankheit, die Minenarbeiter befällt.

Schnitt zu einem Kohlestreb unter Tage, wo einige Bergleute mit ihrer Arbeit beschäftigt sind. Sie hauen eine Weile drauflos, grummeln vor sich hin und reden miteinander. Plötzlich gehen zwei Kumpel voreinander in Kampfstellung.

Erster Kumpel (GRAHAM) So redest du nicht mit mir, du verlogener Schweinehund.

Er haut den zweiten Kumpel, und eine Schlägerei beginnt.

Zweiter Kumpel (TERRY J.) Du mieses Schwein, du taugst einfach nich' für 'ne Arbeit wie hier unten.

Erster Kumpel Du und dein dämliches Rhondda. Hältst dich wohl für verdammt klug, wa'?

Sie wälzen sich auf dem Boden herum und vertrimmen sich gegenseitig. Der Vorarbeiter kommt ins Bild.

Vorarbeiter (ERIC) Ihr prügelt euch schon wieder, ihr Idioten? Hört auf, oder ich treib euch diese Picke durch den Kopf. Also, worum geht's?

Erster Kumpel Er hat angefangen.

Zweiter Kumpel O du mieses Schwein, *du* hast angefangen.

Vorarbeiter Is' mir verdammt nochmal schnurz, wer angefangen hat. Worum geht's?

Zweiter Kumpel Naja... er hat gesagt, der scheiß Friede von Utrecht war 1713.

Erster Kumpel So isses!

Zweiter Kumpel Isses nich'! Er wurde bis Februar 1714 nicht ratifiziert.

Erster Kumpel Er blufft. Dein Hirn is' doch futsch, Jenkins, du Müllhaufen.

Vorarbeiter Er hat recht, Jenkins. Er wurde im September 1713 ratifiziert. Die ganze Grube weiß das. Schau doch nach im Großen Plötz, Seite 468.

Dritter Kumpel (MICHAEL) Er meint den scheiß Westfälischen Frieden.

Zweiter Kumpel Willst du damit sagen, ich kenn nicht den Unterschied zwischen dem scheiß Spanischen Erbfolgekrieg und diesem scheiß Dreißigjährigen Krieg?

Dritter Kumpel Du kennst nich' mal den Unterschied zwischen der Schlacht von Borodino und 'nem Tiger-Arsch.

Sie beginnen wieder eine Schlägerei.

Vorarbeiter Hört auf, hört auf. *(Er schlägt sie mit seiner Hacke.)* Mir stehn diese verdammten Schlägereien bis hier. Wenn's nicht der verdammte Friede von Utrecht ist, ist es der verdammte binomische Lehrsatz. Das hier ist nicht das Lehrerzimmer von All Souls, das hier ist verdammt noch mal ein Kohlestreb.

Ein vierter Kumpel kommt hinzu.

Vierter Kumpel (IAN DAVIDSON) He, Chef, kannst du was klären? Morgan sagt, den Abakus finde man zwischen den Triglyphen im Fries-Abschnitt vom Hauptgesims klassischer dorischer Tempel.

Vorarbeiter Morgan, du alter Idiot, das ist die Metope. Der Abakus ist zwischen dem Architrav und dem Echinus im Kapitell.

Morgan (TERRY G.) Du stinkiger Lügner.

Eine weitere Schlägerei bricht aus. Ein leitender Angestellter wird von zwei schwarzen Lakaien in einer Sänfte herbeigetragen. Er trägt einen Tropenhelm und ein großes Schild mit der Aufschrift »entsetzlich wichtig«. Alle Kumpel werfen sich bäuchlings auf den Boden.

Vorarbeiter O überaus prächtige und gnadenreiche Majestät, Gebieter des Universums, Beschützer der Ergebenen, in dessen Nase zu bohren wir nicht würdig sind und dessen schiere Fäzes eine grenzenlose Wonne sind und dessen Pfauen uns wachhalten zu jeder Stunde der Nacht mit ihrem lärmenden Liebesleben, wir flehen dich an, nenne deinen ergebenen Dienern den Namen des Abschnitts zwischen den Triglyphen im Fries-Abschnitt eines klassischen dorischen Hauptgesims.

Leitender Angestellter (JOHN) Keine Ahnung, sorry.

Vorarbeiter Na gut. Legt die Arbeit nieder.

Alle werfen ihr Werkzeug zu Boden und gehen.

Schnitt zu einem Tisch mit Nachrichtensprecher.

Nachrichtensprecher (MICHAEL) Immer noch keine Lösung im Kohlenzechen-Disput von Llanddarog. Die Kumpel lehnten es ab, die Arbeit wieder aufzunehmen, bevor nicht das Management eine Metope definiert. Unterdessen hat in Dagenham das inoffizielle Streik-Komitee bei Ford seine Forderungen auf dreizehn Gründe, warum Henry III. ein schlechter König gewesen sei, erhöht. Und schließlich hat heute abend im Internationalen Turnier Abscheulicher Objekte, in Wembley, England Spanien mit »Teller gedämpften Eiters« zu »verfaulter Reiher« geschlagen. Und nun: der Augenblick der Kamel-Erhebung.

TITEL: »DER AUGENBLICK DER KAMEL-ERHEBUNG«

Pompöse Musik. Überblendung zu einem rotierenden, altertümlichen Globus und dann zu zwei Männern in einem Studio.

Interviewer (TERRY J.) Guten Abend. Ja, wir haben heute abend hier im Studio einen Mann, der sich ausgesprochen umständlich ausdrückt. Stimmt das, Mr. Pudifoot?

Mr. Pudifoot (GRAHAM) Ja.

Interviewer Haben Sie sich schon immer ausgesprochen umständlich ausgedrückt?

Mr. Pudifoot Ja.

Interviewer Naja, ich komme nicht umhin festzustellen, daß Ihre beiden letzten Antworten, für jemanden, der in Anspruch nimmt, sich sehr umständlich auszudrücken, doch sehr wenig dieser abschweifenden Qualität an sich hatten.

Mr. Pudifoot Ähm, ja, ich bin nicht so sehr gesprächig heute. Das ist eine Art defensiver Reaktion auf intensive, interrogative Stimuli. Als Junge hat's mich immer ziemlich schwer getroffen, naja, genauer gesagt, ganz schön schwer, erinnern Sie sich noch, daß es mal Mode war, Sie wissen schon, kleine Pudel mit winzigen Jäckchen...

Interviewer Ah, jetzt fangen Sie an, umständlich zu reden.

Mr. Pudifoot Oh, tut mir leid.

Interviewer Nein, nein, nein, nein. Bitte, machen Sie weiter... genau deswegen wollten wir Sie doch in der Show haben.

Mr. Pudifoot Und ich dachte, Sie seien an mir als Mensch interessiert. *(Steht auf und geht.)*

Interviewer Tja, dann wollen wir mal mit unserem Gast weitermachen, der nicht nur in Essex lebt, sondern auch nur Wort*enden* ausspricht. Mr. Ohn Ith. Mr. Ith, guten Abend.

Von hinter den Kulissen tritt, wie in der Eamonn-Andrews-Show, Mr. Ohn Ith auf. Er setzt sich an den Schreibtisch.

Mr. Ith (ERIC) ...ten ...end.

Interviewer Schön, daß Sie gekommen sind.

Mr. Ith ...ön, ...ß ...ch ...mmen ...rfte.

Interviewer Mr. Ith, finden Sie es nicht sehr schwer, sich verständlich zu machen?

Mr. Ith Ja, das ist extrem schwer.

Interviewer He, Moment mal, Sie sind ja ein Betrüger!

Mr. Ith Oh, nein. Jeden dritten und vierten Satz kann ich völlig normal sprechen.

Interviewer Oh, ich verstehe. Ihr nächster Satz wird also wieder nur aus Wortenden bestehen?

Mr. Ith ...s ...mmt.

Interviewer Tja, dann wollen wir mal mit unserem nächsten Gast weitermachen, der nur die Wort*anfänge* spricht, Mr. J... Sm... Mr. Sm..., guten Abend.

Auftritt Mr. Sm.

Mr. Sm (JOHN) G. . . A. . .

Interviewer Äh, kennen Sie beide sich?

Mr. Sm N. . .

Mr. Ith . . .in

Mr. Sm N. . .

Mr. Ith . . .in

Interviewer Na, das ist ja wirklich eine faszinierende Gelegenheit, denn wir haben hier im Studio Mr. . . .oh. . .i. . ., der nur die Wort*mitten* spricht. Guten Abend.

Auftritt ein Schotte.

Schotte (MICHAEL) . . .u. . . . . .b. . .

Interviewer Ähm, wo kommen Sie her?

Schotte . . .u. . . . . .i. . . . . .a. . .

Interviewer Dunfermline in Schottland. So, darf ich Sie bekannt machen? Mr. Ohn Ith. . .

Mr. Ith . . .ten . . .end.

Schotte . . .u. . . . . .b. . .

Interviewer J. . . Sm. . .

Schotte . . .u. . . . . .b. . .

Mr. Sm G. . . A. . .

Interviewer Tja, also, hä, hä, Moment. Vielleicht möchten Sie ja mal alle zusammen »Guten Abend« sagen!

Mr. Sm G. . .

Schotte . . .u. . .

Mr. Ith . . .ten

Mr. Sm A. . .

Schotte . . .b. . .

Mr. Ith . . .end.

TRICKFILM: *ein Sketch mit Reklame für Crelm Zahnpasta. Schnitt zu einem Waschpulver-Werbefilm. Ein geleckter Werbemann vor neutralem Hintergrund. Zu seiner Linken ein gewöhnlicher Küchentisch. Zur Rechten auf einem Gestell ein Stapel Laken.*

Werbemann (ERIC) Dieser Tisch wurde mit gewöhnlichem Seifenpulver gewaschen, aber dieser Stapel hier mit dem neuen Faser-Wert. *(Schnitt: von oben das Innere einer Waschmaschine mit rotierendem Wasser, wie in Werbefilmen.)* Beide haben wir durch unsere Waschmaschine laufen lassen, und jetzt schauen Sie sich mal den Unterschied an. *(Schnitt zurück zur ursprünglichen Szene; die Laken* *sind ganz offensichtlich weiß angestrichen; der Tisch ist zertrümmert.)* Der Tisch ist zerbrochen und zerschmettert – aber die Laken, mit Faser-Wert, sind strahlend sauber und weiß.

Übliches sich ausdehnendes Quadrat führt zum nächsten Werbefilm. TRICKFILM: *Landschaft mit Blumen, Schmetterlingen und einem Bambi. Ein Junge und ein Mädchen (real, eingeblendet) wandern Hand in Hand hindurch.*

Männerstimme (MICHAEL) Ich liebe diese orthopädische Kleidung. Genießen auch Sie die Wonnen des Victor-Mature-Unterleibkorsetts. Gleiten Sie nilabwärts mit der »Blutaus-Koscher-Bruchbinde«. *(Der Werbemann kommt über den Hintergrund in Sicht; er hält eine Schneiderpuppe – genauer gesagt nur das Becken – mit einem Bruchband.)* Und vergessen Sie nicht die »Herkules-halt's-drin«, das kompakte Allzweck-Bruchband für den Mann mit ererbtem Leistenbruch.

Er wirft das Bruchband weg. Der Hintergrund verwandelt sich zur Großaufnahme eines Aquariums. Der Werbemann sitzt an einem Schreibtisch. Er zieht ein Goldfischglas zu sich heran.

Werbemann Ja, letzte Woche haben wir im »Fisch Club« gelernt, wie man das Geschlecht eines Hechts bestimmt. . . und diese Woche wollen wir lernen, wie man einen Goldfisch füttert. Erstmal: der Goldfisch hat, ganz im Gegensatz zur verbreiteten Ansicht, einen geradezu mordsmäßigen Appetit. Wenn er nicht genügend Proteine bekommt, wird er sehr dünn, die Knochen stehen ihm raus, und seine Flossen fallen ab. Also sollten Sie Ihrem Goldfisch einmal die Woche eine richtig prima Mahlzeit servieren. Diese hier empfiehlt die Gesellschaft Verantwortungsloser Leute. Zu Beginn etwas kalte Consommé oder ein Gazpacho *(gießt es hinein)*, dann ein Paar Würstchen mit Frühlingsgemüse, Pommes sauté und Brot und Bratensauce.

Er kippt dies alles ins Goldfischglas. Ein Mann vom Tierschutzverein stürzt herein, greift sich den Mann und zerrt ihn weg.

Tierschutzmann (IAN DAVIDSON) Also los, raus jetzt, das reicht, das reicht.

Werbemann . . . Cremetorte. . . Schokoladenkuchen und. . .

Off-Sprecher (JOHN) und ZWISCHENTITEL: »DER TIERSCHUTZVEREIN WEIST AUSDRÜCKLICH DARAUF HIN, DASS DIESER MANN KEIN AUFRICHTIGER TIERFREUND WAR UND DASS GOLDFISCHE KEINE WÜRSTE ESSEN. . . *(Der Werbemann schreit noch immer dazwischen.)* HALT'S MAUL! . . . SIE BEGNÜGEN SICH GERN MIT

Brotkrumen, Ameiseneiern und einem gelegentlichen Fasan. . . «

Die letzten vier Worte des Zwischentitels sind durchgestrichen.

Off-Sprecher Wer hat das geschrieben?

Überblendung zu einer lyrischen Einstellung mit Wildblumen in einer hübschen englischen Landschaft. Sanfte pastorale Musik. Die Kamera schwenkt von den Blumen weg, bewegt sich langsam über diese idyllische Szenerie. Eingeblendet werden die Geräusche von Liebenden – eine undeutliche tiefe Stimme, gefolgt von dem ausgelassenen Kichern einer jungen Frau, zuerst sehr von fern, aber während wir weiterschwenken, nimmt die Lautstärke zu, bis wir die Quelle der Geräusche erreichen – ein Tonbandgerät vor einem Gebüsch. Nach einer kurzen Pause geht die Kamera um das Gebüsch herum, hinter dem ein Pärchen sitzt – beide lesen. Schwenk von ihnen weg über ein Feld. Während des Schwenks stoßen wir auf einen eleganten, schnurrbärtigen kleinen italienischen Oberkellner im Frack etc. Wir halten nicht bei ihm an.

Kellner (Graham) *(sich zur Kamera verbeugend)* Ich hoffe, Sie sind zufrieden mit der Show!

Die Kamera schwenkt weiter bis zum Ende des Feldes, wo wir einen Mann im langen Regenmantel bemerken, der auf allen vieren durchs Gestrüpp kriecht. Wir folgen ihm, wie er sich gelegentlich hinter einem Busch oder einem Baum versteckt. Irgendwas verfolgt er heimlich. Nach wenigen Augenblicken taucht er auf hinter einem Vogelbeobachter (mit Jagdmütze und Tweedanzug), der auf einer kleinen Erhebung liegt und durch sein Fernglas sieht. Mit unendlicher Vorsicht schiebt sich der Mann im langen Regenmantel hinter dem Vogelbeobachter hoch, dann streckt er eine Hand aus und öffnet die Lasche vom Rucksack des Vogelfreunds. Er zieht einen kleinen weißen Papierbeutel heraus. Mit angehaltener Luft tastet er im Beutel herum und holt daraus eine kleine Pastete hervor, dann eine Tomate und schließlich zwei hartgekochte Eier. Er steckt die hartgekochten Eier in seine Tasche, packt den Rest wieder ein und kriecht davon.

Off-Sprecher (Eric) Herbert Mental sammelt Eier von Vogelbeobachtern. In seinem Haus in Surrey hat er eine Sammlung von über vierhundert Stück.

Schnitt zu Mental in einem Arbeitszimmer mit Regalen voller hartgekochter Eier. Alle haben kleine Schildchen vor sich. Er geht an ihnen entlang und wählt eins aus einer langen Reihe identischer hartgekochter Eier.

Herbert (TERRY J.) Bittschön. Dies hier ist ein sehr interessantes. Es stammt von einem Mr. P. F. Bradshaw. Man findet ihn normalerweise in den Hecken von Surrey, aber dieses hier habe ich auf der Herrentoilette von St. Pancras gefunden, ungegessen. *(Er stellt sich selbst die nächste Frage im Stil eines schlechten Bauchredners.)* Mr. Mental, warum haben Sie angefangen, die Eier von Vogelbeobachtern zu sammeln? *(Normale Stimme)* Äh, nun, ich hab damit angefangen, weil ich in »Menschenskind« auftreten wollte. *(Bauchrednerisch)* »Menschenskind«? *(Normale Stimme)* Ja, richtig. Aber dann wurde aus Spaß Ernst, und ich hab weitergemacht in der Hoffnung auf einen kurzen Auftritt als Exzentriker im Regionalteil vom »Landesspiegel«. *(Bauchrednerisch)* Mr. Mental, ich glaube, vor ein paar Jahren haben Sie angefangen, Schmetterlingsjäger zu sammeln... *(Normale Stimme)* Schmetterlingsjäger? *(Bauchrednerisch)* Ja. *(Normale Stimme)* Oh, stimmt. Hier drüben, hier haben wir ein paar. *(Er geht nach links; an der Wand hinter ihm die ausgebreiteten Gestalten zweier Schmetterlingsjäger, mit Nadeln durch ihre Bäuche und Namenskärtchen darunter.)* Nette kleine Burschen. Aber mein Lieblingshobby war das Wettfliegen der Taubenzüchter.

Offenes Feld. Ein großer Korb, dahinter ein Aufseher in braunem Mantel. Der Aufseher öffnet den Korb, und drei Taubenzüchter (in sehr schnellem Zeitraffer) springen heraus und rennen davon übers Feld, ziehen Kurven wie Vögel. Schnitt zu einer Folge von Zeitraffer-Nahaufnahmen von Körben, die geöffnet werden, und Taubenzüchtern, die herausspringen. Nach vier oder fünf dieser schnellen Nahaufnahmen: Schnitt zu einer langen Einstellung mit einem Haufen Taubenzüchter, die über dem Feld kreisen wie ein Taubenschwarm.

Schnitt zum Film vom Trafalgar Square. Die Taubenzüchter rennen jetzt auf dem Square herum und kreisen in Gruppen.

Schnitt zu einem Gilliam-Bild vom Trafalgar Square. Der Hühnchen-Mann aus dem Vorspann fliegt vorüber; er zieht ein Transparent hinter sich her mit der Aufschrift »Diese Fläche ist zu vermieten, Tel. 498 5166«. Der Kopf eines riesigen Igels – Spiny Norman – erscheint über St. Martin's in the Fields.

Spiny Norman Dinsdale! Dinsdale!

Trickfilmsequenz und:

ÄUSSERST TRICKREICHER ZWISCHENTITEL: »MONTHY PYTHON PRÄSENTIERT: DER VERSICHERUNGS-SKETCH«

Innen; elegant aussehendes Büro. Mr. Feldman hinter einem Schreib-

tisch, Mr. Martin davor. Beide zeigen übertrieben beiläufig auf ein Schild auf dem Schreibtisch: »Lebensversicherungs GmbH«.

Martin (ERIC) Guten Morgen. Ich bin schon mal bei Ihnen gewesen wegen der, äh, Lebensversicherung.

Feldman (JOHN) Ah ja, haben Sie sie mitgebracht, Ihre... äh... na-Sie-wissen-schon-Probe?

Martin Hab ich dabei. Im Auto. Ziemlich viel.

Feldman Gut, gut.

Martin Brauchen Sie wirklich 55 Liter?

Feldman Nein, nein, eigentlich nicht.

Martin Wollen Sie's untersuchen?

Feldman Nein.

Martin Ja, aber wozu wollten Sie's überhaupt?

Feldman Ach, das machen wir, um sicher zu gehen, daß Sie's auch ernst meinen mit der Lebensversicherung. Ich meine, wenn nicht, würden Sie ja wohl kaum ein paar Monate damit zubringen, dieses enorme Butterfaß mit, hmmm, na-Sie-wissen-schon voll zu machen.

Martin Soll ich's reinbringen?

Feldman Großer Gott, nein. Kippen Sie's weg.

Martin Wegkippen? Ich hab Monate gebraucht, das Ding voll zu machen.

Die Nationalhymne ertönt. Martin und Feldman stehen in Ehrbezeugung. Sie flüstern miteinander; wir hören einen ehrfurchtsvollen Off-Sprecher.

Off-Sprecher (MICHAEL) Und wir haben gerade gehört, daß Ihre Majestät, die Königin, sich soeben zu diesem Programm dazugeschaltet hat, und so sieht sie genau jetzt diesen königlichen Sketch hier in diesem königlichen Studioaufbau. Der Schauspieler zur Linken trägt den großartig grauen Anzug des BBC-Kostüm-Fundus, und der andere Schauspieler... wird jetzt gleich seinen ersten großartigen königlichen Witz hier an diesem königlichen Abend machen. *(Die Kamera schwenkt, und Martin folgt ihr teilweise, um der Kamera die Crew und das Publikum zu zeigen, die alle in Ehrbezeugung stehen.)* Dort drüben rechts können Sie den königlichen Kameramann sehen, und dahinter... Oh, wir bekommen grade die Nachricht, daß sie umgeschaltet hat. Sie sieht »News at Ten«.

Ausrufe der Enttäuschung.

Schnitt zu Reggie Bosanquet (dem echten ITN-Nachrichtensprecher) im »News at Ten«-Studio. Er liest...

Reggie . . . trotz der Gewerkschaftsempfehlung, die Streikenden mögen die zweite und dritte Klausel der letzten Donnerstag errungenen Einigung annehmen. *(Im Hintergrund ertönt die Nationalhymne; Reggie steht auf und liest weiter.)* Am heutigen Tag wurde der umstrittene Bericht der McGuffie-Kommission über die stationäre Behandlung der Patienten in den Krankenhäusern Nord-Londons der Öffentlichkeit übergeben.

Ein Krankenhaus: über der Tür ein Schild mit der Aufschrift »Intensiv-Schwadron«. Eine Gruppe von Kopf bis Fuß bandagierter Patienten auf Krücken, mit Armen und Beinen in Gips etc., müht sich heraus und in einen Hof.

Erster Doktor (JOHN) Aufstellung genommen! Na los! Wir haben schließlich nicht den ganzen Tag Zeit! Los, los, los! *(Die Patienten stellen sich mühsam in Reih und Glied.)* Beeilt euch . . . na bitte! Also, ich kenne gewisse Krankenhäuser, wo man die Patienten immer nur im Bett rumliegen läßt. Schlafen, ruhen, regenerieren, rekonvaleszieren. Wir halten das hier anders, jawoll. Ihr werdet hier nicht in Betten rumlungern und dem Doktor die Zeit stehlen. Sie da – Sie gräßlicher kleiner Krüppel. Was ist los mit Ihnen?

Patient (MICHAEL) Gebrochnes Schienbein, Herr Feldwebel.

Erster Doktor »Gebrochnes Schienbein, Herr Feldwebel. . . gebrochnes Schienbein, Herr Feldwebel.« Ein wohlerzogenes Muttersöhnchen, wie? Also, ich will dir mal was sagen, mein guter Freund, wenn du dir hier ein Schienbein brichst, dann halt wenigstens die Klappe! Nimm dir ein Beispiel an dem hier. *(Sieht näher hin.)* Beide Arme gebrochen und macht kein Geschrei deswegen, oder was? Nein! Er ist nämlich 'n Mann *(Patient schüttelt Kopf)* – das heißt 'ne Frau, verstehst du, also komm mir nicht mit dem Gebrochenen-Schienbein-Quatsch. Ab jetzt, im Laufschritt Marsch! Eins, zwei, drei, hoch mit der Krücke, schön hoch mit der Krücke.

Der Patient humpelt im Laufschritt davon und fällt hin.

Patient Aaaah!

Erster Doktor Undjetz, Apteilooong. . . stillgestann! Apteilooong . . . rechtsum. Apteilooong. . . nach links, im Eilhink! Los, die Haxen hoch. Laßt 'n bißchen Luft an die Wunden.

Schnitt zum zweiten Doktor. Er raucht eine Zigarre.

Zweiter Doktor (ERIC) *(in die Kamera)* In St. Detlef hier glauben wir an »Art« – Aktive Regenerierungs-Techniken. Wir versuchen dem Patienten begreiflich zu machen, daß er – egal wie krank er ist – immer noch eine nützliche Rolle in der Gesellschaft übernehmen kann. Zur Veranda bitte, Mr. Griffith.

Die Kamera fährt zurück – wir sehen, daß der Doktor in einem Rollstuhl sitzt. Ein bandagierter Patient rollt ihn weg.

Patient (MICHAEL) Ich hab eine dreifache Schenkelfraktur rechts, ein ausgerenktes Schlüsselbein und mehrere Kopfverletzungen, deshalb mach ich hier die meisten der schweren Arbeiten, etwa dem Chirurgen helfen.

Stimme des Interviewers (ERIC) Und was machen Sie da so?

Patient Nun, im Moment bauen wir ihm ein Ferienhaus.

Stimme des Interviewers Was ist mit den Krankenschwestern?

Patient Äh, über die weiß ich nichts. Die dürfen nicht mit Patienten verkehren.

Stimme des Interviewers Arbeiten denn alle Patienten?

Patient Nein, nein, die wirklich kranken treiben Sport.

Schnitt zu bandagierten Patienten bei einem Geländelauf.

Off-Sprecher (MICHAEL) Ja, was die Patienten hier wirklich fürchten, sind die Läufe.

Die Patienten klettern mit vielen Schwierigkeiten über einen Zaun. Einer stürzt.

Off-Sprecher Wie fühlen Sie sich?

Patient (GRAHAM) Viel besser. *(Wird bewußtlos.)*

Einstellungen von Sport treibenden Patienten.

Off-Sprecher Aber den Patienten sind Besuche gestattet. Und diese Woche besuchen sie eine Eisenhütte bei Swindon, die dringend ungelernte Arbeitskräfte sucht. *(»Dr. Kildare«-Erkennungsmelodie; Einstellung von Ärzten, denen die Patienten die Hände maniküren, die Schuhe putzen etc.)* Aber dies ist nicht das einzige Krankenhaus, wo die Bedingungen für Ärzte sich bessern.

Schild an der Wand: »St. Nathan Krankenhaus für junge, attraktive Mädchen, die nicht besonders krank sind«. Schwenk nach unten zu einem Doktor.

Dritter Doktor (TERRY J.) Überhaupt kein Ärzte-Engpaß hier. Wir haben über vierzig Ärzte pro Bett – äh, Patient. Na, um ehrlich zu sein: pro Bett.

Schild: »St. Gandalf Krankenhaus für sehr reiche Leute, die Ärzten gern viel Geld geben«. Kamerafahrt zurück, wir sehen einen weiteren Doktor.

Vierter Doktor (GRAHAM) Wir haben hier alle Einrichtungen zur Behandlung reicher Menschen. Wir können eine verstopfte Geldbörse behandeln, wir können Privatkonten dränieren, und im schlimmsten Fall können wir auch eine totale Barektomie durchführen, also die totale Entfernung aller Gelder eines Patienten.

Schild: »St. Michael Krankenhaus für Ansager«. Schwenk nach unten auf einen Doktor.

Fünfter Doktor (JOHN) Nun, hier versuchen wir, Menschen zu helfen, die Sketche moderieren und Überleitungen ansagen. Wir versuchen, sie davon abzubringen, Sätze zu sagen wie: »Haben Sie sich jemals gefragt, wie es ist, ein soundso zu sein«, sondern statt dessen lieber, mmh. . . äh. . .: »Und jetzt: der Bergsteiger-Sketch.«

Schnitt zu einem Bergsteiger, der an einem steilen Berg in den Seilen hängt.

Bergsteiger (GRAHAM) Ich hab keinen Bergsteiger-Sketch geschrieben.

EINBLENDUNG: »ÜBERLEITUNG«

Bergsteiger Aber jetzt weiter mit der explosionistischen Fassung der »Schönen blauen Donau«.

Schnitt zu einem Orchester auf einem Feld, das »An der schönen blauen Donau« spielt. Bei jeder musikalischen Phrase explodiert ein Orchestermitglied. Abblende bis zur totalen Dunkelheit.

Off-Sprecher (ERIC) Und nun der Schlafsaal in einem Mädchen-Internat.

Weibliches Schnarchen. Das Geräusch eines Schiebefensters, das hochgeschoben wird, und ein Scharren. Durch den Schlafraum tappsende Füße.

Sehr männliche Stimme (MICHAEL) Hallo, Agnes. . . Agnes, bist du wach? Agnes. . .

Aufwach-Geräusche. Mehr tappsende Füße.

Männliche Stimme Agnes. . .

Zweite männliche Stimme (ERIC) Wer ist da. . . bist du das, Charlie?

Erste männliche Stimme Genau. . . Agnes, wo ist Jane?

Dritte männliche Stimme (TERRY J.) Ich bin hier drüben, Charlie.

Erste männliche Stimme Jane, wir wollen den Schokoladenladen überfallen.

Zweite männliche Stimme Oh, prima. . . nehmt mich mit, Mädels.

Vierte männliche Stimme (GRAHAM) Darf ich auch mit, Agnes?

Erste männliche Stimme Ja, Joyce.

Fünfte männliche Stimme Und ich und Avril. . .

Dritte männliche Stimme Na klar. . . und Suki.

Vierte männliche Stimme Super-duper-knorke, Mensch!

Erste männliche Stimme Obacht, Mädels... Miss Rodgers kommt!

Das Licht geht an und erhellt einen Mädchen-Schlafsaal. Wir sehen zwei Kostüm-Gänse, die sofort wegrennen, als das Licht angeht, Männer mit Schnür-Mieder, Kurzhaarschnitt, kleinen runden Hüten, Brustperücken, Schulmädchen-Röcken, weißen Socken und Schulmädchen-Schuhen verflüchtigen sich in die Betten; von der Mitte der Zimmerdecke hängt, wie ein Kronleuchter, eine Ziege herunter, an deren Füßen je eine Glühbirne hängt. In der Tür steht eine Miss Rodgers, vom Typ »Feldwebel«.

Miss Rodgers (CAROL) Also gut, Mädels, jetzt laßt den Blödsinn, und zurück in die Betten! Denkt an das wichtige Spiel morgen in St. Bridget!

Schnitt: Standfoto von einem von uns in oben beschriebener Uniform.

EINGEBLENDETER ZWISCHENTITEL: »DAS UNANSTÄNDIGSTE MÄDCHEN DER SCHULE«

Off-Sprecher (JOHN) Ja, morgen auf Ihrem Bildschirm: »Das unanständigste Mädchen der Schule«, in den Hauptrollen die Männer vom 14. Marine-Kommando.

Schnitt auf ein aus kleinen quadratischen Fotos zusammengesetztes Bild mit z. B. Hitler, Stalin, Churchill, Eden, das Weiße Haus, Atombombe, Westeuropa-Karte, Gandhi etc.

Und jetzt zu unserer Dokumentarfilm-Serie, in der wir die ereignisreichen letzten Jahre des Zweiten Weltkriegs unter die Lupe nehmen. Heute abend: die Invasion in der Normandie, aufgeführt von den Mädels der Oakdene High School, Oberstufe, wissenschaftlicher Zweig.

Archivfilm von einem am Strand landenden Amphibienfahrzeug. Die Front des Fahrzeugs kracht herunter, und fünfzig Soldaten stürzen heraus. Wir hören Schulmädchenstimmen fröhlich schnattern.

Schnitt zu geläufiger Einstellung eines Periskopblicks auf einen Ozean, Fadenkreuze suchen den Horizont ab. Dramatischer U-Boot-Lärm – Motoren und Sonar.

Schnitt ins Innere eines U-Boots. Eine Schreckschraube sieht durchs Periskop, dann dreht sie sich zu ihren Kolleginnen um.

Erste Schreckschraube (GRAHAM) Ach, es regnet immer noch.

Ihre vier Begleiterinnen stricken weiter.

Zweite Schreckschraube (ERIC) Ich geh dann mal einkaufen.

Erste Schreckschraube Ach, sei doch so gut, und bring mir etwas Rattengift mit für den Sittich-Furunkel. Wenn nicht, kratz ich dir die Augen aus.

Zweite Schreckschraube Aye, aye, Käpt'n. *(Geht raus.)*

»Achtung!«-Laute aus dem Sprechrohr. Ein rotes Licht daneben leuchtet auf.

Stimme (JOHN) Hallöchen, Torpedoraum.

Erste Schreckschraube Juhu, Torpedoraum.

Dritte Schreckschraube (TERRY J.) Sie hat Torpedoraum gesagt.

Erste Schreckschraube Ja, genau, genau.

Vierte Schreckschraube (MICHAEL) Ja, sie hat Torpedoraum gesagt. Genau, genau.

Stimme Frau Oberleutnant Edale hier. Frau Fähnrich zur See Nesbitt hat wieder mal ihre Kopfschmerzen! Ich schieb sie also ins Torpedorohr.

Erste Schreckschraube Roger, Frau Edale. Klar zum Abfeuern von Frau Nesbitt!

Alle Klar zum Abfeuern von Frau Nesbitt!

Erste Schreckschraube Alarmstufe rot, Teekessel aufsetzen!

Stimme Teekessel aufgesetzt.

Erste Schreckschraube Maschinenraum, klar zum Katzenfüttern!

Stimme Sind klar zum Katzenfüttern.

Erste Schreckschraube Frau Nesbitt abfeuern!

TRICKFILM: *eine Schreckschraube wird aus einem Torpedorohr durchs Wasser geschossen, bis sie unter lautem Scheppern mit dem Kopf in ein Schlachtschiff saust.*

Mrs. Nesbitt Ja, jetzt geht's mir besser.

Schnitt: ein Brief, dazu ein Sprecher, der ihn vorliest.

Off-Sprecher (ERIC) Als Admiral, der mehr Beförderungen hinter sich hat als Sie warme Mahlzeiten, möchte ich mich meinem Ehemann O.W.A. Giveaway darin anschließen, diese schändliche Mißrepräsentation unserer modernen Marine zu mißbilligen. Die Britische Marine ist eine der besten, attraktivsten und burschikosesten Streitmächte der Welt. Ich liebe einfach diese weißen, gebauschten Hosen und wie sich der rauhe blaue Serge auf diesen knackigen kleinen Hintern anfühlt...

Schnitt zu einem Mann am Schreibtisch.

Moderator (MICHAEL) Ich fürchte, mehr können wir Ihnen von diesem Brief nicht zeigen. Wir machen weiter mit einem Mann mit einem Hermelin im Kopf.

Schnitt zu einem Mann, dem ein Hermelin (wie ein Faschingsgag-Indianer-Pfeil) von einem Ohr zum andern im Kopf steckt. Er verbeugt sich. Schnitt: Film mit applaudierendem Frauenkongreß.
Schnitt zurück zum Mann am Schreibtisch.

Moderator Und nun...

Schnitt zu einem Rettungsboot irgendwo auf See, meilenweit entfernt von jedem Land. Im Rettungsboot sind fünf durchnäßte Seeleute, am Ende ihrer Kräfte.

Erster Seemann (MICHAEL) Immer noch kein Land in Sicht... Wie lang is's her?

Zweiter Seemann (GRAHAM) Das ist eine ziemlich intime Frage, Sir.

Erster Seemann Du Schwachkopf, ich hab nicht gemeint, »wie lang ist er«, sondern »wie lang ist es her« – nämlich, daß wir in diesem Rettungsboot sitzen. Du hast die ganze Stimmung verdorben.

Zweiter Seemann Tut mir leid.

Erster Seemann Schnauze! Also noch mal... Immer noch kein Land in Sicht... Wie lang is's her?

Zweiter Seemann Dreiunddreißig Tage, Sir.

Erster Seemann Dreiunddreißig Tage?

Zweiter Seemann Ich glaub nich', daß wir viel länger durchhalten können. Und ich glaube nicht, daß ich die Stimmung verdorben hab.

Erster Seemann Schnauze!

Zweiter Seemann Tut mir leid, aber ich glaub wirklich nicht, daß ich die verdorben hab.

Erster Seemann Aber natürlich!

Zweiter Seemann *(zu drittem Seemann)* Glaubst du, daß ich die Stimmung verdorben hab?

Dritter Seemann (ERIC) Tja, also, ich glaube, du...

Erster Seemann Schnauze, sag ich, *Schnauze!* Immer noch kein Land in Sicht... Wie lang is's her?

Zweiter Seemann Dreiunddreißig Tage.

Vierter Seemann (TERRY J.) Geht's noch mal von vorn los? *(Der erste Seemann tritt ihn gegens Bein.)* Uuaahh!

Erster Seemann Immer noch kein Land in Sicht... Wie lang is's her?

Zweiter Seemann Dreiunddreißig Tage.

Erster Seemann Dreiunddreißig Tage?

Zweiter Seemann Ja. Viel länger können wir's nich' durchhalten. Seit dem fünften Tag haben wir nichts mehr zu essen.

Dritter Seemann Wir sind erledigt. Wir sind erledigt!

Erster Seemann Schnauze, Maudling! Wir dürfen die Hoffnung nicht aufgeben, daß uns jemand findet.

Vierter Seemann Wie geht's Ihnen, Käpt'n?

Kapitän (JOHN) Nicht besonders... ich... fühl mich... ziemlich... schwach.

Zweiter Seemann Viel länger können wir's nich' durchhalten.

Kapitän Mal herhören, Jungs... es gibt noch eine letzte Chance. Ich bin erledigt, ich hab ein krankes Bein, mit mir wird's schnell gehn, ich komm auf keinen Fall durch... aber... 'n paar von euch könnten's schaffen... ihr solltet mich essen.

Erster Seemann Sie essen, Sir?

Kapitän Ja, mich essen.

Zweiter Seemann Uääähhhh! Mit einem kranken Bein?

Kapitän Sie brauchen ja nicht das Bein zu essen, Thompson, es gibt noch genug gutes Fleisch... schaun Sie sich diesen Arm an.

Dritter Seemann Es geht nicht nur ums Bein, Sir...

Kapitän Was soll das heißen?

Dritter Seemann Naja, Sir... es ist bloß...

Kapitän Warum wollen Sie mich nicht essen?

Dritter Seemann Ich würd lieber Johnson essen, Sir. *(Zeigt auf vierten Seemann.)*

Zweiter Seemann Oh, ich auch, Sir.

Kapitän Verstehe.

Vierter Seemann Also, damit ist die Sache erledigt. Alle essen mich.

Erster Seemann Tja... ich... äh...

Dritter Seemann Was ist, Sir?

Erster Seemann Nein, nein, macht nur weiter, ich werd nicht...

Vierter Seemann Unsinn, Unsinn, Sir, Sie werden verhungern. Haun Sie man rein!

Erster Seemann Nein, nein, das mein ich nicht...

Zweiter Seemann Was haben Sie gegen Johnson, Sir?

Erster Seemann Naja, er ist nicht ... koscher.

Dritter Seemann Das hängt davon ab, wie wir ihn schlachten, Sir.

Erster Seemann Ja, ja, schon klar... also, um ehrlich zu sein, ich mag das Fleisch lieber etwas magerer. *(Zeigt auf den zweiten Seemann.)* Ich würd lieber Hodges essen...

Zweiter Seemann *(munter)* O fein... in Ordnung.

Dritter Seemann Nein, ich bleib bei Johnson.

Kapitän Jetzt hört endlich mit eurem Gezänk auf, und eßt mich!

Zweiter Seemann Hört mal! Ich weiß was. Warum sollen denn nicht diejenigen, die wollen, Johnson essen; dann können Sie, Sir, mein Bein essen, dann legen wir vom Käpt'n einen Vorrat an, und hinterher können wir die Reste von Johnson kalt zum Abendbrot essen.

Erster Seemann Guter Gedanke, Hodges.

Vierter Seemann Und die Pfirsiche gibt's zum Schluß. *(Hebt eine Dose Pfirsiche hoch.)*

Dritter Seemann Und mit den Avocados können wir anfangen. *(Hebt zwei Avocados hoch.)*

Erster Seemann Fräulein! *(Eine Kellnerin tritt auf.)* Wir haben jetzt gewählt, wir nehmen etwas Bein von Hodges...

Buhs aus dem Off. Schnitt zu einem Brief.

Off-Sprecher (JOHN) Sehr geehrte Herren, es freut mich zu hören, daß Ihr Studiopublikum den letzten Sketch ebenso entschieden ablehnt wie ich. Als Marine-Offizier verabscheue ich die Unterstellung, die Königliche Marine wäre ein Zufluchtshafen für Kannibalismus. Es ist allgemein bekannt, daß wir das Problem jetzt relativ unter Kontrolle haben und daß es die Luftwaffe ist, die momentan auf diesem Gebiet die größten Verluste erleidet. Was glauben Sie denn wohl haben die Schottenröcke in Aden gegessen? Araber? Hochachtungsvoll etc. Captain B.J. Smethwick an Weißweinsauce mit Schalotten, Pilzen und Knoblauch.

TRICKFILM: *verschiedene wirklich widerliche kannibalistische Szenen von Terry Gilliam.*

Schnitt zu einem Mann.

Mann (TERRY J.) Schluß jetzt, Schluß! Schluß mit diesem Kannibalismus! Wir wollen einen Sketch über saubere, anständige Menschen.

Schnitt: ein Bestattungs-Unternehmen.

Bestatter (GRAHAM) Morgen.

Mann (JOHN) Guten Morgen.

Bestatter Was kann ich für Sie tun, Herr?

Mann Nun, vielleicht können Sie mir helfen. Wissen Sie, meine Mutter ist grade gestorben.

Bestatter Ah, gut, da können wir Ihnen helfen. Leichen sind unser Job.

Mann Was?

Bestatter Also, drei Dinge gibt's, die wir mit Ihrer Mutti anstellen können. Wir können sie begraben, verbrennen oder wegkippen.

Mann *(schockiert)* Wegkippen?
Bestatter In die Themse.
Mann Was?
Bestatter Oh, haben Sie sie gemocht?
Mann Ja!
Bestatter Oh, naja, dann werden wir sie nicht wegkippen. Also, was meinen Sie? Wir können sie begraben oder verbrennen.
Mann Tja – was empfehlen Sie?
Bestatter Naja, beides ist widerlich. Wenn wir sie verbrennen, wird sie in den Ofen gestopft, knister, knister, knister, was ein kleiner Schock sein kann, wenn sie nicht *ganz* tot ist, aber es geht schnell... *(das Publikum beginnt zu buhen)* ...und dann geben wir Ihnen eine Handvoll Asche, und Sie können so tun, als ob es ihre wär.
Mann Oh.
Bestatter Oder wir begraben sie, und sie wird von ganz vielen Rüsselkäfern aufgefressen und von widerlichen Maden... *(das Buhen schwillt an)* ...was, wie ich schon sagte, ein kleiner Schock sein kann, wenn sie nicht *ganz* tot ist.
Mann Ich verstehe. Aber sie ist definitiv tot.
Stimmen aus dem Publikum Wir wollen was Anständiges... Das ist ja ekelhaft...
Bestatter Wo ist sie?
Mann Hier in diesem Sack.
Bestatter Darf ich mal schauen? Sie sieht ziemlich jung aus.
Mann Ja, war sie auch.
Wachsender Protest aus dem Publikum.
Bestatter *(ruft)* Fred!
Freds Stimme (ERIC) Jaa?
Bestatter Ich glaube, wir haben jemanden zum Essen.
Mann Was?
Ein weiterer Bestatter steckt seinen Kopf durch die Tür.
Fred Gut, ich mach den Backofen an. *(Geht weg.)*
Mann Äh, entschuldigen Sie, hm, schlagen Sie etwa vor, meine Mutter zu essen?
Bestatter Äh... genau. Nicht roh. Zubereitet.
Mann Was?
Bestatter Ja, geröstet, mit Pommes frites, etwas Broccoli, Meerettichsauce...
Mann Tja, ich hab tatsächlich 'n ziemlichen Kohldampf.
Stimme aus dem Publikum Schändlich! Buh! *(etc.)*

Bestatter Großartig!
Mann Hätten Sie auch ein paar Pastinaken?
Bestatter *(ruft)* Fred – hol mal paar Pastinaken.
Mann Eigentlich sollte ich das nicht tun.
Bestatter Also, ich sag Ihnen was: Wir essen sie erstmal, und wenn Sie hinterher Gewissensbisse haben, können wir immer noch ein Grab schaufeln, und Sie kotzen rein.

Ein Teil des Publikums erhebt sich in Empörung und stürmt die Bühne, macht den Schauspielern Vorwürfe, hämmert auf den Ladentisch etc. Zoom weg von ihnen und auf die Titelmaschine; der Abspann rollt ab. Die Nationalhymne beginnt zu spielen. Das Geschrei hört auf. Wir blenden zurück zur Bühne: das Publikum und alle andern stehen in Ehrerbietung.

Ende des Abspanns: Blackout.

Siebenundzwanzig – Die Njorl-Saga

Kameraschwenk über Glencoe. Der Wind pfeift und kommt mit einem donnernden Akkord zum Höhepunkt: es erscheint der. . .

TITEL: »DIE NJORL-SAGA«

»ISLAND 1126«

Der Titel wird ausgeblendet. Die Kamera schwenkt weiter, bis wir auf einen isländischen Gentleman treffen. Er wickelt eine Schriftrolle ab und beginnt vorzulesen.

Isländischer Gentleman (MICHAEL) Ich, Erik. . . ähm. . .

Die Kamera schwenkt von ihm weg auf einen Mann (Terry J.), der mit dem Rücken zur Kamera an einer Orgel sitzt. Er ist nackt und sieht noch haargenau so aus wie seinerzeit in dem verschollenen zeitgenössischen Klassiker »Und nun zu etwas völlig Trivialem«. Er grinst in die Kamera und spielt ein paar Akkorde. Harter Schnitt zum Ansager an seinem Schreibtisch.

Ansager (JOHN) Und nun. . .

Harter Schnitt: Großaufnahme vom »Jetzt«-Mann.

Jetzt-Mann (MICHAEL) Und jetzt. . .

Trickfilm-Vorspann.

Off-Sprecher (JOHN) Monty Python's Flying Circus!

Schnitt in einen Gerichtssaal. Ernste Stimmung.

Richter (TERRY J.) Michael Norman Randall, Sie sind des Mordes für schuldig befunden worden an Arthur Reginald Webster, Charles Patrick Trumpington, Marcel Agnes Bernstein, Lewis Anona Rudd, John Malcolm Kerr, Nigel Sinclair Robinson, Norman Arthur Potter, Felicity Jayne Stone, Jean-Paul Reynard, Rachel Shirley Donaldson, Stephen Jay Greenblatt, Karl-Heinz Müller, Belinda Anne Ventham, Juan-Carlos Fernandez, Thor Olaf Stensgaard, Lord Kimberley of Pretoria, Lady Kimberley of Pretoria, dem Sehr Ehrenwerten Nigel Warmsley Kimberley, Robert Henry Noonan und Felix James Bennett am oder gegen Morgen des 19. Dezember 1972. Haben Sie noch etwas zu sagen, bevor ich das Urteil verkünde?

Randall (ERIC) Ja, Sir. Es tut mir sehr leid.

Richter Sehr leid!?

Randall Ja, Sir. Das war sehr, sehr ungezogen von mir, und ich schäme mich wirklich sehr. Ich kann nur sagen, daß es nicht noch mal vorkommen wird. So viele Leute in einer so kurzen Zeit umzubringen, ist wirklich furchtbar, und es tut mir wirklich sehr, sehr,

sehr leid, daß ich so was gemacht habe, und auch, daß ich dem Hohen Gericht so viel von seiner kostbaren Zeit gestohlen habe, indem es sich die garstigen Details meiner sinnlosen Morde anhören mußte. Ganz besonders persönlich und ernsthaft möchte ich mich, Euer Ehren, bei Ihnen, Euer Ehren, für mein *entsetzliches* Benehmen die ganze Verhandlung über entschuldigen. Außerdem möchte ich mich bei der Polizei entschuldigen, daß ich ihr soviel Kummer bereitet habe *(Schnitt: drei schwer bandagierte, erschöpft aussehende Polizisten hinter ihm)*, daß sie buchstäblich Stunden ihrer Arbeitszeit verschwenden mußten, die ganzen Beweise zu sammeln, Leichen zu identifizieren und so fort. Wissen Sie, ich meine, manchmal sollte man sich mal klarmachen, was für eine schwierige und oft gefährliche Arbeit damit verbunden ist, Gewaltverbrecher wie mich aufzuspüren, und ich möchte, daß sie wissen, daß ihre gute Arbeit wenigstens von mir anerkannt wird.

Die Polizisten sind beschämt.

Erster Polizist (GRAHAM) Nein, nein, wir haben nur unsere Arbeit getan.

Zweiter Polizist Nein, nein, nein, nein.

Randall Sehr anständig von Ihnen, das zu sagen, aber ich weiß, was Sie hinter sich haben.

Erster Polizist Nein, nein, wir hatten schon schlimmere.

Dritter Polizist Bis auf die Festnahme lief doch alles glatt.

Randall Ich weiß das, und bin Ihnen dankbar. Entschuldigen möchte ich mich auch beim Herrn Staatsanwalt, daß ich ihn Morgen für Morgen bei so herrlichem Wetter hierher genötigt habe.

Staatsanwalt (JOHN) Ach, ich hätte sowieso herkommen müssen.

Randall Oh, gut. Aber *wie* Sie die Anklageschrift verlesen haben!

Staatsanwalt Oh, danke.

Randall Nein, nein, es ist eine besondere Ehre, Sie bei der Arbeit beobachten zu dürfen. Ich hatte nicht die geringste Chance.

Staatsanwalt Aber natürlich.

Randall Nicht nach *der* Zusammenfassung. Großartig.

Staatsanwalt Oh, danke. *(Sehr selbstgefällig.)*

Randall Und nun zu den Geschworenen. Was soll ich sagen? Tag für Tag habe ich Sie hierher genötigt, hab Sie von Ihrem Zuhause, Ihrer Arbeit, Ihren Lieben ferngehalten, nur damit Sie sich die privaten Details meiner kleinen Greueltaten anhören.

Geschworenen-Sprecher (MICHAEL) Nein, nein, das war sehr interessant.
Randall Aber Sie hätten einen viel netteren Fall haben können.
Sprecher Nein, nein, Mord ist immer ein Mordsspaß.
Erster Geschworener Ja, und dann noch so viele.
Zweiter Geschworener Ausgezeichnet.
Dritter Geschworener Wir haben uns bestens unterhalten. *(Die Geschworenen applaudieren.)*
Randall *(schneuzt sich, imitiert Dickie Attenborough)* Entschuldigung, aber ich bin sehr gerührt. Und jetzt, Euer Ehren, bleibt Ihnen nur noch eins zu tun: über mich die grausamste Strafe zu verhängen, die das Gesetz vorsieht.
Richter Nun, äh, nicht notwendigerweise.
Randall Nein, Euer Ehren, die volle Strafe des Gesetzes ist kaum ausreichend. Ich bestehe darauf, daß an mir ein Exempel statuiert wird.
Richter Also, ja und nein. Ich meine, die Gesellschaft als solche. . .
Randall O nein, Euer Ehren. Nicht bei Massenmord.
Richter Aber in diesem Fall, *(zum Gericht)* meinen Sie nicht auch?
Gericht Ja, ja!
Randall Ach, kommen Sie schon, Euer Ehren, Sie *müssen* mir lebenslänglich geben.
Gericht Nein, nein, nein, nein.
Randall *(zum ganzen Gericht)* Aber mindestens zehn Jahre.
Richter Zehn Jahre!
Gericht Pfui! Pfui!
Randall Na, dann fünf. Ich bitte Sie!
Richter Nein, nein. Ich gebe Ihnen drei Monate.
Randall O nein, das ist mir jetzt aber peinlich. Das mag ich gar nicht hören. Geben Sie mir sechs. . . bitte!
Richter Na, also gut. Sechs Monate.
Randall Danke, Euer Ehren.
Richter Aber auf Bewährung.
Randall O nicht doch.
Gericht Hurrah. *(Sie applaudieren.)*
Sprecher Ein dreifach Hurrah dem Angeklagten. Hip hip –
Gericht Hurrah!
Sprecher Hip hip –
Gericht Hurrah!

Sprecher Hip hip –
Gericht Hurrah!
Alle For he's a jolly good fellow
For he's a jolly good fellow
For he's a jolly good fellow
Off-Sprecher Which nobody can deny.
TRICKFILM: *Verfolgung eines Mannes in einem Mann.*

TITEL: »DIE NJORL-SAGA – TEIL II«
Schwenk über eine öde Landschaft.

Off-Sprecher (JOHN) Bis zum heutigen Tag ist diese wenig bekannte Island-Saga, von unbekannter Hand im späten dreizehnten Jahrhundert geschrieben, unentdeckt geblieben. Jetzt kommt sie zum ersten Mal auf Ihren Bildschirm. Frisch aus den Blättern isländischer Geschichte. Die furchtbare »Njorl-Saga«.
Schnitt zu einem Wikinger.

Wikinger (MICHAEL) *So* furchtbar ist sie nun auch wieder nicht.
Schnitt: eine Landschaft. Der Ansager erscheint in einer Ecke der Einstellung.

Ansager Nein, ich meinte furchtbar *gewalttätig.*
Schnitt zum Wikinger.

Wikinger Oh, genau, genau.
Eine Wikinger-Hütte. Ein Wikinger kommt heraus und hat große Schwierigkeiten, sein Pferd zu besteigen.

Off-Sprecher (ERIC) Erik Njorl, Sohn des Frothgar, verläßt seine Heimstatt, um Hangar den Älteren aufzusuchen in der Heimstatt Thorwald Nlodwissons, des Sohnes von Gudleif, dem Halbbruder Thorgiers, des Priesters von Ljosa-Wasser, der Thurunn zum Weibe genommen hatte, die Mutter Thorkel Braggarts, des Schlächters Gudmunds des Mächtigen, der Howal gekannt hatte, den Sohn Geernons, Sohn Eriks von Wadalesc, Sohn des Arwal Grislyebart, Sohn des Harken, der Bjortgaard getötet hatte in Sochnatal in Norwegen wegen Gudreed, der Tochter Thorkel Longs, des Sohns von Kessel-Trout, des Stiefsohns von Harwiyoun Halb-Troll, Vater von Ingbare dem Mutigen, der mit Isenbert von Gottenberg die Tochter Hangbards des Wilden . . . *(Wird leiser, läuft aber unter dem folgenden weiter:)*

Zweiter Off-Sprecher (TERRY J.) Ich muß wegen eines Fehlers in der Saga um Verzeihung bitten. Offensichtlich war Thorgier, der Priester von Ljosa-Wasser, der Thurunn zum Weibe genommen hatte, die Mutter Thorkel Braggarts, des Schlächters Gudmunds des Mächtigen, der Howal gekannt hatte, den Sohn Geernons, Sohn Eriks von Wadalesc... *(Wird leiser; darüber die nächste Ansage.)*

Der Wikinger hat es immer noch nicht geschafft, sein Pferd zu besteigen. Sowohl er als auch sein Pferd sehen ein wenig verbittert aus.

Erster Off-Sprecher (JOHN) Tja, ich fürchte, wir haben da noch ein paar kleine Schwierigkeiten, dieser sehr aufregenden Island-Saga auf die Sprünge zu helfen. Wenn Sie daheim vor den Bildschirmen irgendeine Idee haben, wie man dieser aufregenden Island-Saga wieder auf die Sprünge helfen könnte, dann schreiben Sie an:

Dritter Off-Sprecher (MICHAEL) Helft-der-aufregenden-Island-Saga, 18b MacNorten Buildings, Oban.

EINBLENDUNG: »HELFT-DER-AUFREGENDEN-ISLAND-SAGA
C/O DAS SPIEL DES TAGES
BBC TV
The LARCHES
26 WESTBROOK AVENUE
FAVERSHAM
KENT«

Schnitt in ein Büro: der Ansager an seinem Schreibtisch. An einem zweiten Schreibtisch sprüht sich eine Sekretärin Deodorant auf ihren Busen.

Ansager (JOHN) *(in die Kamera)* Hallo, ja, ich bin der dritte Sprecher, den Sie grad eben gehört haben. Tut mir leid, daß das so ein furchtbares Durcheinander war.

Schnitt zum Wikinger am Steuer eines Autos.

Wikinger (MICHAEL) Na, so furchtbar war es nun auch wieder nicht.

Schnitt zurück ins Büro.

Ansager Nein, nein, ich meinte furchtbar im Sinne von unglücklich.

Schnitt zum Wikinger.

Wikinger Oh.

Schnitt zurück ins Büro.

Ansager Na egal, unser Aufruf um Unterstützung ist jedenfalls von der Island-Saga-Gesellschaft Nord Malden befolgt worden, die uns einige sehr brauchbare Informationen über die Saga gegeben hat; und so können wir jetzt weitermachen mit der »Njorl-Saga« – und noch einmal: Dank der Island-Saga-Gesellschaft Nord Malden.

Schnitt zum Wikinger, der neben seinem Pferd steht. Er schläft.

Off-Sprecher (ERIC) Erik Njorl, der Sohn Frothgars, ritt davon in die einsame Ebene. *(Dem Wikinger gelingt es, sein Pferd zu besteigen; er reitet weg.)* Tag und Nacht ritt er, schaute weder rechts noch links. Zum Mahle hielt er nicht und nicht zur Rast. *(Einstellungen von dem durch eine öde Landschaft reitenden Erik.)* Zwölf Tage und Nächte ritt er. Durch Regen und Sturm. Durch Wind und Schnee, vorbei am verzauberten Wasserfall *(Erik reitet an einem Wasserfall vorbei)* und über elfische Lichtungen, bis er sein Ziel erreichte. *(Einstellung eines modernen Straßenschilds: »Nord Malden – bitte fahren Sie vorsichtig«.)* Er hatte das reiche und liebliche Land jenseits der Berge gefunden *(Einstellungen von dem langsam durch eine moderne Vorort-Einkaufstraße reitenden Erik)*, das Land, in welchem goldene Bäche auf ihrem Weg durch saftige grüne Wiesen leise murmelten. Wo es Hallen und Paläste gab, ein ausgezeichnetes Freibad und eines der attraktivsten Investitions-Programme zur industriellen Stadtentwicklung. Nur 15 Meilen entfernt von den ausgezeichneten Hafenanlagen an der Themse und im Einzugsbereich der geplanten M25. Hier geschah es, daß Erik Njorl, Sohn des Frothgar, auf den Bürgermeister Mr. Arthur Huddinut, einen ortsansässigen Anwalt, traf.

Erik reitet zum Rathaus hoch und wird vom Bürgermeister begrüßt.

Bürgermeister (MICHAEL) Willkommen in Nord Malden. *(In die Kamera.)* Ja, jedermann ist willkommen in Nord Malden, aber niemand so sehr wie Geschäftsleute und Investoren, die heute die Gesellschaft von morgen gestalten wollen. Hier in Nord Malden...

Seine Stimme wird leiser, darüber:

Off-Sprecher (JOHN) Und wir entschuldigen uns bei den Zuschauern der »Njorl-Saga«, die vielleicht durch einige der Hinweise auf Nord Malden verwirrt sein könnten. Nach einem freimütigen Austausch unserer Standpunkte sind wir übereingekommen, diese uns von der Island-Saga-Gesellschaft Nord Malden zur Verfügung gestellte Version weiter zu zeigen, unter der Bedingung, daß die kommenden Szenen enger am isländischen Geist des 12. Jahrhunderts bleiben.

Filmstartband (5, 4, 3...), dann Einstellung des in öder Landschaft reitenden Erik.

Off-Sprecher (ERIC) Mit feuchten Augen verläßt Erik dies glückliche Land, um zu den harschen unökonomischen Gegebenheiten des Lebens im Land von Ljosa-Wasser zurückzukehren. Auf seinem Wege rastete Erik eine Weile im Land von Bjornsstrand – dem Land der dunklen Mächte, in welchem Gildor König war. *(Erik kommt an einen Fluß im Wald; er trinkt.)* Dies waren die Herzöge des Landes von Bjornsstrand. *(Harter Schnitt zu sechs Rittern in Ritter-*

rüstung.) Stolze Krieger, die auf der Brust die Buchstaben ihres schrecklichen Namens trugen.

Die Ritter senken ihre Schilde, um auf ihren Brustpanzern die Buchstaben M.A.L.D.E.N. zu zeigen. Einstellungen von Erik, der mit den Rittern kämpft. Ein Telefon klingelt, und man hört das folgende Gespräch.

Stimme des Ansagers Hallo? Ist da die Island-Saga-Gesellschaft Nord Malden?

Stimme (MICHAEL) Ja, richtig.

Ansager Es geht um diese Saga.

Stimme Ah ja, die isländische Saga.

Ansager Ja.

Stimme Die ist gut, was?

Ansager Nun, äh, ich weiß nicht, aber Sie haben uns versprochen, daß Sie sich an den Geist des Originaltextes halten würden.

Stimme Ja, das stimmt.

Ansager Naja, ich finde, eine Menge von dem, was da passiert, also, klingt nicht ganz echt.

Einer der Ritter trägt ein Schild: »Malden – Tor zur Industrie«.

Stimme Das ist eben eine neue Interpretation.

Ein anderer trägt ein Schild: »ICI dankt Malden«.

Ansager Also eigentlich wollen wir keine neue. . .

GRELL BLINKENDER ZWISCHENTITEL: »INVESTIERT IN MALDEN«

Ansager . . .ich meine, wir wollten eigentlich das richtige Dings. . . also nun schauen Sie sich doch mal an, was da passiert.

Noch mehr Schilder und Banner: »Investieren in Malden«, »Malden – 45% zinsfreie Darlehen«.

Stimme Banner waren ein sehr wichtiger Teil des isländischen Sagenkreises, Mr. Mills.

Ansager Nein, nein, tut mir leid, das. . . das kann ich nicht akzeptieren, das ginge jetzt zu weit, tut mir sehr leid, aber unsere Vereinbarung ist gestrichen. Sie wollen doch nur auf Kosten der aufregenden BBC-Island-Saga absahnen.

Die Ritter tragen mehr und mehr Reklamebanner und -schilder.

Stimme Geschäft ist Geschäft, Mr. Mills.

Ansager Das mag ja sein, aber so arbeitet die BBC nun mal nicht.

Stimme Tut mir leid, daß Sie das so sehen, aber. . . äh. . . wenn Sie jemals nach Malden kommen sollten. . .

BLINKENDER ZWISCHENTITEL: »INVESTIEREN IN MALDEN«

Filmstartband (5, 4, 3. . .).

TITEL: »DIE NJORL-SAGA – TEIL III«

Übliche dramatische Musik. Ausblenden der Musik, während wir in einem Gerichtssaal landen. Ein Mann, Mr. Birchenhall, macht seine Zeugenaussage.

Mann (GRAHAM) Zwanzig Uhr ist einfach die Spitzen-Sehzeit, also tendieren wir natürlich dazu, die Comedy-Sendezeit beizubehalten – sofern es nicht Sport gibt –, denn selbstverständlich wissen wir, daß das populär ist, und Fernsehn dreht sich um Popularität. Offen gesagt, ich hab die Nase voll von Leuten, die uns erzählen wollen, wir wären quotengeil.

Richter (TERRY J.) *(zum Protokollführer)* Quotengeil?

Protokollführer Gleich »seichten Schund senden«.

Richter Danke.

Mann Ich hab's wirklich satt. Es sind schließlich nicht Ihre scheiß intellektuellen Fernsehspiele, die die Zuschauerzahlen bringen, verstehn Sie?

Richter *(gelangweilt)* Danke schön.

Mann *(immer wütender)* Ich meine, Otto Normalverbraucher will sich nicht vor den Fernseher setzen und jeden Abend drei Stunden lang Dokumentarfilme sehen.

Richter Danke schön.

Mann Er will sich einfach nur hinsetzen und unterhalten werden, er will keinen Haufen. . . *(Er wird, heftig protestierend, von zwei Polizisten aus dem Gerichtssaal geführt.)* Also wirklich, ich hab die Schnauze voll davon. Wirklich und wahrhaftig.

Richter *(schlägt mit dem Hammer)* Die Klage ist abgewiesen.

Der Staatsanwalt erhebt sich beunruhigt.

Staatsanwalt (JOHN) *Abgewiesen,* Euer Ehren?

Richter Na, also gut, fünf Jahre.

Staatsanwalt Danke, Euer Ehren. *(Setzt sich.)*

Richter Ruft den nächsten Fall auf!

Staatsanwalt Ruft Erik Njorl, den Sohn Frothgars, Bruder Hangnors. . . *(etc.)*

Protokollführer Ruft Erik Njorl. . . *(etc.)*

Stimmen *(im Off)* Ruft Erik Njorl. . . *(etc., alle rufen gleichzeitig)*

Erik kommt zur Anklagebank. Er ist fast vollständig bandagiert, wie ein Kokon, bis hin zum Kopf. Er trägt eine Wikingerpelzkappe. Der Gerichtsdiener nähert sich ihm mit Tafel und Bibel.

Gerichtsdiener (ERIC) Sie sind Erik Njorl, Sohn des Frothgar. . .

Richter Weiter!

Gerichtsdiener Heben Sie Ihre rechte Hand.

Richter Er *kann* seine rechte Hand ganz offensichtlich nicht heben, Sie dumme Gerichtsdienerfigur... können Sie Ihr rechtes Bein heben, Mr. Njorl?

Njorl schüttelt den Kopf.

Gerichtsdiener Können Sie *irgend*ein Glied Ihres Körpers heben, Mr. Njorl?

Njorl beugt sich zu ihm rüber und flüstert ihm was ins Ohr.

Gerichtsdiener Verstehe... na, lassen wir das... also nehmen Sie jetzt einfach das Buch in die rechte Hand, *ohne* irgendein Glied Ihres Körpers zu heben... Oh...

Richter Was ist jetzt schon wieder, Sie anhaltend dummer Gerichtsdiener?

Gerichtsdiener Er kann die Bibel nicht halten, Euer Ehren.

Richter Ach, scheiß auf die Bibel, und dann weiter mit diesem verdammten Verfahren! Ich hab um sechs Uhr Schwulen-Gruppe. Polizeichef Lufthansa, bitte verlesen Sie die Anklage.

Polizeichef (GRAHAM) Ist die Anklage unbedingt nötig, Euer Ehren?

Richter *(betont beiseite)* Die Presse ist anwesend.

Polizeichef Oh, Verzeihung. Gut, dann man los. Sie sind hiermit angeklagt: erstens, daß Sie im oder um das Jahr 1126 geplant haben, im Laufe einer BBC-Saga Reklame für einen Londoner Vorort zu machen; zweitens, daß Sie vorsätzlich und andauernd ein Ausländer sind; drittens, daß Sie geplant haben, Dinge zu tun, die normalerweise nicht für illegal gehalten werden; viertens, daß Sie sich, als Sie geschnappt wurden, im Besitz einer Angriffswaffe befanden, und zwar jenes großen braunen Tisches drüben bei uns auf der Polizeiwache...

Richter Der große braune Tisch drüben auf der Polizeiwache?

Polizeichef Was Besseres konnten wir nicht finden, Euer Ehren... fünftens... und jetzt alle zusammen...

Das ganze Gericht ruft im Chor.

Gericht Tätlicher Angriff eines Polizeibeamten!

Staatsanwalt Ruft Polizeiwachtmeister Pan-Am. *(Pan-Am rennt in den Gerichtssaal und fängt an, Njorl mit seinem Knüppel zu schlagen.)* In den Zeugenstand, Wachtmeister! Dafür haben Sie später noch genügend Zeit. *(Der Polizist geht in den Zeugenstand, wobei er jeden in Reichweite schlägt; seine Kollegen bändigen ihn.)* Also. Sie sind Polizeiwachtmeister Pan-Am?

Wachtmeister (MICHAEL) Nein, und das leugne ich bis zum letzten Atemzug. *(Polizeichef nickt.)* Oh! Verzeihung. Ja.

Staatsanwalt Polizeiwachtmeister, erkennen Sie den Angeklagten?

Wachtmeister Nein. Nie in meinem Leben gesehen. *(Polizeichef nickt.)* Oh, ja, er ist es. Er hat es getan. Ich würde ihn überall wiedererkennen. Verzeihung, Chef. *(Der Polizeichef hat den Anstand, verlegen auszusehen.)*

Staatsanwalt Wachtmeister, bitte erzählen Sie dem Gericht mit Ihren eigenen Worten, was sich zugetragen hat.

Wachtmeister Oh, ja! *(Schlägt in seinem Notizbuch nach.)* Ich setzte meinen Weg auf der Alitaliastraße in nördliche Richtung fort, als ich die verstorbene Person *(zeigt auf Njorl)* an einem der oberen Fenster stehen sah. Sie entblößte ihren Busen der Öffentlichkeit. Sodann zog sie ihr. . . Sekunde mal. Die falsche Geschichte. *(Schlägt im Notizbuch nach.)* Hoh, ja! Da waren diese drei Nonnen in einem Eisenbahnabteil. Sagt der Schaffner zu der einen. . . *(Der Polizeichef schüttelt den Kopf.)* Na, egal, jedenfalls habe ich ihn deutlich gesehen, den Verstorbenen. . .

Schreiber Den Angeklagten.

Wachtmeister Angeklagten! Tschuldigung, Tschuldigung, Chef. Ich hab den Angeklagten deutlich gesehen. . . wie er grad das tat, weswegen auch immer er angeklagt ist. Auf frischer Tat. Als ich ihn schlug. . . *belehrte,* sagte er: »Jetzt hat's mich. . . erwischt, ich hab das alles gemacht. . . tja. . . da gibt's gar keinen. . . Zweifel.« Dann griff er, an den Stuhl gefesselt wie er war, mich und drei andere Wachtmeister tätlich an, indem er in der Zelle herumhopste. Ende.

Spontaner Applaus des Gerichts. »Zugabe!«-Rufe. Pan-Am erhebt seine Hände, und das Klatschen und Rufen erstirbt.

Wachtmeister Danke, danke. . . und als mein nächstes Beweisstück. . .

Polizeichef Ich denke, Sie sollten's damit gut sein lassen, Wachtmeister.

Staatsanwalt Ausgezeichnete Beweisführung, Wachtmeister. . . *(der Wachtmeister wird hinausgeführt, wobei er mit dem Schlagstock um sich drischt)*. . . recht vielen Dank. Nun denn, Mr. Njorl, würden Sie wohl bitte dem Gericht erzählen, wo Sie in der Nacht des Jahres 1126 waren? *(Schweigen in den Bandagen.)* Bewegen Sie irgendeinen Teil Ihres Körpers, wenn Sie nördlich einer Linie von Humber und Mersey waren. *(Schweigen.)*

Richter Was meinen Sie, ist er überhaupt da drinnen. . .? Hallo. . . Hallo! Angeklagter, sind Sie da. . .! Hu-hu! An-ge-klag-ter. . . *(Zum Protokollführer)* Ich glaube, du solltest da mal nachsehen gehen, Maurice.

Protokollführer Nenn mich im Gericht nicht Maurice!

Richter Tut mir leid.

Der Protokollführer, der Staatsanwalt und zwei Polizisten schauen in Njorl rein, der jetzt in der Tat nur noch ein hohles Gerüst aus Bandagen ist. Aus dieser ganz schön närrischen Situation kann uns nur Terry »Marty-Feldman's-Comedy-Machine« Gilliam retten. . .

Trickfilm-Sketch, der zu einem Studio überleitet: ein Mann sitzt vor einer billigen, graphischen Darstellung mit der Aufschrift »Börsen-Report«.

Off-Sprecher (JOHN) Und jetzt der »Börsen-Telegraph« mit dem Börsen-Report.

Mann (ERIC) Der Handel legte heute morgen flott los mit einigen lebhaften Geschäften im Börsensaal. Gummi erhärtete sich, und Stricke hielten sich zuverlässig. Kleine Büchsen konsolidierten sich, obwohl Gebäck nach frühem Gewinn wieder bröckelte; Stuhl blieb ungenannt. Achselhöhlen erholten sich nach einem lahmen Start recht gut. Brustwarzen gingen im Laufe des Morgens dramatisch hoch, ließen aber Mitte des Nachmittags wieder nach, während Zähne sich festbissen und Hintern stramm blieben. Kleine, dunkle, pelzige Dinger vermehrten sich heftig im Saal, während unverschämte Sülze auf und ab schwabbelte und gegen wachsende Schenkel prallte, die sich am frühen Abend bereits über alle Landesteile ausgebreitet hatten. Nach dem Lunch fielen unartige Stellen jäh ab und zwangen Gekröse husch-husch-husch in die Höhe. Ding-Dang-Dong eiterte zappelnd, kleine Schnäpse rülpsten, und knallende Dinger machten »Pong!« Rucke-die-gucke-die-guh machte die mümmelnde Kuh. . . *(Ein Eimer voll Wasser ergießt sich über ihn.)*

TRICKFILM: *endet mit einer Trickfilm-Frau, die in einen Waschsalon geht.*

Schnitt in das Innere eines Waschsalons. Schäbiges Volk sitzt herum. Frau Konklusion nähert sich Frau Prämisse und setzt sich.

Frau Konklusion (GRAHAM) Tach, Frau Prämisse.

Frau Prämisse (JOHN) Tach, Frau Konklusion.

Frau Konklusion Viel zu tun?

Frau Prämisse Na und ob! Vier Stunden lang hab ich die Katze begraben.

Frau Konklusion *Vier Stunden* eine Katze begraben?

Frau Prämisse Ja! Sie wollte nicht stillhalten, zappelte und heulte sich fast die Lungen aus dem Leib.

Frau Konklusion Oh – dann war sie wohl noch nicht tot?

Frau Prämisse Ach, nein, nein, aber es ging ihr auch nicht besonders gut, und da wir zwei Wochen verreisen wollten, dachte ich mir, ich vergrab sie lieber, sicher ist sicher.

Frau Konklusion Völlig richtig. Man will ja nicht aus Sorrent zu einer toten Katze nach Hause kommen. Das wär'n ziemlicher Absturz. Besser gleich umbringen, das ist meine Meinung.

Frau Prämisse Genau.

Frau Konklusion Wir müssen unsern Wellensittich einschläfern lassen.

Frau Prämisse Tatsächlich? Ist er sehr alt?

Frau Konklusion Nein. Wir mögen ihn einfach nicht. Morgen bringen wir ihn zum Tierarzt.

Frau Prämisse Sagen Sie, wie schläfert man eigentlich Wellensittiche ein?

Frau Konklusion Komisch, daß Sie danach fragen, ich hab grad ein großes, dickes Buch darüber gelesen, wie man seinen Wellensittich einschläfert, und da steht, man kann ihn entweder mit dem Buch erschlagen, oder man erschießt ihn, genau hier, dicht überm Schnabel.

Frau Prämisse Genau hier!

Frau Konklusion Ja.

Frau Prämisse Eijeijei. Frau Essenz hat ihren im Klo runtergespült.

Frau Konklusion Ooh! Nein! Das darf man auf keinen Fall machen – viel zu gefährlich! Sie *brüten* nämlich in den *Kloaken*, und am Ende hat man übelriechende Schwärme von riesigen, schmutzigen Wellensittichen, die aus den Toiletten der Leute herausfliegen und ihnen ihre persönliche Freiheit beschneiden. *(Lebensgroße Ausschneidefigur der Frau vom Ende des letzten Trickfilms geht vorüber.)* Guten Morgen, Frau Ausschneidefigur.

Frau Prämisse Is 'ne komische Sache mit der Freiheit. Ich mein, wie kann man wirklich frei sein, solang man noch persönliche Besitztümer hat?

Frau Konklusion Kann man nicht. Kann man nicht. Ich meine, kann ich denn abhauen und der Frelimo beitreten, wenn ich noch neun Raten vom Kühlschrank abzuzahlen hab?

Frau Prämisse Könn' Sie nicht. Könn' Sie nicht. Und genau das ist die Krux mit Jean-Paul Sartres »Wege der Freiheit«.

Frau Konklusion Nein, das ist es nicht. Der springende Punkt ist, daß seine Charaktere in ihrem Drang, jede Handlung zu vermeiden, stellvertretend für uns alle stehen. Stellen Sie sich bloß mal vor, der Mann vom Getränkemarkt sagt, das wär 'ne ganz alltägliche Geschichte über die französische Landbevölkerung.

Frau Prämisse Was weiß der denn schon.

Frau Konklusion Nichts.

Frau Prämisse Sechzig Pence für eine Flasche Maltesischer Rotwein! Also ich persönlich denke, Jean-Pauls Meisterwerk ist eine Allegorie der Suche des Menschen nach Bindung.

Frau Konklusion Ist es nicht!

Frau Prämisse Ist es doch!

Frau Konklusion Ist es nicht!

Frau Prämisse Ist es doch!

Frau Konklusion Ist es nicht!

Frau Prämisse Also gut. Das können wir schnell rauskriegen. Wir fragen ihn.

Frau Konklusion Kennen Sie ihn denn?

Frau Prämisse Ja, wir haben uns letztes Jahr im Urlaub getroffen.

Frau Konklusion Auf Ipizza?

Frau Prämisse Ja. Er war mit seiner Frau da und mit Herrn und Herrn Genet. Oh, ich hab mich prima mit Madame S. verstanden. Wir waren ein Herz und eine Seele.

Frau Konklusion Wie war denn Jean-Paul?

Frau Prämisse Naja, wissen Sie, schon ein bißchen schwermütig. Also oft hat er nicht bei unseren Späßen mitgemacht. Meistens rumgesessen und nachgedacht. Obwohl, ein paarmal hat ihm Mr. Rotter ein Furzkissen untergeschoben. *(Sie macht ihn nach)* Le Capitalisme et La Bourgeoisie ils sont la même chose. . . *(setzt sich auf ein imaginäres Furzkissen)* Prööt! Oooh, haben wir gelacht.

Frau Konklusion Na, dann woll'n wir ihn mal anläuten.

Frau Prämisse Ja, gut. Sie hat gesagt, sie stehen im Telefonbuch. *(Ruft)* Wo ist das Pariser Telefonbuch?

Frau Schlußfolgerung (ERIC) Auf dem Trockner.

Frau Prämisse Nein, nein, das ist das Budapester. Ah, dahamwasja. . . Sartre. . . Sartre.

Frau Kurzschluß Der hat 621036.

Frau Prämisse Oh, danke, Frau Kurzschluß. *(Wählt.)* Hallo. Paris 621036, bitte, und zwar 'n bißchen hoppla, mein Bester. *(Während sie warten, singen sie »The girl from Ipanema«.)* Hallo? Hallo, Frau Sartre. Hier ist Beulagh Prämisse. Oh, pardon, c'est Beulagh Prämisse ici, oui, oui, dans Ipizza. Oui, wir haben uns. . . nous nous rencontrons au Hotel Miramar. Oui, à la barbeque, c'est vrai. Madame S. – est-ce que Jean chez vous? – Oh merde. Wann wird er frei sein? Oh, pardon. Quand sera-t-il libre? Oooooh! Ha, ha, ha, ha! *(Zu Frau Konklusion)* Sie sagt, daß er die letzten sechzig Jahre damit verbracht hat, das rauszukriegen. *(Zu Madame Sartre)* Très amusant, Madame S. Oui absolument. . . à bientôt. *(Legt auf.)* Also, er ist grad unterwegs und verteilt Flugblätter an die Massen, aber er wird um sechs zurück sein.

Frau Konklusion Prima, dann ruf ich mal die BEA an.

Schnitt: beide sitzen auf einem Floß mitten im Ozean.

Frau Prämisse Oh, schauen Sie, Paris!

Schnitt auf ein Schild am Strand: »Nord Malden begrüßt die Kostendämpfende-Küsten-Schiffahrt«.

Frau Konklusion Das ist nicht Paris. Hier würde Jean-Paul nie leben. Das ist nichts als eine alte Müllkippe.

»Alan Whicker«, mit Mikrofon und allem, tritt vor das Schild.

Whicker (ERIC) Aber da hatten sie sich getäuscht. Denn dies war keine alte Müllkippe, sondern eine Stadt mit Zukunft, ein urbanes Dorado, wo der Geschäftsmann von heute die Möglichkeiten von morgen mit dem Komfort von gestern genießt. Dafür sorgt ein zupackender, unternehmungslustiger Stadtrat, der genau weiß, welchen Einfluß Geld hat. *(Im Off klingelt ein Telefon.)* Die Zinssätze sind so niedrig. . .

Schnitt ins Chefbüro der Fernsehspiel-Abteilung; der Chef telefoniert.

Fernsehspiel-Chef (JOHN) Naja, es geht mich ja nichts an, aber wir hatten ziemlichen Ärger mit einer unserer Island-Sagas. Diese Leute sind ausgesprochen rührig, aber sie tendieren doch sehr dazu, die Sache an sich zu reißen. Ich glaube, wenn ich Sie wär, würd ich bei den Karibischen Inseln bleiben. *(Legt auf.)* Gut. . . und nun wieder zur Saga.

TITEL: »DIE NJORL-SAGA – TEIL IV«

Donnernde Musik. Schnitt auf einen isländischen Strand. Finster und beeindruckend. Nach kurzer Pause laufen die Schreckschrauben ins Bild.

Frau Prämisse Das – ist hier aber nicht Paris, das ist Island.

Frau Konklusion Na gut, dann muß Paris da drüben sein. *(Zeigt auf die See; sie gehen zurück zum Floß.)*

Archivaufnahme vom Eiffelturm. Französische Akkordeonmusik. Überblendung auf eine französische Straße, die von falschen Franzosen mit Baskenmützen und Baguettes bevölkert ist. Frau Konklusion und Frau Prämisse erscheinen und gehen zur Eingangstür eines Mietshauses. An der Tür ist ein Schild mit den Namen der Bewohner. Sie lesen sie laut vor.

Frau Prämisse Da wären wir, Nummer 25. *(Liest)* Appartement 1: der Herzog und die Herzogin von Windsor, Appartement 2: Yves Montand, Appartement 3: Jacques Cousteau, Appartement 4: Jean Genet mit Freund, Appartement 5: Maurice Laroux. . .

Frau Konklusion Wer ist das?

Frau Prämisse Nie von ihm gehört. Appartement 6: Marcel Marceau, Gegen-den-Wind-Läufer GmbH, Appartement 7: Indira Gandhi. . .?

Frau Konklusion Die kommt ziemlich herum, was?

Frau Prämisse Ja. Appartement 8, Jean-Paul und Betty-Muriel Sartre.

Sie klingelt. Stimme aus der Sprechanlage.

Stimme Oui.

Frau Prämisse C'est nous, Betty-Muriel, excusez que nous sommes en retard.

Stimme Entrez.

Ein Summer ertönt.

Frau Prämisse Oui, merci.

Die Wohnung der Sartres. Bücher und Papiere liegen herum. Wir hören Jean-Paul husten. Frau Sartre geht zur Tür. Sie ist eine Schlampe mit Glimmstengel im Mund. Ein französisches Lied kommt aus dem Radio. Sie stellt es ab.

Frau Sartre (MICHAEL) So'n Mist. *(Öffnet die Tür.)* Bonjour.

Frau Konklusion *(im Eintreten)* Parlez-vous anglais?

Frau Sartre O ja. Guten Tag. *(Frau Prämisse tritt ein.)* Hallo, meine Liebe!

Frau Prämisse Hallo. Oh, das hier ist Frau Konklusion von Nummer 46.

Frau Sartre Wie schön, Sie kennenzulernen, meine Liebe.

Frau Konklusion Hallo.

Frau Prämisse Und, wie geht's dem Alten?

Frau Sartre Oh, fragen Sie nicht! Er hat mal wieder eine seiner verdammten Launen. Die Bourgeoisie hier, die Bourgeoisie da –

manchmal ist er wie ein Kind. Gestern erst hab ich zu den Rainiers gesagt – natürlich ist er immer grob zu ihnen, wir haben ja nur klassengemäße Freunde – also ich sag, Solidarität mit den Massen, sag ich – ja, Pustekuchen! Oooh, Sie sind doch nicht etwa Marxist, Frau Konklusion?

Frau Konklusion Nein, ich bin Revisionist.

Frau Sartre Dann ist ja gut. Nun schauen Sie sich doch mal diese Wohnung an! Ich weiß nicht mehr, was ich machen soll. Überall revolutionäre Heftchen. Eines Tages werd ich ihm was, von wegen revolutionäre Heftchen! Wenn wir die Ziege nicht hätten, käme man vor lauter Propaganda gar nicht mehr ins Zimmer.

Schnitt zu einer Ziege, die in einer Zimmerecke Hefte frißt.

Frau Prämisse Sehr schön. Können wir mal rein zu ihm und ein, zwei Worte mit ihm wechseln?

Frau Sartre Ja, hier lang, bitte.

Frau Prämisse Danke.

Frau Sartre Aber passen Sie auf. Er hat schon ein paar intus. Wissen Sie, morgens ist er ein Goldjunge, das muß man ihm lassen, aber zur Mittagszeit muß es schon eine Flasche Vin ordinaire sein – sechs Gläser, und er beginnt zu agitieren.

Frau Prämisse und Frau Konklusion klopfen an Jean-Pauls Zimmertür.

Frau Prämisse Juhu! Jean-Paul? Jean-Paul! Wir sind's nur. Oh pardon. . . c'est même nous. . .

Sie treten ein. Wir sehen Jean-Paul nicht, können aber seine Stimme hören.

Jean-Paul Oui.

Frau Prämisse Jean-Paul. Ihre berühmte Trilogie »Rues à Liberté«, sie ist doch eine Allegorie für des Menschen Suche nach Bindung?

Jean-Paul Oui.

Frau Prämisse Was hab ich Ihnen gesagt. . .

Frau Konklusion O Exkrement!

Archivaufnahme eines startenden Flugzeugs.

EINBLENDUNG: »ENDE«

Dann die Archivaufnahme eines landenden Flugzeugs, die immer zu Beginn von »Whicker's World« gezeigt wird. Das führt uns auf die Whicker-Insel – ein tropisches Inselparadies, auf dem alle Einwohner Alan-Whicker-Anzüge, -Brillen und -Mikrophone tragen.

TITEL: »WHICKERS WELT«

Verschiedene Whickers gehen vor der Kamera vorbei.

Erster Whicker (ERIC) Heute wollen wir uns mit einer aussterbenden Spezies beschäftigen. Bedrohte Menschen, die bald von der Erdoberfläche verschwunden sein werden.

Zweiter Whicker (TERRY J.) Eine Art, die, wie man sagen könnte, eine gewonnene Schlacht verliert.

Dritter Whicker (MICHAEL) Sie leben in einem Paradies voller Sonnenschein, einem karibischen Traum, in dem nur eins fehlt: die Realität.

Vierter Whicker (GRAHAM) Denn dies ist die Whicker-Insel.

Fünfter Whicker (JOHN) Eine Insel, die ausschließlich von internationalen Ex-Interviewern bewohnt wird, die dem unmöglichen Traum hinterherjagen.

Erster Whicker Das ganze Problem der Whicker-Insel ist, mit einem Wort, dies. . .:

Zweiter Whicker Es gibt einfach zu viele Whickers.

Dritter Whicker Die leichten Anzüge. . .

Vierter Whicker . . .der altmodische Schulschlips. . .

Fünfter Whicker . . .die geübte Stimme des gereiften Haudegens. . .

Erster Whicker . . .können die fundamentale Tragödie hier nicht verdecken. . .:

Zweiter Whicker Es sind einfach nicht genug reiche Leute zum Interviewen übrig.

Schnitt zu einem anderen Schauplatz.

Dritter Whicker Einem alten Hund kann man keine neuen Kunststücke mehr beibringen. Und so. . . *(dreht sich um zu einem Swimmingpool, um den viele Whickers herumlaufen, die in ihre Mikrophone murmeln)* sieht man sie. . .

Vierter Whicker *(am Swimmingpool sitzend)* . . .an eleganten Swimmingpools sitzen. . .

Fünfter Whicker *(am Beistelltischchen mit Sonnenschirm sitzend)* . . .an Martinis nippen. . .

Erster Whicker *(neben dem Pool stehend)* . . .und aufs unvermeidliche Interview warten.

Zweiter Whicker *(voll bekleidet im Pool stehend)* Ich sprach mit dem einzigen Weißen der Insel, Pater Pierre.

Schnitt zu einem anderen Schauplatz. Der dritte Whicker steht neben einem Priester in weißer Robe.

Dritter Whicker Pater Pierre, warum bleiben Sie in dieser Campari-

Kolonie, wo das Klingeln der Gläser sich mischt mit dem Murmeln von Millionen Moskitos, wo Whisky-Wasserfälle das Weh eines weltmüden Whicker wegwaschen, wo Tequila und Tonic sich tummeln in einem temporären Taumel von etwas, das mit T beginnt – Pater Pierre, *warum* bleiben Sie hier?

Pater Pierre (GRAHAM) *(setzt sich eine Whicker-Brille auf)* Naja, in erster Linie wegen der Interviews.

Fünfter Whicker Ja, da sehen Sie's, ein bröckelndes...

Erster Whicker ...Imperium in der sonnengetränkten...

Zweiter Whicker ...Karibik, wo die Klischees auf den Wassern glitzern...

Dritter Whicker ...wie der Wohlklang der Wiederholungshonorare.

Erster Whicker Und damit...

Fünfter Whicker ...von der Whicker-Insel

Erster Whicker ...Auf...

Zweiter Whicker ...Wieder...

Dritter Whicker ...sehen und...

Vierter Whicker ...bon...

Fünfter Whicker ...voy...

Erster Whicker ...age.

Schnitt zum Film des startenden Whicker-Flugzeugs.

Abspann, der diesmal lautet:

WHICKERS WELT WURDE ERDACHT, GESCHRIEBEN UND AUFGEFÜHRT
VON
ALAN WHICKER
JOHN CLEESE WHICKER
GRAHAM WHICKER CHAPMAN
ALAN MICHAEL PALIN WHICKER
ERIC WHICKER WHICKER IDLE
TERRY TERRY WHICKER ALAN GILLIAM
MIT:
ALAN WHICKER
MRS. IDLE
CONNIE WHICKER BOOTH
RITA WHICKER DAVIES
NIGEL WHICKER JONES
FRANK WILLIAMS ALS DER JUNGE WHICKER
MASKE ALAN WHICKER UND MADELAINE GAFFNEY
ALAN-WHICKER-KOSTÜME HAZEL PETHIG

Trickfilm Terry Whicker Gilliam
Mr. Whicker wurde freundlicherweise gefilmt
von Alan Featherstone
Schnitt Ray Millichope
Mr. Whickers Ton Alan Whicker, Alan Whicker und
Richard Chubb
Mr. Whicker wurde ausschliesslich beleuchtet von Jimmy
Purdie (Assistiert von Alan Whicker)
Mr. Whickers Design Robert Berk
Regie Alan Whicker – Oh, und Ian MacNaughton
Eine BBC Whicker Colour Production

Achtundzwanzig – Der Ford Popular von Mr. und Mrs. Brian Norris

Aufwühlende Musik. Wir sehen den Buchdeckel eines verschnörkelten Folianten.

Off-Sprecher (MICHAEL) und TITEL:

»DAS KON-TIKI«

»RA I«

»RA II«

»UND JETZT . . .«

»DER FORD POPULAR VON MR. UND MRS. BRIAN NORRIS.«

Wir sehen einen alten, kleinen Ford Popular: die Kamera zieht auf und zeigt uns Mr. und Mrs. Brian Norris (Michael und Graham), die stolz daneben stehen, direkt vor dem Garten ihres Vorort-Reihenhauses.

Off-Sprecher (ERIC) Wer kannte noch vor einem Jahr Mr. und Mrs. Brian Norris aus Gledhill Gardens, Nummer 37, in Parsons Green? Heute aber werden sie aufgrund ihrer abenteuerlichen Reise in ihrem EBW 343 in einem Atemzug mit Thor Heyerdahl und Sir Edmund Hillary genannt. Anfänglich nur einer vagen Theorie folgend, brach Mr. Norris auf, um zu beweisen, daß die Einwohner von Hounslow Abkömmlinge der Einwohner von Surbiton waren, die einst die große Wanderung in den Norden gemacht hatten. Mr. Norris war auf diesem Gebiet allerdings kein Neuling. Seine »Kleine Geschichte des motorisierten Verkehrs zwischen Purley und Esher« wurde zu einem Mittelklasse-Seller in der Wagen-Tausch-Branche. *(Schnitt zu Mr. Norris, der in ein Schaufenster schaut, in dem sein Buch liegt, mit einem Schildchen »Restauflage« davor.)* Aber wieso sollten die Einwohner von Surbiton einst nach Hounslow gezogen sein? Mr. Norris machte drei Beobachtungen *(halbierter Bildschirm; auf beiden Seiten sieht man die gleichen Reihenhäuser)*: erstens, die Ähnlichkeit der Häuser; zweitens, die Ähnlichkeit der Kleidung in Surbiton und Hounslow *(gleich gekleidete Vorort-Einwohner auf beiden Seiten des halbierten Bildschirms)*, und drittens, die Ähnlichkeit der Sprache.

Halbierter Bildschirm.

Mann auf der rechten Seite (TERRY J.) Läuft Ihr GDBDMDB noch gut?

Mann auf der linken Seite (ERIC) Ja, aber ich mußte die überschüssigen Nippel ithakern, um die Verdämmung wegzukriegen.

Mann auf der rechten Seite Na, bestens!

Off-Sprecher Waren dies alles nur Zufälle, oder waren es, wie Mr. Norris glaubte, Beweise identischer kultureller Wurzeln? Eine weitere Entdeckung beseitigte allen Zweifel. *(Schnitt: zwei Rasenmäher, auf einem Podest wie Museumsstücke, mit einer getippten Abhandlung davor für den Ausstellungs-Besucher.)* Der Rasenmäher. Sicherlich konnte solch ein Ding nicht gleichzeitig und unabhängig voneinander in zwei verschiedenen Gebieten entwickelt worden sein. Das hatte Mr. Norris überzeugt.

Stimme von Mr. Norris Das hat mich überzeugt.

Off-Sprecher Aber wie beweisen?

Stimme von Mr. Norris Aber wie beweisen?

Off-Sprecher Es gab nur einen Weg, zu erkunden, ob die Strecke von Surbiton nach Hounslow zu bewältigen war, und das hieß, sie zu bewältigen! – Monate der Vorbereitung folgten, während derer Mr. Norris mit seinen Nachforschungen in der öffentlichen Bibliothek in Putney fortfuhr. *(Schnitt zu Mr. Norris in einer Bibliothek; er liest ein Buch mit dem Titel »Die Dame mit der nackten Haut« von Paul Fox Jr.)* Und Mrs. Norris schmierte Butterbrote.

Schnitt zu Mr. und Mrs. Norris, beim Verlassen des Hauses.

Off-Sprecher Endlich, im April, waren sie bereit. Am 23. machten sich Mr. und Mrs. Norris von »Abide-A-Wee« auf, um die fünfzehn Meilen nach Surbiton zu fahren, unter den Augen zahlreicher Freunde und Nachbarn. *(Ein kleines Kind hält einen kleinen britischen Wimpel in der Hand.)* An diesem Tag aßen sie in Tooting zu Abend. *(Schnitt: die beiden, hinter dem Fenster eines Schnellimbisses.)* Dies sollte das letzte sein, was sie von der Zivilisation sahen. Mr. Norris' Tagebucheintragung vom 23. verrät seine außergewöhnliche innere Ruhe und den tiefen Seelenfrieden.

Wir sehen das Tagebuch.

Stimme von Mr. Norris 7.30 Uhr Katze gefüttert.

8.00 Uhr Frühstück.

8.30 Uhr Ja (erfolgreich).

9.00 Uhr Auf historische Reise begeben.

Schnitt zum Auto von Mr. Norris; es fährt auf einer Vorortstraße. Auf einem Schild steht: »Sie verlassen Surbiton, Abfahrt nach Esher«.

Off-Sprecher Am Morgen des 24., in aller Frühe, um dem Berufsverkehr zuvorzukommen, begann Mr. Norris' historische Expedition – Ziel: Hounslow. Gleich zu Beginn stießen sie auf ermutigende Zeichen. *(Schnitt: ein Schild, auf dem »Hounslow 25 Meilen« steht; Mr. Norris untersucht das Schild wie ein Archäologe.)* Die

Schriftzeichen auf der Tafel waren nahezu identisch mit denen im Autoclub-Atlas. Sie befanden sich also auf dem richtigen Weg. Über die lange Zeit der Reise hinweg erstellte Mr. Norris' Frau Betty eine ausführliche Foto-Dokumentation und schmierte Butterbrote. Hier Ausschnitte aus dem einmaligen Bildmaterial, das Mrs. Norris aus dem Fotolabor wiederbekommen hat... *(Schlecht fotografierte Butterbrote mit Fingern auf der Linse etc.)* Meile um Meile wurde zurückgelegt, und die ungeheure psychische Anspannung machte sich zunehmend bemerkbar, als plötzlich... *(Schriller Akkord; Mr. Norris zeigt aufgeregt auf etwas; die Kamera fährt zurück, und wir sehen ihn auf einer Brücke über der Kingston-Umgehungsstraße; er betrachtet sie durch sein Fernglas.)* Durch einen unglaublichen Zufall hatte Mr. Norris die Kingston-Umgehungsstraße gefunden. Das war eine Geschichte für die Tafelrunde! *(Schnitt auf eine Karte; auf ihr erscheinen rot bzw. blau die beiden Straßen, während der Sprecher ausführt:)* An diesem Punkt sah sich Mr. Norris zwei verschiedenen Möglichkeiten, die Vorfahren betreffend, gegenüber: Hatten sie die Kingston-Umgehungsstraße genommen und waren bei Barnes links abgebogen, oder hatten sie sich auf der A 308 über Norbiton nach Hampton Wick durchgeschlagen? Beide Möglichkeiten stießen auf ein großes Hindernis – die Themse *(das Auto an einem Flußufer; Mr. und Mrs. Norris verwirrt; im Hintergrund drei oder vier Brücken, über die enorm viel Verkehr strömt),* die wie eine silberne Wurst zwischen Richmond und Isleworth ruhte. Ein herber Rückschlag. Wie sollten sie je den Fluß überqueren? Mehrere Stunden des Nachsinnens führten zu nichts. Nur mehr eine Thermoskanne Kaffee war übrig, als Mr. Norris etwas entdeckte. *(Schnitt: ein Schild, auf dem »Metropolitan« steht.)* War dies der Weg, den sie genommen hatten? Mr. Norris wollte es noch nicht recht glauben, als er die Expedition zum 3 Uhr 47 führte. *(Schnitt: die beiden, wie sie in den Zug steigen.)* Nach vierzig Minuten Fahrt, über Clapham, Fulham, Chiswick und Brentford, erreichten sie ihr Ziel: Hounslow. *(Ein Schild, auf dem »Hounslow Central« steht; Mr. Norris bohrt eine britische Flagge in den Bahnsteig; er posiert, während seine Frau ihn fotografiert.)* War dies nun der endgültige Beweis? Irgend etwas hatte Mr. Norris' Buchhalterinstinkt, der tief hinter der Theater-Schminke vergraben lag, geweckt. *(Schnitt: Mr. Norris' Augen und buschige Brauen.)* Die Reise *war* möglich, und doch... *(Zoom auf eine Fahrplantafel der Bahn, auf der steht: »Züge nach Surbiton jede halbe Stunde«)*: »Falsch herum«-Norris war zufällig über ein Stück anthropologischer Geschichte gestolpert. Es waren die Einwohner *Hounslows* gewesen, die die große Wanderung nach *Süden* unternommen hatten, um in die sonnigeren Gefilde Surbitons zu gelangen – und nicht umgekehrt, wie er ursprünglich angenommen hatte. *Das* also war das Geheimnis von Surbiton! Glücklich und zufrieden kehrte Mr. Norris zurück in den sicheren Hafen der konzessionierten Buchhaltung, denn auf seine Art hatte »Falsch herum«-Norris doch recht.

Musik wird lauter; Schnitt: das Buch vom Anfang; wir sehen das Titelblatt: »Expedition EBW 343« – Von »Falsch herum«-Norris.

TITEL: »ENDE«

Crescendo der Musik. Schnitt: ein nackter Organist (Terry J.) spielt einen Tusch.

Ansager (JOHN) Und nun...

Jetzt-Mann (MICHAEL) Und jetzt...

Trickfilm-Vorspann.

Off-Sprecher (JOHN) Monty Python's Flying Circus.

Schnitt in das Dienstzimmer eines Rektors.

Rektor (MICHAEL) Klopfen, ein- und nähertreten!

Es klopft, die Tür wird geöffnet, und drei Schuljungen in kurzen Hosen treten ein.

Rektor Sehr schön. Mir ist zu Ohren gekommen, daß gewissen Jungs ein Versicherungsunternehmen mit zusätzlichen Sozialleistungen im Rahmen einer Kapitalanlagegesellschaft mit hundertprozentiger Gewinnausschüttung gegründet haben. Wie es scheint, haben kleinere Investoren an dem attraktiven Wertpapierangebot derartig Interesse gezeigt, daß allein in der ersten Woche dieses limitierte Angebot gleich achtfach überzeichnet wurde!

Stebbins (ERIC) Das war Tidwells Idee, Sir.

Rektor Ruhe, Stebbins! Ich bin noch nicht fertig. Ach, übrigens: ich gratuliere Ihnen zum Sieg des italienischen Grand Prix von Monza.

Stebbins Danke, Sir.

Rektor Ruhe! Also, diese Form kapitalistischer Expansion außerhalb des Lehrplans muß aufhören! Ich dachte, ich hätte mich letztes Semester klar und deutlich ausgedrückt, als Potter so von sich reden machte: diese massiven Börsengeschäfte dürfen hier *nicht* stattfinden an Big School. Haben Sie mich verstanden, Balderston?

Balderston (TERRY G.) Jawohl, Sir.

Rektor Oh, und Balderston, wenn Sie das nächste Mal einen »Panorama«-Report über Schwarzen-Ghettos machen, holen Sie sich gefälligst ein Formular für entschuldigtes Fehlen von Mr. Dibley.

Balderston Tschuldigung, Sir.

Rektor Ruhe, und zappeln Sie nicht so rum. Also, der Grund, warum ich Sie kommen ließ, ist folgender: Meine Frau hat ein kleines Problem mit ihrem... öh... mit ihrem Abflußsystem. Und ich glaube, sie müßte mal ein wenig untersucht werden. Also, wer von Ihnen ist Arzt? *(Stille.)* Kommen Sie, ich weiß, einer von Ihnen ist Arzt, also wer? *(Tidwell hebt zögernd die Hand.)* Ah! Tidwell. Schön. Also ich möchte, daß Sie sofort aufbrechen und meine Frau untersuchen.

Tidwell (TERRY J.) Oh, Sir! Warum nehmen Sie nicht Stebbins? Er ist Gynäkologe.

Stebbins Ooh, Tidwell! Du fieser Mistkerl!

Rektor Ist das wahr, Stebbins? Sind Sie Gynäkologe?

Stebbins *(zögernd)* Ja, Sir.

Rektor Schön. Genau das Richtige. Wieviel nehmen Sie?

Stebbins *(murmelt)* Dreißig Guineas, Sir.

Rektor Ausgezeichnet. Schön. Gehen Sie sofort los, und schauen Sie sich meine Frau an. Checken Sie sie am besten gleich ganz durch, und lassen Sie mich Ihr Ergebnis am Ende der Pause wissen. Und bohren Sie nicht in der Nase!

Schnitt zu einem Schild, auf dem »So wird's gemacht« steht. Fröhliche Musik. Die Kamera fährt zurück, wir sehen eine Studio-Kulisse für eine Jugendsendung. Auf dem Rand eines Podiums sitzen locker drei jugendliche Moderatoren in Pullovern – Noël, Jackie und Alan – und ein großer Bernhardiner.

Alan (JOHN) Hallo!

Noël (GRAHAM) Hallo!

Alan Also, letzte Woche haben wir euch gezeigt, wie man Gynäkologe wird. Und diese Woche zeigen wir euch in »So wird's gemacht«, wie man Flöte spielt, wie man ein Atom spaltet, wie man eine Gitterrostbrücke baut, wie man die Wüste Sahara bewässert und große, neue Gebiete kultivierbar macht. Aber zuerst wird euch Jackie erzählen, wie man die Welt von allen bekannten Seuchen befreit.

Jackie (ERIC) Hallo, Alan!

Alan Hallo, Jackie!

Jackie Also, zuerst müßt ihr mal Doktor werden und dann ein wunderbares Gegenmittel gegen irgendwas finden, und dann, wenn die gesamte Ärzteschaft wirklich aufmerksam auf euch wird, könnt ihr denen mal echt sagen, was sie tun müssen, und so könnt ihr sicherstellen, daß sie alles richtig machen, und so wird es nie mehr irgendwelche Seuchen geben.

Alan Danke, Jackie. Tolle Idee. – Wie man Flöte spielt. *(Nimmt eine Flöte in die Hand.)* Also, schaut mal. Ihr blast *hier* rein, und dann bewegt ihr eure Fingerchen *hier* auf und ab.

Noël Großartig, Alan. Also, nächste Woche zeigen wir euch, wie schwarze und weiße Menschen in Frieden und Harmonie zusammenleben können. Und Alan wird drüben in Moskau sein, um euch zu zeigen, wie man die Russen und Chinesen miteinander versöhnt. Also! Bis nächste Woche! Ciao!

Alan Ciao!

Jackie Ciao!

Musik. Die Kamera schwenkt in den nächsten Studioaufbau: ein vornehmes Wohnzimmer. Zwei Damen sitzen am Kaminfeuer und schauen sich ein Fotoalbum an.

Mrs. Nigger-Baiter (MICHAEL) Ach, ja, er ist so ein aufgeweckter kleiner Junge. Ganz der Vater.

Mrs. S. (TERRY J.) Finden Sie, Mrs. Nigger-Baiter?

Mrs. Nigger-Baiter O ja, wie aus dem Gesicht geschnitten.

Die Tür geht auf. Der Sohn kommt herein.

Sohn (JOHN) Tag, Mutter. Guten Tag, Mrs. Nigger-Baiter.

Mrs. Nigger-Baiter Ooh, er läuft schon!

Mrs. S. Ja, ein aufgeweckter kleiner Junge, nicht? Duzi, duzi, duu. . .

Mrs. Nigger-Baiter Hallo, duzi, duu. . .

Mrs. S. Hallooo, halloo. . . *(Sie kneifen ihn in die Backe.)*

Mrs. Nigger-Baiter Duzi, duzi. *(Der Sohn lächelt ein säuerliches Lächeln.)* Schauen Sie nur, wie er lächelt. . . Oh, er ist so ein fröhliches kleines Kerlchen. Ist er nicht ein fröhliches kleines Kerlchen. . . Na? Na? Kann er schon sprechen? Na, kann er schon sprechen, ja?

Sohn Natürlich kann ich sprechen. Ich bin Wirtschaftsminister für Übersee.

Mrs. Nigger-Baiter Ooh, ein *schlaues* kleines Bürschchen – ein *schlaues* kleines Bürschchen. *(Holt eine Rassel hervor.)* Möchtest du deine Rassel? Möchtest du deine Rassel? Oh, wie seine kleinen Äuglein der Rassel folgen... oh, die lustigen klitzeklitzekleinen Augäpfelchen, na... oooh... so ein kleines Dickerchen, dickidick. Nanana, so ein kleines Dickerchen, dickidick!

Sohn *(während Mrs. Nigger-Baiter redet)* Mutter, kann ich schnell eine Tasse Tee haben, bitte. Um sechs muß ich im Unterhaus eine wichtige Rede über Rhodesien halten.

Eine gewaltige Explosion außerhalb des Bildes. Schnitt zu Mrs. Nigger-Baiters Sessel in einer Rauchwolke. Mrs. Nigger-Baiter ist nicht mehr zu sehen.

Mrs. S. Oh, Mrs. Nigger-Baiter ist explodiert.

Sohn Auch gut.

Mrs. S. Sie war meine beste Freundin.

Sohn Ach, werd nicht sentimental, Mutter. Jeden Tag explodiert irgendwas.

Mrs. S. Du hast wohl recht. Irgendwie mochte ich sie auch nicht besonders.

Die Türglocke läutet. Mrs. S. geht und öffnet. Ein Vikar mit einem Koffer.

Vikar (ERIC) Hallo, ich bin der neue Vikar. Hätten Sie vielleicht Interesse an irgendwelchen Lexika?

Mrs. S. O nein, danke. Wir sind keine Kirchengänger, danke.

Der Vikar öffnet seinen Koffer, er ist voller Bürsten.

Vikar Wie wär's mit Bürsten? Nylon oder Borsten? Feste Büschel, hübsche Farben.

Mrs. S. Nein, wirklich nicht, danke, Vikar.

Vikar Oje... Truthahn? Karten fürs Pokal-Endspiel?

Mrs. S. Nein, nein, wirklich nicht. Wir gehen wirklich nicht in die Kirche, danke.

Vikar Na dann. Wiedersehen.

Mrs. S. Wiedersehen, Vikar.

Sie schließt die Tür; als sie zurück zu ihrem Sessel geht, steckt der Vikar den Kopf nochmal herein.

Vikar Denken Sie dran, wenn Sie mal irgendwas brauchen... Schmuck, Ascot-Wasserkocher...

Mrs. S. Danke, Vikar. *(Er geht.)* Komisch, nicht? Wie einem die beste Freundin einfach so wegexplodiert? Ich mein, man sollte nicht glauben, daß das medizinisch möglich ist, oder?

Schnitt zu einem Arzt in einem schicken Untersuchungsraum.

Doktor (GRAHAM) Und genau hier täuschte sich Mrs. Shazam gründlich. Explodieren ist ein absolut normales medizinisches

Phänomen. In vielen Bereichen der Medizin kann heutzutage eine kleine Dosis Dynamit wahre Wunder wirken. Zum Beispiel, Dermatophytose der Füße – eine schmerzvolle Angelegenheit – kann kuriert werden mit einer kleinen Menge TNT zwischen jedem Zeh. *(Türklingel.)* Entschuldigen Sie mich. *(Er öffnet die Tür.)*

Vikar Hallo, ich bin der neue Vikar, hätten Sie vielleicht Interesse an einer dieser Uhren, Schreiber, Kalender. . .? *(Zeigt die ganze Kollektion in seiner Jacke.)*

Doktor Nein. . . ich bin leider nicht gläubig.

Vikar Oh, Souvenirs, Anstecker. . . ein kleiner nickender Hund für hinten im Auto?

Doktor Nein, danke, Vikar. Guten Morgen.

Vikar Oh, Morgen.

Er schließt die Tür.

Doktor Zwar gibt es viele medizinische Wissenschaftler, die meiner Arbeit skeptisch gegenüberstehen. Sie verweisen dabei auf die Resultate meiner Behandlung der Dermatophytose: vierundachtzig Patienten tot, fünfundsechzig schwerverletzt und zwölf, als geheilt zu Betrachtende, vermißt. Aber die Leute haben auch über Bob Hope gelacht. Sie haben auch über meine Frau gelacht, als sie sich in Butterbrot-Papier wickelte und so aufs Sozialamt hüpfte. Aber das heißt noch lange nicht, daß Pasteur nicht recht gehabt hätte! Schauen Sie, ich zeig Ihnen, was ich meine. *(Geht zu einer Wandkarte mit zwei Skeletten drauf und klopft mit einem Stock auf das linke.)*

TRICKFILM:

Skelett Hör mal, Jungchen, ich häng doch nicht den ganzen Tag hier rum, um beklopft und gepiekt zu werden. *(Klemmt sich ein Gesicht auf und verläßt die Karte.)* Ich hau ab. . . Ich hab einen anständigen Körper, und alles was ich davon hab, ist Geklopfe und Gepieke in die Brust. *(Er geht durch eine Landschaft.)* Na, ich hau ab. Ich werd mir einen anderen Job suchen. *(Er geht an verschiedenen Warnschildern vorüber.)*

Stimme Paß auf!

Stimme Geh nicht weiter!

Stimme Geh zurück!

Stimme Halt!

Der Rand des Zelluloids kommt ins Bild.

Stimme Halt! Halt doch an!

Das Skelett geht weiter und fällt ins Nichts.

Stimme O mein Gott, es ist über den Rand des Trickfilms gefallen.
Stimme Naja, soviel zu dieser Überleitung.

Ein Studio mit einem großen Bildschirm im Hintergrund. Der Moderator und ein Gast sitzen in zwei Sesseln.

Moderator (ERIC) John Cobbley ist Chef-Intendant in Covent Garden. Er selbst ist praktizierender Musiker und darüber hinaus eine weltbekannte Autorität auf dem Gebiet der russischen Musik des neunzehnten Jahrhunderts – und er ist heute bei uns im Studio zu Gast, um über Tschaikowski zu sprechen, was ein bißchen dumm ist, denn das hier ist der »Landwirtschafts Club«. Im »Landwirtschafts Club« sprechen wir heute abend über die jüngsten Vorschläge des Ministeriums *(Schweine erscheinen auf dem Bildschirm, Cobbley steht auf, geht ziemlich verwirrt weg)* zur Abwendung eines möglichen Ausbruchs der Maul- und Klauenseuche. Später werden wir uns mit dem Mann unterhalten, der glaubt, daß die Milcherträge dramatisch erhöht werden können, aber zuerst ein »Landwirtschafts Club«-Spezial: das Leben Tschaikowskis.

Wir hören bewegte Musik aus Tschaikowskis »Pathétique«. Archivfilm von einem Bauernhof mit eingeblendetem Roll-Titel.

ROLL-TITEL: »›LANDWIRTSCHAFTS CLUB‹, IN ZUSAMMENARBEIT MIT DER KARTOFFEL-VERTRIEBSGENOSSENSCHAFT UND IN ZUSAMMENARBEIT MIT DER SCHWARZWURZEL-SPECK-EI-UND-TOMATEN-VERTRIEBSGENOSSENSCHAFT, UND AUCH IN ZUSAMMENARBEIT MIT DER KLEINE-GRÜNE-STÜCKCHEN-GEHACKTER-GURKE-MIT-SCHALOTTEN-VERFEINERT-MIT-SCHNITTLAUCH-UND-SERVIERT-MIT-EINER-ROQUEFORT-SALATSAUCE-IST-EIN-EXZELLENTER-APPETITANREGER-ODER-EINE-BEILAGE-ZU-EINEM-STEAK-ODER-SCHMORBRATEN-VERTRIEBSGENOSSENSCHAFT PRÄSENTIERT:
DAS LEBEN VON PETER TSCHAIKOWSKI
IN ZUSAMMENARBEIT MIT DER
PETER-TSCHAIKOWSKI-VERTRIEBSGENOSSENSCHAFT«

Schnitt zurück zum Moderator.

Moderator Tschaikowski. War er der zermarterte Mensch, dessen überirdische Sehnsucht sich in die Partituren einer grandiosen Musik ergoß, oder war er einfach ein warmer Bruder, der Stücke schrieb? *(Die Kamera fährt zurück, und wir sehen einen zweiten Moderator in einem Sessel.)* Heute abend im »Landwirtschafts Club« werden wir uns einen intimen Einblick in Tschaikowskis Leben gönnen *(ein Bild von Tschaikowski erscheint auf dem Bildschirm)* und einen intimen Einblick in das seines Freundes. *(Ein Bild von einem nackten Seemann auf einem Tigerfell.)* Und dazu hat die BBC eine Spezial-Broschüre erstellt, die dieses Programm begleiten soll. Der Titel: »Hallo, Pianist« *(sie erscheint auf dem Bildschirm; auf dem Umschlag ist ein Schwein abgebildet)*, sie enthält Anschauungsmaterial, das manche vielleicht als abstoßend empfinden können, in Wahrheit ist es aber umwerfend.

Zweiter Moderator (JOHN) Peter Iljitsch Tschaikowski wurde 1840 in einem Ken Russell Film knapp außerhalb von St. Petersburg geboren. Sein Vater (Leo McKern), ein freischaffender Bischof, heiratete Verna Plachenka (Julie Christie), aber tief im Innern liebte er Margo Farenka (Shirley Abicair) und die seltsam aufgeblasene Madame Ranevsky (Norris McWhirter). Bald jedoch zog die Familie (Eldrigde Cleaver, Moira Lister und Stan, die Fledermaus) in die benachbarte Industriestadt Omsk (Eddie Waring), wo sie, wie sich leider nur allzubald zeigen sollte, nicht in der Lage war, Fuß zu fassen (Anthony Barber). 1863 jedoch wurde Tschaikowski nach Moskau geschickt, um Klavier zu studieren, und sobald er damit fertig war, ins Wohnzimmer. Maurice übernimmt die Geschichte.

Schnitt zu einem schwulen Moderator in irgendwie aufgedonnerter 19.-Jahrhundert-Kleidung.

Maurice (MICHAEL) Nun, denken Sie mal! Das allernächste, was er tat, war, in dieses umwerfende, wirklich umwerfende, schnuckelige Semi-Mondrian-Haus zu gehen in Russi-Rußland. Henryhier schrieb Tschaka-Tschaikowski einige Susi-super-Symphonien, die besten, die Sie je gehenryhört haben in Ihrem ganzen Lilly-Leben.

EINBLENDUNG: »EIN BERÜHMTER MUSIKKRITIKER UND FRISÖR«

Maurice Sie war so eine talentierte Komponistin, die jeder, wirklich jeder kennenlernen wollte, und das zu Recht, denn sie hatte ja auch ein paar ganz wundervolle Stückchen geschrieben, wie Dolly-Dornröschen, Patsy-Pathétique, Adrian-1812 und viele Conny-Concerti für Vera-Violine und Peter-Piano Fanny-Forte.

Schnitt zurück zum zweiten Moderator.

Zweiter Moderator Aber was wissen wir *wirklich* von dieser gequälten Tunte?

Schnitt zu einer Wissenschafts-Programm-Kulisse. Zwei Experten an einem Tisch. Ein Appolo-artiger Schriftzug »Tschaikowski XII« hinter ihnen. In der Mitte ein Bild von Tschaikowski.

Experte (GRAHAM) Also, wenn Sie sich die Größe der Nelson-Säule vorstellen können – sie ist etwa dreimal so groß wie ein Londoner Bus –, nun, im Vergleich dazu war Tschaikowski viel kleiner. Sein Kopf hatte etwa die gleiche Größe wie der Kopf eines extrem großen Hundes oder, andersherum, von zwei ziemlich kleinen Hunden oder vier sehr großen Hamstern oder von einem mittelgroßen Hasen, wenn Sie den ganzen Körper mitzählen und nicht nur den Kopf nehmen. Robin!

Der zweite Experte hat ein kleines Modell von Tschaikowski zum Auseinandernehmen vor sich auf dem Tisch.

Zweiter Experte (TERRY J.) Danke. Also hier haben wir ein Drei-Stufen-Modell von Tschaikowski. . . Hier sehen Sie die Beine, die zum Herumlaufen gebraucht werden und die man abwerfen kann in der Nacht. . . *(Er nimmt die Beine ab.)* Und das ist das Hauptbehältnis, das Energiezentrum des Ganzen. Es beinhaltet natürlich die unartigen Körperteile, die *extrem* unartig waren für seine Zeit. Und das ganze Ding ist *(reißt es ab)* diesem kleinen Befehlsmodul unterworfen, dem, wie man so schön sagt, Kopf des Ganzen, des, wie man so schön sagt, Körpers. Robin!

Schnitt zum ersten Experten.

Erster Experte Peter!

Schnitt zum ersten Moderator.

Erster Moderator Simon!

Schnitt zum zweiten Moderator.

Zweiter Moderator Maurice!

Schnitt zu Maurice.

Maurice Ich! Nun ja, armes Ding, das! Sie war wie ein verlorenes Lamm in einem Schlachthaus. Irgendwann ist sie dann gesteffistorben an Colin-Cholera in St.-Patsy-Petersburg unter Greggie-großen Schmusi-Schmerzen.

Schnitt: ein Klavier, das in einer Lichtpfütze steht.

Off-Sprecher (ERIC) Als nächstes wird nun der weltbekannte Pianist Swjatoslaw Richter hier und jetzt Tschaikowskis Klavierkonzert Nr. 1 in b-moll spielen. Während der Darbietung wird er sich aus einem Sack, aus drei Vorhängeschlössern und einem Paar Handschellen befreien.

Eine verkettete Figur in einem Sack rollt ins Bild und beginnt umherzurollen und das Klavierkonzert zu spielen. Nach einer Minute tritt »Rita« auf und unterstreicht die Darbietung mit den üblichen Gesten. Sie trägt Netzstrümpfe usw. – eine richtige Zauberer-Assistentin. Er zappelt sich aus dem Sack frei, während er spielt. Die Musik hört auf.

EINBLENDUNG: »SWJATOSLAW RICHTER UND RITA«
Archivfilm: applaudierendes Publikum in der Royal Albert Hall.

EINGEBLENDETER ZWISCHENTITEL: »UND NUN«
Fröhliche Show-Musik. Eine Wand geht hoch und zeigt uns drei Schauspieler in Trim-Jeans (kurze, futuristische Hosen, die schwer gepolstert sind, damit man sein Gewicht wegschwitzt), gruppiert wie in einem Werbefilm. Sie alle haben leicht australischen Akzent.
TITEL: »DAS TRIM-JEANS-THEATER PRÄSENTIERT«

Gary Coover (ERIC) Guten Abend. Mit der neuen Serie des »Trim-Jeans-Theaters« können Sie die Poesie von T. S. Eliot genießen, während Sie Ihren unansehnlichen Bauchansatz verlieren. Jean!
ZWISCHENTITEL: »DIESE DREI SPECKEN AB AN BAUCH, SCHENKEL, HÜFTEN UND PO, SOGAR WÄHREND SIE DIES EMPFEHLEN«

Jean Wennerstrom (GRAHAM) Irre, und die Pfunde bleiben verschwunden. Mark!

Mark Edwards (MICHAEL) Großartig. Sehen Sie also Thomas Becket in dem aufwühlenden apotheotischen Moment der Entscheidung, während Ihr Körper schlank, straff und geschmeidig wird.
Schnitt in eine Kathedrale. Drei Priester, vier Ritter und zwei Frauen, alle tragen Trim-Jeans. Thomas trägt keine.

Thomas (GRAHAM) Hier bin ich. Kein Verräter des Königs.

Erster Ritter (ERIC) Erteile Absolution, denen, die von dir exkommuniziert!

Zweiter Ritter (*Terry J.*) Verzichte auf die Macht, die du dir angemaßt!

Dritter Ritter (MICHAEL) Erneuere den Gehorsam, den du gebrochen!

Vierter Ritter (JOHN) Speck ab an Hüften, Schenkeln, Bauch und Po!
Schnitt zurück zu Gary und den anderen.

Gary Ein wahnsinniges Produkt.

Alle Wahnsinn.

Gary Und dieses Angebot bekommen Sie mit der revolutionärsten Garantie in der gesamten Abmagerungs-Geschichte!
Schnitt zu einem Mann (Terry J.) in Trim-Jeans unter einem Schild auf dem »Vorher« steht.

Off-Sprecher (MICHAEL) Das war Kevin Francis vor dem letzten »Trim-Jeans-Stück des Monats«, der Aufführung von Anton

Tschechows »Möwe« mit der Sauna-Club-Trim-Jeans-Company Ltd. Kevin ist nun in diese Abmagerungsmontur geschlüpft und pumpt sie mit der dafür vorgesehenen kleinen Handpumpe auf. Drei Akte und einige Spezial-Bauchübungen später hat Kevin, wie Trigorin, der gescheiterte Schriftsteller sentimentaler Liebesgeschichten, *einige* Pfunde verloren. *(Die gleiche Aufnahme, aber der sehr dünne John Hughman steht nun an der Stelle von Terry J.)* Wow! Das ist ein Unterschied! Dieser Anton Tschechow kann wirklich schreiben!

Gary Wahnsinn.

Mark Wahnsinn.

Gary Ja! Warum machen Sie nicht mit, eine Saison lang klassisches Schauspiel bei gleichzeitigem Abspecken. Freuen Sie sich auf Sir John Gielgud und Sir Ralph Richardson, und verlieren Sie Pfunde mit David Storeys »Heim«.

Mark Freuen Sie sich auf »Die beiden Veroneser in Trim-Jeans« und »Eines langen Tages Reise in die Nacht«, während die Pfunde dahinschmelzen.

Jean Freuen Sie sich auf Glenda Jackson mit einer »Dauer-Paßform« und »Solid-Stütze« in allen vier Bereichen.

Gary Weitere Produktionen folgen: »Die Schatzinsel« *(Foto von Long John Silver in Trim-Jeans)*, »Schwanensee« *(ein Foto von zwei Balletttänzern, beide in Trim-Jeans)*, »Leben und Lieben des Toulouse-Lautrec« *(entsprechendes Foto, Toulouse-Lautrec verschwindet fast komplett in der kurzen Hose)* . . . sowie die Trim-Jeans-Version von »Die große Flucht«, bei der tausend Schauspieler insgesamt rund fünfhundert Pfund abgenommen haben.

Schnitt: eine hügelige Landschaft, Gestrüpp; im Hintergrund ein Kriegsgefangenenlager. Nach ein paar Sekunden taucht ein Kopf aus einem Loch im Boden auf. Ein Mann schaut sich um, krabbelt dann heraus. Er trägt Trim-Jeans. Weitere Flüchtige tauchen auf. Schnitt: drei deutsche Soldaten, in Trim-Jeans, halten hinter dem Stacheldraht Wache.

EINBLENDUNG: »VERLORENE PFUNDE BIS JETZT«

Ein eingeblendeter Zähler zeigt, wie die Zahl ansteigt.

Soldat Achtung! Halt! Halt!

Kurze Panik. Schüsse fallen, eine Sirene heult auf. Aus dem Loch kommen zahllose Männer hervor. Deutsche Soldaten folgen ihnen mit Spürhunden in Trim-Jeans. Der Zähler dreht durch.

Eine kurze Trickfilm-Sequenz endet mit dem Schild »Und nun: der ›Fish Slapping Dance‹«.

Schnitt zu einem Hafenquai. John und Michael in Tropenanzügen, mit Tropenhelmen. John steht still, während Michael vor ihm auf und ab hüpft, passend zu der hübschen Musik von Edward German. Michael hält zwei kleine Fische in den Händen, und von Zeit zu Zeit klatscht er sie im Tanz leicht auf Johns Wangen. Die Musik hört auf, und Michael hört auf zu tanzen. John holt einen unglaublich großen Fisch hervor und verabreicht Michael damit einen furchtbaren Streich. Michael schießt ins Hafenbecken.

TRICKFILM: *Unterwasser. Wir sehen einen Trickfilm-Michael untergehen. Er wird von einem Fisch mit einem Hakenkreuz an der Seite geschluckt.*

Nazi-Fisch Willkommen an Borrd, brritisches Schwein. Nette kleine Überrrraschung, mh? Vielleicht wären Sie so frreundlich, uns alles über die Schiffahrrtsrrouten der Alliierrrten zu errzählen, ja? Los, rrreden Sie!

Der Nazi-Fisch wird von einem Fisch mit einem Royal-Air-Force-Emblem geschluckt.

Englischer Fisch Hallo, Fritz! Na, sieht aus, als hätte sich das Blatt gewendet, altes Haus! Wollen mal sehen, wie dir ein Schluck von deiner eigenen Medizin schmeckt. Also los, Fritz, erzähl uns ein wenig über. . .

Der englische Fisch wird von einem chinesischen Fisch geschluckt.

Chinesischer Fisch Ah, glüß dich, du kapitalistischel Hund. Tut mil sehl leid, abel ich muß dil sagen, du jetzt Gefangenel von Volkslepublik.

Zweite Stimme Solly, Genosse Kommando, abel ich hab gefunden Kapitalisten-Schiff auf Ladal.

Der chinesische Fisch beißt in den Rumpf eines großen Schiffes.

Archivfilm eines großen Liniendampfers, der im Sturm sinkt. Allgemeine Panik – dramatische Musik.

Kapitän (TERRY J.) *(über Lautsprecher)* Hier spricht der Kapitän. Es besteht kein Grund zur Panik. Frauen und Kinder zuerst. Ich wiederhole, Frauen und Kinder zuerst.

Schnitt auf die Kommandobrücke. Der Kapitän und zwei oder drei Offiziere schlüpfen in Frauen- bzw. Kinderkleider (Hosen, Schulranzen und Mützen). Das Schiff schwankt hin und her. Der Kapitän versucht immer noch ins Mikrofon zu reden.

Kapitän Bleiben Sie von den Rettungsbooten fern – denken Sie dran: Frauen und Kinder zuerst!

Wir sehen einen Offizier auf der Brücke, der sich gerade einen Indianerschmuck auf den Kopf stülpt.

Erster Offizier (JOHN) Und Indianer!

Kapitän *(hält eine Hand übers Mikrofon)* Wieso mußten Sie sich denn das anziehen?

Erster Offizier War nichts anderes mehr übrig.

Kapitän Oh, na gut. *(In das Mikrofon)* Frauen und Kinder *und* Indianer. . .

Schnitt zu einem anderen Offizier in Raumfahrer-Anzug.

Zweiter Offizier (TERRY G.) Und Raumfahrer!

Kapitän Hier kommt eine neue Anordnung: Frauen, Kinder, Indianer *und* Raumfahrer *(Hand übers Mikrofon)*, was soll denn *das* sein?

Schnitt zu einem dritten Offizier, der gerade letzte Hand an sein mittelalterliches Kostüm legt.

Dritter Offizier (ERIC) Nun, es vermittelt einen gewissen Eindruck von dem, was man sich unter einem Renaissance-Künstler und Höfling vorzustellen hat, am Hofe einer der großen Familien, der Medici etwa oder der Borgia. . .

Vierter Offizier (GRAHAM) Stimmt nicht, es ist viel mehr niederländisch, nicht italienisch.

Fünfter Offizier (MICHAEL) Genau – das ist ein flämischer Händler aus dem fünfzehnten oder sechzehnten Jahrhundert. . .

Dritter Offizier Was? Mit diesen Quasten. . .?

Vierter Offizier Ja. Denn die hatten dieses enganliegende Wams, schmal zulaufend bis nach unten in den Faltenwurf des Hosenbeins – genau so.

Kapitän *(ins Mikrofon)* Einen Moment bitte! Keine Panik! *(Hält Hand übers Mikrofon.)* Nun, was soll es also sein? Ich muß denen jetzt irgendwas sagen. . . ist es ein flämischer Händler?

Dritter Offizier Nein, es ist *kein* flämischer Händler. Eher eine idealische Darstellung des Renaissance-Menschen als solchem. . .

Kapitän Ah, gut.

Vierter Offizier Stimmt nicht. . .

Kapitän Okay! Okay! *(Ins Mikrofon)* Hier spricht der Kapitän. . . Bleiben Sie von den Rettungsbooten fern. . . Frauen, Kinder, Indianer, Raumfahrer *(Archivfilm: Totale des versinkenden Schiffes, die*

Stimme des Kapitäns wird leiser) und idealische Darstellungen des Renaissance-Menschen als solchem zuerst!

ZWISCHENTITEL: »EINIGE TAGE SPÄTER«

Schnitt in das Büro eines Polizeichefs in irgendeinem südamerikanischen Polizeistaat. Der Polizeichef hinter seinem Schreibtisch. Von draußen hören wir Schritte und Stimmen.

Stimme des dritten Offiziers Flämische Händler trugen keine handbestickten Zickzackleisten... Trugen sie *nicht!*

Die Tür öffnet sich, und zwei Wächter stoßen brutal den Kapitän hinein, der immer noch Frauenkleider trägt. Ein anderer Offizier halb in Frauenkleidern, halb in Marineuniform, zwei Offiziere hastig als Kinder verkleidet, ein idealischer Renaissance-Mensch als solcher, ein Indianer und ein Raumfahrer werden ebenfalls brutal hineingestoßen. Sie stehen einen Moment lang einfach so da. Dann drängt sich einer der Wächter durch den Haufen und überreicht dem Polizeichef ein Stück Papier.

Polizeichef (JOHN) Ja, Gomez? *(Er liest.)* Haben gesehen sie laufen an Strand, mi Capitan. *(Der Wächter nickt enthusiastisch.)* Gomez, warum können Sie das nicht *sagen? (Der Wächter macht Mundbewegungen.)* Wie bitte? Oh, ich verstehe, wir können uns das nicht leisten. *(Zur Kamera.)* Die BBC muß einem Schauspieler für eine Sprechrolle zwanzig Guineas zahlen, und das reißt ein gewisses Loch ins Budget, verstehen Sie?

Wächter (TERRY G.) *Acht*undzwanzig Guineas, Sir! Oh, Tschuldigung.

Polizeichef Sie Trottel, Gomez – das kostet noch mal achtundzwanzig Guineas...

Zweiter Wächter (ERIC) Und was ist mit mir, Sir?

Polizeichef War vorgesehen, daß Sie sprechen?

Zweiter Wächter Nein, Sir.

Polizeichef Aber Sie haben gerade gesprochen!

Zweiter Wächter Oh, Tschuldigung, Sir.

Polizeichef Sie Trottel, das sind... sind, äh, sechsundfünfzig Guineas, bevor wir auch nur angefangen haben. *(Ein dritter Wächter rennt plötzlich auf das Fenster zu und springt hindurch; Schreie und klirrendes Glas.)* Warum hat er denn das gemacht?

Zweiter Wächter Das ist ein Stunt, Sir, zwanzig Guineas extra.

Polizeichef *(haut auf sein Pult)* Schluß jetzt! Wir können uns das nicht leisten! Die BBC hat auch so schon kein Geld.

Schnitt zu einem Nachrichtensprecher in einem »News at Nine«-Studio; eine nackte Glühbirne hängt von der Decke. Der Sprecher trägt nichts als ein altes Tuch um die Schultern. Er friert.

Nachrichtensprecher (ERIC) Die BBC widerspricht heftig den Gerüchten, nach denen sie bald Pleite macht. Mrs. Kelly, der die Wohnung gehört, hat dem Sender zugesagt, daß er bis Ende dieses Monats bleiben könne... *(Ihm wird ein Stück Papier zugesteckt.)* Und wir haben soeben erfahren, daß Huw Weldons Uhr von den Londoner Elektrizitätswerken akzeptiert worden ist und daß wir mit der Ausstrahlung dieses Abendprogramms fortfahren können, wie geplant. *(Er hustet und zieht das Tuch enger um seine Schultern.)* Das wär soweit alles, und damit... wünsche ich Ihnen einen schönen Abend.

Klopfen an der Tür.

Stimme von Mr. Kelly (GRAHAM) Wollen Sie etwa den ganzen Abend da drin bleiben?

Nachrichtensprecher Es ist nur eine Meldung, Mr. Kelly... und nun zurück zum Film *(Faustschläge an die Tür.)* Ist ja gut!

Schnitt zurück zum Büro des Polizeichefs. Lärm vom draußen; die Tür geht auf, und die bekannte Gruppe wird erneut hineingestoßen. Keiner trägt mehr Hosen.

Erster Wächter Haben gesehen sie laufen an Strand, mi Capitan.

Kapitän Wir sind britische Marineoffiziere, und es steht uns zu...

Eine Art Funkenmariechen tritt auf, im Arm eine ausgestopfte Katze. Alle treten zurück in einen gut choreografierten Halbkreis.

Alle Da ist... Puss!

Zuschauer Hallo, Puss!

Mädchen (JULIA BRECK) Hallo, Kinder!

Polizeichef Halt! Sofort aufhören mit dieser »Stiefel-Puss«-Adaption! Hier ist das Polizei-Hauptquartier von Venezuela!

Mädchen *(immer neckisch ins Publikum)* O nein, ist es nicht!

Polizeichef O doch, ist es wohl!

Mädchen *(mit den Kindern im Off zusammen)* O nein, ist es nicht!

Alle *(mit den Kindern)* O doch, ist es wohl!

Mädchen *(mit den Kindern)* O nein, ist es nicht!

Polizeichef Ruhe! Ruhe! *(Steht auf, in der Hand eine Pistole; er trägt keine Hosen; Stille.)* Ich werde euch jetzt ein paar Fragen stellen. Und denkt dran, wenn ihr uns nicht die richtigen Antworten gebt, haben wir Mittel und Wege, die richtigen Antworten aus euch herauszubekommen!

Stimme aus dem Hintergrund Zum Beispiel keine achtundzwanzig Guineas zahlen.

Polizeichef Schnauze! Also, von welchem Schiff seid ihr?

Kapitän Wir sind von der SS »Mother Goose«. *(Pathetisch)* Zwölf Tage waren vergangen, seit wir aus dem spanischen Hafen ausgelaufen waren. Ich...

Die Tür wird aufgerissen, und der zweite Wächter (ohne Hosen) kommt herein.

Zweiter Wächter *(zum Chef)* Ich hab dreißig Mäuse für die Hosen gekriegt!

Kapitän Wir sind von der SS »Mother Goose«. Zwölf Tage waren vergangen, seit wir aus dem spanischen Hafen ausgelaufen waren. Eines Abends, als ich meinen üblichen Kontrollgang machte, ich war soeben bei den Stauräumen am Backdeck angelangt...

Leicht gruslige Musik mischt sich unter seine Worte. Der Kapitän imitiert ein Standbild, während ein Rückblendeeffekt einsetzt: alles wird unscharf, das Bild wird wellig. Das geht so eine Weile, bis alles langsam wieder scharf wird. Wir sind immer noch in der gleichen Szene wie zuvor.

Polizeichef Weiter, weiter!

Kapitän *(erwacht aus der Erstarrung)* ...bemerkte ich plötzlich etwas Ungewöhnliches: die Luken zum Hauptfrachtraum waren geöffnet... *(in diesem Augenblick kommen drei Männer in braunen Kitteln herein und beginnen Bilder von den Wänden zu nehmen, Stühle u. ä. wegzuräumen)*, und dort, mitten in der Speigatt geduckt, sah ich die gräßlichste Kreatur, die ich je in meinem Leben gesehen hatte. *(Die Kulisse wird abgebaut, und wir sehen dahinter ein Wohnzimmer – das Polizei-Büro befand sich im Wohnzimmer der Kellys.)* Sofort als es mich erblickte, zuckte sein gräßliches Gesicht mit einem schauderlichen Blick zur Seite. Der Kopf, der etwa so...

Bühnenarbeiter Könnten Sie das bitte unterschreiben? *(Er hält dem Kapitän ein Stück Papier hin.)* Danke.

Kapitän ...aussah wie der einer Ratte, einer klitze-kleinen Ratte, schrecklich und widerlich und haarig... die kleinen roten Augen blitzten in der ungewohnten Mittagssonne, und bevor ich noch die Luke schließen konnte, sprang es mich an mit einem mächtigen...

Mittlerweile ist die Büro-Kulisse abgebaut, und wir sehen die ganze Wohnung der Kellys. Mr. und Mrs. Kelly kommen durch die Tür herein und schauen sich um.

Mrs. Kelly (MICHAEL) Was soll das heißen, die wollen hier drin die »Pferd des Jahres«-Show machen?!

Erster Offizier Tschuldigung, Mrs. Kelly. Wissen wir leider auch nicht – wir hier sind »Fernsehspiel«.

Mrs. Kelly Mr. Fox hat mir gesagt, bevor er runter ins Pub gegangen ist, daß sie hier drin die »Pferd des Jahres«-Show machen, um 9 Uhr 10.

Polizeichef Das hier ist BBC 2.

Kapitän Ich glaube, BBC 1 ist in der Küche.

Mrs. Kelly Also, ich laß Harvey Smith *nicht* über mein Binett springen!

Mr. Kelly Nein, komm! *(Sie gehen.)*

Kapitän . . . zerrte an meiner Kehle, zerfetzte meine Kleider. . .

Mr. Kelly steckt nochmal seinen Kopf durch die Tür.

Mr. Kelly Und dreht das Gas ab, wenn ihr geht!

Polizeichef Ist ja gut!

Mr. Kelly geht.

Kapitän Ich kämpfte mit all meiner Kraft, aber sie reichte nicht aus, um. . .

Schnitt: Mr. und Mrs. Kelly, wie sie den Flur entlanggehen. Die Stimme des Kapitäns wird leiser und leiser. Die beiden gehen zur Küchentür, halten an und lauschen. Mittlerweile hören wir nichts mehr vom Kapitän, aber dafür dringt aus dem Innern der Küche die Geräuschkulisse von »Pferd des Jahres«.

Dorian Williams *(im Off)* Wieder eine gelungene Runde für Harvey Smith auf Omalley.

Ansager *(im Off; über Lautsprecher)* Als nächstes nun Mrs. David Barker, auf Atlanta mit der Nummer 3.

Krachende Blumentöpfe, fallende Töpfe und Pfannen, Pferdegewieher.

Mrs. Kelly So! Das reicht! *(Sie reißen die Tür auf und stampfen in die Küche: wir sehen ein Pferd plus Pat Hornsby Smith, den Ansager und das Chaos des letzten Sprungs.)* Los, raus jetzt! Alle – raus aus meiner Küche, alle – wird's bald. Auch du, Harvey Smith!

Sie jagt sie raus und den Hausflur hinunter.

Paul Fox (TERRY J.) *(kommt aus einer anderen Tür)* Eine unserer erfolgreichsten Sendungen!

Mrs. Kelly Das glauben *Sie*, Mr. Fox!

Sie scheucht sie alle den Flur entlang und zur Haustür hinaus. Der Nachrichtensprecher kommt hinzu und versucht, von seinem Blatt abzulesen.

Nachrichtensprecher Nun, soviel von der BBC für heut abend...
Mrs. Kelly *(schmeißt die Tür zu)* Haut ab! Sucht euch 'ne andre Wohnung! Zischt ab!
Nachdem sie die Tür zugeworfen hat, wird ein Brief (ganz offensichtlich der Lohnsteuerjahresausgleich) durch den Briefschlitz geworfen. Auf dem Umschlag wurden blitzschnell die Abspann-Titel geschrieben; die Kamera fährt darauf zu.
Nach dem Abspann stampft Mrs. Kelly auf dem Umschlag herum.
Abblende.

Show-Musik. Schnitt auf ein großes Schild, auf dem »Und jetzt« steht. Die Kamera fährt zurück, und wir sehen eine blitzende, blendende, oppulente Show-Bühnen-Kulisse. Zwei außerordentlich berühmte Gäste sitzen in Sofas.
Ansager (ERIC) *(off)* Heute abend aus London sind als Gäste zu Ihnen gekommen: Lulu! Und Ringo Starr! Und der Mann, auf den Sie alle gewartet haben – Ihr Gastgeber des heutigen Abends...
Mehr Musik. Der »Jetzt«-Mann, erschöpft und zerlumpt wie immer, taucht in der Kulisse auf.
Lulu Was für ein wundervoller Aufzug, mein Lieber, hinreißend!
Jetzt-Mann (MICHAEL) Hallo, guten Abend, willkommen. Und jetzt...
Die Erkennungsmelodie und der Trickfilm-Vorspann beginnen. Der »Jetzt«-Mann, immer noch sichtbar durch den Vorspann, versucht vergebens, ihn zu stoppen. Die Gäste machen davon. Der »Jetzt«-Mann versucht sie zurückzuhalten. Es mißlingt; er setzt sich bitter enttäuscht; die Musik hört auf.
Blackout.

Neunundzwanzig – Das Geld-Magazin

Vorspann und Erkennungsmelodie der Sendung »Das Geld-Magazin«. Im Studio an einem mächtigen etwa U-förmigen Pult sitzen der Moderator und zwei Studiogäste. Kamera auf den Moderator.

Moderator (ERIC) Guten Abend und willkommen zum »Geld-Magazin«. Heute werden wir uns im »Geld-Magazin« mit Geld beschäftigen. Mit einer Menge Geld. In Filmbeiträgen und hier im Studio. Mal in schönen Stapeln, mal in kleinen Häufchen lieblich klingelnden Wechselgeldes. Sauber abgezählte pralle Bündel Hunderter *(immer erregter),* feine Zehner, in berstende Brieftaschen gezwängt, schön knackige Schecks, keck klimperndes Kleingeld, tief in die Hosentasche gestopfte exotische Währung, die sich verlangend gegen den Schenkel schmiegt *(verliert die Beherrschung)*, wunderschöne, seltsam verschnörkelte Banknoten, filigrane Kupferlinge, Seite an Seite sich tummelnd mit sechseckigen Münzen, die sanft am feschen Leder vorzüglich verzinster Sparbücher sich reiben. *(Fängt sich wieder.)* Verzeihung. Aber ich liebe Geld. Jedes Geld. Ich wollte schon immer Geld haben. *(Erneut aufgewühlt.)* Es spüren. Es berühren. Den Geruch des regenverwaschenen Guldens. Das Locken der Lire. *(Springt auf das Pult.)* Glanz und Gloria des Guinee. Die Romantik des Rubels. Die Feinheit des Francs, die Reinheit der Mark, die kalte, keimfreie Schärfe des Schweizer Franken und die sonnengebräunte Pracht des Australischen Dollars. *(Singt zu Pianobegleitung:)*
Ich hab neunzigtausend Pfund in mein'm Pyjama.
Ich hab vierzigtausend Francs in meinem Herd.
Ich hab Lire noch und noch
Und die Mark geht weiter hoch
Die Brooklyn Bridge hab ich im Dollar-Gegenwert!

Fünf Sänger (männlich) in Waliser (Frauen-)Tracht treten auf. Ein Waliser Harfinist unterstützt sie.

Alle Was ist schon so wundervoll wie Geld?
Wo gibt es denn was Schöneres als Kröten?
Manche halten es für krank,
Doch ich mach mich lieber lang!
Geld geht dir beim Bankrott meistens flöten.

Moderator Was ist schon so wundervoll wie Geld?
Was ist vergleichbar einem frisch geprägten Pfund?

Alle Einen jeden es verlangt

Nach der Männerwelt der Bank,
Denn erst durch's Bankgeschäft läuft die Welt
doch rund.

Moderator Behaltet euren Marx,
Der verschwindet eines Tags,

Alle Weil das Geld, das Geld, das Geld
Die Welt am laufen hält.
(Es regnet Geldscheine.)
Geld, Geld, Geld, Geld, Geld, Geld!

Schnitt in eine andere Ecke der Kulisse, wo der nackte Organist (Terry J.) den Schluß-Akkord spielt und in die Kamera grinst.

Schnitt zum Ansager an seinem Schreibtisch.

Ansager (JOHN) Und nun...

Jetzt-Mann (MICHAEL) Und jetzt...

Off-Sprecher Monty Python's Flying Circuses.

Elisabethanischer Palast; außen. Elisabethanische Musik. Ein elisabethanischer Bote fährt auf einem Moped die Auffahrt hinauf und durch die Eingangstür.

EINBLENDUNG: »ERISABETH L.«

Schnitt in einen langen Korridor. Der Bote rast auf seinem Moped hindurch. Schließlich sitzt er ab und gibt das Moped einem Wachmann an der Tür. Der Wachmann stellt es in einen Fahrradständer; der Bote geht durch die Tür, vorbei an drei Trompetern, die eine Fanfare blasen; er kommt zu einem Geistlichen, der an einer weiteren Tür steht.

EINGEBLENDETER ZWISCHENTITEL: »FORGE DLEI«
»DIE ALMADA«

Bote (MICHAEL) Ich blinge eine Depesche aus Prymouth.

Geistlicher (ERIC) Aus Prymouth?

Bote Von Sil Flancis Dlake.

Geistlicher Tlitt ein und nähele dich dem Thlon.

Die Tür wird geöffnet. Der Bote springt auf ein anderes Moped und fährt zu Elisabeths Thron. Sie ist umgeben von ihren Höflingen, die alle auf Motorvelozipedes sitzen.

Königin (GRAHAM) Was blingst du uns aus Prymouth?

Bote Dlake hat die spanische Frotte gesichtet, Eule Hoheit.

Königin Ach! Phirips Gareonen sind hiel! Wie viere?

Bote Einhundeltsechsunddleißig Kliegel.

Leicester (ERIC) Zul Hörre!

Königin Ist Dlake volbeleitet?

Bote El befahr die ganze Frotte in den Blitischen Kanar.

Königin Also müssen wil nach Tirbuly. Reicestel! Sil Wartel Lareigh! Groucester! Wil leisen sofolt nach...

Auftritt: ein japanischer Regisseur.

Japaner (TERRY J.) Groucestel! Groucestel! Nicht Groucester! Jetzt abel mar lichtig! Reicestel!

Leicester Ja.

Japaner Das wal schleckrich!

Leicester Wie?

Japaner Schleckrich!

Leicester Oh! Tschurdigung.

Japaner Wenn du dlan bist, kringer deine Grocke.

Leicester Meine Grocke kringern?

Japaner *(kringert seine Grocke für ihn:)* Kringering. Hiel, so. Und vergiß das »Zul Hörre«, Erisabeth!

Königin *(genervt)* Ja.

Japaner Du sorrtest auf einem Fahllad sitzen.

Königin Warum?!

Japaner Du siehst melkwüldig aus so.

Königin Ich sehe nicht merkwürdig aus – *das* sieht merkwürdig aus. Es ist völlig bescheuert, den halben Tudor-Adel auf Mofas rumgurken zu lassen.

Japaner Das ist sehl sulleaiistisch.

Königin Ach, Quatsch!

Leicester Hör mal, Freundchen. Langsam kommst *du* mir komisch vor.

Japaner Wie meinen Sie das?

Leicester Das kann ich dir sagen, Freundchen. Ich glaube, du bist überhaupt nicht Luchino Visconti!

Japaner Und ob ich del bin. Ich sehl wichtigel itarienischel Firmlegisseul!

Königin Du bist'n Japse!

Japaner Brödsinn! Ich geniarer Spaghettiflessel! *(singt)* Allevidelci Loma...

Leicester Der blufft.

Japaner *(singt)* Vo-oorale... o-o-oh... es ist soweit. Ich muß davon friegen...

Die Tür geht auf. Inspektor Leopard kommt hereingestürmt, gefolgt von einem Polizisten.

Inspektor (JOHN) Nicht so schnell, Yakamoto! *(Trompeter blasen eine*

Fanfare.) Erlauben Sie mir, mich vorzustellen. Ich bin Inspektor Leopard von Scotland Yard, Sondereinsatzkommando Schwindelregisseure.

Hof Leopard vom Yard!

Inspektor Derselbe. Bloß gewalttätiger. *(Er beweist es, indem er sein Knie dem Polizisten in die Eier rammt.)* Gut, Schlitzaugen-Yakamoto, ich verhafte dich wegen Imitation Signor Luchino Viscontis, des berühmten italienischen Regisseurs von Filmklassikern wie »Ossesione« (1942), »La terra Trema« (1948) und »Bellissima« (1951) – ein sehr schön ironisches Drama, mitten aus dem Leben gegriffen. 1957 bescherte er uns die Dostojewski-Adaption »Le Notti bianchi«, ein gesittetes und romantisches Melodram mit Schnee und Nebel und Mondschein-Treffen auf Kanalbrücken. »Boccaccio 70« kam fünf Jahre später, und im Jahr drauf folgte »Der Leopard«! Dieser Film hat mich dermaßen beeindruckt, daß ich sofort nach Somerset House gegangen bin und meinen eigenen Namen in Leopard umänderte... viel besser als der alte Titel: »Panther«, *aaaah.* Ich schweife ab. 1969 kamen »Die Verdammten« in die Kinos, ein götterdämmerungsgleiches Epos über politisches und industrielles Gemauschel im guten alten Nazi-Deutschland, in der Hauptrolle Helmut Berger als stinkender Transvestit, dem man die Visage absägen sollte, die kurvenreiche Charlotte Rampling als Bumsblondchen und der unfehlbare Dirk Bogarde als von Essen. Die Verbindung zwischen letzterem und Visconti trägt Früchte in Dirks einzigartiger Darstellung jener ältlichen Schwuchtel, die in Venedig den Löffel abgibt. Und deshalb, Yakamoto... verflixt, weg isser. Egal. Dafür nehm ich Sie mit. *(Greift sich die Königin.)*

Königin Was?

Inspektor Hab keine Zeit, ihm nachzujagen, ich muß noch Gewalt ausüben.

TRICKFILM: *Sketch über Gewalt.*

Schnitt in eine Küche. Ein Mann und eine Frau hören Radio.

Radiostimme Meine Frage an das Team ist nun: Was würden Sie tun, wenn Sie Hitler wären?

Männerstimme Gerald?

Andere Stimme Naja, ich würde das Sudetenland annektieren und mit Rußland einen Nichtangriffs-Pakt schließen.

Erste Männerstimme Norman?

Stimme von Norman Also ich würde das Reichstags-Badezimmer mit Purpur und Gold ausschlagen lassen und Abtreibungen verbieten.

Frau (TERRY J.) *(stellt das Radio aus)* Liberaler Scheißdreck. Klaus... was möchtest du zu deinem Kochfisch?

Mann (ERIC) Heilbutt.

Frau Der Kochfisch *ist* Heilbutt.

Mann Was für Fisch hast du denn, den man *nicht* kocht?

Frau Hase.

Mann Was? Hasen-Fisch?

Frau Naja, er hat Schuppen.

Mann Ist er tot?

Frau Er hat Blut gehustet letzte Nacht.

Mann Na gut, dann nehme ich den toten, ungekochten Hasen-Fisch.

ZWISCHENTITEL: »EINEN TOTEN UNGEKOCHTEN HASEN-FISCH SPÄTER«

Mann Das war wirklich furchtbar.

Frau Immer bist du am Mosern.

Mann Was gibt's zum Nachtisch?

Frau Es ist Rattenkuchen da... Rattensorbet... Rattenpudding... oder Erdbeertorte.

Mann Erdbeertorte?

Frau Naja, 'n *bißchen* Ratte ist drin.

Mann Wieviel?

Frau Drei (eigentlich 'ne ganze Menge).

Mann ...na, dann nehm ich ein Stück mit nicht so viel Ratte drin.

ZWISCHENTITEL: »EIN STÜCK ERDBEERTORTE MIT NICHT SO VIEL RATTE DRIN SPÄTER«

Mann Entsetzlich.

Frau Mecker, mecker, mecker.

Auftritt: ihr Sohn.

Sohn (GRAHAM) Hallo, Mum, hallo, Dad!

Mann Hallo, mein Sohn.

Sohn Da ist 'n toter Bischof auf der Treppe.

Frau Wo kommt er her?

Sohn Wie meinst du das?

Frau Was ist seine Diözese?

Sohn Also, er sah so'n bißchen nach Bath-Wellsish aus.

Mann Das seh ich mir mal an. *(Geht raus.)*

Frau Ich frag mich, wer die immer hierher bringt.

Sohn Also, ich nicht.

Frau Ich hab schon drei zum Müll rausgelegt, aber die Müllmänner fassen die nicht an.

Mann *(kommt zurück)* Leicester.

Frau Woher weißt du das?

Mann Ist auf seinen Nacken tätowiert. Ich ruf die Polizei.

Frau Solltest du nicht lieber die Kirche rufen?

Sohn Ruf die Kirchenpolizei.

Mann Na gut. *(Ruft)* Die Kirchenpolizei!

Auftritt zweier Polizisten mit klerikaler Ausrüstung.

Kirchenpolizist (MICHAEL) Jou?

Frau Da ist noch'n toter Bischof auf unserer Treppe.

Kirchenpolizist Suffragan oder Diözesan?

Frau Woher soll ich das wissen?

Kirchenpolizist Ist auf den Nacken tätowiert. Hee! Ist das Rattentorte?

Frau Ja.

Kirchenpolizist Ekelhaft. Gut! Die Jagd beginnt. *(Kniet nieder.)* O Herr, wir flehen dich an, sag uns, wer Leicester kaltgemacht hat.

Orgelklänge. Eine riesige Hand senkt sich herab und zeigt auf den Mann.

Mann Tja, jetzt hat's mich erwischt, aber die Gesellschaft ist schuld.

Kirchenpolizist Einverstanden.

Mann Ich bitte, die drei bei den Mülltonnen auch mit zu berücksichtigen.

Kirchenpolizist In Ordnung. Und jetzt möchte ich diese Verhaftung mit einem Choral beschließen.

Alle *(singen)* And did those feet in ancient times walk upon England's mountains green. *(Polizisten führen den Mann raus.)* And was the holy lamb of god on England's pleasant pastures seen.

TRICKFILM: *Königin Victoria als Hüpfball.*

Off-Sprecher Unterdessen im Dschungel nebenan.

Ein schwüler Tropen-Dschungel. Ein Eingeborenen-Führer geleitet vier Forscher in Tropenhelmen und altmodischen halblangen Shorts durch den Dschungel. Zikadenzirpen und Gekreisch von Vögeln. Zwischenschnitte mit transpirierenden Stirnen etc. Der Führer winkt sie hinter sich her. Der Dschungel wird dichter: sie müssen sich durchs Dickicht schlagen.

Plötzlich bleibt der Führer stehen und zeigt mit aufgerissenen Augen nach vorn. Die Forscher sammeln sich um ihn und spähen über seine Schulter. Eine nette Lichtung mitten im Dschungel. Tische wie in einem Londoner Bistro, mit karierten Tischdecken und großen, hölzernen Pfeffermühlen, Kerzen und Speisekarten auf den Tischen. An den Tischen essen und plauschen sechs weitere Forscher mit Tropenhelmen etc. Kaffeetassen klirren.

Erster Forscher (JOHN) Was für ein ganz und gar reizender Ort!

Zweiter Forscher Ja, sie haben hier Wunder vollbracht. Das war nämlich mal eine der sumpfigsten, verseuchtesten Gegenden des ganzen Dschungels, und die haben dieses tolle kleine Restaurant daraus gemacht. *(Der Oberkellner kommt durch das Restaurant. Er trägt eine schwarze Fliege und einen etwas zu großen Frack. Er winkt sie an einen Tisch.)* Hier, Omkami *(gibt ihm ein Trinkgeld)*, danke. Hallo, Mr. Akwekwe.

Akwekwe (MICHAEL) Hallo, Mr. Ersatzknöpfe-Gibt's-Zum-Hemd-Dazu. Schön, Sie wiederzusehen.

Zweiter Forscher Dies sind einige meiner Entdeckerkollegen: Sir Charles Farquarson, Brian Bailey, Betty Bailey, und das ist Mr. Akwekwe, der das Ganze hier aufgezogen hat.

Dritter Forscher (GRAHAM) Wirklich reizend!

Vierter Forscher (CAROL) *(die wie ein Mann gekleidet ist und einen Schnurrbart trägt)* Großartige Idee.

Akwekwe Darf ich Ihnen das Alligatorpüree empfehlen?

Plötzlich ein grauenhafter Schrei. Wir sehen einen Gorilla, der einen Mann von einem der hinteren Tische zerrt und in den Dschungel schleift. Schreckliches Kreischen. Akwekwe rennt schreiend in den Dschungel. Fürchterliche Geräusche eines unsichtbaren Kampfes. Heftiges Rütteln und Schütteln in den Büschen. Dann ertönt ein Schuß, und dann ertönt Stille. Akwekwe kommt aus den Büschen. Er schleppt den leblosen Körper seines Gastes und setzt ihn wieder auf seinen Stuhl. Der Gast kippt nach vorn. Akwekwe kommt wieder zum Tisch im Vordergrund, welcher während der letzten Szenen auch im Vordergrund geblieben ist, mit kurzen Zwischenschnitten der Forscher beim Lesen der Speisekarte. Akwekwe hat eine blutige Klauenspur quer über Gesicht und Brust, seine Hemdbrust ist zerfetzt und blutverschmiert.

Akwekwe So, haben Sie sich entschieden?

Er zückt einen Notizblock, wie ihn Kellner immer bei sich haben.

Zweiter Forscher Jaaa. . . Also, hier zweimal Avocado Vinaigrette . . . und was nimmst du, Brian?

Vierter Forscher Äh, für mich bitte Quiche Lorraine.

Akwekwe Gut, das wären also zweimal Avocado, eine Quiche. . .

Schnitt: Nahaufnahme eines fiesen Pygmäen, der aus dem Blattwerk kommt und ein Blasrohr abfeuert. Schnitt zu einem Tisch, an dem zwei Forscher bei Kaffee und Zigarre sitzen. Einer von ihnen erstarrt und kippt vornüber.

Schnitt zu Akwekwe am Haupttisch. Er bemerkt, was passiert ist. Wir rennen mit ihm zu den Büschen. Geräusch von Pygmäen, die die Flucht ergreifen. Er schimpft hinter ihnen her. Wir folgen Akwekwe zum Tisch, an dem der Gast vornübergekippt ist. Er richtet ihn auf, betrachtet den Pfeil, der in seiner Brust steckt, schüttelt verärgert den Kopf und läßt ihn wieder vornüber auf den Tisch plumpsen. Er geht zum Haupttisch zurück.

Akwekwe Also, das war zweimal Avocado, eine Quiche. . .

Dritter Forscher Und eine Tagessuppe.

Akwekwe Gut. *(Unheilvoller Klang von Buschtrommeln in der Ferne. Nahaufnahme von Akwekwes ängstlichem Blick.)* Und danach?

Zweiter Forscher Zweimal Hühnchen à la Reine an Sauce provençale.

Erster Forscher Und einmal Scampi Desirée.

Dritter Forscher Und Bœuf Bourguignon mit einem grünen Salat.

Buschtrommeln werden lauter. Akwekwe ruft nach hinten, wo, am Ende der Lichtung, die Küche sein muß:

Akwekwe Alles klar. Zwei Hühnchen! Ein Scampi! Ein Bœuf mit grünem Salat.

Er linst nochmal ängstlich in Richtung der immer lauter werdenden Trommelschläge.

Akwekwe Es könnte. . . etwas dauern.

Zweiter Forscher Macht nichts, aber um drei müssen wir weiter.

Akwekwe Ja, Sir, wir bemühen uns.

Die Trommeln werden lauter. Schnitt zum Wald, raschelnde Büsche. Großaufnahme von Akwekwes Augen. Wieder Schnitt zum Wald. Trommeln lauter. Mehr Geraschel. Aufnahme von Akwekwes Augen und schwitzender Stirn. Nochmal Wald und noch mehr Lärm. Nahaufnahme Akwekwe; er hat jetzt Blut im Gesicht, seine Augen sind schreckensgeweitet, ohrenbetäubendes Getrommel. Plötzlich Schnitt zur BBC-Weltkugel.

Off-Sprecher Die BBC weist darauf hin, daß die nächste Szene nicht für die ganze Familie geeignet ist. Sie enthält gewalttätige Szenen, in denen Arme und Köpfe abgehackt, Ohren an Bäume genagelt und

Fußnägel in Zeitlupe ausgerissen werden. Außerdem gibt es Szenen von Frauen mit schlaffen Brüsten, und einmal kann man ein Paar Arschbacken sehen, und an einer anderen Stelle, möchte ich schwören, sieht man wirklich alles, aber mein Freund meint, daß liegt nur daran, wie der den Speer hält. *(Reißt sich zusammen.)* Wegen der ungeeigneten Szenen sendet die BBC statt dessen eine Szene aus der Wiederholung des »Garten Journals« von 1958.

Ein schönes, gepflegtes Blumenbeet. Fröhliche Musik. Nach zwei Sekunden: zügelloses, lustvolles Lachen und Kieksen. Eine nackte Frau wird verfolgt von einem Herren, beide jauchzen freudig erregt. Sie rennen mitten ins Blumenbeet und wälzen sich dort in wilder Leidenschaft und machen sämtliche Blumen platt. Zwei Nonnen folgen auf dem Fuße, um am Spaß teilzuhaben, gefolgt von zwei Wikingern, einem Gumby, einer Kostüm-Gans usw. Die ganze Orgie in Zeitraffer.

TITEL: »KEN RUSSELL: ›GARTEN JOURNAL‹ (1958)«

Off-Sprecher Und nun zurück zu unserer Geschichte.

Schnitt zum Waldrand des Dschungels. Zwei Pygmäenkrieger kommen aus dem Dickicht mit den vier aneinandergefesselten Forschern im Schlepptau. Die Pygmäen tragen Speere. Wir lassen die Pygmäen weiterziehen und behalten nur die Forscher im Bild.

Dritter Forscher War wirklich eine üble Sache, da im Restaurant.

Erster Forscher Ja, ich dachte, die würden heute Kredit-Karten akzeptieren.

Zweiter Forscher Was meinst du, wo sie uns hinbringen, Brian?

Vierter Forscher Weiß Gott wohin.

Dritter Forscher *(deutet auf etwas mit aufgerissenen Augen)* Seht mal!

Schnitt: Archivaufnahme eines Vulkans. Dramatischer Tusch.

Schnitt zurück zu den Forschern.

Zweiter Forscher *(ehrfürchtig)* Der heilige Vulkan Andu! Kein Mensch hat ihn jemals zuvor gesehen.

Dritter Forscher Nein, nein, nein, daneben!

Schnitt: Archivaufnahme einer Menge riesiger Schornsteine und einer Ziegelei. Noch ein dramatischer Tusch.

Schnitt zurück zu den Forschern.

Erster Forscher Die Londoner Ziegel-Gesellschaft?

Dritter Forscher Nein, nein, nein – *daneben!*

Schnitt: Archivaufnahme des Plateaus von Roiurama. Und noch ein dramatischer Tusch. Schnitt zurück zu den Forschern.

Erster Forscher Die verbotene Ebene von Roiurama, die Vergessene Welt, entstanden vor Abermillionen von Jahren durch mächtige Erdverschiebungen, wo seltsame urzeitliche Kreaturen der Evolution trotzen, verborgen in der Finsternis undurchdringlicher Wälder, für immer abgeschnitten von der Außenwelt.

Zweiter Forscher Ich kann es immer noch nicht sehen.

Vierter Forscher Du glaubst doch nicht, daß sie uns da hinbringen.

Dritter Forscher Doch, und Gott allein weiß, was uns dort erwartet.

Ein Pygmäe kommt zu ihnen mit einem Drehbuch in der Hand.

Eingeborener (MICHAEL) Welche Seite bitte?

Zweiter Forscher Was?

Eingeborener *(etwas gereizt)* Welche Seite im Drehbuch?

Zweiter Forscher *(flüstert)* Seite sieben.

Eingeborener *(übt die Sätze für sich)* »Na los, ihr Hunde, wir müssen noch weit gehen. Wir dürfen keine Zeit verlieren.« *(Versucht es mit geschlossenen Augen)* »Na los, ihr Hunde, wir müssen noch weit gehen. Wir dürfen keine Zeit verlieren.« »Na los, ihr Hunde.« *(Wirft das Drehbuch weg und schubst sie unsanft.)* »Na los, ihr Hunde, wir dürfen noch Zeit verlieren, wir müssen zu weit gehen.«

Schnitt zu Archivbild der Houses of Parliament vom gegenüberliegenden Ufer der Themse.

Off-Sprecher (GRAHAM) Unterdessen in London... im Britischen Forscher-Club in The Mall...

Schnitt: das mit Ledersesseln ausgestattete Vestibül eines Londoner Clubs. In vier der Sessel sitzen Männer in Polarforscher-Ausrüstung – Pelz, Schneebrille etc. – und lesen Zeitung. In einem Sessel sitzt ein Mann in Norfolk-Jacke und Knickerbockern. Auf einem Schild um seinen Hals steht: »Unser Held«. Er liest Zeitung, ist aber offensichtlich nicht ganz bei der Sache. Plötzlich wirft er die Zeitung hin und steht auf. Er geht zum Empfangspult. Dabei passiert er eine Polar-Expedition mit vier Huskies, einem Schlitten und zwei Forschern. Unser Held stellt sich ans Pult. Dahinter ein backenbärtiger alter Portier.

Unser Held Irgendwelche Neuigkeiten von Betty Baileys Expedition, Hargreaves?

Hargreaves Äh... ähm... äh...

Unser Held *(durch die Zähne)* Seite neun.

Hargreaves *(blättert unterm Pult im Drehbuch)* »Zur vergessenen Welt von Roiurama.«

Unser Held Das ist mein Satz.

Hargreaves Oh, Entschuldigung. »Wo wollten sie hin, Sir?«

Unser Held Zur vergessenen Welt von Roiurama.

Hargreaves Ja, Sir, wir haben ein Telegramm erhalten.

Unser Held Oh!

Hargreaves *(liest es vor)* Liest es vor. Expedition superb. Wetter ausgezeichnet. Alles wunderbar.

Unser Held Möchte wissen, was da schiefgelaufen ist.

Hargreaves Seien Sie um Gottes willen vorsichtig. . .

Unser Held *(genervt)* Moment. . . Ich werde mich. . . auf ihre Spuren begeben.

Hargreaves Seien Sie um Gottes willen vorsichtig, Sir.

Schnitt zum Film der vergessenen Welt von Roiurama. Südamerikanische, tropische Vegetation. Unsere vier Forscher schleppen sich erschöpft voran.

Zweiter Forscher Mein Gott, Betty, wir sind verloren.

Dritter Forscher Wir kommen hier nie mehr raus. Wir haben uns völlig verlaufen. Sogar die Eingeborenen sind weg.

Erster Forscher Leb wohl, Betty, leb wohl, Farquarson. Leb wohl, Brian. Es war eine großartige Expedition.

Schnitt: man sieht einen Kupferstich vom Crystal Palace.

EINGEBLENDETER ZWISCHENTITEL: »CRYSTAL PALACE, 1851«

Sofort Schnitt zurück zum Dschungel.

Erster Forscher Großartige Ex*pedi*tion.

Dritter Forscher Und alles, was von uns übrigbleiben wird, ist eine Karte, ein Kompaß und ein paar Meter Film, die unsere letzten Atemzüge festhalten.

Erster Forscher Moment mal!

Vierter Forscher Was ist?

Erster Forscher Wenn wir auf Film sind, muß uns doch irgend jemand filmen.

Zweiter Forscher Mein Gott, Betty, du hast recht!

Alle schauen sich um und entdecken, einer nach dem anderen, die Kamera. Sie lächeln erleichtert, kommen auf die Kamera zu und begrüßen das Kamerateam.

Dritter Forscher Na so was! Großartig, euch zu sehen!

Erster Forscher Nein, so ein Glücksfall.

Kamerateam Hallo!

Erster Forscher Wartet mal!

Vierter Forscher Was ist denn jetzt schon wieder?

Erster Forscher Wenn das das Team ist, daß uns gefilmt *hat*, wer filmt uns dann *jetzt?* Seht mal!

Schnitt: eine neue Einstellung, in der das erste Kamerateam und noch ein weiteres samt Equipment zu sehen ist. Der Regisseur ist angezogen wie Yakamoto, der Regisseur von »Erisabeth L.«, ist aber schwarz angemalt.

Regisseur (TERRY J.) *(mit afrikanischem Akzent)* He, man! Schnitt, man! Nein. Nicht gut. Wie sollen wi' denn die Entf'emdung des Selbst von de' Gesellschaft mit diesem Bulldog-D'ummond-Mist 'übe'b'ingen? Als ich »La Notte« mit Monica Vitti am machen wa', isse mi' nicht mit diesem Empi'e-Building-Scheiß gekommen, man...

Die Kamera zieht langsam auf und zeigt eine Tür im Dschungel. Sie öffnet sich, und ein Inspektor kommt rein.

Inspektor (ERIC) Nicht so schnell, Akarumba! Erlauben Sie mir, mich vorzustellen. Ich bin Inspektor Pavian von Scotland Yard, Sondereinsatzkommando Schwindelregisseure, Abteilung Dschungel.

Vierter Forscher Pavian vom Yard!

Inspektor Schnauze! *(Erschießt sie.)* So, Akarumba! Ich verhafte dich wegen Imitation von Signor Michelangelo Antonioni, jenem italienischen Regisseur, der all seine Drehbücher als Co-Autor mitverfaßt hat. Er warf Erzählstrukturen über Bord und gab nebulösen Ereignissen und unsentimentalen Charakterstudien den Vorrang... *(während dieser Ansprache beginnt der Abspann; leise Musik im Hintergrund)* In seinem ersten Film, »Cronaca da un amore«, findet ein Paar über irrationale Schuldgefühle zueinander. »Le Amiche« folgte 1955, und 1959 begann Antonionis weltberühmte Trilogie »L'Avventura« – eine scharfsinnige Studie der Langeweile, der inneren Unruhe und der Qual und Sinnlosigkeit des ziellosen Lebens. In »L'Eclisse«, drei Jahre später, wird diese Gefühlsanalyse wieder aufgenommen. »Wir müssen uns nicht kennen, um uns zu lieben«, sagt die Heldin, »und vielleicht müssen wir auch nicht lieben...«

Die »Eklipse« der Gefühle wirft zuletzt ihren Schatten, wenn Dunkelheit sich an einer Straßenecke herabsenkt.. *(der Abspann ist zu Ende; Stimme und Bild werden ausgeblendet)* ...Signor Antonioni machte als erster Gebrauch vom Farbfilm zur Betonung...

Abblende und Schnitt zur BBC-Weltkugel.

Off-Sprecher Und nun auf BBC 1 weitere sechs Minuten »Monty Python's Flying Circus«.

Ein Empfangsschreibtisch in einer Art Büro.

Empfangsdame (RITA DAVIES) Ja, Sir?

Mann (MICHAEL) Ich hätte gern ein Streitgespräch.

Empfangsdame Gerne, Sir, waren Sie schon mal hier...?

Mann Nein, das ist das erste Mal.

Empfangsdame Aha. Möchten Sie das Kompakt-Streitgespräch, oder dachten Sie an einen Kurs?

Mann Tja, was kostet das denn so?

Empfangsdame Ein Pfund für ein Fünf-Minuten-Streitgespräch, aber nur acht Pfund für einen Zehnerkurs.

Mann Also am besten fange ich mit einem an und guck mal, wie sich das dann weiterentwickelt, ja?

Empfangsdame Fein. Ich seh mal, wer grad frei ist... Mr. DuBakey ist frei, aber der ist ein bißchen versöhnlich... ja, versuchen Sie's bei Mr. Barnard – Zimmer 12.

Mann Danke.

Der Mann geht einen Flur hinunter. Er öffnet Tür 12. Ein Mann sitzt am Schreibtisch.

Mr. Barnard (GRAHAM) *(schreit)* Was willst du?

Mann Naja, mir wurde draußen gesagt...

Mr. Barnard Komm mir nicht damit, du rotznäsiger Haufen Papageiendreck!

Mann Was?

Mr. Barnard Halt die verdammte Fresse, du Sack! Ich muß kotzen, wenn ich einen wie dich zu sehen krieg, du hohler, eingebildeter, stinkender Perversling!

Mann Hören Sie, ich wollte ein Streitgespräch.

Mr. Barnard *(ruhig)* Ach so! Das tut mir leid, hier ist Beleidigung.

Mann Oh, ich verstehe, das erklärt alles.

Mr. Barnard Nein, Sie müssen ins Zimmer 12 a, nebenan.

Mann Ach so – Entschuldigung. *(Geht raus.)*

Mr. Barnard Macht nichts. *(Für sich.)* Blöder Arsch.

Vor Zimmer 12 a. Der Mann klopft an die Tür.

Mr. Vibrating (JOHN) *(von drinnen)* Herein!

Der Mann betritt das Zimmer. Mr. Vibrating sitzt am Schreibtisch.

Mann Bin ich hier richtig für ein Streitgespräch?

Mr. Vibrating Das hab ich Ihnen doch schon mal gesagt.

Mann Nein, haben Sie nicht.

Mr. Vibrating Doch, hab ich.

Mann Wann?

Mr. Vibrating Gerade eben!

Mann Nein, haben Sie nicht.
Mr. Vibrating Doch, hab ich!
Mann Haben Sie nicht!
Mr. Vibrating Hab ich doch!
Mann Haben Sie nicht!
Mr. Vibrating Doch, ich schwör's Ihnen!
Mann Haben Sie nicht!
Mr. Vibrating Entschuldigen Sie, ist das ein Fünf-Minuten-Streitgespräch oder die volle halbe Stunde?
Mann Oh. . . nur fünf Minuten.
Mr. Vibrating Schön. *(Schreibt es auf. Der Mann setzt sich.)* Danke. Aber ich hab's gesagt.
Mann Aber ganz sicher nicht!
Mr. Vibrating Lassen Sie uns eins ganz klarstellen. Ich habe es Ihnen mit absoluter Sicherheit gesagt.
Mann Haben Sie nicht.
Mr. Vibrating Hab ich doch.
Mann Haben Sie nicht.
Mr. Vibrating Hab ich doch.
Mann Nein.
Mr. Vibrating Doch.
Mann Nein.
Mr. Vibrating Doch!
Mann Hören Sie, das ist kein Streitgespräch.
Mr. Vibrating Ist es doch.
Mann Nein, ist es nicht, das ist bloß Widersprechen.
Mr. Vibrating Ist es nicht.
Mann Ist es wohl.
Mr. Vibrating Ist es nicht.
Mann Ist es wohl. Sie widersprechen mir bloß.
Mr. Vibrating Tu ich nicht.
Mann Ooo doch!
Mr. Vibrating Nein, nein, nein, nein, nein.
Mann Doch, da, schon wieder!
Mr. Vibrating Nein, Unsinn.
Mann Also hören Sie, das ist doch albern.
Mr. Vibrating Nein, ist es nicht.
Mann Ich wollte hier ein richtiges Streitgespräch führen.
Mr. Vibrating Nein, wollten Sie nicht, Sie wollten ein *Streitgespräch* führen.

Mann Naja, aber ein Streitgespräch ist nicht dasselbe wie Widersprechen.

Mr. Vibrating Mitunter.

Mann Nichts mitunter. Ein Streitgespräch ist eine zusammenhängende Folge von Argumenten zur Darlegung eines klar umrissenen Standpunkts.

Mr. Vibrating Nein, ist es nicht.

Mann Ist es doch. Und nicht bloß Widersprechen.

Mr. Vibrating Sehen Sie mal, wenn ich mit Ihnen streite, muß ich eine Gegenposition einnehmen.

Mann Aber doch nicht immer nur »nein, ist es nicht« sagen.

Mr. Vibrating Doch.

Mann Nein, ist es nicht, ein Streitgespräch ist ein intellektueller Prozeß... Widersprechen ist nur automatisches Gegenanreden gegen alles, was der andere sagt.

Mr. Vibrating Nein, ist es nicht.

Mann Ist es doch.

Mr. Vibrating Überhaupt nicht.

Mann Jetzt hören Sie mal...!

Mr. Vibrating *(schlägt auf eine Klingel auf seinem Tisch)* Danke, guten Tag.

Mann Was?

Mr. Vibrating Das war's. Guten Tag.

Mann Aber es wurde grad interessant.

Mr. Vibrating Tut mir leid, die fünf Minuten sind um.

Mann Aber das waren niemals fünf Minuten eben grad!

Mr. Vibrating Ich fürchte schon.

Mann Nein, waren es nicht.

Mr. Vibrating Tut mir leid, ich darf mich nicht mehr streiten.

Mann Was?

Mr. Vibrating Wenn Sie sich weiter mit mir streiten wollen, müssen Sie für weitere fünf Minuten bezahlen.

Mann Aber das waren eben niemals fünf Minuten... ach, kommen Sie! *(Vibrating tut, als wär der Mann gar nicht da.)* Das ist doch lächerlich!

Mr. Vibrating Es tut mir sehr leid, aber ich sagte schon, daß ich nicht weiterstreiten darf, solange Sie nicht bezahlt haben.

Mann Na gut. *(Bezahlt.)* Hier, bitte.

Mr. Vibrating Danke.

Mann Und?

Mr. Vibrating Was und?
Mann Das waren niemals fünf Minuten eben.
Mr. Vibrating Ich sagte schon, daß ich nicht weiterstreiten darf, solange Sie nicht bezahlt haben.
Mann Ich habe grad bezahlt.
Mr. Vibrating Haben Sie nicht.
Mann Doch! Doch! Doch!
Mr. Vibrating Nein, haben Sie nicht.
Mann Hören Sie, darüber will ich nicht mit Ihnen streiten...
Mr. Vibrating Tut mir sehr leid, aber Sie haben nicht bezahlt.
Mann Aha! Wenn ich nicht bezahlt habe, warum streiten Sie dann? Ich hab Sie!
Mr. Vibrating Haben Sie nicht.
Mann Hab ich doch! Wenn Sie mit mir streiten, muß ich bezahlt haben.
Mr. Vibrating Nicht unbedingt. Ich könnte mich in meiner Freizeit streiten.
Mann Mir reicht's!
Mr. Vibrating Tut es nicht!
Mann Ach, Schnauze! *(Er geht und entdeckt eine Tür, auf der »Beschwerden« steht; er geht hinein.)* Ich möchte mich beschweren.
Diensthabender (ERIC) *Sie* wollen sich beschweren! Sehen Sie sich diese Schuhe an! Ich hab sie gerade drei Wochen, und schon die Hacken abgelaufen...
Mann Nein, ich möchte mich beschweren über...
Diensthabender Wenn man sich beschwert, passiert ja doch nichts... das können Sie vergessen. Mein Rücken tut weh und...
Der Mann geht hinaus, den Flur entlang in ein anderes Zimmer.
Mann Ich möchte mich beschweren. *(Spreaders, der direkt hinter der Tür steht, zieht dem Mann einen Holzhammer über den Schädel.)* Ooh!
Spreaders (TERRY J.) Nein, nein, nein, nein, den Kopf *so* halten, und dann: »Uaaahhh!« Versuchen Sie's nochmal. *(Schlägt ihn nochmal.)*
Mann Uuahh!
Spreaders Besser! Besser! Aber »Uaaaahh«! »Uaaaahh«! Die Hände so halten...
Mann Nein!
Spreaders Jetzt. *(Schlägt ihn.)*
Mann Uaaah!
Spreaders Genau! Genau! Gut!

Mann Hören Sie auf, mich zu hauen!
Spreaders Aufhören, Sie zu hauen?
Mann Ja!
Spreaders Aber was wollen Sie dann hier?
Mann Ich wollte mich hier beschweren.
Spreaders Oh, tut mir leid, aber das ist nebenan. Hier ist Schlag-auf-den-Kopf-Unterricht.
Mann Bescheuerte Idee.
Inspektor Fuchs kommt herein.
Fuchs (GRAHAM) Gut. Schluß jetzt.
Mann und Spreaders Was?
Fuchs Erlauben Sie, daß ich mich vorstelle. Ich bin Inspektor Fuchs von der Witz-Polizei, Komödien-Dezernat, Überfallkommando.
Mann und Spreaders Überfall-Fuchs vom Yard!
Fuchs Schnauze! *(Er schlägt den Mann mit einem Knüppel.)*
Mann Ooooh!
Spreaders Nein, nein, nein: Uaaah!
Fuchs Du auch. *(Schlägt Spreaders.)*
Spreaders Uaaah!
Fuchs Der ist gut. Von dem kannst du dir 'ne Scheibe abschneiden. Na gut, ihr zwei Hübschen, ihr seid verhaftet.
Mann Weshalb?
Fuchs Ich beschuldige euch beide nach Artikel 21 des Seltsame-Sketche-Gesetzes.
Mann Des was?
Fuchs Ihr werdet hiermit beschuldigt, wissentlich in einem seltsamen Sketch mitgewirkt zu haben, id est ein Sketch, ein Ulk oder eine humoristische Vignette unkonventioneller Art mit dem Vorsatz, schwere geistige Verwirrung auszulösen bei der Groß-Britannischen Öffentlichkeit. *(In die Kamera)* 'n Abend allerseits.
Spreaders Jetzt hat es uns erwischt.
Fuchs Quatsch nicht! *(Schlägt den Mann.)*
Mann UAAAH!
Fuchs Hervorragend! Gut, ab auf's Revier.
Ein weiterer Inspektor tritt auf.
Inspektor (ERIC) Halt! Halt! Erlauben Sie mir, mich vorzustellen. Ich bin Inspektor Thompsons-Gazelle von der Programmplanungs-Polizei, Abteilung Leichte Unterhaltung, Überfallkommando.
Fuchs Überfall-Thompsons-Gazelle vom Yard!
Inspektor Schnauze! *(Schlägt ihn.)*

Fuchs Uaaaaaah!

Spreaders Er ist gut.

Inspektor Schnauze! *(Schlägt ihn.)*

Spreaders UAAH!

Mann Ganz mies. *(Wird geschlagen.)* UAAAH!

Inspektor Gut. Ich verhafte die ganze Show unter drei Anklagepunkten, erstens: bewußtes Verhalten und damit Verstoß *gegen* das »Nicht vor den Kindern«-Gesetz, zweitens: ständiges »Es ist der-und-der vom Yard«-Sagen, immer wenn die Bullen kommen, und drittens, und das ist der Knackpunkt: Verstöße gegen das »Sketche ohne anständige Pointe beenden«-Gesetz, viertens, nämlich, wird hier einfach jeder blöde Sketch beendet, indem ein Polizist reinkommt und. . . Moment mal!

Noch ein Polizist kommt rein.

Polizist (JOHN) Halt! *(Legt seine Hand auf Inspektor Thompsons-Gazelles Schulter.)*

Inspektor Jetzt hat's mich erwischt!

Eine riesige haarige Hand schiebt sich durch die Tür und legt sich auf die Schulter des letzten Polizisten.

EINBLENDUNG: »ENDE«

Schnitt zur BBC-Weltkugel.

Ansagerstimme (ERIC) Und nun auf BBC 1 eine weitere Minute Monty Python's Flying Circus.

Blackout.

Dreißig – Blut, Tod, Krieg und Horror

Archivfilm: fünfzehn Sekunden mit farbigem, sehr martialischem Bildmaterial: Kampfflugzeuge; Zug-Zusammenstöße; Sprengung eines spanischen Hotels; Unfall und Explosion eines Autos; Zug auf einer einstürzenden Brücke; ausbrechender Vulkan; brennender Torrey Canyon; Waldbrand.

Darüber eingeblendet werden die folgenden Wörter herangezoomt:

TITEL: »BLUT, TOD, KRIEG, HORROR«

Schnitt zu einem Moderator in einer ziemlich hübschen, kleinen Kulisse. An der Wand hängt eine hübsch gemalte Tafel, nicht allzu groß, auf der steht: »Blut, Vernichtung, Tod, Krieg und Horror«, wie für eine hübsche, kleine Sendung.

Moderator (MICHAEL) Hallo, guten Abend und willkommen zu einer neuen Ausgabe von »Blut, Vernichtung, Tod, Krieg und Horror«. Später werden wir mit einem Mann sprechen, der *wirklich* Gärtner ist, unser erster Gast hier im Studio aber ist ein Mann, der ausschließlich in Anagrammen redet.

Mann (ERIC) Sad sit tigrich.

Moderator Tun Sie das gerne?

Mann Sad ut chi. Rehs goras.

Moderator Und wie heißen Sie?

Mann Hamrag, Hamrag Yaterlot.

Moderator Aha, Graham, schön, daß Sie hier bei uns sind heute abend. Woher kommen Sie?

Mann Bumcerland.

Moderator Cumberland?

Mann Mimmst nauge.

Moderator Und ich habe gehört, Sie arbeiten an einer Anagramm-Version von Shakespeare...

Mann Aj, aj, sad sit tigrich, ämh, mi Mentmo ebraiet chi na »Red Spänwidertigen Zungmäh«.

Moderator »Red Spänwidertigen Zungmäh«? Von William Shakespeare?

Mann *(neckisch)* Ön, nov Malliwi Rapesheake.

Allgemeine Heiterkeit.

Moderator Und, äh, außerdem...?

Mann »Dei bendei Revenoser«, »Wsa rih twoll«, »Red Maufkann nov Gidneve«...

Moderator Haben Sie auch »Hamlet« gemacht?

Mann Tamehl! »Neis dore tinch neis, sad sit rieh dei Grafe«.
Beide lachen herzlich.
Moderator Und welches ist Ihr nächstes Projekt?
Mann »Rönig Kichard red Triedet«.
Moderator Wie bitte?
Mann »Nei Drepf! Nei Drepf! Neim Gökichrein ürf nei Drepf!«
Moderator Ach so, Rönig Kichard, ha, ha... Das ist aber kein Anagramm, das ist ein Schüttelreim.
Mann Wenn Sie mir mit solchen Haarspaltereien kommen, verpiß ich mich! *(Er geht.)*

Schnitt zu einem nackten Organisten (Terry J.); dann zum Ansager.
Ansager (JOHN) Und nun...
Jetzt-Mann (MICHAEL) Und jetzt...
Trickfilm-Vorspann. Er endet:
Off-Sprecher (JOHN) Tony M. Nyphot's Flying Riscu.
Dann:
ZWISCHENTITEL: »KAN BALSDEHN«
Die Kamera fährt zurück: der Zwischentitel ist aus Buchstaben zusammengesetzt, die auf einer Tafel kleben; vor der Tafel steht eine Schreckschraube.
Stimme im Off (JOHN) Mrs. Scrab, Sie haben zwölf Stunden Zeit.
Ein Gong ertönt. Eine eingeblendete Uhr beginnt zu laufen. Die zwölf Stunden vergehen darauf rasant schnell. Die Schreckschraube ordnet die Buchstaben hastig um. Sie schafft es. Auf der Tafel steht: »Handelsbank«. Der Gong ertönt, die Uhr stoppt.
Stimme im Off Richtig!
Schreckschraube (TERRY J.) *(hysterisch)* Ich hab's geschafft! Ich hab's geschafft! Ha, ha, ha!
Sie wird von einem riesigen Hammer zum Schweigen gebracht.

Schnitt zu einem Bankier in seinem Büro. Auf einem Schild auf seinem Pult steht: »Kan Balsdehnier«. Er wartet darauf, daß sein Telefon klingelt. Es klingelt; er nimmt ab.
Bankier (JOHN) Hallo? Ah, Mr. Victim, ich freue mich, Ihnen mitteilen zu können, daß ich das Einverständnis bekommen habe, Ihnen den Kredit zu geben, um den Sie gebeten haben. Ja. Natürlich bräuchten wir als Sicherheit die Besitzurkunde Ihres Hauses, des Hauses Ihrer Tante, des Hauses Ihres Cousins zweiten Grades, des Hauses der Schwiegereltern und des Bungalows der Oma, zu-

sätzlich verlangen wir die Mehrheitsbeteiligung an Ihrer neuen Firma, uneingeschränkten Zugriff auf Ihr privates Bankkonto, die Überweisung Ihrer drei Kinder als Geiseln in unseren Tresorraum und eine notarielle Verzichtserklärung auf Schadensersatz bei etwelchen Veruntreuungen Ihres Vermögens seitens unserer Mitarbeiter, die diesen im Zuge ihrer Arbeiten unterlaufen könnten... nein, ich denke nicht, daß wir Ihren Hund im Tausch gegen Ihr jüngstes Kind akzeptieren können, wir würden Ihnen aber gerne ein brandneues Angebot machen, bei dem 51% Ihres Hundes und Ihrer Frau an uns übergehen im Fall, daß Ihnen etwas Ernsthaftes zustoßen sollte. Schön. Nein, keine Ursache, es ist mir ein Vergnügen, mit Ihnen zusammenzuarbeiten. *(Legt den Hörer auf; in die Sprechanlage:)* Miss Godfrey, schicken Sie bitte Mr. Ford herein. *(Zu sich selbst)* So – wo ist denn das Wörterbuch – aha – da haben wir's ja... Innenleben... Innenleben... *(Klopfen an der Tür.)* Herein! *(Mr. Ford kommt herein, in der Hand eine Sammelbüchse.)* Aha, Mr.... Ford, richtig?

Mr. Ford (TERRY J.) *(sehr schüchtern)* Richtig...

Bankier Guten Tag. Ich bin Bankier.

Mr. Ford Tag, Mister...

Bankier Ähm... mein Name ist mir grad entfallen, aber ich *bin* Bankier.

Mr. Ford Oh, ich wollte nur fragen, ob Sie wohl etwas zum Waisenhaus beisteuern möchten. *(Er schüttelt die Büchse.)*

Bankier Nun, ich möchte die Karten nicht zu früh auf den Tisch legen, aber tatsächlich sind wir von »Slater Nazi« *sehr* daran interessiert, ins Waisengeschäft einzusteigen, nicht wahr, die ganze Marktentwicklung, und so weiter und so fort... An wieviel hatten Sie denn so gedacht?

Mr. Ford Naja... äh... Sie sind ein reicher Mann.

Bankier Ja, das bin ich. Ja, ja. Sehr, sehr reich. Ganz unglaublich wohlhabend. Tja, ich besitze die erstaunlichste Menge Geld. Ja, richtig... Sie sind ein cleverer junger Mann! Jemanden wie Sie könnten wir brauchen, um das Pantomimen-Pferd zu füttern. Sehr clever.

Mr. Ford Danke, Sir.

Bankier Also, Sie sagten grad, ich sei sehr, sehr, sehr, sehr, sehr, sehr, sehr, sehr, sehr, sehr, sehr reich...

Mr. Ford Naja, wie wär's mit einem Pfund?

Bankier Ein Pfund. Aha, ich verstehe. Dieser Kredit wäre dann abgesichert durch...?

Mr. Ford Das ist kein *Kredit*, Sir.

Bankier Bitte?

Mr. Ford Das ist kein Kredit.

Bankier Ah!

Mr. Ford Aber Sie bekommen eins hiervon, Sir. *(Gibt ihm ein Fähnchen.)*

Bankier Ist das nicht ein bißchen klein für eine Aktie? Sehen Sie, ich glaube, es ist besser, wenn ich das alles erstmal unserer Rechtsabteilung überlasse. Könnten Sie am Freitag vielleicht wieder vorbeischauen?

Mr. Ford Muß das sein? Könnten Sie mir nicht einfach das Pfund geben?

Bankier Natürlich, aber ich weiß ja nicht *wofür!*

Mr. Ford Für die Waisen.

Bankier Aha?

Mr. Ford Ein Geschenk.

Bankier Ein was?

Mr. Ford *(völlig verunsichert)* Ein. . . Geschenk?

Bankier Oh, ein *Geschenk!*

Mr. Ford Genau.

Bankier Steuerhinterziehung.

Mr. Ford Nein, nein, nein.

Bankier Nein? Nun, dann tut es mir leid, aber ich verstehe Sie nicht. Könnten Sie nicht einfach genau erklären, was Sie wollen?

Mr. Ford Naja, ich möchte, daß Sie mir ein Pfund geben, und dann geh ich hin und geb's den Waisen.

Bankier *(geduldig)* Jaa. . .?

Mr. Ford Das ist alles.

Bankier Nein, nein, nein, ich kann Ihnen wirklich nicht folgen. Halten Sie mich bitte nicht für begriffsstutzig, aber es will mir scheinen, daß ich bei diesem Handel ein Pfund *verliere.*

Mr. Ford Nun ja, das ist richtig.

Bankier Ha! Und was ist meine Motivation, Ihnen das Pfund zu geben?

Mr. Ford Tja. . . die Motivation ist – Waisenkinder glücklich zu machen.

Bankier *(schwer verwirrt)* Glücklich. . .? Sind Sie sicher, daß Sie das richtig verstanden haben?

Mr. Ford Ja, viele Leute geben mir Geld.

Bankier Wie? Einfach so?

Mr. Ford Ja.

Bankier Die müssen krank sein. Sie können mir nicht zufällig eine Liste mit deren Namen und Adressen geben?

Mr. Ford Nein, ich geh auf der Straße einfach auf sie zu und frage.

Bankier Mein Gott! Das ist ja die umwerfendste Idee, die ich seit Jahren gehört habe! So einfach und so genial! Also, wenn die nicht ein Pfund wert ist! *(Er nimmt Fords Büchse.)*

Mr. Ford O danke, Sir.

Bankier Das Dumme ist nur... Sie haben mir Ihre Idee gegeben, bevor ich Ihnen das Pfund gegeben hab. Und das ist kein guter Handel.

Mr. Ford Nein?

Bankier Ich fürchte nein. Und deshalb: ab mit Ihnen! *(Er betätigt einen Hebel, eine Falltür öffnet sich, und Ford verschwindet schreiend nach unten.)* War mir ein Vergnügen, mit Ihnen zusammenzuarbeiten.

Harter Schnitt zu einem Mongolen.

Mongole (MICHAEL) Wie auch immer.

Schnitt zurück zum Bankier.

Bankier Und weiter geht's. *(In die Sprechanlage)* Ähm, Miss Godfrey, würden Sie bitte die Pantomimen-Pferde hereinbitten.

Die Tür geht auf, und zwei Pantomimen-Pferde (je zwei Leute in einem Pferdekostüm) rennen herein. Musik für eine clowneske Nummer. Sie geben eine kurze Vorstellung, rennen im Zimmer umher, stoßen zusammen etc. Dann stehen sie vor dem Bankier, verschränken die Beine und legen den Kopf auf die Seite. Musik hört auf.

Bankier Ich hab Sie hierher gebeten... *(Die Musik geht wieder los, sie wiederholen die Vorstellung. Danach:)* Ich hab Sie hierher gebeten... *(Die Musik geht wieder los.)* Ruhe! *(Musik hört auf, Pferde halten still.)* Ich hab Sie hierher gebeten, da ich Ihnen leider mitteilen muß, daß wir eins von Ihnen werden laufen lassen müssen. *(Die Köpfe der Pantomimen-Pferde schnellen hoch, sie wackeln mit den Ohren, verdrehen die Augen.)* Es tut mir schrecklich leid, aber die gegenwärtige Rationalisierung der Firma macht es unvermeidbar, daß wir eins von Ihnen entlassen. *(Wasserstrahlen spritzen aus ihren Augen.)* Nun, Sie mögen glauben, das sei eine ziemlich harte Entscheidung, aber lassen Sie mich sagen, daß unser Unternehmensberater nicht ganz die Notwendigkeit sieht, *überhaupt* Pantomimen-Pferde einzustellen. *(Die Pferde sind überrascht und mächtig empört.)* Deshalb muß ich nun die Entscheidung fällen, welches von Ihnen beiden gehen muß. Champion... seit wie vielen Jahren sind Sie bei uns? *(Champion stampft dreimal mit dem Huf.)* Trigger? *(Trigger stampft zweimal mit dem Vorderhuf und einmal mit dem Hinterhuf.)* Ich verstehe. Nun, eine schwierige Entscheidung. Und deshalb möchte ich Sie, im Sinne der althergebrachten Idee von freier Marktwirtschaft und gesundem Wettbewerb, bitten, darum zu kämpfen bis auf den Tod. *(Eins der Pferde geht zum Bankier und hält den Kopf an dessen Ohr.)* Nein, ich fürchte, Arbeitslosenhilfe wird es nicht geben.

Die beiden Pferde wenden sich einander zu und beginnen, sich anzurempeln und zu treten. Nach einigen Tritten:

Off-Sprecher (JOHN) *(mit deutschem Akzent)* In der rauhen und unerbittlichen Tierwelt geht der ewige Kampf ums Überleben weiter. *(Eins der Pferde zieht den Schwanz ein und rennt davon.)* Für dieses Mal gesteht eins der Pantomimen-Pferde seine Niederlage ein und überlebt, um an einem anderen Tag den Kampf fortzuführen. *(Archivfilm von zwei kämpfenden Seelöwen.)* Hier, in dieser Seelöwenkolonie, sehen wir einen riesigen Seelöwenbullen, der einen eindringenden Bullen vertreibt, der in seinen Harem einzudringen versuchte. Dieses Beispiel von aggressivem Verhalten ist typisch für diese Art Dokumentarfilm. *(Schnitt: ein Archivfilm von zwei eher bewegungslosen Napfschnecken.)* Hier sehen wir zwei Napfschnecken, verwickelt in einen Territorialkampf auf Leben und Tod. Der enorme Napfschneckenbulle, wild geworden durch den Stein, bemüht sich, seinen lebhaften Gegner einzukreisen. *(Schnitt: ein Wolf, der die ganze Zeit bewegungslos dasteht.)* Hier sehen wir eine Ameise. Die Ameise führt einen Kampf auf Leben und Tod mit dem Wolf. Sie können die Ameise sehen, wie sie auf allen sechsen an dem Wolf hochkriecht. *(Ein Pfeil, der sich langsam bewegt, wird eingeblendet.)* Jetzt hält sie an, um sich einen Überblick zu verschaffen. Zufrieden, weil der Wolf sie nicht hört, schleicht sie näher. Mit viel Feingefühl wählt sie den richtigen Augenblick, und dann, schnell wie eine Napfschnecke, bohrt sie ihre Zähne mit einem enormen Satz *(der Pfeil springt dem Wolf an die Kehle)* in den Hals des Wolfes. Der Wolf wehrt sich, jedoch vergebens. So ein Kampf kann bis zu fünfzehn Jahre dauern, denn die Waldameise hat einen ganz kleinen Mund. *(Schnitt: zwei Männer, die sich weit im Hintergrund brutal prügeln.)* Hier sehen wir Heinz Sielmann und Peter Scott in einem Kampf auf Leben und Tod. Sie führen einen erbitterten Kampf um die Tantiemen für ihre Naturfilme im Ausland. *(Ein weiterer Herr mischt sich ein.)* Jetzt hat sich ein wütender Jacques Cousteau mit ihnen eingelassen. Das ist typisch für die rohe und fiese Welt des Fernsehfilms. *(Schnitt auf einen kleinen Honigbären, der in einem Baum herumkraxelt.)* Hier sehen wir einen Honigbären, der keinen Kampf auf Leben und Tod mit niemandem führt. Diese Honigbären sind bekannt als gemütliche und friedliche Kreaturen und deshalb schlechtes Fernsehen. *(Schnitt: ein Pantomimen-Pferd, das durch einen Wald galoppiert.)* Hier sehen wir ein Pantomimen-Pferd. Es ist in einen Kampf auf Leben und Tod um einen Job bei einer Handelsbank verwickelt. Sein Angestellten-Rivale, der Pantomimen-Pferd-Bulle, liegt schon auf der Lauer. *(Ein Pantomimen-Pferd hinter einem Baum läßt ein Sechzehn-Tonnen-Gewicht auf den Rivalen fallen, der brav unter dem Baum stehenbleibt.)* Armes Pantomimen-Pferd. *(Schnitt: eine Pantomimen-Gans hinter einem Baum mit Pfeil und Bogen.)* Hier sehen wir eine Pantomimen-Gans, die in einen Kampf auf Leben und Tod mit Terence Rattigan verwickelt ist. *(Schnitt zum spazierenden Terence Rattigan.)* Die wild gewordene Gans schießt. *(Die Gans schießt und trifft Terence im Hals; Terence schaut überrascht auf und stirbt.)* Armer Terence. Ein weiteres Opfer dieses albernen Films. *(Schnitt auf eine seltsam aussehende, sehr, sehr große Frau mit Krone, die im Unterholz am Rande eines Waldweges wartet.)* Hier sehen wir eine wild gewordene Pantomimen-Prinzessin-Margaret, sie liegt ihrem Frühstück auf der Lauer. *(Ein Frühstückstablett erscheint, das an einem sehr langen Stück Draht den Weg entlanggezogen wird.)* Das ahnungslose Frühstück gleitet näher und näher in sein Verderben. Die wütende Königliche Pantomimen-Hoheit ist zum Töten bereit. Sie hebt ihre Harpune und feuert. *(Die Pantomimen-Prinzessin schießt, wirft die Harpune auf das noch zuckende Tablett und gibt dem Frühstück mit Tritten den Rest.)* Peng! Mitten in den Toast. Ein kurzer Kampf und alles ist vorüber. Armes Frühstück! Ein weiteres Opfer dieses *(ein Schuß)*. . . aaaaah!

TRICKFILM: *der damit beginnt, das plötzliche Ableben des eben gehörten Off-Sprechers zu zeigen, und der dann weitergeht mit der Geschichte eines fleischfressenden Hauses.*

EINBLENDUNG: »DIE AUTOREN DIESES FILMS MÖCHTEN SICH BEI DEN FOLGENDEN LEUTEN BEDANKEN, DIE UNS EINE MENGE GELD GEGEBEN HABEN, UM IHRE NAMEN HIER ZU SEHEN: VICTOR – SEIN FREUND BOBBY – UND – MARY«

Die Kamera fährt zurück, und wir sehen, daß »Mary« Teil eines Schildes ist, auf dem steht: »Mary-Rekrutierungs-Büro«. Es befindet sich draußen an einem Laden in einer Geschäftsstraße. Ein Major mit Schnauzbart und allem kommt heraus. Er hängt ein kleines Schild außen an die Tür. Darauf steht: »Sketch beginnt sofort – Schauspieler gesucht«.

Off-Sprecher (JOHN) Sketch beginnt sofort – Schauspieler gesucht.

Der Major sieht die Straße hinauf und hinunter, betrachtet das große Ladenschild, ohne etwas zu bemerken. Er geht wieder ins Büro.

Ein Mann kommt, liest das Schild und geht hinein. Es ist Mr. Man.

Mr. Man (ERIC) Guten Morgen.

Major (GRAHAM) Morgen, Sir.

Mr. Man Ich möchte gern zur Armee, bitte.

Major Verstehe, Sir. Kurze oder lange Dienstzeit, Sir?

Mr. Man So lang wie möglich, bitte.

Major Schön, dann wären da also nur noch ein paar Kleinigkeiten...

Plötzlich schaut er, als quälte eine schwache Erinnerung sein Hirn. Ganz in Gedanken geht er zur Tür und hinaus. Er kommt aus dem Büro, schaut auf das Wort »Mary« und stellt die Buchstaben wieder um zu »Army«. Plötzlich blickt er sich um: auf der Straße stehen Nonnen Schlange.

Major Verzieht euch! *(Er geht wieder rein.)* Da wären noch ein paar Dinge zu unterzeichnen, und wir brauchen natürlich auch noch ein paar Referenzen und dann eine komplette ärztliche Untersuchung beim...

Mr. Man Ja. Ja, ja, ich verstehe. *(Schüchtern)* Ich wüßte nur gerne, ob es möglich wär, der... Frauen-Armee beizutreten?

Major Dem Königlichen Frauen-Armee-Korps, Sir?

Mr. Man Ja. Ich wollte ja nur wissen, verstehen Sie, ob ich da auswählen kann... Ich wär am liebsten in der Königlichen Frauen-Armee.

Major Tja, tut mir leid, aber wer hier rekrutiert wird, geht normalerweise schnurstracks zur Schottischen Garde.

Mr. Man Und das sind... alles... Männer, oder?

Major Allerdings.

Mr. Man Aha. Gibt es keine Regimenter, die etwas weiblicher sind als die anderen?

Major Leider nein, Sir. Mal abgesehen von der Marine sind sie alle total macho.

Mr. Man Verstehen Sie, was ich mir wünschte, wär ein Regiment, in dem ich meine Ruhe hätte und endlich mehr Zeit für mich, um mit Textilien zu arbeiten, neue Konzepte zu kreieren im Innenarchitektur-Design...

Major *(laut)* Mit Textilien arbeiten und mit Innenarchitektur-Design experimentieren?!

Mr. Man Ja.

Major Also, in diesem Fall rat ich Ihnen zur Leichten Infanterie von Durham, Sir.

Mr. Man Ah!

Major Ja, natürlich. Das ist das einzige Regiment, wo wirklich noch etwas *Neues* passiert im Innenarchitektur-Bereich mit Farben, Textilien, Design und all das.

Mr. Man Ich verstehe.

Major Oh, sicher. Wie die mit Farben und Stoffen umgehen, ist wirklich unglaublich. Ich hab kürzlich die Muster gesehen – wunderschön, wunderschön! Wilde Brauntöne, große, schwarze Kleckse im Kontrast zu aggressivem Orange. Man möchte laut brüllen, so gut! Das bringt's!

Mr. Man Tatsächlich?

Major O ja! Hören Sie, die Inniskillin Füsiliere und das Angelsächsische Regiment sind ja in Ordnung, wenn Sie sich für diesen William-Morris-Art-nouveau-Revival-Kram interessieren, aber wenn Sie ein Regiment suchen, das wirklich etwas zu bieten hat auf dem Gebiet des Innen-Dekor, dann *müssen* Sie einfach in die Leichte Infanterie von Durham.

Mr. Man Ach, ich hab's satt. Ich kündige.

Major Was soll das heißen?

Mr. Man Naja, als ich mich für diesen Job beworben habe, dachte ich, ich krieg ein paar vernünftige Sätze, aber Sie machen ja alles alleine. Meine letzten fünf Sätze waren nur »tatsächlich? - tatsächlich? – ich verstehe« und »tatsächlich?«. Den Text würd ich nicht mal meinem Hund zu sprechen geben.

Major In Ordnung! In Ordnung, mein Freund. Ich sag Ihnen was. Wir machen was ganz andres. Ich bin ein Bus-Fahrer, und Sie sind ein wirklich lustiger Fahrgast.

Das Büro verwandelt sich mittels einer ziemlich primitiven Hintergrundprojektion schlagartig in die obere Etage eines Busses. Es sieht sehr nach einer billigen Revue aus. Mr. Man steht immer noch in der gleichen Position wie vorher – verdutzt betrachtet er die Buskulisse... und setzt sich. Der Major taucht auf einer Seite auf. Er ist immer noch angezogen wie ein Major, hat aber ein paar typische Kon-

trolleur-Dinge bei sich wie Locher, Geldbeutel, einen langen Pfeil im Hals etc.

Major *(aufgedreht)* Noch irgendwelche Fahrscheine? Ich kenn einen Busfahrer, wenn man dem Geld gibt, läßt er einen fahren! Bumm-bumm! Alle in einer Reihe. *(Singt)* I'm not unusual. I'm just...

Mr. Man Fünf Penny, bitte.

Major Fünf wunderhübsche Pennies gehen in den Sack... und Sie sind der glückliche Gewinner von... einem Fünf-Penny-Fahrschein! *(Er gibt ihm einen Fahrschein.)* Was macht ein Waliser unterm Bett? Er ist mal austreten! Oh, alle, alle sind hier, heute abend. *(Zwischenschnitt zu lachenden Zuschauermassen.)*

Mr. Man Also, sehen Sie...!

Major Tu ich ja – das ist die einzige Art, die Augen offen zu halten! Bumm-bumm! Jedem einen Maserati!

Mr. Man Also, hören Sie! Sie haben gesagt, ich wär ein lustiger Passagier.

Major *(gar nicht aufgedreht)* Was soll das heißen?

Mr. Man Na, alles, was ich gesagt habe, war »Fünf Penny, bitte«. Sie können mir nicht erzählen, daß das lustig ist.

Major Naja, das liegt daran, *wie* Sie es sagen.

Mr. Man Nein, tut es nicht. *Niemand* kann »Fünf Penny, bitte« lustig sagen.

Schnitt: ein Angestellter mit Melone, Aktenkoffer, Regenschirm, wie in einer »Stimmen des Volkes«-Szene, auf der Straße.

Angestellter (TERRY J.) »Fünf Penny, bitte!«

Schnitt: der Archivfilm von eben mit lachenden und klatschenden Zuschauern. Schnitt zurück zum Angestellten auf der Straße. Er guckt verdutzt, zuckt mit den Schultern, wendet sich ab und geht.

Er begegnet drei Kollegen.

Angestellter Morgen!

Die Kollegen brechen lachend zusammen und rollen sich auf dem Bürgersteig. Der Angestellte geht eilig weiter und schließlich durch die Tür eines großen Büroblocks.

Schnitt ins Foyer. Ein Portier steht hinter einem Schalter.

Angestellter Nicht besonders warm heute, was, George?

Der Portier wiehert und bricht hinter dem Schalter zusammen. Der Angestellte betritt den Lift, in dem sich bereits zwei Männer und eine Sekretärin befinden. Die Tür schließt sich.

Stimme eines Mannes Guten Morgen.

Stimme der Sekretärin Guten Morgen.
Stimme des Angestellten Guten Morgen.

Gewieher.

Schnitt: Lifttür im dritten Stock öffnet sich. Der Angestellte flieht aus dem Lift. Hinter sich läßt er die drei vor Lachen auf dem Boden liegenden Kollegen. Die Tür schließt sich, und der Lift fährt wieder runter.

Schnitt ins Büro des Chefs. Klopfen an der Tür. Der Chef steht mit dem Rücken zur Tür und versucht krampfhaft, sich zu beherrschen.

Chef (MICHAEL) Herein, Mr. Horton.

Der Angestellte tritt ein.

Angestellter Morgen, Sir.

Chef Setzen – setzen Sie sich! *(Er zeigt auf einen Stuhl und versucht dabei, Horton nicht anzusehen.)*

Angestellter Danke, Sir.

Der Chef beginnt zu kichern, kann sich aber mit übermenschlicher Anstrengung beherrschen.

Chef Also, Horton, Sie sind nun seit zwanzig Jahren bei uns, und Ihre Arbeit in der Buchhaltung war immer untadelig. *(Der Angestellte will etwas sagen; der Chef kämpft mit seinem Lachen.)* Nein, nein – sagen Sie nichts, *bitte!* Wie ich schon sagte, wir hatten nie Grund zur Klage. Nur dummerweise haben Sie eine Wirkung auf Ihre Kollegen, die die Wirtschaftlichkeit *(beginnt fast zu lachen)* . . .die die Wirtschaftlichkeit dieser Firma so sehr unterwandert, daß ich leider keine andere Wahl sehe, als Sie zu entlassen.

Angestellter *(mit gebrochener Stimme)* Ich bin betrübt, das zu hören, Sir. *(Der Chef kichert, er dreht sich hastig wieder weg, lehnt sich an den Kaminsims; während Hortons Ausführungen steigert er sich in einen Lachkrampf.)* Das hätte mich zu keiner ungünstigeren Zeit treffen können. Die Rechnung für die Schule meiner beiden Jungen steht noch aus, und die Behandlung meiner Frau ist wieder teurer geworden. . . Ich weiß so schon nicht, wo das ganze Geld hernehmen! Und jetzt seh ich überhaupt keine Zukunft mehr. . . Ich hatte gehofft, ich könnte hier bis zum Ende bleiben, aber. . . jetzt. . . kann ich bloß noch gehen und all dem ein Ende setzen.

Der Chef bricht vor Lachen endgültig zusammen. Schnitt zu dem Archivfilm mit den Massen von Zuschauern, die unglaublich lachen.

Schnitt: einfach gemalte Kulisse einer Zirkus-Arena. Davor der Major und Mr. Man. Der Major trägt jetzt Clownhosen mit Hosenträgern und eine rote Nase. Er verbeugt sich vor dem Gelächter der Zuschauer. Mr.

Man ist offensichtlich kurz zuvor mit heißem Wasser übergossen worden – er ist plitschnaß, Dampf steigt auf.

Major Danke! Danke! Danke! Und jetzt zum Fisch - der Fisch in der Hose. *(Der Major nimmt einen Fisch und stopft ihn in Mr. Mans Hosenbund.)* Der Lacher gehört dir, mein Junge, nicht mir. Es ist deine Hose – nicht meine Hose – es ist deine Hose! Und jetzt zum Weißmacher. *(Der Major kippt Mr. Man einen Eimer weiße Tünche über den Kopf.)* Der Weißmacher ist für dich – nicht für mich. Er ist für dich. Der Lacher gehört dir. Der Lacher gehört dir. Und jetzt zur Torte in die Visage. *(Mehr Gelächter, der Major klatscht ihm eine Torte ins Gesicht.)* Ist nicht meine Visage – ist deine Visage. Das ist dein Lacher – das ist dein Lacher, Junge – nicht meiner. Es ist dein Lacher.

Schnitt: Archivfilm mit einem lachenden Mr. Heath, gefolgt von einem Archivfilm applaudierender Teilnehmerinnen eines Frauenkongresses.

EINBLENDUNG: »DIE BOLS-GESCHICHTE«

EINBLENDUNG: »DIE GESCHICHTE VON HOLLANDS BERÜHMTESTEM APERITIF«

Mr. Orbiter-5 sitzt in einem Drehstuhl in einer Fernsehstudio-Kulisse und schaut in die Kamera. Hinter ihm hängt ein Schild auf dem mit großen Buchstaben geschrieben steht: »Ist die Königin noch normal?« Zoom auf Mr. Orbiter-5, der beginnt sofort zu reden.

Mr. Orbiter (MICHAEL) Guten Abend. Nun, heute abend werden wir über. . . also, das heißt. . . *ich* werde heute abend über. . . Also, eigentlich *rede* ich ja bereits darüber. . . Also, eigentlich rede ich nicht gerade *jetzt* darüber, aber ich *rede*. . . – Ich weiß, ich mach hin und wieder Pausen, in denen ich nicht rede. . . aber die Pausen gehören zur Tätigkeit des Redens. . . Wenn man *redet*, muß man auch *Pausen* machen. . . – ähm, wie gerade eben! Ich hab eine Pause gemacht. . . aber ich bin noch dabei zu reden. . . – Da! Schon wieder! Also, was ich eigentlich sagen will, ist, auch wenn es scheint, daß ich *nicht* rede, flitzen Sie nicht gleich ab in die Küche und setzen Wasser auf und machen sich Butterkekse. . . oder Sie pulen Krümel und Essensreste aus diesen runden, braunen Strohmatten, wo die Teekanne draufgestellt wird. . . äh, denn mit aller Wahrscheinlichkeit bin ich *immer noch* am Reden, und was *Sie* gehört haben, war eine Pause. . . – äh, wie grad jetzt. Also, um das Ganze zu vereinfachen, damit es da gar keine Schwierigkeiten gibt, werde ich Ihnen ein Zeichen geben, etwa so *(macht eine Handbewegung)*, wenn ich *im-*

mer noch rede und nur Pausen mache zwischen den Worten... Und wenn ich ganz fertig bin, mach ich so... *(Er setzt sich aufrecht und verschränkt die Arme.)* Alles klar?

EINBLENDUNG: »ENDE«

Mr. Orbiter Nein, nein! Tschuldigung – hab's doch bloß vorgemacht... ich bin noch nicht fertig... nicht mal angefangen. *(Die Einblendung wird entfernt; Orbiter versucht sich zu sammeln, dann erinnert er sich plötzlich.)* Au weia. *(Macht schnell die Handbewegung.)* Hab beinahe das Zeichen vergessen! Ich hoffe, niemand ist raus in die Küche geflitzt und hat angefangen, Essensreste rauszupulen aus diesen runden, braunen Strohmatten, damit die Teekanne... Guten Abend. *(Handbewegung.)* Heute abend möchte ich über...

Schnitt zur BBC-Weltkugel.

Adrian (ERIC) *(Off-Sprecher)* Wir unterbrechen diese Sendung, um Sie zu ärgern und einfach alles noch verwirrender zu machen.

Schnitt zurück zu Orbiter-5.

Mr. Orbiter ...mit einem großen, feuchten Blatt Papier. *(Handbewegung.)* Drehen Sie das Blatt um – drehen Sie das Blatt um, während Sie Ihren Blick *auf* das Kamel gerichtet halten, kleben Sie dann den *Rand* der Seemannsuniform so über, daß das Wort »Maudling« fast ganz verdeckt ist. *(Handbewegung.)* Also, das ist *eine* Möglichkeit. *(Handbewegung.)*

Schnitt zurück: die BBC-Weltkugel; durch den ganzen folgenden Dialog hindurch.

Adrian *(Off-Sprecher)* Guten Abend. Wir unterbrechen diese Sendung nochmals, um Sie a) zu verwirren und b) um einem unserer Ansager Arbeit zu verschaffen.

Jack (JOHN) *(Off-Sprecher)* Guten Abend. Ich bin der Mitarbeiter, dem man soeben bei der BBC diesen Job angeboten hat. Und ich möchte Ihnen hier mitteilen, wie *dankbar* ich der BBC bin, daß sie mir diese Arbeit verschafft hat, vor allem zu dieser Jahreszeit, wenn es für uns Ansager etwas schwierig ist... ähm... Ich weiß gar nicht, ob ich Ihnen das erzählen soll, aber, nun ja, ich hab grad eine ziemlich schwere Zeit hinter mir. Zu Hause war's wirklich schlimm. Meine Frau, Josephine... »Joe-jums«, wie ich sie nenne... sie ist auch Ansagerin...

Joe-jums (CAROL) Hallo...

Jack ...hat, seit unser Jüngster, Clifford, geboren wurde, keine Ansagen mehr bekommen, und... naja... *(mit tränenerstickter*

Stimme) . . . ich hab einfach kein Selbstvertrauen mehr. . . Ich kann am Morgen nicht mehr aufstehen. . . ich hab das Gefühl, es gibt nichts mehr, wofür es lohnt zu leben. . . *(Er schluchzt erbärmlich.)*

Dick (MICHAEL) Hallo. . . Ich bin auch Ansager, ich heiße Dick. Joe-jums hat mich gerade angerufen und gesagt, Jack hätte Schwierigkeiten mit dieser Ansage, also bin ich schnell vorbeigekommen, um ihm 'n bißchen unter die Arme zu greifen. Wie geht's ihm, Joe-jums?

Joe-jums Gar nicht gut. Dick.

Dick Jack. . . ich bin's, Dick. . . Soll ich die Ansage machen?

Jack Nein, nein, Dick. Ich muß es alleine schaffen. . . *(bewegend)* . . .das ist meine letzte Chance bei der BBC, ich darf sie nicht vertun. . . Ich muß es schaffen. . . für Joe-jums. . . für die Kinder. . . Ich muß da jetzt durch. . .

Dick So ist's recht! Also, erinnere dich an das Ansager-Training: tief durchatmen, und versuch nicht daran zu denken, was du sagst. . .

Jack Guten Abend. Hier *(die übermenschliche Anstrengung schwingt mit in seiner Stimme)* ist BBC 1 . . .

Joe-jums *(flüstert)* Viel Glück, Jack!

Dick *(ebenso)* Mach weiter so, alter Junge!

Jack Es ist. . . neun. . . Uhr. . . und. . . Zeit. . . für. . . die. . . Nachrichten. . . mit. . . Richard Baker. . .

Schnitt: Beginn der »Nine O'Clock News«.

Joe-jums Du hast's geschafft!

Dick Gratuliere, alter Junge!

Richard Baker sitzt an seinem Pult. Er spricht, aber wir hören nichts, außer den Geräuschen der feiernden Ansager – Champagnerkorken knallen usw. Während der Nachrichten macht Baker die Handbewegung, wie wir sie bei Mr. Orbiter-5 gesehen haben und noch zusätzliche Bewegungen. Hinter ihm auf dem Bildschirm wird eine Sequenz mit Bildern gezeigt: Richard Nixon, Tony Armstrong-Jones, das Weiße Haus, Prinzessin Margaret, das Parlament, nackte Brüste, eine Scheuerbürste, ein Mann mit einem Hermelin im Kopf, Margaret Thatcher, ein Klo, ein Schotte auf dem Rücken mit gespreizten Beinen, ein Korkenzieher, Edward Heath, ein Gebiß in einem Glas.

Während sie gezeigt werden, macht Baker Handzeichen von Ellbogen-nach-oben bis zunehmend obskurer und unanständiger. Wir hören immer noch lediglich:

Joe-jums Fantastisch, Schatz, du warst großartig. Nein, nein, das war die beste, die du je gemacht hast.

Jack Gott sei Dank!
Joe-jums Es war absolut super!
Dick Trink was darauf! Teufel nochmal, trink das hier. . .
Jack Fantastisch!
Dick Hätte ich nicht besser gekonnt – super – ich muß rüberkommen. . .
Jack Ich kann euch nicht sagen, wieviel das für mich bedeutet.

Usw. Irgendwann hören die Stimmen auf, und wir hören zum ersten Mal die Stimme von Richard Baker.

Baker . . . bis der Name »Maudling« fast vollständig verdeckt ist. Eden red Richtnachen. Sehen Sie nun unseren Spätfilm.

Vorspann wie für einen Bond-Film, in dem statt Bond immer das Pantomimen-Pferd erscheint, darüber die Titel:

»Das Pantomimen-Pferd: Ein Geheimagenten-Film.
Drehbuch: Talbot Rothwell und Mireille Mathieu.
Nach einer Idee von Edward VII.
Regie: Königin Juliana der Niederlande.
Produziert von Sir Alec Douglas-Home und König Haakon von Norwegen.
Eine Exitus-Haakon-Produktion.«

Schnitt: eine idyllische Szene – ein Ruderboot liegt geschützt am Ufer eines Flusses, darin ein wunderschönes Mädchen; genußvoll räkelt es sich in den Armen, pardon, Beinen des Pantomimen-Pferdes.

Mädchen (carol) O Pantomimen-Pferd, das war wunderschön.
Dobbin Möchtest du noch ein Glas?
Mädchen Nein, nein, ich kann nicht. Sonst muß ich mich übergeben. . . o ich bin so mordsmäßig glücklich.
Dobbin O Simone!
Mädchen O Pantomimen-Pferd!

Schnitt zu Graham in einem Idioten-Kostüm.

Idiot Plötzlich. . .

Das Pantomimen-Pferd dreht sich blitzschnell und feuert mit einer Pistole auf ein paar Bäume am gegenüberliegenden Ufer. Ein anderes Pantomimen-Pferd fällt aus dem Baum und ins Wasser. Ein drittes Pantomimen-Pferd wird sichtbar und läuft weg. Dobbin springt aus dem Boot. Das Mädchen ihm nach. Ein Wagen kommt aus dem Unterholz auf die Straße gebrettert, gibt Gas und verschwindet. Das russische Pantomimen-Pferd sitzt drin. Dobbin und das Mädchen springen in ihren eigenen, teuren Sportwagen und nehmen die Verfolgung auf. Es folgen

Szenen einer aufregenden Verfolgungsjagd. Nach zwei oder drei dieser Sequenzen sehen wir die Pantomimen-Pferde auf zwei Tandems dahinjagen. Schnitt zu den beiden, wie sie sich zu Pferde verfolgen. Schnitt zu den beiden, wie sie sich in Rikschas verfolgen. Schnitt zu den beiden, wie sie sich zu Fuß verfolgen.

Off-Sprecher (JOHN) Und jetzt hat das englische Pantomimen-Pferd fast das russische Pantomimen-Pferd eingeholt. Ich glaube, es wird es im nächsten Moment packen, aber was ist das? Was ist das? *(Hinter der nächsten Ecke wartet die Pantomimen-Gans und die Pantomimen-Prinzessin Margaret.)* Jawohl, es ist die Pantomimen-Prinzessin Margaret und die Pantomimen-Gans, und sie greifen das englische Pantomimen-Pferd an und das russische Pantomimen-Pferd ist entkommen. Aber wer ist denn das? *(Ein Wagen fährt vor und Terence Rattigan und der Duke von Kent sowie der Major laufen hinzu und mischen sich in den Kampf ein; die Russen werden verstärkt von Heinz Sielmann und Peter Scott und Jacques Cousteau)* Mein Gott, es ist der Duke von Kent, der zu Hilfe. . .

Kampflärm übertönt den Sprecher. Der Kampf dauert an, während der Abspann läuft, der folgendermaßen lautet:

TONY M. NYPHOT'S FLYING RISCCU
RUDWE DERCHAT, REIBNESCHEG
NUD GÜHRFUFAT VNO
HAMRAG PACHMAN
JOHN ECLES
RICE LIED
TORN JERSEY (5,5)
MICHAEL LAPIN
MARTY RIGELLI
RESSAUDEM NATRET FAU
CAROL CLEVELAND
CHERRECHE VNO
SUZAN DAVIES
KAME-PU
MADELAINE GAFFNEY
MÜKOTSE
HAZEL PETHIG
MICKTRILF VNO
TERRY GILLIAM
TIAFEZ KLEPESEF
BERNARD WILKIE

PHICARG
BOB BLADGEN
MAKERA
ALAN FEATHERSTONE
TSCHINT
RAY MILLICHOPE
NOT
RICHARD CHUBB
TILCH
JIMMY PURDIE
STAUSUTTANG
IAN WATSON
ERGIE
IAN MACNAUGHTON
B. B. LURCCOO

Off-Sprecher (JOHN) *(deutscher Akzent)* Hier sehen wir einige englische Komiker in einem Kampf auf Leben und Tod mit einem ziemlich schwachen Ende. Das ist typisch für die Kasperle-Welt dieser unverbesserlichen, überdrehten Spaßvögel. Das englische Pantomimen-Pferd gewinnt und erobert sich so einen Platz in der englischen Geschichte und einen sicheren Job in einer Handelsbank. Aber dummerweise, kurz bevor seine Pensionsansprüche gesichert sind, bekommt es Bronchitis und stirbt. Ein weiteres Opfer der Notwendigkeit, solche Shows pünktlich zu Ende zu bringen.

Schnitt zum Pantomimen-Pferd im Bett mit den Beinen in der Luft.

EINBLENDUNG: »EDEN«

Einunddreißig – Der »All-England« Proust-Zusammenfassungs-Wettbewerb

Nackter Mann an der Orgel spielt Akkorde.

Ansager (JOHN) Und nun...

Jetzt-Mann (MICHAEL) Und jetzt...

Trickfilm-Vorspann.

Off-Sprecher (JOHN) Monty Python's Flying Circuses...

Die Halle der Memorial Baths in Swansea, dekoriert für eine festliche Veranstaltung. Man sieht eine Bühne mit Fahnen, Wimpeln und Blumen. Geräusche der gespannt wartenden Zuschauermenge. Gedämpfte Lautsprecheransagen im Hintergrund.

Off-Sprecher (ERIC) Guten Abend und willkommen in den Arthur Ludlow Memorial Baths in Newport zur Endrunde des diesjährigen »All-England« Proust-Zusammenfassungs-Wettbewerbs. (*Die Kamera fährt ein Stück zurück und bringt ein großes Spruchband oberhalb der Bühne zum Vorschein: »›All-England‹ Proust-Zusammenfassungs-Wettbewerb«.*) Wie Sie sich vielleicht erinnern, muß jeder Kandidat eine kurze Zusammenfassung von Prousts »Auf der Suche nach der verlorenen Zeit« vortragen, und zwar einmal in Badehose und einmal in Abendgarderobe. Das Teilnehmerfeld hat sich inzwischen gelichtet und auf drei Endkandidaten reduziert, und Ihre Preisrichter heute abend sind... *(Schnitt zu einer Jury an einem langen Tisch; man sieht große, ausgeschnittene Fotos der folgenden Personen, alle lächelnd:)* Alec und Eric Bedser, ehemalige Kricketspieler von Surrey, Stewart Surridge, ehemaliger Mannschaftsführer von Surrey, Omar Sharif, Laurie Fishlock, ehemaliger erster Schlagmann von Surrey, Peter May, der frühere Mannschaftsführer von Surrey und England, sowie Yehudi Menuhin, der weltberühmte Geigenspieler und Präsident des Kricket-Clubs von Surrey. Und nun ist es Zeit für Ihren Gastgeber des heutigen Abends – Arthur Mee!

Show-Musik, Applaus, Arthur Mee kommt hinter der Bühne hervor; er trägt das inzwischen übliche paillettenbesetzte Jackett. Er kommt nach vorne und spricht ins Mikro. Der Klang ist ziemlich dumpf und durchdringend, wie in großen Sälen mit einer eilig aufgebauten Lautsprecheranlage.

Mee (TERRY J.) Guten Abend und willkommen, oder wie Proust sagen würde: »La malade imaginaire de recondition et de toute surveillance est bientôt la même chose.« *(Stürmischer Applaus; kurze Einstellung der grinsenden Gesichter der Jury.)* Denken Sie daran, jeder Kandidat heute abend hat maximal fünfzehn Sekunden, um »A la recherche du temps perdu« zusammenzufassen, und auf dem Proustometer hier drüben... *(ein Vorhang an der Rückwand der Bühne geht auf, und ein ebenso gewaltiges wie billiges Meßgerät für die Zuschauerreaktionen wird sichtbar; auf ihm sind die sieben Bände des Proustschen Meisterwerks an einer Art Thermometer aufgelistet)...* können Sie genau sehen, wie weit er kommt. Also legen wir gleich los mit unserem ersten Kandidaten heute abend. Es ist ein Teilnehmer des vorjährigen Halbfinales aus Luton – Mr. Harry Bagot. *(Harry Bagot, in Abendgarderobe, kommt aus der Kulisse hervor und nach vorne; er trägt die Nummer drei auf seinem Rücken; Mee animiert zum Applaus.)* Hallo, Harry! Also dort ist der Zusammenfassungs-Punkt... Sie sind auf dem Zusammenfassungs-Punkt... und fünfzehn Sekunden ab – *jetzt!*

Eine entsprechende Hintergrundmusik hebt an. Der Zeiger des Proustometers kriecht beinahe unmerklich ein winziges Stück weiter nach oben, während Harry ausführt:

Harry (GRAHAM) Vordergründig erzählt Prousts Roman von der Unwiederbringlichkeit der verlorenen Zeit, vom Verlust der Unschuld durch Erfahrung, der Wiedereinsetzung überzeitlicher Werte wiedergewonnener Zeit, letzten Endes ist der Roman optimistisch, spielt im Kontext einer humanen religiösen Erfahrung und nimmt als solcher die Idee der Überzeitlichkeit wieder auf. Im ersten Band besucht Swann, ein Freund der Familie...

Ein Gong ertönt, Tusch, Applaus.

Mee Nicht schlecht, Harry.

Off-Sprecher Ein guter Versuch, aber leider hat er es vorgezogen, eine allgemeine Beurteilung des Werkes zu geben, bevor er zur eigentlichen Geschichte kam, und wie Sie sehen können *(Großaufnahme des Proustometers)*, ist er nur bis zur ersten Seite von »In Swanns Welt« gekommen, dem ersten der sieben Bände. Allerdings ein guter Versuch und eine sehr schöne Haltung.

Schnitt zurück auf die Bühne.

Mee Harry Bagot, Sie kommen aus Luton?

Harry Ja, Arthur, genau.

Mee Harry, was hat Sie ursprünglich dazu gebracht zu versuchen, Proust zusammenzufassen?

Harry Also, zuerst habe ich an einem Proust-Zusammenfassungs-Wettbewerb an der Küste teilgenommen, als ich in Bournemouth in Urlaub war, und mein Arzt hat das sehr befürwortet.

Mee Und was haben Sie sonst noch für Hobbies, Harry?
Harry Also Tierwürgen, Golf und Onanieren.
Mee Ja, vielen Dank, Harry Bagot.
Harry geht von der Bühne. Musik und Applaus.
Off-Sprecher Da geht er hin. Harry Bagot. Er hat ein bißchen über seine Hobbies geplaudert, Golf ist nicht sehr beliebt hier, aber macht nichts, ein ehrenwerter Versuch.
Mee Vielen Dank, meine Damen und Herren. Mr. Rutherford aus Leicester, sind Sie bereit, Ronald? *(Ronald ist ein sehr bemühter Mann im Frack.)* Gut. Auf den Zusammenfassungs-Punkt. Sie haben fünfzehn Sekunden, ab – *jetzt.*
Ronald (MICHAEL) Äh, also, Swann, Swann, da ist dieses Haus, da ist dieses Haus, und äh, es ist morgens, es ist morgens – nein, es ist abends, abends, und äh, da ist ein Garten und äh, dieser Typ kommt rein – der Typ kommt rein – wie heißt er noch – wie heißt er noch, äh, grad hab ich's gesagt – starker Typ – *Swann,* Swann . . .
Der Gong ertönt. Mee schiebt Ronald hinaus.
Mee Und nun, meine Damen und Herren, begrüßen Sie den letzten unserer »All-England« Kandidaten heute abend, aus Bingley die Chorgemeinschaft Bolton und ihr Leiter, Polizeichef McGough. *(Ein großer Chor kommt herein, tadellos gedrillt. Jeder hält eine Partitur in der Hand; Fred Tomlinson als Polizeichef McGough.)* Also dann, Bingley, denken Sie daran, Sie haben fünfzehn Sekunden, um den gesamten Proust zusammenzufassen, ab – jetzt.
Erster Solist In seinem ersten Buch beschreibt Proust . . . fa la la . . .
Zweiter Solist In seinem ersten Buch beschreibt Proust . . .
Tenöre Er beschreibt . . .
Sie singen ein Madrigal in korrekt-fugiertem Satz und kommen über diese Worte nicht hinaus:
Alle In seinem ersten Buch beschreibt Proust, wie . . . *(Gong ertönt.)*
Off-Sprecher Einen sehr ehrgeizigen Versuch hatten wir hier, aber gleichzeitig war es der am wenigsten erfolgreiche dieses Abends. Sie sind nicht einmal bis zum ersten Band gekommen.
Die Sänger verlassen die Bühne.
Mee Also, meine Damen und Herren, ich glaube nicht, daß es einem unserer Kandidaten heute abend gelungen ist, die Feinheiten des Proustschen Meisterwerkes so recht zu rekapitulieren, und deshalb geht der erste Preis heute abend an die Frau mit den größten Titten.

Applaus und Musik. Eine Dame mit mächtigem Vorbau kommt auf die Bühne. Roll-Titel:

»DER ›ALL-ENGLAND‹ PROUST-ZUSAMMENFASSUNGS-WETTBEWERB
EINE BBC PRODUKTION
MIT MR. I. T. BRIDDOCK, 2379, THE TERRACE, HODDESDON.
ERDACHT, GESCHRIEBEN UND AUFGEFÜHRT VON. . . «

Der übliche Monty-Python-Abspann mit Musik. Dahinter nimmt die Dame den Pokal entgegen. Die Sänger kommen zurück auf die Bühne und bewundern sie. Abblende.

Kurze Pause. Aufblende in einen Archiv-Everest-Film. Pfeifender Wind, aufwühlende Musik.

Off-Sprecher (MICHAEL) Mount Everest. Bedrohlich. Unnahbar. Furchterregend. Der Berg mit den größten Titten der Welt.

Ein Gong ertönt.

Zweiter Sprecher (ERIC) Noch einmal von vorn!

Ein ziemlich alberner Irrer schiebt sich vor das Bild – eine Rückprojektion –, winkt in die Kamera und geht wieder.

Off-Sprecher Mount Everest. Bedrohlich. Unnahbar. Furchterregend. Dieses Jahr hat dieser entlegene Gipfel des Himalajas, dieser mystische Tempel, umgeben vom unwegsamsten Gelände der Welt, einen weiteren Versuch seiner Bezwingung abgewehrt. In diesem Fall eine Expedition der Internationalen-Friseur-Innung. *(Schnitt zu einem winzigen Zelt im Wirbelsturm.)* In solch widrigen, frostigen Umständen wird jeder Mensch einer Zerreißprobe unterzogen. Doch was war der wahre Grund der Unstimmigkeiten, die ihre Erfolgschancen zunichte machten?

Schnitt zu drei Männern, von denen jeweils nur Kopf und Schulter sichtbar sind. Sie sehen wie typische Bergsteiger aus: haben Frost in ihren Bärten, sind braungebrannt, tragen Schneebrillen auf ihren Stirnen und echte Everest-Kopfbedeckungen.

Erster Bergsteiger (MICHAEL) Naja, die haben immer meinen Fön ausgeliehen und nie zurückgegeben.

Zweiter Bergsteiger (GRAHAM) In den Zelten wurde gemeckert.

Dritter Bergsteiger (ERIC) Man konnte nie an den Spiegel ran.

Schnitt zu einer Oberst-Figur in Jersey, die den Kopfsalat in seinem Garten mit der Nagelschere bearbeitet.

Off-Sprecher Der Anführer der Expedition war Oberst Sir John »Teasy Weasy« Butler, Veteran des K2, des Annapurna und des Drachenfelsens. Sein Plan war, die bewährte Route um den Südsattel zu ignorieren und direkt auf den Gipfel loszumarschieren.

Schnitt: ein Foto des Everest mit eingeblendeten Punkten, die die Route markieren.

Oberst (GRAHAM) Hier haben wir den Basis-Salon eingerichtet. *(Auf dem Foto sehen wir das Wort »Basis-Salon«.)* Und sind unermüdlich bis »Mario« hier geklettert. *(Am oberen Ende der Route sehen wir »Mario«.)* Von hier haben wir uns langsam, aber sicher die Lhotse-Wand bis zum Nord-Kamm hinaufbewegt, wobei wir Steigeisen benutzt und uns Eisstufen gehauen haben, und dort haben wir das dritte Camp eingerichtet, wo wir eine warme Mahlzeit und eine Maniküre bekommen konnten, mit Haarwäsche plus Finish.

Schnitt zu einem Archivfilm, in dem Leute wirklich den Everest besteigen.

Off-Sprecher Konnte es klappen? Konnte dieser achtzehnjährige Friseur aus Brixton Erfolg haben, wo andere versagt hatten? Die Lage wurde erschwert durch die drohende Ankunft der Monsunstürme. Patrice führt die Geschichte weiter.

Schnitt in das Innere eines Friseursalons. Patrice spricht in den Spiegel, während er das Haar einer Dame fönt und in Locken legt.

Patrice (ERIC) Also, wir wußten natürlich sehr wohl, daß die Monsunwinde fällig waren, aber die Sache war die, daß Ricky und ich gerade die Haare geföhnt und getönt bekommen hatten und wir ein paar Tage nicht rausgehen konnten.

Schnitt: ein Archivfilm, in dem ein paar Leute ein kleines Zelt auf einem Berg verlassen.

Off-Sprecher Nach einem hitzigen Streit waren die Deutschen und Italiener umgekehrt und hatten das letzte Haarnetz mitgenommen. Am dritten Tag kam ein Sturm auf. *(Nahaufnahme des Zeltes in einem Wirbelsturm; keine Menschen im Bild.)* Die Temperaturen fielen auf dreißig Grad minus. In dem kleinen Zelt wurde die Lage immer verzweifelter.

Schnitt in das Zelt. Der Wind schlägt gegen die Zeltwand, Geräusche eines bösartigen Wirbelsturms. Ricky sitzt neben einem anderen Teilnehmer der Expedition. Beide unter Haartrocknern, bis zum Hals in voller Kletterausrüstung. Der eine liest die »Vogue«, Ricky macht seine Nägel.

Ricky (MICHAEL) Ja, die Lage ist so verzweifelt, daß wir gezwungen sind, die letzten Sauerstoffvorräte aufzubrauchen, um irgendwie die Trockner in Gang zu halten.

Frau *(reicht ihm aus dem Off eine Kaffeetasse aus feinem Porzellan)* Ein Täßchen, Schatz...?

Ricky Oh, sie ist ein Goldstück.

Schnitt zu einer Panoramaeinstellung des Everest.

Off-Sprecher Aber unerwartete Konkurrenz war ins Rennen gekommen. Ein Team französischer Fußpfleger, das mit nagelneuen Hühneraugenpflastern und Dr.-Scholl-Bergsteiger-Sandalen arbeitete, machte rasch Fortschritte. Der Orpheus-Männerchor aus Glasgow nahm den schwierigen Nordsattel in Angriff. *(Kurzer Schnitt zu einem Film, in dem eine Menge Menschen den Everest besteigen; gleichzeitig läuft das Proust-Lied wie in der Proust-Wettbewerb-Nummer.)* Insgesamt vierzehn Expeditionen *(Schnitt zu einem Diagramm mit Hunderten von gepunkteten Linien der vierzehn verschiedenen Routen)* waren ihm auf den Fersen. Es war soweit. Rick mußte eine Entscheidung treffen.

Schnitt zurück zu Patrice im Salon.

Patrice Tja, er beschloß, einen Salon zu eröffnen.

Off-Sprecher Es war ein umwerfender Erfolg.

Werbung in Kinostil mit Fotos.

Werbestimme (ERIC) Fordert Sie der Everest? Warum kommen Sie dann nicht bei »Ricky Pules« vorbei – nur 8000 Meter von diesem Kino entfernt. Ricky und Maurice bieten dem gepflegten Kletterer eine Vielzahl von Frisuren. So wie Sherpa Tensing und Sir Edmund Hillary sind Sie oben die Nummer eins, wenn Sie *oben* die Nummer eins sind!

Das Foto der beiden bei der Erstbesteigung zeigt sie mit wirklich fantastischen Frisuren.

Trickfilm-Sketch leitet über zur kleinen Mrs. Little, wie sie in ihrem Flur telefoniert. Sie ist eine liebe, kleine, alte Dame und lebt in einem ziemlich bunt eingerichteten Haus.

Mrs. Little (TERRY J.) Hallo, ist da die Feuerwehr?

Schnitt zur Feuerwache.

Erster Feuerwehrmann (MICHAEL) Nein, tut mir leid, falsch verbunden.

Er legt auf. Die Kamera fährt zurück; wir sehen vier oder fünf Feuerwehrmänner in voller Montur. Sie sind umgeben von Ausrüstung, durch ein Fenster sieht man funkelnde Feuerwehrwagen. Die Feuerwehrmänner sind mit verschiedenen häuslichen Tätigkeiten beschäftigt: einer lötet einen Detektorempfänger, ein anderer kocht an einer Werkbank, ein an-

ry Jones, Eric Idle, Graham Chapman, Michael Palin, John Cleese (v.l.n.r.).

y Jones, Graham Chapman, John Cleese, Eric Idle, Terry Gilliam, Michael Palin
.r.).

McGough (Eric Idle, li.), lyrikinfiziert, und Mr. Bones (John Cleese), von Kurzgeschi
ten genesen (Folge siebenundzwanzig).

Collage von Terry Gilliam.

ermezzo: »The Fish-Slapping Dance« (John Cleese, li., und Michael Palin in Folge
tundzwanzig).

»Unser Eamonn« – Graham Chapman (li., mit John Cleese in Folge einunddreißig).

Anne Elk (Miss) erläutert ihre höchsteigene Theorie über den Brontosaurus (J
Cleese, re., mit Graham Chapman in Folge einunddreißig).

n Cleese als Gehirnspezialist und Michael Palin (li.) als Mr. T.F. Gumby: »Mein ·irn tut weh!« (Folge zweiunddreißig).

am Chapman und Terry Jones als Mrs. und Mr. Jalin in: »Mollusken – Live-TV-ımentation« (Folge zweiunddreißig).

Eric Idle als Moderator der Dienstags-Dokumentation bzw. der Kinderstunde bzw
(Folge zweiunddreißig).

Sam Packinpahs Film »Jahre der Jugend« (Folge dreiunddreißig).

August.
3ovey Tracey hingefallen:
Pumpe hat sich in meinem Hosenbein verfangen.«
ıael Palin als Mr. Pither in ... :

… »Die Fahrradtour« (Folge vierunddreißig).

derer stickt, ein anderer sitzt an einer Nähmaschine. Der erste Feuerwehrmann wendet sich wieder einem Vogelkäfig zu, den er reinigt.

Zweiter Feuerwehrmann (ERIC) Dies Telefon klingelt schon den ganzen Tag!

Dritter Feuerwehrmann Was ist, wenn man den Teig verrührt hat? Schneidet man den Schinken mit dem Koriander in Würfel?

Erster Feuerwehrmann Nein, nein, du fügst sie separat hinzu, wenn die Weinblätter fertig sind.

Das Telefon klingelt.

Zweiter Feuerwehrmann O nein, nicht schon wieder!

Dritter Feuerwehrmann Leg einfach den Hörer daneben.

Der erste Feuerwehrmann legt den Hörer neben das Telefon.

Schnitt zurück zu Mrs. Little. Sie schaut den Hörer an und horcht noch einmal.

Mrs. Little Ich krieg die Feuerwehr nicht, Mervyn.

Mervyn, ihr 38jähriger, zwei Meter großer Sohn, erscheint.

Mervyn (JOHN) Hier, laß mich mal versuchen, Muttchen. Du geh mal und spiel Cello.

Mrs. Little Oh, das hilft auch nichts, Schatz.

Mervyn Paß auf. Willst du, daß der kleine Hamster lebt, oder nicht?

Mrs. Little Ja natürlich, Mervyn.

Mervyn Dann geh und spiel Cello!

Sie sieht ihn hilflos an und geht dann ins Wohnzimmer. Mervyn wählt.

Mervyn Hallo, hallo, ist da die Vermittlung? Ja, wir versuchen, die Feuerwehr zu erreichen... Nein, die *Feuerwehr.* Ja. Ja. Ja. Ja. Ja. Ja. Ja. Ja. Ja. Ja. *Was?... (Er zieht einen Schuh aus und schaut hinein.)* Größe 42. Ja. Ja. Ja. Ja. Ja. Ja. Nein, natürlich nicht. Ja...

Mrs. Little erscheint; sie betupft ihre Augen mit einem Taschentuch.

Mrs. Little *(berührt Mervyn sanft am Arm)* Er hat uns verlassen, Schatz.

Mervyn Was?

Mrs. Little Er hat sich verdrückt.

Mervyn Was?

Mrs. Little Der scheiß Hamster ist tot!

Mervyn *(gebrochen)* O nein! Was hast du gespielt?

Mrs. Little Ein paar Mozart-Konzerte, Schatz.

Mervyn Was... Wie ist er...?

Mrs. Little Seine Augen haben sich einfach geschlossen, und dann fiel er in den Papierkorb. Ich habe ihn mit dem »Großen Charlie-George-Fußballbuch« zugedeckt.

Mervyn *(gibt ihr den Hörer)* Bleib dran. Ich muß ihn sehen.

Mrs. Little Wir konnten nichts tun, Mervyn. Und wenn wir das ganze philharmonische Orchester hiergehabt hätten, er wäre dennoch gestorben.

Mervyn Ich gehe nach oben, ich halte es nicht aus.

Mrs. Little *(hält ihn zurück)* Es gibt kein Oben, Schatz, dies ist ein Bungalow.

Mervyn Verdammt. *(Er geht ab.)*

Mrs. Little *(ins Telefon)* Hallo, es tut mir leid, daß ich Sie habe warten lassen, es ist nur, daß... *(sie horcht, zieht einen Schuh aus und schaut hinein)* Größe 35, ja, es ist nur – wir haben einen unserer Lieben verloren, und mein Sohn war... ja, das ist richtig, Größe 42, ja, und... Oh, ach so... ja. Ja. Ja. Ja. Ja. Ja. Ja. Ja. Ach so, ja. Ja. Ich, ich... Ja. Ja. Nein... Nein... Ja. Ach so. Sie kriegen die Feuerwehr nicht, Mervyn, gehen auch die Jungen Pioniere?

Mervyn *(im Off)* Nein! Die würden nichts nützen!

Mrs. Little Nein, im Moment will er niemanden, danke. Nein. Ja. Ja. Nein, vielen Dank für Ihr Bemühen, Ja. Ja... Nein, Salamander. Ja. Ja. Danke, wiederhören.

Als sie den Hörer auflegt, geht die Haustür neben ihr auf, und ein riesiger afrikanischer Krieger in Kriegsbemalung steht da mit Speer und Schild. Zu seinen Füßen mehrere schicke Koffer.

Eamonn (GRAHAM) Mami.

Mrs. Little Eamonn. *(Er bringt die Koffer herein und schließt die Haustür.)* Mervyn! Schau mal, unser Eamonn ist da – oh, laß dich ansehen, sag, wie... wie ist es in Dublin?

Eamonn Also, die Dinge stehen da ziemlich schlecht im Moment, aber es gibt eine gewisse Hoffnung auf eine verfassungsmäßige Einigung.

Mrs. Little Ach, sag nichts. Laß dich nur ansehen.

Eamonn Toll, zu Hause zu sein, Mami. Wie geht es dir?

Mrs. Little Oh, mir geht's gut. Ich muß nur eben nach oben und dein Zimmer fertig machen.

Eamonn Dies ist ein Bungalow, Mami.

Mrs. Little O verdammt, ja. Mervyn, Mervyn, schau mal, wer gekommen ist, unser Eamonn ist da, um uns zu besuchen.

Mervyn erscheint. Er sieht vom Tod des Hamsters noch sehr mitgenommen aus.

Mervyn Hallo, Eamonn.

Eamonn Hallo, Merv.

Mervyn Wie war Dublin?

Eamonn Also, wie ich Mami grad gesagt hab, die Dinge stehen da ziemlich schlecht im Moment, aber es gibt eine gewisse Hoffnung auf eine verfassungsmäßige Einigung.

Das Telefon klingelt.

Mervyn *(am Telefon)* Hallo. Ja. Ja. Ja. Ja. Ja. – Was? Was? *(Eamonn hält ihm die nackte Fußsohle hin.)* Größe 41. Ja. Ja. Ja. Ja. Ja. *(Hält eine Hand vor die Sprechmuschel.)* Die Feuerwehr, sie wollen wissen, ob sie Donnerstag abend vorbeikommen können.

Mrs. Little O nein, am Donnerstag ist das Freunde-der-Industrie-Treffen mit Tanz. Können die nicht an einem anderen Tag kommen?

Mervyn *(ins Telefon)* Hallo, nein, Donnerstag ist *(brüllt)* ausgeschlossen!!! Ja. Ja. Ja. Ja... *(Abblende.)*

Aufblende zu einem Ansager in Smoking an einem Tisch mit einer Blumenvase, aus der eine Hand herausschaut und winkt.

Ansager (MICHAEL) Und so kam es, daß die Feuerwehr schließlich am Freitag abend vorbeischaute.

Schnitt zu Feuerwehrwagen, die aus der Feuerwehrstation herausgeschossen kommen und (in Zeitraffer) losbrausen. Sie halten vor dem kleinbürgerlichen Haus der Littles. Feuerwehrmänner strömen aus dem Wagen und schwärmen durch die Fenster ins Haus. Schnitt ins Innere des Littleschen Wohnzimmers. Es ist für eine Cocktail-Party hergerichtet. Mervyn ist in Abendgarderobe und sitzt auf dem Sofa. Er sieht sehr deprimiert aus. Mrs. Little in einem verblichenen Cocktailkleid. Eamonn immer noch in Kriegsbemalung mit Speer und Schild. Die Feuerwehrmänner erscheinen.

Mrs. Little Oh, ich bin so froh, daß Sie kommen konnten. Was möchten Sie trinken? Gin tonic? Sherry?

Feuerwehrmänner *(unisono)* Ein Schlückchen Sherry wäre nett. *(Als sie die Getränke einschenkt, gestehen die Feuerwehrmänner unisono:)* Wir werden wirklich gern zu diesen kleinen Partys gerufen, die sind viel besser als Feuer.

Das Telefon klingelt. Die Hälfte der Feuerwehrmänner geht, um abzunehmen.

Ein Feuerwehrmann *(im Off)* Ja. Ja. Ja...

Andere Feuerwehrmänner Und, wie war Dublin, Eamonn?

Eamonn Also, wie ich bereits zu Mami und Mervyn sagte, die Dinge stehen da sehr schlecht im Moment, aber es gibt eine gewisse Hoffnung auf eine verfassungsmäßige Einigung.

Mrs. Little *(zur Kamera)* Sehen Sie nur, wie sie sich amüsieren. *(Schnitt in den Flur: einer der Feuerwehrmänner ist am Telefonieren; andere sehen nach ihren Schuhgrößen.)* Wissen Sie, ich habe mich vor Partys immer gefürchtet, bis ich »Party-Tips von Veronica« gesehen habe. Ich glaube, es läuft gerade...

Schnitt: Schwenk über Berge in Cinemascope-Format darüber.
ROLL-TITEL:

DIE BRITISH BROADCASTING CORPORATION
IN ZUSAMMENARBEIT MIT TRANSWORLD INTERNATIONAL
UND NIMROD PRODUCTIONS PRÄSENTIERT
EINE ARTHUR E. RICEBACHER
UND DAVID A. SELTZER PRODUKTION
FÜR HASBACH ENTERPRISES
DIE MIT DEM PULITZER-PREIS AUSGEZEICHNETE IDEE
VON DANIEL E. STOLLMEYER
IN DER BEARBEITUNG VON CHARLES D. ORTIZ
NACH DEM ROMAN VON ROBERT HUGHES
FÜR DAS FERNSEHEN BEARBEITET VON
LOUIS H. TANNHÄUSER UND VERNON D. LARUE

PARTY-TIPS VON VERONICA SMALLS

EINE SELZENBACH-TRANSROD PRODUKTION
IN ZUSAMMENARBEIT MIT
VICTOR A. LOUNGE
ROLO LECKERE SÜSSIGKEITEN
FILSONS DÜNGER
TIME LIFE OHNE-MOOS-NIX-LOS-GMBH
DER VERWALTUNG DER ST. PAULS KATHEDRALE
DIESEM NETTEN MR. ROBINSON BEIM TIERARZT
RALPH READER
RALPH NADER
DER CHINESISCHEN REGIERUNG
MICHAELS TANTE BETTY IN AUSTRALIEN
EINE CINEMASCOPE PRODUKTION

Schnitt zu Veronica in der »Party-Tips«-Kulisse – eine ziemlich normale Küche.

Veronica (ERIC) Hallo, letzte Woche in »Party Tips« habe ich Ihnen gezeigt, wie ein kleiner Teller Gulasch für sechsundzwanzig Leute reichen kann, wie Sie das Beste aus Ihren Häppchen machen und wie Sie Ihr verstopftes Klo wieder flottkriegen. Diese Woche werde ich Ihnen zeigen, was man macht, wenn ein bewaffneter Aufstand der Kommunisten in der Nähe Ihres Hauses stattfindet und Sie gerade eine Party geben. Nun, natürlich hängt alles davon ab, wie weit die Party schon fortgeschritten ist, wenn der Ruf zur Roten Revolte erfolgt. Wenn Sie gerade als Auftakt Aperitifs nehmen – Dubonnet, einen Sherry oder einen Sekt –, dann sind die Gäste natürlich noch recht förmlich, und es wird schwer zu sagen sein, wer die kommunistischen Agitatoren sind. Was Sie also machen sollten, ist, etwas Stoff und ein bißchen Altpapier holen, es auf dem Boden ausbreiten und alle erschießen. So werden Sie mit der Roten Gefahr vor Ihrer eigenen Tür fertig. Wenn Sie Häppchen servieren, wie ich es Ihnen in der letzten Woche gezeigt habe, oder wenn Sie draußen grillen, dann sollten Sie alle Häuser in der Straße in Brand setzen. Dies wird anti-kommunistischen Haß schüren, und Ihre Nachbarn werden Ihnen beistehen, wenn Sie konterrevolutionären Terror organisieren. Sie sehen, wenn Sie rechtzeitig handeln, kann jeder linke Aufstand bis zum Ende der Party niedergeschlagen werden. Wiedersehen...

TRICKFILM: *ein Dutzend kommunistische Revolutionen. Dann –*

Schnitt in ein Sprachlabor. Mr. Mann führt Tick herum. Man sieht eine Zeile Kabinen, jede mit einem Lochbrett ausgekleidet. In jeder sieht man eine Person mit Kopfhörer plus Mikrophon, einen Kassettenrekorder und einen Drehstuhl.

Erste Kabine (ERIC) Schwazze Menschen. Schwazze Menschen. Rrrhodesier. Tötet die Schwazzen. Rrhodesier. Smith. Smith. Tötet die Schwazzen im Rahmen der fünf Gesetze.

Er spult den Kassettenrekorder zurück. Nickt Mr. Mann zu. Sie erreichen die zweite Kabine.

Zweite Kabine (TERRY J.) Es tut mir leid, aber solange es noch nicht offiziell vertuscht worden ist, kann ich dazu nichts sagen.

Mr. Mann (GRAHAM) Das ist unsere Politiker-Kabine.

Zweite Kabine Es gibt keinen übertriebenen Grund zur Beunruhigung, aber sicherlich auch keine Veranlassung zu Selbstgefälligkeit. Ha, ha, ha, he, he, he.

Sie gehen weiter zur nächsten Kabine.

Dritte Kabine (MICHAEL) Also, ich geh, ich geh nach unten an unsre Treppe. Ih ecki bumm. Tu Holz in' Bau, Mutter.

Mr. Mann tippt ihn an. Er nimmt den Kopfhörer ab.

Dritte Kabine *(normal)* Ja?

Mr. Mann Ih ecki bumm.

Dritte Kabine *(versucht es)* Ih ecki bumm.

Mr. Mann Ih ecki bumm!

Dritte Kabine Ih ecki bumm!

Mr. Mann Hervorragend.

Dritte Kabine Vielen Dank, Sir. *(Setzt Kopfhörer auf, hört weiter zu.)*

Mr. Mann Es ist eine wirklich schnelle Lernmethode.

Dritte Kabine Riechen Sie auch Gas, oder bin ich das?

Tick (JOHN) *(der sehr schüchtern ist)* Wirklich schön.

Sie kommen zur vierten Kabine, in der ein ausgesprochener Gentleman sitzt.

Vierte Kabine Hallo, Kleiner. *(Haucht)* Uuh, hast du Heimweh? Willst du dich amüsieren?

Mr. Mann Sehr gut.

Vierte Kabine *(männlich)* Vielen Dank, Sir.

Sie gehen an der fünften Kabine vorbei, dessen Insasse alberne Geräusche macht.

Mr. Mann Und wir kontrollieren alles von hier aus. *(Zeigt auf das Kontrollpult.)*

Tick Sehr schön.

Mr. Mann Und an was hatten Sie so gedacht?

Tick Also, äh, eigentlich etwas, das mich etwas weniger uninteressant macht.

Mr. Mann Ich verstehe, etwas wie: »Jetzt hören Sie mal zu, Sie mögen ja Vorsitzender sein, aber Ihr jämmerliches Auftreten bringt mich einfach zum Kotzen!« So etwas?

Tick O nein, nein, nein, eigentlich nicht, nein.

Mr. Mann Ach so, dann vielleicht etwas mehr wie Clive Jenkins? Vielleicht – etwa *(walisischer Akzent)*: »Mr. Schleimer alias Harold Wilson kann sich von mir aus pragmatisch nennen, bis er schwarz wird.«

Tick O nein, ich hätte viel lieber etwas, das mich anziehend macht wie ein Magnet.

Mr. Mann Ach so, dann ist unser »Mittelpunkt der Party«-Band sicherlich etwas für Sie.

Tick Was ist das?

Mr. Mann Nun so ungefähr: »'n Abend, der Herr, hab Sie 'ne ganze Weile nicht gesehen. Hab dich auch 'ne ganze Weile nicht gesehen,

Beryl. Zwei halbe, Schatz! Fährst den Jensen also immer noch? Kopf hoch, Jack, komm, trink noch einen, auf einem Bein ist schlecht stehen!«

Tick Fantastisch, ja.

Mr. Mann Gut, ich seh nur mal nach, ob wir das Band haben.

Er setzt Kopfhörer auf. Während er sich abkehrt, drehen sich die Leute in den Kabinen im Hintergrund auf ihren Stühlen herum und geben eine kleine Show-Einlage im Stil der dreißiger Jahre; sie haben ihre Kopfhörer auf, kicken synchron mit den Beinen etc.; sie singen:)

ZWISCHENTITEL: »DIE SANDY-WILSONS-VERSION VON ›THE DEVILS‹«

Alle Boo boopee doo
Boo boopee doo
Scuby duby duby doo-oo!
Hello operator
Is that the central line
Give me the Piccadilly number
Nine one o nine
Mr. operator now that number's wrong
So come on everybody
Let's sing this song...
In seinem ersten Buch beschreibt Proust wie... *etc.*

Gong ertönt.

Off-Sprecher (ERIC) Noch einmal von vorn!

Der Irre kommt ins Bild und winkt. Abblende.

Aufblende: Aufnahme des Everest.

Stimme (MICHAEL) Mount Everest, bedrohlich, unnahbar, furchterregend. Der höchste Ort der Erde. *(Die Kamera fährt zurück; die Everest-Aufnahme ist ein Plakat in einem Reisebüro; die Stimme gehört Mr. Bounder; er telefoniert.)* Nein, tut mir leid, da fahren wir nicht hin... Nein...

Er legt auf. Nach einer Weile kommt der Tourist – Mr. Rauchezuviel – ins Büro und geht auf Mr. Bounders Sekretärin zu.

Tourist (ERIC) Guten Morgen.

Sekretärin (CAROL) Oh, guten Morgen. *(Sexy)* Na? Möchtst du nach oben gehen?

Tourist Was?

Sekretärin *(sexy)* Möchtst du nach oben gehen? *(Heiter)* Oder sind Sie gekommen, um eine Reise zu buchen?

Tourist Äh . . . um eine Reise zu buchen.
Sekretärin Oh, tut mir leid.
Tourist Was sollte denn das mit dem nach oben gehen?
Sekretärin Oh, nichts, nichts. Also, wo wollten Sie denn hinfahren?
Tourist Indien.
Sekretärin Ah, eine unserer Abenteuerreisen!
Tourist Ja.
Sekretärin Nun, da sollten Sie besser mit Mr. Bounder reden. Mr. Bounder, dieser Herr interessiert sich für die Indien-Rundreise. *Er geht zu Bounders Schreibtisch.*
Bounder Ah, guten Morgen. Ich bin Abenteuer-Bounder.
Tourist Mein Name ist Rauchezuviel.
Bounder Bitte?
Tourist Mein Name ist Rauchezuviel. Herr Rauchezuviel.
Bounder Dann sollten Sie's 'n bißchen einschränken.
Tourist Was?
Bounder Dann sollten Sie's ein bißchen einschränken.
Tourist Oh, ach sooo! Ein bißchen einschränken! Wegen Rauchezuviel!
Bounder Ja, ha, ha . . . Den Witz bekommen Sie wohl häufiger zu hören, mh?
Tourist Nein, eigentlich nicht. Sonderbar, ist mir noch gar nicht aufgefallen. Rauche . . . zu . . . viel!
Bounder Jedenfalls interessieren Sie sich für eine unserer Abenteuerreisen, ja?
Tourist Ja. Ich hab Ihre Anzeige im Farbbatalog gesehen.
Bounder Im was?
Tourist Im Farbbatalog.
Bounder Im Farbbatalog?
Tourist Ja. Tut mir leid, ich bann den Buchstaben B nicht sprechen.
Bounder K?
Tourist Ja, richtig. Das rührt von einem Trauma her, das ich in meiner Bindheit durchlitten habe. Ich hatte mich mit einem Beil verletzt.
Bounder Einem Keil?
Tourist Nein, einem Beil.
Bounder Können sie den Buchstaben C aussprechen?
Tourist O ja, Creme, Caruso, Café, Cuba, Bings College Oxford.
Bounder Warum sprechen Sie nicht den Buchstaben C statt des Buchstabens K?

Tourist Wie meinen Sie das... Batalog mit C schreiben?
Bounder Ja.
Tourist Catalog. Oh, sehr gut. Daran hab ich nie gedacht.
Bounder Also, wegen der Reise.
Tourist Ja, ich hab Ihre Anzeigen in der Zeitung gesehen, und ich hab mehrfach Pauschalreisen gemacht, wissen Sie, und ich hab gedacht, daß das genau das richtige für mich wär.
Bounder Ah, gut.
Tourist Ja, ich bin da ganz Ihrer Meinung, ich finde, was hat das für einen Sinn, sich wie ein Schaf behandeln zu lassen, ich mein, ich hab es satt, ins Ausland zu fahren, wenn man wie ein Schaf behandelt wird, was hat das für einen Sinn, in Bussen herumgecarrt zu werden, umgeben von verschwitzten, hirnlosen Trampeln aus Bettering und Coventry, mit ihren Stoffkappen und ihren Strickjacken und ihren Transistorradios und ihren »Sunday Mirrors«, die sich über den Tee beschweren, »also Teekochen können die hier wirklich nicht, nicht wie zu Hause«, die auf Mallorca in Bodegas haltmachen, wo man »fish and chips« serviert und »Watney's Red Barrel« und Calamares, und zwei Sorten Gemüse, und die in Baumwoll-Strandmänteln dasitzen und Timothy-White-Sonnencreme überall auf ihr rohes, geschwollenes, vor lauter Blasen eitriges Fleisch schmieren, weil sie es »am ersten Tag übertrieben« haben!
Bounder *(stimmt geduldig zu)* Ja. Wirklich wahr. Ganz Ihrer Meinung...
Tourist Und in die ewigen Hotel Miramars und Bellevues und Continentals getrieben zu werden, mit ihren internationalen modernen Luxuszimmerchen und ihrem Watney's Red Barrel und ihren Swimming-pools voll mit fetten deutschen Geschäftsleuten, die so tun, als wären sie Akrobaten, und Pyramiden bauen und die Kinder erschrecken und sich in den Warteschlangen vordrängeln, und wenn Sie nicht pünktlich um sieben an Ihrem Tisch sind, dann verpassen Sie Ihren Teller Champignoncreme-Instantsuppe, das Gericht Nummer eins auf der Speisekarte der internationalen Küche, und jeden Donnerstagabend gibt es eine dämliche Kabarett-Show in der Bar mit einem winzigen, abgemagerten Kanaken mit einem Hüftumfang von 20 Zentimetern, und so einer dicken, fetten, aufgeblasenen Schlampe, mit Gel im Haar und einem Granatenarsch, die Flamenco für Ausländer vorführt.
Bounder *(hat es langsam satt)* Ja, ja, nun...
Tourist Und dann ein paar näselnde Tippsen aus Birmingham mit

Durchfall und schlabbrigen, weißen Beinen, und haarige, O-beinige, spaghettifressende Ober, die Manuel heißen, und dann gibt es einmal die Woche einen Ausflug zu den einheimischen römischen Ruinen, wo man Kirschlimonade und geschmolzenes Eis kaufen kann, und scheiß Watney's Red Barrel, und dann führen sie dich an einem Abend aus in ein einheimisches Restaurant mit Lokalkolorit und authentischer Atmosphäre, und sie bringen einen hin, und man sitzt neben einer Gruppe aus Rhyl, die die ganze Zeit »Torremolinos, Torremolinos« singt und sich über das Essen beschwert, »es ist alles zu fettig, findest du nicht auch?«, und dann wird man von so einem besoffenen Gemüsehändler aus Luton mit einer Instamatic und Dr.-Scholl-Sandalen und dem »Daily Express« vom Dienstag in die Ecke gedrängt, und der schwafelt und schwafelt und schwafelt, daß Mr. Smith dieses Land regieren sollte, und wie viele Sprachen Enoch Powell spricht, und dann übergibt der sich quer über die Cuba Libres...

Bounder Seien Sie bitte still...

Tourist Und bunte Postkarten schicken, von Orten, von denen sie nicht einmal wissen, daß sie sie gar nicht gesehen haben, »an alle in Nummer 22, Wetter wunderbar, unser Zimmer ist das mit dem Kreuz. Schade, daß ihr nicht hier seid.«

Bounder Halten Sie bitte die Klappe.

Tourist »Essen ziemlich fettig, aber wir haben zufällig dieses herrliche kleine Restaurant gefunden, das ganz versteckt in einer der Nebenstraßen liegt.«

Bounder Halten Sie die Klappe!

Tourist »Wo man sogar Watney's Red Barrel und Käse kriegt, und Zwiebel-...«

Bounder Halten Sie die Klappe!!!

Tourist »...-ringe, und der Akkordeonspieler ›Maybe it's because I'm a Londoner‹ spielt«, und vier Tage auf dem Rollfeld am Flughafen von Luton warten auf einer Fünf-Tage-Pauschalreise, wo man nichts zu essen kriegt als ein trockenes Watney-Sandwich...

Bounder Halten Sie Ihr dämliches Maul! Ich hab genug davon! Ich ruf die Polizei!

Er wählt und wartet.

Schnitt in eine Polizeiwache. Ein Polizist strickt, ein anderer bastelt eine Palme aus alten Zeitungen. Das Telefon klingelt.

Strickender Polizist Oh... leg den Hörer daneben! (*Sie tun es.*)

Schnitt zurück ins Reisebüro. Der Mann redet immer noch weiter, der

Reiseveranstalter sieht ärgerlich auf den Hörer und legt auf. Dann nimmt er erneut ab und wählt nochmal.

Bounder Hallo, Vermittlung, Vermittlung... ich versuche, die Polizei zu erreichen... die Polizei. Ja. Was? *(Zieht seinen Schuh aus und sieht hinein.)* 44, 44, ja. Ja... ach so... können Sie's vielleicht weiter versuchen, bitte...

Währenddessen redet der Tourist immer weiter:

Tourist ...und nirgendwo kann man schlafen, und die Kinder kotzen und übergeben sich auf die Plastikblumen, und sie sagen einem immer wieder, daß es nur noch eine Stunde dauert, obwohl das Flugzeug noch in Island ist und darauf wartet, ein paar Schweden nach Jugoslawien zu bringen, bevor es dich um 3 Uhr morgens von dem verdammten Rollfeld abholen kann, und man sitzt auf dem Rollfeld bis sechs wegen »unvorhergesehener Schwierigkeiten«, d. h. wegen des ständigen Streiks der Luftverkehrskontrolle in Paris, und niemand kann zur Toilette gehen, bis man um 8 Uhr losfliegt, und wenn man am Flughafen von Malaga ankommt, schlucken alle Enterovioform-Tabletten und stehen an den Toiletten an, und wenn man endlich zum Hotel kommt, dann gibt es kein Wasser in der Leitung, gibt es kein Wasser im Pool, gibt es kein Wasser im Moor, und es gibt nur eine scheiß Eidechse im Bidet, und die Hälfte der Zimmer sind doppelt belegt, und man kann sowieso nicht schlafen...

Die Sekretärin steht auf und geht zur Kamera.

Sekretärin *(in die Kamera)* Oh, tut mir leid, daß Sie warten mußten... Kommen Sie bitte, hier entlang...

Die Kamera folgt ihr aus dem Büro, einen kurzen Flur hinab zur Kulisse für ein Interview in einer Dokumentarsendung, während der Kunde immer noch weiterquasselt. Wir folgen ihr in die Kulisse.

Sekretärin Hier sind sie. *(Sie dreht sich wieder zur Kamera, die sich ihr ein wenig entgegenbewegt, als warte sie darauf, gerufen zu werden.)* So ist gut. Wiedersehen.

Ein Moderator sitzt mit einem Gast in der typischen spätabendlichen Interview-Kulisse. Hinter ihnen auf einer Tafel sieht man das Bild eines Dinosauriers.

Moderator (GRAHAM) Guten Abend.

EINBLENDUNG: »VORSTOSS: EIN ZIEMLICH UMSTRITTENER BLICK AUF DIE WELT UM UNS HERUM«

Moderator Heute abend bei mir zu Gast ist Anne Elk. Missis Anne Elk.

Miss Elk (JOHN) Miss.
EINBLENDUNG: »ANNE ELK«

Moderator Sie haben eine neue Theorie über den Brontosaurus.

Miss Elk Darf ich hier grad mal kurz erwähnen, Chris, daß ich eine neue Theorie über den Brontosaurus habe?!

Moderator Ja, sicher. *(Er macht eine auffordernde Handbewegung, aber sie sagt nichts.)* Wie lautet sie . . .?

Miss Elk Wo? *(Schaut umher.)*

Moderator Nein, nein, Ihre neue Theorie.

Miss Elk Oh, wie lautet meine Theorie!

Moderator Ja.

Miss Elk Oh, wie lautet sie, meine Theorie! Nun, Chris, Sie können mich gern fragen, wie meine Theorie lautet.

Moderator Ich *frage* ja.

Miss Elk Gut für Sie. Allerdings, ja. Gut, Chris, wie lautet sie, in ihrem Wortlaut – diese meine Theorie. Nun, sie lautet so, in ihrem Wortlaut – meine Theorie, die ich habe, die meinige sozusagen, die meine ist.

Moderator *(zeigt erste Anzeichen von Verzweiflung)* Ja, ich weiß, daß es Ihre ist, wie lautet sie?

Miss Elk Wo? Oh, wie lautet meine Theorie? Sie lautet so. *(Räuspert sich ziemlich lange.)* Meine Theorie, die mir gehört, lautet wie folgt. *(Räuspert sich sehr lange.)* Sie besagt dies. Das nächste, was ich sagen werde, ist meine Theorie. Sind Sie soweit?

Moderator Ja!!!

Miss Elk Meine Theorie, von A. Elk. Klammer auf, Miss, Klammer zu. Die Theorie besagt das folgende und beginnt jetzt –: Alle Brontosaurier sind an einem Ende dünn, in der Mitte viel, viel dicker, und dann am hintersten Ende wieder dünn. Das ist meine Theorie, und sie ist von mir. Sie gehört mir, und ich besitze sie und wie sie lautet dazu.

Moderator Das *war's,* ja?

Miss Elk Haargenau, Chris.

Moderator Nun, äh, diese Theorie von Ihnen scheint mir den Nagel auf den Kopf zu treffen.

Miss Elk Und sie ist von mir.

Moderator Ja, vielen Dank, daß Sie zu uns ins Studio gekommen sind. Vielen Dank.

Miss Elk Es war mir ein Vergnügen, Chris. . .

Moderator Nächste Woche wird Großbritanniens neueste Wespenfarm. . .

Miss Elk Es hat mir viel Spaß gemacht.

Moderator Ja, vielen Dank.

Miss Elk Zu sagen, wie meine Theorie lautet.

Moderator Ja, danke.

Miss Elk Und wessen Theorie es ist.

Moderator Ja, danke – das ist alles – danke... eröffnet nächste Woche.

Miss Elk Ich habe noch eine Theorie.

Moderator Ja.

Miss Elk Sie heißt meine zweite Theorie oder meine Theorie Nummer zwei...

Moderator Danke. Großbritanniens neueste Wespenfarm...

Miss Elk Diese zweite Theorie, die also, von der ich sprach...

Moderator *(das Telefon klingelt; er hebt ab)* Ja... Nein, ich versuche es gerade...

Miss Elk ...die ich ohne Zweifel darlegen könnte. Diese zweite Theorie, die mit derjenigen, die ich erklärt habe, ein Theorienpaar bildet, das ich besitze und das mir gehört, geht so...

Moderator *(zieht seinen Schuh aus, schaut hinein)* 44, weite Paßform... Bei Balleys in der Bond Street. Was? Nein, so ein Straßenschuh...

Miss Elk So lautet sie, meine Theorie. *(Räuspert sich sehr, sehr lange und vernehmlich.)*

Moderator 42 1/2...

Miss Elk Sie lautet so... *(Räuspert sich exzessiv lange.)*

Der Moderator steht auf und verläßt die Kulisse, um nach nebenan in die Reisebüro-Kulisse zu gehen. Miss Elk bleibt einen Moment lang zurück.

Bounder telefoniert immer noch. Der Tourist redet ununterbrochen.

Tourist *(während der ganzen folgenden Szene)* ...und das spanische Fremdenverkehrsbüro verspricht einem, daß die wütende Cholera-Epidemie nur ein Fall von milder spanischer Magenverstimmung ist, wie der letzte Ausbruch der spanischen Magenverstimmung von 1660, der halb London umgebracht und die europäische Bevölkerung beträchtlich dezimiert hat, und die verdammte Guardia ist inzwischen damit beschäftigt, Sechzehnjährige, die sich auf der Straße geküßt haben, zu verhaften, und jeden unter neunzehn zu erschießen, der Franco nicht mag...

Der Moderator geht auf Bounder zu. Ein zweites Telefon auf Bounders Schreibtisch klingelt; der nimmt ab.

Bounder Hallo! Ja. Ja...

Moderator *(unterbricht ihn kurz)* Die Feuerwehr ist hier. Sie kommen gerade!

Bounder *(in beide Telefone gleichzeitig)* Hallo! Nein, nein, nein, ich glaube, die gehören jetzt alle zur Britischen Schuh-Innung.

Miss Elk ist unterdessen dem Moderator gefolgt.

Miss Elk Chris, diese andere Theorie von mir, die von mir ist, wie die andere, besitze ich auch. Die zweite Theorie...

Die Feuerwehr kommt herein, die Sekretärin geht den Männern entgegen und begrüßt sie. Während sie Small-talk betreibt, zieht sie ihren Schuh aus, um die Größe zu überprüfen. Währenddessen...

Miss Elk Meine zweite Theorie besagt, daß Feuerwehr-Chöre selten Lieder über Marcel Proust singen.

Kein Halbtakt vergeht, und die Feuerwehr hebt an, das Proust-Lied zu singen. Nach der üblichen Anzahl von Takten hören wir den Gong.

Off-Sprecher (ERIC) Noch einmal von vorn!

Der Irre schaut in die Kamera und winkt; Abblende. Der Bildschirm bleibt ein paar Sekunden schwarz, dann schiebt sich der Irre wieder vor die Kamera und winkt vor schwarzem Hintergrund, bis auch er abgeblendet wird.

Zweiunddreißig – Der Kampf gegen die Pornographie

Wochenschau-Archivmaterial.

Off-Sprecher (ERIC) *(Wochenschaustimme)* Im modernen Großbritannien, vereinigt unter einem bedeutenden Führer, sind es die britischen Hausfrauen, die die Dinge in Gang bringen. *(Kampfflugzeuge in der Luft; Bild von Edward Heath.)* Hier sehen Sie einen Bus voll netter Damen, die losgezogen sind, um die Produktion in einer Autofabrik anzukurbeln. *(Ein Bus voll mit Schreckschrauben, middle class, graue Haare, Mary-Whitehouse-Brillen; auf dem Bus steht: »Tory Tours«.)* Und da wären wir, Jungs, bei der Keine-Eile-Brigade, die endlose Überstunden lang tatenlos herumhängt. Und sehen Sie nur, wie sich diese prächtigen Mädels an die Arbeit machen... *(Schnitt auf einen Fabrikhof; ein paar Arbeiter in braunen Overalls essen Butterbrote; die Uhr steht auf 13.15; der Bus kommt hereingeschwenkt, die Damen strömen auf den Platz und schlagen mit Schirmen und Handtaschen auf die Männer ein; die Männer fliehen zurück in die Hallen.)* Wird zu langsam gearbeitet? Nun, darauf gibt es eine Antwort. *(Ein Mann an einer Maschine, der etwas in rasendem Tempo herstellt; eine Schreckschraube hinter ihm hält einen riesigen Vorschlaghammer.)* Ja, das ist sicherlich die richtige Methode, die Produktion anzukurbeln. *(Totale des Fabrikinneren; drei Schreckschrauben stehen auf einer Rampe oberhalb der Arbeitsfläche, sie tragen Armbinden mit der Aufschrift »P. P.« und dunkle Mary-Whitehouse-Brillen.)* Sie ist das Rezept für gesteigerte Produktivität, das der Bedrohung durch die abscheulichen Ausländer entgegenzusetzen ist, wenn Großbritannien seinen natürlichen Platz an der Spitze der Britischen EWG einnimmt. *(Eine Gruppe Streikender mit Transparenten: »Preise runter, Löhne rauf«, »Mitbestimmung«, »Schluß mit der Ausbeutung«.)* Und wie finden Sie diese Methode, den Streik zu brechen? *(Schreckschrauben erscheinen, an den Seiten eines alten Buick festgekrallt; sie rasen heran und verprügeln die Streikenden mit den Transparenten.)* Diese pickeligen Europäer werden sich vor Miss Britannia hüten müssen; und, da wir von Windmühlen sprechen, diese Mädels haben keine Angst, gegen unsere freizügige Gesellschaft vorzugehen. *(Eine Kunstgalerie; außen; Schreckschrauben stürmen sie mit Eimern, Leitern u. ä.)* In der sogenannten Kunst boomt das Geschäft, aber man kann den Spieß auch umdrehen. *(Schnitt in das Innere der Galerie; Schwenk über »gesäuberte« Bilder – Akte und Plastiken bekommen Hosen und Strickjacken über-

gezogen; David trägt Bermuda-Shorts, auch ein röhrenförmiges Objekt trägt kurze Hosen, ebenso ein Wärter.) Und nicht nur die moderne, sogenannte bildende Kunst wird gesäubert.

Schnitt auf eine Bühne. Desdemona in einem Bett, bei ihr Othello.

Othello O Desdemona, Desdemona.

Die Schreckschrauben rasen auf die Bühne und zerren Othello von der Bühne.

Off-Sprecher Und diese Europäer sollten besser auf ihre schmutzige ausländische Literatur aufpassen. Jean-Paul Sartre und Jean Genet sollen ihr blaues Wunder erleben. Ärgern wir uns nicht über ihre unflätige Sprache – 1973 werden sie alle in Englisch schreiben müssen. *(Schreckschrauben, die Bücher verbrennen: »Bertrand Russell«, »Das Kapital«, den »Guardian«, »Sartre«, »Freud«.)* Sie können ihr schickes europäisches Bidet behalten, Madame Ausländer – Miss Britannia *weiß,* wie man sich die Füße wäscht. . . Und sie kämpft wie ein Bingo-Boy, wenn es darum geht, den Bildschirm sauber zu halten. . .

Schnitt zum BBC-Fernseh-Zentrum. Die Schreckschrauben kommen mit Transparenten hereinmarschiert: »Säubert das Fernseh-Zentrum«, »Gott sagt ›Nein‹ zu Schmutz«. »Zu den Zellen« steht an einer Mauer. Schnitt: eine Schreckschraube an einem Rednerpult, im Hintergrund ein Schild: »Gesucht, tot oder lebendig« und ein Foto von Robert Robinson.

Off-Sprecher Hüten Sie sich vor diesen üblen europäischen Shows in diesem fiesen zweiten Programm. *(Bewaffnete Schreckschrauben führen Leute aus dem Fernseh-Zentrum ab.)* Aber abgesehen von ihren Attacken auf diese schlüpfrige Brutstätte linksextremer Europageilheit in Sheperds Bush, was sind die Ansichten dieser ganz normalen Muttis? Können sie Hegel akzeptieren?

Schreckschraube (GRAHAM) *(wie aus der Pistole geschossen)* Nein!

Off-Sprecher Ziehen Sie Leibniz Wittgenstein vor?

Schreckschraube (TERRY J.) Nein! Nein!

Off-Sprecher Und wo stehen Sie in bezug auf die Jugend?

Schreckschraube (ERIC) Genau hier, Schätzchen. *(Sie steht auf dem Kopf eines langhaarigen Jugendlichen.)*

Off-Sprecher Und ihr Einfluß wächst täglich, und wenn diese Mädels ihre Ärmel hochkrempeln, gibt es kein Entrinnen mehr. *(Schreckschrauben auf dem Turm eines Panzerfahrzeugs, flankiert von vier Schreckschrauben auf Motorrädern.)* Ja, so ist man gerüstet für den ewigen Kampf gegen die Pornographie.

Maschinengewehre rattern. Zwei Schreckschrauben schießen aus einem Schützengraben. Handgranaten werden geworfen; eine Schreckschraube schleudert eine gezündete Handtasche; Bomben; Rauch. Am Ende des Films machen wir weiter mit dem nackten Organisten (Terry J.), der zwischen den Explosionen sitzt. Er spielt seine Akkorde.

Ansager (JOHN) Und nun...

Jetzt-Mann (MICHAEL) Und jetzt...

Trickfilm-Vorspann.

Off-Sprecher (JOHN) Monty Python's Flying Circus.

Großaufnahme eines Schildes mit der Aufschrift »Harley Street«. Bewegte Musik. Dann das Innere einer feinen, vornehmen, unheimlich luxuriösen Harley-Street-Praxis. Die Musik wird lauter und dann ausgeblendet. Ein Klopfen an der Tür, kurze Pause, dann tritt T.F. Gumby ein, rückwärts.

T.F. Gumby (MICHAEL) *(brüllt)* Doktor! Doktor! Doktor! *(Er geht zum antiken Schreibtisch und schlägt brutal auf die Klingel; er zerschmettert die Sprechanlage und zertrümmert mehr oder weniger den kompletten Schreibtisch.)* Doktor! Doktor! Doktor! Doktor! Doktor! Doktor! Wo ist der Doktor?

Pause. Dann öffnet sich eine andere Tür, und ein weiterer Gumby erscheint.

Gumby-Spezialist (JOHN) *(brüllt)* Hallo!

T.F. Gumby *(brüllt)* Sind Sie der Gehirnspezialist?

Spezialist Hallo!

T.F. Gumby Sind Sie der Gehirnspezialist?

Spezialist Nein, nein, ich bin nicht der Gehirnspezialist. Nein, nein, bin ich nicht... Ja. Ja, bin ich.

T.F. Gumby Mein Gehirn tut weh!

Spezialist Na, dann wollen wir's uns mal ansehen, Mr. Gumby.

Der Gumby-Spezialist beginnt Mr. Gumby die Hose aufzuknöpfen.

T.F. Gumby Nein, nein, nein, mein Gehirn in meinem Kopf!

Spezialist haut ihm auf den Kopf.

Spezialist Das muß da raus.

T.F. Gumby Raus? Aus meinem Kopf?

Spezialist Jawohl! Jedes kleine Stückchen. *(Brüllt nach hinten)* Schwester! Schwester! *(Eine Schwester kommt herein; er brüllt noch eine Weile weiter)* Schwester! Schwester...! Bringen Sie Mr. Gumby zu einem Gehirnchirurgen.

Schwester Ja, Doktor...

Sie führt Gumby hinaus. Im Hintergrund hört man den Spezialisten brummen und rufen.

Spezialist Wo ist die »Lancet«?
Schwester *(zu T.F. Gumby)* Er ist ein As, müssen Sie wissen.
Spezialist Wo ist die scheiß »Lancet«? *(Pause.)* Mein Gehirn tut auch weh.

Rasender Krankenwagen. »Dr. Kildare«-Erkennungsmelodie. Schnitt in einen Operationssaal.

Chirurg (GRAHAM) *(zieht sich die Gumby-Requisiten an)* Handschuhe... Brille... Schnurrbart... Taschentuch. *(Brüllt mit Gumby-Stimme)* Ich operiere jetzt!!!

Wir sehen nun, daß er von Gumbys umgeben ist. T.F. liegt auf dem Operationstisch.

Alle Operieren! Operieren! Operieren!

Sie gehen mit Hammer, Säge etc. auf T.F. los.

T.F. Gumby Hallo!
Gumby-Chirurg Ooh! Wir haben die Narkose vergessen!
Operierende Gumbys Narkose! Narkose! Narkose! Narkose...!!!

Alle blicken gespannt zur Tür. In diesem Moment kommt ein Gumby-Anästhesist mit zwei Gas-Flaschen knapp neben der Tür durch die Wand gekracht.

Gumby-Anästhesist Ich komm, um Sie zu betäuben!

Er hebt einen Gaszylinder und schlägt ihn Gumby auf den Kopf. Bong. Schwärze. Wir gelangen ins Reich des Trickfilms...

Dann Schnitt in ein gewöhnliches, kleinbürgerliches Wohnzimmer. Mr. und Mrs. Jalin sitzen auf einem Sofa. Mrs. Jalin füllt ein Hühnchen. Mr. Jalin liest im Telefonbuch. Wir sehen zunächst mit ihnen fern; das Ende des Trickfilms ist noch zu sehen. Wir hören einen Sprecher:

Sprecher (ERIC) Die Neun-Uhr-Nachrichten, die im Anschluß folgen sollten, fallen heute aus. Statt dessen übertragen wir Ihnen das Viertelfinale der »All Essex« Badminton-Meisterschaften. Ihr Kommentator ist wie immer Edna O'Brien.

Stimme des Kommentators (MICHAEL) *(irischer Akzent)* Hallo, Fans! Jessesmaria, heut nachmittag wird hier in Essex 'n feiner Badminton gespielt. Wir haben echt...

Mr. Jalin nimmt einen Morgenstern vom Boden und zertrümmert den Fernseher. Es klingelt an der Tür. Mr. Jalin setzt sich mürrisch wieder hin. Mrs. Jalin geht zur Tür, öffnet und kommt zurück.

Mrs. Jalin (GRAHAM) George.
Mr. Jalin (TERRY J.) Ja, Gladys.
Mrs. Jalin Da ist ein Mann mit einem Schnurrbart an der Tür.

Mr. Jalin Sag ihm, ich hab schon einen. *(Mrs. Jalin schlägt ihn mit einer Zeitung auf den Kopf.)* Schon gut, schon gut. Was will er denn?

Mrs. Jalin Er fragt, ob wir einen Dokumentarfilm über Mollusken wollen.

Mr. Jalin Mollusken?

Mrs. Jalin Ja.

Mr. Jalin Was meint er damit, Mollusken?

Mrs. Jalin MOLLUSKEN!!! GASTROPODEN! LAMMELIBRANCHIATA! CEPHALOPODEN!

Mr. Jalin Ooh, Mollusken! Ich dachte, du hättest Schinken gesagt. *(Sie schlägt ihn wieder.)* Schon gut, schon gut. Wieviel will er denn dafür haben?

Mrs. Jalin Es kostet nichts.

Mr. Jalin Ooh! Wo sollen wir denn sitzen?

Mrs. Jalin *(ruft zur Tür)* Er sagt ja.

Mr. Zorba kommt herein. Er trägt eine Sperrholzplatte, aus der ein Fenster herausgeschnitten wurde; sie stellt den Fernseher dar. Zorbe stellt sich hinter die Platte und fängt an.

Zorba (JOHN) Guten Tag. Heute abend: Molluske. Die Molluske ist ein weiches, nicht-segmentiertes, wirbelloses Tier, das in der Regel von einer großen Schale geschützt wird. Als eine der größten Gattungen der Wirbellosen werden die Mollusken an Artenreichtum nur von den Arthropoden übertroffen... nämlich... *(er hebt einen Hummer hoch)*...

Mrs. Jalin Nicht sehr interessant, mh?

Zorba Was?

Mrs. Jalin Ich hab mit *ihm* gesprochen!

Zorba Oh. Also, die typische Molluske, zum Beispiel eine Schnecke *(hebt eine hoch)* besteht überwiegend aus Muskelmasse, dem Kopf-Fuß, einem Eingeweidesack und einer Schale, die an der Oberfläche des Mantels gebildet wird.

Mrs. Jalin Fürchterlich, findest du nicht?

Zorba Was?

Mrs. Jalin Ich habe mit *ihm* gesprochen!

Zorba Oh, naja, also... bei manchen Mollusken, zum Beispiel der Nacktschnecke *(hält eine hoch)* ist die Schale allerdings nicht vorhanden oder nur rudimentär...

Mr. Jalin Schalt ihn ab.

Mrs. Jalin steht auf und sucht vergeblich nach dem Schalter.

Zorba ...wohingegen bei anderen, nämlich den Cephalopoden, der

Kopf-Fuß stark modifiziert ist und Fangarme ausbildet, so zum Beispiel beim Tintenfisch... Was machen Sie da?

Mrs. Jalin Sie abschalten.

Zorba Warum? Gefällt es Ihnen nicht?

Mrs. Jalin Es ist fürchterlich.

Mr. Jalin Peinlich!

Zorba Tatsächlich?

Mrs. Jalin Ja, es ist absolut grauenhaft.

Mr. Jalin Skandalös! Ich versteh nicht, wie die sich trauen, so was zu senden.

Mrs. Jalin Und so langweilig.

Zorba Nun... es ist nicht grad ein tolles Thema... das müssen Sie zugeben.

Mrs. Jalin Was meinst du, George?

Mr. Jalin Gib ihm noch zwanzig Sekunden.

Zorba *(in doppeltem Tempo)* Also, die meisten Mollusken gehören drei großen Gattungen an, den Gastropoden, den Lamellibranchiata und den Cephalopoden...

Mrs. Jalin Das wissen wir! *(Sie steht auf, will ausschalten.)*

Zorba Aber, was viel interessanter ist, äh... ist das, äh... Geschlechtsleben der Mollusken.

Mrs. Jalin *(hält abrupt inne)* Oh!

Zorba Ja, die Molluske ist ein geiler kleiner Kerl, dessen primitives Gehirn kaum vom Thema »Na-Sie-wissen-schon« abkommt.

Mrs. Jalin *(geht zurück zum Sofa)* Ekelerregend!

Mr. Jalin Sollte man verbieten.

Zorba Der geilste Gastropode ist die Napfschnecke. Dieses heißblütige kleine Biest mit seiner zeltartigen Schale ist immer am Ball. Seine außereheliche Aktivität ist schon erstaunlich. Ehrlich gesagt, ich weiß nicht, wie die weibliche Napfschnecke noch Zeit findet, sich an einen Felsen festzusaugen... Wie bin ich?

Mrs. Jalin Ekelhaft.

Mr. Jalin Aber interessanter.

Mrs. Jalin O ja. Ts, ts, ts.

Zorba Ein anderer liederlicher Gastropode ist die Strandschnecke. Dieser schamlose kleine Wüstling mit seiner charakteristischen ventralen Fortbewegungsweise... ist *nicht* der Typ, der ans Heiraten denkt: Immer und mit jedem ist sein Motto. Hoch mit der Schale, und schon sind sie zu Gange.

Mrs. Jalin Was ist mit den Lamellibranchiata?

Zorba Dazu komme ich jetzt... Die große Kamm-Muschel *(hält eine hoch)*, dieser schäbige, skrofulöse alte Triebtäter, steht an Verderbtheit nur der gemeinen Venusmuschel nach. *(Hält eine Venusmuschel hoch.)* Letztere ist eine regelrechte Hure, eine Metze, eine Schlampe, ein zynisches, von Bett zu Bett hüpfendes, knack-brüstiges, rabelaissches Meeresfrüchtchen, gegen die Fanny Hill aussieht wie ein toter Papst... Und schließlich jene verkommenste Unterart aller zweischaligen Lamellibranchiata: die Wellhornschnecke. Die Wellhornschnecke ist nichts als ein Homosexueller der allerschlimmsten Sorte. Dieser warme Bruder unter den Gastropoden, diese schwule Krustazee, dieses gezierte Weichtier, diese kreischende, tänzelnde, schlapparmige Tunte der Tiefe bringt mich einfach zum Kotzen!

Mrs. Jalin Haben Sie eine da?

Zorba Hier! *(Hält eine hoch.)*

Mrs. Jalin Bringen wir sie um! Ekelhaft!

Zorba wirft sie auf den Boden, und Mr. und Mrs. Jalin trampeln darauf herum.

Mr. Jalin Das wird ihr eine Lehre sein. Vielen Dank für die sehr interessante Sendung.

Zorba Oh, nichts zu danken. Ich danke Ihnen.

Mrs. Jalin Ja, das war wunderbar.

Zorba Vielen Dank. *(Sie schütteln sich die Hände.)*

Mrs. Jalin Vielen Dank.

Schnitt zu einem Studio-Moderator an einem Tisch.

Moderator (TERRY G.) Und nun ein Wort vom Mann auf der...

Schnitt zu »Stimmen des Volkes« in Glencoe: ein Verrückter.

Verrückter (GRAHAM) ...Straße.

TRICKFILM: *Allesfresser-Baby.*

Schnitt zu den Neun-Uhr-Nachrichten. Ein Nachrichtensprecher am Pult. Das Foto eines unbekannten Ministers erscheint auf dem Schirm hinter ihm.

Nachrichtensprecher (MICHAEL) Der Minister für Nicht-auf-die-Leute-Hören begab sich heute nach Batley um Vorwürfen des Betrugs im Zusammenhang mit Inlandsanleihen nachzugehen, die letzte Woche *(Foto hinten wechselt zum Porträt eines anderen gesichtslosen Ministers)* vom Schattenminister für das Beurteilen-von-Menschen-auf-den-ersten-Blick erhoben wurden, wonach diese geringfügig schwerwiegender seien, als sie tatsächlich sind. *(Foto wechselt* *zur Fassade des Innenministeriums.)* Im Innenministerium fand man den Minister für Sich-in-Männerklubs-zwischen-alle-Stühle-Setzen nach einer kurzen Krankheit wieder an seinem Schreibtisch. Er beschäftigte sich am Morgen mit der Situation in Irland, später am Tag traf er sich zu ausführlichen Gesprächen mit dem Minister für Die-Treppe-Hinaufspringen-zwei-Stufen-auf-einmal-Nehmen-die-Tür-Aufreißen-und-»Ha, ha! Erwischt, Mildred«-Sagen. *(Foto des Parlamentsgebäudes.)* Im Unterhaus wurde einen weiteren Tag lang heftig über die dritte Lesung der Gesetzesvorlage zu den Handelsbestimmungen debattiert. Roland Penrose, der Staatssekretär für Äußern-tiefer-knurrender-Laute-grrr, ging über zu einem erbitterten persönlichen Angriff auf den Ex-Minister für Tief-in-schwarze-Satintaschen-Langen-und-eine-Tube-Euthymol-Zahnpasta-Hervorholen. Später in der Debatte forderte der Staatssekretär für Sich-Fürchten-vor-jeder-Art-landwirtschaftlicher-Maschinen den Unterstaatssekretär für Sich-vor-Terence-Rattigan-Verstecken auf, die diesjährigen Handelsziffern vorzulegen, wie sie die Abteilung für Stehlen-von-Verbandspäckchen-im-Selbst-Bedienungsladen-bei-Timothy-White-und-sie-mit-einem-beträchtlichen-Gewinn-wieder-Verkaufen zur Verfügung gestellt hat. Die Parlamentarier erhoben sich um 11 Uhr 30, und, als sie durch einen dunklen Gang in das alte Pfarrhaus gekrochen waren *(die Kamera nähert sich langsam dem Gesicht des Nachrichtensprechers, bis es schließlich den Bildschirm füllt),* brachen sie die Tür zur Durchreiche auf, strichen das Gästezimmer, und nächste Woche werden sie wahrscheinlich mit dem Kinderzimmer anfangen können, wenn Amy und Roger, die für ein paar Tage in London weilen, den geheimnisvollen Mr. Grenville aufsuchen.

EINGEBLENDETER ZWISCHENTITEL: »STATT ›HEUTE IM PARLAMENT‹ NUN DIE KLASSIKER-SERIE«

Dieser ist, wie D'Arcy aufgedeckt hat, mitnichten aufrichtig gewesen. Sybille spürt noch einmal ein Aufwallen ihrer alten Zuneigung. Sie kehrt mit Balreau zu ihrem kleinen Haus in Clerment-Ferrand zurück, einem dieser Zwei-oben-zwei-unten-Häuser, in denen heute die meisten französischen Arbeiter überall in der europäischen Gemeinschaft leben.

EINGEBLENDETER ZWISCHENTITEL: »STATT DER KLASSIKER-SERIE NUN DIE DIENSTAGS-DOKUMENTATION«

Schnitt zum Foto einer Baustelle in Frankreich. Schwenk über das Foto.

Moderator (ERIC) Der Gebrauch von Fertigbauteilen erleichtert den eigentlichen Bau vor Ort *(die Kamera zieht sich langsam vom Foto zurück, das nun als Hintergrundelement eines Dokumentarfilms über die Baubranche erscheint; der Moderator sitzt auf einem Stuhl),* und so wird der soziale Wohnungsbau Wirklichkeit. Die Hauswände sind mit vorgespanntem Asbest ausgekleidet, der das Haus schön kuschelig warm hält und es vor dem großen, bösen Wolf schützt, der kratzen und kratzen kann, was das Zeug hält, aber einfach nicht in das Haus unseres kleinen Schweinchens reinkommt.

EINGEBLENDETER ZWISCHENTITEL: »STATT DER DIENSTAGS-DOKUMENTATION NUN DIE KINDERSTUNDE«

Moderator Wo ist unser kleines Schweinchen? Da ist es. Was für ein lustiger kleiner Kerl. *(Schnitt: Zeichentrickfilm, in dem das Schweinchen einen kleinen Tanz vorführt.)* Aber unser kleines Schweinchen hat Glück gehabt – er hat die urbanen Umwälzungen der dreißiger und vierziger Jahre gut überstanden. Für ihn ist Jarrow bloß Erinnerung. *(Die Kamera fährt zurück, und das Schweinchen erscheint nun als Teil einer tabellarischen Darstellung, wie sie in Dokumentarfilmen gezeigt werden.)* Die Hungermärsche, die Unruhen im East End, der Zusammenbruch der Labour-Regierung 1931 *(Archivfilmaufnahme von Ramsey MacDonald und Demonstrationszügen in Jarrow.)*

EINGEBLENDETER ZWISCHENTITEL: »STATT DER KINDERSTUNDE NUN WIEDER DIE DIENSTAGS-DOKUMENTATION«

Moderator . . .sind dumpfe Erinnerungen an Zeiten, in denen der Überfluß unserer Tage das Land noch nicht überschwemmt hatte *(Filmaufnahmen der Weihnachtsbeleuchtung in der Regent Street, Gedränge in Geschäften, Kassen und Konsumgüter, am Ende Spielzeug)* und es sauber und ordentlich war und alle Geschäfte mit schönen Sachen angefüllt, mit süßen Tuff-Tuff-Eisenbahnen. . .

EINGEBLENDETER ZWISCHENTITEL: »STIMMT GAR NICHT«

Moderator . . .und Spielsachen und glänzenden Autos, die brrm, brrm, brrm machen *(Aufnahmen von Spielsachen),* und alle waren glücklich und sangen den lieben langen Tag *(Schnitt zum Moderator, der jetzt ein großes Bilderbuch schließt)*, und der große, böse Wolf ward nie wieder gesehen.

Schnitt zu einem Politiker in schlecht ausgeleuchteter Kulisse; eine Sendung mit Partei-Werbung.

Politiker (TERRY J.) Aber Sie wissen ja, es ist immer leicht, die Schuld beim großen, bösen Wolf zu suchen. . .

EINBLENDUNG: »NUN PARTEI-WERBUNG«

Politiker . . . wenn Nachwahlen für die Regierung ungünstig verlaufen. *(Er dreht sich um neunzig Grad; Schnitt zur zweiten Kamera; die Einstellung zeigt hinter ihm ein Kreuz, wie in einer religiösen Sendung.)* Glauben Sie nicht, wir sollten die Schuld vielmehr bei uns selbst suchen?

EINBLENDUNG: »NEIN, PARDON: ›GLAUBEN HEUTE‹ «

Politiker Denn, nicht wahr, bei sich selbst soll ein jeder stets den Anfang machen.

Ein Fußball fliegt herein, er köpft ihn sauber aus dem Bild.

EINGEBLENDETER ZWISCHENTITEL: »SPIEL DES TAGES«

Schnitt: ein Archivfilm; ein Ball, der in ein Netz fliegt, und die tobende Menge im Fußballstadion von Wembley. Dann Schnitt zu einer kurzen Sequenz mit Fußballstars, die sich in Zeitlupe küssen.

EINGEBLENDETER ZWISCHENTITEL: »POLITIKER – EINE ENTSCHULDIGUNG«

Die Kamera schwenkt über eine Landschaft. Eine Texteinblendung läuft darüber durch. Die Worte sind ziemlich groß und leicht lesbar, so daß der Durchlauf eine ganze Weile dauert. Off-Sprecher liest:

Off-Sprecher (ERIC) und EINBLENDUNG: »WIR BITTEN FÜR DIE ART UND WEISE, IN DER POLITIKER IN DIESER SENDUNG DARGESTELLT WERDEN, UM ENTSCHULDIGUNG. ES LAG NIE IN UNSERER ABSICHT ANZUDEUTEN, DASS POLITIKER FEIGE OPPORTUNISTEN SIND, DENEN MEHR AN IHREN PERSÖNLICHEN FEHDEN UND PRIVATEN MACHTKÄMPFEN GELEGEN IST ALS AN DEN PROBLEMEN DER REGIERUNG, NOCH WOLLTEN WIR IN IRGENDEINER WEISE UNTERSTELLEN, DASS SIE IHRE GLAUBWÜRDIGKEIT DADURCH AUFS SPIEL SETZEN, DASS SIE ENTSCHEIDENDEN FRAGEN DER ÖFFENTLICHKEIT AUS DEM WEG GEHEN, IN DER FALSCHEN ANNAHME, DASS DIE EINHEIT DER PARTEI VORRANG HAT VOR DEN MENSCHEN, DIE SIE ANGEBLICH REPRÄSENTIEREN, EBENSO WIE WIR AN KEINER STELLE DEN EINDRUCK ENTSTEHEN LASSEN WOLLTEN, DASS SIE ZANKENDE, KLEINE KRÖTEN SIND, DIE SICH EINEN DRECK UM DIE SOZIALEN PROBLEME DER HEUTIGEN ZEIT SCHEREN. SELBSTVERSTÄNDLICH BEABSICHTIGEN WIR EBENFALLS NICHT, DASS DIE ZUSCHAUER SIE ALS GRIESGRÄMIGES, KORRUPTES, SELBSTSÜCHTIGES, KLEINES UNGEZIEFER MIT HAARIGEN BEINEN BETRACHTEN, ODER ALS LATENT ALKOHOLABHÄNGIG UND SPEZIELLEN SEXUELLEN PRAKTIKEN ZUGENEIGT, AN DENEN MANCHE ZUSCHAUER ANSTOSS NEHMEN KÖNNTEN. ES TUT UNS LEID, WENN DIESER EINDRUCK ENTSTANDEN SEIN SOLLTE.«

Schnitt in eine ähnliche Landschaft. Vorbereitungen für eine Expedition sind im Gange: Ausrüstungsgegenstände werden in Landrover geladen etc. Ein Interviewer kommt ins Bild.

Interviewer (JOHN) Hallo. Die Betriebsamkeit, die Sie hier beobachten können, ist Teil der aufwendigen... aah! *(er tritt in eine Fußangel, aber macht tapfer weiter)*... Vorbereitungen für die Expedition der britischen Marine zum Pahoe-See. Der Leiter der Expedition ist Sir Jane Russell. *(Der Interviewer an einer anderen Stelle des Geländes mit dem Admiral; wir sehen jetzt, daß der Interviewer ein Holzbein und eine Krücke hat.)* Sir Jane, was ist das Ziel Ihrer Expedition?

Sir Jane (GRAHAM) Tja, Mann, der See ist noch total unbekanntes Territorium, mit bis jetzt noch nicht klassifizierter Meeresfauna und -flora, also die ganze Szene ist noch total offen für eine wissenschaftliche Erforschung.

Interviewer *(jetzt mit einem Papagei auf der Schulter)* Man sieht, wie immens aufwendig die Vorbereitungen sind. Hat es bei der Organisation des Unternehmens viele Schwierigkeiten gegeben?

Sir Jane *(mit »Naval Lib«-Sticker)* Also, das mit der Knete war echt scheiße, Mann, aber als die Bonzenschweine ihr Okay gegeben haben, haben wir's in ein paar Monaten gepackt. Kapitän Betty Grable, der'n echter Unterwasserfreak ist, hat's tauchermäßig voll drauf, und die ganze Show geht total gut ab, Mann.

Interviewer *(jetzt mit einem Long-John-Silver-Hut)* Vielen Dank *(... und Augenklappe)*... Korvettenkapitän Dorothy Lamour...

Papagei Piaster, Piaster.

Interviewer *(jetzt mit Long-John-Silver-Jacke)* Dorothy, Sie sind für die Sicherheit und die Zusammenarbeit bei diesem Einsatz verantwortlich.

Dorothy Lamour (ERIC) Voll richtig. *(Er raucht etwas und ist ziemlich cool.)*

Interviewer Bisher haben Sie dies alles ziemlich streng geheim gehalten, Kamerad.

Dorothy Lamour Yeah, das ist alles echt hart gewesen, Mann, mit den ganzen Typen von der Fascho-Presse, die versucht haben, die ganze Show in die Luft gehen zu lassen.

Interviewer *(ist nun vollends zu LJS geworden, mit grauen Haaren etc.; in die Kamera)* Zweifelsohne hat diese Expedition einige ziemlich merkwürdige Aspekte, *Jim, mein Junge.* Zum ersten, warum tragen alle führenden Kräfte die Namen von Hollywood-Filmstars aus den

Vierzigern... und dazu noch von weiblichen, *Tod und Teufel!* Und zweitens, *ich fürcht' dich nicht, Blind Pew!*, warum sprechen sie diesen ziemlich seltsamen, gestelzten Szenejargon, *macht die Großbrasse fest, Squire Trelawney,* dies sei fortan *mein* Schiff! *(Er wird von einem Pfeil getroffen.)* Aaah! Ein Pfeil, um mich ruhigzustellen, von den feigen Schweinen aus dem BBC-Gesundheitsamt... sie haben mich mit Chlorpromazin abgefüllt, verdammt!

Er kippt um. Ein zweiter Interviewer kommt ins Bild und übernimmt das Mikrophon.

Zweiter Interviewer (TERRY J.) Es tut mir leid, daß sich mein Kollege hier etwas unkonventionell aufgeführt hat...

Sir Jane *(läuft in die Aufnahme)* Die Marine ist 'ne Wucht, Mann, kommt zur Royal Navy, nur hier geht echt die Post ab.

Psychodelische Zeichentrickwerbung für die Royal Navy folgt.

Trickfilm-Figur mit Rasta-Frisur Geschnallt, Mann?

Schnitt zurück zum zweiten Interviewer.

Zweiter Interviewer Hallo. Es tut mir leid, daß sich mein Kollege eben etwas unkonventionell aufgeführt hat, aber in letzter Zeit hat er es nicht gerade leicht gehabt, Ärger zu Hause, streng vertrauliche Angelegenheit, ich kann da nicht in alle Einzelheiten gehen... obwohl die interessant sind... drei Flaschen Rum zu seinem Müsli und so weiter... Jedenfalls... Anscheinend war das Mädchen nicht mal... Jedenfalls das emsige Treiben, das Sie hinter mir sehen... Nur die Mutter tut mir leid. Ich fang noch mal von vorne an. Das emsige Treiben, das Sie hinter mir sehen, gehört zu den Vorbereitungen der neuen Marine-Expedition zum Pahoe-See. Der Mann, der für diese Expedition verantwortlich zeichnet, ist Vize-Admiral Sir John Cunningham. Sir John, hallo.

Sir John (GRAHAM) Ah, hallo. Nun, zuallererst möchte ich mich für das Verhalten gewisser Kollegen entschuldigen, die Sie vielleicht vorhin gesehen haben, aber sie kommen aus kaputten Familien, Zigeunerleben und so weiter, und sie sind keineswegs repräsentativ für die neue, moderne, verbesserte Britische Marine. Sie sind eine kleine, lautstarke Minderheit. Und wenn Sie erlauben, benutze ich diese Gelegenheit, um zu versichern, daß es in der Britischen Marine keinen Kannibalismus gibt. Absolut *keinen*, und wenn ich *keinen* sage, dann meine ich, es gibt ein gewisses Vorkommen, mehr als wir zuzugeben bereit sind, aber alle neuen Matrosen werden angehalten, mir sofort Bescheid zu geben, wenn sie morgens aufwachen und irgendwelche Zahnspuren irgendwo auf ihrem Körper finden, so daß ich umgehend alles Nötige veranlassen kann, um die ganze Sache zu vertuschen. Nekrophilie, schließlich, ist vollkommen ausgeschlossen. *(Der Interviewer nickt die ganze Zeit, sieht aber verlegen aus.)* Nun, bei dieser Expedition geht es hauptsächlich darum, Berichten über Kannibalismus und Nekrophilie nachzugehen... Bei dieser Expedition geht es hauptsächlich darum, Berichten über eine ungewöhnliche *Meeresflora und -fauna* im noch unerforschten Pahoe-See nachzugehen!

Interviewer Und wo liegt dieser See genau?

Sir John Ähm, Runcorn Avenue 22 a, glaub ich. Ja, genau, 22 a.

Interviewer Runcorn Avenue.

Sir John Ja, die ist gleich bei Blenheim Crescent... Kennen Sie die?

Interviewer Wollen Sie damit sagen, es ist eine gewöhnliche Straße?

Sir John Natürlich ist es keine gewöhnliche Straße! Es gibt einen See darauf!

Interviewer Ja, aber ich...

Sir John Sehen Sie, wie viele Straßen kennen Sie, auf denen es einen See gibt?

Interviewer Aber meinen Sie... ist er sehr groß?

Sir John Natürlich ist er *nicht* groß, man könnte einen großen See nicht auf die Runcorn Avenue kriegen. Sie müßten das Tabakgeschäft abreißen! *(Blickt sich nach etwas um.)* Jenkins... nein!

Wir sehen einen ziemlich schmächtigen Matrosen, der im Begriff ist, in ein abgetrenntes menschliches Bein zu beißen, wie in eine Hähnchenkeule. Sir John hält seine Hand vor die Kamera.

Schnitt zur Runcorn Avenue, eine gewöhnliche Straße mit Häusern, die zu Mietwohnungen umgebaut worden sind. Der Landrover kommt mit der Ausrüstung an.

Interviewer Ich stehe jetzt auf der Runcorn Avenue. Sir John, wo ist der See genau?

Sir John Äh, mal sehen, das ist 18... das ist 20, also muß es hier sein.

Interviewer Äh, Entschuldigung...

Sir John Ja, das ist es, ganz genau.

Interviewer Aber das ist ein gewöhnliches Haus.

Sir John Hören Sie, Ihre Fragerei beginnt mich langsam, aber sicher zu nerven.

Interviewer Aber es sieht nicht einmal wie ein See aus...

Sir John Hören Sie, Ihre Methode war von Anfang an darauf ausgerichtet, sich über die Marine lustig zu machen. Wenn ich bedenke, daß ich mir für Leute wie Sie beide Beine habe abschießen lassen...

Interviewer *(zeigt auf die völlig gesunden Beine)* Sie haben sich aber nicht beide Beine abschießen lassen!

Sir John Das habe ich im übertragenen Sinne gemeint, Sie Schwachkopf. Jenkins – leg das hin. *(Schnitt zu Jenkins, der wieder an einem Bein knabbert.)* Gut, ist die Ausrüstung fertig?

Matrose (ERIC) Tauchausrüstung fertig, Mann! *(Salutiert hippiemäßig.)*

Sir John *(warnender Finger)* Gut... Der Zugang zum Pahoe-See ist ganz einfach die Stufen hoch, und dann kommen wir zu den Ufern des Sees. Jetzt drücke ich auf die Klingel, einfach um zu sehen, ob jemand da ist.

Mann (MICHAEL) *(öffnet die Tür)* Hallo?

Sir John Guten Morgen. Ich suche einen Pahoe-See.

Mann Hier wohnt ein Mr. Padgett.

Sir John Nein, nein, einen *See.*

Mann Hier gibt's keinen See, Kumpel. Hier ist die Runcorn Avenue... Was ist das für eine Kamera?

Frau (ERIC) *(kommt heraus)* Kamera? Was will er? Oooh, wir sind im Fernsehen? *(Grinst in die Kamera.)*

Mann Er sucht einen See.

Sir John Den Pahoe-See.

Frau Oh, dann müssen Sie nach unten, 22 a, ins Souterrain.

Sir John Aha! Vielen Dank. Schönen Tag noch. Kommt, Männer, nach unten.

Sie gehen nach unten zum Souterrain. Der Interviewer stellt sich Sir John in den Weg.

Interviewer Haben Sie Erfolg gehabt, Sir John?

Sir John Er ist im Souterrain.

Interviewer Im Souterrain?

Er entdeckt einen Papagei auf seiner Schulter.

Papagei Piaster, Piaster.

Interviewer Uuah! *(Er stößt ihn angewidert hinunter.)*

Sir John geht zur Haustür von 22 a und klingelt. Dann sieht er durchs Fenster ins Wohnzimmer, in dem ein Paar mittleren Alters sitzt. Der Raum ist voll Wasser. Der Mann liest die Zeitung, und die Frau strickt. Beide tragen Sauerstoffgeräte. Sir John klopft ans Fenster. Die Frau sieht auf.

Sir John Hallo!

Frau Ooooh. Ich glaube, da ist jemand wegen der Feuchtigkeit.

Sir John Hallo!

Mann Erzähl denen auch von den verdammten Ratten.

Frau Ich guck mal. *(Sie schwimmt zum Fenster und ruft hinaus)* Ja?

Sir John Guten Morgen, ist dies der Pahoe-See?

Frau Davon weiß ich nichts, aber es ist verdammt feucht. Sind Sie von der Stadtverwaltung?

Sir John Nein. Wir sind die offizielle Britische Marine-Expedition zu diesem See. Dürfen wir reinkommen?

Frau Moment.

Sie taucht unter, holt ein großes Schild und zeigt es dem Mann. Auf dem Schild steht: »Es ist nicht die Stadtverwaltung, es ist eine Britische Marine-Expedition zum Pahoe-See oder so ähnlich und können sie reinkommen«. Der Mann liest das Schild. Ein Hai kommt aus einem Schrank und sieht über seine Schultern. Der Mann sieht ihn und schlägt ihn mit einer Zeitung.

Mann Scheiß Haie!

Frau Geh rein! *(Sie drängen den Hai zurück in den Schrank.)*

Der Mann hält ein Schild hoch mit der Aufschrift: »Sag ihnen, sie sollen verschwinden«. Die Frau schwimmt zum Fenster und macht eine kurze Handbewegung, man möge sich verpissen.

Sir John Nun, ähm... das scheint mir wohl das Ende der Expedition zu sein.

Schnitt in eine Interview-Kulisse im Studio.

Interviewer (JOHN) Die Magna Charta – war sie ein Dokument, das 1215 in Runnymede von König Johann unterschrieben wurde und den englischen Baronen Unabhängigkeit zusicherte, oder war sie ein Stück Kaugummi auf einer Tagesdecke in Dorset? Letztere These ist das geistige Produkt eines Mannes, der neu ist auf dem Gebiet der historischen Forschung. Mr. Badger, warum – warum sind Sie in dieser Sendung?

Die Kamera fährt zurück und zeigt Badger. Er trägt eine flache Kappe und hat einen schottischen Akzent.

Badger (ERIC) Nun, ich glaube, ich kann diese Frage am ehesten mimisch beantworten.

Er mimt völlig unverständlich.

Interviewer Aber warum Dorset?

Badger Nun, ich leide seit langer Zeit an einer Art Gehirnverletzung, die ich mir im Verlauf meiner Kindsgeburt zugezogen habe, und ich möchte schließen, indem ich meinen Finger in die Nase stecke.

Steckt seinen Finger in die Nase.

Interviewer Mr. Badger, ich glaube, Sie sind die albernste Person, die wir je in der Sendung hatten, und deshalb möchte ich Sie bitten, mit mir zu Abend zu essen.

ZWISCHENTITEL: »ETWAS SPÄTER IM SELBEN SKETCH«

Schnitt zu den beiden an einem Tisch im Restaurant.

Badger Meine Frau Maureen ist während des Spiels zwischen Aberdeen und den Raith Rovers, das in einem torlosen Unentschieden endete, mit einer Flasche Bells Whisky davongelaufen. Besonders Robson im Tor spielte hervorragend in der ersten Halbzeit, sein ausgeprägter Sinn für Stellung verhinderte, daß ernsthaft Druck auf die zweifelhafte Aberdeen-Abwehr ausgeübt werden konnte. McLoughlan verpaßte eine gute Gelegenheit, das Spiel kurz vor Schlußpfiff zu einer Entscheidung zu bringen, aber Raith sollten mit ihrem Punkt sehr zufrieden sein.

Interviewer Bitte, fahren Sie fort. Das ist das unfaszinierendste Gespräch, das ich je geführt habe.

Ein Kellner kommt herein.

Kellner (MICHAEL) Möchten Sie bestellen, Sir?

Interviewer Ja, Mr. Badger, womit möchten Sie anfangen?

Badger Äh, ich nehme zuerst einen Whisky.

Kellner Als Vorspeise, Sir?

Badger Ja.

Kellner Und als Hauptgericht, Sir?

Badger Ich nehme einen Whisky als Hauptgericht, und im Anschluß daran einen Whisky als Pudding.

Kellner Ja, Sir, und was möchten Sie gerne dazu trinken? Einen Whisky?

Badger Nein, eine Flasche Wein.

Kellner »Gut, Sir«, sagte er zwischen zusammengebissenen Zähnen, wohl wissend, daß es eine äußerst undankbare Rolle war.

Interviewer Das ist der albernste Sketch, in dem ich je mitgespielt habe.

Badger Wollen wir aufhören?

Interviewer Ja, gut.

Alle drei gehen.

EINBLENDUNG: »ENDE«

ABSPANN

Dreiunddreißig – Jahre der Jugend

Ein Licht geht an und erhellt eine Orgel, die in der Mitte einer Konzertbühne steht. Der Organist (Terry J.), mit wüstem Haar, erscheint von links und geht komplett angezogen zur Orgel hinüber. Er sieht sehr mit sich und der Welt zufrieden aus. Er setzt sich an die Orgel, hebt die Arme . . . in diesem Moment fliegen seine Kleider hoch in die Luft, so daß er, wie immer, nackt ist. Er spielt die üblichen Akkorde. Beim letzten Ton: Schnitt zu einem nackten Quartett, alle mit demselben Grinsen im Gesicht, mit Horrorperücken und geschwärzten Zähnen. Sie starren idiotisch in die Kamera.

Ansager (JOHN) Und nun. . .

Jetzt-Mann (MICHAEL) Und jetzt. . .

Trickfilm-Vorspann.

Off-Sprecher (JOHN) Monty Python's Flying Circus.

Schnitt: Archivaufnahmen von Kampfflugzeugen aus dem Ersten Weltkrieg im Luftkampf. Heroische Kriegsmusik.

Off-Sprecher (JOHN) Biggles Abenteuer. Teil eins – Biggles diktiert einen Brief.

Überblendung zu Biggles und einer Sekretärin in einem Büro.

Biggles (GRAHAM) Miss Bladder, fertigmachen zum Diktat.

Sekretärin (NICKI HOWORTH) Ja, Señor Biegles.

Biggles Nennen Sie mich nicht Señor! Ich bin kein Spanier. Nennen Sie mich gefälligst Mr. Biggles, oder Captain Biggles, oder Mary Biggles, wenn ich wie meine Frau angezogen bin, aber nie Señor.

Sekretärin Tut mir leid.

Biggles Ich bin noch nicht mal in Spanien gewesen.

Sekretärin Letztes Jahr sind Sie nach Ibiza gefahren.

Biggles Das ist immer noch kein Grund, mich Señor zu nennen, oder Don Biegles, oder überhaupt. Gut, Lieber König Haakon. . .

Sekretärin Von Norwegen, ja?

Biggles Schreiben Sie nur, was ich sage.

Sekretärin Soll ich das aufschreiben?

Biggles Natürlich schreiben Sie das nicht.

Sekretärin Und wie ist es damit?

Biggles Hören Sie! *(Sie tippt.)* Schreiben Sie das nicht! Schreiben Sie nur – Moment – Moment. *(Setzt eine Kappe mit Geweih auf.)* Also, wenn ich dieses Geweih aufhabe – wenn ich dieses Geweih aufhabe, diktiere ich *nicht*, und wenn ich es abnehme *(nimmt es ab),* diktiere ich.

Sekretärin *(tippt)*... diktiere ich...

Biggles Was? *(Sie tippt; er setzt das Geweih auf.)* Lesen Sie das noch einmal.

Sekretärin Lieber König Haakon, diktiere ich was?

Biggles Nein, nein, nein, Sie belämmerte Bordellbewohnerin.

Sekretärin Ich hab es satt! Ich bin keine Kurtisane.

Sie geht zur Vorderseite des Schreibtisches, setzt sich auf die Kante und schlägt ihre Beine aufreizend übereinander.

Biggles Oh, oh, »Kurtisane«, oh, was sind wir wieder vornehm. Dirne ist nicht gut genug für uns, hä? Konkubine, Gespielin, Fille de joie! *Wir* doch nicht! Nun hören Sie mir mal zu, meine Liebe, Sie sind ein Knackarsch, das sind Sie.

Sekretärin Bin ich nicht, Sie verrückter Roman-Held.

Biggles Algy sagt das aber. Er sagt, Sie seien auch nicht gerade eine Heilige.

Sekretärin Und wie will *der* das wissen?

Biggles Was genau wollen Sie damit sagen? Nennen Sie meinen alten, fiktiven Waffenbruder etwa schwul?

Sekretärin Schwul! Tunte ist wohl nicht gut genug für Algy, was? Er muß ein Riesenschwuli sein. Tänzelnde alte Luftwaffen-Schwuchtel.

Setzt sich wieder an den Schreibtisch.

Biggles *(ins Sprechgerät)* Algy, ich muß dich sehen.

Algy (MICHAEL) Alles klar. *(Kommt herein.)* Ha, was gibt's?

Biggles Bist du schwul?

Algy Aber halli-hallo, alter Knabe.

Biggles Aaah! *(Erschießt ihn.)* Lieber König Haakon... Oh...! *(Nimmt das Geweih ab.)* Lieber König Haakon. *(Die Sekretärin tippt.)* Nur ein paar Worte, um mich bei Ihnen für die Aale zu bedanken. Mary meint, sie seien wirklich vorzüglich, Komma, ich auch, Punkt. Ich habe gerade erfahren, daß Algy eine Tunte war, Ausrufezeichen. Was hätte Captain W. E. Johns dazu gesagt, Fragezeichen. Tut mir leid, das zu erwähnen, aber wenn Sie mit der Rasenschere fertig sind, könnten Sie sie schnell auf die Post bringen? Liebe Grüße, Biggles, der verstorbene Algy und Ginger. Ginger! *(Setzt das Geweih auf.)*

Sekretärin Was?

Biggles Cockney-Slang – *Ginger beer!*

Sekretärin Oh!

Biggles *(ins Sprechgerät)* Ginger.

Ginger Hallo, Süßer.

Biggles Ich muß dich sehen.

Die Tür geht auf, Ginger kommt herein als fürchterliche Tunte in tuntenhafter Flugausrüstung, mit Pailletten, Make-up und silbernen Sternchen auf den Wangen.

Ginger (TERRY G.) Ja, Biggles?

Biggles Bist du eine Tunte?

Ginger *(tuntenhafte Entrüstung)* Aber nicht doch!

Biggles Gott sei Dank! Guter Junge. *(Ginger geht hinaus.)* Wackerer Kamerad, Salz der Erde, Rückgrat Englands. Komisch, er sieht aber aus wie eine Tunte. *(Nimmt das Geweih ab.)* Liebe Prinzessin Margaret.

Eine Pantomimen-Prinzessin-Margaret kommt aus dem Schrank.

Margaret Hallo.

Biggles Gehen Sie zurück in den Schrank, Sie königlicher Pantomimen-Mensch. *(Sie geht.)*

Kurzer Schnitt zu einem Idioten.

Idiot (GRAHAM) Zitronen-Curry?

Schnitt zurück zu Biggles.

Biggles Liebe *echte* Prinzessin Margaret, vielen Dank für die Aale, Punkt. Sie waren absolut köstlich und unverwechselbar königlich, Punkt. Tut mir leid, das zu erwähnen, aber wenn Sie mit dem Fön fertig sind, könnten Sie ihn schnell auf die Post bringen? Mit fiktiven Grüßen, Ihr Biggles. Oh, PS: Dann bis zum Kanasta-Abend bei den Sachsen-Coburgs. *(Setzt das Geweih auf.)* Darüber wird sie sich den Kopf zerbrechen.

Sekretärin *(sexy)* Si, Señor Biegles.

Biggles Schweigt, verruchte Fürstin der Finsternis!

Heroische Musik und Archivaufnahmen von Flugzeugen im Kampf.

Off-Sprecher (JOHN) Nächste Woche Teil zwei – »Biggles fliegt in die Luft.«

Ein abstürzendes Kampfflugzeug; dann ein sehr geräuschvoller und brutaler Trickfilm.

Off-Sprecher Inzwischen, nicht sehr weit entfernt. . .

Schnitt zu Bergsteigern mit voller Ausrüstung: Seile, Carabino-Helme, Pickel, Hämmer etc. Sie sind aneinander geseilt und erklettern, wie's scheint, eine Bergwand.

Off-Sprecher (MICHAEL) Bergsteigen: der einsamste Sport der Welt. Hier gehen Entbehrung und Philosophie Hand in Handschuh. Und hier, eine weitere britische Expedition, die versucht, als erste die Nordseite der Uxbridge Road erfolgreich zu besteigen. *(Die Kamera fährt zurück und macht einen Kippschwenk: man sieht, daß sie einen breiten Fußgängerweg erklettern; Passanten gehen durchs Bild.)* Dieses Vier-Mann-Gespann ist wirklich unglaublich geklettert. Kameras der BBC waren dabei, um jeden Zentimeter zu filmen.

Schnitt zu einem Kameramann der BBC, der sich filmend an einen Laternenpfahl klammert. Er trägt ebenfalls Kletterausrüstung. Schnitt zu einem Modell der Uxbridge Road aus Pappmaché, auf dem die Route säuberlich eingezeichnet ist, mit verschiedenen kleinen Nadeln, die die Camps bezeichnen.

Chris (ERIC) *(im Off)* Der eigentliche Ansturm auf die Uxbridge Road läuft seit etwa drei Wochen, d.h. eigentlich schon seit sie das Basis-Camp hier an der Kreuzung der Willesden Road errichtet haben. Von dort aus sind sie unaufhörlich geklettert, um Camp zwei zu errichten, vor »Lewis«, und sie haben drei weitere Tage gebraucht, um Camp drei zu errichten, hier vor der Post. *(Schnitt zu einem Zelt, das neben einem großen Briefkasten fest verankert ist; obenauf flattert ein kleiner Union Jack.)* Letzte Nacht haben sie hier drin gut ausgeschlafen, um sich auf die letzte Etappe heute vorzubereiten. Der Leiter der Expedition ist der neunundzwanzigjährige Bert Tagg – hiesiger Schulleiter und dreifache Mutter.

Schnitt zu Bert, der über den Bürgersteig kriecht. Der Interviewer kauert sich neben ihn.

Interviewer (JOHN) Bert. Wie geht's so?

Bert (GRAHAM) Naja, es ist schon ein bißchen beschwerlich, Chris. *(Atmet schwer.)* Ich muß einfach versuchen, diese Bushaltestelle in einer Stunde oder so zu erreichen, und ich mach das, indem ich... *(befestigt das Seil neu)* verdammt... ich mach das, äh, indem ich mich auf diesem Rinnstein hier zurücklege und ausruhe, also ruhe und rinne ich irgendwie gleichzeitig, und ich philosophiere.

Interviewer Bert, manche Leute sagen, das sei verrückt.

Bert Naja, gut, aber man hat auch gesagt, Crippen sei verrückt.

Interviewer Crippen *war* verrückt.

Bert Na also, da haben Sie's ja. *(Ruft.)* John, ich schick dir diesen Karabiner am weißen runter. *(Bert und John sind durch ein weißes Seil verbunden.)*

Kurzer Schnitt zu einem Wikinger.

Wikinger (MICHAEL) Zitronen-Curry?

Schnitt zurück zur Straße.

Bert Sehen Sie, er macht da einen Haken fest, weil ich jetzt ein ziemliches Stück weit oben bin, und wenn ich mich hier löse, flieg ich'n ziemliches Stück nach unten.

Interviewer *(verläßt ihn)* Solch stiller Mut ist typisch für die Art, in der diese Jungs die Gefahr verleugnen. Ob man will oder nicht, man muß das Geschick, das dazu nötig ist, einfach bewundern.

Durch die wunderbare Macht der Stop-action fallen alle die Straße wie eine steile Wand hinunter; Passanten gehen normal vorbei, ohne ihr Fallen zu beachten.

Schnitt in eine gewöhnliche Küche. Eine Dame vom Typ Mrs. Pinnet mit langer Schürze und Kopftuch füllt ein Huhn mit verschiedenen merkwürdigen Gegenständen. Die Tür geht auf. Geräusche von Regen, Wind und Sturm draußen. Ein Seemann eines Rettungskreuzers kommt herein, naß bis auf die Haut. Er schließt die Tür.

Seemann (MICHAEL) *(zieht seinen Südwester aus und schüttelt das Wasser ab.)* Schrecklich oben auf Deck!

Mrs. Neves (TERRY J.) Oben auf Deck?

Seemann Ja, auf Deck. Das Wetter ist teuflisch.

Mrs. Neves Was für ein Deck, guter Mann?

Seemann Das Deck. Das Deck vom Rettungskreuzer.

Mrs. Neves Das ist hier kein Rettungskreuzer, guter Mann. Das hier ist die Parker Street 24.

Seemann Dies ist der Seenotrettungskreuzer »Newhaven«.

Mrs. Neves Nein, ist es nicht, guter Mann.

Der Seemann zieht seinen Südwester an, geht wieder zur Tür und macht sie auf. Er peilt die Lage. Geräusch von Wind und peitschendem Regen. Schnitt nach draußen: wir sehen die Hintertür eines kleinbürgerlichen Hauses, der Seemann schaut hinaus: auf den Rasen, die Blumen und die windstille, regenlose Ruhe, hinüber zu ähnlichen, ordentlichen, kleinbürgerlichen Häusern. Die Geräusche verstummen. Der Seemann geht wieder hinein. Erneut Geräusche von Wind und Regen, die abrupt aufhören, als er drinnen die Tür schließt.

Seemann Sie haben recht. Dies ist überhaupt kein Schiff.

Mrs. Neves Nein, wenn es eins wäre, würde ich hier nicht wohnen.

Seemann Haben Sie etwas dagegen, wenn ich mich eine Minute hinsetze, bis ich mich gefaßt hab?

Mrs. Neves Nein, machen Sie nur, ich mach Ihnen eine schöne Tasse Tee.

Seemann Vielen Dank.

Die Tür fliegt auf. Wieder Geräusche von Wind und Regen. Zwei weitere regennasse Seemänner erscheinen.

Zweiter Seemann (GRAHAM) Oooh, was 'ne stürmische Nacht oben auf Deck!

Dritter Seemann (TERRY G.) Bald bist du dran auf Deck, Charlie.

Erster Seemann *(flüsternd)* Das ist kein Schiff, Frank.

Dritter Seemann Was?

Zweiter Seemann Was soll das heißen?

Erster Seemann Das ist kein Schiff. Es ist das Haus dieser Dame.

Die zwei Seemänner sehen sich an, drehen sich dann um und machen die Tür wieder auf. Geräusche von Wind und Regen, wie gehabt. Sie schauen angestrengt nach draußen. Schnitt nach draußen – die beiden Seemänner rufen:

Zweiter und dritter Seemann Käpt'n! Käpt'n! Ahoi! Ahoi! Käpt'n!

Gegenschuß: die Kamera zoomt in die Richtung ihres Rufens, auf das Fenster eines Hauses in einiger Entfernung, hinter dem sich eine Tüllgardine leicht bewegt.

Schnitt in das Haus: eine alte Jungfer (Gladys) spinst durch die Gardine hinaus. Man hört noch das Rufen. Dann Schnitt zu Enid im gleichen Zimmer.

Enid (ERIC) Wer ruft denn da?

Die Kamera fährt zurück und zeigt ein Wohnzimmer voll mit Hochleistungs-Spioniergeräten, ein riesiges Teleskop auf Rädern mit einem dazugehörigen Kontrollstuhl, mehrere kleinere Teleskope, die nach draußen gerichtet sind, Radarsuchgeräte, die sich pausenlos drehen, zwei Computer mit blinkenden Lämpchen, große und komplizierte Kassetten- und Videorecorder, mehrere Monitore, Schwingungsmesser, Antennen etc. Zwei pensionierte, ältere Damen haben all diese Gerätschaften zwischen ihre Möbel gequetscht. Enid sitzt auf dem Kontrollstuhl eines beeindruckenden Kontrollpults und drückt Knöpfe. Sie hat auch etwas zum Stricken.

Gladys (JOHN) Da ist ein Mann vor Nummer 24.

Enid Versuch's mal mit der 10er-Linse, Gladys.

Gladys *(sieht auf die Ansammlung von Teleskopen)* Kann ich nicht. Die ist auf die Baileys von Nummer 13 fixiert. Ihr neuer Mieter zieht heute ein.

Enid Okay, behalt die 13 auf der 10er-Linse und schalt die Cartwrights auf die Richtantenne.

Gladys geht zum Tonband hinüber, drückt Tasten und Schalter. Man hört ein Summen, und Lichter gehen an und aus. Auf einem der Monitore erscheint undeutlich das Bild einer Frau auf der Straße.

Enid Halt mal, Mrs. Pettigrew kommt gerade vom Arzt zurück.

Gladys Gut, hol sie auf zwei ran. Was zeigt der Oszillator für eine Dauer an?

Enid 48,47.

Gladys Hm, ziemlich lange für jemanden, der nur zu einer Routineuntersuchung war.

Enid *(liest eine Kurve auf einem Computer)* Ja, sie hat einen Puls von 146!

Gladys Hol sie mit der 16mm ran, und halt sie fest, Enid.

Enid Roger, Gladys.

Gladys Ich versuch, sie mit der 25er-Linse zu kriegen. *(Sie klettert in den Kontrollsitz des riesigen, mobilen Teleskops; Schnitt: Blick durch Gladys' Teleskop – zunächst unscharf, aber dann schärfer, als sie die Tür von Nummer 24 heranholt.)* Mach den Vorhang zur Seite, Enid. *(Der Vorhang wird ein wenig geöffnet.)* Danke, meine Liebe.

Schnitt in Mrs. Neves' Küche. Sie ist voller Seemänner. Sie unterhalten sich fröhlich und trinken Tee. Wir schalten uns in ein Gespräch zwischen zweien von ihnen ein.

Erster Seemann Ja, das ist eins von diesen neuen Modellen, die sich selbst aufrichten. Newhaven war so ziemlich der erste Ort im Lande, der eins angeschafft hat.

Zweiter Seemann Wie hoch ist denn die Verdrängung auf einem dieser Dinger?

Erster Seemann Na, ungefähr 140, 150 pro Quadratzentimeter.

Mrs. Neves Wer möchte Obstkuchen?

Alle O ja, bitte, bitte.

Mrs. Neves Ja, gut, Makronen, also, zwei Dutzend Stücke Obstkuchen und ein halbes Dutzend Makronen. Zu Befehl. Bin gleich wieder da!

Sie bindet einen Schal um, nimmt einen Korb und geht zur Haustür hinaus. Als sie die Tür öffnet, sind Sturmgeräusche zu hören, die in die nächste Einstellung hinüberleiten.

Schnitt auf das Deck eines Seenotrettungskreuzers auf hoher See. Mrs. Neves kämpft sich gegen die stürmischen Winde über Deck. Sie hämmert auf eine Luke im vorderen Teil des Schiffes.

Mrs. Neves Juhuuu! Mrs. Edwards!

Die Luke öffnet sich, und eine liebenswürdige Schreckschraube steckt ihren Kopf aus ihrem Tante-Emma-Laden.

Mrs. Edwards (GRAHAM) Hallo.

Mrs. Neves Hallo, zwei Dutzend Stückchen Obstkuchen und ein halbes Dutzend Makronen.

Mrs. Edwards Tut mir leid, meine Liebe, Makronen sind aus. Wie wär's mit Vanille-Biskuit?

Mrs. Neves Ja, prima.

Mrs. Edwards Alles klar. *(Tuten eines Signalhorns; sie schauen beide hin.)* Da kommt der nette Heringsdampfer wegen der Törtchen. Entschuldigen Sie mich. *(Sie holt ein Megaphon hervor.)* Hallo, Käpt'n Smith?

Stimme Hallooooo!

Mrs. Edwards schleudert eine Schachtel Törtchen vom Deck.

Mrs. Edwards Törtchen an Steuerbord!

Stimme Komme!

Mrs. Neves Ich bezahle am Ende der Woche, einverstanden?

Mrs. Edwards Okay, alles klar.

Wieder Tuten; Schnitt: Archivfilm von einem riesigen Kriegsschiff (der »Ark Royal«) in voller Fahrt.

Mrs. Neves Hee, die »Ark Royal«, Doris! Hast du ihre Törtchen fertig?

Mrs. Edwards Warten Sie!

Doris erscheint an der Luke und reicht zwei Kuchenschachteln hinaus.

Doris (JOHN) Das wär's, fünf für die, und fünf für die »MS Eagle«.

Mrs. Edwards Alles klar. *(Nimmt sie und wirft beide über Bord. Ein Offizier klettert an der Seite des Schiffes an Deck.)* Ja?

Offizier (MICHAEL) Die »MS Defiant«! Zwei Gedecke Tee, bitte!

Mrs. Edwards Zwei Gedecke Tee, Doris. . .! Achtundvierzig Pence. . . Stimmt genau, vielen Dank.

Geld wechselt den Besitzer. Der Tee erscheint auf zwei kleinen Tabletts mit kostbarem Geschirr, kleinen Teekannen, Milchkännchen etc.

Offizier Übrigens, servieren Sie auch Mittagessen?

Mrs. Edwards Nein, nur Frühstückskaffee und Tee.

Offizier Alles klar. *(Geht mit dem Tee in der Hand an die Reeling und springt über Bord.)*

Schnitt: schnelle Folge von Standfotos von Einmachgläsern.

TITEL: »EINMACHGLÄSER«

Dramatische Dokumentarfilm-Musik. Übergang zu einer beeindrukkenden Kulisse für eine Dokumentarsendung. Rascher Zoom auf einen Moderator in einem Drehstuhl. Er dreht sich herum und schaut in die Kamera.

Moderator (ERIC) Guten Abend und willkommen zu einer weiteren Folge von »Einmachgläser«. In der Sendung heute abend erzählt uns Mikos Antoniarkis, der griechische Rebellenführer, der heute morgen in Athen die Macht ergriffen hat, was er in Einmachgläsern aufbewahrt. *(Schnitt zum Foto eines Guerillaführers mit Gewehr; schriller Akkord; sofort Schnitt zurück zum Moderator.)* Aus dem von Unruhen erschütterten Bolivien berichtet Ronald Rodgers über einheimische Einmachgläser. *(Standfoto einer bolivianischen Stadt, erneut ein schriller Akkord und sofort zurück zum Moderator.)* Und aus dem Inland die ersten dramatischen Bilder des Massenausbruchs aus dem Gefängnis nahe der Einmachglasfabrik in Maidenhead. All das und mehr in »Einmachgläser«!

Schnitt: in einer Straße ein schwelender Trümmerhaufen. Dumpfe Geräusche von explodierenden Granaten. Ein Reporter steht in kurzen Hemdsärmeln nahe bei der Kamera. Hinter ihm ab und an Explosionen.

Rodgers (TERRY J.) Wir befinden uns hier in La Paz, Bolivien. Hinter mir können Sie die Handgranaten und das schrille Pfeifen der Raketen hören, während der Kampf um die Kontrolle der unbeständigen Republik die Grundfesten dieser alten Stadt erschüttert. *(Während er spricht, fährt die Kamera langsam zurück, bis wir vor ihm einen ziemlich langen Tisch sehen, der mit einer Reihe unterschiedlich großer Einmachgläser bedeckt ist.)* Aber welcher politischen Richtung auch immer sie angehören mögen: alle Bolivianer sind leidenschaftliche Benutzer von Einmachgläsern. *(Die Explosionen hinter ihm halten an.)* Die größten werden hier für Reis und Mangos verwendet – ein wichtiges einheimisches Produkt. Im Gegensatz zu den meisten revolutionären südamerikanischen Staaten haben sie eine Zwischengröße zwischen den Zwei-Pfund- und den Fünf-Pfund-Gläsern. Dies liefert diesem armen, aber stolzen Volk ein nützliches Glas für Aprikosen, Pflaumen und Brühwürfel. Das kleinste Glas, dieses kleine Sechzig-Gramm-Glas, eignet sich für Süßigkeiten, Schokolade und sogar kleine Schalotten. Während es in der westlichen Welt nicht länger benutzt wird, überlebt es hier als eine stumme Mahnung an Tage, da in La Paz bessere Zeiten regierten. Ronald Rodgers, »Einmachgläser«, La Paz.

TRICKFILM: *Fernsehen ist schlecht für Ihre Augen.*

Off-Sprecher und ZWISCHENTITEL: »DIE SENDUNG BISHER«

Schnitt zu einem schüchternen Mann, der mit einem Skript an einem Schreibtisch sitzt.

Mr. Tussaud (TERRY J.) Hallo, die, ähm, Sendung bisher... also, es fing alles mit dem Organisten an, der seine ... Kleider verlor, als er sich an die Orgel setzte, und nachdem das passiert war und wir den Vorspann gesehen hatten, sahen wir, wie Biggles seiner Sekretärin einen Brief diktierte, die glaubte, daß er ein Spanier sei, und die er als Hure bezeichnete und als Dame der Nacht, obwohl sie lieber Kurtisane genannt werden wollte. Dann sahen wir ein paar Leute, die versuchten, eine Straße in Uxbridge... zu besteigen. *(Lächelt verlegen.)* Und dann gab es ein paar Trickfilme, und dann kamen ein paar Seemänner in das Wohnzimmer einer Frau, und nach einer Weile ging die Frau hinaus, um ein paar Stück Kuchen auf einem Rettungskreuzer zu kaufen *(immer verlegener)*, und dann sprang ein Marineoffizier ins Meer. Dann sahen wir einen Mann, der uns etwas über Einmachgläser aus Bolivien erzählte, und dann gab es noch einen Trickfilm, und dann erzählte uns ein Mann, was in der Sendung bis dahin passiert war, und dann kam ein großer Hammer und schlug ihm auf den Kopf. *(Er runzelt die Stirn.)* Daran erinner ich mich aber nicht. *(Ein großer Hammer schlägt ihm auf den Kopf.)*
Kurzer Schnitt zum »Jetzt«-Mann.
Jetzt-Mann Zitronen-Curry?

Eine Montage künstlerisch wertvoller Fotos. Ziemlich schneller Schnitt von Foto zu Foto. Man hört griechische Musik. Es beginnt mit einer Nahaufnahme von Mr. Mousebender, der seriös aussieht und feine, sportliche Kleidung trägt; verschiedene Fotos von Mousebender, wie er den Bürgersteig entlanggeht, alles sehr künstlerisch aus Angeberperspektiven aufgenommen; Mousebender, wie er vor einem Geschäft stehenbleibt; Mousebender, wie er zum Geschäft hinaufschaut; Geschäft im edwardischen Stil, mit einem großen Schild darüber mit der Aufschrift »Der althe Käseladen«; auf einem anderen Schild unter dem ersten steht »Henry Wensleydale, Händler für Delikatess-Käse für den Adel und auch die Notleidenden«; auf einem weiteren Schild darunter steht: »Gewerbeschein für öffentliche Tanzveranstaltungen«; Nahaufnahme von Mousebender, der zufrieden dreinschaut; Einstellung von Mousebender, wie er den Laden betritt.
Schnitt in das Innere des Käseladens. Zwei Männer in schwarzem Anzug und Melone tanzen in der Ecke einen Sirtaki zu der Musik, die ein dritter auf der Bouzouki spielt. Der Laden selbst ist groß und erinnert stark an den Zauber und die Muße vergangener Zeiten. Eigentlich ist weder auf noch hinter dem Ladentisch Käse zu sehen, aber das wird nicht

gleich offensichtlich. Mousebender nähert sich dem Ladentisch und klingelt mit einer kleinen Handglocke. Wensleydale erscheint.

Wensleydale (MICHAEL) Guten Morgen, Sir.

Mousebender (JOHN) Guten Morgen. Ich saß gerade in der Stadtbücherei in der Thurmond Street und blätterte durch »Herries, der Vagant« von Horace Walpole, als ich plötzlich einen rechtschaffenen Schmacht bekam.

Wensleydale Schmacht, Sir?

Mousebender Kohldampf.

Wensleydale Hm?

Mousebender *(starker, piepsiger Yorkshire-Akzent)* Tjää, ich hatt' halt ziemlichen Hunger.

Wensleydale Oh, Hunger!

Mousebender *(normaler Akzent)* In nuce! Ich dachte also bei mir, »das eine oder andere fermentierte Milcherzeugnis dürfte der Pein ein Ende bereiten.« Also kürzte ich meine Walpole-Aktivitäten ab, stürmte hinaus und drang in Ihre Hallen des Handelns, um über den Verkauf einiger käsiger Nahrungsmittel zu beraten. *(Schmatzt mit den Lippen.)*

Wensleydale Wie bitte?

Mousebender *(starker nordischer Akzent)* Ich möcht 'was Käse kaufen!

Wensleydale Oh, und ich dachte, Sie wollten sich über die Musik beschweren.

Mousebender *(normale Stimme)* Um Himmels willen, nein. Ich bin jemand, der sich an allen Manifestationen der Muse Terpsichore ergötzt.

Wensleydale Pardon?

Mousebender *(Akzent)* Ich mag'n hübsches Tänzchen – zwangsläufig.

Schneller Schnitt zu einem Wikinger.

Wikinger (MICHAEL) *(starker nordischer Akzent)* Jedenfalls.

Schnitt zurück in den Laden.

Wensleydale Wer hat das gesagt?

Mousebender *(normale Stimme)* Also, guter Mann, etwas Käse dann, bitte.

Wensleydale Ja, sicher, Sir. Was hätten Sie denn gern?

Mousebender Nun, wie wäre es mit ein wenig Rotem Leicester.

Wensleydale Ich fürchte, der Rote Leicester ist uns gerade ausgegangen, Sir.

Mousebender Oh, macht nichts. Wie steht es mit Tilsiter?

Wensleydale Haben wir am Wochenende nie, Sir. Den kriegen wir montags immer als erstes frisch.

Mousebender Ts, ts, ts. Egal. Dann hundert Gramm Caerphilly, wenn ich darum bitten darf, braver Mann.

Wensleydale Ah, ja, der ist seit zwei Wochen bestellt, Sir, ich hab ihn für heute morgen erwartet.

Mousebender Tja, scheint nicht gerade mein Tag zu sein. Äh, Bel Please?

Wensleydale Tut mir leid.

Mousebender Roter Windsor?

Wensleydale Normalerweise ja, Sir, aber heute hatte der Lieferwagen eine Panne.

Mousebender Ah. Stilton?

Wensleydale Tut mir leid.

Mousebender Gruyère, Emmentaler?

Wensleydale Nein.

Mousebender Einen Norwegischen Jarlsberger?

Wensleydale Nein.

Mousebender Liptauer?

Wensleydale Nein.

Mousebender Lancashire?

Wensleydale Nein.

Mousebender Weißen Stilton?

Wensleydale Nein.

Mousebender Dänischen Blaukäse?

Wensleydale Nein.

Mousebender Doppelten Gloucester?

Wensleydale . . . Nein.

Mousebender Cheshire?

Wensleydale Nein.

Mousebender Einen Dorset Blue Vinney?

Wensleydale Nein.

Mousebender Brie, Rocquefort, Pont-l'Évêque, Port Salut, Savoyard, Saint-Paulin, Carre-de-l'Est, Boursin, Bresse-Bleue, Perle de Champagne, Camembert. . .?

Wensleydale Ah! Wir haben etwas Camembert, Sir.

Mousebender Haben Sie. Hervorragend.

Wensleydale Er läuft ein bißchen, Sir.

Mousebender Oh, ich mag es, wenn er läuft.

Wensleydale Ehrlich gesagt, er läuft *ziemlich,* Sir.
Mousebender Egal. Egal. Reichen Sie ihn rüber, le fromage de la Belle France qui s'appelle Camembert, s'il vous plaît.
Wensleydale Ich glaube, er läuft ziemlicher, als Sie es mögen, Sir.
Mousebender *(lächelt grimmig)* Es ist mir egal, wie exkrementell er läuft. Reichen Sie ihn schleunigst rüber.
Wensleydale Ja, Sir. *(Bückt sich unter den Ladentisch und erscheint wieder.)* Oh. . .!
Mousebender Was?
Wensleydale Das Katzentier hat's gegessen!
Mousebender Hat sie das.
Wensleydale Ein er, Sir.
Mousebender Gouda?
Wensleydale Nein.
Mousebender Edamer?
Wensleydale Nein.
Mousebender Caithness?
Wensleydale Nein.
Mousebender Geräucherter Österreicher?
Wensleydale Nein.
Mousebender Sage Derby?
Wensleydale Nein, Sir.
Mousebender Sie haben aber Käse, oder?
Wensleydale Aber sicher, Sir. Dies ist ein Käseladen, Sir. Wir haben. . .
Mousebender Nein, nein, nein, sagen Sie nichts! Ich möchte es unbedingt raten.
Wensleydale Selbstverständlich.
Mousebender Wensleydale?
Wensleydale Ja, Sir?
Mousebender Glänzend. Nun, dann nehme ich davon etwas, bitte.
Wensleydale Oh. . . tut mir leid, Sir, ich dachte, Sie hätten mich gemeint, Mr. Wensleydale.
Mousebender Gorgonzola?
Wensleydale Nein.
Mousebender Parmesan?
Wensleydale Nein.
Mousebender Mozzarella?
Wensleydale Nein.
Mousebender Pippo Crème?

Wensleydale Nein.
Mousebender Dänischen Fimboe?
Wensleydale Nein.
Mousebender Tschechischen Schafskäse?
Wensleydale Nein.
Mousebender Venezolanischen Biberkäse?
Wensleydale Heute nicht, Sir.
Mousebender Gut, machen wir es einfacher, wie steht's mit Cheddar?
Wensleydale In dieser Gegend besteht leider keine große Nachfrage danach.
Mousebender Keine Nachfrage danach? Das ist der allerbeliebteste Käse der Welt.
Wensleydale Nicht hier in dieser Gegend, Sir.
Mousebender Und was ist bitte schön der beliebteste Käse hier in dieser Gegend?
Wensleydale Ilchester, Sir.
Mousebender Ich verstehe.
Wensleydale Ja, Sir. Im Herrenhaus ist er ganz unglaublich beliebt, Sir.
Mousebender Ist er das?
Wensleydale Ja, Sir, das ist unser Verkaufshit.
Mousebender Ist er das?
Wensleydale Ja, Sir.
Mousebender Ilchester, mh?
Wensleydale Richtig.
Mousebender Okay, ich bin dabei. »Haben Sie welchen«, fragte er und erwartete die Antwort »nein«?
Wensleydale Ich schau mal nach, Sir. . . *(schaut sich geschäftig um)* mmmmmmmmnein.
Mousebender Dies ist nicht gerade der großartige Käseladen.
Wensleydale Der beste in der Gegend, Sir.
Mousebender Und wie kommen Sie zu diesem Schluß?
Wensleydale Naja, er ist so sauber.
Mousebender Tja, er ist sicher nicht durch Käse kontaminiert.
Wensleydale Sie haben mich nicht nach Limburger gefragt, Sir.
Mousebender Lohnt es sich?
Wensleydale Wer weiß!
Mousebender Okay, haben Sie. . . *(dreht sich um, brüllt)* Hören Sie wohl mit dem verdammten Getanze auf!!!
Die Musik bricht ab.

Wensleydale *(zu den Tänzern)* Hab ich doch gesagt.
Mousebender Haben Sie Limburger?
Wensleydale Nein.
Mousebender Nein, hätte ich mir denken können. Es war wirklich ziemlich vorhersehbar. Ein Akt von blindem Optimismus, diese Frage überhaupt zu stellen. Verraten Sie mir bitte, haben Sie überhaupt irgendwelchen Käse?
Wensleydale Ja, Sir.
Mousebender Jetzt werde ich Ihnen diese Frage noch einmal stellen, und wenn Sie »nein« sagen, werde ich Ihnen eine Kugel durch den Kopf jagen. Also, haben Sie überhaupt irgendwelchen Käse?
Wensleydale Nein.
Mousebender *(erschießt ihn)* Was für eine sinnlose Verschwendung menschlichen Lebens.

Mousebender setzt sich einen Cowboyhut auf.

Schnitt: Archivfilm, in dem ein Mann auf einem Pferd in den Sonnenuntergang hineinreitet. Dramatisch anschwellende Musik.

TITEL: »CHEDDAR, DER VAGANT (1967)«

TITEL: »FIN«

Ein ganz gewöhnlicher Philip Jenkinson in einer ganz gewöhnlichen Studio-Kulisse. Philip Jenkinson zieht die Nase hoch und ziert sich wie eine Mischung aus Truman Capote und einer päderastischen Wühlmaus.

Philip Jenkinson (ERIC) Sie sahen Horace Walpoles »Cheddar, der Vagant« *(schnief)*, einen der ersten Käse-Western. Ihm folgten später »Schießerei am Gruyère-Corral«, »Ilchester 73« und »Der Käse, der Liberty Valence erschoß«. Während wir das Thema Western behandeln, werfen wir einen Blick auf einen meiner liebsten Filmregisseure, Sam Peckinpah, den Exil-Ami aus Fresno, Kalifornien.

EINBLENDUNG: »NUN MACH SCHON«

Philip Jenkinson In seinen ersten Filmen, »Sierra Chariba« *(schnief)*. . .

EINBLENDUNG: »UND HÖR AUF ZU SCHNIEFEN«

Philip Jenkinson . . .»Sie kannten kein Gesetz« und »Wer Gewalt sät« zeigte er seine Vorliebe für die zutiefst ehrliche und sexuell sehr stimulierende Darstellung von Gewalt *(schnief)* in ihrer krassesten Form *(schnief)*.

EINBLENDUNG: »HÖR ENDLICH AUF ZU SCHNIEFEN«

Philip Jenkinson In seinem neuesten Film hat sich Peckinpah in die ruhigeren und lyrischeren Gewässer von Julian Slades »Jahre der Jugend« begeben.

Lyrische Szene, in der junge Männer in weißen Flanellhosen und junge Mädchen in hübschen Kleidern ausgelassen auf einer Wiese herumtollen, wobei sie von einem Klavier begleitet werden, das einer der jungen Männer spielt.

TITEL: »JAHRE DER JUGEND (1971) REGIE SAM PECKINPAH«

Die jungen Leute hören auf, herumzutoben und zu singen, denn: Lionel kommt hinzu, einen Tennisschläger in der Hand.

Lionel (MICHAEL) Hallo, zusammen!

Alle (*unisono*) Hallo, Lionel!

Lionel Mensch, ist das ein riesig starker Tag.

Alle (*unisono*) Und wie!

Frau Es ist so, naja, sonnig!

Lionel Ja, nicht wahr? Aufgepaßt, Leute, jemand Lust auf Tennis?

Julian (GRAHAM) Oh, riesig!

Charles (ERIC) Bombig!

Julian Aufgepaßt, Lionel, fang!

Er wirft Lionel den Tennisball zu und trifft ihn am Kopf. Lionel schlägt sich mit einer Hand an die Stirn. Er brüllt vor Schmerzen, durch seine Finger rinnt Blut.

Lionel Oh, Mann!

Er wirft seinen Schläger fort; ein fürchterlicher Schrei ist zu hören: die Kamera schwenkt zu einem hübschen Mädchen in Sommerkleidung, dem der Griff des Tennisschlägers im Magen steckt. Blut strömt über das Kleid.

Mädchen Oh, herrje!

Sie spuckt Blut, bricht zusammen und fällt zu Boden, wobei sie sich an Charles' Arm festklammert. Der Arm geht ab. Kübel voll Blut strömen aus der Schulter und übergießen das Mädchen sowie alle anderen in der Nähe. Charles stolpert rückwärts gegen das Klavier. Der Klavierdeckel klappt herunter und trennt die Hände des Klavierspielers ab. Der Pianist schreit. Er steht auf, Blut spritzt zu Klaviermusik aus seinen Händen. Das Klavier bricht in Zeitlupe zusammen (aus verschiedenen Blickwinkeln aufgenommen, wie in »Zabriskie Point«) und begräbt einige Mädchen unter sich. Zwischenschnitt zu Mädchen mit entsetztem Blick, die in Zeitlupe schreien. Blut quillt unter dem Klavier hervor. Julian stolpert durchs Bild, die Klaviatur ragt ihm durch den Unterleib. Als er sich herumdreht, säbelt er den Kopf eines verängstigten Mädchens ab, das in seiner Nähe auf dem Gras sitzt. Blut schießt empor wie Lava aus einem Vulkan. Die Kamera schwenkt nach oben, während die Musik wieder anhebt.

Schnitt zurück zu Philip Jenkinson.

Philip Jenkinson Ziemlich starker Tobak von *(schnief)* Sam Peckinpah.

Man hört Maschinengewehrfeuer; in Philip Jenkinsons Hemd erscheinen Löcher. Aus jedem Loch strömt Blut in Zeitlupe. Einstellungen aus verschiedenen Winkeln werden künstlerisch wertvoll zwischengeschnitten.

EINBLENDUNG: »ÄTSCH«

Abspann läuft über Jenkinsons Todesagonie. Abblende.

Off-Sprecher (JOHN) und ROLL-TITEL: »DIE BBC MÖCHTE SICH BEI DER GANZEN WELT FÜR DIE LETZTE NUMMER ENTSCHULDIGEN: SIE WAR EKELHAFT UND SCHLECHT UND DURCH UND DURCH UNGEHÖRIG, UND BITTE MACHEN SIE SICH NICHT DIE MÜHE, UNS ANZURUFEN, WIR WISSEN JA, DASS SIE SEHR GESCHMACKLOS WAR, ABER DIE HABEN ES NICHT WIRKLICH SO GEMEINT, SIE KOMMEN ALLE AUS ZERRÜTTETEN FAMILIEN, UND IHR PRIVATLEBEN IST SEHR UNGLÜCKLICH, BESONDERS ERICS. JEDENFALLS SIND SIE IM GRUNDE SEHR NETTE LEUTE, UND NACH HERKÖMMLICHER ART DES SHOW-BUSINESS SEHR WARMHERZIG, UND BITTE SCHREIBEN SIE UNS AUCH NICHT, DENN DIE BBC IST ZUR ZEIT IN EINER UNGLÜCKLICHEN PHASE – UND DAS, WO IHR VATER IM STERBEN LIEGT UND DIE HYPOTHEK SIE BELASTET UND BBC 2 MIT MÄNNERN AUSGEHT«

Off-Sprecher (ERIC) und ROLL-TITEL: »DIE BBC MÖCHTE DIE LETZTE ENTSCHULDIGUNG DEMENTIEREN. SIE IST ZU HAUSE SEHR GLÜCKLICH, UND BBC 2 WIRD DIE KRISE ÜBERWINDEN, ALSO GUTE NACHT VON UNS ALLEN HIER, SCHLAFEN SIE GUT, UND FÜR MORGEN WÜNSCHEN WIR IHNEN EINEN TOTAL TOLLEN TAG, KÜSSCHEN, KÜSSCHEN«

Schnitt zu Richard Baker, der am traditionellen Nachrichtenpult sitzt.

Richard Baker Soeben wurde gemeldet, daß bei einer Explosion im Oberhaus siebzehn Einmachgläser zu Bruch gingen. Die Polizei schließt ein Verbrechen aus. *(Pause.)* Zitronen-Curry?

Abblende.

Aufblende: Filmaufnahme an der Küste, Wellen brechen sich am Strand.

TITEL: »ZWISCHENSPIEL«

Der Film dauert eine ganze Weile. Schließlich kommt der Ansager, gekleidet wie ein mittelalterlicher spanischer Soldat, ins Bild spaziert.

Ansager (JOHN) *(in die Kamera)* Äh, tut mir leid wegen der. . . der, ähm, Pause, ich fürchte nur, die Sendung ist diese Woche ein paar Minuten zu kurz. Wissen Sie, manchmal sind die Sendungen einfach nicht ganz so, ähm, lang, wie sie sein sollten. *(Pause; er dreht sich verlegen um zum Meer.)* Schön, nicht wahr? *(Er geht aus dem Bild; lange Pause... er kommt zurück.)* Hören Sie, es hat, ehrlich gesagt, keinen allzu großen Zweck, wenn Sie noch länger dranbleiben, weil ich fürchte, daß es keine Witze oder so was mehr gibt...

Er geht zögerlich aus dem Bild. Der Film läuft noch eine ganze Weile, bevor langsam abgeblendet wird.

Vierunddreißig – Die Fahrradtour

Die saftig grüne Landschaft von Devon. Erkennungsmusik. Die Kamera fährt eine Hecke vor einer Straße entlang. Wir sehen einen Kopf vorbeisausen, manchmal reicht er gerade über die Hecke, manchmal verschwindet er für längere Zeit.

EINGEBLENDETER TITEL: »DIE FAHRRADTOUR«

Mr. Pither, der Radfahrer, taucht noch ein paarmal auf, dann sieht man ihn nicht mehr. Man hört ein Krachen und das Scheppern eines Fahrrads, dazu das Gackern einer erschrockenen Henne und einen unterdrückten Aufschrei. Wir sind immer noch in der Totale und sehen nichts. Die Musik hört bei dem Zusammenstoß abrupt auf.

Pither (MICHAEL) *(Off-Sprecher)* 18. August. Bei Bovey Tracey hingefallen. Die Pumpe hat sich in meinem Hosenbein verfangen.

Schnitt ins Innere einer Raststätte. Ein ziemlich griesgrämiger Besitzer mit Glimmstengel im Gesicht hantiert an der Espresso-Maschine herum. Pither, ein hektischer kleiner Mann mit Brille, lehnt sich über die Theke und erzählt geschwätzig.

Pither Die Pumpe hat sich in meinem Hosenbein verfangen, und meine belegten Brötchen haben schwer gelitten.

Besitzer (ERIC) Fünfunddreißig Pence, bitte.

Er geht wieder zur Espresso-Maschine.

Pither Aber Ihre belegten Brötchen waren ein vollwertiger Ersatz.

Ein riesiger Lkw-Fahrer kommt an die Theke.

Fahrer (JOHN) Zehn Lullen, Barney.

Pither Hallo! *(Der Lkw-Fahrer schaut ihn lustlos an.)* Komisch, nicht, da macht man sich, wie ich zum Beispiel, sein Leben lang nichts aus Bananen und hat für Käse nichts übrig, und doch ist man in der Lage, ein Käse-Bananen-Brötchen wie dieses hier zu essen, und es schmeckt sogar.

Der Fahrer geht mit seinen Zigaretten.

Besitzer Fünfunddreißig, bitte.

Pither Ah! Oh, ich habe nur ein 50-Pence-Stück. Können Sie rausgeben?

Besitzer *(äußerst ironisch)* Da muß ich nachsehen. Kann passieren, daß ich deswegen zur Bank muß.

Pither Es tut mir schrecklich leid.

Besitzer *(gibt ihm das Wechselgeld)* Fünfzehn.

Pither Welch ein Glücksfall. Alles, alles Gute. *(Pither streckt die Hand* *aus, der Besitzer ignoriert sie.)* Und nochmals vielen Dank für die ausgezeichnete Käse-Bananen-Köstlichkeit.

Er geht geschäftig hinaus. Der Besitzer blickt ihm nach.

Schnitt: eine Hecke. Erkennungsmusik. Pithers Kopf hüpft wieder. Bei der selben Stelle der Musik wie vorher verschwindet er, man hört ein Krachen und das Grunzen eines Schweins.

Pither *(Off-Sprecher)* 23. August. Bei Budleigh Salterton hingefallen.

Kurzer Schnitt zu einem nicht-identifizierbaren Gilliam-Trickfilm-Monster, das über eine Hecke schaut.

Schnitt zu einer Frau, die im Garten arbeitet. Hinter ihr erscheint Pithers Kopf, der über die Hecke lugt.

Pither ...und die Pumpe hat sich in meinem Hosenbein verfangen... *(die Frau gräbt weiter und versucht ihn zu ignorieren)*, und so sind sie kaputtgegangen *(keine Reaktion)* ...die Eier... Sie erinnern sich... die hartgekochten Eier, von denen ich erzählt habe... sie waren in einem Tupperwaren-Behältnis, das angeblich selbstschließend ist, aber beim Kontakt mit der Teermakadam-Oberfläche der B409 aufging... *(sie gräbt weiter)*... kurz vor Dawlish... *(immer noch keine Reaktion)*. Das sollte bei einem selbstschließenden Behältnis eigentlich nicht passieren, finden Sie nicht? Worin bewahren Sie Ihre hartgekochten Eier auf?

Die Frau geht ins Haus. Pither wartet einige Zeit.

Pither *(ruft)* Ich glaube, in Zukunft werde ich sie mit Klebeband an der Lenkstange befestigen... das dürfte ein Wiederauftreten des Problems verhindern... Aber ich kann hier nicht den ganzen Tag rumstehen und schwatzen... Ich bin auf einer Fahrradtour durch Nord-Cornwall. Muß weiter.

Wieder Schnitt: eine Hecke. Pithers Kopf rollt vorbei. Erkennungsmusik. Der Kopf verschwindet. Krachen und das Muhen einer Kuh.

Pither *(Off-Sprecher)* 26. August. Bei Ottery St. Mary hingefallen. Die Pumpe hat sich in meinem Hosenbein verfangen. Beschlossen, ab jetzt Shorts zu tragen.

Wieder kurzer Schnitt zu dem Trickfilm-Monster, das über eine Hecke schaut.

Schnitt: eine andere Hecke. Pithers Kopf schwebt vorbei. Wenige Takte Erkennungsmusik. Krachen.

Pither Bei Tiverton hingefallen. Vielleicht ist eine kürzere Pumpe die Lösung.

Ein anderes Monster lugt kurz hervor.

Schnitt auf eine Dorfstraße. Sie ist leer bis auf eine alte Dame. Pither radelt ins Bild, er trägt Shorts, die mit Fahrradklemmen gesichert sind. Er nähert sich der alten Dame.

Pither Entschuldigen Sie, gnädige Frau. Könnten Sie mir vielleicht ein gutes Fahrradgeschäft in diesem Dorf empfehlen, das mir meine Pumpe neu anpassen kann, oder mir, sollte dies nicht möglich sein, mit einem Ersatz behilflich ist?

Alte Dame (ERIC) Hier gibt's nur ein Geschäft.

Sie deutet mit zitterndem Finger in eine Richtung. Die Kamera schwenkt ein kleines bißchen seitwärts, so daß ein Geschäft mit einem meterhohen Schild ins Bild kommt: »Fahrradpumpen-Center – Der Spezialist für kürzere Fahrradpumpen«. Ein weiteres Schild: »Kurze Pumpen vorrätig«. Ein weiteres Schild: »Schnellservice für Fahrradpumpenverkürzung«. Die Kamera zeigt das Geschäft nur wenige Sekunden lang und schwenkt dann wieder zu der alten Dame und Pither.

Pither Welch ein Glücksfall. Vielleicht wird Fahrradfahren nun weniger hasardös.

Schnitt: das Sprechzimmer eines Arztes. Es klopft an der Tür.

Doktor (ERIC) Ja?

Eine Krankenschwester steckt den Kopf herein.

Krankenschwester Ein Mr. Pither will Sie sehen. Seine Fahrradpumpe hat sich in seiner Socke verfangen.

Doktor Danke, Schwester, führen Sie ihn herein.

Krankenschwester Hier entlang, bitte.

Die Krankenschwester geht. Pither tritt ein. Er trägt Shorts und einen Pullover.

Pither Einen wunderschönen guten Morgen, Doktor.

Doktor Äh, wie ich höre, hatten Sie einen Unfall.

Pither Sehr richtig, meine Pumpe hat sich...

Doktor ...in Ihrer Socke verfangen.

Pither Genau das. Ja. Mein Obstkuchen ist auf einer Seite zu Schaden gekommen.

Doktor Also...

Pither Und er hat überall Sand abbekommen.

Doktor Und nun haben Sie Schmerzen?

Pither O nein.

Doktor Wo sind Sie denn verletzt?

Pither Oh, ich bin glücklicherweise ohne Verletzung davongekommen.

Doktor Was führt Sie dann zu mir?

Pither Könnten Sie mir bitte den Weg nach Iddesleigh zeigen?

Doktor Wissen Sie, ich bin eigentlich Arzt.

Pither O ja, natürlich. Normalerweise hätte ich einen Polizisten oder einen Priester gefragt. Da aber keiner zur Verfügung stand, hielt ich es für richtig, lieber einen Mann mit Ihrer professionellen Qualifikation um Rat zu fragen, als mich auf die möglicherweise verwirrende Auskunft eines Passanten zu verlassen.

Doktor Aha, nun gut. *(Er kritzelt etwas auf ein Stück Papier und reicht dieses Pither.)* Gehen Sie damit zu einer Apotheke.

Pither Danke.

Schnitt: eine Apotheke; außen. Ein Apotheker kommt heraus, hält den Zettel in der Hand und zeigt die Straße hinauf. Pither bedankt sich und steigt auf sein Fahrrad.

Schnitt: Hecken. Pithers Kopf. Die Erkennungsmusik erreicht die Stelle, an der Pither normalerweise vom Fahrrad fällt. Pithers Kopf verschwindet, und die Musik hört auf. Kein Krachen. Pithers Kopf erscheint weiter vorn, und die Musik setzt wieder ein.

Pither *(Off-Sprecher)* 2. September. Bei Iddesleigh nicht hingefallen.

Schnitt: eine Kleinstadt. Pithers Kopf schwebt über eine Reihe von Autodächern. Er verschwindet plötzlich, die Musik bricht ab, und man hört ein Krachen.

Pither In Tavistock hingefallen.

Schnitt in eine stille Ecke eines »Watney's Pub«. Sanfte Musik. Ein Geschäftsmann in mittleren Jahren und eine attraktive Sekretärin sitzen eng nebeneinander an einem Tisch. Sie wollen ganz offensichtlich allein sein. Am nächsten Tisch sitzt Pither mit einem Glas Bier.

Pither Mein Fuß hat sich in meinem Hosenbein verfangen, und da ist meine Flasche zerbrochen.

Mädchen (CAROL) Sag's ihr heute, du kannst sie ja anrufen.

Mann (JOHN) Ich kann's nicht, ich kann's nicht.

Pither Ich sagte ja, Sie erraten es nie.

Mann Sechzehn Jahre waren wir zusammen. Da kann ich sie nicht einfach anrufen.

Mädchen Wenn du es jetzt nicht kannst, kannst du es nie.

Pither *(tippt den Mann auf den Schenkel)* Mögen Sie Tizer?

Mann *(zu Pither)* Wie? Nein. Nein.

Mädchen Willst du mich oder nicht, James? Es ist deine Entscheidung.

Pither Ich nehme an, man kriegt ihn hier in der Gegend noch, oder nicht?

Mädchen Willst du oder nicht?

Mann Was?
Pither Tizer.
Mädchen Ja oder nein?
Pither Kriegt man ihn noch hier in der Gegend?
Mann *(zu Pither)* Ich weiß nicht.
Mädchen Ich verstehe. Das heißt dann Adieu, James.
Mann Nein! Ich meine, ja!
Pither Ah, man kriegt ihn also doch noch?
Mann *(zu Pither)* Nein.
Mädchen Ach, du warst nie zu einer klaren Entscheidung fähig.
Mann Ich kann... ich hab doch...
Mädchen *(nimmt ihren Ring ab)* Leb wohl, James.
Sie rennt schluchzend hinaus.
Mann Nein, warte, Lucille!
Pither Mag Ihre reizende kleine Tochter Tizer? Hm?
Mann Lucille!
Pither Hätte durchaus Lust, ihr ein Fläschchen Tizer zu spendieren... wenn man ihn hier in der Gegend wirklich noch kriegt.
Mann *(wendet sich Pither zu)* Darf ich Ihnen die Tür zeigen?
Pither Oh, das ist ausgesprochen freundlich von Ihnen, aber ich hab sie beim Hereinkommen bereits gesehen.
Mann Sie dämlicher Trampel, Sie.
Der Mann packt Pither am Kragen und am Hosenboden und trägt ihn eigenhändig zur Tür.
Pither Ich war gerade von meinem Fahrrad gefallen, das ist sehr nett von Ihnen, und mein Zitronenquarktörtchen war...
Mann Ich scheiß auf Ihr Zitronenquarktörtchen!
Pither wird hinausgeschmissen. Er rappelt sich auf und sieht das Mädchen draußen stehen und schluchzen.
Pither Hatte gerade ein Schwätzchen mit Ihrem Paps.
Das Mädchen bricht erneut in Tränen aus. Fröhlich pfeifend besteigt Pither das Fahrrad und fährt die Straße hinunter und um eine Ecke. Er ist vergnügt wie schon lange nicht mehr. Geräusch von quietschenden Autoreifen und ein Krachen, als Pither direkt in das Auto hineinfährt. Schnitt in das Innere des Autos, das über die Landstraße braust. Der Fahrer ist ein ernster junger Mann. Pither sitzt mit dem Fahrrad auf dem Rücksitz. Der Fahrer, Mr. Gulliver, spricht mit professioneller Präzision.
Pither Meine Gummi-Einlegesohle hat sich in der hinteren Schutzblechabstützung verfangen, und...

Gulliver (TERRY J.) Wirklich? Und was geschah mit den Corned-Beef-Semmeln?

Pither Die Corned-Beef-Semmeln wurden so gequetscht, daß... Moment mal, woher wissen Sie das mit den Corned-Beef-Semmeln?

Gulliver Ich bemerkte sie – oder das, was von ihnen übrig war – auf der Straße. Ich bemerkte auch, daß das Zitronenquarktörtchen einen gewissen Schaden genommen hatte.

Pither Sehr richtig. Die Sahne wurde...

Gulliver ...vom Törtchenboden getrennt.

Pither *(mit zunehmendem Erstaunen)* Völlig richtig, ja.

Gulliver Der Inhalt der Sandwichschachtel blieb dagegen weitgehend intakt, obwohl, wie sich zeigte, die Schokoküßchen kleine Bitumenpartikel aufwiesen.

Pither Aber sie waren doch in Folie eingewickelt!

Gulliver Unglücklicherweise aber nicht auf der Schokoladenoberseite.

Pither Oh, gerad den Teil mag ich am liebsten.

Gulliver Die Wurstsemmel, das Knuspergebäck und das Ingwerbiscuit sind heil geblieben.

Pither Woher wissen Sie soviel übers Fahrradfahren?

Gulliver Ich arbeite an einer Spezialstudie: »Unfälle und ihre Auswirkungen auf Lebensmittel«.

Pither Ach ja?

Gulliver Ja. Wissen Sie, daß wir in unseren Labors ein Käsebrötchen entwickelt haben, das einem Aufprall von bis zu 4000 Pfund pro Quadratzentimeter widersteht?

Pither Du meine Güte!

Gulliver Erstaunlich, nicht wahr? Wir haben auch eine Tomate entwickelt, die sich selbst aus der Gefahrenzone katapultiert, wenn ein Unfall droht.

Pither Selbst wenn sie sich in einer Käse-Tomaten-Semmel befindet?

Gulliver Überall. Selbst, wenn sie schon in Ihrem Magen ist, kommt sie, wenn sie einen Unfall spürt, Ihre Kehle hoch und drängt zum Fenster hinaus. Wissen Sie, was das bedeutet?

Pither Sicheres Essen?

Gulliver Genau. Lebensmittel werden nicht mehr aufgrund der Ignoranz und Dummheit irgendwelcher Verkehrsteilnehmer zerdrückt, zerquetscht und beschädigt. *(Zunehmend messianischer)* Vollständige Picknicks werden so hergestellt, daß sie enormen Kräften widerstehen können! Snacks werden sicherer sein denn je!

Ein in unseren Labors entwickelter ganz normaler Topf mit Salatsoße wird seit sechzehn Jahren täglich einem 4000-Pfund-Dampfhammer ausgesetzt, und ist er zerbrochen?

Pither Also... ähm...

Gulliver Ja, natürlich ist er zerbrochen... aber es gibt andere Ideen – Sicherheitsgurte für Sardinen zum Beispiel.

Eine Tomate hüpft aus dem Handschuhfach, schwebt herum und katapultiert sich dann aus dem Autofenster.

Pither Da, die Tomate hat sich gerade hinauskatapultiert!

Gulliver Wirklich? *(Er umarmt Pither aufgeregt.)* Es funktioniert! Es funktioniert! *(Das Auto kollidiert.)*

Abblende.

Aufblende: eine Landstraße. Pither radelt – mit Gulliver hinten auf dem Fahrrad. Gulliver hat den Kopf verbunden und den Arm in einer Schlinge. Gulliver bewegt sich rhythmisch, und gelegentlich dringen Fetzen von Clodagh Rogers' Hit »Jack in a Box« an unser Ohr.

Pither *(Off-Sprecher)* Welch eine merkwürdige Wendung diese Fahrradtour genommen hat. Mr. Gulliver scheint sein Gedächtnis verloren zu haben. Er ist nun überhaupt nicht mehr an sicherem Essen interessiert, sondern statt dessen überzeugt, er sei Clodagh Rogers, die junge Sängerin. Ich bringe ihn in ärztliche Behandlung.

Schnitt zu Pither und Gulliver, die in ein Krankenhaus radeln. Ein Schild: »Bezirks-Krankenhaus Nord-Cornwall«. Schnitt zu einer Krankenschwester an der Aufnahme. Der Schalter hat ein Glasfenster, das hochgeschoben werden kann. Pither erscheint.

Pither Ist das hier die Notaufnahme?

Krankenschwester (GRAHAM) Ja, sehr richtig.

Lärm von splitterndem Holz und ein Krachen im Off. Pither und die Krankenschwester schauen auf. Eine Bank ist in der Mitte zusammengebrochen, und die drei auf ihr sitzenden Patienten sind in der Mitte zu einem Haufen zusammengerutscht. Eine andere Krankenschwester eilt herbei, um Hilfe zu leisten.

Schnitt zu Pither an der Aufnahme.

Krankenschwester Und was kann ich für Sie tun?

Das Fenster fällt auf ihre Finger. Sie zuckt vor Schmerz zusammen. Schiebt das Fenster wieder hoch.

Pither Ich bin derzeit auf einer Fahrradtour durch das Gebiet von Nord-Cornwall über Bude und...

Krankenschwester Dürfte ich Ihren Namen wissen?

Pither Ja, mein Name ist Pither.

Krankenschwester Wie?

Pither P-I-T-H-E-R. . . wie in Brotherhood aber mit PI statt BRO und kein Hood.

Krankenschwester Ich verstehe. . .

Pither Ich habe gerade Taunton besucht. . .

Ein furchtbares Krachen. Schnitt zu einem umgefallenen Krankenhauswagen und einem bandagierten Patienten unter einem Haufen von Krankenhausinstrumenten. Eine Schwester steht daneben und schaut hinunter. Schnitt zurück zum Schalter.

Krankenschwester Psst!

Pither Ich radelte nordwärts Richtung. . .

Krankenschwester Ja, und wo wurden Sie verletzt?

Pither Genau an der Kreuzung der A237 mit der. . .

Krankenschwester Wo an Ihrem *Körper*. . .

Pither Äh, nein. . . ich wurde nicht verletzt, sondern mein Freund.

Die Krankenschwester wirft Pither einen finsteren Blick zu, zerknüllt das Papier und schmeißt es weg. Das zerknüllte Papier trifft einen kleinen Glasschrank, der umkippt und zerbirst.

Krankenschwester Bah! Name?

Pither Pither.

Krankenschwester Nein, nein, nein, nein! Der Name Ihres Freundes.

Pither Oh. . . Clodagh Rogers. . .

Krankenschwester Clodagh Rogers!?

Pither Ja, aber erst seit ungefähr 16 Uhr 30. . .

Krankenschwester Ja. Ich glaube, Sie sprechen lieber mit Dr. Wu. . . Doktor!

Schnitt zu einem Arzt, der eine Kiste auspackt, die wacklig oben auf einem Medizinschrank steht. Er dreht sich ruckartig herum und schmeißt die Kiste hinunter.

Doktor (JOHN) Was? Verdammt!

Schnitt zu einem Patienten, der im Rollstuhl geschoben wird. Der Rollstuhl geht zu Bruch, und die Schwester hat nur noch den Griff in der Hand. Schneller Schnitt zur Krankenschwester am Schalter, der wiederum das Fenster auf die Finger fällt.

Krankenschwester Aaahhh!

Der Doktor kommt hinüber zu Pither. Er hat offensichtlich Schmerzen und humpelt leicht.

Pither Ich bin auf einer Fahrradtour durch Nord-Cornwall über. . .

Krankenschwester Er glaubt, er habe einen Unfall gehabt.

Pither Ich habe einen Freund, der aufgrund seiner erlittenen Verletzungen glaubt, er sei Clodagh Rogers.

Doktor Er glaubt *was?*

Pither Also, das war so. . .

Eine Krankenschwester mit einem Tablett geht hinter dem Doktor vorbei und will auf die Eingangstüren zu. Als sie sie erreicht, fliegen die Türen auf, und herein kommt Gulliver mit seinem bandagierten Kopf und dem Arm in der Schlinge. Er stößt mit der Krankenschwester zusammen; sie läßt das Tablett fallen. Gulliver greift sich Pither, und die beiden streben eilig nach draußen, wobei sie dem Doktor auf den Fuß steigen. Der Doktor schreit auf, greift sich an den Fuß, dabei fällt das Fenster am Schalter wieder herunter und auf seine Hand.

Schnitt auf ein Lagerfeuer in einer Waldlichtung um Mitternacht. Pither schreibt sein Tagebuch.

Pither *(Off-Sprecher)* 4. September. Nein, so was! Wir sind jetzt im Distrikt der Alpes Maritimes in Südfrankreich. Clodagh scheint mehr Interesse daran zu haben, nach Moskau zu gelangen, als für ihre BBC-2-Serie mit Buddy Rich und der Younger Generation zu proben. . . *(Gulliver tritt auf; sein Kopf ist immer noch bandagiert.)* Oh, hallo!

Gulliver Wir können hier nicht bleiben. Ich muß sofort weg. Es gibt ein Schiff in Marseille.

Pither Dein Lied für Europa hat mir gut gefallen, Clodagh.

Gulliver Ich hab in der Stadt einen Geheimagenten gesehen. Mein Leben ist in Gefahr.

Pither In Gefahr, Clodagh?

Gulliver Stalin hat mich immer gehaßt.

Pither Niemand haßt dich, Clodagh.

Gulliver Ich werde verhindern, daß ich diesem Abschaum in die Hände falle.

Pither Ich glaube, du solltest ein kleines Nickerchen machen, meine Liebe. Morgen ist ein anstrengender Tag mit Konzerten und PR-Auftritten.

Gulliver Ich? Einer der Gründer der größten Nation der Erde? Ich? Den Lenin seinen besten Freund genannt hat?

Aus dem Dunklen hört man französische Stimmen.

M. Brun (JOHN) Taisez-vous. Taisez-vous.

Pither Mein Gott.

Gulliver Ich! Der ich ein Leben lang für das Überleben meines Volkes gekämpft habe.

Ein französisches Ehepaar erscheint in Pyjamas.

M. Brun Taisez-vous: Qu'est-ce que le bruit? C'est impossible!

Pither Äh... mein Name ist Pither.

M. Brun Oh... Sind Sie Engländer?

Pither Äh... ja, stimmt. Ich bin auf einer Fahrradtour durch Nord-Cornwall über Bude...

Gulliver Mich werden sie nicht besiegen! Ich werde in mein Land zurückkehren, um gegen die neue Tyrannei zu kämpfen!

Pither Das ist Clodagh Rogers, die gebürtige Irin und Sängerin.

Mme Brun (ERIC) Mais oui – c'est Clodagh Rogers – »Jack in a Box«! *(Singt)* »I'm just a jack in a box, I know whenever love locks...« *(Ruft)* Geneviève! Gérard! C'est Clodagh Rogers la fameuse chanteuse Anglaise.

Zwei Teenager in Pyjamas erscheinen. Sie tragen Autogrammbüchlein und bedrängen Gulliver.

Gulliver Ich werde mich niemals ergeben! Ich werde mich niemals ergeben...!

Geneviève (GRAHAM) Excusez-moi, Madam Clodagh! Ecrivez-vous votre nom dans mon livre des hommes célèbres, s'il vous plaît. Là, au-dessous de le Denis Compton. *(Gulliver schreibt seinen Namen und gibt das Buch zurück.)* Maman! C'est ne pas la belle Clodagh.

Mme Brun Quoi?

Geneviève C'est Trotsky, le révolutionnaire.

M. Brun Trotsky!

Mme Brun Mais Trotsky ne chante pas.

M. Brun Il chante un peu.

Mme Brun Mais pas professionnellement. Qu'il pense de Lenin.

M. Brun Ah! Lenin! Quel chanteur! »If I ruled the world!«

Ein kurzer Filmausschnitt mit Lenin, der offensichtlich die zweite Zeile des Liedes singt.

Gulliver Lenin! Mein Freund! Ich komme!

Er rennt wie besessen in den Wald.

Pither Sie müssen sie entschuldigen, sie ist in der letzten Zeit nicht ganz auf dem Posten. Arbeitsüberlastung, Kehlkopfentzündung, Sie wissen schon...

Er steigt auf sein Fahrrad und radelt eilig hinter Gulliver her in den Wald.

M. Brun *(immer noch in Erinnerungen)* Et aussi Monsieur Kerensky avec le »Little White Bull«, mh?

Mme Brun Formidable.

Schnitt und ein paar kurze Aufnahmen von Gulliver, der durch die

Bäume flitzt, und dann zu Pither, der wegen seines Fahrrads sehr viel langsamer vorankommt.

Schnitt: ein französisches Pärchen, das in einem Auto knutscht.

Gulliver Lenin! Ich komme! Lenin!

Franzose Je t'aime.

Französisches Mädchen *(erblickt Gulliver)* Maurice! Regarde! C'est la chanteuse anglaise Clodagh Rogers.

Franzose Ah mais oui. *(Singt)* »Jacques dans la boîte.« *(Dreht das Autoradio an, und das Lied ist im ganzen Wald zu hören.)*

Schnitt: eine Straße in Rußland. Pither radelt mit Gulliver hinten auf dem Fahrrad. Der sieht aus wie Trotzki.

Pither *(Off-Sprecher)* Nach mehreren Tagen gelang es mir endlich, meinen Freund Mr. Gulliver in einem Vorort von Smolensk aufzuspüren.

Schnitt zu einem Soldaten. Er hat eine große Landkarte von Europa und Rußland und einen Stock, mit dem er auf die Orte deutet.

Soldat (ERIC) Smolensk, 200 Meilen östlich von Minsk, 200 Meilen nördlich von Kursk, 1500 Meilen westlich von Omsk.

Schnitt zurück zu Pither und Gulliver.

Pither Danke schön.

Sie haben an einem Schild angehalten, auf dem steht: »Smolensk Stadtmitte 1/2, Tavistock 1612 Meilen«.

Pither *(Off-Sprecher)* Jedenfalls waren wir weit weg von zu Hause. Und Mr. Gulliver – der sich immer noch für Trotzki hielt – war sehr müde aufgrund der flammenden Ansprachen an die Massen, die er den ganzen Weg über gehalten hatte, seit wir Monte Carlo verlassen haben.

Soldat Monte Carlo, 100 Meilen südlich von Turin, 100 Meilen östlich von Pisa, 500 Meilen westlich von Bilbao.

Schnitt zurück zu Pither.

Pither Danke schön. Ich habe beschlossen,. . .

Pither *(als Off-Sprecher)* Ich habe beschlossen,. . .

Pither Entschuldigung. Mach du weiter.

Pither *(Off-Sprecher)* Ich habe beschlossen, ihn in einem Hotel unterzubringen, während ich zur britischen Botschaft gehe und darum bitte, uns bei der Rückkehr nach Cornwall behilflich zu sein.

Sie lassen das Fahrrad an der Bordsteinkante stehen und treten in ein Haus mit einem Schild »ACVJM« an der Tür.

Pither *(Off-Sprecher)* Und so gerieten wir in den Smolensker Anti-Christlichen Verein Junger Männer.

Schnitt zu dem Soldaten.

Soldat ACVJM. Ecke Antisemitenstraße und Pogromplatz.

Pither *(der inzwischen mit Gulliver an der Rezeption steht)* Verschwinden Sie! *(Zum Hotelangestellten, der weggeht)* Nein, nicht Sie. Ein Einzelzimmer für meinen Freund, bitte.

Hotelangestellter (TERRY G.) Ja, mein Herr. Mit oder ohne Wanzen?

Gulliver *(als Trotzki)* Ich glaube, mit Wanzen sagt mir mehr zu.

Hotelangestellter Sehr wohl, mit Wanzen und Bad.

Pither Gut, Sie legen sich jetzt schön hin, und ich gehe zur Botschaft.

Er geht. Gulliver schreibt sich ein.

Hotelangestellter *(schaut ins Hotelregister)* Trotzki! Gott, den's nicht gibt! Es ist Trotzki!

Ein paar Leute eilen aufgeregt herbei.

Gulliver Genossen! Der Sozialismus ist kein...

Überblendung zum britischen Konsulat. Pither radelt heran, stellt sein Fahrrad ab und geht hinein. Imperiale Musik. Überblendung ins verrauchte Innere eines Zimmers. An der Wand im Hintergrund ist ein Bild der Queen gerade noch erkennbar; alles ist ziemlich orientalisch eingerichtet. Ein Chinese kommt. Er ist in traditioneller Mandarinskluft gekleidet und trägt eine Kappe.

Pither Entschuldigen Sie. Ist das hier das britischel Konsulat?

Chinese (GRAHAM) Ja, ja... si, si... das ist korrektement. Ja... Picadilly Circus, Mini-Rock, Joe Lyons...

Pither Ich möchte gerne mit dem Konsul sprechen, bitte.

Chinese Ja, ja, splechen, splechen... ich blitischel Konsul.

Pither Oh! *(Er schaut in sein Tagebuch.)* Sie sind Konteradmiral Sir Dudley Compton?

Chinese Nein. El gestolben. Hat Helzattacke und fallen aus Fenster auf explodielende Bombe und getötet in Schießelei. Ich... Ich sein, wie sagt man... Nackt... voll...

Pither Ah, Nachfolger.

Chinese Ich sein Nachfolger, Mr. Atkinson.

Pither Oh.

Chinese Wollen Sie Drinky? Oder Spiel Bingo?

Pither Tja... Etwas zu trinken wäre nett.

Der Chinese klatscht in die Hände; ein weiterer Chinese kommt herein und verbeugt sich unterwürfig.

Chinese Mr. Livingstone. Geh und bling Sake.

Livingstone (JOHN) Ja, Boß. *(Geht.)*

Chinese Oh, wie geht Tonblidge Wells? Und wie sehne ich mich,

Wände von belühmtes Shakespeare-Theater in Stlatford-on-Avon wiedelzusehen.

Pither Oh, ich selbst bin mehr aus dem Westen, Mr. Atkinson.

Chinese Oh, Texas – Alizona – Kit Carson Super Scout.

Pither Nein, nein. West-England... Cornwall.

Chinese *(mit Schwierigkeiten)* Colon... well...

Pither Cornwall.

Chinese Colonwel... o ja, kennen Colonwel sehr gut. Ging dort zu Schule, Mutter und Vater dort leben, o ja. Gehen zu viele Weekend-Partys und spielen Polo im Blidge-Club. Gehören viele Clubs in Colonwel.

Livingstone bringt die Drinks und einen Teller mit Gebäck. Er stellt es ab.

Chinese Ah, Mr. Livingstone, danke! Sake und Törtchen. *(Gibt Pither ein Glas Sake.)* Gut, Fleunde... Hinteln zusammenkneifen!

Pither Genau! *(Sie trinken.)*

Chinese Nun, ähm... äh... Mr....

Pither Äh, Pither.

Chinese Ah ja, Mr. Pither. Wir Bliten hier in Smolensk sehr inteles-siert an Klicket.

Pither Oh, Kricket?

Chinese Nein, nein... Sie nicht sehl gut Englisch splechen. Nicht Klicket – *Klicket*... Klicketti-Klick... Klicket... Housey Housey... äh... *Bingo!*

Pither Bingo...

Chinese Oh, Bingo... Bingo... Bingo...

Livingstone Bingo! Bingo!

Mehrere Chinesen im Mao-Anzug kommen herein, schwingen das Rote Büchlein und rufen »Bingo, Bingo, Bingo...!« Der Chinese und Livingstone protestieren und bringen sie schließlich zum Schweigen.

Chinese Hsai! Solly. Unsere Jungs sehl sehl aufgelegt. *(Die Maoisten ab.)*

Livingstone Bingo.

Chinese *(zu Livingstone)* Halten Schnauze! *(Zu Pither)* Mr. Pither, vielleicht könnten Sie ein gutes Wort einlegen für uns, daß wir können beitleten ein ganz feinen Bingo-Club in Colonwel.

Pither Nun, eigentlich ist das nicht meine Richtung...

Chinese Wir werden ganz still hinten sitzen, nicht splechen außer lufen »Housey! Housey!«

Livingstone Housey! Housey!

Maoisten *(stürmen wieder herein)* Housey! Housey! Housey. . .!

Zwischenschnitt: Archivfilm mit chinesischen Massen.

Chinesische Massen Housey! Housey! Housey! Housey!

Schnitt zurück ins Konsulat. Der Chinese ruft aus dem Fenster.

Chinese Hi Skwwati niyhi, keo t'sin heh t'sdung, nihi watai Bingokarten! *(Kommt ins Zimmer zurück.)*

Livingstone Nihi watai Bingokarten?

Chinese Nihi watai!

Livingstone Ah. . .

Chinese Sagen Sie mir, Mr. Pither, was besser – »Hackney Star Bingo« oder »St. Albans Top Rank Suite«?

Pither Eigentlich hatte ich gehofft, Sie könnten mir und meinem Freund helfen, nach England zurückzukehren, denn. . . wissen Sie, wir sind auf einer Fahrradtour durch Nord-Cornwall. . .

Alle Bingo, Bingo, Bingo. . .!

Der Chinese führt Pither hinaus.

Kurzer Filmausschnitt von randalierenden Chinesen.

Chinesische Massen Bingo! Bingo! Bingo! Bingo!

Schnitt zurück in die Hotellobby.

Pither Ist Mr. Trotzki auf seinem Zimmer?

Hotelangestellter Nein. Er ist nach Moskau abgereist.

Schnitt zu dem Soldaten.

Soldat Moskau. 1500 Meilen südlich von. . .

Schnitt zurück in die Lobby.

Hotelangestellter Halt den Mund!

Pither Moskau!

Er wird von drei Geheimpolizisten umringt, die alle identische Anzüge, dunkle Sonnenbrillen und Schiebermützen tragen.

Greifer (ERIC) Bitte kommen Sie mit uns!

Pither Wer sind Sie?

Sack (JOHN) Jedenfalls nicht die Geheimpolizei.

Börse (GRAHAM) Das ist mal klar.

Greifer Wenn, dann sind wir ganz normale sowjetische Bürger ohne besonderes Interesse an Politik.

Sack Überhaupt keinem. Kommen Sie mit!

Pither Wohin bringen Sie mich?

Die Geheimpolizisten versammeln sich und beraten.

Börse Was sagen wir ihm?

Greifer Bloß keine Geheimnisse.

Sack Einverstanden.

Greifer Sagt ihm irgendwas, bloß nicht, daß wir ihn nach Moskau bringen, wo Trotzki wieder ins Zentralkomitee aufgenommen wird.

Sie gehen zurück zu Pither.

Börse Wir bringen Sie zu einem Picknick.

Pither Oh, ein Picknick! Ich war noch nie auf einem.

Greifer Gut, gehen wir.

Sack Wer gibt hier die Befehle?

Greifer Ich, ich bin dein Vorgesetzter.

Sack Bist du nicht. Du bist Gemüsehändler, ich bin Versicherungsvertreter.

Greifer Gemüsehändler rangieren über Versicherungsvertretern.

Sack Tun sie nicht.

Börse Ganz ruhig. Ich bin Eisverkäufer und Vorgesetzter von euch beiden.

Sack Du bist Eisverkäufer? Ich dachte, du bist Tierarzt?

Börse Ich bin befördert worden. Gehen wir.

Sack Taxi!

Ein Mädchen, gekleidet wie ein New Yorker Taxifahrer, erscheint.

Taxi (CAROL) Ja.

Sack Fahren Sie uns nach Moskau.

Taxi Ich habe kein Taxi.

Börse Warum nicht?

Taxi Ich bin bei der Geheimpolizei. *(Alle knallen die Hacken zum Gruß zusammen.)*

Schnitt: die Räder eines Zugs, der durch die Nacht fährt. Ein Pfiff ertönt. Eingeblendete Ortsnamen werden über den Rädern rangezoomt: Petrograd, Ottograd, Lewgrad, Lesliegrad, Etceteragrad, Dukhovskoknabilebskohatsk, Moscva.

Schnitt: die Bühne eines großen russischen Saales. Auf einem Transparent über der Bühne steht »Picknick der 42. russischen Internationale«. Im Hintergrund der Bühne sitzt Pither mit seinem Fahrrad. Auf einer Seite der Bühne an einem besonderen Tisch auf einem Podium einige sehr bedeutende russische Persönlichkeiten, darunter Generäle. Einer der Generäle spricht zum Publikum.

General (JOHN) . . . Dostoievye useye tovarich trotsky borodina. . . (etc.)

UNTERTITEL: »DIES IST DER MANN, DER UNS UNSEREN GELIEBTEN TROTZKI WIEDERGEBRACHT HAT«

General Belutanks dretsky mihai ovna isky Mr. Reg Pither.

Untertitel: »Darf ich euch zunächst Mr. Pither aus dem Westen Englands vorstellen«

Höllenlärm etwa 10 Sekunden.

General Schi muska di scensand dravenka oblomov Engleska solschenizyn.

Untertitel: »Verzeiht mir, wenn ich, um Zeit zu sparen, auf englisch fortfahre«

General Und nun, Genossen, der erhabenste Moment eines erhabenen Tages, der Moment, da ich euch bitte, einen der größten Helden Rußlands zu begrüßen, den Schöpfer der Roten Armee, Lenins besten Freund, Lew Dawidowitsch Trotzki!

Gulliver erscheint; er sieht Trotzki so ähnlich wie möglich. Er trägt Uniform, Bart und eine Brille. Wieder ist die Hölle los. Schließlich beruhigt er die Menge, indem er seine Hände hebt und um Ruhe bittet.

Gulliver Genossen, Bolschewiken, Freunde der Revolution. Ich bin zurückgekehrt. *(Erneuter Jubel.)* Der blutbefleckte Schatten der stalinistischen Unterdrückung gehört der Vergangenheit an. Ich bringe euch das neue Licht der permanenten Revolution. *(Seine Bewegungen werden etwas tuntenhaft und aufreizend.)* Genossen, man mag mich von der Macht vertrieben haben, man mag mich 1927 aus der Partei geworfen haben, man mag mich 1928 deportiert haben, aber... *(singt)* »I'm just an old-fashioned girl with an old-fashioned mind«. *(Das Publikum gerät in eine gewisse Verwirrung, insbesondere die Generäle auf dem Podium.)* Genossen, ich will nicht zerstören, um aufzubauen, ich will keinen Staat, begründet auf Haß und Zwietracht. *(Singt wieder)* »I want an old-fashioned house with an old-fashioned fence, and an old-fashioned millionaire«.

Ab hier kopiert Gulliver Eartha Kitt. Er hat sich eine Pelzstola umgelegt, mit der er aufreizend herumspielt. Die Verwirrung auf dem Podium erreicht ihren Höhepunkt.

Pither *(Off-Sprecher)* Unser Freund Mr. Gulliver war offensichtlich einer neuen Persönlichkeitsveränderung zum Opfer gefallen.

General *(zu Pither)* So! Sie haben uns betrogen. Dafür werden Sie bezahlen. Wache, nehmt ihn fest.

Die Wachmänner ergreifen den überraschten Pither und schleppen ihn weg. Der ranghöchste General schreitet über die Bühne nach hinten zu dem General, der zum Publikum gesprochen hatte, wobei er Gulliver ausweicht.

General Soll ich ihn auch festnehmen?

Alter General (GRAHAM) Nein, ich glaube, wir müssen ihn halten, er kommt gut an.

General Er ist spaßiger als früher.

Alter General Er ist viel lockerer geworden. Das ist eine alte Leninnummer.

Schnitt zu Pither, der in einer Zelle sitzt.

Pither *(Off-Sprecher)* 26. April. In eine russische Zelle geschmissen. Mein Marsriegel schwer beschädigt. Werde ich je die Bushaltestelle von Bude wiedersehen? *(Zwei russische Wärter öffnen die Zellentür.)* Oh, verzeihen Sie... *(Sie ergreifen ihn und marschieren mit ihm aus der Zelle.)*

Schnitt: die Außenseite einer Tür, die in den Gefängnishof führt. Sie geht auf, Pither wird herausgeführt und an eine nackte Wand gestellt. In der Wand sind viele kleine Löcher.

Pither *(Off-Sprecher)* Welch ein angenehmer Übungsplatz. Und wie freundlich alle waren.

Offizier (JOHN) Zigarette?

Pither Oh, nein danke, ich rauche nicht.

Pither steht einer Reihe von Uniformierten mit Gewehren gegenüber – ganz offensichtlich das Erschießungskommando.

Pither *(Off-Sprecher)* Nach einigen Augenblicken bemerkte ich eine Reihe Herren mit Flinten. Sie sahen in meine Richtung... *(Schnitt auf Pither mit dem Rücken zur Wand. Er dreht sich um.)* Ich schaute mich um, konnte aber das Ziel nicht sehen.

Offizier Augenbinde?

Pither *(sehr fröhlich)* Nein, danke. Nein.

Offizier *(geht aus dem Schußfeld)* Slowotny! *(Das Erschießungskommando nimmt Haltung an.)* Grydenka... *(Sie legen an.)* Verschnitzen!

Trommelwirbel. Das Erschießungskommando zielt. Ein Bote rennt aufgeregt herbei.

Bote (GRAHAM) Njet! Njet! Njet! *(Er übergibt dem Offizier ein Papier.)*

Offizier Ein Telegramm? *(Er prüft es.)* Vom Kreml! Das Zentralkomitee! *(Liest.)* Es lautet: »Weitermachen mit der Exekution.« Verschnitzen! *(Das Kommando legt an.)*

Pither *(Off-Sprecher)* Nun war ich wirklich dran.

Schnitt zum Offizier mit erhobenem Arm. Wieder Trommelwirbel. Er senkt das Schwert. Gewehrsalve des Erschießungskommandos. Der Offizier blickt in Pithers Richtung. Lange Pause.

Offizier Ihr habt ihn nicht getroffen.

Soldat Er hat sich bewegt.

Offizier Halt den Mund! Geht und übt! *(Zu Pither)* Tut mir sehr leid. Macht es Ihnen was aus, in Ihrer Zelle zu warten?

Pither wird von den Wärter in seine Zelle geworfen, die Tür wird zugeschmissen.

Pither *(Off-Sprecher)* Welch ein Glücksfall. Mein Crunchie war völlig unbeschädigt. Ich genehmigte mir einen schnellen Snack zwischen den Mahlzeiten . . .

Aber er wird wieder nach draußen verfrachtet. Pause. Schüsse. Er wird wieder hereingebracht. Der Offizier erscheint an der Tür.

Offizier Das nächste Mal bestimmt! *(Zu seinem Adjudanten)* Also wie viele Verletzte hat es gegeben? O Gott . . .

Pither *(Off-Sprecher)* Als ich mich beim Lärm der Schießübungen der russischen Herrschaften ein wenig hinlegte, erkannte ich, daß ich ganz nett in der Patsche saß. Mein Herz wurde schwer, als mir klar wurde, daß ich nie mehr die Umgehungsstraße von Okehampton sehen würde . . .

Überblendung zu Pithers schlafendem Gesicht. Er wacht auf, schüttelt sich ungläubig, als er bemerkt, daß er sich in einem schönen Garten im Sonnenschein mit singenden Vögeln etc. befindet. Er liegt in einem Liegestuhl, und seine Mutter hat ihm ein Glas eisgekühlten Fruchtsaft eingegossen.

Mutter (ERIC) Komm, mein Lieber, wach auf.

Pither Mutter!

Mutter Komm, mein Lieber.

Pither Dann war alles ein Traum.

Mutter Nein, mein Lieber, *dies* ist der Traum, du bist noch immer in der Zelle.

Überblendung zu Pither, der in der Zelle aufwacht. Der Offizier tritt ein und trägt eine Flinte.

Offizier Okay. Wir versuchen's nochmal. Ich glaube, jetzt haben wir's. Meine Jungs haben nämlich durch das falsche Ende geguckt.

Pither O nein. Schauen Sie, *da* müssen Sie durchgucken.

Offizier Ich dachte, hier müsse man durchgucken.

Pither Nein, nein, da müssen Sie durchgucken, sonst treffen Sie überhaupt nichts.

Offizier In Ordnung. Wir drehen's um. Wache, nehmt ihn mit!

Sie bringen ihn hinaus.

Offizier *(beim Hinausgehen)* Hör zu, da mußt du durchgucken!

Bei ihrem Hinausgehen sehen wir ein Plakat an der Zellenwand, auf dem steht: »Samstag abend im Moskauer Präsidium. Gaststar: Eartha Kitt. Mit Burgess und MacLean. ›Ein Lied, ein Tanz und ein kleiner Verrat‹. Marschall Bulganin und ›Charlie‹, Peter Cook, Dudley Moore, Leningrad hat selten so gelacht«.

Überblendung: Archivfilm vom Kreml. Konservengelächter und Applaus. Fröhliche Musik einer Band.

Überblendung auf eine Bühne, auf der jemand als Marschall Bulganin verkleidet steht und »Charlie«, seine kleine Bauchrednerpuppe, hält. Beide verbeugen sich und verschwinden, während der Vorhang fällt. Großer Applaus und viel Atmosphäre. Ein schrecklicher russischer Conférencier kommt auf die Bühne und applaudiert.

Conférencier (ERIC) Osledi. Osledi.

Er erzählt einen kurzen Witz auf russisch und brüllt vor Lachen. Gelächter aus dem Publikum. Er hält seine Hände nach oben und wird ganz ernst. Er sagt offensichtlich bewegende und wunderbare Dinge über den nächsten Gast, den er schließlich vorstellt . . .

Conférencier . . . Eartha Kitt!

Gulliver kommt auf die Bühne in voller Eartha-Kitt-Montur – weiße Pelz-Stola, geschlitztes Kleid, Juwelen. Er mimt zur Stimme von Edward Heath.

Stimme von Heath Meine Herren Gewerkschaftsführer – ich möchte mal *so* sagen – wir haben unseren Teil getan. Nun haben wir aber – im Interesse des Gemeinwohls – ein Recht darauf, von Ihnen, den Gewerkschaftsführern, zu erwarten, daß Sie Ihren Teil tun . . . *(etc.)*

Unruhe im Publikum, als es ihn erkennt. Es erschallen Rufe »Sing ›Old-Fashioned Girl‹«, und es wird mit Gemüse geworfen. Zeitlupenaufnahme von einer Tomate, die Gulliver trifft. Man sieht ihn, wie er eine Rübe aufhebt.

Gulliver Diese Rübe ist völlig ungesichert! *(Er blickt umher und sieht, wo er ist.)* O nein! Mr. Pither! Mr. Pither!

Er rennt, von Wächtern verfolgt, von der Bühne.

Schnitt zum Bühneneingang in der Lobby. Ein Schild: »Nächste Woche Clodagh Rogers«. Gulliver rennt hinaus und dann durch die Straßen, eifrig verfolgt von Soldaten und Geheimpolizisten, die auf ihn schießen.

Gulliver *(ruft)* Mr. Pither! Mr. Pither!

Man sieht ihn durch ein Werftgelände laufen. Schließlich hält er an einer hohen Steinmauer an.

Gulliver Mr. Pither!

Stimme von Pither Hier!

Gulliver sieht sich um und klettert dann schnell über die Mauer. Er läßt sich hinunterfallen und sieht Pither, der auf der anderen Seite steht.

Pither Gulliver.

Gulliver Pither! Welch ein Glücksfall!

Pither Ja und nein.

Er macht eine deutende Bewegung mit dem Kopf. Schnitt: wir sehen, daß beide vor dem Erschießungskommando stehen. Die Soldaten rennen mit aufgepflanztem Bajonett auf die beiden los.

ZWISCHENTITEL: »HIER FEHLT EINE SZENE«

Schnitt: eine Landstraße in Cornwall. Ein Straßenschild: »Tavistock 12 Meilen«. Darunter stehen Pither mit seinem Fahrrad und Gulliver.

Pither Puh, welch eine erstaunliche Flucht. Also, auf Wiedersehen, Reginald.

Gulliver Auf Wiedersehen, Mr. Pither, und viel Glück für Ihre Tour!

Sie schütteln sich die Hände. Gulliver schreitet davon. Pither klettert auf sein Fahrrad und fährt in den Sonnenuntergang hinein. Musik wird lauter. Der Abspann läuft durch.

Schnitt: ein Feld mit einer Hecke im Hintergrund. Das erste Trickfilmmonster lugt über die Hecke.

Erstes Monster Hey, ich glaub, er ist endlich weg.

Zweites Monster erscheint.

Zweites Monster Oooh ja!

Sie hüpfen über die Hecke auf das Feld.

Erstes Monster Fertig, Maurice?

Zweites Monster Klaro, Kevin. Fangen wir an.

Erstes Monster Alles klar, Maestro. Leg los!

Man hört Clodagh Rogers »Jack in a Box« singen. Die zwei Monster hüpfen enthusiastisch, ja geradezu graziös auf und nieder.

Abblende.

Fünfunddreißig – Der nackte Mann

Aufblende zu zwei Piloten im Cockpit eines Flugzeugs. Eine Stewardess ist auch da. Nach ein paar Augenblicken macht der erste Pilot eine Ansage.

Erster Pilot (MICHAEL) Hier spricht Ihr Flugkapitän MacPherson. Ich heiße Sie an Bord der East Scottish Airways willkommen. Sie haben gerade Tee bekommen. Wir fliegen nach Glasgow. Es gibt keinen Grund zur Panik.

Die Tür des Cockpits geht auf, und Mr. Badger kommt herein.

Badger (ERIC) An Bord dieses Flugzeugs ist eine Bombe, und für tausend Pfund sage ich euch, wo sie ist.

Zweiter Pilot (JOHN) Glaub ich nicht.

Badger Wenn ihr mir nicht sagt, wo die Bombe ist. . . wenn *ich* euch das Geld nicht gebe. . . Wenn *ihr* mir die Bombe nicht gebt. . .

Stewardess (CAROL) Das Geld.

Badger Das Geld, danke, schöne Frau. . . dann geht die Bombe hoch und tötet alle.

Zweiter Pilot Sie auch.

Badger Für ein Pfund sag ich euch, wo sie ist.

Zweiter Pilot Hier ist ein Pfund.

Badger Ich will kein schottisches Geld. Die haben die Nummer und können es identifizieren.

Zweiter Pilot Ein englisches Pfund. Also, wo ist die Bombe?

Badger Ich kann mich nicht erinnern.

Zweiter Pilot Sie haben es vergessen.

Badger Äh, ich gebe Ihnen lieber Ihr Pfund wieder zurück. Oh. . . *(Reibt es ab.)* Fingerabdrücke.

Erster Pilot Also, wo ist jetzt die Bombe?

Badger Äh, Sekunde, Sekunde. *(Schließt die Augen und denkt nach.)* Äh, mein erstes ist in Glasgow, denn Spanien wär Betrug, mein zweites ist im Dampfer und nicht im Zug, mein ganzes im Gepäckabteil auf diesem Flug. . . *(Öffnet die Augen.)* Für ein Pfund sage ich euch, wo die Bombe ist.

Zweiter Pilot Im Gepäckabteil.

Badger Stimmt. Hier ist Ihr Pfund.

Ein Mann kommt herein mit Kopfhörern auf dem Kopf.

Kopfhörer (GRAHAM) Macht dieser Typ irgendwelche Schwierigkeiten?

Erster Pilot Er hat den Sketch ruiniert.

Zweiter Pilot Aber völlig.
Kopfhörer Fangen wir mit dem nächsten an.
Badger Sekunde, eine Sekunde. Nein. Ein Pfund, und ich ruinier euern Sketch!
Zweiter Pilot Nein, nein.
Badger Fünfundsiebzig Pence.
Kopfhörer Nächste Nummer! *(Sie gehen.)*
Der nackte Organist sitzt im Freien an seiner Orgel. Über seinen Schultern hängt ein hübscher scharlachroter Morgenrock. Darauf steht: »Noël Coward«. Das ist durchgestrichen, und darunter steht geschrieben: »Nackter Organist«. Er ist im Gespräch mit einem Journalisten mit Notizblock, der nickt und ihn interviewt. Ein anderer hält einen kleinen Kassettenrecorder. Maskenbildnerinnen legen letzte Hand an. Sie bringen ihm einen Spiegel, während er spricht. Jemand macht Fotos von ihm, vielleicht sogar mit Blitz.
Nackter Mann (TERRY J.) Nun, ich verstehe meine Rolle dabei als, ähm, wie kann ich es am besten ausdrücken – der nackte Mann, als eine Art Symbol für die beiden Pole unserer Existenz, die essentielle Nacktheit des Menschen...
Sie bemerken, daß die Kamera läuft. Sie entfernen den Morgenmantel des Mannes und räumen die Einstellung. Der nackte Organist grinst in die Kamera und spielt seine Akkorde.
Schnitt zum Ansager. Er sitzt an seinem Pult in der Mitte eines Feldes, spricht aber ernst mit einer modisch aufgemachten Reporterin.
Ansager (JOHN) Das ist eine interessante Frage. Ich persönlich halte lieber an der Bergsonschen Vorstellung über das Gelächter fest, das Gelächter als soziale Sanktionierung unflexiblen Verhaltens, aber... Entschuldigen Sie mich einen Moment. *(In die Kamera)* Und nun...
Jetzt-Mann (MICHAEL) Und jetzt...
Trickfilm-Vorspann.
Off-Sprecher (ERIC) und EINBLENDUNG: »UND NUN DIE ZEHN SEKUNDEN SEX«
Schwarzer Bildschirm und zehn Sekunden lang das Geräusch einer tickenden Uhr.
Off-Sprecher und EINBLENDUNG: »OKAY, IHR KÖNNT JETZT AUFHÖREN«

Schnitt in einen kleinen Hof mit Palme, unter der ein Mann sitzt.
Mann im Frack (GRAHAM) So, wir machen gleich weiter mit »Monty

Python's Flying Circus«. Ja, ja, es geht gleich weiter mit der Show, ein Moment noch *(schaut auf seine Uhr)* . . . uuuuuuund . . . iiiiijetzt!

Schnitt auf eine Baustelle. Die Kamera schwenkt darüber.

Off-Sprecher (MICHAEL) Diese neue Wohnsiedlung in Bristol ist eine der interessantesten im ganzen Land. Eine Reihe neuer Techniken kommt zur Anwendung: stoßsichere Vorhang-Wände, zentrale Hochspannung, eigene Stromerzeugung, stranggepreßte Acryl-Fiberglas-Ausstattung. Es ist außerdem das erste größere Siedlungsprojekt in England, das ausschließlich von Gestalten aus der englischen Literatur des 19. Jahrhunderts gebaut wird.

Inzwischen ist der Schwenk bei einem Abschnitt der Baustelle stehengeblieben, wo man verschiedene literarische Figuren des 19. Jahrhunderts bei der Arbeit an einer Zementmischmaschine sieht: zwei Damen in Reifröcken, Bob Cratchett auf dem Rücken seines Vaters, Heathcliff und Catherine, die sich in schwelender Leidenschaft Ziegelsteine zuwerfen. Nelson, Mr. Beadle als Vorarbeiter.

Schnitt in das Innere eines halbfertigen Beton-Rohbaus. Ein kleines Mädchen arbeitet oben auf einer Leiter.

Off-Sprecher Hier paßt Little Nell aus Dickens' »Raritätenladen« gerade neue Nylon-Syphons in die asbestverkleideten Zwischendecken . . . *(Aufnahme von komplizierten elektrischen Drähten in einer beeindruckenden elektrischen Installation.)* Aber die meiste Aufmerksamkeit erregt doch das elektrische System. *(Schnitt auf Arthur Huntingdon, der einen Plan studiert; er trägt einen Bauarbeiterhelm.)* Arthur Huntingdon, aus »Die Pächterin von Wildfell Hall« von Anne Brontë, den Helen Graham als junges Mädchen geheiratet hat und dessen schamloses Verhalten sie schließlich zu ihrem Bruder Lawrence zurücktrieb, beschreibt, warum es so einzigartig ist.

Huntingdon (ERIC) Weil es eine eigene Stromerzeugung besitzt, Sir. Weil wir hier, in diesem Schrein, die Kräfte des Lebens selbst nutzbar gemacht haben. Eben die Kräfte, die Helen dazu bringen werden, zurückzueilen und um Verzeihung zu flehen!

Schnitt zu einer Nahaufnahme von vorfabrizierten Betonplatten, die von einem Kran in die Luft gezogen werden. Während der Kommentator spricht, fährt die Kamera zurück und gibt den Blick frei auf eine Menge von Landarbeitern aus dem 19. Jahrhundert bei der Arbeit.

Off-Sprecher Die Vor-Ort-Bautechnik umfaßt auch die Errichtung von vier Meter hohen Wandblöcken durch eine Gruppe von Landarbeitern aus Hardys »Tess von D'Urbervilles«. Die Arbeit wird von der liebenswürdigen Gutsbesitzerin Mrs. Jupp aus Samuel Butlers »Der Weg allen Fleisches« kontrolliert.

Schwenk, der Mrs. Jupp mit einem Clipboard zeigt.

Schnitt zum Sprecher, einem Reporter mit einem Mikrophon vor dem eindrucksvollen Bau-Abschnitt eines Autobahnkreuzes. Hinter ihm sieht man sechs Engel, drei Teufel und Adam und Eva auf der Baustelle arbeiten.

Reporter In noch höherem Maße als bei der Baustelle in Bristol haben wir es hier mit echtem Fortschritt zu tun. Hier entsteht Englands erstes Autobahnkreuz mit achtzehn Ebenen, erbaut von Gestalten aus Miltons »Das verlorene Paradies«...

Er dreht sich um, und wir zoomen an ihm vorbei zu den Engeln usw.

Reporter *(Off-Sprecher)* Wie sieht's aus hier?

Schnitt auf einen Polier in Arbeitskittel und Helm.

Polier (TERRY J.) Also, niemand ist hier richtig klargekommen. Satan kam nicht mit Eva klar... äh... der Erzengel Gabriel kam nicht mit Satan klar... niemand kam mit der Schlange klar, und darum müssen sie jetzt im Rotationssystem arbeiten: die Mächte des Guten von zehn bis drei, die Mächte des Bösen von drei bis sechs.

Die Kamera fährt durch ein Hochhaus-Baustellengebiet.

Off-Sprecher In einem expandierenden neuen Stadtbebauungsgebiet in der Nähe von Peterborough werden sogar noch modernere Bautechniken angewandt. Hier können der Unglaubliche Mystico und Janet mit Hypnose einen ganzen Wohnblock in weniger als einer Minute errichten.

Mystico (Terry J.) legt Umhang, Handschuhe und Hut ab und gibt sie Janet, die einen Knicks macht. Dann macht er mehrere Handbewegungen.

Schnitt zu rückwärts abgespieltem Archivmaterial von einstürzenden Wohnhäusern, die also hochschnellen.

Schnitt zurück zu Mystico und Janet. Sie reicht ihm seine Sachen, und beide gehen zu ihrem Auto, einem kleinen Austin 30.

Off-Sprecher Der hiesige Gemeinderat verfügt über fünfzig solcher durch Hypnose errichteter Wohnblocks mit 25 Stockwerken, die alle von El Mystico und Janet stammen. Ich habe Mr. Ken Verybigliar gefragt, welche Vorteile die Hypnose gegenüber anderen Baumethoden hat.

Schnitt zu einem Mann in einem grauen Anzug.

EINBLENDUNG: »MR. K. V. B. LIAR«

Mr. Verybigliar (MICHAEL) Es hat einen entscheidenden finanziellen Vorteil, wenn man die Dienste von El Mystico in Anspruch nimmt. Die Kosten für einen Wohnblock, wie zum Beispiel Mystico-Point hier *(zeigt auf einen hohen Wohnblock hinter ihm)*, würden sich normalerweise im Bereich von eineinhalb Millionen Pfund bewegen. So hat er uns fünf Pfund gekostet, und dreißig Shilling für Janet.

Off-Sprecher Die Frage, die sich aufdrängt, ist: sind die Häuser sicher?

Schnitt ins Büro eines Architekten. Der Architekt an seinem Schreibtisch. An der Wand hinter ihm sieht man gerahmte Fotos von eingestürzten Gebäuden. Er ist ein gutgekleideter, herrischer Mann.

EINBLENDUNG: »MR. CLEMENT ONAN, ARCHITEKT FÜR SOZIALEN WOHNUNGSBAU«

Architekt (GRAHAM) Natürlich sind sie sicher. Darüber gibt es absolut keinen Zweifel. Sie sind genauso stabil, solide und sicher wie Gebäude jeder anderen Baumethode in diesem Land. . . vorausgesetzt natürlich, die Leute *glauben* daran.

Schnitt in eine der Wohnungen. An der Wand hängt ein Bild von El Mystico.

Mieter (ERIC) Ja, wir haben von der Gemeinde eine Nachricht bekommen, in der steht, daß dieses Gebäude einstürzen wird, wenn wir aufhören, daran zu glauben.

Off-Sprecher Macht es Ihnen nichts aus, in einem Phantasieprodukt zu wohnen?

Mieter Nein, es ist viel besser als dort, wo wir früher gewohnt haben.

Off-Sprecher Wo haben Sie denn früher gewohnt?

Mieter Wir hatten eine 18-Zimmer-Villa mit Sicht über Nizza.

Off-Sprecher Wirklich? Das war aber doch viel besser!

Mieter Oh, ja, ja, Sie haben recht.

Schnitt: Archivaufnahme eines einstürzenden Wohnblocks in Zeitlupe.

Schnitt zurück zum Mieter und seiner Frau im Haus. Die Kamera wackelt und steht schief.

Mieter Nein, nein, natürlich nicht!

Wieder Schnitt zur Archivaufnahme. Das Gebäude richtet sich wieder auf.

Schnitt zurück ins Innere des Hauses. Die Kamera steht leicht geneigt. Sie halten Teile von zerbrochenem Geschirr usw. in der Hand.

Mieter Puh, das war knapp.

Schnitt: El Mystico schreitet durch die turmhohen Wohnblocks, sein Mantel wirbelt hinter ihm her.

Off-Sprecher Aber der Bau dieser riesigen neuen Siedlungen, die vielen tausend Menschen ein Heim bieten, ist nicht das einzige Projekt, für das er seine zahlreichen Fähigkeiten einsetzt. Er besitzt außerdem die Unfehlbare Toto-Methode, eine Schule für Spanischen Tanz und einen Auto-Verleih. *(Schnitt zu Mystico am Steuer seines kleinen Austin 30, seine unglaublichen Augen auf die Straße vor sich geheftet. Janet greift gelegentlich taktvoll ins Lenkrad.)* Was ist die treibende Kraft hinter einem Mann von solch rastloser Energie und grenzenlosen Visionen? Wie bei so vielen großen Männern der Geschichte ist auch hier die Antwort bei einer Frau zu suchen... *(Die Kamera schwenkt hinüber zu Janet und zoomt langsam auf sie zu, wie sie die Straße vor sich im Auge behält; Schnitt auf einen Kupferstich aus dem 19. Jahrhundert von Shakespeares Antonius und Kleopatra.)* So wie Antonius seine Kleopatra hatte *(Schnitt auf ein Bild von Napoleon und Josephine),* Napoleon seine Josephine *(Schnitt auf Janet, die im Negligé auf dem Bett in einem eher heruntergekommenen Hotel liegt),* so hat Mystico seine Janet.

Mystico springt mit einem Lustschrei vom Schrank aufs Bett.

Schnitt: eine Folge von Schwarzweißfotos, die Janet in verschiedenen Bühnen-Posen zeigen: drei Posen vor einem schwarzen Hintergrund; eine vor einem Gebäude; eine andere vor einem Reihenhaus mit dem Schild: »Schule für Spanischen Tanz – Zahnprothesenreparatur«.

Off-Sprecher Ja. Janet... ein ruhiges, scheues Mädchen. Abschluß mit Auszeichnung an der Harvard Universität, Rekordhalterin im Kurzstreckenlauf der amerikanischen Junioren, Ex-Weltmeisterin im Eislauf, Nobelpreisträgerin, Architektin, Schriftstellerin und Ärztin. Das Mädchen, das 1947 half, den Oppenheimer-Spionagering auffliegen zu lassen. 1958 lieferte sie der Drogenkommission des Senats entscheidendes Beweismaterial. 1961 half sie bei der Überführung der Frau in der Apotheke, und ein Jahr später *(Schnitt zu Janet, wie sie einem Polizei-Inspektor die Hand schüttelt)* gab sie der Polizei Hinweise, die zur Verhaftung ihres Briefträgers führten. Im Oktober desselben Jahres *(ein Foto von Janet, zwischen einem Richter und einem Polizisten, die in die Kamera lächeln)* überführte sie ihren Gärtner der Bigamie und leitete drei Monate später persönlich die Polizei-Razzia bei dem Pärchen von nebenan. *(Schnitt zu Janet und einer schnatternden Schar von Polizisten, die sich um sie drängeln und in die Kamera grinsen, sowie zwei offensichtlich Nackte, die man in Decken gehüllt hat.)* 1967 schöpfte sie Verdacht bei dem Tankwart *(Schnitt auf das Foto eines Tankwarts beim Benzineinfüllen),* und nur ihrer zähen Ausdauer und ihren rastlosen Nachforschungen *(ein weiteres ziemlich unscharfes Foto des Tankwarts, der durch das Fenster seines Kassenhäuschens guckt)* ist es zu verdanken, daß er zwei Jahre später wegen Nichtanmeldung seines Autoradios verurteilt werden konnte. *(Foto von fünf Polizisten, Janet und dem Tankwart in Handschellen, die alle für die Kamera posieren.)* Er wurde ein Jahr später in Leeds gehängt *(Schnitt zu Janet vor einem Gefängnis),* trotz Abschaffung der Todesstrafe und trotz der öffentlichen Empörung. Im selben Jahr wurde, ebenfalls in Leeds, ein ortsansässiger Metzger *(Schnitt: verschwommener Schnappschuß von einem Metzger mit Schürze und Messer)* wegen Nichterfüllung seiner Hypothekenzahlungen gehängt, und ein gewisser Mr. Jarvis *(Foto)* kam wegen Laut-Redens im Hausflur auf den elektrischen Stuhl.

Schnitt zu Polizeipräsident Harry »Stiefel in die Fresse« Swalk.

EINBLENDUNG: »POLIZEIPRÄSIDENT HARRY ›STIEFEL IN DIE FRESSE‹ SWALK«

Swalk (TERRY J.) Wir räumen ein, daß es in der letzten Zeit vermehrt zu Hinrichtungen durch Erhängen gekommen ist, aber die Polizei versucht, die Lage unter Kontrolle zu halten. *(Sein Sendegerät macht einen ziemlichen Lärm.)* Sie dürfen nicht vergessen, daß die Gerichte im Augenblick mit Arbeit überlastet sind und daß da schon einmal das eine oder andere Todesurteil durchschlüpfen kann. *(Er hält die Hand über das Sendegerät, aber das hilft wenig.)* Auch die Hinrichtungen auf dem elektrischen Stuhl beunruhigen uns sehr. Aber wir hoffen, das Guillotinieren in städtischen Gebieten so gut wie ausgemerzt zu haben, und die Erdrosselungen durch die Garotte konnten wir weitgehend auf das Gebiet von Luton eindämmen. Wenn also ein Freund von Ihnen im Gefängnis sitzt oder sonst jemand, den Sie kennen, zum Tode verurteilt sein sollte, teilen Sie uns dies bitte mit. Hier unsere Adresse.

Off-Sprecher (ERIC) und TITEL: »DIE POLIZEITRUPPEN, ›SUNNYVIEW‹, YEOVIL, SOMERSET«

Schnitt in eine Leichenhalle. Verschiedene Wagen mit Leichen, die mit Laken zugedeckt sind. Zwei Arbeiter sitzen an einem improvisierten Tisch mit ihren Teetassen und einem Transistorradio. Sie pellen Eier und tunken sie in ein Glas Mixed-Pickles.

Radiostimme (JOHN) . . . und Ministerpräsident Chou En-lai, der es einen »wichtigen Durchbruch« nannte. Zwölf Männer sind heute Nachmittag in Whitby Assizes aus Versehen gehängt worden, während über ihr Urteil noch beraten wurde. Bei dem Vorfall handelt es sich um einen der schlimmsten Justizirrtümer der britischen Geschichte seit Dienstag. *(Musik.)*

Diskjockeystimme (ERIC) Dreizehn Minuten vor neun-neun-neun hier auf Super-Radio Eins-Eins-Eins! Und wenn Sie immer noch in Ihrem großen großen Bett liegen, jetzt wird's Zeit aufzustehen! Wir haben weitere dreizehn Stunden tip-top Musik auf Super-Radio Eins-Eins-Eins! *(Komische Geräusche.)* Tschuldigung. . . Und sofern Sie nicht über Gehirnzellen verfügen oder den Evolutionsprozeß abgeschlossen haben, liegt ein wunderschöner Tag vor Ihnen.

Battersby (TERRY J.) *(stellt das Radio ab)* Es muß auf Radio Vier sein. *(Er holt unter dem Tisch ein weiteres Radio hervor.)* Radio Zwei. . . *(er holt ein weiteres hervor)*. . . Drei. . . *(er öffnet den Deckel des dritten Radios und holt ein viertes heraus; er stellt es an.)*

Radiostimme (MICHAEL) Es ist neun Uhr, Zeit für die »Leichenhallen-Stunde«. Eine Stunde mit Gesprächen, Melodien und handfestem Unfug für alle, die in Leichenhallen arbeiten. Durchs Programm führt wie immer Shirley Bassey. *(Düstere Akkorde.)*

Shirley Hallo, diese Woche beginnen wir gleich mit unserem Leichenhallen-Quiz. Legen Sie also Papier und Bleistift bereit.

Am Ende der Leichenhalle öffnet sich eine Tür, und Mr. Wang, ein Beamter der Leichenbehörde, tritt ein. Er trägt einen Totengräberanzug, einen Zylinder und eine lange blonde Perücke.

Wang (JOHN) Stellt das Radio ab und schaut lebendiger drein!

Battersby Aber es läuft grad das »Leichenhallen-Quiz«, Mr. Wang. . .

Wang Keine Widerrede, Battersby.

Wir hören Stimmen im Off. Beamte an der Tür nehmen Habachtstellung ein. Ein Bürgermeister mit Amtskette um den Hals tritt ein; mit ihm nähert sich ein betagter Pair, der auf einer kleinen Plattform steht, die von einem Bediensteten geschoben wird.

Bürgermeister (GRAHAM) . . .dies hier ist unsere Leichenhalle, Euer Gnaden. . .

Pair (MICHAEL) So, so, so, so. . . ich. . . äh. . . ich. . . äh. . . ich. . . äh. . . ich. . . ich. . . mir fällt nichts ein, was ich sagen könnte.

Bürgermeister Nun, wir sind alle sehr stolz hierauf, Sir. Es ist eine der modernsten des Landes.

Pair Ah, ja. . . ja. . . ja. . . nun. . . hm. . . was. . . was. . . äh. . . äh. . . was ist es? Ein Kraftwerk?

Bürgermeister Nein, Euer Gnaden, das ist eine Leichenhalle.

Pair Ah, ja... ah, ja... gut... gut... gut, gut, gut...

Bürgermeister Und es hat eines der modernsten Thermostatsysteme des Landes und ein computergesteuertes Lagersystem.

Pair Ah, ja... ah, ja... ich... äh... äh... äh... äh... Ich bin ein braves kleines Hündchen

Bürgermeister Verzeihung, Euer Gnaden?

Pair Ich bin ein braver kleiner Hund.

Bedienstete (CAROL) Ach, du meine Güte...

Bürgermeister Vielleicht sollten wir den Besuch verschieben?

Bedienstete Nein, nein, nein – wissen Sie, es ist nur sein Gehirn. Es ist so winzig, daß es bei der kleinsten Bewegung verschwinden kann. *(Mit sanften, aber plazierten Schlägen läßt sie den Kopf des Herzogs von einer Seite auf die andere wackeln.)* Euer Gnaden...! Ach, du meine Güte... Es ist wie bei diesen Spielen, wo man den Ball in das Loch kriegen muß... – Geschafft!

Pair Ah! Also vorzüglich, vorzüglich, vorzüglich, vorzüglich. Also... äh... und was passiert, wenn der Stahl in den Gußblock geflossen ist?

Bürgermeister *(führt alle hinaus)* Vielleicht sollten wir uns draußen die neuen Duschen ansehen?

Pair Ja... ja... ja... ja... ja, wirklich prima... prima... prima... prima... prima... keine Angst...

Sie gehen. Battersby dreht das Radio wieder an.

Radiostimme Die richtigen Antworten lauten also: 1. die linke Hand, 2. nein, 3. normal, 4. ja, 1963, als ein Vogel in die Maschine geriet. Wie haben Sie abgeschnitten?

Zwei Männer hinter ihm schieben einen Wagen mit Leichen herein, die mit Laken zugedeckt sind.

Wang Stellen Sie das Ding ab!

Battersby Aber jetzt kommt »Leichenhallen-Tanzmusik«, Mr. Wang!

Wang Vergessen Sie's, Battersby, hier kommt eine große Nummer. Gerade war die Polizei von Whitby am Telefon. Sie haben zwölf Gehängte...

Battersby Ach ja, darüber haben sie gerade im Radio gesprochen.

Wang Nein, das sind zwölf andere... also ran.

Battersby und sein Freund machen sich über die Leichen her. Wang kommt dazu. Sie arbeiten geschäftig und professionell. Plötzlich merken wir, daß auch Badger dabeisteht.

Badger Ein Pfund, und ich unterbreche diesen Sketch nicht.

Wang Was?

Badger Für ein Pfund verzichte ich auf jede Unterbrechung dieses Sketches.

Wang Was?

Badger Fünfzig Pence... Ich bin bereit, über ein Vierzig-Pence-Geschäft zu verhandeln. *(Ein Auge lugt unter dem Laken der Leiche hervor, an der sie gerade arbeiten.)* Für fünfunddreißig Pence werde ich keine der nächsten drei Nummern unterbrechen.

Die Leiche richtet sich auf, um zu sehen, was los ist. Eine weitere Leiche richtet sich auf, während sie weiterstreiten. Auf einem anderen Wagen wird das Laken zurückgeschlagen, und ein Junge und ein Mädchen, die gemeinsam darunterlagen, werden sichtbar. Sie zünden sich eine Zigarette an.

Wang Nein, nein, das wird nichts...

Badger Fünfundzwanzig Pence.

Wang Nein.

Badger Zehn und ein Küßchen...

TRICKFILM *mit Gilliams Hand im Bild.*

Terry Gilliam *(Off-Sprecher)* Sehen Sie, es ist ganz einfach – ich nehme nur diese ausgeschnittenen Figuren, und wenn ich sie zusammensetze... oh, sind wir auf Sendung...? *(Gilliams Kopf erscheint kurz.)* Tut mir leid.

Es folgt der Trickfilm.

Dann Schnitt auf den Trafalgar Square. Die olympischen Ringe werden kurz eingeblendet.

EINGEBLENDETER TITEL: »FINALE IM VERSTECK-SPIEL, RÜCKRUNDE«

Zoom auf den Kommentator und die Finalisten, zwei Männer um die vierzig in Shorts und Trikot beim Auflockern.

Kommentator (ERIC) Hallo, guten Tag und willkommen zur Olympiafinalrunde im Versteck-Spiel der Männer hier im Herzen von London, Großbritannien. Wir werden in wenigen Augenblicken beginnen, und Sie können jetzt schon die beiden Finalisten sehen, Francisco Huron, den Mann aus Paraguay, der in dieser Runde der Sucher ist *(wir sehen Francisco Huron herumsausen und hinter alle möglichen Dinge gucken),* und den Mann, den er suchen wird... *(wir sehen Don Roberts (Graham), wie er das Verstecken übt),* das ist unser Don Roberts aus Hinkley in Leicestershire, und er ist, wie mir sein Trainer eben gesagt hat, in absoluter Untertauch-Topform. In der Hinrunde, die am Mittwoch zu Ende ging, gelang es Don, den

Paraguayer in der neuen Weltrekordzeit von 11 Jahren, 2 Monaten, 26 Tagen, 9 Stunden, 3 Minuten und 27,4 Sekunden in einem Süßwarenladen in Kilmarnock zu finden. Die beiden nehmen jetzt ihre Startpositionen ein.

Wir sehen Don Roberts und Francisco Huron nebeneinander, angespannt, mit nervösen Blicken.

Schiedsrichter Auf die Plätze... fertig...

Der Schiedsrichter feuert die Pistole ab. Francisco Huron hält sofort seine Hände vors Gesicht und beginnt zu zählen.

Francisco (TERRY J.) Uno, dos, tres, cuatro, cinco, seis, siete, ocho, nueve, diez...

Don Roberts hält inzwischen ein Taxi an. Er steigt ein und fährt davon.

Francisco ...treinta y dos, treinta y tres, treinta y cuatro...

EINBLENDUNG: »32, 33, 34«

Kommentator Don hat einen wirklich guten Start hier gehabt, vergessen Sie nicht, der Mann aus Paraguay muß unter 11 Jahren, 2 Monaten, 26 Tagen, 9 Stunden... *(Schnitt zum Taxi, das auf dem Weg zum Londoner Flughafen ist)* 3 Minuten und 27,4 Sekunden bleiben.

Schnitt zurück zu Francisco, der immer noch zählt.

EINBLENDUNG: »998, 999, 1000«

Francisco Novecientos noventa y ocho, novecientos noventa y nueve, mil. *(Francisco nimmt die Hände von den Augen und ruft)* Ich komme!

Er fängt an, argwöhnisch in der unmittelbaren Umgebung herumzugucken.

Schnitt: wir sehen ein Flugzeug landen. Schnitt zu einem Schild: »Benvenuto a Sardinia«. Dann sehen wir Don auf einem Fahrrad, dann, wie er einen Hügel hochrennt, dann, wie er in ein Schloß geht. Er läuft Korridore entlang, macht schließlich eine Pause, sieht sich gehetzt um und versteckt sich hinter einer Säule.

Schnitt zurück zu Francisco, der in Londons Tottenham Court Road in Läden hineinguckt.

Schnitt ins Studio der »Sportschau« mit einem Frank-Bough-Sportschau-Moderator am Pult.

Frank Bough (MICHAEL) Wir werden Sie informieren, sowie sich neue Entwicklungen abzeichnen.

ZWISCHENTITEL: »SECHS JAHRE SPÄTER«

Schnitt zurück zu Bough.

Frank Bough Gerade erfahren wir, daß sich im Versteck-Spiel-Finale etwas tut. Wir schalten deshalb sofort hinüber.

Schnitt: Francisco Huron an einem Strand sucht Don Roberts. Der Kommentator steht ein wenig von ihm entfernt und spricht leise in das Mikrophon.

Kommentator Hallo und willkommen in Madagaskar, wo Francisco Huron nach Don Roberts sucht. Gerade habe ich erfahren, daß ihm mitgeteilt wurde, daß seine Lage inoffiziell als »kalt« bewertet wird. Ah, einen Moment. *(In einiger Entfernung sieht man Francisco Huron mit einem offiziellen Herrn sprechen; der Kommentator verschwindet kurz aus dem Bild und taucht dann wieder auf.)* Gerade erfahre ich, daß Huron ein Flugticket nach Budapest verlangt hat! Es wird also in jedem Fall wärmer. Und wir melden uns in wenigen Jahren wieder.

Schnitt zu Frank Bough, der älter aussieht. Er ist mit Spinnweben bedeckt.

Frank Bough Langsam wird es heiß.

ZWISCHENTITEL: »FÜNF JAHRE, ZWEI MONATE UND 26 TAGE SPÄTER«

Schnitt in eine portugiesisch wirkende Gegend. Francisco Huron sucht verzweifelt herum und schaut auf seine Uhr.

Kommentator Willkommen beim letzten Tag dieses fantastischen Finales. Huron bleiben weniger als 12 Stunden, um Britanniens Top-Mann Don Roberts zu finden. Heute am frühen Morgen hat er die Vororte von Lissabon durchkämmt, und er scheint nun all seine Hoffnung auf eine letzte verzweifelte Suche hier im Tejo-Tal zu setzen. Aber Roberts ist über 1500 Meilen entfernt, und es sieht immer mehr danach aus, als sei das Rennen entschieden. Denn die Uhr läuft ab für den Latino-Luchs, diesen scharfsinnigen, kleinen Señor aus Paraguay. Noch immer ist er hoffnungslos im Kalten, und es sieht ganz nach einer weiteren Goldmedaille für Großbritannien aus.

Die Kamera zeigt Huron, der auf eine Mülltonne klettert. Er macht eine Pause, springt plötzlich runter, reißt den Deckel auf und schaut hinein. Er wendet sich enttäuscht ab, kann es einfach nicht fassen und guckt nochmal hinein. Er zieht eine Sardinendose heraus, auf der man deutlich das Wort »Sardinen« lesen kann. Plötzlich hat er eine Erleuchtung. Er schnalzt mit den Fingern, ruft ein Taxi und springt hinein.

Schnitt: ein landendes Flugzeug. Wieder das Schild: »Benvenuto a Sardinia«. Francisco Huron radelt daran vorbei.

Schnitt, wie er vom Fahrrad springt und den Hügel hoch direkt ins Schloß läuft. Er rennt durch die Korridore in den richtigen Raum zur

Säule und findet Don Roberts, der sich dahinter verbirgt. Mit angespanntem Blick erwarten beide das offizielle Ergebnis und reagieren zornig und frustriert, als es von einem Schiedsrichter im Blazer verkündet wird.

Schiedsrichter (MICHAEL) Das offizielle Endergebnis des olympischen Finales im Verstecken: Mr. Don Roberts aus Hinckley, Leicestershire, 11 Jahre, 2 Monate, 26 Tage, 9 Stunden, 3 Minuten, 27 Sekunden. Mr. Francisco Huron, Paraguay, 11 Jahre, 2 Monate, 26 Tage, 9 Stunden, 3 Minuten, 27 Sekunden. Damit ist die Partie unentschieden.

Off-Sprecher Ein Unentschieden! Was für ein fantastisches Ergebnis! Und wir freuen uns schon jetzt auf die Revanche, die morgen um 7 Uhr 30 beginnt.

Die Kamera schwenkt von den beiden zu einem Fenster und zoomt dann durch das Fenster zu einem Strand mit einem schmierigen Conférencier.

Conférencier (MICHAEL) Hallo... Schön, wieder da zu sein... Es freut uns, daß die Serie so gut ankommt. Tja, das mit Montroiks tut mir echt leid...

Zwei Männer, die einen Esel tragen, rennen im Hintergrund vorbei. Ein Dritter mit einem Schild »Eselreiten« rennt ihnen hinterher, winkt und zeigt auf den Esel. Sie rennen aus dem Bild.

Conférencier Das war ein kleiner Sketch mit dem Titel »Versteck-Spiel« – sehr anarchisch, sehr gekonnt, nicht unbedingt mein Geschmack, aber sehr hübsch für die jungen Leute. Der nächste Sketch, den sich die Jungs ausgedacht haben, spielt in einem Wohnzimmer. Tut mir leid, daß es nur ein Wohnzimmer ist, aber mit den finanziellen Mitteln steht es nicht zum besten nach der unglaublich teuren Produktion von »Clochmerle«...

Herr Robinson kommt ins Bild, geht zum Conférencier, schlägt ihm ein Hühnchen auf den Kopf und geht dann weg; wir folgen ihm. Im Vordergrund kommt er an Badger vorbei.

Badger Diese Unterbrechung ist absolut gratis. Kein Penny hat dabei den Besitzer gewechselt.

Die Kamera stoppt nicht bei Badger, sondern schwenkt weiter mit Robinson mit, bis er den Ritter in Ritterrüstung erreicht. Er gibt dem Ritter das Hühnchen wieder und entfernt sich.

Überblendung in ein modernes Wohnzimmer. Frau Robinson ißt allein am Tisch und schaut auf die Uhr.

Herr Robinson (JOHN) Tut mir leid, Liebling... *(Setzt sich.)*

Sie serviert ihm etwas Gemüse. Er entfaltet seine Serviette.

Frau Robinson (CAROL) Sauce?

Herr Robinson Ja, bitte, meine Liebe.

Sie essen schweigend. Plötzlich klingelt es an der Tür.

Frau Robinson O Gott, das werden die Lustigs von nebenan sein.

Verschiedene unterschiedliche Türglocken und -klingeln. Herr Robinson geht an die Eingangstür und öffnet sie. Draußen stehen Herr und Frau Lustig. Er trägt einen großen, schlotterigen Komikeranzug, eine große Fliege und eine Perücke. Sie ist eine Art Mrs. Equator, mit einer enormen Frisur und in geschmacklosester Kleidung.

Herr Robinson Kommen Sie. . .

Herr Lustig (TERRY J.) Nee, ich atme immer so schwer!

Er und seine Frau brüllen vor Lachen. Beim Eintreten rutscht er aus und fällt auf den Läufer. Seine Frau drückt ihm eine Torte ins Gesicht. Wieder brüllendes Gelächter.

Frau Lustig (GRAHAM) Tschuldigung, daß wir so bei Ihnen einfallen!

Herr Robinson Hier entlang bitte. . .

Überblendung auf das Haus von außen. Nachts. Gellendes Lachen, Geräusche von Geschirr, das zerschlagen wird. Die beiden Männer mit dem Esel rennen vorbei, der dritte dahinter zeigt auf das Schild.

EINGEBLENDETER ZWISCHENTITEL: »EIN ABEND MIT DEN LUSTIGS SPÄTER«

Das Licht in der Eingangshalle geht an. Schnitt nach innen auf die Eingangstür.

Herr Lustig Gute Nacht, und gib ein Küßchen! *(Küßt Frau Robinson.)*

Frau Lustig Vielen Dank für den reizenden Abend.

Herr Lustig Nach dir, Liebling.

Er stellt ihr ein Bein, und sie fällt nach draußen ins Dunkle. Wir hören sie quietschen vor Lachen. Herr Lustig läßt die Hosen runter, deutet mit einer Geste das Ziehen einer Klokette an und macht das entsprechende Geräusch. Dann läßt er sich hinausspülen und verschwindet hinter seiner Frau in der Dunkelheit. Man hört noch mehr Gelächter. Die Gastgeber schließen die Tür. Sie atmen auf und gehen zurück ins Wohnzimmer. Das ganze zerschlagene Geschirr liegt zusammen mit dem Tischtuch auf dem Boden. Die Lampe ist entzwei. An den Wänden sind große Flecken von Essen und Rotwein. Das chinesische Mädchen auf dem Tretjakow-Gemälde hat eine Brille und einen Schnurrbart angemalt bekommen. Frau Robinson läßt sich auf das Sofa fallen. Dort liegt ein Furzkissen. Sie tut es entnervt beiseite.

Frau Robinson Also wirklich, Liebling! Warum müssen wir immer alles kaufen, bloß weil es die Lustigs auch haben!

Er geht zum Wandschrank, um Drinks zu machen. Auf der halboffenen Tür steht ein Eimer weißer Farbe. Er öffnet den Schrank, und der Eimer ergießt sich über ihn.

Kurzer Schnitt zu Badger.

Badger Dies ist keineswegs eine Unterbrechung.

Schnitt zurück zu Herrn Robinson. Er gießt sich einen Drink ein, ohne auf die Farbe zu achten.

Herr Robinson Ich pflege halt den Kontakt zur Nachbarschaft, Liebes, das ist alles. . .

Frau Robinson Ich finde, wir sollten versuchen, von nun an unser eigenes Leben zu führen.

Sie öffnet einen Nähkasten. Ein Boxhandschuh an einer Feder springt heraus und trifft sie am Kinn.

Herr Robinson Kannst du nicht einen Moment mal ernst sein?

Er setzt sich auf einen Puff. Das Sechzehn-Tonnen-Gewicht fällt auf ihn.

Schnitt: das Haus von außen. Die Lichter unten und oben gehen aus. Die beiden Männer rennen vorbei und tragen eine Pantomimen-Gans.

EINGEBLENDETER ZWISCHENTITEL: »SPÄTER AM ABEND«

Schnitt in ein Schlafzimmer im Dunkeln. Herr und Frau Robinson liegen im Doppelbett.

Herr Robinson Tut mir leid, daß ich vorhin so brummig war.

Frau Robinson Ach, schon gut, Liebling. Ich hab es nur langsam satt, immer wie die Lustigs sein zu müssen.

Herr Robinson Ja, ab jetzt werden wir nur noch wir selbst sein.

Frau Robinson O Roger. . .

Herr Robinson O Beatrice. . .

Das Bett springt hoch und klappt in die Rückwand des Schlafzimmers.

Unter dem Bett erscheint ein Ansager auf einem Stuhl. Die Unterseite des Bettes zeigt eine Hintergrund-Kulisse, wie sie für aktuelle Informations-Sendungen benutzt wird. Über dem Ansager steht »Raumsonde«.

Ansager (ERIC) Bei vielen Menschen in unserem Lande wächst der Widerwillen gegen den Stierkampf. Sie halten ihn nicht nur für grausam, böse und unmoralisch, sondern auch für eine eklatante Ungerechtigkeit. Der Stier, sagen sie, ist stark, gewalttätig, brutal und aggressiv, hat vier Beine und riesige scharfe Zähne. Der Stierkämpfer hingegen ist nur ein kleiner pomadiger Spanier. Was kann angesichts dieser grundsätzlichen Ungleichheit getan werden, um den Stierkampf sicherer zu machen? Wir haben Brigadekommandeur Arthur Farquar-Smith, den Vorsitzenden des Britischen Nun-Grundsätzlich-Clubs zu diesem Thema befragt.

Schnitt zum Brigadekommandeur.

Brigadekommandeur (JOHN) Nun, grundsätzlich muß erstmal festgestellt werden, daß es diese kleinen spanischen Kerlchen einfach ganz falsch anstellen. Sie tänzeln um den Stier wie ein Haufen lächerlicher Nachtklubtänzer, die aussehen wie die »Younger Generation« oder wie eine holprige Version der »Lionel Blair Troupe« *(er wird etwas tuntenhaft)* mit vielen dieser Staccato-Rhythmen, wie sie die »Irvin Davies Dancers« auf dem Höhepunkt ihres Erfolges verwendet haben. In den letzten Jahren haben die »Pan's People« dagegen einen lyrischen Stil neu aufleben lassen, der. . . *(ein riesiger Hammer haut ihm auf den Kopf; wieder ganz macho)* . . . und was wir jetzt brauchen, sind moderne Techniken, die in der Lage sind, den Stier elektronisch zu orten, und SAM-Raketen, die aus unterirdischen Silos abgefeuert werden und den Stier kampfunfähig machen. Dann würde ich schottische Jungs mit Luftunterstützung einsetzen, um den Stier abzulenken, während die Marine von hinten kommt und ihn erledigt. Das wäre für mich ein Stierkampf und nicht diese weichliche Art lyrischer *(er wird wieder tuntig)*, beschwörender Bewegung, wie es George Balanchine und Martha Graham in den Staaten oder gar bei uns Sadler's Wells. . . *(Der Hammer haut ihn wieder auf den Kopf.)* Auch könnten Truppen eine unterstützende Rolle im internationalen Schach spielen, etwa, indem sie. . . *(Das Licht geht aus.)* Was. . .? Oh. . .

Badger *(im Off)* Für ein Pfund mache ich das Licht wieder an.

Schnitt: Trickfilm-Sketch. Danach eine seltsame, mondähnliche Landschaft. Dazu schaurige Science-fiction-Musik im Hintergrund.

Off-Sprecher Dies ist der Planet Algon, die fünfte Welt im System von Aldebaran, der Rote Gigant im Sternbild des Schützen. Hier kostet eine normale Tasse Kakao eine Million Pfund, ein Tauchsieder für den Heißwassertank kostet über sechs Milliarden Pfund, und ein Paar Schlüpfer mit Zwickel sind so gut wie unerschwinglich. *(Schnitt: ein Ausverkaufs-Schild mit einem Bild des Produktes und dem Preis.)* Ein einfaches Aggregat zur Heckscheibenbeheizung für einen 1100er kostet 8000 Trillionen Pfund, und ein neues Heizelement für einen Elektrokessel wie diesen hier *(Bild eines Elektrokessels)* würde ebenso viel kosten wie das gesamte Bruttosozialprodukt der Vereinigten Staaten von Amerika von 1770 bis in das Jahr 2000 *(Graphik des amerikanischen Bruttosozialprodukts),* und selbst damit könnte man sich noch nicht den kleinen Feststellring leisten, der zu dem Kessel gehört. *(Graphik eines Elektrokessels, die ihn in alle Einzelteile zerlegt zeigt; ein Pfeil deutet auf den Feststellring.)*

Schnitt zu James M'Burke, der an einem Pult sitzt. Überall sind »Algon I«-Logos. Ein weiterer Experte steht neben einem Modell des Planeten, und an einem langen Podium sitzen Experten, die alle ganz offensichtlich Attrappen sind. Jeder hat Kopfhörer auf.

M'Burke (MICHAEL) Unsere Computer haben den ganzen Tag gearbeitet, um die dramatischen Informationen auszuwerten, die von dieser ersten intergalaktischen Raumsonde zu uns gelangen, Algon. . . 1 . . . *(plötzlich ganz aufgeregt, denn er hört etwas über Kopfhörer)*. . . gerade hören wir von einer interessanten Entwicklung, daß nämlich das Zubehör von Rotations-Rasenmähern – also jenen Modellen, die mit einem zentralaufgehängt rotierenden Messer ausgestattet sind – relativ preiswert ist! Zwar immer noch im Bereich von 9 bis 10 Millionen Pfund, aber es scheint sich doch anzudeuten, daß Algon ein guter Planet ist für die Besitzer von größeren Gärten. . . oder auch Obstgärten, die zwei Jahre nicht gepflegt wurden, etwas Mähen und Unkrautjäten vertragen könnten. . . *(Auf dem Bildschirm hinter ihm erscheinen sehr unscharfe Bilder.)* Aber jetzt haben wir einige Live-Bilder von Algon! Harry – vielleicht können Sie diese Bilder für uns kommentieren.

Schnitt: Bilder von Algon.

EINBLENDUNG: »LIVE VON ALGON«

Sehr unscharfe Bilder einer Landschaft von Algon. Handkameraschwenks etc.

Harry (TERRY J.) *(Off-Sprecher)* Wir sehen wenig Hinweise auf Einkaufsmöglichkeiten. . . Große Supermärkte scheinen völlig zu fehlen. Vielleicht gibt es da hinter den Felsen ein paar kleine Krämerläden, aus diesem Blickwinkel ist das schwer zu sagen. Das alles legt die Vermutung nahe, daß die meisten Einkäufe hier über Versandhäuser abgewickelt werden.

EINGEBLENDETE FERNSCHREIBER-SCHRIFT: »VERDAUUNGSBISKUITS 8.000.000 £ PRO PAKET«

Schnitt zu M'Burke.

M'Burke Die große Frage, die sich hier jedermann stellt, ist natürlich die nach den Schlüpfern mit Zwickel. Werden sie nun im ganzen Universum unerschwinglich oder nur auf Algon selbst? Herr Professor?

Schnitt zu einem Professor, der neben dem Modell eines Gebietes von Algon sitzt. Ein kleines Modell der Raumsonde zeigt an, wo sie gelandet ist.

EINBLENDUNG: »PROFESSOR HERMAN KHAN, LEITER DES INSTITUTS FÜR ZWICKELSCHLÜPFER«

Professor (ERIC) Wir dürfen nicht vergessen, daß Algon 75.000 Meilen breit ist. Die Raumsonde landete in dieser Gegend hier, und unsere Informationen beschränken sich daher auf einen Umkreis von 30 bis 40 Meilen um die Sonde. Schlüpfer mit Zwickel oder weitere Varianten dessen, was wir Wissenschaftler »erotische Dessous« oder »Reizwäsche« nennen, treten vielleicht in anderen Teilen des Planeten durchaus auf.

Kamera schwenkt, so daß M'Burke mit ins Bild kommt.

M'Burke Professor, Ihnen ist es zu verdanken, daß Tangas und Golden-Goddess-Stütz-BHs auf Planeten entdeckt wurden, von denen man nie erwartet hätte, daß Leben auf ihnen überhaupt möglich wäre. Und jetzt, wo der Mensch eine neue Galaxie entdeckt hat, glauben Sie, daß Unterwäsche nun noch unanständiger wird?

Professor Oh, viel, viel unanständiger.

EINGEBLENDETE FERNSCHREIBER-SCHRIFT: »KEINE BANANEN AUF ALGON«

M'Burke Soweit dieses Gespräch... Natürlich hat auch die Sonde selbst großes Interesse gefunden... ist sie doch mit wiederaufladbaren dualen Transmissions-Zellen auf Uranbasis ausgestattet und ist in der Lage, einen BH bzw. ein Damenhöschen in weniger als 15 Sekunden auszuziehen. Es ist damit die erste Hardware der Raumfahrt, die speziell zum Entkleiden von Damen entwickelt wurde, und natürlich muß deshalb in der Erprobungsphase mit gewissen Schwierigkeiten gerechnet werden... etwa dem Problem mit Kombinationen von elastisch ausgelegten Stiefeln mit Bodystockings.

Er weist auf den unteren Teil einer Kleiderpuppe in Stiefeln und Bodystockings. Ein Höschen über den Strumpfhosen ist halb heruntergezogen. Auf dem Bildschirm im Hintergrund erscheinen weitere undeutliche, unidentifizierbare Bilder von Algon.

M'Burke Doch ich glaube, wir haben neue Bilder von Algon. Und es sieht so aus, als ob... ja! Der Satellit hat eine Mieze entdeckt! Die Sonde ist auf eine Biene gestoßen, und sie sieht sogar ziemlich gut aus! Professor?

Professor Ja, ein süßes Ding!

Auf dem Bildschirm sind nur undeutliche Umrisse einer weiblichen Figur zu sehen.

M'Burke Leider haben wir nur diese provisorischen Bilder... ich nehme an, daß vielleicht... die Solarzellen auf dem langen Weg nach Algon ... *(Das Bild auf dem Schirm verschwindet.)* Hey! Achtung! O je... Es tut mir leid, aber wir haben die Verbindung verloren. Wir werden versuchen, die Verbindung mit Algon wiederherzustellen...

Schnitt zu einem Moderatorensessel. Mr. Badger kommt von einer Seite herein.

Badger Hallo... Die BBC hat mir die Summe von vierzig Pence angeboten, um den Abspann dieser Sendung zu verlesen. *(Setzt sich.)* Ich persönlich meine, sie hätten ruhig die ganzen fünfundsiebzig Pence zahlen können, aber nachdem sie mir ihre finanziellen Schwierigkeiten dargelegt haben und... äh... habe ich mich bereit erklärt, ihr Angebot anzunehmen... also... Die Sendung wurde erdacht, geschrieben und aufgeführt von... dem üblichen Haufen... *(man hört die Erkennungsmusik)* ...außerdem traten auf: Carol Cleveland, Marie Anderson, Mrs. Idle. Make-up – Madeleine Gaffney, Kostüme – Hazel Pethig, Zeichentrick von Terry Gilliam, Special effects – Bernard Wilkie, Graphik – Bob Blagden, Kamera – Alan Featherstone, Schnitt – Ray Millichope, Ton – Richard Chubb, Licht – Bill Bailey, Ausstattung – Bob Berk, Regie führte Ian MacNaughton für zweiundneunzig Pence und eine Flasche Bells Whisky... Das war eine BBC Colour Production. Das wär's. Was ich noch gerne sagen würde: Falls irgendwelche BBC-Produzenten zugeschaut haben, die jemanden suchen, der für sie den Abspann liest, so würd ich persönlich...

Die Kamera fährt zurück, so daß das Sechzehn-Tonnen-Gewicht sichtbar wird, das über ihm hängt. Beim Abblenden fällt es auf ihn rauf.

Sechsunddreißig – Die Tripshaw-Krankheit

Ein Geschäft; außen. Ein Schild mit der Aufschrift »Tudor-Stellenvermittlung – Jobs vom Feinsten«. Ein Mann betritt das Geschäft. Schnitt nach innen: alles ist im Tudor-Stil eingerichtet, Paneel an den Wänden; hinter dem Tresen: ein Verkäufer, er trägt entsprechende 16.-Jahrhundert-Kleidung.

Verkäufer (TERRY J.) Morgen, Sir. Kann ich Ihnen helfen?

Kunde (GRAHAM) Ja, ich wollte fragen, ob Sie wohl irgendwelche Halbtagsstellen anzubieten haben.

Verkäufer Halbtags. . .wollen mal sehen, Sir. *(Er geht zu einem Aktenschrank, dem einzigen modernen Gegenstand im Raum, holt eine Akte hervor.)* Mal sehen, was wir da haben. . . Ah ja, Sir Walter Raleigh rüstet für eine neue Expedition nach Virginia, er sucht Händler und Seeleute. Dann: Krämer gesucht, am Hofe Philips von Spanien. Oh, ja, und es werden Tischlermeister und Arbeiter gebraucht für den Bau des Globe Theatre.

Kunde So, so. Und Sie haben nicht irgendwas Moderneres, ich mein, irgendwas wie Busfahren oder U-Bahn-Schacht-Graben?

Verkäufer Leider nein, wir haben ausschließlich Tudor-Jobs.

Kunde Aber das kann sich doch nicht rentieren!

Verkäufer Doch, Sie werden sich wundern, Sir! Die Tudor-Wirtschaft boomt, seit der Auffindung der Nordwest-Passage nach Kathai durch Sir Humphrey Gilbert seinerzeit. Und durch die Expansion der Cabots in Kanada ist der Export immens gestiegen, und der Handel mit dem Heiligen Römischen Reich ist im Begriff. . . Nein, ganz richtig, es geht überhaupt nicht gut.

Kunde Bitte?

Verkäufer Eine totale Pleite. Wir haben seit 1625 keine Stelle mehr vermittelt.

Kunde Oje.

Verkäufer Ist das alles?

Kunde Bitte?

Verkäufer Ist das alles, was Sie sagen?

Kunde Ja.

Verkäufer Aha. . . Nein, nein, wir waren mal voll auf der Höhe. Drake hat hier alle seine Seemänner gekriegt. Elizabeth – von uns hat sie den Erzbischof für ihre Krönung. Shakespeare fing bei uns als Komparse an. Dann kam James I., und es ging bergab mit den Tudor-Jobs. 1603 – achthundert Stellen vermittelt, 1604 – vierzig,

1605 – null, 1606 – null. Den Rest der Stuart-Periode nichts, während der Hannoveraner – nichts, Viktorianer – nichts, Sachsen-Coburg – nichts, Windsor. . . Also, was wollen Sie?

Kunde Schmutzige Heftchen, bitte.

Verkäufer Gut. *(Holt einen Stoß Hefte unter dem Tresen hervor.)* Entschuldigen Sie diesen Tudor-Kram, aber man kann nicht vorsichtig genug sein, glauben Sie mir. Hier, wenn Sie mal schauen wollen. . .

Kunde Haben Sie nichts. . .

Verkäufer . . .nichts. . .?

Kunde . . .irgendwie. . .

Verkäufer . . .irgendwie Härteres?

Kunde . . .Härteres, ja.

Verkäufer Warten Sie. . . äh. . . *(Ruft)* Mylord of Warwick!

Zweiter Verkäufer *(laut im Off)* Ho!

Verkäufer Die Zugbrücke hoch! Gloucesters Heer rückt an!

Zweiter Verkäufer *(im Off)* Okay!

Verkäufer Man kann wirklich nicht vorsichtig genug sein. . .

Die Rückwand des Tudor-Zimmers weicht zur Seite und gibt den Blick frei auf einen Schmutzige-Heftchen-Laden in einem Hinterzimmer in Soho – ein leerer Raum, ein Tresen und in Augenhöhe Heftchen an den Wänden. Drei unauffällig gekleidete Herren blättern in Magazinen, einer von ihnen ist ein Vikar. Einer hat einen riesigen Haufen Hefte zusammengeklaubt. Hinter dem Tresen sehen wir den zweiten Verkäufer, einen harten Soho-Burschen in Tudor-Kleidung mit Sonnenbrille; vor dem Tresen steht Mr. Nid, ein ziemlich akademisch wirkender, Respekt heischender Mann, der sich beraten läßt.

Der Kunde geht durch die geöffnete Wand, die sich hinter ihm wieder schließt.

Zweiter Verkäufer Hier hätten wir »Brigitte – Königin der Peitsche«. . .

Nid (JOHN) Aha. . .

Zweiter Verkäufer . . .oder »Die unanständige Ursula«. . .oder wie wär's damit: »Doug, Bob und Gordon besichtigen die Ark Royal«. . . oder hier: »Schwester Teresa – Die prügelnde Nonne«.

Nid Mmmmmmmnein. . . verstehe. . . Sie haben also nichts über Devon und Cornwall?

Zweiter Verkäufer Nein, Sir, leider nein.

Nid Ich suche da nämlich speziell »Die Dorfkirchen im Raum Devonshire« von Arthur Hotchkiss.

Zweiter Verkäufer Vielleicht wäre dies etwas: »Arschbeißer«?

Nid Nein... nicht ganz... Ich nehme an, Sie haben keine Gesamtdarstellung der englischen Kirchenarchitektur?

Zweiter Verkäufer Nein, die Richtung führen wir eigentlich nicht, Sir.

Nid Nein, aha, verstehe. Macht nichts. Dann hätte ich bitte gern den »Lord Lieutenant in Nylons« und die zwei Bände »Sau-Parade«.

Zweiter Verkäufer Gern Sir.

Erster Verkäufer *(im Off)* Mylord of Warwick!

Zweiter Verkäufer *(ruft)* Ho!

Erster Verkäufer *(im Off)* Die Zugbrücke hoch! Gloucesters Heer rückt an!

Zweiter Verkäufer Okay.

Er drückt einen Knopf unter dem Tresen, die Wand rückt beiseite. Der Mann mit den riesigen Haufen kommt gerade an den Tresen.

Mann Das wäre dann alles...

Auftritt: Gaskell in Tudor-Tracht. Die Wand schließt sich hinter ihm.

Gaskell Alles klar, das ist eine Razzia. Ich bin Oberinspektor Gaskell, und das hier ist Wachtmeister Maddox.

Zweiter Verkäufer Ah, Sir Philip Sidney. Welch' Freude, Ihr weilt wieder im Lande?

Gaskell Schnauze!

Zweiter Verkäufer Ihr seid in edel Tuch gehüllt, brachtet es mit aus Antwerpen?

Gaskell Schnauze! Das ist Verkleidung. Alles klar, beschlagnahmen Sie die unzüchtigen Druckwerke, Maddox.

Zweiter Verkäufer Sir Philip! Haltet ein!

Gaskell Paß auf, Freundchen! Steck dir deinen Sir Philip Sidney wo hin. Ich bin kein Tudor. Ich bin Gaskell von der Sitte, und das hier ist Wachtmeister Maddox.

Sie schauen ihn mit ehrlichem Unverständnis an. Gaskell dreht sich hilfesuchend zu Maddox um –: doch der ist nicht da.

Gaskell Maddox! Wo ist der hin?

Zweiter Verkäufer Sir Philip! So beruhigt Euch doch!

Gaskell Hören Sie, ich warne Sie ein letztes Mal, ich bin nicht dieser bekloppte Philip Sidney. Ich bin Oberinspektor Gaskell, und das hier ist eine Razzia.

Alles wendet sich wieder den unterbrochenen Tätigkeiten zu. Der Verkäufer kümmert sich um den Mann mit dem riesigen Haufen Hefte.

Zweiter Verkäufer Das wären dann 540 Pfund, Sir.

Mann Oh! Dann bitte nur dies hier. *(Er nimmt das oberste Heft.)*

Gaskell Maddox! *(Wendet sich an alle Anwesenden)* Hören Sie, das ist ein Razzia. *(Keine Reaktion.)* Ehrlich, ich schwör's. *(Einer will sich durch die Hintertür davonmachen, Gaskell versperrt den Weg.)* Wohin wollen Sie?

Kunde Nach Haus.

Gaskell Na gut. *(Er sucht sein Notizbuch, kann es in der Tudor-Tracht aber nicht finden.)* Ich merk mir dein Gesicht, verlaß dich drauf, ich merk mir dein Gesicht!

Kunde Ich bitte Euch, Sir Philip. . .!

Gaskell Schluß jetzt! Maddox! *(Der Kunde entschlüpft; die andern Kunden machen sich auf den Weg.)* Warten Sie, ich kann beweisen, daß ich Polizist bin. Ich kann Ihnen die Namen aller Männer vom F-Dezernat bei uns unten in Acton aufsagen: Inspektor Arthur Perry, Oberinspektor Charles Frodwell, mein bester Freund, dann die Hunde, Butch, Wolf, Panther, Maudling. . . Wie kann ich die Namen kennen, wenn ich Sir Philip bin? *(Der Vikar geht zum Tresen.)* Herr Vikar, hören Sie, Sie kennen mich. Der Wasserspeier-Club! Ich hab Sie laufen lassen! *(Der Vikar macht sich schuldbewußt davon.)*

Zweiter Verkäufer Lebt wohl, guter Sir Philip.

Geht ab mit einem Haufen Heftchen.

Gaskell He! Halt! *(Die Tür schlägt zu. Gaskell dreht sich im Kreis, der Raum ist völlig leergeräumt.)* Maddox!

Er springt zu der Wand, durch die er hereingekommen ist, trommelt dagegen. Dann geht er zu der Hintertür, reißt sie auf, ruft:

Gaskell Damit kommst du nicht durch, du dreckiger Porno-Händler! O Kacke!

Er zuckt zusammen und reißt die Augen auf.

Gegenschuß: wir sehen, was er sieht – einen imposanten, grünen Tudor-Garten. In einiger Entfernung: ein elisabethanisches Haus; auf einer Steinbank sitzt schluchzend ein Fräulein. Gaskell nähert sich völlig verwirrt, ohne sie zu bemerken.

Gaskell Maddox!

Das Fräulein schaut mit flehentlichem Blick auf. Sie ist jung und – wunderschön.

Fräulein (CAROL) O guter Sir, wie bin ich froh, Euch zu sehen. Vergebt meinen Tränen, aber ach!, mein Liebster ist fort.

Gaskell Äh, hören Sie, mein Name ist Gaskell. . . Oberinspektor Gaskell von der Sitte. Ich selbst sowie Hauptwachtmeister Maddox, also wir machen eine Razzia. . . Wir sind keine Tudor-Leute. . . Wir sind. . . von der Polizei.

Der Vater, ein elisabethanischer Gentleman, tritt zu seiner Tochter.

Vater (TERRY J.) Frances, was will mir dieser Müßiggang? *(Bemerkt Gaskell.)* Aber guter Sir Philip! *(Macht eine übertriebene Verbeugung.)* Was verschlägt Euch hieher?

Fräulein *(mit erstickter Stimme)* Ihr seid Sir Philip Sidney?

Gaskell Möglich... Aber vielleicht bin ich auch Oberinspektor Gaskell von der Sittenpolizei!

Vater Ei, mein lieber Sir Philip, der scharfzüngige Witz hat Euch noch nicht verlassen! Kommt, wir wollen essen und trinken! Leistet uns Gesellschaft...

Gaskell Nun denn, Sir, es sei.

Sie gehen Arm in Arm in der idyllischen Landschaft davon. Die Tochter wirft Gaskell schmachtende Blicke hinterher. Echt-elisabethanische Filmmusik wird eingespielt.

EINGEBLENDETER TITEL: »DAS LEBEN DES SIR PHILIP SIDNEY«

Überblendung in einen Tudor-Speisesaal. Bankett-Szenerie, zwei Diener sind rege, Musikanten auf einem Podest spielen auf; am Tisch Edelleute, die aufmerksam den Ausführungen Gaskells zuhören; gerade hat er eine Geschichte beendet – alles applaudiert und lacht.

Gaskell Und dann haben wir uns die Harry-Tony-Leute geschnappt, die skandinavischen Schund via Deutschland zu importieren trachteten. Sechs Jahre lang haben sie abgesahnt – bis zu dem Tage, an dem ich den Wink eines Abtrünnigen bekam. Und innerhalb einer Woche habe ich mit der ganzen Bande ein für allemal aufgeräumt. Jetzt schmachten sie fünf Jahre in Parkhurst hinter Schwedischen Gardinen.

Applaus. Alle sind äußerst beeindruckt.

Schnitt nach draußen; Abenddämmerung. Ein reitender Bote in vollem Galopp auf die Kamera zu. Er erreicht das Haus und sitzt ab. Schnitt: der Bote stürmt herein.

Bote (TERRY G.) Sir Philip! Die Spanier landen in Holland. Lord Walsingham wünscht noch zur Stund' Euch zu sehen.

Gaskell Also auf!

Schnitt nach draußen. Gaskell springt auf das Pferd des Boten und reitet davon. Die Tischgesellschaft steht unter der Tür und winkt.

Alle *(unisono)* Viel Glück im Kampf gegen den Schmutz!

Schnitt: eine britische Flagge weht im Wind vor einem blauen Himmel. Wir befinden uns auf einer Klippe mit zwei elisabethanischen Herren und zwei Soldaten. Gaskell schreitet zu ihnen auf den höchsten Punkt der Erhebung.

Gaskell Wo sind die Spanier?

Elisabethanischer Herr (ERIC) Direkt unter uns, Sir Philip, ihre ersten Boote landen grad!

Kurzer Filmausschnitt einer Galleone auf hoher See in voller Fahrt von schräg oben aufgenommen.

Gaskell Gut, ihr bleibt hier, ich geh runter und erledige das.

Herr Sir Philip! Nicht allein!

Schnitt zum Strand. Unheilvolle, spannungsgeladene Musik. Gaskell schreitet auf die Kamera zu, bis er sie überragt. Die Musik schwillt an und erreicht ihren Höhepunkt.

Gaskell Heda! Was geht hier vor?

Gegenschuß: wir sehen ein an Land gezogenes Ruderboot gesteckt voll mit Bündeln von Magazinen. Zwei Spanier sind dabei, es zu entladen.

Spanier (TERRY J.) Nix, señor, sein nur etwas literatura...

Gaskell Ich weiß, was Literatur ist, du spanischer Saukopf, und ich weiß auch, was Pornographie ist. *(Schnappt sich ein lose herumliegendes Magazin.)* Und was, bitte schön, ist das? Hä?

Spanier Ist neuestes Stück von Lope de Vega...

Gaskell »Toledo-Tit-Parade«? Was für ein Stück soll das sein?

Spanier Es ist sehr... visuell.

Gaskell Alles klar. Im Namen Ihrer Gnädigen Majestät Königin Elisabeth, der ganze Haufen ist beschlagnahmt!

Spanier Oh, aber señor...

Gaskell Sie machen besser keine Schwierigkeiten. Laden Sie sich einfach den ganzen Schundhaufen auf, und folgen Sie mir!

In diesem Moment zieht der zweite Spanier seinen Degen, der andere tut es ihm gleich, ein wilder Kampf entbrennt. Die Kamera fährt zurück. Bewegte Musik und Off-Sprecher:

Off-Sprecher (TERRY J.) Der Kampf wütete lang und heftig, aber als die Nacht hereinbrach, hatte Sidney die Spanier überwunden. 6000 Exemplare von »Titten und Ärsche« und 4000 Exemplare von »Doris geht duschen« wurden an diesem Tage konfisziert. Die spanische Porno-Flut wurde gestoppt. Sir Philips Rückkehr nach London wurde zum Triumphzug.

Filmausschnitt: das historische London, eine geschmückte Straße und jubelnde Massen.

EINGEBLENDETER ZWISCHENTITEL: »LONDON 1583«

Dann: Nahaufnahme von Gaskell, der durch einen Wald galoppiert.

Off-Sprecher Mit Ruhm bedeckt, ritt Sir Philip zurück nach Penshurst, heim zu seiner geliebten Frau...allein, es kam, wie es kommen mußte.

Gaskell sitzt vor einem Tudor-Haus ab und marschiert hinein.

Schnitt ins Innere: ein elisabethanischer Raum, Gitterfenster, Holztäfelung, Kamin, Gemälde etc. Sir Philips Gattin sitzt auf einem Stuhl und liest.

Auftritt Gaskell.

Gaskell Einen guten Abend wünsch ich, Geliebteste. Aus den Niederlanden kehr ich wohlbehalten heim! *(Sie zuckt zusammen, versteckt das Buch hinter dem Rücken und pfeift ein unschuldig' Liedlein.)* Was liesest du, meine Schöne?

Frau (CAROL) Oh, *nichts*, mein Gemahl.

Gaskell Ich sehe da aber *etwas*.

Frau 's ist eins von Shakespeares jüngsten Stücken.

Gaskell schnappt sich das Buch und liest den Titel.

Gaskell Oh...»Fesche Jungs in Fesseln«. Ist's ein Trauerspiel? Ein Lustspiel?

Frau Es ist... ähm... der Bericht von einem Mann und seiner innigen Liebe zu... seinem Kameraden.

Gaskell Wie glücklich sind wir, einen solchen Dichter unsern Landsmann nennen zu können.

Frau Fürwahr. Wie war's im Krieg, Mylord?

Gaskell Die Spanier erlitten eine empfindliche Niederlage. Sechs Dutzend Kisten Hardcore wurden beschlagnahmt.

Frau *(versucht unschuldig dreinzuschauen)* Bringt Ihr etwan Beute mit heim?

Gaskell Aber ja, gute Frau, diesen edlen Umhang, besetzt mit Hermelin.

Frau *(nicht sehr begeistert)* Oh, hübsch, sonst nichts?

Gaskell Nein, meine Teuerste, der Rest war zu schmutzig.

Er setzt sich zu ihr.

Gaskell So, mein gutes Weib, indessen ich ein wenig der Ruhe pflege, magst du mir vorlesen aus Shakespeares »Fesche Jungs in Fesseln«.

Seine Frau schaut verwirrt auf; schließlich öffnet sie das Buch und fängt mit resignierter Miene zu lesen an.

Frau Sehr wohl, Mylord...»Fesche Jungs in Fesseln«... Ken, 25, ist bei der berittenen Polizei und trägt schwer an einem gewissen Unterschied...und wirklich keinem kleinen. Selbst Roger staunte, und der war... *(sie lächelt gequält)*... an richtige Männer gewöhnt...

Gaskell Es ist wie Hamlet... welch ein Genius!

Frau »Und wer ist heute mit Kochen dran? Roddy hat noch den Mund voll. . .«

Auftritt Maddox, ein heutiger Polizist in entsprechender Tracht.

Maddox (GRAHAM) Alles klar, das ist eine Razzia.

Frau *(schreit auf)* O weh! Wir sind verloren!

Gaskell *(geht ihm entgegen)* Da bist du ja, Maddox!

Maddox Keine dummen Sprüche. . . Kommen Sie mit zum Wagen!

Gaskell Maddox! Sie kennen mich doch. . .

Maddox Allerdings, Sir Philip Sidney, und ich bin beschämt, Sie hier in diesem Morast von Unzucht zu finden! *(Nimmt das Buch, guckt rein.)* Ui, ist der lang!

Frau Ach und aber ach, der ruhmvolle Name Sidney! Besudelt! Wir sind entehrt! Weh dem Tage. . .

Gaskell Ach, Klappe! Ich kenne diesen Mann! Das ist mein alter Kumpel Wachtmeister Maddox. . .

Maddox Das wird Sie ein paar Jahre kosten. . .

Gaskell Mensch, Maddox! Ich bin's – Gaskell! Das F-Dezernat unten in Acton! Inspektor Arthur Frodwell, Oberinsp. . .!

Maddox *(schubst ihn hinaus)* Kommen Sie, Sidney. Sie auch, Fräulein.

Gaskell Ich bin nicht dieser dämliche Sir Philip Sidney. . . Wo waren Sie überhaupt? Wir hätten in diesem Tudor-Laden aufgeräumt. . .

Sie werden nach draußen gezerrt; Maddox, bevor er den Raum verläßt, schnappt sich noch ein Buch von einem Bücherregal.

Maddox Ah, das ist gut!

Schnitt nach draußen: der moderne Hintereingang eines Theaters. Gaskell und Mrs. Sidney werden unter Protest in einen Polizeiwagen gezerrt. Als der Wagen davonfährt, sehen wir an der Wand des Theaters ein Plakat: »Das Aldwych Theatre präsentiert: Die Royal Shakespeare Company mit ›Fesche Jungs in Fesseln‹. Von William Shakespeare«. Es folgt ein Trickfilm mit einem Auszug aus diesem eher unbekannten Shakespeareschen Meisterwerk.

Dann: die Terrasse eines Restaurants. An einem Tisch sitzt ein sehr, sehr glückliches Pärchen.

Sie (CAROL) Ist es nicht schön hier, Liebling?

Er (JOHN) Wunderschön. Das ist Paris.

Auftritt: ein Vikar, normal gekleidet, aber mit einer Halbglatzen-Perücke mit wild abstehendem Haarkranz. Er trägt einen Koffer.

Vikar (MICHAEL)Verzeihen Sie, macht es Ihnen etwas aus, wenn ich mich zu Ihnen setze?

Er Ähm, nein, nein... überhaupt nicht.

Vikar Sind Sie sicher, daß es Ihnen nichts ausmacht?

Er Ja, ja, wirklich.

Vikar Sie sind sicher, daß ich auch nicht störe?

Er Nein, nein.

Vikar Sie sind wirklich sicher, daß ich Sie nicht störe?

Sie Nein, wirklich nicht.

Vikar Schön. Ich möchte Sie nämlich wirklich nicht stören. Vor allem, da Sie schon so freundlich waren, was meine Störung angeht.

Er Oh, nein, nein, es macht uns nichts aus, nicht wahr, Liebling?

Sie Aber nein, Liebling.

Vikar Schön. Dann will ich mich also mal setzen. Darf ich?

Beide Bitte... bitte...

Vikar Stört Sie nicht?

Beide Nein... nein.

Vikar Schön, schön. Sie sind sehr freundlich. *(Er setzt sich.)* Viele Leute sind da sehr viel weniger verständnisvoll als Sie. Viele Leute reagieren schon verärgert, wenn ich sie bloß anspreche *(während er redet, macht er sonderbare Armbewegungen)*, gehen einfach weg, wenn ich im besonderen davon spreche, daß ich sie wohl störe.

Er Also, Sie stören wirklich nicht *besonders.*

Vikar Nein, ganz Ihrer Meinung, sag ich auch immer. *(Er holt Porzellanteller aus seinem Koffer hervor und zertrümmert sie auf dem Tisch.)* Aber Sie werden sich wundern, wie viele Menschen etwas gegen mich haben – also, schon wenn ich so was mache *(er holt ein Spinne an einem Gummiband hervor, läßt sie wild hüpfen, dann eine Babypuppe, die er heftig schüttelt, während er gleichzeitig laute, alberne Geräusche ausstößt)*, dann fangen die Leute ganz sonderbar zu gucken an. *(Er zerdeppert weitere Teller und besprüht sich mit Rasierschaum; das Pärchen will sich davonmachen.)*

Er Wir müssen dann mal weiter.

Vikar *(elend)* Ich hab gewußt, daß ich Sie stören würde, ich hab es gewußt... Es ist immer das gleiche – immer wenn ich meine, ich habe jemanden gefunden, mit dem ich auskommen könnte...

Er Nein, die Sache ist nur die, wir sind etwas spät dran...

Sie *(setzt sich wieder, streichelt den Vikar)* Laß uns bleiben.

Er Gut, aber nur kurz... ich mein, wir verspäten uns, wenn wir nicht... *(setzt sich widerwillig)*.

Vikar Oh, vielen Dank. Sie sind sehr freundlich.

Wieder albernes Benehmen des Vikars. Er und sie schauen sich verlegen um.

Überblendung zu den beiden nach Hause, wie sie am Tisch sitzen und Teller zertrümmern, alberne Geräusche machen und sich mit Rasierschaum besprühen.

Sie *(im Off)* Ja, die Bekanntschaft mit Pastor Arthur Belling sollte unser Leben von Grund auf verändern. Und jeden Sonntag *(Film: die beiden rennen in die Kirche)* eilten wir nach Sankt Oberstübchen in Vogelheim an der Macke.

Die Kamera verweilt auf der Kirche; wir hören, wie die Gemeinde aufsteht, dann – alberne Geräusche.

Schnitt zum nackten Mann (Terry J.), der eine Kadenz spielt.

Ansager (JOHN) Und nun...

Jetzt-Mann (MICHAEL) Und jetzt...

Trickfilm-Vorspann.

Er geht über in einen Trickfilm-Sketch, der mit verschnörkelter Zwischentitel-Schrift endet:

Off-Sprecher (JOHN) und ZWISCHENTITEL: »DIE FREIE WIEDERHOLUNG FRAGWÜRDIGER WÖRTER. SKETCH, ULK, SPASS ODER KURZE SZENE VON EINEM SCHWER UNTERSCHÄTZTEN AUTOR.«

Ein Postamtschalter; auf einem Schild steht »Telegramm-Auskunft«. Wir sehen das Ganze durch einen verschnörkelten Rahmen, wie durch ein Fenster. Fröhliche Streichquartett-Musik erklingt. Der Beamte ist hinter dem Schalter, ein tritt Mr. Peepee. Beide sprechen schrecklich gestelzt mit laienhaft-schlechter Betonung. Die Musik verebbt.

Peepee (ERIC) Ich komme angelegentlich der Wiederholung fragwürdiger Wörter bei einem Inland-Telegramm.

Beamter (TERRY J.) Haben Sie das betreffende Telegramm bei sich?

Peepee Ich habe selbiges hier.

Beamter Na, dann schieben Sie es mal rüber, alter Junge, daß ich einen Blick drauf werfe.

Peepee Sofort, Herr Telegramm-Auskunfts-Mann.

Beamter Vielen Dank, Herr Kunden-Mann. *(Liest.)* Aha! »Biebling, ich pliebe tich, gitte, gomm pofort, feine fich fiebende: Pat.« Welches war das Wort, das Sie überprüft zu haben wünschen?

Peepee Pat.

Beamter Pat?

Peepee Der Name meiner Frau ist gar nicht Pat.

Beamter Nein?

Peepee Es muß Bat heißen, mit einem B.

Beamter In dem Fall will ich rasch einen Blick in mein Buch werfen!

ZWISCHENTITEL: »EINEN RASCHEN BLICK INS BUCH SPÄTER«

Beamter Ganz recht, alter Knabe, da ist sehr wohl ein Fehler.

Peepee Dacht ich mir's doch. Wie heißt es richtig?

Beamter Es heißt: »Laß mich in Ruhe, Du elender, kleiner Scheißer, ich hab einen anderen. In Liebe: Bat«. Ziemlich dicker Fehler.

Peepee Ja. Sie würde sich nie selbst Pat nennen, albern das.

Beamter Blöd, würd ich sagen.

Peepee Also, es war ein Vergnügen, mit Ihnen zusammenzuarbeiten.

Sie schütteln sich die Hände.

Beamter Das Vergnügen war ganz auf meiner Seite. *(In die Kamera)* Und damit endet unser kleiner Sketch.

Die Musik vom Anfang erklingt; die Kamera fährt zurück, und wir sehen ein Streichquartett im Studio, das das Stück vom Anfang spielt. Der Beamte und Peepee verharren reglos und bemühen sich um den Eindruck eines Standbildes.

Off-Sprecher und ZWISCHENTITTEL: »DIE FREIE-WIEDERHOLUNG-FRAGWÜRDIGER-WÖRTER-NUMMER. VON EINEM VÖLLIG ZU RECHT UNTERSCHÄTZTEN AUTOR. ENDE«

Ein Trickfilm führt zu einer seriösen Mitternachts-Talkshow. Der Gesprächsleiter und drei Gäste hängen bewegungslos in ihren Sesseln.

Roger Last (JOHN) Guten Abend. Heute abend wollen wir in »Gibt es« der Frage nachgehen: »Gibt es ein Leben nach dem Tod?« Und zu uns gekommen, um diese Frage zu diskutieren, sind heute abend drei tote Menschen... Der verblichene Sir Brian Hardacre, gewesener Direktor des Imperial War Museums... *(Schnitt auf die betreffenden Leichen mit Namenseinblendung)*... der verblichene Professor Thynne, noch bis vor kurzem Akademiker, Kritiker und Funkautor...und – mit einem Blick auf die Kirche von England – der sehr verblichene Präbendar Reverend Ross. Meine Herren! Gibt es ein Leben nach dem Tod, ja oder nein? Sir Brian? *(Stille.)* Professor? *(Stille.)* Hochwürden? *(Dito.)* Tja, damit hätten wir's, drei sagen nein. Nächste Woche in »Gibt es« werden wir die Frage diskutieren »Gibt es eigentlich genug davon«, und bis dahin – gute Nacht!

EINGEBLENDETER ABSPANN:

»GIBT ES« MODERIERT VON ROGER LAST

RECHERCHE: J. LOSEY

L. ANDERSEN

S. KUBRICK
P. P. PASOLINI
O. WELLES
DER VERBLICHENE B. FORBES
PRODUKTION: GILLIAN (3 1/2 JAHRE)
Im Studio sehen wir noch, wie die Leichen davongetragen werden.

Schnitt ins Sprechzimmer eines Arztes. Der Arzt hat vor sich ein Schild, auf dem »Dr. E. Henry Tripshaw« steht. Auftritt Burrows.

Burrows (MICHAEL) Guten Doktor, Herr Morgen. Schönes Jahr für die Tageszeit!

Tripshaw (JOHN) Kommen Sie herein.

Burrows Platz ich Darf nehmen?

Tripshaw Bitte, bitte! *(Burrows setzt sich.)* Also?

Burrows Naja, ähm, um nicht heißen Brei den um Doktor Herr herumzureden lang: Ich möchte Sache gleich zur kommen.

Tripshaw Schön, schön.

Burrows Mein spezielles Probden oder Komblemplex hab ich seit Jahren. Jahre lang hab ich's sogar Esel.

Tripshaw Bitte?

Burrows Es steht mir bis hier, ich kann nicht mehr. Ich halt Sie nicht mehr aus, deshalb wende ich mich an das.

Tripshaw Sie haben da ein gewisses Problem mit Wörtern. . .

Burrows Ich habe da ein gewisses Problem mit Wörtern! Ja! Sie haben mir wirklich sehr geholfen! *(Singt)* »Oh I come from Alabama with my banjo on my knee.« Ja, scheint alles wieder in Ordnung zu sein. Vielen Dank!

Tripshaw Ich verstehe. Aber bis gerade eben hatten Sie noch dieses Problem mit der Reihenfolge der Wörter.

Burrows Ja, ganz richtig, und schlimmer noch, manchmal, am Ende des Satzes, kommt mir plötzlich ein falscher Sicherungskasten unter.

Tripshaw Sicherungskasten?

Burrows Und die Sache mit den falschen Begriffen ist die, daß ich es a) nicht merke und b) manchmal Orangenwasser geben Kübel voll Putz.

Tripshaw Aha, erzählen Sie mir mehr von Ihrem Problem.

Burrows Naja, wie ich schon sagte, sobald ich also anfange zu reden, sind äußere Geschlechtsmerkmale falsche Wörter, und Ascher ist der Onkel. Das kann mich wirklich stachelbeere machen!

Tripshaw Wütend?

Burrows Es ist so unangenehm, wenn ich und meine Frau auf eine Orgie gehen...

Tripshaw Feier?

Burrows Nein, Orgie. Wir leben in Esher.

Tripshaw Ah, ja.

Burrows Das kann ich Ihnen sagen. Das ist eine solche vermaledeite bumms falerie falera, faleralala, la di ri, di ri, pfumm, pfumm.

Tripshaw Mr. Burrows, das ist kein gewöhnliches Problem. Sie leiden an einer Krankheit, die so selten ist, daß sie nicht einmal einen Namen hat. *Noch* nicht! Aber sie wird einen haben! Ooo ja! Das ist der Moment, auf den ich gewartet habe – die Chance meines Lebens! *(Die Kamera fährt nah heran, das Licht reduziert sich auf ein dramatisches Spotlight.)* Ich zeig's denen am Institut! Sie können mich nicht länger ignorieren. Die Tripshaw-Krankheit! Entdeckt von E. Henry Tripshaw, Doktor der Medizin! Ich werde eingeladen zum »Heißen Stuhl«, und E.-Henry-Tripshaw-T-shirts werden auf den Markt geworfen. Ich mache ein Spiel draus. Ich verkaufe die Filmrechte!

Schnitt auf das Titelbild eines Buches mit dem Titel »Die Tripshaw-Krankheit. Habilitation. Vorgelegt am Königlichen Institut für Medizin. Von Dr. E. Henry Tripshaw.« Darüber eingeblendete Schriftzüge werden herangezoomt:

HARLEY STREET

FLEET STREET

BROADWAY

HOLLYWOOD

Eine Seite des Buches wird aufgeschlagen, wir lesen den Titel »David O. Seltzer präsentiert«. Eine weitere Seite wird aufgeschlagen, wir lesen »Rip Clin in:« Eine weitere Seite wird aufgeblättert; wir sehen den Titel in monumentaler Ben-Hur-Schrift mit 20th-Century-Fox-Suchscheinwerfern im Hintergrund: »Die Dr.-E.-Henry-Tripshaw-Krankheit«. Ein Spielfilm-Ausschnitt mit Hunderten von Rittern zu Pferd in vollem Galopp.

EINBLENDUNG: »SYRIEN 1203«

Die Ritter überfallen ein Dorf, rauben, plündern, morden.

Schnitt in ein Studio, mit einem Interviewer und Tripshaw.

Interviewer *(spricht sehr langsam mit irritierenden Pausen)* Dieser Ausschnitt. – Stammt aus der neuesten David-O-Seltzer. – Produktion. Der Drehbuchautor. – Von diesem Filmausschnitt. – Ist heut abend hier. – Zu Gast. Doktor E. Henry. – Tripshaw.

Tripshaw *(kurz irritiert, dann sehr bei der Sache)* Ja, äh, ich bin der Ansicht, daß das Wesen meiner Krankheit nicht im mindesten getroffen wurde...

Interviewer Das ist. – Stets das Problem. – Mit Film. – Memachern.

Tripshaw Ja. Sehen Sie, die haben das vollgestopft mit diesem sentimentalen Zeugs...

Interviewer Was. *(Tripshaw zuckt zusammen.)* – Machen Sie als. – Nächstes. –?

Tripshaw Also, zur Zeit arbeite ich an einer neuen Krankheit, die ich, wenn alles klappt, als Musical rausbringen werde, aber zunächst arbeiten wir noch an dem Remake von meiner ersten Krankheit, und diesmal hoffen wir, daß das Ergebnis überzeugender ausfällt.

Interviewer Ja. – Sehen Sie nun den. – Neuesten Film. – Ausschnitt.

Derselbe Filmausschnitt wie vorher. Am Ende aber: Schnitt zu Tripshaw, der in einem Burggemach an einem Schreibtisch sitzt. Herein kommt ein Ritter in Ritterrüstung.

Tripshaw Nun, was fehlt uns denn?

Schnitt in eine Ecke derselben Kulisse zu einem Mann, der aus einer Tonne auftaucht.

Mann (MICHAEL) Der nächste Sketch beginnt nach ein paar albernen Geräuschen.

Schwarzer Bildschirm und eine Folge wirklich alberner Geräusche. Dann –

Aufblende: wir sehen eine Kirche in ländlicher Umgebung. Schnitt in die Sakristei. Auf einem Schild steht »Keine Papisten!« Die Tür geht auf, und herein kommt der Vikar, wie nach beendeter Messe. Er zieht seine Soutane aus und hängt sie an einen Haken. In einer Ecke des Raumes steht auf einem Sockel ein Büste: es ist der Kopf des Vikars, aber mit einer enorm langen Nase. Dem Vikar dicht gefolgt ist Mr. Kirkham, ein ernsthafter, ruhiger, bescheidener Mensch, den das Gewissen plagt.

Vikar (MICHAEL) *(ruft zur Tür)* Herein!

Kirkham (GRAHAM) *(hinter ihm, zuckt leicht zusammen)* Ich wollte Sie fragen, ob ich Sie wohl kurz einmal sprechen könnte...

Vikar Aber selbstverständlich... selbstverständlich, Sir. Setzen Sie sich doch. *(Sie schauen sich suchend nach einem Stuhl um.)* Ach, setzen Sie sich hier auf den Schreibtisch.

Kirkham Danke.

Vikar *(setzt sich hinter den Schreibtisch)* Also dann! Ein Glas Sherry?

Kirkham Nein... nein, vielen Dank...

Vikar *(holt aus einem Regal eine Flasche)* Ganz sicher? Ich trink jedenfalls ein Gläschen.

Kirkham Naja, wenn Sie ein Glas mittrinken, tja, warum nicht...

Vikar *(betrachtet ängstlich den Flascheninhalt)* Oh... da ist gerade noch genug für mich drin.

Kirkham Dann für mich keinen, bitte, überhaupt kein Problem.

Vikar Nicht wahr, wenn ich das bißchen hier noch teile, bleibt für mich fast gar nichts mehr.

Kirkham Ich bin ohnehin kein großer Sherry-Trinker.

Vikar Sehr schön. Dann kann ich ja alles nehmen... Und, was ist Ihr Problem?

Kirkham Ja, also, ich mache mir in letzter Zeit so meine Gedanken über...

Der Vikar hat unterdessen unter seinem Schreibtisch gesucht und fördert nun mit triumphierendem Lächeln eine neue Flasche Sherry zutage.

Vikar Ha! Da ist noch eine! Sie können jetzt ein Gläschen haben, wenn Sie wollen.

Kirkham Ja... warum nicht... ein wenig vielleicht...

Vikar Also, Sie müssen nicht. Ich trink die Flasche auch allein.

Kirkham Dann, äh... nein, besten Dank...

Vikar Sehr schön! Das macht eine Flasche mehr für mich. Fahren Sie fort.

Der Vikar öffnet die Flasche und schenkt sich ein. Er stürzt den Sherry herunter und füllt sofort nach.

Kirkham Ich mache mir in letzter Zeit wirklich ernsthaft Gedanken, was...

Es klopft an der Tür.

Vikar Herein!

Ein elegant gekleideter Herr, Mr. Husband, mit einer Aktenmappe in der Hand, kommt herein.

Vikar Aha! Mr. Husband...das ist Mr. Kirkham, eines unserer Gemeindemitglieder...das ist Mr. Husband von der Britischen Sherry Corporation...

Kirkham Hören Sie, äh, vielleicht ist es besser, ich komm ein andermal...

Vikar Nein, nein! Nein, bleiben Sie! Nehmen Sie einen Sherry... Sie brauchen nicht lang, Mr. Husband, oder?

Husband (ERIC) Aber nein, Vikar. . .ich komm nur wegen einiger Unterschriften.

Der Vikar schenkt Mr. Husband einen Sherry ein.

Vikar So hier. . . bitte schön, Mr. Husband. Und Sie, Mr. Kirkham?

Kirkham Wirklich nur, wenn genug da ist.

Vikar Naja, viel ist es nicht mehr.

Kirkham Dann, äh. . . danke, nein. . . ist nicht schlimm.

Vikar *(schenkt sich selbst nach)* Schön, gut. . . also dann, was gibt's Neues, Husband?

Husband Tja, Vikar, ich hab mich bei der Reederei mal schlau gemacht – das Maximum, das die Schiffe laden können, beträgt 12.000 Gallonen.

Vikar Und wieviel ist das in Gläsern?

Husband Das sind grob gerechnet 540.000 Gläser, Vikar.

Vikar Großartig, Husband, ganz großartig!

Husband Ja. . . das heißt, Sie können weiterhin auf dem Dach Ihr Sherry-Hauptdepot haben und zusätzlich ein Depot mit 5000 Gallonen unter der Sakristei einrichten.

Vikar Ja. . . und ich kann trockenen Sherry auf dem Dach lagern und Amontillado in dem unterirdischen Tank!

Husband So ist es.

Der Vikar unterschreibt ein Formular, das ihm Husband reicht.

Vikar Großartig gemacht, Husband, ganz, ganz großartig.

Husband Nicht der Rede wert, Herr Vikar, Sie sind schließlich unser bester Kunde, Sie und die USA. Also auf Wiedersehen! *(Ab.)*

Vikar Hervorragend. Also, Mr. Kirkham *(schenkt sich nach)*, es tut mir wirklich leid. . .fahren Sie fort.

Kirkham Wie gesagt, ich frage mich seit einiger Zeit ernsthaft, ob. . .

Vikar Tja, sehen Sie. . .

Kirkham . . .Ich denke manchmal – also, meint die Bibel wirklich. . .

Eine Gruppe spanischer Sänger in Trachten stürmt mit Gitarren herein und singt lauthals ein Lied, das den Genuß von Amontillado preist. Ein Mann kommt herein, auch er in aufwendiger Tracht, mit einem an seinem Hut befestigten Werbeplakat, auf dem »Sherry – das Getränk der Champions« steht; ihm folgen zwei Spanierinnen mit Carmen-Miranda-Hüten und Maracas in Händen. Mr. Kirkham schaut sich entsetzt um. Die Spanier beenden lauthals ihr Lied. Der Mann wendet sich an den Vikar.

Mann (TERRY J.) Also, was wollen Sie?

Vikar Schmutzige Heftchen, bitte.

Während der lauthals geführten Verhandlungen über Details und Preis: Schnitt auf das Wandregal mit den Heftchen aus dem Tudor-Laden; darüber der Abspann:

MONTY PYTHON'S FLYING CIRCUS
(überklebt von einem Schild: »zensiert«)
WURDE ENTWORFEN, GESCHRIEBEN UND ZENSIERT VON
MICHAEL »BULKY« PALIN
TERRY JONES »KÖNIG DER PEITSCHE«
JOHN CLEESE »EIN LÄCHELN, EIN LIED UND EINMAL NACHSCHENKEN«
TERRY GILLIAM »EIN FESCHER AMERIKANER IN FESSELN«
GRAHAM »IM DUTZEND BILLIGER« CHAPMAN
ERIC IDLE (ORIGINALGRÖSSE – BATTERIEN EXTRA)
AUSSERDEM TRATEN AUF
CAROL CLEVELAND (»VIER AUFREGENDE POSEN«, HARD PUBLICATIONS, 40P)
UND, IN EINER VIELZAHL INTERESSANTER POSEN
DIE FRED TOMLINSON SINGERS UNTER DOMINANTER LEITUNG VON FRED TOMLINSON
ROSALIND (»VERWEILE DOCH«) BAILEY (JETZT ERHÄLTLICH BEI BBC-ENTERPRISES)
BODY MAKE-UP MADELAINE GAFFNEY UND DER »UNANSTÄNDIGE DAMEN«-CLUB DER BBC
HEISSE KOSTÜME UND LEATHERWEAR HAZEL PETHIG
UND DIE BÖSEN BUBEN VOM Q-DEZERNAT
MOBILE KAMERA PETER WILLIS (MASSAGE ZU HAUS ODER IM HOTELZIMMER)
TRICKFILM UND EROTISCHE ZEICHNUNGEN TERRY GILLIAM UND MISS HEBBERN 043/7962
DETAILGETREUE GRAPHIKEN BOB BLAGDEN »DÄNEMARK HAT LANG NICHT SO GELACHT«
ROTLICHT BILL BAILEY
HECHELN, STÖHNEN UND TON RICHARD CHUBB
KAMERA UND »RIK«
ALAN FEATHERSTONE »IN DIE HÄNDE GESPUCKT, MÄNNER«
HARTER SCHNITT RAY MILLICHOPE »WAS MAN MIT RECHTS MACHT«
AUSSTATTUNG BOB »BIG, BLACK, BUTCH AND BEAUTIFUL« BERK
REGIE IAN MACNAUGHTON, DER POLIZISTEN BEI IHREN ERMITTLUNGEN HILFT
UNE ÉMISSION NOCTURNALE PAR TÉLÉVISION FRANÇAISE ET BBC TV
COPYRIGHT BBC TV £5 DISKRETE ZUSENDUNG

Abblende. Aufblende zur BBC-Weltkugel.

Off-Sprecher (MICHAEL) E.-Henry-Tripshaw-T-Shirts können jetzt bei BBC-Enterprises bestellt werden. Der Preis steht noch nicht fest. Die Adresse, an die Sie schreiben können, wurde noch nicht ausgearbeitet.

Siebenunddreißig – Dennis Moore

Ein Boxring im Scheinwerferlicht. Sportsendung-Musik.

EINGEBLENDETER TITEL: »BOXEN AKTUELL«

Off-Sprecher (MICHAEL) »Boxen aktuell« kommt aus dem Empire Pool in Wembley und bringt den Hauptkampf im Schwergewicht zwischen dem britischen und »Empire«-Schwergewichtsmeister Jack Bodell *(Jubel; Kamera auf Bodell (Nosher Powell) und zwei Sekundanten in seiner Ecke)* und Sir Kenneth Clark... *(Kamera auf Clarks Ecke. Er trägt einen roten Umhang, auf dessen Rücken »Sir Kenneth Clark« steht. Beide ziehen ihre Bademäntel aus, als der Ringrichter sie in die Mitte ruft. Sir Kenneth trägt einen Tweedanzug darunter.)* Die beiden treffen zum ersten Mal aufeinander, es wird hier also einiges los sein heute nacht...

Der Gong ertönt. Lärmende Menge. Sir Kenneth schreitet dozierend auf und ab (wie in seiner Kultur-Sendung »Civilization«).

Sir Kenneth (GRAHAM) Dies ist also der Höhepunkt der englischen Renaissance, der Triumph der Klassik über die Gotik... der...

Bodell schickt Sir Kenneth mit einem linken Schwinger auf die Bretter.

Off-Sprecher Er ist am Boden! Sir Kenneth geht nach acht Sekunden zu Boden. Aber da er ist wieder auf den Beinen.

Sir Kenneth Die fast schon strengen Fassaden der Villen Palladios reflektieren die...

Bodell haut ihn wieder um.

Off-Sprecher Und er ist wieder am Boden, und ich glaube nicht, daß er diesmal wieder aufstehen wird. *(Ringrichter zählt Sir Kenneth aus und reißt Bodells Arm in die Höhe.)* Ja, Jack Bodell hat Sir Kenneth Clark heute nacht in der allerersten Runde bezwungen, und damit ist der massige Schwergewichtler aus Lincolnshire neuer Professor der Schönen Künste in Oxford.

Zoom in den Ring. Ein Ansager im Smoking greift sich ein Mikro, das von der Decke heruntergelassen wird.

Ansager (JOHN) Danke, danke, danke, meine Damen und Herren. Und nun...

Schnitt in eine Ringecke. Der nackte Organist spielt einen Akkord, dreht sich zu uns um und grinst. Schnitt in die gegenüberliegende Ecke. Der »Jetzt«-Mann auf einem Hocker.

Jetzt-Mann (MICHAEL) Und jetzt...

Trickfilm-Vorspann.

Langsame Fahrt über eine idyllische, ländliche Gegend. Wir sehen eine Kutsche aus dem 18. Jahrhundert durch ein Tal fahren. Ein Wegelagerer, Dennis Moore, gibt seinem Pferd die Sporen und reitet mit seinen Pistolen fuchtelnd zur Kutsche.

Moore (JOHN) Halt! Das ist ein Überfall! Die Waffen weg! *(Die Kutsche hält an. Die Fahrer nehmen die Hände hoch, ein Postillion aber greift nach einem Gewehr und wird dafür von Moore erschossen.)* Das soll Euch eine Warnung sein. Wer sich bewegt, handelt auf eigene Verantwortung, denn ich habe hier zwei Pistolen... Ich weiß, eine davon ist nicht mehr geladen, aber die andere wohl... und das bedeutet den sicheren Tod für mindestens einen von Euch... oder ziemlich sicher jedenfalls... das Risiko einzugehen würde sich auf jeden Fall nicht lohnen, denn ich bin ein sehr guter Schütze, ich übe jeden Tag... gut, nicht absolut *jeden* Tag, aber die meisten Tage in der Woche... ich schätze, ich übe so vier- oder fünfmal die Woche... mindestens... mindestens vier oder fünf, nur an manchen Wochenenden... wie letztes Wochenende, da hatte ich kaum Zeit, und das hat den Durchschnitt etwas gedrückt... aber ich denke, daß es definitiv gute vier Tage sind, die ich jede Woche übe... mindestens. Also, ich möchte behaupten, ich kann von hier den Baum da hinten treffen... den hinter dem kleinen Hügel da, nicht der große Hügel, der kleine, links. *(Köpfe lugen aus der Kutsche heraus.)* Ihr seht die drei Bäume, der dritte von links und dann ein bißchen zurück – der da – ich schätze, ich könnte den vier- von *fünf*mal treffen. An einem *guten* Tag. Bei *dem* Wind, sagen wir... sagen wir, sagen wir sieben- von *zehn*mal.

Junker (TERRY J.) Was, *den* Baum da?

Moore Welchen?

Junker Die große Buche mit diesem kahlen Ast, der da links oben rausguckt.

Moore Nein, nein, nein, nicht den.

Fräulein (CAROL) Nein, nein, er meint den da drüben. Paßt auf, seht Ihr den da drüben?

Junker Ja.

Fräulein Gut, und jetzt zwei weiter nach rechts.

Kutscher (GRAHAM) Da, bei dem kleinen Busch.

Fräulein Es ist der direkt dahinter.

Junker Ah, die Ulme.

Moore Das ist keine Ulme. Eine Ulme hat so dicke Blattbüschel. Das ist eher eine Buche oder eine... äh... Weißbuche.

Geistlicher (ERIC) Eine Weißbuche?

Moore Ach, nein, keine Weißbuche. Welcher Baum hat Blätter mit so regelmäßigen Adern, die sich bis zum Rand ziehen, der Rand ist so. . .?

Fräulein Gezackt?

Moore So gezackt.

Geistlicher Eine Weide.

Moore Genau.

Geistlicher Das ist keine Weide.

Moore Ist ja auch vollkommen egal. Ich könnte ihn sieben- von zehnmal treffen, darum geht's.

Geistlicher Das ist niemals eine Weide.

Moore Schnauze! Das ist ein Überfall und keine Botanikstunde. Gut, und jetzt, meine verehrten Freunde, keine falsche Bewegung, bitte. Ich will alle Lupinen haben, die Ihr bei Euch habt.

Junker Lupinen?

Moore Ja, Lupinen. Na los, na los!

Geistlicher Was soll das heißen, Lupinen?

Moore Versucht hier nicht, Zeit zu schinden.

Geistlicher Tu ich nicht, meint Ihr die Blumenart?

Moore Genau, richtig.

Junker Wir haben keine Lupinen.

Fräulein Ehrlich.

Moore Seht mal, meine edlen Freunde, ganz zufällig weiß ich aber, daß dies der Lupinen-Expreß ist.

Junker Ihr habt sie doch nicht alle.

Moore Raus aus der Kutsche. Na los, aussteigen! *(Sie gehorchen, zeigen aber, daß sie Moore für einen Spinner halten. Er sitzt ab, steigt in die Kutsche und kommt sofort wieder mit einem großen Strauß Lupinen im Arm heraus.)* Dachte ich's mir doch. Nicht clever genug, meine edlen Freunde. Komm, Concorde! *(Er springt auf sein Pferd und sprengt davon.)*

Junker Tja, soviel zum Thema Lupinen.

Film von Dennis Moore, wie er über sonnige Wiesen und durch ein kleines Dorf reitet, über noch mehr Wiesen, durch Wälder und schließlich eine schäbige Holzhütte erreicht. Zwei furchtbar arme Bauern sind nicht sehr beeindruckt, als er ihnen die Lupinen überreicht. Währenddessen hören wir folgendes Lied:

Lied Dennis Moore, Dennis Moore,
Galloping through the sward

Dennis Moore, Dennis Moore,
And his horse Concorde
He steels from the rich
And gives to the poor
Mr. Moore, Mr. Moore, Mr. Moore.

Moore Ich komme wieder.
Dreht ab und reitet weg.
EINGEBLENDETER TITEL: »ENDE«

Die Kamera fährt zurück: »Ende« ist jetzt auf dem Fernseher in Mrs. Trepidatious' Haus zu sehen. Eine weitere Schreckschraube kommt herein und setzt sich ihr gegenüber.

Mrs. O. (ERIC) Morgen, Mrs. Trepidatious.

Mrs. Trepidatious (GRAHAM) Ich weiß nicht, was daran gut sein soll, mein rechter Arm hängt an was ganz Ekligem dran.

Mrs. O. Oh, das müssen Sie untersuchen lassen.

Mrs. Trepidatious Was, von diesem Dr. Morrison? Der hat doch mehr Leichen auf seinem Konto, als ich jemals üble Furunkel.

Mrs. O. Was sagen die Sterne?

Mrs. Trepidatious Tja, Petula Clark rät, sie sofort auszudrücken, aber David Frost...

Mrs. O. Nicht Ihre Schlager-Sternchen, Sie tauber Klumpen Tapir-Rotz, die Tierkreiszeichen, die astrologischen Voraussagen, die Nativitätsprognosen, die mantalogischen Vorboten, die prophetischen Äußerungen, die warnenden Anzeigen der mantalogischen Omen – die blöden Sterne im Horoskop in der Zeitung, was sie prophezeien, orakeln, hellsehen, wahrsagen...
Eine große Tafel, auf der die Wörter stehen, wird von der Decke gelassen.

Off-Sprecher (GRAHAM) Und hier nun können auch Sie zu Hause mitmachen.

Mrs. O. ...voraussehen, weissagen, verkünden, voraus-, vorhersagen *(das Publikum macht mit)*, prognostizieren, wissen, Kunde bringen, offenlegen, verheißen.

Mrs. Trepidatious Keine Ahnung.
Die Tafel wird wieder hochgezogen.

Mrs. O. Was sind Sie?

Mrs. Trepidatious Ich bin Nesbitt.

Mrs. O. Nesbitt ist kein Sternzeichen.

Mrs. Trepidatious Na gut, »Derry and Toms«.

Mrs. O. *(sucht in der Zeitung)* Wassermann, Skorpion, Jungfrau, »Derry and Toms«. 29. April bis 22. März. Nur an geraden Tagen.

Mrs. Trepidatious Na, was steht da?

Mrs. O. Sie haben grüne, schuppige Haut und eine weiche gelbe Unterseite mit einem flossenartigen Kamm, der über die Wirbelsäule bis zum Schwanz läuft. Obwohl von echsenartiger Form, können Sie bis zu zehn Meter lang werden und haben riesige Zähne, die Felsbrocken und große Bäume zerbeißen können. Sie bewohnen subtropische Zonen und tragen eine Brille.

Mrs. Trepidatious Das mit der Brille stimmt genau.

Mrs. O. Wirklich erstaunlich.

Mrs. Trepidatious Hm... was sind Sie, Irene?

Mrs. O. Basil.

Mrs. Trepidatious Entschuldigung, was sind Sie, Basil?

Mrs. O. Nein, Basil ist mein Sternzeichen.

Mrs. Trepidatious Es gibt kein...

Mrs. O. Doch, gibt's... Wassermann, Stier, »Derry and Toms«, Basil. 21. Juni bis 22. Juni.

Mrs. Trepidatious Und was steht da?

Mrs. O. Sie haben grüne, schuppige Haut und eine weiche gelbe Unterseite mit einem flossenartigen Kamm, der über die Wirbelsäule bis zum Schwanz läuft...

Mrs. Trepidatious Das ist ja genau dasselbe.

Mrs. O. Versuchen Sie eine andere. *(Zeigt auf eine zweite Zeitung.)* Was ist mit Wassermann?

Mrs. Trepidatious Das ist ein Sternzeichen.

Mrs. O. Ich weiß! Aber was steht in der Zeitung, Mrs. Dumm-wie-Brot?

Mrs. Trepidatious Ach so! *(Nimmt sich die zweite Zeitung.)* Oh! Da steht: »Ein wundervoller Tag. Sie werden von Familie und Freunden umgeben sein. Roger Moore wird zum Mittagessen vorbeischauen und Tony Curtis mitbringen. Nachmittags kommt eine beträchtliche Summe auf Sie zu. Am Abend besucht Sie Petula Clark mit den Mike Sammes Singers und singt im Wohnzimmer für Sie. Bevor Sie ins Bett gehen, wird Peter Wyngarde kommen und Ihnen ewige Liebe schwören.«

Mrs. O. Uuääääh! Was ist mit Skorpion?

Mrs. Trepidatious Oh, das ist sehr gut: »Sie werden mit einem Schulfreund von Duane Eddy zu Mittag essen, der drauf besteht, einige von Duanes größten Instrumental-Hits zu pfeifen. Am Nachmittag werden Sie sterben. Begraben werden Sie. . .«

Ein Doktor wird an einem Seil von oben heruntergelassen.

Doktor (TERRY J.) Guten Morgen.

Mrs. O. Oh, guten Morgen, Herr Doktor.

Doktor Wie geht's dem alten Arm heut morgen, Mrs. Ikone?

Mrs. Trepidatious Och, hängt immer noch an der Schulter runter.

Doktor Gut, den sollten wir uns mal ansehen, was? *(Er versucht ohne Erfolg, seine Tasche zu öffnen.)* Mist, Mist, Mist. . . verdammt sei diese elende Tasche! Diese elende, verdammte, mistige kleine Tasche. Wenn ich eins hasse an meinem Beruf, dann diese elendige, kleine Misttasche!

Er zertrümmert einen Stuhl über der Tasche, zieht einen Revolver und feuert wild auf sie ein. Sie geht auf. Ein Haufen Pfundnoten fliegt heraus. Er wühlt in der Tasche herum. . . und holt schließlich ein Stethoskop heraus.

Doktor Was macht das denn hier? *(Wirft es weg.)*

Schnitt zu einem anderen Doktor, der die Straße entlang geht. Das Stethoskop fliegt aus dem Fenster und trifft ihn voll.

Zweiter Doktor (GRAHAM) *(schlägt es weg)* Iiiiiihhhhh!

Schnitt zurück zum ersten Doktor, der immer noch in seiner Tasche rumwühlt. Endlich findet er ein Paar schwarze Handschuhe und ein schwarzes Taschentuch. Er bindet es sich gangstermäßig um und richtet seine Pistole auf Mrs. Trepidatious.

Doktor Geld her! *(Sie geht zu einer Kommode, holt eine Geldkassette aus der obersten Schublade und gibt sie ihm.)* Na los, alles! *(Sie sieht ihn verängstigt an, er fuchtelt mit der Pistole herum. Sie geht zu einem Gemälde eines Wandsafes und schiebt es beiseite. Dahinter ein echter Wandsafe. Sie öffnet ihn, und eine Hand reicht ihr eine Geldkassette raus. Sie gibt sie dem Doktor.)* Ja, scheint okay zu sein. Gut! Nur schnell noch Ihre Reflexe testen! *(Er macht die Exhibitionisten-Nummer. Sie schreien und springen entsetzt zurück.)* Fein, scheint ja alles okay zu sein. Ich sehe Sie dann nächste Woche. Sparen Sie Ihre Rente, und geben Sie nicht zuviel für Essen aus. *(Er wird wieder hochgezogen.)*

Mrs. Trepidatious Danke, Herr Doktor. *(Er verschwindet.)*

Schnitt in ein Krankenhauszimmer. Im Bett ein Mann, am Fußende des Bettes ein Stuhl mit seinen Sachen. Ein Doktor kommt herein, greift sich das Jackett und durchsucht die Taschen.

Doktor (MICHAEL) Morgen, Mr. Henson. . . wie geht's uns heute?

Henson (TERRY G.) So la la, Herr Doktor.

Doktor Okay, nur mit der Ruhe... *(Er entleert das Portemonnaie, steckt es zurück.)* Irgendwelche Geldsendungen diese Woche?

Henson Nein.

Doktor Alles klar.

Eine Schwester kommt rein und nimmt sich das Kleingeld. Der Doktor geht zum nächsten Bett, in dem ein völlig eingegipster Mann liegt.

Doktor Ah, Mr. Rodgers, haben Sie schon Ihr Arbeitslosengeld bekommen? Gut. Dann schreiben Sie mir einen Scheck... bitte.

Der Patient schreibt ihm einen Scheck. Der Doktor geht zum Fuß des Bettes, wo eine Fieberkurve angebracht ist, allerdings mit einem Geldsymbol. Er zieht sie weiter nach unten.

Doktor Vielen Dank. Bald haben wir Sie auf null. Ah, Mr. Millichope.

Er lächelt und geht, vorbei an einem Mann, in dessen Tropf sich Geldmünzen befinden. Geldklimpern.

Ein passender Gilliam-Trickfilm führt uns zu einer Fernseh-Talkshow. Ernste Musik, bis die Lichter angehen.

EINBLENDUNG:
»DIE DEBATTE«
»FOLGE 31«
»TV 4: JA ODER NEIN?«

Kennedy (ERIC) Hallo. Sollte es einen weiteren Fernsehkanal geben, ja oder nein? Heute abend bei uns: der Minister für Funk und Fernsehen, der sehr Ehrenwerte Mr. Ian Throat, Mitglied des Parlaments.

Throat (TERRY J.) Guten Abend.

Kennedy Der Vorsitzende des Fusionierten Geld-TV, Sir Abe Sappenheim.

Sappenheim (GRAHAM) Guten Abend.

Kennedy Der offizielle Sprecher der Fernsehanstalten, Lord Kinwoodie.

Kindwoodie (JOHN) Hallo.

Kennedy Und ein Fernsehkritiker, Mr. Patrick Loone.

Loone (MICHAEL) Hallo.

Kennedy Gentlemen – sollte es einen vierten Fernsehkanal geben, ja oder nein? Ian?

Throat Ja.

Kennedy Francis.

Kinwoodie Nein.

Kennedy Sir Abe?

Sappenheim Ja.
Kennedy Patrick.
Loone Nein.
EINBLENDUNG: »JA – NEIN 2 : 2«
Kennedy Da sehen Sie's, zwei dafür und zwei dagegen. Wir sind nächste Woche wieder da, und nächste Woche behandelt »Die Debatte« die staatliche Einmischung in den Rundfunk und wird überraschend abgesetzt.
Die Lichter gehen aus. Musik. Abspann rollt durch.
ROLL-TITEL:
»DIE DEBATTE
MODERATION LUDOVIC LUDOVIC
MIT SIR ABE SAPPENHEIM
IAN THROAT M.P.
LORD KINWOODIE
MR. PATRICK LOONE«
Hinter der Schrift sieht man die Silhouetten der Studiogäste heftig gestikulierend debattieren.
Abblende.

Aufblende: ein Bild von Queen Victoria.
Off-Sprecher (MICHAEL) Auf BBC 1 beginnt jetzt »Victoria Regina«, die faszinierende Geschichte einer einfachen Bauerstochter, die sich hocharbeitet zur Königin von England und zur Herrscherin des größten Reiches, das jemals im Fernsehen zu sehen war. Auf BBC 2: Teil 3 von »George I.«, der neuen 116teiligen Serie über den berühmten englischen König, der bis heute noch nicht fertig ist. Und auf ITV jetzt der... *(Geräusch eines Schlags.)* Uuah!
Musik setzt ein. Bild des hoheitlichen Wappens.
EINBLENDUNG: »GEORGE I.«
ZWISCHENTITEL: »TEIL 3 – RUHE VOR DEM STURM«
Schnitt: ein Ballsaal im 18. Jahrhundert. Einige tanzen. Ein eitler Gockel spricht in der üblichen gestelzten Art und Weise mit zwei Damen. Sie lachen unsinnig. Buckingham tritt hinzu.
Grantley (MICHAEL) Ah! Mylord of Buckingham. Seid willkommen, Euer Gnaden.
Buckingham (TERRY J.) Dank Euch, Grantley.
Grantley Myladies, darf ich Ihnen den Mann vorstellen, der prophezeit hat, ein deutscher Monarch werde dieses Land schon bald in kontinentale Affären verstricken.

Erste Lady (CAROL) Oh, wie das, Mylord?

Buckingham Madam, Ihr werdet Euch erinnern, daß unser großzügiger Herrscher George durch seine Ansprüche auf Bremen und Verden schon vor seinem Amtsantritt in den langen Nordischen Krieg verwickelt wurde. Die beiden Herzogtümer sollten Hannover den höchst wertvollen Zugang zu Elb- und Wesermündung gewährleisten. Die Verträge von Westfalen haben sie aber Schweden zugesprochen.

Grantley 1648.

Buckingham Genau.

Grantley Indessen Friedrich Wilhelm von Dänemark die Abwesenheit Karls XII. nutzte und sie besetzte – 1712.

Zweite Lady Oh, ja!

Erste Lady Alles paßt zusammen, noch Wein?

Grantley Oh, vielen Dank.

Buckingham Wie auch immer, kurz vor seinem Amtsantritt schloß George aufgrund übereinstimmender Interessenlage eine Allianz mit Friedrich Wilhelm von Preußen.

Grantley Während Friedrich Wilhelm Georges einzige Tochter geheiratet hatte.

Erste Lady Ich erinnere mich an die Hochzeit.

Buckingham Dies aber hauptsächlich einer gewissen Furcht wegen nach ihren gemeinsamen Maßnahmen gegen Karl XII. . . .

Ein lautes Scheppern und Klirren ist zu hören: an einem Seil schwingt Dennis Moore durchs Fenster und landet formvollendet.

Moore Keine Bewegung!

Alle Dennis Moore!

Moore Derselbe. Und jetzt Mylords, Myladies. . . Eure Lupinen, bitte!

Großes Erstaunen und verblüffte Blicke.

Buckingham Unsere *was?*

Moore Ach, kommt schon, spielt keine Spielchen mit mir, Mylord of Buckingham!

Buckingham Was soll das heißen?

Moore *(drückt ihm die Pistole an die Schläfe)* Lupinen oder Leben, Mylord.

Buckingham und die anderen holen Lupinen hervor, die sie in ihren Gewändern versteckt hatten. Sie reichen sie Moore.

Moore Als Strauß, als Strauß! *(Sie arrangieren die Blumen zu einem Strauß.)* Danke, meine Freunde, und einen schönen Abend Euch allen.

Er ergreift das Seil, wird in die Luft gehievt und verschwindet durchs Fenster. Ein Bumms, ein Wiehern und das Geräusch von Hufschlägen. Die Gäste drängen ans Fenster und schauen ihm nach.

Grantley Er sucht sie hier... er sucht sie dort... er sucht Lupinen immerfort. Der Haderlump! Er hat sie uns alle genommen!

Erste Lady *(zieht eine aus dem Strumpfband)* Nicht alle!

Buckingham Oh, Ihr habt ihn zum Narren gehalten!

Mann Wir haben noch eine! *(Alles jubelt.)*

Schnitt zu einer ähnlichen Sequenz wie vorher, als Moore durch Wald, Lichtungen und malerische Dörfer reitet. Lied wie folgt:

Lied Dennis Moore, Dennis Moore,
Riding through the night
Soon every lupin in the land
Will be in his mighty hand.
He steals from the rich
And gives to the poor
Mr. Moore, Mr. Moore, Mr. Moore.

Gegen Ende des Lieds kommt er zu derselben Hütte wie zuvor, steigt ab und rennt zur Tür. Er wartet. Wir hören ein leises Stöhnen von drinnen.

Schnitt nach innen: in der armseligen Hütte liegt, beleuchtet von einer einzigen Kerze, eine Bauersfrau offensichtlich sterbend auf einer Bettstatt. Überall Lupinen, im Feuer, auf dem Bett, ein großer Haufen ist zu einem Kissen arrangiert. Die Bauersfrau stöhnt, der Bauer kniet neben ihr und hält ihr eine Lupine hin. Moore tritt langsam hinzu.

Bauer (MICHAEL) *(in einem Kleid aus Lupinen)* Versuch etwas zu essen, Liebes. Das wird dir Kraft geben... *(Dennis Moore tritt ehrfürchtig ans Bett. Der Bauer dreht sich.)* Oh, Mr. Moore. Mr. Moore, es geht zu Ende mit ihr.

Moore Grämt Euch nicht, ich hab... ich hab Euch etwas mitgebracht.

Bauer Endlich Medizin?

Moore Nein.

Bauer Essen?

Moore Nein.

Bauer Ein paar Decken vielleicht... Kleider... Feuerholz...

Moore Nein. Lupinen!

Bauer *(explodiert)* Herrgott nochmal!

Moore *(erstaunt)* Ich dachte, sie gefallen Euch.

Bauer Zur Hölle, ich kann sie nicht mehr sehen!

Bauersfrau Ich auch nicht!

Bauer Sie liegt verdammt noch mal im Sterben, und alles, was Ihr uns bringt, sind Lupinen! Die letzten vier Wochen haben wir Lupinensuppe gegessen, Mann, geröstete Lupinen, gedämpfte Lupinen, geschmorte Lupinen in Lupinensoße, Lupinen im Körbchen mit geschwenkten Lupinen, Lupinenbaiser-Torte, Lupinen-Sorbet... wir sitzen auf Lupinen, wir schlafen auf Lupinen, wir ziehen die verdammten Dinger sogar *an!*

Moore Sieht schick aus.

Bauer Ach, Klappe! Der Gestank macht uns krank. *(Ein Miauen und ein Bumms.)* Da! Die Katze ist gerade an den Dingern erstickt. *(Wir sehen eine tote Katze mit Lupinen im Maul.)* Ich will für den Rest meines Lebens keine Lupinen mehr sehen! Warum geht Ihr nicht hin und stehlt etwas *Nützliches!*

Moore Was denn?

Bauer Gold, zum Beispiel, und Silber und Kleider und Holz und Juwelen und...

Moore Wartet... ich hol einen Zettel.

Schnitt: eine Sequenz, in der Moore wegreitet. Dazu das Lied.

Lied Dennis Moore, Dennis Moore,
Dum dum dum the night.
Dennis Moore, Dennis Moore,
Dum di dum dum plight.
He takes dum dum dum
Und dum dum dum dum di
Dennis dum, Dennis di, dum dum dum.

Schnitt zurück in den Ballsaal, wo immer noch dieselben Leute britische Geschichte diskutieren.

Buckingham Dadurch, und durch die Anwesenheit Peters und der Preußen in Mecklenburg, und Karls und seiner Schweden in Pommern, waren George und Stanhope begierig auf eine Einigung mit Frankreich.

Grantley Unterdessen kam es zum Bruch zwischen...

Moore schwingt sich wieder durchs Fenster.

Grantley Ach nein, nicht schon wieder.

Buckingham Ich bitt' Euch!

Moore Noch einmal keine Bewegung! Euer Geld, Eure Juwelen, Euer... Moment... *(er holt die Liste raus)* ...Eure Kleider, Euern Schnupftabak, Euern Schmuck, Eure Glaswaren, Eure Katzen...

Buckingham *(leise zur Lady)* Kein Wort über die Lupinen!

Moore Eure Uhren, Eure Spitzen, Eure Spucknäpfe...

Schnitt: die bekannte Sequenz, Moore reitet durch Wald und Wiese, allerdings schleift er jetzt einen monströsen Sack hinter sich her. Auf dem Sack steht in sehr altertümlicher Schrift »Beute«. Der Sack ist gute sechs Meter lang und holpert hinter dem galoppierenden Pferd her; angemessene Sound-effects, damit er klingt wie voller Juwelen, Gold, Silber, Katzen etc. Dazu folgendes Lied:

Lied Dennis Moore, Dennis Moore,
Riding through the woods
Dennis Moore, Dennis Moore,
With a bag of things.
He gives to the poor and he takes from the rich,
Dennis Moore, Dennis Moore, Dennis Moore.

Er erreicht die Hütte der armen Bauern.

Moore Bitte schön!

Sie kommen herausgerannt, öffnen den Sack; ihre Freude ist grenzenlos.

EINBLENDUNG: »ENDE«

Schnitt: schlangestehende Menschen vor einer Messehalle.

Off-Sprecher (ERIC) Tja, das ist vielleicht das Ende von *der* Geschichte, aber es ist natürlich weit entfernt vom Ende der – also genaugenommen ist es der Anfang – naja, nicht ganz der Anfang – aber sicher dichter am Anfang als am Ende – also gut, verdammt, es ist im Grunde der Anfang der diesjährigen Mustertrottel-Messe, die vom »Daily Express« gesponsert wird. *(Schnitt: innen; Besucher strömen durch die Tore, über ihren Köpfen steht »Mustertrottel-Messe«.)* Schwachköpfe und Deppen des ganzen Landes sind hergekommen, um ihre merkwürdigen Küren vor zahlendem Publikum aufzuführen. Es ist die fünfzehnte Mustertrottel-Messe, und wir haben uns nach der Eröffnung durch den Schirmherrn gründlich umgesehen... *(kurzer Schnitt zu Edward Heath beim Eröffnen von irgend etwas)* ...Kevin Bruce ist da, der alberne Australier von »Down under«, der in der Weltrangliste Alberner Posen auf Platz vierzehn liegt. *(Kevins Ausstellungsstand ist mit Seilen begrenzt. Vor ihm steht eine Nummerntafel. Die Leute sehen ihn sich an. Sie haben einen Katalog bei sich. Er trägt australische Buschkleidung und lehnt mit der Stirn an einem Goldfischglas, das auf einem ein Meter dreißig hohen Sockel steht.)* Dieses wirre Benehmen macht in »Down under« langsam Schule. Dann hätten wir da Norman Kirby aus Neuseeland. Seine Spezialität ist es, mit einer nackten Lady hinter einem Schirm zu stehen... *(Wieder ein Ausstellungsstand mit Nummer. Wir sehen einen Wandschirm, unten lugen zwei Paar Beine hervor, ein weibliches, ganz nackt, und ein männliches mit Riesenlatschen und ohne Socken.)* Eigentlich ist Norman Gynäkologe. Das hier ist seine Mittagspause. Und aus Frankreich kommt ein hervorragend albernes Ausstellungsstück von den Freunden der Freien Osteopathen Frankreichs. *(Am Messestand fünf Männer mit Baskenmützen, Ringelshirts, albernen Schnurrbärten und Baguettes. Sie zählen »un, deux, trois« und benehmen sich ziemlich albern.)* Das machen sie jeden Tag über vierhundertmal. Niemand weiß, warum. Brian Broomers aber muß man für sein völlig sinnentleertes Benehmen einfach bewundern. Der britische Kämpfer hängt seit zwei Wochen über einer Dose mit verdorbenem Kalbfleisch. *(Eine Menschenmenge steht am Messestand. Im abgegrenzten Ausstellungsraum hängt Brian (Graham) in zwei Autoreifen, pfeiferauchend, waagerecht von der Decke. Unter ihm eine kleine geöffnete Dose, auf der »Kalbfleisch« steht.)* Publikumsliebling ist auch dieses Jahr wieder der Schotte mit der Nix-Drunter-Schau. *(Ein sehr großer Mann (John) in Schottentracht vor einem Schild, auf dem »Nix-Drunter-Schau, gesponsert von den Gaswerken«, steht. Eine gewaltige Schlange von Schreckschrauben wartet. Eine nach der anderen pliert kurz unter den Schottenrock und geht dann weiter.)* Von den Gaswerken und dem Stadtrat Glasgow gesponsert, erhält dieses Ausstellungsstück ausschließlich freiwillige Zuschüsse. Und für eine wirklich großartige Zeitverschwendung muß man sich nur bis zum italienischen Messestand bequemen – italienische Priester in Vanillesoße diskutieren über das Wichtigste vom Tage. *(Vier italienische Priester stehen bis zur Brust in einem Faß voller Vanillesoße. Vor ihnen steht »Italienische Priester in Vanillesoße«. Sie diskutieren lebhaft das Tagesgeschehen. Hinter ihnen hängt ein Schild: »Italien, Land der Vanillesoße«.)* Die Jungs sind von einem Priesterseminar in der Nähe von Cremona und haben über ein Jahr lang geprobt. Wie immer eine der großen Attraktionen dieser vierzehntägigen Messe ist der Links-um-Marsch des Chors der Blechbläser und Sanitärartikel des Blechbläser-und-Sanitärartikel-Clubs von Colwyn Bay. *(Ein Dutzend Leute in Blazern, Flanellhosen und weißen Slippern marschieren energisch zur herausgetröteten amerikanischen Nationalhymne. Sie tragen verschiedenes Klempnerwerkzeug, Rohre, eine Kloschüssel, ein Bidet, eine Badewanne, Rückenschrubber, Schwämme, Duschaufsätze, Waschbecken etc. wie Blasinstrumente und Trommeln.)* Interessante Sache übrigens, da diese Jungs alle eins gemeinsam haben: ihr Hüftleiden. Und da hinten drängeln sich die Menschen, um eine von den berühmten kanadischen Berittenen Gänsen zu sehen. *(Schnitt: eine Kostümgans auf einem Pferd.)* Aber der Höhepunkt der ganzen Veranstaltung ist die Richterwahl.

Schnitt: eine Art Miß-Wahl-Laufsteg. Ein Richter (Eric) tritt mit der Nummer 41 auf. Eine Band spielt »A Pretty Girl is like a melody«.

Durchsage (JOHN) Mr. Justice Burke. *(Der Richter geht den Laufsteg entlang, dreht sich am Ende leicht, zeigt Knie und produziert ein Lächeln.)* Das war der letzte Kandidat, und wir sehen uns noch einmal alle sechs an. *(Fünf andere Richter treten auf, alle mit Richterrobe und Perücke und Nummer.)* Und der Sieger ist – Nummer 41, Mr. Justice Burke.

Der Sieger bricht in Freudentränen aus. Die anderen sind sichtlich enttäuscht.

Schnitt: ein Foto von Mr. Justice Burke, wie er am nächsten Morgen im Bett frühstückt. Er trägt noch immer Robe und Perücke. In der Hand hält er ein Zepter, auf dem Kopf hat er eine furchtbare Stirnreif-Krone. Das Foto ist schwarzweiß und schmückt die Titelseite einer Zeitung. Die Überschrift lautet: »Ein Sieg der Gerechtigkeit«. Als Unterzeile »Britische Justiz triumphiert«.

Diese Zeitungsseite führt uns zu einem Gilliam-Trickfilm.

Schnitt: das Gesicht eines Mannes.

McGough (ERIC) Die Furcht jedoch, ungleich dem alten Gulden,
vermag des Menschen Auge wohl zu blenden,
auf daß das Glück, sich sehnend nach des Kusses Hauch,
wohl einhält auf der Suche
nach Spiel und Tändelei inmitten wilden Zeitenlaufs,
und das Unwiederbringliche, es kehrt zurück,
zu dem, der nun nicht länger säumt.

Die Kamera zieht auf. Der Mann befindet sich in einem Spirituosenladen. Mr. Bones steht hinter dem Tresen.

Mr. Bones (JOHN) Schön und gut, Sir, aber Sie sind hier in einem Spirituosenladen.

McGough Oh, ich hätt dann gern eine Flasche Sherry.

Mr. Bones Sehr wohl. . . Amontillado?

McGough Ja, ich denke Amontillado. . . fein gereift. . .
wohl gewählt aus dem Faß der Hügel Plutos,
gelagert in der weinseligen Tiefe spanischen Erdreichs,
entrissen den feurigen Regionen der Sonne. . .

Mr. Bones Ja, ja, Sir, nur eine Flasche?

McGough Nur ein Fläschchen. Winzig klein.
Nur ein bißchen. Das soll's sein.

Mr. Bones So, Sir, hier. Das macht dann ein Pfund, bitte.

McGough Ein Pfund, ein Pfund,
Und rundherum gesund,
Ein Pfund, zur Stund,
Kein Wert beträgt,
bis es geprägt...

Mr. Bones Entschuldigung, Sir...

McGough Ja, bester Händler, Küchenmeister der Natur, mein braver Schankwirt...?

Mr. Bones Sagen Sie, sind Sie Dichter?

McGough Nein, nein, ich bin Anwalt... bewandert im geschriebenen Gesetz, und denen, die es brauchen...

Mr. Bones *(entnervt)* O hören Sie auf!

McGough Tut mir leid. Ich fürchte, ich hab mir Poesie eingefangen.

Mr. Bones Tatsächlich? Na, machen Sie sich nichts draus, Sir, ich hab mal an Kurzgeschichten gelitten.

McGough Wirklich? Wann?

Mr. Bones Oh, vor langer, langer Zeit... da lebte in Wiltshire ein junger Bursche mit Namen Dennis Moore. Dennis war Wegelagerer von Beruf... *(das Bild wird wellig, und wir blenden über zu Dennis Moore, der mit seinem Sack voller Diebesgut dahinreitet)* ...und seit einigen Monaten bestahl er die Reichen, um es unter den Armen zu verteilen. Eines Tages...

Er kommt bei den Bauern an. Die beiden sind gut angezogen, ihre Hütte ist renoviert.

Moore So, da wären wir wieder, Mr. Jenkins. *(Dennis läßt den Sack da und reißt sein Pferd herum.)* Bitte schön... ich komme wieder. *(Er reitet entschlossen von dannen.)*

Schnitt in den Ballsaal. Aller Zierrat ist verschwunden, die Leute sind bis auf die Unterwäsche nackt. Sie sitzen an der Tafel und knabbern an Brotkanten, die sie in eine wässerige Brühe tunken. In der großen Suppenschüssel steht eine Lupine.

Buckingham In der Zwischenzeit mußte Friedrich Wilhelm die Provinz Schlesien gegen die drei Großmächte verteidigen...

Grantley ...Schlesien hatte er entgegen seinen Zusagen im Österreichischen Erbfolgekrieg besetzt.

Erste Lady Ja, ich erinnere mich.

Buckingham . . . und war deshalb von Pitts Unterstützung abhängig.
Moore schwingt sich durchs Fenster, was heftigste Unmutsäußerungen zur Folge hat.

Moore Mylords, Myladies, steht bitte auf. *(Niemand reagiert, Moore wird deutlich.)* Ich muß Euch bitten zu tun, was ich sage, sonst wäre ich gezwungen, Euch ein Loch zwischen die Augen zu schießen. *(Sie stehen hastig auf.)* Naja, nicht *genau* zwischen die Augen, also, wenn ich sage, zwischen die Augen, mein ich natürlich nicht *genau*, zwischen den Augen, nicht wahr, wenn ich Euch irgendwo in dem Bereich treffe, irgendwo *hier (zeigt es)*, reicht mir das, ich mein, ich muß jetzt nicht versuchen, irgendeinen Punkt genau in der Mitte zwischen euren Pupillen zu treffen, nicht wahr. Also, von meinem Standpunkt aus gesehen ist es ja völlig ausreichend. . .

Erste Lady Was *wollt* Ihr? Warum seid Ihr hier?

Moore Warum sind wir *alle* überhaupt hier? Ich mein, wenn man's genau nimmt, ist doch alles so bedeutungslos, ich mein, was wollen wir *überhaupt*. . .

Buckingham Nein, nein, was wollt Ihr *im Moment?*

Moore Ach so, ich verstehe, naja, die üblichen Sachen, ein kleines Heim, das richtige Mädel. . .

Grantley Nein, nein, nein. Was wollt Ihr von *uns?*

Moore Oh. . . Entschuldigung! Ähm, euer Gold, euer Silber, eure Juwelen. . .

Buckingham Ihr habt uns alles genommen.

Erste Lady Wir haben nur noch dies hier.

Moore Wie hübsch. Ich nehme sie. Na los. *(Er nimmt die Löffel.)*

Buckingham Nehmt doch die blöde Lupine auch noch mit.

Moore Vielen Dank, aber da bin ich drüber weg. *(Er schwingt sich am Seil raus.)*
Die stark gekürzte Sequenz vom reitenden Dennis reicht nur zu folgendem Lied:

Lied Dennis Moore, Dennis Moore
etcetera, etcetera.
Er springt vom Pferd, rennt zur Hütte und stürmt hinein. Innen ist alles voller Gold, Silber und Pomp ohne Ende.

Bauer Und was bringt Ihr uns heute?

Moore Ich habe vier sehr schöne Silberlöffel für Euch aufgetrieben, Mr. Jenkins.

Bauer *(grapscht sie sich unsanft)* Für wen haltet Ihr Euch eigentlich, so einen Müll anzubringen?

Bäurin Scheiß Silber. Kommt mir nicht ins Haus. *(Schmeißt sie weg.)* Und die Kerzenständer von letzter Woche hatten nur sechzehn Karat.

Bauer Ja, stehlt doch mal was Hübsches, Venezianisches Silber oder so.

Bäurin Oder einen Velazquez für das Klo draußen.

Moore Na gut. *(Entschlossen ab.)*

Übliche Sequenz vom reitenden Dennis plus Lied:

Lied Dennis Moore, Dennis Moore
Riding through the land
Dennis Moore, Dennis Moore
Without a merry band
He steals from the poor and gives it to the rich
Stupid bitch.

Moore *(in die Kamera)* Was habt ihr da gesungen?

Sänger *(in Off)* Wir haben gesungen: He steals from the poor and gives it to the rich.

Moore Momentchen... Donnerwetter, die Güterumverteilung ist schwieriger, als ich dachte.

Applaudierender Frauenkongreß.

Bühne. Quer über dem Hintergrundvorhang steht »Vorurteil«. Auftritt Russell Braddon. Er trägt einen Anzug und hält ein Clipboard in Händen.

Braddon (MICHAEL) Guten Abend und willkommen zu einer weiteren Ausgabe von »Vorurteil« – die Show, in der Sie ordentlich herziehen können über Krauts, Itaker, Nigger, Kameltreiber, Zigeuner, Kanaken, Froschfresser, Schlitzaugen, Judenbengel, Schottenscheißer, Polacken, Bimbos und Knoblauchfresser. *(Applaus. Er geht zu einem Pult an der Seite der Bühne.)*

EINBLENDUNG: »ALLE DATEN VON DER RHODESISCHEN POLIZEI BESTÄTIGT«

Braddon Heute abend sind wir live in dem netten Städtchen Rabid in Buckinghamshire, und die erste Frage kommt von einer Mrs. Elizabeth Scrint, die schreibt, sie gehe nächste Woche auf eine Mittelmeerreise und könne nichts Schlimmes finden an den Syrern. Tja, Mrs. Scrint, mal davon abgesehen, daß die Syrer gewissenlose linksradikale Krawallbrüder sind, sind sie auch die geborenen Lügner, sie sind dreckig, sie stinken, man kann ihnen nicht über den Weg trauen, und natürlich stecken sie mit diesen widerlichen

Zigeunern unter einer Decke! *(Applaus.)* So, Mrs. Scrint, ich hoffe, das löst Ihr Problem – und gute Reise. *(Mehr Applaus.)* Kommen wir jetzt zum Gewinnspiel der letzten Woche, als wir Sie baten, uns diskriminierende Bezeichnungen für die Belgier mitzuteilen. Die Resonanz war gewaltig, und wir haben lange gebraucht, die Gewinner zu ermitteln. Da waren sehr gewitzte Vorschläge bei. Mrs. Hatred aus Leicester schreibt: »Wir sollten sie nicht irgendwie nennen, wir sollten sie einfach ignorieren«. . . *(donnernder Applaus, aber er bittet mit erhobener Hand um Ruhe)* . . .und ein Mr. St. John aus Huntigdon schreibt, es gäbe überhaupt nichts Diskriminierenderes als »Belgier«. *(Lachen und Applaus; eine Assistentin tritt auf und hält im folgenden Schilder hoch.)* Aber am Ende haben wir uns auf drei Vorschläge geeinigt: Nummer drei. . . Die Rosenkohlköpfe. . . *(Schild: »Die Rosenkohlköpfe«)* . . .eingesandt von Mrs. Böse aus Hastings. . . sehr schön. . . Nummer zwei. . . die Dumpfbacken *(Schild)* . . .von Mrs. Kinderschreck aus Worthing, aber Sieger ist eindeutig der Vorschlag von Mrs. Du-Kriegst-Kein-Abendessen aus Norwood in Lancashire. . . Elende Fette Belgische Bastarde. *(Schild; tosender Applaus.)* Sehr schön – vielen Dank, Carol. *(Carol ab.)* Aber wie Sie wissen, haben wir in dieser Sendung nicht bloß Vorurteile gegen Rassen und Hautfarben, sondern auch – ja, genau, gegen diese stinkenden Homosexuellen! *(Applaus.)* Bevor sich also die Straßen in Chelsea heute abend leeren, lassen Sie uns schnell zu unserem beliebten »Vorurteils«-Spiel kommen. Seien Sie dabei, wenn es wieder einmal heißt – schieß die Schwuchtel! Wenn unser erster Kandidat bitte hereinkommen könnte.

Schnitt auf eine Tafel wie bei »Was bin ich«. Der Kandidat kommt aus den Kulissen und schreibt seinen Namen darauf.

Off-Sprecher (JOHN) Unser erster Kandidat ist ein Frisör aus. . .

Ein Schuß fällt, und der Kandidat sinkt zu Boden. Applaus.

Schnitt zu einem tuntigen Straßenräuber in 18.-Jahrhundert-Kleidung mit rosa Maske, der den Rauch vom Revolverlauf pustet und den Revolver in den Halfter steckt.

Straßenräuber (MICHAEL) Solche Leute konnte ich noch nie ausstehen. . .

Ein Schuß fällt. Er kippt hintenüber.

Schnitt zu Dennis Moore, der den Rauch vom Revolverlauf pustet und den Revolver in den Halfter steckt. Er reitet davon, um eine Kutsche zu überfallen.

Moore Halt! Halt! *(Die Kutsche hält, und die Insassen kommen mit er-*

hobenen Händen heraus.) Gentlemen, Ladies, die Wertsachen, bitte. Na los, Sir, na los. Los, los, Madam, los, los. Wie? Ist das alles, was Ihr habt... aber er hat viel mehr als Ihr... nehmt etwas von Ihm... *(er wechselt Geld von einem zum anderen, etwas fällt ihm runter)* ... Entschuldigung... heb ich gleich auf... das sind etwa, oh, was, hier neun weniger... also müßt Ihr ungefähr... mh, er hat immer noch so viel... äh, Ihr habt *was*...? Ihr habt mehr als er am Anfang... dann gebe ich Euch etwas hiervon... *(wechselt noch mehr Münzen)* ... mal sehen... habt Ihr ein bißchen Schmuck dabei? Wenn ich Euch das hier gebe, und Ihr nehmt ein paar von seinen Münzen *(Abspann wird eingeblendet)* ... ist da noch eine Schachtel? Wolltet Ihr sie verstecken? Na, das ist ja reizend! Gut. Also. Ich habe einen Stirnreif... Ihr habt einen Stirnreif... Ihr habt eine der Schachteln... Ihr habt eine.. hat noch jemand einen Stirnreif? Nehmt Euren Hut ab! *(Der Mann gehorcht. Unter seinem Hut trägt er einen Stirnreif.)* ... Also wirklich! Das Ganze hier ist völlig sinnlos, wenn Ihr schummelt. Das ist wirklich dumm von Euch... *(Abblende.)*

EINBLENDUNG: »BERICHTIGUNG. JACK BODELL WURDE IN SWADLINCOTE IN DERBYSHIRE GEBOREN«

Schnitt: Bus; innen. Ein Richter in voller Tracht, ziemlich unglücklich. Er ist offensichtlich einer der Kandidaten von vorhin. Ein Freund versucht ihn zu trösten.

Freund (TERRY J.) Ich finde, du hättest gewinnen müssen. Ich mein, rechtlich gesehen hast du abgeräumt. ... na gut, er hat Haltung, aber wo war er bei der Rechtsbelehrung?

Hinter den beiden sitzt ein weinender Richter mit seiner Mutter.

Mutter (GRAHAM) Ach, sei still, Melford, es gibt immer noch nächstes Jahr!

Ein anderer Richter weiter hinten zerreißt schmollend seine Startnummer.

Schnitt auf die Rückseite des Busses. Im Feld für die Busnummer steht »Ende«. Der Bus fährt weiter, und die Kamera schwenkt auf ein Schild an einem Gebäude: »Krankenhaus... keine Schecks!«

TITEL: »PARTEIEN ZUR WAHL. HEUTE: DIE KONSERVATIVE UND UNIONISTISCHE PARTEI«

Off-Sprecher (ERIC) In der Reihe »Parteien zur Wahl« folgt nun ein Beitrag der Konservativen und Unionistischen Partei.

Schnitt zu einem Politiker, der auf einem Stuhl sitzt. Er befindet sich in einem Proberaum, aber das ist bei den ersten Sätzen noch nicht zu erkennen.

Politiker (JOHN) Guten Abend. Zahlen lügen nicht. Bereits *vor* Ablauf des zweiten Jahres der konservativen Regierung haben wir zwei unserer Wahlversprechen erfüllt. Darüber hinaus *(er steht auf und vollführt Tanzschritte, während er redet)* hoffen wir, . . .daß *wir* im *Herbst* im *Unter*-haus eine *Gesetzes*-vorlage *ein*-bringen *werden*, die *allen* niedrigen *Ein*-kommensgruppen *weitere* Vorteile *bringen* wird. Und *au*-ßer-*dem* hof-*fen* wir. . .

Ein Choreograph erscheint.

Choreograph (ERIC) Nein, nein, nein, nein. . . Schau, Süßer, es geht so: *und. . . (er macht die Tanzschritte)* eins und zwei und drei und vier, und fünf und sechs und sieben und ab.

Politiker *(versucht den letzten Teil)* . . . fünf und sechs und sieben und ab. . . mit Text ist es halt so schwer.

Choreograph Denk einfach nicht dran. Zähl die vier im Kopf.

Politiker Und. . . *eins* und *au*ßerdem und *drei* und. . . nein, ich kann das einfach nicht. . .

Choreograph Doch, doch, komm, wir machen es zusammen, los. Und. . .

Beide *Au*-ßer-*dem hof*-fen *wir,* daß *wir* die *an*-stei-gende *Ar*-beits-*lo*-sig-*keit stop*-pen *wer*-den. *(Sie beenden den Tanz mit dem Finger am Kinn wie in einem Musical der dreißiger Jahre.)*

Choreograph Und die »Arbeitslosigkeit« markierst du mit dem Finger.

Politiker Ah ja. Wenn du dabei bist, kann ich es.

Choreograph Ich bin nie weit weg. Also, Neville-Schatz, wir machen es nochmal von »Arbeitslosigkeit« über die »Renten« bis zu »nur eine starke Regierung ist eine gute Regierung« und den Abgang, klar? Und. . . los, Süßer.

Politiker *Au*-ßer-*dem hof*-fen *wir,* daß *wir* die *an*-stei-gende *Ar*-beits-*lo*-sig-*keit stop*-pen *wer*-den, *ganz* schnell *o*-der *noch* schneller.

Auftritt von sechs Tänzern in einer Reihe, die die Beine emporschwingen und eine Art Cancan tanzen.

Tänzer *Wenn* ihr *also* wählen *könnt,*
Wählt bit-*te* kon-*ser*-va-*tiv.*
(Der Politiker fällt in das Lied ein.)
Steigende Preise, Arbeitslosigkeit
kommen von der Lohnspirale.
Stopp der Inflation, rettet die Nation!
Macht bei uns mit, und die Wirtschaft wird saniert!
Sie winken wie verrückt, machen ein Cheese-Lächeln...

Choreograph Und da kommst du dann mit den Ballons und den Luftschlangen, Chris. Gut so, ein breites Lächeln, vergeßt nicht, daß ihr alle Minister seid. Und entspannen. *(Erst jetzt hören sie auf zu lächeln und zu winken.)* Wunderbar, es ist jetzt acht, habt ihr wirklich gut gemacht.
Die Kamera schwenkt weg und an einer offenen Tür vorbei. Wir sehen zwei Parlamentsabgeordnete der Labour-Party. Einer auf Zehenspitzen, der andere läuft mit den Händen auf den Hüften herum. Sie tragen Trikots und Leg-warmers.

Labour-Abgeordnete *Wir* von der *Lab*-our *Par*-ty *hat*-ten *im*-mer eine *kla*-re *Po*-si-*tion*... Wir waren *im*-mer *ge*-gen...
Die Kamera schwenkt weiter. Sie kommt zu einer Tür mit der Aufschrift »Star«. Zoom hinein und Überblendung zu:
TRICKFILM: *Sir Harold Wilson und Edward Heath tanzen zu »The Dance of the Sugar Plum Fairy«. Schnitt zum nackten Organisten, er spielt einen Akkord. Schnitt zum Ansager an seinem Pult.*

Ansager (JOHN) Und nun...

Jetzt-Mann (JOHN) Und jetzt...
Trickfilm-Vorspann.

Schnitt in ein Studio: die Silhouette eines Mannes in einem großen, ledernen Sessel mit einem schweren Buch in Händen.
EINGEBLENDETER TITEL: »DAS GUTE-NACHT-BUCH«

Off-Sprecher (ERIC) Das Gute-Nacht-Buch. Heute liest Jeremy Toogood »Redgauntlet« von Sir Walter Scott.
Es wird heller.

Jeremy (MICHAEL) Hallo. *(Er liest stockend und fährt dabei mit den Fingern über die Wörter)* Die Söhne... Sohn... die Sonne!... die Sonne... eer... er... er... die Sonne ers-taab... schta... rb... *erstarb*... ü... über... den... Hüü... Hüülen... Hünen... Hügeln! von... Los... *Sol*... way... Firth... Der ein... Der einfache Dudeln... der *einsame* Dudelnsaak... der einsame Dudelsackpfeifer. . . auf. . . den. . . Zi. . . Zinn. . . Zinnen. . . *(er lächelt nervös)* . . .von Edinbuch. . . burch. . . Edinguh. . . Edinburgh! Castle. . . zeich. . . nete. . . sich. . . als. . . Sill. . . Sillho. . . Sill-hoou. . .

Ein anderer Mann erscheint, nimmt ihm etwas gereizt das Buch aus der Hand und stellt sich neben den Stuhl. Er lächelt entschuldigend in die Kamera und liest.

Zweiter Vorleser (JOHN) Die Sonne erstarb über den Hügeln von Solway Firth. Der einsame Dudelsackpfeifer auf den Zinnen von Edinburgh Castle zeichnete sich als Silhouette vor dem pur. . . pur. . . purpu. . . purpur! vor dem purpur gestreu. . . gestrei. . .

Ein weiterer Vorleser erscheint hinter ihm und liest über dessen Schulter.

Dritter Vorleser (ERIC) Gestreiften!

Zweiter Vorleser Gestreiften?

Dritter Vorleser purpur gestreiften Himmel. . . ab. . . im Schatten von. . . Carno. . .

Er kann das nächste Wort nicht entziffern. Der zweite Vorleser versucht es ebenfalls, Jeremy reißt das Buch wieder an sich, alle drei versuchen schließlich das Wort zu entziffern. Reges Kopfschütteln. Ein Techniker mit Kopfhörern erscheint.

Techniker (GRAHAM) Cairngorm! Im Schatten von Cairngorm!

Dritter Vorleser Im Schatten von Cairngorm gopp. . .

Ein zweiter Techniker und das Make-up-Mädchen erscheinen.

Zweiter Techniker *ga*-loppte. . .

Jeremy Galop*pier*te!

Zweiter Techniker der Laird! Der Laird von Montor. . . Montreh. . .

Make-up-Mädchen Montrose.

Alle Der Laird von Montrose!

Jeder hilft nun lauthals mit. Überblendung zum Edinburgh Castle. Die Sonne erstirbt. Der einsame Dudelsackpfeifer zeichnet sich als Silhouette vor dem purpur gestreiften Himmel ab.

Jeremy *(im Off)* Der einsame Dudelsackpfeifer auf den Zinnen von Edinburgh Castle. . .

Einige Takte Dudelsackmusik. Plötzlich ein Schrei, und der Dudelsackspieler stürzt in die Tiefe.

Schnitt: ein Wachraum mit steinernen Mauern im Schloß. Zehn schottische Soldaten stehen mit ihren Dudelsäcken und im Kilt in einer Reihe. Ein Feldwebel an der Tür tippt einem auf die Schulter.

Feldwebel (TERRY J.) Der nächste!

Der nächste Soldat geht hinaus. Wir hören Dudelsackmusik. Der Feldwebel lächelt. Schnitt: Aufnahme wie eben, wir sehen die Zinnen von unten. Der Dudelsackpfeifer erscheint oben, spielt und springt. Wir hören einen Schrei wie zuvor. Ein weiterer Dudelsackpfeifer taucht auf, das Ganze wiederholt sich.

Off-Sprecher (MICHAEL) *(schottischer Akzent)* Unter absoluter Geheimhaltung werden hier oben, auf dem Schloß von Edinburgh, Männer für das erste Kamikaze-Regiment der britischen Armee ausgebildet: »The Queen's Own McKamikaze Highlanders«. *(Ein Schrei, und ein Dudelsackpfeifer springt; ein neuer taucht auf und spielt. . .)* Das Ausbildungsprogramm des Kamikaze-Regiments verläuft so erfolgreich, daß die Zahl der Auszubildenden innerhalb von drei Wochen von 30.000 auf ein knappes Dutzend geschrumpft ist. Was treibt diese jungen Schotten, sich so bereitwillig umzubringen?

Interview mit Soldaten.

Schottischer Soldat (MICHAEL) Man bekommt gutes Geld!

Zweiter Soldat (ERIC) Wegen dem Wasserski! *(Er springt mit einem Schrei.)*

Schnitt zurück ins Innere des Wachraumes von Edinburgh Castle mit nur noch sechs Männern und dem Feldwebel. Dudelsackmusik und ein Schrei. Der Feldwebel schickt den nächsten hinaus. Ein Hauptmann erscheint. Wieder Dudelsackmusik.

Feldwebel Still'standen!

Hauptmann (JOHN) Ist gut, Herr Feldwebel. Rührt euch! Wie viele Jungs haben Sie noch übrig?

Feldwebel Sechs, Sir.

Hauptmann Sechs? *(Ein Schrei.)*

Feldwebel Fünf, Sir. *(Zum nächsten Highlander mit Dudelsack)* Viel Glück, Johnson. *(Johnson ab.)*

Hauptmann Wirklich beeindruckend, Herr Feldwebel. *(Draußen beginnt wieder die Dudelsackmusik.)* Ich bin gekommen, um Ihnen zu sagen, daß wir einen Job für Ihre fünf Burschen haben.

Ein Schrei.

Feldwebel Vier, Sir.

Hauptmann Für Ihre vier Burschen.

Feldwebel *(zum nächsten)* Viel Glück, Taggart.

Taggart Danke, Sir. *(Ab.)*

Hauptmann *(schaut Taggart etwas nervös nach)* Also, es ist eine sehr gefährliche Mission *(die Dudelsackmusik fängt wieder an),* und sie wird hart, und jeder einzelne von euch wird dazu gebraucht. *(Der übliche Schrei im Hintergrund.)* Also, wer. . . äh. . . sind die vier?

Feldwebel Diese drei hier, Sir. Okay! Los, Smith!

Smith *(mit irrer Begeisterung)* Jawoll! *(Er rennt durch die Tür, bevor der Hauptmann ihn noch zurückhalten könnte.)*

Hauptmann *(mit wachsender Sorge)* . . . äh . . . Feldwebel!

Feldwebel Ja, Sir? *(Draußen fängt die Dudelsackmusik an.)*

Hauptmann Meinen Sie nicht, daß es vielleicht eine gute Idee wäre, das Ausbildungsprogramm für ein Weilchen zu unterbrechen?

Feldwebel Aber sie müssen ausgebildet werden, Sir. Es ist ein gefährlicher Job.

Hauptmann Ja, ich weiß . . . aber, äh *(der übliche Schrei)*. . .

Feldwebel Gut, MacPherson, Sie sind der nächste, los!

Hauptmann Wissen Sie, ich mache mir etwas Sorgen . . .

MacPherson Ich werd mein Bestes geben, Sir! *(Eilt davon.)*

Feldwebel Viel Glück, MacPherson.

Hauptmann Äh . . . MacPherson *(die Dudelsackmusik fängt an)* . . . diese Mission ist nämlich sehr gefährlich. Wir werden beide Burschen brauchen, die Sie noch haben. *(Schrei.)*

Feldwebel Welche beiden, Sir?

Hauptmann Herr Feldwebel, wie heißt dieser Mann?

Feldwebel Dieser, Sir? Das ist MacDonald, Sir.

Hauptmann Nein, nein, nein, nein! *(Der Hauptmann hält MacDonald (Graham) fest, der verzweifelt versucht, sich loszureißen.)* Halten Sie MacDonald, Feldwebel, halten Sie ihn fest!

Feldwebel Ich weiß nicht, ob ich das schaffe, Sir. . . *(MacDonalds Augen bekommen einen irren Ausdruck)* . . . er ist im Stadium des Itsubishi Kyoko McSayonara.

Hauptmann Was ist das?

Beide kämpfen, um MacDonald zurückzuhalten.

Feldwebel Es ist das fünfte Stadium, das ein Schotte erreichen kann, Sir. Er muß sich bis zum Mittagessen umgebracht haben, sonst glaubt er, er hat den Kaiser verraten, Sir.

Hauptmann Können wir ihn denn nicht irgendwie davon abhalten?

Feldwebel Wüßte nicht, wie, Sir. Unser Kamikazelehrer, Mr. Yashimoto, war *so* gut, er hat nie den Flughafen von Tokio verlassen.

Hauptmann Aber es muß doch noch irgend jemanden geben, der uns beraten kann.

Schnitt zur Vorderfront eines hübschen Londoner Hauses, Typ Gesundheits-Salon. Ein großes Schild mit der Aufschrift »Kamikaze Beratungscenter«. Ein Mann mit Melone betritt den Laden. Hinter einem eleganten Pult sitzt eine Empfangsdame.

Mann (MICHAEL) *(sehr geschäftsmäßig)* Guten Morgen, einmal Kamikaze, bitte.

Empfangsdame *(deutet auf eine Tür)* Ja, würden Sie bitte gleich durchgehen.

Mann Danke.

Der Mann geht zur Tür, öffnet sie: man sieht nur Himmel und Wolken; ein Schrei, und er springt.

Schnitt zurück zum Wachraum im Schloß.

Hauptmann Also, Herr Feldwebel – wir dürfen keine Zeit verlieren.

Der Feldwebel sitzt auf MacDonald und haut diesem auf den Kopf.

Feldwebel Wie bitte, Sir?

Hauptmann Wir dürfen keine Zeit verlieren.

Feldwebel Keine was, Sir?

Hauptmann Keine *Zeit*... keine *Zeit* verlieren.

Feldwebel Ah ja, ich verstehe, Sir *(gestikuliert)*, keine Zeit! Verlieren!

Hauptmann Ja, richtig, ja.

Feldwebel Ja, keine Zeit, verlieren, Sir!

Hauptmann Richtig.

Feldwebel Komisch, nicht wahr, Sir... Ich habe diesen Ausdruck noch nie gehört – »keine Zeit verlieren«. Zweiundvierzig Jahre bin ich in der Armee, und noch nie habe ich den Ausdruck gehört.

Hauptmann Eigentlich ist das eine ganz übliche Redewendung.

Feldwebel Eine was, Sir?

Hauptmann Ach, egal... Verlieren wir also keine Zeit...

Feldwebel Letzten Endes ja, Sir.

Hauptmann Was?

Feldwebel Wie Sie sagen, Sir: Wir werden gewinnen, ohne letzten Endes Zeit zu verlieren.

Hauptmann Ich glaube, Sie haben den Ausdruck noch nicht ganz kapiert, Herr Feldwebel.

Derselbe Londoner Salon wie vorher. Aber jetzt steht auf dem Schild »Keine-Zeit-verlieren-Beratungscenter«. Derselbe Mann mit Melone tritt ein. Dieselbe Einrichtung und dasselbe Pult wie vorher. Ein Berater sitzt dahinter und bedeutet dem Mann, sich zu setzen.

Berater (ERIC) Guten Morgen, verlieren wir also keine Zeit... *(Er hebt eine Karte auf, auf der »Keine Zeit verlieren« steht; er zeigt sie andauernd.)* Also, wie hatten Sie sich die Anwendung dieses Ausdrucks vorgestellt?

Er zieht ein Rollo rechts hinter sich nach unten. Auf dem Rollo steht ebenfalls »Keine Zeit verlieren«. Er läßt es wieder los, und es rollt sich wieder auf.

Mann (MICHAEL) Naja, ich dachte, ich verwende es... äh... zum Beispiel... indem ich sage... Guten Morgen, Schatz, was ist denn in keine Zeit zu verlieren?

Berater Ähm, ja... Nun, so ganz haben Sie's noch nicht kapiert, oder?

Er holt einen großen Würfel hervor, auf dem »Keine Zeit verlieren« steht, und stellt ihn auf den Tisch. Er zeigt wie in einem Anfall mit dem Zeigefinger auf die Schrift. Auf seinem Handrücken steht »Keine Zeit verlieren«.

Berater *(singt)* »Keine Zeit verlieren, keine Zeit verlieren, keine Zeit verlieren.« *(Er holt eine Flasche mit der Aufschrift »Keine Zeit verlieren« aus dem Pult und trinkt hastig; der Anfall legt sich.)* Also, Sie wollen den Ausdruck in Ihrem Alltag verwenden, stimmt das?

Mann Ja, das stimmt.

Berater Ja... gut...

Er steht auf, gibt ein seltsames Geräusch von sich und zieht sich seine Jacke von hinten über den Kopf. Auf der Innenseite steht im Futter »Keine Zeit verlieren« verkehrt herum geschrieben, so daß man es nun richtig herum lesen kann.

Mann Wissen Sie, meine Frau und ich, wir hatten uns nie sehr viel zu sagen... *(Eine herzerweichende Musik schleicht sich in eine Rede.)* In den alten Zeiten ist uns noch was eingefallen, so was wie: »Gib mir mal den Zucker rüber«, oder: »Das ist mein Waschlappen«, aber in den letzten zehn, fünfzehn Jahren gab es einfach nichts mehr zu sagen, naja, und da habe ich Ihre Anzeige in der Zeitung gesehen, und gedacht, das wär doch was, was ich ihr gerne sagen würde...

Der Berater drückt einen Hebel, und vor ihm erscheint eine große Leinwand. Auf ihr steht »Keine Zeit verlieren«. Er stößt mit dem Kopf durch die Leinwand.

Berater Ja, also für Anfänger, wie Sie es sind, empfehlen wir normalerweise, daß sie ihren Wecker zehn Minuten zurückstellen, damit sie aufwachen, auf die Uhr sehen und dann den Ausdruck sofort benutzen können. *(Er hält kurz die Karte hoch.)* Sollen wir das mal versuchen?

Mann Ja.

Berater Gut. – Ich bin der Wecker. Wenn ich klingel, schauen Sie mich an und benutzen den Ausdruck, okay? *(Er tickt und macht dann das Klingeln nach.)*

Mann Ich darf! Keine Zeit!... Verlieren...

Berater Nein... Keine Zeit verlieren.

Mann Keine Zeit! *Verlieren?*

Berater Keine Zeit verlieren.

Mann Keine Zeit! *Ver*lieren.

Berater Nein – ver*lieren.* »No time, Toulouse«, wie der Franzose sagt.

Mann Keine Zeit ver*lieren.*

Berater Keine *Zeit* verlieren.

Mann Keine *Zeit* verlieren.

TRICKFILM: *»No-time Toulouse« und die Geschichte der wilden und gesetzlosen Tage des Post-Impressionismus (Toulouse-Lautrec in einem Show-down). Dann:*

Schnitt zurück in den Wachraum des Edinburgh Castle. MacDonald drängt zum Fenster.

Hauptmann Wir dürfen jedenfalls keine Zeit verlieren, Herr Feldwebel.

Feldwebel Vorsicht, Sir! MacDonald!

Beide eilen zum Fenster, durch das MacDonald verschwindet, und greifen nach seinem Bein.

Feldwebel Wir müssen uns beeilen, Sir. *(Sie ziehen ihn wieder herein. Er hat plötzlich eine Säge in der Hand und versucht sich damit den Kopf abzusägen.)* Nein, legen Sie die Säge hin, MacDonald. *(Er schnappt sich die Säge und wirft sie weg.)* Jetzt hat er bereits das sechste Stadium erreicht, Sir.

Hauptmann Gut, hier sind die Pläne, Herr Feldwebel. Viel Glück.

Feldwebel Danke, Sir *(Er salutiert.)*

MacDonald versucht inzwischen, sich zu erwürgen.

Hauptmann Und Ihnen viel Glück, MacDonald.

MacDonald unterbricht seine Würgerei und salutiert zackig.

MacDonald Danke, Sir!

Er fängt sofort wieder an, sich zu würgen.

Feldwebel Schon gut, MacDonald! Verlieren wir keine Zeit!

Hauptmann Sehr gut, Herr Feldwebel!

Schnitt zum Berater im Büro.

Berater Ja, ausgezeichnet...

Schnitt zurück zu den Toren von Edinburgh Castle.

Sonnenuntergang. Musik. Wenn die Stimme einsetzt, öffnet sich das Tor und ein Lastauto erscheint.

Off-Sprecher (MICHAEL) An diesem kalten Januarmorgen also geschah es, daß Oberfeldwebel Urdoch und der Pionier MacDonald, einer der bestausgebildeten Kamikaze-Experten, den es je bei den schottischen Highlanders gegeben hat, zu einer Mission aufbrachen, die... och, ich mag mit diesen Quatsch nicht mehr weitermachen.

Schnitt: Nahaufnahme des Wagens mit dem Feldwebel am Steuer und MacDonald neben ihm. MacDonald hat einen Revolver und spielt erfolglos Russisches Roulette.

Feldwebel Also, MacDonald, verlieren wir keine Zeit.

Plötzlich springt MacDonald aus dem Wagen.

MacDonald Aaaaaah!

Der Feldwebel tritt auf die Bremse. Quietschen. Schnitt auf den Wagen, der zum Stehen kommt. Der Feldwebel springt heraus und hebt MacDonald auf, der auf dem Boden liegt und auf sich selbst einschlägt. Er packt ihn wieder in den Wagen, und sie fahren weiter. Nach wenigen Metern springt MacDonald hinten aus dem Wagen, rennt vor den Kühler und schmeißt sich vor die Räder. Der Wagen überfährt ihn. Er richtet sich wieder auf, rennt wieder vor das Auto und versucht es noch einmal... und noch einmal... und noch einmal... und noch einmal... und noch einmal...

Schnitt zum Hauptmann, der vor einer großen Karte steht. Er hat einen Stock in der Hand.

Hauptmann Das wär also die Mission – und hier nun die Strategie. Oberfeldwebel Urdoch wird den Feind einlullen und in Sicherheit wiegen, indem er ihm einen Haufen Geld, ein schönes Zuhause und einen sicheren Job gibt. Wenn der Feind dann mit der Frau oben ist, wird Pionier MacDonald sich auf die geheimen Dokumente stürzen und sie und sich zerstören. Das ist der Plan, es ist jetzt 19 Uhr 42. Ich möchte, daß Sie ins Bett gehen, sich gut ausschlafen und früh am Morgen zum Appell erscheinen. Danke für Ihre Aufmerksamkeit, und danke für das wunderbare Essen.

Die Kamera zieht auf, und wir sehen, daß er in einem kleinen Wohnzimmer sitzt. Seine Frau sitzt abseits, strickt am Kamin und hört überhaupt nicht zu.

Schnitt zur Kulisse vom »Gute-Nacht-Buch«. Sieben oder acht Techniker, das Make-up-Mädchen etc. drängeln sich immer noch um Toogood; der versucht zu lesen.

Toogood Und... und... der... und der... unersch... unerschroo...

Make-up-Mädchen Unerschrockene.

Alle Unerschrockene.

Toogood Unerschrockene Oberfeldwebel Urdoch und Piner...
Techniker Pionier.
Toogood Pionier MacDonald... wachten...
Einige Machten!
Toogood Machten sich auf den weck...
Einige Weg!
Toogood Weg zzz...
Make-up-Mädchen ...zur...
Toogood zur rutzi... rissi...
Alle ...russischen!
Toogood ...russischen Grezne...
Alle ...Grenze!
Eine Landkarte mit einer Zeichentricklinie markiert den Weg.
Stimme von Toogood Und Oberfeldwebel Urdoch und Pionier MacDonald machten sich auf den Weg zur russischen Grezn...
Alle Grenze! Grenze!
TRICKFILM: *die Zeichentricklinie wird Bestandteil einer Trickfilmparodie des berühmten Films »2001«.*

Schnitt: Archivfilm mit vielen Pinguinen.
TITEL: »GRENZEN DER MEDIZIN – ZWEITER TEIL«
»DIE RUHE VOR DEM STURM«
Schnitt zum Moderator am Pult.

Moderator (JOHN) Pinguine, ja, Pinguine. Welche Bedeutung haben Pinguine für den Fortschritt in der medizinischen Wissenschaft? Nun, seltsamerweise eine ziemlich große, verhelfen sie der Medizin doch zu einem womöglich entscheidenden neuen Durchbruch. Die Entdeckung des Penizillins verdanken wir dem unwahrscheinlichen Zufall, daß ein kleiner, ganz unerwünschter Pilz auf einem sterilen Teller Sir Alexander Flemings heranwuchs. James Watt beobachtete einen normalen Haushaltswasserkessel beim Kochen und entwickelte so die Idee der Dampfmaschine. Und wäre Albert Einstein je auf die Relativitätstheorie gekommen, wenn er nicht ziemlich schlau gewesen wäre? Alle diese großen Sprünge der Wissenschaft waren Sprünge ins Ungewisse. Hätte Rutherford je das Atom gespalten, wenn er es nicht mal versucht hätte? Hätte Marconi das Radio erfunden, wenn er nicht ganz zufällig Jahre damit verbracht hätte, an dem Problem zu arbeiten? Sind diese erstaunlichen Durchbrüche je ohne jahrelanges unablässiges Studium erzielt worden? Natürlich nicht. Was ich vorhin über zufällige Entdeckungen gesagt habe, ist Blödsinn. Dennoch glauben Wissenschaftler, daß diese Pinguine, diese komischen, flugunfähigen, paddelfüßigen kleinen Biester vielleicht eines Tages, ohne es zu wissen, dem Menschen dabei helfen werden, die unerforschten Tiefen des menschlichen Geistes auszuloten. Professor Rosewall vom Laver Institut.

Ein Wissenschaftler, Tennisplätze im Hintergrund. Er trägt einen weißen Mantel.

EINBLENDUNG: »PROF. KEN ROSEWALL«

Wissenschaftler (GRAHAM) *(australischer Akzent)* Hallo. Professor Charles Pasarell, Dr. Peaches Bartkowicz und ich arbeiten hier in unserem Institut an einer Theorie, die ursprünglich von dem verstorbenen Dr. Kramer aufgestellt wurde: Daß nämlich der Pinguin in Wahrheit intelligenter ist als der Mensch.

Er tritt zu einem großen Diagramm, das von zwei Tennisspielern gehalten wird, die zwar Tenniskluft anhaben, aber dazu die üblichen braunen Arbeitskittel von Labortechnikern. Das Diagramm zeigt einen Mann und einen Pinguin im korrekten Größenverhältnis. Das jeweilige Gehirn wird deutlich dargestellt, das des Mannes sehr viel größer als das des Pinguins.

Wissenschaftler Die erste Erkenntnis, die Dr. Kramer gewann, war die, daß der Pinguin ein viel kleineres Gehirn hat als der Mensch. Dieses Postulat bildete die fundamentale Basis all seines Denkens, und er hat es bis zu seinem Tode nicht aufgegeben.

Kurzer Schnitt zu einem älteren Herrn im Tennishemd und mit grünem Lidschatten, der einen Pfeil in den Kopf geschossen bekommt.

Schnitt zurück zum Wissenschaftler, der jetzt vor einem anderen Diagramm steht. Das Diagramm zeigt einen Mann und einen ein Meter achtzig großen Pinguin.

Wissenschaftler Wir haben diese Theorie nun eine Stufe weiter entwickelt. Wenn wir den Pinguin so weit vergrößern, daß er in seiner Größe dem Menschen entspricht, und dann den Gehirnumfang vergleichen, stellen wir fest, daß das Gehirn des Pinguins immer noch kleiner ist. Aber, und darauf kommt es an, es ist größer als vorher!

Ganz kurzer Schnitt zu einem Tennispublikum, das »Oh« macht und applaudiert. Dr. Peaches Bartkowicz steht am Tennisnetz.

EINBLENDUNG: »DR. PEACHES BARTKOWICZ«

Peaches (MICHAEL) Um denselben Gehirnumfang wie ein Mensch zu haben, müßte ein Pinguin über 22 Meter groß sein.

Mrs. Bartkowicz bewegt sich nach links, und der untere Teil eines

22 Meter großen Papp-Pinguins wird sichtbar. Sie blickt an ihm hoch.

Schnitt zurück zum Wissenschaftler.

Wissenschaftler Diese Theorie ist unter dem Namen Zeitverschwendungs-Theorie bekannt geworden und wurde 1956 verworfen. *(Ein Schnitt und ein kleiner Sprung in der Einstellung.)* Hallo, da sind wir wieder. Standardisierte Intelligenztests haben folgende Ergebnisse erbracht: Im Vergleich mit primitiven menschlichen Gruppen, wie den Buschmännern der Kalahari, schnitten die Pinguine schlecht ab, lagen aber dabei immer noch weit vor den BBC-Programmplanern. *(Er deutet auf eine mit kleinen Tennisschlägern dekorierte Säulendiagramm, die die Buschmänner mit 23 Schlägern, die Pinguine mit 13 und die BBC-Planer mit 8 zeigt.)* Das dennoch erstaunlich hohe Ergebnis der BBC-Programmplaner läßt sich damit wegerklären, daß es innerhalb der normalen statistischen Fehlerquote liegt. Ein einziger besonders dummer Programmplaner kann das ganze Ergebnis versauen.

EINBLENDUNG: »DAS KANNST DU LAUT SAGEN«

Schnitt: ein Tennisspieler im Umkleideraum, der seine Schuhe auszieht. Im Hintergrund diskutieren zwei Spieler über Aufschläge.

EINBLENDUNG: »DR. LEWIS HOAD«

Hoad (ERIC) Nach Ansicht vieler Experten gingen die Intelligenztests von falschen kulturellen Bedingungen aus, zu Lasten der Pinguine. So wurde beispielsweise das äußerst rudimentäre Schulsystem der Pinguine nicht in Betracht gezogen. Um ein gerechteres Testsystem auszuarbeiten, verbrachte ein Team unseres Instituts acht Monate in der Antarktis, wobei die Forscher exakt wie Pinguine lebten und exakt wie Pinguine starben – nur schneller. Damit war bewiesen, daß der Pinguin in seinem eigenen Habitat ein schlaues kleines Kerlchen ist.

Schnitt zurück zum Wissenschaftler.

Wissenschaftler Deshalb entwickelten wir Tests, denen sich die Pinguine im vierten Satz... Verzeihung, in ihrem eigenen Habitat unterziehen sollten.

Stimme Netz!

Wissenschaftler Psst!

Schnitt zu einem Professor und seinem Team, die sich um Pinguine in einem Bassin scharen.

Professor (TERRY J.) Wie lautet die nächste Zahl in dieser Zahlenfolge: 2, 4, 6...

Ein Pinguin kreischt.

Professor Hat er acht gesagt...? *(Seufzt.)* Was ist...

Schnitt zurück zum Wissenschaftler.

Wissenschaftler Die Habitatbarriere war damit durchbrochen, aber schon tauchte eine neue auf: die Sprachbarriere. Die Pinguine sprachen kein Englisch und waren deshalb nicht in der Lage, richtig zu antworten. Dieses Problem wurde in einer weiteren Serie von Experimenten dadurch gelöst, daß dieselben Fragen zunächst einer Gruppe von Pinguinen und dann – unter denselben Bedingungen – einer willkürlich ausgewählten Testgruppe von nicht Englisch sprechenden Menschen vorgelegt wurden.

Schnitt zum Professor und seinem Team, die sich nun um eine Gruppe von Ausländern scharen, die in demselben Bassin stehen und erstaunt gucken.

Professor Wie lautet die nächste Zahl? 2, 4, 6... *(Lange Pause.)*

Schwede (ERIC) Hallo?

Schnitt zurück zum Wissenschaftler.

Wissenschaftler Die Ergebnisse dieser Tests waren sehr aufschlußreich. Die Werte der Pinguine stimmten mit denen der nicht Englisch sprechenden Gruppe durchgehend überein.

Schnitt zu den Ausländern, denen Fische zugeworfen werden, die sie mit dem Mund zu fangen versuchen, und zu einem Pinguin, der vor einer Speisekarte an einem mit Kerzen beleuchteten Tisch sitzt. Neben ihm eine Frau im Abendkleid sowie ein Kellner, der versucht, die Bestellung aufzunehmen.

Schnitt zu Dr. Hoad unter der Dusche.

Hoad Diese Untersuchungen führten zu gewissen Veränderungen bei der BBC...

Schnitt in den Vorstandsraum der BBC. Am Tisch sitzen Pinguine vor Schildchen, mit Bezeichnungen wie »Fernsehdirektor«, »Programmdirektor«, »Intendant«. Geräusch kreischender Pinguine.

Schnitt zum Pinguin-Bassin.

Hoad *(im Off)* ...und zu steil ansteigenden Besucherzahlen in den Zoos.

Kamera schwenkt zu einem Schild, auf dem steht: »Fütterung der Programmplaner um 15.00 Uhr.«

Off-Sprecher (MICHAEL) Bald infiltrierten diese gefiederten kleinen Gauner allerorten wichtige Institutionen.

Mr. Gilliams Trickfilm zeigt Pinguine beim Infiltrieren wichtiger Institutionen allerorten.

Schnitt zum Oberfeldwebel Urdoch, dessen Wagen an einer Grenzkontrolle von einem Pinguin durchsucht wird.

ZWISCHENTITEL: »INZWISCHEN AN EINEM GRENZÜBERGANG AN DER POLNISCH-RUSSISCHEN GRENZE«

Der Wagen fährt an einem Schild vorbei, auf dem »Russische Grezne« steht. »Grezne« ist durchgestrichen und durch »Grenze« ersetzt.

Schnitt: der Rote Platz.

ZWISCHENTITEL: »DER KREMEL«

Das zweite »e« ist durchgestrichen.

Schnitt zu zwei russischen Majors in einem Konferenzsaal.

Erster Major (ERIC) Svientitzi hobonwy kratow svegurninurdy.

UNTERTITEL: »DAS SIND DIE WICHTIGEN GEHEIMDOKUMENTE, VON DENEN ICH IHNEN ERZÄHLT HABE.«

Zweiter Major (JOHN) Wir müssen sie unter absoluter Geheimhaltung prüfen.

Untertitel auf russisch.

Erster Major *(redet russisch)*

UNTERTITEL: »WAS?«

Zweiter Major *(schaut nach oben)* Vorsicht!!!

UNTERTITEL: »REGARDEZ LÀ!«

Erster Major *(redet russisch)*

UNTERTITEL: »HMM?«

Dudelsack-Musik erklingt, und MacDonald bricht durch das Oberlicht, die beiden ducken sich. MacDonald landet auf dem Tisch und bleibt dort starr mit angezogenen Knien auf dem Rücken liegen. Er tickt geheimnisvoll.

Zweiter Major Er ist nicht explodiert!

UNTERTITEL: »ZE HABE NICHT GESPLODEN«

Erster Major *(redet russisch)*

UNTERTITEL: »SCHNELL! RUF DIE EINHEIT FÜR NICHT-EXPLODIERTE SCHOTTEN AN!«

Zweiter Major *(redet russisch)*

Untertitel auf chinesisch.

Schnitt: ein klingelndes Telefon in der Astgabel eines Baumes. Die Kamera fährt zurück, und man sieht einen Schotten mitten in einem Feld mit angezogenen Knien auf dem Rücken liegen. Zwei russische Bombenexperten kriechen vorsichtig zu ihm hin.

EINBLENDUNG: »EINHEIT ZUR ENTSCHÄRFUNG NICHT-EXPLODIERTER SCHOTTEN«

Sie arbeiten an ihm. Dramatische Großaufnahmen ihrer Gesichter. Sie

schwitzen. Schließlich, die Musik schwillt an, ist der Kopf ab. Einer rennt davon und legt ihn in einen Eimer mit der Aufschrift »Vodka«.
UNTERTITEL: »WHISKY«
Aus dem Eimer kommen Schlabbergeräusche.

Die Kamera fährt zurück. Man sieht, daß das Ganze auf einem Bildschirm hinter einem Tisch für eine Podiumsdiskussion abläuft. Abblende des Films, während die Kamera im Studio auf den Moderator zufährt.

Moderator (ERIC) Willkommen zu »Finde den Verrückten«, wo wir Sie heute wieder zu einer Reise um die Welt einladen, auf der Sie alle möglichen Leute an allen möglichen Orten kennenlernen werden, und da heißt es natürlich... Finde den Verrückten! *(Musik schwillt an.)*
EINBLENDUNG: »ALLE ANTWORTEN WURDEN ANHAND DER ENCYCLOPAEDIA BRITANNICA ÜBERPRÜFT«

Moderator Unser Podium heute... Gurt Svenson, der schwedische Säugetier-Schänder und Gelegenheits-Heizstrahler.
Schnitt zu Svenson. Er macht einen Kopfstand auf dem Pult, wobei er die Beine in Yoga-Position gekreuzt hat, trägt einen Lendenschurz und Schuhe mit hohen Absätzen. Er spricht durch ein Megaphon, das an seinen Kopf gebunden ist.

Svenson (TERRY J.) Guten Abend.
Schnitt zurück zum Moderator.

Moderator Dame Elsie Okklusion, Historikerin, Witzboldin, Bon viveur und untere Hälfte der Johnson Brüder...
Schnitt zu Dame Elsie. Ihre untere Hälfte steckt seitlich in einem Zementblock, sie schwebt so parallel zum Pult. Sie hat Feenflügel, ein gestreiftes T-Shirt an, Handschuhe, eine Brille und eine grüne Perücke.

Dame Elsie (MICHAEL) Guten Abend.
Schnitt zum Moderator.

Moderator Und Miles Yellowbird, hoch oben im Bananenbaum, der Golfer und Erfinder des Katholizismus.
Schnitt zum Ende des Podiums. Ein Mann, der als Kaninchen verkleidet ist. Er hat ein Megaphon ans Auge gebunden.

Miles (TERRY G.) Guten Abend.

Moderator Und für unsere Runde heißt es nun... Finde den Verrückten! *(Ein Telefon auf dem Podium summt laut; er nimmt ab.)* Ja? Ganz recht... Da ist ein Zuschauer aus Preston, der völlig zutreffend feststellt, daß das *ganze* Podium aus Verrückten besteht. Fünf

Punkte also nach Preston, und nun zu unserem ersten kleinen Film. Es geht um Bergsteigen, und vergessen Sie nicht, es heißt... Finde den Verrückten!

Schnitt: ein Berg erhebt sich weit hinten am Horizont. Sehr eindrucksvolle, bewegende Musik.

Off-Sprecher (MICHAEL) Die legendenumwobene Südflanke des Ben Medhui, dunkel... abschreckend...

Man sieht im Mittelgrund zwei Büsche, die einige Meter auseinander stehen. Ein Verrückter in einer langen römischen Toga mit Schottenmütze und einem Kricketschläger in der Hand rennt von einem Busch zum anderen. Lautes Summen des Telefons. Der Film bleibt stehen. Die Kamera fährt zurück, der Moderator erscheint vor dem Bildschirm. Er ist am Telefon.

Ansager Ja, sehr gut, Mrs. Nesbitt aus York hat den Verrückten innerhalb von 1,8 Sekunden gefunden. *(Schnitt: Archivfilm mit applaudierenden Frauen eines Frauenkongresses.)* Und ab geht es in die zweite Runde, und das heißt Fotos! Wir zeigen Ihnen Fotos von Tony Jacklin, Anthony Barber, Katy Boyle, Reginald Maudling und einem Verrückten. Und wieder heißt es... Finde den Verrückten! *(Schnitt: das Foto von Anthony Barber, sofort geht der Summer.)* Nein... ich muß Sie bitten, erst anzurufen, wenn Sie alle Fotos gesehen haben.

Schnitt: die Fotosequenz und fröhliche Musik. Die Reihenfolge der Bilder: Anthony Barber, Katy Boyle, Edgar Allen Poe, Porträt eines Verrückten (er hat Ping-Pong-Ball-Augen, mehrere Zähne sind schwarz, er trägt eine wilde Perücke, und auf seiner nackten Brust steht »verrückt«), Reginald Maudling, Tony Jacklin. Der Summer ertönt.

Ansager Ja, richtig! Die Antwort war natürlich Nummer zwei! *(Schnitt: die applaudierenden Frauen.)* ... Ich fürchte, wir haben da einen Computerfehler. Die richtige Antwort muß natürlich Nummer *vier* lauten und nicht Katy Boyle. Katy Boyle ist *nicht* verrückt, sie ist eine Fernsehpersönlichkeit. *(Irgendwie mittelalterliche Fanfaren ertönen; ein historisch aussehendes Wappen erscheint auf dem Bildschirm.)* Und nun kommen wir zu unserem historischen Teil: »Finde den Verrückten in der Geschichte«. Diesmal geht es um den spannenden Mittelalter-Roman »Ivanhoe«... eine bewegende Geschichte um Liebe und Krieg, Gewalt und Ritterlichkeit, angesiedelt in den prunkvollen und glanzvollen Zeiten im England des 13. Jahrhunderts. Und wieder heißt es: Finde den Verrückten!

ZWISCHENTITEL: »IVANHOE«

Schnitt in einen Metzgerladen. Ein Verrückter steht mittendrin. (Es ist Michaels Verrückter aus dem »Wahl-Spezial«: er hat riesige Hosen, in denen die Arme stecken, und eine grüne Perücke.) Ein weiterer Verrückter mit einer Weste bis zu den Knien, darunter ein kleines gekräuseltes Balletträckchen, tanzt barfuß mit einem Stück Rindfleisch, das ebenfalls ein Balletträckchen trägt. Ein dritter Verrückter in Ölzeug mit Anglerstiefeln, einem Südwester und Engelsflügeln fliegt durch die Szene. Ein als Biene verkleideter Mann steht am Verkaufstresen. Am Tresen gelehnt noch ein Verrückter, der als Mohrrübe verkleidet ist und ständig »hübscher Junge, hübscher Junge« sagt. Es herrscht ein absolutes Geräusch-Wirrwarr. Die Einstellung dauert etwa fünf Sekunden; darüber eingeblendet jetzt: »Ivanhoe 1953«.

Irrsinnig lautes Summen des Telefons.

Ansager Ja, sehr gut, Mrs. L. aus Leicester, Mrs. B. aus Buxton und Mrs. G. aus Gatwick, der Verrückte war natürlich Sir Walter Scott, der Autor.

Schnitt zu Sir Walter Scott in seinem Studierzimmer.

EINBLENDUNG: »SIR WALTER SCOTT 1771–1823«

Scott (GRAHAM) *(blättert ungehalten in seinen Papieren)* Ich habe das nicht geschrieben. Klingt eher nach Dickens...

Schnitt zu Dickens bei der Arbeit in seinem Studierzimmer. Er schaut auf.

EINBLENDUNG: »CHARLES DICKENS 1812–1870«

Dickens (TERRY J.) Du Hundesohn!

Schnitt: ein Dokumentarfilmer in einem bewaldeten Hügelgelände.

Filmer (JOHN) War Sir Walter Scott ein Verrückter, oder war er der herausragende Vertreter der frühen Blüte romantischen Erzählens im frühen 19. Jahrhundert? War er der am meisten unterschätzte Romancier des 19. Jahrhunderts... *(ein weiterer Dokumentarfilmsprecher kommt ins Bild und tritt auf den ersten zu)* oder nur ein desillusionierter und verbitterter Mann...

Zweiter Filmer (MICHAEL) Verzeihung... *(Zeigt auf das Mikrophon.)* Kann ich das mal haben, bitte?

Erster Filmer Ja...

Zweiter Filmer Danke. *(Er beginnt sofort mit seinem eigenen Dokumentarfilm.)* Diese Bäume, die Sie hinter mir sehen, wurden vor vierzig Jahren im Zuge eines Aufforstungsprogramms der damaligen »Crown Woods«-Initiative gepflanzt. Die »Crown Woods«-Initiative bildete 1924 die Forstkommission. *(Er schreitet auf den Wald* *zu.)* Die Kommission forstete das gesamte Gebiet systematisch wieder auf...

Der erste Filmer folgt ihm nach.

Erster Filmer Verzeihung.

Zweiter Filmer Psst! Wir haben hier 20.000 Hektar jungfräulichen Waldes. 1980 werden es 100.000 Hektar Nadelhölzer sein. Kommerziell gesprochen, bedeutet das ein forstliches Füllhorn... ein immergrünes Dorado... *(der erste Filmer kommt und macht einen schwachen Versuch, sich das Mikro zu schnappen)* ...eine waldige Wunderwelt... Nein! Ein Baum-Boom-Bonanza... Aber um welchen Preis...

Erster Filmer Das gehört mir!

Zweiter Filmer *(zum ersten)* Weg da! ...für den Menschen? Wer sind die Opfer?

Der erste Filmer schnappt sich mit einem schnellen Griff das Mikro. Er bleibt stehen und die Kamera ebenso.

Erster Filmer Denn das hier war die Landschaft des Sir Walter Scott. Viele seiner schönsten Romane, wie etwa »Guy Mannering« und »Redgauntlet«...

Zweiter Filmer Her mit dem Mikro!

Erster Filmer Nein. *(Sie ringen um das Mikro. Der erste kann es noch halten, geht aber zu Boden.)* Scott erwies sich nicht nur als ein großer...

Der zweite Filmer kann sich wieder das Mikro schnappen und rennt damit davon, während der zweite am Boden liegenbleibt. Die Kamera folgt dem zweiten Filmer.

Zweiter Filmer *(im Laufen)* Die Fichten und Blumen dieses Waldes werden hier eine ganz neue Industrie möglich machen...

Der erste Filmer reißt ihn mit einem Rugbygriff zu Boden und schnappt sich das Mikro.

Erster Filmer ...sondern auch als ein Schriftsteller mit Humor und...

Sie balgen sich auf dem Boden.

Zweiter Filmer Die Holzressourcen Großbritanniens werden zu einem Prozentsatz von...

Der erste Filmer schlägt ihn und schnappt sich das Mikro.

Erster Filmer Ein Mann, der Scott gut kannte, war Angus Tinker.

Schnitt: ein sonnenbeschienener Universitätshof mit Arkaden. Sanfte klassische Musik. Tinker steht neben einer der Säulen. Er ist ein Akademiker im Tweedanzug.

EINBLENDUNG: »ANGUS TINKER«

Tinker (GRAHAM) Viele der größten Werke, und hier denke ich besonders an »Das Herz von Midlothian« und »Die Presbyterianer« zum Beispiel, beschäftigten sich mit... *(in diesem Moment taucht hinter der Säule eine Hand auf, die sich langsam, aber entschlossen in Richtung Mikro bewegt)* ...dem täglichen Lebenskampf und den Bedingungen der... *(Das Mikro wird ihm entrissen.)*

Stimme (TERRY J.) Forstwirtschaftliche Untersuchungen in diesem Gebiet haben ergeben, daß die gesamte Faser des Weichholzes synthetisch hergestellt werden kann... *(Tinker schaut hinter die Säule und findet dort einen in Tweed gekleideten Forstexperten in Hockstellung.)* ...und die härteren Bäume wie Eichen, Buchen, Lärchen... *(Tinker jagt ihn hinaus in den Hof)* und die Pinien, ja sogar einige der Laubbäume unberührt bleiben können.

EINBLENDUNG: »EIN FORSTEXPERTE«

Forstexperte Diese neue Weichholzfaser könnte die heute noch so verbreiteten Sperrholz-, Hartfaser- und Spanplatten völlig ersetzen und...

Ein Mini Morris fährt schnell in den Hof und an dem Experten vorbei. Die Hand des ersten Filmers schnellt heraus und schnappt sich das Mikro.

Schnitt ins Innere des Autos, während es wieder aus der Hofeinfahrt davonrast.

Erster Filmer In den Waverly-Romanen... gilt Scotts ständige Sorge der Erhaltung einer menschenwürdigen Daseins...

Wir hören den Einschlag einer Kugel ins Auto. Er schaut sich um.

Schnitt: der zweite Filmer jagt den Morris in einem riesigen offenen amerikanischen Gangsterauto aus den dreißiger Jahren, das von einem Chauffeur in passender Uniform gefahren wird. Er ballert drauf los.

Erster Filmer ...der Aufrechterhaltung der nationalen Traditionen und Hoffnungen innerhalb der Grenzen des Schauerromans...

Weitere Kugeln. Das amerikanische Auto zieht mit dem Morris auf gleiche Höhe. Der zweite Filmer lehnt sich herüber und versucht, nach dem Mikro zu greifen. Während die beiden Autos weiter nebeneinander herfahren, streiten beide um das Mikro und versuchen dabei auch noch ihren Text zu sagen. Schließlich verschwinden die Autos um eine Ecke... wir hören das Geräusch eines Zusammenstoßes.

Schnitt zu Toogood, der von einem Haufen Leute umstanden wird. Er hält das Buch ganz nahe vor die Nase und schaut angestrengt hinein. MacDonald liegt vor den Leuten am Boden.

Toogood Ee... Eene... Ente... *Ende!* Ende. *(Er sieht stolz auf.)*

Schnitt: Film mit Edward Heath (ohne Ton). Der »Finde den Verrückten«-Summer geht los. Abspann läuft durch.

Schnitt: BBC-Weltkugel.

Off-Sprecher (ERIC) Im Gute-Nacht-Buch nächste Woche liest Jeremy Toogood Anna Sewells »Black Be... Beo... Bau... Beauto... *Bläck* Be-au-tiii... *(ausblenden)*

Ansager (ERIC) *(im Off)* Morgen abend beginnt dann wieder das *Comedy*-Programm der BBC mit einer neuen Reihe von 30-Minuten-Komödien, bei denen gilt: Finde die Sieger! Sehen Sie Ronnie Thompson in »Papas Arzt«...

Schnitt zu einem Arzt (Terry J.) ohne Hosen.

EINBLENDUNG: »PAPAS ARZT«

Ansager ...und die bekloppten Heldentaten der Sanitätsausbildungseinheit der Royal Army. Ronnie ist der Chef einer Gruppe von verrückten Ärzten, und wenn die durchdrehen, gibt es jede Menge dreckiger Witze. *(Medizinstudenten rennen hinter ihm her und schwenken Büstenhalter.)* Und unser Newcomer Veronica Papp spielt das Mädchen mit dem großen Busen. *(Eine junge Frau, nur mit Slip bekleidet, rennt vorbei.)* In der drauffolgenden Woche senden wir wieder die verschrobenen Heldentaten des seltsamsten Paars, das Sie je gesehen haben – ja: »Papas Tunten«...

Eine Küche. Ein Mann (Terry G.) in erotischer Damenunterbekleidung. Ein zweiter Mann (Terry J.), gekleidet wie ein Richter, rennt mit Blumen herein.

EINBLENDUNG: »PAPAS TUNTEN«

Ansager ...und seine versponnene, kauzige, zwerchfellerschütternde und spaßige Welt der widernatürlichen Sexualpraktiken. *(Der erste Mann versohlt den zweiten mit einem Kranz von Würsten.)* In der dritten Woche steigert sich das Tempo nochmal mit einem ganz neuen Comedy-Programm: »Papas Leber – Junggesellen auf Freiersfüßen« *(entsprechender Zwischentitel und verschiedene, verrückte Fotos der Mitwirkenden)* mit Reg Cuttleworth, Trevor Quantas und Cindy Rommel als Bob. Da geht im typischen Wohn-Schlafraum des Vorkriegs-Liverpool die Post ab. Und darauf folgt »Das Einschaltquotenspiel« – das irre Leben eines BBC-Programmplaners mit einem Wiederholungstick *(nochmal Michaels Verrückter)*.

ı schönes Mädchen ist wie ein Pfefferstreuer.« Terry Jones als Schreckschraube.

Häuser, gebaut von Figuren aus der Literatur des 19. Jahrhunderts: Terry Jones
Hypnotiseur, Eric Idle als Arthur Huntingdon, Michael Palin als Heathcliff und Grah
Chapman als Mrs. Jupp (v.l. oben) (Folge fünfunddreißig).

s. Trepidatious (Graham Chapman) studiert ihr Horoskop (Folge siebenunddreißig).

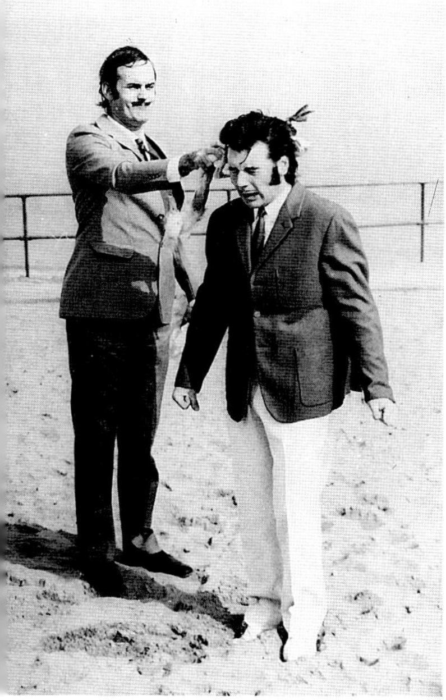

'r Robinson (John Cleese),
Conférencier (Michael Palin) …

… und ein Ritter (in Ritterrüstung)
(Folge fünfunddreißig).

John Cleese als Ansager: »Und nun zu etwas völlig anderem ...«

ic Idle als Nachrichtensprecher.

»Dennis Moore, Dennis Moore, dumm-dum-dum-di-dumm…« …

… John Cleese als Mr. Moore (Folge siebenunddreißi

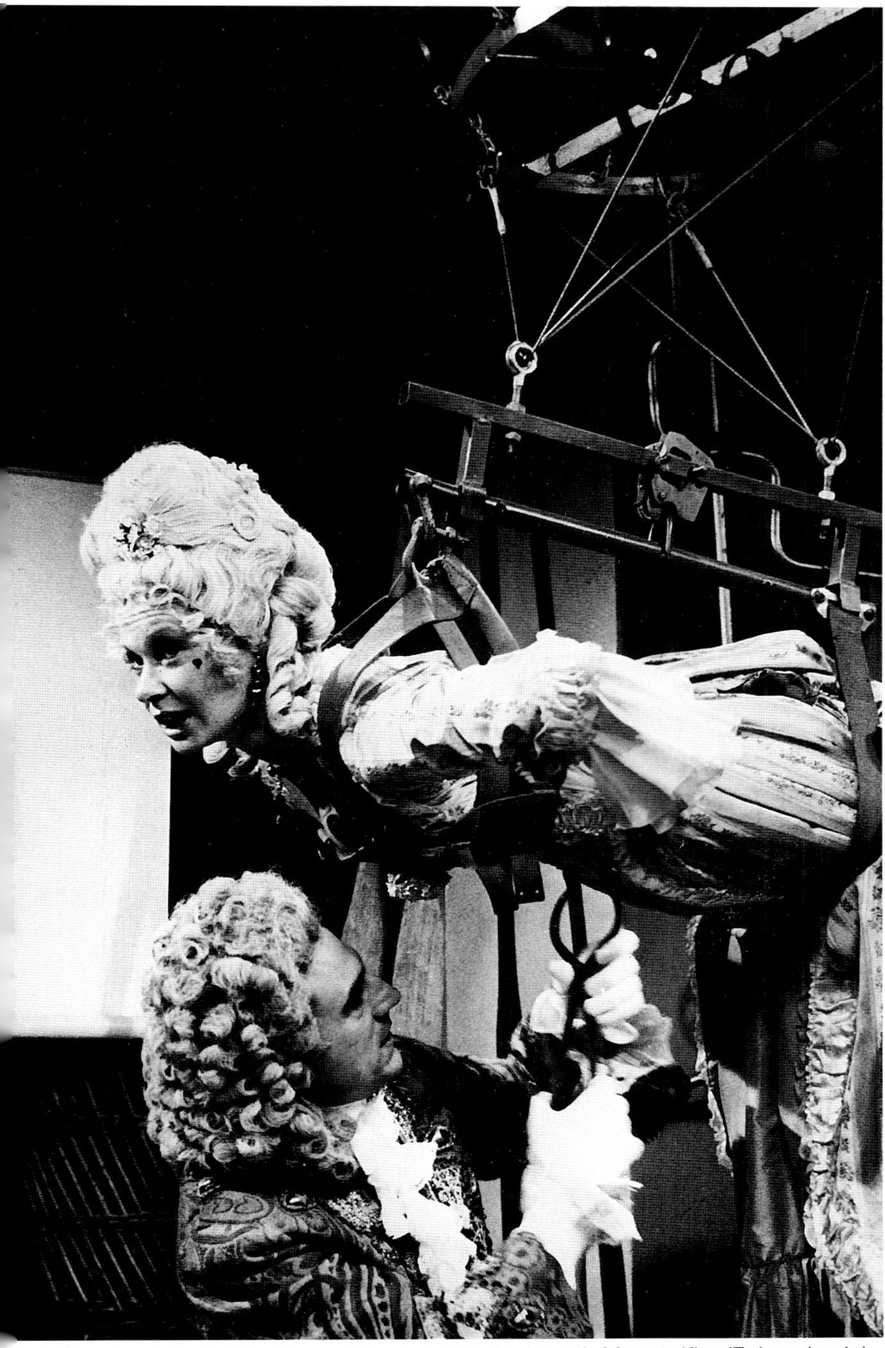

arol Cleveland als Antoinette und Terry Jones als Joseph Montgolfier (Folge vierzig).

Eric Idle (re.) im Toupet-Salon mit (v.l.n.r.) Graham Chapman, Terry Jones, Micha
Palin (Folge einundvierzig).

»Dichterlesung (Ameisen)« – Queen Victoria (mit Alberts Sarg) (Folge einundvierzig).

EINBLENDUNG: »DAS EINSCHALTQUOTENSPIEL«

Ansager Eddie Phillips-Bong spielt Kevin Vole, den Programmplaner mit seinem kleinen Problem und einigen komischen Versuchen, sich die Zeit zu vertreiben. In der sechsten Woche folgt dann »Eine verrückte Familie« . . . *(Archivfilm von der Amtseinsetzung des Prince of Wales.)*

Ansager . . . die irren Heldentaten einer verschrobenen Königin, und danach: »Kalkstein, lieber Kalkstein«. . . *(Totale einer Klippe mit zwei Menschen, die hoch oben auf ihr stehen.)*

EINBLENDUNG: »KALKSTEIN, LIEBER KALKSTEIN«

Ansager . . . die verrückten Tage des späten Pleistozäns, in denen sich der überwiegende Teil der britischen Felsformationen gebildet hat. All das und weniger in »Comedy Ahoi«. Und damit ist das Fernsehprogramm der BBC für heute abend beendet. Vergessen Sie nicht, Ihren Apparat abzuschalten. Gute Nacht.

Wir sehen den kleinen weißen Punkt, so als sei der Apparat abgeschaltet worden.

Neununddreißig – Die Verleihung der Britischen Showbiz-Preise

Logo und Erkennungsmelodie von »Thames Television«. Schnitt zu David Hamilton im ITV-Studio.

David Hamilton Guten Abend. Später am Abend gibt es bei »Thames« ein volles Action-Programm für Sie – aber zunächst zeigen wir Ihnen eine dieser alten, miesen BBC-Sendungen.

Schnitt zu dem nackten Mann (Terry J.) an der Orgel.

Ansager (JOHN) Und nun...

Jetzt-Mann (MICHAEL) Und jetzt...

Schnitt: ein Foto vom Piccadilly Circus.

EINBLENDUNG: »DIE BRITISCHEN SHOWBIZ-PREISE«

»ÜBERREICHT VON IHRER MAJESTÄT, DER PRINZESSIN-MARGARET-ATTRAPPE«

Wir blenden über zu einer Prinzessin-Margaret-Puppe an einem Pult. Links und rechts von ihr zwei Männer in Smoking und eine Pantomimen-Gans. Bill Cotton ist nirgends zu sehen. Hoch über ihnen hängt eine Leinwand.

Auftritt Dickie Attenborough.

Dickie (ERIC) Meine Damen und Herren, Herr Vorsitzender, Freunde der Gesellschaft, Eure Königliche-Hoheit-Attrappe. Wieder einmal hat sich der Kreis des Jahres geschlossen, und es gibt für mich kein größeres Privileg und keine größere Ehre, als die, zu der mich das Schicksal heute verdonnert hat. Es gibt auch keine größere Ehre als die, in unserer Mitte jetzt einen Gast willkommen zu heißen, der nicht nur mehr als nur irgend jemand sonst für unsere Gesellschaft getan hat, sondern nurmehr getan hat, was nur zu tun war. 1924 fing er an im Filmgeschäft. 1946 fing er erneut an und 1963 dann noch einmal. Obwohl er nun seit vier Jahren tot ist, hat er es sich nicht nehmen lassen, heute abend zu uns zu kommen. *(Er holt eine Zwiebel hervor und hält sie sich an die Augen; Tränen rinnen.)* Meine Damen und Herren, kein Begrüßungsapplaus könnte herzlicher sein als jener, in den Sie, woran ich nicht zweifle, mit mir einstimmen werden, denn er gilt einer der ganz großen Showbiz-Leichen. Meine Damen und Herren, die Nominierungen für den Preis der leichten Unterhaltung werden verlesen von den Überresten des verstorbenen Sir Alan Waddle.

Scheußliche Musik und starker Beifall. Attenborough schluchzt heftig. Ein Mann im braunen Kittel trägt eine weiße Konsole herein und stellt sie ab. Ein weiterer Mann bringt eine bronzene Urne. Die Urne trägt eine schwarze Fliege. Zwischenschnitt: Archivfilm von stehend applaudierendem Publikum. Die Urne wird auf die Konsole gestellt, ein Mikrophon angebracht. Kleine Pause. Schnitt auf den schluchzenden Dickie, die Urne räuspert sich.

Die Urne *(alberne Stimme)* Die Nominierten sind: Mr. Edward Heath, für den Sketch »Der neue Anzug«. *(Auf der Leinwand kurze Einblendung des Filmes, in dem eine Frau in Brüssel Mr. Heath mit Tinte bespritzt. Schnitt zurück in die Halle. Applaus.)* Mr. Richard Baker für »Zitronen-Curry«.

Schnitt zu Baker auf der Leinwand.

Richard Baker Zitronen-Curry?

Schnitt zurück zur Urne.

Die Urne Und die Laienspielgruppe des Dritten Fallschirmspringer-Regiments für ihren »Oscar-Wilde-Sketch«.

Archivfilm: schöne, alte Kutschen fahren vorbei.

EINBLENDUNG: »LONDON 1895«

EINBLENDUNG: »DAS HAUS VON MR. OSCAR WILDE«

Klassische Musik setzt ein. Überblendung in Wildes Salon. Eine Gruppe passend gekleideter Personen führt die typischen geistreichen Gespräche, lacht affektiert und trinkt Champagner.

Prince of Wales (TERRY J.) Meine Glückwünsche, Wilde. Ihr neues Stück ist ein großer Erfolg. Ganz London spricht über Sie.

Oscar (GRAHAM) Es gibt auf der ganzen Welt nur eines, was schlimmer ist, als wenn über einen geredet wird, und das ist, wenn *nicht* über einen geredet wird.

Es folgen fünfzehn Sekunden heuchlerisch anbiederndes Gelächter.

Prince Sehr, sehr witzig. . . sehr, sehr witzig.

Whistler (JOHN) Es gibt auf der Welt nur eines, was schlimmer ist, als witzig zu sein, und das ist, *nicht* witzig zu sein.

Weitere fünfzehn Sekunden Gelächter.

Oscar Ich wünschte, *ich* hätte das gesagt.

Whistler Werden Sie, Oscar, werden Sie. *(Gelächter)*

Oskar Majestät, kennen Sie James McNeill Whistler?

Prince Ja, wir haben zusammen Squash gespielt.

Oscar Es gibt nur eines, was schlimmer ist, als zusammen Squash zu spielen, und das ist, alleine Squash zu spielen. *(Keiner lacht.)* Ich wünschte, ich hätte das nicht gesagt.

Whistler Haben Sie aber, Oscar, haben Sie. *(Kleines Gelächter.)*

Prince Ich muß zurück in den Palast.

Oscar Euer Majestät ist wie ein großer, gefüllter Krapfen mit einem Sahnehäubchen.

Prince Wie bitte?

Oscar Ähm... das war einer von Whistlers.

Whistler Das habe ich nie gesagt.

Oscar Haben Sie, James, haben Sie.

Der Prince of Wales starrt erwartungsvoll auf Whistler.

Whistler Naja, Eure Hoheit, was ich meinte, war, wie bei einem Krapfen, also, äh, Euer Erscheinen erfreut uns... und Euer Fortgehen macht uns Appetit auf mehr. *(Gelächter.)* Eure Hoheit, Ihr seid darüber hinaus wie ein Strahl Fledermauspisse.

Prince Was?!

Whistler Der war von Wilde! Einer von Wildes.

Oscar War es verdammt nochmal *nicht!* Es war Shaw!

Shaw (MICHAEL) Ich... ich meinte nur, daß Eure Majestät leuchten wie eine Säule aus Gold, wenn rundherum alles dunkel ist.

Prince *(akzeptiert das Kompliment)* Oh.

Oscar *(zu Whistler)* Genau. *(Zum Prinzen)* Eure Majestät sind wie ein Tripper. Bevor Ihr kommt, herrscht Freude, danach tut der Schwanz weh.

Prince Was?!

Whistler und Oscar Der war von Shaw! Von Shaw!

Shaw Ihr Schweinehunde. Äh... was ich damit meinte, Eure Majestät... was ich meinte, äh, war...

Oscar Jetzt haben wir ihn, Jim.

Whistler Los, Shawy!

Oscar Los, Shawy!

Shaw Ich meinte ja nur...

Oscar Los, Shawy!

Whistler Na los, Mann, ein bißchen Geist!

Shaw *(steckt die Zunge heraus und prustet)*

Der Prince schüttelt Shaw die Hand. Allgemeines Gelächter.

Wir leiten über zum Trickfilm und landen dann wieder bei Dickie Attenborough und der Preisverleihung. Er trägt jetzt eine Kette aus Zwiebeln um den Hals.

Dickie Meine Damen und Herren, selten war es mir eine größere Freude und ein größeres Privileg, verkünden zu dürfen, daß die nächste Auszeichnung mir die große Freude und das große Privileg verschafft, einen Mann aufzurufen, ohne dessen nicht enden wollenden Einsatz und dessen unermüdliches Geschick es heute eine britische Filmindustrie gäbe. Ich meine natürlich meinen Freund und Kollegen Mr. David Niven. *(Heftiger Applaus, etwas Rührung bei Dickie.)* Leider kann David Niven heute abend nicht bei uns sein, aber er hat uns seinen Kühlschrank geschickt. *(Applaus; Musik: »In 80 Tagen um die Welt«; ein Mann im braunen Kittel schiebt den Kühlschrank herein.)* Das ist der Kühlschrank, in dem David Niven seine meiste Milch, seine meiste Butter und seine Eier aufbewahrt. Was für eine großartige, selbstlose Geste, daß er uns von all seinen Kühlschränken heute abend gerade diesen Kühlschrank schickt!

Schnitt: das applaudierende Publikum. Der Kühlschrank trägt eine schwarze Fliege. Ein Mikrophon wird befestigt.

Kühlschrank *(die gleiche alberne Stimme)* Die Nominierungen für den besten ausländischen Filmregisseur sind: Monsieur Richard Attenborough, Ricardo de Attenbergie, Rik Artenborough, Ri Char Dat En Boll und Pier Paolo Pasolini.

Dickie Bevor der Gesamtsieger verkündet wird, wollen wir erst einmal sehen, wer sechster geworden ist. Hier ist Pier Paolo Pasolinis neuster Film.

Nahaufnahme: das Gras auf einem Kricketfeld. Im Hintergrund das Summen von Insekten. Ein Kricketball rollt ins Bild, eine Hand greift danach und hebt ihn auf. Die Kamera zieht auf und zeigt einen Werfer. Hinter ihm ein paar Spieler.

TITEL: »PASOLINI – DAS DRITTE LÄNDERSPIEL«

Der Werfer dreht sich um und schaut auf das Feld. Schnitt: ein Skelett in abgerissenen Kricket-Klamotten. Das Summen der Fliegen wird lauter. Meckerndes Gelächter. Der Werfer schaut sich in Richtung des Gelächters um. Schnitt zum Schlagmann an seiner Linie; aber die Mitspieler hinter ihm sind Mönche in braunen Kutten. Sie lachen.

Schnitt: die entsetzt aufgerissenen Augen des Werfers. Er schaut erneut. Der gleiche Schnitt auf den Schlagmann – jetzt sind seine Mitspieler normale Kricketspieler. Windgeräusche. Schnitt zurück zum Werfer, der anfängt, den Kricketball an seiner Hose zu reiben. Musik setzt ein. Groß das Gesicht des Werfers. Er beginnt zu schwitzen. Groß das Reiben des Balles an der Hose. Groß das schwitzende Gesicht. Schnitt: ein Mädchen, das sich die Lippen leckt. Schnitt: Ballreiben. Schnitt: das schwitzende Gesicht. Schnitt: das Mädchen. Schnitt zum Werfer, der jetzt Anlauf nimmt. Er springt über ein nacktes Paar, das sich liebt. Anschwellende Musik. Schnitt zum Werfer, der den Ball wirft. Schnitt: der Ball, der aufs Wicket brettert. Die Musik schwillt an. Stille. In

Zeitlupe wendet sich der Werfer mit ausgestreckten Armen zum Schiedsrichter. Der Schiedsrichter verwandelt sich in einen Kardinal, der lachend ein Kreuz hochhält.

Schnitt: eine lautstarke Gruppe von Kricketspielern in einem Fernsehstudio. Sie tragen alle lange weiße Hosen und Pullover. Wie in »Talkback« sitzen sie auf Treppchen. Ihnen gegenüber Pier Paolo Pasolini.

Erster Kricketspieler (GRAHAM) In dem Film wird reichlich rumgevögelt, aber von Geoff Boycotts Rekorden ist keine Rede.

Pasolini (JOHN) *(mit italienischem Akzent)* Wer ist ein Geoff Boycott?

Zweiter Kricketspieler (MICHAEL) Außerdem sehen wir Fred Titmus...

Pasolini Si, Titmus, si, si...

EINBLENDUNG: »YORKSHIRE«

Zweiter Kricketspieler ...das Symbol der Erneuerung des Menschen durch einen radikalen Marxismus... Alles was recht ist, aber von seinem Superknaller in Brisbane wird natürlich nichts gezeigt.

Dritter Kricketspieler (ERIC) Genau. Und was sollte überhaupt das Getanze während der Innings von Ray Illingworth? Vierundsiebzig ist im Spiel, und die Tante kommt und füttert ihn mit Trauben!

Weitere Kricketfilmkritik und allgemeine Mißbilligung.

Die Kamera zieht auf, und man sieht, daß sich die Szene im Fernsehgerät in einem normalen Zimmer abspielt. Zwei Schreckschrauben sehen fern. Sie heißen Mrs. Zambesi.

Erste Schreckschraube (GRAHAM) Schalt um!

Die zweite Mrs. Zambesi schaltet um, und Dickie Attenborough erscheint wieder.

Dickie Niemand könnte stolzer sein...

Zweite Schreckschraube (TERRY J.) Uääh! *(Sie schaltet das Gerät ab.)*

Erste Schreckschraube Äh, wollen wir runtergehen und Blut spenden?

Zweite Schreckschraube Ach, ich möchte nicht, daß eine große Fledermaus um meinen Hals herum flattert.

Erste Schreckschraube So machen die das nicht! Die nehmen es aus dem Arm!

Zweite Schreckschraube Ich kann nichts spenden. Ich habe mir in den Tropen Sumpffieber geholt.

Erste Schreckschraube Du warst nie und nimmer in den Tropen. Du warst nie südlich von Sidcup.

Zweite Schreckschraube Man kann es sich von Laternenpfählen holen.

Erste Schreckschraube Was holen?

Zweite Schreckschraube Ich weiß nicht, ich bin ganz durcheinander.

Erste Schreckschraube Du solltest einen Psychiater aufsuchen. Du bist verrückt. Vielleicht brauchst du sogar ein neues Gehirn.

Zweite Schreckschraube Ach, ein ganz neues Gehirn könnte ich mir nicht leisten.

Erste Schreckschraube Na, du könntest eines dieser »Curry«-Gehirne nehmen.

Zweite Schreckschraube Was kosten die?

Erste Schreckschraube *(sie greift nach einem Katalog)* Ich weiß nicht, ich seh mal in den Katalog. Also... Batterielampen, Dynamolampen, Rücklichter, Gehirne – da haben wir's ja.

Zweite Schreckschraube Ich bin immer noch durcheinander.

Erste Schreckschraube Oh, hier ist ein schönes, dreizehn sechzig! Das ist eins aus »Currys« eigener Produktion.

Zweite Schreckschraube *Das* sieht gut aus. Was ist das?

Erste Schreckschraube Ein Kotflügel.

Zweite Schreckschraube Er kostet nur acht Schilling.

Erste Schreckschraube Also, ich denke, fünf Mäuse mehr für ein Gehirn ist schon in Ordnung. Ich ruf mal an. *(Sie geht zum Telefon und wählt eine Nummer.)* Hallo, ist dort »Curry's«? Ich möchte bitte eines Ihrer Gehirne zu dreizehn sechzig ausprobieren. Ja. Ja. Ja. *(Sie schaut unter ihren Schuh.)* Vierundvierzig. Ja... Danke. *(Sie legt den Hörer auf.)* Sie schicken jemanden vorbei. *(Es klopft an der Tür.)*

Zweite Schreckschraube Oh, das ging schnell. Herein!

Mann (JOHN) Hallo, Mr. und Mrs. und Mrs. Zambesi?

Erste Schreckschraube Ja, das stimmt. Sind Sie der Mann von »Curry's«?

Mann Nein, ich komme nur, um zu sagen, daß er unterwegs ist. Würden Sie das hier bitte unterschreiben.

Er reicht ihr einen nackten, unterhalb des Knies abgeschnittenen Unterschenkel. Sie signiert ihn.

Mann Haben Sie vielen Dank. Danke. Tut mir leid, wenn ich Sie belästigt habe.

Erste Schreckschraube Danke.

Der Mann geht. Es klopft an der Tür, und er kommt wieder herein.

Mann Äh, er kommt jetzt. Hier ist er.

Die Tür öffnet sich, und zwei Hände werfen eine Puppe ins Zimmer, die aussieht wie ein Vertreter mit Aktentasche. Sie klatscht auf den Fußboden, die Tür wird geschlossen. Die zwei Schreckschrauben beugen sich darüber und betrachten sie eine Weile.

Erste Schreckschraube Hallo. . . hallo. . .

Zweite Schreckschraube *(nimmt die Puppe hoch)* Das ist kein richtiger Vertreter. Von dem kaufe ich nichts. Er flößt mir zuwenig Vertrauen ein.

Erste Schreckschraube Mir flößt er überhaupt kein Vertrauen ein – das ist doch eine Attrappe! Ich rufe bei »Curry's« an. *(Sie nimmt den Hörer ab, ohne diesmal überhaupt zu wählen.)* Hallo, »Curry's« – der Vertreter, den Sie geschickt haben, ist ganz offensichtlich eine Attrappe. . . Oh, vielen Dank. *(Sie legt den Hörer auf.)* Sie schicken gleich einen richtigen vorbei. *(Es klopft an der Tür.)*

Zweite Schreckschraube Herein!

Der Vertreter tritt ein.

Vertreter (MICHAEL) Guten Morgen – Mr. und Mrs. und Mrs. Zambesi?

Zweite Schreckschraube Ja, das ist richtig.

Erste Schreckschraube Ja, das ist richtig. . . *(Mit männlicher Stimme zur Seite gesprochen)* Ja, das ist richtig.

Vertreter *(zur Puppe)* Alles klar, Rutherford, ich übernehme.

Er öffnet einen Karton und holt ein Metallkistchen mit Spiralen und Drähten daran hervor.

Zweite Schreckschraube Oh, das ist hübsch.

Vertreter Ja! Davon verkaufen wir viel. Schauen wir mal, ob es paßt?

Zweite Schreckschraube Muß ich mich dafür operieren lassen?

Vertreter Nein, gnädige Frau, wir schnallen es einfach an.

Er setzt ihr das Gerät auf den Kopf.

Zweite Schreckschraube Muß es denn nicht in meinen Kopf hinein?

Vertreter Nicht das Roadster-Modell! Sie denken wahrscheinlich an das »Brainette major«.

Zweite Schreckschraube Und was kostet das?

Vertreter Vierundvierzig sechzig.

Zweite Schreckschraube Ach, das ist es nicht wert!

Vertreter Nein, mit der »Curry's«-Chirurgie, so wie wir sie praktizieren, nicht. Da haben Sie recht. Aber der heißeste Tip ist natürlich das »Bertrand Russell super silver«! Ein Schmuckstück – zweihundertfünfzig plus Krankenhauskosten.

Zweite Schreckschraube Das ist eine Menge.

Vertreter Dafür ist es in Farbe. Fertig. *(Er schnallt das Gehirn an ihren Kopf fest und fummelt an ein paar Knöpfen herum. Ab und zu gibt es Zündfunken.)* Ein, zwei drei, . . . Test, Test!

Zweite Schreckschraube Für mich bitte Pfefferminzpastete.

Erste Schreckschraube Warum hat sie das jetzt gesagt?

Vertreter Ruhe, bitte! Es ist noch nicht eingestellt! *(Er bastelt mit einem Schraubenzieher an dem Gerät herum.)*

Zweite Schreckschraube Oh, ich liebe diese Rikscha-Fahrten. Ich bin mein ganzes Leben lang Konservative gewesen, gewesen, gewesen, gewesen, gewesen. Guten Morgen, Mr. Presley. Wie gut Sie aussehen, Sie sehen sehr gut aus. . . unsere Reisegeschwindigkeit beträgt jetzt 610 in der Stunde. . . also, also, also, also, hallo, hallo, Liebes. . .

Vertreter Gut so, eins, zwei, drei, . . . *(Er dreht an einer Schraube.)*

Zweite Schreckschraube Acht, sieben. *(Er stellt eine andere Schraube ein.)* Vier.

Erste Schreckschraube Ach, das hat sie früher nicht gekonnt.

Vertreter Ruhe, bitte. Mrs. Zambesi, von wem stammt die Relativitätstheorie?

Erste Schreckschraube Ich weiß es! Ich weiß es!

Vertreter Ruhe, bitte! *(Er stellt einen Kontrollschalter ein.)*

Zweite Schreckschraube Einstadt. . . Einstand. . . Einstedt. . . Einsteig. . . Einsteik. . . Einsteim. . . Ein*stein.*

Vertreter Gut.

Zweite Schreckschraube Noël Einstein.

Vertreter Richtig. Das macht dann dreizehn sechzig bitte.

Erste Schreckschraube *(bezahlt mit unsichtbarem Geld)* Es ist großartig.

Vertreter Sie kann es nachts abnehmen, außer natürlich wenn sie lesen will. Und stellen Sie ihr nicht zu viele Fragen, sonst wird es zu heiß. Wenn Sie Probleme haben – hier ist meine Karte. *(Er reicht ihr einen abgeschnittenen menschlichen Arm.)* Sie brauchen uns nur anzurufen, und entweder ich oder Mr. Rutherford *(er hebt die Puppe auf und zerrt sie Richtung Tür)* wird sofort bei Ihnen vorbeischauen. Auf Wiedersehen.

Erste Schreckschraube Haben Sie herzlichen Dank.

Die Tür fällt hinter ihm zu und wird sofort wieder geöffnet. Der »Mann« von vorher steckt den Kopf herein.

Mann Er ist jetzt weg.

Er zieht seinen Kopf zurück und schließt die Tür.

Erste Schreckschraube *(zögernd)* Wollen wir rausgehen und Blut spenden?

Zweite Schreckschraube *(mit leichtem Silberblick)* Ja, bitte, Mr. Roosevelt, aber versuchen Sie, die Lautstärke auf einem Minimum zu halten.

Erste Schreckschraube Ich hole dir deinen Mantel.

Zweite Schreckschraube Haben Sie vielen Dank, Herr Senator Muskie, aber mir ist angenehm warm in diesem Sellerie-Strunk.

Die Schreckschrauben treten aus ihrem Haus hinaus auf die Straße. Die Kamera bleibt dicht bei ihnen.

Zweite Schreckschraube *(zu einem Nachbarn)* Gabelstapler, Mr. Clarke.

Erste Schreckschraube *(erklärend)* Neues Gehirn!

Zweite Schreckschraube Gabelstapler, Mrs. Worral.

Schnitt auf eine weitere Schreckschraube mit dem gleichen Ersatzhirn auf dem Kopf.

Mrs. Worral Gabelstapler, Mrs. Zambesi.

Sie gehen weiter und kommen an einer Bushaltestelle vorbei, an der ein Zeitung lesender Pinguin steht. Ein paar nicht-explodierte Schotten liegen auf dem Boden herum.

Erste Schreckschraube Glaubst du, daß alles richtig funktioniert?

Zweite Schreckschraube O ja, dank dir, Liebes. Es ist großartig. Wenn wir jetzt ein oder zwei Vorwahlen gewinnen, dann können wir, glaube ich, den Stimmenanteil der Republikaner in den Großstädten halbieren.

Erste Schreckschraube So, so. . . Wir sind da.

Sie öffnen eine Tür mit der Aufschrift »Blutspenden«.

Zweite Schreckschraube Ich werde darüber nachdenken müssen, wie es ist, Präsident der Vereinigten Staaten zu sein.

Die beiden gehen aus dem Bild.

Ein Krankenhausflur. Ein Schild mit einem Pfeil und der Aufschrift »Blutspenden«. Hintereinander stehen mehrere Menschen in einer Schlange an. Mr. Samson trägt einen weißen Kittel.

Samson (JOHN) Blutspender, bitte hier entlang.

Spender Oh, haben Sie vielen Dank. *(Er stellt sich hinten an.)*

Samson Danke. *(Grimshaw tritt zu ihm und flüstert ihm etwas ins Ohr. Samson schaut ihn leicht irritiert an.)* Was?! *(Grimshaw flüstert erneut.)* Nein. Nein. Tut mir leid, wirklich nicht. *(Grimshaw flüstert.)* Nein, Sie können nicht Urin statt Blut spenden. *(Grimshaw flüstert.)* Es ist mir egal, ob Sie das lieber möchten. *(Grimshaw flüstert.)* Nein. So etwas wie eine Urinbank gibt es nicht.

Grimshaw (ERIC) Bitte.

Samson Nein. Wir haben keinen Bedarf dafür. Wir haben auch ohne freiwillige Spender genug davon.

Grimshaw Nur eine Probe.

Samson Nein, wir wollen keine Probe. Wir wollen entweder Ihr Blut oder gar nichts.

Grimshaw Ich gebe Ihnen etwas Blut, wenn Sie mir auch etwas dafür geben...

Samson Was?

Grimshaw Naja, etwas, um den Urin hineinzutun.

Samson Nein, nein, bitte gehen Sie.

Grimshaw Ich will Ihnen sowieso kein Blut geben.

Samson In Ordnung, Sie müssen ja nicht. Gehen Sie nur.

Grimshaw Kann ich Ihnen etwas Spucke geben?

Samson Nein.

Grimshaw Schweiß?

Samson Nein.

Grimshaw Ohrenschmalz?

Samson Hören Sie, dies ist eine Blutbank – alles, was wir wollen, ist Blut.

Grimshaw Also gut! Sie kriegen ein bißchen Blut.

Er holt eine Flasche voll Blut hinter dem Rücken hervor.

Samson Wo haben Sie das her?

Grimshaw Heute. Es ist von heute.

Samson Welche Gruppe ist es?

Grimshaw Was gibt es für Gruppen?

Samson Nun, da gibt es A...

Grimshaw Es ist A.

Samson *(riecht an dem Blut)* Moment mal. Das ist meins! Dieses Blut gehört mir! Was machen Sie damit?

Grimshaw Ich habe es gefunden.

Samson Gefunden? Sie haben es aus meinem Körper gestohlen!

Grimshaw Nein.

Samson Kein Wunder, daß ich mich so blaß fühle. *(Er will das Blut trinken; Grimshaw schnappt ihm die Flasche weg.)* Geben Sie das zurück!

Grimshaw Es ist meins.

Samson Ist es nicht, Sie haben es gestohlen.

Grimshaw Niemals.

Samson Geben Sie es mir zurück.
Grimshaw Also gut. Aber nur, wenn ich Urin spenden darf.
Samson . . . Stellen Sie sich in die Schlange.

Schnitt zu einem Reporter, der den Hut zieht. Das Gelände hinter ihm könnte ein Rennplatz sein.

Rickman (MICHAEL) Guten Tag und willkommen beim Frauentausch von Redcar. Die große Überraschung des heutigen Vormittags war der Erfolg des Erzbriten Boris Rogers, der seine walisische Sechzig-Kilo-Gattin gegen einen Ford Popular und eine Dickens-Gesamtausgabe tauschen konnte. Aber jetzt sehe ich, daß alle startbereit sind, und gebe also hinüber zur Übertragung des 15-Uhr-30-Rennens.

Schnitt in eine Straße mit ungefähr zehn Häusern auf beiden Seiten.

Rickman Zuerst einen Blick auf den letzten Stand der Wetten.

EINBLENDUNG:	NR. 12 BETTY PARKINSON	7/4 AUF SIEG
	NR. 27 MRS. E. COLYER	9/4
	NR. 14 MRS. CASEY	4/1
		5/1 Zus.

Off-Sprecher (ERIC) Nummer 12 Betty Parkinson 7 zu 4 auf Sieg, Nummer 27 Mrs. Colyer 9 zu 4. Zusatzwette 5 zu 1.

Rickman Und da ist auch schon die Starterin: Mrs. Alex Marsh. *(Sie steigt auf ein Podest und gibt mit einer Pistole den Startschuß.)* Und los geht das Rennen!

Eine der Türen öffnet sich, und eine Frau saust über die Straße in ein anderes Haus hinein. Es öffnen sich jetzt immer mehr Türen, und immer mehr Frauen rennen kreuz und quer über die Straße in andere Häuser hinein. Das hektische Gerenne dauert etwa 20 Sekunden.

Rickman Und Mrs. Rogers taucht da als erste auf. Sie geht zu Mr. Johnson. Und Mrs. Johnson geht hinüber zu Mr. Colyer, dicht gefolgt von Mrs. Casey. Nummer 12, Mrs. Parkinson, liegt gut, sie geht zu Mr. Webster vom Coop, Mrs. Colyer gewinnt nach sehr schlechtem Start an Boden, sie ist von Mr. Caseys Wohnung auf dem Weg zu Mr. Parkinson und liegt einige Längen vor Mrs. Johnson, die Mr. Caseys Wohnung noch nicht erreicht hat. Mrs. Penguin und Mrs. Colyer – die beiden jetzt an der Spitze des Feldes vor Mrs. Brown, Mrs. Edgins, Mrs. Parkinson, Mrs. Warner und Mrs. Rudd – alle noch bei Mr. Phillips. Mrs. Penguin macht jetzt das Tempo, dicht gefolgt von Mrs. Casey, Mrs. Casey kommt innen auf, jawohl, sie rollt das Feld von hinten auf und setzt jetzt zum Überholen an, Mrs. Penguin rennt so schnell sie kann. . . Aber auf der Ziellinie ist

Mrs. Casey eine knappe Kopflänge vor Mrs. Penguin eingelaufen. Mrs. Penguin also auf dem zweiten Platz. Mrs. Parkinson dritte, Mrs. Rudd, Mrs. Colyer, Mrs. Warner und dann Mrs. Griffiths, die ungetauscht zurückgeblieben ist.

Eine Frau ist in der Mitte der Straße übriggeblieben.

Schnitt zurück zu Rickman am Rennplatz.

Rickman Das war wirklich ein aufregendes Rennen eben, und ich habe jetzt hier bei mir den Besitzer und Trainer von Mrs. Casey, der Gewinnerin – *Mr.* Casey. Herzlichen Glückwunsch, Jack.

Mr. Casey (TERRY J.) Danke, John.

Rickman Sind Sie überrascht von diesem Ergebnis, Jack?

Mr. Casey Nein, eigentlich nicht. Sie ist im Training sehr gut gelaufen und auch in Doncaster letzte Woche, deshalb ist sie auch mein großer Favorit für das kommende Wochenende in Cheltenham.

Rickman Recht herzlichen Dank, Jack. Wir müssen Sie jetzt leider verlassen, denn nun ist es Zeit für den Mannschafts-Wettbewerb.

Ein Reporter im weißen Smoking vom Typ Peter West steht in der Ecke eines Ballsaals. Er ist umgeben von mehreren festlich gekleideten Tanzpaaren.

EINBLENDUNG: »FRAUENTAUSCH-MEISTERSCHAFTEN – NORDWEST GEGEN SÜDWEST«

Peter (ERIC) Hallo und ein herzliches Willkommen aus dem Tower-Ballsaal in Reading. Und hier ist es sehr eng geworden an der Spitze, es steht alles auf des Messers Schneide, sie liegen Kopf an Kopf, Hals an Hals, Arsch an Hüfte, Sattel an Tasche, Huf an Eisen, Knopf auf Spitze – kurz, da paßt keine Melone mehr dazwischen. Nun muß also die Formation entscheiden, und da kommt auch schon Nordwest mit dem Mambo.

Schnitt zu den Tanzpaaren. Vier Herren und vier Damen in jedem Team, zusammen sechzehn Personen.

Peter Meister, legen Sie los, bitte.

Die Tänzer stellen sich gegenüber in zwei Reihen auf, als ob sie miteinander tanzen wollten. Die Damen tragen häßliche Tüllröcke, die Herren Fracks mit Nummern auf dem Rücken. Auf der Rückseite des Saales ist ein Transparent mit der Aufschrift »Mecca Frauentausch« zu sehen. Mambo-Musik beginnt. Nach vier Takten fallen die Teams übereinander her und wälzen sich am Boden. Ein wüste Orgie scheint zu beginnen.

Harter Schnitt zu Frank Bough im Sportstudio.

Frank Bough (MICHAEL) Nun ist es also Zeit für die Rugby-Liga, und die Höhepunkte des heutigen Spiels zwischen Keighley und den Hull Kingston Rovers.

Schnitt: ein Spielfeld, wo schlammbespritzte Rugby-Spieler einander gegenüber stehen.

EINBLENDUNG: »KEIGHLEY – HULL K. R. 2 : 23«

Eddie Waring (ERIC) *(Off-Sprecher)* Einen schönen guten Tag. Wie Sie sehen, liegen die Hull Kingston Rovers weit in Führung. An der 25er Linie kommt es jetzt zu einem Gedränge, Tom Colyer wird für Keighley werfen, und es ist Mrs. Colyer, die geworfen wird.

Das Gedränge hat sich formiert; der Gedränge-Halb hat eine ziemlich realistisch aussehende Frauenpuppe unter den Arm geklemmt und wirft sie nun in die Gasse. Nach etlichen Tritten von allen Seiten wird sie schließlich herausgekickt.

Eddie Waring So – und jetzt ist seine Frau im Gedränge gelandet, und Hull tritt kräftig zu. Sie machen das sehr gut. Einige großartige Versuche. Jetzt hat Warrington sie sich geschnappt und spurtet los. Wrigley ist bei ihm – ein toller Bursche ist das.

Der Gedränge-Halb hebt Mrs. Colyer auf und rennt los. Er wird attackiert, weicht aus und wirft Mrs. Colyer einem Verteidiger zu. Dem gelingt es, durchzulaufen und Mrs. Colyer zu einem Touch-down zwischen den Stangen abzulegen. Die zu Boden geworfene Dame bleibt zwischen den Stangen liegen, während die Spieler aufeinander zulaufen, um sich zu gratulieren und einander zu umarmen.

Eddie Waring So, und das war auch schon der Schlußpfiff nach dieser erfolgreichen Aktion, mit der die Walkers das Spiel locker mit sechsundzwanzig zu zwei Punkten gewonnen haben.

Schnitt zu Frank Bough im Sportstudio.

Frank Bough Ich möchte Sie noch daran erinnern, daß Sie im »Spiel des Tages« heute abend Höhepunkte von zwei großartigen Spielen dieses Nachmittags sehen können. Mrs. Robinson gegen Manchester United und Southampton gegen Mr. Rogers, eine ziemlich ungewöhnliche Begegnung. Und hier kommt noch ein Resultat... Coventry gegen Mr. Johnsons Gattin Una: null zu drei – Coventry ist also zu Hause baden gegangen. Die nächste Sportsendung auf BBC 1 wird um 21 Uhr 20 am Mittwoch abend gesendet, dann können Sie »Frauentausch mit Coleman« live bei mir zu Hause sehen. Bis dahin – gute Nacht.

Die Abspann-Titel laufen über ein viergeteiltes Bild. Auf allen vier Segmenten sind turbulente Bett-Szenen zu sehen. Man hört die »Grandstand«-Erkennungsmusik.

GRANDSTAND
EINE SENDUNG DER BBC
ERDACHT, GESCHRIEBEN UND AUFGEFÜHRT VON
MICHAEL PALIN UND MRS. CLEESE
ERIC IDLE UND MRS. PALIN
JOHN CLEESE UND MRS. JONES
TERRY GILLIAM UND TERRY JONES UND MRS. IDLE
GRAHAM CHAPMAN UND MR. SHERLOCK
AUSSERDEM TRATEN AUF
CAROL CLEVELAND UND MRS. UND MRS. ZAMBESI
CARON GARDENER UND MR. A.
MAKE-UP MISS GAFFNEY UND MR. LAST
KOSTÜME HAZEL PATHIG UND MR. CLARKE
GRAPHIK BOB BLAGDEN UND DIE BÖSE ROSY
TRICKFILM TERRY GILLIAM UND RABBI COLQUHOUN
KAMERA ALAN FEATHERSTONE UND MISS WESTON
SCHNITT MR. RAY MILLICHOPE UND SEIN ORCHESTER
TON RICHARD CHUBB UND MRS. LICHT
LICHT BILL BAILEY UND MR. TON
CHOREOGRAPHIE JEAN CLARKE UND
EIN NAMENLOSER MANN AUS ESHER
AUSSTATTUNG CHRIS THOMPSON UND MRS. ARMSTRONG-JONES
REGIE IAN MACNAUGHTON UND »DICKIE«
EINE BBC TV UND MRS. THAMES PRODUCTION

Die Kamera zieht auf, und man sieht diesen Abspann auf der Leinwand in Dickie Attenboroughs Preisverleihungs-Show laufen. Dickie betätigt eine Handpumpe. Aus deutlich sichtbaren Schläuchen neben seinen Augen läuft daraufhin Wasser.

Dickie Und das waren sie, die Ehrungen des Jahres. Ehrungen, für die Sie und die Gesellschaft gestimmt haben, denn Ehrungen bringen der Gesellschaft die größte Ehre. Schade, daß der Mann, dem sie zu verdanken sind, heute nicht bei uns sein kann. Er ist nämlich zu Hause und schläft. Aber wir werden ihn jetzt aufwecken und ihm die gute Nachricht überbringen.

Ein dunkles Schlafzimmer. Das Licht geht plötzlich an. Ein Mann richtet sich im Bett auf. Er hat nichts an.

Dickie Hallo, Arthur Briggs in Bristol, sind Sie es. . .?

Briggs schaut entsetzt. Man sieht, daß noch ein anderer Mann (John) mit ihm im Bett liegt.

Briggs (MICHAEL) O mein Gott! *(Er zieht die Bettdecke über den anderen Mann.)*

Schnitt zurück zu Dickie.

Dickie Und nun der Augenblick, auf den Sie alle gewartet haben...

EINBLENDUNG: »ENDE«

Dickie Nein, nicht dieser Augenblick. Obwohl dieser Augenblick in einem Augenblick kommen wird. Der Augenblick, von dem ich spreche, ist der Augenblick, in dem wir wie in jedem Jahr, so auch dieses Jahr, das mit den meisten Preisen gepriesene Ensemble preisen. Meine Damen und Herren, begrüßen Sie nun bitte mit mir zusammen die diesjährigen Gewinner der höchsten Auszeichnung, die das Showbusiness zu vergeben hat, die Gewinner des Mountbatten-Pokals, das Ensemble aus dem Sketch »Der schweinische Pfarrer«.

Sehr patriotische Musik. Das Ensemble des Sketches »Der schweinische Pfarrer« betritt die Bühne. Sie verbeugen sich vor Prinzessin Margaret. Attenborough umarmt jeden einzelnen.

Dickie Und nun wollen wir uns ansehen, womit Sie diese hohe Auszeichnung verdient haben. Hier ist der Sketch vom »Schweinischen Pfarrer«!

Schnitt zu zwei Damen, die in einem vornehmen Salon Tee trinken.

Erste Dame (CAROL) Hast du Lady Windermeres neue Kutsche gesehen, Liebes?

Zweite Dame (CARON GARDENER) Ganz zauberhaft!

Erste Dame Nicht wahr!

Der Butler Chivers tritt ein.

Chivers (GRAHAM) Der neue Pfarrer möchte sich vorstellen, Mylady.

Erste Dame Schicken Sie ihn rein, Chivers.

Chivers Wie Sie wünschen, Mylady. *(Er geht.)*

Es treten ein: ein Schweizer Bergsteiger (Terry G.) mit Tiroler-Hut, Lederhosen, Rucksack, Eispickel usw., gefolgt von zwei Männern in Abendgarderobe. Sie schauen sich um und gehen wieder.

Erste Dame Nun, wie ist dein Tee, Liebes? Vielleicht etwas mehr Wasser?

Zweite Dame Dank dir. So wie er ist, ist er wunderbar.

Chivers Reverend Ronald Simms, der schweinische Pfarrer von St. Michael... uh!

Chivers ist offensichtlich vom schweinischen Pfarrer in den Hintern gekniffen worden.

Pfarrer (TERRY J.) Sakra, das sind geile Dinger! Diese Titten muß ich in die Finger kriegen!

Er stürzt sich auf die zweite Dame, wirft ihr den Rock über den Kopf und wälzt sich mit ihr über die Sofalehne hinter das Sofa.

Erste Dame Wie gefällt Ihnen Ihr neues Pfarramt?

Der Pfarrer rappelt sich hinter dem Sofa auf, sein Hemd steht offen und sein Haar ist durcheinander; er faßt der ersten Dame an die Brust.

Pfarrer Ich liebe Titten!

Erste Dame Herr Pfarrer! Herr Pfarrer!

Der Pfarrer hält plötzlich inne, schaut sich um, als ob ihm plötzlich klar wird, was er angerichtet hat.

Pfarrer Oh, mein Gott! Ich bitte Sie vielmals um Entschuldigung! Wie fürchterlich! Der erste Tag in meinem neuen Amt, und ich... es tut mir so leid!

Erste Dame *(sie bringt ihre Kleidung in Ordnung)* Macht ja nichts, macht ja nichts. Chivers! Mary soll mir eine neue Bluse bringen, ja?!

Die zweite Dame rappelt sich hinter der Couch hoch, sie ist völlig derangiert. Ihre Bluse ist aufgerissen.

Chivers Wie Sie wünschen, Mylady.

Pfarrer *(zur zweiten Dame)* Ich bitte um Entschuldigung... ich muß mich setzen.

Erste Dame Zurück zu meiner Frage: Wie gefällt Ihnen Ihr neues Pfarramt?

Sie sitzen wieder auf der Couch.

Pfarrer Oh, doch, ja, also das Haus ist großartig, und das Personal ist außerordentlich aufmerksam, ganz besonders dieses kleine Hausmädchen mit den wahnsinnigen Titten...

Über den Teetisch hinweg stürzt er sich auf das Hausmädchen. Die beiden gehen hinter dem Sessel der Gastgeberin zu Boden. Schreie und Stöhnen.

Applaudierend kommt Dickie hinzu. Auch das Publikum applaudiert.

Dickie So, das war es dann also. Ein weiteres Jahr ist leider wieder allzu schnell zu Ende gegangen, und ich glaube, daß in diesem Augenblick niemand glücklicher sein könnte, als... ich es bin.

Im Hintergrund stehen die Schauspieler des Sketches in einer Reihe. Sie lächeln peinlich berührt.

Abblende.

Vierzig – Das Goldene Zeitalter der Ballonfahrt

Trickfilm mit aufsteigenden Ballons.
EINBLENDUNG: »DAS GOLDENE ZEITALTER DER BALLONFAHRT«
EINBLENDUNG: »DIE ANFÄNGE«
Schnitt in ein gutbürgerliches Badezimmer. Ein Klempner mit offenem Werkzeugkasten ist mit einer komplizierten Reparatur an einem Klosett beschäftigt. Er arbeitet in unbequemer Rückenlage.

Klempner (MICHAEL) *(emsig schraubend)* Das Goldene Zeitalter der Ballonfahrt begann genaugenommen 1783... mit dem ersten Aufstieg der Brüder Montgolfier in einem Heißluftballon. Am Abend vor diesem... *(mit dem Schraubenschlüssel kämpfend)*... na, komm schon... komm schon... großartigen Aufstieg begutachteten die Brüder ihr Gefährt ein letztes Mal auf einem Acker bei Annonnay.
Barocke Cembalomusik. Überblendung in ein kleines französisches Landhaus. Joseph und Jacques Montgolfier stehen am Fenster und blicken zu ihrem Ballon hinaus. Im Hintergrund werkelt ein Klempner an einem typisch französischen Abflußrohr des 18. Jahrhunderts.

Jacques (ERIC) Joseph, das wird unsere große Stunde.

Joseph (TERRY J.) Frankreichs große Stunde.

Jacques Ah, oui!

Joseph Erster Aufstieg der Brüder Montgolfier mit einem Heißluftballon – 1783... Ich seh uns schon im Lexikon... gleich hinter Montesquieu und genau vor Mozart.

Jacques Ich glaub, ich geh mich jetzt waschen...

Joseph Hals- und Beinbruch.

Jacques Och... ist doch weiter nichts dabei... Ich spritz mir ein bißchen Wasser ins Gesicht, und dann...

Joseph Nein... ich meine für morgen.

Jacques Ach so, na schön. Gleichfalls. Die meiste Arbeit hast ja du gemacht.

Joseph Hoffentlich kommen wir sicher hoch.. Und nimm nicht wieder mein Handtuch.

Jacques Weißt du, als du mir in Paris die Pläne gezeigt hast, konnte ich kaum glauben, daß wir die ersten fliegenden Menschen sein würden.

Joseph Ja... Es ist wunderbar.

Jacques Ich bin so fickerig, daß ich mich kaum waschen kann.

Joseph Ja... In letzter Zeit fällt es mir auch schwer.

Jacques Aber was ist schon Waschen, wo wir kurz vor einem großen wissenschaftlichen Durchbruch stehen?

Joseph Jacques, ich muß dir was sagen.

Jacques Ja, was denn, Joseph?

Joseph Ich wasch mich jetzt schon seit Jahren nicht mehr so richtig.

Jacques Wie meinst du das? Das Gesicht wäschst du dir doch sicher immer?

Joseph Das Gesicht schon, das Gesicht wasch ich mir... aber Füße... Bauch... Brust, alles ganz dreckig.

Jacques Naja, den Bauch wasch ich mir auch nicht jeden Tag.

Joseph *(in wachsender Zerknirschung)* Ach, aber viel öfter als ich... Von uns Montgolfiers bist du der reinlichere.

Jacques Aber Joseph, darauf kommt es doch nicht an...

Ein äußerst steifer Butler tritt auf.

Butler (GRAHAM) Monsieur Montgolfier, ein Mr. Parfitt will Sie sprechen, Sir.

Jemand steckt den Kopf durch die Tür und souffliert dem Butler laut zischelnd.

Mr. Bartlett Nein, nein... nicht Parfitt... Bartlett! *(Zieht den Kopf wieder ein.)*

Butler Ein Mr. Barklit will Sie sprechen, Sir.

Mr. Bartlett Nein! Bartlett, mit »t« in der Mitte! *(Zieht den Kopf wieder ein.)*

Butler *(stotternd)* Ein Barr... at... elett... will Sie sprechen, Sir.

Mr. Bartlett Bartlett! *(Zieht den Kopf wieder ein.)*

Butler Barkit...

Mr. Bartlett Bartlett!

Butler Barlit... Bartlett... Ein Mr. Bart*lett* will Sie sprechen, Sir.

Joseph Ich bin für niemand zu sprechen, O'Toole... Sagen Sie ihm, er soll wieder gehn.

Butler Vielen Dank, Sir. *(Geht ab.)*

Jacques Na, es wird spät, ich muß mich waschen gehen.

Joseph Und was wäschst du?

Jacques Och, nur Gesicht und Hals... womöglich die Füße... und vielleicht... aber nein... lieber nicht. Schließ die Pläne weg, Joseph... Morgen sind wir die Helden von Frankreich. »Der erste Aufstieg der Brüder Montgolfier in einem Ballon«. Gleich nach Ballmeise und kurz vor Bammel... Das macht sich gut im Lexikon!

Ein paar Männer sind hereingekommen, haben sich eine freie Stelle gesucht und stellen flink und stumm eine Leinwand und einen Projektor auf. Der Projektor wird eingeschaltet, und auf der Leinwand erscheint ein Film, ein Triumphmarsch und Applaus sind zu hören, dann der Kommentar. Zoom auf die Leinwand. Gezeigt wird ein Trickfilm mit zwei nackten Männern, die in einem großen Bottich boxen.

Off-Sprecher (GRAHAM) Und so kam es, daß sich die Gebrüder Montgolfier am 7. Juni 1783 einmal gründlich wuschen... Joseph Michael Montgolfier fing mit Gesicht und Armen an, schrubbte Bauch, Beine und die unartigen Stellen und spülte sich danach gründlich ab. An diesem Juniabend wuschen er und sein Bruder zusammen siebzehn Quadratfuß Haut. Sie verbrauchten dabei eineinhalb Kilo Karbolseife und fast vierzehn Gallonen lauwarmes Wasser. Ein wahrhaft eindrucksvoller Anblick.

Crescendo der Musik.

EINBLENDUNG: »ENDE«

Bild eines Ballons.

EINBLENDUNG: »DAS GOLDENE ZEITALTER DER BALLONFAHRT«

Überlagert das Logo von BBC 2.

Off-Sprecher (GRAHAM) In der nächsten Folge von »Das Goldene Zeitalter der Ballonfahrt« widmen wir uns der Leistung von Glaisher und Coxwell, der englischen Ballonfahrer, die 1862 sieben Meilen hoch aufstiegen, ohne sich vorher zu waschen. Dazu gibt es ein Buch mit dem Titel »Das Goldene Zeitalter der Ballonfahrt«, das die BBC als Begleitband zur Serie herausbringt. Es hat einen hübschen, handgepreßten Einband, kostet fünf Pfund, bei Kaufverweigerung fünfzig Pfund Strafe, ersatzweise drei Monate Haft. Darüber hinaus eine Sprechplatte mit Rezitationen aus »Das Goldene Zeitalter der Ballonfahrt«, eine gehäkelte Tagesdecke mit dem Schriftzug »Das Goldene Zeitalter der Ballonfahrt«, erhältlich bei der BBC für £ 18 (ersatzweise fünf Monate Haft), und im Angebot sind auch passende Sets von Klosettdeckelschonern und Klosettfußmatten mit Abbildungen zahlreicher Ballons, die in der Sendung gezeigt werden. Erhältlich ist außerdem ein lebensgroßer Spielzeugfrosch, der die Worte »Das Goldene Zeitalter der Ballonfahrt« quaken kann, und ein formschöner Bakelitbehälter in Ballongestalt zur Aufbewahrung von Straßenbauplänen. Und jetzt sehen Sie noch einmal die Wiederholung der Vormittagswiederholung der Zweitausstrahlung von gestern abend: Folge zwei der preisgekrönten Serie »Das Goldene Zeitalter der Ballonfahrt«.

Trickfilm mit steigenden Ballons wie zuvor.
EINBLENDUNG: »DAS GOLDENE ZEITALTER DER BALLONFAHRT«
EINBLENDUNG: »ZWEITE FOLGE: DIE LIEBE DER BRÜDER MONTGOLFIER«
EINBLENDUNG: »SELBSTVERSTÄNDLICH NICHT DIE GEGENSEITIGE«
Joseph Montgolfiers Werkstatt. Wir sehen Planzeichnungen und Reißbretter und an einem Ende des Raums Josephs Braut Antoinette in einem Reifrock. Sie hängt waagerecht in Gurten wie die Gondel eines Luftschiffs unter einer Gashülle. Joseph stellt erregt Berechnungen an. Ab und zu tritt er zu ihr hin, mißt etwas ab, geht wieder an den Tisch zurück und schreibt es auf.

Antoinette (CAROL) Ach, Joseph, du denkst nur noch an Ballons. Du redest nur noch von Ballons. Dein schönes Haus ist bis zum Dach voller Ballonplunder... Alle deine Bücher sind über Ballons... Jedes Lied, das du trällerst, hat irgendwas mit Ballons zu tun... Du ißt nur noch Sachen, die blähen... Deine Hunde heißen alle »Ballo«... Und beim Zubettgehen bindest du dir Ballons um die Fußgelenke...

Joseph Das ist nicht wahr!

Antoinette Naja, das nicht, aber du bückst dich und rufst »Hallo! Ballons!«, und dabei sind gar keine da. Weißt du, Ballons werden für dich allmählich zur Zwangsvorstellung. Und warum muß ich den lieben langen Tag unter dieser dämlichen Gashülle baumeln? Bedeute ich dir gar nichts mehr?

Joseph *(geschäftig messend)* Oh, ma Chérie, du bedeutest mir mehr, als jedes Luftschiff schwerer als Luft es je...

Antoinette Jetzt fängst du schon wieder davon an!

Joseph Zappel nicht!

Jacques tritt ein.

Jacques Ich hab dir dein Bad eingelassen, Joseph. *(Bemerkt Antoinette.)* Oh, Verzeihung, ich hatte keine Ahnung...

Joseph Schon gut, das Kitzligste haben wir schon hinter uns.

Jacques Vergiß bitte nicht, daß uns heute abend hoher Besuch beehrt.

Joseph Ach ja?

Jacques Sag jetzt nicht, daß du es schon wieder vergessen hast. Der Mann, der unsere Versuche mit Tausenden von Francs finanziert.

Joseph Wer?

Jacques Ludwig XIV.!

Joseph Ist der nicht tot?

Jacques Offenbar nicht...
Joseph In Ordnung, ich komme.
Jacques Ach, und Joseph...
Joseph Was noch, Jacques?
Jacques Du... wäschst dich doch vorher... oder?
Joseph Na klar!

EINBLENDUNG: »SPÄTER AM SELBEN ABEND«

Schnitt ins Wohnzimmer der Montgolfiers. Jacques sitzt ziemlich nervös herum. Im Hintergrund werkelt der Klempner. Die Tür geht auf, und der Butler erscheint.

Butler Seine königliche Majestät, Ludwig XIV. von Frankreich.

Mr. Bartlett streckt den Kopf herein und zischt den, Butler vernehmlich an.

Mr. Bartlett Und Mr. Bartlett.

Der Butler schiebt ihn weg. Fanfarenstoß. Herein kommt Ludwig XIV. mit zwei verwegen aussehenden Beratern. Er trägt vollen Reichsornat.

Jacques Euer Majestät. Wir fühlen uns sehr geehrt. Willkommen in unserer bescheidenen Hütte.
Ludwig (MICHAEL) *(mit breitem Glasgower Akzent)* Freut mich, äh... freut mich, Sie zu sehen...
Jacques *(ruft)* O'Toole!
Butler Sir?
Jacques Bitte einen Bordeaux für Ihro Majestät.
Butler Draußen steht schon wieder so ein Mr. Bartlett, Sir.
Jacques Nicht jetzt, den kann ich jetzt nicht empfangen, wir haben den König von Frankreich zu Besuch.
Butler Jawohl, Sir.

Geht ab. Jacques und der König stehen in peinlichem Schweigen herum. Schließlich bricht Jacques das Eis.

Jacques Majestät hatten hoffentlich eine angenehme Reise?
Ludwig Doch, doch, absolut, doch, ähm, doch, doch.

Schweigen.

Jacques Sie kommen von Paris?
Ludwig Von wo?
Jacques Von Paris... Sie sind von Paris angereist?
Ludwig Oh, ja, wir kommen von Paris... genau... genau... wir kommen grad von... äh... Paris... genau.

Der Butler kommt wieder herein.

Butler Sir?

Jacques Was gibt's, O'Toole?
Butler Wo bitte befindet sich der Bordeaux, Sir?
Jacques In der Karaffe.
Butler In dem Holzdings?
Jacques Nein, nein. . . In dem Glasdings. . . In der Glaskaraffe mit dem runden Glasstöpsel.
Butler Ach so, gleich hinter der Tür.
Jacques Nein, nein. . . auf der Anrichte.
Butler Auf der Anrichte?
Jacques Auf der Anrichte. . . genau. Passen Sie auf. . . Sie gehen in die Salle à manger. . . ins *Eßzimmer*, ja? – Und dann haben Sie gleich links an der Wand die Anrichte, neben dem Ölporträt meines Bruders.
Butler Ach so! Also über dem Spiegel, Sir?
Jacques Nein! Nein! Der Spiegel hängt auf der *anderen* Seite. An der Wand gegenüber!
Butler Aber da steht doch der *Tisch,* Sir.
Jacques Nein. . . So weit bis zum Tisch brauchen Sie gar nicht. Gleich wenn Sie reinkommen, ja. . .? Rechter Hand haben Sie dann die Tür zur Orangerie, geradeaus die Tür zur Bibliothek, und linker Hand haben Sie die Anrichte.
Butler Ah ja, verstehe, Sir. . .
Jacques Der Bordeaux steht oben links auf der Anrichte.
Butler Also links.
Jacques Genau. . .
Butler Links, wenn man davorsteht, Sir?
Jacques Genau.
Butler Verstehe vollkommen, Sir. Vielen Dank, Sir. *(Wendet sich zum Gehen.)*
Jacques O'Toole.
Butler Jawohl, Sir?
Jacques Würden Sie bitte Monsieur Joseph melden, daß unser Gast da ist.
Butler Jawohl, Sir.
Geht ab. Erneut peinliches Schweigen.
Jacques Bedauere unendlich, Majestät.
Butler *(wieder hereinkommend)* Sir, offenbar wurde der Plan gefaßt, einen Kanal zwischen den ägyptischen Städten. . .
Jacques Nicht jetzt, O'Toole!
Der Butler geht ab. Erneutes Schweigen.

Ludwig Also, äh... Mr. Montgolfier... reden wir nicht lang drum rum. Meine Herzöge und ich sind vielbeschäftigte Männer. Um was wir Sie bitten möchten, ist, uns einen Einblick in die Pläne für den Ballon zu geben...

Jacques Gewiß, Euer Majestät... Ich habe sie hier schon bereitliegen...

Ludwig Ah, großartig... ähem... am liebsten würden wir die gleich mitnehmen, für das Königliche Archiv von...

Erster Herzog *(ebenso breiter Dialekt)* Von Frankreich.

Ludwig Von Frankreich, jupp.

Jacques Das ist eine solch große Ehre, Euer Majestät, daß ich es Euch nicht abschlagen kann.

Ludwig Alles klar! Okay! Her damit!

Er und seine beiden Herzöge setzen sich schlagartig in Bewegung. Sie wollen sich gerade die Pläne schnappen, als Joseph hereinstürzt, nur mit Handtuch und einer recht albernen Badekappe bekleidet.

Joseph Moment mal!

Jacques Aber Joseph!

Joseph *(auf den König deutend)* Der da ist nicht Ludwig XIV.!

Jacques Joseph! Bist du noch bei Trost?!

Joseph In der Wanne hab ich's nachgeschlagen. Ludwig XIV. ist 1717 gestorben. Jetzt haben wir 1783! Äußern Sie sich dazu!

Ludwig Hab ich Ludwig XIV. gesagt? Oh, pardon, ich hab Ludwig XV. gemeint... Ludwig XV.

Joseph *Der* ist 1774 gestorben!

Ludwig tritt rauflustig auf Joseph zu.

Ludwig Okay, Ludwig XVI.! Hör zu, du Klugscheißer, als König von Frankreich haste besseres zu tun, als dir den ganzen Tag deine scheiß Nummer zu merken!

Er rückt Joseph auf die Pelle und versetzt ihm nach altem Glasgower Brauch einen gemeinen Kopfstoß gegen die Nasenwurzel.

Joseph Aaaaaah!

Er taumelt rückwärts und faßt sich schmerzerfüllt an die Nase. Ludwig tritt auf Jacques zu, genauso streitsüchtig.

Ludwig Okay! Na, wollen wir uns um Nummern streiten?

Jacques Äh... nein, nein danke.

Ludwig Also... her mit den Plänen für die Königlichen Archive. Mir müssen zurück nach... äh...

Erster Herzog Paris.

Ludwig Nach Paris noch heute abend, also 'n bißchen plötzlich!

Joseph Aaaah! Aua! Aaoooohh!
Der Butler erscheint wieder.

Butler Also, wie ich vor der Anrichte stehe, Sir...
Ludwig und seine Herzöge greifen sich die Pläne und drängen am Butler vorbei zum offenen Fenster. Dort entsteht ein kurzes Durcheinander, weil zugleich zwei Männer in Schwarz mit einem Projektor und einer Leinwand hereinklettern wollen.

Joseph Haltet sie... Oh! Ah... aaooooohh!

Butler *(zu Jacques)* Nichts Neues über den Kanal, fürchte ich, Sir, aber offenbar wollen sie in Indien eine Eisenbahn bauen, zwischen Lahore und...

Joseph Haltet... Aua! Haltet sie! O'Toole... Aua! Verdammte Scheiße! Um Himmels willen... haltet sie auf, sie haben die Pläne!
Rennt zum Fenster.
Inzwischen haben die Männer in Schwarz die Leinwand aufgestellt. Ein Film zeigt, wie Ludwig und seine Mannen durch den Garten vom Haus der Montgolfiers flüchten.

Off-Sprecher (MICHAEL) Wird Ludwig XIV. mit den unersetzlichen Plänen der Brüder Montgolfier entkommen? Wird dieser zweifelhafte König das Ergebnis von sechzehn Jahren Arbeit entwenden können? Gerät Frankreich in den Würgegriff eines Monarchen aus Glasgow? Sehen Sie in der kommenden Woche die nächste Folge von »Das Goldene Zeitalter der Ballonfahrt«... in wenigen Minuten!

Schnitt zu Trickfilm und Titel wie zuvor. Musik.
EINBLENDUNG: »DAS GOLDENE ZEITALTER DER BALLONFAHRT«
EINBLENDUNG: »DRITTE FOLGE: FRANKREICHS GROSSER TAG«
Schnitt in eine laufende Fernsehdiskussion. Eine aktuelle Sondersendung mit dem Titel »Brennpunkt«. Zwei sichtlich wohlsituierte Herren und ein Moderator.
EINBLENDUNG: »SIR CHARLES DIVIDENDE«

Sir Dividende (GRAHAM) ...aber jetzt, wo die Regierung aufgelöst ist... und sich als unfähig erwiesen hat, staatstragende Kräfte etwelcher Art zu mobilisieren, bedarf es meiner Meinung nach der Stabilität und Atempause, wie sie uns eine militärische Aktion verschafft.

Moderator (MICHAEL) Lord Zinsfuß?
EINBLENDUNG: »LORD ZINSFUSS«

Lord Zinsfuß (ERIC) Aber ja, ich bin ganz Ihrer Meinung, daß unsere ruhmreichen Streitkräfte die Macht übernehmen müssen, doch die Massenhinrichtungen auf offener Straße sollten deswegen nicht ausgesetzt werden, denn sie gewähren genau den moralischen Rückhalt, den unsere britische Wirtschaft so nötig braucht wie das liebe Brot.

Während sie weiterschwafeln, wendet sich der Moderator ab und spricht halblaut in die Kamera.

Moderator Die Pläne der Gebrüder Montgolfier tauchten tatsächlich wieder auf... sechs Monate später und weit von Paris entfernt, am Hofe König Georgs III. von England.

Schnitt in den Thronsaal. Georg III. läßt sich von einem Berater vorlesen.

EINBLENDUNG: »AM HOFE GEORGS III., 1781«

Vorleser (ERIC) ...Zipfelmützchen wurde unruhig. Wo Mariechen bloß blieb? Er suchte sie überall. Unter den Steinen und im Gebüsch... und das Eichhörnchen half ihm auf den Bäumen suchen, und der Dachs unter der Erde...

Es klopft. Georg III. schrickt zusammen. Routiniert klappt der Vorleser das Buch zu und schiebt es unter ein anderes, aus dem er bruchlos weiterliest.

Vorleser ...und so ersuchen wir, das Unterhaus, Euer Majestät feierlichst und untertänigst...

Georg III. (GRAHAM) Herein!

Lord North tritt ein und macht eine knappe Verbeugung.

Lord North (TERRY J.) Euer Majestät... draußen ist Ludwig XVIII.!

Georg III. Wer ist Ludwig der XVIII.?

Lord North Der König von Frankreich, Euer Majestät! Das ist ein historischer Augenblick, Sir.

Georg III. Einen Ludwig XVIII. gibt es nicht.

Vor der Tür hört man Stimmen mit schottischem Akzent. Lord North streckt kurz den Kopf hinaus und zieht ihn wieder ein.

Lord North Er bittet Euer Majestät um Verzeihung. Er hat eine lange Reise hinter sich und sich verzählt. Er ist Ludwig XVII.

Georg III. Ist Ludwig XVI. denn schon tot?

Leises Unbehagen überfliegt Norths Gesicht. Er geht kurz vor die Tür. Geräusche wie von einem Streit zwischen ihm und den Glasgowern. Plötzlich ein lauter Schmerzensschrei, Lord North taumelt herein und hält sich die Nasenwurzel.

Lord North Aaaaaaaaaaaahh! Ogottogott! Oh... ah... oh, verdammt nochmal!

Ludwig schreitet mit den beiden Herzögen herein. Alle haben Schottenmützen auf.

Ludwig *(zum Vorleser gewandt)* Euer Majestät, ich bin Ludwig XVI. ... Verdammt... *(nun zu Georg III.)* Euer Majestät, ich bin Ludwig XVI., wie Ihr ganz richtig bemerkt habt. Ich sag Euch, wie's ist: Wir haben Euch einen kleinen Handel vorzuschlagen, der den Namen Georg IV. über Nacht zum angesehensten in Europa machen wird...

Georg III. Georg des *Dritten.*

Ludwig Georg III.! Nix für ungut. Wo können wir uns unterhalten?

Lord North Oh! Mein Gott!... Habt Ihr das mitgekriegt?... Oh...! Aaaaaah! Gottverdammich! *(Er hat immer noch große Schmerzen und hält sich die Nase.)*

Georg III. Wir haben ein Staatsbankett im St. James Palast anberaumt!

Ludwig So lang können wir nicht bleiben. Jetzt oder nie... Wir müssen zurück nach... äh...

Erster Herzog Paris.

Ludwig Nach Paris noch heut abend.

Georg III. Ihr müßt schon wieder fort, Louis?

Ludwig Ich würd dir am liebsten schnell die Pläne rüberschieben und mich vom Acker machen, Schorsch, alter Schwede.

Georg III. In Ordnung... Wir erwerben die Pläne... sofern Sie sich bereitfinden, Ihre Truppen aus Amerika abzuziehen?

Ludwig Etwas abziehen?

Georg III. Und für die Pläne zahle ich Euch zehntausend Pfund Sterling...

Ludwig Zehntausend *Pfund!* Alles klar, gut, wir ziehen die, ähm, die Dings, was Ihr gesagt habt... das ziehen wir ab.., weißte was... ähm... ich setz 'n Herzog drauf an... okay? Alles klar?

Lord North *(sich immer noch die Nase haltend)* Das ist das Allergemeinste, was man einem Menschen antun kann.

Ludwig Du hast es ja nicht anders gewollt, mein Lieber.

Lord North Ihr habt mir fast die Nase gebrochen!

Georg III. North! Bitte!

Lord North Ihr habt's doch selber gesehen! Genau aufs Nasenbein!

Georg III. North! Würden Sie bitte den Herzog von Portland rufen lassen... Wir haben eine finanzielle Angelegenheit zu erörtern.

Lord North Das tut saumäßig weh!

Ludwig Hört mal, ich glaub, es ist besser, Ihr gebt uns das Geld gleich. Wir müssen los. Wir haben hier 'n Sack...

Georg III. Nein, nein... das geht schon in Ordnung, Louis. Wir sprechen Euren Monsieur Necker darauf an.

Ludwig Oh, ehrlich gesagt, das wär mir gar nicht recht... wir hatten da ein klein wenig Schwierigkeiten mit ihm... verstehste...?

Georg III. Mit Monsieur Necker? Mit dem Mann, der so zahlreiche verdienstvolle Reformen einleitete und im Volke so beliebt war, obwohl er gegen Mirabeaus Vergabe von Assignaten opponierte?
EINBLENDUNG: »DIESE ÄUSSERUNG WURDE ANHAND DER ENCYCLOPAEDIA BRITANNICA ÜBERPRÜFT«

Ludwig Ähm... jupp... genau... das Problem ist bloß, er trinkt zuviel... vierzehn Halbe... zum Frühstück... die ganze Richtung...

Georg III. Na gut... in Ordnung, Louis.
Die Tür fliegt auf, und Joseph Montgolfier steht da, noch immer nur in Handtuch und alberner Bademütze.

Joseph Moment mal!

Ludwig Ach, verdammt!

Georg III. Was tut Ihr hier?

Joseph Ich bin Joseph Montgolfier, der Erfinder des Heißluftballons. Der Mann, der vor Euch steht, ist ein Hochstapler!

Georg III. Oho! Bin ich nicht! Bestimmt nicht!

Joseph Nein, nicht Ihr, Euer Majestät, *(zeigt auf Ludwig)* der da – dieser Louis, der sich König von Frankreich nennt. Welche Nummer habt Ihr diesmal – Ludwig XXIII.?

Ludwig Ich hab's richtig gesagt!

Joseph Ich wette, ein paarmal habt Ihr Euch wieder verhauen.

Ludwig Hör mal, du mieser pickeliger Kotzkübel...

Dr. Hamer (TERRY J.) *(kein Arzt, sondern ein moderner Butler)* Euer Majestät! Die Ronettes sind da.

Mr. Bartlett Und Mr. Bartlett.
Drei schwarze Frauen in modernem Showdress treten auf und singen das Spottlied »Georg III.« Zwei Männer kommen hinzu und stellen wie zuvor die Leinwand auf.

Die Ronnettes *(singend)* Georg III. usw. usw. ...

Georg III. Unverschämtheit, plemplem werde ich doch erst im Jahre 1800!
Ludwig, in heftigem Gerangel mit dem Butler, verpaßt ihm einen Kopfstoß auf die Nasenwurzel. Musik wird eingeblendet. George III. ist zu Boden gegangen und strampelt mit den Beinen in der Luft. Zoom auf die

Männer in Schwarz, die die Abdeckung von der Schrifteinblendung nehmen.

EINBLENDUNG: »UNTERDESSEN IN FRANKREICH«

Schnitt in den Salon im Hause Montgolfier. Jacques sitzt an einem Tisch und arbeitet an ein paar Zeichnungen. Hinter ihm läuft Antoinette nervös im Zimmer auf und ab. Sie trägt immer noch ihre Gurte, ist aber nicht mehr an die Gashülle geschnallt. In einer Zimmerecke werkelt immer noch ein Klempner an den komplizierten Abflußrohren herum.

Antoinette Joseph ist jetzt schon sechs Monate fort, und wir haben nichts von ihm gehört!

Jacques Der paßt schon auf sich auf.

Antoinette Aber du weißt doch, er hatte nur ein Handtuch an.

Jacques nimmt falsche Segelohren ab und tritt zu Antoinette.

Jacques Antoinette... jetzt hast du nur noch einen Bruder Montgolfier.

Antoinette Aber die Pläne hat Ludwig XIV.... Du mußt warten, bis Joseph wieder da ist.

Jacques *(ihr beiläufig die Gurte lösend)* Die Pläne sind hier, Chérie. *(Deutet auf das Pult, wo er gearbeitet hat.)* Laß mich meine Zunge in deinen Mund tun.

Antoinette Wie meinst du das?

Jacques Wir sollen doch Franzosen sein, oder?

Antoinette Nein, ich meine, hinter welchen Plänen ist denn dann Joseph her?

Jacques Bitte, laß sie mich ein wenig reintun.

Antoinette Aber Jacques, die Pläne!

Jacques Ich nehme sie wieder raus, wenn's dir nicht gefällt.

Er jagt sie mit herausgestreckter Zunge durchs Zimmer. Antoinette ist kurz davor, auf die eine oder andere Weise heftig zu werden, als die dramatische Szene durch das Eintreten des Butlers verpatzt wird.

Butler Wissen Sie genau, daß der Bordeaux links auf der Anrichte stand, Sir?

Jacques Ja, O'Toole, da steht er immer.

Butler Na gut, ich such noch einen Monat, Sir. *(Er dreht sich um und geht ab; Jacques beäugt Antoinette lüstern und ist drauf und dran, es auf französisch zu versuchen, als der Butler wieder hereinkommt.)* Übrigens, Sir, Mr. Bartlett ist gegangen, Sir. Er hat gesagt, er könne nicht länger warten.

Jacques Danke schön, O'Toole. . .

Butler Nichts zu danken, Sir. . . Auch Nebenrollen sind mitunter interessant.

Jacques *(ungeduldig)* Ist ja gut!

Butler Danke, Sir. . . Mam'selle.

Er geht ab. Stürmischer Beifall. Er tritt nochmal auf, verbeugt sich und geht wieder ab. Jacques und Antoinette blicken konsterniert. Er tritt wieder auf. Rauschender Beifall. Er winkt dem Publikum ab. Schließlich tritt Schweigen ein.

Butler Übrigens, Sir, Mr. Bartlett ist gegangen, Sir. *(Tosender Beifall.)* Er hat gesagt, er könne nicht länger warten, Sir.

Schallendes Gelächter, dann nicht enden wollender Applaus.

Jacques Dankeschön, O'Toole.

Butler Nichts zu danken, Sir. . . Auch Nebenrollen sind mitunter interessant.

Jacques Ist ja gut!

Butler Danke schön, Sir, Mam'selle.

Publikum Zugabe! Zugabe *usw*. . . . *usw*. . . . *usw*. . . .

Der Abspann wird eingeblendet. Der Butler wird mit Blumen überschüttet. Seine Fans stürzen vor und gratulieren. Ein Sicherheitsmensch der BBC drängt sie mühsam zurück. Weitere Beteiligte an der Sendung treten auf und gratulieren einander, stellen sich applaudierend hinter ihm in einer Reihe auf. Ein liebes Mütterchen kommt auf die Bühne und stellt sich mit Tränen des Stolzes neben den Butler.

Off-Sprecher (GRAHAM) »Georg III.« wurde von Neil Innes arrangiert und komponiert. Erhältlich bei der BBC zum Preis von vier Pfund, ersatzweise acht Monate Haft.

Ende des Abspanns. Schnitt zur BBC-Weltkugel.

Off-Sprecher (GRAHAM) Das war die dritte Folge von »Das Goldene Zeitalter der Ballonfahrt«. Ich darf Sie daran erinnern, daß Sie immer noch »Das Goldene Zeitalter der Ballonfahrt«-Zäpfchen direkt bei der BBC bestellen können, für nur vier Pfund fünfzig oder neunzehn Pfund im Sechserpack. BBC wird jetzt gleich für die Nacht abschalten, aber erst kommt noch eine Sendung der Norwegenpartei zur Wahl.

Ein sehr korrekter Norweger in hellblauem Anzug und Krawatte tritt auf. Er spricht die Zuschauer sehr ernsthaft auf norwegisch an; das Ganze klingt etwa wie folgt:

Norweger (ERIC) Ik tvika nasai. . .

UNTERTITEL: »GUTEN ABEND«

Norweger . . .Stivianka sobjiord ki niyanska ik takka Norge weginda zokiy yniet. . .

UNTERTITEL: »VIELLEICHT FINDEN SIE ES SELTSAM, DASS WIR SIE AUFFORDERN, BEI DER NÄCHSTEN WAHL NORWEGISCH ZU WÄHLEN«

Norweger . . .Ik vietta nopgiunda sti jibiora. . .

UNTERTITEL: »ABER BEDENKEN SIE DIE VORTEILE«

Norweger In Norge we hatta svinska offikiose buinni a gogik in Europa.

UNTERTITEL: »IN NORWEGEN HABEN WIR EINES DER HÖCHSTEN PRO-KOPF-EINKOMMEN IN EUROPA«

Norweger Sti glikka in Norge tijik dinstianna gikloosi stijioska kary.

UNTERTITEL: »WIR HABEN EINE INDUSTRIELLE RE-INVESTITIONS-QUOTE VON VIERZEHN PROZENT«

Norweger E in Norgewe hatta siddinkarvo dikinik chaila osto tykka hennakska.

UNTERTITEL: »UND MÄDCHEN MIT RIESENTITTEN!«

Norweger Gikkiaski ungurden kola bijiusti stonose.

UNTERTITEL: »EHRLICH, DIE MACHEN EINFACH ALLES«

Norweger Hijiasgo biunderten ki yikilpa stivvora niski ofidae.

UNTERTITEL: »DIE GANZE SKALA RAUF UND RUNTER«

Norweger E stavaskija, E stonioska.

UNTERTITEL: »SIE NENNEN ES, UND DIE KENNEN ES«

Norweger Stingik oloshoyert okka in Trondheim khi oyplitz. . .

UNTERTITEL: »IN TRONDHEIM GIBT'S EINE, DIE KANN MIT IHREM. . .«

Kurze Bildstörung.

ZWISCHENTITEL: »SIE SAHEN EINE SENDUNG DER NORWEGENPARTEI ZUR WAHL«

Off-Sprecher (GRAHAM) Die Höhepunkte dieser Sendung erörtern später Lord George Brown, der ehemalige Außenminister, Mr. Sven Olafson, der ehemalige norwegische Finanzminister, Sir Charles Ollendorff, der ehemalige Vorsitzende der norwegischen Handelskammer, Mr. Hamish McLavell, der Bürgermeister von Wick, der englischen Stadt, die Norwegen am nächsten liegt, Mrs. Betty Nordegen, deren Name verblüffend wie Norwegen klingt, Mr. Brian Wegenor, dessen Name ein Anagramm von Norwegen ist, Mr. und Mrs. Ford, deren Name fast wie Fjord klingt, wovon es in Norwegen viele gibt, Ron und Christine Boslo. . .

Aufsteigende Ballons; Zeichentrickfilm wie vorher mit Musik.

EINBLENDUNG: »DAS GOLDENE ZEITALTER DER BALLONFAHRT«

EINBLENDUNG: »SECHSTE FOLGE: FERDINAND VON ZEPPELIN – DER PIONIER DES LUFTSCHIFFS«

Schnitt zu einem Familienfoto.

Off-Sprecher (MICHAEL) Graf Ferdinand von Zeppelin wurde 1838 in Konstanz geboren, als Bruder von Barry Zeppelin, dem Dümmsten der vierzehn Zeppelinbrüder. . .

Schwarzweißfilm mit Barry (Terry J.), der immer größere Ballons aufbläst. Alle Ballons sinken zu Boden. Der letzte fluppt zurück und bläst ihn selber auf (Ballon-Sonderanfertigung von Barry); er erhebt sich in die Lüfte.

Archivfilm eines Zeppelins.

Off-Sprecher Unterdessen wurde das Jahr 1900 zum Jahr des Triumphs für Ferdinand von Zeppelin.

Schnitt ins Innere eines Zeppelins. Eine Festgesellschaft. Erlesen gekleidete Gäste, Champagner. Ein Kurorchester spielt. Einige Gäste blicken gebannt aus den Fenstern.

Von Bülow (MICHAEL) *(tritt auf Graf Zeppelin zu)* Gratuliere, Graf Zeppelin! Jetzt ist Ballonfliegen wieder aktuell!

Graf Zeppelin reagiert sogleich mit rasender Wut.

Graf Zeppelin Das ist kein *Ballon*! Kapiert? Das ist kein Ballon. . . Das ist ein Luftschiff. . . ein *Luftschiff*. . . kapiert?

Er donnert ihm die Faust auf den Scheitel.

Von Bülow Macht doch nichts. Ist doch sehr nett.

Tirpitz (TERRY J.) *(zu Zeppelin)* Sachen Se mal, wie gönnen Ihre Ballongs eichentlich fliechen?

Graf Zeppelin Das ist kein Ballon! Du blöder sächsischer Gartenzwerg! Das ist kein Ballon! Ballons sind Kinderkram. Wenn du spielen willst, geh nach draußen!

Zerrt Tirpitz zur Luke, reißt sie auf und schubst ihn hinaus in vorbeiziehende Wolken.

Tirpitz Aaaaaaaaaaah!

Schnitt zu einem deutschen Rentner-Ehepaar in seinem Häuschen. Der Mann liest aus einem dicken Wälzer vor, die Frau strickt. Der Mann hat nur Unterhosen an; eine Lederhose trocknet am Kaminfeuer.

Herr Helmut (MICHAEL) *(laut lesend)* Yorkshire. . . Pudding. Eine Art dicker Napfkuchen, wird gegessen mit großen. . .

Krachen und Splittern von Dachsparren. Ein dumpfer Fall, von dem das Haus erzittert. Beide blicken auf.

Schnitt zurück ins Luftschiff. Dort ist die Feier noch in vollem Gange.

Bethmann Hollweg (ERIC) Wie ich höre, wollen Sie Ihren Ballon einen Bismarck nennen?

Graf Zeppelin *(in einem hysterischen Wutanfall)* Einen Bismarck? Kommt nicht in Frage! Dies hier ist ein Zeppelin! Mit dem scheiß Bismarck hat der nichts zu tun!

Bethmann Hollweg Aber sein Geld haben Sie doch genommen?

Graf Zeppelin Raus!

Er reißt die Luke auf und stößt Bethmann Hollweg hinaus.

Schnitt zu dem Rentner-Ehepaar in seinem Häuschen.

Herr Helmut Za... bag... lione... Eine Art Eierschaum... Italienisch...

Krachen und Splittern von Dachsparren. Ein dumpfer Fall, das Haus erzittert.

Schnitt zurück ins Luftschiff. Ein paar Leute umstehen betreten die Luke. Die Feier ist noch im Gange, aber die Atmosphäre ist doch etwas gedrückt.

Von Bülow Aber Ferdinand... das war mein Außenminister, den Sie da grade aus Ihrem Ballon geworfen haben.

Graf Zeppelin Das ist kein Ballon! Das ist ein Luftschiff!

Von Bülow Ist ja gut, tut mir leid.

Graf Zeppelin Dann sehen Sie sich's von draußen an! *(Wirft den wild fuchtelnden von Bülow hinaus.)* Sie auch! Und Sie! Und Sie!

Trickfilm, wie mehrere Männer vom Luftschiff abgeworfen werden.

Herr Helmut Zu... cchin... ni... Italienische... Kürbisgurken... *(Krachen und Splittern, ein dumpfer Fall, das Haus erzittert)* Zingara... eine Garnierung aus feingeschnittenem oder gehacktem Hinterschinken... *(Krachen und Splittern, ein dumpfer Fall, das Haus erzittert)* ... Zunge... Pilzen und Trüffeln. *(Krachen etc.)* ...Zakuski. Ein russisches... Hors d'... œuvre... *(Sehr lautes Krachen und Splittern, ein dumpfer Fall, das Haus erzittert; Frau Helmut legt die Stricknadeln weg, steht auf und geht quer durchs Zimmer an die Tür zum Nebenraum, aus dem die Geräusche dringen.)* Mit kleingeschnittenem...

Frau Helmut (TERRY J.) *(ins andere Zimmer blickend)* Na so was! Da ist der Kanzler!

Herr Helmut faßt sich sofort an die Krawatte und will sich erheben.

Herr Helmut Wer? Fürst von Bülow? Hier?

Frau Helmut Ja!

Herr Helmut Will er zu uns?
Frau Helmut Nein – er ist schon da.
Herr Helmut *(aufspringend)* Herrjeh, ich muß sofort meine Reservistenuniform anziehen.
Frau Helmut Nicht nötig, Helmut. Er ist tot.
Herr Helmut Tot? Hier bei uns?
Frau Helmut Ja. In unserem Wohnzimmer.
Herr Helmut Schatz, unser Wohnzimmer ist *hier*.
Frau Helmut Du weißt schon, was ich meine.
Herr Helmut *(mit erhobenem Zeigefinger)* Unsern *Salong*!
Frau Helmut Naja... ist doch eine Art Wohnzimmer.
Herr Helmut *(zweifelnd)* Wenn du meinst...
Frau Helmut Sieh doch bloß!

Sie drückt die Tür weiter auf und deutet auf einen Berg von etwa zehn Leichen im anderen Zimmer. Staub steigt von ihnen auf; in der Decke ist ein großes Loch. Ihr Mann tritt unter die Tür.

Herr Helmut Welcher ist denn von Bülow?

Sie umschreiten den Haufen. Frau Helmut mustert etliche Leichen und deutet dann auf eine.

Frau Helmut Der da... sieh doch!
Herr Helmut O ja... und Admiral Tirpitz!

Beide sind kurz sehr ergriffen.

Frau Helmut Tatsächlich.
Herr Helmut Und von Müller... und Reichner... und Bethmann Hollweg und von Graunberg...
Frau Helmut Das ist nicht von Graunberg – *das* ist von Graunberg... das da ist Moltke...

Sie hebt den Kopf einer Leiche an den Haaren hoch, da diese auf dem Bauch liegt.

Herr Helmut Der ist viel älter, als ich dachte.
Frau Helmut Ein schlauer Kopf, ja, ja.
Herr Helmut ...und Zimmermann... und Kimpte...
Frau Helmut Helmut, was sollen wir bloß machen?
Herr Helmut Wir müssen es der Regierung melden.
Frau Helmut Das *ist* die Regierung, Helmut.
Herr Helmut Oje.
Frau Helmut Eine große Ehre für uns – so viele Mitglieder der Regierung tot in unserem Wohnzimmer!
Herr Helmut In unserem *Salong!*
Frau Helmut Ist ja gut...

Herr Helmut In unserem Wohnzimmer sind keine toten Regierungsmitglieder!

Frau Helmut Du weißt schon, was ich meine.

Herr Helmut Vielleicht sollte ich eine kleine Ansprache halten, oder so was?

Frau Helmut Nein, Helmut, keine Ansprache. . .

Herr Helmut Sollen wir ihnen einen Tee kochen?

Frau Helmut Der Tee wäre für die Katz.

Herr Helmut Aber irgendwas müssen wir doch machen. . . So viele Prominente in unserem Salong. . . irgendwas müssen wir doch machen.

Sie überlegen eine Weile.

Frau Helmut Wir könnten sie sortieren.

Herr Helmut Und ein bißchen auflisten.

Frau Helmut Ja, genau. Die Minister für äußere Angelegenheiten könnten dort drüben an die Wand, und die Minister für innere hier zur Uhr.

Herr Helmut Sollen wir sie alphabetisch sortieren?

Frau Helmut Nein, nein – aber an der Tür will ich den saubersten haben.

Herr Helmut In Ordnung.

Sie fangen an, die Leichen herumzuzerren. Helmut schleift von Bülow in Richtung Uhr.

Frau Helmut Nein! Nicht doch! Das ist von Bülow! Der muß hier rüber.

Herr Helmut Nicht in meinen Schaukelstuhl!

Frau Helmut Helmut, das ist der Reichskanzler von Deutschland.

Herr Helmut Also gut. . . Aber weißt du, ich meine, vor der Uhr würd er besser zur Geltung kommen.

Frau Helmut Nein, unter der Uhr würd er sich gar nicht gut machen.

Herr Helmut Ich sage nicht *unter* der Uhr, sondern *vor* der Uhr.

Frau Helmut Na, dann können wir nicht mehr die Uhrzeit ablesen!

Herr Helmut Wir könnten den Kolonialminister vor die Uhr tun. Der ist klein.

Frau Helmut Nein. Kolonien sind *Innenpolitik*. Der muß an die andere Wand. *(Herr Helmut hebt den Kopf einer anderen Leiche hoch.)* Bildung!

Er schleift sie zur Wand.

Herr Helmut Die Liste können wir bald aufstellen.
Frau Helmut Ja, aber wart mal...! Wer liegt denn da im Katzenkorb?
Herr Helmut Weiß nicht. Nie gesehen.
Frau Helmut Der ist nicht bei der Regierung. Schaff ihn raus. Schaff ihn in den Salong.
Herr Helmut Schatz, er *ist* im Salong.
Frau Helmut Du weißt schon, was ich meine.
Herr Helmut Ins Wohnzimmer!
Frau Helmut Ja, genau, ins Wohnzimmer, ist doch egal.
Herr Helmut Ins Wohnzimmer kann ich ihn nur schaffen, weil er jetzt im Salong liegt!
Schnitt: Archivfilm eines Zeppelins.
Off-Sprecher (MICHAEL) Das Benehmen von Graf Ferdinand von Zeppelin auf dieser Fahrt im Jahre 1900 hatte weitreichende Folgen, denn einer der gestürzten Minister... *(Schnitt auf eine alte Daguerreotypie eines deutschen Ministers)*, der begabte von Maintlitz, der Begründer der expansionistischen neuen deutschen Agrarpolitik, fiel auf eine alte Frau *(Daguerreotypie einer älteren Dame)* in Nimwegen und tötete sie auf der Stelle. Ihre Tochter Alice *(Daguerreotypie eines hübschen Nackedeis)* trug von der schweren Aktentasche *(Daguerreotypie einer Aktentasche)* des begabten Ministers *(wieder Bild von Maintlitz)* ernste Verletzungen davon, wurde aber wieder gesundgepflegt *(wieder erotische Postkarte vom Anfang des Jahrhunderts)*, und zwar von dem englischen Arzt Henderson *(künstlerisch wertvolles männliches Aktfoto mit Palme)*. Am Ende heirateten sie *(Daguerreotypie eines nackten Paares)*, und ihr ältester Sohn George Henderson... *(männliches Aktfoto aus den dreißiger Jahren)* wurde der Vater von Mike Henderson... *(Gruppenfoto aus einem Nudistenlager; Pfeil auf eine Gestalt im Hintergrund),* dem Produzenten und Regisseur von »Das Goldene Zeitalter der Ballonfahrt«.
Trickfilm mit Ballons wie zuvor.
EINBLENDUNG: »DAS GOLDENE ZEITALTER DER BALLONFAHRT«
Chirurgenskalpelle kommen in Formation geflogen und durchlöchern die Ballons.
EINBLENDUNG: »DAS GOLDENE ZEITALTER DER BEWÄSSERUNG IN DEN KOLONIEN«
Abblende und Sprecher.

Off-Sprecher (GRAHAM) . . . Mr. und Mrs. Rita Trondheim sowie Reginald Bosankwegen, der im Reimlexikon gleich bei Norwegen stünde, wenn es Familiennamen enthielte und er sich so schriebe.
Schnitt zu einem viktorianischen Paar, den Protagonisten aus George Eliots »Die Mühle am Floß«, in ländlicher Umgebung.
EINBLENDUNG: »DIE MÜHLE AM FLOSS«
EINBLENDUNG: »TEIL I: DER FREIBALLON«
Das Paar erhebt sich langsam in die Luft.
Abblende.

Einundvierzig – Michael Ellis

Trickfilm-Vorspann.
EINBLENDUNG: »ENDE«
Abspann.

Außenaufnahmen eines großen Kaufhauses vom Typ Harrods. Davor spucken Limousinen und Taxis sehr reiche Kunden aus. Kleine Portiers in ungeheuer großen Mänteln öffnen Autotüren. Ein Mann mit verbundener Nase kommt aus dem Kaufhaus.
Ein großes Auto fährt geschmeidig an den Bordstein, und als der kleine Portier (Michael) die Tür aufmacht, steigt eine ungeheuer begüterte Dame (Terry J.) im Pelz aus. Der Portier hält die Tür auf. Sie stößt ihm das Knie zwischen die Beine und geht in das Kaufhaus.
Chris Quinn (Eric) kommt mit dem Fahrrad an. Er parkt das Fahrrad am Bordstein (der Portier nimmt es ihm höflich ab und schmeißt es auf die Straße).
Ihm entgegen kommt ein Paar, das die Nase verbunden hat.
Eine zumeist aus Schreckschrauben bestehende Herde von Kunden rennt heraus. Eine einzelne Schreckschraubenkundin hat den Anschluß verpaßt und kracht in die Glastüren, die sich hinter der Herde bereits geschlossen haben. Sie stößt einen Schmerzensschrei aus, hält sich die Nase und wird von einem kleinen Aufseher in großem Mantel fortgeführt.
Chris Quinn studiert einen Wegweiser an der Wand. Da steht:

UNTERGESCHOSS: GEFÄHRLICHE GASE, VIREN, ANSTECKENDE KRANKHEITEN, GASTSTÄTTEN- UND TOILETTENEINRICHTUNGEN.
ERDGESCHOSS: MÄNNERKLEIDUNG, JUNGENKLEIDUNG, SALON WEIBISCHER WAREN, UNGESUNDE KOST.
ZWISCHENGESCHOSS: RUND UM DEN TISCH, KÜCHENBEDARF, HEIMTEXTILIEN, MOBILIEN, IMMOBILIEN.
ERSTER STOCK: BESCHWERDEN.
ZWEITER STOCK: KOSMETIK, SCHMUCK, ELEKTRO, SATIRE.
DRITTER STOCK: ANLAUFSTELLE FÜR VERLETZTE NASEN, ANDERES.
VIERTER STOCK: GRANITSAAL – FELSEN, SCHIEFER, ALLUVIAL-ABLAGERUNGEN, FELDSPAT, KARPATEN, ANDEN, URALEN, BERGBAUGERÄTE, ATOMSPALTSERVICE.
FÜNFTER STOCK: BESCHWERDEN.
SECHSTER STOCK: BESCHWERDEN.
SIEBTER STOCK: BESCHWERDEN.

ACHTER STOCK: DACHGARTEN.
NEUNTER STOCK: FERNSEHANTENNEN.
ZEHNTER STOCK: FRISCHE LUFT, WOLKEN, ZEITWEILIG SONNENSCHEIN.

Quinn weiß, daß da Türen sind, geht vorsichtiger weiter und tritt ein. An Glastüren knallende Nasen sind ein beständiges Hintergrundthema. Schnitt zur Geschenkabteilung. Eine aufgedonnerte Dame steht am Ladentisch und hält ein großes Rohr in der Hand.

Dame (CAROL) Ja, das scheint mir das Richtige zu sein. Darf ich's mal ausprobieren?

Verkäufer (TERRY G.) Selbstverständlich, Madam.

Die Dame drückt auf den Knopf, und ein Feuerstrahl schießt aus dem Rohr und durch den Raum.

Dame Oh! Tut mir leid! Tut mir wirklich leid! *(Sie ist dennoch glücklich.)* Ja, das ist sehr schön.

Verkäufer Geht das auf Rechnung, Madam?

Dame Ja.

Chris geht vorbei und betrachtet interessiert, aber nicht sehr beunruhigt die Dame mit dem Flammenwerfer und einen Kunden, dessen Rücken in Flammen steht, ohne daß dieser das bemerkt hätte.

Chris tritt an einen Ladentisch mit einem Schild, auf dem »Ameisentheke« steht. Einen Moment lang steht er an der leeren Theke, dann läutet er eine Glocke.

Chris Hallo? Hallo?

Hinter dem Ladentisch taucht ein Mensch mit grüner Gummimaske auf, steckt die Daumen in die Ohren, winkt, gibt alberne Geräusche von sich und taucht wieder unter. Das geht zweimal so, beim dritten Mal:

Erster Verkäufer (GRAHAM) Oh, tut mir furchtbar leid. . . *(er nimmt die Maske ab, es kommt ein ganz normaler Verkäufer zum Vorschein)*, ich dachte, Sie wären. . . jemand anders.

Chris Oh, verstehe, ja.

Erster Verkäufer Tut mir leid, Sir, kann ich Ihnen irgendwie behilflich sein?

Chris Doch, doch, durchaus, eigentlich habe ich Interesse an der Möglichkeit. . . des Erwerbs einer Ihrer. . . Darf ich fragen, wer Sie dachten, daß ich bin?

Erster Verkäufer Was?

Chris Wer dachten Sie, daß ich bin. . . gerade eben. . . als Sie dachten, ich *wäre* jemand.

Erster Verkäufer Oh, niemand, den Sie kennen würden, Sir.

Chris Naja, vielleicht doch.

Erster Verkäufer Möglich ist es, das ist klar, aber ich halte es für durchaus unwahrscheinlich.

Chris Ich kenne recht viele. . .

Erster Verkäufer Ich meine, er wird sich wohl kaum in Ihren Kreisen bewegen, Sir. . .

Chris Wieso, ist er sehr *reich*?

Erster Verkäufer O nein, das meinte ich nicht, Sir!

Chris Ist er ein Lord oder so?

Erster Verkäufer O nein, ganz und gar nicht!

Chris Aber das läßt sich doch ganz leicht klären. Wie heißt er denn?

Erster Verkäufer Was?

Chris Wie heißt er?

Erster Verkäufer *(peinlich berührt)* Tja. . . äh. . .

Chris Ja?

Erster Verkäufer Michael Ellis.

Chris Wie?

Erster Verkäufer Michael Ellis.

Chris Aha.

Erster Verkäufer Kennen Sie ihn, Sir?

Chris Äh. . .Michael Ellis. Michael Ellis. . .

Erster Verkäufer Sie kennen ihn *nicht!*

Chris Tja, an den *Namen* kann ich mich nicht erinnern.

Erster Verkäufer An ihn würden Sie sich bestimmt erinnern, Sir.

Chris Wieso sagen Sie das?

Erster Verkäufer Also, würden Sie sich an einen Mann erinnern, der zwei Meter und fünf groß ist, um die vierzig, und der eine lange Narbe hat von hier bis da und absolut keine Nase?

Chris . . .oh, ich glaube, an so jemand kann ich mich erinnern. . . .

Erster Verkäufer Also, das ist nicht Michael Ellis.

Chris Was?

Erster Verkäufer Der ist klein, ungefähr so groß, und hat eine Pieps-Stimme.

Chris So, jetzt kaufe ich Ihnen keine Ameise ab.

Erster Verkäufer *(bekümmert)* Ach nein, bitte!

Chris Nein. Sie sind nicht richtig geschult. Ich verlange einen anderen Verkäufer.

Erster Verkäufer Ach nein, kommen Sie. . . bitte. . .

Chris Nein, ich will einen anderen Verkäufer.

Erster Verkäufer Na schön! Ich hole einen anderen Verkäufer.

Er verschwindet hinter einem Vorhang.

Chris Danke.

Derselbe Verkäufer taucht wieder auf mit langem Chinesenschnurrbart.

Erster Verkäufer *(Pieps-Stimme)* Hallo, Sir, womit kann ich dienen, Sir?

Chris Nein, ich will einen *anderen* Verkäufer.

Erster Verkäufer *Bin* ich doch, Sir, ich bin Mr. Abanazar, Sir.

Chris Seien Sie nicht albern.

Erster Verkäufer *(normale Stimme)* Ach nein, bitte, bitte, bitte, lassen Sie sich von mir beraten...

Chris Nein! Ich will einen anderen Verkäufer...

Erster Verkäufer Ach, kommen Sie, bitte...

Chris Wenn ich keinen anderen Verkäufer kriege...

Erster Verkäufer Nein, nein, ich bin auch ganz brav, Sir, wirklich. *(Er wird übertrieben höflich.)* Guten Morgen, Sir... wie geht es Ihnen, Sir... bißchen kühl draußen heute... nicht wahr, Sir...? Einen sehr hübschen Anzug haben Sie da, Sir... sehr sauber rasiert heute morgen, Sir...

Chris So, ich gehe!

Erster Verkäufer Nein, nein, bitte... *(Er nimmt den Schnurrbart ab.)* Ich hole einen anderen Verkäufer. *(Er läutet die Glocke auf dem Ladentisch.)*

Nach einer Pause taucht ganz, ganz langsam wieder genau dieselbe Maske neben dem ersten Verkäufer hinter dem Ladentisch auf und macht ganz leise dasselbe alberne Geräusch. Der erste Verkäufer sieht ihn, schreckt zusammen und gibt ihm einen heftigen Knuff.

Erster Verkäufer *(zischelt)* Das ist er nicht!

Der zweite Verkäufer gibt einen Laut der Enttäuschung von sich und verschwindet nach unten.

Chris *(zeigt über den Ladentisch auf den verschwundenen Verkäufer)* Den will ich nicht!

Erster Verkäufer Ach bitte, geben Sie ihm eine Chance!

Chris Nein!

Zweiter Verkäufer *(taucht ohne Maske hinter dem Ladentisch auf)* Ja, Sir, kann ich Ihnen irgendwie behilflich sein?

Chris O nein, hören Sie auf, kommen Sie mir nicht damit!

Zweiter Verkäufer Entschuldigung, Sir... womit?

Chris Sie wissen ganz genau, was ich meine.

Zweiter Verkäufer Leider nein, Sir.

Chris Sie waren da unten mit einer albernen Maske auf und haben wuuu-uhhh gemacht...

Zweiter Verkäufer Ich glaube kaum, Sir.
Chris Na schön, holen Sie den Geschäftsführer.
Zweiter Verkäufer Da scheint mir ein Mißverständnis vorzuliegen, Sir.
Chris Geschäftsführer!
Erster Verkäufer Das *ist* der Geschäftsführer, Sir.
Chris Was?
Zweiter Verkäufer *(mit alberner Stimme)* Ja, ich bin der Geschäftsführer.
Chris Geschäftsführer! *(Er ruft weiter.)*
Zweiter Verkäufer Ist das ein phantastisches Geschäft hier! Ich kann es gar nicht genug empfehlen, gut beleuchtet, rattenfrei. Die reinste Freude, es zu führen. Ach ja, der frischeste Schellfisch in ganz London, zweiter Stock, dritter Stock Ribena, Ameisen hier, Fernseher und Flammenwerfer dort drüben, unsere Speisewagenausstellung dahinter schließt um sechs. . .
Erster Verkäufer *(ihn anstoßend)* Schnell!
Sie verschwinden beide unter dem Ladentisch. Der echte Geschäftsführer kommt und stellt sich Chris vor.
Echter Geschäftsführer (TERRY J.) Ja bitte, Sir? Kann ich etwas für Sie tun?
Chris *(sieht das Schildchen »Geschäftsführer« bei ihm am Revers)* Ja, ich möchte mich über die Verkäufer an diesem Tresen beschweren.
Echter Geschäftsführer Das tut mir aber leid, Sir, welche denn?
Chris *(guckt)* Tja, jetzt verstecken sie sich.
Echter Geschäftsführer Sir?
Chris Sie verstecken sich, da unter dem Ladentisch.
Echter Geschäftsführer *(geduldig)* Verstehe, Sir. *(Er geht hinter den Ladentisch, guckt, kann sie aber offenbar nicht sehen; Chris folgt ihm, um ihm suchen zu helfen.)* Tja. . .da unten ist niemand, Sir.
Chris Sie müssen hier durchgekrochen und dann durch die »Plüschtiere« entwischt sein. *(Zeigt es.)*
Echter Geschäftsführer Ja, natürlich.
Chris Sie hatten Masken auf und haben alberne Laute gemacht, und einer von ihnen hat so getan, als wäre er der Geschäftsführer. Er hat so geredet. . . *(Er äfft es nach.)*
Echter Geschäftsführer Ah! Ich glaube, ich hab's, Sir, ich glaube, ich hab's! Diese Woche ist Mummenschanz.
Chris Mummenschanz?

Echter Geschäftsführer Ja, Sie wissen schon, zu wohltätigen Zwekken, Sir.

Chris Oh! Ach so. Ein College oder eine Universität der Stadt?

Echter Geschäftsführer Nein, nein, das *Kaufhaus* hat Mummenschanz.

Chris Das *Kaufhaus* hat Mummenschanz?

Echter Geschäftsführer Ja. Bei den höheren Angestellten ist die Beteiligung eher gering – im Grunde ist es für die Lehrlinge. . .

Chris Das ist aber nicht sehr gut fürs Geschäft, oder?

Echter Geschäftsführer Oh, es ist für wohltätige Zwecke, Sir. Es kommt furchtbar gut an, wissen Sie. *(Er rasselt mit einer Sammelbüchse.)*

Chris Ja, ja, natürlich. *(Er steckt eine Münze hinein.)*

Echter Geschäftsführer Gut, Sir, ich hole Ihnen einen erfahrenen Verkäufer – Ameisen, nicht wahr?

Chris Ja, bitte.

Echter Geschäftsführer *(ruft)* Mr. Snetterton? *(Mr. Snetterton kommt unverzüglich; es ist eindeutig der erste Verkäufer mit einer sehr schlechten Bürstenschnitt-Perücke auf.)* Könnten Sie sich um diesen Herrn hier kümmern, Mr. Snetterton?

Chris Den will ich nicht!

Erster Verkäufer Ach *bitte*! Geben Sie mir eine Chance!

Chris Nein!

Echter Geschäftsführer Na schön – Mr. Hartford!

Hartford (MICHAEL) Ja – guten Morgen, Sir – womit kann ich dienen?

Chris Ich interessiere mich für den Kauf einer Ameise.

Hartford Ah ja – und was gedachten Sie anzulegen, Sir?

Chris Ach, tja, soweit war ich eigentlich noch nicht.

Hartford Also, Sir, sie fangen bei etwa einem halben Penny an, aber sie können bis zu drei Pence kosten, ein Prachtexemplar sogar dreieinhalb – ja, ja, die Inflation. . .

Chris Tja, ich würde meinen, ich nehm eine um die anderthalb Pence, bitte.

Hartford Ah ja, also dafür sollten Sie ein sehr brauchbares kleines Tierchen bekommen, Sir. Die zu einem halben Penny fallen, offen gestanden, wirklich etwas mickrig aus. . . Welche Länge hatten der Herr im Sinn?

Chris Ach. . .mittellang?

Hartford Mittellang. Mittellang. Bitte schön, Sir. *(Er schüttet ein paar Ameisen – die wir nicht sehen können – in einen speziellen Ring auf* *dem Ladentisch.)* Das da ist eine Ayrshire, und das da ist ein King-George-Weibchen, glaube ich. . . und der da, der gerade das kleine Wutzelchen umbringt, ist ein Afghanen-Männchen.

Chris Der ist hübsch.

Hartford Schauen wir mal, wie Sie mit ihm auskommen, mh? *(Er legt Chris das Tier auf die Hand.)* O ja, er mag Sie. Sie sind ihm sympathisch.

Chris Womit füttert man sie?

Hartford Blancmanger.

Chris Blancmanger?

Hartford Entschuldigung. Ich weiß auch nicht, warum ich das gesagt habe. Nein, man füttert sie überhaupt nicht.

Chris Wovon leben sie denn?

Hartford Sie leben nicht. Sie sterben.

Chris Sie sterben?

Hartford Aber natürlich, wenn man sie nicht füttert.

Chris Ich verstehe nicht.

Hartford Man läßt sie sterben und kauft dann eine neue. Das ist viel billiger, als sie zu füttern, und es sorgt immer für Abwechslung.

Chris Oh – aha.

Hartford Das ist der Vorteil, wenn man eine Ameise hat.

Chris Gut, also dann nehme ich die hier. Oje, jetzt hab ich sie fallen lassen. . .

Hartford Macht nichts. Hier ist eine neue.

Chris Brauche ich sonst noch etwas?

Hartford Ja, Sir – Sie brauchen ein Ameisenhaus. *(Er stellt einen Vogelkäfig hin.)* Wir empfehlen dieses Modell hier, Sir.

Chris Krabbelt sie da nicht raus?

Hartford Doch.

Chris Wozu soll der Käfig dann gut sein?

Hartford Eigentlich. . . zu gar nichts. Und dann noch ein paar Käfigmöbel zu ihrer Unterhaltung. *(Er legt mikroskopische Gegenstände vor.)* Hier ist ein Ameisenrad, eine Ameisenschaukel, und hier etwas sehr Hübsches, eine kleine Leiter – da kann sie hinauflaufen und die Glocke da oben läuten, das ist so ein kleiner Trick, den sie lernen kann.

Chris Lebt sie denn so lange?

Hartford Eigentlich nicht, nein, aber man sollte immer eine dahaben, für alle Fälle, und das ist ein Funkgerät, damit kann sie spielen. . . und dann brauchen Sie natürlich das Buch. *(Er holt ein* *teuer aussehendes schweres Buch hervor und knallt es auf die Stelle, wo die Ameisen sind; er hebt das Buch noch mal hoch und wischt unsichtbare Ameisenleichen vom Tresen.)*

Chris Das Buch?

Hartford Ja, das Ameisenbuch.

Chris *(schaut unsicher drein)* Ja...

Hartford So, das macht dann, mit Verlaub, einhundertvierundachtzig Pfund und anderthalb Pence, Sir.

Chris Nehmen Sie einen Scheck?

Hartford Ja, Sir, wenn Sie freundlicherweise eine Blutprobe hinterlegen würden sowie ein Stückchen Haut hier von der Schädelrückseite, Sir... *(deutet auf eine Stelle hinter dem Ohr)*, tut mir leid... nur zur Identifizierung... man kann nicht vorsichtig genug sein. *(Er reicht ihm ein Messerchen und Watte.)*

Chris Also, ich glaube, ich laß es auf die Rechnung setzen.

Hartford Das würde ich auch, Sir... lange nicht so schmerzhaft. Davon abgesehen, Sie wissen ja, was man von der Ameise sagt: Ein Freund fürs Leben, nicht wahr? Naja, aus der Sicht der Ameise vielleicht. *(Hartford packt den großen Käfig, die Möbel, das Funkgerät und das Ameisenbuch in eine Riesenschachtel; mit einiger Mühe findet er die Ameise; er hebt sie sorgfältig auf.)* Das ist Markus. *(Er läßt das Tier in die große Schachtel fallen und schiebt sie über den Ladentisch; auf einer Seite steht »Vorsicht – lebende Ameise«; es sind Luftlöcher drin.)* Falls das kleine Kerlchen ein frühes Grab findet, Sir, rufen Sie uns an, dann stecken wir Ihnen ein paar in einen Umschlag, ja?

Chris Vielen herzlichen Dank.

Hartford Keine Ursache, ich danke *Ihnen*, Mr. Ellis.

Chris dreht sich vehement um. Der erste Verkäufer tritt rasch auf Hartford zu.

Erster Verkäufer Schschsch!

Chris Was haben Sie gesagt?

Hartford Ich sagte, danke, Mr. Ellis...

Erster Verkäufer *(tuschelt laut)* Das ist er nicht!

Hartford Oh!

Chris Warum haben Sie gesagt, ich wäre Mr. Ellis?

Hartford *(unschuldig)* Wer?

Erster Verkäufer Nein, hat er nicht gesagt.

Chris Hat er doch. Ich hab gehört, wie er sagte: »Danke, Mr. Ellis.«

Erster Verkäufer Aber nein, nein – er sagte: »Bedank dich gefälligst.«

Chris Was?

Erster Verkäufer Bedank dich gefälligst. Zu der Ameise. Auf Wiedersehen. Auf Wiedersehen. *(Winkt angelegentlich.)*

Chris *(geht vom Ladentisch weg)* Mir doch egal, wer dieser Michael Ellis ist!

Chris kommt an einer Verkaufszone vorbei, die als »Die Paisley-Theke« gekennzeichnet ist, an der zwei Kunden mit breitem irischem Akzent auf Spiegel einreden. Chris geht weiter zu einem Aufzug. Eine kleine alte Dame kommt vorüber, unbeeindruckt davon, daß ihr Einkaufswagen vor sich hin schwelt.

Der Aufzug kommt, und Chris will einsteigen.

Lautsprecherdurchsage Mr. Michael Ellis möchte sich bitte unverzüglich in das Büro des Geschäftsführers begeben. . . ich wiederhole. . . *(Chris wirbelt herum und lauscht.)* Mr. Nigel Mellish möchte sich bitte unverzüglich in das Büro des Geschäftsführers begeben.

Chris kneift argwöhnisch die Augen zusammen und steigt vorsichtig in den Lift ein.

Schnitt in die Küche bei Chris Quinn zu Hause. Seine Mutter tut Fleischwürfel in eine Reihe von mindestens einem halben Dutzend Futternäpfe, auf denen verschiedene Tiernamen stehen: »Pavian«, »Dromedar«, »Gorilla«, »Forelle« und »Pangolin«. Mitten in der Küche sitzt ein Tiger im Käfig und hat einen mit »Tiger« gekennzeichneten Napf vor sich. Vom Wäschetrockner hängt eine große Kobra, und in einem Käfig unter der Spüle ist ein Wolf. Auf einem Schrank sitzt ein Affe. Chris kommt mit der Schachtel herein.

Mutter (TERRY J.) Was hast du jetzt wieder?

Chris Ich hab eine Ameise gekauft, Mutter.

Mutter Wozu brauchst du denn so was! Ich miste nicht hinter der aus. Du hast gesagt, du mistest hinter dem Tiger aus, und tust du's? Nein! Er interessiert dich wohl überhaupt nicht mehr. Jetzt heißt es ein paar Tage lang Ameise-Ameise-Ameise, und dann plötzlich »o Mami, ich hab ein Faultier gekauft« oder sonst irgendein unpaariges Huftier, einen Tapir oder was.

Chris Diesmal ist es wirklich anders, Mami. Um diese Ameise kümmere ich mich wirklich.

Mutter Das hast du bei dem Pottwal auch gesagt. . . und jetzt muß Papi ihn als Garage benutzen.

Chris Du hast ihn nicht richtig gefüttert.

Mutter Wo sollen wir denn jeden Morgen vierundvierzig Tonnen

Plankton hernehmen? Papi war fürchterlich aufgebracht. Im Feinkostladen haben sie ihn für verrückt gehalten.

Chris Naja, jetzt hat er wenigstens eine Garage gratis.

Knurren vom Tiger.

Mutter Die taugt doch nichts... sein Hillman riecht durch und durch nach Fisch. *(Ein Brüllen.)* O verflixt, das ist der Tiger. Er will bestimmt sein Mandrax.

Chris Gibst du dem Tiger Drogen?

Mutter *'türlich* geb ich ihm Drogen!

Chris Das ist verboten.

Mutter Erzähl das mal dem Tiger.

Chris Ich finde es gefährlich.

Mutter Hör mal... bevor er mit dem Fixen angefangen hat, hat er in der Regel vier Zeugen Jehovas pro Tag verbraucht. Und die hat er mit Haut und Haaren verzehrt, bis auf die Pamphlete.

Chris Er ist ja nicht blöd.

Ein sehr lautes Brüllen und Käfigrasseln.

Mutter Ist ja gut!

Sie zieht eine Spritze auf und will gehen.

Chris Tja, ich guck mir mal einen Fernseher an... komm, Markus.

Er setzt Markus in den Käfig und will ihn eben ins nächste Zimmer rüberbringen.

Mutter Michael hat den ganzen Tag für dich angerufen.

Chris Michael?

Mutter Du weißt schon, Michael... *Michael.* Michael *Ellis.* Hat den ganzen Tag lang angerufen... zweimal ist er vorbeigekommen.

Chris Wie sah er denn aus?

Mutter Ach, gesehen hab ich ihn nicht. Der Orangenbürzel-Aguti hat ihm aufgemacht. Das einzige nützliche Tier, das du je gekauft hast.

Chris Wo ist er jetzt?

Mutter Er ist oben und fälscht Rezepte für den verdammten Tiger!

Chris Nein, nein, wo ist Michael Ellis jetzt?

Mutter Ach, das weiß ich nicht... er hat gesagt, es wär sowieso nicht so wichtig... *okay*, ich komm ja schon.

Sie geht zu dem Tiger. Chris sieht verwirrt aus, dann zuckt er die Achseln und geht mit Markus ins Wohnzimmer.

In dem Raum stehen etwa zwanzig alte Fernsehapparate auf Regalen und auf dem Boden. Chris sucht einen davon aus, stellt ihn auf einen Tisch, schaltet ihn ein und setzt sich mit Markus in einen Sessel.

ZWISCHENTITEL *(im Fernseher)*: »UNI AUS DEM ÄTHER«

Ansager (MICHAEL) *(im Fernseher)* Hallo und willkommen zu »Uni aus dem Äther«. Und heute nachmittag zunächst Teil siebzehn unserer Vorlesungsreihe über Kommunikationsformen im Tierreich. Heute werfen wir einen Blick auf neuere Entdeckungen auf dem Gebiet artspezifischer Signalkodes bei der Familie Formicoidea.

Chris Da haben wir aber Glück, Markus. . .

Wir sehen ein Restaurant. Auf einer Seite steht ein Kellner (Graham). Unser Held (Terry J.) kommt herein, der Kellner geht auf ihn zu, und sie absolvieren eine umständliche Zeichensprache oder Grußzeremonie, mit Getrampel und so weiter. Der Kellner führt eine seltsame Abfolge von Bewegungen aus.

ZWISCHENTITEL: »DARF ICH IHNEN DEN MANTEL ABNEHMEN?«

Unser Held trampelt ausgiebig herum und umklammert den Hintern des Kellners.

ZWISCHENTITEL: »ICH HABE KEINEN MANTEL. ICH BIN EINE AMEISE.

Wieder die Kellnernummer.

ZWISCHENTITEL: »WER WÄRE DAS NICHT?«

Heldennummer.

ZWISCHENTITEL: »WO IST BRUNO?«

Kellnernummer.

ZWISCHENTITEL: »ER IST ZERTRETEN WORDEN.«

Heldennummer.

ZWISCHENTITEL: »WAS IST HEUTE DAS TAGESMENÜ?«

Kellnernummer.

ZWISCHENTITEL: »FILET VOM AMEISENBÄR.«

Heldennummer.

ZWISCHENTITEL: »DAS WIRD IHM EINE LEHRE SEIN.«

Mutter kommt herein. Sie ist ziemlich zerzaust und zerrupft aus und hat ein blutverschmiertes Gesicht.

Mutter Stell den verdammten Kasten ab!

Ansager Wir unterbrechen nun unser Programm für die neuesten Nachrichten aus der höchst merkwürdigen Geschichte des Michael Ellis. Offenbar hat Michael Ellis. . . *(Mutter schaltet ab.)*

Chris He! Ich wollte das sehen. . .

Mutter Verdammter Kasten. Das regt den Tiger auf. *(Gebrüll und Krachen von zerschellendem Geschirr aus der Küche.)* Herr des Himmels!

Sie stürzt zur Tür und geht in die Küche; Chris stellt schnell den Fernseher an.

Ansager *(wartet, daß der Lärm aufhört)*. . . nde der Durchsage. Und nun zurück zu »Uni aus dem Äther« und unserer Sendereihe für fortgeschrittene Studenten der Medizin, »Elemente der homöopathischen chirurgischen Praxis«. Folge 68 – »Ameisen«.

Chris Ah! Da haben wir wieder Glück, Markus.

Auf dem Bildschirm erscheint ein Chirurg. Er macht ein paar Ameisengesten.

Chirurg (MICHAEL) Hallo, liebe Formicoidophile! Bevor wir uns dem von Ihnen mit Spannung erwarteten Blut und Gedärm zuwenden, wollen wir einen Blick auf die Anatomie der kleinen Ameise werfen.

Schnitt: die Abbildung einer Ameise.

Stimme eines Ameisenexperten (TERRY J.) Der Ameisenkörper besteht aus drei Teilen. *(Pfeil zeigt auf)* Kopf, Brust und Unterleib. Sie sind von einer harten, panzerartigen, Ektoskelett genannten Hülle umschlossen, die einen gewissen Schutz vor anderen widerlichen kleinen Insekten bietet, aber vor dem Sezierskalpell leider nicht. *(Eine Zeichentrick-Hand mit Messer erscheint und schneidet Scheiben von der Ameise ab.)* Na bitte, läuft wie geschmiert, ist gar nicht so zäh. Und die Beine. . . sie können das Hundertfache des Eigengewichtes tragen, aber sehen Sie mal. . . *(eine Hand reißt die Beine aus)* im Vergleich zu mir bist du gar nicht so stark, vier, fünf, sechs. . . Ha!

Chris Ich wußte gar nicht, daß Ameisen *sechs* Beine haben, Markus!

Ameisenexperte Also, dafür kann ich mich verbürgen, Mr. Ellis.

Chris He! Du hast zwei Beine zu wenig! Und das ist ein falscher Fühler, Markus! Verdammt und zugenäht!

Er springt auf, stellt den Fernseher ab und wirft ihn auf einen Stapel schon zerdepperter Fernsehapparate, dann rennt er hinaus. Der Tiger ist jetzt ruhig. Mutter, blutig und zerfetzt, leert eine Dose »Kit-E-Cobra« in eine Kiste, auf der »Kobra« steht.

Chris Ich bring die Ameise hier zurück, Mutter – sie hat zwei Beine zu wenig.

Mutter He! Mrs. McWong hat angerufen! Der Eisbär war wieder in ihrem Garten.

Chris Gut, ich hol ihn auf dem Rückweg vom Geschäft ab.

Mutter Aber vergiß es ja nicht – er macht enormen Mist. *(Chris geht zur Tür hinaus, Mutter ruft hinter ihm her.)* Ach, übrigens, wenn du schon unterwegs bist, besorg uns doch noch ein paar Fernseher, ja? Hier sind 180 Pfund. *(Sie wirft ihm ein Geldbündel nach draußen.)*

Schnitt nach draußen zum Garten. Auf dem Gartenweg stapeln sich die Fernseher. Chris fängt das Bündel Geldscheine auf und geht durch das Gartentor davon, während ein Fernsehlieferwagen ein halbes Dutzend Fernseher auf einen Karren ablädt und dann in das Haus schiebt.

Schnitt zurück in das Kaufhaus. Im Aufzug; Chris mit seiner Ameise in der Hand; außerdem sind da zwei Frauen in deutscher Nationaltracht; die Liftdame, die ein Glasauge, ein Holzbein, eine Zahnspange, ein Hörgerät, einen orthopädischen Schuh, eine Halskrause und einen Greifhaken hat, sagt ihr Sprüchlein auf:

Liftdame (MICHAEL) Zweiter Stock... Schreibwaren, Lederwaren, Nasenverletzungen, Kricketschläger, Filmstars, Delphinarien.

Der Aufzug hält etwas mühsam an. Die deutschen Mädels steigen mit ihrem Gepäck aus. Dafür steigt ein Mann in griechischer Nationaltracht mit einem Ruder in der Hand zu.

Liftdame Dritter Stock... Kosmetik, Bücher, Irische Massage, Stammeshäuptlingsschmuck, Ameisen *(Chris will aussteigen),* aber keine *Beschwerden* über Ameisen!

Chris Oh, wo muß ich hin, um mich zu beschweren?

Liftdame Hier geradeaus links, dann rechts an dem Dingsda vorbei, dann die kleine Treppe hoch, dann rechts, da wo alles aufgeweicht ist, dann das wackelige Stück runter, an dem Nagel vorbei, an dem braunen Fleck an der Wand rechter Hand vorbei, und dann ist es die Tür, an der Ausgang steht, direkt vor Ihnen auf der linken Seite.

Chris Danke.

Liftdame *(die Türen schließen sich, aber wir hören so eben noch ihre Stimme)* Vierter Stock... Kleinkindvasektomien...

Die Ameisentheke. Es ist offenkundig derselbe Ort mit einem ungelenk gemalten Schild »Beschwerden«. Chris steht da mit dem ursprünglichen Verkäufer, der jetzt eine Tellerplatte in der Lippe und ein enormes falsches Kinn hat, etwa zwanzig Zentimeter lang und fünfzehn Zentimeter breit.

Chris Sie will ich nicht.

Erster Verkäufer *(mühsam artikulierend)* Oh, stimmt was nicht mit Ihrem kleinen Ameisenfreund...?

Chris Nein! Ihnen sag ich das nicht.

Erster Verkäufer Fehlt da was in punkto Beine?

Der Geschäftsführer taucht auf.

Geschäftsführer Kann ich Ihnen behilflich sein, Sir?

Chris schaut nach unten und sieht, daß der Geschäftsführer zur Hälfte in einem Sack steckt.

Chris Nein! Nein! Nein! Nein!

Geschäftsführer Oh, das ist schon in Ordnung, Sir, das ist für das Sackhüpfen später.

Chris Nein, nein, nein, ich will den Leitenden Geschäftsführer sprechen, ich will mich beschweren.

Geschäftsführer Ah, dann wollen Sie also in den Toupet-Salon, Sir.

Chris Den was?

Geschäftsführer *(hüpft davon)* Den Toupet-Salon, Mr. Ellis.

Chris geht zu einem Strumpftresen, wo eine Verkäuferin zwei Ganoven bedient, die Nylonstrümpfe über den Kopf ziehen und ausprobieren. Chris spricht die Verkäuferin an.

Chris *(verlegen)* Entschuldigung – können Sie mir sagen, wo ich den Toupet-Salon finde, bitte?

Verkäuferin (MICHAEL) Verzeihung?

Chris Den Toupet-Salon.

Verkäuferin Den was?

Chris Den Toupet-Salon.

Verkäuferin Ach, den Toupet-Salon! *(Laut)* Gladys, wo sind die Toupets jetzt noch mal?

Gladys (GRAHAM) Toupets? *(Die Leute gucken schon.)*

Verkäuferin Der Herr hier braucht eins.

Gladys *(noch lauter)* Ein Toupet?

Chris Also, eigentlich nicht...

Gladys Ich glaube, die sind jetzt bei »Chirurgische Geräte«.

Verkäuferin Stimmt, ja, gehen Sie bei »Künstliche Gliedmaßen« und »Hörgeräte« links, bei »Gebisse« rechts ab, und dann finden Sie es auf der linken Seite bei »Glasaugen«. Da steht nichts von Toupets, um die Leute nicht in Verlegenheit zu bringen, aber man riecht's.

Inzwischen haben die Leute einen Kreis gebildet, um zu sehen, wer das wohl ist.

Chris Danke.

Beim Weggehen starren ihm die Leute auf den Kopf.

Frau *(zu Freundin)* Man sieht den Übergang.

Chris taucht, um sich dieser peinlichen Lage zu entziehen, in der nächstgelegenen Abteilung unter. Auf einem Schild über der Tür steht »Viktorianische Dichtung – Lesesaal«.

Schnitt in den Raum zur Dichterlesung. Wordsworth, Shelley, Keats und Tennyson sind zugegen. Chris stellt sich leise in eine Ecke und hofft, daß er nicht auffällt.

Alte Dame (GRAHAM) Guten Tag, meine Damen und Herren, wie schön, Sie heute nachmittag hier so zahlreich versammelt zu sehen. Und als erstes möchte ich die Gastredner des heutigen Nachmittags willkommen heißen... Mr. Wadsworth...

Wordsworth (TERRY J.) Wordsworth!

Alte Dame Verzeihung, Wordsworth... Mr. John Koots sowie Percy Bysshe.

Shelley (TERRY G.) Shelley!

Alte Dame Nur einen ganz kleinen, halbtrocken *(ein zwergwüchsiger Verkäufer schenkt ihr einen Sherry ein)*... und Alfred Lorde.

Tennyson Tennyson.

Alte Dame Tennisball.

Tennyson *Son.*

Alte Dame Verzeihung – Alfred Lord, der offenbar Lord Tennisballs Sohn ist. Und als erstes möchte ich Mr. Wadsworth bitten, uns sein neuestes Erzeugnis vorzustellen, ein kleines Gericht namens »Ich ging allein, der Krabbe gleich«, und darin dreht sich alles um Ameisen.

Aufgeregt-erwartungsvolles Gemurmel. Wordsworth erhebt sich ziemlich verdrossen.

Wordsworth Ich ging allein, der *Wolke* gleich,
Die über Hügel zieht und Tal,
Als ich erblickte jäh ein Reich,
Ein Heer Ameisen ohne Zahl.

Tröpfelnder Applaus.

Alte Dame Vielen Dank, vielen Dank, Mr. Bradlaugh. Nun wird Mr. Bysshe...

Shelley Shelley.

Alte Dame ...oh... *(der Zwerg schenkt ihr nach)*... uns einen seiner neuesten Psalmen vortragen, er heißt »Ode an die Krabbe«.

Shelley *(steht leise auf und nimmt seinen Platz ein)* Also, es handelt eigentlich nicht von Krabben, es heißt »Ozymandias«. Es ist keine Ode.

Ein Wandrer, der die alten Länder kennt,
Sprach so: Sechs riesig Beingestümpf aus Stein
Stehn in der Wüste.
Der Sockel hebt den Prunk der Inschrift auf:
Ich, Ozymandias, aller Ameisen Herr
(Ooh-Rufe aus dem Publikum)
Künd' euch mein Tun! Termiten ihr, erbebt!
Ich bin der Ameisen größte, die ihr je gesehn,

Nie war vordem ein Tier so kühn und groß
und wild wie ich.
Ungeheurer Applaus.

Alte Dame Danke, Mr. Amontillado. Ich würde den einen oder andern von Ihnen dort hinten bitten, den Teppich nicht zu verunreinigen, im oberen Stock gibt es Toiletten für den Fall, daß Sie die Gedichte allzu aufregend finden. *(Sie fällt um.)* Guten Tag, als nächstes wird Mr. Dennis Keat sein neuestes Problem rezitieren: »Ode an ein Glas Sherry«. *(Sie fällt vom Podium.)*

Keats (ERIC)
Mein Herz pocht, und ein dumpfer Schmerz beschwert
das Hirn mir, als ob den Ameisenbären ich gesehn,
(Panik macht sich breit, das Publikum steht halb auf)
Ein ekles Biest mit langer Nas',
(Schreie aus dem Publikum)
Bepelztem Bein und einer Zunge, welche klebrig zuckt,
Mir scheint, ich spür die grausen Kiefer mahlen,
Knack-knack, schon sind die Beine fort,
Schnapp-schnapp, mein Brustkorb auch,
(mehrere schreiende Frauen fallen in Ohnmacht)
Mein Kopf entzwei, da geht mein Hirn dahin,
Schlabber, schlabber, schlabber, schlürf
(Er hat sich nicht mehr in der Gewalt.)

Alte Dame Mr. Keats, Mr. Keats, gehen Sie bitte sofort hinaus.

Keats Es ist wahr! Verstehen Sie denn nicht. Es ist wahr! Das passiert!

Alte Dame *(sie drängt ihn hinaus)* Meine Damen und Herren, ich entschuldige mich aufrichtig für dieses letzte... nun, ich zögere, es ein Gericht zu nennen... aber ich hatte ja keine Ahnung... und wo wir schon bei Schweinereien sind... ich *habe* Sie doch bereits ermahnt wegen des Teppichs... Nun, ich gebe zu, dieses letzte Gedicht war sehr furchterregend... aber bitte! Bevor wir nun zu Tee und Gepäck übergehen, würde ich Arthur Lord Tennisplatz bitten, uns sein neuestes kleines Sahnestückchen mit dem Titel »Der Ameisenangriff von Balaklava« zu servieren.

Tennyson Flink wie der Ameis' Bein...
Auftritt Queen Victoria mit einem Tusch, gefolgt von Alberts Sarg.

Alle Die Queen, die Queen. *(Alle verneigen sich und machen Kratzfüße.)*

Queen Victoria (MICHAEL) Meine treuen Untertanen, wir sind heute hier in einer Angelegenheit von nationaler Bedeutung. Mein seliger Gatte und wir sind in zunehmender Sorge um die jüngsten literarisch-stilistischen Entwicklungen *(legt sich einen immer stärkeren deutschen Akzent zu)*, die hier in Deutschland... äh, England... auftreten. Es scheint eine zunehmende Tendenz zu geben, die Am... die Amei... die Ameisen... zum beherrschenden... was liegt den Deutschen am Eisen und Stahl...

Wärter Thema.

Queen Victoria Thema... der modernen Dichtung hier in Deutschland zu machen. Wir sind nicht... ameisiert? *(Ein Wärter wispert.)* Amüsiert! Von nun an ist ameisen verboten. Statt dessen gibt es Lerchen, Narzissen, Nachtigallen, Reiterangriffe und... *(schnuppert)* Was ist das schreckliche Gepong...? Es schmecke wie ein Scheißhaus... und so weiter! Nun, wir müssen jetzt gehen, sonst kommen wir zu spät zum Pferderennen. Gott segne euch alles.

Chris geht.

Schnitt: Chris steht vor einer Tür mit einem Schild »Elektrokessel«.

Stimme Psst! Hier gibt's Elektrokessel, Sir.

Eine Hand mit einem Schild »Toupets« winkt ihm. Er geht zur Tür und wird durchgelassen. An den Wänden hängen Bilder von berühmten kahlköpfigen Gestalten der Welt mit Toupet.

Toupet-Chef (TERRY J.) Keine Angst, Sir, Sie sind hier unter Freunden, Sir. *(Der Manager trägt ein widerliches Toupet; Chris sieht das und bemüht sich, nicht zu glotzen; der Manager stellt seine Verkäufer vor)* Mr. Bradford, Mr. Crawley. *(Bradford und Crawley treten vor; jeder hat ein noch schlimmeres Toupet als der davor.)* Sie passen bei uns die Toupets an, Sir. Wir haben sehr viel Erfahrung auf diesem Gebiet und sind stolz darauf, den besten und diskretesten Service zu bieten, den Sie finden können. Ich weiß nicht, ob Sie mir das glauben werden, Sir, aber einer von uns trägt in der Tat hier und jetzt ein Toupet...

Chris Na, Sie tragen doch alle eins, oder?

Sie eilen zu einem Spiegel.

Bradford (MICHAEL) Hast du eins?

Crawley (GRAHAM) Ja, aber ich wußte nicht...

Toupet-Chef Mir war nicht bewußt, daß ihr beide... ich dachte, ich wär derjenige welcher.

Crawley Und ich dachte, *ich*.

Bradford Ich auch. *(Zu Crawley)* Deins ist gut.

Chris Eigentlich bin ich nur hier, um mich zu erkundigen, wo das Büro des Geschäftsführers ist.

Toupet-Chef Einen Augenblick – hat Ihnen jemand erzählt, daß wir alle ein Toupet tragen?

Chris Nein.

Crawley Ach ja?

Bradford Woher wußten Sie es dann?

Chris Na... das ist doch ziemlich offenkundig.

Crawley Wie meinen Sie das, offenkundig! Seins kann man überhaupt nicht erkennen.

Chris Na, erstmal hat es eine andere Farbe.

Bradford Tatsächlich?

Crawley Natürlich nicht!

Chris Und es paßt nicht zu seinen anderen Haaren... es steht irgendwie in der Mitte raus.

Bradford Es ist besser als Ihres.

Crawley Ja.

Chris Ich trag ja keins.

Alle lachen höhnisch.

Toupet-Chef Ach, ich verstehe, Sie tragen keins!

Crawley Wieso sind Sie dann hier?

Chris Man hat mir gesagt, ich würde hier das Büro des Geschäftsführers finden.

Wieder lachen alle höhnisch.

Bradford Ach nein, nicht schon wieder.

Crawley Das zieht nicht recht, wissen Sie...

Chris Es ist die Wahrheit!

Alle Büro des Geschäftsführers! *(Sie lachen spöttisch.)*

Bradford Ha, sehen Sie sich das an. Wo haben Sie das her, Mac Fisheries?

Toupet-Chef Entsetzlich, nicht wahr?

Crawley Nylon?

Chris Nein, es ist echt, sehen Sie. *(Er zieht daran.)*

Alle Ach, das kann doch jeder.

Sie machen es ihm alle nach. Bradford zieht unvorsichtigerweise so sehr, daß sein Toupet sich lockert.

Crawley Na komm, runter damit!

Chris Weg da!

Toupet-Chef Hören Sie, wollen Sie ein ordentliches haben?

Chris Nein, ich brauche keins.

Bradford Sie brauchen sich doch nicht zu schämen.
Crawley *Wir* haben es alle zugegeben.
Chris Ich trage keins.
Einen Augenblick lang sehen sich alle an, stellen fest, daß es sich um einen »schwierigen Fall« handelt.
Toupet-Chef Verstehen Sie doch... Sie müssen sich damit abfinden.
Chris Ich trage kein Toupet! Man hat mir einfach gesagt, ich würde hier das Büro des Geschäftsführers finden, damit ich mich über meine Ameise beschweren kann!
Sie sehen sich an.
Crawley Erschütternd, nicht?
Bradford Über eine Ameise beschweren?
Toupet-Chef Das ist zu Ihrem eigenen Besten.
Er packt Chris' Haar. Es folgt ein Kampf, in dessen Verlauf bei allen Verkäufern das Toupet abgeht. Chris wird gegen eine Tür gedrängt, auf der »Eintritt strengstens verboten« steht. Er kann durch die Tür entkommen.
Schnitt auf die andere Seite der Tür. Chris dreht sich um und traut seinen Augen nicht. Hier ist das Büro des Leitenden Geschäftsführers. Da sitzt bereits eine Reihe Kunden und wartet, um sich zu beschweren. Der Geschäftsführer wendet sich gerade einer Dame zu.
Geschäftsführer (MICHAEL) *(gereizt)* Na schön. Nehmen Sie Platz.
Chris macht die Tür zu und nimmt am Ende der Reihe von zehn Leuten Platz: da ist der deutsche Kostümfundusmann; ein isländischer Honigwochenmann; ein Grieche mit einem Autoreifen; ein Mann mit einem Rasenmäher, aus dem eine Katze herausguckt; ein Mann mit verbundener Nase, der einen Hund mit verbundener Nase hält; eine Dame mit verbundener Nase; eine Dame mit verbundener Nase und einem Kinderwagen, aus dem eine kleine Rauchsäule aufsteigt; eine Mannweib-Dame, deren Kopf in einem Tennisschläger steckt; ein Mann mit Zigarre im Mund, die offenbar explodiert ist – sein Gesicht ist schwarz und sein Kragen sitzt schief; ein Mann in einem entsetzlichen Anzug mit einem Ärmel, der doppelt so lang ist wie normal, und Hosen, die auf halber Schenkelhöhe enden. Ein uniformierter Aufseher sitzt neben einer recht gut gekleideten Dame mit Twinset und Perlen und ihrem ebenso vornehm aussehenden Gatten. Der Aufseher knabbert der völlig ungerührt dasitzenden Dame am Ohr und streichelt sie heftig. Der Gatte schaut starr geradeaus. Neben ihnen ist Oberst Ewing.
Am Tisch beim Geschäftsführer ist die Dame mit dem Flammenwerfer.

Ein Teil des Geschäftsführertisches und die gesamte Büroecke sind schwarz und rauchen.

Dame Da, sehen Sie mal! Es müßte eine Sicherung dran sein, ich meine. . . huuuch! *(Ein Flammenstrahl kommt herausgeschossen.)* Ich meine, wenn das nun in falsche Hände gerät?

Geschäftsführer Ja, Madam. Ich werde persönlich mit dem Hersteller sprechen, das geht in Ordnung.

Dame Würden Sie das tun? Das würde mich sehr beruhigen.

Sie geht und macht die Tür zu. Wir hören den Flammenwerfer und Schmerzensschreie.

Dame *(im Off)* Tut mir leid. . .

Geschäftsführer Der nächste, bitte!

Der Oberst steht auf. Währenddessen deutet Mr. Zyndersky (der Gatte) auf seine Frau und den Aufseher.

Mr. Zyndersky (TERRY G.) Er belästigt sie immer noch.

Geschäftsführer Ja, ja, ich kümmere mich in einem Moment um Sie, Sir. *(Der Oberst kommt zum Tisch des Geschäftsführers.)*

Oberst Ewing (GRAHAM) Ich habe eine Beschwerde vorzubringen.

Geschäftsführer Nehmen Sie doch Platz. Tut mir leid, daß es da brennt.

Oberst Ewing Ach, das macht doch nichts. *(Er setzt sich.)* Daran habe ich mich im Osten gewöhnt.

Geschäftsführer Wo waren Sie denn im Osten?

Oberst Ewing Ach, Norwegen. . . Schweden. . . so in der Gegend. . . oh, tut mir furchtbar leid, aber mein Anzug fängt immer wieder Feuer.

Geschäftsführer Feuerlöscher?

Oberst Ewing Ach nein, danke, ich glaube, wir sollten der Sache lieber ihren Lauf lassen. Ich denke gerade. . . Norwegen liegt nicht sehr östlich, finden Sie nicht? Ich hätte sagen sollen, als ich im Norden war. *(Er schlägt auf die Flammen ein.)*

Geschäftsführer Gibt es viele Brände in Norwegen?

Oberst Ewing Großer Gott, ja. Die ganze Gegend eine einzige Feuersbrunst. Holzhäuser, wissen Sie. In Norwegen hab ich meine Frau verloren.

Geschäftsführer Das tut mir leid.

Oberst Ewing Wieso, kannten Sie sie?

Geschäftsführer Nein, ich meinte. . .

Oberst Ewing Ah, verstehe. Nein, sie war keine Favoritin von mir. Wir sind da einmal draußen auf einem Fjord spazierengegangen, und da ist so ein Lokalmatador aus seinem Baumhaus gekommen und hat einen Haufen alte Krummsäbel und Guillotinen rausgeschmissen, die ihm seinen Weinkeller verstopften, und ein erklecklicher Teil davon ist anscheinend auf meiner Frau gelandet und hat bewirkt, daß sie ohne viel Federlesens den Geist aufgab.

Geschäftsführer Ja, ja – also, sehen Sie. . .

Ding-dong der Kaufhauslautsprecheranlage. Ein Ansager spricht.

Ansager Hier ist eine wichtige Durchsage über Michael Ellis. *(Chris schaut zu dem Lautsprecher hoch; alle lauschen.)* Die »Michael Ellis«-Woche ist hiermit beendet. Von nun an ist »Chris Quinn«-Woche. *(Aufgeregtes Gemurmel.)*

Chris Was für ein mieses Ende!

Schnitt zu einem gutgekleideten, höflichen Verkäufer an einem Tresen mit einem großen Schild »Ende-der-Show-Abteilung« hinter ihm.

Verkäufer (TERRY J.) Naja, es ist eins unserer günstigsten, Sir.

Chris Was haben Sie denn sonst noch?

Verkäufer Also, da gibt es das ganz langsame Aufziehen, Sir, Sie wissen schon, die Kamera fährt immer weiter zurück und blendet über zu. . .

Während seiner Rede fahren wir zurück und überblenden nach draußen vor das Kaufhaus; wir fahren weiter zurück und überblenden schließlich zu einer Luftaufnahme von London, während die Musik anschwillt und die Stimme des Verkäufers leiser wird.

Die Musik hört unvermittelt auf, und mit einem harten Schnitt sind wir wieder bei Chris.

Chris Nein, haben Sie nichts Spannenderes?

Verkäufer Eine Verfolgungsjagd vielleicht?

In einer Tür tauchen plötzlich der Geschäftsführer und die Toupetverkäufer auf.

Geschäftsführer Da ist er!

Aufregende Verfolgungsmusik. Sie laufen Chris aus dem Saal und in einen anderen Teil des Kaufhauses nach.

Dann Schnitt zurück zu Chris am Tresen.

Chris Ach, nein. Nein, nein.

Verkäufer Die Wanderung in den Sonnenuntergang?

Chris Was ist das?

Stimmungsvolle Sonnenuntergangsaufnahme am Strand. Wir können gerade noch den Rücken von Chris und dem Verkäufer erkennen, die zusammen auf die untergehende Sonne zuwandern. Der Verkäufer gestikuliert und erklärt:

Verkäufer Sie wissen schon... zwei einsame Gestalten als Silhouette vor den ersterbenden Strahlen der untergehenden Sonne. Die Musik schwillt an, Sie haben einen Kloß im Hals und eine Träne im Auge...

Schnitt zurück ins Kaufhaus.

Chris Ach, nein.

Verkäufer Schade, mir gefällt das recht gut...

Chris Das trifft es alles nicht richtig, verstehen Sie.

Verkäufer Tja, es gibt einen, der die ganze Michael-Ellis-Geschichte abrundet, aber...

Chris Aber was...?

Verkäufer Ach nein, nichts, nichts...

Chris Hören Sie, wer ist dieser Michael Ellis?

Verkäufer Wie wär's mit einem Happy-End, Sir?

Eine Blondine kommt auf Chris zugelaufen und wirft ihm die Arme um den Hals.

Blondine (CAROL) O Chris! Gott sei Dank, du bist in Sicherheit.

Schnitt zum Verkäufer.

Verkäufer Nein, das würde Ihnen sicher nicht gefallen...

Das Mädchen ist verschwunden.

Chris *(schaut sich suchend um)* Warum soll mir das nicht gefallen?

Verkäufer Vielleicht ein Fazit vom Podium aus? Das ist billig. Sie wissen schon – die Expertenrunde.

Podium mit dem typischen Fußballexperten-Arrangement. Malcolm Allison, Brian Clough und ein riesiges Porträt-Foto von Jimmy Hill an der hinteren Kulissenwand.

Malcolm Allison (MICHAEL) Ja. Das war eine recht gute Vorstellung. Die Gestalt des Michael Ellis kam mir ein wenig überzogen vor.

Brian Clough (ERIC) Also, da kann ich dir nicht zustimmen, Malcolm, offen gestanden überzeugt mich nur eine einzige Szene, und das ist die, in der ich jetzt mitmache.

Schnitt zurück in das Kaufhaus.

Verkäufer Nein? Langsames Abblenden?

Das Bild wird allmählich abgeblendet.

Chris Nnnnnein.

Das Bild kommt wieder zurück.

Verkäufer Also, dann vielleicht ein jähes Ende?

Blackout.

Zweiundvierzig – Anything Goes

Eine Hauptstraße. Fröhliche Banjomusik. Die Kamera fährt vor zwei Stadtstreichern (Terry J. & Michael) her, die beschwingt den Fußweg entlang gehen; es sind ziemlich übertrieben lustige Typen. Sie nicken gelegentlichen Passanten zu und veräppeln einen feinen Pinkel mit tiefen Verbeugungen.

EINGEBLENDETE TITEL: »ES GESCHIEHT VOR IHRER HAUSTÜR«

»VON PFARRER A. G. PHILIPPS UND FRAU«

»NACH EINER IDEE VON LORD CARRINGTON«

Sie kommen zu einem Abfallkorb und wühlen darin herum. Der eine zerrt eine Zeitung heraus; er reicht sie dem anderen, sucht weiter und fischt eine Fleischpastete heraus. Er stöbert wieder, holt mit leuchtenden Augen eine geschlossene Flasche Champagner hervor und reicht sie dem Freund. Beim nochmaligen Kramen findet er zwei auf Hochglanz polierte Gläser. Während dieser Szene ist folgender Kommentar zu hören:

Off-Sprecher (MICHAEL) Sie nehmen das Leben, wie es kommt, mit seinen guten und seinen schlechten Seiten, immer für Jux und Tollerei zu haben – und mit diesen beiden unbekümmerten Lebenskünstlern beginnt unsere Geschichte *(die Stadtstreicher laufen in diesem Moment aus dem Bild; man hört Reifen quietschen und ein Scheppern; dann: Schnitt zu einem Sportwagen quer über dem Bürgersteig, unter dem die Beine der beiden Stadtstreicher hervorragen; die Musik wird pathetischer und amerikanischer),* sie sind nämlich soeben von Alex Diamond überfahren worden... *(passende Musik; ein James-Bond-Typ (Graham) steigt aus dem Auto und mustert die beiden toten Stadtstreicher)* ...dem internationalen Verbrecherjäger... *(Aufnahme von demselben, wie er im Blitzlichtgewitter der Fotografen zu einer Filmpremiere eilt)*... Playboy... *(Bild von ihm auf einer Jacht)*... Tausendsassa... knallharten Konfliktvermittler... *(sein Standfoto mit Henry Kissinger; Schnitt zu ihm, wie er die Straße entlangschreitet)* und einem von den Hunderten von Prominenten, die unter Hexenschuß leiden, der Volksseuche, über die niemand besser Bescheid weiß als dieser Mann... *(wir sehen ihn ein Haus betreten; Schnitt: Nahaufnahme von schräg unten zeigt Dr. Koning (John) beim Überstreifen von Operationshandschuhen; die Musik wechselt zur Erkennungsmelodie von »Dr. Kildare«)* Dr. Emile Koning... der Chirurg... Medikus... Mastdarmspiegler... und selbstlose Kämpfer gegen das menschliche Siechtum, dessen

Klingelknopf. . . *(Schnitt: Klingelschild und Kameraschwenk abwärts)* sich genau über dem des Helden unserer heutigen Geschichte befindet. . . von Konteradmiral Humphrey de Vere! *(Die Tür geht auf, und der Konteradmiral (Eric) tritt heraus; Marschmusik; er geht die Straße entlang.)* Ja! Dies ist die Geschichte von Konteradmiral Humphrey De Vere. . . oder genauer die Geschichte seiner Tochter. . . *(Schnitt: eine Fotografie einer aufopferungsvollen und selbstlosen jungen Krankenschwester; die Musik wird schlagartig heroisch),* denn nur dank ihres Mutes, ihres Weitblicks und Einfühlungsvermögens konnten wir hinter die vornehme Fassade des. . . *(Einblendung eines eindrucksvollen College-Komplexes)* Royal Arsenal Women's College in Bagshot blicken. . . *(Cembalo-Klänge und Zoom über die Rasenflächen auf den College-Haupteingang)* und die wahre Geschichte *dieses* Mannes erfahren. . . *(Kamera schwenkt plötzlich nach rechts auf einen riesigen Blumenkübel, hinter dem ein heruntergekommener Typ (Michael) in einem langen, vergammelten Trenchcoat hervorkommt und vorsichtig das Terrain sondiert.)* Die Geschichte von Len Hanky! Dem Fußpfleger, Spanner, Hühnerschreck. . . Dem Mann, der den Fiat-Chef einst zu der Frage veranlaßte. . .

Schnitt: ein hochkarätiger italienischer Geschäftsmann am Schreibtisch in einem ultramodernen italienischen Wohnbereichsbüro.

Agnelli (ERIC) Che cosa è lo stucciacatori di polli?

UNTERTITEL: »WAS IST EIN HÜHNERSCHRECK?«

Das Telefon klingelt. Er bellt energisch hinein, und die Kamera fährt auf sein straffes, hellwaches Unternehmergesicht zu.

Off-Sprecher Jawohl! Heute abend nehmen wir die Karriere Gino Agnellis unter die Lupe! Des Mannes, der eines der größten Unternehmen Europas aus dem Boden stampfte *(Einblendung: Archivfilm einer riesigen Autofabrik)* und sein Fernrohr ausgerechnet in *dem* Laden kaufte, dessen Kommanditist schon als Achtjähriger dem Sohn des Onkels des Dentisten der Haushälterin des Bruders dieses Mannes ein Klappmesser stibitzte *(zu jeder Person, zu jedem Ding, das erwähnt wird, ein Foto)*: Militärseelsorger Charlie »Drooper« Hyper-Squawk Smith, *(hier kommt Bewegung in das Standfoto, als der Kirchenmann (Terry J.) sich aus dem Cockpit schwingt und neben seine Spitfire herunterspringt),* der wolfsrachige Standortvikar der Royal Air Force, der eigenhändig mehr als fünfhundert deutsche Luftwaffenpfarrer abgeschossen hat. *(Mit mildem Lächeln malt er ein Kreuz für einen neu abgeschossenen deutschen Luftwaffenpfarrer außen an sein Flugzeug. Daneben steht geschrieben: »Seht euch vor,*

Krauts, Lukas 17, Vers 3«) Dies ist die Geschichte seiner Fliegerkameraden. . . *wirklich!*

Ein Geschwaderführer der Royal Air Force in voller Montur hetzt vorbei und in eine Wellblechbaracke.

ZWISCHENTITEL: »1944 IRGENDWO IN ENGLAND«

Der Geschwaderführer kommt in die Offizierskantine der Royal Air Force und setzt den Fliegerhelm ab.

Bovril (TERRY J.) Morgen, Schwafü.

Geschwaderführer (ERIC) Na, Squiffy.

Bovril Wie lief's?

Geschwaderführer Klasse. Kurvt mir der Kraut mit seiner Kiste doch sauber vor'n Segenspender. Zähes Aas. Probiert'n Immelmann, stellt sich auf'n Schwanz, legt seine Lilli auf'n Rücken, schmiert mit ihr im Korkenzieher ab und rammelt sie senkrecht in die Grete.

Bovril Äh, fürchte Schwafü, ich kann Ihnen nicht ganz folgen. . .

Schwafü Das ist doch der übliche Fliegerflachs, Squiffy! Kurvt mir der Kraut mit seiner Kiste doch sauber vor'n Segenspender. Zähes Aas. Probiert'n Immelmann, stellt sich auf'n Schwanz, legt seine Lilli auf'n Rücken, schmiert mit ihr im Korkenzieher ab und rammelt sie senkrecht in die Grete.

Bovril Nein, ich versteh heut einfach keinen Fliegerflachs. Noch mal langsam.

Geschwaderführer Langsam geht nicht, Squiffy! Dann ist es kein Fliegerflachs mehr.

Bovril Moment mal. *(Ruft)* Chef!

Gruppenkommandeur (GRAHAM) Hier!

Bovril Sekunde mal eben für den Flachs vom Schwafü!

Gruppenkommandeur Ganz Ohr.

Bovril Fein.

Gruppenkommandeur Schießen Sie los.

Geschwaderführer *(holt tief Luft, blickt unsicher von einem zum andern, dann langsam:)* Kurvt mir der. . . Kraut. . . mit seiner Kiste. . . doch sauber. . . vor'n Segenspender. . . Zähes Aas. . . Probiert'n Immelmann. . . stellt sich auf'n Schwanz. . . legt seine Lilli auf'n Rücken. . . schmiert mit ihr im Korkenzieher ab. . . und *rammelt* sie. . . senkrecht in die *Grete*.

Gruppenkommandeur Nee, versteh kein Wort von dem Fliegerflachs.

Geschwaderführer Ist irgend etwas mit meinem Fliegerflachs nicht in Ordnung, Männer?

Alarmsirene. Die Tür wird aufgestoßen, und ein Nachwuchspilot im Fliegerdreß stürzt völlig atemlos herein.

Flieger (MICHAEL) Affenhorde am Abendhimmel, Sir! Ab in die Eierwärmer, und nix wie den Speck in die Pfanne gehauen!

Allgemeine Verständnislosigkeit. Die drei sehen sich an.

Gruppenkommandeur Verstehn Sie das?

Geschwaderführer Nö, kein Wort.

Gruppenkommandeur Sorry, alter Knabe, wir verstehn deinen Flachs nicht.

Flieger Ihr wißt doch... Wie mit den Pennies im Pudding... *(nach Worten suchend)* ähm... Der große Charlie Chap protzt gleich dick ab...

Gruppenkommandeur Nee, nee... Fehlanzeige.

Bovril Ein bißchen langsamer, alter Junge.

Flieger Langsamer *Flachs*, Sir?

Gruppenkommandeur Ge-nau.

Flieger Ähm... Weiß-wurst-in-dia-ner im blau-en Wal-hal-la!

Geschwaderführer Nö, immer noch nicht.

Flieger Ähm... Kohlkisten kommen übern Kanal klabastert?

Geschwaderführer Nö.

Die anderen Nö, nö...

Archivfilm vom Anflug deutscher Bomber.

Off-Sprecher Doch da war es schon zu spät. Die erste Kiste Kohl wurde am 7. Juli auf London abgeworfen. Und das war erst der Anfang...

Schnitt ins Kriegsministerium in Whitehall. Ein General am Telefon. Vier weitere Generäle sitzen herum.

General (GRAHAM) Fünf Shilling das Dutzend? – Ganz gewöhnlicher Spitzkohl? Und was ist mit den Bomben? – Großer Gott, sind die teuer! *(Legt auf.)*

Ein Obergefreiter stürzt herein.

Obergefreiter (ERIC) Sir!

General Was gibt's?

Obergefreiter Meldung von der Westfront, Sir.

General Und...?

Obergefreiter Feindlicher Großangriff im Morgengrauen, Sir... *(Pause.)*

General Und...?

Obergefreiter *(verlegen)* Nun, der Feind hatte lauter kleine silbrige Heiligenscheine... und Zauberstäbe mit großen Sternregen dran... und...

General Hatte *was*?

Obergefreiter ...und... Spinnen in Streichholzschachteln, Sir.

General *(ungläubig)* Großer Gott! Wie haben unsere Jungs reagiert?

Obergefreiter Verdammt neugierig, Sir. Ein paar sind los... ich glaub, es war die vierte Panzerbrigade, Sir, sie sind los und...

General Ja?

Obergefreiter ...naja, sind also los und haben sich die Spinnen angesehen.

General Du liebe Güte! Alles klar, dank dir, Shirley.

Ein Mädchen krabbelt unter dem Tisch hervor, eine blonde Luftwaffenhelferin der Royal Air Force.

Obergefreiter Sir!

General *(zu einem Feldwebel)* Holen Sie mir den Premierminister. *(Der Feldwebel reißt die Tür auf, draußen steht Churchill.)* Nicht so schnell! *(Der Feldwebel schlägt die Tür wieder zu.)* Gentlemen, es ist sonnenklar, daß der Feind diesen Krieg nicht nur zu Spottpreisen führt, sondern ihn obendrein nicht ernst nimmt.

Älterer General (TERRY G.) Verdammte Hunde!

General Erst wirft er statt mit anständigen Bomben mit Spitzkohl...

Obergefreiter Aber die Kisten waren doch sicher sehr teuer, Sir.

General Schnauze, Eierkopf! Und jetzt macht er auch noch äußerst alberne Sachen an einem kriegsentscheidenden Frontabschnitt!

Älterer General Was machen wir da, Shirley?

General Wir müssen unverzüglich eingreifen, bevor die Moral flöten geht. Wir werden es den Chinesen schon zeigen...

Hauptmann Den Deutschen, Sir.

General Den Deutschen... Wir werden denen schon zeigen, daß kein britischer Soldat sich jemals auf ihr Niveau begeben wird. Jeder, der dabei erwischt wird, wie er diesen Krieg lächerlich macht, wird so drakonisch abgestraft, wie es das Kriegsrecht zuläßt! *(Er erstarrt in Heldenpose; »Pomp and Circumstances« erklingt; wir erwarten einen Schnitt, aber es erfolgt keiner; dann:)* War in Ordnung, oder?

Schnitt: wir sehen das Studio aus einiger Distanz, mit seinen Kameras, dem Mikro-Galgen, Tontechnikern etc.

Hauptmann Doch, alles bestens.

Schnitt in einen Gerichtssaal der vierziger Jahre. Ein Kriegsgerichtsprozeß ist im Gange. Ein älterer General hat den Vorsitz, zwei andere

Generäle fungieren als Beisitzer. Ein Verteidiger, ein Staatsanwalt, ein Schriftführer und zwei Uniformierte, die den Angeklagten bewachen.

Kriegsgerichtsvorsitzender (TERRY J.) Der Pionier Walters ist vor diesem Gericht angeklagt, den Krieg mit nicht-militärischen Mitteln geführt zu haben, genauer, ihm wird zur Last gelegt, am 16. April 1942 während einer entscheidenden Offensive als Bonbonschachtel verkleidet den Feind mit feuchten Badetüchern geschlagen zu haben...

Walters (ERIC) Sir, äh...

Kriegsgerichtsvorsitzender Schnauze! Das Wort für die Anklage hat Oberst Fawcett...

Fawcett (MICHAEL) Sir, wir alle kennen...

Kriegsgerichtsvorsitzender Schnauze!

Fawcett Wie bitte?

Kriegsgerichtsvorsitzender Fahren Sie fort.

Fawcett Sir, wir alle kennen die Fakten dieses Falles. Der Pionier Walters, mit teurer militärischer Ausrüstung versehen, nämlich mit einem Lee Enfield Gewehr, Kaliber 303, und 72 Schuß Munition im Werte von hundertvierzig Pfund, drei Shilling und Sixpence, brachte statt dieser heeresdienstvorschriftswidrig feuchte Badetücher zum Einsatz und überrannte so eine feindliche Schlüsselstellung bei Basingstoke...

Kriegsgerichtsvorsitzender Bei Basingstoke? Basingstoke in Hampshire?

Fawcett Nein, nein, nein, Sir, nein.

Kriegsgerichtsvorsitzender Verstehe, fahren Sie fort.

Fawcett In Folge seines Angriffs bekam der Feind...

Kriegsgerichtsvorsitzender Basingstoke *wo?*

Fawcett Basingstoke in Westfalen, Sir.

Kriegsgerichtsvorsitzender Aha. *Verstehe.* Fahren Sie fort.

Fawcett In Folge von Pionier Walters Angriff bekam der Feind nasse Flecken auf der Hose und in etlichen Fällen erdbeerfarbene Striemen im Oberschenkelbereich...

Kriegsgerichtsvorsitzender Ich hatte keine Ahnung, daß es ein Basingstoke in Westfalen gibt.

Fawcett *(etwas gereizt)* Ist auf der Karte eingezeichnet, Sir.

Kriegsgerichtsvorsitzender Was für einer Karte?

Fawcett *(etwas gereizter)* Auf unserer Generalstabskarte von Westfalen, Sir.

Kriegsgerichtsvorsitzender Also, ich hab noch nie von einem Basingstoke in Westfalen gehört.

Fawcett *(geduldig)* Eine Stadtgemeinde, Sir, siebenundzwanzig Meilen nordöstlich von Southampton. Ihre wichtigsten Gewerbezweige...

Kriegsgerichtsvorsitzender Hä? Southampton in Westfalen?

Fawcett Jawohl, Sir... sind Ziegeleien... Textilindustrie. Ganz in der Nähe liegen die Ruinen des Herrenhauses der Basing, das 1645 von Cromwells Reitern niedergebrannt wurde...

Kriegsgerichtsvorsitzender Wer hat diese Karte gezeichnet?

Fawcett Cole Porter, Sir.

Kriegsgerichtsvorsitzender *(ungläubig)* Cole Porter? Der Komponist von »Kiss me, Kate«?

Fawcett Nein, Sir, bedaure... Der andere Cole Porter, der »Anything goes« geschrieben hat. Sir, ich werde beweisen, daß der Angeklagte, der hier vor Gericht steht...

Kriegsgerichtsvorsitzender Das ist derselbe! *(Er singt.)* »In olden days a glimpse of stocking...«

Fawcett *Wie bitte*, Sir?

Kriegsgerichtsvorsitzender *(singt)* »In olden days a glimpse of stocking, was looked on as something shocking, now heaven knows, anything goes...«

Fawcett Nein, das geht anders, Sir.

Kriegsgerichtsvorsitzender Wie geht es denn?

Fawcett Bitte, Sir?

Kriegsgerichtsvorsitzender Wie geht denn *Ihr* »Anything goes«?

Walters Darf ich dann auch gehen?

Kriegsgerichtsvorsitzender Schnauze! *(Zu Fawcett)* Na, los doch!

Fawcett Sir, also wirklich, das ist völlig...

Kriegsgerichtsvorsitzender Na, los doch, wie geht *Ihr* »Anything goes«?

Fawcett *(er räuspert sich und beginnt, sehr falsch zu singen)*

Anything goes in.
Anything goes out!
Fish, bananas, old pyjamas,
Mutton! Beef! and Trout!
Anything goes in...

Kriegsgerichtsvorsitzender Nein, das ist es nicht... Fahren Sie fort.

Fawcett Kurz und gut, Sir, ich werde beweisen, daß der Angeklagte, der hier vor Gericht steht... im Besitze folgender Ausrüstungsgegenstände war: ein Paar Kommißstiefel im Werte von drei Pfund sieben Shilling und Sixpence, eine Drillichhose im Werte von zwei Pfund, drei Shilling und Sixpence, ein Paar Gamaschen im Werte von achtundsechzig Pfund und zehn Shilling, ein. . .

Kriegsgerichtsvorsitzender Achtundsechzig Pfund und zehn Shilling für ein Paar Gamaschen?

Fawcett *(geringschätzig)* Eine Spezial-Anfertigung, Sir.

Kriegsgerichtsvorsitzender Eine Spezial-Anfertigung?

Fawcett Jawohl, Sir. Französisch. . . Ein Soldatenbarett im Werte von vierzehn Schilling, ein Paar. . .

Kriegsgerichtsvorsitzender Was war daran so speziell?

Fawcett Ähem. . . *(als sei es kaum der Rede wert)* ein speziell anschmiegsames Gewebe, Sir. Die Schnallen nicht aus Messing, sondern aus massivem Silber. . . Der Gesamtwert der Ausrüstung betrug. . .

Kriegsgerichtsvorsitzender Weshalb trug der Angeklagte Spezial-Gamaschen?

Fawcett *(irritiert)* Es war ein Geschenk vom Regiment. . . Der Gesamtwert der Ausrüstung. . .

Kriegsgerichtsvorsitzender Warum haben die ihm Spezial-Gamaschen geschenkt?

Fawcett Sir, für die Strafsache scheint mir völlig unerheblich, ob ihm Gamaschen geschenkt wurden oder nicht, Sir.

Kriegsgerichtsvorsitzender Das zu entscheiden dürfen Sie getrost dem Gericht überlassen. Ich will jetzt wissen, *warum* das Regiment dem Angeklagten Spezial-Gamaschen geschenkt hat.

Fawcett *(sich mühsam zügelnd)* Er. . . war ihnen gewissermaßen gefällig. . . Der Gesamtwert. . .

Kriegsgerichtsvorsitzender Ihnen gefällig?

Fawcett Er. . . pflegte ihnen gefällig zu sein, Sir. Der Gesamtwert. . .

Kriegsgerichtsvorsitzender *Gefällig?*

Fawcett Jawohl, Sir. . . Der Gesamtwert der Uniform. . .

Kriegsgerichtsvorsitzender *Womit* war er ihnen gefällig?

Fawcett Bitte, Sir?

Kriegsgerichtsvorsitzender *Womit* war er ihnen gefällig?

Fawcett *(immer gereizter)* Äh. . . naja. . . er hat sie glücklich gemacht, gewissermaßen, Sir. Der Gesamtwert der Ausrüstung kann daher nicht unter. . .

Kriegsgerichtsvorsitzender Hat er sie dabei berührt?

Fawcett Sir! Meiner Meinung nach ist das durchaus nicht beweiserheblich!

Kriegsgerichtsvorsitzender Ich will aber wissen, wie er sie glücklich gemacht hat!

Fawcett *(die Beherrschung verlierend)* Er rammte ihnen öfter was rein in ihren...!!!

Kriegsgerichtsvorsitzender *(hastig)* Schon gut! Schon gut! So deutlich brauchen Sie nicht zu werden...! Was sagt der Angeklagte dazu?

Walters *(überrascht)* Was, ich?

Kriegsgerichtsvorsitzender Ja. Was haben Sie dazu zu sagen?

Walters Was soll ich dazu schon sagen? Ich meine, wie kann ich mit bloßen Worten fassen, wie sehr ich jede militärische Konfliktlösung perhorresziere? Die Absurdität moderner Kriegsplanung? Die Pharisäerhaltung, mit der diese aktuelle Regierung zweierlei Maß praktiziert, indem sie Gewalt im Innern prohibiert und nach außen militärisch exekutiert?

Verteidiger (TERRY G.) Bedaure, mein Mandant ist etwas anspruchsvoll geworden. Zu seiner Entlastung darf ich anführen, daß er allerhand erdulden mußte unter den...

Fawcett Sir! Die Anklageschrift ist noch nicht vollständig verlesen!

Kriegsgerichtsvorsitzender Schnauze! Ich bin hier der Vorsitzende. *(Zum Gericht)* Aufstehen! *(Alle stehen auf.)* Hinsetzen! *(Alle setzen sich hin.)* Alles macht »muh«! *(Alle muhen; der Vorsitzende zu Fawcett)* Sehen Sie? Schön, und jetzt die Eselskappen auf! *(Alle setzen sich Kappen mit Eselsohren auf.)* Und rufen Sie den Rollschuhpfarrer rein. *(Ein Pfarrer auf Rollschuhen rollt herein, und alle schmettern das Lied:)*

Alle Anything goes in.
Anything goes out.
Fish, bananas, old pyjamas,
Mutton! Beef! and Trout!
Anything goes in.
Anything goes out.

Schnitt zur norwegischen Küste. Nacht. Dramatische Musik. Geschützfeuer großkalibriger Küstenbatterien. Festungsanlagen auf einem Kliff.

ZWISCHENTITEL: »DRAMA! ACTION!«

Schnitt auf eine Klippe mit Blick aufs Meer. Ein Enterhaken wird von

unten über den Klippenrand geworfen und eingehakt, dann noch einer und noch einer. Musik schwillt an. Die Spannung steigt, als sich das Seil strafft. Dann schwingt sich ein Wehrmachtssoldat mit rußgeschwärztem Gesicht über den Rand der Klippe. Weitere Soldaten klettern über den Rand; sie tragen Heiligenscheine, rosa Tüllröckchen, Springerstiefel, Zauberstäbe. Sie gehen zum Sturmangriff über.
Archivfilm feuernder Küstenbatterien.

Off-Sprecher (MICHAEL) Demnächst in diesem Kino! *(Schnitt zu einem Archivfilm eines Zerstörers mitten in tobender Seeschlacht; Viktoria-Marsch.)* Die herzzerreißende Geschichte von der Liebe eines Mannes zu einem anderen Mann im Fummel. *(Schnitt zum Maat auf der Brücke, er ruft seinem Käpt'n etwas zu, der trägt ein langes Abendkleid.)* Nervenkitzel! Auf zu einem nächtlichen Erguß über dem Deutschen Reich!
ZWISCHENTITEL: »NERVENKITZEL!«
Schnitt: Archivfilm von einem Bombengeschwader beim Nachtangriff. Schnitt ins Cockpit eines Bombenflugzeugs.

Off-Sprecher Wo Flugzeugführer Jennifer *(Einblendung des Flugzeugführers)* wählen muß zwischen seiner heimlichen Liebe zu Louis *(Einblendung des Navigators),* dem heißblütigen bisexuellen Navigator, und Andy *(Einblendung des Heckschützen),* dem Heckschützen, der bei Frauen gern obenauf bleibt, sich aber Männern *(Schnitt auf einen pfeiferauchenden Lamettaträger der Royal Air Force mit Nußknackerkinn)* lieber unterwürfig gibt. Sehen Sie das atemberaubende mexikanische Starlet Rosetta Nixon in der Rolle des Bomberkommandoführers *(Einblendung einer Luftwaffenhelferin der Royal Air Force),* deren Leidenschaft zu Meeresvögeln in einer Tragödie endet. *(Schnitt: Montage von Kriegsfilmszenen, Explosionen, Artillerieduell usw.)* Mit Ginger, dem Papageien-Zwitter, durch dessen widernatürliche Veranlagung verbotene Liebe im Vogelhaus Einzug hält. Und mit Roger als Pip, dem Papageienhalbmenschenzwitter und Dreiviertelluden, Ex-Bigamisten und Neger-Pfarrer, dem das Banjospiel schwerfiel, das er nie meisterte, obwohl er etliche Kurse belegte und sogar auf die Banjo-Akademie gegangen ist... äh... und so weiter... Nicht verpassen!
Während der vorigen Szene werden rasch nacheinander die folgenden Schriften eingeblendet:
»DRAMA«
»SPANNUNG«
»NERVENKITZEL«

»Intarsien«
»Abenteuer«
»Nicht verpassen«
»Demnächst in Ihrem Kino«

Off-Sprecher Demnächst in Ihrem Kino! *(Schnitt in ein indisches Restaurant)* Keine fünf Minuten von diesem Restaurant entfernt! Aber nun...

Schnitt zum Organisten (Terry J.) und zum »Jetzt«-Mann.

Jetzt-Mann (MICHAEL) Und jetzt...

Trickfilm-Vorspann.

Am Ende des Vorspanns: Schnitt zu den Stadtstreichern, exakt wie zu Beginn der Sendung.

Dann: Schnitt zu zwei Perlenbehangenen-Twin-set-Damen, Mrs. Elizabeth III. und Mrs. Mock Tudor. Sie sitzen in einem Wohnzimmer mit den üblichen Möbeln. Neben dem Fernseher, auf den sie starren, steht ein arabischer Page (Terry G.). Elektroden sind an ihm befestigt, die Drähte führen zu der Fernbedienung, die Mrs. Elizabeth III. in der Hand hält.

Die beiden Damen sehen sich die Stadtstreicher-Episode eine Weile an.

Mrs. Mock Tudor (GRAHAM) Scheiß Wiederholungen!

Sie drückt einen Knopf. Der arabische Page fährt schmerzhaft zusammen, dreht sich zum Fernseher und schaltet ihn aus.

Mrs. Elizabeth III. (TERRY J.) Genau. Wiederholungen oder Kriegsfilme. Also wirklich, es ist zum Harnen.

Mrs. Mock Tudor Die Leute vom Fernsehen behandeln das Publikum wie Schwachsinnige.

Mrs. Elizabeth III. Tja, wir *sind* schwachsinnig.

Mrs. Mock Tudor O nein, sind wir *nicht!*

Mrs. Elizabeth III. Also, *ich* schon.

Mrs. Mock Tudor Woher wollen Sie das wissen?

Mrs. Elizabeth III. Ich kann es Ihnen demonstrieren!

Mrs. Mock Tudor Wie denn?

Mrs. Elizabeth III. Sehen Sie her!

Schnitt: Mrs. Elizabeth III., wie sie aus ihrem recht ansehnlichen Pseudo-Tudor-Reihenhaus in den Garten tritt. Sie rennt blindlings mit dem Kopf gegen einen Baum. Das macht sie ein paar mal.

Dann läuft sie auf einen Acker, buddelt eine Grube, etwa einen Meter tief, und hüpft hinein.

Schnitt: sie steht neben einem Postbriefkasten, setzt sich eine lange Pappnase auf, bückt sich und steckt die Nase durch den Briefschlitz.
Dann trinkt sie in einem plüschigen Café aus einer feinen Porzellantasse Tee und ißt die Tasse auf.
Schnitt: sie nagelt etwas hinten an einen Lastwagen. Der Laster fährt an, und man bemerkt, daß sie sich selber daran festgenagelt hat. Sie wird mitgeschleift.
Schnitt zum Programmdirektor an einem Fenster, der Mrs. Elizabeth III. dabei beobachtet, wie sie auf einem Parkplatz herumkaspert. Ein gefüllter Krapfen hängt an einem langen Stecken, der an ihrem Hut befestigt ist; sie bewegt sich wie eine nachgemachte Ägypterin.

Programmdirektor (TERRY J.) Sie sehen, das Publikum *ist* schwachsinnig... *(Auf einem Schildchen an seinem Revers steht »Chef-Programmplaner«; er wendet sich vom Fenster einem Konferenztisch mit ziemlich heruntergekommenen Herrschaften zu.)* Tja... man könnte denen die letzten zehn Kilometer der M2 vorsetzen, und die würden das angucken!

Schnitt zurück zu Mrs. Mock Tudor und Mrs. Elizabeth III. vor dem Fernseher. Gezeigt wird ein Autobahnabschnitt mit vorbeirauschenden Autos.

Mrs. Mock Tudor Na endlich tun sie mal was Spannendes zeigen.

Mrs. Elizabeth III. Wirklich, total spannend.

Schnitt zurück in die Konferenz der Programmplaner.

Erster Programmplaner (ERIC) *(Statistiken lesend)* ...und unsere Zahlen belegen eindeutig, daß Landstraßen sehr beliebt sind. Also, als wir das letzte Mal die Umgehungsstraße von Leicester wiederholt haben, hatten wir eine Einschaltquote von 97.300.912 und ITV Null. Es drängt sich daher geradezu auf, daß wir eine Extraserie über Landstraßen machen...

Programmdirektor Sorry... aber die Kostenfrage ist und bleibt nun mal strittig.

Zweiter Programmplaner (MICHAEL) *(verschlafen)* Sittich?

Erster Programmplaner *(zum zweiten)* Nein, der ist weggeflogen. *(Zum Programmdirektor)* Aber warum?

Programmdirektor Wissen Sie, wir bekommen vom ganzen Kuchen auch bloß ein Stück.

Dritter Programmplaner (GRAHAM) Gegen ein Stück Kuchen hätt' ich jetzt nichts. Schokoladenkuchen... lecker...

Zweiter Programmplaner Wissen Sie, ich hatte auch mal'n Sittich, possierliches Kerlchen, hat den Kopf immer in sein Glöckchen gesteckt... Wie hieß er doch gleich... Joey...? Xerxes...?

Erster Programmplaner Wir könnten alte Sachen wieder aufwärmen.

Dritter Programmplaner Aufbacken?

Erster Programmplaner Nein, aufwärmen...

Dritter Programmplaner Kuchen *kann* man nicht aufbacken. Schokoladenkuchen schon gar nicht.

Programmdirektor Wie, alten Kuchen?

Zweiter Programmplaner Mr. Heath, so hieß er, mein Sittich!

Programmdirektor *(auf die Uhr blickend)* Großer Gott, die Bar hat grade aufgemacht! *(Alle springen gierig auf.)* Ach nein, doch nicht, ich habe auf diesen kleinen Zeiger geguckt, der so schnell rumläuft...

Alle Verdammt. Mist.

Lustlos setzen sich alle wieder hin. Kurze Pause.

Erster Programmplaner Ich hab's. Wir können die Wiederholungen neu betiteln.

Zweiter Programmplaner Wie... ihnen andre Namen geben?

Programmdirektor Müßten wir sie da nicht neu betiteln?

Dritter Programmplaner Genial!

Programmdirektor Gut – wir brauchen also nur neue Titel. Sie müssen aber *nagel*neu sein!

Zweiter Programmplaner Wie wär's mit »Papas Marine«?

Programmdirektor Hmm, gut, gut.

Erster Programmplaner »Kastanienstraße«.

Programmdirektor Noch besser...

Dritter Programmplaner »Der Doktor und das liebe Knie«!

Alle Hää?

Es klopft.

Erster Programmplaner Jemand klopft an die Tür.

Programmdirektor Nicht schlecht, aber ein bißchen lang, glaube ich.

Dritter Programmplaner Viel zu lang.

Zweiter Programmplaner »Ich heirate Lucy«.

Programmdirektor Hatten wir das nicht schon mal?

Zweiter Programmplaner Klar, aber lange her, weiß doch heute keiner mehr.

Dritter Programmplaner »Der Doktor und das Potpourri«!

Programmdirektor Hääă?

Es klopft lauter.

Erster Programmplaner Ich glaube, jemand klopft an die Tür.

Programmdirektor Wird ja immer länger!

Zweiter Programmplaner »Ich heirate einen Baum«.

Programmdirektor »Muttern und das liebe Vieh«.

Dritter Programmplaner »Der Doktor und der Schokokuchen«!

Hartnäckiges Klopfen an der Tür.

Erster Programmplaner Hören Sie! Ich bin mir nicht ganz sicher, aber ich habe so *ziemlich* den Eindruck, daß da tatsächlich jemand gerade eben an die Tür geklopft hat.

Programmdirektor Lachhaft. Die halbe Sendung geht dafür drauf! Hören Sie auf mit diesen Verlängerungen.

Dritter Programmplaner *(verzweifelt)* »Ich heirate einen Kuchen«?

Zweiter Programmplaner *(berauscht)* »Ich heirate die drei Hasen-Wackelpeter«!

Dritter Programmplaner Mir ist Kuchen lieber... besonders Schokokuchen...

Inzwischen Dauergewummer an der Tür.

Stimme *(von draußen schreiend)* Macht die scheiß Tür auf!

Programmdirektor *(überlegt kurz)* Nein, nein. »Scheiße« können wir im Fernsehen nicht sagen.

Sie schütteln einmütig die Köpfe. Die Tür wird aufgebrochen. Ein Wachmann in neofaschistischem Aufzug mit einem Krummsäbel mitten durch den Kopf kommt im Rollstuhl herein.

Programmdirektor Können Sie nicht anklopfen!?

Wachmann (TERRY G.) Tschuldigung, Sir, aber in Studio fünf gibt's Ärger!

Zweiter Programmplaner Sie sind vom Werkschutz, was?

Wachmann Jawohl, Sir.

Zweiter Programmplaner *(auftrumpfend)* Dann sind Sie gar nicht befugt, Programmtitel vorzuschlagen. *(Er lächelt selbstgefällig in die Runde.)*

Wachmann Sir! Die Weltkriegs-Serie im Studio fünf – die nehmen das überhaupt nicht mehr ernst!

Zweiter Programmplaner Sie sind nicht befugt, Programmtitel vorzuschlagen!

Wachmann *(schaltet einen Fernseher an)* Da, sehen Sie doch selber!

Alle stürzen vor den Monitor. Einer bleibt an dem Krummsäbel im Kopf hängen.

Wachmann Aua! Meine Kriegsverletzung!

Alle Das isses! Toller Titel!

Auf dem Monitor das Kriegsgericht wie vorhin in der Sendung, der ganze Saal ist am Singen.

Alle Anything goes in. Anything goes out.
Fish, bananas, old pyjamas,
Mutton! Beef! and Trout!
Anything goes in. Anything goes out! *(etc.)*

TRICKFILM: »*What a lovely day*«.
Danach: Schnitt. Außen. Eine große, geschmackvolle, georgianische Reicheleutevilla mit weitläufigen, gepflegten Gartenanlagen; auf dem Rasen Krocket-Tore – alles von erlesenem Geschmack, nichts Plebejisches. Auch die Sonne scheint geschmackvoll. Vögel zwitschern. Rasenmäherbrummen und Kricketabschläge in der Ferne. Irgendwo Lachen. Man hört den Gärtner im Gewächshaus Spaten schleifen. Energisch versucht ein Indianer sich von den Stricken zu befreien, mit denen er gefesselt ist, aber das können wir nicht sehen. Von einer verknisterten Schallplatte das Lied »When does a dream begin«.
EINBLENDUNG: »1942
~~ÄGYPTEN~~
~~ÄKUADOR~~
~~ÄTHIOPIEN~~
ÄNGLAND«
Die Schrift verschwindet; Schnitt in einen Salon der Oberschicht. Vater, Mutter und Tochter beim Tee. Vier Domestiken stehen reglos hinter ihnen.

Vater (GRAHAM) Ich muß schon sagen. . .
Tochter (CAROL) Was, Papa?
Vater Die Krocket-Tore machen sich heute nachmittag verdammt gut.
Tochter Ja, wirklich, verdammt gut.
Mutter (ERIC) Sie sind wunderschön rausgekommen dies Jahr.
Vater Ja, viel schöner als die Krocket-Tore von deiner Tante Lavinia.
Tochter Ihh – diese blöden Blechdinger.
Mutter Und ich hab noch gesagt, sie soll bei Holz bleiben.
Vater Ja, Holz ist unerreicht. . . – Gorn!
Pause.
Mutter Schatz, was heißt Gorn?
Vater Nichts, gar nichts, das Wort gefällt mir eben. Hebt mein Selbstvertrauen. Gorn. . . Goorn. Hat so'n Holzton. Gooorn. Goooorn. Viel besser als »Tageszeitung« oder »Abfalleimer«.
Tochter Scheußliche Wörter.

Mutter Absolut scheußlich.
Vater Igitt. Tageszeitung. . . Abfalleimer. . . Schreckliche Blechwörter. Blech, Blech, Blech. . .
Die Tochter plärrt los.
Mutter Ach, Schatz, sag doch vor Rebecca nicht »Blech«. Du weißt doch, daß sie das nicht haben kann.
Vater *(zur Tochter)* Sorry, altes Haus.
Pause.
Mutter Wurst!
Vater Wurst. . . Das ist ein gutes Holzwort, »Wurst«. . . Gorn.
Tochter Antilope.
Vater Wo? Auf dem Rasen? *(Greift nach einem Gewehr.)*
Tochter Nein, nein, Papa. . . Bloß das Wort.
Vater Keine Antilope darf an meinen Krocket-Toren knabbern.
Tochter Nein, Antilope. . . ein schönes Holzwort.
Mutter Seh ich nicht so, Becky, alter Kumpel.
Vater Nein, nein, »Antilope«, »Antilope«. . . klingt blechern. . . *(die Tochter flennt los)*. . . Oh! Sorry, alter Knabe. . .
Mutter Ich muß doch sehr bitten, Mansfield.
Vater Sie muß sich mit solchen Dingen abfinden. . .! Honorig. . . stecken. . . Vakuum. . . springen. . .
Tochter *(unglücklich)* Ich hasse »springen«!
Mutter Absolut scheußlich.
Tochter Ein richtiges PVC-Wort, nicht wahr. . .
Mutter Plebs.
Pause.
Vater Maß!
Mutter Das läßt sich hören.
Vater Maß. . . Wühlmaus. . . Rückfälliger. . .
Mutter Bißchen blechern. *(Die Tochter heult auf.)* Oh! Sorry, Becky, alte Zicke. *(Die Tochter läuft flennend raus.)*
Vater Ach, Schatz, jetzt ist sie wieder für ein paar Tage gorn.
Mutter Karibu!
Vater Spitzenwort.
Mutter Nein, Schatz. . . er knabbert an den Toren.
Vater *(feuert einen Schuß ab)* Karibu ist gorn.
Mutter *(lacht höflich)*
Vater Kohabitation.
Mutter Nachher, Schatz.
Vater Nein, nein, das Wort, »Kohabitation« – satt und hölzern. . .

Ko... habi... tation. Kess... kesse Schenkel... Po... Popo... Popo... *(Mutter geht raus)* ...erogene... Zone... Konkubine... erogene Zone! Kokotte... erogene Zone... *(Mutter kommt wieder und leert einen Eimer Wasser über ihn aus.)* Oh, vielen Dank, Schatz... Weißt du, ist schon komisch... alle unanständigen Wörter klingen hölzern.

Mutter Wirklich, Schatz?... Und was ist mit Titten?

Vater O Gott, daran hatte ich nicht gedacht. Titten. Titten. Ziemlich blechern, was? *(Die Tochter kommt wieder rein.)* Igitt! Blech, Blech... *(Die Tochter läuft flennend raus.)* O Gott... Ozelot... Wespe... jaulen... oje, ist mir langweilig... Ich geh jetzt wohl besser und nehm ein Bad.

Mutter Also, wirklich, muß das sein, Schatz? Das ist heut schon dein zehntes.

Vater Na gut, dann schmeiße ich einen von den Dienern raus... Simkins...! Grauenhaft blecherner Name. Simkins! *(Er geht ab.)*

Der junge Flieger aus der Szene mit dem Fliegerflachs tritt ein.

Flieger Tja, Muttchen, Kohlkisten kommen über'n Kanal klabastert!

Mutter *(runzelt die Stirn und schüttelt den Kopf)* Sorry, Lieber, versteh ich nicht.

Flieger Äh... Kakerlaken krauchen übers MG-Kanzelglas...?

Mutter Tut mir leid, Sportsfreund.

Flieger Karibu knabbert an Krocket-Toren?

Mutter Ja, Mansfield hat einem was zwischen die Hörner geschossen.

Flieger Prächtig, ganz prächtig. Ist Becca da?

Mutter Nein, sie ist weggegorn.

Flieger Was für ein echt super Holzspruch, »ist weggegorn«!

Mutter Ja, sie ist weggegorn, weil Mansfield »Blech« zu ihr gesagt hat.

Flieger Oh, was'n Pech... Muß ich den ganzen Nachmittag allein totschlagen... Nehm ich halt ein Bad.

Mutter Ach, Gervaise, singen Sie mir doch ein Lied...

Flieger In Ordnung.

Mutter Etwas Hölzernes.

Der Flieger stimmt überlaut und falsch »She's going to marry Yum Yum« an. So überlaut und falsch, daß Mutter einen Herzanfall erleidet und stirbt.

Flieger »For... she's going to marry Yum Yum...« – O Jesses! Der alte Song hat sie ziemlich mitgenorm.

Vater *(hereinkommend)* Was girbt's?
Flieger Fürchte, Mrs. Vermin Jones ist von uns gegorn.
Vater Tot, was?
Flieger Fürchte, ja.
Vater Ein harter Schlag für sie.

Schnitt zu einem Fernsehschirm; die Kamera zieht auf, und wir sehen Mrs. Mock Tudor und Mrs. Elizabeth III. in ihrem Wohnzimmer, die immer noch fernsehen.

Mrs. Mock Tudor Ich tät ja gern wissen, Mrs. Elizabeth III., warum sie uns so einen alten Seich zeigen, wo es doch Teile von der Umgehungsstraße von Leicester gibt, die sie noch gar nie gezeigt haben. Zwiebäckchen?

Mrs. Elizabeth III. *(nimmt einen Zwieback vom Teller)* Oh, danke schön...

Mrs. Mock Tudor drückt auf die Fernbedienung. Der arabische Page zuckt schmerzhaft zusammen und stakst zum Fernseher. Er schaltet um. Es erscheint eine Autobahnszene. Eingeblendeter Text rollt durch. Passende Hintergrundmusik.

Off-Sprecher (ERIC) *(die Einblendung vorlesend)* Auf der M2 zählten wir 4.281 Ford Escorts, 2.117 Ford Fiestas und 153 Ford Sierras de Luxe, mit...

Mrs. Elizabeth III. betätigt die Fernbedienung, der arabische Page zuckt vor Schmerz zusammen und dreht den Programmwahlknopf weiter. Auf dem Fernsehschirm sehen wir dieselben beiden Damen, wie sie die Stadtstreicherszene im Fernseher anschauen. Das läuft eine Weile, bis die beiden Damen im Fernseher zu sprechen anfangen.

Mrs. Mock Tudor *(im Fernseher)* Scheiß Wiederholungen.

Mrs. Mock Tudor *(vor dem Fernseher)* Scheiß Wiederholungen.

Drückt den Knopf wie zuvor. Der arabische Page krümmt sich vor Schmerz und schaltet um.

Mrs. Elizabeth III. *(im Fernsehen)* Genau. Wiederholungen oder Kriegsfilme... Also wirklich, es ist zum...

Sie drückt auf den Knopf. Der arabische Page windet sich in Schmerzen und schaltet um nach White City zum Schauspringen. Nahaufnahme einer Reiterin hoch zu Roß, die auf den Start wartet. Dorian Williams kommentiert.

Dorian (ERIC) *(Off-Sprecher)* Hallo und willkommen beim Schauspringen in White City...

Mrs. Mock Tudor Oh, Motocross!

Dorian ... Und hier haben wir Anneli Drummond-Hay auf Mr. Softee kurz vor dem Antraben zum Zeitspringen. Eine kleine Unterbrechung, weil die Rennleitung noch »Meine Lieder, meine Träume« herrichten muß. *(Schnitt: wir sehen Ordner, die folgende Personen zu einer lebenden Hecke zusammenschieben: acht Nonnen, Vater von Trapp im Lodenjanker, Julie Andrews und die sechs Kinder von Trapp; Schnitt zurück zu Anneli.)* Captain Mark Phillips auf Streuth hat gerade ganz zu Beginn seines ansonsten fehlerfreien Durchgangs eine der Nonnen gerissen. Eine schwierige Hürde, diese »Meine Lieder, meine Träume« – acht Nonnen lang, doch jetzt sind sie bereit, und sie singen. *(Die Gruppe schmettert »Die Berge, sie leben«; die Startglocke läutet zum nächsten Durchgang und die Reiterin galoppiert auf die Gruppe zu.)* Das war schon die Glocke. Sie muß 1.07 Sekunden unterbieten, braucht aber einen fehlerfreien Durchgang, um zu gewinnen. Jetzt erreicht sie »Meine Lieder, meine Träume«...

Schnitt zu den beiden Damen vorm Fernseher in einer Einstellung, bei der das Fernsehgerät nicht zu sehen ist.

Mrs. Elizabeth III. Richtig aufregend!

Schnitt zurück nach White City, wo die Reiterin gerade das erste Hindernis genommen hat. Beifallklatschen aus der Menge. Die Musik geht über zu »Oklahoma«. Die Kamera schwenkt mit der Reiterin zu einer ähnlichen Hindernisgruppe in Kostümen aus dem Musical »Oklahoma«. Zehn Bauernburschen und sechs Mägde mit einem Heuwagen. Die meisten haben einfache Heugabeln in der Hand und Strohhalme im Mundwinkel.

Dorian ... wunderschön genommen, und jetzt muß sie Anlauf nehmen für »Oklahoma«, aber nicht zuviel. Genau an dieser Stelle hat Alan Jones den armen Judd gerissen... aber jetzt *(Schnitt zu den Gesichtern der beiden Damen im Wohnzimmer)*... sie hat's erstklassig genommen!

Mrs. Mock Tudor Haben Sie bemerkt, daß man nie den Sprung zu sehen kriegt?

Beifall aus dem Fernseher.

Schnitt zurück zum Fernseher. Das Pferd trabt von der »Oklahoma«-Hürde zur nächsten. Schnitt auf die »Black and White Minstrel Show«. Kurzer Schnitt ins Wohnzimmer.

Mrs. Mock Tudor Passen Sie auf...

Schnitt zurück nach White City.

Dorian Und hopp! Sie springt... *(Wir sehen die Reiterin über den*

Minstrel-Chor springen, der aber recht offensichtlich aus verkleideten Puppen besteht; Bravorufe.) Sie ist drüber. Leslie Crowther hat sie noch mit dem Schweif gestreift, aber sie liegt gut in der Zeit und wendet jetzt vor der letzten Hürde... Das wird ein harter Brocken... »Ben Hur« – sechsundvierzig Streitwagen, sechstausend Zuschauer, vierhundert Sklaven, Löwenbändiger, Kaiser Nero und das riesige Kolosseum. Sechsundsechzig Meter hoch, vierhundert Jahre Durchmesser!

Die Reiterin galoppiert nun direkt auf die Kamera zu.

Schnitt zurück zu den beiden Damen vorm Fernseher.

Mrs. Mock Tudor Wetten, daß wir *den* Sprung nicht sehen?

Schnitt zurück zum Pferd, wie es auf die Kamera zuspringt.

Schnitt zum Nachrichtensprecher Peter Woods im Nachrichtenstudio.

Woods Wir unterbrechen das Schauspringen für eine Kurzmeldung. Der Zweite Weltkrieg ist nun in das sentimentale Stadium getreten. Heute im Morgengrauen begannen die Deutschen an der Ardennenfront zu schmusen, doch die Fünfte Britische Armee konterte mit einem tiefen Blick in die Augen, und von den Deutschen heißt es, sie hätten sich alle »erheblich geziert«.

Musik wird eingespielt: »When does a dream begin«. Schnitt zu einem jungen Flieger auf einem Flughafen, der verliebt in die Augen einer Luftwaffenhelferin der Royal Air Force blickt. Schwarzweißfilm, Weichzeichner und viele Kratzer, wie bei einer abgenutzten Filmkopie der vierziger Jahre. Der Flieger singt...

Flieger (NEIL INNES) When does a dream begin?
Does it start with a goodnight kiss?
Is it conceived or simply achieved?
When does a dream begin?
Is it born in a moment of bliss?
Or is it begun when two hearts are one?
The vision of you appears somehow
Impossible to resist
But I'm not imagining seeing you
For who could have dreamed of this?
When does a dream begin?
When reality is dismissed?
Or does it commence when we lose all pretence
When does a dream begin?

Tonüberblendung zur Python-Erkennungsmelodie. Folgender Roll-Titel wird eingeblendet:

Monty Python
(Sozialversicherungsstufe 9)
wurde aufgeführt von
Graham Chapman
Terry Gilliam
Eric Idle
Terry Jones
Michael Palin (Sozialversicherungsstufe 2, Arsenal 0)
erdacht und geschrieben von
Graham Chapman
John Cleese
Terry Gilliam
Eric Idle
Neil Innes
Terry Jones
Michael Palin (Sozialversicherungsstufe
»Derry and Toms«,
ausserdem traten auf
Carol Cleveland
Bob R. Raymond
Marion Mould (Sozialversicherungsstufe 47,
Schauspielerinnen)
»When does a dream begin« von Neil Innes
(Sozialversicherungsstufe 137, Musiker)
Variationen zum Thema von Bill McGuffie
(Sozialversicherungsstufe 137a, Hilfsmusiker)
Maske
Maggie Weston
(Sozialversicherungsstufe 5 bis Mitternacht)
Kostüme
Andrew Rose (Sozialversicherungsstufe 352834)
Kamera
Stan Peel (Sozialversicherungsstufe f8 25/sec.)
Tonaufzeichnung
Ron Blight (Sozialversicherungsstufe
nicht ermittelbar)
Schnitt
Bob Dearberg
(Sozialversicherungsstufe unter 6) (Mr. Potter's)

Ton
Mike Jones (Sozialversicherungsstufe
knapp über der Queen)
Licht
Jimmy Purdie (Sozialversicherungsstufe 1 Flasche Bell's)
Visual Effects
John Horton (Sozialversicherungsstufe Ameise)
Regieassistenz
Brian Jones (sozial, aber nicht versichert)
Ausstattung
Robert Berk (Sozialversicherungsstufe Null)
Regie
Ian MacNaughton (Sozialversicherungsstufe
238-470, Schotten)
BBC Colour
(mit frdl. Genehmigung von Sir K. Joseph)

Dreiundvierzig – Hamlet

Pompöse Musik.
TITEL: »HAMLET«
»VON WILLIAM SHAKESPEARE«
»ERSTER AKT«
Schnitt: Nahaufnahme eines großen Ami-Schlittens, der mit überhöhter Geschwindigkeit um eine Straßenecke fährt. Entsprechende Musik. Schnittfolge von Einstellungen der Räder, von dem Fuß auf dem Gaspedal etc. Der Soundtrack ist ohrenbetäubend. Schließlich kommt der Wagen quietschend an einem Bordstein zum Stehen. Die Kamera zieht auf, und wir sehen, daß das Auto in einer noblen Straße à la Harley Street parkt. Aus dem Wagen steigt ein Mann in schwarzem Trikot, geschminkt und mit einer Krone auf dem Kopf – es ist Hamlet. Er geht die Stufen zum Eingang eines Hauses hoch und klingelt.
Schnitt in das Innere einer modernen Psychiater-Praxis. Hamlet liegt auf dem Sofa.

Hamlet (TERRY J.) Ganz egal, wo ich hinkomme, es ist immer dasselbe. Alle wollen von mir immer nur hören: »Sein oder Nichtsein. . . «

Psychiater (GRAHAM) ». . .das ist hier die Frage. Ob's edler im Gemüt, die Pfeil' und Schleudern des wütenden. . .«

Hamlet *(rasch)* Ja, entweder das oder: »O schmölze doch dies allzu feste Fleisch. . .«

Psychiater *(übernimmt)* ». . .zerging' und löst' in einen Tau sich auf! Oder hätte nicht der Ew'ge sein Gebot gerichtet gegen Selbstmord. . .«

Hamlet Ja. Diesen ganzen Quatsch. Allmählich hängt's mir zum Hals raus.

Psychiater *(nimmt einen Totenschädel in die Hand)* Und jetzt bitte noch die Stelle mit »Ach, armer Yorick. . .«

Hamlet Nein! Ich hab's satt! Ich möchte mal etwas anderes machen! Ich möchte etwas aus meinem Leben *machen.*

Psychiater Nein. Die Stelle kenne ich nicht.

Hamlet Ich möchte das alles hinter mir lassen. Ein ganz anderer werden.

Psychiater Tja. . . was möchten Sie denn sein?

Hamlet Privatdetektiv!

Psychiater Privatdetektiv?

Hamlet Ja, Privatdetektiv!

Psychiater Und warum möchten Sie Privatdetektiv sein?

Hamlet Ach... warum will man denn schon Privatdetektiv sein? Glück, Glanz, Ruhm, Abenteuer, Sex!

Psychiater Aha! Es geht also um Sex?

Hamlet Naja, das ist ein Grund, doch.

Psychiater Und welches Problem haben Sie mit Sex?

Hamlet Absolut keins.

Psychiater Was denn, was denn. Das Mädchen liegt auf Ihrem Bett und ist ganz heiß drauf...

Hamlet Nein, nein, darum geht's überhaupt nicht.

Psychiater *(erregt)* Was denn, was denn, da liegt sie und ist ganz heiß drauf. Eine Superfrau, mit Riesentitten, wirklich viel Holz vor der Hütte, und ihre Beine liegen auf dem Kaminsims.

Dr. Natal (ERIC) Danke, Mr. Butler, ich mache jetzt weiter. *(Ein distinguierter Herr in einem Anzug tritt ein; der Psychiater verläßt das Zimmer.)* Guten Morgen, Mr. Hamlet. Ich heiße Natal. Tut mir leid, daß Sie warten mußten. Na, wo fehlt's denn?

Hamlet Also, wie ich dem anderen Psychiater schon gesagt habe...

Dr. Natal Er... er ist *kein* Psychiater.

Hamlet Oh. Er hat gesagt, er sei Psychiater.

Dr. Natal Naja, also... er ist so eine *Art* Psychiater, aber er... er ist kein *richtiger* Psychiater. Er ist nicht... so voll qualifiziert... wie wir das gerne hätten. Wie dem auch sei, das Problem scheint mir doch wohl im wesentlichen sexueller Natur zu sein?

Der Psychiater steckt den Kopf zur Tür herein.

Psychiater Das habe ich ihn schon gefragt!

Dr. Natal Raus! *(Der Psychiater verschwindet.)* Also schön, das Mädchen liegt auf Ihrem Bett. Sie sind sich im Lauf des Abends etwas näher gekommen. Sie haben ihr die Zunge in den Hals gesteckt. Sie hat beide Beine auf den Kaminsims gelegt...

Ein distinguierter Psychiater in einem weißen Kittel tritt ein.

Dritter Psychiater (MICHAEL) *(ruhig und autoritär, indem er auf die Tür zeigt)* Dr. Natal... gehen Sie bitte raus!

Dr. Natal Ich spreche mit einem Patienten! Oh... *(Er geht.)*

Dritter Psychiater Raus jetzt! Tut mir sehr leid, Sir. Wir haben hier leider eine Menge Probleme mit falschen Psychiatern. Das ist, fürchte ich, eines der Risiken in der Psychiatrie. Bedauerlicherweise erschrecken diese Leute den Patienten meistens, und sie können die Behandlung schwer und dauerhaft beeinträchtigen. Ich versichere Ihnen jedoch, daß ich ein absolut bona fide Psychiater bin. Hier ist mein Diplom in Psychiatrie von der Universität Oxford. Das hier weist mich aus als Mitglied der Britischen Psychiatrischen Vereinigung, einem wirklich sehr wichtigen Gremium. Hier ist ein Brief von einem anderen Psychiater, in dem er erwähnt, daß ich Psychiater bin. Das ist meine Krawatte vom Psychiatrischen Club mit den passenden Manschettenknöpfen. In meiner Tasche habe ich eine Nummer von »Psychiatrie heute«, das ist, glaube ich, wohl ziemlich überzeugend. Und hier ein Brief von meiner Mutter, in dem sie sich erkundigt, wie's mit der Psychiatrie vorwärtsgeht. Und Sie wissen ja, wenn man jemand nichts vormachen kann, dann der eigenen Mutter. Wenn Sie mir also irgendwelche Fragen zur Psychiatrie stellen wollen, dann kann ich sie garantiert beantworten.

Hamlet Nein, nein, schon gut.

Dritter Psychiater Okay, das Mädchen liegt also vor Ihnen auf dem Bett, Sie haben einige Drinks gekippt, sie liegt vor Ihnen und ihre Beine sind auf dem Kaminsims... *(Die Sprechanlage summt.)* Ja bitte, was gibt's?

Stimme aus der Sprechanlage Da möchte Sie ein richtiger Psychiater sprechen, Dr. Rufus Berg.

Dritter Psychiater O Gott! Okay, danke. *(Er schlüpft rasch in eine Polizeiuniform.)* Also, vielen Dank, daß Sie die Fragen beantwortet haben, Sir. Wir werden Sie hoffentlich nicht mehr bemühen müssen. *(Er geht rasch hinaus.)*

Ein vierter Psychiater stürmt ins Zimmer.

Vierter Psychiater (TERRY G.) Also, das Mädchen liegt auf dem Bett, seine Beine sind auf dem Kaminsims.

Zwei Männer in weißen Mänteln schaffen ihn raus. Dr. Natal tritt ein.

Dr. Natal Sehr gut, Mr. Hamlet! Sie haben unsere Desorientierungs-Tests ganz ausgezeichnet bestanden.

Hamlet Oh? Oh!

Dr. Natal Tut mit leid, wenn wir Sie ein wenig verwirrt haben, aber wir machen das, um eine sehr gute Arzt-Patient-Beziehung zu ermöglichen, verstehen Sie... wir tun das sozusagen, um die Barrieren einzureißen. Ja?

Hamlet Prima.

Dr. Natal Sehr gut! Also, sie hat die Beine auf den Kaminsims gelegt...

Zwei Männer kommen ins Zimmer und jagen ihn hinaus.

Schnitt zu einem Mann hinter einem Arztschreibtisch in einem schicken Sprechzimmer im West End.

EINBLENDUNG: »DR. BRUCE GENUINE, PRÄSIDENT DER PSYCHIATRISCHEN GESELLSCHAFT«

Dr. Bruce (TERRY J.) Im Namen der Psychiatrischen Gesellschaft möchte ich sagen, daß wir ganz entschiedene Maßnahmen ergreifen, um gegen die Aktivitäten von falschen Psychiatern mit aller Schärfe vorzugehen. Schon heute werden in vielen Bereichen der modernen Psychiatrie für die erste grundlegende Diagnose in zunehmendem Maße Computer eingesetzt, und dies hat entscheidend dazu beigetragen, die Gefahr unqualifizierter Betrüger auszuschalten.

Schnitt zu Hamlet in einem Büro. Neben ihm ein großer beeindruckender Computer.

Computer *(mit blecherner Computerstimme)* Sie haben ihr die Zunge in den Hals gesteckt, und sie hat die Beine auf den Kaminsims gelegt.

Die Tür öffnet sich, und eine Krankenschwester tritt ein.

Krankenschwester (CAROL) Raus!

Der Computer hastet zur Tür; unter ihm erkennt man sechs Beinpaare in Nadelstreifenhosen und teuren, eleganten Schuhen.

Schnitt zu demselben Computer auf einem Feld. Die Krankenschwester greift zu einer Bazooka. Der Computer steigt in die Luft, die Krankenschwester feuert, und der Computer explodiert.

Musik à la »Nationwide« und Vorspann. Michael Charlton im Studio.

Charlton (ERIC) Guten Abend und willkommen zum »Landesspiegel«. Dem Programm, in dem wir landesweit ziemlich bescheuerte Sachen bringen und Ihnen darüber hinaus Gelegenheit geben, auch regional einige ziemlich bescheuerte Sachen zu sehen. Alle sprechen heute vom Dritten Weltkrieg, der in den Morgenstunden ausgebrochen ist. Aber dieses Thema soll uns hier im »Landesspiegel« nicht weiter interessieren, statt dessen berichten wir über die neueste Theorie, nach der regelmäßiges Sitzen in einem bequemen Sessel erholsam für die Beine ist. Das hört sich alles sehr schön an, aber läßt es sich auch durchführen? Ist es denn möglich oder praktisch, bei dem hektischen Leben, das wir führen? Unser Reporter John Dull ist unterwegs, um das herauszufinden.

Schnitt zu John Dull, der in einem Sessel auf der Westminster Bridge sitzt.

Reporter (GRAHAM) Also, ich befinde mich hier auf Londons belebter Westminster Bridge und merke, wie zeitraubend Sitzen sein kann. Ich bin hier gegen 8 Uhr 50 mit dem Zug angekommen, jetzt ist es 9 Uhr 05, ich bin also seit ungefähr 12 Minuten hier, und wenn Ihnen das Mut macht, dann muß ich schon sagen, ich habe in der Tat ein erholtes Gefühl in den Beinen.

Ein Polizist tritt zu ihm.

Polizist (MICHAEL) Ist das Ihr Sessel?

Reporter Äh. . . nein, das ist eine Requisite.

Polizist Er ist gestohlen!

Reporter Was?

Polizist Er gehört einer gewissen Mrs. Edgeworth aus Pinner – sie steht da drüben.

Schnitt zu einer besorgten Lady mittleren Alters, die auf der anderen Straßenseite steht und herüberschaut. Sie hat neben sich einen Sessel, der genauso aussieht wie der des Reporters.

Reporter Hören Sie, ich habe nichts damit zu tun. Das ist ein Requisit, das die BBC. . . aaah!

Der Polizist kippt den Reporter vom Sessel herunter und nimmt den Sessel.

Polizist Hier unten steht ihr Name.

Er zeigt darauf: Mrs. E. Edgeworth.

Reporter Tja. . . dann sollten Sie ihn ihr wohl besser zurückgeben.

Polizist Sie glauben nicht, daß ich Polizist bin, stimmt's?

Reporter Doch, doch!

Polizist Was habe ich auf dem Kopf?

Reporter Einen Helm.

Polizist *(verbessert ihn)* Einen *Polizei*helm!

Reporter Ja.

Polizist *(setzt den Helm ab und zeigt)* Sehen Sie das?

Reporter Ja.

Polizist Diese kleine Nummer da?

Reporter Ja.

Polizist Das ist die Londoner-Innenstadt-Kennung. Ohne diese Nummer ist der Helm nicht echt.

Reporter Verstehe.

Polizist Kinderhelme, Helme, die man in Spielzeuggeschäften bekommt, Helme, die man zu Weihnachten kauft. Keiner davon hat diese Nummer. Keiner davon ist echt. . . Sie warten hier. *(Er dreht sich um und überquert die belebte Straße.)*

Reporter Oh, darf ich. . .

Polizist Sie warten hier.

Er geht zu Mrs. Edgeworth und versucht ihr den anderen Sessel zu entreißen. Mrs. Edgeworth wehrt sich. Er drischt auf sie ein und reißt den Sessel an sich. Er trägt ihn zurück über die Straße und setzt sich neben den Reporter.

Polizist Ich bin natürlich nicht bloß deshalb zur Polizei gegangen, damit ich den Helm tragen darf. Das ist nur eine der kleinen Vergünstigungen. Es gibt jede Menge Jobs, wo ich irgendeinen Helm hätte tragen können, aber so einen *hübschen* Helm eben nicht. *(Mrs. Edgeworth gestikuliert; ein zweiter Polizist kommt und zerrt sie weg.)* Ich finde, dieser Helm stellt sogar einige der Helme in den Schatten, die von der Privat-Armee des Zaren getragen wurden, von den sogenannten Rote Achse Kriegern. Sie sind im Bilde?

Reporter Nein, eigentlich nicht so recht.

Polizist Ah! Ihre Helme sahen früher so aus. . . hätten Sie wohl zufällig ein Stück Papier für mich?

Reporter Nur das Manuskript hier.

Der Polizist steht auf, sieht die Straße entlang und sucht sich einen Geschäftsmann mit Aktenkoffer aus, der sich eilends von ihm entfernt. Der Polizist holt ihn ein, packt ihn, dreht ihm den Arm auf den Rücken und entwindet ihm den Aktenkoffer. Er öffnet ihn, nimmt etwas Papier heraus, läßt den Aktenkoffer dann vor dem verblüfften Besitzer fallen und schlendert zu seinem Stuhl zurück. Unterwegs zieht er einem Passanten geschickt einen Füller aus der Brusttasche des Jacketts.

Polizist Beschlagnahmt.

Mann Unverschämtheit!

Der Polizist setzt sich wieder und beginnt zu zeichnen, dabei redet er in einer Tour.

Polizist Also. . . In seiner Grundform war besagter Helm dem Bobbyhelm nicht unähnlich. Er hatte hier ein Emblem und drei goldene – und damals bestanden sie wirklich noch aus Gold, das ist auch mit ein Grund, warum der Zar so unbeliebt war – drei goldene Streifen, gekrönt von einem goldenen Adler hier auf der Spitze. Sehr hübscher Helm, was?

Reporter Ja.

Polizist Ich finde, der gewölbte Helm ist jedem flachen allemal überlegen, selbst wenn er dreieckig ist. . . *(plötzlich fällt sein Blick auf zwei Sekretärinnen, die auf einer Sitzbank in der Nähe ihre Lunchpakete auspacken).* . . möchten Sie was essen?

Reporter *(ahnt, was nun passieren wird; rasch)* Nein, äh, wirklich nicht. . .

Polizist *(nähert sich den Mädchen und zückt sein Notizbuch)* Moment mal. Sie dürfen hier nicht parken.

Die Frauen *(verwirrt)* Wir parken doch nicht!

Polizist Sie parken also nicht! Und was ist dann das?

Die Frauen Das ist unser Lunch.

Polizist Genau. Ich beschlagnahme ihn für eine gerichtsmedizinische Untersuchung.

Die Frauen Warum?

Polizist Weil es sich dabei um eine Mordwaffe handeln könnte. Darum! *(Die Mädchen sehen sich an; der Polizist schnappt sich ihren Lunch.)* Ja, gar nicht übel. Könnte schlechter sein. *(Zum Reporter)* Bier?

Reporter *(verzweifelt)* Nein, nein, bitte. . . ehrlich, nicht. . . bitte. . .

Der Polizist entfernt sich aus dem Bild. Man hört Glas splittern. Eine Alarmanlage geht los. Der Reporter krümmt sich. Der Polizist kommt wieder ins Bild, er trägt zwei Flaschen Bier. Er setzt sich, öffnet die Flaschen mit den Zähnen und reicht eine Flasche dem schrecklich verlegenen Reporter.

Polizist Also, die Chaldäer, die früher das Gebiet zwischen den Flüssen Tigris und Euphrat bewohnten, die Chaldäer also, die hatten Helme, die vom Modell her eher zurückhaltend. . .

Zu lyrischer Musik schwenkt die Kamera über die Straße und findet ein Pärchen, das sich auf dem Bürgersteig liebt. Passanten steigen über das Paar hinweg.

Carol O Robert, sag mir, daß ich schön bin.

Robert (TERRY J.) O du bist schön, so schön!

Carol O Robert, meinst du das ernst?

Robert Natürlich.

Carol Du sagst das jetzt nicht bloß, weil ich drum gebeten habe?

Robert Natürlich nicht.

Carol O Robert. . . Robert, macht es dir auch wirklich nichts aus?

Robert Was?

Carol Daß mein Vater bei uns wohnen möchte.

Robert Nein, natürlich macht es mir nichts aus, wenn dein Vater bei uns wohnt.

Carol Er würde aber nicht nur bei uns *wohnen.*

Robert Was soll das heißen?

Carol Naja, es macht ihm große Probleme, allein einzuschlafen, und da habe ich ihm eben gesagt, er kann bei uns schlafen.

Robert Er will sein Bett in unser Zimmer stellen?
Carol Nein, nein, natürlich nicht.
Robert Gottseidank. . .
Carol Unser Bett ist groß genug für drei. . .
Robert Was?
Carol Er würde einfach ins Bett schlüpfen und einschlafen.
Robert Nein. Das kommt überhaupt nicht in Frage!
Carol O Robert, ich dachte, du liebst mich?
Robert Das tu ich ja auch, aber. . .
Carol Er guckt auch bestimmt nicht.
Robert Er wird sicher heimlich linsen.
Carol Nein, nein, ehrlich nicht.
Robert Nein! Nein! Nein!

Schnitt zu den dreien im Bett. Robert liegt in der Mitte. Der Vater trägt einen gestreiften Schlafanzug, er liest in einem dicken Buch; die zwei anderen sind nackt. Beklommenes Schweigen.

Vater (GRAHAM) Macht nur weiter, ihr frischgebackenen Eheleute. Tut ganz einfach so, als sei ich überhaupt nicht da. . . *(Schweigen; sie lächeln halbherzig.)* Ich möchte nicht das Gefühl haben, daß ich euch im Weg bin.
Carol Aber nein, Dad, das bist du nicht.
Robert Nein, nein.
Vater Prima.

Erneutes Schweigen.

Carol Ich werd jetzt mal schlafen.
Vater Bist du sicher?
Carol O ja, ich bin schon ein bißchen müde nach der Hochzeit.
Vater Und du, Bob?
Robert O ja, ich auch, doch.
Vater Tja, dann bin ich wohl der zuständige Offizier fürs Licht.
Carol *(zu Robert)* Gute Nacht, Schatz.
Robert Gute Nacht.
Vater Gute Nacht!

Er macht das Licht aus. Es ist stockdunkel. Lange Pause, dann ein merkwürdig schabendes Geräusch, als würde jemand einen Bleistift spitzen. Dann Sägegeräusche und schließlich kurze heftige Schläge. Das geht eine Weile so weiter.

Carols Stimme Vater. Vater, was machst du da?
Vaters Stimme Ich baue ein Schiff.
Carols Stimme Was?

Vaters Stimme Die »Cutty Sark«. Ich arbeite an diesem Modell jetzt schon seit einigen Jahren im Dunkeln.

Carols Stimme Geht denn das bei Licht nicht besser?

Vaters Stimme Nein, nein, ich mache es im Dunkeln, das ist der Witz daran.

Es klickt. Das Licht geht an. Er zieht ein enttäuschtes Gesicht. Er hält ein absolut unförmiges Gebilde aus Holz und Nägeln in den Händen.

Vater Oje, das ist aber nicht so akkurat geworden, wie ich gedacht habe.

Robert Das ist nicht die »Cutty Sark«!

Vater Naja, die Takelage fehlt ja auch noch. Tja, ich äh . . . ich werd's mir morgen früh im dunklen Zimmer mal genauer ansehen. Gute Nacht.

Die anderen zwei grunzen und kuscheln sich wieder ein; das Licht geht aus; Stille.

Trickfilm-Vorspann.

Nebenan wird an die Wand gehämmert.

Mann (TERRY G.) Ruhe! Geben Sie verdammt noch mal endlich Ruhe da drüben!

Schnitt zu einem Mann mittleren Alters mit dünnem Schnurrbart und schickem Schlafanzug, der mit einer Gymnastikkeule an die Wand hämmert.

Mann Ruhe! *(Nebenan wird es still.)* Schon besser.

Er hängt die Keule an einen Haken unter einem großen altmodischen Jugendstil-Schild, auf dem klar und deutlich zu lesen steht: »Der Burlington Wand-Hämmerer«. Er geht zu seinem Bett und legt sich hinein. Im Bett befinden sich schon vier japanische Geschäftsleute in Anzügen mit Ansteckabzeichen, zwei amerikanische Touristinnen mit Regenhüten und einer durchsichtigen Plastikhaut über ihren Hüten und Kameras, drei englische Gentlemen mit Schnurrbart und im Pyjama, vier Teilnehmer der Tour de France, drei schwedische Geschäftsmänner und Winston Churchill. In der Zimmerecke stehen drei Tour-de-France-Fahrräder. Alle Anwesenden sehen fern. Sie wirken etwas verheult und traurig, essen Popcorn und Chips und sind völlig ins Programm versunken. Aus dem Fernseher kommt ein trauriger Hamlet-Monolog.

Hamlet Ich bin selbst leidlich tugendhaft; dennoch könnt' ich mich solcher Dinge anklagen, daß es besser wäre, meine Mutter hätte mich nicht geboren.

Schnitt: Großaufnahme vom Fernseher, wo wir Hamlet neben Ophelia liegen sehen. Sie sieht ihn gespannt an. Es ist derselbe Hamlet, den wir in der Szene beim Psychiater schon gesehen haben. Sie befinden sich in einem dieser ziemlich kargen modernen Bühnenbilder.

Hamlet O reizende Ophelia. Nymphe, schließ in dein Gebet all meine Sünden ein. . .

Ophelia (CONNIE) Na jedenfalls, das Mädchen liegt vor dir auf dem Bett und ihre Beine sind auf dem Kaminsims. . .

Die Krankenschwester aus der Psychiater-Praxis tritt auf.

Krankenschwester Raus! *(Sie drängt Ophelia von der Bühne.)*

TRICKFILM: *endet mit dem Plakat »Im Boxring heute abend! Der Killer gegen den Champ. 15 Runden«.*

Schnitt in einen Umkleideraum im Madison Square Garden; Tisch, Stühle, Handtücher und die üblichen Boxrequisiten. Draußen der Lärm einer Menschenmenge. Die Tür geht auf, und Mr. Gabriello kommt herein, mit ihm zwei Assistenten, die auf einer Tragbahre einen Boxer tragen.

Mr. Gabriello (MICHAEL) Das war ein toller Kampf, Champ, ein toller Kampf! O Mann, was für ein Kampf, was für ein toller Kampf! Fast hättest du ihn erwischt, Champ, du hättest ihn fast erwischt. . . wo ist sein Kopf?

Assistent Den hab ich hier drin, Mr. Gabriello.

Er hält eine Einkaufstasche hoch. Gabriello geht hinüber, sieht hinein und brüllt in die Tasche.

Mr. Gabriello Du warst super, Champ. Hörst du, du warst super!

Assistent *(sieht in die Tasche)* Er hat eine ziemlich schlimme Schnittwunde über dem Auge.

Mr. Gabriello Ja, ich glaube, das war doch ein Fehler, daß er die Brille aufgesetzt hat. *(Er gibt die Tasche dem Assistenten.)* Also, sorg dafür, daß das hier rechtzeitig für die Pressefotos wieder an seinen Körper genäht ist.

Assistent Okay, Mr. Gabriello.

Mr. Gabriello *(zum zweiten Assistenten)* Der war doch Klasse, was, mein Junge?

Zweiter Assistent (ERIC) Er war Klasse, Mr. Gabriello.

Mr. Gabriello Wie er weitergekämpft hat, nachdem ihm der Kopf runtergefallen war!

Zweiter Assistent Ohne Kopf war er noch besser, Mr. Gabriello. Da ist er dem Typen prima ausgewichen.

Mr. Gabriello Ja, ich schätze, wenn er bis zum Ende der ersten Minute durchgehalten hätte, dann hätte er den Killer in Schwierigkeiten gebracht.

Zweiter Assistent Klar, Mr. Gabriello.

Mr. Gabriello Oh, er war Klasse. Hast du irgendwo seinen linken Arm gesehen?

Zweiter Assistent Nein!

Mr. Gabriello Okay, wenn alle weg sind, suchst du den Saal danach ab.

Zweiter Assistent Ist Ihnen klar, Mr. Grabriello, daß ein paar von den Jungs da draußen über 2000 $ für einen Platz vorne am Ring bezahlt haben?

Mr. Gabriello Und wo ist der Kopf gelandet? Ganz weit hinten, das nenne ich Gerechtigkeit. . . *(Die Tür geht auf; ein Farbiger kommt herein. Er gehört zur Reinigungskolonne.)* Was willst du? *(Der Farbige hält eine Einkaufstasche hoch.)*

Farbiger (TERRY G.) Sein Kopf von Ihre Junge?

Mr. Gabriello Nein, nein, wir haben seinen Kopf. So schwer ist er nicht verletzt.

Zweiter Assistent *(sieht in die Tasche)* Heh, das ist doch Gerry Marinello. Der hat letzte Woche gegen den Killer gekämpft.

Mr. Gabriello Okay, gib her. Ich treffe morgen seinen Trainer. Ich geb ihm dann den Kopf.

Der Farbige wird grob gepackt und rausgeschmissen.

Zweiter Assistent Hey, Mr. Gabriello. Die Presse ist noch draußen. Sind Sie bereit?

Mr. Gabriello Wie geht's dem Champ?

Erster Assistent *(arbeitet emsig mit Nadel und Faden)* Also, der Kopf ist schon wieder dran. Aber der linke Arm fehlt noch.

Mr. Gabriello Okay, dann hängt ihm den Bademantel nur ganz locker um, okay. *(Gabriello geht zur Tür und öffnet sie.)* Okay, Jungs. Rein mit euch!

Die Reporter drängen herein. Der Boxer wird halb aufgerichtet.

Erster Reporter (TERRY J.) Hey, Mr. Gabriello, Mr. Gabriello. Hatten Sie erwartet, daß Ihr Junge die vollen achtundzwanzig Sekunden durchsteht?

Mr. Gabriello Der Junge hat mich noch nie enttäuscht. Das ist der tapferste Fighter, den ich je trainiert habe.

Zweiter Reporter (CAROL) Waren Sie beunruhigt, als der Kopf allmählich abging?

Mr. Gabriello Nein, nein, das haben wir erwartet. Ich habe allen gesagt, daß so was passieren würde, und dann ist es ja auch passiert. Er ist ja nicht blöd.

Erster Reporter Hey, können wir den Champ mal was fragen?

Mr. Gabriello Ja, okay. Aber nur ganz einfache Fragen.

Erster Reporter Hey, Champ! Wie geht's Ihnen?

Mr. Gabriello *(wütend)* Ich hab doch gesagt, nur ganz einfache Fragen!

Zweiter Reporter Mr. Gabriello. Manche Leute finden, der Junge sollte eingesargt werden. In den letzten sechs Kämpfen hat er jedesmal den Kopf verloren.

Mr.Gabriello Von Einsargen lassen kann überhaupt keine Rede sein. Der Junge ist schwer im Kommen.

Zweiter Reporter Vielleicht sollte er im Krankenhaus bleiben?

Mr. Gabriello Nein, der kommt mir in kein Krankenhaus. Nächste Woche findet der Rückkampf statt.

Einblendung der Schlagzeile der »New York Times«: »Champ wird am Leben erhalten für das große Comeback«.

Schnitt zu einer Krankenhausstation. Etliche Ärzte und Krankenschwestern hören Radio.

Radiostimme (MICHAEL) Und jetzt verläßt Frank Sinatra den Ring. Hinter ihm kommt George Raft, auch ein Boxfan, Martin Bormann nimmt den Applaus entgegen, und bei ihm natürlich Gus Himmler, der Anfang der 40er Jahre in seinem Land unglaublich viel für den Sport getan hat. Und hier kommt jetzt der Champ, er scheint gut in Form zu sein für sein erneutes Zusammentreffen mit dem Killer. Vor einem Publikum, von dem einige Zuschauer 920.000 $ bezahlt haben, um dabei sein zu können, wie dieser Junge zusammengeschlagen wird. Und da ist der Gong.

Patient *(bekommt im Bett in der Ecke einen Herzanfall)* Aaah!

Alle Ruhe!!!

Radiostimme Und eine Linke und eine Rechte und ein rechter Haken, der dem Champ die Schulter weggerissen hat. Und schon wieder kommt der Killer mit einer Rechten und einer Linken und mit einem Hammerschlag und einer fürchterlich harten Geraden genau in den Schädel, und jetzt gähnt im Körper des Champs ein riesiges Loch. Und jetzt bearbeitet der Killer das verletzte Auge mit einer Serie herrlich plazierter Schläge, und der Kopf lockert sich. *(Die Ärzte und Krankenschwestern werden immer erregter.)* Der Champ muß aufpassen, daß er jetzt nicht den Kopf verliert. Der

Killer hat ihn in die Eier getreten und ihm die halbe linke Arschbacke abgebissen, und der Ringrichter ist mit einer Verwarnung dazwischengegangen. Dieser Champ ist ein unglaublich tapferer Fighter. Ich habe ihn noch nie so gut kämpfen sehen. Er verliert jetzt pro Sekunde bestimmt einen halben Liter Blut. Überall ist jetzt Blut. Die Leute, die eineinhalb Millionen Dollar für ihre Plätze vorne am Ring bezahlt haben, die kommen jetzt fraglos voll auf ihre Kosten. Sie schwimmen in Blut. Und jetzt ist der Kopf ab! *(Allgemeines Gejohle.)* Dieser Kopf, den er schon in so vielen Kämpfen verloren hat, ist in der einunddreißigsten Sekunde runter. Er ist nach links weggerollt. . . aber was passiert jetzt? Der Ringrichter spricht mit dem Killer. Da ist der Champ. . . sein tapferer kleiner Körper rast auf der Suche nach seinem Gegner durch den Ring. Und der Killer ist disqualifiziert worden. . . *(In der Krankenstation ist die Hölle los – einige Patienten jubeln und werden von den Ärzten, die anderer Meinung sind, verdroschen.)* Er ist disqualifiziert worden. . . dieser großartige Fighter, der in seiner Boxerlaufbahn schon über zwanzig Leute gekillt hat, ist schließlich von diesem beherzten kopflosen Rechtsausleger aus New York geschlagen worden. Und jetzt donnerndes Gebrüll, als der Ringrichter den Arm des neuen Weltmeisters im Schwergewicht hochreißt. Nur schade, daß das der Rest seines Körpers nicht miterleben konnte.

Allgemeine Enttäuschung; irgendwer schaltet auf einen anderen Kanal um.

Zweite Radiostimme (TERRY J.) Hier in London ist es jetzt 12 Uhr 30 und damit Zeit für die Robinsons. *(Alle merken auf.)* Eine ganz alltägliche Geschichte über bla-di-bla-di-bla. . . *(Er singt die Titelmusik aus der Serie »Archers«.)* Da di da di da di da. . . und so weiter.

Mrs. Non-Robinson *(im Radio)* Guten Morgen, Mrs. Robinson.
Mrs. Robinson *(im Radio)* Guten Morgen, Mrs. Non-Robinson.
Mrs. Non-Robinson Einkaufen gewesen?
Mrs. Robinson Nein. . . ich war Einkaufen.

Während dieses Wortwechsels hat es sechs Schnitte mit Großaufnahmen von Radios unterschiedlichen Formats und Aussehens gegeben.

Mrs. Non-Robinson Was haben Sie gekauft?

Die Kamera zieht auf, wir sehen eine Schreckschraube, Mrs. Non-Gorilla, sie sitzt auf einer Parkbank. Neben ihr steht das zuletzt erschienene Radio. Wir hören:

Mrs. Robinson *(im Radio)* Einen Kolbenmotor.

Mrs. Non-Robinson *(im Radio)* Was wollen Sie denn damit?
Mrs. Robinson *(im Radio)* War ein Sonderangebot.
Mrs. Non-Gorilla (ERIC) Elender Blödsinn.
Sie schaltet das Radio aus und schmeißt es weg.
Kurzer Schnitt ins Krankenhaus:
Arzt (GRAHAM) Ich wollte das aber hören!
Schnitt zurück zu Mrs. Non-Gorilla. Eine zweite Schreckschraube nähert sich.
Mrs. Non-Gorilla Guten Morgen, Mrs. Gorilla.
Mrs. Gorilla (MICHAEL) Guten Morgen, Mrs. Non-Gorilla.
Mrs. Non-Gorilla Waren Sie einkaufen?
Mrs. Gorilla Nein... einkaufen.
Mrs. Non-Gorilla Haben Sie was gekauft?
Mrs. Gorilla Einen Kolbenmotor!
Sie enthüllt einen Sechs-Zylinder-Automotor, der auf einer weißen Palette auf einem Handwagen liegt.
Mrs. Non-Gorilla Was wollen Sie denn damit?
Mrs. Gorilla Oh! War ein Sonderangebot!
Die Kamera fährt zurück, ihre Stimmen werden leiser...
Mrs. Non-Gorilla Oooohhh...!
Schwenk über einen Stadtpark, dessen einzige Besucher etwa zehn identisch gekleidete Schreckschrauben sind, die auf den Bänken verteilt sitzen. Eine Schreckschraube sitzt im Rollstuhl: die Kamera fährt auf sie zu. Sie packt ein Päckchen aus und lockt die Vögel an.
Mrs. Non-Smoker (TERRY J.) Kommt, meine kleinen Vögelchen... kommt schön her... piep, piep... kommt nur und schaut mal, was Mami euch mitgebracht hat...
Sie packt das Päckchen aus, und zum Vorschein kommt eine Lammkeule, die sie nach den Vögeln schmeißt, die sich inzwischen versammelt haben. Kreischen. Sie erlegt eine Taube. Aus einer anderen Tasche zieht sie zwei Konservendosen mit Ananasstücken und wirft sie.
Mrs. Non-Smoker Kommt, meine kleine Vögelchen... piep, piep... oooh, seht nur mal... piep, piep... ach, wie süß... kommt, meine kleinen Vögelchen...
Sie gluckst vor Vergnügen, als sie mit einem riesengroßen Glas Mayonnaise schmeißt. Es zerbricht, und der Inhalt ergießt sich klebrig auf den Boden. Dann wirft sie einen großen tiefgefrorenen Truthahn, ein Glas Perlzwiebeln, ein Paket tiefgefrorener Erbsen und eine Weinflasche. Der Bildausschnitt vergrößert sich, wir sehen: Mrs. Smoker nähert sich mit einem Kolbenmotor, der dem der letzten Schreckschraube aufs Haar

gleicht. Im Umkreis von Mrs. Non-Smoker liegen abgepackte Lebensmittel und tote Vögel auf dem Boden herum; ein Vogel pickt an einer Dose Gänseleberpastete; in einem kleinen Teich vor Mrs. Non-Smoker treibt ein Schwan kopfunter im Wasser, seine Füße ragen steif in die Luft, neben ihm schwimmt eine riesige Konservendose.

Mrs. Non-Smoker Oohh, hallo, Mrs. Smoker.

Mrs. Smoker (GRAHAM) Hallo, Mrs. Non-Smoker.

Mrs. Non-Smoker Sie sind einkaufen gewesen?

Mrs. Smoker Nee... einkaufen!

Mrs. Non-Smoker Was haben Sie gekauft?

Mrs. Smoker Einen Kolbenmotor!

Mrs. Non-Smoker Was wollen Sie denn damit?

Mrs. Smoker War ein Sonderangebot!

Mrs. Non-Smoker Wieviel wollen Sie dafür haben?

Mrs. Smoker Drei Pfund!

Mrs. Non-Smoker Abgemacht.

Sie bekräftigen den Handel per Handschlag.

Mrs. Smoker Schön. Vielen Dank.

Mrs. Non-Smoker Und wie kocht man den?

Mrs. Smoker Der wird nicht gekocht.

Mrs. Non-Smoker Aber das kann man doch nicht roh essen!

Mrs. Smoker Ooooh... daran hab ich noch gar nicht gedacht. Beim Sonnenlicht, dies ist erstaunlich fremd...

Mrs. Non-Smoker ...So heiß als einen Fremden es willkommen. Es gibt mehr Ding' im Himmel und auf Erden, als eure Schulweisheit sich träumt. Doch kommt! Die Zeit ist aus den Fugen: Schmach und Gram, daß ich zur Welt, sie einzurichten, kam! Nun kommt, laßt uns zusammen gehn.

Sie stehen auf und gehen. Das Bild wird dunkel.

ZWISCHENTITEL: »ZWEITER AKT – EIN ZIMMER IN POLONIUS' HAUS«

Schnitt zu einem Moderator vom Typ Frank Bough. Hinter ihm Bilder vom Sport.

Moderator (MICHAEL) Hallo und herzlich willkommen zu »Ein Zimmer in Polonius' Haus«. Heute abend ist Europa-Cup-Abend. Aus München liegt uns bereits ein Ergebnis vor. Europa-Cup-Rückspielrunde Bayern München gegen Wrexham 4397 : 1. Und jetzt ist es Zeit für den Rennsport. Wir schalten direkt um nach Epsom und zu Brian McNutty.

Schnitt in eine Zahnarztpraxis. Ein Zahnarzt macht einem Patienten eine Füllung. Er spricht in die Kamera.
EINGEBLENDETER ZWISCHENTITEL: »LIVE AUS EPSOM«

Zahnarzt (TERRY J.) Also hier in Epsom gibt es Chancen in Hülle und Fülle für diejenigen, die einen guten Start haben wollen in...

Patient Der Zahnmedizin.

Zahnarzt In der Zahnmedizin. Es ist ein wohlhabender Vorort, deshalb besitzen die meisten Leute auch eigene Zähne, und pro Woche eröffnen vier bis fünf neue Praxen.
Schnitt zu einer Hausfrau, die in einem Gärtchen hinter dem Haus vor einer Wäscheleine steht. Die Wäsche darauf hat wirklich eklige Flecken: Männerhosen mit ekligen Flecken, die sich vom Schritt über ein ganzes Hosenbein ausbreiten, ein arg zerrissenes Bettlaken, an dem ein weichgewordener Schokokeks klebt, ein riesiger BH mit 45 Zentimeter durchmessenden Körbchen, zwei Streifen durchwachsener Speck und ein Spiegelei, die mit Klammern an der Leine befestigt sind und noch mehr schmutzige Wäsche.
ZWISCHENTITEL: »LIVE AUS EPSOM«

Hausfrau (GRAHAM) Mit dem Zug sind's vom West End bis hierher nur vierundvierzig Minuten, und es ist noch nicht alles so zugebaut, und deshalb kann man auch einen hübschen Garten haben. Und die Leute in Epsom sind wirklich sehr nett.
Schnitt zu einem Bauunternehmer auf einer Hauptstraße.

Bauunternehmer (MICHAEL) Also die Epsom-High-Street hier bietet reichlich Gelegenheit zu allen möglichen Sanierungsformen. Wie Sie sehen *(er zeigt auf alte Häuser)*, befindet sich hinter mir eine geballte Ansammlung unterbesetzter Wohneinheiten, womit der Wert des Grundstücks natürlich immer noch nicht voll optimiert ist. Das ließe sich aber durch ein sorgfältig geplantes Abrißprogramm radikal verbessern. Und die Mehrzahl der Bewohner sind natürlich... äh... ältere Leute, die sich also nicht groß dagegen wehren würden.
Schnitt zur Rennbahn in Epsom und einem Moderator, Brian MacThighbone, der am Geländer des Sattelplatzes lehnt.
ZWISCHENTITEL: »LIVE AUS EPSOM«

Brian (ERIC) Guten Tag. Tja, es dauert noch ein paar Minuten bis zum Beginn des Hauptrennens, das heute nachmittag auf dem Programm steht – das Queen Victoria Handicap. Nutzen wir also die Gelegenheit zu einem kurzen Gespräch mit dem Sieger des letzten Rennens, einem der Spitzenjockeys der Saison – Ronnie Mau-Mau.

(Eine Jockeymütze kommt ins Bild, mehr kriegen wir von dem Jockey auch nicht zu sehen.) Hallo, Ronnie.

Erster Jockey (MICHAEL) Hallo, Brian.

Brian *(hält sein Stabmikrophon nach unten)* Ein toller Ritt, Ronnie.

Erster Jockey Tja, eben ein tolles Pferd, Brian. Da kann einfach nichts schiefgehen.

Brian Schätzt du deine Chancen beim Derby hoch ein?

Erster Jockey *(nickt heftig)* Na klar, ganz eindeutig, aber sicher doch, Brian.

Brian Na, dann wollen wir doch mal sehen, ob ein Kollege von dir derselben Ansicht ist. Wir fragen mal eben rasch Desmond Willet. Hallo, Des.

Am unteren Bildrand taucht eine andere Jockeymütze auf. Mehr sehen wir auch diesmal vom Jockey nicht.

Zweiter Jockey (GRAHAM) *(mit irischem Akzent)* Hallo, Brian. *(Er schüttelt den Kopf.)* Keine Chance, absolut keine Chance.

Erster Jockey *(heftig nickend)* Nein, nein, ich glaube, da täuschst du dich, Des, bei dem richtigen Geläuf läuft er beim Finish ganz vorne mit, Des.

Zweiter Jockey *(schüttelt heftig den Kopf)* Keine Chance, absolut keine Chance.

Brian Ich sehe eben den Spitzenjockey des letzten Jahres, Johnny Knowles. *(Zwei Mützen rücken zur Seite.)* Hallo, Johnny.

Pause. Man sieht nicht einmal eine Mütze.

Dritter Jockey *(undeutlich)* Hallo, Brian.

Brian Äh, könnten wir vielleicht bitte eine Kiste für Johnny haben. *(Eine Mütze erscheint im Bild.)* Danke.

Dritter Jockey Hallo, Brian.

Brian Schon besser. Na, bitte. Drei sehr bekannte Gesichter aus der Welt des Pferderennsports. Noch mal vielen Dank, daß ihr heute nachmittag bei uns vorbeigeschaut habt, Jungs.

Alle War uns doch ein Vergnügen. *(Die Mützen nicken heftig.)*

Brian Und Hals- und Beinbruch fürs Derby.

Alle Oh, vielen Dank, Brian, herzlichen Dank. *(Sie gehen nickend ab.)*

Brian Wie ich eben höre, ist jetzt alles für den Start des Hauptrennens am heutigen Nachmittag bereit. Ich übergebe also direkt an Peter beim Start.

Man sieht die Startboxen von außen, aber nicht in sie hinein.

ZWISCHENTITEL: »3.15 QUEEN VICTORIA HANDICAP«

Off-Sprecher (ERIC) Sie stehen jetzt am Start für das hochdotierte

Queen Victoria Handicap. Und sie sind gestartet. *(Die Türen der Startboxen fliegen auf; heraus kommen acht identisch gekleidete Queen Victorias, die eilig den Parcours angehen.)* Und Queen Victoria hat sich einen guten Vorsprung verschafft, gefolgt von Queen Victoria, Queen Victoria und Queen Victoria. Queen Victoria liegt vor Queen Victoria und vor Queen Victoria. Queen Victoria zieht jetzt auf der Innenbahn an. Und hinten ist Queen Victoria schon einige Längen hinter die Spitze des Feldes zurückgefallen. Queen Victoria attackiert jetzt Queen Victoria, und Queen Victoria verliert Boden. Queen Victoria ist immer noch das Schlußlicht, jetzt, wo sie die Hälfte der Strecke zurückgelegt haben, aber jetzt macht sie Boden gut, zieht plötzlich vorbei an Queen Victoria mit Queen Victoria, Queen Victoria, und Queen Victoria ist immer noch gut plaziert, wie sie sich jetzt dem ersten Hindernis nähern. *(Einstellung von schräg unten, man sieht die Queen Victorias über das Hindernis setzen und auf die Kamera zudonnern.)* Und beim ersten Hindernis liegt Queen Victoria knapp vor Queen Victoria, und Queen Victoria fällt auf den dritten Platz zurück. Und Queen Victoria führt das Feld an, in dem Moment, wo. . .

Schnitt zurück zu dem Moderator im Studio; abgesehen von seinem Gesicht ist er als Queen Victoria zurechtgemacht.

Moderator (MICHAEL) Ja, das war wirklich ein sehr spannendes Rennen in Epsom. Und jetzt schalten wir um zum Europa-Cup in Barcelona, wo Miguel Otana, der stämmige Stürmer von Real Madrid, wegen Blähungen in der dreiundvierzigsten Minute vom Platz gestellt wurde. Er war schon verwarnt worden, weil er früher im Spiel einen Flunsch gezogen hatte, und jetzt ist er nicht mehr auf dem Platz! Das wollen wir uns doch mal in der Wiederholung ansehen. . . Brian.

Schnitt zu Brian, der auch wie Queen Victoria gekleidet ist.

Brian (ERIC) Ja. . . äh. . . also, wir sehen. . . das ist jetzt Otana. . . *(kurzer Archivfilm eines Fußballspiels)* . . .er bekommt den. . . äh. . . durch Zuspiel von Gomez *(Schnitt zurück zu Brian)* und äh. . . er versucht überhaupt nicht den Ball zu spielen. Er läßt ihn einfach absichtlich liegen! Und meiner Meinung nach befand er sich innerhalb des Strafraums, und dem Schiedsrichter blieb gar nichts anderes übrig, als ihn vom Platz zu stellen.

Schnitt zum Moderator.

Moderator Jimmy?

Schnitt zum echten Jimmy Hill, der wie Queen Victoria gekleidet ist mit Schleier, Krone usw.

Jimmy Hill Guten Abend.
Moderator Was halten Sie davon?
Jimmy Hill Also, die Schiedsrichter gehen heutzutage wirklich sehr rigoros vor. Erst vergangene Woche wurde der Kapitän der Belgier vom Platz gestellt, weil er einen Sony Kassettenrecorder besitzt. Und Gonerelli, der riesenhafte italienische Verteidiger, bekam in Turin einen Platzverweis, weil er einen Wanddurchbruch zwischen seinem Wohnzimmer und Eßzimmer geschaffen hat, um einen offenen Wohnraum zu gestalten.
Schnitt zum Moderator.
Moderator Hamlet?
Schnitt zu Hamlet.
Hamlet Guten Abend.
Schneller Schnitt zurück zum Moderator.
Moderator Also, das Mädchen liegt vor Ihnen auf dem Bett, sie hat die Beine oben auf dem Kaminsims...
Die Krankenschwester tritt ein.
Krankenschwester Raus, raus, na los, wird's bald, raus...
Sie drängt den Moderator aus dem Studio.
Trickfilm-Sketch.

ZWISCHENTITEL: »FÜNFTER AKT – EIN SCHMIERENKOMÖDIANT IM SCHLOSS«
Überblendung zu der schon bekannten Theaterbühne. Bis auf Hamlet und Ophelia sind alle Ensemblemitglieder wie Queen Victoria gekleidet.
Erste Queen Victoria Laßt vier Hauptleute Hamlet auf die Bühne gleich einem Krieger tragen: denn er hätte, wär er hinaufgelangt, unfehlbar sich höchst königlich bewährt...
EINBLENDUNG: »ENDE«
Die Schauspieler treten an die Rampe und verbeugen sich.
Abspann in shakespearscher Manier und Schrift:

MONTY PYTHON
VON WILLIAM SHAKESPEARE
DRAMATIS PERSONAE
HAMLET – TERRY JONES
EIN LEDIGER FREUND HAMLETS
GRAHAM CHAPMAN
EIN BETONT MASKULINER FREUND HAMLETS, DER ABER IMMER NOCH LEDIG IST
TERRY GILLIAM

EIN FREUND HAMLETS, DER SICH, OBWOHL ER VERHEIRATET IST,
GELEGENTLICH NOCH MIT HAMLET TRIFFT
MICHAEL PALIN
EIN SEHR ENGER LEDIGER FREUND HAMLETS, DER, OBWOHL ÜBER
JEDEN VERDACHT ERHABEN, ZIEMLICH GRELLE HEMDEN TRÄGT
ERIC IDLE
WEITERE DRAMATIS PERSONAE
EINE FREUNDIN HAMLETS, DIE LEDIGE LIEBT – CAROL CLEVELAND
EIN JIMMY HILL BEI LONDON – JIMMY HILL
EIN LEDIGER GENTLEMAN – BOB E. RAYMOND
EINE OPHELIA – CONSTANCE BOOTH
EIN VERRÜCKTER, ABER KEIN LEDIGER – SIR K. JOSEPH
ZUSÄTZLICHER BLANKVERS
J. CLEESE (NICHT VERWANDT) (WILL SAGEN, MIT HAMLET)
PERSONAE NON DRAMATIS ABER TECHNICALIS
(MANCHE LEDIG, MANCHE NICHT)
EINE MASKENBILDNERIN
MAGGIE WESTON
EIN KOSTÜMBILDNER UND LEDIGER
ANDREW ROSE
EIN KAMERAMANN VON LONDON
STAN SPEEL
EIN TONINGENIEUR MIT SCHLECHTEM RUF
JOHN BLIGHT
EIN CUTTER, TEILS LEDIG, TEILS MIT VEGETABILISCHEN UND
MINERALISCHEN VERBINDUNGEN
BOB DEARBERG
EIN TONINGENIEUR IM STUDIO
MIKE JONES
EIN LEUCHTENDER SCHOTTE
JIMMY PURDIE
EIN EFFEKTHASCHER, DER SCHARF AUF LEDIGE IST
JOHN HORTON
EIN REGIEASSISTIERENDER FREUND HAMLETS
BRIAN JONES
EINE BÜHNENBILDNERIN, DIE VERHEIRATETE MÄNNER ZWAR VOR-
ZIEHT, ABER ETLICHE LEDIGE KENNT
VALERIE WARRENDER
EIN PROFESSIONELLER REGISSEUR UND AMATEURHAFTER LEDIGER
IAN MACNAUGHTON

Eine ledige Sendeanstalt
BBC Colour

Abblende. Dann sieht man ein Moor. Es hat gerade eine Explosion stattgefunden. Aus dem Rauch geht ein junger, schwarzhaariger Mann auf die Kamera zu; sein schöner Anzug ist ganz zerfetzt.

Mann (MICHAEL) Aber dann. . .

Vierundvierzig – Mister Neutron

Trickfilm-Vorspann.
Eine Straße in Ruislip am frühen Morgen. Ein Alteisensammler fährt mit Pferd und Wagen die Straße herunter.

Alteisensammler (TERRY J.) Alteisen! Alteisen!
Eine Tür geht auf, und eine Hausfrau wuchtet ein hochkompliziertes Flugabwehrraketensystem heraus und wirft es auf den Wagen.

Alteisensammler Danke schön.
Eine andere Tür öffnet sich, und zwei betuliche alte Damen schleppen zwei Panzerfäuste und ein Sortiment Artilleriegranaten heraus und stapeln alles sorglich am Gartentor. Weitere Waffenablieferungen aus anderen Haushalten.
Ein Postauto kommt die Straße herauf dem Alteisensammler entgegen und hält auf Höhe der Kamera. Man sieht einen verhüllten Postbriefkasten auf dem Gehweg und ein klitzekleines Podest mit Lautsprecheranlage und bunten Fähnchen. Ein altertümlich gekleideter Oberbürgermeister wird von einem Oberpostdirektionssprecher aus dem Postauto komplimentiert. Der Oberbürgermeister und einige Damen nehmen Platz auf dem Podest. Der Oberpostdirektionssprecher erhebt sich mit einem Räuspern, testet das Mikrofon und beginnt seine Rede mit einer etwas merkwürdigen Aussprache: »Post« klingt bei ihm wie das Entkorken einer Sektflasche.

Oberpostdirektionssprecher (MICHAEL) Wir haben uns heute hier versammelt, um der Indienststellung eines neuen Stand*post*briefkastens beizuwohnen, der den Stand*post*briefkasten ersetzt, der sonst an der Ecke von Ulverston Road und Sandwood Crescent stand. Durch den Umstand des Straßenverbreiterungsvorhabens, das durch die dankenswerte Initiative unseres Gemeinderats entstand, mußte der Stand*post*briefkasten in der Ulverston Road aufgegeben werden, so daß für den Brief*post*sammelbezirk Ulverston Road leider nur noch der Wand*post*briefkasten am Brief*post*postamt Esher Road für den *Post*briefeinwurf zur Verfügung stand. Doch der hiesige neue Stand*post*briefkasten wird die Bewohner des Brief*post*sammelbezirks Ulverston Road nunmehr in den Stand versetzen, *Post*briefe, Katzen*post* und *Post*päckchen zum Versand zu bringen, ohne vor dem Wand*post*briefkasten am Brief*post*amt Esher Road oder dem Stand*post*briefkasten am Brief*post*amt Turner's Parade anstehen zu müssen, die bei zahlreichen *Post*briefkunden zwar sehr beliebt waren, aber durch den heutigen Einstand des hiesigen neuen

Stand*post*briefkastens sowie durch die mit der Instandsetzung der Wand*post*briefkästen am Brief*post*amt Wyatt Road im Monat Juli zeitgleich in Kraft getretene Bestandsveränderung für den Brief*post*sammelbezirk Ulverston Road überständig geworden sind. *(Kurze Pause.)* Nous sommes ici ce matin pour faire témoin à l'ouverture de la nouvelle *boîte* pour remplacer la *boîte* qui autrefois était placée au coin d'Ulverston Road et Sandwood Crescent. Parce que du projet pour l'élargissement de la rue qui fait par le Bourough Council, la *boîte* dans l'Ulverston Road est remplacée, et la *boîte* dans Esher Road est la seule *boîte* pour le région d'Ulverston Road. Cette *boîte* nouvelle rendra capables les hommes d'Ulverston Road de mettre dans la poste les lettres, les carte-postales et des petits paquets sans avant besoin de la *boîte* de mur dans Esher Road, ou les *boîtes* de la Turner's Parade bureau de poste, qui beaucoup des hommes ont fait usage mais qui est maintenant discontinuée parce que l'ouverture de cette *boîte* ici, et le réorganisation régionale que commence avec l'ouverture des *boîtes* au bureau de poste en Wyatt Road le juillet. *(Kurze Pause.)* Nosotros venímos aquí hoy por el consagración en la cabinete para la correo. . .

Die ersten beiden Sätze des folgenden Sprechers haben bereits bei der französischen Rede eingesetzt.

Off-Sprecher (MICHAEL) Ein hundsgewöhnlicher Vormittag in einem hundsgewöhnlichen englischen Vorort. Das Leben verläuft hier wie seit vielen Jahren.

Schnitt auf einen Vorortbahnhof.

Off-Sprecher Doch schon bald sollte dieses beschauliche Leben unwiederbringlich aus den Fugen geraten. Der gewohnte Alltag eines typischen Montagmorgens sollte nie wieder einkehren, denn in diese friedliche kleine Gemeinde zog. . . Mr. Neutron!

Ein Zug fährt in den Bahnhof ein. Die Waggontüren gehen auf, und Mr. Neutron steigt aus. Er sieht aus wie ein amerikanischer Rugbyspieler, mit überbreiten Schultern und Wespentaille. Er hat sehr glatte Gesichtszüge, stechende Augen und wirkt sehr imposant. Einen Augenblick verharrt er an der Waggontür. Quer über seiner Brust liest man »Mr. Neutron«. Er trägt eine einfache Kaufhaus-Tragetasche.

Off-Sprecher Mr. Neutron! Der gefährlichste und schrecklichste Mann der Welt! Ein Mann, stark wie eine ganze Armee! Mit der gesammelten Weisheit der ganzen Menschheitsgeschichte im Hinterkopf! Ein Mann mit der Macht, die Welt zu zerstören. *(Trickfilm von Planeten im All.)* Mr. Neutron. Niemand weiß, von welchem fremden und fernen Planeten er stammt oder wohin ihn sein Weg führen wird...! Wo immer er seinen Fuß hinsetzt, verbreitet er unweigerlich Tod und Verderben.

Schnitt in Mr. Neutrons Vorgarten. Er hat drei Campingstühlchen rausgestellt und trinkt Tee mit Mr. und Mrs. Entrail, einem älteren Ehepaar. Die Frau, etwas zu aufgetakelt, führt das Wort. Mr. Entrail sitzt mit Leichenbittermiene daneben.

Off-Sprecher Mr. Neutron! Der Mann, dessen unerhörte Macht ihn zum meistgefürchteten Menschen aller Zeiten gemacht hat... er wartet nur auf seine Gelegenheit, diese unsere friedliche Welt mit Stumpf und Stiel auszurotten!

Mrs. Entrail (MICHAEL) Dann ist da noch Stanley... unser Ältester... Er ist Biochemiker in Sutton. Verheiratet ist er mit Shirley...

Mr. Neutron (GRAHAM) *(seltsam monoton leiernd, wie eine Computerstimme)* Mit Shirley, der Frisöse?

Mrs. Entrail Ja, genau. Ich sag ja immer, sie ist eine ganz reizende Person, aber mein Mann meint *(zeigt auf ihren Ehemann),* sie wär ein Flittchen.

Mr. Entrail (TERRY J.) Kann sie nicht ausstehn! Auf den Tod nicht!

Mrs. Entrail Und wo sie fast jedes Wochenende zu Besuch kommen, werden Sie sie sicher auch mal kennenlernen.

Mr. Neutron Das... würde ich... sehr gern. Frisieren ist sehr interessant.

Mrs. Entrail Und so wichtig. Wer seine Kopfhaut nicht pflegt, kriegt die Tollwut. Dann ist da noch Kenneth, unser Jüngster. Wissen Sie, er ist unser Sorgenkind... meint jedenfalls mein Mann.

Mr. Entrail Ein ekelhafter kleiner Schleimer. Kann ihn nicht ausstehn!

Mrs. Entrail Und die Tochter, von der wir in letzter Zeit so oft reden – Karen. Sie ist mit einem Kanadier verheiratet – einem Zahnarzt – sie leben in Alberta – zwei süße Kinder, Gary ist drei, Leslie sechs. Sie sind Karen wie aus dem Gesicht geschnitten. Möchten Sie ein Foto sehen...?

Mr. Neutron O ja, gerne.

Mrs. Entrail Also gut.

Sie geht ein Foto holen.

Mr. Entrail Zwei widerliche kleine Scheusale. Kann sie nicht ausstehn. Mit Schweinsäuglein, genau wie die Mutter. Vor der zerspringt jeder Spiegel, so potthäßlich ist die. Hab nicht mehr gedacht, daß die noch einen Mann abkriegt, aber dann kam dieser bescheuerte Zahnklempner. Ein hinterhältiger Giftzwerg. Kann ihn nicht ausstehn.

Mr. Neutron Eine nette Gegend hier.

Mr. Entrail Wie lebendig begraben. Ich find's zum Kotzen.

Mr. Neutron Zum Einkaufen nicht weit, und auch nicht zum West End.

Mr. Entrail Wenn Sie das West End mögen. Für mich ist das ein stinkendes Dreckloch.

Schnitt: ein scharfbewachtes Regierungsgebäude in Amerika; außen; in großen Lettern über dem Portal: »Bammel«.

Off-Sprecher In Washington, im Hauptquartier von BAMMEL – dem Bundesamt für Meinungsmanipulation bei Eierköpfen und Laberern – in Wirklichkeit ein Tarnname für KOLLAPS – Kommando zur Observation, Lokalisierung und Liquidierung Außerplanetarischer Subversiver. . . ging es unterdessen drunter und drüber.

Ein Lagezentrum der höchsten Sicherheitsstufe – Landkarten, Diagramme, Monitore. Aus dem Fernschreiber rattert eine Meldung. Der Fernschreibermensch reißt sie ab und reicht sie Captain Carpenter, der am Leitpult sitzt.

Carpenter (ERIC) Um Gottes willen! *(Greift nach einem rotblinkenden Telefon.)* Verbinden Sie mich sofort mit dem Oberbefehlshaber von Heer, Marine und Luftwaffe!

Schnitt in einen riesigen Saal, bis auf einen gigantischen Arbeitstisch mit einem riesigen amerikanischen Adlerwappen völlig leer. Man hört amerikanische Marschmusik. Auf dem Tisch steht nichts als eine futuristische Gegensprechanlage. Hinter dem Schreibtisch sitzt reglos der Oberbefehlshaber. Nach einer Weile beschnuppert er langsam und sehr verstohlen unter der Uniformjacke seine linke Achselhöhle. Dann vergewissert er sich mit raschem Blick ringsum, daß ihn niemand beobachtet, und beschnüffelt die andere Achselhöhle. Er setzt sich wieder aufrecht hin und haucht in die hohle Hand, um seinen Mundgeruch zu überprüfen, blickt aber immer noch unzufrieden. Langsam greift er nach unten und zieht einen Schuh aus. Er hat ihn just zur Nase geführt, da piept die Gegensprechanlage mit wildem Blinken los. Die Musik verstummt. Er zuckt zusammen und nimmt schnell den Schuh vom Tisch. Er drückt einen Knopf der Gegensprechanlage.

Oberbefehlshaber (MICHAEL) Hallo?

Quäkstimme Hier ist Captain Carpenter, Sir, von BAMMEL.

Oberbefehlshaber Von KOLLAPS, meinen Sie?

Quäkstimme Jawohl, Sir.
Oberbefehlshaber Was gibt's?
Quäkstimme Mr. Neutron ist uns entwischt, Sir!
Oberbefehlshaber Mr. Neutron! Um Gottes willen! Also gut – die Hauptstadt umzingeln. Vier Angriffswellen von Fallschirmjägern mit schwerem Gerät und kompletter Luftraumsicherung in Marsch setzen! Alle Luftwaffenstützpunkte in Alarmbereitschaft! Sämtliche Ausfallstraßen verminen und in die Luft jagen. Wenn's sein muß, bombardieren wir die Stadt in die Steinzeit zurück!
Quäkstimme Sir! Sir! Er ist nicht in Washington, Sir.
Oberbefehlshaber Okay! Kommando zurück! Gegenbefehl! Alles rückgängig machen! Alle Mann halt. . .! Wo steckt er?
Quäkstimme Wissen wir nicht. . . wir wissen nur, daß er aus seinem Hotel ausgezogen ist und einen Bus zum Flughafen genommen hat.
Oberbefehlshaber Also gut! Ich befehle weltweit höchste Alarmstufe! Alles umzingeln, mit allem, was Beine hat! Alle Kampfeinheiten in Marsch setzen, mit allen irgendwie greifbaren Waffen. Ich verlange. . . Ich verlange drei komplette weltumspannende Frühwarnsysteme für jede Einheit von Heer, Marine und Luftwaffe, und zwar in ununterbrochener Alarmbereitschaft!
Quäkstimme Aye, aye, Sir!
Oberbefehlshaber Und rufen Sie die allgemeine Wehrpflicht aus!
Quäkstimme Zu Befehl, Sir!
Oberbefehlshaber Okay!
Er drückt den Aus-Knopf der Gegensprechanlage und lehnt sich zurück. Erneute Stille. Seine Augen schweifen von links nach rechts, dann gibt er sich wieder seiner Beschnupperung hin.
Off-Sprecher Somit war die Welt in den Klauen von BAMMEL! Ein einziger Mann hatte eine weltweite und furchterregende Krise ausgelöst! *(Zoom auf Neutron in seinem Vorgarten beim Unkrautjäten; im Hintergrund eine Gruppe von Oberpostsekretären, die wieder einen Postbriefkasten einweihen, fünfzig Meter vom ersten entfernt; eine Reihe von sechs nagelneuen Postbriefkästen erstreckt sich die Straße entlang.)* Zweifelsohne der gefährlichste Mann, den die Welt jemals gesehen hat, ehrlich! Noch ist seine Stunde nicht gekommen, aber er kann jede Sekunde zuschlagen. Wird er noch rechtzeitig aufzuhalten sein?
Eine Frau bleibt stehen und plaudert mit Neutron.
Mrs. Smailes (ERIC) Da haben Sie aber allerhand zu tun.
Mr. Neutron Ja, viel Arbeit.
Mrs. Smailes Mrs. Ottershaw hat ja nie einen Finger krumm ge-

macht... sie war aber auch schon steinalt... 206 Jahre! Naja, ich muß weiter... Wenn Sie Hilfe brauchen, schick ich Ihnen Frank rüber. Ein bißchen Bewegung könnte dem nicht schaden, ha, ha, ha, – dem alten Fettsack!

Sie trollt sich. Neutron widmet sich wieder seinem Unkraut.

Schnitt zurück ins Arbeitszimmer des Oberbefehlshabers. Er beschnüffelt sich, hat aber diesmal das ganze Hemd hochgerafft und will gerade an seinem Bauch riechen, da piept die Gegensprechanlage los. Rasch stopft er das Hemd in die Hose und drückt auf den Antwortknopf.

Oberbefehlshaber Ja?

Quäkstimme Captain Carpenter hier, Sir. Seit drei Tagen sind wir nun schon auf Alarmstufe drei, Sir, und noch immer keine Spur von Mr. Neutron.

Oberbefehlshaber Haben wir schon irgendwo bombardiert? Haben wir Zähne gezeigt?

Quäkstimme Jawohl, Sir. Wir haben jede Menge Ortschaften in Schutt und Asche gebombt, Sir.

Oberbefehlshaber Gut. Gut. Soll bloß keiner glauben, wir seien Angsthasen.

Quäkstimme Aber nein! Das glaubt niemand, Sir. Alle haben echt Schiß vor uns, Sir.

Oberbefehlshaber Vor uns?

Quäkstimme Ja, Sir.

Oberbefehlshaber *(erfreut)* Vor unserer Potenz?

Quäkstimme Jawohl, Sir! Sie scheißen sich in die Hosen, wo immer unsere Stratosphärenbomber im Anflug sind.

Oberbefehlshaber Wow! Aber sicher tun die das. Hundertprozentig! Die haben die Hosen echt gestrichen voll.

Quäkstimme Haben sie echt, Sir.

Oberbefehlshaber Haben wir irgendwelche genauen Zahlen darüber, *wie* voll?

Quäkstimme Nein... Leider noch keine genauen Zahlen, Sir. Aber sie haben hundert Prozent Schiß.

Oberbefehlshaber Aha! Aber ohne Erfolg?

Quäkstimme Leider, Sir.

Oberbefehlshaber Gut. Versuchen wir's mit einer anderen Taktik. Wir werden diesen Kerl, diesen Neutron, schon ausräuchern. Ich weiß nämlich einen Mann, der ihn nageln kann.

Quäkstimme Ein einziger Mann? Den nimmt niemand ernst, Sir.

Oberbefehlshaber Er ist das größte Genie, das mir je begegnet ist. Wir waren zusammen beim CIA. Er ist jetzt in Rente. Züchtet Kaninchen oben am Yukon...

Quäkstimme Wie heißt er, Sir?

Oberbefehlshaber Er heißt Teddy Salat.

Quäkstimme Salat wie in...?

Oberbefehlshaber Kopfsalat, Gurkensalat, Rettichsalat, yeah.

Quäkstimme Wo finde ich ihn, Sir?

Oberbefehlshaber Am Yukon. Oh, und Carpenter...

Quäkstimme Ja, Sir?

Oberbefehlshaber Sorgen Sie für eine anständige Tarnung.

Schnitt zum Yukon. Carpenter wandert vorbei. Er trägt schwarze Trikothosen, einen enganliegenden schwarzen Pullover, hat Theaterschminke im Gesicht und schleppt einen großen Rucksack mit der Aufschrift »Hab nix zu tun mit KOLLAPS*«. Mitten im Nirgendwo stößt er auf eine Blockhütte. Er drückt auf die Klingel. Melodisches Gebimmel. Ein hünenhafter Holzfäller reißt die Tür auf.*

Carpenter Oh, hallo. Mein Name ist Carpenter. Ich komme von der amerikanischen Regierung.

Holzfäller (GRAHAM) Von der Truppe?

Carpenter Äh... nein... Ich bin... äh... ich bin... ich bin vom Ballett. Vom US-Regierungs-Ballett.

Der Holzfäller bekommt leuchtende Augen.

Holzfäller Vom Ballett! Das Ballett kommt hierher zu uns?

Carpenter Im gewissen Sinne...

Holzfäller Ach, das ist ja himmlisch! Wir lieben Ballett... Im vorigen Jahr sind ein paar von uns vom Yellow River nach Montreal zum Ballett gefahren.

Hinter dem Holzfäller erkennt man nun eine Gruppe wohlgestalteter Knaben aus aller Herren Länder.

Carpenter Wissen Sie, ich wollte bloß...

Holzfäller Ach, das hat uns ungemein gefallen. Margot Fonteyn hat »Les Sylphides« getanzt... Einfach göttlich! Unbeschreiblich...

Carpenter Wissen Sie zufällig...

Holzfäller Wissen Sie, wie alt sie ist?

Carpenter Wer?

Holzfäller Margot Fonteyn.

Carpenter Nein.

Holzfäller 206 Jahre!

Carpenter Hören Sie, wie man mir sagte, wohnt hier in der Gegend ein Choreograph vom Washingtoner Regierungs-Ballett namens Teddy Salat.

Holzfäller Sie meinen den Spezialagenten?

Carpenter Ähm...

Holzfäller Ein ehemaliger CIA-Mann. Beim Ballett ist der aber nicht.

Silberhelles Knabenlachen aus der Hütte.

Carpenter Also, ich muß ihn wegen einer Tournee sprechen...

Holzfäller Tja, probieren Sie's halt mal in dem Laden...

Carpenter Oh, vielen Dank. *(Er wendet sich zum Gehen.)*

Holzfäller He! Können Sie uns ein Autogramm von Lionel Blair verschaffen?

Carpenter geht ab.

Off-Sprecher Während in Kanada wertvolle Zeit verstrich, vertickten die letzten Sekunden der freien Welt...

Schriller Akkord. Schnitt in Mr. Neutrons Haus. Er ist dabei, eine Blümchentapete in seinem Wohnzimmer anzukleben. Ihm zur Hand geht der unglaublich fette Frank Smailes. Er steht unbeholfen herum und blickt zu Neutron auf, der auf einem Brett zwischen zwei Leitern balanciert.

Off-Sprecher Mr. Neutron – wie Sie sich sicher erinnern, der nach wie vor gefährlichste Mann der Welt, der er *wirklich* ist – schart bereits Verbündete um sich.

Mr. Neutron Warum ißt du nicht abends bloß ein Omelett... vielleicht mit Joghurt und Pampelmuse.

Mr. Smailes (MICHAEL) Ach, hab ich alles schon ausprobiert... Ich war schon mal runter auf dreihundertvierzig Kilo, hab mein Gewicht aber nicht halten können. Ich bin nirgends mehr ohne Kartoffelchips hingegangen. Drei Zentner davon hab ich allein ins Kino mitgenommen. Und alle verputzt, bevor ich vom Klo runter war. Da hab ich dann mit Butterbroten nachlegen müssen.

Mr. Neutron Wie wär's mit Salat?

Mr. Smailes Mit Teddy Salat?

Mr. Neutron Nein, nein, nein – mit Salat – wie Kopfsalat, Rettichsalat, Gurkensalat...

Schnitt zu Carpenter in einem Blockhüttenkontor mit derben Holztischen. Sechs Eskimos sitzen in einer Gruppe am Ende eines anderen Tisches. Ein italienischer Koch in knielanger weißer Schürze und schmuddeligem Hemd steht vor Carpenter, der vor sich einen großen grünen Salat hat.

Italiener (MICHAEL) Schmeckt es Ihnen nicht?

Carpenter Nein, ich wollte keinen Salat *essen*. Ich hab nach einem *Mann* namens Salat gefragt.

Italiener Seit zwei Jahren sind Sie der erste Gast, der einen Salat bestellt. Die Eskimos hier wollen alle nur Fisch, immer nur Fisch...

Eskimo (GRAHAM) *(sehr britischer Akzent)* Wir sind keine Eskimos.

Zweiter Eskimo (TERRY J.) Wo bleibt unser Fisch. Mit dem von vorhin sind wir fertig.

Italiener Und was für Fisch wollt ihr jetzt, hä?

Erster Eskimo Zahnbrasse, bitte schön.

Italiener Zahnbrasse! Wo soll ich hier eine Zahnbrasse herzaubern, um diese Jahreszeit? Ihr verfluchten verfressenen Eskimos!

Erster Eskimo Wir sind keine Eskimos.

Italiener Warum nimmst du nicht einen Teller leckere Makkaroni?

Eskimo Igittigitt!

Erster Eskimo Ist doch kein Fisch.

Italiener *(auf dem Weg zur Küche)* Ist schon ein Kreuz hier in der Arktis. Wär ich doch bloß in Oldham geblieben...

Carpenter geht zu den Eskimos hinüber.

Carpenter *(langsam und deutlich wie zu Ausländern sprechend)* Kann einer von euch Eskimos... könnt ihr... Englisch?

Eskimos Wir sind keine Eskimos.

Dritter Eskimo Ich bin einer.

Die anderen Psst!

Italiener *(im Off)* Schellfisch!

Eskimos Wo?

Carpenter *(immer noch wie zu Ausländern)* Kennt jemand... von... euch... einen gewissen... Salat?

Eskimo Salat, wie...?

Carpenter Wie Kopfsalat, Gurkensalat, Tomatensalat... Genau.

Erster Eskimo Wie auf Ihrem Teller?

Carpenter Ja. Genau.

Erster Eskimo Nein, sorry, da muß ich passen.

Zweiter Eskimo Wo bleibt unser Fisch?

Erster Eskimo Was ist denn dieser Teddy Salat von Beruf?

Carpenter Er ist... äh... Hühnerschreck.

Rascher Schnitt ins Büro des Vorstandsvorsitzenden von Fiat.

Agnelli (ERIC) Che cosa è lo stucciacatori di polli?

UNTERTITEL: »WAS IST EIN HÜHNERSCHRECK?«

Schnitt zurück in die Blockhütte.

Erster Eskimo Nein, wir kennen nur den CIA-Mann Teddy Salat.

Carpenter Oh, vielleicht weiß der was.
Eskimos *(singend)* Gunga, gunga, gunga, wir haben Hunga.
Carpenter Wo kann ich ihn finden?
Zweiter Eskimo Ach, der lebt oben am Rollmops-Sund.
Carpenter Besten Dank.
Eskimos Fischi, Fischi, waschiwischi.
Erster Eskimo Sind Sie auch in der Internationalen Spionage tätig?
Carpenter Nein... nein... Ich bin beim US-Ballett... Und wo sind Sie?
Erster Eskimo *(vertraulich näherrückend)* MI 6, Britischer Geheimdienst. Aber kein Wort zu den Eskimos!
Eskimos Fischi, Fischi, waschiwischi.
Der italienische Koch erscheint.
Italiener Da habt ihr euren verfluchten Fisch.
Erster Eskimo Dank dir, Anuk.
Italiener Ich bin kein Eskimo!
Schnitt: arktische Einöde – Eis und Schnee und heulender Wind. Carpenter – sein Schniepel ist vor Kälte winzig wie eine Tapirzitze – kämpft sich voran. Er bleibt stehen und hält angestrengt Ausschau. Er erblickt schemenhaft einen Trapper hinter einem Schlitten, der von vier Huskies gezogen wird. Carpenter hastet hinterher und holt ihn ein.
Carpenter Huhu!
Der Mann hält an. Auf seinem Schlitten sind Vorräte gestapelt, darunter auch zwei Frauen im Bikini, tiefgefroren und in Zellophan gehüllt.
Carpenter Huhu! Ich bin Carpenter vom US-Ballett.
Trapper (TERRY J.) Hach, toll, daß Sie hier heraufkommen. Das letzte anständige Ballett hier in der Gegend hatten wir mit Pina Bausch. Donnerstag abend haben sie »Petruschka« gegeben und am Samstag dann »La Fille mal gardée«. Ich fand's insgesamt etwas zu moderat...
Carpenter *(ihm ins Wort fallend)* Endlich treffe ich Sie, Mr. Salat.
Trapper Ich bin nicht Salat.
Carpenter Was?
Trapper Sie wollen zu Teddy Salat?
Carpenter Genau...
Der andere blickt sich verstohlen in der Einöde um, ob jemand zusieht, packt dann Carpenter am Arm und deutet auf die Hunde.
Carpenter Aber da ist doch niemand.
Trapper Der da, rechts hinten. Das isser.
Carpenter Aber das ist ein Hund!

Trapper *(geheimnisvoll)* Nur zum Teil.

Carpenter Was soll das heißen?

Trapper Hören Sie, Teddy Salat ist der genialste Agent, den der CIA jemals hatte, stimmt's?

Carpenter Stimmt.

Trapper Damit hat er seinen Ruf begründet! *(Zeigt auf den Hund)* Alles Tarnung!

Sie betrachten kurz stumm den Hund.

Carpenter Unglaublich, so was!

Trapper Er mußte auf eineinhalb Pfund abspecken, bevor die Verkleidung paßte. Jeder Arm wurde um fünfundvierzig Zentimeter gekürzt, jedes Bein um neunzig. Den Schwanz hat der genialste Chirurg Europas transplantiert.

Carpenter Und der Kopf?

Trapper Von dem wurden nur Augen und Hirn ausgeschält und in die Verkleidung hineinmanipuliert.

Carpenter Unglaublich!

Trapper Wollen Sie mit ihm reden?

Carpenter Na klar!

Trapper *(sich wieder umblickend)* Okay, gehen wir dort rüber, zu den Bäumen. Es könnte uns jemand beobachten.

Sie fahren mit dem Schlitten zu einem einsamen kahlen Baum mitten in der Tundra und halten. Der Mann geht zum Hund und kniet sich neben ihn hin.

Trapper *(einschmeichelnd)* Mr. Salat. . .? Mr. Carpenter möchte Sie sprechen.

Pause.

Carpenter Was hat er gesagt?

Trapper *(zu Carpenter)* Ob Sie einen Knochen haben. *(Carpenter beklopft ziemlich hilflos seine Taschen.)* Alles Tarnung. *(Er holt einen Knochen hervor und gibt ihn dem Hund.)* Okay, Teddy. . . Da hast du deinen Knochen. *(Der Hund zermalmt den Knochen.)* Schön, jetzt haben Sie sein Vertrauen gewonnen, jetzt läßt er mit sich reden.

Carpenter *(sich ziemlich unbeholfen neben den Hund kniend und vertraulich werdend)* Sir. . . Sir. . . Mr. Salat. . . Sir, ich komme direkt vom Oberbefehlshaber von Heer, Marine und Luftwaffe. Es hat sich eine äußerst gefährliche Situation ergeben, Sir. Mr. Neutron. . . ist verschwunden. *(Wirft dem Hund einen vielsagenden Blick zu, doch der zeigt keinerlei Reaktion.)* Der General meint, Sie sind der einzige, der weiß, wo er sein könnte. . . *(Zum Trapper)* Was hat er gesagt?

Trapper Daß er Gassi will.

Carpenter Gassi?

Trapper Yeah, damit hat er's heute... Was dagegen, mit ihm Gassi zu gehen?

Er reicht Carpenter die Leine. Carpenter zögert und zockelt dann mit dem Hund los, sich gelegentlich hinunterbeugend, um ihm die Weltlage zu schildern.

Off-Sprecher Während Carpenter den Top-Agenten des CIA Gassi führte, überschlugen sich in den Hauptstädten der Welt die Ereignisse!

Schnitt: Downing Street Nr. 10; außen. Zoom auf die Haustür. Musik: »Rule Britannia«.

Schnitt ins Hausinnere: ein paar runde Tische, Schummerbeleuchtung – das Dekor eines Nobelrestaurants. Gedämpftes Gemurmel distinguierter Gäste, die sich den Ranzen vollschlagen. Geigend und singend schreitet ein Zigeunerprimas von Tisch zu Tisch. Vorn rechts sitzt der Premierminister an einem großen lederbespannten Arbeitstisch, der mit Dokumenten, drei Telefonen, Gegensprechanlage, Kassettenrecorder bestückt ist, eine Fotografie Präsident Eisenhowers, wie eine Devotionalie mit Blumensträußchen davor, hängt neben ihm an der Wand. Die Gegensprechanlage piept.

Quäkstimme Der Außenminister bittet um Gehör, Herr Premierminister.

Premierminister (ERIC) Sehr gut, soll reinkommen.

Der Premierminister schaltet die Sprechanlage aus. Der Außenminister kommt herein, tänzelt zwischen den Tischen durch und setzt sich zu ihm auf die Tischkante. Er wirkt sehr hektisch.

Außenminister (MICHAEL) Herr Premierminister...

Premierminister Nehmen Sie sich doch bitte einen Stuhl.

Er schnappt sich einen Stuhl vom Nebentisch; die Frau, die drauf gesessen hat, geht mit einem Schrei zu Boden.

Außenminister Herr Premierminister, eben hatten wir den Oberbefehlshaber der amerikanischen Streitkräfte am Telefon. Die wollen offenbar weltweit Alarmstufe drei!

Premierminister Wollen *was*?

Der Zigeunerprimas ist an den Tisch herangetreten. Er geigt eine traurige Melodie und lächelt die beiden aufmunternd an. Sie blicken kurz zu ihm auf. Er lächelt mit schneeweißem Gebiß zurück. Der Außenminister senkt die Stimme und rückt näher an den Premierminister heran.

Außenminister Die wollen weltweit Alarmstufe drei, für alle Waffengattungen...

Weil sich der Außenminister vorlehnt, tut der Zigeunerprimas jetzt desgleichen, so daß sich der Außenminister mitten im Satz unterbricht.

Premierminister Reden Sie nur weiter – machen Sie sich keine Gedanken wegen Giuseppe... *(Der Außenminister dreht sich zum Zigeuner um, der wieder zähnebleckend lächelt.)* Er ist waschechter Engländer.

Außenminister Nun, anscheinend steht der Weltfrieden auf dem Spiel, wenn wir nicht unverzüglich...

Giuseppe (TERRY J.) *(mit starkem Akzent, sich vorbeugend)* Ist Geburtstag von Signore?

Premierminister Nein, nein, Giuseppe – nicht jetzt.

Giuseppe *(auf den Außenminister zeigend)* Sie meinen, das sein nicht Herzdame?

Premierminister Nein.

Giuseppe Oh, Signora... ich hab geirrt! Ich spielen für Sie »Ich hab geirrt«. *(Bevor der Premierminister eingreifen kann, beginnt er lauthals schreiend seine Arie.)* »Ich hab geirrt, bin so verwirrt, so furchtbar geirrt, bin so schrecklich verwirrt.« *(Geigt schlimm drauf los und hebt zur zweiten Strophe an.)* »Ich hab geirrt...«

Premierminister Giuseppe, würde es dir was ausmachen, dort drüben zu spielen?

Giuseppe *(mit gewinnendem Lächeln)* Sehr wohl, Signore. Aber ich spiele allein für Sie... und für Ihre reizende Begleiterin.

Er schwebt augenzwinkernd von dannen, sein Lied schmetternd.

Außenminister Nun, wie dem auch sei, dieser Mr. Neutron hält sich irgendwo im Großraum London auf. Wir müssen ihn lokalisieren und exterminieren. Die Amerikaner sagen, wenn wir's nicht machen, machen sie's.

Premierminister *(der wegen Giuseppes Gebrüll nur die Hälfte verstanden hat)* Was machen?

Außenminister *(brüllt nun ebenfalls)* Die Amerikaner sagen, wenn nicht wir, dann sie!

Premierminister *(brüllend)* Was wissen Sie nicht?

Außenminister *(brüllend)* Sie wollen London mit einem Flächenbombardement belegen!

Premierminister *(auffahrend)* Nichts wie weg hier...! *(Greift nach dem Foto Eisenhowers.)*

Außenminister Hier kommt schon nichts runter.

Premierminister Sind Sie sicher?

Außenminister Sicher.

Premierminister *(setzt sich mit großer Erleichterung wieder hin)* Gut. Wann schlagen sie los?

Außenminister Tja, offenbar wissen sie noch nicht, wo Neutron ist... Aber sobald...

Die Gäste des Restaurants tanzen inzwischen eine Polonaise, angeführt vom Zigeunerprimas, der »Ich hab geirrt« geigt. Mit energischer Ausgelassenheit stampfen sie am Tisch des Premierministers vorbei.

Schnitt in die Eiswüste der Arktis. Heulender Wind. Der Trapper sitzt an einem Feuer, bohrt gedankenvoll in der Nase und paßt auf seinen Bohneneintopf auf. Der Hund kommt zurückgesprungen, Carpenter an der Leine hinter sich herziehend, der ihn kaum halten kann und nach Luft japst.

Trapper Na, hat er Ihnen was sagen können?

Carpenter *(außer Atem)* Nein... Er hat Stöckchen apportiert... und ein paar Rentiere gejagt...

Trapper *(den Hund tätschelnd)* Hast du Rentiere gejagt, so, so? Du bist mir vielleicht ein Schlingel! Ein richtiger Schlingel, was?

Carpenter Hören Sie, wir haben nicht mehr viel Zeit... Bis jetzt hat er mir keinerlei sachdienliche Hinweise gegeben...

Trapper Also schön. Ich sag Ihnen was, wir essen erst mal. Sie spendieren ihm eins von Ihren Hackbällchen, und dann sagt er Ihnen alles... gebongt?

Carpenter Gebongt.

Plötzlich macht der Hund »Wuff! Wuff!«, stellt sich auf die Hinterbeine und betatscht den Trapper mit den Pfoten.

Trapper Moment mal – er will uns was sagen.

In unnatürlich gepreßtem Amerikanisch spricht es aus dem Hund, vielleicht etwas dumpf verfremdet...

Hund (MICHAELS STIMME) Carpenter... äh... äh... hm... ah... Carpenter...

Carpenter *(sich niederkniend)* Ja, Mr. Salat? Hören Sie mich?

Hund Ja... Ja... Es... Es tut so verdammt weh hier drinnen... Gibt's Probleme?

Carpenter Mr. Neutron, Sir... Er ist verschütt gegangen. Der Oberbefehlshaber will, daß Sie sich drum kümmern.

Hund Ich... Ach du Scheiße... Ich... Ich... Ich muß...

Carpenter Ja, Mr. Salat?

Hund Ich muß nochmal Gassi.

Schnitt ins Amtszimmer des Oberbefehlshabers. Dieser sitzt mittlerweile splitternackt hinter seinem Tisch, vor sich eine wassergefüllte Nierenschale; er tupft sich vorsichtig mit einem Schwamm ab. Die Gegensprechanlage piept. Er schaltet sie ein.

Quäkstimme Noch immer keine Nachricht von Captain Carpenter, Sir. . . auch nicht von Mr. Neutron.

Oberbefehlshaber Schön. Jetzt bomben wir Neutron in die Steinzeit zurück! Verbinden Sie mich mit Moskau! Mit Peking! Und mit Shanklin, Isle of Wight!

Schnitt: Archivfilm eines Flächenbombardements durch B-52-Bomber.

Off-Sprecher (MICHAEL) Und so legten die Supermächte und die Einwohner von Shanklin auf der Insel Wight ein immer engeres Bombennetz um die größte Gefahr für den Weltfrieden, mit der die Erde jemals zu tun hatte. Bombardiert wurden Kairo, Bangkok, Kapstadt, Buenos Aires, Harrow, Hammersmith, Stepney, Wandsworth und Enfield. . . Aber immer traf es die Falschen.

Schnitt: eine rauchende Trümmerlandschaft. Ein Laster mit der Aufschrift »US Air Force« rollt durch die Ruinen, mit einem Lautsprecher auf dem Dach.

Lautsprecherdurchsage Sorry, Enfield. . .! Wir möchten uns wegen etwaiger Unannehmlichkeiten durch unser Bombardement entschuldigen. . . Sorry. . .

Off-Sprecher Doch was ist mit Mr. Neutron, dem meistgefürchteten, gefährlichsten Mann der Welt! Dem Mann, der aus dem Handgelenk heraus ganze Galaxien vernichten kann, dem Mann, der Spielautomaten mit einem Augenrollen sprengt. . .? Er ist nicht untätig geblieben.

Wir befinden uns jetzt in Neutrons kleinbürgerlichem Wohnzimmer. Er steht unter der Wohnzimmertür und schaut auf etwas außerhalb der Einstellung. Er hält einen eben geöffneten Umschlag und ein Schreiben in der Hand.

Off-Sprecher Ja, er hat sich verliebt. . . in die Frau, die für Mrs. Entrail saubermacht. . .

Die Kamera schwenkt auf eine verlotterte Putzfrau in Blümchenschürze, Plüschpantoffeln und Kopftuch. Im Verlauf der gesamten Szene hört man den Düsenlärm von Jagdbombern und entfernt Explosionsgeräusche.

Mrs. Schlamp (TERRY J.) Ach, hallo, Mr. N., schrecklich das mit Enfield, nich'? Is' alles weg. Auch in Staines. . . Da warn doch so hübsche Läden... Und Stanmore, wo immer das A.D.A.C.-Büro war. Ich weiß gar nich', wo wir jetzt unsern Beitrag einzahlen sollen. Wissen Sie, wo das mit den Beiträgen jetzt ist, Mr. N.?

Mr. Neutron Ich hatte keine Ahnung, daß Sie A.D.A.C.-Mitglied sind, Mrs. S.C.H.L.A.M.P.

Mrs. Schlamp Doch, seit unser Ford Corsa in Leystonstone liegengeblieben ist... Die haben uns bis Deauville geschleppt, ohne T.K.B. *(Mr. Neutron blickt verständnislos.)* Transportkostenbeteiligung. Mein Mann, Ken, K.E.N., hat gesagt...

Mr. Neutron Vergessen Sie Ihren Mann, Mrs. S.C.H.L.A.M.P., oder darf ich Mrs. S. zu Ihnen sagen?

Mrs. Schlamp *(verlegen)* Sie dürfen Linda zu mir sagen, wenn Sie wollen...

Mr. Neutron Nein, ich sage lieber Mrs. S. zu Ihnen.

Mrs. Schlamp Aber...

Mr. Neutron *(beschwichtigend)* Und Sie dürfen Mr. N. zu mir sagen.

Mrs. Schlamp Aber... das mach ich doch schon.

Mr. Neutron Mrs. S., ich muß Ihnen was sagen...

Mrs. Schlamp Ja, was denn, Mr. N.?

Mr. Neutron Ich habe gerade beim Kellog's-Cornflakes-Preisausschreiben gewonnen.

Mrs. Schlamp Oh, Mr. N! Das ist ja himmlisch!

Mr. Neutron Ich habe den Ball genau in das richtige Feld gesetzt. Gewonnen habe ich fünftausend Pfund in bar oder soviel Speiseeis, wie ich verspeisen kann.

Ihre Augen werden groß wie Untertassen und jeder Gedanke an Rückkehr ins eheliche Schlafgemach verfliegt in Erwägung dieses ungeheuren Vermögens.

Mrs. Schlamp Fünftausend Pfund!

Mr. Neutron Ich hab gedacht, ich nehm das Speiseeis.

Mrs. Schlamp *(erschrocken)* Bloß nicht!

Mr. Neutron In letzter Zeit war es sehr heiß.

Mrs. Schlamp Aber Mr. N., soviel Eis kriegen Sie doch gar nicht runter!

Mr. Neutron Mrs. S., ich kann gewaltige Portionen Speiseeis verspeisen, ohne daß mir unwohl wird.

Mrs. Schlamp Bloß nicht! Nehmen Sie die fünftausend Pfund! Bitte nehmen Sie die fünftausend Pfund!

Mr. Neutron Ich dachte gerade, wenn wir verheiratet wären...

Mrs. Schlamp O ja! *(Sie rückt ihm auf die Pelle.)*

Mr. Neutron . . . dann könnten wir mit den fünftausend Pfund einen Löffel kaufen.

Mrs. Schlamp Na! Wir könnten viel mehr kaufen!

Mr. Neutron Zum Speiseeislöffeln.

Mrs. Schlamp Nein! Schlagen Sie sich das Eis aus dem Kopf. Wir brauchen das Geld.

Mr. Neutron Wir brauchen gar nichts. Denn ich muß Ihnen noch was sagen, Mrs. S.C.H.L.A.M.P.

Mrs. Schlamp Ach, sagen Sie doch Mrs. S. zu mir!

Mr. Neutron Nein, ich sage lieber Mrs. S.C.H.L.A.M.P. Mrs. S.C.H.L.A.M.P., ich bin der mächtigste Mann im Universum. Es gibt nichts, was ich nicht kann.

Mrs. Schlamp Oooh, Mr. N.!

Mr. Neutron Ich will Sie als meine Gefährtin. Wie Tarzan seine Jane hatte, wie Napoleon seine Josephine hatte und Frankie Laine wen auch immer. Ich will, daß Sie mir helfen, die Weltherrschaft zu erringen!

Mrs. Schlamp Oooh, Mr. N., ich kann mein Glück gar nicht fassen!

Mr. Neutron Sie sind doch hoffentlich keine Jüdin, oder?

Schnitt zurück zum Yukon. Der Trapper, Captain Carpenter und der Hund sitzen immer noch um das verlöschende Lagerfeuer vor den Resten des Abendessens. Sie wirken leicht gelangweilt. Offenbar nervt sie der Hund mit seinen weitschweifigen Erinnerungen.

Hund Ein andermal, in Kairo, war ich als Hydrant getarnt. Die ganze Schädeldecke war abgehoben worden und . . .

Carpenter Bitte, Mr. Salat . . . sagen Sie uns doch endlich, wo Neutron ist.

Hund Und ich hab funktioniert! Verstehen Sie! Richtig funktioniert! Ich konnt einen Brand löschen!

Carpenter Bitte, Mr. Salat . . .

Hund Naja, es hat ein bißchen weh getan . . .

Carpenter Bitte, Mr. Salat – wir haben nicht mehr viel Zeit. Wo finden wir Neutron?

Hund Okay. Gib mir noch ein Hackbällchen, und ich sag's.

Carpenter greift nach einem Hackbällchen und wirft es dem Hund zu, der es auffängt. Carpenter und Trapper tauschen Blicke. Carpenter beugt sich zum Hund hinunter, der mit lautem Geschmatze das Hackbällchen auffrißt.

Hund Okay, herhören . . .! Zweimal sag ich's nicht. Kapiert?

Carpenter Ja, ja – raus damit.

Hund Ich weiß, wo sich Neutron genau in diesem Augenblick befindet. Ich weiß die genaue Adresse und das genaue Haus und die genaue Straße...
Carpenter Okay. Wo?
Hund Nicht in Amerika...
Carpenter Nein?
Hund Nicht in... Asien!
Carpenter Nein?
Hund Nicht in... Australien!
Carpenter Nein?
Hund Er ist in... Europa!
Carpenter Wirklich?
Hund Und jetzt wollen Sie wissen, wo in Europa?
Carpenter Klar!
Hund Okay, okay, ich sag's Ihnen, in England ist er... in London... Straßennummer ist 19...

Sie verglühen in einer plötzlichen Explosion.

Schnitt ins Amtszimmer des Oberbefehlshabers. Er ist noch immer splitternackt und hat jetzt ein Riesensortiment mit Puder vor sich auf dem Tisch stehen. Er spricht in die Gegensprechanlage.

Oberbefehlshaber Okay. Das war der Yukon – wo haben wir noch nicht gebombt?
Quäkstimme Nur Ruislip, die Wüste Gobi und Ihr Amtszimmer, Sir.
Oberbefehlshaber Okay! Fangen wir mit meinem Amtszimmer an.

Gigantische Explosion.

Schnitt in die Wüste Gobi. Bruthitze. Wir begegnen einer Gruppe, die einen Postbriefkasten einweiht. Eine lange Reihe von Postbriefkästen erstreckt sich in die Ferne, soweit das Auge reicht, bis zum Horizont. Der Oberpostdirektionssprecher hält eine Rede auf arabisch.

Oberpostdirektionssprecher Angat i odr ingerat Gobi Ulverston Road...

UNTERTITEL: »MIT DIESEM NEUEN STANDPOSTBRIEFKASTEN IST NUN AUCH DIE WÜSTE GOBI FLÄCHENDECKEND BESTANDEN«

Oberpostdirektionssprecher Ig anwar, Hyaddin... *(usw.)*

UNTERTITEL: »DAS POSTMINISTERIUM SIEHT SICH NUNMEHR IMSTANDE, DIE WELTHERRSCHAFT ZU ÜBERNEHMEN«

Gigantische Explosion.

Schnitt zu Neutron und Mrs. Schlamp.

Mr. Neutron Ich nehm Sie von hier mit, Mrs. S.C.H.L.A.M.P.

Mrs. Schlamp O Mr. N. . . Ich würd Ihnen überall hin folgen.

Mr. Neutron Wir fliegen zwei Wochen nach Benidorm.

Mrs. Schlamp O ja. . . ja.

Mr. Neutron Und ich mache Sie zur schönsten Frau der Welt!

Er richtet die Fingerkuppen seiner rechten Hand auf sie wie eine Waffe. Seine stechenden Augen verengen sich vor Konzentration zu Schlitzen. Ein Blitz, ein harter Schnitt, und Mrs. S. steht so pummelig und unattraktiv vor ihm wie zuvor, doch in C&A-Kostüm und Perlenkette, mit einem hübschen neuen Handtäschchen und einem ziemlich bombastischen Hut.

Mrs. Schlamp Oh. . . es ist himmlisch. Oh, Mr. N., Sie bringen mein Herz zum Klingen. . . *(Kurze Einblendung von Bombern, dann Schnitt zurück zu Mrs. Schlamp.)* Noch in des Lebens Abendglühen, läßt du mir Rosen neu erblühen. *(Kurze Einblendung von Bombern, dann Schnitt zurück zu Mrs. Schlamp.)* Reife Frucht langer Lebensmühen. . .

Mr. Neutron Halten Sie die Klappe, Mrs. S. Wir müssen hier weg. . .

Er faßt ihre Hand und zieht sie fort.

Mrs. Schlamp Ich hinterlasse lieber eine Nachricht für Ken. . . soviel kann er immerhin von uns erwarten. . .

Explosion.

TRICKFILM: *die Welt geht in Flammen auf und zerbirst.*

Off-Sprecher Ist Mr. Neutron rechtzeitig davongekommen? Ist die Welt restlos zerstört? Wie können Mr. Neutron und seine zarte Braut überleben? Werden ihm seine gewaltigen Kräfte etwas gegen den Weltenbrand nützen? In diesem Programm, in wenigen Minuten!

Schnitt zu einem Mann in grauem Anzug im Studio, er hält die »Radio Times« in Händen und liest daraus vor.

Ansager (ERIC) Hallo. Nun, sie wurden wirklich durch Mr. Neutrons gewaltige Kräfte gerettet, just als die letzte Bombe auf Ruislip fiel.

EINBLENDUNG: »EIN MITARBEITER DER ›RADIO TIMES‹«

Ansager Wie dem auch sei, die Erdachse hat sich verschoben, und der Globus taumelt in einer höchst dramatischen, gefährlichen und teuren Sequenz durchs All. Es folgen wahnwitzig teure Szenen von Verwüstung und Schrecken, und der letzte irrsinnig teure Höhepunkt wird erreicht, als Tausende von Affenmonstern in sündhaft teuren Kostümen vom Himmel herab über sie herfallen, eine ganze Stadt überschwemmen, die extra gebaut werden mußte und dann in Zeitlupe absolut kostspielig im Meer versinkt. Und wir können

Ihnen nun diese wirklich äußerst kostspieligen Szenen zeigen. In wenigen Minuten. *(Auf seinem Monitor beginnt der Python-Abspann.)* Äh... gleich, wenn der Abspann vorbei ist... es sind wirklich die aufwendigsten und teuersten Szenen, die die BBC jemals gedreht hat, selbstverständlich in Zusammenarbeit mit Time-Life... Hier sehen Sie ein paar Techniker, die an diesen sehr kostspieligen Szenen mitgewirkt haben, teure Toneffekte, teure Trickaufnahmen, teurer Regieassistent, teure Ausstattung, billiger Regisseur... Und jetzt also sehen Sie diese teuren Szenen, Film ab!

EINBLENDUNG: »ENDE«

Ansager *(Off-Sprecher)* Ach, seien Sie nicht so, Mr. Cotton, geben Sie uns noch eine Minute, bitte.

EINBLENDUNG: »ZAUBERN HEUTE«

Wir sehen einen Zauberkünstlers mit schrecklicher Perücke und Ping-Pong-Augen. Er hat eine blutige Säge in der Hand.

Zauberkünstler (MICHAEL) Guten Abend, letzte Woche haben wir gelernt, wie man eine Dame in zwei Teile zersägt. Heute lernen wir, wie man eine Dame in drei Teile zersägt und die Leiche beseitigt.

Zwei Polizisten jagen ihn von der Bühne. Sie rennen am letzten Ansager vorbei, der jetzt telefoniert. Auf seinem Monitor sehen wir die Polizisten den Zauberkünstler verfolgen.

Ansager Hören Sie, wenn Sie so einen Mist senden, oder die »Pferd des Jahres«-Show, können Sie uns auch noch eine Minute geben, Mr. Cotton, bitte, ich meine, sehen Sie sich doch bloß mal diesen Mist... *(Abblende).*

Aufblendung zum Eingang des Fernseh-Zentrums. Der Ansager kommt heraus.

Off-Sprecher (ERIC) Weltherrschafts-T-Shirts sind jetzt bei der BBC erhältlich, im Weltherrschafts-Shop in Cardiff.

Ein Mann (Terry J.) streckt den Ansager mit einem Riesenhammer zu Boden.

Blackout.

Fünfundvierzig – Partei-Werbung

TITEL: »SIE SEHEN NUN EINE WERBESENDUNG DER LIBERALEN PARTEI«

Off-Sprecher (MICHAEL) Sie sehen nun eine Werbesendung der Liberalen Partei...

Schnitt in eine Küche. Mr. Garibaldi ißt ein Paket »Po Corn«. Auf der Rückseite steht in großen Lettern: »Gratisbeigabe – Der Papst + Demo-Platte«. Kevin Garibaldi liegt ausgestreckt auf dem Sofa und ißt einen Riesenteller Gebackene Bohnen. Sein Vater fächelt hin und wieder mit der Zeitung, die er liest, in seine Richtung, wg. Frischluft. Die Zeitung ist die »Abendpest« und hat auf der Tittelseite ein Pin-up-Girl mit der Riesenunterschrift: »Ihre Hitzewellen: unwiderstehlich!« Unten auf der Seite, sehr klein: »China erklärt Krieg«. In der fetten Kopfleiste der Zeitung steht zu lesen: »Heute in der ›Abendpest‹: ›Titten und Inflation‹.« Ralph Garibaldi sitzt am Tisch und ißt. Irgendwann langt er über den Tisch und gerät mit dem Arm in die Butter. Er versucht ihn zu säubern und stößt die Zuckerdose um. An der Wand hängt ein großes Foto von Ian Smith, als Mittelpunkt eines Gipsaltars, davor Blumen. Mrs. Garibaldi bügelt; zuerst bügelt sie Unterhosen, dann ein Kofferradio. Im Raum verteilt sieht man ein flaches Telefon, eine flache Stehlampe und eine flache Katze. Valerie Garibaldi trägt einen schimmernden roten Minirock. Ihr grellblondes Haar à la Bienenkorb ist durch Gel so starr, daß es alle möglichen Gegenstände auf dem Kaminsims bedroht. Vor dem Sims-Spiegel in Form einer Klobrille malt sie sich unausgesetzt an. Das letzte Mitglied der Familie ist ein sehr feister alter Hund. Während wir dies alles sehen, dröhnt aus dem Radio der Fußball-Kommentar.

Radio-Stimme (ERIC) Pratt... gibt zurück zu Pratt... jetzt wieder Pratt... Steilpaß auf Pratt... und jetzt hat Pratt den Ball, geschickter Kurzpaß nach innen auf Pratt, der nimmt sauber an und Flankenwechsel, weit rüber zu Pratt, Pratt dribbelt los, nein, paßt statt dessen zu Pratt, wieder Pratt, ah, und gekonnt abgefangen von der kleinen dunkelhäutigen Nummer 9, Concito Maracon. Dieser 21jährige Mittelfeldspieler, sehr stämmig für seine 1 Meter 88, breitschultrig, ein kahlköpfiger Riese, das Haar flattert im Wind, helle Augen, schnippisch, jung für sein Alter, aber *wie* alt doch in mancher Hinsicht. Und wie schnell für einen 39jährigen. Ansonsten gilt er eher als langsam, ist aber unglaublich flink, wie er da ziellos herumrennt, als Ausputzer, und die gegnerische Verteidigung naßmacht. Wer hätte das gedacht, wenn's auch viele erwartet haben, daß dieser bemerkenswerte 45jährige 2 Meter 21 große *Zwerg* von einem Mann, der in einigen Weltgegenden erst 17 ist, jemals so... Ah, da ist offenbar ein Tor gefallen... und jetzt, das ist Pratt... zurück zu Pratt... wieder Pratt... langer Paß auf Pratt... *(Statik, Knattern)*

Inzwischen ist es der Mutter gelungen, das Radio flachzubügeln. Sie faltet es säuberlich und legt es auf den Stapel.

Mr. Garibaldi (TERRY J.) Ich mag dieses Po-Corn, wirklich gut gegen Verstopfung.

Ralph Garibaldi stößt eine Schüssel zu Boden; sie birst.

Mrs. Garibaldi (ERIC) Ach, paß doch auf!

Ralph Garibaldi (MICHAEL) Tschuldigung, Ma.

Kevin öffnet die nächste Büchse Gebackene Bohnen, kippt sie auf seinen Teller und wirft die leere Büchse auf den Boden. Das Radio dröhnt weiter.

Mr. Garibaldi Ich meine, daß sie gut sind gegen Verstopfung, sagen ja alle, aber ich für mein Teil hab zum Beispiel bei den »Rektalo-Puffern« nie irgendwas von Darmtätigkeit gespürt.

Ralph Garibaldi Also, wenn wir... *(Er stößt die Po-Corn-Packung vom Tisch.)* Och, Tschuldigung, Ma... Also, wenn wir in Rhodesien wären, hätten wir jemand, der das für uns aufwischt.

Valerie Garibaldi (GRAHAM) *(wendet sich beim Schminken vom Spiegel ab)* Quatsch doch nicht so scheißdumm. Wenn du in diesem scheiß Rhodesien wärst, müßtest du jeden scheiß Tag zu irgend'nem faschistischen scheiß Aufmarsch. Du bist 'n scheiß Rassist, 'n beschissener.

Mr. Garibaldi Deine Wortwahl!

Valerie Garibaldi Ach, der Sack geht mir einfach auf die Erbse.

Mr. Garibaldi Schon besser.

Mutter bügelt jetzt das Telefon und die Katze. Sie bügelt sie flach und hängt sie auf die Leine.

Mr. Garibaldi Nee, also was mir wirklich gutgetan hat, das war das Zeug, das wir vor dem Krieg hatten, wie heißt es noch... Wilkinsons Abführgrütze Nummer 8. Fffuh! Das ist durch einen durchgebraust wie'n Ferrari...

Es klingelt an der Tür.

Mrs. Garibaldi Also, wer kann *das* nur sein, um diese Zeit?

Mr. Garibaldi Wenn das der Mann fürs Chemieklo ist, steht alles in der Diele.

Mrs. Garibaldi Is' gut, Schatz.

Mr. Garibaldi Und heb's an der richtigen Seite an!

Ralph Garibaldi Pa...?

Ein mittelalter Mann taucht aus dem Besenschrank auf.

Fremder Ja?

Ralph Garibaldi Nee, ich mein *meinen* Pa...

Fremder Ach so... *(verschwindet wieder im Schrank).*

Ralph Garibaldi Pa? Warum heißt Rhodesien eigentlich Rhodesien...? *(Er stößt die Teekanne zu Boden; sie birst.)* Oh, Tschuldigung, Pa.

Schnitt zur Haustür und Diele. Ein Mann in dunklem Anzug, sehr gepflegt und insgesamt gut gekleidet, hampelt in Kung-fu-Manier herum.

Mrs. Garibaldi Nein... also wirklich, nein, vielen Dank... Nett, daß Sie vorbeigekommen sind, aber heute nicht, danke. Guten Tag.

Sie schlägt ihm die Tür vor der Nase zu. Gleichzeitig brüllt Mr. Garibaldi.

Mr. Garibaldi Wer war das?

Mrs. Garibaldi *(kommt wieder herein)* Der Kandidat der Liberalen, Schatz... Oh... Was hast du *jetzt* wieder angestellt?

Ralph Garibaldi Tschuldigung, Ma. *(Er steht am Waschbecken, das gerade in zwei Teile gebrochen ist.)* Ich wollte bloß spülen...

Mrs. Garibaldi Geh weg, setz dich bloß hin!

Ralph Garibaldi Ma? Weißt *du* vielleicht, warum Rhodesien Rhodesien heißt?

Mr. Garibaldi Wißt ihr noch, die »Flotten Flocken«? Also, *die* waren ja lahm... *(Kevin öffnet die nächste Dose Bohnen; Pa bemerkt es angewidert und wedelt wieder mit der Zeitung.)* Kleine schwarze Klümpchen... schmeckt zum Kotzen und klebt innen drin wie Tapetenkleister.

Valerie Garibaldi *(endlich fertig mit ihrem Make-up)* Also, ich bin dann weg.

Mrs. Garibaldi Wann kommst du heut abend wieder?

Valerie Garibaldi Morgen früh um drei.

Mrs. Garibaldi Ich find das widerlich... du als Abgeordnete.

Mr. Garibaldi Gestern nacht hab ich dich in der Diele gehört, beim Fummeln.

Valerie Garibaldi Ich *hab* nicht gefummelt!

Mr. Garibaldi Klang aber so. Ich hab's gehört, er mit seinen fiesen feuchten Schlabberlippen an deinem... und seine Hand in deinem...

Mrs. Garibaldi Pa!
Fremder *(kommt aus dem Schrank)* Ja?
Mrs. Garibaldi Nein... *Sie* doch nicht.
Fremder Oh! *(Geht wieder in den Schrank.)*
Mrs. Garibaldi Paß ein bißchen auf, was du sagst...
Ralph zerdeppert ein Tischbein; der Tisch bricht zusammen.
Ralph Garibaldi Oh, Tschuldigung, Ma.
Kevin Garibaldi (TERRY G.) *(zu fett und gebläht, um aufzustehen)* Ich hab keine Bohnen mehr!
Valerie Garibaldi Wir haben nicht gefummelt, wir haben geredet.
Mr. Garibaldi Übers Fummeln geredet, wett ich...
Das Telefon klingelt. Mrs. Garibaldi nimmt ab.
Valerie Garibaldi Wenn du's unbedingt wissen willst, wir haben über Wohnungsbau geredet.
Mrs. Garibaldi *(am Telefon)* Würde das bedeuten, wir ziehen nach Hollywood?
Kevin Garibaldi *(verzweifelt, kann sich nicht bewegen)* Ich hab keine Bohnen mehr!
Mr. Garibaldi Wohnungsbau! Ne Wohnung für seine rechte Hand, *das* war's doch, was ihn interessiert!
Mrs. Garibaldi Und hat Faye Dunaway endgültig zugesagt?
Valerie Garibaldi Er ist der Vorsitzende vom Wohnungsbau-Ausschuß.
Es klingelt an der Tür.
Mr. Garibaldi Fummel-Ausschuß wahrscheinlich...
Mrs. Garibaldi Ralph, geh doch bitte mal an die Tür!
Kevin Garibaldi Bohnen!
Mrs. Garibaldi Halt die Klappe!
Ralph Garibaldi Ja, Ma.
Mr. Garibaldi *(zu Ralph, brüllend)* Wenn das wegen der Darmprothese ist, der soll im Bett nachkucken.
Ralph steht auf. Beim Gehen tritt er ein Bein des altmodischen Gasherds ab; der kippt um und reißt Borde mit, Teller, Töpfe und ein Stück Wand. Dahinter sieht man jetzt die Diele.
Ralph Garibaldi Tschuldigung, Ma.
Kevin Garibaldi *(brüllt)* Bohnen! Bohnen!
Mrs. Garibaldi Halt die Klappe!
Ein Mann in Tarzan-Kluft, mit Briefträger-Mütze und Postbeutel, schaukelt an einer Liane herein, mit Dschungelschrei:
Briefträger Die Po-hoho-hohost!

Ein Gong. Alle erstarren.

Schnitt: Filmausschnitt mit applaudierenden Damen.

Die Kamera zieht auf, und wir sehen, daß der Film auf einer Leinwand in einem Studio läuft. Ein aufgetakelter Moderator an seinem Pult klatscht übertrieben: über ihm der aufgetakelte Slogan »Scheußlichste Familie in England 1974. Gesponsert von Infarkta-Soft-Margarine«.

Moderator (MICHAEL) Ein sehr verheißungsvoller Ansatz, nicht wahr, von Familie Garibaldi aus Droitwich, Worcestershire. Professor...

Die Kamera fährt zurück; wir sehen eine Dreiergruppe distinguierter, recht akademisch aussehender Leute.

Professor K. (ERIC) Naja, bei dieser Familie weiß ich nicht so recht... Irgendwie, finde ich, fehlt ihnen die massive Scheußlichkeit, die wir suchen. Ich meine, der Vater war furchtbar...

Die beiden anderen nicken heftig.

Lady Organs (TERRY J.) Furchtbar... jawohl...

Professor K. Er war dreckig, übelriechend und widerlich... hat mir sehr gut gefallen... aber...

Moderator Lady Organs?

Lady Organs Tja... das war ohne Zweifel eine fiese Familie, aber ich glaube, da war nicht genug von dieser wirklich groben Scheußlichkeit, die wir eigentlich haben wollen...

Moderator Also, herbe Worte über die Familie Garibaldi aus Droitwich in Worcestershire, zur Zeit Träger der Ehrenauszeichnung für die Scheußlichste Familie der East Midlands, Abteilung Untere Mittelschicht. Aber heute konnten sie nur 15 Punkte auf der nach oben offenen Ekel-Skala erreichen. So, nachdem jetzt die Wertungen aller Punktrichter vorliegen, sind die Garibaldis auf Platz 3... und Platz 2 ist eine Überraschung... die Fanshaw-Chumleighs aus Berkshire... *(Er blickt zum Schirm.)*

Sehr eleganter Frühstückstisch in schöner, geschmackvoller Umgebung. Vier Angehörige der Oberschicht – zwei Frauen (Michael und Graham), zwei Männer (Eric und Terry J.) – reden unglaublich laut mit- und gegeneinander, mit ziemlich furchtbarem affektiertem Akzent. Insgesamt schlimmes Getöse. Alle reden fast gleichzeitig.

Erste Person Welch eine superbe Mahlzeit.

Zweite Person Absolut superb. Pat und Max kommen heute aus Eaton, um Daddy beim Geldzählen zu helfen.

Dritte Person Also, wirklich absolut superb.

Vierte Person Mein Gewährsmann bei Poirer sagt, für nur 5500 Pfund könnte ich mir den ganzen Körper liften lassen...

Erste Person Wirklich superb... *(et cetera)*

Schnitt. Zurück zu den Punktrichtern; bedächtiges Nicken.

Moderator Eine kleine Kostprobe des wundervollen Verhaltens, das die Fanshaw-Chumleighs zur Zweitscheußlichsten Familie Englands 1974 gemacht hat. Aber die Sieger, mit einem klaren Zehn-Punkte-Vorsprung, sind wieder einmal die scheußlichen Jodrells aus Durham. Leider dürfen wir Ihnen nichts von der Vorführung zeigen, mit der sie die Auszeichnung gewonnen haben. Ich versichere Ihnen aber, sie genügte den allerhöchsten Ansprüchen. Oder, Lady Organs?

Lady Organs O ja, wirklich großartig... Mr. Jodrell – Sie wissen schon, der alte Großvater, er leckt die...

Moderator *(überstürzt)* Ja, ja...

Lady Organs Er ist unvergleichlich. Sein Geschlabber ist rhythmisch und akkurat. Sein Sohn ist ein dreckiges widerliches Ungeheuer, und dieser gräßliche Schorf, den Mrs. Jodrell von der Katze lutscht, der ist...

Moderator *(während er spricht, Schnitt zu seinem Bild auf einem Bildschirm)* Ja, ja, also, ganz herzlichen Dank, Lady Organs... und von allen hier Glückwunsch und Kompliment an die Jodrells... und für Sie daheim, nicht zu vergessen all die irgendwo dazwischen, ohne die natürlich all das, und nicht zu vergessen, die das alles möglich gemacht, wenn nämlich, und wir melden uns wieder, bis dann, und nun wünsche ich Ihnen gute Nacht und kommen Sie gut heim, danke, daß Sie uns zugeschaut haben, vergessen Sie nicht, es hat großen Spaß gemacht, mir jedenfalls, und ich hoffe, Ihnen daheim auch.

Er wird abgeschaltet und verschwindet als kleiner Punkt.

Schnitt: der eben abgeschaltete Fernseher steht in einem schmierigen alten Wohnzimmer. Alle Personen darin sind unangenehme Schmierfinken, mehr oder weniger gleich gekleidet, bis auf den Sohn, der Schulkappe und Blazer über seiner Schmierfink-Kluft trägt. Er hat eine Schulmappe und Krankenkassenbrille. Der Vater trägt Schnurrbart, Brille und einen Fair-Isle-Pullover.

Mutter (ERIC) Die scheiß Jodrells gewinnen jedes Jahr... ist doch zum Kotzen... Pa?

Pa (TERRY J.) Ja?

Mutter Nimm deine Käsefüße vom Brot runter.

Pa Ich wisch doch bloß die Katzenkacke ab.

Sohn (TERRY G.) Ma?

Mutter Halt die Fresse, Douglas.

Sohn Ich wollte doch Hühneraugenpaste.

Mutter Du ißt, was auf den Tisch kommt.

Eine Katze (Handpuppe) unter der Tür kreischt, als ob draußen jemand an ihrem Schwanz zöge.

Pa Irgendein blöder Sausack an der Tür! *(Zur Katze)* Schnauze!

Mutter haut sie; das Kreischen erstirbt.

Pa bringt ein paar Milchflaschen raus. Auf der Schwelle steht ein Mann in Frauentracht. Er hat ein Tablett mit dem Schild: Isländische Honig-Woche. Er spricht mit skandinavischem Akzent.

Mann (GRAHAM) Ein größerer Bienenkorb enthält ungefähr 75.000 Bienen. Jede Honigbiene muß 154mal ausfliegen für einen Teelöffel Honig. Hallo, Sir.

Pa Was wollen Sie?

Mann Möchten Sie vielleicht ein bißchen von unserem Honig kaufen, Sir?

Mutter Was machen Sie hier?

Mann Welchen hätten Sie denn gern – kalifornischen Orangenblütenhonig, mexikanischen, neuseeländischen oder schottischen Heideblütenhonig?

Mutter Er verträgt keinen Honig, dann fängt er an zu pladdern.

Mann Ach, probieren Sie doch bloß mal.

Pa Na gut, ich nehm ein bißchen isländischen Honig.

Mann Nee, so was gibt's nicht.

Pa Heißt das, ihr macht überhaupt keinen Honig?

Mann Nee, nee, müssen wir alles importieren. Jeden Tropfen. Wir sind ein finsteres Volk. Es ist derart scheißkalt und düster da oben, und zum Essen bloß Fisch. Fisch und Importhonig. O Mann!

Mutter Warum feiert ihr dann diese Woche?

Mann Mannomann! In Reykjavik ist es acht Monate im Jahr dunkel und so kalt, daß einem die Griffel abfrieren, und zum Essen gibt's bloß Fisch. Da ist es nicht zu vermeiden, daß die Bürokratie Riesenfehler macht. Sehen Sie das hier – ein böser Fehler. Da kann einem schon der After auf Grundeis gehen! Isländische *Honig*-Woche? Du liebe Zeit!

Mutter Aber wieso kommen Sie dann her und wollen den Kram verhökern?

Mann Hör mal, Cowboy. Ich hab'n Job zu erledigen. Ist ein blöder, sinnloser Job, sorgt aber immerhin dafür, daß ich nicht in Island sein muß, klar? Das Bein der Arbeitsbiene hat...

Sie knallen ihm die Tür vor der Nase zu. Jemand, der Jeremy Thorpe ähnelt, linst dabei um die Tür und winkt ihnen zu.

Trickfilm-Vorspann.

Dann Schnitt: eine Zeichnung von Indianern, die ein Fort angreifen. Erkennungsmusik von »Weites Land«.

Off-Sprecher (TERRY J.) und EINGEBLENDETER ROLL-TITEL: »IM FRÜHJAHR 1863 VERSAMMELTEN SICH DIE KOMANTSCHEN UNTER IHREM KRIEGSHÄUPTLING CONCHITO ZU EINEM LETZTEN VERZWEIFELTEN VERSUCH, DEN WEISSEN MANN AUS DEN REICHEN JAGDGRÜNDEN IHRER AHNEN ZU VERTREIBEN. DIE US-KAVALLERIE WAR IN FORT WORTH ZUSAMMENGEZOGEN, UND ALLES WAR VORBEREITET FÜR EINE LETZTE ENTSCHEIDUNGSSCHLACHT, DIE DIE NEUEN TERRITORIEN IN BRAND SETZEN KONNTE.«

Schnitt in eine Arztpraxis. An der Wand ein Schrein mit einem Foto von Christiaan Barnard, davor Blumen und Kerzen. Der Arzt spricht mit einem verlegen dreinblickenden Mann (Terry J.).

Arzt (GRAHAM) Also, Mr. Cotton, Sie haben etwas, was wir unter Medizinern als Unanständige Beschwerden bezeichnen. Ich kann Ihnen nur raten, stülpen Sie sich diese Papiertüte über den Kopf – wie Sie sehen, gibt es zwei kleine Löcher für die Augen – und läuten Sie diese Glocke, und nehmen Sie die Karte hier mit zum Krankenhaus. *(Er reicht ihm einen etwa einen Meter langen Karton; darauf steht »Zur Spezialbehandlung«.)* Und ich sag es all Ihren Verwandten und Freunden und überhaupt allen, die ich sehe. Okay...? Bar, nicht wahr? *(Der Mann gibt ihm ein Bündel Geldscheine.)* Vielen Dank. Raus mit Ihnen. *(Der Mann steht auf und geht.)* Fieser Kerl. *(Er greift zu einem dicken Buch, »Praktische Medizin«, und blättert darin.)* Hm... hmmm... Hippokrates, Eid des... nicht drin... sehr gut. Nützliches Buch. Der nächste, bitte!

Kreischen irgendwo außerhalb. Ein Mann taumelt herein, hält seinen blutenden Bauch. Während der Szene verliert er viel Blut.

Arzt Ah...ja... Sie müssen Mr. Williams sein.

Williams (TERRY J.) Ijjjjaaaa...

Arzt Na, nehmen Sie doch Platz. Was haben wir denn für Beschwerden?

Williams Ich... Ihre Helferin hat mich gerade mit dem Messer...

Arzt Ach du liebes... tja, das sollte ich mir wohl mal ansehen. Könnten Sie bitte zuerst dieses Formular ausfüllen? *(Reicht ihm einen Fragebogen.)*

Williams Ahhh... Kann... ich... das... nicht... später... machen, Herr Doktor?

Arzt Nein, nein! Bis dahin wären Sie verblutet. Können Sie einen Kuli halten?

Williams Ich will's versuchen.

Mühsam löst er eine Hand von seinem blutenden Bauch.

Arzt Ja, ja, dieser verdammte Papierkrieg, ganz schön lästig... *(Er steht auf und schlendert herum, ziemlich unbeteiligt.)* Wirklich ein Alptraum, dieser verdammte Papierkrieg. Wirklich, sehr lästig. Man müßte was dagegen unternehmen.

Williams Muß ich etwa alle Fragen beantworten, Herr Doktor?

Arzt Nein, nein, füllen Sie einfach aus, so gut es geht – wir müssen ja jetzt nicht voll ins Detail gehen. Ich weiß sowieso nicht, weshalb das alles gemacht werden muß, wirklich sehr lästig. Na, dann lassen Sie mal sehen, was Sie hingekriegt haben... *(Williams bricht zusammen.)* O-o-oh... das sieht aber gar nicht gut aus, wie? Sehen Sie mal, Nummer 4 können Sie doch bestimmt beantworten!

Williams Nein... ich wußte nicht...

Arzt Das ist aus »Der Kaufmann von Venedig«, das hab sogar *ich* gewußt!

Williams *(blutet üppig)* Das geht alles auf den Teppich, Herr Doktor.

Arzt Ach, machen Sie sich da mal keine Sorgen. Schauen Sie, hier – Nummer 6 – der Versailler Vertrag. Wußten Sie das wirklich nicht? Mein Gott!

Williams Aaah... aaah.

Arzt Und Nummer 9 – Emerson Fittipaldi! *(Blickt Williams strafend an.)* Virginia *Wade*? Sie haben wohl'n Knall!

Helferin tritt ein, mit qualmendem Revolver.

Helferin (CAROL) Oh, Herr Doktor, ich hab grad noch einen Patienten erschossen. Ich glaub, es hat nicht viel Sinn, daß Sie ihn sich ansehen.

Arzt Sie haben ihn doch nicht etwa *getötet*?

Helferin Ich fürchte doch.

Arzt Sie sollen sie doch nicht *töten*, Schwester.

Helferin Ach, tut mir ja leid, Herr Doktor. Ist mir einfach so rausgeflutscht. Wirklich ziemlich dusselig.

Sie geht raus, nimmt dabei ein Schwert von der Wand. Während der nächsten Sequenz hören wir draußen Schreie.

Williams Tut mir leid mit dem Teppich, Herr Doktor.

Arzt Mr. Williams, ich fürchte, ich kann Ihnen keine Punkte geben, damit sind Sie fürs Krankenhaus nicht qualifiziert. Wissen Sie was – ich stille jetzt Ihre Blutung – aber eigentlich dürfte ich das gar nicht, bei so einem Ergebnis...

Helferin kommt herein, blutbesudelt.

Helferin Herr Doktor, draußen wartet jetzt kein Patient mehr.

Arzt Na schön, dann können wir ja mittagessen gehen.

Helferin Was ist mit... äh... *(Deutet auf Williams, der jetzt auf dem Boden liegt und gurgelt.)*

Arzt Ach so, ja – hören Sie, Mr. Williams, wir gehen nur mal eben was essen, wo wir grade einen Moment Zeit haben, ja? Also, nehmen Sie sich doch den Bogen nochmal vor... und wenn Sie wenigstens die Fragen zur Geschichte richtig beantworten, können wir Ihnen vielleicht ein bißchen Morphium geben oder so, okay?

Williams Danke, Herr Doktor, danke...

Schnitt in den großen Wohnraum eines Landhauses, beherrscht von einem großen grinsenden Jeremy-Thorpe-Porträt. Ein Bischof sitzt am Schreibtisch; er tippt. Ein Brigadegeneral (volle Uniform bis knapp unterm Brustkasten, dann ein Streifen nackte Haut mit Nabel, dann ein lila Tutu, unglaublich behaarte Beine, dicke Armeesocken und hohe Absätze) diktiert.

Brigadegeneral (ERIC) Sehr geehrte Herren, ich möchte meinen Protest mit den schärfsten nur möglichen Ausdrücken zum Ausdruck bringen. Hochachtungsvoll, Brigadegeneral N. F. Marwood-Git (i. R.). Lies mir das doch noch mal vor, Brian, sei so gut.

Bischof (MICHAEL) Auch befestigte er Kedron und stellte dort Reiter und Fußtruppen auf, damit sie auszögen und auf den Straßen Judäas umherstreiften, wie ihm der König befohlen hatte...

Brigadegeneral Gut! Schieb's in 'nen Umschlag und weg damit! Hat keinen Zweck, sich so was zu verkneifen, Brian. Wenn man das Gefühl hat, das muß raus, dann muß es raus, sonst dreht man bloß durch...

Bischof Aber ja, klar doch... Wie es im Makkabäus heißt... gleichwie für den Ochsen der Floh, also ist die Ligusterhecke für einen Botaniker, auf dem schwärzlich Dein Blick ruhet, o HErr!

Brigadegeneral Genau... Hör mal, warum verdrückst du dich nicht einfach zum Essen, Brian...

Bischof Ja... wie Raymond Chandler sagte, es war einer dieser Tage, an denen sich Los Angeles anfühlte wie eine steinharte Feige.

Brigadegeneral Brian, wollen wir nicht endlich aufhören, uns was vorzumachen?

Bischof Oh... ja... wie Dirk Bogarde in seiner Autobiographie sagte...

Brigadegeneral Brian... hören wir doch mit dieser sinnlosen Verstellung auf... ich... ich hab dich immer schon ziemlich gemocht...

Bischof Also, um ganz ehrlich zu sein, mein General... man kann mit einem Kerl wie dir nicht so eng zusammenarbeiten... so lange, ohne... ganz tief drin was zu empfinden, selbst wenn es eigentlich sehr... sehr... bedeutend ist.

Brigadegeneral Na fein... Brian... äh... ich glaube, viel können wir aber nicht daraus machen, oder?

Bischof Jedenfalls nicht im Fernsehen... nein...

Brigadegeneral Nein... die... die sehen heute ja alles viel lockerer als *früher* mal...

Bischof Ah ja... aber nicht *so* etwas...

Brigadegeneral Nein... ich nehme an, irgendwo... müssen die eine Grenze ziehen...

Bischof Ja...

Brigadegeneral Also, nimm 'nen neuen Bogen, Brian. Sehr geehrte Herren, ich möchte meinen Protest...

Schnitt zum Trickfilm-Sketch; dann:

Off-Sprecher (MICHAEL) und EINBLENDUNG: »SIE SEHEN JETZT EINEN AUFRUF ZUGUNSTEN DER ÜBERAUS REICHEN, DENEN ABSOLUT NICHTS FEHLT.«

Sir Pratt (GRAHAM) *(an einem großen Schreibtisch mit Lederplatte und prunkvoller Tischlampe)* Hallo. Ich möchte Ihnen heute abend etwas über eine Minderheit erzählen, eine Gruppe von Leuten, die weder geistig noch körperlich behindert sind, die ohne eigenes Verschulden nie unterprivilegiert waren und die folglich gezwungen sind, in einem Zustand von höchstem Luxus zu leben. Diese oft vernachlässigte Minderheit gelangt ganz selten ins Bewußtsein der Öffentlichkeit. Der gewöhnliche Mann auf der Straße verschwendet kaum einen Gedanken an diese äußerst wohlsituierten Leute. Er begreift ganz einfach nicht, welche Schwierigkeiten große Mengen Geldes eben *nicht* mit sich bringen. Hatten Sie daheim denn je mit diesem Problem zu tun... *(Schnitt zu reichem jungen Jacht-Besitzer, umringt von Mädchen in Bikinis)* ...oder mit diesem... *(Schnitt zu reicher Frau, die ihren Chauffeur mit allerhand teuren Paketen belädt)* oder auch mit diesem... *(Schnitt: Standfoto Centre Point)*. Ich weiß, es ist ganz menschlich zu sagen: »Ach, mir kann das nie passieren«, und natürlich stimmt es! Ich flehe Sie daher an, bitte, bitte, schicken Sie mir *keine* Spenden, egal wie hoch.

Den Schluß sehen wir auf einem Fernseher im Wohnzimmer von Mrs. Was-fürn-langer-Name-muß-aber-nicht-getippt-werden-tritt-sowieso-nicht-nochmal-auf. Dingdong einer Türklingel. Eine Schranktür geht auf, und der mittelalte Mann aus der ersten Szene kommt heraus. Er hat keinen Leguan auf der Schulter.

Mrs. Langname (TERRY J.) Ich geh ja schon.

TV-Stimme (MICHAEL) Sie sehen jetzt eine Werbesendung der Liberalen Par...

Sie schaltet den Fernseher ab. Er faltet sich wie leer zusammen und klatscht auf den Boden. Es staubt. Sie geht in die Diele, zur Haustür (dabei singt sie »Anything Goes« von dem andern Cole Porter vor sich hin) und öffnet. Draußen steht ein Mann mit Aktentasche.

Mr. Vernon (ERIC) Hallo, Madam... *(Kommt herein.)*

Mrs. Langname Ah, hallo... Sie sind bestimmt gekommen, um...

Mr. Vernon ...die Sätze zu beenden, ja.

Mrs. Langname Aha... Also kommen Sie doch am besten...

Mr. Vernon hier entlang... natürlich... *(Sie gehen ins Wohnzimmer.)* Nett haben Sie's hier.

Mrs. Langname Ja... also... ähm... wir...

Mr. Vernon wohnen gern hier?

Mrs. Langname Ja... genau... das...

Mr. Vernon stimmt... Gut! Also... Seit wann haben Sie...

Mrs. Langname Schwierigkeiten, Sätze...

Mr. Vernon zu beenden... ja.

Mrs. Langname Also, das liegt nicht an mir, mein...

Mr. Vernon Mann?

Mrs. Langname Ja... er...

Mr. Vernon läßt Sie nie ausreden.

Mrs. Langname Genau. Manchmal hab ich das Gefühl...

Mr. Vernon daß Sie im ganzen Leben nie mehr einen Satz beenden können.

Mrs. Langname Ganz ge...

Mr. Vernon nau. Das muß schlimm sein.

Mrs. Langname Es bringt mich...

Mr. Vernon zur Flasche?

Mrs. Langname Nein. Um d...

Mr. Vernon en Ver...

Mrs. Langname sta...

Mr. Vernon nd...

Mrs. Langname Ja...

Mr. Vernon Darf ich...

Mrs. Langname Platz nehmen.

Mr. Vernon Danke sehr. *(Setzt sich.)* Sehen Sie, unsere Methode beruht darauf, den Patienten zu beruhigen. Wir sorgen wieder für normale... ähm...

Mrs. Langname Bedingungen?

Mr. Vernon Ja. Dann versuchen wir, Patienten dazu zu bringen, daß sie plötzlich selbst die Sätze von anderen...

Mrs. Langname *(über sich selbst erstaunt)* beenden!

Mr. Vernon Hundert Punkte für Mrs....

Mrs. Langname *(zögernd)* Smith?

Mr. Vernon Gut! Also, wir wollen es am Anfang nicht gleich...

Mrs. Langname *(zunehmend selbstbewußt)* übertreiben...?

Mr. Vernon Gut. Beschränken wir uns auf ein oder zwei...

Mrs. Langname *(schneller)* Wörter...

Mr. Vernon für den Anfang, sonst kann es passieren, daß man...

Mrs. Langname einen zu langen Satz übernimmt und sich am Ende total... äh...

Mr. Vernon verheddert. Gut, das wär's...

Mrs. Langname *(ganz sicher)* für heute, also...

Mr. Vernon vielen Dank, daß Sie vorbeigekommen sind.

Mrs. Langname Keine Ursache.

Mr. Vernon Und, äh...

Mrs. Langname wie gesagt...

Mr. Vernon danke für Ihren Besuch.

Mrs. Langname Keine Ursache...

Mr. Vernon und auf

Mrs. Langname Wiedersehen, Mr....

Mr. Vernon Vernon.

Mrs. Langname geht. Mr. Vernon schließt die Tür. Aus dem Wohnzimmer hört man eine Frauenstimme.

Frau Carl?

Mr. Vernon Ja, Liebes?

Frau Ich hab schon wieder ein Baby gekriegt.

Mr. Vernon O nein! Wieviel macht das jetzt?

Frau Zwölf seit dem Mittagessen... Ups! Da kommt schon wieder eins.

Schnitt. Mrs. Langnames Haus von außen. Sie kommt heraus und macht sich zielstrebig auf den Weg, vorbei an vier Kindermädchen in Schreckschrauben-Outfit (incl. verknoteter Taschentücher), die die Straße aufbuddeln. Eine trägt einen Helm. Eine hält einen Preßluftbohrer. Sie ist oben nackt bis auf einen großen rosa BH. Dahinter Mrs. Langname, heroisch, wie sie aus der Stadt geht, durch Vororte, in gepflegte Landschaft, dann in wildere Gegend. Schließlich hält sie an – Großaufnahme – und blickt auf, inspirierten Auges. Gegenschuß: wir sehen, was sie sieht – einen sonderbar gekleideten Mann vor Stonehenge.

Mann (MICHAEL) Hier ist Stonehenge... und genau von hier schalten wir um nach Afrika.

Jeremy Thorpe erscheint am Bildrand und winkt.

Schnitt zur wildestwuchernden Dschungelei von Torquay. Sehr großer Baum im Vordergrund. David Attenborough wühlt sich durch Gedschungel zur Kamera. Unter den Armen hat er Schweißflecken, die während der Szene unübersehbar wachsen. Zwei afrikanische Fährtensucher im Hintergrund, mit Saxophonen am Hals.

Attenborough (MICHAEL) *(tätschelt einen Baum)* Also, hier ist er endlich, das Ziel unserer langen Suche: Nach sechs Monaten und drei Tagen haben wir ihn endlich eingeholt, den legendären Wanderbaum aus Dahomey, Quercus Nicholas Parsonus, der hier auf seinem langen Weg nach Süden einen Moment ausruht. Wirklich fast unglaublich, daß dieser riesige Baum mehr als 2000 Meilen durch unwirtliche Gegenden gewandert ist, um hier anzuhalten, vielleicht nur um Wasser zu fassen, bevor er sich auf den langen Heimweg nach Kapstadt macht. Man kann es sich, glaube ich, kaum vorstellen – wie dieser gewaltige Baum durch Nigeria schlendert, bei Überquerung der Grenze von Zaïre vielleicht ein wenig schwankt, durch den tropischen Regenwald hüpft auf der Suche nach einem ruhigen Hain, wo er allein ein bißchen herumspringen kann, nachmittags mal eben nach Sambia sprintet, dann wieder zurückkehrt... *(Ein Eingeborener flüstert ihm etwas ins Ohr.)* Oh, toll... also, mir wird gerade gesagt, daß dies hier in Wirklichkeit *nicht* der legendäre Wanderbaum aus Dahomey ist, sondern einer der vielen seßhaften Bäume Afrikas, Arborus Bamber Gascoignus. Wir scheinen den Wanderbaum gerade verpaßt zu haben... er ist heute früh um acht von hier aufgebrochen... und zwar in diese Richtung... Mal sehen, ob wir ihn einholen können. Los, Jungs, Abmarsch.

Sie brechen auf. Jetzt erst sehen wir zwei weitere Eingeborene mit Saxophonen, einen Trompeter, einen Posaunisten, einen Kontrabassisten, einen Gitarristen, schließlich einen mit Schlagzeug als Tornister. Einzelporträts, während sie in einem anderen Teil des Dschungels unterwegs sind. Aus Attenboroughs Achselhöhlen spritzt jetzt Schweiß wie aus Gießkannen.

Attenborough Tja, wir sind ihm immer noch auf den Fersen, aber er legt ein scharfes Tempo vor. Heute früh dachten wir schon, wir hätten ihn endlich, aber dann stellte sich heraus, es war ein Angolanischer Schlenderbaum, Amazellus Robin Ray, beim Spaziergang mit einem Gambischen Schleichbusch... *(Jeremy Thorpe lehnt im Hintergrund und winkt in die Kamera.)* Also weiter... Aber es wird schwierig werden – der Wanderbaum erreicht Geschwindigkeiten von bis zu 50 Meilen pro Stunde, vor allem, wenn er es eilig hat. *(Rupert, der Träger, deutet aufgeregt auf irgendwas.)* Toll! Also, Rupert hat was entdeckt... das könnte er sein... ein wandernder Baum unterwegs... *(Sie ziehen los; jetzt spritzt Wasser schon von seiner Brust.)* Aber was Rupert tatsächlich entdeckt hatte, war etwas völlig anderes...

Er hält ihn auf, sie knien nieder. Schnitt auf Höhe ihrer Augen. Im Hintergrund, zwischen Büschen und dichtem Unterholz, spielen sechs Afrikaner in makellosem Dress ein Kricket-Match.

Schnitt: Attenborough, Rupert und ein weiterer Träger. Attenborough starrt auf etwas in seiner Hand. Die beiden anderen schauen mit aufgerissenen Augen zu den Kricketspielern.

Attenborough Die Kleine Türkische Zotenpflanze. *(Sorgsam und verwundert hält er eine Pflanze hoch, deren grüne Außenblätter zurückgeschlagen sind, um einen kleinen, präzise nachgebildeten Hintern zu enthüllen.)* Dieses bemerkenswert unfeine Stückchen Flora wurde früher von den Türken verwendet, um es einander in den... *(Rupert stößt ihn an und deutet aufgeregt auf die Schlagmänner.)* Ah, nein! Es war sogar etwas noch viel Interessanteres... *(Attenborough deutet anscheinend auf die Schlagmänner, hat es aber wieder mißverstanden.)* Ja, da war er gerade, drüben, auf der anderen Seite der Lichtung, der legendäre Kotzbaum aus Mozambique... *(Rupert stupst ihn wieder.)*

Schnitt zu einem Trickfilm-Professor.

Stimme (MICHAEL) Nein, was sie da wirklich gefunden hatten, war ein seit Urzeiten verschollener Stamm... die legendären Schlagmänner der Kalahari...

Schnitt zu kricketspielenden Eingeborenen.

Off-Sprecher (TERRY J.) Hier gibt es noch immer urzeitliche Gebräuche, als ob der Gang der Zeiten an ihnen vorübermarschiert wäre. Aber trotz allem Hokuspokus und Aberglauben sind die Schlagmänner der Kalahari prächtige Kämpfer, wie diese rare Aufnahme eines ihrer Spiele gegen Warwickshire zeigt...

Schnitt zu großem Kricket-Pavillon während des Matchs; Zoom auf Kommentator auf einem Balkon.

Kommentator (MICHAEL) Warwickshire war gegen die Kalahari-Schlagmänner zuerst mit 140 in Führung gegangen, aber dann hatten sie sich diesem unglaublichen Kalahari-Angriff zu stellen. Pratt mußte als erster ran, aber Pratt und Pratt konnten zunächst einmal das Wicket und den Stand sauber halten. Dann jedoch kam Odinga, mit bemerkenswerter Aggressivität.

Zusammenfassung des Spiels. Eingeborene in normalem Kricket-Dress. Pratt an der Aufstellungslinie, alles wie bei einem gewöhnlichen Kricket-Match. Schnitt, von unten, auf den Werfer, der mit wildem Anlauf losrast. Schnitt zum Schlagmann, schlagbereit. Schnitt, zurück zum Werfer. Als er die Linie erreicht, zieht er einen Speer, hebt ihn über die Schulter und schleudert ihn. Schnitt zum Schlagmann; er wird voll in den Bauch getroffen. Sein Schläger demoliert die Querstäbe des Wickets. Ein »Du bist raus«-Schrei von allen Eingeborenen-Spielern. Der Schlagmann macht eine verärgerte Geste, als ob er einen dummen Fehler gemacht hätte, und sinkt zu Boden.

EINBLENDUNG: »B. PRATT«

Off-Sprecher (GRAHAM) Das ist B. Pratt, trifft Wicket, kein Punkt. Aber Pratt und Z. Pratt übernehmen und verbeißen sich... *(Schnitt auf die neuen Schlagmänner; B. Pratts Leiche liegt noch immer herum)* ...bis dann Z. Pratt einfach abhaut. *(Z. Pratt erreicht Pavillon, gefolgt von einem Speer- und Pfeil-Hagel.)* Aber dann kam M.J.K.

Pratt... *(Schnitt zu M.J.K. Pratt, der sich bereitmacht, Handschuhe überstreift etc.)*, um eine echte Kapitäns-Leistung hinzulegen. *(Er kommt zur Linie, steht bereit, der Werfer wirft.)* Alles geht gut, bis er diesen Wurf von Bowanga falsch berechnet und auf dem falschen Fuß erwischt wird. *(Ein riesiger Speer durchbohrt seine Wade; prasselnder Beifall; er dreht sich um und hinkt mannhaft von dannen.)*

EINBLENDUNG: »M.J.K. PRATT«

Off-Sprecher (GRAHAM) Typisch für Umbongas aggressives Spiel ist, wie er mit V.E. Pratt fertig wurde, der bei diesem gewaltigen Wurf ein bißchen den Kopf verlor... *(Schnitt: eingeborener Werfer schleudert Machete; sie titscht und wirbelt auf und trennt den Kopf des Schlagmanns ab, während er noch mit dem Schläger fuchtelt)*... aber er wurde noch aufgefangen.

Der abgetrennte Kopf des Schlagmanns landet in den Handschuhen des Wicket-Hüters. Er wirft ihn hoch, mit feiner Allüre.

EINBLENDUNG: »V.E. PRATT«

Jeremy Thorpe taucht auf und winkt.

Schnitt zum Moderator der »Scheußlichsten Familie 1974«.

Moderator (MICHAEL) Aber bis zur Lunchzeit hatte sich die Lage dramatisch geändert.

Off-Sprecher (GRAHAM) und ROLLTITEL:

»C.U. PRATT GEFALLEN, WURF ODINGA – 0.

P.B.T.R. PRATT BEINE AMPUTIERT VOR WICKET, WURF ODINGA – 0.

B.B.C.T.V. PRATT ASSAGAI IN GESÄSS, WURF UNBOKO – 0.

Z. PRATT MACHETE VOR WICKET, WURF UMBONGA – 0.

M.J.K. PRATT PFOSTEN DURCH KOPF, WURF UMBONGA – 0.

V.E. PRATT ABGEHAUEN – 0.

P.D.A. PRATT VERLETZT AUSGESCHIEDEN – 0.

W.G. PRATT SEHR VERLETZT AUSGESCHIEDEN – 0.

PRATT VOR ANGST GESTORBEN, WURF ODINGA – 0.

N.O.C.H.E.I.N. PRATT NICHT AUSGESCHIEDEN, ABER SCHWER VERLETZT – 139.«

Schnitt zurück zum Moderator. Hinter ihm ist das Schild »Scheußlichste Familie der Welt« durchgestrichen und durch »Sport« ersetzt.

Moderator Und so stieg die Spannung immer weiter... bis zum letzten Ball... und das wär's von hier.

Der Abspann rollt auf schwarzem Hintergrund durch. Der Anfang der Erkennungsmusik wird sehr zögernd wie von einem Anfänger auf einer Gitarre gespielt.

Diese Werbesendung der Liberalen Partei
wurde erdacht, geschrieben und aufgeführt von
J. Thorpe (2 Jahre alt)
C. Smith (1 ½ Jahre alt)
L. Byers (0 Jahre alt)
Erfolglose Kandidaten
Graham Chapman
Leicester North (Pfandgeld verloren)
Terry Gilliam
Minneapolis North (Pfandgeld zweimal verloren)
Eric Idle
South Shields North (Pfandgeld verloren, aber gebrauchtes gefunden, das noch verwendbar war)
Terry Jones
Colwyn Bay North (Kleines Pfand auf Hose)
Michael Palin
Sheffield North (Hose verloren)
Erfolglosere Kandidaten
Carol Cleveland (Liberal)
Bob E. Raymond (Sehr Liberal)
Peter Brett (Äusserst Liberal und reichlich grob)
Noch erfolglosere Kandidaten
Douglas Adams
Silly Word (North)
Neil Innes
Silly Words and Music (North)
(Copyright 1984 Thorpe-o-hits ltd)
Maske und Frisuren
Jo Grimond
Mehr Maske
Maggie Weston
Noch mehr Maske
Andrew Rose (Costumes North)
Viel mehr Maske
Stan Speel (Film Cameraman North)
Maske und Tonaufnahme
Ron (North) Blight
Mobile Kamera mit Maske
Peter Willis
Schnitt ohne Maske

BOB DEARBERG
WEDER SCHNITT NOCH MASKE, SONDERN TONINGENIEUR
ROD GUEST
BELEUCHTUNG, MASKE SOWIE LOHN-PREIS-POLITIK
JIMMY PURDIE
VISUAL EFFECTS UND MR. THORPES PERÜCKEN
JOHN HORTON
REGIEASSISTENT
BRIAN JONES (MAKE-UP NORTH)
AUSSTATTUNG (NORTH)
VALERIE WARRENDER (VIEL ZU LIBERAL)
REGIE MR. LLOYD GEORGE
(KANNTE IAN MACNAUGHTONS VATER)
EINE BBC-LIBERAL-TV-PARTEIPRODUKTION (NORTH)

Erkennungsmusik der »Nine O'Clock News« im Hintergrund. Hinter dem Nachrichtensprecher mehrere Männer, darunter Jeremy Thorpe; alle trinken und feiern. Eine Frau tanzt auf dem Tisch.

Nachrichtensprecher (ERIC) Guten Abend. Heute nachmittag bröckelte der Wert der Aktien um über 400.000 Millionen Pfund ab, als jemand in der Börse hustete. Sport: Todesstrafe soll in der ersten und zweiten Liga wieder eingeführt werden. Spieler, die von hinten in den Gegner grätschen oder den Ball mit dem Unterarm spielen, sollen gehängt werden. Der elektrische Stuhl bleibt jedoch das übliche Strafmaß für Attacken auf den Torwart. Der Vorsitzende der Schiedsrichtervereinigung, Len Goebbels, sagte: »Endlich können die Schiedsrichter Zähne zeigen.« Zum Schluß Politik: Der heute veröffentlichten jüngsten Meinungsumfrage zufolge liegt Labour mit 40% in Führung, vor dem Automobilclub mit 38%, und wie zu erwarten macht Kentucky Fried Chicken jetzt den Liberalen Platz drei streitig. Und jetzt zurück zu mir. Hallo. Und jetzt ist es Zeit, zu Hugh Delaney in Paignton umzuschalten.

Schnitt zu einem sonderbar gekleideten Mann auf dem Pier von Paignton. Eine kleinere Menschenmenge hat sich hinter ihm gesammelt, darunter Jeremy Thorpe, der aus dem Hintergrund in die Kamera winkt.

Mann (MICHAEL) Hallo und willkommen in Paignton. *Von* Paignton aus gehen wir nämlich gleich wieder zurück ins Studio.

Schnitt zu einem Mann in Taucherguummi; der Schnorchel zurückgeschoben auf dem Kopf; er steht im Studio und hält einen ausgestopften Iltis auf einer Stange hoch.

Mann (GRAHAM) Hallo. Und von hier gehen wir gleich nach da.
Schnitt zum Moderator der »Scheußlichsten Familie«.

Moderator Naja, hier sind wir doch schon, deshalb schalten wir jetzt nach dort.
Schnitt zurück zum Nachrichtensprecher.

Nachrichtensprecher Abermals herzlich willkommen. Und jetzt ist es Zeit für den achten Teil unserer Serie über Leben und Werk von Ursula Hitler, der Hausfrau aus Surrey, die in den 30er Jahren die britische Bienenzucht revolutionierte.

Off-Sprecher (MICHAEL) und EINBLENDUNG: »SIE SAHEN EINE WERBESENDUNG DER LIBERALEN PARTEI«
Seine Stimme bricht kichernd ab.
Abblende.
Ende.

ANHANG

Nach- und Hinweise

DIE ZWEITE SERIE *(Forts.)*

VIERUNDZWANZIG – Wie man nicht gesehen wird
Im Methuen-Original ohne Titel; aufgenommen am 23.7.70, gesendet am 8.12.70.
Deutsch von Jörg W. Gronius.

Seite 12
Ramsey MacDonald – Mitbegründer der Labour Party; u.a. Premierminister des ersten Labour-Kabinetts 1924.

FÜNFUNDZWANZIG – Spam
Im Methuen-Original ohne Titel; aufgenommen am 25.6.70, gesendet am 15.12.70.
Deutsch von Jörg W. Gronius.

Seite 38
Mit einer Enthaltung – Die berühmte Statue der Venus von Milo aus dem 2.Jh. besitzt leider keine Arme mehr.

Seite 39
Ein postumes Viktoriakreuz – »Victoria Cross« (VC); höchster brit. Militärorden.

Seite 42
Spam – Amerikanisches Büchsenfleisch.

SECHSUNDZWANZIG – Die königliche Sendung
Im Methuen-Original ohne Titel; aufgenommen am 16.10.70, gesendet am 22.12.70.
Deutsch von Bernd Rauschenbach.

Seite 46
Königliche Folge dreizehn – Tatsächlich gedreht und gesendet als Folge dreizehn und krönender Abschluß der zweiten Serie.

Seite 47
Rhondda – Stadt in Wales; **Im Großen Plötz** – Im Original: »Trevelyan«; populärer brit. Historiker.

Seite 53
Menschenskind – Originaltitel der Sendung: »Man Alive«; **Landesspiegel** – Originaltitel: »Nationwide«.

Seite 62
Aden – Brit. Kronkolonie im südwestl. Arabien.

DIE DRITTE SERIE

SIEBENUNDZWANZIG – Die Njorl-Saga
»Whicker's World«; aufgenommen am 14.1.72, gesendet am 19.10.72.
Deutsch von Bernd Rauschenbach.

Seite 67
Dickie Attenborough – Der bekannte Schauspieler, Regisseur (u.a. »Gandhi«) und Naturfilmer Richard Attenborough, geb. 1923 (geadelt 1976); in dieser und in folgenden Sendungen wird auf Attenboroughs Marotte angespielt, bei Preisverleihungen sich übertrieben zu bedanken und vor Rührung in Tränen auszubrechen.

Seite 71
ICI – Größter brit. Chemiekonzern.

Seite 74
Humber – Mündung von Ouse und Trent an der engl. Ost-Küste; **Mersey** – Fluß im Nordwesten, mündet in die irische See.

Seite 75
Marty Feldman's Comedy Machine – Amerikanische Serie bei ABC, für die Terry Gilliam 1971 gerade Trickfilm-Material beigesteuert hatte.

Seite 77
Frelimo – Port.: »Frente de Libertação de Moçambique«.

ACHTUNDZWANZIG – Der Ford Popular von Mr. und Mrs. Brian Norris
Im Methuen-Original ohne Titel; aufgenommen am 18.1.72, gesendet am 26.10.72.
Deutsch von Eike Harms.

Seite 84
Das Kon-Tiki – Name des Floßes, mit dem der Norweger T. Heyerdahl 1947 von Süd-Amerika nach Polynesien segelte, um seine Theorie zu beweisen, daß eine Besiedelung Polynesiens von Süd-Amerika aus mit altperuanischen Balsaflößen stattgefunden habe; **Ra I** und **Ra II** – Ähnliche Expeditionen Heyerdahls in den Jahren '69/'70. (Und entsprechend ist der Ford der Norrises (Kennzeichen EBW 343) ein mittlerer Oldtimer); **Sir Edmund Hillary** – Neuseeländer; Erstbesteiger des Mount Everest.

Seite 91
Bob Hope – Amerikanischer Komiker in den Zwanzigern bis in die 50er Jahre.

Seite 95
Thomas (á) Becket – (1118–1170), engl. Lordkanzler, Erzbischof von Canterbury; während der Vesper von vier Rittern getötet; häufig Gegenstand der Literatur, u.a. bei T.S. Eliot: »Mord im Dom« (1935).

Seite 100
Puss – Siehe Anm. Folge sechzehn, Seite 292, Band 1.

Seite 103
Lulu – Popsängerin; **Ringo Starr** – Der echte. Zu sehen ist die »Und jetzt«-Show allerdings erst zu Beginn von Folge neunundzwanzig.

NEUNUNDZWANZIG – Das Geld-Magazin
Im Methuen-Original ohne Titel; aufgenommen am 4.12.71, gesendet am 2.11.72.
Deutsch von Lorenz Ritter.

Seite 104
Ich hab neunzigtausend Pfund in mein'm Pyjama – Im O-Ton:
I've got ninety thousand pounds in my pyjamas.
I've got forty thousand French francs in my fridge.
I've got lots and lots of lira.
Now the Deutschmark's getting dearer.
And my dollar bills would buy the Brooklyn Bridge.

There ist nothing quite as wonderful as money,
There ist nothing quite as beautiful as cash,
Some people say it's folly
But I'd rather have the lolly
With money you can make a smash.

There is nothing quite as wonderful as money,
There is nothing like a newly minted pound,
Everyone must hanker
For the butchness of a banker
It's accountancy that makes the world go round.

You can keep your Marxist ways
For it's only just a phase.
For it's money, money, money,
Makes the world go round.
Money, money, money, money, money. . .!

Seite 108
Hasen-Fisch? Naja, er hat Schuppen – Im Original: »It's got fins«; *fin* bedeutet nicht nur *Flosse,* sondern ugs., ähnlich wie im Deutschen, auch *Pfote.*

Seite 114
Crystal Palace – Im Londoner Crystal Palace befindet sich eine berühmte Kupferstichausstellung, die sog. »Great Exhibition«; der erste Forscher korrigiert daher: »A great Ex*pedi*tion!«

DREISSIG – Blut, Tod, Krieg und Horror
Im Methuen-Original ohne Titel; aufgenommen am 11.12.71, gesendet am 9.11.72.
Deutsch von Eike Harms.

Seite 128
Terence Rattigan – Siehe Anm. Folge zweiunddreißig, Seite 166.

Seite 134
Das Wort Maudling – Reginald Maudling, der beliebte Politiker.

Seite 135
Richard Baker – Der echte BBC-1-»Nine O'Clock News«-Sprecher.

EINUNDDREISSIG – Der »All-England« Proust-Zusammenfassungs-Wettbewerb
»The All-England Summarize Proust Competition«; aufgenommen am 24.4.72, gesendet am 16.11.72.
Deutsch von Florian Steinbiß und Ellen Zirden.

Seite 149
Smith – Ian Smith; erklärte 1965 einseitig die Unabhängigkeit Rhodesiens von Großbritannien und führte die ausschließlich weiße Minderheitsregierung bis 1979.

Seite 150
Clive Jenkins – Gewerkschafter; **Harold Wilson** – Premierminister (Labour) von 1964–70; langjähriger Parteiführer.

Seite 152
Im Farbbatalog – Im Original: »The bolour supplement... I'm sorry I can't say the letter ›B‹.« – Darauf Bounder: »C?« – »Yes that's right. It's all due to a trauma I suffered when I was a spoolboy. I was attacked by a bat (= Fledermaus).« – »A cat?« – »No a bat«. Bounder empfiehlt daraufhin, *colour* wie »kolour« auszusprechen...

Seite 153
Bettering – Ein kleiner Rückfall: die Stadt in Northamptonshire heißt Kettering (im Original: »Kettering and Boventry«).

Seite 154
Enoch Powell – Brit. Politiker, Jahrgang 1912, in versch. Ämtern (u.a. Gesundheitsmin.); war Professor für Altgriechisch.

ZWEIUNDDREISSIG – Der Kampf gegen die Pornographie
Im Methuen-Titel ohne Original; aufgenommen am 21.1.72, gesendet am 23.11.72.
Deutsch von Florian Steinbiß und Ellen Zirden.

Seite 159
Mary-Whitehouse-Brillen – M. Whitehouse: Selbsternannte Frau Saubermann für Anstand und Sitte im brit. Fernsehen.

Seite 160
1973 werden sie in Englisch schreiben – 1973 tritt England der EG bei; **Robert Robinson** – Brit. Journalist, Funkautor, Moderator (u.a.: »Call My Bluff«), gewitzter Hans Dampf in allen möglichen Medienressorts.

Seite 166
Sich-vor-Terence-Rattigan-Verstecken – T. R. (1911–1977), engl. (homosexueller) Dramatiker; Verfasser gesellschaftskritischer Komödien; Drehbuchautor.

DREIUNDDREISSIG – Jahre der Jugend
Im Methuen-Original ohne Titel; aufgenommen am 7.1.72, gesendet am 30.11.72.
Deutsch von Florian Steinbiß und Ellen Zirden.

Seite 175
Biggles, Algy, Ginger – Jugendbuch-Helden (siehe Anm. Folge zehn, Seite 185, Bd. 1); dazu Graham Chapman: »Die Geschichten handelten von Flugzeugen und vom Kampf jeder gegen jeden; alles war tapfer und furchtbar edel, keine faulen Tricks – man muß anständig kämpfen! Sehr gut für die Charakterbildung...« (Zit. n.: Kim »Howard« Johnson, The First 200 Years of Monty Python, St. Martin's Press, New York 1989.)

Seite 176
Cockney-Slang – Im Original: »Rhyming slang«, der eigenwillige Slang der Londoner Cockneys nach dem *Ginger beer* für *queer* (ugs. für »schwul«) steht.

Seite 178
Crippen – Hawley Harvey Crippen; berüchtigter engl. Mörder; 1910 gehängt.

Seite 179
Stop-action – Trickverfahren zur Darstellung »unmöglicher« Bewegungsabläufe, wie hier das »Hinabrutschen« der Straße wie auf einer schrägen Wand.

Seite 185
Herries, der Vagant – »Rogue Herries«, Roman (1930) von Sir *Hugh* Walpole (und nicht von *Horace* Walpole, dem Vater des Schauerromans), natürlich.

VIERUNDDREISSIG – Die Fahrradtour
»The cycling tour«; aufgenommen am 4.5.72, gesendet am 7.12.72.
Deutsch von Eva und Thomas Pampuch.

Seite 199
Clodagh Rogers – Popstar der späten 60er.

Seite 202
Denis Compton – Brit. Radio-Komiker.

Seite 204
Joe Lyons – Schnellrestaurant-Kette; **Tonblidge Wells** – Tonbridge: Kleinstadt in Kent.

Seite 211
Burgess und MacLean – Waren Spione für die SU; **Peter Cook, Dudley Moore** – Brit. Komiker; **Edward Heath** – Brit. Politiker (Konservative und Unionistische Partei), Premierminister 1970–74; gerade seine Gewerkschaftspolitik führte zu Spannungen mit den Gewerkschaften und innerhalb der Partei.

FÜNFUNDDREISSIG – Der nackte Mann
Im Methuen-Original ohne Titel; aufgenommen am 11.5.72, gesendet am 14.12.72.
Deutsch von Eva und Thomas Pampuch.

Seite 214
Noël Coward – Brit. Komponist, Entertainer und Komiker; erfährt seine definitive Parodie in dem Python-Film »Der Sinn des Lebens« im Teil VI: »Herbst des Lebens« mit Eric Idle und dem »Penis-Song«.

Seite 223
Kilmarnock – Kleinstadt im Norden Schottlands.

Seite 225
Clochmerle – Beliebte BBC-Serie.

Seite 226
Die Lustigs – Im Original: Mr and Mrs Cheap-Laugh; **Sie ist ein Art Mrs. Equator** – Siehe Folge neun, Seite 167, Band 1.

Seite 228
George Balanchin... Martha Graham – Tänzer und Choreographen; Anfang bis Mitte des Jahrhunderts in Amerika; **Sadler's Well** – Das der Covent Garden Opera angeschlossene »Royal Ballet«.

SECHSUNDDREISSIG – Die Tripshaw-Krankheit
Im Methuen-Original ohne Titel; aufgenommen am 25.5.72, gesendet am 21.12.72.
Deutsch von Heiko Arntz.

Seite 232
Sir Walter Raleigh – Sein Bemühen, engl. Kolonisten in Virginia (= North Carolina) anzusiedeln (1584–89), scheiterte; **Globe Theater** – 1599 erbaut am Südufer der Themse in London; das Theater Shakespeares; **Nordwest-Passage** – Der seit Anfang des 16. Jhs. gesuchte und nicht gefundene Seeweg durch die arktische Inselwelt Nord-Amerikas bis zur Beringstraße nach dem Stillen Ozean; erst 1850 zum erstenmal befahren; **Humphrey Gilbert** – Engl. Seefahrer, Vorkämpfer für die Aufsuchung der nordwestl. Durchfahrt (veröffentlichte 1576 eine Schrift zu diesem Thema); **Cabots** – John Cabot (eigtl. Giovanni Caboto), entdeckte 1497, vor Columbus, das amerikanische Festland und nahm es für England in Besitz; – und sein Sohn, Sebastiano: entdeckte auf der Suche nach der nordwestlichen Durchfahrt nach Kathai (= China) Straße und Bai, die heute den Namen Hudson tragen; von einer Kanada-Expansion kann allerdings keine Rede sein.

Seite 233
Ark Royal – Britisches Kriegsschiff; ein weiterer Beitrag zum Thema »Hallo, Seemann!«

SIEBENUNDDREISSIG – Dennis Moore
Im Methuen-Original ohne Titel; aufgenommen am 17.4.72, gesendet am 4.1.73.
Deutsch von Lorenz Ritter.

Seite 250
Sir Kenneth Clark – Hochdekorierter brit. Kunsthistoriker Jahrgang 1903.

Seite 253
Was sagen die Sterne – Eine Palin-Jones-Parodie auf jene Chapman-Cleese-Sketche, die von der Anhäufung von Synonymen leben, wie etwa im Papageien-Sketch (Folge acht); auch »Thesaurus«-Stil genannt; **Derry and Toms** – Londoner Kaufhaus.

Seite 257
ITV – Der kommerzielle Konkurrenzsender (Independant Television).

ACHTUNDDREISSIG – Das Gute-Nacht-Buch
Im Methuen-Original ohne Titel; aufgenommen am 18.12.71, gesendet am 11.1.73.
Deutsch von Eva und Thomas Pampuch.

Seite 276
No time, Toulouse, wie der Franzose sagt – Wie der Franzose *nicht* sagt, natürlich. Im Original steht die Phrase »No time to lose« zur Debatte; für die korrekte Aussprache von »to lose« gibt der Berater die Hilfestellung: »To lose – like Toulouse in France.«

Seite 279
Ken Rosewall – Australier, Tennisspieler, »French Champions«-Sieger 1953; Landsmann Lewis Hoad war u. a. 1956 »Wimbledon«-Sieger; Dame Bartkowicz und die übrigen Pinguin-Forscher waren vermutlich geringere Tennisgrößen der 50er.

Seite 288
Papas Arzt – »Dad's Doctor«; Titel der Original-Komödie war »Dad's Army«.

NEUNUNDDREISSIG – Die Verleihung der Britischen Showbiz-Preise
»Grandstand«; aufgenommen am 18.5.72, gesendet am 18.1.73.
Deutsch von Peter Knorr und Götz Ballonier.

Seite 290
David Hamilton – Authentischer »Thames«-Nachrichtensprecher von ITV; **Bill Cotton** – BBC-1-Entertainment-Chef; **Dickie Atten-**

borough – Siehe Anm. Folge siebenundzwanzig, Seite 67.

Seite 291
Prince of Wales – Der spätere Edward VII.

Seite 293
David Niven – Brit. Schauspieler, Jahrgang 1910; seit 1934 in Hollywood; Charakterdarsteller; u.a.: »In 80 Tagen um die Welt« (1956).

Seite 303
Grandstand – Brit. Sportsendung; **Die Ehrungen des Jahres** – Im Original: »There they go, the credits of the year. . .«: *credits* sind allgemein *Ehrungen* und speziell auch die *Abspann-Titel*, die gerade durchgelaufen sind.

Seite 304
Mountbatten-Pokal – Philipp Mountbatten: Gatte Elisabeths II.

DIE VIERTE SERIE

VIERZIG – Das Goldene Zeitalter der Ballonfahrt
»The golden age of ballooning«; aufgenommen am 12.10.74, gesendet am 31.10.74.
Deutsch von Günter Seib und Iris Grädler.

Seite 325
Reginald Bosankwegen – Gemeint natürlich der Nachrichtensprecher R. Bosanquet; im Original: »Bo-sankway« (entsprechend heißt es dort: ». . .wenn er seinen Namen so *ausspräche*«).

EINUNDVIERZIG – Michael Ellis
»Michael Ellis«; aufgenommen am 19.10.74, gesendet am 7.11.74.
Deutsch von Gertraude Krueger.

Seite 332
Blancmanger – Süßspeise; siehe Folge sieben, Seite 122, den »Science fiction«-Sketch.

Seite 334
Paisley-Theke – Ian Paisley (geb. 1926), nordirischer prot. Geistlicher und Politiker.

Seite 339
Dichterlesung – Die Gedichte erscheinen hier weitgehend in den bestehenden deutschen Nachdichtungen von: Siegfried Schwitzt (Wadsworth), Georg v.d. Dings (Amontillado), Gisbert Graf Freilichtmuseum (Koots) sowie Adolf Strohmann (Lord Tennisball).

Seite 342
Was ist das schreckliche Gepong. . . und so weiter – So im Original; Ihre Majestät schließt: »God save you alles.«

Seite 347
Malcolm Allison, Brian Clough, Jimmy Hill – Sportreporter.

ZWEIUNDVIERZIG – Anything goes
»Light entertainment war«; aufgenommen am 26.10.74, gesendet am 14.11.74.
Deutsch von Iris Grädler und Günter Seib.

Seite 359
Die Kostenfrage ist strittig. . . Sittich? – Im Original: »We just can't give you a bigger budget.« Zweiter Programmplaner: »Budgie (= Wellensittich)?«

Seite 360
Papas Marine – Siehe Anm. Folge achtunddreißig, Seite 288.

DREIUNDVIERZIG – Hamlet
»Hamlet«; aufgenommen am 2.11.74, gesendet am 21.11.74.
Deutsch von Michael Walter.

Seite 388
Ein Schmierenkomödiant im Schloß – Im Original: »A Ham in the Castle«, *ham* = *Schmierenkomödiant*, aber auch *Schinken;* **Ein lediger Freund** – Im Original: »A bachelor friend«; **Ein betont maskuliner Freund** – Im Original: »Quite a butch friend«.

Seite 390
Eine ledige Sendeanstalt – »A **B**achelor **B**rodcasting **C**ompany«.

VIERUNDVIERZIG – Mister Neutron
»Mr Neutron«; aufgenommen am 9.11.74, gesendet am 28.11.74.
Deutsch von Iris Grädler und Günter Seib.

Seite 391
Merkwürdige Aussprache – Im Original betrifft die eigentümliche Aussprache nicht das Wort »Post«, sondern »box«: »We are here today

to witness the opening of a new *box* to replace the *box* which. . .« etc.

Seite 394
BAMMEL. . . KOLLAPS – Im Original: FEAR *(Federal Egg Answering Room)* und FEEBLE *(The Free World Extra-Earthly Bodies Location and Extermination Centre).*

FÜNFUNDVIERZIG – Partei-Werbung
»Party Political Broadcast«; aufgenommen am 16.11.74, gesendet am 5.12.74.
Deutsch von Gisbert Haefs.

Seite 411
Ian Smith – Siehe Anm. Folge einunddreißig, Seite 149.

Seite 418
Jeremy Thorpe – Vorsitzender der Liberalen Partei 1967–1976

Seite 428
Leicester North – Das ewige »North« fungiert hier als »Wahlkreis Nord«, wobei »North« für den Südengländer noch den Beigeschmack von »hinterwäldlerisch« hat; **Pfandgeld verloren** – Vor der Wahl hat ein Kandidat eine Mindestsumme (*deposit*, Pfand) zu hinterlegen; wenn er nicht gewählt wird, verfällt dieses Pfand, es ist *lost* wie seine Wahl; **Lloyd George** – Brit. Politiker *(Liberal Party)*, beherrschende Figur der brit. Politik von 1906–1922 (geplant war tatsächlich darüberhinaus ein Sketch mit Ursula Hitler, der Hausfrau aus Surrey, die 1930 die Bienenzucht revolutionierte: Geboren als Lloyd George mußte sie ihren Namen ändern, um nicht aufzufallen. Ziemlich erstaunt reagiert sie, als sie 1939 von Chamberlain ein Ultimatum erhält, sich aus Polen zurückzuziehen; **Der Ian MacNaughtons Vater gekannt hat** – Ian MacNaughton: war Produzent und Regisseur sämtlicher Folgen (mit Ausnahme der ersten vier, bei denen er lediglich die Außenaufnahmen leitete). Schließlich sei hier noch die Widmung nachgetragen, die die Autoren der Originalausgabe voranstellen:

»To Ian MacNaughton,
who somehow understood it all,
and everyone else who joined the Circus,
especially Carol Cleveland.«

Register

Monty Python, das waren:

Graham Chapman (8.1.1941 Leicester – 4.10.1998),
John Cleese (* 27.10.1939 Weston-super-Mare),
Terry Gilliam (* 22.11.1940 Minneapolis, Minnesota),
Eric Idle (* 29.3.1943 South Shields),
Terry Jones (* 1.2.1942 Colwyn Bay, Noth Wales) und
Michael Palin (* 5.5.1943 Sheffield, Yorkshire).

Mit ihrem Flying-Circus-Fernseh-Programm begründeten sie eine neue Form der Komik. Zwischen 1969 und 1974 entstanden vier Serien mit insgesamt 45 Folgen. 1971 und 1972 drehten die Pythons bei der Bavaria unter den Produzenten Thomas Woitkewitsch und Alfred Biolek zwei eigens für Deutschland geschriebene Flying-Circus-Folgen, darunter das grandiose Philosophie-Finale Deutschland gegen Griechenland: *Monty Python's Fliegender Zirkus.* (Sämtliche deutschen Shows. Mit einleitenden Worten von Alfred Biolek, 1998). Es folgten die berühmten Kinofilme *Monty Python and the Holy Grail* (1974; *Der Heilige Gral – Die Ritter von der Kokusnuß*, deutsch von Karsten Singelmann, 1994); *The Life of Brian* (1979; Das Leben Brians, deutsch von Michel Bodmer, 1992); *The Meaning of Life* (1984, *Der Sinn des Lebens*, deutsch von Bernd Eilert, 1993). Ende der siebziger Jahre wandten sich die Python-Mitglied meist eigenen Projekten zu.
Die Monthy-Python-Bücher, *Fawltys Hotel* von John Cleese & Conny Booth; der Roman und die Reisebücher von Michael Palin sind deutsch im Haffmans Verlag erschienen.

»Monty Python's Flying Circus - Sämtliche Worte« versammelt die Texte aller je gedrehten und gesendeten 45 Folgen der legendären Fernsehserie mit Anmerkungen und vielen Fotos. Die beiden Folgen 1 & 2 **in einem Band**.

Aus dem Englischen von Heiko Arntz, Sven Böttcher, Eugen Egner, Susanne Fischer, Iris Grädler, Jörg W. Gronius, Gisbert Haefs, Gerd Haffmans, Richard Kähler, Ruth Keen, Arnd Kösling, Peter Knorr, Gertraude Krueger, Eva und Thomas Pampach, Bernd Rauschenbach, Lorenz Ritter, Günter Seib, Fritz Senn, Karsten Singelmann, Florian Steinbiß, Christian Storms, Michael Walter, Ellen Zirden u. a. Supervision & Gesamtredaktion von Heiko Arntz.

Im Jahre 1969 startete die BBC eine Fernsehserie mit einem Häuflein ambitionierter Komiker, deren Name Programm war: **Monty Python's Flying Circus**. Später Sendeplatz und das eingeschränkte Sendegebiet sorgten dafür, daß die revolutionäre Sendung zunächst nur von einem Häuflein abwegiger Naturen und süchtiger Seher gesehen wurde. 25 Jahre später waren **Monty Python** ein welt-

weites Phänomen mit abend- und kassenfüllenden Kinofilmen, Live-Auftritten von London bis Hollywood und Solo-Karrieren von John Cleese, Terry Gilliam, Eric Idle, Terry Jones und Michael Palin.
Inzwischen auch etwas in die Jahre gekommen sind ihre 45 Sketche eine Legende, hier liegen sie alle noch einmal vor – *and still going strong.*

»Eine Sendung für Leute mit Schlafstörungen, Intellektuelle und arbeitslose Einbrecher.« **Michael Palin**

»Ein wundervolles, brillantes, prägnantes, transzendentes und mystisches Werk. Außer den Beiträgen von Terry Gilliam. Und Eric Idle. Und dem ziemlich uninteressanten Fitzelwerk von Terry Jones und Michael Palin. Und vielleicht wäre es noch etwas besser geraten, wenn etwas weniger Graham Chapman vorkäme. Der Rest ist vorzüglich.« **John Cleese**

»Genauso habe ich es in Erinnerung, wenn ich mich überhaupt noch an etwas erinnern könnte.« **Terry Jones**

»Es gibt nichts, was ein Agnostiker nicht tun kann, wenn er wirklich nicht weiß, ob er an etwas glaubt oder nicht.« **Graham Chapman**

»Im Sommer 1971 passierte etwas sehr Komisches mit dem deutschen Fernsehen. Für einen Moment sah es so aus, als hätte die ARD an sich einen Humor entdeckt, der seiner Zeit hierzulande weit voraus war … In diesem sagenhaften Sommer tätigte der noch eigenständige Süddeutsche Rundfunk (SDR) einen tollkühnen Kauf: Er erwarb von der BBC die Rechte an zehn Episoden Monty Python's Flying Circus. Doch das war erst der Anfang. Insgesamt wurden 45 Folgen im deutschen Fernsehen gezeigt und revolutionierten das deutsche Humorverständnis: Die 45 Folgen haben entschieden zu einer gesunden zynischen Distanz zum Leben beigetragen.« **Stefan Fischer, Süddeutsche Zeitung**

»Das ist die Welt, wie Monty Python sie sieht: ein Schauplatz lächerlicher Katastrophen und alberner Debakel. Was schiefgehen kann, das geht auch schief. Das dramaturgische Prinzip heißt Super-GAU: Größter Auszudenkender Unsinn.« **Der Spiegel**

»Was sie an Nonsense aus dem Ärmel schütteln, hat abgründigen Tiefgang. Diese Art über sich selbst zu lachen, ist zeitlos.« **Die Zeit**

»Kenner ziehen die Fernsehsendungen den berühmten Kinofilmen noch vor.« **FAZ**

»Monty Python auf deutsch – geht das? Diese kompetenten Übersetzungen der Originaldrehbücher machen Spaß. Endlich tiefe Einblicke in die wunderbare Welt des britischen Humors.« **Prinz**

»Der Witz entsteht durch den rasanten Wechsel von Bedeutungsebenen und Dialekten, aber auch durch den schier unerschöpflichen Schatz an Anspielungen und Zitaten. Das alles nachzulesen ist ein skurriles Vergnügen.«

Annemarie Stoltenberg, NDR

»Es lohnt sich! Viele verrückte Pointen erschließen sich erst dem Leser, der eine Chance hat, zweimal hinzugucken, und manches, was in ihren Filmen unverstanden vorbeirauscht, begreift man erst jetzt so richtig. Monty Python's Flying Circus ist auch in Buchform eine lohnende Investition.« **Radio Hamburg**

Haffmans Verlag
bei Zweitausendeins

Sophie Andresky. Echte Männer. Was Frauen wirklich wollen. Die heißen Penthouse-Kolumnen für schöne Männer & schlaue Frauen.

Klaus Bittermann. Aufstand der Kuscheltiere. Ein Abenteur für kluge Kinder, aufregend bebildert von Rudi Hurzlmeier.

Kyril Bonfiglioli. Charlie Mortdecai in Das große Schnurrbart-Geheimnis. Ein komischer Fall für Zwei. Deutsch von Steffen Jacobs.

Georg Büchner. Werke & Briefe. Vollständige Ausgabe mit Chronik herausgegeben von Fritz Eycken.

Christopher Buckley. Danke, daß Sie hier rauchen. Die komische Satire auf den PR-, Medien- und Politzirkus. Deutsch von Friedhelm Rathjen.

Christopher Buckley. Florence von Arabien. Der Roman der Frauen im Nahen Osten. Deutsch von Martin Richter.

Wilhelm Busch. Die Gedichte. Herausgegeben und mit einem Nachwort »Ein deutscher Klassiker der Komik« von Gerd Haffmans.

Laura Shaine Cunningham. Weiberrunde. Roman. Sechs Freundinnen erleben eine lange Nacht, in der alles rauskommt. Deutsch von Juliane Zaubitzer.

Philip K. Dick. Sämtliche 118 SF-Geschichten in 5 Bänden. Geschichten der angewandten oder auch praktischen Philosophie. Dazu: Der Philip-K.-Dick-Companion. Herausgegeben von Heiko Arntz.

Jörg Drews. Dichter beschimpfen Dichter. Die endgültige Sammlung literarischer Kollegenschelten. Mit einem Nachwort des Herausgebers und kämpfenden Bücher-Bildern von Jonathan Wolstenholme.

Jenny Eclair. Schöne Ferien. Zwei Familien zwischen Auf- und Abbruch. Deutsch von Juliane Zaubitzer.

Jenny Eclair. Vorstadt-Schönheit. Vom Treiben & Paaren in den Großen Städten. Deutsch von Juliane Zaubitzer.

Eugen Egner. Als der Weihnachtsmann eine Frau war. Mit farbigen Bildern von Rudi Hurzlmeier, Michael Sowa und Eugen Egner.

Fritz & Katinka Eycken (Hrsg.) **Scharfe Stellen.** Ein Lesebuch der Hocherotik. In 6 Stellen auf die Reihe gebracht. Geschmückt mit Zeichnungen von Rudi Hurzlmeier. Die feine Art der literarischen Anmache.

Gustave Flaubert. Madame Bovary. Sitten der Provinz. Roman. Vollständig neu übersetzt und mit Anmerkungen von Caroline Vollmann.

Gustave Flaubert. Bouvard und Pécuchet. Roman vom Mangel an Methode in den Wissenschaften. Mit dem »Wörterbuch der Gemeinplätze«. Vollständig neu übersetzt und mit Anmerkungen von Caroline Vollmann.

Gustave Flaubert. Salambo. Der Roman Karthagos. Vollständig neu übersetzt und mit Anmerkungen von Petra-Susanne Räbel.

Gustave Flaubert. Der Briefwechsel mit den Brüdern **Edmond & Jules de Goncourt.** Alle erhaltenen Briefe und alle Eintragungen zu Flaubert aus dem Tagebuch der Brüder erstmals deutsch. Übersetzt und mit Anmerkungen von Cornelia Hasting.

Brüder Grimm. Kinder- & Haus-Märchen. Die von Jakob & Wilhelm Grimm selbst herausgegebene, rare »Kleine Ausgabe« von 1852. Nachwort von Peter Rühmkorf.

George Gruntz. Als weißer Neger geboren. Ein Leben für den Jazz. Die Autobiographie des großen Schweizer Jazz-Pianisten, Bandleaders des Concert Jazzorchesters & Komponisten.

Thomas Gsella. Generation Reim. Gedichte & Moritat. Mit Zeichnungen von Greser & Lenz.

Gerd Haffmans (Hrsg.) **Der Rabe** – Magazin für jede Art von Literatur. Der Rabe 65 der vereinigte Europa-, Zukunfts- & Jubiläums-Rabe.

Gerd Haffmans (Hrsg.) **Das wüste wilde Weihnachtsbuch.** Nicht mehr Feierliches in Wort & Bild.

Tini Haffmans (Hrsg.) **Der Raben-Kalender.** Für jeden Tag im Jahr 2009. Der Kalender hier macht täglich, ja Tag für Tag den Tag erträglich.

Sir Henry Rider Haggard. SIE-der-man-gehorchen-muß. Ein Abenteuer-, Liebes- und Unsterblichkeitsroman vom neuen Matriarchat. Deutsch, mit Anmerkungen und einem Nachwort von Susanne Luber.

Wolfgang Herrndorf. In Plüschgewittern. Ein deutscher Hauptstadtroman.

Ulrich Holbeins Weltverschönerung. Bausteine für 222 Romanzyklen. Ein vorläufiges Lebenswerk.

Ludwig Homann. Ein deutsches Leben. Zwei Romane: »Der weiße Jude« und »Der Hunne am Tor« erstmals in einem Band.

David Huggins. Ein einziger Hit. Ein Hard-Rock-Thriller. Deutsch von Karsten Singelmann.

Rudi Hurzlmeier & Harry Rowohlt. Miez miez. Schöne scharfe Katzen in Bild & Vers.

Rudi Hurzlmeier & Harry Rowohlt. Happy Birds-Day. Die fröhliche Vögel-Welt in Bild & Vers.

Rudi Hurzlmeier & Harry Rowohlt. Wahre Engel und andere Geister der Weihnacht in Bild & Vers.

Rudi Hurzlmeier & Harry Rowohlt. Ich wollt, ich wär Dein Hund. Eine kunterbunte Hundekunde in Bild & Vers.

Joris-Karl Huysmans. Gegen Alle. Die Bibel der Dekadenz. Neu übersetzt von Caroline Vollmann. Mit Stimmen von Emile Zola bis Victor Klemperer.

Bernd Imgrund. Quinn Kuul. Ein Schelmen-, Erziehungs-, Agenten-, Köln- & Liebes-Roman.

Steffen Jacobs. Angebot freundlicher Übernahme. Lyrik der Lust, Liebes- & Lebens-Pein. Mit CD, belesen vom Dichter.

Steffen Jacobs (Hrsg.) **Die liebenden Deutschen.** 445 entflammte Gedichte aus 400 Jahren.

Steffen Jacobs (Hrsg.) **Die komischen Deutschen.** 881 gewitzte Gedichte aus 400 Jahren.

Steffen Jacobs (Hrsg.) **Die komischen Deutschen: Das Hörbuch.** 104 gewitzte Gedichte aus 400 Jahren. Vorgetragen von Steffen Jacobs mit Katharina Thalbach, Harry Rowohlt und Gerd Haffmans. CD

Norbert Johannimloh. Regenbogen über der Appelbaumchaussee. Ein westfälisches Sittenbild in Geschichten und Gedichten mit dem Triptychon um die Judith von Münster.

Gabriel Josipovici. Nur ein Scherz. Ein Kunst-, Räuber-, Liebes- und Glücks-Roman im Gespräch. Deutsch von Gerd Haffmans.

Hermann Kinder. Mein Melaten. Der Methusalem-Roman. Ein Mann wird älter zwischen Köln und Konstanz.

Karin Kusterer. Märchen von der unmöglichen Liebe. Roman von werdendem Leben und einer Reise ins Herz der Finsternis Afghanistans.

Philip Larkin. Wirbel im Mädcheninternat Willow Gables. Der bezaubernde Mädchenroman eines großen Lyrikers. Deutsch von Steffen Jacobs.

Charles Lewinsky. Der A-Quotient. Theorie und Praxis des Lebens mit Arschlöchern. Ein Lehrbuch mit Zeichnungen von Thomas di Paolo.

Charles Lewinsky. Zwei Fernseh-Romane: »Mattscheibe« und »Schuster! Die Talkshow« erstmals in einem Band: Mit den zweien – liest man besser.

Georg Christoph Lichtenberg. Die Aphorismen-Bücher. Vollständige Ausgabe in einem Band, herausgegeben von Albert Leitzmann.

David Lodge. Autor, Autor. Ein Roman über Leben, Werk und Wirkung des Schriftstellers Henry James und einige seiner Zeitgenossen. Deutsch von Renate Orth-Guttmann.

David Lodge. Das Jahr des Henry James oder Timing ist alles. Der Roman des Romans »Autor, Autor« über Leben, Werk und Wirkung des Schriftstellers Henry James. Deutsch von Renate Orth-Guttmann.

David Lodge. Therapie & Denkt. Zwei Tagebuch- & Campus-Romane über Liebe, Lust und Wissenschaft. Deutsch von Renate Orth-Guttmann & Martin Ruf.

Till R. Lohmeyer. Unter Zoologen. Von Vögeln, Käfern & Karrieren und tödlichen Liebes-Trieben.

Graham Lord. Leider sehen wir uns gezwungen, Ihnen mitzuteilen … (Sie sind gefeuert!) Die Komödie vom harten Los: arbeitslos. Deutsch von Miriam Carbe.

Ludger Lütkehaus. NICHTS. Abschied vom Sein. Ende der Angst. Ein Lebenswerk.

Ludger Lütkehaus. Das nie erreichte Ende der Welt. Erzählungen von den ersten und letzten Dingen.

Jenny McPhee. Der Kern der Dinge. Eine sexy Geschichte vom klassischen Kino, um Klatschpresse, Quantenmechanik und Mr. Right. Deutsch von Juliane Zaubitzer.

Xavier de Maistre. Reise um mein Zimmer & Nächtliche Expedition um mein Zimmer. Ein kleiner Klassiker. Deutsch von Caroline Vollmann. Mit Reise-Bildern von Andy Wildi.

Katherine Mansfield. In einer deutschen Pension. Geschichten zur Erholung. Deutsch von Ute Haffmans. Mit einem Nachwort von Heiko Arntz.

Axel Marquardt. Anselm im Glück. Ein europäischer Reise- & Schelmenroman.

Monty Python. Sämtliche Worte. Die vollständigen Drehbücher der legendären Fernsehserie mit vielen Fotos.

Christian Morgenstern. Die Galgenlieder. Vollständige Ausgabe. Mit drei Briefen des Dichters. Herausgegeben von Gerd Haffmans.

Fanny Müller. Keks, Frau K. & Katastrophen. Die fehlten noch: Alle Geschichten.

Fanny Müller liest aus Keks, Frau K. & Katastrophen. CD, mit einer gedruckten Rede von Frank Schulz.

Fanny Müller & Susanne Fischer. Stadt Land Mord. Roman in Briefen. Zwei Frauen räumen ihre Männer auf.

Wolf von Niebelschütz. Die Kinder der Finsternis. Der Roman vom leuchtend lebendigen Mittelalter.

M. A. Numminen. Tango ist meine Leidenschaft. Ein Tanz- und Liebesroman aus dem heißen Norden. Deutsch von Eike Fuhrmann.

M. A. Numminen. Der Kneipenmann. Eine Reise zu den Bier-Bars in Finnland von Helsinki bis zum Nordkap. Deutsch von Eike Fuhrmann.

M. A. Numminen sings Wittgenstein & Helena est libertas. Die CD eines intellektuellen Entertainers.

M. A. Numminen singt wüste wilde Weihnachtslieder. Eine CD mit festlichem Liedgut.

Jan Graf Potocki. Die Handschrift von Saragossa oder Die Abenteuer in der Sierra Morena. Ein verzaubernder Jahrhundertroman von Grafen, Gaunern und Geliebten. Deutsch von Werner Creutziger.

Rainer Maria Rilke. Das dichterische Werk. Die Lyrik & Prosa in einem Band, getreu nach der ersten Werkausgabe von 1927. Mit einer Rede von Robert Musil.

Joachim Ringelnatz. Die Gedichte. Vollständige Ausgabe in einem Band, getreu nach den Erstausgaben und Ausgaben letzter Hand herausgegeben von Fritz & Katinka Eycken mit Jakob Winter.

Harry Rowohlt. Pooh's Corner complett. Sämtliche Kolumnen, Rezensionen, Berichte und Filmkritiken in einem Band. Dazu: Der Harry-Rowohlt-Rabe Nr. 64. Herausgegeben von Gerd Haffmans und Heiko Arntz.

Sarah Sands. Spielchen spielen. Ein Fernseh- und Zicken-Roman. Deutsch von Sabine Lohmann.

Arthur Schopenhauer. Werke in 5 Bänden. Erstmals nach den Ausgaben letzter Hand herausgegeben und mit einer Einleitung von Ludger Lütkehaus in einem Beibuch.

Arthur Schopenhauer. Eristische Dialektik oder Die Kunst, Recht zu behalten. Ein Lehrbuch mit 38 Kunstgriffen. Herausgegeben von Gerd Haffmans.

Das Schopenhauer EinLeseBuch. Ein ABC zur Lebenskunst aus dem Handschriftlichen Nachlaß gezogen von Gerd Haffmans, nebst einem Anhang, der die Kritik der korrupten Vernunft enthält.

Frank Schulz. Kolks blonde Bräute. Roman vom rechten Reden & Trinken, von wahrer Liebe & echter Freundschaft und kleinen Taten & großen Träumen. Hagener Trilogie I.

Frank Schulz. Kolks blonde Bräute. Der ganze Roman als Hörbuch eingerichtet vom Verfasser, gelesen von Harry Rowohlt, Fanny Müller, Marion von Stengel, Gerd Haffmans und Frank Schulz. 7 CDs oder 1 MP-3.

Frank Schulz. Morbus fonticuli oder Die Sehnsucht des Laien. Ein großer Roman der deutschen Hochkomik. Hagener Trilogie II.

Frank Schulz. Das Ouzo-Orakel. Roman. Die Vollendung: Hagener Trilogie III.

Frank Schulz. Die Hagener Trilogie in Kassette. Mit der Laudatio von Frank Schäfer zum Hubert-Fichte-Preis an Frank Schulz als Beiheft.

David Sedaris. Gute-Nackt-Geschichten. Alle Geschichten aus »Naked« und »Ich ein Tag sprechen hübsch« in einem Band. Deutsch von Harry Rowohlt und Georg Deggerich. So wurde David über Nackt berühmt.

Linda Verhaelen. Mein Leben als Schlampe. Sex and the City in den Siebzigern.

Linda Verhaelen. Das Leben als Zumutung. Das Schlampenleben geht weiter zwischen Büro und Bar.

Oscar Wilde. Werke in 5 Bänden. Vollständig neu übersetzt von Bernd Eilert, Georg Deggerich, Susanne Luber, Petra-Susanne Räbel, Eike Schönfeld und Hans Wolf. »Neue Zürcher Ausgabe«.

Oscar Wilde. Die Märchen. Die beiden Sammlungen »Der glückliche Prinz« und »Ein Granatapfelhaus« zauberhaft vereint. Deutsch von Susanne Luber.

Oscar Wilde – Ein Leben in Schönheit. Eine literarische Revue über Leben und Werk des Dichters, Denkers & Dandys zu seinem 150. Geburtstag. CD von und mit Harry Rowohlt, Monika Schärer, Christian Glockzin und Gerd Haffmans.

Wörterbuch Schweizerdeutsch – Deutsch. Anleitung zur Überwindung von Kommunikationspannen. Vorwort vom Zürcher Stadtpräsidenten Josef Estermann, Nachwort von Fritz Senn.